AF761066

EDUGORILLA™
PUBLICATION

बिहार सामान्य ज्ञान

One Liner

BPSC, CDPO, Judiciary, BSSC, BCECE, Bihar SI & Bihar Police

बिहार के सभी प्रतियोगी परीक्षाओं के लिए विशेष रूप से उपयोगी

प्रकाशक EduGorilla Community Pvt. Ltd.

प्रकाशक का पता :

12/651 प्रथम तल, अरविन्दो पार्क के सामने, निकट जामा मस्जिद, इंदिरा नगर, लखनऊ, उत्तर प्रदेश, 226016, भारत।

फोन: +91 - 7307048680

ईमेल: books@edugorilla.com

www.facebook.com/edugorilla.com

www.twitter.com/edugorilla

www.edugorilla.com

ISBN: 9789355566157

EduGorilla Community Pvt. Ltd. द्वारा निर्मित और मुद्रित

प्रस्तावना

बिहार हमेशा से ज्ञान का केंद्र रहा है और यह पुस्तक उसकी परंपरा को दर्शाती है। इस पुस्तक के माध्यम से हम बिहार की विस्तृत एवं महत्वपूर्ण जानकारी से अवगत होंगें, इसमें राज्य के प्राचीन इतिहास, भारतीय स्वतंत्रता संग्राम में बिहार का योगदान, आर्थिक विकास एवं राजनीति और सांस्कृतिक विविधता जैसे कई अन्य विषय शामिल हैं। इसके अतिरिक्त बिहार राज्य में हाल ही में हुये विकास व बदलाव को भी विस्तारपूर्वक बताया गया है। यह पुस्तक प्रतियोगी परीक्षार्थियों के साथ-साथ सभी पाठकों के लिए भी रोचक तथ्यों से परिपूर्ण है।

शिक्षा के प्रतिष्ठित प्रौद्योगिकी संगठन **EduGorilla Publications** ने, संगठन के सीईओ, रोहित मांगलिक के व्यक्तिगत मार्गदर्शन के साथ व्यापक पुस्तक **'बिहार संचय'** का सृजन किया है। यह पुस्तक पाठकों को राज्य की अनूठी पहचान, इसकी चुनौतियों एवं क्षमता की गहन समझ प्रदान करने के लिए विशेष रूप से डिज़ाइन की गई है।

चाहे आप एक विद्यार्थी हों, एक शिक्षक हों, अथवा किसी भी पद पर हों जो बिहार राज्य के रोचक तथ्यों को जानने में रुचि रखते हों, तो यह पुस्तक आपको राज्य के सभी पहलुओं से अवगत कराएगी।

यह **पुस्तक बिहार लोक सेवा आयोग (BPSC), बिहार कर्मचारी चयन आयोग (BSSC)** जैसी अन्य बिहार सम्बन्धित परीक्षाओं की तैयारी करने वाले अभ्यर्थियों के अध्ययन में सहायता के लिए उपयुक्त है। इस पुस्तक में प्रत्येक विषय को विशेष रूप से बिहार में आयोजित परीक्षाओं के अनुरूप डिज़ाइन किया गया है, और इसका उद्देश्य अभ्यर्थियों को प्रत्येक दशा में सफलता प्राप्त कराना है।

यह परीक्षा की तैयारी के लिए एक संरचित और व्यापक दृष्टिकोण प्रदान करता है, और प्रमुख अवधारणाओं और विषयों में एक मजबूत नींव बनाने में आपकी सहायता करता है।

विषय-सूची

1. एक नजर में बिहार 1 - 3

2. बिहार : प्रागैतिहासिक काल से आधुनिक काल तक 4 - 40

2.1 बिहार के प्राचीन इतिहास के स्रोत 4
2.2 प्राचीन बिहार 6
2.3 बिहार में जैन धर्म और बौद्ध धर्म का उदय 8
2.4 मौर्य साम्राज्य 11
2.5 मौर्य साम्राज्य के बाद के राजवंश 14
2.6 गुप्त साम्राज्य 16
2.7 बिहार के मध्यकालीन इतिहास के स्रोत 19
2.8 प्रारंभिक मध्यकालीन बिहार 20
2.9 दिल्ली सल्तनत और बिहार 22
2.10 बिहार में अफगानों का उदय 23
2.11 मुगल शासन के दौरान बिहार 25
2.12 18वीं शताब्दी में बिहार 28
2.13 बिहार में सामाजिक-आर्थिक और जनजातीय विद्रोह 30
2.14 1857 का विद्रोह और बिहार 33
2.15 भारतीय स्वतंत्रता आंदोलन में बिहार का योगदान 34

3. बिहार का भूगोल 41 - 90

3.1 बिहार के भूगर्भिक संरचना एवं इसका धरातलीय स्वरूप 41
3.2 जलवायु एवं मिट्टी 45
3.3 वन एवं वन्य जीव-जन्तु 47
3.4 कृषि 53
3.5 अपवाह प्रणाली 59
3.6 सिंचाई के साधन 64
3.7 खनिज एवं उद्योग 67
3.8 आपदा प्रबंधन 77
3.9 आधारभूत संरचना 81
3.10 जनसंख्या एवं अधिवास 85
3.11 पर्यटन एवं पर्यटन स्थल 88

4. बिहार की राजव्यवस्था 91 - 105

4.1 बिहार:विधानसभा और विधान परिषद 91
4.2 राज्य मंत्रिपरिषद एवं मुख्यमन्त्री 96
4.3 राज्यपाल 98
4.4 महाधिवक्ता 101
4.5 लोकायुक्त 101
4.6 प्रमुख आयोग 103

5. बिहार की प्रशासनिक व्यवस्था 106 - 113

5.1 प्रमंडलीय प्रशासन 106
5.2 जिला प्रशासन 107
5.3 अनुमंडल प्रशासन 107
5.4 प्रखंड प्रशासन 108
5.5 जिलों का विवरण 108

6. बिहार की न्यायपालिका 114 - 118

6.1 उच्च न्यायालय का क्षेत्राधिकार 115
6.2 अधीनस्थ न्यायालय 117

7. बिहार का स्थानीय स्वशासन 119 - 125

7.1 ग्राम पंचायत 120

7.2 पंचायत समिति 121

7.3 जिला परिषद् 122

7.4 नगरीय स्वशासन 123

8. बिहार के प्रमुख आर्थिक संकेतक 126 - 138

8.1 जनसांख्यिकी 126

8.2 मानव विकास सूचकांक 131

8.3 बिहार में आर्थिक पिछड़ापन 132

8.4 बिहार में गरीबी 133

8.5 बिहार में बेरोजगारी 135

8.6 विकास की संभावनाएँ 136

9. बिहार में केन्द्र एवं राज्य प्रायोजित योजनाएँ 139 - 152

9.1 केन्द्र प्रायोजित योजनाएँ 139

9.2 राज्य प्रायोजित योजनाएँ 144

10. बिहार की वित्तीय प्रणाली 153 - 165

10.1 वित्तीय संस्थाएँ 153

10.2 बिहार में बैंकिंग अधिसंरचना 155

10.3 व्यावसायिक बैंक 158

10.4 कृषि ऋण प्रवाह 162

10.5 क्षेत्रीय ग्रामीण बैंक 164

10.6 लघुवित्त बैंक (एसएफबी) 165

11. बिहार में नीतियाँ 166 - 176

11.1 बिहार औद्योगिक प्रोत्साहन नीति, 2006 166

11.2 बिहार कृषि भूमि (गैर-कृषि प्रयोजनों के लिए सम्परिवर्तन) अधिनियम, 2010 168

11.3 सूचना एवं संचार प्रौद्योगिकी नीति, 2011 168

11.4 बिहार लोक सेवाओं का अधिकार अधिनियम, 2011 170

11.5 बिहार लोक शिकायत निवारण अधिकार अधिनियम, 2015 171

11.6 बिहार मद्यनिषेद्य और उत्पाद अधिनियम, 2016 172

11.7 नई विज्ञापन नीति, 2016 174

11.8 बिहार स्टार्ट-अप नीति, 2017 175

11.9 बिहार स्टार्ट-अप नीति, 2022 175

12. बिहार आर्थिक सर्वेक्षण एवं बजट 177 - 187

12.1 आर्थिक सर्वेक्षण 2022 -23 177

12.2 बजट 2023 -24 178

13. बिहार की कला एवं संस्कृति 188 - 204

13.1 मौर्य कला 188

13.2 पाल कला 190

13.3 पटना कलम 191

13.4 मधुबनी (मिथिला) चित्रकला 193

13.5 मंजूषा शैली 195

13.6 लोक गीत 196

13.7 लोक नृत्य 197

13.8 लोक नाटय 198

13.9 जनजातीय संस्कृति 199

13.10 प्रमुख मेले 200

13.11 महोत्सव 202

13.12 पर्व-त्योहार 203

14.	**बिहार के साहित्य एवं साहित्यकार**	**205 - 209**
14.1	भाषा एवं साहित्य	205
14.2	पत्रकारिता	206
14.3	प्रमुख साहित्यकार	208
15.	**शिक्षा, स्वास्थ्य एवं खेलकूद**	**210 - 217**
15.1	शिक्षा एवं शिक्षण संस्थान	210
15.2	विश्वविद्यालय	211
15.3	स्वास्थ्य	214
15.4	खेलकूद	214
15.5	बिहार राज्य खेल प्राधिकरण	216
16.	**विविध**	**218 - 264**
16.1	बिहार में सूफी मतों का विकास	218
16.2	बिहार-झारखंड विभाजन का प्रभाव	219
16.3	बिहार दिवस	220
16.4	बिहार के महान विभूति	221
16.5	प्रमुख स्थल	223
16.6	प्रमुख संग्रहालय	225
16.7	सुशासन एवं सात निश्चय	226
16.8	प्रमुख पुरस्कार	229
16.9	बिहार में महिला सशक्तीकरण	231
16.10	नक्सलवाद	233
16.11	पृथक बिहार आन्दोलन (राज्य का विभाजन, 34 विभाजन का प्रभाव, विशेष राज्य के दर्जे की माँग, विशेष पैकेज, 2015)	234
16.12	बिहार समसामयिकी	236
16.13	परिशिष्ट	243
16.14	बिहार: जाति आधारित जनगणना	257
16.15	मानचित्र	258

एक नजर में बिहार

परिचय

- राज्य का नाम: बिहार (ऐसा माना जाता है कि बौद्धकाल में मगध का क्षेत्र पवित्र बौद्ध स्थलों, मठों, शिक्षण केन्द्रों आदि के लिए प्रसिद्ध था। बौद्ध मठों (विहारों) की अधिकता के कारण, इस क्षेत्र का नाम बिहार पड़ा।)
- राज्य की स्थापना दिवस: 22 मार्च, 1912 (22 मार्च, 1912 को बिहार (उड़ीसा सहित) प्रांत गठित करने सम्बन्धी विधिवत घोषणा की गयी। इसलिए 22 मार्च को बिहार दिवस के रूप में मनाया जाता है।
- राज्य की राजधानी: पटना (प्राचीन काल में इसके अन्य नाम पाटलिपुत्र, पुष्पपुर, कुसुमपुर तथा अजीमाबाद रहे हैं।)
- राज्य की भौगोलिक अवस्थिति: भारत के उत्तर-पूर्वी भाग के निम्न और मध्य गंगा बेसिन में अवस्थित है।
- राज्य की भौगोलिक स्थिति: 24°21'10" से 27°31 '15 " उत्तरी अक्षांश तथा 83°19'50" से 88°17'40" पूर्वी देशांतर के मध्य।
- राज्य का क्षेत्रफल: 94,163 वर्ग किमी० (देश का 12वाँ राज्य)
- भारत के कुल क्षेत्रफल का हिस्सा: 2.86 प्रतिशत
- ग्रामीण क्षेत्रफल: 92,257.51 वर्ग किमी०
- ज्यामितीय आकार: आयताकार
- समुद्रतल से ऊँचाई: 173 फीट (53 मीटर)
- उत्तर से दक्षिण की लंबाई: 345 किमी०
- पूर्व से पश्चिम की लबाई: 483 किमी०
- राज्य की सीमा से लगे राज्य: पश्चिम बंगाल (पूर्व), उत्तर प्रदेश (पश्चिम) तथा झारखंड (दक्षिण)
- राज्य की सीमा से लगा देश: नेपाल (उत्तर में)

राजकीय प्रतीक

- राजकीय चिन्ह: बोधि वृक्ष
- राजकीय भाषा: हिन्दी
- द्वितीय राजकीय भाषा: उर्दू
- राजकीय पशु: बैल
- राजकीय पक्षी: गौरेया
- राजकीय वृक्ष: पीपल
- राजकीय पुष्प: गेंदा फूल
- राजकीय मछली: मांगूर

जनगणना 2011

- कुल जनसंख्या: 10,40,99,452 (2011 जनगणना के अनुसार)
- देश की कुल जनसंख्या का प्रतिशत में: 8.60
- जनसंख्या के आधार पर देश में स्थान: तीसरा
- पुरूष जनसंख्या: 5,42,78,157
- महिला जनसंख्या: 4,98,21,295
- शिशु (0-6 आयु वर्ग): 1, 91, 33,964 (17.6%)
- नगरीय जनसंख्या: 117,58,016 (11.3%)
- ग्रामीण जनसंख्या: 923,41,436 (88.7%)
- दशकीय वृद्धि दर (2001-2011): 25.4 प्रतिशत
- सर्वाधिक दशकीय: वृद्धि - दर वाला जिला: मधेपुरा (31.0%)
- न्यूनतम दशकीय वृद्धि - दर वाला जिला: गोपालगंज (19.2%)
- लिंगानुपात: 1000 /918
- सर्वाधिक लिंगानुपात वाला जिला: गोपालगंज (2021)
- न्यूनतम लिंगानुपात वाला जिला: मुंगेर (876)
- जनसंख्या घनत्व: 1106 प्रति वर्ग किलोमीटर (देश में प्रथम स्थान)
- सर्वाधिक जनसंख्या घनत्व वाला जिला: शिवहर (1880)
- न्यूनतम जनसंख्या घनत्व वाला जिला: कैमूर (488)
- सर्वाधिक जनसंख्या वाला जिला: पटना (5838465)
- न्यूनतम जनसंख्या वाला जिला: शेखपुरा (636342)
- साक्षरता-दर: 61.8 प्रतिशत (देश में निम्नतम)
- पुरूष साक्षरता दर: 71.2%
- महिला साक्षरता दर: 51.5%
- सर्वाधिक साक्षरता दर वाला जिला: रोहतास (73.4%)
- न्यूनतम साक्षरता-दर वाला जिला: पूर्णिया (57.1%)
- सर्वाधिक पुरूष साक्षरता दर वाला जिला: रोहतास (82.9%)
- न्यूनतम पुरूष साक्षरता दर वाला जिला: पूर्णिया (59.4%)
- सर्वाधिक महिला साक्षरता दर वाला जिला: रोहतास (63.0%)
- न्यूनतम महिला साक्षरता दर वाला जिला: सहरसा (41.7%)
- कुल अनुसूचित जाति जनसंख्या: 1,65,67,325 (कुल जनसंख्या की 15.9%)
- पुरूष अनुसूचित जाति जनसंख्या: 86,06,253
- महिला अनुसूचित जाति जनसंख्या: 79,61,072
- सर्वाधिक अनुसूचित जाति वाला जिला: गया (30.4%)
- न्यूनतम अनुसूचित जाति वाला जिला: किशनगंज (6.7%)
- कुल अनुसूचित जनजाति जनसंख्या: 13,36,573 (कुल जनसंख्या की 1.3%)
- पुरूष अनुसूचित जनजाति जनसंख्या: 6,82,516
- महिला अनुसूचित जनजाति जनसंख्या: 6,54,057

- सर्वाधिक अनुसूचित जनजाति वाला जिला : **पश्चिमी चंपारण** (6.4%)
- शहरों की संख्या : 199
- सर्वाधिक नगरीकरण प्रतिशतता वाला जिला : **पटना** (43.1%)
- न्यूनतम नगरीकरण प्रतिशतता वाला जिला : **समस्तीपुर तथा बांका** (3.5%)
- एक लाख से अधिक जनसंख्या वाले नगर : 26
- महानगर : 1 (पटना)

जिला संबंधी

- जिलों की संख्या : 38 (भोजपुर, बक्सर, रोहतास, कैमूर, गया, नालंदा, अरबल, जहानाबाद, औरंगाबाद, नवादा, पटना, लखीसराय, शेखपुरा, मुंगेर, बांका, जमुई, भागलपुर, खगड़िया, मधेपुरा, सुपौल, सहरसा, किशनगंज, अररिया, पूर्णिया, कटिहार, दरभंगा, मधुबनी, समस्तीपुर, बेगुसराय, सीतामढ़ी, शिवहर, वैशाली, मुजफ्फरपुर, पश्चिमी चंपारण, पूर्वी चम्पारण, सारण, सीवान व गोपालगंज)
- सबसे बड़ा जिला : **पश्चिमी चंपारण**
- सबसे छोटा जिला : **शिवहर**
- क्षेत्रफल की दृष्टि से सबसे बड़ा जिला : **पश्चिमी चंपारण**
- क्षेत्रफल की दृष्टि से सबसे छोटा जिला : **शिवहर**

प्रशासनिक परिचय

- राजधानी : **पटना**
- उच्च न्यायालय : **पटना**
- प्रमण्डल : 9 (पटना, मगध, सारण, तिरहुत, दरभंगा, कोसी, पूर्णिया, मुंगेर एवं भागलपुर)
- पटना प्रमण्डल के जिले : 6 (पटना, नालंदा, बक्सर, भोजपुर, रोहतास तथा कैमूर)
- मगध प्रमण्डल के जिले : 5 (औरंगाबाद, गया, नवादा, जहानाबाद तथा अरवल)
- सारण प्रमण्डल के जिले : 3 (गोपालगंज, सारण तथा सीवान)
- तिरहुत प्रमण्डल के जिले : 6 (सीतामढ़ी, शिवहर, मुजफ्फरपुर, वैशाली, पू० चंपारण एवं पं० चंपारण)
- दरभंगा प्रमण्डल के जिले : 3 (दरभंगा, मधुबनी, समस्तीपुर)
- कोसी प्रमण्डल के जिले : 3 (सहरसा, सुपौल तथा मधेपुरा)
- पूर्णिया प्रमण्डल के जिले : 4 (पूर्णिया, अररिया, किशनगंज तथा कटिहार)
- मुंगेर प्रमण्डल के जिले : 6 (मुंगेर, जमुई, लखीसराय, शेखपुरा, खगड़िया तथा बेसुसराय)
- भागलपुर प्रमण्डल के जिले : 2 (भागलपुर तथा बांका)
- अनुमण्डल की संख्या : 101
- प्रखण्डों की संख्या : 534
- नगर समूहों की संख्या : 14 (पटना, गया, मोतिहारी, सीतामढ़ी, पूर्णिया, कटिहार, समस्तीपुर, भागलपुर, बेगुसराय, मुजफ्फपुर, दरभंगा, बिहारशरीफ, हाजीपुर एवं छपरा ।
- गाँवों की संख्या : 39073
- पुलिस जिला : 44 (40 सिविल पुलिस जिला तथा 4 रेलवे पुलिस जिला)
- पुलिस स्टेशन : 853 (813 सिविल पुलिस स्टेशन तथा 40 रेलवे पुलिस स्टेशन)

राजनैतिक परिचय

- लोकसभा सदस्य : 40
- लोकसभा में अनुसूचित जाति के लिए आरक्षित सीट : 6 (गोपालगंज, हाजीपुर, समस्तीपुर, जमुई गया तथा सासाराम)
- राज्यसभा के सदस्य : 16
- बिहार का विधान मंडल : **द्विसदनात्मक** (विधानसभा एवं विधानपरिषद)
- विधानसभा के सदस्यों की संख्या : 243
- अनुसूचित जाति के लिए आरक्षित विधानसभा निर्वाचन क्षेत्र : 40
- अनुसूचित जनजाति के लिए आरक्षित विधान सभा निर्वाचन क्षेत्र : 2 (कटौरिया एवं मानिहारी)
- विधान परिषद के सदस्य : 75
- जिला परिषद : 38
- पंचायत समिति : 534
- ग्राम पंचायत : 8386
- ग्राम पंचायत सदस्य : 114691
- ग्राम पंचायत सचिव : 3701
- ग्राम कचहरी सदस्य : 114691 **पंचायत समिति सदस्य** : 11497
- जिला परिषद सदस्य : 1161
- न्याय मित्र : 6947
- ग्राम कचहरी : 6947
- ग्राम कचहरी के सचिव : 7474
- प्रखण्ड पंचायती राज अधिकारी : 528
- पंचायती राज में महिलाओं के लिए आरक्षण : 50 प्रतिशत
- नगर-निगमों की संख्या : 11 (पटना, गया, आरा, मुजफ्फपुर, पूर्णिया, करिहार, मुंगेर, बिहारशरीफ, भागलपुर, बेगुसराय तथा दरभंगा)
- नगर परिषदों की संख्या : 49
- नगर पंचायतों की संख्या : 80

भौगोलिक परिचय

- भौगोलिक क्षेत्रफल : 94,163 वर्ग किमी०
- वन : 7305.99 वर्ग किमी० (7.76%)
- बंजर एवं अकृष्य भूमि : 431.72 (4.61%) वर्ग किमी ०
- कृषितर उपयोग वाली भूमि : 1718.59 (18.36%) वर्ग किमी०
  - भूमि क्षेत्र : 1366.15 (14.6%) वर्ग किमी०
  - जल क्षेत्र : 352.44 (3.77%) वर्ग किमी०
  - कृष्य ऊसर भूमि : 44.41 (0.47%) वर्ग किमी०
- स्थायी चारागाह : 15.14 (0.16%) वर्ग किमी०
- बागानी भूमि : 248.05 (2.65%) वर्ग किमी०
- परती भूमि (वर्तमान परती को छोड़कर) : 119.08 (1.27%) वर्ग किमी०
- वर्तमान परती भूमि : 868.01 (9.27%) वर्ग किमी०
- कुल अकृष्य भूमि : 4066.64 (43.45%) वर्ग किमी०
- निवल बुआई क्षेत्रफल : 5292.93 (56.55%) वर्ग किमी० सकल बुआई क्षेत्रफल : 7654.36 वर्ग किमी०
- फसल सघनता : 1.45 वर्ग किमी०

कृषि संबंधी

- चावल उत्पाद में अग्रणी जिले : रोहतास, औरंगाबाद तथा कैमूर गेहूँ उत्पादन में अग्रणी जिले : रोहतास, पूर्व चंपारण तथा बक्सर
- मक्का उत्पादन में अग्रणी जिले : करिहार, समस्तीपुर तथा खगड़िया
- दलहन में अग्रणी जिले : पटना, औरंगाबाद तथा नालंदा

सिंचाय संबंधी

- सिंचित क्षेत्र : 57 प्रतिशत कृष्य क्षेत्र ही सिंचित है।
- कुल सिंचाई में प्रतिशत भाग : नलकूपों से तथा कुओं से 63% नहरों से 30% एवं तालाब तथा अन्य साधनों से 7% जलवायु एवं मौसम परिचय
- जलवायु : मानसूनी
- प्रदेश में मानसून प्रवेश : 9-10 जून
- औसत वार्षिक वर्षा : 112 सेमी०
- वर्षा का स्रोत : दक्षिण-पश्चिम मानसून बंगाल की खाड़ी की शाखा
- सर्वाधिक वर्षा वाला जिला : किशनगंज
- सबसे कम वर्षा वाला जिला : औरंगाबाद
- सर्वाधिक गर्म जिला : गया
- सर्वाधिक ठंडा जिला : गया
- कृषि - जलवायु क्षेत्र : 1. पश्चिमोतर का मैदान, 2. पूर्व का मैदानी भाग एवं 3. दक्षिण-पश्चिम का मैदान
- सर्वाधिक औसत आर्द्रता वाला स्थानः भागलपुर
- वार्षिक वर्षापात का औसत : 1013 ममीमी०

सड़क संबंधी

- सड़कों की लंबाई : 226244.58 किमी०
- राष्ट्रीय उच्चपथ : 4917.2 किमी०
- राज्य उच्चपथ : 4006 किमी०
- मुख्य जिलापथ : 12,356.85 किमी०
- ग्रामीण पथ: 1 29.473 किमी०

विविध

- विश्वविद्यालय: 24
- शोध संस्थान: 15
- सरकारी महाविद्यालय : 277
- स्थानीय निकाय महाविद्यालय : 496
- शिक्षा / अध्याक प्रशिक्षण केन्द्र : 60
- अभियंत्रण/तकनीकी महाविद्यालय: 28
- चिकित्सा महाविद्यालय : 8 (6 सरकारी एवं 2 निजी)
- समुद्र तट से बिहार की दूरी: 200 किमी०
- समुद्र तट से बिहार की औसत ऊँचाई: 53 मीटर
- राज्य से होकर गुजरने वाला राष्ट्रीय राजमार्ग : NH-2, NH-28, NH-30, NH-31 (सबसे बड़ा राष्ट्रीय राजमार्ग)
- राज्य की भाषाएँ: हिन्दी, मैथिली, भोजपुरी, मगही, वज्जिका, अंगिका तथा उर्दू
- सबसे बड़ी सिंचाई परियोजना : गंडक परियोजना
- प्रमुख रेलवे क्षेत्र: पूर्वातर रेलवे, पूर्वी रेलवे, उत्तर - पूर्व सीमान्त रेलवे एवं पूर्व - मध्य रेलवे
- हवाई अड्डाः पटना, गया, मुजफ्फरपुर, भागलपुर व रक्सौल
- सैनिक हवाई अड्डा: बिहरा और मुजफ्फरपुर
- जल परिवहनः 800 किमी० लम्बा आंतरिक परिवहन मार्ग
- बिहार का शोक: कोसी नदी
- प्रमुख नदियाँ: गंगा, पुनपुन, फुल्गु, सोन, कर्मनासा, दुर्गावती, गंडक, बुढ़ी गंडक, बागमती, कमला, कोसी, सरयू, महानन्दा, सकरी, पंचाने आदि।
- जलप्रपातः ककोलत (नवादा), दुर्गावती (रोहतास), घुआंकुण्ड, सुखलदरी, तमासिन आदि।
- गर्म जल के झरने व कुण्डः सप्रधारा या सतधरवा झरणा, ब्रहमकुण्ड, रामेश्वर कुण्ड, सीता कुण्ड, लक्ष्मणकुण्ड, सूर्यकुण्ड, मकदुमकुण्ड, ऋषिकुण्ड आदि।
- डाल्फिन दिवस: 5 अक्टूबर
- सर्वोच्च शिखर: सोमेश्वर (874 मीटर)
- प्रमुख पहाड़ियाँ: शिवालिक, राजगीर और गिरियक की पहाड़ी, सोमेश्वर पहाड़ी, पार्वती, जमालपुर, खड़गपुर पहाड़ी, रामशिला पहाड़ी, गिरहिण्डा आदि।
- प्रमुख दोआब: धाधरा - गण्डक दोआब, गण्डक - कोसी दोआब, कोसी - महानन्दा दोआब।
- राष्ट्रीय पार्क : 1 (वाल्मिकीनगर राष्ट्रीय उद्यान)
- प्रमुख अभ्यारण्य: गंगा- डाल्फिन, परमान डाल्फिन, विक्रमशिला, गौतमबुद्ध, राजगीर, भीमाशंघ, कैमूर, उदयपुर।
- प्रमुख पक्षी बिहार: गोगाबिल, कांवरझील, कुशेश्वरस्थन, नकरी, बक्सर पक्षी विहार, नकटी, सरैयामन, सुहियाना आदि। प्रमुख जैविक उद्यान : संजय गाँधी जैविक उद्यान, हरियाबारा हिरण पार्क
- प्रमुख लोकनृत्य: झूमर, झिझिया, विद्यापति, जोगिड़ा, झरनी, धोबिया, पवड़िया, करिया, लौंडा, कठफोड़वा, खोलड़िन आदि।
- प्रमुख लोकगीत: सोहर, पर्व, संस्कार, कजरी, बिरहा, कोहबर झूमर, महेषवाणी, समदऊन आदि।
- प्रमुख राग: नचारी, लगनी, फाग, चैंता आदि।
- प्रमुख चित्रशला शैली: पटना कलम, मंजूषा, मधुबनी, थंका, सांझी आदि।
- प्रमुख जनजातियाँ: मुण्डा, संथाल, गोण्ड, थारू, खोण्ड, बेदिया आदि।
- राज्य का महापर्व : छठ
- राजकीय मेघा दिवस : 30 दिसम्बर

बिहार : प्रागैतिहासिक काल से आधुनिक काल तक

- भारत के इतिहास में प्राचीन काल से ही बिहार का एक अद्वितीय स्थान रहा है।
- बिहार का इतिहास प्राचीन काल से लेकर आधुनिक काल तक गौरवशाली तथा वैभवशाली परम्पराओं का प्रणेता रहा है।
- बिहार के इतिहास से मिथिला का प्रमाण प्राप्त होता है जहाँ आज से हजारों वर्ष पूर्व राजा जनक शासन करते थे, याज्ञवल्क्य विधि और नियमों की व्याख्या करते थे तथा गौतम दर्शन की युक्तियों को सुलझाया था।
- बिहार के इतिहास से यह ज्ञात होता है कि मनु के पुत्र नभनेदिष्ठ ने बिहार में आर्य राजवंश की स्थापना की थी।
- बिहार का मगध प्राचीन काल से ही व्रात सभ्यता का प्रधान केन्द्र था।
- प्राचीन काल में मिथिला के राजा जनक और मगध के सम्राट जरासंध भारत के इतिहास में महत्वपूर्ण स्थान रखते है।
- कौशीतकी उपनिषद् की रचना और रचनाकार महर्षि विश्वामित्र भी बिहार से संबंधित थे।
- प्राचीन बिहार की सभ्यता के चार प्रधान केन्द्र- मिथिला, वैशाली, अंग और मगध थे।
- बिहार के वैशाली में भगवान महावीर ने जैन धर्म तथा बोधगया मे भगवान गौतम बुद्ध को ज्ञान की प्राप्ति हुई थी।
- बौद्ध धर्म की चार बौद्ध संगीतियों में से तीन बिहार मे, तथा बौद्ध दर्शन के प्रसिद्ध विद्वान अश्वघोष और बुद्धघोष बिहार के ही थे।
- ईसा पूर्व के समय में बिहार में मौर्य, शुंग और कण्व राजवंशों के नरेशों ने शासन किया था, जिनमें उदयिन, चन्द्रगुप्त मौर्य और सम्राट अशोक शामिल थे, जिन्होंने पाटलिपुत्र की स्थापना की थी। कुषाण शासकों के बाद गुप्त वंश के शासकों का इतिहास भी बिहार से जुड़ा हुआ है।
- मध्यकाल बिहार में अनेक मुस्लिम आक्रमणकारियों का भी इतिहास रहा है जैसे- बख्तियार खिलजी, अलाउद्दीन खिलजी, बाबर, हुमायूँ, अकबर, जहांगीर आदि।
- भारतीय इतिहास में आदिकाल से आधुनिक काल तक बिहार शिक्षा का प्रमुख केन्द्र रहा है।
- आधुनिक काल में प्लासी का युद्ध, बक्सर के युद्ध के बाद भोजपुर, पटना, गया, मुजफ्फरपुर, बेतिया, चम्पारण, सारण, जगदीशपुर, सासाराम, आरा, मधुबनी आदि क्षेत्रों के लोगों ने ब्रिटिश सल्तनत के खिलाफ लड़ाई का इतिहास भारतीय स्वतंत्रता आंदोलन में एक अद्वितीय स्थान बनाये हुए है।
- संथाल परगना, छोटा नागपुर, सिंहभूम में कोल्हान, रोहिणी, नोनिया, संन्यासी, तमाड़, ढाल, जगन्नाथ देव, हो, मुण्डा, कोल, भूमिज(चुआर), गंगा नारायण सिंह, पहाड़िया विद्रोह आदि ने ब्रिटिश सत्ता को भयभीत करके रख दिया था।
- भारत में वहाबी आंदोलन का प्रमुख केन्द्र पटना था जिसने भारत की स्वतंत्रता के लिए बिहार के जनमानस में एक ऊर्जा की ज्योति जलाई थी।
- बिहार में कांग्रेस के तीन-तीन अधिवेशन, पटना के बाँकिपुर में होमरूल लीग, चम्पारण सत्याग्रह, रौलट एक्ट, खिलाफत आंदोलन, असहयोग आंदोलन, साइमन कमीशन, सविनय अवज्ञा आंदोलन से लेकर भारत छोड़ो आंदोलन के इतिहास को अपने अन्दर समेटे हुए है।
- भारत की स्वतंत्रता में न केवल बिहार के पुरुषों का योगदान है बल्कि यहां की महिलाओं का योगदान भी भारतीय इतिहास में अद्वितीय, अतुलनीय एवं अविस्मरणीय है।
- बिहार के अनुग्रह नारायण सिंह, वीर कुँवर सिंह, बसावन सिंह, राजेन्द्र प्रसाद, राजकुमार शुक्ल, स्वामी सहजानन्द सरस्वती, श्रीकृष्णा सिंह, ठाकुर युगल किशोर सिंह, राम दुलारी सिंहा, जनार्दन झा आदि महापुरुषों ने भारत की स्वतंत्रता के लिए बलिदान दिये है।
- औद्योगिक क्षेत्र में बिहार की क्षमता और संभावनाओं का पूर्ण उपयोग देश को समृद्ध और स्वावलम्बी बना सकता है।
- शिक्षा और रोजगार के क्षेत्र में बिहार के पिछड़ेपन को दूर किये बिना भारत को समृद्ध और स्वावलम्बी नहीं बनाया जा सकता है।

बिहार के प्राचीन इतिहास के स्रोत

बिहार के ऐतिहासिक स्त्रोत

- **पुरातत्व संबंधी साक्ष्य**
  - अभिलेख
  - सिक्के
  - स्मारक
  - मूर्तियां
- **साहित्यिक साक्ष्य**
  - धार्मिक साहित्य
  - लौकिक साहित्य
- **विदेशियों का विवरण**
  - यूनानी
  - चीनी
  - अरबी
  - यूरोपीय

1. पुरातात्विक साक्ष्य:

- प्राचीन बिहार के इतिहास की प्रामाणिकता के लिए पुरातात्विक साक्ष्यों का विशेष योगदान है।
- पुरातात्विक साक्ष्य कालक्रम का सही ज्ञान प्रदान करने वाले साक्ष्य होते है।
- पुरातात्विक साक्ष्यों में अभिलेख, सिक्के, स्मारक/भवन, मूर्तियां आदि प्रमुख होते हैं।

- अभिलेखीय स्रोत
  - बिहार में सबसे पुराना शिलालेख अशोक के समयकाल है जो सासाराम जिला में पाया गया था।
  - अशोक के शिलालेख ब्राह्मी लिपि और प्राकृत भाषा में लिखे गए हैं।
  - बिहार में कुछ गुप्तकालीन शिलालेख भी प्राप्त हुए हैं, जिनमें से एक, स्कंदगुप्त का अभिलेख अपठनीय है।

- गया के निकट जनीबिघा शिलालेख द्वारा सेन राजाओं बुद्धसेन और जयसेन का उल्लेख प्राप्त होता है।

- सिक्के
    - पटना शहर के गोलकपुर, पूर्णिया और अन्य स्थानों के उत्खनन में चांदी के पंचमार्क वाले सिक्के, बहुतायत में पाए गए।
    - बक्सर में, कुषाण साम्राज्य की सीमा को दर्शाते हुए कुषाण सिक्के प्राप्त हुए हैं।
    - सारण जिले के चिरांद में 82 कुषाणकालीन तांबे के सिक्कों का संग्रह पाया गया है।
- स्मारक/भवन/औजार

  पाषाण युग के उत्खनन
    - बिहार के प्रागैतिहासिक काल की जानकारी पुरापाषाण काल और नवपाषाण काल के औजारों द्वारा प्राप्त होती है।
    - मुंगेर जिले के पैसरा में पुरापाषाण कालीन स्थलों के उत्खनन में कुल्हाड़ी और विदारक जैसे अनेक औजार प्राप्त हुए हैं।
    - ताम्र पाषाण युग के उत्खनन
    - ताम्र पाषाण काल में पत्थर के साथ ताबें का उपयोग करके औजार बनाया गया था जो बिहार के चिरांद में पाया गया है।
    - सेनुवर (रोहतास जिला), ताराडीह (बोधगया) और मनेर (पटना जिला) में ताम्रपाषाण संस्कृति के अवशेष प्राप्त हुए थे।
    - ए. घोष द्वारा बिहार के राजगीर में किए गए उत्खनन में अपरिष्कृत लाल मृदभांड, उत्तरी काले पॉलिश वाले बर्तन (एनबीपीडब्ल्यू) के साक्ष्य प्राप्त हुए हैं।
- कुषाण काल के उत्खनन
    - चिरांद, बिहार में पहली बार कुषाण काल से संबंधित आग से पकी हुई ईंटों की इमारतों के अवशेष मिले थे।
    - बिहार में कुषाण कालीन तांबे के सिक्कों का संग्रह भी प्राप्त हुआ था।
- गुप्त काल के उत्खनन
    - बिहार के वैशाली में पाये गये शिलालेखों की मुहरों के द्वारा गुप्त काल के बारे में जानकारी प्राप्त होती है।
    - वैशाली में इक्ष्वाकु वंश के राजा विशाल का गढ़ था, जिसकी खुदाई में एक किलेबंद ईंट संरचना मिली है।
- गुप्तोत्तर काल के उत्खनन
    - गुप्तोत्तर काल और पाल काल के पुरातात्विक अवशेष नालंदा, कुर्किहार तथा दक्षिण मुंगेर में प्राप्त हुए हैं।
    - बिहार का महत्वपूर्ण उत्खनन भागलपुर जिले के अंतीचक में हुआ था (जिसका उत्खनन 1962 में हुआ) जहाँ से एक बड़े बौद्ध मठ की स्थापना का पता चला, जिसकी पहचान विक्रमशिला महाविहार के रूप में हुई, महाविहार की स्थापना पाल वंश के द्वितीय सम्राट धर्मपाल पाल ने की थी।

2. साहित्यिक साक्ष्य:

- जैन धर्म के भगवती सूत्र, कल्प सूत्र और बौद्ध धर्म के अंगुत्तर निकाय, दीर्घ निकाय, विनयपिटक के द्वारा प्राचीन बिहार के इतिहास के बारे में जानकारी प्राप्त होती है।
- बिहार के इतिहास का प्रमाण वेदों और पुराणों जैसे प्राचीन ग्रंथों से भी प्राप्त होता है, जिनका विवरण निम्नलिखित हैं-
    - वैदिक संहिता:
        - ब्राह्मण ग्रंथ वेद संहिता से उत्पन्न हुए हैं और जिनसे बिम्बिसार के शासनकाल से संबंधित जानकारी प्राप्त होती है।
        - ब्राह्मण साहित्य- ऐतरेय, शतपथ, तैत्तिरीय, पंचविष आदि में बिहार के अनेक शासकों के नामों का उल्लेख मिलता है।
        - जैन ग्रंथ (भगवती सूत्र) में मगध शासकों की क्रूरता, वीरता और सैन्य शक्ति का वर्णन है।
        - शतपथ ब्राह्मण में बिहार में आर्यों के आगमन और विस्तार का वर्णन है।
- पुराण:
    - पुराणों से शुंगवंश के शासक पुष्यमित्र शुंग, और मौर्योत्तर काल के राजाओं के शासन का वर्णन प्राप्त होता है।
- बौद्ध साहित्य:
    - बौद्ध धर्म से संबंधित ग्रंथों में त्रिपिटक, विनयपिटक, सुत्तपिटक और अभिधम्म पिटक महत्वपूर्ण हैं, जिनमें बिहार से संबंधित अनेक ऐतिहासिक घटनाओं का विवरण प्राप्त होता है।
    - दिव्यावदान ग्रंथ से अशोक के उत्तराधिकारियों से लेकर पुष्यमित्र शुंग तक के शासकों के बारे में जानकारी मिलती है।
- जैन साहित्य:
    - भद्रबाहु द्वारा रचित कल्पसूत्र से चौथी सदी ई.पू. बिहार के इतिहास का वर्णन प्राप्त होता है।
    - चन्द्रगुप्त मौर्य के जीवन की प्रारंभिक और उत्तरकालीन घटनाओं के बारे में परिशिष्ट वर्णन भद्रबाहु चरित कल्पसूत्र द्वारा प्राप्त होता है।
    - भगवती सूत्र, महावीर के जीवन, उपलब्धियों और उनके समकालीनों के इतिहास की जानकारी प्रदान करता है।
- लौकिक साहित्य:
    - लौकिक साहित्य द्वारा इतिहासकारों को बिहार, सिंध और नेपाल के इतिहास से संबंधित जानकारी प्राप्त होती है।
    - कुछ ऐतिहासिक आत्मकथाएँ में विशेष रूप से बिहार के इतिहास का उल्लेख हैं, जिनमें अश्वघोष की बुद्धचरित्र, वाणभट्ट की हर्षचरित, विद्यापति की किर्तिलता, हेमचंद्र की कुमारचरित्र, आदि शामिल हैं।

3. विदेशी यात्रियों का विवरण:

- प्राचीन बिहार के इतिहास के बारे मे जानकारी भारत आने वाले विदेशी यात्रियों और लेखकों के यात्रा वृतांत से पता चलता है।
- बिहार के इतिहास के सम्बन्ध में यूनानी, चीनी और अरबी लेखकों का विशेष रूप से योगदान है।
- जियाउद्दीन बरनी की तारीखे फिरोजशाही, अबुल फजल की अकबरनामा, बाबर की तुजुके बाबरी और मिर्जा नाथन की बहारिस्ताने गैबी जैसी रचनाएं भी बिहार के इतिहास की प्रमुख स्रोत हैं।
- मुल्ला तफिया, अब्दुल लतीफ, मोहम्मद सादिक और बहबहानी द्वारा लिखित फारसी भाषा के यात्रा वृत्तांत भी बिहार के लिए महत्वपूर्ण प्रकाशन हैं।
- कुछ यूरोपीय यात्रियों ने बिहार के बारे में लिखा है, जिनमें राल्फ फिच, एडवर्ड टेरी मैनरिक, जॉन मार्शल, टेबेमियर, और बिशप हेवर आदि शामिल हैं।
    - बिहार भ्रमण पर आने वाले विदेशी यात्री
        - मेगस्थनीज ने अपनी पुस्तक इंडिका में पाटलिपुत्र का वर्णन किया है, जो चंद्रगुप्त मौर्य के शासन में पाटलिपुत्र आया था।

- सीरियाई शासक डायमेकस का राजदूत एंटिओकस बिन्दुसार के दरबार में आया था।
- फाह्यान 414 ईस्वी तक भारत में रहा, वह नालंदा विश्वविद्यालय और पटना सहित कई स्थानों का भ्रमण किया।
- मुल्ला तकिया एक ऐसा व्यक्ति है जिसने अकबर के शासनकाल में जौनपुर से बंगाल की यात्रा की और सल्तनत काल में बिहार के इतिहास का अध्ययन किया।
- अब्दुल लतीफ़ एक ईरानी यात्री था जिसने मध्य युग में बिहार के विभिन्न स्थानों का भ्रमण किया था।

प्राचीन बिहार

प्राचीन भारत का इतिहास

प्रागैतिहासिक काल लक्षण
- लिखित साक्ष्य उपलब्ध नहीं
- पुरातात्तिक साक्ष्य उपलब्ध उदाहरण: पाषाण काल

आद्य ऐतिहासिक काल लक्षण
- लिखित साक्ष्य उपलब्ध
- लेकिन लिपि गूढ़ एवं अपठनीय
- उदाहरण: सैंधव सभ्यता

ऐतिहासिक काल लक्षण
- पुरातात्तिक एवं साहित्यिक,
- दोनों साक्ष्यों के आधार पर निर्धारण

पुरापाषाण काल (समयावधि: 5 लाख ई.पू. से 10 हज़ार ई.पू. तक)

मध्य पाषाण काल (समयावधि: 9 हज़ार ई.पू. से 4 हज़ार ई.पू. तक)

नवपाषाण काल (समयावधि: 7 हज़ार ई.पू. से 1 हज़ार ई.पू. तक)

निम्न पुरापाषाण काल (5,00,000 ई.पू. -50,000 ई.पू.)

मध्य पुरापाषाण काल (50,000 ई.पू. -40,000 ई.पू.)

उच्च पुरापाषाण काल (40,000 ई.पू. -10,000 ई.पू.)

सिंधु घाटी सभ्यता 2600 ईसा पूर्व - 1900 ईसा पूर्व
लौह युग: 1500 ईसा पूर्व - 200 ईसा पूर्व

↓

महाजनपद (500 ईसा पूर्व - 345 ईसा पूर्व) - सिंधु घाटी सभ्यता के बाद की प्रमुख सभ्यता

↓

मौर्य वंश (322 ईसा पूर्व -185 ईसा पूर्व)

मौर्योत्तर काल

गुप्त वंश (300 ई. - 800 ई.)

चंद्रगुप्त (322-298 ईसा पूर्व)
बिन्दुसार (298-273 ईसा पूर्व)
अशोक (273-232 ईसा पूर्व)

चन्द्रगुप्त प्रथम (320-330 ई.)
समुद्रगुप्त (330- 380 ई.)
चन्द्रगुप्त द्वितीय 380-415 ई.)

- बिहार एक ऐसा राज्य जिसका इतिहास अपनी विस्तृतता और गौरव से भरपूर है।
- प्राचीन बिहार के इतिहास को दो भागों में विभाजित किया जा सकता है-
  1. प्रागैतिहासिक काल, जो लगभग 15,000-1200 ईसा पूर्व
  2. ऐतिहासिक काल जो 1200 ईसा पूर्व से 1200 ईस्वी तक

1. प्रागैतिहासिक काल (15,000-1200 ईसा पूर्व):

- प्रागैतिहासिक काल उस काल को कहा जाता है जिस काल में लिखित साक्ष्य उपलब्ध नहीं है जबकि पुरातात्विक साक्ष्य उपलब्ध हो।
- सोनपुर, चेचर (वैशाली) और मनेर (पटना) प्रागैतिहासिक काल में सबसे महत्वपूर्ण हैं।
- प्रागैतिहासिक काल के पत्थर के औजार और मिट्टी के बर्तन पूरे बिहार में पाए गए हैं।
- काले-लाल मृदभांड (हड़प्पा युग) के टुकड़े चिरांद और सोनपुर (गया) में पाए गए हैं।
- हड़प्पा युग के प्रमाण भागलपुर, राजगीर और वैशाली में पाए गए हैं।
- बिहार के प्रागैतिहासिक काल को निम्न सारणी में दिये गये समयावधि के तहत अध्ययन किया जा सकता है -

युग	समयावधि	महत्वपूर्ण स्थल
पुरापाषाण काल	10000 ई. पू. से पूर्व	जेठियन (गया), मुंगेर, नालन्दा, हजारीबाग, सिंहभूम
मध्यपाषाण काल	10000 ई. पू. से 4000 ई. पू.	मुंगेर
नवपाषाण काल	4000 ई. पू. से 2500 ई. पू.	उत्तर बिहार के चिरॉद, चेचर
ताम्रपाषाण काल	2500 ई. पू. से 1000 ई. पू.	बिहार के चिरॉद, चेचर, सोनपुर, मनेर

2. ऐतिहासिक काल (1200 ई. पूर्व -1200 ई.):

- ऐतिहासिक काल को उत्तर वैदिक काल के रूप में जाना जाता है।
- अथर्ववेद (10वीं - 8वीं शताब्दी ई. पू.) एवं पंचविश ब्राह्मण (8वीं -6वीं शताब्दी ई. पू.) में बिहार के लिए 'ब्रात्य' शब्द का उल्लेख है।
- ऋग्वेद में बिहार के बारे में 'कीकट' नामक स्थान के रूप में उल्लेख किया गया है।
- वाराह पुराण में कीकट को एक अपवित्र प्रदेश कहा गया है, जबकि वायु पुराण और पद्म पुराण में राजगीर, पटना आदि को पवित्र स्थानों की श्रेणी में रखा गया है।

महाजनपद काल

- छठी शताब्दी ई.पू. में उत्तर भारत सोलह महाजनपदों में विभक्त था जिसमें से तीन- मगध, अंग तथा वज्जि महाजनपद बिहार में स्थित थे जिनका विवरण निम्न है-
- मगध महाजनपद
  - मगध महाजनपद की सीमाएं पश्चिम में सोन नदी, पूर्व में चंपा नदी, उत्तर में गंगा नदी तथा दक्षिण में विंध्य पर्वत तक विस्तृत थीं।
  - मगध महाजनपद की राजधानी गिरिव्रज बाद में पाटलिपुत्र हो गयी थी।
  - मगध राज्य में कौशल, वत्स और अवन्ति जैसे तत्कालीन शक्तिशाली राज्यों का विलय हुआ था।
  - मगध साम्राज्य का उत्कर्ष करने में निम्न वंश ने महत्वपूर्ण भूमिका निभाई है-
- बृहद्रथ वंश
  - बृहद्रथ वंश सबसे प्राचीन राजवंशों में से एक था जिसकी स्थापना राजा बृहद्रथ ने की थी।
  - महाभारत एवं पुराणों के अनुसार बृहद्रथ चेदि के कुरु राजा उपरिच वसु के जेष्ठ पुत्र थे।ऋग्वेद में बृहद्रथ नाम का उल्लेख मिलता है।
  - बृहद्रथ वंश में 10 राजा हुए, जिनमें बृहद्रथ का पुत्र जरासंध सबसे प्रतापी सम्राट, जबकि अंतिम राजा रिपुन्जय थे।
  - गिरिव्रज या राजगृह बृहद्रत वंश की राजधानी थी।
  - 600 ई. पूर्व में बृहद्रथ वंश का अंत हो गया और हर्यंक राजवंश की स्थापना हुई।
- हर्यंक वंश:
  - बिम्बिसार ने 544 ई. पू. में हर्यक वंश की स्थापना की थी, उसने गिरिव्रज (राजगीर) को हर्यंक वंश की राजधानी बनाया।
  - हर्यंक वंश पर 544-492 तक बिम्बिसार, 492-460 तक अजातशत्रु, 460-444 तक उदयिन, 444-440 तक अनुरुद्ध, 440-437 तक मुंडा, 437 के कुछ महीने तक महाराजा दर्शक तथा अन्तिम 437-413 ई. पूर्व तक नागदशक का शासन था।
- बिम्बिसार (544 - 492 ई. पू.)
  - बिम्बिसार हर्यंक वंश का एक कुशल राजनीतिज्ञ और दूरदर्शी शासक था।
  - बिम्बिसार का विवाह लिच्छवी गणराज्य के शासक चेटक की पुत्री चेलना से संपन्न हुआ था।
  - बिम्बिसार पहले बौद्ध धर्म में विश्वास रखता था लेकिन अपनी रानी चेलना के उपदेशों से प्रभावित होकर उन्होंने जैन धर्म स्वीकार कर लिया था।
  - बिम्बिसार ने अंग राज्य पर विजय प्राप्त कर उसे अपने साम्राज्य में सम्मिलित किया तथा अपने पुत्र अजातशत्रु को अंग राज्य का उपराजा नियुक्त किया।
  - बौद्ध और जैन शास्त्रों के अनुसार, बिम्बिसार के पुत्र अजातशत्रु ने उसे कैद कर लिया था, और 492 ई. पू. में उसका वध कर दिया, और स्वंय हर्यंक वंश का शासक बना।
- अजातशत्रु (492-460 ई. पू.)
  - अजातशत्रु मगध के राजा बिंबिसार का पुत्र था, जिसके बचपन का नाम 'कुणिक' था और वह भगवान बुद्ध का के समकालीन था।
  - अजातशत्रु एक वीर और प्रतापी राजा था, उसने बिम्बिसार की तरह साम्राज्य की सीमाओं को चरमोत्कर्ष तक पहुँचाने की नीति अपनाई और साम्राज्य का विस्तार किया।
  - पाली ग्रंथ के अनुशार अजातशत्रु ने लिच्छवी, अंग, कोसल, वज्जी और काशी जनपदों को अपने राज्य में एकीकृत कर एक विशाल साम्राज्य की स्थापना की थी।
  - अजातशत्रु ने पाटलिपुत्र नगर की स्थापना की थी, जो गंगा और सोन नदी के संगम पर स्थित था।
  - अजातशत्रु पितृहन्ता के कारण अभिशापित हुआ था, जिससे उसका मन अशांत रहता था, वह बुद्ध की शरण में गया, जहाँ उसे आत्मिक शांति मिली, और बुद्ध का परम अनुयायी बन गया।
  - अजातशत्रु के समय (483 ई.पू.) राजगृह में ही वैभार-पर्वत की 'सप्तपर्णि गुफा' में बौद्ध संघ की प्रथम बौद्ध संगीति हुई, जिसमें विनयपिटक और सुत्तपिटक का संपादन हुआ।

- उदयिन (460-444 ई.पू.)
  - अजातशत्रु के शासनकाल में उदयिन चंपा का शासक और जैन धर्म का अनुयायी था।
  - उदयिन ने अपने पिता अजातशत्रु की हत्या करके मगध की सत्ता हासिल की थी।
  - उदयिन ने मगध की राजधानी को राजगृह से पाटलिपुत्र स्थानान्तरित किया।
  - उदयिन की हत्या अवन्ति नरेश के गुप्तचर द्वारा की गयी थी।
  - उदयिन के तीन पुत्र- अनिरूद्ध, नागदशक और मुंडक थे।
  - अमात्य शिशुनाग ने हर्यंक वंश के अंतिम शासक नागदशक की हत्या करके शिशुनाग वंश की नीव रखी।
- शिशुनाग वंश (412-345 ई.पू.)
  - 412 ई. पू. में काशी के शासक शिशुनाग ने शिशुनाग वंश की स्थापना की और राजधानी को पाटलिपुत्र से वैशाली में स्थानांतरित कर दिया था।
  - शिशुनाग ने वत्स, अवंति और कौशांबी पर विजय प्राप्त की थी।
  - 394 ई. पू. में शिशुनाग की मृत्यु के बाद, उनका पुत्र कालाशोक (काकर्ण) मगध का सबसे प्रतापी राजा बना और राजधानी को पाटलिपुत्र में स्थानान्तरित किया।
  - 383 ई. पू. वैशाली में कालाशोक के शासनकाल में बौद्ध धर्म की 'द्वितीय संगीति' का आयोजन हुआ था।
  - नंदीवर्धन शिशुनाग वंश का अंतिम शासक था।
- नंद वंश (345-321 ई. पू.)
  - महापद्मनंद ने शिशुनाग वंश का अंत कर मगध साम्राज्य पर अधिकार प्राप्त किया और नंद वंश की स्थापना की, इस समयावधि में मगध की शक्ति चरमोत्कर्ष पर पहुँची।
  - नंद वंश का सबसे प्रतापी शासक महापद्मनंद और घनानंद थे।
  - नंद वंश का अंतिम शासक घनानंद बना था इसी समय 326 ई.पू. में यूनानी शासक सिकंदर ने भारत पर आक्रमण किया।
  - 322 ई. पू. में चंद्रगुप्त मौर्य ने घनानंद को हराकर नंदवंश के स्थान पर मौर्य साम्राज्य की स्थापना की।
- अंग महाजनपद
  - अंग महाजनपद का उल्लेख सर्वप्रथम 'अथर्ववेद' में मिलता है, जो बिहार के पूर्वी भाग से लेकर बंगाल की खाड़ी तक विस्तृत था, इसकी राजधानी वर्तमान भागलपुर के निकट चंपा में थी।
  - बौद्ध धर्म ग्रन्थ दीर्घ निकाय के अनुसार चंपा नगर के निर्माण की योजना सुप्रसिद्ध वास्तुकार महागोविन्द ने की थी।
  - बिंबिसार ने छोटानागपुर क्षेत्र के शासक नागराज की सहायता से अंग महाजनपद के अंतिम शासक ब्रह्मदत की हत्या कर दी थी।
  - मगध के शासक अजातशत्रु काबुल से लौटने के उपरांत अंग को मगध में मिला लिया गया था।
- वज्जि महाजनपद
  - वज्जि महाजनपद की स्थापना लगभग 725 ई. पूर्व के आसपास हुई थी जो आठ राज्यों का एक संघ था जिसमें लिच्छवी, विदेह, ज्ञातक, वज्जि, उग्र, भोग, कौरव और इक्ष्वाकु शामिल थे और इसकी राजधानी वैशाली थी।
  - वैशाली में गणतांत्रिक व्यवस्था स्थापित थी, इसलिए इसे विश्व का प्रथम गणतंत्र भी कहा जाता है।
  - गौतम बुद्ध ने वज्जियों के गणतंत्र के बारे में कहा था कि जब तक वज्जि संघ के लोग अपने सात आवश्यक धर्म्मों का पालन करते रहेंगे, तब तक उन्हें कोई पराजित नहीं कर सकता है।
  - वज्जि संघ की बैठकों की अध्यक्षता गणप्रमुख करता था और बैठकों में गणपूर्ति अनिवार्य थी। गणपूर्ति की संख्या 20 निर्धारित थी।
  - विदेह और वैशाली दोनों ही वज्जि संघ के मुख्य राज्य थे। जिनका विवरण निम्नलिखित प्रकार है-

1. विदेह
   - यजुर्वेद में विदेह राज्य का वर्णन पाया जाता है। विदेह राज्य का प्रारंभ इक्ष्वाकु के पुत्र निमि विदेह से माना जाता है, जो सूर्यवंशी थे।
   - इस वंश में कुल 68 राजा हुए जिनमें से 53 राजा प्रथम खण्ड तथा 15 राजा द्वितीय खण्ड में थे।
   - विदेह राज्य वर्तमान बिहार के दरभंगा जिले और उसके आस-पास के क्षेत्रों में विस्तृत था और इसे जैन और बौद्ध धर्म का व्यापक प्रभाव था।
   - विदेह में आर्यों के आगमन के बाद, शतपथ ब्राह्मण नामक ग्रंथ की रचना हुई थी।
2. वैशाली
   - वैशाली का नाम वैशालिक वंश के राजा विशाल के नाम पर रखा गया था, राजा विशाल का उल्लेख वराह, नारद, मार्कण्डेय, और भागवत पुराणों में मिलता है, इस वंश का प्रथम शासक नमनेदिष्ट प्रथम एवं सुमति अन्तिम शासक।
   - छठी शताब्दी ईसा पूर्व का सबसे बड़ा और शक्तिशाली गणराज्य वैशाली था।

बिहार में जैन धर्म और बौद्ध धर्म का उदय

- जैन धर्म और बौद्ध धर्म दोनों ही प्राचीन धर्म हैं जो कि अपनी शिक्षाओं के लिए प्रचलित हैं।
  - बिहार में जैन धर्म का उदय एवं प्रसार:
    - जैन धर्म विश्व के प्राचीनतम धर्मों में से एक है, जो दर्शन पर आधारित है, जैन धर्म का संबंध बिहार के प्रारंम्भ काल से था और सम्पूर्ण बिहार में इसका प्रभाव व्याप्त है।
    - जैन धर्म में 24 तीर्थंकर हुए सभी का संबंध बिहार से था, ऋषभदेव (पहले तीर्थंकर) और नेमिनाथ (21वें तीर्थंकर) को छोड़कर शेष सभी तीर्थंकरों ने बिहार में निर्वाण प्राप्त किये थे।
    - पार्श्वनाथ जैन धर्म के 23वें तीर्थंकर, जबकि महावीर स्वामी अंतिम तीर्थंकर थे।
    - महावीर स्वामी का जन्म 540 ई.पू. में वैशाली के कुंडग्राम में हुआ, उनकी माता त्रिशला लिच्छवी के राजा चेटक की बहन थी और पिता सिद्धार्थ ज्ञातृ कुल के क्षत्रिय थे। महावीर के बचपन का नाम वर्धमान था।
    - महावीर स्वामी ने 30 वर्ष की आयु में गृह त्याग कर दिया, 12 वर्षों की कठिन तपस्या के उपरांत, 42 साल की आयु में, ऋजुपालिका नदी के तट पर जृंभिका ग्राम में शाल वृक्ष के नीचे उन्हें ज्ञान की प्राप्ति हुई। ज्ञान प्राप्ति के बाद, उन्हें महावीर या कैवल्य कहा गया।
    - महावीर स्वामी ने पार्श्वनाथ तीर्थंकर के चार मुख्य व्रत - सत्य, अहिंसा, अस्तेय और अपरिग्रह के साथ ही ब्रह्मचर्य व्रत को जोड़ा जो पाँच महाव्रत कहलाए।

- महावीर स्वामी के समकालीन शासकों में बिंबिसार, अजातशत्रु, उदयिन, प्रद्योतसेन आदि उनके अनुयायी थे।
- महावीर ने बिहार के विभिन्न स्थानों जैसे चंपा, नालंदा, वैशाली, पावापुरी और कायो का भ्रमण किया जबकि राजगृह उनकी गतिविधियों का केंद्र था।
- महावीर ने प्राकृत भाषा में अपने उपदेश दिए थे तथा उनकी मृत्यु 468 ई. पू. पावापुरी (पटना) में हुई थी।

जैन धर्म की शिक्षाएँ:	
जैन धर्म की पाँच महाव्रत	**अर्थ**
अहिंसा	हिंसा से परहित और सबका भला करना
सत्य	झूठ न बोलना और सत्य का पालन करना
अस्तेय	"जो कुछ नहीं दिया गया है, उसे लेना नहीं"
अपरिग्रह	गृहस्थों के लिए विशेषतः संपत्ति या वैश्विक संपत्तियों के प्रति अलगाव की भावना; भिक्षुकों के लिए, कुछ भी नहीं रखना।
ब्रह्मचर्य	भिक्षुकों के लिए यौन और इंद्रिय सुखों से त्याग और घरवालों के लिए अपने साथी के प्रति वफादारी

- त्रिरत्न (तीन रत्न)
  - जैन धर्म का लक्ष्य निर्वाण या मोक्ष की प्राप्ति है, जिसे त्रिरत्न द्वारा प्राप्त कर सकते हैं:
    1. सम्यक ज्ञान – सही ज्ञान
    2. सम्यक दर्शन – सभी तत्वों में अंतर्दृष्टि- जीव, अजीव, कर्म बंध, संवर आदि
    3. सम्यक चरित्र - सही आचरण/व्यवहार इसके दो रुप होते है- श्रावकाचार तथा श्रमणाचार
- स्यादवाद का सिद्धांत:
  - महावीर स्वामी द्वारा दिया गया स्यादवाद का सिद्धांत वर्तमान परिपेक्ष में भी प्रासांगिक है।
  - किसी मनुष्य जीव जंतु के गुण, अवगुण, मानसिकता को समझने में सहायक होते हैं।
  - महावीर स्वामी के अनुसार पूर्ण ज्ञान से ही पूर्ण सत्य की प्राप्ति की जा सकती है इसीलिये उन्होंने पूर्ण ज्ञान प्राप्त करने पर सदैव प्रोत्साहित किया।
  - जैन धर्म में जीव और अजीव के द्वैतवादी दर्शन होते हैं।
  - जीव अपरिहार्यतया परिणमित होता है और ज्ञानी आत्मा होता है; अजीव अचेतन धातु होती है।
- जैन धर्म का विभाजन:
  - मगध में अकाल पड़ने के कारण कई जैन भिक्षु अपना स्थान छोड़कर भद्रबाहु के साथ दक्षिण भारत चले गए जबकि कुछ जैन भिक्षु मगध में ही रूक गये थे।
  - दक्षिण भारत से लौटने के पश्चात् उनको 'दिगंबर' कहा जाने लगा जो नग्न रहते थे और जो मगध मे रुक गये थे उनको 'श्वेतांबर' कहा जाता है जो सफेद वस्त्र धारण करते थे।
- जैन परिषद:
  - जैन धर्म में दो परिषद हुई थी जिनका विवरण निम्नलिखित है-
    1. प्रथम जैन परिषद:
       - प्रथम जैन परिषद का आयोजन 300 ईसा पूर्व में पाटलिपुत्र (वर्तमान पटना) में चंद्रगुप्त मौर्य के शासनकाल में हुआ था।
       - प्रथम जैन परिषद की अध्यक्षता स्थूलभद्र ने की थी तथा जैन धर्म के प्रमुख भाग का संपादन 12 अंगों के द्वारा किया गया था।
       - पहली जैन परिषद में जैन धर्म दो भागों, दिगंबर और श्वेतांबर में विभाजित हो गया था।
    2. द्वितीय जैन परिषद:
       - द्वितीय जैन परिषद का आयोजन 512 ई. में वल्लभी में देवर्षि क्षमाश्रमण की अध्यक्षता में हुआ था।
       - द्वितीय जैन परिषद में धर्म ग्रंथों को अंतिम रूप से संकलित कर लिपिबद्ध किया गया जो 12 अंग तथा 12 उपांगों का अंतिम संकलन था।
- जैन साहित्य:
  - जैन धर्मशास्त्रों को अगम सिद्धांत कहते हैं और इन्हें अर्धमागधी प्राकृत भाषा में लिखा गया था। इसमें 12 अंग, 12 उपांग, 10 प्रकीर्णाएं, 6 छेदसूत्र, 4 मूलसूत्र हैं।

बिहार में बौद्ध धर्म का उदय एवं प्रसार:

- बौद्ध धर्म के संस्थापक गौतम बुद्ध का जन्म 563 ईसा पूर्व वैशाख पूर्णिमा के दिन नेपाल के लुम्बिनी में हुआ था, उनके पिता का नाम शुद्धोधन और माता का नाम महामाया था।
- उनकी माता की मृत्यु के पश्चात् उनके पिता शुद्धोधन की दूसरी पत्नी महाप्रजापति गौतमी ने उनका पालन पोषण किया था तथा 16 वर्ष की उम्र में उनका विवाह यशोधरा से हुआ था जिनसे उन्हें एक पुत्र की प्राप्ति हुई जिसका नाम राहुल था।
- 29 वर्ष की आयु में राजकुमार गौतम ने गृह त्याग किया जो बौद्ध धर्म में महाभिनिष्क्रमण कहलाया।
- 35 वर्ष (528 ई.पू.) की उम्र में वैशाख पूर्णिमा के दिन बोधगया में पीपल के वृक्ष के नीचे उन्हें ज्ञान की प्राप्ति हुई, तब से उन्हें बुद्ध कहा जाने लगा।
- ज्ञान प्राप्ति के बाद बुद्ध ने ऋषिपत्तन (सारनाथ) में अपने 5 शिष्यों – कौण्डिय, महानाम, भद्दियवद्य, अश्वजीत और वष्प को प्रथम उपदेश दिया जिसे धर्मचक्र-प्रवर्तन कहा गया और साथ ही बौद्ध धर्म (528 ई.पू.) की स्थापना हुई।
- गौतम बुद्ध ने अधिकतम उपदेश कोसल की राजधानी श्रावस्ती में दिये थे।
- गौतम बुद्ध अपने प्रवास के समय अम्बलट्ठिका, नालंदा, पाटलिग्राम, कोटिग्राम, नदिका होते हुए वैशाली पहुँचे जहाँ नगरवधू आम्रपाली के आमंत्रण पर उसके घर पर भोजन किया, व प्रवचन दिया जिसे सुनकर आम्रपाली साध्वी बन गयी।
- बौद्ध संघ में प्रवेश के उपरांत 70-75 भिक्षुणियों ने थेरीगाथा नामक कविता-संग्रह की रचना की जिसमें 522 कविताएं है।
- बुद्ध के समय समाज में वर्ण व्यवस्था थी, समाज चार वर्णों के साथ जातियों व निम्न जातियों में विभक्त था, समाज में दहेज व विधवा-विवाह का भी प्रचलन था।
- बौद्ध काल में साहित्य, दर्शन, कला, पदार्थशास्त्र, रसायनशास्त्र, गणित,

ज्यामिति, ज्योतिषि, खगोल विज्ञान आदि विषयों से संबंधित ज्ञान सर्वोच्च स्थिति में पहुँच गयी थी।

- बौद्ध धर्म में हीनयान एवं महायान शाखा के अतिरिक्त वज्रयान शाखा का भी विकास हुआ, वज्रयानियों को विश्वास था कि जादुई शक्ति ही सर्वोत्तम है, इन्हें असुर, दानव, दैत्य, अनार्य, राक्षस आदि कहा जाता था।
- बुद्ध के समय मगध और वैशाली के बीच टकराव की स्थिति थी, बुद्ध के प्रभाव में आकर अजातशत्रु ने अपना आक्रमण स्थगित कर दिया और कूटनीति तथा भेदनीति से अंततः वैशाली पर अधिकार स्थापित कर लिया।
- 483 ई.पू. वैशाख पूर्णिमा के दिन कुशीनगर में उनकी मृत्यु हुई, जिसे बौद्ध धर्म में महापरिनिर्वाण के नाम से जाना जाता है।

बौद्ध दर्शन के मूल सिद्धांत-

- बौद्ध दर्शन के तीन मूल सिद्धान्त है – अनीश्वरवाद, अनात्मवाद और क्षणिकवाद।
- बौद्ध धर्म हमे यह शिक्षा देता है कि मनुष्य को यथार्थ जीवन व्यतीत करना चाहिए।

बौद्ध धर्म के आर्य सत्य-

- बुद्ध की चार आर्य सत्य (श्रेष्ठ सत्य) निम्नलिखित हैं-
  1. दुःख अर्थात् संसार दुःखमय है।
  2. दुःख-समुदय अर्थात् दुःखों का कारण भी हैं।
  3. दुःख-निरोध अर्थात् दुःखों का निवारण भी सम्भव है।
  4. दुःख-निरोध-मार्ग अर्थात् दुःखों निवारण के लिये अष्टांगिक मार्ग हैं।

बौद्ध धर्म का अष्टांगिक मार्ग-

- बुद्ध ने दुख से मुक्ति पाने के लिए आठ उपायों को बताया जिसे अष्टांगिक मार्ग कहते है जो निम्नलिखित हैं -
  1. सम्यक-दृष्टि- जीवन के दुख और सुख का सही अवलोकन
  2. सम्यक संकल्प- सही संकल्प पर जीवन पर्यन्त चलना
  3. सम्यक वाक- जीवन में वाणी की पवित्रता और सत्यता
  4. सम्यक कर्मांत- सही कर्मों का पालन करना
  5. सम्यक जीविका-सही माध्यम से जीविकोपार्जन करना
  6. सम्यक व्यायाम- निरंतर प्रयास करना
  7. सम्यक स्मृति- विचार और भावनाओं को स्थिर व शुद्ध रखना
  8. सम्यक समाधि- उपयुक्त चित्त की एकाग्रता से मिलकर बनते हैं।

बौद्ध धर्म के दस शील-

- सत्य बोलना, चोरी न करना, ब्रह्मचर्य का पालन करना, लालच न करना, अहिंसा का पालन करना, कभी फूल, इत्र या सुगंध न लगाना, गाना-नृत्य न करना, महिलाओं से दूरी बनाए रखना, निषिद्ध समय पर खाना नहीं खाना और आरामदायक शयन पर विश्राम करने से परहेज करना।
- बौद्ध धर्म में सभी संन्यासी को इन दस नियमों का सख्ती से पालन करना अनिवार्य होता है।

बौद्ध धर्म के रत्न-

- बौद्ध धर्म के त्रिरत्न –
  1. बुद्ध- बुद्ध का अर्थ जागृत तथा अनंत ज्ञानी मनुष्य
  2. धम्म- बौद्ध धर्म की शिक्षाओं को धम्म कहते है, सम्पूर्ण बौद्ध धर्म धम्म पर आधारित है।
  3. संघ- बौद्ध धर्म में बौद्ध भिक्षुओं एवं उपासकों के संगठन को संघ कहते है। संघ बौद्ध धर्म के प्रचार में महत्वपूर्ण स्थान रखता है।

बौद्ध संगीति

क्रम	आयोजन वर्ष	स्थान	अध्यक्ष	शासनकाल	संबंधित तथ्य
प्रथम	483 ई०पू०	राजगृह	महाकाश्यप	अजातशत्रु (हर्यक वंश)	विनय पिटक एवं सुत पिटक का संकलन
द्वितीय	383 ई०पू०	वैशाली	साबाकामी	कालाशोक (शिशुनाग वंश)	स्थाविर एवं महासंघिक में विभाजित
तृतीय	247 ई०पू०	पाटलिपुत्र	मोगलिपुत्त तिस्स	अशोक (मौर्य वंश)	अभिधम्म पिटक जोड़ा गया
चतुर्थ	प्रथम शताब्दी ई०	कुंडलवन (कश्मीर)	वसुमित्र (अध्यक्ष) अश्वघोष (उपाध्यक्ष)	कनिष्क (कुषाण वंश)	हीनयान एवं महायान में विभाजित

बौद्ध धर्म का साहित्यः

बौद्ध शास्त्र

पालि विहित पाठ - बौद्ध शास्त्रों का पालि भाषा में तीन भागों में विभाजन त्रिपिटक कहलाता है।

1. **विनय पिटक** - यह भिक्षु और भिक्षुणियों के नियम और विनियमों (पाटिमोक्ख) से संबंधित है। इसमें बुद्ध के जीवन और उनके उपदेशों का भी वर्णन किया गया है।
2. **सुत्त पिटक** - इसमें बुद्ध द्वारा विभिन्न अवसरों पर दिए गए व्याख्यानों का संग्रह है। धम्मपद (धर्ममार्ग) जो बुद्ध के सार्वभौमिक उपदेशों का सार है, विश्व के महान धार्मिक ग्रंथों में से एक है।
3. **अभिधम्म पिटक** - इसमें बौद्ध शिक्षा का दर्शन दिया गया है। धम्मसंगणि बौद्ध दर्शन और नैतिकता के बारे में एक अच्छी समझ प्रदान करती है।

मौर्य साम्राज्य

- मौर्य साम्राज्य का शासनकाल 322 ईसा पूर्व से 185 ईसा पूर्व तक था। इसकी राजधानी पाटलिपुत्र थी।
- मौर्य साम्राज्य का विस्तार बंगाल से लेकर आज के अफगानिस्तान तक था।
- मौर्य साम्राज्य के बारे में जानकारी हमें पुरातात्विक और साहित्यिक दोनों स्त्रोतों से प्राप्त होती है।
- चाणक्य नाम के एक मंत्री ने मौर्य साम्राज्य को स्थापित करने में महत्त्वपूर्ण भूमिका निभाई थी।
- मौर्य वंश के शासक एवं उनकी शासनावधि निम्नलिखित है:

चन्द्रगुप्त मौर्य (322–298) ई.पू → **बिंदुसार** (298–273) ई.पू → **अशोक** (273–232) ई.पू → **सुशर्मा** (232–224) ई.पू

दशरथ (224–215) ई.पू → **सम्प्रति** (215–202) ई.पू → **अशोकवर्धन** (202–195) ई.पू

शतधन्वा (195–187) ई.पू → **शालिसुक** (187–185) ई.पू → **ब्रह्मदत्त** (185–183) ई.पू

- चन्द्रगुप्त मौर्य (322 – 298 ई. पू.):
  - चन्द्रगुप्त मौर्य भारत के महान सम्राट थे जिन्होंने 322 ई.पू. में मगध सम्राट धनानंद को पराजित करके मौर्य साम्राज्य की स्थापना की थी।
  - चन्द्रगुप्त की धनानंद पर विजयगाथा का वर्णन नाटककार विशाखदत्त द्वारा रचित मुद्राराक्षस में वर्णित है।
  - 305 ईसा पूर्व में चंद्रगुप्त मौर्य ने सिंधु नदी किनारे सेल्यूकस को पराजित किया था।
  - चन्द्रगुप्त का विवाह सेल्यूकस निकेटर ने अपनी पुत्री हेलन कार्नेलिया के साथ कर दिया। इस वैवाहिक संबंध का विस्तृत उल्लेख एप्पियानस ने किया है।
  - चन्द्रगुप्त मौर्य ने सेल्यूकस को 500 हाथी उपहार में दिए जबकि सेल्यूकस ने चन्द्रगुप्त मौर्य को दहेज में चार राज्यप्रांत-एरिया (हेरात), अराकोशिया (कंधार), जेड्रोशिया (मकरान), पेरीपिनिषदाई (काबुल) प्रदान किए।
  - मेगस्थनीज जो कि सेल्यूकस का राजदूत था चन्द्रगुप्त मौर्य के दरबार में आया था।
  - चन्द्रगुप्त मौर्य जैन धर्म के अनुयायी थे। उनके शासनकाल के दौरान ही प्रथम जैन-संगीति का आयोजन पाटलिपुत्र में जैनाचार्य स्थूलभद्र की अध्यक्षता में हुई थी।
  - संगीति के पश्चात 14 पूर्वो (पुरानी जैन स्मृतियाँ) के स्थान पर 12 अंगों की रचना की गई, जो पाटलिपुत्र-वाचना के नाम से प्रसिद्ध हुई।
  - चन्द्रगुप्त मौर्य के समय की अभिलेखों से पता चलता है कि मौर्य कालीन बिहार की भाषा पाली एवं अर्द्धमागधी तथा लिपि ब्राह्मी थी।
  - चन्द्रगुप्त मौर्य द्वारा साम्राज्य संभालने से पहले उत्तर-पश्चिमी भारतीय उपमहाद्वीप पर सिकंदर ने आक्रमण किया था, लेकिन 324 ईसा पूर्व में सिकंदर की सेना में विद्रोह पैदा हो गया था, जिसके कारण उसे वापस लौटना पड़ा था।
  - मौर्य सम्राट चन्द्रगुप्त मौर्य की शासन व्यवस्था का विवरण यूनानी राजदूत मेगास्थनीज द्वारा लिखित "इंडिका" नामक पुस्तक से प्राप्त होता है।
  - चन्द्रगुप्त मौर्य के परिषद में 18 मंत्रियों की व्यवस्था थी, जिसे 27 भागों में बांटा गया था। प्रत्येक भाग/विभाग का अलग विभाग अध्यक्ष था जिन्हें चन्द्रगुप्त मौर्य नियुक्त करता था। सलाहकार समिति में भी 4 सदस्य थे जिन्हें मंत्रिणः नाम से जाना जाता था और उनका वेतन 48 हजार पण था।
  - चन्द्रगुप्त मौर्य की शासन व्यवस्था के अंतर्गत न्यायिक व्यवस्था ग्राम पंचायत स्तर पर विभाजित थी। उस समय दो प्रकार के न्यायालय प्रचलित थे, जिन्हें फौजदारी और दीवानी नाम से जाना जाता था।
  - आर्थिक से लेकर कठोर दंड तक के प्रावधानों की व्यवस्था थी, जिससे अपराधों में कमी हो सके।
  - सम्राट चंद्रगुप्त मौर्य ने सुशासन की स्थापना करने के लिए संपूर्ण मौर्य साम्राज्य को 6 भागों में विभाजित कर दिया था। इन भागों में उत्तरापथ, सेल्यूकस से प्राप्त प्रदेश (जैसे काबुल, बलूचिस्तान आदि), सौराष्ट्र, दक्षिणापथ, अवंती और मगध मुख्य थे।
  - चन्द्रगुप्त मौर्य ने 24 वर्षों तक सफलतापूर्वक शासन किया और जब उन्होंने करीब 50 साल की आयु पूरी की थी, तब उनका झुकाव जैन धर्म की ओर हुआ। भद्रबाहु चन्द्रगुप्त मौर्य के गुरु थे।
  - 298 ईसा पूर्व में, वे अपने साम्राज्य को अपने बेटे बिंदुसार को सौंपकर श्रवणबेलगोला, कर्नाटक में चले गए। वहाँ उन्होंने 5 हफ्तों तक बिना खाए पिए ध्यान किया, जिसे संथारा कहते हैं।
  - संलेखना उपवास करने के दौरान, उन्होंने अपने प्राणों का त्याग कर दिया।
- बिन्दुसार (298 – 273 ई.पू.):
  - चन्द्रगुप्त मौर्य का उत्तराधिकारी उसका पुत्र बिंदुसार हुआ।
  - जैन ग्रंथों के अनुसार, इनकी माता का नाम दुर्धरा, पत्नी का नाम धम्मा था, जबकि अशोकावदान में पत्नी का नाम सुभद्रांगी बताया गया है।
  - बिंदुसार को दक्षिण की ओर साम्राज्य का विस्तार करने का श्रेय दिया जाता है, हालांकि उसके विजय अभियान का कोई साक्ष्य उपलब्ध नहीं है।
  - मिस्र के राजा टॉलेमी द्वितीय के काल में डायोनिसियस नामक राजदूत बिन्दुसार के दरबार में आया था।
  - दिव्यावदान के अनुसार अशोक, अवंती के उप-राजा थे।
  - चीनीग्रंथ 'फा-यूएन-चु-लिन' में बिन्दुसार को 'बिन्दुपाल' कहा गया है।
  - वायुपुराण में बिन्दुसार को भद्रसार, जैन ग्रंथ में सिंहसेन, यूनानी लेखकों ने अमित्रोचेट्स, अभित्रोजेडस, मित्रोचोट्स तथा अलित्रोचेडस कहा है।
  - बिन्दुसार ने अमित्रघात की उपाधि धारण की थी जिसका अर्थ शत्रुओं का नाश करने वाला होता है परंतु वह शांतिप्रिय तथा उदार था।
  - पुराणों के अनुसार बिन्दुसार ने 25 वर्षों तक शासन किया तथा 273 ई. पू. में रोगग्रस्त होने के कारण उसकी मृत्यु हो गई।
- सम्राट अशोक मौर्य (273 – 232 ई.पू)
  - 273 ई. पू. में बिन्दुसार की मृत्यु के उपरान्त सत्ता प्राप्ति के युद्ध में अपने भाईयों का वध करके अशोक मौर्य साम्राज्य के उत्तराधिकारी बने।
  - अभिलेखों में उन्हें 'देवानामपिय' तथा 'देवानामपियदशि' आदि उपाधियों से विभूषित किया गया है।
  - मौर्य राजवंश के चक्रवर्ती सम्राट अशोक ने राज्य का विस्तार उत्तर में हिन्दुकुश से लेकर दक्षिण में गोदावरी नदी, तथा पूर्व में बंगाल से पश्चिम में अफ़गानिस्तान, ईरान, बलूचिस्तान तक विस्तृत था।
  - सम्राट अशोक एक महान राजा थे, जिन्होंने बौद्ध धर्म को संरक्षित किया और इसे संपूर्ण एशिया और अन्य महाद्वीपों में प्रचार-प्रसार किया।

- 261 ई.पू. में सम्राट अशोक ने कलिंग पर आक्रमण किया था।
- कलिंग युद्ध में तेरहवें शिलालेख के अनुसार, लगभग 1 लाख 50 हजार लोग बंदी बनाए गए थे और 1 लाख लोगों की हत्या की गई थी।
- कलिंग पर आक्रमण के कारण अशोक का हृदय अत्यंत द्रवित हुआ जिससे उन्होंने शपथ ली कि साम्राज्य के विस्तार के लिए वह कभी शस्त्र ग्रहण नहीं करेंगे।
- अशोक के अभिलेख से पता चलता है कि वह बौद्ध भिक्षु उपगुप्त के प्रभाव में आकर बौद्ध धर्म के अनुयायी बने।
- अशोक ने तृतीय बौद्ध-संगीति का आयोजन 250 ई. पू. में पाटलिपुत्र में उपगुप्त की अध्यक्षता में करवाया था।
- अशोक ने बौद्ध धर्म के प्रचार-प्रसार के लिए धर्म प्रचारकों को नेपाल, श्रीलंका, अफ़ग़ानिस्तान, सीरिया, मिस्र और यूनान भेजा। उन्होंने अपने पुत्र (महेंद्र) और पुत्री (संगमित्रा) को भी इस कार्य में शामिल किया।
- अशोक द्वारा प्रवर्तित कुल 33 शिलालेख प्राप्त हुए हैं, जिन्हें अशोक ने 272 ईसा पूर्व से 232 ईसा पूर्व तक अपने शासनकाल के दौरान स्तंभों, चट्टानों और गुफाओं की दीवारों में अंकित कराया था।
- 232 ई.पू. में 40 वर्षो के दीर्घ शासन के बाद अशोक का निधन तक्षशिला (वर्तमान पाकिस्तान) में हुआ।

- अशोक का धम्म
  - शब्द 'धम्म' संस्कृत भाषा के धर्म शब्द का प्राकृतिक रूप है, यह अशोक की धम्म नीति के कारण है।
  - अशोक प्रजा के नैतिक उत्थान के लिए निरंतर प्रयास करने के कारण ही विश्व इतिहास के महान शासकों की सूची में स्थान प्राप्त करते हैं।
  - अशोक के धम्म में साधुता, दान, दया, प्राणियों का वध न करना, अच्छा व्यवहार आदि की बात है, इसके साथ ही निषेधात्मक पक्ष भी है, जैसे- चंडता, निष्ठुरता, क्रोध, ईर्ष्या आदि।
  - अशोक ने प्रत्येक व्यक्ति को नित्य आत्म-परीक्षण करने को कहा है ताकि वह पथ भ्रष्ट न हो।
  - साम्राज्य को सुरक्षित रखने के लिए उनके पास दो विकल्प थे - सैन्य शक्ति के द्वारा देवत्व के गुण भरकर राज्य को चलाना या धर्म के आधार पर शासन चलाना।
  - अशोक इन परस्पर विरोधी तत्त्वों को आचरण और नैतिकता के आधार पर एक समान मंच पर लाना चाहता था ताकि विरोध के स्वर दबे रहें।
- अशोक के अभिलेख- अशोक के अभिलेखों को तीन भागों- शिलालेख, स्तंभलेख और गुहालेख में वर्गीकृत किया जाता है-

1. शिलालेख- अशोक का चतुर्दश शिलालेख उन 14 लेखों का समूह है, जिन्हें अलग-अलग स्थानों से प्राप्त किया गया था। इन शिलालेखों के नाम निम्नलिखित हैं-

शिलालेख	स्थान	लिपि
गिरनार	काठियावाड़, गुजरात में जूनागढ़ के समीप	ब्राह्मी
धौली	पुरी, उड़ीसा	ब्राह्मी
जौगढ़	उड़ीसा	ब्राह्मी
कालसी	देहरादून	ब्राह्मी
एर्रागुड़ी	कर्नूल जिला, आंध्र प्रदेश	ब्राह्मी
सोपारा	ठाणे जिला, महाराष्ट्र	ब्राह्मी
शाहबाजगढ़ी	पेशावर, पाकिस्तान	खरोष्ठी
मानसेहरा	हजारा, पश्चिमी पाकिस्तान	खरोष्ठी

- लघु शिलालेख: इस शिलालेख में 14 मुख्य शिलालेखों का उल्लेख नहीं है, इसलिए इसे लघु शिलालेख कहा जाता है। इन शिलालेखों को निम्नलिखित स्थानों से प्राप्त किया गया है-

लघु शिलालेख	स्थान
सासाराम	बिहार
रूपनाथ	जबलपुर, मध्य प्रदेश
गुर्जरा	दतिया, मध्य प्रदेश
भाब्रू (वैराट)	जयपुर, राजस्थान
मास्की	रायचूर, कर्नाटक
ब्रह्मगिरि	चितलदुर्ग, कर्नाटक
सिद्धपुर	ब्रह्मगिरि
जटिंगरामेश्वर	ब्रह्मगिरि
एर्रागुड़ी	कर्नूल जिला, आंध्र प्रदेश
गवीमठ	मैसूर
पालकीगुंडू	रायचूर, कर्नाटक
राजूल मंडगिरि	कर्नूल जिला, आंध्र प्रदेश
अहरौरा	मिर्जापुर, उत्तर प्रदेश

2. स्तंभलेख: अशोक के बड़े स्तंभलेखों की संख्या सात है और वे मुख्य रूप से छह अलग-अलग स्थानों में पाए जाते हैं।
   - दिल्ली - टोपरा स्तंभलेख - यह स्तंभलेख अंबाला (हरियाणा) और सिसवा (उत्तर प्रदेश) से प्राप्त किया और फिर इसे फिरोजशाह तुगलक द्वारा दिल्ली में स्थापित किया था।
   - दिल्ली-मेरठ स्तंभलेख - यह पहले मेरठ में था, फिरोजशाह तुगलक द्वारा यह मेरठ से दिल्ली स्थानांतरित किया गया।
   - लौरिया अरेराज स्तंभलेख - यह स्तंभलेख बिहार के पश्चिमी चंपारण जिले में लौरिया अरेराज में स्थित है।
   - लौरिया नंदनगढ़ स्तंभलेख - यह बिहार के पश्चिमी चंपारण में स्थित है।
   - रामपुरवा स्तंभलेख - यह स्तंभलेख पूर्वी चंपारण जिले में अवस्थित है।
   - प्रयाग स्तंभलेख - अकबर ने इसे कौशांबी से इलाहाबाद के किले में स्थानांतरित किया।
- लघु स्तंभलेख: अशोक की राजकीय घोषणाएँ जिन्हें स्तंभों पर उत्कीर्ण किया गया है, उन्हें सामान्य रूप से लघु स्तंभलेख कहा जाता है। ये निम्नलिखित स्थानों पर पाए जाते हैं-
  - सारनाथ - वाराणसी, उत्तर प्रदेश।
  - कौशांबी - इलाहाबाद, उत्तर प्रदेश।

- साँची - रायसेन जिला, मध्य प्रदेश।
- रूम्मिनदेई - नेपाल में स्थित है।
- निगलीगाँव - यह रुम्मिनदेई से लगभग 13 किमी उत्तर-पश्चिम में नेपाल के तराई क्षेत्र में निगलीगाँव सागर नामक एक बड़ी झील के तट पर स्थित है।
- अशोक ने अपने महामात्यों को संघ भेद रोकने का आदेश सारनाथ के लघु स्तंभलेख के द्वारा दिया।
- सम्राट अशोक की रानी द्वारा दिए गए दान का उल्लेख कौशांबी के स्तंभलेख में मिलता है।

3. गुहा लेख
   - बराबर पहाड़ी में स्थित दक्षिण बिहार के गया जिले में तीन गुफाओं की दीवारों पर अशोक द्वारा लिखित अभिलेख मिले हैं, जिसमें आजीवक संप्रदाय के साधुओं के निवास के लिए गुहा दान किये जाने का विवरण है।
   - ये सभी लेख प्राकृत भाषा (ब्राह्मी लिपि) में लिखे गए हैं।

- **दशरथ (224 ई.पू. से 216 ई.पू.)**
  - 232 ई. पू. में अशोक की मृत्यु के उपरांत मौर्य साम्राज्य दो भागों पश्चिमी तथा पूर्वी में विभक्त हो गया था।
  - 224 ई.पू. में मौर्य वंश के पूर्वी भाग का शासक अशोक का पौत्र दशरथ बना।
  - दशरथ का उल्लेख मत्स्य पुराण के अतिरिक्त आजीवकों को प्रदत्त नागार्जुनी पहाड़ी गुफाओं में भी है।
  - आजीविकों के लिए उसने ध्यानमग्न होने के लिए बराबर (जहानाबाद) में कई गुफाओं का निर्माण करवाया था।
  - दशरथ के पश्चात देववर्मन, (लगभग 206-199 ई. पू.) शतधनुस् (लगभग 199-191 ई. पू.), वृहद्रथ (लगभग 191-184 ई. पू.) के शासन करने का उल्लेख भी मिलते हैं।

- **मौर्य प्रशासन**
  - चन्द्रगुप्त मौर्य की पश्चिमी सीमा हिन्दुकुश पर्वत से पूरब में बंगाल तक तथा उत्तर में कश्मीर से लेकर दक्षिण में मैसूर तक विस्तृत था। चन्द्रगुप्त मौर्य के पश्चात् बिन्दुसार, अशोक आदि मौर्य शासकों ने शासन-व्यवस्था को और भी अधिक सुदृढ़ किया।
  - व्यवस्थात्मक दृष्टिकोण से मौर्य राजवंश के विशाल साम्राज्य को एक राष्ट्र कहा जाता है।
  - चंद्रगुप्त मौर्य-बिंदुसार के समय में पूरे राष्ट्र को 4 राज्यों या चक्रों में विभाजित किया गया था जबकि अशोक के समय में 5 राज्यों में विभाजित किया गया था।
    - 1. उत्तरापथ - इसकी राजधानी तक्षशिला थी तथा इसमें अफगानिस्तान, जम्मू-कश्मीर, हिमाचल प्रदेश, उत्तराखंड और पंजाब सम्मिलित थे।
    - 2. अवंति - इसकी राजधानी उज्जैन थी। इसमें राजस्थान, गुजरात और पश्चिमी मध्य प्रदेश सम्मिलित थे।
    - 3. दक्षिणापथ - इसकी राजधानी स्वर्णगिरि थी। इसमें दक्षिणी मध्य प्रदेश, महाराष्ट्र, गोवा, कर्नाटक और आंध्र प्रदेश सम्मिलित थे।
    - 4. प्राची - इसकी राजधानी पाटलिपुत्र थी। इसमें दिल्ली, उत्तर प्रदेश, बिहार, नेपाल के तराई क्षेत्र और बांग्लादेश सम्मिलित थे।
    - 5. कलिंग - इसकी राजधानी तोसली थी। इसमें उड़ीसा क्षेत्र सम्मिलित था और यह सबसे छोटा राज्य था।

- शासन व्यवस्था - चन्द्रगुप्त मौर्य की शासन-व्यवस्था के संबंध में मेगस्थनीज के इंडिका और कौटिल्य के अर्थशास्त्र से जानकारी प्राप्त होती है। उसकी शासन व्यवस्था कुछ इस प्रकार से थी - (i) केन्द्रीय शासन (ii) प्रांतीय शासन (iii) नगर प्रशासन (iv) ग्राम प्रशासन।
  - केन्द्रीय शासन- भारत में प्रथम केन्द्रीय प्रशासन का श्रेय मौर्य प्रशासन को जाता है, प्रशासन का केन्द्र बिन्दु राजा होता था।
    - मौर्य प्रशासन में राजा कार्यपालिका, व्यवस्थापिका एवं न्यायपालिका प्रमुख होता था। मौर्य राजा ही समस्त शक्ति का स्रोत था।
    - मंत्री परिषद के सदस्यों का चुनाव अमात्यों में से उपधा परीक्षण के बाद होता था।
  - प्रांतीय शासन- मौर्य कई प्रांतो में विभक्त होता था, प्रांतो का प्रमुख प्रांतपति कहलाता था तथा केन्द्रीय प्रशासन की ही भांति प्रांतीय प्रशासन में मंत्रीपरिषद होती थी। प्रांतीय प्रशासन 4 भागों में विभक्त था जो निम्नवत है- पूर्वी प्रांत, उत्तरी-पश्चिमी प्रांत, पश्चिमी प्रांत, दक्षिण प्रांत।
  - नगर प्रशासन- मेगस्थनीज की इंडिका से पाटलिपुत्र जैसे बड़े नगर प्रशासन का वर्णन मिलता है। नगर प्रशासन का प्रमुख नगराध्यक्ष होता था जो नगर प्रशासन में समितियों में महत्वपूर्ण होता था जिसकी संख्या 6 थीं जो निम्न है-
    - शिल्पकला समिति – इस समिति का मुख्य कार्य नगर के सड़कों एवं भवनों का निर्माण करना था।
    - विदेश समिति – इस समिति का कार्य विदेशियों के रहने, खाने, दवा, प्रत्यक्ष रूप से उनकी गतिविधियों पर निगरानी रखना आदि था।
    - उद्योग-व्यापार समिति – इस समिति का कार्य उद्योग एवं व्यापार का नियंत्रण, वस्तुओं के मूल्यों का निर्धारण आदि था।
    - करनिरीक्षक समिति – इस समिति का कार्य प्रत्येक विभाग से प्राप्त करों के वितरण रखना एवं करों की चोरी को रोकना, कर की चोरी करने वाले को दण्ड देना आदि।
    - जनसंख्या समिति – इस समिति का कार्य जन्म और मृत्यु का विवरण रखना था।
    - वस्तु निरीक्षण समिति – इस समिति का कार्य बाज़ार में उपलब्ध वस्तुओं का निरीक्षण करना था।
  - ग्राम प्रशासन- यह जिले एवं ग्राम के बीच एक मध्य स्तरीय प्रशासन व्यवस्था थी। 5-10 गाँव का प्रशासन 'गोप' नामक अधिकारी करता था। गोप ग्राम की सीमा भूमि और भूमि आधारित करों का प्रबंधन करता था।

- **अमात्य मण्डल -**
  - केन्द्रीय शासन की सुविधा के लिए कई केंद्रीय एवं प्रांतीय व्यवस्था कई विभागों में विभक्त था, जिसे तीर्थ कहा जाता था।
  - प्रत्येक विभाग के प्रमुख को अमात्य कहा जाता था। कौटिल्य के अर्थशास्त्र में 18 विभागों का उल्लेख हैं, जो निम्नलिखित प्रकार है-

1. प्रधानमंत्री एवं पुरोहित	2. समाहर्ता
3. सन्निधाता	4. सेनापति
5. युवराज	6. प्रदेष्टा
7. नायक	8. कर्मान्तिक
9. व्यवहारिक	10. मंत्रिपरिषदाध्यक्ष
11. दण्डपाल	12. अन्तपाल
13. दुर्गपाल	14. नागरक
15. प्रशास्ता	16. दौवारिक
17. अन्तर्वशिक	18. आटविक।

- गुप्तचर व्यवस्था –
    - मौर्यकालीन गुप्तचर व्यवस्था अत्यंत ही व्यवस्थित एवं संगठित थी जो दो प्रकार की होती थी संस्था और संचरा।
    - गुप्तचरों को गूढ़ पुरुष तथा इसके प्रमुख अधिकारी को सर्पमहामात्य कहा जाता था।
    - ऐसे गुप्तचर जो संगठित होकर कार्य करते थे उन्हें संस्था कहा जाता था।
    - ऐसे गुप्तचर जो अन्य देशों में रहते थे वहीं नौकरी करते थे और वहां से सूचनाएं भेजते थे उनको संचरा कहा जाता था।
- न्याय प्रणाली
    - मौर्य काल में सबसे छोटा न्यायालय ग्राम का होता था, जिसमें ग्राम के वृद्धों के साथ मिलकर न्याय व्यवस्था बनाई जाती थी।
    - ग्राम न्यायालय तथा उच्च न्यायालय को छोड़कर अन्य न्यायालय दो प्रकार के थे-
        1. धर्मस्थीय न्यायालय (दीवानी न्यायालय) इसके न्यायाधीश को धर्मस्थ या व्यवहारिक कहा जाता था।
        2. कण्टकशोधन न्यायालय (फौजदारी न्यायालय)। इस न्यायालय के न्यायाधीश को प्रदेष्टा कहा जाता था।
- राजस्व प्रशासन-
    - कौटिल्य के अर्थशास्त्र के अनुसार राजस्व के 6 स्रोत थे-
        1. भूमिकर – भूमि से अर्जित कर।
        2. शुल्क कर – राज्य की सीमा के भीतर या बाहर लाने पर वस्तुओं पर लगाया जाने वाला कर।
        3. खनन कर
        4. मार्ग कर
        5. पशु कर
        6. आपातकालीन कर – राज्य पर विपदा के समय लगाया जाने वाला कर।
- सैन्य प्रशासन
    - मौर्य शासन के अन्तर्गत सैन्य प्रशासन एक केंद्रीय व्यवस्था के अन्तर्गत कार्य करता था जिसमें 30 सदस्य होते थे जो 5-5 सदस्यों की 6 समितियों में विभक्त होते थे जो निम्न है-
    - प्रथम समिति – इस समिति के अन्तर्गत जल सेना की व्यवस्था होती थी।
    - दूसरी समिति – यह समिति सामग्री, यातायात एवं रसद की व्यवस्था करती थी।
    - तीसरी समिति – इस समिति के द्वारा पैदल सैनिकों की देख-रेख की जाती थी।
    - चौथी समिति – यह समिति अश्वारोहियों के सेना की व्यवस्था करती थी।
    - पाँचवीं समिति – यह समिति गज सेना की व्यवस्था करती थी।
    - छठी समिति – इस समिति के द्वारा रथों के सेना की व्यवस्था की जाती थी।
    - सेना का प्रधान सेनापति होता था जो युद्ध क्षेत्र में सेना का नेतृत्व करता था।
    - मौर्यकालीन पैदल सेना को 6 भागों में विभक्त किया गया था।
- सामाजिक एवं आर्थिक जीवन
    - कौटिल्य ने अपनी रचना "अर्थशास्त्र" में समाज के चार वर्णों- ब्राह्मण, क्षत्रिय, वैश्य और शूद्र का उल्लेख किया था।
    - अशोक के शिलालेखों में दास और कर्मकार का जिक्र किया गया था।
    - परिवार में स्त्रियों की स्थिति मनु काल की तुलना में अच्छी थी, उन्हें पुनर्विवाह तथा नियोग करने की अनुमति थी।
    - महिलाओं को राजा के निजी अंगरक्षकों, गुप्तचरों और अन्य विविध कार्यों के लिए नियुक्त किया जाता था।
    - समाज में विधवा विवाह को मान्यता दी जाती थी। स्वतंत्र रूप से जीवन व्यतीत करने वाली विधवाएं "क्षंदवासिनी" कहलाती थीं।
    - मौर्य शासनकाल में शिक्षा के प्रमुख केंद्र तक्षशिला, उज्जैन और वाराणसी थे।
    - मौर्य शासनकाल में प्रौद्योगिकी शिक्षा का विकास हुआ और इसकी व्यवस्था वर्गों द्वारा की जाती थी।
    - नट, नर्तक, गायक, वादक आदि समाज के मनोरंजन के लिए उपयोग किए जाते थे।
    - पशुपालन, कृषि और वाणिज्य पर राज्य की अर्थव्यवस्था आधारित थी।
    - अर्थशास्त्र में धान को उत्तम फसल और गन्ने को सबसे निकृष्ट फसल बताया गया है।
    - इस काल के सिक्कों में स्वर्ण, चाँदी और तांबे के सिक्के थे।

मौर्य साम्राज्य के बाद के राजवंश

- मौर्य साम्राज्य के अंतिम दिनों में भारत में विकेन्द्रीकरण की प्रवृत्ति उत्पन्न हुई जिससे मगध के भिन्न-भिन्न क्षेत्रों पर विभिन्न वंशों ने शासन किया।
- मगध एवं बिहार क्षेत्र में शुंग एवं कण्व वंश, पश्चिमोत्तर एवं मध्य भारत में कुषाण वंश, दक्षिण भारत में सातवाहन वंश, पश्चिमी भारत में शक एवं उड़ीसा के क्षेत्र में चैत्र वंश ने शासन किया।
- मौर्योत्तरवंशो ने अनेक प्रकार से मगध एवं बिहार के इतिहास में प्रभाव डाला जो निम्नलिखित है-
- शुंग वंश (185 ई.पू. - 73 ई. पू.)
    - 185 ई. पू. में मौर्य वंश के अंतिम शासक बृहद्रथ की हत्याकर उसके सेनापति पुष्यमित्र शुंग ने एक नये शुंग वंश की स्थापना की।
    - शुंग वंश के इतिहास के बारे में जानकारी पुरातात्विक एवं साहित्यिक दोनों स्रोतों से प्राप्त होती है-
- पुरातात्विक स्रोत-
    - अयोध्या अभिलेख- अयोध्या अभिलेख से पुष्यमित्र द्वारा कराए गये दो अश्वमेध यज्ञों के बारे में जानकारी प्राप्त होती है।
    - भरहुत अभिलेख- यह शुंग वंश के शासन के बारे में जानकारी प्रदान करता है।
    - बेसनगर का अभिलेख- इस अभिलेख से शुंग वंश कालीन भागवत धर्म के बारे में जानकारी प्राप्त होती है जो यूनानी राजदूत हैलियोडोरस से सम्बंधित है और ये गरूड़ स्तंभ के ऊपर अभिलिखित है।
    - सांची तथा बोधगया स्तूप एवं स्मारक - सांची तथा बोधगया में स्थित स्तूप एवं स्मारकों से शुंग कालीन कला स्थापत्य का ज्ञान प्राप्त होता है।

- साहित्यिक स्रोत-
  - पुराण- मत्स्य पुराण और वायु पुराण से हमको यह ज्ञात होता है कि पुष्यमित्र शुंग वंश का संस्थापक था।
  - हर्षचरित- बाणभट्ट द्वारा रचित हर्षचरित के अनुसार पुष्यमित्र शुंग ने अंतिम मौर्य शासक बृहद्रथ की हत्या कर मगध के सिंहासन पर अधिकार प्राप्त कर लिया था।
  - महाभाष्य- पतंजलि जो कि पुष्यमित्र शुंग के पुरोहित थे, द्वारा रचित महाभाष्य में, यूनानियों के आक्रमण का उल्लेख है।
  - गार्गी संहिता- गार्गी संहिता एक ज्योतिष ग्रंथ है जिसमें पुष्यमित्र के शासन के दौरान यवनों के आक्रमण का उल्लेख है।
- शुंगों का उदय -
  - महर्षि पाणिनि ने शुंगवंश को 'भारद्वाज' गोत्र का ब्राह्मण बताया है।
  - शुंग काल वैदिक प्रतिक्रिया या वैदिक पुनरुत्थान का काल कहलाता है, शुंगों ने समाज में भागवत धर्म के उदय में महत्वपूर्ण भूमिका निभाई थी।
  - शुंग वंश का साम्राज्य उत्तर में हिमालय से लेकर दक्षिण में बरार तक और पश्चिम में पंजाब से लेकर पूर्व में मगध तक फैला हुआ था जिसकी राजधानी पाटलिपुत्र थी।
  - शुंग वंश के शासन काल में सोने की मुद्राएं निष्क, दिनार, सुवर्ण, स्वर्ण मासिक आदि नाम से जानी जाती थीं।
  - शुंग वंश के अंतिम शासक देवभूति थे, जिनका वध वशुमित्र ने किया था।
  - इस वंश के शासकों का विवरण नीचे दिया गया है-

क्रम-संख्या	शासक	शासन अवधि (ई.पू)
1.	सम्राट पुष्यमित्र शुंग	185–149
2.	सम्राट अग्निमित्र शुंग	149–141
3.	सम्राट वसुज्येष्ठ शुंग	141–131
4.	सम्राट वसुमित्र शुंग	131–124
5.	सम्राट अन्ध्रक शुंग	124–122
6.	सम्राट पुलिन्दक शुंग	122–119
7.	सम्राट घोष शुंग	119–108
8.	सम्राट वज्रमित्र शुंग	108–94
9.	सम्राट भगभद्र शुंग	94–83
10.	सम्राट देवभूति शुंग	83–73

- पुष्यमित्र शुंग
  - पुष्यमित्र शुंग (185-149 ई.पू.) शुंग वंश के संस्थापक एवं प्रथम राजा थे।
  - पुष्यमित्र शुंग ने विभिन्न क्षेत्रों में सह-शासक के रूप में अपने पुत्रों को नियुक्त किया था।
  - पुष्यमित्र शुंग के पुत्र अग्निमित्र विदिशा के उपराजा थे और धनदेव कौशल के राज्यपाल और सेना के संचालक भी थे।
  - पुष्यमित्र शुंग ने यवनों के आक्रमण से देश की रक्षा की और देश में शांति की स्थापना की, वैदिक धर्म और आदर्शों को पुनः प्रतिष्ठापित किया और दो अश्वमेध यज्ञ करायें।
  - पुष्यमित्र शुंग के आदेश पर विदिशा के राजा अग्निमित्र ने विदर्भ के राजा यज्ञसेन पर आक्रमण किया और राज्य को मगध साम्राज्य में सम्मिलित कर लिया।
- अग्निमित्र
  - पुष्यमित्र के निधन (149 ई.पू.) के उपरांत (149 ई.पू.) अग्निमित्र ने शासन की बागडोर संभाली।
  - अग्निमित्र विदिशा के उपराजा थे और उन्होंने 8 साल तक शासन किया।
  - अग्निमित्र साहित्यप्रेमी एवं कलाप्रेमी थे। उन्होंने विदिशा को अपनी राजधानी स्थापित किया।
  - कालिदास की प्रसिद्ध रचना 'मालविकाग्निमित्र' के नायक अग्निमित्र थे।
  - अग्निमित्र ने विदर्भ की राजकुमारी 'मालविका' से तीसरी शादी की थी, जबकि उनकी पहली दो पत्नियाँ 'धारिणी' और 'इरावती' थीं।
- वसुज्येष्ठ:
  - अग्निमित्र के निधन के बाद वसुज्येष्ठ शासक बना।
  - महान भारतीय सम्राट वसुज्येष्ठ शुंग, जिसे वसुमित्र (141 ई.पू. – 131 ई.पू.) के नाम से भी जाना जाता है, भारत के शुंग राजवंश के तीसरे राजा थे।
  - वसुज्येष्ठ शुंग का जन्म सोनभद्र, उत्तर प्रदेश में हुआ था, वह अग्निमित्र का पुत्र और उनका उत्तराधिकारी था।
- वसुमित्र
  - शुंग वंश का चौथा राजा वसुमित्र हुये।
  - वसुमित्र ने 131 ई.पू.-124 ई. पू. तक शासन किया।
  - वसुमित्र के शासन के 14वें वर्ष में तक्षशिला के यवन नरेश एंटियालकीड्स का राजदूत हेलियोडोरस उसके विदिशा स्थित दरबार में उपस्थित हुए तथा भागवत धर्म अपनाया।
  - शुंग वंश के अंतिम शासक देवभूति थे।
- कण्व वंश (73-28 ई. पू.)
  - शुंग वंश के अंतिम राजा देवभूति की हत्या कर उसके अमात्य वसुमित्र ने एक नए वंश कण्व की स्थापना की।
  - कण्व भी उच्च वर्ग के ब्राह्मण थे।
  - कण्व वंश ने भी वैदिक धर्म और सांस्कृतिक संरक्षण को प्रोत्साहित किया।
  - कण्व वंश के दौरान मगध क्षेत्र संकुचित होने लगा था, साम्राज्य केवल वर्तमान बिहार, पूर्वी उत्तर प्रदेश तक सीमित रह गया था। जबकि अनेक प्रांतों ने अपने को स्वतंत्र घोषित कर दिया था।
  - सुशर्मा कण्व वंश का आखिरी शासक था जिनकी हत्या सातवाहन साम्राज्य के प्रवर्तक शिमुक द्वारा करवाई गई थी।
  - सुशर्मा की मृत्यु के पश्चात् कण्व राजवंश का अंत हो गया था।

क्रम-संख्या	शासक	शासन अवधि (ई.पू)
1.	सम्राट वासुदेव कण्व	73–66
2.	सम्राट भूमिमित्र कण्व	66–52
3.	सम्राट नारायण कण्व	52–40
4.	सम्राट सुषरमन कण्व	40–28

- कुषाण वंश
  - कुषाण वंश की स्थापना कुजुल कडफिसस ने की थी, लेकिन इस वंश का सर्वश्रेष्ठ प्रतापी शासक कनिष्क था, जो 75 ई. में शासक बना था।
  - कुषाणों ने एक विस्तृत साम्राज्य की स्थापना की, जिसमें उत्तरी भारत के साथ मध्य एशिया के प्रदेश भी सम्मिलित थे। कुषाणों के शासन काल में भारतीय संस्कृति ने धर्म, कला, साहित्य, दर्शन आदि क्षेत्रों में उन्नति की।
  - कुजुल कडफिसस भारत में कुषाण वंश का विख्यात शासक था जिसने काबुल घाटी में यूनानियों को पराजित किया तथा पार्थियनों को पराजित करके गांधार तथा दक्षिणी अफगानिस्तान पर भी अधिकार प्राप्त किया।
  - कुजुल कडफिसस की 78 ई. में मृत्यु के बाद उसका पुत्र विम कडफिसस शासक बना जो कश्मीर, पंजाब, सिंध तथा उत्तर प्रदेश के कुछ भाग को कुषाण वंश के अधीन किया।
  - कनिष्क बौद्ध धर्म का अनुयायी था और इनके समय में कश्मीर के कुंडलवन में बौद्ध धर्म की चतुर्थ संगीति हुई जिसकी अध्यक्षता वसुमित्र ने की थी।
  - कनिष्क ने अपनी राजधानी पुरूषपुर में बौद्ध स्तूप बनवाकर बौद्ध धर्म के प्रति निष्ठा प्रकट की थी।
  - कनिष्क ने अपने साम्राज्य के विस्तार के क्रम में मगध को भी जीता इस क्षेत्र में प्राप्त कनिष्क कालीन सिक्के इस तथ्य की पुष्टि करते हैं।
  - कनिष्क ने महाक्षत्रप और उनके सहायक के तौर पर प्रत्येक जनपद में क्षत्रप नियुक्त किये, पाटलिपुत्र विजय के बाद कनिष्क ने खरपल्लान को महाक्षत्रप नियुक्त किया था।
  - हुविष्क कनिष्क का उत्तराधिकारी हुआ, जिसका वर्णन कल्हण की राजतरंगिणी में किया गया है।
  - कुषाण वंश का अंतिम सम्राट वासुदेव थे।
  - वैशाली के लिच्छवियों ने कुषाण वंश के अंत के बाद मगध पर शासन किया था।
- सातवाहन वंश
  - सातवाहन वंश 60 ईसा पूर्व से 240 ईसा पूर्व तक भारत के केंद्रीय दक्षिण भारत पर शासन करने वाला एक प्राचीन राजवंश था।
  - सातवाहन वंश के प्रारंभिक राजा सिमुक थे।
  - इस वंश के राजाओं ने विदेशी आक्रमणकारियों से सफलता के साथ संघर्ष किया था।
  - शक आक्रांताओं के विरुद्ध सातवाहन वंश के राजाओं ने दृढ़ता से संघर्ष किया।
  - सातवाहन वंश के शासक
    - सिमुक (235 ई.पू. - 212 ई.पू.) सातवाहन वंश के संस्थापक थे उन्होंने लगभग 23 वर्षों तक शासन किया।
    - पुराणों के अनुसार, उन्होंने कण्व शासकों की शक्ति का नाश कर शुंग मुखियों का दमन करके सातवाहन वंश की नींव रखी थी।
    - पुराणों में उसे सिमुक के अलावा शिशुक, सिन्धुक और शिप्रक नामों से भी जाना जाता है।
    - जैन अनुश्रुतियों के अनुसार, सिमुक ने अपने शासन काल में जैन और बौद्ध मन्दिरों का निर्माण करवाया था।
    - सिमुक के उत्तराधिकारी कृष्ण हुए, जिन्होंने अपने साम्राज्य का विस्तार नासिक तक किया।
    - शातकर्णी सातवाहन वंश के तीसरे शासक थे जिन्होंने बरार और पश्चिमी मालवा क्षेत्रों को जीता था।
    - सातवाहन शासकों की शुरुआत उत्तरी महाराष्ट्र में हुई थी और उनके उत्तराधिकारियों ने धीरे-धीरे आंध्र और कर्नाटक क्षेत्रों पर सत्ता का विस्तार किया था।
    - सातवाहन वंश का सबसे प्रख्यात राजा गौतमीपुत्र शातकर्णी (106-130 ई.) हैं, जिन्होंने शकों को परास्त किया था।
    - सातवाहन साम्राज्य उत्तर में मालवा से लेकर दक्षिण में कर्नाटक तक विस्तृत था। इनकी उपलब्धियों का उल्लेख नासिक अभिलेख में मिलता है।
    - सातवाहन वंश के सिक्के और शिलालेख आंध्र में पाए गए थे और इससे स्पष्ट होता है कि दूसरी शताब्दी के आसपास आंध्र भी सातवाहन राजवंश के अधीन आ गया था।
    - शक शासक रुद्रदामन प्रथम ने सातवाहनों को दो बार परास्त किया था।
    - यज्ञश्री शातकर्णी (ई. 165-194) राजवंश के बाद के शासकों में से एक थे। उन्होंने शकों से उत्तरी कोंकण और मालवा पर विजय अर्जित करके पुनः अधिकार प्राप्त किया था।

गुप्त साम्राज्य

- तीसरी शताब्दी में मौर्योत्तर काल के उत्तरार्ध में, मध्य भारत में नाग वंश, दक्षिण में वाकाटक और पूर्व में गुप्त वंश जैसे तीन राजवंशों का उदय हुआ।
- मौर्य वंश के अंत के बाद, क्षेत्रीय प्रभुता को पुनः स्थापित करने का श्रेय गुप्त वंश को जाता है।
- गुप्त राजवंश की स्थापना श्रीगुप्त ने 275 ई. में की थी। समुद्रगुप्त की प्रयाग प्रशास्ति में गुप्तों के पूर्वजों में से प्रथम शासक के रूप में श्रीगुप्त का नाम उल्लिखित है।
- गुप्त वंश के संस्थापक को चीनी यात्री ईत्सिंग ने चेलिकितो के नाम से सम्बोधित किया तथा बताया कि श्रीगुप्त ने बौद्ध यात्रियों के लिए एक बौद्ध मंदिर का निर्माण कराया था।
- गंगाघाटी में राजनीतिक महत्ता प्राप्त करने में गुप्त साम्राज्य के द्वितीय शासक घटोत्कच ने महत्वपूर्ण भूमिका निभाई

गुप्तों के मूल निवास स्थान के संदर्भ में विद्वानों का मत	
विद्वान	**मत**
हेम चन्द्र राय चौधरी	मगध
एस. आर. गोयल	पूर्वी उत्तर प्रदेश
एलन, गांगुली, रमेशचन्द्र मजूमदार	बंगाल

- गुप्त वंश के सम्बन्ध में ऐतिहासिक स्रोत -
  - साहित्यिक स्रोत-
    - विष्णु पुराण, वायु पुराण, मत्स्य पुराण, ब्रह्माण्ड पुराण में गुप्त कालीन साम्राज्य के बारे में जानकारी प्राप्त होती है।
    - विशाखदत्त कृत "देवीचन्द्र गुप्तम" (नाटक) तथा "मुद्राराक्षस", शूद्रक कृत "मृच्छकटिकम", वात्स्यायन कृत "कामसूत्र", चीनी यात्री फाह्यान का यात्रा विवरण, किशोरिका यौवज्जिका कृत कौमुदी महोत्सव (नाटक), कालिदास की रचनाएं आदि द्वारा गुप्त साम्राज्य के इतिहास का विवरण प्राप्त होता है।
  - पुरातत्विक स्रोत -
    - समुद्रगुप्त की प्रयाग प्रशस्ति, चन्द्रगुप्त द्वितीय के उदयगिरि से

प्राप्त गुहालेख, मेहरौली का लौह स्तम्भ, स्कन्दगुप्त के स्तम्भ लेख तथा जूनागढ़ अभिलेख दमोदरपुर ताम्र पत्र लेख, विभिन्न शासको द्वारा जारी किये गए सिक्के, निर्मित मंदिरों तथा स्मारकों के विवरण द्वारा गुप्तकाल के इतिहास की जानकारी प्राप्त होती है।

- श्रीगुप्त: (240 ई. – 280 ई.)
  - श्रीगुप्त इस वश के प्रथम राजा थे। उन्होंने महाराज की उपाधि धारण की।
  - चीनी बौद्ध यात्री इत्सिंग के वर्णन से ज्ञात होता है श्रीगुप्त ने मगध के मृगशिखावन में एक बौद्ध मंदिर का निर्माण करवाया एवं मंदिर प्रबंधन के लिए उन्होंने 24 गांव दान में दिये थे।
  - श्रीगुप्त ने बौद्ध धर्म के उपरांत शैव और वैष्णव धर्मों को भी संरक्षण प्रदान किया था।
  - श्रीगुप्त के राज्य काल में भारतीय संस्कृति, कला, विज्ञान और पाठ्यक्रम ने उन्नति की थी। उन्होंने भारतीय विचारधारा को समर्थन दिया और अनेक कला-संगीत केंद्रों की स्थापना की।
- घटोत्कच (280 ई. – 320 ई.)
  - श्रीगुप्त के निधन के बाद उनके पुत्र घटोत्कच ने 280 ई. से 320 ई. तक शासन किया।
  - पूना और रिद्धपुर ताम्रपत्र अभिलेखों में घटोत्कच को गुप्त वंश के पहले राजा के रूप में उल्लेख किया गया है।
  - प्रवरसेन द्वितीय के रिद्धपुर लेख में 'गुप्तनामादिराजों' कहा गया है। इसने भी 'महाराज' की उपाधि धारण की थी।
  - इतिहासकार ऐलन के अनुसार घटोत्कच का राज पाटलिपुत्र तथा उसके निकट के क्षेत्र थे।
- चन्द्रगुप्त प्रथम (320 ई. – 335 ई.)
  - चन्द्रगुप्त प्रथम घटोत्कच के उत्तराधिकारी थे, जिन्होंने 320 ई. में पाटलिपुत्र की सत्ता संभाली।
  - चन्द्रगुप्त प्रथम गुप्तवंश के तीसरे शासक थे तथा गुप्त नरेशों में सर्वप्रथम 'महाराजाधिराज' की उपाधि धारण की।
  - चन्द्रगुप्त प्रथम ने लिच्छवि वंश की राजकुमारी कुमार देवी से विवाह किया तथा लिच्छवियों का वैशाली राज्य दहेज के रूप में प्राप्त हुआ।
  - चन्द्रगुप्त प्रथम ने अपने राज्यारोहण (319- 20 ई.) का सूत्रपात 'गुप्त संवत्' प्रवर्तन कर किया था।
  - गुप्त अभिलेखों में गुप्त संवत् प्राप्त हुए हैं तथा अल्बरूनी के अनुसार गुप्त संवत् शक्-संवत के 241 वर्ष उपरान्त प्रारंभ होता है।
  - हेमचंद्र राय चौधरी के अनुसार, चन्द्रगुप्त प्रथम ने कौशल और कौशाम्बी राज्य पर विजय प्राप्त कर अपने साम्राज्य में सम्मिलित किया और उसकी राजधानी पाटलिपुत्र में स्थापित की।
- समुद्रगुप्त (335 ई. – 375 ई.)
  - चन्द्रगुप्त प्रथम के बाद उसका पुत्र समुद्रगुप्त राजसिंहासन पर आसीन हुआ जिसे भारतीय इतिहास में महानतम शासकों में से एक माना जाता है।
  - समुद्रगुप्त ने महाराजाधिराज की उपाधि धारण की थी।
  - समुद्रगुप्त को भारत का नेपोलियन कहा जाता है।
  - समुद्रगुप्त के दरबारी कवि एवं मंत्री हरिषेण द्वारा प्रयाग प्रशस्ति में समुद्रगुप्त के राज्यारोहण, विजय, साम्राज्य-विस्तार के संबंध में जानकारी प्राप्त होती है।
  - समुद्रगुप्त का साम्राज्य भारत, नेपाल, पाकिस्तान, अफगानिस्तान तक विस्तृत था।
  - समुद्रगुप्त के राजपत्रों पर गरूड़ का राजचिह्न अंकित होता था, तथा उन्होंने दो अश्वमेध यज्ञ करवायें जबकि 6 प्रकार की स्वर्ण मुद्राएँ जारी करवाये थे।
  - समुद्रगुप्त अपने को 'लिच्छवि दौहित्र' कहलवाने में गर्व करते थे। उन्होंने बौद्ध विद्वान वसुबंधु को संरक्षण दिया था और सिंहल (श्रीलंका) के राजा मेधवर्मन को बोध गया में एक बौद्ध विहार बनाने की अनुमति दी थी।
  - वेदों के अनुसार, उन्हें "धर्म व प्राचीर बँध" कहा जाता था जिसका अर्थ होता है धर्म का प्रचार और उसका संरक्षण करने वाला।
  - सिंहासनारोहण होते ही समुद्रगुप्त ने अपना विजय अभियान प्रारंभ किया, उनका साम्राज्य उत्तर में हिमालय की तलहटी से दक्षिण में नर्मदा नदी तक और पूर्व में हुगली से पश्चिम में मालवा तक विस्तृत था।
- रामगुप्त (375 ई. – 380 ई.)
  - विभिन्न साक्ष्यों से पता चलता है कि समुद्रगुप्त के दो पुत्र थे – रामगुप्त और चन्द्रगुप्त। रामगुप्त बड़ा होने के कारण वह अल्पकाल के लिए राजसिंहासन पर सत्तारूढ़ हुआ था।
  - काव्यमीमांसा के अनुसार रामगुप्त कायर शासक था।
  - शक नरेश ने रामगुप्त पर आक्रमण कर उसकी पत्नी ध्रुवस्वामिनी को सौंपने के लिए प्रस्ताव दिया।
  - रामगुप्त के अनुज चन्द्रगुप्त द्वितीय को यह संधि अपमानजनक लगी। उसने स्त्रीवेश धारण कर शक नरेश को मार डाला, बाद में रामगुप्त को भी मारकर ध्रुवस्वामिनी के साथ विवाह कर लिया।
- चन्द्रगुप्त द्वितीय विक्रमादित्य (380 ई. – 412 ई.)
  - चन्द्रगुप्त ने समुद्रगुप्त की प्रधान महिषी दत्तदेवी से विवाह किया था।
  - चन्द्रगुप्त ने विक्रमादित्य, विक्रयांक, परम भागवत आदि उपाधियां प्राप्त की तथा वाकाटक, नागवंश और कदंब राजवंशों के साथ वैवाहिक संबंध स्थापित किए।
  - चंद्रगुप्त द्वितीय ने शक नरेश रूद्रसिंह तृतीय को पराजित किया और उनके साम्राज्य को अपने अधीन कर लिया था। इसलिए उसे 'शकारि' (शकों का शत्रु) कहा जाता था। शकों पर विजय प्राप्त होने के उपरांत उसने विक्रमादित्य की उपाधि धारण की।
  - चंद्रगुप्त द्वितीय के शासनकाल को स्वर्ण युग कहा जाता है क्योंकि इस समय भारत में स्वर्ण की उत्पत्ति एवं उसकी व्यापक खोज एवं उपयोग की शुरुआत हुई थी।
  - चंद्रगुप्त द्वितीय द्वारा विक्रम संवत की शुरुआत की गयी थी।
  - चन्द्रगुप्त द्वितीय की विजय यात्रा
    - शक विजय- चंद्रगुप्त द्वितीय ने 389 ई. से 412 ई. के बीच शकों पर आक्रमण कर उन्हें पराजित किया।
    - वाहीक विजय- महाशैली स्तम्भ शिलालेख में बताया गया है कि चंद्रगुप्त द्वितीय ने सिंधु नदी के पाँच मुखों को पार करके वाहिकों पर विजय प्राप्त की थी।
    - बंगाल विजय- महाशैली स्तम्भ शिलालेख के अनुसार चंद्रगुप्त द्वितीय ने बंगाल के शासकों को युद्ध में पराजित परास्त कर विजय प्राप्त की थी।
    - गणराज्यों पर विजय- अनेक गणराज्यों ने समुद्रगुप्त की मृत्यु के बाद पश्चिमोत्तर भारत में स्वतंत्रता का ऐलान किया था। परिणामस्वरूप, चन्द्रगुप्त द्वितीय ने इन गणराज्यों को पुनः विजय कर उन्हें गुप्त साम्राज्य में विलीन किया।
- कुमारगुप्त प्रथम (412 ई. से 455 ई.)
  - लगभग 415 ई. में कुमारगुप्त प्रथम सिंहासन पर विराजमान हुए।
  - कुमारगुप्त का साम्राज्य उसके पिता की भाँति गुजरात से लेकर बंगाल

तक विस्तृत हुआ था।

- कुमारगुप्त प्रथम का काल शांति एवं सुव्यवस्था का काल था। उसने समुद्रगुप्त और चन्द्रगुप्त द्वितीय द्वारा उत्तराधिकार में प्राप्त साम्राज्य को पूर्णतः सुरक्षित रखा।
- स्तम्भ-लेख से विदित होता है कि कुमारगुप्त प्रथम के जीवन के अंतिम वर्ष पुष्यमित्रों के आक्रमण से आक्रान्त हो गए थे। इसलिए उसने युवराज स्कन्दगुप्त को पुष्यमित्रों को पराजित करने के लिए भेजा।
- नालंदा विश्वविद्यालय की स्थापना कुरमागुप्त के द्वारा किया गया था।

स्कन्दगुप्त (455 ई. स- 467 ई.)

- कुमार गुप्त प्रथम के पश्चात स्कन्दगुप्त सिंहासनारूढ़ हुआ। उसका प्रारम्भिक वर्ष पुष्यमित्रो तथा हूणों के साथ संघर्ष में व्यतीत हुआ।
- स्कन्दगुप्त विजेता होने के साथ ही कुशल प्रशासक एवं साम्राज्य निर्माता भी था। उसका साम्राज्य कई भागों में विभाजित था जिसे भुक्ति (प्रांत) कहा जाता था। वह बौद्ध धर्म का अनुयायी था। नालंदा विश्वविद्यालय का संरक्षक भी था।
- स्कन्दगुप्त के शासनकाल में हूणों का आक्रमण हुआ था जिसे स्कन्दगुप्त ने पराजित करके विक्रमादित्य की उपाधि धारण की थी।
- स्कन्दगुप्त ने नालंदा विश्विद्यालय के विकास संबंधी कार्य किया था तथा साहित्य के क्षेत्र में भी सराहनीय योगदान दिया था।

पुरुगुप्त (467 ई. – 468 ई.)

- स्कन्दगुप्त के बाद पुरुगुप्त गुप्त साम्राज्य का राजा बना जिसका शासनकाल 467 ई. से 468 ई. तक रहा।
- राज मुद्रा से ज्ञात होता है कि कुमारगुप्त प्रथम उसका पिता तथा अनंतदेवी उसकी माता थी।
- पुरुगुप्त बौद्ध धर्म का अनुयायी था। उसने 'प्रकाशादित्य' की उपाधि धारण की थी।

गुप्त काल के कुछ प्रमुख अभिलेख

क्र.सं.	शासक	प्राप्त अभिलेख
1	समुद्रगुप्त	एरण प्रशस्ति, प्रयाग प्रशस्ति, नालंदा प्रशस्ति तथा गया का ताम्र शिलालेख
2	चंद्रगुप्त द्वितीय विक्रमादित्य	उदयगिरि का प्रथम एवं द्वितीय गुफा शिलालेख, गढ़वा का शिलालेख, सांची का शिलालेख, महरौली शिलालेख
3	कुमारगुप्त प्रथम	गढ़वा का शिलालेख, बिलसड़ स्तंभ शिलालेख, मथुरा का जैन मूर्ति शिलालेख, मंदसौर शिलालेख, दामोदर ताम्र शिलालेख
4	स्कंदगुप्त	जूनागढ़ प्रशस्ति, सुप्रिया स्तंभ शिलालेख, इंदौर ताम्र शिलालेख
5	पुरुगुप्त	बिहार स्तंभ लेख, पहाड़पुर ताम्र लेख एवं राजघाट स्तंभ लेख
6	बुद्ध गुप्त	सारनाथ बुद्ध मूर्ति लेख, नंदपुर ताम्र लेख, पहाड़पुर ताम्र लेख
7	भानु गुप्त	एरण स्तंभ शिलालेख
8	विष्णु गुप्त	दामोदरपुर का ताम्र लेख
9	वैन्य गुप्त	टिपरा ताम्र लेख

गुप्त साम्राज्य के पतन का प्रमुख कारण-

- (i) अयोग्य तथा निर्बल उत्तराधिकारी (ii) शासन व्यवस्था का संघात्मक स्वरूप (iii) प्रान्तीय शासकों के विशेषाधिकार (iv) बाह्य आक्रमण- हूण आक्रमण (v) उत्तराधिकार हेतु युद्ध (vi) सामन्तवाद का विकास (vii) साम्राज्य की विशालता (viii) एकता एवं स्थायित्व का अभाव (ix) सैन्य एवं प्रशासनिक शिथिलता (x) राष्ट्रवादी भावना का अभाव।

मौखरि वंश

- गुप्त काल की समाप्ति के बाद मौखरि वंश का शासन स्थापित हुआ। वह मूलतः गया के निवासी थे।
- इतिहासकारों का मत है कि मौखरि गुप्त शासकों के अधीन सामंत थे। गुप्त वंशीय शासन व्यवस्था दामोदर गुप्त, महादेव गुप्त आदि के काल में पतनोन्मुख अवस्था में पहुँच गया था। संभवतः उस समय अनंत वर्मन ने स्थिति का लाभ लिया होगा।
- मौखरि वंश के राजाओं में से सबसे प्रसिद्ध राजा हर्षवर्धन थे।
- नालंदा से प्राप्त अभिलेख में अवंतिवर्मन को महाराजाधिराज कहा गया है।
- सुचंद्र वर्मन ने मगध में स्वतंत्र राज स्थापित किया। नालंदा अभिलेख में सुचंद्र वर्मन को अवंति वर्मन का उत्तराधिकारी तथा महाराजाधिराज कहा गया है।
- हर्षवर्धन के शासन काल में साम्राज्य का काफी विस्तार हुआ।
- हर्षवर्धन ने अपने समय में एक विशाल साम्राज्य का निर्माण किया था, जिसमें उत्तरी भारत के अधिकांश हिस्से सम्मिलित थे।
- हर्षवर्धन ने माधवगुप्त को शासक नियुक्त किया था। माधवगुप्त के बाद आदित्यसेन राजा हुआ। आदित्यसेन और देवगुप्त के समय नालंदा महाविहार तथा अन्य विहार उन्नत अवस्था में थे।
- मौखरि वंश के राजाओं ने धर्म, संस्कृति, कला और साहित्य को समर्थन प्रदान किया था।
- मौखरि वंश ने धर्मीय लेखों और कलाकृतियों के लिए अपने कारखानों का उपयोग किया था जो भारतीय साहित्य और कला के लिए महत्त्वपूर्ण हैं।
- मौखरि वंश का साम्राज्य बिहार राज्य के वर्तमान क्षेत्रफल के लगभग समान था जिसमें पटना, वैशाली, मुजफ्फरपुर, समस्तीपुर, दरभंगा आदि सम्मिलित थे।

बिहार के मध्यकालीन इतिहास के स्रोत

- बिहार में मध्य कालीन युग का प्रारम्भ 12वीं शताब्दी की शुरुआत से माना जाता है।
- इसी समयावधि में बिहार के पश्चिमी और मध्य क्षेत्रों में तुर्कों का आक्रमण प्रारम्भ हुआ।
- बिहार के मध्यकालीन इतिहास का अध्ययन करने के लिए प्रचुर स्रोत हैं। इनमें साहित्यिक स्रोत, पुरातात्विक स्रोत, सिक्के और भवन आदि सम्मिलित हैं।

साहित्यिक स्रोत:

- बिहार में तुर्कों की प्रारंभिक गतिविधियों का उल्लेख मिन्हास उस सिराज के तबकात-ए-नासिरी और जियाउद्दीन बरनी के तारिख-ए-फिरोजशाही जैसे ऐतिहासिक लेखों में मिलता है।
- तबकात-ए-नासिरी अधिक महत्वपूर्ण है क्योंकि इसके लेखक मिन्हास उस सिराज कुछ समय के लिए बिहार में रहे और बख्तियार खिलजी के हमलों का विस्तृत विवरण प्रदान किया।
- मुल्ला तकिया का यात्रा वृतांत बिहार में तुर्क आक्रमण, और दिल्ली सल्तनत के शासकों और कर्नाट वंश के बीच संबंधों का विवरण प्रदान करता है।
- बिहार में मुगल शासन के बारे में जानकारी देने वाले कई स्रोत हैं, अबुल फजल के अकबरनामा, मीरा मुहम्मद कासिम के आलमगीरनामा आदि पुस्तकें बिहार के संदर्भ में महत्वपूर्ण जानकारी उपलब्ध कराती हैं।
- बाबर के तुजुक-बाबरी और जहांगीर के तुजुक-ए-जहांगीर भी बिहार के संदर्भ में महत्वपूर्ण हैं।
- तुजुक-ए-बाबरी बिहार के नुहानियों के पतन और कर व्यवस्था का विवरण देती है।

भूमि राजस्व से संबंधित दस्तावेज:

- "दस्तुरूल आयाम-ए-सलातीन-ए-हिन्द" बिहार में भूमि कर विवरण से संबंधित एक महत्वपूर्ण दस्तावेज है जिसमें भूमि कर कैसे एकत्रित किया जाता है और कर वसूली एवं प्रबंधन में सम्मिलित लोगों के अधिकार और ज़िम्मेदारी के बारे में जानकारी प्रदान करती है।
- इसके अलावा, इसमें भूमि कर से संबंधित राजस्व और व्यय तथा बिहार में उपयोग किए जाने वाले वजन और माप की भी जानकारी उपलब्ध है।
- अबुल फजल द्वारा लिखित "आईन-ए-अकबरी" मुगल साम्राज्य के बिहार और 12 अन्य सुबहों (प्रांतों) के बारे में उपयोगी जानकारी प्रदान करने वाला एक महत्वपूर्ण ऐतिहासिक दस्तावेज है जो बिहार और भारत के अन्य हिस्सों पर मुगल साम्राज्य के शासन को समझने के लिए महत्वपूर्ण स्रोत माना जाता है।

सूफी साहित्य:

- सूफियों द्वारा रचित दस्तावेजों में उनके समय के दौरान बिहार के धार्मिक, सामाजिक और राजनीतिक जीवन में बहुमूल्य अंतर्दृष्टि प्रदान करते हैं। सूफी साहित्य को तीन श्रेणियों में विभाजित किया जा सकता है:
  1. ताजकीरा: इस प्रकार के साहित्य में सूफियों के जीवन और शिक्षाओं का वर्णन है।
  2. मलकुजात: इसमें सूफियों और उनके अनुयायियों के बीच संवाद और वार्तालाप सम्मिलित हैं।
  3. मकतूबात: इसमें सूफियों के पत्र और लेखन के कार्य सम्मिलित हैं।
- बिहार के कुछ प्रमुख सूफियों द्वारा बिहार के इतिहास की जानकारी प्राप्त होती है जिनमें मौलाना मुजफ्फर बलखी प्रमुख हैं, वे अजमेर के प्रसिद्ध सूफी ख्वाजा मोइनुद्दीन चिश्ती के शिष्य थे।
- हजरत बाबा लतीफुद्दीन एक सूफी थे जो 16वीं शताब्दी में गया शहर में रहते थे। उन्हें बिहार में सबसे प्रभावशाली सूफियों में से एक माना जाता है और आत्म-अनुशासन एवं आत्म-साक्षात्कार के महत्व पर उनकी शिक्षाओं के लिए जाना जाता है।

पुरातात्विक स्रोत:

- बिहार के मध्ययुगीन इतिहास के बारे में जानकारी प्रदान करने वाले पुरातात्विक स्रोत सिक्के, शिलालेख आदि हैं।
- शिलालेख:
  - बिहार के मध्यकालीन शिलालेखों को अरबी, फारसी और गैर-फारसी शिलालेखों में विभाजित किया जा सकता है। 1. अरबी और फारसी शिलालेख:
    - अरबी और फारसी शिलालेख बिहार के पटना, बिहार शरीफ, सासाराम और राजमहल में पाए गये हैं जिसके द्वारा सल्तनत और मुगल कालीन शासकों की कार्य प्रणाली और उनके कार्यक्षेत्र के बारे में जानकारी उपलब्ध होती है।
    - बिहार में कुछ लेख सुल्तानों द्वारा जारी किए गए थे, जैसे शेरशाह का भभुआ लेख, मुहम्मद बिन तुगलक का बेदीबन लेख आदि।

  2. गैर फारसी शिलालेख:
    - पाल राजवंश के पतन के बाद, बिहार में कई छोटे राज्य उत्पन्न हुए, जो स्वामित्व प्राप्त करने के लिए एक दूसरे के साथ संघर्ष करते रहे। गैर-फारसी शिलालेख इन राज्यों के बारे में उपयोगी जानकारी प्रदान करते हैं।
    - मनेर तांबा प्लेट शिलालेख पाल राजवंश के बाद बिहार के कुछ हिस्सों में गहड़वाल राजवंश के बारे में जानकारी प्रदान करता है।
- सिक्के:
  - मिन्हास-उस-शिराज और फरिश्ता ने बिहार में सिक्कों के ढलने का उल्लेख किया है, लेकिन बिहार में सिक्कों के ढलने की निश्चित जानकारी तिरहुत से प्राप्त होती है।
- स्मारक:
  - 19 वीं सदी की शुरुआत में फ्रॉँसिस बुकानन ने बिहार के ऐतिहासिक स्मारकों और शिलालेखों पर रिपोर्ट तैयार की, जो इसकी ऐतिहासिक महत्वता को उजागर करती है।
  - 1950 में, भारतीय पुरातत्व सर्वेक्षण के डॉ. आर. पाटील ने बिहार के महत्वपूर्ण स्मारकों और स्थानों की सूची तैयार की।

स्थान	महत्वपूर्ण जानकारी	निर्माण	किसने निर्माण करवाया
बख्तियार खान का मकबरा, कैमूर	इंडों-इस्लामिक वास्तुकला का नमूना	16वीं से 17वीं सदी	बख्तियार खान

विक्रमशिला, भागलपुर	पाल वंश का राजधानी, बौद्ध धर्म का महत्वपूर्ण केंद्र	8वीं से 12वीं सदी तक	पाल वंश के राजा
शेरशाह सूरी का मकबरा, सासाराम	मुग़ल काल में बने शानदार इमारत, उत्तर भारत का सबसे बड़ा मकबरा	16वीं सदी	शेरशाह सूरी

रोहतास किला, सासाराम	शेरशाह सूरी द्वारा बनवाया गया किला	16वीं सदी	शेरशाह सूरी
नालंदा विश्वविद्यालय, नालंदा	विश्व के प्राचीनतम विश्वविद्यालयों में से एक, बौद्ध धर्म का महत्वपूर्ण केंद्र	5 वीं से 12 वीं सदी तक	गुप्त वंश के शासक

प्रारंभिक मध्यकालीन बिहार

मध्य कालीन भारत का इतिहास

1. भारत पर अरबों का आक्रमण ((712 ई.)
2. महमूद गजनवी (1001-1027 ई.)
3. मुहम्मद गोरी (1192-1203 ई.)

दिल्ली सल्तनत

- गुलाम वंश (1206-1290 ई.)
  - कुतुबुद्दीन ऐबक
  - आरामशाह
  - इल्तुतमिश
  - रुकुनुद्दीन फिरोजशाह
  - रजिया सुल्तान
  - मुईजुद्दीन बहरामशाह
  - अलाऊद्दीन मसूदशाह
  - नासिरूद्दीन महमूद
  - गयासुद्दीन बलबन
  - शमशुद्दीन क्यूमर्श
- खिलजी वंश (1290-1320 ई.)
  - जलालुद्दीन खिलजी
  - अलाउद्दीन खिलजी
  - शिहाबुद्दीन उमर ख़िलजी
  - कुतुबुद्दीन मुबारक ख़िलजी
  - ग़यासुद्दीन ख़िलजी
- तुगलक वंश (1320-1414 ई.)
  - गयासुद्दीन तुगलक
  - मुहम्मद बिन तुगलक
  - फिरोज शाह तुगलक़
  - नुसरत शाह तुगलक
  - महमूद तुगलक
- सैय्यद वंश (1414-1451 ई.)
  - ख़िज्र ख़ाँ
  - मुबारक़ शाह
  - मुहम्मद शाह
  - आलमशाह शाह
- लोदी वंश (1451-1526 ई.)
  - बहलोल लोदी
  - सिकंदर लोदी
  - इब्राहिम लोदी

मुगल वंश

- बाबर
- हुमायूँ
- अकबर
- जहांगीर
- शाहजहाँ
- औरंगजेब

उत्तर मुगल वंश

- बहादुर शाह
- जहांदार शाह
- फर्रुख्शियार
- शाहजहां द्वितीय
- मुहम्मद शाह
- आलमगीर द्वितीय
- शाह आलम द्वितीय
- अकबर शाह द्वितीय

- भारत में मध्य काल में कोई भी मजबूत केंद्रीय सत्ता मौजूद नहीं थी, बल्कि पूरे देश में सामंतवादी व्यवस्था व्याप्त थी जिसके अनुसार सभी शासक छोटे-छोटे क्षेत्रीय शासन में विभक्त थे। बिहार भी इससे अछूता नहीं था वहां भी कामावेश सामान्य स्तिथि व्याप्त थी।
- मध्यकालीन बिहार के इतिहास के प्रमुख स्रोतों में अभिलेख, नुहानी राज्य के स्रोत, विभिन्न राजाओं एवं जमींदारों के राजनीतिक जीवन, उनके संघर्ष, दस्तावेज, मिथिला क्षेत्र में लिखे गए ग्रंथ और यूरोपीय यात्रियों द्वारा दिए गए विवरण आदि महत्वपूर्ण हैं।
- बिहार में मुस्लिम आक्रमण से बिहार दो राजनीतिक क्षेत्रीय भागों में विभाजित हो गया था- दक्षिण और उत्तर बिहार के क्षेत्रीय भाग।
- दक्षिण बिहार के क्षेत्रीय भाग में मगध राज्य मुख्य था जबकि उत्तर बिहार के क्षेत्रीय भाग में तिरहुत क्षेत्र में स्थित मिथिला राज्य प्रमुख था।
- पाल वंश
    - उत्तर भारत में हर्षवर्धन के पतन और बंगाल क्षेत्र में शशांक के पतन के बाद बिहार-बंगाल क्षेत्र में पाल वंश का उदय हुआ जो एक शक्तिशाली वंश के रूप में प्रख्यात है।
    - पाल वंश के संस्थापक गोपाल थे।
    - बिहार और बंगाल क्षेत्र से गुर्जर प्रतिहार शासक महेंद्र पाल के अभिलेख प्राप्त होते हैं।
- गोपाल (750-770 ई.)
    - मौखरि वंश के साम्राज्य के विघटन के बाद 8वीं शताब्दी के मध्य में बिहार में अव्यवस्था व्याप्त हो गई थी।
    - बिहार में अराजक स्थिति से परेशान लोगों ने गोपाल को मगध की राजसत्ता सौंप दी।
    - तिब्बती इतिहासकार तारानाथ के अनुसार गोपाल पुंड्रवर्धन (बंगाल) बोगरा जिले के क्षत्रिय कुल से सम्बंधित था।
    - गोपाल ने औदंतपुरी (बिहार शरीफ) में एक मठ और विश्वविद्यालय की नींव रखवाई।
    - गोपाल बौद्ध धर्म के अनुयायी थे। उन्होंने नालंदा और तक्षशिला विश्वविद्यालयों की तर्ज पर औदंतपुरी विश्वविद्यालय की स्थापना की थी।
    - गोपाल ने अपने शासन के दौरान बिहार-बंगाल को मिलाकर एक मजबूत राज्य की स्थापना की थी।
    - गोपाल की राजधानी औदंतपुरी (बिहार शरीफ) थी। उन्होंने अपने राज्य में कई विहार, चैत्यालय और सत्रागार (अन्नक्षेत्र) बनवाए थे।
    - गोपाल ने बिहार-बंगाल पर 27 वर्षों तक शासन किया और 80 वर्ष की आयु में निधन हुआ।
- धर्मपाल (770-810 ई.)
    - गोपाल के बाद उसका पुत्र धर्मपाल (770-810 ई.) ने पाल वंश का शासन पर विराजमान रहा।
    - धर्मपाल ने मौखरि शासक को पराजित किया और पराजित होने के उपरान्त वह कन्नौज चले गये तदोपरान्त गोपाल ने 'उत्तरापथ-स्वामिन' की उपाधि धारण की।
    - धर्मपाल के समय पाल वंश अपने चरमोत्कर्ष पर था धर्मपाल ने विस्तारवादी नीति अपनाकर पूर्वोत्तर में प्राग्ज्योतिषपुर, उत्तर में नेपाल और पूर्वी सागर तट तक अपनी सत्ता का विस्तार किया।
    - धर्मपाल ने कंबोज के हूणों और प्रतिहार शासक नागभट्ट द्वितीय को परास्त किया।
    - धर्मपाल बौद्ध धर्म के अनुयायी थे और उन्होंने कई मठ और बौद्ध विहार बनवाए। उनकी शिक्षा-दीक्षा औदंतपुरी विश्वविद्यालय में आचार्य दीपंकर श्रीज्ञान के देख-रेख में हुई थी।
- देवपाल (810-850 ई.)
    - धर्मपाल के दो पुत्र भुवनपाल और देवपाल थे। धर्मपाल के निधन के पश्चात देवपाल मगध का राजा बने तथा मुंगेर को अपनी राजधानी स्थापित किया।
    - बराह और दौलतपुर के अभिलेखों के अनुसार, देवपाल ने प्रतिहार शासक रामभद्र को पराजित कर दिया था।
    - देवपाल के दरबारी कवि बौद्ध कवि वजदत्त थे, जिन्होंने 'लोकेश्वर शतक' नामक रचना की थी।
    - देवपाल ने जावा के शासक बलदेवपुत्र के अनुरोध पर नालंदा में एक विहार के निर्माण और उसकी देखभाल के लिए पाँच गाँवों का अनुदान दिया तथा वह बौद्ध धर्म के प्रश्रयदाता के रूप में जाना जाता था।
- नारायण पाल (854-915 ई.)
    - नारायण पाल, 854 ई. में पाल वंश का शासक बना जो कि शैव धर्म का अनुयायी था।
    - वे एक कमजोर शासक थे जिन्हें राष्ट्रकूटों का दबाव सहना पड़ा था।
    - नारायण पाल के शासनकाल में, लगभग 9000 शैव मंदिरों का निर्माण कराया गया था।
- राज्यपाल (915-940 ई.)
    - इतिहासकारों द्वारा राज्यपाल का नाम उदयपाल भी उल्लिखित है। उसके शासनकाल में शांति और समृद्धि का वातावरण रहा था। वह धर्म के विषय में सदभावपूर्ण था और जैन तीर्थंकरों के लिए मंदिर भी बनवाये थे।
    - उदयपाल के शासनकाल में अनेक सुधार हुए थे और समाज के विभिन्न वर्गों के बीच समानता की भावना विकसित हुई थी।
- गोपाल द्वितीय (960 ई.)
    - राज्यपाल के बाद उनके बेटे गोपाल द्वितीय ने राज्य का शासन संभाला था। यह नालंदा और बोधगया के अभिलेखों से सत्यापित होता है कि उसने 17 वर्षों तक निरंतर शासन किया था।
- महिपाल प्रथम (988-1038 ई.)
    - 10वीं शताब्दी में महिपाल, पाल वंश का शासक बना।
    - महिपाल, पाल वंश के द्वितीय संस्थापक के रूप में प्रचलित है, जिसने परमभट्टारक, महाराजाधिराज, परमेश्वर और परम सौगत उपाधियों को धारण किया था।
    - महिपाल ने समस्त बंगाल और मगध के क्षेत्रों पर अधिकार किया था, लेकिन उसके उत्तराधिकारी कमजोर साबित हुए।
    - उत्तराधिकारी कमजोर होने के कारण, बंगाल में कैवर्त शक्तिशाली होते चले गए और सेन शासकों ने उत्तरी बिहार और बंगाल के कुछ क्षेत्रों में अपना राज्य स्थापित कर लिया।
- नयपाल (1038-1055 ई.)
    - महिपाल प्रथम के बाद उनका पुत्र नयपाल गद्दी पर विराजमान हुआ था और उसने 15 वर्षों तक राज्य पर शासन किया था।
- रामपाल द्वितीय
    - शूरपाल द्वितीय के बाद रामपाल गद्दी पर विराजमान हुआ, लेकिन उसके शासनकाल में आंतरिक कलह उत्पन्न हो गई थी।
    - रामपाल के दरबार में सन्ध्याकर नंदी नामक एक राजकवि था, जिसने रामचरित नामक काव्य लिखकर उसमें रामपाल की जीवन चरित्र का विवरण किया था।

- रामपाल के शासन काल में मोहम्मद बख्तियार खिलजी ने लगभग 1198 ई. में नालंदा, औदंतपुरी और विक्रमशिला विश्वविद्यालय सहित सभी बौद्ध और जैन स्थलों पर आक्रमण करके उनको ध्वस्त कर दिया तथा बौद्ध एवं जैन भिक्षु-भिक्षुणियों, मुनियों, आचार्यों, छात्रों आदि की बड़ी संख्या में नरसंहार किया था।
- रामपाल, पाल वंश का अंतिम शासक था।

कर्नाट वंश

- 11वीं सदी में, मिथिला के शासक नान्यदेव ने कर्नाट वंश की स्थापना की थी इसकी पुष्टि सिमराँव से प्राप्त पाषाण लेख से प्राप्त होती है।
- कर्नाट शासकों के राज्यकाल को "मिथिला का स्वर्ण युग" भी कहा जाता था, जिसके दौरान मिथिला में अभूतपूर्व विकास हुआ।
- कर्नाट वंश के अंतिम शासक हरिसिंह थे और 1378 ई. तक कर्नाट वंश का सम्पूर्ण अंत हो गया था।
- हरिसिंहदेव एक महान समाजसुधारक थे और उन्होंने अपने काल में 'पंजी प्रबंध' का विकास किया था।
- कर्नाट वंश के शासन काल में स्मृति और निबंध संबंधी रचनाएँ भी बड़ी संख्या में लिखी गईं थीं जिनमें अनेक लेखकों ने अपना योगदान दिया था।
- सुप्रसिद्ध मैथिली कवि विद्यापति दरभंगा नरेश कृति सिंह के राजदरबारी थे।
- विद्यापति का जन्म बिहार के मधुबनी जिले में स्थित बेनीपट्टी थाना क्षेत्र के बिसपी गांव में हुआ था, उनके पिता का नाम गणपति ठाकुर और माता का नाम हासिनी देवी था।
- चंदेश्वर, धीरेश्वर ठाकुर के पुत्र, ने 'कृत्यचिंतामणि', 'विवाद-रत्नाकर' और 'राजनीति-रत्नाकर' जैसी सात रत्नाकर पुस्तकों की रचना की थी।
- 'गंगा वाक्यावली' पुस्तक विश्वासदेवी के जीवन से संबंधित है तथा 'दान वाक्यावली' नरसिंह देव की पत्नी धीरमति से संबंधित है।

सेन वंश

- सेन वंश की स्थापना सामंत सेन ने की थी। सामंत सेन पाल वंश के अधीन एक सामंत थे।
- विजय सेन, वल्लाल सेन, लक्ष्मण सेन आदि शासकों ने बिहार और बंगाल के विभिन्न क्षेत्रों पर शासन किया था।
- विजय सेन, सेन वंश के अत्यंत प्रतापी शासक थे।
- देवपाड़ा ताम्रपत्र लेख से भी विजय सेन के बारे में जानकारी उपलब्ध है।
- विजयसेन ने कर्नाट वंश के शासक नान्यदेव को युद्ध में परास्त किया था।
- विजय सेन शैव धर्म के अनुयायी थे और उन्होंने 'दानसागर' और 'अद्भुतसागर' नामक दो पुस्तकों का लेखन किया था।
- इस वंश के अंतिम शासक लक्ष्मण सेन थे और जयदेव लक्ष्मण सेन जिन्होंने 'गीतगोविंद' की रचना की थी वे उनके दरबारी थे।
- लक्ष्मण वैष्णव धर्म के अनुयायी थे। उन्होंने लखनौती और नादिया में अपनी राजधानी स्थापित की थी।
- सेन शासकों ने गया तक के क्षेत्र को अपने राज्य में सम्मिलित कर लिया था।

दिल्ली सल्तनत और बिहार

बिहार पर तुर्क आक्रमण: (1198 ई.)

- 12वीं शताब्दी के अन्त में बिहार का कोई भी क्षेत्र राजनीतिक या धार्मिक रुप से संगठित नहीं था जिससे बिहार में राजनीतिक अस्थिरता और धार्मिक टकराव की स्थिति उत्पन्न हुई, जिसका लाभ उठाकर तुर्कों ने बिहार पर आक्रमण किया।
- बिहार में तुर्कों की महत्त्वपूर्ण उपलब्धि 1198 ई. में बख्तियार खिलजी की ओदन्तपुरी (आधुनिक बिहारशरीफ) पर विजय थी।
- बिहार में मुस्लिम प्रभुत्व की स्थापना का श्रेय बख्तियार खिलजी को जाता है, जिनके अभियान के समय लक्ष्मणसेन तथा इंद्र प्रद्युम्मन पाल बिहार के शासक थे।
- मध्यकाल में बिहारशरीफ बौद्ध धर्म का प्रमुख केन्द्र था, इसके साथ ही अनेक बौद्ध विहार इस क्षेत्र में अवस्थित थे।
- बंगाल अभियान के दौरान बख्तियार खिलजी ने नालन्दा विश्वविद्यालय को तहस-नहस कर दिया और बख्तियारपुर शहर की स्थापना की, जहां मृत्यु के उपरांत उसे दफनाया गया।
- हसन निजामी द्वारा 1192 ई. -1228 ई. में मध्य रचित 'ताज-उल-नासिर' में बिहार पर बख्तियार खिलजी के आक्रमण का विवरण वर्णित है।

बिहार एवं ममलूक या गुलाम वंश (1206-1290 ई.)

- 1211 ई. में दिल्ली के सिंहासन पर आसीन होने के उपरांत, इल्तुतमिश ने 1225 ई. में बिहारशरीफ से तुर्क प्रभाव को समाप्त करके अपना आधिपत्य स्थापित कर लिया था।
- इल्तुतमिश और हिसामुद्दीन इबाज के बीच राजमहल की पहाड़ियों में तेलियागढ़ी के समीप युद्ध हुआ जिसमें इबाज पराजित हुआ और पूरे क्षेत्र पर इल्तुतमिश का आधिपत्य हो गया था।
- इल्तुतमिश बिहार का प्रथम सुल्तान था, जिसने बिहार को दिल्ली सल्तनत के अधीन किया और बिहार के प्रतिनिधि के तौर पर मलिक अलाउद्दीन जानी को नियुक्त किया था।
- इल्तुतमिश के पुत्र नसीरूद्दीन महमूद ने अवध, बिहार और लखनऊ को एक ही प्रशासनिक इकाई के रूप में संगठित किया था।
- गया के राजा वनराज की गया प्रशस्ति से ज्ञात होता है कि बलबन के शासनकाल में गया का क्षेत्र भी दिल्ली सल्तनत के अधीन था।

बिहार एवं खिलजी वंश (1290-1320 ई.)

- जलालुद्दीन खिलजी दिल्ली की गद्दी पर 1290 ई. में आसीन हुआ और खिलजी वंश की स्थापना की।
- 1297 ई. में अलाउद्दीन ने शेख मोहम्मद इस्माइल को दरभंगा भेजा, परन्तु राजा सक्र सिंह ने खिलजी की सेना को पराजित कर दिया था।
- 1301 ई. में शमसुद्दीन फिरोजशाह बंगाल का सुल्तान बना, उसने अपने पुत्र हातिम खाँ को 1309 में बिहार का राज्यपाल नियुक्त किया और वह 1321-22 ई. तक इस पद पर आसीन रहा।

बिहार एवं तुगलक वंश (1320-1414 ई.)

- तुगलक वंश के शासन काल में बिहार की राजधानी बिहारशरीफ में स्थित थी।
- 1324 ई. में गयासुद्दीन तुगलक ने मिथिला में कर्नाट वंश के शासक हरिसिंह देव को हराया था जबकि मुहम्मद बिन तुगलक ने उत्तरी बिहार को दिल्ली सल्तनत के आधीन कर लिया था।
- मुहम्मद बिन तुगलक के समय में बिहार के सूबेदार (मक्ता) मज्दुल मुल्क ने भी हरिसिंह देव के खिलाफ अभियान चलाया और उन्हें पहाड़ियों में शरण लेने के लिए मजबूर किया।

शर्की वंश (1399 - 1485. ई.)

- बिहार पर शर्की वंश का शासन 1394 ई. में प्रारम्भ हुआ जब मुहम्मद तुगलक ने मलिक सरवर ख्वाजा जहान जिन्हें मलिक-उसशर्क भी कहा जाता है, को कन्नौज से बिहार तक के क्षेत्र पर शासन करने के लिए नियुक्त किया।
- मलिक-उसशर्क ने तिरहुत और दक्षिण बिहार पर शासन किया।
- दरभंगा की एक मस्जिद में सुल्तान इब्राहीम शर्की का एक अप्रकाशित अभिलेख मिला है।
- जौनपुर के अंतिम शर्की राजा, सुल्तान हुसैन शाह ने अपने राज्यारोहण के तुरंत बाद, बहलोल लोदी के साथ समझौता कर लिया तत्पश्चात उन्होंने तिरहुत और उड़ीसा पर आक्रमण कर विजय प्राप्त की और वहां से शुल्क वसूलना प्रारम्भ किया।

बिहार एवं लोदी वंश (1451-1526 ई.)

- 19 अप्रैल, 1451 ई. बहलोल लोदी ने 'बहलोल शाह गाजी' की उपाधि धारण कर दिल्ली की गद्दी पर विराजमान हुए।
- सिकंदर लोदी के सुल्तान बनने पर जौनपुर के शासक हुसैनशाह शर्की ने बिहार के तिरहुत और सारण के विद्रोही जमींदारों का साथ दिया था जिस कारणवश सिकंदर लोदी ने बिहार और बंगाल में उनके विरुद्ध अभियान चलाया था।
- दौलत खाँ ने बाबर को भारत पर आक्रमण कर इब्राहिम लोदी को पराजित करने के लिए आमंत्रित किया था।
- बाबर सरहिन्द से अम्बाला होते हुए पानीपत के मैदान में पहुंचा जहां पहले से ही इब्राहिम लोदी के सहयोगियों हमीद खाँ, जुनैद बरलास, हातिम खाँ आदि की सेनाएं उपस्थित थी।
- 21 अप्रैल, 1526 ई. को पानीपत का प्रथम युद्ध हुआ जिसमें बाबर ने तोपों का प्रयोग किया और इब्राहिम लोदी को युद्ध में हराकर मुगल वंश की नींव रखी।
- पानीपत के युद्ध में विजय अर्जित करने के उपरांत बाबर ने हुमायूँ को आगरा पर तथा अपने बहनोई महेदी ख्वाजा को दिल्ली पर अधिकार करने के लिए नियुक्त किया।
- इब्राहिम लोदी की पराजय के बाद उसका भाई महमूद खाँ लोदी सुल्तान की उपाधि धारण किया तथा अफगान सरदारों के साथ बिहार चला आया जहां उसने शासन को अपने हाथ में ले लिया तथा मुगलों के विरुद्ध युद्ध की तैयारी में लग गया।
- इब्राहिम लोदी की मृत्यु के बाद सुल्तान महमूद खाँ लोदी ने सरदारों की मदद से दिल्ली पर अधिकार करने का प्रयास किया लेकिन बाबर ने 6 मई 1529 ई. में घाघरा युद्ध में अफगानों को पराजित किया।

मध्यकालीन बिहार की आर्थिक स्थिति

- मध्यकालीन बिहार की आर्थिक स्थिति कृषि भूमि विशेषतः दलहन, तिलहन, धान, कपास, गेहूं जैसी फसलों के उत्पादन पर आधारित थी।
- मध्यकाल बिहार में जमींदारों और जागीरदारों के वर्ग का उदय हुआ, जबकि किसानों की स्थिति कमजोर थी और छोटे उद्योगों का विकास हुआ था।
- मध्यकाल बिहार में फसलों के साथ-साथ तम्बाकू व अफीम की खेती की जाती थी।
- आर्थिक क्षेत्र में बिहार में रेशम, चीनी, वस्त्र, चमड़े जैसे अनेक उद्योग विकसित हुए।

मध्यकालीन बिहार में धार्मिक एवं सामाजिक स्थिति

- मध्यकाल में बिहार, दिल्ली सल्तनत के अधीन होने के कारण यहां पर मुस्लिम धर्म का प्रचार और प्रसार तेजी से हुआ था जबकि शक्ति की पूजा मुख्य रूप से राज्य के मिथिला क्षेत्र में की जाती थी।
- राज्य के गया जिले का विष्णुपद मन्दिर वैष्णव धर्म का प्रमुख धार्मिक मन्दिर था।
- बिहार में शैव धर्म लोकप्रिय था। वर्तमान में भी इस राज्य में शैव धर्म से सम्बन्धित प्रमुख धार्मिक केन्द्र वैकटपुर, बैद्यनाथ धाम, बोधगया मठ व वाजिदपुर हैं।
- मध्यकालीन बिहार में दास प्रथा प्रचलित थी जबकि सती प्रथा ऊँची जातियों में व्यापक रूप से प्रचलित थी।

बिहार में सूफीवाद

- मध्यकालीन बिहार में सांस्कृतिक विकास अनवरत जारी रहा और एक समन्वित परम्परा विकसित हुई। इनमें सूफी सन्तों की भूमिका महत्त्वपूर्ण रही, जिन्होंने व्यावहारिकता एवं साधारण जीवन पर बल दिया।
- 12वीं सदी में बिहार के मनेर में बसे सूफी संत इमाम ताज फकीह प्रमुख थे।
- 13वीं सदी में बनी सूफी सिलसिलों में चिश्ती, कादरी, सुहरावर्दी, फिरदौसी, नक्शबन्दी आदि प्रमुख थे।
- समधर्मी संप्रदाय के विकास में चिश्ती और सुहरावर्दी संप्रदायों की प्रमुख भूमिका रही है।
- बिहार में सुहरावर्दी सम्प्रदाय की दो प्रमुख उपशाखाएँ- फिरदौसिया और सत्तारिया सिलसिला प्रचलित थीं। सत्तारिया सम्प्रदाय की शुरुआत बिहार में अब्दुल्लाह सत्तार द्वारा की गई थी।
- अली शेर बिहार में कादरिया सम्प्रदाय के पहले सन्त थे। इस सिलसिले के सर्वाधिक प्रभावी सन्त मखदूमशाह मुहम्मद मुन्नाफ थे, जिनका जन्म पचना गाँव (बिहारशरीफ) में हुआ था। इन्होंने पटना शहर के मितन घाट में मीर तकी मस्जिद का निर्माण कराया था।

क्रम	सूफीवाद के प्रकार	संस्थापक
1.	चिश्ती	ख्वाज़ा मोइन-उद्दीन चिश्ती
2.	सुहरावर्दी सिलसिला	शेख शहाबुद्दीन सुहरावर्दी मकतूल
3.	नक्शबंदी सिलसिला	ख्वाज़ा बहा-उल-दीन नक्सबंद
4.	कदिरिया सिलसिला	शेख अब्दुल कादिर गिलानी

बिहार में अफगानों का उदय

अफगानों का उदय

- बिहार में अफगान शक्ति के प्रारंभिक उदय में नूहानी कबीले की निर्णायक भूमिका थी।
- बिहारशरीफ स्थित लोदी अभिलेख के अनुसार सिंकदर लोदी ने 1495-96 ई. में बंगाल के शासक हुसैन शाह शर्की को पराजित किया और दरिया खाँ नूहानी को बिहार का उपशासक नियुक्त किया।
- सिंकदर लोदी और दरिया खाँ नूहानी के संघर्ष के फलस्वरूप बिहार में नूहानी वंश का उदय हुआ था।

नूहानी वंश

- नूहानी वंश मध्यकालीन बिहार के इतिहास में एक महत्वपूर्ण स्थान रखता है क्योंकि इसका उदय सिकन्दर लोदी (1489 ई. -1517 ई.) के शासनकाल में हुए राजनैतिक परिवर्तनों से जुड़ा है।

- दरिया खान नूहानी ने बिहार के जमींदारों और अन्य विद्रोही तत्वों को शांत रखने के लिए एक योग्य शासक के रूप में अपनी भूमिका निभाई।
- 1526 ई. के पानीपत के प्रथम युद्ध के बाद, दरिया खाँ नूहानी के पुत्र सुल्तान मोहम्मद शाह नूहानी ने बिहार में स्वतंत्र सत्ता की घोषणा की।
- बाबर ने जलाल खान को बिहार का प्रशासक बनाया जो मोहम्मद शाह नूहानी का पुत्र था तथा शेर खाँ को उसका संरक्षक नियुक्त किया गया।
- नुसरत शाह जो बंगाल का शासक था, बिहार पर आक्रमण किया जिसे शेर खाँ ने पराजित किया और 'हजरत-ए-आला' की उपाधि धारण की थी।
- बिहार में नूहानियों का प्रभाव 1495 ई. से प्रारंभ हुआ और 1530 ई. में समाप्त हुआ।

सूर वंश

- शेरशाह सूरी द्वारा स्थापित सूरी साम्राज्य एक अफगान वंश था, जो 1540 ई. से 1556 ई. तक भारत के उत्तरी क्षेत्रों पर शासन किया।
- 'रोह' एक छोटी जाति थी, जो अफ़ग़ानिस्तान से सम्बंधित थी। शेरशाह के दादा इब्राहिम सूर इसी जाति के थे जो 1542 ई. में भारत आए और जमालखाँ तथा हिम्मतखाँ सूर की सेनाओं में सेवाएं दी थी।
- हसन सूर जो की इब्राहिम सूर का पूत्र था, ने जमालखाँ की सेवा में 500 घुड़सवारों की सेना बनाई और सासाराम के इक्ता का पद प्राप्त किया था।
- 17 मई 1540 ई. बिलग्राम के युद्ध. में शेरशाह सूरी ने हुमायूँ को हराकर उत्तर भारत में सूरी साम्राज्य की स्थापना की थी।
- शेरशाह सूरी बाद इस्लाम शाह सूरी ने 26 मई 1545 ई. से 22 नवंबर 1553 ई. तक शासन किया।
- मात्र 16 वर्षों में सूर साम्राज्य बलूचिस्तान से लेकर आज के बंगाल तक विस्तृत हो गया था।

शेरशाह सूरी

- शेरशाह सूरी का वास्तविक नाम फरीद खां था। वह बैजवाड़ा (होशियारपुर) में सन् 1472 ई. में पैदा हुआ था, और उनकी माता एक अफगानी थी, जबकि उनके पिता का नाम हसन सूर था, और वह बिहार के सासाराम के सूबेदार थे।
- शेरशाह सूरी ने एक शेर को अपनी तलवार से मार दिया जिससे खुश होकर दक्षिण बिहार के सूबेदार बहार खां लोहानी नें शेरशाह सूरी को शेर खां की उपाधि से सुशोभित किया था तथा अपने पुत्र जलाल खां का संरक्षक नियुक्त किया था।
- बहार खां लोहानी की मृत्यु के पश्चात शेर खां ने उनकी बेगम दूदू बेगम से विवाह कर लिया और खुद को दक्षिण बिहार का शासक घोषित किया था।
- शेरशाह सूरी ने बिहार का सुल्तान बनने के बाद स्वंय को मुगल बादशाह हुमायूँ के सामंत होने का दिखावा किया।
- 1529 ई. में बंगाल के शासक नुसरतशाह को पराजित करने के बाद शेरशाह ने हजरत-ए-आला की उपाधि धारण किया था।
- 1530 ई. में उन्होंने चुनार के किले पर अधिकार प्राप्त करने के लिए चुनार के किलेदार ताज खां की विधवा लाडमलिका से विवाह किया।

सूरजगढ़ का युद्ध

- 1534 ई. में शेरशाह ने सूरजगढ़ के युद्ध में बंगाल के शासक महमूद शाह को पराजित किया था।

चौसा का युद्ध

- चौसा का युद्ध शेरशाह सूरी और हुमायूँ के बीच 29 जून 1539 ई. को आधुनिक बिहार राज्य के बक्सर जिले के चौसा गांव के पास हुआ था।
- चौसा के युद्ध में शेरशाह सूरी की विजय हुई और हुमायूँ ने निजाम नामक एक भिश्ती की सहायता से गंगा पारकर अपनी जान बचाई।
- चौसा में हुमायूँ को पराजित करने के बाद शेर खाँ ने स्वयं को हिन्दुस्तान का सुल्तान घोषित किया तथा 'शेरशाह-ए-सुल्तान-ए-आदिल' की उपाधि धारण की। इसके साथ ही शेर खाँ 'शेरशाह' के नाम से जाना जाने लगा।
- हुमायूँ को चौसा के युद्ध में पराजित करने के पश्चात शेरशाह ने अपने पुत्र जलाल खाँ को बंगाल फतह करने के लिए भेजा। जलाल खाँ ने मुगल उपशासक जहाँगीर बेग को पराजित किया।

कन्नौज का युद्ध

- फरवरी 1540 ई. में शेरशाह ने अपने पुत्र कुतुब खाँ को हुमायूँ के विरुद्ध अफगान सरदारों एवं पुराने शासकों से सहयोग प्राप्त करने के लिए चन्देरी की ओर भेजा। वापसी के समय कन्नौज के कालपी के निकट मुगल सैनिकों ने कुतुब खाँ की हत्या कर दी।
- कुतुब खाँ की मृत्यु से शेरशाह क्रोधित होकर कन्नौज पहुँचा, जिससे गंगा नदी के उस पार बिलग्राम पहुँचकर उसने हुमायूँ की सेना को रोका। 17 मई 1540 ई. को दोनों के बीच युद्ध हुआ जिसमें हुमायूँ पुनः शेरशाह से पराजित हुआ।
- कन्नौज विजय के साथ शेरशाह आगरा और दिल्ली का सम्राट बन गया।

द्वितीय अफगान साम्राज्य

- शेरशाह ने उत्तरी भारत (बिहार) में सूरवंश और द्वितीय अफगान साम्राज्य की स्थापना की थी।
- शेरशाह ने पहले से ही पश्चिमोत्तर सीमा की सुरक्षा पर विशेष ध्यान दिया था। उन्होंने मुगलों के प्रभाव को पूरी तरह से समाप्त कर दिया था।
- शेरशाह ने मुल्तान को अपने नियंत्रण में किया और वहां के बलूची सरदारों ने भी उन्हें सम्राट मानकर अधीनता स्वीकार की थी।
- शेरशाह ने मुल्तान के लिए पहले हाकिम को नियुक्त किया और निपुण सेनानायकों जैसे हैबत खां नियाजी, ख्वास खां, राय हुसैन जलवानी आदि की नियुक्ति की।
- शेरशाह की प्रमुख विजय- माल्वा विजय (1542), रायसीन विजय (1543), सिन्ध और मुल्तान विजय (1543), मारवाड़ एवं चितौड़ विजय (1544) आदि प्रमुख हैं।

कालिंजर युद्ध

- कालिंजर का युद्ध शेरशाह का अंतिम युद्ध था जिसमें वह चन्देल राजपूतों के विरुद्ध लड़े।
- भाटा के राजा वीरभानु ने हुमायूँ की मदद की थी जिससे शेरशाह ने एक दूत वीरभानु के पास भेजा था, वीरभानु डरकर कालिंजर के राजा कीर्तिसिंह चन्देल की शरण में चला गया था।
- शेरशाह ने कीर्तिसिंह से वीरभानु को सौपने की मांग की लेकिन उसने अस्वीकार कर दिया, फलस्वरूप, शेरशाह ने 80,000 घुड़सवारों, 2,000 हाथी और कई तोपों के साथ कालिंजर पर आक्रमण किया।
- युद्ध के दौरान शेरशाह बुरी तरह से जल गया था। जिसके फलस्वरूप मई 1545 ई. में शेरशाह की मृत्यु हो गई।

शासन व्यवस्था

- शेरशाह ने एक जनहितकारी शासन प्रणाली की स्थापना की थी। उन्होंने सारे साम्राज्य को 47 भागों में विभाजित किया था, जिसे 'प्रान्त' कहा जाता था।
- प्रत्येक प्रान्त में एक फौजदार था, जिसे सूबेदार के नाम से जाना जाता था। प्रांत सरकार में, सरकार परगने में तथा परगना गाँवों में विभाजित थे।
- सरकार में प्रमुख अधिकारी शिकदार-ए-शिकदारा तथा मुन्सिफ-ए-मुन्सिफा थे। पहला सैन्य अधिकारी होता था, और दूसरा दीवानी मुकदमों में फैसला देता था।
- शेरशाह ने अपने प्रशासनिक सुधारों के तहत बिहार में कई मजबूत किलों का निर्माण किया।

प्रशासन		
स्तर	**विभाग**	**प्रधान**
केन्द्रीय प्रशासन	दीवाने विजारत	लगान और वित्त विभाग का प्रधान वजीर होता था।
	दीवाने अर्ज	सैन्य विभाग का प्रधान आरिज-ए-मुमालिक होता था।
	दीवाने रिसालत	धार्मिक मामलों का विभाग, प्रधान सद्र होता था।
स्थानीय प्रशासन	सरकार	शिकदार-ए-शिकदारान कानून व्यवस्था की देखभाल करता था।
		मुंसिफ-ए-मुंसिफान वित्त सम्बन्धी कार्यों को देखता था।
	परगना	शिकदार कानून व्यवस्था के लिए, मुंसिफ मुकदमों की देखभाल तथा अमीन लगान वसूली के लिए होता था।
	गाँव	मुकद्दम गाँव का प्रधान होता था। पटवारी और कानूनगो लगान वसूली में अमीन की सहायता करते थे।

भूमि व्यवस्था

- शेरशाह ने भूमि व्यवस्था को बेहतर बनाने के लिए कई कार्य किए थे।
- शेरशाह ने भूमि की नाप करवाई और उसे बीघों में बांटा तथा मालगुजारी पट्टे पर लिखने की व्यवस्था की थी और किसानों को भूमिकर स्वयं राजकोष में जमा करने की सुविधा दी थी।
- शेरशाह ने उपज का एक-तिहाई भाग भूमिकर के लिए निर्धारित किया तथा अनाज और नकद दोनों में भुगतान की प्रणाली विकसित की थी।

सैन्य व्यवस्था

- शेरशाह ने एक सशक्त एवं अनुशासित सैन्य व्यवस्था का गठन किया था।
- शेरशाह ने सेना में लड़ाकू एवं निपुण अफगानों एवं राजपूतों को भर्ती किया जिसमें ज्यादातर सैनिक अफगानी थे।
- शेरशाह ने घोड़ों को चिन्हित करने की प्रथा शुरू की थी। उनके पास डेढ़ लाख घुड़सवार, 25 हजार पैदल सैनिक थे। वह सैनिकों के प्रति नम्र लेकिन अनुशासन का उलंघन करने वालों को कड़ा दण्ड देता था।

न्याय व्यवस्था

- शेरशाह की न्याय व्यवस्था बहुत ही सुव्यवस्थित थी। उन्होंने माल और दीवानी के स्थानीय मामलों की सुनवाई के लिए मुंसिफों को नियुक्त किया।
- प्रमुख शहरों के काजी और सरकार में एक प्रमुख मुंसिफ भी था जिसे अपील सुनने और मुंसिफों के काम की निगरानी करने का अधिकार था।
- शांति व्यवस्था बनाये रखने के लिए परगने में शिकदार और गांवों में पटवारी होते थे। षड्यंत्रों की पहचान के लिए खुफिया विभाग था।

साहित्य, कला एवं संस्कृति

- शेरशाह के शासनकाल में साहित्य, कला और सांस्कृतिक भवनों का संरक्षण और निर्माण हुआ था।
- शेरशाह के दरबार में अनेक प्रसिद्ध विद्वान मीर सैयद, मंझन, खान मोहम्मद, फरयूली और मुसान थे।

स्थापत्य काल

- शेरशाह ने अनेक भवन बनवाए, जैसे कि रोहतासगढ़, सहरसा का दुर्ग, जो एक प्रसिद्ध दुर्ग हैं।
- शेरशाह ने बंगाल से काबुल तक जाने वाली 500 कोस लंबी ग्रांड ट्रंक रोड का निर्माण भी अल्प अवधि में करवाया जिसे शाह राह-ए-आजम, सड़क-ए-आजम और बादशाही सड़क के नामों से भी जाना जाता था।
- शेरशाह ने आगरा से बुरहानपुर तक, आगरा से बयाना, मारवाड़, चित्तौड़ तक और लाहौर से मुल्तान तक उपरोक्त मार्गों का निर्माण कराया था।

मुगल शासन के दौरान बिहार

मुगल साम्राज्य एवं बिहार

- भारत में मुगल वंश की स्थापना का श्रेय तैमूर लंग और चंगेज खान के वंशज जहीरुद्दीन मोहम्मद बाबर को जाता है।
- बाबर ने 1526 ई. में पानीपत के प्रथम युद्ध में दिल्ली के शासक इब्राहिम लोदी को पराजित कर भारत में मुगल साम्राज्य की स्थापना की।
- बिहार में सुल्तान मोहम्मद शाह नुहानी और फरमुली कबीलों के सरदारों ने बाबर को चुनौती दी थी।
- अपने सैन्य अभियान के दौरान, अप्रैल, 1529 ई. में बिहार के बक्सर नामक स्थान पर बाबर ने सरदारों को आत्मसमर्पण करने के लिए मजबूर किया और मुर्शिद इराकी को बंगाल का दीवान नियुक्त किया।
- 26 दिसम्बर 1530 ई. को बाबर की मृत्यु उपरान्त 30 दिसम्बर 1530 ई. को हुमायूँ मुगल शासक बना था।
- बिहार में नुहानियों की शक्ति तब समाप्त हो गई जब हुमायूँ ने 1532 ई. में दोहरासराय में अफ़गानों को पराजित किया।
- शेरशाह ने हुमायूँ को चौसा और कन्नौज के युद्ध में पराजित किया।
- हुमायूँ ने 1555 ई. में ईरान के शासक की सहायता लेकर दिल्ली पर कब्जा किया और पुनः मुगल साम्राज्य की स्थापना की।
- हुमायूँ के बाद उसका अल्पवयस्क पुत्र जलालुद्दीन मोहम्मद अकबर 14 वर्ष की आयु में दिल्ली का शासक बना।
- 14 फरवरी, 1556 ई. को 14 वर्ष की आयु में, अकबर (हुमायूँ के पुत्र) का राज्याभिषेक पंजाब के कलानौर में हुआ था।
- 1564 ई. में एक अमीर सफलेमान कर्रानी ने बिहार में अपने स्वतंत्र शासन की घोषणा की।
- सफलेमान कर्रानी ने 1556 ई. से 1572 ई. तक शासन किया और अपने अधिकार क्षेत्र को उड़ीसा तक विस्तृत किया था।
- 1574 ई. में मुगल शासक अकबर ने बिहार पर आक्रमण कर पटना पर अधिकार कर लिया।
- अकबर ने हुसैन कुली को बंगाल के सूबेदार के रूप में भेजा और साथ ही बिहार के सूबेदार मुजफ्फर खाँ के खिलाफ 5000 सेना भेजी।
- 12 जुलाई 1576 ई. को अफगानों और मुगलों के बीच राजमहल का युद्ध हुआ जिसमें अफगानों को हार झेलनी पड़ी।
- अकबर ने 1577 ई. में पंडित महेश ठाकुर को मिथिला का शासक घोषित किया।
- 1577 ई. में, मुजफ्फर खाँ को बिहार से आगरा बुलाया गया और शुजात खान को बिहार का सूबेदार नियुक्त किया।
- बिहार को मुगल साम्राज्य के प्रान्त का दर्जा 1580 ई. में दिया गया और बिहार के सूबेदार के रूप में खान-ए-खनाम मुनीम खान की नियुक्ति की गयी।
- 1580 ई. के आस-पास मुजफ्फर खाँ, टोडरमल और मुनीम खान ने

रोहतासगढ़, सूरजगढ़, मुंगेर, भागलपुर और अन्य क्षेत्रों पर कब्जा कर लिया।

- उज्जैन सरदार राजा गज्जनशाही ने भोजपुर एवं जगदीशपुर में मुगलों के विरुद्ध विद्रोह किया।
- राजा गज्जनशाही ने आरा पर आक्रमण कर वहां के जागीरदार फरहत खाँ और उनके बेटे की हत्या कर दी।
- 1580 ई. के अंत तक, लगभग पूरे दक्षिणी बिहार पर एक बार फिर मुगलों का कब्जा हो गया था।
- अकबर ने अपने साम्राज्य को 12 प्रांतों में विभाजित किया था।
- बिहार भी इसमें एक अलग सूबा था, जिसका सूबेदार खान-ए-आजम मिर्जा अजीज कोकलतास को बनाया गया था।
- 1582 ई. में खान-ए-आजम शाही दरबार में लौट आये, लेकिन विद्रोह भड़कने के कारण वह फिर से बिहार लौट गये और बिहार को विद्रोहियों से पूरी तरह मुक्त कर दिया।
- 1587 ई. में कुँवर मानसिंह ने बिहार के सूबेदार के रूप में कार्यभार संभाला।
- खड़गपुर के राजा संग्राम सिंह और चेरो राजा अनन्त सिंह को मानसिंह ने मुगलों की अधीनता स्वीकार करने के लिए विवश किया।
- सईद खाँ तीसरी बार 1594 ई. से 1598 ई. तक बिहार का सूबेदार बने।
- अकबर के उत्तराधिकारी के रूप में जहाँगीर 3 नवम्बर, 1605 ई. को दिल्ली की गद्दी पर आसीन हुआ।
- जहाँगीर ने लाल बेग या बाज बहादुर को बिहार का सूबेदार नियुक्त किया।
- बाज बहादुर ने नूरसराय का निर्माण कराया (जो स्थानीय परम्पराओं के अनुसार दरभंगा में एक मस्जिद एवं एक सराय है), यह नूरसराय, मेहरुन्निसा (नूरजहाँ) के बंगाल से दिल्ली जाने के दौरान यहाँ रुकने के लिए बनायी गयी थी।
- 1615 ई. में नूरजहाँ का भाई इब्राहिम खाँ बिहार का सूबेदार नियुक्त किया गया।
- 1618 ई. में जहांगीर ने कुली खान को बिहार का सूबेदार नियुक्त किया।
- 1621 ई. में जहांगीर ने बिहार के प्रांतपित के रूप में राजकुमार परवेज को नियुक्त किया था।
- राजकुमार परवेज के समय, बिहार में एक अफगान सरदार, नाहर बहादुर खवेशगी द्वारा 1636 ई. में पटना में एक पत्थर की मस्जिद का निर्माण किया गया था।
- 26 अक्टूबर 1624 ई. को बहादुरपुर के पास टोंस नदी पर राजकुमार परवेज की सेना ने खुर्रम को पराजित किया।
- 1626 ई. - 27 ई. में शाहजादा परवेज के स्थान पर मिर्जा रुस्तम एफावी को बिहार का सूबेदार बनाया गया।
- 1628 ई. में खान-ए-आलम आठ साल तक बिहार का सूबेदार रहा।
- 1628 ई. में सैफ खान को बिहार का सूबेदार बनाया गया।
- शाहजहां ने अपने विश्वस्त अब्दुल्ला खान बहादुर फिरोज जंग को 1632 ई. में बिहार का राज्यपाल बनाया।
- मुमताज महल के भाई शाहस्ता खाँ को अब्दुल्ला खान के बाद बिहार का राज्यपाल (1639-43 ई.) बनाया गया।
- 1642 ई. में शाइस्ता खाँ ने चेरो शासकों को पराजित किया।
- 1646 ई. में बिहार का सूबेदार आजम खाँ नियुक्त हुआ।
- 1656 ई. में जुल्फिकार खाँ और 1657 ई. में अल्लाहवर्दी ने बिहार की सूबेदारी संभाली।
- अल्लाहवर्दी खान ने राजकुमार शुजा का समर्थन करना शुरू कर दिया, लेकिन शाही सेना ने राजकुमार सुलेमान शिकोह और मिर्जा राजा जयसिंह के नेतृत्व में राजकुमार शुजा को पराजित किया।
- औरंगजेब ने 16 जनवरी 1659 ई. को खानवा की लड़ाई में शुजा को हराया और शुजा बहादुर पटना और मुंगेर के रास्ते राजमहल पहुंचे।
- जब औरंगजेब दिल्ली (5 जून 1659 ई.) में सम्राट बना, तो दाऊद खाँ को बिहार का राज्यपाल नियुक्त किया और वह 1659 ई. से 1664 ई. तक बिहार का सूबेदार रहा।
- दाऊद खाँ के बाद 1665 ई. में लश्कर खाँ को बिहार का राज्यपाल बनाया गया।
- लश्कर खाँ के शासन काल में अंग्रेज यात्री बर्नीयर बिहार आया और 8 वर्ष तक पटना में रुका था।
- जॉन मार्शल 1668 ई. में इब्राहिम खान के शासनकाल में बिहार आये थे।
- जॉन मार्शल ने अपनी यात्रा वृतांत में बिहार में भीषण अकाल का वर्णन किया था।
- इब्राहिम के शासनकाल के दौरान एक अन्य डच यात्री डी ग्रेफी भी बिहार आया था।
- 1675 ई. में तरवियात खाँ को बिहार का सूबेदार नियुक्त गया था।
- 1677 ई. में शाहजादा आजम को बिहार के सूबेदार नियुक्त किया गया, जो औरंगजेब के तीसरे पुत्र थे।
- फिदा खाँ 1695 ई. से 1702 ई. तक बिहार के सूबेदार रहे।
- फिदा खाँ ने तिरहुत और संथाल परगना (झारखंड) में हुए विद्रोह को शांत करने में महत्त्वपूर्ण भूमिका निभाई थी।
- बहादुर शाह दिल्ली की गद्दी पर बैठा तो उसने अपने बेटे अज़ीम-उस-शान को बिहार, बंगाल और उड़ीसा के अलावा इलाहाबाद का सूबेदार नियुक्त किया।
- फर्रुखशियर पहला मुगल सम्राट था जिसका राज्याभिषेक पटना में हुआ था।
- दिल्ली का बादशाह बनने से पहले फर्रुखशियर ने बिहार सूबे में शासन करते हुए स्थानीय प्रशासन को धीरे-धीरे समाप्त कर सूबे की पहचान को बढ़ाया।
- 1712 ई. से 1719 ई. तक फर्रूखशियर दिल्ली का बादशाह था और उसी अवधि में बिहार में चार सूबेदार नियुक्त किये गये थे-
    1. खैरात खान ने 1712 ई. से 1714 ई. तक इस पद की जिम्मेदारी संभाली।
    2. मीलू जुमला ने 1714 ई. से 1715 ई. तक इस पद का कार्यभार संभाला।
    3. सूर बुलन्द खान ने 1716 ई. से 1718 ई. तक इस पद को संभाला। इस दौरान, जमींदारों के खिलाफ अनेक सैनिक अभियान चलाए गए थे जैसे भोजपुर के उज्जैन जमींदार सुदिष्ट नारायण का विद्रोह, धर्मपुर के जमींदार हरिसिंह का विद्रोह आदि। इन विद्रोहों का सूर बुलन्द खान ने दमन किया।
    4. सूर बुलन्द खान के बाद, खान जमान खान 1718-1721 ई. तक बिहार का सूबेदार रहा।
- खान जमान खान, बिहार का सूबेदार नियुक्त होने के उपरांत छोटा नागपुर, पलामू (झारखंड) और जगदीशपुर के उदवन्त सिंह के खिलाफ सैन्य अभियान चलाया।
- नुसरत खान के काल में, पटना में दारुल उलूम का निर्माण हुआ था।
- फखरुद्दौला के आदेश के बाद, शाहजादा मिर्जा अहमद को बिहार के सूबेदार के रूप में नियुक्त किया गया था। बाद में, वह नाजिम शुजाउद्दीन के सहायक के रूप में बंगाल में नियुक्त हुए थे।
- शुजाउद्दीन की मृत्यु उपरांत, 1739 ई. में, अलीवर्दी खाँ ने उसके वंशज को गिरियाँ युद्ध में हराकर बिहार और बंगाल का स्वतंत्र नवाब बन गया था।
- बंगाल-बिहार के शासक अलीवर्दी खाँ के समय अंग्रेजों द्वारा निरंतर चुंगी की चोरी करने के कारण बंगाल और बिहार में राजस्व वसूली पर बुरा प्रभाव पड़ रहा था, जिस कारण बिहार पर आर्थिक दबाव पड़ने लगा था।
- अंग्रेजों की महत्वकांक्षा और स्वेच्छाचारिता बढ़ती जा रही थी जिसका

प्रभाव बंगाल और बिहार दोनों पर पड़ रहा था।

- अंग्रेजों ने राजघरानों के अंदरूनी प्रसंगों पर भी हस्तक्षेप करना शुरू कर दिया था।
- 10 अप्रैल, 1756 ई. को बंगाल-बिहार के शासक व नवाब अलीवर्दी खाँ की मृत्यु हो गई।
- बिहार का शासक और अलीवर्दी खाँ की सबसे छोटी पुत्री अमीना बेगम का पुत्र सिराजुद्दौला बंगाल का नवाब बना।

मुगलकालीन बिहार की शासन व्यवस्था

- अकबर ने बिहार को सूबे या प्रांत के रूप में गठित किया और इस श्रेणी व्यवस्था का अनुसरण औरंगजेब के शासनकाल तक जारी रहा।
- आइन-ए-अकबरी के अनुसार बिहार प्रांत (सूबा) सात सरकारों (जिला) में बँटा हुआ था। ये सरकार थे - तिरहुत, हाजीपुर, सारण, चम्पारण, मुंगेर, बिहार तथा रोहतास।
- सरकारों को 199 परगनों में बाँटा गया था, जिसमें मिथिला प्रमुख स्थान रखता था।
- दक्षिण बिहार में मुंगेर, बिहार तथा रोहतास प्रमुख सरकार (जिला) थे। पटना एवं गया, बिहार सरकार के अंतर्गत के क्षेत्र थे।
- औरंगजेब के शासनकाल में बिहार में 8 सरकारें और 245 परगने थे।
- मुगलों ने बिहार को महत्वपूर्ण सूबे का दर्जा दिया था। इस समय कोकल, सुलेमान शिकोह, आजम, अजीम-उस-शान, मान सिंह, सैफ खान, मीर जुमला और दाऊद खान सूबेदार थे।
- सूबेदार की सहायता के लिए दीवान को नियुक्त किया जाता था जो राजस्व उगाही के साथ सूबे का प्रशासन चलाता था।
- सद्र धार्मिक विभाग का प्रधान था जबकि काजी न्यायाधीश था।
- मीरबहर का प्रमुख काम बंदरगाहों से वसूली, सीमा शुल्क वसूली, और नौकाओं पर कर वसूली था।
- सरकार (जिला) स्तर पर प्रशासन को सुचारू रूप से चलाने के लिए अनेक अधिकारी होते थे।
- इनमें फौजदार सरकार का प्रमुख प्रशासनिक अधिकारी था जोकि सूबेदार का प्रमुख सहायक होता था।
- फौजदार को राजस्व, पुलिस एवं सैनिक अधिकार प्राप्त थे। इसकी तुलना वर्तमान में जिला मजिस्ट्रेट से की जा सकती है।
- अमलगुजर राजस्व संग्रहण अधिकारी था जिसकी सहायता के लिए मीर आदिल होते थे।
- कोतवाल शहरी अधिकारी के रूप में नगर में शांति व्यवस्था बनाए रखने का कार्य करता था।
- प्रत्येक सरकार के अधीन अनेक परगना होते थे, अकबर के समय बिहार में परगना की संख्या लगभग 200 और औरंगजेब के समय लगभग 246 थी।
- प्रशासन की सबसे छोटी इकाई परगना ही थी। शिकदार परगना का मुख्य प्रशासनिक अधिकारी होता था।
- परगनों के नीचे कई गाँव आते थे। इन गाँवों के प्रशासन में मुगल सम्राट के द्वारा कोई हस्तक्षेप नहीं किया जाता था। मुखिया गाँव का प्रधान अधिकारी था।
- बिहार सूबे की आय मुख्यतः भूमि, राजस्व, व्यापार, टकसाल, तोहफे, एकाधिकार, नमक, खान, जजिया, जकात, खम्स आदि से होती थी।
- भूमि को खालसा, जागीर एवं सयुरगल में बाँटा गया था।
- भू-राजस्व की वसूली शिकदार करता था। उसकी मदद के लिए नवीसिंदा एवं मुकद्दम होते थे।
- अकबर के शासनकाल में टोडरमल ने बिहार की भूमि की नाप की और भूमि राजस्व लगभग 25 लाख रुपए तय किया था।
- फरूआत जमींदारों द्वारा वसूला गया कर था। इसके अतिरिक्त इखराजात, अबाब, हुबुबात आदि प्रमुख कर थे। वेश्यालयों से भी कर वसूले जाते थे।

सैन्य शासन व्यवस्था

- सैनिक प्रशासन की दृष्टि से बिहार प्रांत में विशेष ध्यान दिया गया। सेना में पहलवानों की स्थिति महत्वपूर्ण थी। इसमें उत्तरी बिहार के महेषी और केन्द्रीय बिहार के बक्सर के लोग प्रमुख थे।
- सेना तीन प्रकार की होती थी। प्रथम उच्चाधिकारियों द्वारा गठित सेना थी। उन्हें मनसब के आधार पर बाँटा गया था।
- दूसरी प्रांतीय सेना थी, जिसमें जमींदारों की प्रमुख भूमिका थी। सूबेदार को आवश्यकता पड़ने पर प्रांतीय सेना सहायता करती थी।
- सेना का तीसरा स्तर स्थानीय स्तर पर गठित घुड़सवार सैनिकों का था।
- बक्शी, युद्ध विभाग का प्रधान होता था, फौजदार प्रांतीय सेनाओं का सेनापति होता था तथा कोतवाल पुलिस विभाग का प्रमुख होता था।

न्याय व्यवस्था

- प्रत्येक सरकार में कौदी या कादी होता था, जो धर्मशास्त्र का विशेषज्ञ होता था।
- मुफ्तियों को कौदी की सहायता के लिए नियुक्त किया जाता था जोकि फौजदारी मुकदमों की सुनवाई भी करता था।
- सूबेदार दाऊद खान के एक अधिकारी जफर खान द्वारा कई स्थानों जैसे-खाजेकला, सदरगली, भागलपुर, राजमहल आदि स्थानों पर इस तरह के न्यायालय स्थापित किए गये थे।

बिहार में भ्रमण पर आने वाले प्रमुख विदेशी यात्री

क्र. स.	यात्री का नाम	भारतीय शासक	यात्रियों से सम्बंधित जानकारियाँ
1.	मुल्लातकी	अकबर	इसने जौनपुर से बंगाल की यात्रा की थी। इसने अपने विवरण में दरभंगा क्षेत्र के सम्बन्ध में विस्तृत वर्णन किया है।
2.	रॉल्फ फिच (ब्रिटेन)	अकबर	इसके अनुसार पटना के लोग जमीन खोदकर सोने की खोज करते थे तथा यहाँ के निवासियों में अन्धकारपूर्ण आचरण विद्यमान था।
3.	अब्दुल लतीफ (ईरान)	अकबर	इसने नदी मार्ग से आगरा से राजमहल तक की यात्रा की।
4.	मोहम्मद सादिक (ईरान)	जहाँगीर	इसके वृत्तान्त का नाम सुबह-ए-सादिक है।
5.	पीटर मुण्डी (ब्रिटेन)	शाहजहाँ / औरंगजेब	1632 में पटना का भ्रमण किया। उसने पटना से होने वाले निर्यात की चर्चा की है।
6.	मैनरीक (हॉलैण्ड)	शाहजहाँ / औरंगजेब	इसने विशेष प्रकार की कश्तियों (मयूरपंखी) का वर्णन किया है।
7.	मनूची (इटालियन)	शाहजहाँ	इसने पटना में उस समय जनसंख्या का अनुमान दो लाख लगाया था।
8.	ट्रैवर्नियर (फ्रांस)	औरंगजेब	इसने पटना में हॉलैण्ड निवासियों द्वारा शोरे के व्यापार का वर्णन किया है।
9.	जॉन मार्शल (ब्रिटेन)	औरंगजेब	यह एक चिकित्सक था। इसने पटना नगर की बनावट, रहन-सहन इत्यादि की चर्चा की।

18वीं शताब्दी में बिहार

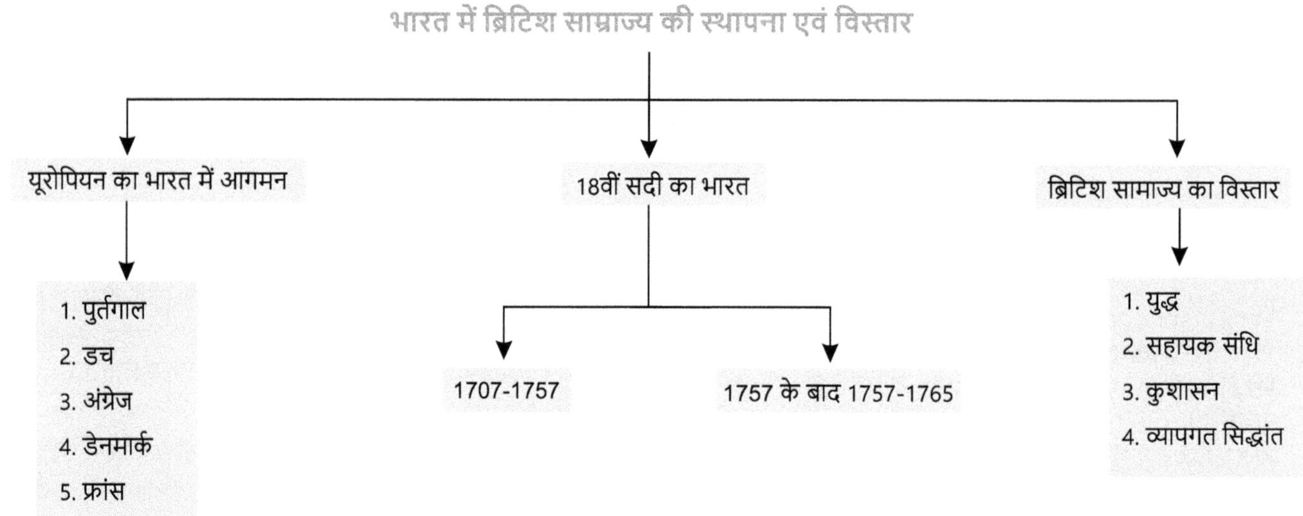

ऐतिहासिक स्रोत

- उत्तर मुगलकालीन ऐतिहासिक स्रोतों में गुलाम हुसैन तबाताई की सीयर उल मुताखेरीन, करीम की मुजफ्फरनामा, राजा कल्याण सिंह का खुलासातुत तवासिरत महत्वपूर्ण हैं जिसमें बंगाल और बिहार के जमींदारों की गतिविधियों की चर्चा होती है।
- बिहार के मध्यकालीन ऐतिहासिक स्रोतों में भू-राजस्व से संबंधित दस्तावेज भी महत्वपूर्ण स्रोत हैं।
- ऐसे दस्तावेज रूपी पुस्तकों में आईने अकबरी, दस्तुरूल आयाम-ए-सलातीन-ए-हिन्द एवं कैफियत-ए-रजवा जमींदारी, राजा-ए-सूबा बिहार भू-कर व्यवस्था के संदर्भ में एक महत्वपूर्ण स्रोत हैं।
- अहमद सर्फुद्दीन माहिया मनेरी, अब्दुल कूटूस गंगोई इत्यादि के पत्रों से धार्मिक स्थिति के संदर्भ में जानकारी प्राप्त होती है।
- राल्फ फिच, एडवर्ड टेरी, मैनरीक, जॉन मार्शल, पीटर मुंडी, मनुची, ट्रैवरनियर, मनुक्की आदि के यात्रा वृतान्त प्रमुख रूप से उल्लेखनीय हैं।
- यूरोपीय यात्रा वृतान्त के अलावा विभिन्न विदेशी व्यापारिक कंपनियों (डेनिस, फ्रेंच, इंग्लिश) आदि फैक्ट्री रिकॉर्ड्स आदि बहुत महत्वपूर्ण हैं जो बिहार की तत्कालीन आर्थिक गतिविधियों की जानकारी देते हैं।
- बिहार के मध्यकालीन ऐतिहासिक स्रोत पटना परिषद, कलकत्ता परिषद और फोर्ट विलियम के बीच पत्राचार से प्राप्त होते हैं।
- मध्यकालीन बिहार के ऐतिहासिक स्रोत में पुरालेखों का भी महत्व होता है। ये पुरालेख अरबी या फारसी में विशेषकर मस्जिद, कब्र या इमामबाड़ा आदि की दीवारों पर उत्कीर्ण होते हैं।

18वीं शताब्दी में बिहार

- 1756 ई. में अलीवर्दी खाँ की मृत्यु के बाद, सिराजुद्दौला बंगाल का नवाब बना था।
- बंगाल के नवाब सिराजुद्दौला ने रामनारायण को बिहार का उपनवाब बनाया था।
- बिहार के संबंध में अधिकांश निर्णय बंगाल के सूबेदार द्वारा लिया जाता था।
- अप्रैल 1756 ई. में सिराजुद्दौला बंगाल की गद्दी पर बैठा ही था कि उसे शौकत जंग, घसीटी बेगम और उनके दीवान राज वल्लभ के संयुक्त षडयंत्र का सामना करना पड़ा।
- अक्टूबर 1756 ई. में सिराजुद्दौला ने मनिहारी के युद्ध में शौकतजंग को पराजित किया था।
- अंग्रेजों ने सिराजुद्दौला के विरोधी राजबल्लभ के पुत्र कृष्ण दास को शरण दे दी जिस कारणवश सिराजुद्दौला नाराज हो गये।
- सिराजुद्दौला ने अंग्रेजों से कासिम बाजार और फोर्ट विलियम को हथिया लिया था।
- 1757 ई. में अंग्रेजों ने एडमिरल वाटसन और कर्नल क्लाइव के नेतृत्व में कलकत्ता पर अधिकार कर लिया।
- मार्च 1757 ई. में अंग्रेजों ने चंद्रनगर पर अधिकार कर लिया जिसके उपरांत अंग्रेजों एवं सिराजुद्दौला के मध्य अलीनगर की संधि हुई।

प्लासी की लड़ाई

- 23 जून 1757 ई. को बंगाल के नवाब सिराजुद्दौला और ईस्ट इंडिया कंपनी की सेना के मध्य युद्ध हुआ था।
- प्लासी के युद्ध से पहले ही नवाब के प्रमुख सेनापति मीरजाफर और दीवान रायदुर्लभ अंग्रेजों से मिल चुके थे।
- युद्ध में नवाब सिराजुद्दौला के विश्वसनीय सहयोगी मीरमदान और मोहनलाल वीरगति को प्राप्त हुए थे तथा प्लासी के युद्ध में सिराजुद्दौला पराजित हो गया था।
- युद्ध के बाद नवाब सिराजुद्दौला मुर्शिदाबाद चला गया था जहां मीरजाफर के पुत्र मीरन ने मोहम्मद बेग के द्वारा उसकी हत्या करवा दी।
- प्लासी युद्ध के बाद अंग्रेजों ने मीरजाफर को बंगाल का नवाब बनाया। लेकिन मीरजाफर नाममात्र के शासक थे।
- रामनारायण ने मीरजाफर के नवाब बनने के बाद बिहार में भी उनकी सूबेदारी का ऐलान किया।
- 23 फरवरी, 1758 ई. को पटना में एक दरबार आयोजित हुआ था जिसमें मीरजाफर के पुत्र मीरन को बिहार का नवाब तथा रामनारायण को उप-नवाब बनाया गया था।

बक्सर का युद्ध

- 22 अक्टूबर, 1764 ई. को बक्सर में एक युद्ध हुआ था जिसमें मीर

कासिम, अवध के नवाब शुजाउद्दौला तथा मुगल बादशाह शाह आलम की संयुक्त सेनाएं अंग्रेजों की सेना से टकराई थीं। इस युद्ध में अंग्रेजों की सेना ने जीत हासिल की थी।

- युद्ध में 846 अंग्रेज और 7072 संयुक्त मोर्चा के सैनिक मारे गए।
- अंग्रेजी सेना का नेतृत्व हेक्टर मुनरो ने किया था।
- संयुक्त मोर्चा के शिविर तक में उनकी घुसपैठ हो चुकी थी और अंग्रेजों ने संयुक्त मोर्चा के कप्तानों, तोपचियों आदि को पहले ही मुँहमाँगी रकम प्रदान कर दी थी।
- मोर्चे के बड़ी संख्या में सैनिकों ने युद्ध नहीं किया था जिससे संयुक्त मोर्चा को हार झेलनी पड़ी।
- 3 मई, 1765 ई. को इलाहाबाद के निकट कड़ा नामक स्थान में एक युद्ध हुआ जिसके बाद मुगल बादशाह पूर्णतः अंग्रेजों के अधीन हो गए।

इलाहाबाद की संधि

- बक्सर युद्ध के बाद, क्लाइव ने मुगल सम्राट शाहआलम द्वितीय और अवध के नवाब शुजाउद्दौला के साथ इलाहाबाद की पहली और दूसरी संधि की जो निम्नलिखित है -
  - इलाहाबाद की प्रथम संधि (12 अगस्त, 1765 ई.)
    - कंपनी ने मुगल बादशाह शाहआलम द्वितीय को 26 लाख रूपये की वार्षिक पेंशन देने के लिए सहमति जताई, जिसके बदले में बादशाह ने बंगाल, बिहार और उड़ीसा की दीवानी कंपनी को सौंप दी।
    - कंपनी ने अवध के नवाब शुजाउद्दौला से कड़ा और इलाहाबाद प्राप्त करके उसे मुगल बादशाह शाहआलम द्वितीय को सौंप दिया था।
    - मुगल बादशाह शाहआलम द्वितीय ने अल्पआयु के नवाब नज्मुद्दौला को बंगाल का नवाब स्वीकार कर लिया। तदान्तर में कंपनी ने नज्मुद्दौला से सारे अधिकार छीन लिए और उसे नाममात्र का नवाब बनाये रखा।
  - इलाहाबाद की द्वितीय संधि (16 अगस्त, 1765 ई.)
    - यह संधि अवध के नवाब शुजाउद्दौला और राबर्ट क्लाइव के मध्य हुई थी।
    - अवध में अंग्रेजी सेना रखी गयी थी जो अवध के सुरक्षा के लिए थी और सेना का खर्च अवध के नवाब को वहन करना था।
    - अवध के नवाब शुजाउद्दौला द्वारा हर्जाने के रूप में कंपनी को 50 लाख रुपये दिया गया।
    - कंपनी को अवध में कर-मुक्त व्यापार करने की छूट प्रदान की गई।
    - बनारस और गाजीपुर अवध के राजा के अधीन माना गया तथा अंग्रेजों की संरक्षिता में जागीरदार बलवंत सिंह को अधिकार दिया गया।

द्वैद्ध शासन

- 12 अगस्त, 1765 ई. को बिहार में कम्पनी शासन की शुरुआत हुई, जो ईस्ट इंडिया कंपनी द्वारा स्थापित किया गया था।
- 12 अगस्त, 1765 ई. की संधि के तहत, बिहार, बंगाल, और उड़ीसा सूबों के लिए कम्पनी ने बादशाह की ओर से दीवानी प्राप्त की जिसके तहत कम्पनी को इन सूबों से लगान वसूल करने का अधिकार मिला।
- 12 अगस्त, 1765 ई. की संधि के बाद बंगाल के नवाब के पास निजामत अर्थात प्रशासन और फौजदारी न्याय का अधिकार रहा।
- शासन को द्वैद्ध शासन इसलिए भी कहा जाता है क्योंकि यह दो विभिन्न शक्तियों के हाथों में था।
- कम्पनी ने राजव्यवस्था के निर्वाह के लिए दो नायब नियुक्त किए, एक बिहार के लिए सिताबराय और एक बंगाल के लिए रजा खाँ।
- बंगाल, बिहार और उड़ीसा में आंतरिक व्यापार का भी अधिकार कंपनी को प्राप्त हुआ।
- द्वैद्ध शासन से बिहार में वस्त्र, कुटीर और अन्य उद्योगों की स्थिति खराब होने लगी। कृषि पर भी नकारात्मक प्रभाव पड़ने लगा। इन व्यापारों पर आधारित व्यापार करने वाले वैश्यों की स्थिति भी गंभीर रूप से अस्थिर हो गई।
- 1766 ई. में एक प्रशासनिक परिषद का गठन किया गया था जो बिहार के प्रशासन के लिए धीरज नारायण, सिताब राय और सैमुअल मिडल्टन को लेकर बनाई गई थी।
- जेम्स एलेक्जेंडर के काल में भी प्रशासनिक परिषद बनाई गई थी, लेकिन इससे प्रशासनिक व्यवस्था की कमजोरियों को दूर नहीं किया जा सका।
- 1770 ई. में, रेवेन्यू कौंसिल ऑफ पटना के नाम से लगान परिषद की स्थापना की गई, जिसमें जेम्स अलेक्जेण्डर प्रथम अध्यक्ष नियुक्त हुए थे।
- रेवेन्यू कौंसिल ऑफ पटना बोर्ड के अन्य सदस्य रार्बट पाल्क और जार्ज वैनसिटार्ट थे। परिषद की निगरानी में बिहार में लगान के वसूलने का कार्य किया जाने लगा।
- 1770 ई. में बिहार में एक अकाल पड़ा था।
- अकाल के इस भयावह स्थिति में भी अंग्रेज अत्याचारी ढंग से राजस्व वसूलने के कार्य में लिप्त थे।
- बिहार की कुल आबादी का बड़ा हिस्सा अकाल से प्रभावित हुआ था।
- अनाज भण्डार के लिए पटना में विशाल भवन बनाया गया था, जिसे गोलघर के नाम से जाना जाता है।
- 1772 ई. में वारेन हेस्टिंग्स ने सिताब राय को पद से हटा दिया था।
- सिताब राय के पुत्र कल्याण सिंह को 'राय-रायान' की उपाधि से नवाजा गया था।
- 1781 ई. में पटना और गया क्षेत्रों को मिलाकर बिहार का एक नया जिला बनाया गया था।
- बिहार के प्रशासन को संचालित करने के लिए, एक जिला कलेक्टर और एक जिला न्यायालय की स्थापना की गई।

1773 में, रेग्युलेटिंग एक्ट

- 1774 ई. में, रेग्युलेटिंग एक्ट के माध्यम से, प्रांतीय सभा का गठन किया गया था।
- रेग्युलेटिंग एक्ट के बनने के बाद, बिहार परिषद को समाप्त कर, बिहार के लिए पुनर्गठित प्रांतीय सभा की स्थापना की गई थी।
- 1783 ई. में, सर जॉन शोर ने एक नई लगान व्यवस्था की नींव रखी जो लगान वसूली के लिए स्थायी बन्दोबस्त के साथ-साथ बिहार में स्थायी रूप से लागू हुई।
- 1790 ई. में, अंग्रेजों ने बिहार में फौजदारी प्रशासन को अपने अधिकार में ले लिया।
- चार्ल्स फ्रांसिस ग्रांट, पहले अंग्रेज मजिस्ट्रेट नियुक्त हुए, जिन्होंने पटना और इसके आस-पास के क्षेत्रों में चोरी, ठगी, मारपीट डकैती आदि मामलों का समाधान किया।

स्थायी बन्दोबस्त

- 22 मार्च 1793 ई. को बिहार में भू-राजस्व का स्थायी प्रबंध किया गया था।
- स्थायी बंदोबस्त, नियम के तहत जमींदारों और राजस्व वसूल करने वालों को भूमि के स्वामी बनाया गया था।
- किसानों को मात्र रैयत का दर्जा प्रदान किया गया था जिससे उनका जीवन स्तर निम्न हो गया था। किसानों से भूमि संबंधी परंपरागत अधिकार भी छीन लिए गए थे।
- स्थायी बंदोबस्त नियम के तहत किसान सिर्फ जमींन के किरायेदार थे।

स्थायी बंदोबस्त में लगान की दर ऊंची रखी गई थी। स्थायी बंदोबस्त ने बिहार में महाजनी और सूदखोरी को प्रोत्साहन दिया।

- किसान अपनी जमींन को गिरवी रखकर भू-राजस्व देने के लिए मजबूर हो गए जिससे परंपरागत ग्रामीण अर्थव्यवस्था चौपट हो गई।
- स्थायी बंदोबस्त के कारण जमींदारों और महाजनों के विरुद्ध किसानों का विद्रोह प्रारम्भ हो गया था।

बिहार में सामाजिक-आर्थिक और जनजातीय विद्रोह

नोनिया विद्रोह (1770 से 1800 ई.)

- नोनिया जाति शोरे की मिट्टी को एकत्रित करके तथा संसाधित तरीके से तैयार करते थे जिसका प्रयोग बारूद बनाने में किया जाता था।
- प्लासी युद्ध के समय बिहार शोरा उद्योग का प्रमुख केंद्र बन गया था।
- मीरजाफर की सत्ता जब बिहार में सुदृढ हो गई तब उसने अंग्रेजों को बिहार में शोरे के व्यापार का एकाधिकार प्रदान कर दिया था। इससे डच, पुर्तगाली और फ्रांसीसी व्यापारी अंग्रेजों से नाराज हो गए।
- अंग्रेज, कंपनी और नोनियों के बीच आसामी मध्यस्थ का कार्य करते थे, जो नोनिया लोगों से कच्चा शोरा लेकर कारखानों को देते थे।
- शोरे के लिए कंपनी आसामियों को 1 रुपया 12 आने प्रति मन देती थी, जबकि कोई भी अन्य व्यापारी उसी के लिए 3 रुपये प्रति मन प्रदान करता था।
- आसामियों को ब्रिटिश कंपनियों द्वारा शोरे की एक-चौथाई रकम अग्रिम के रूप में मिलती थी, नोनिया लोग अंग्रेज व्यापारियों की चालाकी से अवगत हो गए।
- जब नोनिया कच्चा शोरा अन्य व्यापारियों के हाथों बेचने लगे तो अंग्रेजों ने नोनियों पर अत्याचार प्रारम्भ कर दिया।
- इससे नोनिया लोग शोषणात्मक कार्यों से बचने के लिए विद्रोह करने लगे।
- उनका यह विद्रोह 1770 से 1800 ई. तक जारी रहा था।

संयासी विद्रोह

- भारतीय संस्कृति-समाज एवं परंपराओ से अपरिचित अंग्रेज पदाधिकारी संन्यासियों की टोली को दस्युओं का गिरोह तथा भेदिया समझकर उनपर आक्रमण करने लगे।
- साधु-संतों-फकीरों को अकारण गिरफ्तार कर सरेआम फाँसी पर लटका दिया जाने लगा।
- सारण में पाँच हजार संयासियों ने कंपनी के सैनिकों से युद्ध किया और हुसैनपुर किले पर कब्जा कर लिया।
- सारण के आरक्षी अधीक्षक कैप्टन हे ने पटना से सैनिक बुलाकर हुसैनपुर किला पर आक्रमण कर उसे तोप से उड़ा दिया जिससे हजारों संयासी वीरगति को प्राप्त हुए।
- पूर्णिया में भी इस तरह के आक्रमण हुए। वहाँ के निरीक्षक डकरेल बंगाल के दीनाजपुर, रंगपुर और मालदा से आने वाले संयासियों को गिरफ्तार कर फाँसी पर चढ़ाने लगे।
- संयासी विद्रोह बिहार-बंगाल से आरंभ हुआ था और विभिन्न रूपों में 1800 ई. तक चलता रहा।

तमाड़ विद्रोह

- राँची जिले के तमाड़ क्षेत्र में रहने वाले मुण्डा समाज अपनी परंपरागत सामाजिक व्यवस्था में अंग्रेजों का हस्तक्षेप नहीं चाहते थे।
- स्थायी बन्दोबस्त के कारण मुण्डाओं की जगह, जमीन तथा जंगल से संबंध बदल दिए गए थे जिसके कारण मुण्डाओं ने विद्रोह कर दिया।
- मुण्डाओं का विद्रोह दबाने के लिए 1783 ई. में मेजर क्रॉफर्ड को तमाड़ भेजा गया।
- मेजर क्रॉफर्ड ने मुण्डा विद्रोह को बंदूक तथा तोपों से बर्बरतापूर्वक कुचल दिया।
- पाँच वर्षों के बाद 1789 ई. में विष्णु मुण्डा एवं मौजी मुण्डा के नेतृत्व में मुण्डाओं का पुन: विद्रोह हुआ।
- 1807 ई. में दुखन मुण्डा के नेतृत्व में पुनः विद्रोह शुरू हुआ।
- स्थायी बन्दोबस्त, पुलिसिया दमन चक्र, लगान वृद्धि, कर वसूली आदि से क्षुब्ध होकर मुण्डा जनजाति विद्रोह करने पर बाध्य हो गए थे।
- कैप्टन रफसीज ने दुखन मुण्डा के नेतृत्व वाले विद्रोह को क्रूरता से दबा दिया था।

ढाल विद्रोह

- दक्षिणी बिहार के पूर्वी सिंहभूम में ढाल राजाओं का अधिकार था।
- कंपनी सरकार द्वारा जनवरी 1767 ई. में फरर्ग्युसन को ढालभूम पर आक्रमण करने का भार सौंपा गया।
- कंपनी सरकार की सेना ने ढाल राजा को पराजित कर दिया।
- ढाल राजा क्रोध में आकर अपनी संपत्ति सहित राजमहल को आग के हवाले कर दिया। इस खाक हुए महल पर 22 मार्च, 1767 ई. को कैप्टन फर्ग्युसन ने कब्जा कर लिया और पटना काउंसिल ने जगन्नाथ ढाल को राजा घोषित कर दिया।
- एक वर्ष बाद जगन्नाथ ढाल भी अंग्रेजों के विरुद्ध हो गया। जगन्नाथ ढाल से निपटने के लिए लेफ्टिनेंट रूक को भेजा गया।
- लेफ्टिनेंट रूक ने जगन्नाथ ढाल के स्थान पर उसके भाई निमु ढाल को राजा बनाने की घोषणा कर दी। जगन्नाथ ढाल इसका विरोध किया और अंग्रेजी सेना को ढालभूम से बाहर कर दिया।
- जगन्नाथ ढाल का विद्रोह 10 वर्षों तक चलता रहा। 1777 ई. में कंपनी सरकार के जगन्नाथ ढाल के शासन को मान्यता प्रदान करनी पड़ी।

जगन्नाथ देव का विद्रोह (1773-1785)

- संथाल परगना में पहड़िया जनजाति के लोगों ने अंग्रेजों को संथाल परगना में आगे बढ़ने से रोक लगाई। लक्ष्मीपुर रियासत के सरदार जगन्नाथ देव ने पहड़िया सरदारों को सहयोग किया।
- कैप्टन ब्रूक ने जगन्नाथ देव को परेशान करने की कोशिश की जिससे उन्होंने अंग्रेजों के विरुद्ध विद्रोह कर दिया।
- अप्रैल 1773 ई. में देवघर के नजदीक त्रिकूट पहाड़ के पास ब्रूक के सैनिकों और घटवाल-सरदार जगन्नाथ देव के योद्धाओं के बीच युद्ध हुआ।
- तोप की मार से जगन्नाथ देव के योद्धा बड़ी संख्या में हताहत हुए। युद्ध में जगन्नाथ देव को अपना किला खो देना पड़ा।
- 1775 ई. में जगन्नाथ देव पुनः अंग्रेजों के विरुद्ध विद्रोह किये, अंग्रेजों ने विद्रोह को दबा दिया, 1776 ई. में, अंग्रेजों ने उनकी जमींदारी उनके बेटे रूपनारायण देव को सौंप दी।
- रूपनारायण देव ने भी कंपनी के अधिकार को चुनौती दे डाली और अंग्रेजों के विरूद्ध वह भी अपने पिता की तरह लड़ते रहे।
- अंततः 1785 ई. में, रूपनारायण देव ने हथियार डाल दिए, इस प्रकार विद्रोह समाप्त हो गया।

'हो' जनजातियों का विद्रोह

- सिंहभूम के राजा ने अंग्रेजों की अधीनता स्वीकार की और वह अंग्रेजों की नीति के के कारण अपने ही 'हो' मित्रों के साथ दुर्व्यवहार करने लगा, जिससे

'हो' लोग नाराज हो गए।

- छोटानागपुर के 'हो' जनजाती के लोगों ने सिंहभूम के राजा जगन्नाथ सिंह के विरुद्ध 1821-22 ई. में विद्रोह किया।
- अंग्रेजों ने रैयत कर बढ़ा दिये और जबरन वसूली भी करने लगे जिससे मुण्डाओं (हो) नाराज थे।
- मुण्डाओं (हो) लोगों ने अंग्रेजों के विरुद्ध विद्रोह कर दिया उनका यह विद्रोह सिंहभूम से लेकर उड़ीसा के क्योंझर जिले तक फैल गया।
- मेजर रफसेज ने हो विद्रोहियों को दबाने के लिए एक बटालियन के साथ क्योंझर जिले पहुँचे।
- अंग्रेजों और मुण्डाओं (हो) दोनों के बीच युद्ध हुआ जिसमें अंग्रेजों को काफी नुकसान हुआ।
- जंगल-पहाड़ों से घिरे क्षेत्र में अंग्रेज सिपाही भी भटक गए जिन्हें तीरों से मार डाला गया।
- हो लड़ाके जंगलों-पहाड़ों पर मोर्चा बना रखा था। उनके घरों पर बुढ़े महिलाएँ और बच्चे थे जिनपर अंग्रेजों ने दमनचक्र चलाया।
- लाचार होकर 24 गाँव के मुण्डा (हो) योद्धाओं ने आत्मसमर्पण कर दिया।
- अंग्रेजों और मुण्डाओं (हो) दोनों के बीच एक महीने तक संघर्ष चला और अंत में 'हो' विद्रोहियों को आत्मसमर्पण करना पड़ा।

मुण्डा (कोल) विद्रोह

- छोटानागपुर, पलामू, सिंहभूम और मानभूम के कई जनजातियों ने साथ मिलकर अंग्रेजों के बढ़ते हस्तक्षेपों के खिलाफ विद्रोह किया।
- जनजातियों के इस विद्रोह का मुख्य कारण अंग्रेजों के द्वारा उनका शोषण था।
- मुण्डा जनजाति ने 1831-33 ई. में कंपनी सरकार के विरुद्ध एक सशस्त्र आंदोलन चलाया था।
- मुण्डा जनजाति का यह विद्रोह सशस्त्र आंदोलन 'कोल विद्रोह' के नाम से जाना गया।
- विल्किंस, जो शुरू में सेना में एक कप्तान थे ने विद्रोह को बलपूर्वक दबा दिया था।

गंगा नारायण सिंह का विद्रोह

- 1832-33 ई. में ढालभूम, बड़ाभूम तथा पाटकुम परगनों में गंगा नारायण सिंह के नेतृत्व में भूमिजों का व्यापक विद्रोह हुआ था।
- यह विद्रोह बड़ाभूम के राजा और उनके पदाधिकारियों, विशेषकर दीवान माधव सिंह और कम्पनी सरकार के विरुद्ध था।
- 26 अप्रैल, 1832 ई. को गंगा नारायण सिंह ने दीवान माधव सिंह की हत्या कर दी, हत्या के साथ विद्रोह की शुरूआत हुई।
- 14 मई, 1832 ई. को गंगा नारायण सिंह ने मजिस्ट्रेट रसेल के सैनिकों पर हमला किया तथा अंग्रेजों को भारी नुकसान पहुँचाया।
- 7 अप्रैल, 1833 ई. को गंगा नारायण सिंह ने खरसावाँ के ठाकुर चेतन सिंह के किले पर आक्रमण किया परंतु लड़ाई में वे धोखे से मारे गए।
- ठाकुर चेतन सिंह ने उनका सिर काट कर कमिश्नर थामस विल्किंसन के पास राँची भेज दिया था।
- गंगा नारायण सिंह की मृत्यु के साथ ही विद्रोह शांत हो गया।
- कंपनी ने जंगल महल ईलाके में नई गठन नीति लागू की, जिसमें शेरगढ़, विष्णुपुर और सोनपहाड़ी को बर्धमान में सम्मिलित कर लिया गया तथा शेष भागों को मिलाकर मानभूम को जिला बना दिया गया।
- मानभूम जिले में झालदा, धनबाद, सुपुर, रायपुर, अंबिका नगर, बड़ाभूम और श्यामसुंदरपुर सहित कई मुख्य क्षेत्रों को शामिल किया गया और इसका तात्कालिक मुख्यालय मानबाजार बनाया गया, जिसे सन् 1838 ई. में बदलकर पुरुलिया कर दिया गया था।

खरवार आंदोलन

- भागीरथ माँझी द्वारा खरवार आंदोलन का नेतृत्व किया गया था।
- इसका मुख्य उद्देश्य प्राचीन मूल्यों और जनजातीय परंपराओं को पुन: स्थापित करना था।
- इस आंदोलन का प्रभाव संथाल परगना क्षेत्र में महसूस किया गया था।
- भागीरथ माँझी इसके अलावा सामाजिक कार्यों में शुद्धता के प्रवर्तक भी थे।
- भागीरथ माँझी, मदिरा और अन्य असामाजिक वस्तुओं के विरुद्ध थे।

वहाबी आंदोलन

- अंग्रेजी शासन के विरुद्ध भारतीय जन आंदोलन में वहाबी आंदोलन का एक महत्त्वपूर्ण स्थान है।
- वहाबी आंदोलन के प्रवर्तक अरब के अब्दुल वहाब थे।
- मुस्लिम समाज में व्याप्त कुरीतियों को दूर करने के उद्देश्य से इस आंदोलन का आरंभ किया गया था।
- भारत में वहाबी आंदोलन का नेतृत्वकर्ता उत्तर प्रदेश राज्य के सैयद अहमद बरेलवी थे।
- सैयद अहमद बरेलवी ने भारत में मुस्लिम साम्राज्य के पतन के लिए ब्रिटिश शासन को जिम्मेवार मानते थे।
- अंग्रेजों के द्वारा अधिकृत भारत को 'दार-उल-हरब' कहा और उसको समाप्त करके 'दार-उल-इस्लाम' को स्थापित करने की शपथ ली।
- सैयद अहमद बरेलवी ने पश्चिमोत्तर सीमांत के कबीलाई अफगानों की सहायता से सितना में एक स्वतंत्र राज्य का गठन किया।
- सैयद अहमद बरेलवी ने 1821 ई. में पटना का दौरा किया, जहाँ उनके संपर्क में विलायत अली, इनायत अली, मुहम्मद हुसैन, फरहत हुसैन आदि लोग आए।
- वहाबी आंदोलन का मुख्य केंद्र पटना के रूप में स्थापित किया गया।
- शुरुआत में वहाबी आंदोलन एक धार्मिक आंदोलन था, जिसने बाद में आर्थिक और राजनीतिक रूप ले लिया।
- वहाबी आंदोलन ब्रिटिश शासन के खिलाफ एक भारतीय स्वतंत्रता संग्राम और निल्हे साहिबों, जमींदारों और साहूकारों के बीच एक वर्ग संघर्ष में बदल गया।
- सैयद अहमद बरेलवी से प्रभावित होकर टीटू मीर ने धनी हिंदू और मुस्लिम जमींदारों के खिलाफ आंदोलन चलाया।
- 1853 ई. में अंग्रेजी सेना ने वहाबियों का दमन करने के लिए सितना गई, जहाँ उन्हें पराजय का सामना करना पड़ा।
- 1858 ई. में पुनः अंग्रेजी सेना को सितना भेजा गया, जिसने वहाबियों को पराजित कर दिया।
- वहाबी आंदोलन के अन्य नेताओं, जैसे मुबारक अली, इब्राहिम मंडल, मुहम्मद इस्माइल, अमीर खान आदि को गिरफ्तार कर लिया गया और कठोर आजीवन कारावास की सजा सुनाई गई।
- 1868-69 ई. आते-आते वहाबी आंदोलन की ऊर्जा लगभग समाप्त हो गई और आंदोलन शिथिल पड़ गया।

संथाल विद्रोह

- संथाल जनजातियों ने 1855 ई. में कंपनी सरकार की अमानवीय कानूनों, कार्यवाईयों के साथ-साथ पुलिस, महाजनों, कंपनी सरकार के एजेंटों, तथा ठेकेदारो के विरुद्ध विद्रोह कर दिया था।
- कंपनी द्वारा संथालों को उनकी जमीनों से धोखाधड़ी कर बेदखल किया जाने लगा।
- महाजनों के जाल में फंसकर भी वे अपनी जमीनें गवां दे रहे थे तथा अंग्रेज ठेकेदार उनके साथ अमानवीय व्यवहार करते थे। ठेकेदारों, महाजनों,

पुलिस के दबावों के फलस्वरूप उनमें असंतोष व्याप्त होता चला गया।

- संथालों का असंतोष धीरे-धीरे बगावत के रूप में सामने आया, 30 मई, 1855 ई. को भोगनाडीह के चुन्नु माँझी के चार पुत्रों-सिद्धू, कान्हू, चाँद तथा भैरव ने दस हजार संथालियों के साथ विद्रोह का झण्डा बुलंद कर दिया।
- विद्रोह के दौरान दिघी थाने के दारोगा महेश दत्त की हत्या कर दी गई।
- संथाल विद्रोह पूरे दक्षिण बिहार में फैल गया, विद्रोहियों और पुलिस के बीच सघंर्ष चलता रहा।
- कंपनी द्वारा विद्रोह दबाने के क्रम में चाँद और भैरव पुलिस की गोली का शिकार हुए।
- कंपनी सरकार ने सिद्धू और कान्हू को जंगल से पकड़ लिया गया और बड़हैत में फाँसी दे दी।
- संथाल विद्रोह का केन्द्र भोगनाडीह गाँव को अंग्रेजों ने तहस नहस कर दिया।
- भूख तथा व्याधियों से त्रस्त संथाल अंग्रेज सैनिकों से सामना नहीं कर सकते थे फलस्वरुप क्रूरता के साथ संथाल विद्रोह को जनवरी 1856 तक दबा दिया गया।
- संथाल विद्रोह दबाने के क्रम में लगभग साठ हजार संथाली कंपनी की क्रूरता के शिकार हुए थे।

लोटा विद्रोह

- कंपनी सरकार, जेल कैदियों के साथ अमानवीय और भद्रतापूर्ण व्यवहार किया करती थी।
- जेल में बन्द भारतीयों को खाने-पीने के क्रम में थाली और पीतल का लोटा दिया जाता था।
- 1856 ई. में अमानवीयता से तंग आकर मुजफ्फरपुर जेल के कैदियों ने जेल के भीतर विद्रोह कर दिया।
- विद्रोह के उपरान्त जेल कैदियों को पीतल के लोटा के स्थान पर मिट्टी का लोटा दिया जाने लगा।
- जेल अधिकारियों के इस निर्णय का कैदियों ने पुरजोर विरोध किया।
- कैदियों की सहानुभूति में पूरा मुजफ्फरपुर जिला आक्रोशित हो उठा।
- जनता की आवाज में इतना दम था कि अंग्रेज अधिकारी भी बढ़ते विरोध से सहम गए और कैदियों को फिर से पीतल का लोटा देना प्रारम्भ कर दिया।
- मुजफ्फरपुर के इस विद्रोह को 'लोटा विद्रोह' के नाम से अविदित किया गया।

बिरसा मुंडा आंदोलन

- बिरसा आंदोलन अपनी सामाजिक अस्मिता, धार्मिक परंपरा और मानवीय अधिकारों के मुद्दों पर आधारित था।
- भारतीय इतिहास में बिरसा मुंडा आंदोलन को बिहार के आदिवासी इलाकों में सबसे संगठित और व्यापक आंदोलन माना गया है।
- आंदोलन के नायक के रूप में विख्यात बिरसा मुंडा को धरती अब्बा (भगवान) का अवतार माना गया है।
- कंपनी शासन के दमन और ब्रिटिश लूट के खिलाफ शांतिपूर्ण जीवन व्यतीत करने वाले मुंडा लोगों ने भी विद्रोह किया।
- उनके विद्रोह का एक मुख्य कारण उनकी संस्कृति पर अन्य संस्कृतियों की छाप पड़ना था।
- जमींदारों के शोषण और करों के बोझ के कारण इनकी जमीन हड़पी जा रही थी।
- मुंडा जनजाति के उत्थान का बीड़ा उठाने के लिए बिरसा मुंडा नायक बनकर आगे आये।
- बिरसा मुंडा के बारे में मुंडाओं का कहना था कि वह ईश्वर के आदेश और शक्ति लेकर मुंडा जनजाति को उनके अधिकारों और बाह्य शक्तियों से आजाद कराने के लिए अवतारित हुए हैं।
- बिरसा मुंडा की वाणी से प्रभावित होकर प्रचुर मात्रा में जनमानस उनके साथ जुड़ गए, बिरसा मुंडा धार्मिक प्रपठन और वाचन के माध्यम से लोगों में नवचेतना जगाया करते थे।
- बिरसा मुंडा को छोटानागपुर के क्षेत्र व परिक्षेत्रों में देवदूत की तरह माना जाने लगा, उनके विचारों में लगभग सभी विषयों पर मनन करने की अद्वितीय क्षमता थी।
- बिरसा मुंडा सभाओं का आयोजन करके लोगों को कुरीतियों से दूर रहने के लिए प्रेरित किया, जीवन में निर्भरता को महत्व दिया और संगठन शक्ति को बढ़ावा दिया तथा उनके मित्रों ने भी उन्हें ईश्वरीय शक्ति के रूप में माना।
- 1895 तक बिरसा मुंडा के प्रभाव में आकर बहुत से जनमानस उनके विद्रोह में सम्मिलित हुए।

बिरसा मुंडा के प्रमुख उद्देश्य

- अंग्रेज सरकार को जड़ से उखाड़कर स्वतंत्र मुंडा राज्य की स्थापना करना।
- बिरसा मुंडा ने योजना बनाकर साहूकारों, जमींदारों, मिशनरियों तथा दीकुओं पर हमला किया।
- बिरसा मुंडा को राँची में अंग्रेजों द्वारा गिरफ्तार कर लिया गया, लेकिन फिर से मुक्ति मिलने के बाद वह अपने दल में वापस आ गए।
- बिरसा मुंडा ने 25 दिसंबर, 1897 ई. को अपनी योजना को सुदृढ़ बनाकर विदेशी मिशनरियों के विरुद्ध जोरदार हमला करने का निर्णय किया।
- इस हमले से अंग्रेजी शासन पूरी तरह से हिल गया था।
- कंपनी ने राँची से सेना भेजकर इस विद्रोह को दबा दिया था।
- बिरसा मुंडा और उनके साथियों को गिरफ्तार कर जेल भेजे दिया गया था।
- असाध्य बीमारियों और समुचित उपचार के अभाव में, जेल में रहते हुए बिरसा मुंडा की मृत्यु हो गई।
- विद्रोह के उपरान्त कंपनी ने अपनी नीतियों में बदलाव किया, अंग्रेजों ने भूमि अधिकार संबंधी नए नियम बनाए।
- कंपनी ने काश्तकारी अधिनियम के अंतर्गत पहली बार 'मुंडारी खूँटकारी व्यवस्था' को लागू किया गया।

ताना भगत आंदोलन

- बिरसा आंदोलन से प्रेरित होकर सन् 1914 ई. में शुरू हुआ ताना भगत आंदोलन अपनी सामाजिक अस्मिता, धार्मिक परंपरा और मानवीय अधिकारों के मुद्दों पर आधारित था।
- इसके नायक उराँव जनजाति के ताना भगत थे।
- अलौकिक सिद्धियों में जीने वाले ताना भगत आंदोलन के नायक के नाम पर 'जतरा भगत' नामक युवक की पहचान हुई।
- जनश्रुति के अनुसार, 'धर्मेश' नामक उराँव देवता ने जतरा भगत को दर्शन दिए थे तथा इस आंदोलन को शुरू करने की आज्ञा दी थी।
- जतरा भगत को एहसास हुआ की कंपनी ने उनके लोगों से कम मजदूरी तथा बेगार का कार्य करा रही है तो उन्होंने इस कार्य को करने वाले लोगों को ऐसा काम न करने का आदेश दिया।
- जतरा भगत की बढ़ती लोकप्रियता से अंग्रेज घबरा गए और उन्होंने जतरा भगत को गिरफ्तार कर लिया।
- जतरा भगत की अंग्रेजों द्वारा गिरफ्तारी पर उराँव लोगों में रोष फैल गया तथा वे आंदोलन करने लगे।
- अंग्रेजों द्वारा जतरा भगत एवं उनके साथियों को गिरफ्तार करने के कारण हिंसा भड़क उठी और एक सामाजिक जनजागरण विद्रोह प्रारम्भ हो गया।
- अंग्रेजों ने बड़ी क्रूरता से इस आंदोलन को दबा दिया, फिर भी यह आंदोलन सामाजिक चेतना जगाने में सफल रहा।

1857 का विद्रोह और बिहार

- भारत में हुए 1857 ई. के विद्रोह को किसी अकस्मात घटना के रूप में नहीं देखा जा सकता है। वास्तव में, ब्रिटिश ईस्ट इंडिया कंपनी की नीतियों ने भारतीयों को आंदोलन करने के लिए मजबूर किया था।
- कंपनी ने लगान वृद्धि, लगान वसूली के तरीके, भू-नीति, भारतीयों के प्रति नस्ली भेद-भाव, महंगाई, गरीबी, पारंपरिक भारतीय सामाजिक व्यवस्था से परे ऊँच-नीच जाति की राजनीति, कुटीर उद्योगों की क्षति, सरकारी सेवा में भेद-भाव, भारतीय भाषाओं का अनादर, गरीब परिवारों का ईसाईकरण, नये ढंग की राइफल का प्रचलन, गृह कर लगाया जाना, भू-निलामी, मजदूरों-कर्मचारियों के साथ अमानवीय व्यवहार आदि विद्रोह के ऐसे तत्व थे जो धीरे-धीरे आक्रोश में परिवर्तित हुए थे।
- जुलाई 1857 ई. में तत्कालीन बिहार में तीन प्रमुख घटनाक्रम हुआ था-
  1. पीर अली खान और उनके सहयोगियों द्वारा पटना में विद्रोह
  2. दानापुर में विद्रोह
  3. जगदीशपुर में कुंवर सिंह द्वारा विद्रोह
- बिहार में 1857 ई. के विद्रोह की शुरुआत सबसे पहले 12 जून 1857 ई. को देवघर जिले के रोहिणी नामक स्थान पर हुई थी।
- अमानत अली, सलामत अली और शेख हारो ने अंग्रेज अधिकारी मेजर नार्मन और उनके कुछ अंग्रेज सिपाहियों की हत्या कर दी थी। इस तरह से बिहार में 1857 ई. की क्रांति की शुरुआत हुई थी।
- 3 जुलाई, 1857 ई. को पटना में पीर अली खान के नेतृत्व में विद्रोह प्रारंभ हुआ था। इसके बाद कमिश्नर टेलर ने विद्रोह का बलपूर्वक दमन कर दिया।
- पीर अली खान के साथ 36 व्यक्तियों की गिरफ्तारी हुई और उनमें से 16 व्यक्तियों को फाँसी की सजा दी गई जबकि 2 बंदियों को काले पानी की सजा और 16 व्यक्तियों को विभिन्न अवधियों के लिए कैद की सजा दी गई।
- 16 जुलाई, 1857 ई. को पीर अली खान को फाँसी पर लटका दिया गया था जबकि 21 जुलाई को विद्रोह के भाग लेने के जुर्म में 50 और व्यक्तियों को गिरफ्तार कर लिया गया था जिन पर दमनात्मक कार्यवाही की गई थी।
- पटना के इस विद्रोह की लहर गया, नवादा, जहानाबाद, राजगीर आदि क्षेत्रों में भी विस्तृत हुई थी।
- विद्रोह की लहर ने कई क्षेत्रों में हुसैन बक्स खान, हुक्का सिंह, नन्हकू सिंह, फतह सिंह आदि के नेतृत्व में उठी तथा राजगीर परगना में कंपनी के राज का खत्म कर दिया था।
- राजगीर में हुए इस विद्रोह को दबाने के लिए कंपनी ने कैप्टन रैतरे को नवादा भेजा था।
- 3 अगस्त, 1857 ई. को विद्रोहियों ने गया जेल पर कब्जा कर लिया।
- गया शहर को दस दिनों तक विद्रोहियों ने अपने कब्जे में रखा था।
- गया में विद्रोह के बाद मुकदमा चलाया गया जिसमें गया के सेशन जज ट्राटर ने विद्रोहियों को सजा दी थी।
- तिरहुत क्षेत्र में मेजर होम्स की हत्या और दानापुर में विद्रोह के घटनाक्रमों के बाद, अंग्रेजों में भय की स्थिति उत्पन्न हो गई थी।
- तिरहुत विद्रोह को देखते हुए सभी अंग्रेज अधिकारी प्लांट पूसा में सिम्सन के आवास में शरण ले लिए थे।
- 31 जुलाई, 1857 ई. को अंग्रेज मुजफ्फरपुर को छोड़कर दानापुर पहुँच गए।
- मुजफ्फरपुर में विद्रोहियों ने गंडक नदी को पार किया जहां अंग्रेज सैनिकों के साथ उनका मुकाबला हुआ।
- दानापुर में विद्रोह की शुरुआत 25 जुलाई, 1857 ई. को दानापुर छावनी में हुई थी जिसके बाद विद्रोही आरा शहर में पहुंच गए।
- दानापुर में विद्रोहियों ने जेल पर हमला करके 500 से अधिक कैदियों को जेल से रिहा कराया तथा कलेक्टरेट पर कब्जा कर लिया।
- आरा में सिख सैनिकों ने विद्रोहियों का साथ दिया लेकिन आरा हाउस में घिरे अंग्रेजों को बचाने के लिए दानापुर से भेजे गए सैनिकों को विद्रोहियों ने पराजित कर दिया।
- 14 अगस्त को भागलपुर में विद्रोह प्रारम्भ हुआ जिससे मुंगेर को विद्रोहियों से बचाने के लिए अंग्रेजों ने कई कदम उठाए।
- विद्रोह को देखते हुए मुंगेर के कुलिंग घाट में एक अंग्रेज इंजीनियर के घर पर किलेनुमा घेराबंदी कर दी गई, जहाँ अंग्रेज महिलाओं, बच्चों को सुरक्षा की दृष्टि से रखा गया।
- अगस्त 1857 ई. में मोहनपुर गाँव के पठान जागीरदारों ने अंग्रेज सरकार के खिलाफ विद्रोह कर दिया था। उन्होंने कचहरी पर हमला बोल दिया।
- सीवान में 26 जुलाई से 3 सितंबर तक विद्रोह के कारण अंग्रेज सरकार अनुपस्थित रही।
- 24 अगस्त, 1857 ई. को सारण में मार्शल लॉ लागू किया गया।
- छपरा के दरौली थाना के गंगुआ गांव के जमींदारों ने भी विद्रोह कर दिया।
- छपरा के सीमान्त क्षेत्र भी अशांत हो गया, मुहम्मद हुसैन खाँ ने अपने पांच सौ साथियों के साथ विद्रोह किया।
- सारण में विद्रोहियों ने पुलिस पर आक्रमण किया और अंततः 31 दिसंबर 1858 ई. को 65 विद्रोही सिपाहियों ने मजिस्ट्रेट के समक्ष समर्पण कर दिया।
- नवादा में हैदर अली, अहमद अली, मेंहदी अली, हुसैन बक्स खाँ, गुलाम अली खाँ, नक्कू सिंह और फतेह अली खाँ ने विद्रोह का बिगुल बजाया था।
- विद्रोहियों ने घोषणा की थी कि नवादा में अंग्रेजी राज समाप्त हो गया है जिस कारण वश कैप्टन रैट्रे दो सौ सिख सैनिकों के साथ विद्रोहियों को दबाने के लिए नवादा गये।
- विद्रोही संगठनों ने बड़ी संख्या में सरकारी भवनों तथा सरकारी दस्तावेजों को क्षति पहुंचायी।
- मुहम्मद बक्श, ओरम पाण्डेय, दाऊद अली, सुधो धुनिया, भुट्टो दुसाध, सोहराई रजवार, जंगली कहार, और डुमरी जोगी जैसे बड़ी संख्या में विद्रोहियों को फाँसी एवं सश्रम कारावास की सजा हुई।

कुंवर सिंह का जीवन परिचय

- वीर कुंवर सिंह का जन्म बिहार के भोजपुर जिले के जगदीशपुर गांव में 13 नवंम्बर 1777 ई. को हुआ था।
- कुंवर सिंह के पिता बाबू साहबजादा सिंह भोज के वंशज और एक सम्पन्न जमींदार थे, उनकी माता का नाम महारानी पंचरत्न कुंवर था।
- कुंवर सिंह के छोटे भाई अमर सिंह, दयालु सिंह और राजपति सिंह एवं उनके कुटुम्ब से जुड़े जागीरदार उदवंत सिंह, उमराव सिंह और गजराज सिंह ने 1857 की क्रांति में योगदान दिया था।

कुंवर सिंह का अभियान

- 1857 ई. के भारतीय स्वतंत्रता संग्राम में, मंगल पांडे ने अंग्रेजों को भारत से बाहर करने के लिए लड़ाई की शुरुआत की, जिससे पूरे देश में विप्लव व्याप्त हो गया था।
- बिहार में बाबू कुंवर सिंह ने अपने सेनापति मैकु सिंह के साथ संगठित होकर विद्रोही सैनिकों का नेतृत्व किया।
- 25 अप्रैल 1857 ई. के दिन, दानापुर से आए विद्रोही सैनिकों का नेतृत्व 80 वर्षीय कुंवर सिंह ने किया था।
- कुंवर सिंह ने 27 अप्रैल, 1857 ई. को दानापुर के सिपाहियों, भोजपुर के

जवानों और अन्य साथियों के साथ मिलकर आरा नगर पर कब्जा कर लिया।

- कुंवर सिंह का अभियान आरा में जेल तोड़ कर कैदियों की मुक्ति तथा खजाने पर कब्जे के साथ प्रारंभ हुआ।
- 26 जुलाई 1857 ई. को कैप्टन सी. डनबर के नेतृत्व में सोन नदी के किनारे 400 से भी ज्यादा सैनिक रुके हुए थे जिन पर कुंवर सिंह जी ने योजनाबद्ध तरीके से आक्रमण किया और और अंग्रेजों को पराजित किया।
- अंग्रेजों ने इसके जवाब में जगदीशपुर पर भयानक हमला किया और महल और दुर्ग को भी नष्ट कर दिया।
- सितंबर 1857 ई. में कुंवर सिंह की मुलाकात नाना साहब से रीवा में हुई।
- नाना साहब से मुलाकात के बाद वे एक और जंग के लिए कालपी की ओर बढ़े लेकिन उन्होंने सर कॉलिन की दलील के बाद कालपी नहीं जाने का फैसला किया और लखनऊ की तरफ कूच किये।
- ब्रिटिश इतिहासकार होम्स ने उनके बारे में लिखा है कि - 'उस बूढ़े राजपूत ने ब्रिटिश सत्ता के विरुद्ध अद्भुत वीरता और आन-बान के साथ लड़ाई लड़ी। यह गनीमत थी कि युद्ध के समय कुंवर सिंह की उम्र अस्सी के करीब थी। अगर वह जवान होते तो शायद अंग्रेजों को 1857 ई. में ही भारत छोड़ना पड़ता।'
- कुंवर सिंह ने जगदीशपुर के गढ़ में हथियारों और गोला बारूद बनाने का एक कारखाना भी खोल रखा था। वे एक कुशल नेता थे जो युद्ध योजना परिवर्तन करने और उसे अंजाम देने में निपुण थे।
- कुंवर सिंह की विजय की मुख्य विशेषता यह थी कि उन्होंने जिस युद्ध योजना से पहली बार अंग्रेजी सरकार का सामना किया था, दूसरी बार युद्ध होने पर उन्होंने उसी योजना को बदल दिया था।
- जगदीशपुर में युद्ध के दौरान उनके दाहिने हाथ पर एक गोली लगी, गोली की चोट से उनके हाथ से रक्त अधिक मात्रा में निकल गया तथा गोली का संक्रमण सारे शरीर में फैल गया था।
- जब वे जगदीशपुर जाने के लिए गंगा को पार कर रहे थे, उन्होंने अपनी तलवार निकाली और अपने हाथ को काटकर उसे गंगा में छोड़ दिया।
- कुंवर सिंह इतनी बुरी तरह से घायल होने के बाद भी, अपने साहस और अपने वचन को नहीं भूले थे, उसे याद रखते हुए अंग्रेजों के सामने डटे रहे।
- दिनांक 23 अप्रैल, 1858 ई. को कुंवर सिंह जी की सेना ने फिरंगी पलटन के नेतृत्व वाली कप्तान ली ग्रैंड की सेना को जगदीशपुर के पास हरा कर अपना ध्वज फहराया।
- जगदिशपुर में कुंवर सिंह ने अंग्रेज़ी सेना को पराजित किया और उन्होंने वहाँ से कटी बांह और अन्य चोटों से बुरी तरह से घायल होकर अपने किले में लौट गए थे।
- 1857 ई. के स्वतंत्रता संग्राम ने न केवल बिहार में अपितु समस्त देश में एक नई जन-चेतना को जन्म दिया था।

भारतीय स्वतंत्रता आंदोलन में बिहार का योगदान

- 1858 ई. में ब्रिटिश सत्ता का अधिकार बिहार पर स्थापित हो चुका था परन्तु बिहार के कुछ भाग अभी भी मुगल सत्ता के अधीन थे।
- ब्रिटिश सत्ता ने इस समय बिहार के विभिन्न क्षेत्रों में निरंतर सत्ताधारी कार्यक्रम चलाया जिसका मुख्य उद्देश्य स्थानीय लोगों के विरुद्ध भारी जुर्मानों के तौर पर राजस्व वसूली करना था।

1858 ई. ईस्ट इंडिया के शासन का अंत, ब्रिटेन के प्रत्यक्ष शासन की स्थापना

- 1857 ई. का आंदोलन प्रारंभिक चरण में सिपाहियों का विद्रोह था, तदोपरान्त आंदोलन में आम जनता भी जुड़ती गयी जिससे आंदोलन एक जन आंदोलन के रूप में परिणित हो गया था जिसको अंग्रेजों ने बर्बरतापूर्वक दबा दिया था।
- 1858 ई. में ब्रिटिश सरकार ने भारत पर अपना पूर्व अधिकार, जो कि ईस्ट इंडिया कंपनी के अधीन था, समाप्त कर दिया, ब्रिटिश सरकार ने भारत पर अपना सीधा शासन स्थापित कर दिया।
- नए प्रशासन व्यवस्था के तहत, ब्रिटिश सरकार ने भारत में विभिन्न नीतियों को लागू किया जैसे जमीन का नियंत्रण, कर नियंत्रण, न्यायपालिका व्यवस्था आदि।
- प्रशासन व्यवस्था ने ब्रिटिश सरकार को भारत में शासन करने में मदद करने के साथ-साथ भारत की सामाजिक, आर्थिक और सांस्कृतिक विकास में भी मदद की।
- तत्कालीन ब्रिटेन की महारानी विक्टोरिया द्वारा 1857 ई. के विद्रोहियों की क्षमादान घोषणा के बाद, विद्रोहियों ने अपने हथियार छोड़ दिए थे।
- ब्रिटिश सत्ता की बहाली 1859 ई. तक न केवल बिहार, बल्कि समस्त देश में हो चुकी थी।

ब्रिटेन की प्रशासन नीतियों का बिहार में प्रभाव

- अंग्रेजी शासन से पहले बिहार एक धनवान और स्वावलंबी प्रांत था।
- अंग्रेजों की वसूली की नीतियों के कारण बिहार की स्वावलंबिता खत्म होने लगी।
- अंग्रेजों की औपनिवेशिक अर्थव्यवस्था का असर बिहार के गांवों और कस्बों में फैला, परिणामस्वरूप बिहार की सामाजिक-आर्थिक ढांचा तहस-नहस हो गयी।
- गांवों में बेरोजगारी बढ़ गई और लोग मजदूरी के लिए गांवों को छोड़ कर अन्य स्थानों की ओर जाने लगे।
- अंग्रेजों में यह भ्रम था कि अंग्रेज सत्ता के प्रति बिहार के लोग अनापत्ति रखते हैं, जिससे अंग्रेज बिहार के लोगों पर दमनकारी नीतियों का प्रयोग करते थे, जिससे बिहार में आंदोलन की भावना उत्पन्न हो गई, जो बाद में स्वतंत्रता आंदोलन के रूप में परिणित हुआ।

कांग्रेस की स्थापना - (1885)

- कांग्रेस की स्थापना 28 दिसंबर, 1885 ई. को बंबई के गोकुलदास संस्कृत विद्यालय में सेवानिवृत्त अंग्रेज सिविल सेवक ए.ओ. ह्यूम द्वारा की गई थी।
- कांग्रेस का प्रथम अधिवेशन बम्बई में हुआ था एवं अध्यक्ष डब्लू.सी. बनर्जी थे अधिवेशन में 72 प्रतिनिधियों ने भाग लिया था, लेकिन बिहार का कोई प्रतिनिधि शामिल नहीं हुआ था।
- कांग्रेस के 1886 ई. के कलकत्ता के दूसरे अधिवेशन में बिहार के 31 प्रतिनिधियों ने भाग लिया था।
- कांग्रेस का तीसरा अधिवेशन 1887 ई. में मद्रास में आयोजित किया गया था, जिसमें बिहार के केवल 2 प्रतिनिधि- शालिग्राम सिंह और गुरुप्रसाद सेन ने भाग लिया।
- बिहार में कांग्रेस का प्रथम अधिवेशन 1912 ई. में पटना के बाँकीपुर में रघुनाथ नरसिंह मधोलकर की अध्यक्षता में आयोजित किया गया था।
- अधिवेशन के महासचिव सच्चिदानंद सिन्हा थे तथा मौलाना मजहरुल हक समिति के अध्यक्ष थे।
- मौलाना मजहरुल हक ने 1915 ई. में बंबई में आयोजित कांग्रेस अधिवेशन में भाग लिया था।
- 1916 ई. में 31वां कांग्रेस अधिवेशन लखनऊ में आयोजित किया गया था जिसमें बिहार के प्रतिनिधि राजकुमार शुक्ल भी शामिल हुए थे।
- लखनऊ अधिवेशन में ही राजकुमार शुक्ल ने गांधीजी से चंपारण आने का अनुरोध किया था।

- चंपारण में किसानों को नील की खेती करने के लिए बाध्य किया जाता था, जिससे किसानों का शोषण हो रहा था, जिसके फलस्वरुप 1916 ई. के कांग्रेस अधिवेशन में बिहार से संबंधित दो प्रस्ताव पारित किए गए थे-
    1. पटना विश्वविद्यालय विधेयक,
    2. चंपारण के नील किसानों और उनकी रैयतों से संबंधों की जांच।
- 1922 ई. में कांग्रेस ने बिहार के गया में अपना 37वां अधिवेशन आयोजित किया था जिसके अध्यक्ष देशबंधु चितरंजन दास थे।
- गया अधिवेशन में विधायिका का बहिष्कार करने का निर्णय लिया गया था, जबकि चितरंजन दास इस विधेयक के पक्ष में नहीं थे।
- 1940 ई. में झारखंड के रामगढ़ में कांग्रेस ने अपना 53वां अधिवेशन आयोजित किया था जिसके अध्यक्ष मौलाना अबुल कलाम आजाद थे।
- रामगढ़ अधिवेशन में कांग्रेस की अंग्रेजों के प्रति समझौतावादी नीति के विरोध में बिहार के किसान नेता स्वामी सहजानंद सरस्वती एवं सुभाषचंद्र बोस ने एक सभा का आयोजन किया था।
- बिहार में हुए कांग्रेस अधिवेशन को निम्न सारणी द्वारा दर्शाया गया है-

क्र. सं.	कांग्रेस अधिवेशन सं.	अधिवेशन वर्ष	आयोजन स्थल	अध्यक्ष
1.	27वां	1912	बाँकीपुर, पटना	रघुनाथ नरसिंह मधोलकर
2.	37वां	1922	गया	देशबंधु चितरंजन दास
3.	53वां	1940	रामगढ़ (झारखंड)	मौलाना अबुल कलाम आजाद

स्वदेशी आंदोलन और बिहार - (1905)

- भारत में स्वदेशी आंदोलन की शुरुआत का महत्वपूर्ण कारण 1905 ई. में लॉर्ड कर्जन के द्वारा बंगाल प्रांत के विभाजन था।
- स्वदेशी आंदोलन के दौरान सखाराम गणेश देउस्कर ने 'देशेर कथा' नामक पुस्तक लिखी जो औपनिवेशिक अर्थशास्त्र के विरोध में थी।
- पुस्तक के संस्करणों ने बिहार-बंगाल के युवकों को स्वदेशी आंदोलन के प्रति उत्साहित कर दिया।
- स्वदेशी आंदोलन को बढ़ावा देने के लिए बिहार-बंगाल में स्वदेशी मेला, प्रदर्शनी, जागरण संबंधी कार्यक्रम आयोजित किए जाने लगे जिनसे लोग स्वदेशी के प्रति आकर्षित होने लगे।
- आंदोलन के फलस्वरूप स्वदेशी वस्तुओं की बिक्री बढ़ी जबकि इंग्लैंड में बनी वस्तुओं की मांग कम हो गई।
- ब्रिटिश सरकार ने स्वदेशी आंदोलन को रोकने के लिए हिंसक उपाय किए जिससे बिहार-बंगाल में क्रांतिकारी गतिविधियाँ तेज हो गईं।
- शचींद्रनाथ सान्याल ने पटना में अनुशीलन समिति की एक शाखा स्थापित की और बिहार के युवकों को क्रांतिकारी गतिविधियों के प्रति प्रेरित किया।
- अनुशीलन समिति में बिहार नेशनल कॉलेज और टी. के. घोष अकादमी के छात्र सबसे अधिक सक्रिय रहे थे।
- सखाराम गणेश देउस्कर ने राँची के नागरमल मोदी को बिहार-बंगाल के मारवाड़ी व्यापारियों को स्वदेशी कार्य-व्यापार से जोड़ने के लिए प्रेरित किया।
- बिहार में स्वदेशी आंदोलन के दौरान, सतीशचंद्र चक्रवर्ती की प्रेरणा से 16 अक्टूबर, 1905 ई. को राखी बंधन दिवस मनाया गया था।
- 1906-07 ई. में पटना में बाबाजी ठाकुरदास ने रामकृष्ण सोसाइटी की स्थापना की और क्रांतिकारी विचारों का प्रचार करने के लिए 'द मदरलैंड' पत्रिका का प्रकाशन किया।
- राजेंद्र प्रसाद द्वारा 1906 ई. में पटना में बिहारी छात्र सम्मेलन का आयोजन हुआ और 'बिहार स्टूडेंट्स कान्फ्रेंस' गठित की गई।
- राजेन्द्र प्रसाद बिहार के छात्रों को संगठित कर समितियों का गठन करते थे और विभिन्न प्रांतीय राजनीतिक सम्मेलनों में भाग लेते थे।
- बिहार प्रादेशिक सम्मेलन का पहला अधिवेशन 1908 ई. में पटना में सम्पन्न हुआ।
- बिहार प्रादेशिक अधिवेशन में मोहम्मद फखरुद्दीन ने बिहार को बंगाल से पृथक कर एक नए प्रांत के रूप में संगठित करने का प्रस्ताव रखा, जिसे सर्वसम्मति से मान लिया गया।
- 1908 ई. में नवाब सरफराज हुसैन खां की अध्यक्षता में बिहार में कांग्रेसियों की एक सभा का आयोजन हुआ।
- बिहार कांग्रेस की सभा में बिहार प्रदेश कांग्रेस कमेटी का गठन हुआ, अध्यक्ष हसन इमाम जबकि सच्चिदानंद सिन्हा को इसका कोषाध्यक्ष बनाया गया।
- बाबू दीपनारायण सिंह के प्रयत्नों से बिहार कांग्रेस कमेटी का दूसरा सम्मेलन सच्चिदानंद सिन्हा की अध्यक्षता में 1909 ई. में भागलपुर में सम्पन्न हुआ।
- स्वदेशी आंदोलन के सक्रिय सदस्य खुदीराम बोस और प्रफुल्ल चाकी ने क्रांतिकारी गतिविधि के अंतर्गत 30 अप्रैल, 1908 ई. की संध्या में मुजफ्फरपुर के प्रमुख वकील प्रिंगले केनेडी की गाड़ी पर बम फेंका था।
- खुदीराम बोस और प्रफुल्ल चाकी मुजफ्फरपुर के जिला जज किंग्सफोर्ड को मारना चाहते थे परन्तु धोखे से बम वकील केनेडी की गाड़ी पर गिर गया जिससे केनेडी की मृत्यु सपरिवार हो गयी थी।
- 11 अगस्त, 1908 ई. को खुदीराम बोस को फाँसी दे दी गई। परंतु प्रफुल्ल चाकी ने पुलिस से घिर जाने पर स्वयं को (2 मई, 1908) गोली मार ली और शहीद हो गए।
- खुदीराम बोस और प्रफुल्ल चाकी के मुकदमे में कालीदास बसु ने वकालत की थी।

स्वदेशी आंदोलन के दौरान पत्र-पत्रिकाओं पर प्रतिबन्ध

- बिहार में पत्र-पत्रिकाओं के माध्यम से स्वदेशी आंदोलन का प्रचार हो रहा था। इसलिए सरकार ने 1910 ई. के प्रेस कानून के अंतर्गत देश के समाचार पत्रों तथा पत्रिकाओं को निषेधित कर दिया था।
- देश भर के मुद्रणालयों तथा पत्र-पत्रिकाओं पर प्रतिबंध के दौरान बिहार के सभी विचारवंतों पर प्रतिबंध लगा दिया गया था।
- बिहार के बिहारी, पाटलिपुत्र, सत्ययुग, स्वराज कथा, माँ की पुकार, आदि पत्र-पत्रिकाओं पर प्रतिबंध लगा दिया गया था।
- पत्र-पत्रिकाओं के साथ-साथ राजद्रोहात्मक नाट्य साहित्य, यात्रा पार्टियों, रंगमंचों आदि पर भी प्रतिबंध लगा दिए गए थे।
- सखाराम गणेश देउस्कर की 'तिलकेर मुदकमा', 'छत्रपति शिवाजी', रणजितेर जीवन यज्ञ' जैसी रचनाओं पर भी पाबंदी लगाई गई थी।
- स्वदेशी आंदोलन को राष्ट्रीय आंदोलन के रूप में विस्तार देने के लिए बिहार के क्रांतिकारियों ने जनसंपर्क के नए-नए तरीके विकसित किए।
- गीत, नाटक, देशभक्तिपूर्ण उत्सवों-प्रदर्शनियों, प्रतिज्ञा-पत्र, दिवाली लेखन, रक्षा-बंधन आदि के माध्यम से लोगों की भावनाओं और कल्पना शक्ति को जगाने के उपाय अपनाए।
- स्वदेशी आंदोलन के कारण बिहार में राष्ट्रवादी चेतना का विकास हुआ और देश की स्वतंत्रता के लिए एक उपयुक्त भूमि तैयार हुई।

होमरूल लीग की स्थापना और बिहार - (1916)

- बाल गंगाधर तिलक और एनी बेसेंट के नेतृत्व में 1916 ई. में पूरे देश में 'होमरूल आंदोलन' की शुरुआत की गई थी, जिसका प्रभाव बिहार में भी देखा गया।
- पटना के बाँकीपुर में 16 दिसंबर, 1916 ई. को आयोजित एक सभा में होमरूल लीग की शाखा की स्थापना की गई थी।
- बिहार में होमरूल लीग शाखा के अध्यक्ष मौलाना मजहरुल हक तथा उपाध्यक्ष खान बहादुर सर्फराज हुसैन एवं राय बहादुर पूर्णेदु नारायण सिन्हा निर्वाचित किए गए थे।
- होमरूल लीग के सचिव के रूप में वैद्यनाथ नारायण सिंह एवं चंद्रवंशी सहाय को नियुक्त किया गया था।
- 18 अप्रैल, 1918 ई. को एनी बेसेंट पटना आई थी।
- एनी बेसेंट ने दो बार बिहार में यात्रा की और उन्होंने आंदोलन को तीव्र करने में महत्वपूर्ण योगदान दिया।

चंपारण सत्याग्रह - (1917)

- ईस्ट इंडिया कंपनी के भारत में व्यापार में नील का व्यापार प्रमुख था।
- अंग्रेज व्यापारी बिहार में नील की खेती दो तरीके से करवाते थे-

  1. जीरात- जीरात अंतर्गत रैयतों को नियुक्त करके नील की खेती कराते थे।

  2. आसामीबार- आसामीबार व्यवस्था में सबसे अधिक चलन में आने वाला तरीका 'तीन कठिया' था। इस तरीके में रैयत को अपने प्रति बिघा खेत में से 3 कट्ठे में अथवा कोठी के खेत में 25-30 वर्ष तक लिखित शर्त के अनुसार नील उपजाना पड़ता था। उन्हें जो मूल्य मिलता था वह औपचारिक रूप से सट्टा के अनुसार निर्धारित किया जाता था। इस प्रथा से नील किसानों को फायदा पहुँचता था, लेकिन रैयतों को काफी नुकसान होता था।
- एक और विधि से नील की खेती की जाती थी जिसे खुशकी या कुरतौली कहा जाता था।
- रैयतों द्वारा कुरतौली के माध्यम से किसानों को सबसे अधिक शोषित किया जाता था। यह प्रथा चंपारण में व्यापक रूप से प्रचलित नहीं थी।
- 1867 ई. के पूर्व में रैयतों को प्रति बीघा 5 कट्ठा पर नील की खेती करने की अनिवार्यता थी।
- 1867 ई. में नियम बदल दिया गया था जिसके अनुसार प्रति बीघा 3 कट्ठा पर नील की खेती करना अनिवार्य हो गया था। जिसे तीनकठिया प्रणाली भी कहा गया।
- तीनकठिया प्रणाली चंपारण के किसानों के शोषण का मुख्य कारण थी। पहले किसानों को प्रति एकड़ 6.50 रुपए मिलते थे जिसे गोरले रिपोर्ट के आधार पर 1909 ई. से बढ़ाकर 13.50 रुपए कर दिया गया था।
- 1889-90 ई. में बंगाल के जैसोर क्षेत्र के नील उत्पादकों ने शोषण के खिलाफ विद्रोह किया था।
- 1908 ई. से कोठी ने किसानों से पानी के लिए प्रति बीघा 3 रुपए की रकम वसूलना शुरू कर दिया, जिसे 'पैन खर्च' कहा गया।
- पैन खर्च के अतिरिक्त भी कई प्रकार के कर किसानों पर लगाए गए, जिससे उनकी स्थिति अत्यंत दयनीय हो गई।
- महेश नारायण ने बिहारी नामक समाचार-पत्र के माध्यम से सरकार को इस मुद्दे पर ध्यान दिलाया लेकिन इससे सरकार पर कोई फर्क नहीं पड़ा।
- अंततः बिहार के किसान नेता राजकुमार शुक्ल ने इस समस्या को कांग्रेस और गांधीजी के समक्ष रखने का प्रयास शुरू किया।
- राजकुमार शुक्ल कानपुर में 'प्रताप' समाचार-पत्र के संपादक गणेश शंकर विद्यार्थी से मिले और कृषकों के शोषण के बारे में अवगत कराया।

राजकुमार शुक्ल

- राजकुमार शुक्ल का जन्म पश्चिमी चंपारण के चनपटिया बाजार के पास स्थित सतबरिया नामक गाँव में हुआ था, लेकिन उनका जीवन बेलवा कोठी के अंतर्गत मुरली भरहवा में व्यतीत हुआ।
- 1916 का कांग्रेस अधिवेशन लखनऊ में दिनांक 26 से 30 दिसंबर तक अंबिका चरण मजूमदार के नेतृत्व में हुआ था।
- अधिवेशन में करीब 2,300 प्रतिनिधि आए थे, जिनमें चंपारण के निलंबित किसानों के प्रतिनिधि भी शामिल थे। इनमें हरिवंश सहाय, गोरख प्रसाद, ब्रज किशोर प्रसाद, रामदयाल साहव, पीर मुहम्मद मुनिस और राजकुमार शुक्ल भी शामिल थे।
- राजकुमार शुक्ल ने गांधीजी से मिलकर चंपारण के किसानों पर अत्याचारों का विवरण सुनाया और अधिवेशन ने चंपारण से संबंधित प्रस्ताव को स्वीकृति दी। उन्होंने गांधीजी से अनुरोध किया कि वे खुद चंपारण जाकर राज्य के किसानों की स्थिति का अवलोकन करें।

गांधी जी का चम्पारण आगमन

- गांधीजी ने 9 अप्रैल, 1917 ई. को राजकुमार शुक्ल के साथ पटना के लिए प्रस्थान किये थे।
- गांधीजी ने अपनी आत्मकथा में लिखा है, "राजकुमार शुक्ल बिहार के हजारों लोगों पर से नील के कलंक को धो देने के लिए कृतसंकल्प थे।"
- 11 अप्रैल, 1917 ई. को गांधीजी ने मुजफ्फरपुर में बिहार प्लैंटर्स एसोसिएशन के मंत्री जे.एम. विल्सन से मुलाकात की, लेकिन उसने गांधीजी की मदद करने से मना कर दिया तत्पश्चात गांधीजी ने तिरहुत डिवीजन के कमिश्नर एल.एफ. मौर्शेड से मुलाकात की।
- जे.एम. विल्सन एवं चंपारण के जिला मजिस्ट्रेट ने गांधीजी के मुजफ्फरपुर से चंपारण जाने पर रोक लगा दी।
- गांधीजी ने चंपारण में सबसे पहले 16 अप्रैल को जसौली पट्टी का दौरा किया। इस समय वहाँ धारा-144 लागू थी।
- गांधीजी को धारा-144 के उल्लंघन का दोषी करार देते हुए अभियोग चलाया गया।
- गांधीजी को 100 रुपए जमानत देने के लिए कहा गया, लेकिन उन्होंने देने से मना कर दिया।
- गांधीजी का मुचलका स्वयं मजिस्ट्रेट ने भरा और उन्हें रिहा कर दिया। उसके बाद गांधीजी बेतिया पहुँचे।
- गांधीजी कुड़िया कोठी होते हुए राजकुमार शुक्ल के साथ बेलवा कोठी पहुँचे। इस क्रम में गांधीजी की लोकप्रियता बढ़ती जा रही थी।
- बिहार के उपराज्यपाल एडवर्ड गेट ने अप्रैल से जून 1917 ई. तक गांधीजी को बुलाकर किसानों की समस्याओं की जांच के लिए एक समिति के गठन का प्रस्ताव रखा था।
- इस समिति का नाम 'चम्पारण एग्रेरेरियन समिति' था जिसके अध्यक्ष एफ.जी. स्लाई थे, समिति में महात्मा गांधी भी सदस्य थे।
- समिति के अलावा, चम्पारण आंदोलन में राजेंद्र प्रसाद, ब्रजकिशोर प्रसाद, धरणीधर, अनुग्रह नारायण सिंह, महादेव देसाई, नरहरि पारिख, जे. बी. कृपलानी जैसे अन्य सहयोगी भी थे।
- 4 अक्तूबर, 1917 ई. को कमेटी ने अपनी रिपोर्ट जारी की और सरकार ने उसे 18 अक्तूबर, 1917 ई. को प्रकाशित कर दिया।
- रिपोर्ट के आधार पर 4 मार्च, 1918 ई. को चंपारण अधिनियम बनाया गया जिसने तीनकठिया प्रणाली का अंत किया, रैयतों के लगान कम किए गए और अन्य करों को अवैध घोषित किया गया।
- नीलामी द्वारा चंपारण के किसानों पर हो रहे अत्याचार का अंत हुआ जिसमें गांधीजी और राजकुमार शुक्ल जैसे महान व्यक्तियों ने महत्वपूर्ण भूमिका निभाई।
- राजकुमार शुक्ल ने इस आंदोलन में प्रारंभ से लेकर अंत तक लड़ाई लड़ी और 20 मई, 1929 ई. को मोतिहारी में उनकी मृत्यु हो गई। इस तरह गांधीजी द्वारा भारत में चलाया गया प्रथम सत्य एवं अहिंसा का सत्याग्रह सफल हुआ।

रौलट एक्ट और बिहार - (1919)

- प्रथम विश्व युद्ध (4 अगस्त 1914 से 11 नवंबर 1918 ई.) के समाप्त होने के बाद औपनिवेशिक ब्रिटिश सरकार ने 21 मार्च, 1919 ई. को 'अराजकता एवं क्रांतिकारी अपराध कानून' (रौलेट एक्ट) पारित किया।
- कानून के द्वारा अपील, वकील और दलील की नीति को समाप्त कर दिया गया था। इसलिए भारतीयों ने इस कानून को 'काला कानून' का नाम दिया।
- रौलट कानून के विरोध में बिहार में 1919 ई. के फरवरी के अंतिम दिनों में विरोध प्रदर्शन शुरू हुए।
- पटना, गया, मुंगेर, मुजफ्फरपुर, भागलपुर, रांची, छपरा, और मानभूम में सार्वजनिक सभाओं का आयोजन किया गया, सभाओं में राजेंद्र प्रसाद, मजहरूल हक, पूर्णेन्दु नारायण सिन्हा, सैयद हसन इमाम, हरनंदन लाल, महमूद, सी. बी. सहाय, बी.बी. वर्मा, ख्वाजा अब्दुल मजीद, सरफ़राज़ हसन खाँ, निरसू नारायण सिंह, गणेशदत्त सिंह, शम्भू-शरण शर्मा, राय ब्रजराज कृष्ण, बालगोविन्द मालवीय, मथुरानाथ सिंहा, योगेन्द्र नाथ बनर्जी, और तुलसी सिंह प्रभृति नेताओं ने अपना विरोध प्रदर्शित किया।
- 6 अप्रैल को पटना में एक विशाल जुलूस निकाला गया जो किला मैदान पटना सिटी में सभा में परिणित हो गया जिसमें एक लाख से अधिक लोग सम्मिलित हुए।
- रौलट एक्ट के विरोध में 30 मार्च को पूरे बिहार में हड़ताल रखी गयी।

खिलाफत आंदोलन और बिहार - (1920)

- विश्व के मुसलमान टर्की के सुल्तान को अपना खलीफा मानते थे, भारतीय मुसलमानों के बीच वह गुरूतुल्य थे।
- टर्की के खलीफा को अंग्रेजों द्वारा अपमानित किए जाने पर बिहार में इसकी जबरदस्त प्रतिक्रिया हुई।
- पटना, रांची, गया, भागलपुर, छपरा, मुजफ्फरपुर सहित बिहार के गाँवों-कस्बों में भी मुस्लिम समुदाय में आक्रोश था।
- पटना सिटी में खिलाफत की समस्या पर इस्तहार लगाया गया, जिसमें फजलुल हक, अब्दुल कासिम, हसरत मोहानी, ताजउद्दीन और मोहम्मद अकरम खाँ के हस्ताक्षर थे।
- 19 मार्च, 1920 ई. को अब्दुल बारी, अबुल कलाम आजाद और शौकत अली के आहवान पर पूरे बिहार में हड़ताल रखी गयी।
- मौलाना शौकत अली ने खिलाफत आंदोलन के नेतृत्वकर्ता के आमंत्रण पर बिहार का दौरा किया था। उन्होंने 24-25 अप्रैल, 1920 ई. को पटना में एक सभा आयोजित की थी।
- गया की सभा में कृष्ण प्रकाश सिन्हा ने सरकार द्वारा दिए गए सम्मान को वापस देने की घोषणा की थी।
- रांची में, मौलाना आजाद के नेतृत्व में खिलाफत आंदोलन चलाया गया था। वे उस समय रांची में नजरबंद थे और नजरबंदी के दौरान ही उन्होंने खिलाफत आंदोलन के नेतृत्व किया था।
- नागरमल मोदी, गजनफर मिर्जा, मौलवी उस्मान, अली इमाम, गुलाब नारायण तिवारी, रामचंद्र प्रसाद और अन्य कुछ लोग मौलाना आजाद के सहयोगी थे।
- दिनांक 5 जून को ख्वाजा अब्दुल मजीद और डॉ. सैयद महमूद ने बाँकीपुर मैदान में एक सभा की थी।
- मजहरूल हक ने बिहार के कई क्षेत्रों का दौरा किया था। उन्होंने अंग्रेजों के विश्वासघात के बारे में लोगों को पूरी जानकारी दी ताकि हिंदू और मुस्लिम समुदायों के बीच एकता कायम रह सके।
- मौलाना शौकत अली ने बिहार के दौरे के दौरान कहा कि विशेष परिस्थितियों में सरकारी नौकरियों के बहिष्कार और सरकार के साथ असहयोग आवश्यक हो सकते थे।
- खिलाफतवादियों ने 1 अगस्त को 'खिलाफत दिवस' के रूप में मनाना आरंभ किया था।
- मुस्तफा के नेतृत्व में तुर्की के खलीफा के पद की समाप्ति के साथ 1922 ई. में यह आंदोलन पूर्णरूप से समाप्त हो गया था।

असहयोग आंदोलन और बिहार - (1920)

- खिलाफत आंदोलन के दौरान सरकारी नौकरियों का बहिस्कार और सरकार से असहयोग की भावना उभरी थी।
- 20 जून, 1920 ई. को इलाहाबाद में हिंदू-मुस्लिम नेताओं की एक संयुक्त बैठक हुई थी, जहाँ 'असहयोग आंदोलन' को निश्चय किया गया था।
- कलकत्ता में 4 से 9 सितंबर, 1920 ई. तक कांग्रेस अधिवेशन हुआ, जहाँ महात्मा गांधी ने 'असहयोग प्रस्ताव' पेश किया था जो 893 के विरुद्ध 1885 मतों से स्वीकृत हुआ था।
- कलकत्ता कांग्रेस अधिवेशन में बिहार से 300 प्रतिनिधियों ने भाग लिया था और उनमें से लगभग 180 प्रतिनिधि प्रस्ताव के पक्ष में मतदान किये थे।
- बिहार में असहयोग से संबंधित प्रस्ताव दरभंगा के बाबू धरनीधर द्वारा प्रस्तुत किया गया था जिसे मुंगेर के शाह मुहम्मद जुबैर, पटना के गुलाम इमाम और मोतिहारी के बाबू गोरख प्रसाद ने अपना समर्थन दिया था।
- देश में केवल दो प्रांत, गुजरात और बिहार थे जिनके प्रांतीय सम्मेलन ने कलकत्ता अधिवेशन के पूर्व ही असहयोग का आह्वान किया था।
- रौलट एक्ट के लागू होने के साथ बिहार में औपनिवेशिक ब्रिटिश सरकार पर दबाव बनाने के लिए असहयोग शुरू हुआ था। लेकिन गांधीजी द्वारा शुरू हुए असहयोग आंदोलन ने पूरे बिहार को स्वाधीनता के लिए प्रेरित कर दिया था।
- 11 अप्रैल को गांधीजी की गिरफ्तारी के समय, पूरे बिहार में असंतोष व्याप्त था तथा सत्याग्रही लोगों ने प्रतिज्ञा-पत्र पर हस्ताक्षर किए। उसी समय पूरे बिहार में जलियांवाला बाग हत्याकांड के विरोध में जन आंदोलन भड़क उठा।
- बिहार सहित पूरे देश में ब्रिटिश सरकार के विरुद्ध रोष की लहर फैल गई। इस जन आंदोलन के परिणामस्वरूप, बिहार में असहयोग आंदोलन का भी प्रचार-प्रसार हुआ।
- आंदोलन को दबाने के उद्देश्य से ब्रिटिश साम्राज्यवादी शासकों ने स्वयं युवराज प्रिंस ऑफ वेल्स को भारत भेज दिया।
- 22 दिसंबर, 1921 ई. को जब प्रिंस ऑफ वेल्स पटना आए, तब पूरे शहर में हड़ताल थी।
- बिहार छात्र सम्मेलन ने अपने 16 वें अधिवेशन में हजारीबाग में सरला देवी की अध्यक्षता में प्रिंस ऑफ वेल्स के बहिष्कार का निर्णय लिया गया।
- प्रिंस ऑफ वेल्स के विरोध की कार्रवाई में बिहार के कई नेताओं को गिरफ्तार किया गया और उन पर कठोर अत्याचार किए गए, जिसका विवरण मजहरुल हक ने अपने पत्रिका 'द मदर लैंड' में किया था।
- 30 सितंबर, 1921 ई. से मजहरूल हक ने सदाकत आश्रम से ही 'द मदरलैंड' नामक एक समाचार-पत्र का प्रकाशन शुरू किया था। इस समाचार-पत्र का उद्देश्य राष्ट्रीय भावना का प्रचार-प्रसार एवं हिन्दू-मुस्लिम एकता का पाठ था।
- बिहार में असहयोग आंदोलन से लोगों में 'स्वराज' और 'स्वदेशी' की भावना गहरी हो गई थी।
- बिहार के कई शहरों में जैसे - पटना, भागलपुर, शाहबाद, गया, आरा, पूर्णिया, मंगेर, राँची, हजारीबाग, पुरूलिया (अब बंगाल में), दुमका और धनबाद आदि जिलों में प्रतिदिन असहयोग कार्यक्रम चलाये जाने लगे।
- 5 फरवरी, 1922 ई. को उत्तर प्रदेश के चौरी-चौरा गाँव में उग्र भीड़ ने 21 सिपाहियों को जिंदा जला दिया था।
- गांधीजी ने 12 फरवरी को 5 दिनों का उपवास शुरू किया जो कि चौरी-चौरा कांड के प्रायश्चित के रूप में था और गांधीजी को इस घटना ने स्तब्ध कर दिया और उन्होंने 'असहयोग आंदोलन' को तत्काल वापस ले लिया था।

साइमन कमीशन और बिहार- 1928

- 1927 ई. में, भारत सरकार अधिनियम 1919 ई. के तहत 10 साल के अंतराल के बाद, ब्रिटिश सरकार ने संवैधानिक सुधार के लिए एक आयोग की नियुक्ति की थी।
- आयोग के अध्यक्ष सर जॉन साइमन, सदस्यों में कंजरवेटिव पार्टी के दो प्रतिनिधि, लार्ड सभा के दो सदस्य वाइका उन्ट बर्नहन और लार्ड स्ट्राथकोना थे, और कामन्स सभा के दो सदस्य ई. सी. जी. कडोगाँ और कर्नल जी. आर. लेनफोक्स थे।
- आयोग में किसी भी भारतीय को सम्मिलित नहीं किया गया था, जिससे भारतीय नेताओं ने अंग्रेजों के ध्येय को समझा और इस आयोग का विरोध कर दिया।
- 16 नवंबर, 1927 ई. को "लीडर्स मेनिफेस्टो (नेताओं का घोषणापत्र)" प्रकाशित किया गया था। इस पर सभी दलों के प्रमुख नेताओं के हस्ताक्षर थे। उनमें अली इमाम, सच्चिदानंद सिन्हा और इस्माइल खाँ भी थे, जो बिहार से थे।
- साइमन कमशीन का विरोध करने संबंधी एक सर्वदलीय सम्मेलन पटना में अली इमाम की अध्यक्षता में हुआ। इसमें सभी दलों के लोगों ने कमीशन के बिहार आने पर उसका पूर्ण बहिष्कार करने का निर्णय लिया।
- 12 दिसंबर, 1928 को कमीशन पटना आया। कमीशन का भारी विरोध हुआ जबकि प्रांतीय सरकार और साम्राज्यवाद को पसंद करने वाले व्यक्तियों तथा संस्थाओं की ओर से स्वागत किया गया। आयोग के कुछ सदस्य महाराजा डुमराँव का आतिथ्य स्वीकार करने डुमराँव चले गए।
- आयोग के कुछ सदस्य राँची गए। राँची पहुँचने पर स्वतंत्रता सेनानियों ने कमीशन का भारी विरोध किया। पूरे राँची में उस दिन हड़ताल रखी गई थी।

सविनय अवज्ञा आंदोलन और बिहार - (1930)

- साइमन कमीशन की असफलता, ब्रिटिश साम्राज्यवादियों के बढ़ते अत्याचार, देशभर में बढ़ते सांप्रदायिक दंगे, राष्ट्रवादी क्रांतिकारियों के आंदोलन जैसे अनेक कारणों ने 'सविनय अवज्ञा आंदोलन' को जन्म देने में महत्त्वपूर्ण भूमिका निभाई।
- गांधीजी द्वारा वायसराय इरविन के समक्ष 11 सूत्री प्रस्ताव पेश किया गया, जिनमें मुख्य थे-संपूर्ण मदिरा निषेध, भूमि लगान आधा हो, नमक कर का उन्मूलन, विनिमय की दर में कमी, सेना संबंधी व्यय में 50 प्रतिशत की कटौती, विदेशी वस्त्र के आयात पर रोक, वेतन में कटौती, राजनीतिक बंदियों की रिहाई, आत्मरक्षा के लिए हथियार रखने का लाइसेंस आदि।
- लॉर्ड इरविन ने गांधीजी की इन माँगों पर कोई ध्यान नहीं दिया, जिसके कारण गांधीजी ने 'सविनय अवज्ञा आंदोलन' प्रारंभ करने का निश्चय किया।
- गांधीजी ने 12 मार्च, 1930 ई. को साबरमती आश्रम से 78 अनुयायियों के साथ दांडी-यात्रा की शुरुआत की।
- 24 दिनों में लगभग 200 मील की पैदल यात्रा के बाद, 6 अप्रैल, 1930 ई. को गांधीजी दांडी पहुंचकर नमक कानून का उल्लंघन करने के लिए दांडी में नमक बनाये।
- दांडी मार्च में गांधीजी के साथ बिहार के गिरिवरधारी चौधरी जिसे 'कारो बाबू' कहा जाता था, भी शामिल थे।
- पटना में जगत नारायण लाल, दरभंगा में सत्य नारायण सिंह और चतुरानन दास, मुंगेर में श्रीकृष्ण सिंह और नंद कुमार सिंह, सारण में गिरीश तिवारी, चंद्रिका सिंह, भरत मिश्र और श्री नारायण प्रसाद सिंह तथा मुजफ्फरपुर में रामदयालू सिंह, कनकधारी प्रसाद ठाकुर, रामनंदन सिंह जैसे लोगों ने इस आंदोलन का नेतृत्व किया।
- बिहार काउंसिल के चार सदस्यों कमलेश्वरी सहाय, श्यामनारायण सिंह शर्मा, नवल किशोर प्रसाद सिंह तथा सरकारी वकील सुधांशु भूषण राय ने त्यागपत्र दे दिया।
- 10 अप्रैल, 1930 ई. को मानभूम कांग्रेस की ओर से निवारण चन्द्र दासगुप्त की अध्यक्षता में सत्याग्रह समिति स्थापित की गई।
- 12 मार्च 1931 ई. पटना में राजेंद्र प्रसाद की अध्यक्षता में एक सभा हुई, जिसमें राजनीतिक कैदियों को तत्काल रिहा करने की माँग की गई।
- 23 मार्च 1931 ई. भगत सिंह एवं उनके साथियों को फाँसी दिए जाने के कारण पटना सहित पूरे राज्य में व्यापक विरोध प्रदर्शन किया गया। 26 मार्च को पटना में पूर्ण हड़ताल रही।
- 28 दिसंबर, 1931 ई. महात्मा गांधी गोलमेज सम्मेलन से निराश होकर भारत लौटे और पुनः आंदोलन को तेज करने का आह्वान किया।
- 4 जनवरी, 1932 ई. राजेंद्र प्रसाद, ब्रज किशोर प्रसाद, कृष्ण वल्लभ सहाय, जगत् नारायण दास, मथुरा प्रसाद, प्रजापति मिश्र जैसे नेताओं को गिरफ्तार कर लिया गया।
- 26 जनवरी 1930 पूरे प्रांत में 'स्वाधीनता दिवस' मनाया गया।
- 1932 ई. में ब्रिटिश प्रधानमंत्री मैक डोनाल्ड ने सांप्रदायिक पंचाट की घोषणा की थी।
- महात्मा गांधी ने इसका विरोध किया और आमरण अनशन शुरू किया, भीमराव अंबेडकर एवं महात्मा गांधी के बीच समझौता हुआ और सांप्रदायिक पंचाट को वापस लिया गया।
- गांधीजी ने हरिजन सेवक संघ की स्थापना की जिसकी एक शाखा बिहार में खोली गई थी।
- जगजीवन राम एवं जगलाल चौधरी जैसे नेताओं ने हरिजन सेवक संघ में महत्त्वपूर्ण भूमिका निभाई।
- 'सविनय अवज्ञा आंदोलन' 1933 ई. में प्रभावहीन होने लगा और बिहार में कांग्रेस ने अपना आंदोलन स्थगित कर दिया।

व्यक्तिगत सत्याग्रह- (1940)

- 1940 ई. में बिहार के रामगढ़ नामक स्थान पर भारतीय राष्ट्रीय कांग्रेस का 53वां अधिवेशन मौलाना अबुल कलाम आजाद की अध्यक्षता में संपन्न हुआ।
- महात्मा गांधी ने इस अधिवेशन में व्यक्तिगत सत्याग्रह का नारा दिया।
- विनोबा भावे प्रथम व्यक्तिगत सत्याग्रही बने जबकि श्रीकृष्ण सिंह 27 नवंबर, 1940 ई. को बिहार के प्रथम सत्याग्रही बने।
- श्रीकृष्ण सिंह को गिरफ्तार कर लिया गया, जिसकी बिहार में तीव्र प्रतिक्रिया हुई।
- बिहार के पटना में अनुग्रह नारायण सत्याग्रही बने तथा जब वे पटना सिटी में भाषण दे रहे थे तो उसी समय उनको गिरफ्तार कर लिया गया था।
- गया में गौरीशंकर सिंह और सिलाव में श्यामनारायण सिंह ने सत्याग्राहियों का नेतृत्व किया।
- कुछ महिलाएँ भी सत्याग्रह के आरोप में गिरफ्तार हुई, जिनमें प्रियंवदा देवी, जगतरानी देवी, जानकी देवी आदि प्रमुख थीं।

भारत छोड़ो आंदोलन और बिहार - (1942)

- 1939 ई. में कांग्रेस ने केन्द्र में 28 माह तक सरकार चलाने के बाद इस्तीफा दे दिया था।
- 1940 ई. में व्यक्तिगत सत्याग्रह द्वारा माँगों को पूरा करवाने की कोशिश की गई थी, लेकिन असफलता हाथ लगी थी।
- 22 मार्च, 1942 ई. को 'क्रिप्स मिशन' ब्रिटेन से भारत आया था, जो द्वितीय विश्व युद्ध के दौरान उत्पन्न परिस्थितियों को शांत करने के लिए था।
- क्रिप्स मिशन ने भारतीय नेताओं को आश्वासन दिया कि युद्ध समाप्ति के बाद भारत को औपनिवेशिक राज्य का दर्जा दे दिया जाएगा।
- महात्मा गांधी ने 'क्रिप्स मिशन' के प्रस्ताव को 'पोस्ट डेटेड चेक' कहते हुए अस्वीकार कर दिया था।

- पं. नेहरू ने भी इस समय कहा था कि मेरे पुराने मित्र क्रिप्स शैतान के वकील बनकर आए हैं।
- 8 अगस्त, 1942 ई. को अखिल भारतीय कांग्रेस का अधिवेशन बंबई के ग्वालिया टैंक मैदान में बुलाया गया।
- अधिवेशन में 'भारत छोड़ो' प्रस्ताव पारित हुआ और तीन प्रमुख नारे उभरकर सामने आये-
    1. करो या मरो
    2. अंग्रेजों, भारत छोड़ो
    3. आज से हर भारतवासी अपने आप को स्वतंत्र समझे
- अधिवेशन में गांधीजी के नेतृत्व में 'भारत छोड़ो आंदोलन' प्रारंभ करने का प्रस्ताव पारित किया गया।
- 14 जुलाई, 1942 ई. को वर्धा में कांग्रेस कार्यकारिणी की बैठक बुलाई गई और भारत से ब्रिटिश शासन का शीघ्र अंत करने का निर्णय लिया गया।
- गांधीजी ने कहा कि यह अंतिम संघर्ष है- अंग्रेजो भारत छोड़ो, 'करो या मरो' का नारा दिया।
- 'भारत छोड़ो आंदोलन' में बिहार ने महत्त्वपूर्ण योगदान दिया।
- राजेंद्र प्रसाद ने 31 जुलाई, 1942 ई. को बिहार कांग्रेस कार्यकर्ताओं को भावी संघर्ष के लिए तैयार रहने को कहा था।
- छात्रों एवं युवकों ने उसी दिन पटना के अंजुमन इस्लामिया हॉल में एक सभा कर राजेंद्र प्रसाद को अपना समर्थन दिया था।
- महात्मा गांधी के भारत छोड़ो प्रस्ताव पारित होने के कुछ ही घंटों बाद 8 अगस्त को गांधीजी को गिरफ्तार कर लिया गया।
- राजेंद्र प्रसाद को भारत रक्षा अधिनियम के तहत 9 अगस्त को गिरफ्तार किया गया था।
- राजेंद्र प्रसाद को बाँकीपुर जेल में रखा गया था और पूरे राज्य में सामूहिक जुर्माना अध्यादेश लागू कर दिया गया था।
- पटना के कमिश्नर के आदेश पर श्रीकृष्ण सिंह को 10 अगस्त को गिरफ्तार कर बाँकीपुर जेल में रखा गया।
- राजेंद्र प्रसाद और श्रीकृष्ण की गिरफ्तारी होने पर बलदेव सहाय ने महाधिवक्ता के पद से त्याग-पत्र दे दिया था।
- 10 अगस्त को राजेंद्र प्रसाद और श्रीकृष्ण की गिरफ्तारी के विरोध में सीताराम केसरी और हरेराम कृष्ण सिंह के नेतृत्व में एक जुलूस निकाला गया।
- महिला चरखा समिति की महिलाओं ने राजेंद्र प्रसाद की बहन भगवती देवी की अध्यक्षता में एक सभा का आयोजन किया।
- 10 अगस्त को गांधी मैदान (बाँकीपुर मैदान) में एक सभा आयोजित की गई।
- 11 अगस्त 1942 ई. को पटना के छात्रों के एक जुलूस ने सचिवालय भवन पर झंडा फहराने का प्रयास किया।
- कलेक्टर डब्ल्यू.जी. आर्चर ने उन पर गोली चलाने का आदेश दिया, जिसके कारण उमाकांत सिन्हा, सतीश प्रसाद झा, देवीपद चौधरी, रामानंद सिंह, राजेंद्र सिंह, रामगोविंद सिंह तथा जगपति कुमार शहीद हो गए।

आजाद दस्ता

- आजाद दस्ता नामक संगठन की स्थापना जयप्रकाश नारायण ने नेपाल की तराई के जंगलों में रहते हुए की थी।
- संगठन क्रांतिकारियों को छापामार युद्ध एवं विदेशी शासन के विरुद्ध लड़ाई के प्रशिक्षण प्रदान करता था।
- ब्रिटिश शासन ने संगठन के नेताओं जैसे जयप्रकाश नारायण, डॉ. लोहिया, रामवृक्ष बेनी पुरी आदि को गिरफ्तार कर जेल में डाल दिया गया था।

सियाराम ब्रह्मचारी दल

- सियाराम सिंह ने सियाराम ब्रह्मचारी दल की स्थापना की थी, वे तिलकपुर गाँव के निवासी थे।
- सियाराम ब्रह्मचारी दल सरकारी खजाने को लूटकर अस्त्र-शस्त्र खरीदता था और युवा क्रांतिकारियों को प्रशिक्षित करके उनको स्वतंत्रता की लड़ाई में शामिल करता था।
- संगठन का प्रभाव मुंगेर, बलिया, भागलपुर, सुल्तानगंज, पूर्णिया आदि जिलों में फैला हुआ था।
- खौजरी पहाड़, मंदार, बाराहाट और ढोलपहाड़ी जैसे दुर्गम स्थान आंदोलनकारियों के छिपने के ठिकाने थे, जहाँ से वे अंग्रेजों के विरुद्ध कार्यवाही की योजनाएँ बनाते थे।

तारापुर गोलीकांड

- भारत के स्वतंत्रता आंदोलन के दौरान 15 फरवरी, 1942 ई. को हुआ तारापुर गोलीकांड 'जलियाँवाला बाग कांड' से भी बर्बर था। यह अंग्रेजों की दमन-नीति की जीती-जागती मिसाल थी।
- मुंगेर जिले के तारापुर थाने पर सैकड़ों क्रांतिकारी तिरंगा फहराने के लिए एकत्रित हुए, उनके हाथों में तिरंगा था वे 'वंदे मातरम्' तथा बीच-बीच में 'भारतमाता की जय' नारे के साथ आंदोलन कर रहे थे।
- अंग्रेज अफसरों ने ऐसे देशभक्तिपूर्ण माहौल को बर्दाश्त नहीं किया और उन्होंने निहत्थे क्रांतिकारियों पर गोलियों की बौछार की।
- गोलीकांड की घटना के बाद कांग्रेस ने प्रस्ताव पारित कर हर साल देश में 15 फरवरी को 'तारापुर दिवस' मनाने का निर्णय लिया था। इस गोलीकांड के बाद अंग्रेजों ने शहीदों को शव-वाहनों में लादकर सुल्तानगंज में गंगा नदी में बहा दिया था। इस घटना में 60 क्रांतिकारी शहीद हुए थे। 13 शहीदों की पहचान हो पाई, जबकि बाकी अज्ञात रह गए थे।

पटना सचिवालय गोलीकांड

- पटना और उसके आस-पास के क्षेत्र से आए छात्रों ने 11 अगस्त, 1942 ई. को पटना में जगह-जगह उग्र प्रदर्शन करना शुरू कर दिया था।
- पटना मेडिकल कॉलेज परिसर तथा सिटी कोर्ट पर राष्ट्रीय झंडा फहरा दिया।
- छात्रों का जुलूस सचिवालय की ओर बढ़ा तथा छात्र सचिवालय भवन पर राष्ट्रीय झंडा फहराने के लिए कृतसंकल्प थे। सवा दो बजे के लगभग पूर्वी फाटक पर राष्ट्रीय झंडा फहरा दिया।
- संध्या (4:57) मिनट पुलिस ने जिलाधिकारी आर्थर के आदेश पर छात्रों पर गोली चलाना शुरू कर दिया।
- सात छात्र घटना स्थल पर ही शहीद हो गये और लगभग 25 गंभीर रूप से घायल हो गये थे, शहीद छात्रों का विवरण निम्न है –
    1. शहीद उमाकांत प्रसाद सिंह उम्र- 19 वर्ष। 11वीं कक्षा का छात्र / पिता- राम कुमार सिंह; पत्नी- पतिराग कुंवर / ग्राम- नरेन्द्रपुर, थाना दरौली, सारण।
    2. शहीद रामानंद सिंह उम्र- 19-20 वर्ष। 11वीं कक्षा का छात्र / पिता- लक्षण सिंह, माँ- अन्नतीया देवी / ग्राम- शहादत नगर, थाना- मसौढ़ी पटना। एक वर्ष पूर्व ही इनकी शादी हुई थी। पत्नी- अनपी देवी। पति के विछोह में एक माह बाद ही स्वर्ग सिधार गई।
    3. शहीद सतीश प्रसाद झा उम्र- 19 वर्ष। 11वीं कक्षा का छात्र / पिता- जगदीश प्रसाद झा, माँ- त्रिपुरा देवी / ग्राम- खड़हरा, थाना- बाँका, भागलपुर।
    4. शहीद जगपति कुमार बी. एन. कॉलेज के द्वितीय वार्षिक श्रेणी का छात्र/पिता- सुखराज बहादुर, माँदिवरानी कुंवर / ग्राम- खराठी, थाना- ओबरा, औरंगाबाद।
    5. शहीद देवीपद चौधरी मिलर हाई स्कूल के नवीं कक्षा का छात्र/पिता- देवेन्द्र नाथ चौधरी, माँ प्रमुदिनी देवी / ग्राम- जमालपुर, थाना- विश्वनाथ,

जिला- सिलहट (आसाम)। इनके पिता आसाम से आकर पटना में बसे थे। परिवार के सदस्य स्वतंत्रता सेनानी थे। स्वतंत्रता संग्राम में चौधरी परिवार के योगदान पर 'देश सेवक पिता और शहीद पुत्र' नामक पुस्तक तैयार की गई थी।

6. शहीद राजेन्द्र सिंह पटना हाई स्कूल के 11वीं कक्षा का छात्र / पिता- शिवनारायण सिंह, माँ- जीरा देवी, पत्नी- सुरेश देवी / ग्राम- बनवारी चक् थानासोनपुर, सारन।
7. शहीद रामगोविन्द सिंह पुनपुन हाई स्कूल के 11वीं की कक्षा का छात्र / पिता- देवकी सिंह, माँ- राम कुवंर देवी, पत्नी- आशा कुवंर / ग्राम- दशरथ, थानाफुलवारी, पटना।

- 11 अगस्त को सचिवालय गोलीकांड में छात्रों की शहादत ने बिहार भर में स्वतंत्रता आंदोलन को एक नया जोश दिया। यह समाचार बिहार के अन्य क्षेत्रों में फैल गया और विस्तृत स्तर पर रेलवे, संचार, सरकारी कार्यालयों को नुकसान पहुंचाया गया।
- दंगे और हिंसा से बिहार के अधिकांश क्षेत्र अस्थिर हो गये, ब्रिटिश सरकार द्वारा राजधानी पटना को सैनिक छावनी के रूप में तबदील किया गया।
- पटना के आस-पास के उप नगरों- बिहटा, बख्तियारपुर, खगौल, मनेर, फतुआ, दानापुर, मसौढ़ी, नौबतपुर, विक्रम आदि में भी पटना की तरह ही आंदोलनकारियों ने उग्र आंदोलन किया।
- मनेर, नौबतपुर और मसौढ़ी, में पुलिस की गोली से कई आंदोलनकारी मारे गए, हजारों आंदोलनकरियों को गिरफ्तार कर लिया गया।

आजाद हिंद फौज और बिहार

- द्वितीय विश्वयुद्ध के समय जब जापान ने सिंगापुर पर अधिकार हासिल किया था, तब मित्र राष्ट्रों की स्थिति बहुत दयनीय हो गयी थी जिससे अधिक संख्या में भारतीय युद्ध बंदी बना लिये गये थे।
- बंदी सैनिकों का सम्मेलन रासबिहारी बोस ने टोक्यो में 28 मार्च, 1942 ई. को बुलाया था, जिसमें इंडियन नेशनल आर्मी (INA) के गठन का फैसला लिया गया था।
- बैंकॉक में इंडियन नेशनल आर्मी का गठन 23 जून, 1942 ई. को रासबिहारी बोस की अध्यक्षता में किया गया था और सुभाषचंद्र बोस को जर्मनी से जापान बुलाने का निर्णय लिया गया था।
- कैप्टन मोहन सिंह ने सबसे पहले INA के गठन का विचार दिया था और उन्हें इसका कमांडर नियुक्त किया गया था। सिंगापुर में 4 जुलाई, 1943 ई. को सुभाषचंद्र बोस ने INA का नेतृत्व संभाला।
- द्वितीय विश्व युद्ध के दौरान जापान की स्थिति कमजोर होने लगी जबकि रंगून अंग्रेजी सेना द्वारा घिर चुका था। कर्नल चटर्जी, मुहम्मद खान और आनंद मोहन सहाय के नेतृत्व में एक टीम का गठन किया गया था ताकि वे इस समस्या से निपट सकें।
- द्वितीय विश्व युद्ध के बाद उन्हें गिरफ्तार किया गया था, लेकिन स्वतंत्रता के बाद रिहा कर दिए गए थे।
- 1950 ई. के बाद, आनंद मोहन सहाय ने भारतीय विदेश सेवा में थाईलैंड, मॉरीशस और अन्य देशों में राजदूत के रूप में काम किया। 13 फरवरी, 1991 ई. को उनकी मृत्यु हो गयी।

स्वतंत्रता आंदोलन में बिहार के महिलाओं की भूमिका

- बिहार के राष्ट्रीय आंदोलन में, छात्र, युवा, मजदूर, किसान और अन्य लोगों के साथ-साथ बिहार की महिलाओं ने भी अपना योगदान दिया था।
- 'चंपारण सत्याग्रह' के बाद, महिलाओं की सहभागिता राष्ट्रीय आंदोलन में बढ़ती गयी थी।
- 1919 ई. में, कस्तूरबा गांधी और उनके अनुयायी श्रीमती सरला देवी, प्रभावती देवी, राजवंशी देवी, राधिका देवी और अन्य के नेतृत्व में, 'महिला आंदोलन' शुरू हुआ था।
- 1921 ई. में 'असहयोग आंदोलन' के दौरान सरला देवी ने महिला आंदोलन का नेतृत्व किया था।
- सावित्री देवी ने प्रिंस ऑफ वेल्स के भारत आगमन के विरोध में एक सभा आयोजित की थी।
- महात्मा गांधी के बिहार दौरे के दौरान 1921 ई. में देशबंधु स्मारक कोष के लिए धन संग्रह करने का कार्य शुरू किया था। इस कार्य में लोकनायक जयप्रकाश नारायण की पत्नी प्रभावती देवी ने उनका सर्वाधिक सहयोग किया था।
- 'सविनय अवज्ञा आंदोलन' के दौरान बिहार की महिलाओं ने 'नमक कानून' के विरोध में महत्वपूर्ण भूमिका निभाई।
- हजारीबाग में आंदोलन के दौरान जिला कांग्रेस कमेटी की अध्यक्षा श्रीमती सरस्वती देवी एवं श्रीमती साधना देवी को गिरफ्तार किया गया और उन्हें छह महीने की सजा सुनाई गई।
- जुलाई, 1930 ई. में श्रीमती मीरा देवी को सत्याग्रह के क्रम में गिरफ्तार कर लिया गया था।
- पटना में महिला सत्याग्रहियों ने विदेशी वस्त्र की दुकानों पर धरना कार्यक्रम का आयोजन किया। इस कार्यक्रम का संचालन महिला संगठन ने किया था, जिसकी नेत्री श्रीमती हसन इमाम एवं श्रीमती विंध्यवासिनी देवी थीं।
- रामस्वरूप देवी ने "सविनय अवज्ञा आंदोलन" में अपने गांव में कई महिलाओं को प्रेरित किया।
- चंद्रावती देवी ने भी 'चौकीदारी कर' के विरोध में आंदोलन किया था, जिससे उन्हें गिरफ्तार कर लिया गया था।
- 23 मार्च, 1931 ई. को जब भगत सिंह को फाँसी दी गई, तब उसके विरोध में 30 मार्च, 1931 ई. को आरा में कुसुम कुमारी देवी ने एक विशाल सभा का आयोजन किया था तथा मंच से आहवान किया, "नौजवानो, तुम पीछे क्यों हो, बिस्मिल, भगत सिंह, खुदीराम की तरह अपने को कुर्बान करने के लिए आगे क्यों नहीं बढ़ते, भगत सिंह की चिता की आग ठंडी नहीं हुई है और उसकी चिनगारियों को प्रज्वलित करने के लिए आगे बढ़ो।"
- 1941 ई. में महात्मा गांधी ने व्यक्तिगत सत्याग्रह आंदोलन शुरू किया था। इस सत्याग्रह के दौरान बिहार के कई महिलाओं ने अपनी गिरफ्तारी दी थी, जिसमें गया की प्रियंवदा देवी, जगत् रानी देवी और जानकी देवी भी शामिल थीं। इन महिलाओं को चार महीनों तक कैद की सजा सुनाई गई थी। इस सत्याग्रह आंदोलन में दुमका की महादेवी केजरीवाल भी गिरफ्तार की गई थी।
- 9 अगस्त को पटना में महिलाओं द्वारा एक विशाल जुलूस निकाला गया था, जिसका नेतृत्व डॉ. राजेंद्र प्रसाद की बहन श्रीमती भगवती देवी ने किया था। इसी तरह का एक बड़ा जुलूस 11 अगस्त, 1942 ई. को हजारीबाग में सरस्वती देवी के नेतृत्व में निकाला गया था। उसी दिन सरस्वती देवी को गिरफ्तार कर हजारीबाग जेल में बंद कर दिया गया था और 12 अगस्त को उन्हें भागलपुर जेल भेजा जा रहा था लेकिन क्रांतिकारियों ने रास्ते से ही उनको छुड़ा लिया था।
- 14 अगस्त 1942 ई. को जनसभा में भाषण देते समय उनको पुनः गिरफ्तार कर लिया गया था।
- दिनांक 15 अगस्त, 1942 ई. को छपरा में शांति देवी द्वारा एक विशाल सभा का आयोजन टाउन हॉल में किया गया था। उस समय दिघवार प्रखंड के मलखाचक गाँव की शारदा (14 वर्ष) एवं सरस्वती (11 वर्ष) को तिरंगा फहराने के आरोप में सजा दी गयी थी।
- गया जिले के मुहम्मदपुर गाँव की प्यारी देवी को 1942 ई. के असहयोग आंदोलन में गिरफ्तार किया गया था और उन्हें कैंप जेल में भेज दिया गया था, जहाँ उनकी मौत हो गई।

बिहार का भूगोल

बिहार के भूगर्भिक संरचना एवं इसका धरातलीय स्वरूप

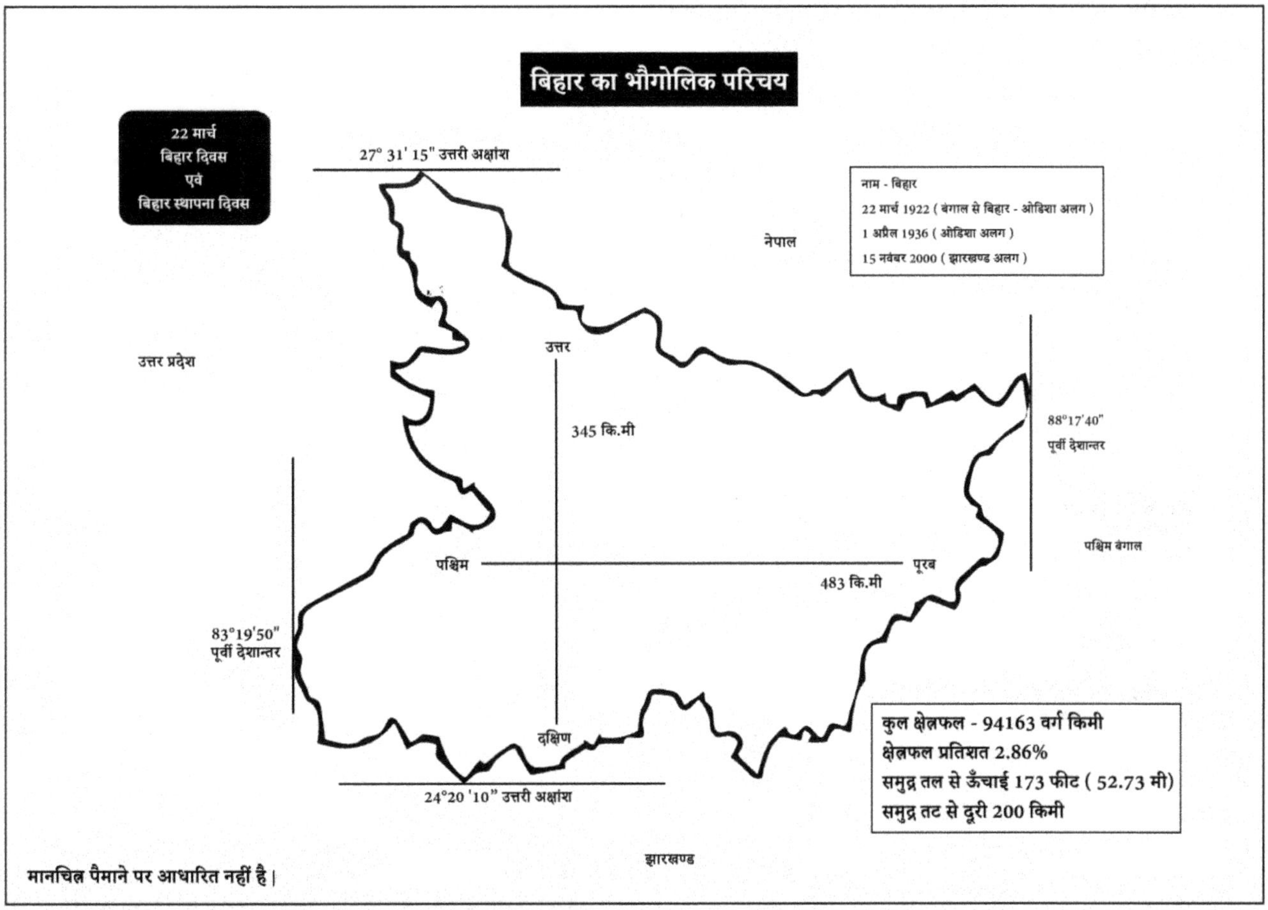

- बिहार उत्तर-पूर्वी भारत का एक राज्य है जो गंगा के मध्य मैदानों में स्थित है।
- 15 नवंबर 2000 को झारखंड के अलग होने के बाद बिहार का वर्तमान स्वरूप आया है।
- अक्षांशीय सीमा – 24° 20′ 10" से 27° 31′ 15" उत्तरी अक्षांश
- देशांतरीय सीमा – 83° 19′ 50" से 88° 17′ 40" पूर्वी देशांतर
- आकृति – आयताकार
- क्षेत्रफल – 94163 वर्ग किमी है।
- ग्रामीण क्षेत्रफल लगभग 92,800 वर्ग किमी है।
- नगरीय क्षेत्रफल 2,324.74 वर्ग किमी है।
- भारत में बिहार का कुल भौगोलिक क्षेत्रफल 2.86% है।
- बिहार का स्थान क्षेत्रफल की दृष्टि से 12वाँ है।
- उत्तर से दक्षिण की लंबाई 345 किमी है।
- पूर्व से पश्चिम की चौड़ाई 483 किमी है।
- औसत ऊंचाई – समुद्र तट से 52 .73 मी. या 173 फीट
- समुद्र तट से दूरी लगभग 200 किमी. है।
- सोमेश्वर का किला भारत के बिहार राज्य की सबसे ऊँची चोटी है। यह पश्चिम चम्पारण जिले में स्थित है।
- सोमेश्वर किले की ऊंचाई 880 मीटर (2,890 फीट) है।
- उत्तर में नेपाल ,दक्षिण में झारखण्ड, पूर्व में पश्चिम बंगाल, पश्चिम में उत्तर प्रदेश की सीमाएं है।
- पश्चिमी चंपारण, पूर्वी चंपारण, सीतामढ़ी, मधुबनी, सुपौल, अररिया तथा किशनगंज नेपाल की सीमा से लगे जिले है।
- रोहतास, कैमूर, बक्सर, भोजपुर, सारण, सिवान, गोपालगंज तथा पश्चिमी चंपारण उत्तर प्रदेश की सीमा से लगे जिले है।
- किशनगंज, पूर्णिया तथा कटिहार पश्चिम बंगाल की सीमा से लगे जिले है।
- भागलपुर, बाँका, जमुई, नवादा, गया, औरंगाबाद, रोहतास तथा कटिहार

झारखंड की सीमा से लगे जिले है।

- 2011 की जनगणना के अनुसार बिहार की जनसंख्या 10,40,99,452 है।
- बिहार की जनसंख्या के दृष्टि से तीसरा स्थान है।
- बिहार में जिलों की संख्या 38 है।
- पश्चिमी चंपारण सबसे बड़ा जिला है।
- शेखपुरा सबसे छोटा जिला है।
- जमुई बिहार का सबसे दक्षिणी जिला है।
- पश्चिमी चंपारण बिहार का सबसे उत्तरी जिला है।
- किशनगंज बिहार का सबसे पूर्वी जिला है।
- कैमूर बिहार का सबसे पश्चिमी जिला है।

भौगोलिक संरचना एवं उच्चावच

भौगोलिक संरचना

- बिहार की भूगर्भीय संरचना का अध्ययन करने के लिए विभिन्न युगों में बनी चट्टानों का उपयोग किया जाता है। बिहार में संरचनात्मक दृष्टि से प्री-कैब्रियन काल से लेकर चतुर्थ काल तक की चट्टानें पायी जाती हैं। बिहार में पाई जाने वाली चट्टानों को 4 प्रमुख संरचनात्मक समूहों में रखा गया है-
    1. धारवाड़ चट्टान
    2. टर्शियरी चट्टान
    3. विंध्यन समूह की चट्टान
    4. क्वाटर्नरी चट्टान

धारवाड़ चट्टान

- प्री-कैब्रियन युगीन धारवाड़ चट्टान बिहार के दक्षिण-पूर्वी भाग में मुंगेर जिला के खड़गपुर पहाड़ी, जमुई, बिहारशरीफ, नवादा, राजगीर, बोधगया आदि क्षेत्रों में पाई जाती है।
- धारवाड़ चट्टानी क्रम में स्लेट, क्वार्टजाइट और फिलाइट आदि चट्टानें पाई जाती हैं। यह चट्टान जीवाश्म रहित होती है परंतु इसका आर्थिक महत्व काफी अधिक होता है।
- इन चट्टानों का निर्माण आर्कियन क्रम की चट्टानों के अपरदन व निक्षेपण से हुआ है| इसलिए ये अवसादी चट्टानें हैं|
- भारत में पायी जाने वाली समस्त चट्टानों में आर्थिक दृष्टि से यह सबसे अधिक महत्वपूर्ण चट्टान है। देश में उपलब्ध लगभग सभी धातुएं इन्हीं चट्टानों की देन हैं। ये धातुएं हैं-सोना, तांबा, लोहा, मैंगनीज जस्ता, टंगस्टन, क्रोमियम आदि।

टर्शियरी चट्टान

- यह चट्टाने बिहार के उत्तर पश्चिम भाग में पाई जाती है। जिसका विस्तार सोमेश्वर की पहाड़ी, दून घाटी तथा शिवालिक श्रेणी के मध्य हैं।
- टर्शियरी चट्टान में कंग्लोमेरेट, बालू तथा चूना पत्थर आदि के निक्षेप पाए जाते हैं। इसमें खनिज तेल के संचित भंडार हैं जिसका निर्माण टेथीस सागर के नीक्षेप के कारण हुआ है।

विंध्यन चट्टान

- विंध्यन चट्टानों का निर्माण भी प्री-कैम्ब्रियन युग में हुआ था। ये चट्टानें बिहार के दक्षिण पश्चिम भाग में पाई जाती हैं। जिसका विस्तार सोन नदी के उत्तर में कैमूर, रोहतास आदि क्षेत्रों में मिलता है।
- विंध्यन अनुक्रम की चट्टानें आमतौर पर जीवाश्म मुक्त होती हैं। कैमूर क्रम की चट्टानों में कार्बनिक पदार्थ की उपस्थिति वनस्पति जीवन के कुछ संकेत देती है।
- सासाराम में स्थित शेर शाह सूरी के मकबरे, सारनाथ के स्तूप, दिल्ली के लाल किले और जामा मस्जिद के निर्माण में विंध्यन की चट्टानों का उपयोग किया गया है।
- इसका नाम विंध्याचल के नाम पर रखा गया है। ये परतदार चट्टानें हैं जो पानी के जमाव से बनती हैं।

क्वार्टरनरी चट्टान

- क्वार्टरनरी चट्टानों का विकास प्लिस्टोसीन तथा हेलोसीन काल में हुआ है। इसका निर्माण तिथि सागर के अवशेष तथा गंगा और उसकी सहायक नदियों द्वारा लाए गए अवसादों के नीचे से हुआ है।
- क्वार्टरनरी चट्टानें गंगा के मैदानी भाग में पाई जाती हैं। बिहार का मैदान, गंगा के मैदान का ही एक भाग है। क्वार्टरनरी युग की चट्टान परतदार होती है जिसका निर्माण वर्तमान में भी जारी है। इस चट्टान का निर्माण जलोढ़, बालू, बजरी, पत्थर और कंग्लोमेरेट से बनी चट्टानों से हुआ है।

उच्चावच(भौतिक विशेषताएँ)

बिहार में पर्वतीय, पठारीय और मैदानीय सभी प्रकार की भू-आकृतियाँ उपलब्ध हैं। उच्चावच की दृष्टि से बिहार को हम तीन भागों में बांट सकते है-

1. हिमालय का पर्वतपदीय क्षेत्र (क्षेत्रफल- 932 वर्ग किमी)
2. गंगा का मैदानी भाग (क्षेत्रफल- 90,650 वर्ग किमी)
3. दक्षिण का पठारी भाग (क्षेत्रफल- 2,927 वर्ग किमी)

भौतिक बनावट और संरचना की दृष्टि से बिहार को तीन भागों में विभाजित कर सकते है:

1. उत्तर का शिवालिक पर्वतीय एवं तराई क्षेत्र

- यह बिहार के उत्तर-पश्चिम में स्थित एक छोटा सा क्षेत्र है, जिसका कुल क्षेत्रफल लगभग 932 वर्ग किमी है।
- यह शिवालिक पर्वतीय क्षेत्र हिमालय का तृतीय मोड़ माना जाता है। यह टर्शियरी भूसंचलन के परिणामस्वरूप बनता है।

इसे तीन उप-विभाजनों में बांट सकते है:

रामनगर दून श्रेणी

- यह छोटी-छोटी पहाड़ियों का एक क्रम है, जो 214 वर्ग किमी के क्षेत्र में फैला हुआ है। इसकी अधिकतम ऊंचाई 240 मीटर है। यह हरहा नदी घाटी के दक्षिण में स्थित है।

सोमेश्वर श्रेणी

- सोमेश्वर श्रेणी पश्चिम में त्रिवेणी नहर के सिरे से लेकर भिखनाठोरी तक लगभग 75 वर्ग किमी के क्षेत्र में फैली हुई है। बिहार के पश्चिमी चम्पारण जिले में सोमेश्वर की पहाड़ी स्थित है। इसकी सबसे ऊँची चोटी 874 मीटर ऊँची है।
- इस क्षेत्र में अनेक दर्रे हैं, जो नदियों के प्रवाह के कारण बने हैं। इनमें सुमेश्वर, भिखनाठोरी और मावत प्रमुख हैं। ये दर्रे बिहार और नेपाल के बीच सीमा रेखा बनाते हैं।

दून घाटी

- दून घाटी रामनगर दून और सोमेश्वर श्रेणी के बीच स्थित है और इसे हरहा नदी घाटी के रूप में भी जाना जाता है। यह लगभग 643 किलोमीटर लम्बा है और गंगा के जलोढ़ मैदान से कुछ ऊँचा है।

2. गंगा का विशाल मैदान

- यह 90,650 वर्ग किमी में फैला हुआ है, जो बिहार के कुल क्षेत्रफल का लगभग 96% है।
- यह गंगा और उसकी सहायक नदियों द्वारा लाई गई जलोढ़ मिट्टी से बना है

तथा इसका ढाल हर जगह एकसमान एवं मंद है, जो लगभग 6 सेमी प्रति किमी है।

- समुद्र तल से इसकी औसत ऊंचाई 60 से 120 मीटर के बीच है। इसकी औसत गहराई 1000 मीटर से 1500 मीटर के बीच है।
- गंगा नदी के इस मैदान को दो भागों में विभाजित किया जा सकता है- गंगा का उत्तरी मैदान और गंगा का दक्षिणी मैदान।

गंगा का उत्तरी मैदान

- गंगा के उत्तरी मैदान का क्षेत्र 56,980 वर्ग किलोमीटर है।
- इस मैदान का निर्माण गंगा तथा उसकी उत्तरी सहायक नदियों - घाघरा, गंडक, बूढ़ी गंडक, कोसी, महानंदा आदि द्वारा निक्षेपित अवसादों से हुआ है।
- नदी धाराओं के कारण बने दियारा, चौर व छाड़न विशिष्ट भू-आकृतियाँ भोजपुर, बक्सर, सारण, चंपारण, मुजफ्फरपुर, भागलपुर, मुंगेर, दरभंगा, पूर्णिया व सहरसा में प्रायः मिलते हैं।
- इस मैदान का ढाल उत्तर-पश्चिम से दक्षिण-पूर्व दिशा में है।
- दो नदियों के बीच स्थित क्षेत्र को दोआब क्षेत्र कहते हैं। इसमें घाघरा-गंडक दोआब, कोसी-गंडक दोआब, कोसी-महानंदा दोआब प्रमुख हैं।
- यह जलोढ़ पंखी का क्षेत्र है, जहाँ से नदियाँ मुड़कर अपना प्रवाह-पथ बदलती रही हैं। गंगा के उत्तरी मैदान व दक्षिणी मैदान का सीमावर्ती भाग अपेक्षाकृत ऊँचा है। इन उच्चभूमियों की संख्या पश्चिम में अधिक है। इस मैदान के पश्चिमी चम्पारण जिले में पहाड़ियों के निकटवर्ती भाग में आर्द्र तराई क्षेत्र है।
- गंगा के उत्तर के मैदानों को चार भागों में विभाजित किया जा सकता है-
    1. भाबर, तराई एवं उपतराई क्षेत्र- तराई क्षेत्र शिवालिक पर्वत श्रृंखला के नीचे पश्चिम से पूर्व की ओर एक संकीर्ण पट्टी के रूप में विस्तृत है। यह एक दलदली क्षेत्र है। यह सोमेश्वर पहाड़ी की तलहटी में 10-12 किलोमीटर चौड़ा कंकड़-रेत का भंडार है।
    2. भांगर या बांगर भूमि- बांगर क्षेत्र पुराना जलोढ़ निक्षेप का क्षेत्र है, जहाँ बाढ़ का पानी प्रतिवर्ष नहीं पहुँच पाता है। यह बिहार के उत्तरी-पश्चिमी मैदानी भागों में पाया जाता है।
    3. खादर भूमि- खादर भूमि नवीन जलोढ़ का एक विस्तृत क्षेत्र है। यह गंडक नदी और कोसी नदी के बीच फैली हुई है। यह क्षेत्र लगभग हर साल बाढ़ से प्रभावित होता है। यह भूमि अत्यन्त उपजाऊ है।
    4. चौर एवं मन- उत्तरी गंगा मैदान की निम्न भूमि, जो वर्षा के समय में पानी से भरा रहता है, 'चौर' कहलाती है। नदियों से बने गोखुर झीलों के रूप में पायी जाने वाली आकृति 'मन' कहलाती है।

गंगा का दक्षिणी मैदान

- यह क्षेत्र लगभग 33,670 वर्ग किमी के क्षेत्र में दक्षिणी बिहार में फैला हुआ है।
- इस मैदान की प्रमुख नदियाँ सोन, कर्मनाशा, पुनपुन और फल्गू व उनकी सहायक नदियाँ हैं। दक्षिण बिहार की नदियाँ सदावाहिनी (सदानीरा) नहीं हैं। यहाँ ढाल क्षेत्र में खादर के मैदान मिलते हैं।
- दक्षिण गंगा का मैदान मुख्यतः छोटानागपुर के पठार (झारखण्ड) से गंगा में प्रवाहित होने वाली नदियों के द्वारा लाई गई बलुई मिट्टी से बना है। इस मैदान का औसत ढाल दक्षिण से उत्तर की ओर है।
- इस भाग में गंगा प्राकृतिक कागार का निर्माण करती है। ये प्राकृतिक कागार अपने आस पास की भूमि से ऊँचे रहते हैं, जिसके कारण नदियाँ गंगा के समानांतर ही प्रवाहित होती हैं। पटना महानगर प्राकृतिक कागार पर बसा हुआ नगर है।
- गंगा के दक्षिणी मैदान को मुख्यतः तीन भागों में बांटा जा सकता है- सोन-गंगा दोआब, मगध का मैदान और अंग का मैदान।

3. दक्षिण का पठारी भाग

- दक्षिणी पठार क्षेत्र छोटानागपुर पठार की सीमा है।
- सोन नदी कैमूर के पठार को छोटानागपुर के पठार से अलग करती है।
- छोटानागपुर के उत्तरी सीमांत क्षेत्र में आर्कियन, नीस और ग्रेनाइट शामिल हैं जबकि कैमूर केरार में बलुआ पत्थर शामिल हैं।
- यह बिहार का सबसे पुराना भू-भाग है, जिसमें कैमूर का दक्षिणी भाग या रोहतास करार, गिरियक, नवादा, बांका की पहाड़ियाँ और मुंगेर का पहाड़ी क्षेत्र शामिल है।

कैमूर या रोहतास का पठार-

- कैमूर या रोहतास का पठार विंध्य पर्वतमाला का पूर्वी भाग है।
- जबलपुर (मध्य प्रदेश) से शुरू होकर रोहतास (बिहार) तक इसका विस्तार 483 किलोमीटर लम्बाई और अधिकतम 80 किलोमीटर चौड़ा है।
- कैमूर पठार की सतह अपरदित तथा ऊबड़-खाबड़ है।
- इस पठारी भाग की औसत ऊँचाई 300-450 मीटर के बीच है।
- इस पठार का सबसे ऊंचा भाग रोहतासगढ़ है, जिसकी ऊंचाई 495 मीटर है।
- सोन नदी इस पठार को छोटानागपुर पठार से अलग करती है।
- इस पठार में बलुआ पत्थर बहुतायत में पाया जाता है।

गया का पहाड़ी क्षेत्र-

- गया, औरंगाबाद और नवादा जिलों में अनेक पर्वत श्रृंखलाएँ पाई जाती हैं। ये पहाड़ियाँ मैदानी भागों में फैली हुई हैं।
- इनमें जेठियान, हिंदाज पहाड़ी, हल्दिया पहाड़ी प्रमुख हैं।
- गया शहर के चारों ओर रामशिला, प्रेतशिला, भूतशिला, कटारी, ब्रह्मयोनि पहाड़ियाँ स्थित हैं।
- इसी क्रम में बराबर एवं नागार्जुनी की पहाड़ियाँ जहानाबाद एवं गया जिले की सीमा पर स्थित हैं।

राजगीर-गिरियक पहाड़ी क्षेत्र-

- यह मुख्य रूप से नालंदा जिले में स्थित है। यह मूल रूप से गया की पहाड़ी श्रृंखला का विस्तार है।
- इन पहाड़ियों में वैभवगिरि, सोनागिरी, विपुलगिरी, रत्नागिरी, उदयगिरि और पीर की पहाड़ियाँ प्रमुख हैं।
- इन पहाड़ियों में सबसे ऊँची पहाड़ी वैभवगिरि है, जिसकी समुद्र तल से ऊँचाई 380 मीटर है।
- इन पहाड़ियों में कायांतरित चट्टान क्वार्टजाइट और स्लेट है।

नवादा-मुंगेर पहाड़ी क्षेत्र-

- नवादा-मुंगेर पहाड़ी श्रृंखला दक्षिण में नवादा जिले से शुरू होती है और उत्तर में गंगा नदी तक फैली हुई है, जिसमें कई पहाड़ी श्रृंखलाएँ स्थित हैं, जिनमें खड़गपुर पहाड़ी, गिद्धेश्वर पहाड़ी, सत पहाड़ी, शेखपुरा पहाड़ी, चकई पहाड़ी, बकिया पहाड़ी शामिल हैं।
- खड़गपुर पहाड़ी मुंगेर से जमुई तक फैली हुई है।
- यह त्रिकोणीय आकार का है और इसमें क्वार्टजाइट चट्टान की प्रधानता है।

भौगोलिक प्रदेश

बिहार को प्राकृतिक और सामाजिक-सांस्कृतिक तत्वों की समानता के आधार पर 10 भौगोलिक क्षेत्रों में विभाजित किया जा सकता है –

1. तराई प्रदेश-

- यह प्रदेश गंगा के उत्तरी मैदान में उत्तरी-पश्चिमी एवं उत्तरी-पूर्वी भाग में स्थित है।
- उत्तरी-पूर्वी तराई प्रदेश पूर्णिया, अररिया और किशनगंज तथा उत्तर-पश्चिम में तराई प्रदेश शिवालिक की सोमेश्वर श्रेणी और रामनगर दून की पहाड़ियों पर है।
- यह क्षेत्र बिहार का सर्वाधिक वर्षा वाला क्षेत्र है। इसमें 200 सेंटीमीटर तक वार्षिक वर्षा होती है।
- कृषि के लिए अच्छी भूमि है, जिसमें धान, जूट और गन्ने का अच्छा उत्पादन होता है।
- अधिक वर्षा के कारण यह क्षेत्र दलदली एवं घने वनों का क्षेत्र है।

2. घाघरा-गंडक दोआब-

- यह क्षेत्र 120 सेमी वार्षिक वर्षा वाला एक मैदानी क्षेत्र है।
- सारण, सिवान और गोपालगंज जिलों में फैला यह क्षेत्र समतल जलोढ़ मैदान है।
- यहाँ धान, मक्का, गेहूँ, गन्ना, तिलहन और दल्हन आदि का उत्पादन होता है।
- कृषि की दृष्टि से इस प्रदेश में कृषि से जुड़े उद्योग भी इस प्रदेश में हैं।
- गन्ने का उत्पादन अधिक होने से इस प्रदेश में चीनी उद्योग का और विकास हुआ है।

3. गंडक-कोसी दोआब-

- यह दोआब प्रदेश पूर्वी चंपारण, पश्चिमी चंपारण, सीतामढ़ी, शिवहर, दरभंगा, मुजफ्फरपुर, वैशाली, मधुबनी, बेगूसराय आदि जिलों में स्थित है।
- यहाँ उद्योगों की अधिकता होती है। चीनी उद्योग और फल प्रसंस्करण उद्योग यहाँ के प्रमुख उद्योग हैं।
- दरभंगा में आम, मुजफ्फरपुर में लीची और हाजीपुर में केला की बागबानी के लिए प्रसिद्ध है।
- धान, मक्का, गन्ना, गेहूँ, जौ, दलहन, तिलहन आदि इस प्रदेश की मुख्य फसल होती हैं। गन्ना, तंबाकू और लाल मिर्च यहाँ की प्रमुख नगदी फसल होती हैं।
- चीनी उद्योग के केंद्र चनपटिया, सुगौली, समस्तीपुर, मोतिहारी, बगहा आदि हैं।
- बरौनी इस प्रदेश का सबसे प्रसिद्ध औद्योगिक नगर होता है। यहाँ उर्वरक कारखाना, तेलशोधक कारखाना और ताप विद्युत केंद्र स्थित हैं।
- बरौनी और मुजफ्फरपुर में दुग्ध उद्योग का विकास हुआ है।

4. कोसी-महानंदा दोआब-

- पूर्णिया, अररिया, किशनगंज, मधेपुरा, खगड़िया और सहरसा जिले इस क्षेत्र में आते हैं।
- यहाँ अत्यधिक वर्षा होती है, जिसके कारण कोसी और उसकी सहायक नदियाँ हर साल बाढ़ लाती हैं।
- बाढ़ प्रभावित क्षेत्र होने के कारण यह क्षेत्र कृषि, उद्योग एवं परिवहन आदि की दृष्टि से अत्यंत पिछड़ा हुआ है।

5. कर्मनाशा-सोन दोआब-

- कर्मनाशा-सोन दोआब क्षेत्र में भोजपुर, रोहतास, कैमूर और बक्सर जिले आते हैं।
- यह कम वर्षा वाला क्षेत्र है, लेकिन सोन नदी पर बैराज बनाकर व्यवस्थित नहर प्रणाली विकसित की गई है।
- इस क्षेत्र में नहरों के माध्यम से सिंचाई की अच्छी व्यवस्था है।
- धान यहां की मुख्य फसल है। अन्य फसलों में गेहूँ, दलहन, तिलहन एवं आलू प्रमुख हैं।
- इस राज्य में कृषि आधारित उद्योगों की अपार संभावनाएं हैं।
- सबसे ज्यादा विकास इसी राज्य के राइस मिल में हुआ है।

6. सोन-किऊल दोआब-

- यह दक्षिण बिहार के मैदानी इलाकों में स्थित कम वर्षा वाला क्षेत्र है, जहाँ अक्सर सूखे की स्थिति रहती है।
- पटना, जहानाबाद, गया, नालंदा, औरंगाबाद, अरवल, लखीसराय और नवादा जिले इस क्षेत्र में आते हैं।
- यहाँ उगाई जाने वाली मुख्य फ़सलें धान, गेहूँ, चना, मसूर, कुसुम आदि हैं।
- पूर्वी सोन नहर प्रणाली द्वारा अरवल और औरंगाबाद की सिंचाई की जाती है।
- बिहारशरीफ और ओबरा में रेशम वस्त्र उद्योग, गया के मानपुर में हथकरघा उद्योग और कालीन उद्योग इस राज्य में विकसित हुए हैं।
- औरंगाबाद में सीमेंट उद्योग तथा खाद्य तेल उद्योग स्थापित हैं।

7. पूरब-मध्य बिहार का मैदान

- मुंगेर, बांका और भागलपुर जिले इस क्षेत्र के अंतर्गत आते हैं। इनमें से कुछ क्षेत्रों में बहुत कम विकास हुआ है।
- मुंगेर में बंदूक, तम्बाकू और दुग्ध उद्योग तथा भागलपुर में रेशम उद्योग का विकास हुआ है।
- यह क्षेत्र कृषि और उद्योग की दृष्टि से पिछड़ा हुआ है।
- धान, तिलहन और दलहन यहाँ की प्रमुख फसलें हैं।
- इस क्षेत्र में सिंचाई की उचित सुविधा उपलब्ध नहीं है। चन्दन, किऊल एवं बरुआ नदियों पर जलाशयों का निर्माण कर सिंचाई सुविधाओं का विकास किया गया है।

8. गंगा दियारा क्षेत्र

- गंगा दियारा क्षेत्र हर साल बाढ़ से प्रभावित होता है और बाढ़ के बाद दिखाई देने वाली भूमि को दियारा क्षेत्र कहा जाता है।
- यह नवीन जलोढ़ क्षेत्र है।
- यह क्षेत्र रबी फसलों और सब्जियों के उत्पाद के लिए प्रसिद्ध है।
- यहाँ की प्रमुख फसलें धान, तिलहन और दलहन हैं।
- चन्दन, किऊल एवं बरुआ नदियों पर जलाशयों का निर्माण कर सिंचाई सुविधाओं के लिए विकास किया गया है।

9. कैमूर पठार

- कैमूर पठार दक्षिण-पश्चिम बिहार के कैमूर और रोहतास जिलों में फैला हुआ है, जो विंध्याचल पर्वत का हिस्सा है।
- यह पठारी क्षेत्र लगभग 350 मीटर ऊँचा है, जिसका क्षेत्रफल 1200 वर्ग किलोमीटर है।
- इस क्षेत्र का उच्चतम बिंदु रोहतासगढ़ है जिसकी ऊंचाई 495 मीटर है
- अमझोर में पायराइट्स आधारित सल्फर उद्योग तथा बंजारी में चूना पत्थर आधारित सीमेंट उद्योग स्थापित है।
- धान, गेहूँ, जौ आदि यहाँ की मुख्य फसलें हैं। कैमूर के पठार में पायराइट्स एवं फास्फेट मिलते हैं।

10. अभ्रक प्रदेश

- यह मुख्य रूप से झारखंड के कोडरमा जिले की अभ्रक पट्टी है, जो बिहार के झाझा, जमुई, गया और नवादा पठारी क्षेत्रों तक फैली हुई है।
- कृषि में यहाँ धान, दलहन और तिलहन का उत्पादन होता है।
- यहाँ अभ्रक बलथर मिट्टी में मिश्रित पाया जाता है।
- इस क्षेत्र में लकड़ी, तसर (रेशम) और लाह का उत्पादन होता है।

जलवायु

- किसी स्थान के वातावरण की दशा को व्यक्त करने के लिए जलवायु का प्रयोग किया जाता है।
- कर्क रेखा बिहार के दक्षिण में स्थित है।

बिहार की जलवायु की प्रमुख विशेषताएं इस प्रकार हैं -

- बिहार की जलवायु आर्द्र उपोष्ण जलवायु है, जिसे उपोष्णकटिबंधीय जलवायु के रूप में भी जाना जाता है।
- मानसूनी वायु का यहाँ की जलवायु पर प्रभाव पड़ता है, अतः यह मानसूनी जलवायु का क्षेत्र है।
- बिहार की जलवायु को प्रभावित करने वाले कारकों में अक्षांश, समुद्र से दूरी, ऊंचाई और वर्षा की मात्रा आदि शामिल हैं।
- बिहार की जलवायु परिवर्तन को तीन भागों में वर्गीकृत किया गया है-

ग्रीष्म ऋतु (मार्च से मध्य जून तक)

- बिहार में ग्रीष्म ऋतु मुख्यतः मार्च से मध्य जून तक रहती है। मार्च के महीने में सूर्य की उत्तरायण स्थिति के कारण तापमान में वृद्धि होने लगती है तथा वायुदाब कम होने लगता है। मई में भीषण गर्मी शुरू हो जाती है, लेकिन जून के महीने में उच्च तापमान और नमी के कारण उमस भरी गर्मी होती है।
- दोपहर के बाद यहां धूल भरी आंधी चलती है, जिसकी रफ्तार करीब 15 किलोमीटर प्रति घंटा है।
- बिहार में जून के महीने में चक्रवाती तूफान या नॉरवेस्टर के कारण उच्च वर्षा होती है, जिसे 'काल बैसाखी' के रूप में जाना जाता है।
- ग्रीष्म ऋतु में गर्म एवं शुष्क पवनों अथवा लू के कारण राज्य के पश्चिमी एवं मैदानी क्षेत्रों का तापमान अधिक बढ़ जाता है।
- बिहार का सबसे गर्म स्थान गया है, जहाँ का तापमान 47°C तक रहता है।

वर्षा ऋतु (मध्य जून से मध्य अक्टूबर)

- बिहार में वर्षा ऋतु का आगमन दक्षिण-पश्चिम मानसून द्वारा होता है। बिहार में बारिश 8 जून से पूर्वी क्षेत्रों में और 15 जून तक पश्चिमी क्षेत्रों में शुरू हो जाती है।
- जुलाई के महीने में बिहार के मैदानी भागों का औसत तापमान लगभग 34°C तक रहता है। बंगाल की खाड़ी से आने वाली तूफान से निम्न दाब के कारण मैदानी क्षेत्रों का औसत तापमान 30°C तक रहता है।
- बिहार में दक्षिण-पश्चिम मानसून का प्रभाव अक्टूबर तक रहता है, इसीलिए राज्य में मध्य जून से अक्टूबर तक की अवधि को वर्षा ऋतु या मानसून काल कहा जाता है।
- बिहार में, किशनगंज जिले में अधिकतम वर्षा (205 सेमी) और औरंगाबाद जिले में सबसे कम (101 सेमी) होती है।
- बिहार में औसत वार्षिक वर्षा लगभग 120 सेमी होती है।

शीत ऋतु (मध्य अक्टूबर से फरवरी)

- बिहार में शीत ऋतु का आगमन नवंबर से फरवरी तक रहता है। अक्टूबर के मध्य में मानसून की वापसी के बाद भी हवा में नमी अधिक रहती है। बिहार में सबसे ठंडा समय मध्य दिसंबर से जनवरी तक होता है।
- बिहार में शीत ऋतु में जनवरी के महीने में क्षेत्र का तापमान 7.5°C से 10°C के बीच रहता है।
- बिहार में शीत ऋतु में औसत तापमान 16°C रहता है जबकि जनवरी माह में न्यूनतम 4°C से 10°C रहता है।
- बिहार में उत्तर के पहाड़ी तराई और दक्षिण के पठारी क्षेत्रों में पाला पड़ता है, जिससे फसलों को अधिक नुकसान होता है।
- शीत ऋतु में बंगाल की खाड़ी से तूफानी मौसमी दशाएं विकसित होने के कारण तीन या चार बार पर्याप्त वर्षा होती है। जिसके फलस्वरूप आकाश में बादल छाए रहते हैं वहीं बारिश के कारण दिन के तापमान में कमी आ जाती है। इससे ठंड और बढ़ जाती है।

वर्षा का वितरण

बिहार में वर्षा का वितरण इस प्रकार हैं-

- बिहार में वर्षा का वितरण असमान है। इस विषमता का मुख्य कारण उच्चावच में अन्तर तथा समुद्र से बढ़ती दूरी है। यहां 100 सेंटीमीटर से 200 सेंटीमीटर तक वर्षा होती है।
- अधिकांश वर्षा राज्य के उत्तर पूर्वी भाग जैसे किशनगंज और उत्तर पश्चिमी भाग जैसे पश्चिम चंपारण में प्राप्त होती है।
- दक्षिण बिहार के मैदान में उत्तर बिहार की तुलना में वर्षा कम होती है। दक्षिणी बिहार के नवादा, गया, औरंगाबाद, रोहतास एवं कैमूर जिले कम वर्षा ग्रहण करनेवाले जिले हैं।
- ग्रीष्मकालीन मानसूनी वर्षा के अतिरिक्त जाड़े में भी बिहार में वर्षा होती है। जनवरी-फरवरी में मैदानी क्षेत्रों में पछुआ विक्षोभ के कारण वर्षा होती है, जो रबी फसल के लिए लाभदायक है। यह वर्षा शीतोष्ण चक्रवात से होती है, जिसकी उत्पत्ति भूमध्यसागर में होती है।

मिट्टी

- मिट्टी पृथ्वी की सतह की सबसे ऊपरी सतह है, जो पृथ्वी की सतह के मूल चट्टानों के टूटने, बिखरने और भौतिक, रासायनिक और जैविक परिवर्तनों से बनती है।
- बिहार के लगभग 90% क्षेत्रफल पर जलोढ़ मिट्टी पाई जाती है, जो गंगा नदी के उत्तर और दक्षिण के जलोढ़ मैदान में नदियों द्वारा लाए गए अवसादों से निर्मित है।
- यहां की मिट्टी में क्वार्टरज, फेल्सपार, अभ्रक, लौह अयस्क, कैल्साइट तथा डोलोमाइट आदि खनिज तत्वों के दिखता है।
- निर्माण प्रक्रिया की दृष्टि से बिहार की मिट्टियों की मुख्यतः दो प्रधान कोटियां- जलोढ़ मिट्टी एवं अवशिष्ट मिट्टी पाई जाती है।
- बिहार सरकार के कृषि अनुसंधान विभाग के अनुसार बिहार की मिट्टी को मुख्यतः तीन श्रेणियों में बांटा गया है:
  1. उत्तर बिहार के मैदान की मिट्टी
  2. दक्षिण बिहार के मैदान की मिट्टी
  3. दक्षिणी सीमान्त पठार की मिट्टी

उत्तर बिहार के मैदान की मिट्टी

- इस क्षेत्र की मिट्टी का निर्माण गंडक, बूढ़ी गंडक, महानंदा, कोसी और सरयू नदियों द्वारा लाये गये निक्षेपण अवसादों के कारण हुआ है।
- इसलिए, उत्तर बिहार के मैदान की मिट्टी को आगे विभिन्न प्रकारों में

विभाजित किया जाता है:

उप हिमालय पर्वतपदीय मिट्टी

- यह मिट्टी बिहार के उत्तर पश्चिम में सोमेश्वर रेंज के क्षेत्रों में पाई जाती है।
- इस मिट्टी की पैदावार मध्यम होती है। इस मिट्टी में आर्द्रता एवं कार्बनिक पदार्थ की अधिकता पायी जाती है, यहाँ मुख्यतः धान, मक्का और जौ जैसी फसलें उगाई जाती हैं।
- इन क्षेत्रों में वर्षा की अधिकता के कारण दिन का गठन हल्का होता है और इसमें नमी की अधिकता होती है, यहाँ की मिट्टी का रंग हल्का भूरा या पीला होता है।

तराई मिट्टी

- तराई क्षेत्र की मिट्टी का निर्माण शिवालिक पहाड़ियों से प्राप्त अवसादी पदार्थों के जमाव से हुआ है।
- बिहार में तराई मिट्टी पश्चिम चंपारण से किशनगंज तक भारत नेपाल सीमा के 3-8 किलोमीटर के इलाके में पाई जाती है।
- यह मिट्टी धान, पटसन और गन्ने आदि फसलों के लिए उपयुक्त होती है।
- यह भूरे से पीले रंग का और प्रतिक्रिया में मध्यम से मध्यम अम्लीय होता है।
- तराई मिटटी मे चूने की पर्याप्त मात्रा पाई जाती है। यही कारण है कि इस मिट्टी की उर्वरता मध्यम होती है।

खादर या नवीन जलोढ़ मिट्टी

- नवीन जलोढ मिट्टी के नाम से जानी जाने वाली मिट्टी, जो हर साल बाढ़ के बाद गंगा, गंडक, कोसी, महानंदा आदि नदियों के द्वारा बची हुई अवसादों से निर्मित होती है। इसे नवीन जलोढ़ मिट्टी या खादर मिट्टी के नाम से भी जाना जाता है।
- इस मिट्टी का विस्तार गंगा घाटी, गंडक, बूढ़ी गंडक, कोसी तथा महानंदा की निचली घाटी में मिलता है।
- नवीन जलोढ़ मिट्टी में चुनेदार पदार्थों की कमी होती है। इसमें मुख्यत: बालू, रेत और चिकनी मिट्टी के जमाव होते हैं।
- इस मिट्टी का रंग गहरे भूरे और काले होता है और इसमें चीका की अधिकता होती है व नाइट्रोजन की कमी होती है। जिससे इसमें नमी अधिक होती है।
- यह मिट्टी धान और गेहूं की खेती के लिए अत्यंत उपयुक्त है।

बलसुंदरी मिट्टी या पुरानी जलोढ़ मिट्टी

- यह मिट्टी पुरानी जलोढ़ से निर्मित उच्च भूमि में पाई जाती है जो नदी की बाढ़ से ऊपर होती है। इसका विकास वहाँ होता है जहाँ बाढ़ का पानी प्रतिवर्ष नहीं पहुंचता है।
- यह मिट्टी तराई क्षेत्रों के दक्षिण में, कोसी क्षेत्र में पूर्णिया एवं सहरसा के जिलों में सबसे ज्यादा पाई जाती है।
- पुरानी जलोढ़ मिट्टी में चूने और पोटाश की मात्रा अधिक होती है लेकिन फास्फोरस, नाइट्रोजन और ह्यूमस की कमी होती है। इस मिट्टी की उर्वरा शक्ति अधिक होती है।
- इस मिट्टी में समुचित सिंचाई करके गन्ना, मक्का, धान, जूट एवं गेहूं जैसी अच्छी फसल प्राप्त की जा सकती है। यह मिट्टी क्षेत्र आम, लीची और केले की खेती के लिए सबसे प्रसिद्ध है।

दक्षिण बिहार के मैदान की मिट्टी

- इस प्रकार की मिट्टी गंगा नदी तथा छोटानागपुर पठार के बीच पाई जाती है और इसका निर्माण सोन, पुनपुन और फल्गु नदियों द्वारा निक्षेपित जलोढ़ के कारण हुआ है।
- इन मिट्टियों के उप प्रकार हैं-
- कगारी मिट्टी
    - गंगा के दक्षिणी तट पर सोन, फल्गु तथा किऊल नदियों के किनारे प्राकृतिक तटबंध पर सँकरी पट्टी के रूप में मोटी जलोढ़ मिट्टी विकसित हो गई है।
    - इस मिट्टी को सरसों, हरी सब्जियां, मक्का और मिर्च आदि की खेती के लिए उपयुक्त माना जाता है।
    - कगारी मिट्टी में चूना प्रमुख होता है, जो बनावट में हल्का और भूरे रंग का होता है।
- करैल-केवाल मिट्टी
    - यह मिट्टी के विस्तार का सबसे अधिक हिस्सा बक्सर, भोजपुर, औरंगाबाद, जहानाबाद, रोहतास, पटना, मुंगेर तथा भागलपुर जिलों में पाई जाती है।
    - यह दक्षिणी बिहार की एक पुरानी जलोढ़ मिट्टी है।
    - इसका रंग गहरा भूरा एवं पीला होता है।
    - इसमें उच्च जल धारण क्षमता और उपजाऊ शक्ति होती है।
    - इस मिट्टी में क्षारीय एवं अम्लीय गुण अत्यंत संतुलित रूप में पाये जाते हैं।
    - धान, गेहूँ, बाजरा और अरहर इस मिट्टी की मुख्य फ़सलें हैं।
    - इस मिट्टी को भांगर मिट्टी के नाम से भी जाना जाता है।
- टाल मिट्टी
    - गंगा नदी के दक्षिणी तट पर पटना से भागलपुर तक 8-10 किमी की पट्टी में यह बाढ़ के मैदान की मिट्टी पाई जाती है।
    - टाल भूमि का क्षेत्र है, जो वर्षाकाल में जल-प्लावित रहता है।
    - यह भूरे रंग की मोटे दानों वाली मिट्टी है। इसमें दोमट व चिक्का की प्रधानता होती है।
    - यह मिट्टी दालों के उत्पादन के लिए प्रसिद्ध है।
- बलथर मिट्टी
    - यह मिट्टी छोटानागपुर पठार के मिलन क्षेत्र तथा गंगा के दक्षिण के मैदानी भाग में पायी जाती है।
    - इस मिट्टी का विस्तार कैमूर से भागलपुर तक 5 से 15 किलोमीटर की संकरी पट्टी के रूप में मिलता है।
    - इसे लाल-पीली मिट्टी के नाम से भी जाना जाता है। इस मिट्टी में हल्के कंकड़ पाए जाते हैं तथा इसमें लाल रंग की अधिकता भी होती है।
    - इस मिट्टी की प्रकृति अम्लीय होती है।
    - यह मिट्टी पानी सोखने में सक्षम है। इस मिट्टी में लोहे के अंश पाए जाते हैं।
    - अत्यधिक अपरदन के कारण इस मिट्टी में कृषि की सम्भावना कम होती है।
    - इस मिट्टी में मुख्यतः मक्का, ज्वार, बाजरा, आलू आदि की फसलें उगाई जाती हैं।

दक्षिणी सीमान्त पठार की मिट्टी

- इस क्षेत्र की मिट्टी दक्षिण-पश्चिम में बक्सर से दक्षिण-पूर्व में बांका तक फैली हुई है।
- दक्षिणी सीमान्त पठार की मिट्टी का रंग लाल व पीला होता है।
- बिहार के दक्षिणी पठारी भाग में दो प्रकार की मिट्टी पायी जाती है-
- लाल बलुई मिट्टी
    - इस मिट्टी में बालू का प्रतिशत अधिक होता है जो इसे कम उपजाऊ बनाता है।
    - इस मिट्टी में उगाई जाने वाली मुख्य फसलें ज्वार, बाजरा, मक्का, मडुआ आदि हैं।

- यह मिट्टी कैमूर तथा रोहतास के पठारी क्षेत्रों में पायी जाती है।
- यह मिट्टी लाल बलुआ पत्थर, शैल और चूना पत्थर जैसी चट्टानों के अपघटन से बनी है। इसलिए इस मिट्टी का रंग लाल होता है।

- लाल और पीली मिट्टी
  - लाल और पीली मिट्टी का निर्माण नीस, शिस्ट और ग्रेनाइट चट्टानों के टूटने से होता है।
  - लाल और पीली मिट्टी बिहार के दक्षिण पूर्व में बांका, जमुई, मुंगेर, नवादा, गया और औरंगाबाद जिलों के पठारी क्षेत्र में पाई जाती है।
  - चट्टान में लोहे की मात्रा अधिक होने के कारण इस मिट्टी का रंग लाल होता है।
  - इस मिट्टी में पोषक तत्वों तथा ह्यूमस की कमी होती है। इसलिए इस मिट्टी की उर्वरता कम होती है।
  - इस मिट्टी में मुख्य रूप से मोटे अनाज, दालें आदि उगाई जाती है।

वन एवं वन्य जीव-जन्तु

वन

- वर्तमान(2023) में बिहार राज्य में लगभग 7,381 वर्ग किमी. के क्षेत्र में प्राकृतिक वन क्षेत्र अधिसूचित हैं जो कि राज्य के भौगोलिक क्षेत्र का 7.84 % है।
- ये प्राकृतिक वन पश्चिम चम्पारण, कैमूर, रोहतास, औरंगाबाद, गया, जहानाबाद, नवादा, नालंदा, मुंगेर, बांका और जमुई जिलों में फैले हुए हैं। पश्चिमी चंपारण को छोड़कर उत्तर बिहार में प्राकृतिक वन नहीं हैं।
- बिहार की प्राकृतिक वनस्पति में पर्णपाती किस्म के वनों की बहुलता है।
- वर्षा के असमान वितरण के कारण यहाँ आर्द्र एवं शुष्क दोनों प्रकार के वन पाए जाते हैं।
- शिवालिक के तराई क्षेत्र में पश्चिमी चंपारण जिले में प्राकृतिक साल वन पाए जाते हैं। इसके अलावा दक्षिण बिहार में कैमूर, रोहतास, औरंगाबाद, गया, जमुई, मुंगेर और बांका जिलों में साल के वन बहुतायत में पाए जाते हैं।
- बिहार में वनों की सुरक्षा को ध्यान में रखते हुए इसे तीन वर्ग में बाँटा गया है-

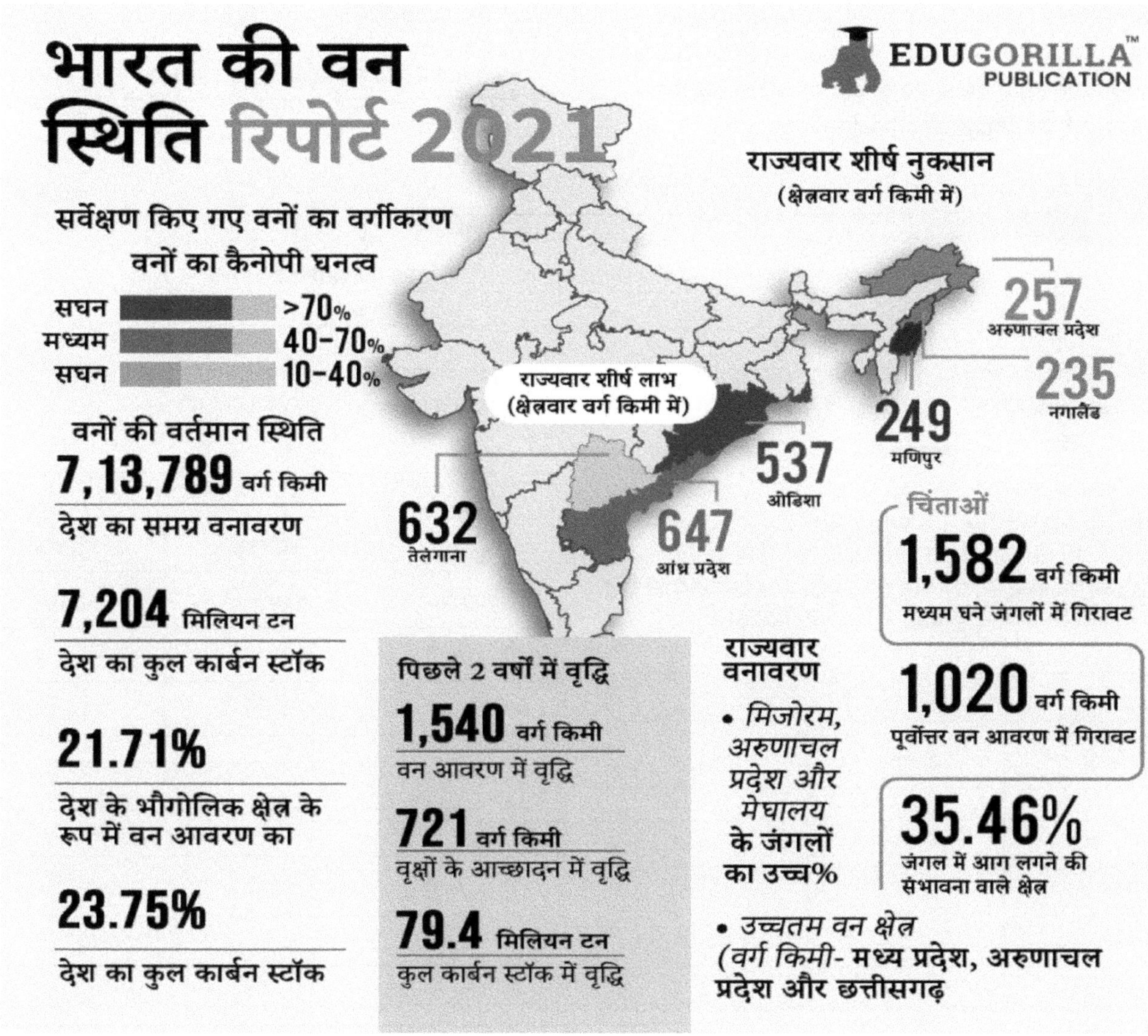

सुरक्षित वन, आरक्षित वन, अवर्गीकृत वन।

- सुरक्षित वन वह वन है, जिसमें पशुओं को चराने तथा लकड़ी काटने की अनुमति नहीं होती है। आरक्षित वन वैसे वन को कहते हैं, जिसमें पशुओं को चराने एवं सीमित मात्रा में लकड़ी काटने एवं चुनने की अनुमति सरकार द्वारा दी जाती है। अवर्गीकृत वन में पशुओं को चराने तथा लकड़ी काटने के लिए सरकार द्वारा कोई प्रतिबंध नहीं लगाया जाता है, लेकिन इसके लिए शुल्क लिया जाता है।
- भारतीय वन स्थिति रिपोर्ट (आईएसएफआर) हर 2 साल में वन सर्वेक्षण देहरादून द्वारा प्रस्तुत की जाती है। यह रिपोर्ट भारतीय वन सर्वेक्षण द्वारा 1987 से प्रस्तुत की जा रही है। 2021 की वन रिपोर्ट 17वीं वन रिपोर्ट है।
- राज्य में सुरक्षित वन क्षेत्र 3208.47 वर्ग किलोमीटर है और राज्य में गैर सुरक्षित वन क्षेत्र 76.3 वर्ग किलोमीटर है।
- बिहार में पर्णपाती वन पाए जाते हैं, सदाबहार वन नहीं पाए जाते हैं।
- हम बिहार में वनों को निम्न प्रकार से वर्गीकृत कर सकते हैं:

आर्द्र पर्णपाती वन

- आर्द्र पर्णपाती वन उन स्थानों पर पाये जाते हैं जहाँ वार्षिक वर्षा 120 सेमी से अधिक होती है।
- बिहार में इस प्रकार के वन तराई क्षेत्र तथा सोमेश्वर एवं दून क्षेत्र में मिलते हैं।
- इन वनों के प्रमुख वृक्षों में साल, अशोक, बेंत, आम, जामुन आदि हैं।
- आर्द्र पर्णपाती वनों को दो श्रेणियों में विभाजित किया गया है-

सोमेश्वर एवं दून श्रेणी के वन

- ये वन मुख्य रूप से पश्चिमी चंपारण में पाए जाते हैं। यहाँ वर्षा की मात्रा 160 सेमी से अधिक है।
- शाल, शीशम, खैर, सेमल, तून आदि ऊँची भूमि तथा पहाड़ी ढालों पर पाये जाने वाले इस वन के मुख्य वृक्ष हैं।
- अधिक ऊँचाई के कारण इन क्षेत्रों में सवाना प्रकार की वनस्पति भी विकसित हुई है।

तराई क्षेत्र के वन

- तराई क्षेत्र के उत्तर-पश्चिमी तथा उत्तर-पूर्वी भागों में यह वन पाया जाता है।
- इस वन की मुख्य वनस्पति बांस, सवाई, घास, नरकट, झाड़ियाँ, हाथी घास आदि हैं। इस प्रकार की वनस्पति निम्न दलदली भूमि में पाई जाती है।
- यह वन पूर्णिया, सहरसा, अररिया एवं किशनगंज जिलों में संकरी पट्टी के रूप में मिलता है।

शुष्क पर्णपाती वन

- शुष्क पर्णपाती वन उन क्षेत्रों में पाए जाते हैं जहाँ वार्षिक वर्षा 120 सेमी से कम होती है।
- शीशम, महुआ, खैर, पलाश, आसन, आंवला, अमलतास, आबनूस आदि इस वन के प्रमुख वृक्ष हैं।
- इस प्रकार की वनस्पति बिहार के पूर्वी मध्य भाग एवं दक्षिणी पठार के पश्चिमी भाग में विकसित हुई है। इस प्रकार के वन कैमूर, रोहतास, गया, औरंगाबाद, नवादा, जमुई, शेखपुरा और बांका जिलों के शुष्क पठारी क्षेत्र में पाए जाते हैं।

बिहार की प्राकृतिक वनस्पति

- **आर्द्र पर्णपाती वन**
  - (1) सोमेश्वर एवं दून श्रेणी के वन
  - (2) तराई क्षेत्र के वन
- **शुष्क पर्णपाती वन**
  - (1) पूर्वी - मध्यवर्ती क्षेत्र के वन
  - (2) दक्षिणी पठार के पश्चिमी क्षेत्र वाले वन

बिहार में वन आवरण

- भारत वन स्थिति रिपोर्ट 2021 के अनुसार बिहार का वनावरण 7380.79 वर्ग किमी है। जो बिहार के कुल भौगोलिक क्षेत्रफल का 7.84% है।
- 2019 की रिपोर्ट की तुलना में बिहार में वन क्षेत्र में 75 वर्ग किमी की वृद्धि हुई है। यह पिछली रिपोर्ट की तुलना में 1.03% की वृद्धि है।

क्षेत्रफल के अनुसार सर्वाधिक वन आवरण वाले जिले

जिले	क्षेत्रफल	प्रतिशत
कैमूर	1051.56 km^2	31.56%
पश्चिम चम्पारण	903.34 km^2	17.28%
रोहतास	669.91 km^2	17.26%

क्षेत्रफल के अनुसार सबसे कम वन आवरण वाले जिले

जिले	क्षेत्रफल	प्रतिशत
शेखपुरा	1.19 km^2	31.56%
अरवल	4.14 km^2	0.65%
जहानाबाद	4.43 km^2	0.48%

प्रतिशत के अनुसार सर्वाधिक वन आवरण वाले जिले

जिले	प्रतिशत
कैमूर	31.56%
जमुई	21.34%
नवादा	20.72%

प्रतिशत के अनुसार सबसे कम वन आवरण वाले जिले	
जिले	प्रतिशत
शेखपुरा	0.17%
बक्सर	0.35%
सिवान	0.35%

बिहार में वनावरण में शीर्ष जिलें		
वर्ग	शीर्ष जिलें	क्षेत्रफल
बहुत घने वन (VDF)	पश्चिम चम्पारण	249.34 km^2
माध्यम वर्ग से घने वन (MDF)	पश्चिम चम्पारण	548.47 km^2
खुला वन (OF)	कैमूर	531.73 km^2

बिहार में वन एवं वृक्षावरण			
वर्ग	क्षेत्रफल 2021	प्रतिशत	वृद्धि
वनावरण	7381 km^2	7.84%	75 km^2
वृक्षावरण	2341 km^2	2.18%	338 km^2
कुल	**9722 km^2**	**10.02%**	**413 km^2**

वन संपदा

- वनों से हमें जो उत्पाद प्राप्त होते हैं, उन्हें वन सम्पदा कहते हैं।
- बिहार राज्य में वनों के कई प्रकार के प्रमुख और गौण उत्पाद प्राप्त होते हैं।
- ये उत्पाद इस प्रकार हैं-

प्रमुख उत्पाद

शाल

- यह वृक्ष मुख्य रूप से पहाड़ी ढलानों और तराई क्षेत्रों में पाया जाता है।
- यह एक मूल्यवान लकड़ी है, जो कठोर और टिकाऊ होती है।
- शाल का उपयोग घरों, फर्शों, फर्नीचर, रेलवे कोचों और पटरियों आदि के निर्माण में किया जाता है और शाल के बीजों का उपयोग तेल निकालने के लिए भी किया जाता है।

शीशम

- यह वृक्ष मुख्य रूप से बिहार के दक्षिण-पूर्वी भाग में पाया जाता है।
- शीशम की लकड़ी चिकनी और नुकीली होती है, जिसका उपयोग ज्यादातर फर्नीचर बनाने में किया जाता है।

सेमल

- सेमल की लकड़ी हल्की, मुलायम और सफेद रंग की होती है।
- यह पेड़ उत्तरी बिहार के तराई क्षेत्र में पाया जाता है।
- जिसका इस्तेमाल ज्यादातर खिलौनों की पैकिंग और निर्माण में किया जाता है।

तून

- बिहार के पहाड़ी ढलानों पर तून के पेड़ पाए जाते हैं।
- मजबूत होने के कारण तून की लकड़ी का उपयोग फर्नीचर, घरेलू सामान, खिलौना उद्योग आदि में किया जाता है।

अन्य

- इसके अलावा नीम, कटहल, आम, बरगद, पीपल, बांस आदि भी महत्वपूर्ण वृक्ष हैं।
- फलों के साथ घरेलू उपयोग के लिए आम के पेड़ से लकड़ी प्राप्त की जाती है।
- पीपल और नीम के उत्पाद औषधियों के निर्माण में प्रयोग किए जाते हैं।

गौण उत्पाद

- तसर/मलवरी/रेशम मुख्य रूप से बिहार के भागलपुर जिले में उत्पादित किया जाता है। भागलपुर जिले में अर्जुन के पेड़ पर पाले गए रेशम के कीड़ों से तसर का उत्पादन होता है।
- कपास, लाख, महुआ आदि वृक्षों के बीजों से तेल उत्पन्न होता है। इस तेल का उपयोग औषधि के रूप में होता है।
- लाख का उत्पादन लैसिफर/लक्का या लाख के कीड़े से होता है। बिहार में झारखण्ड के सीमावर्ती जिलों में इसका उत्पादन होता है। लाख का कीड़ा कुसुम या पलास के पेड़ों पर पाला जाता है। यह चूड़ी और छड़ी उद्योग में प्रयोग किया जाता है।

वन उत्पादों पर आधारित उद्योग

- बिहार वन उत्पादों पर बहुत अधिक निर्भर है। इनमें आरा मिल उद्योग सर्वाधिक मात्रा में है।

उद्योग	केंद्र
सिजीनींग एवं गत्ता उद्योग	समस्तीपुर, दरभंगा
पलाईवुड उद्योग	हाजीपुर, बेतिया, पटना, मुजफ्फरपुर
कत्था उद्योग	बेतिया
रेशम उद्योग	भागलपुर

वन नीति

- स्वतंत्र भारत की प्रथम वन नीति 1952 ई. में बनाई गई थी। 1952 से 1980 के दशक में भारत में वनों का इतना विनाश हुआ कि राष्ट्रीय स्तर पर नई वन नीति बनाना आवश्यक हो गया।
- 1988 ई. में नई वन नीति की घोषणा हुई।
- राष्ट्रीय वन नीति, 1988 के अनुसार किसी राज्य के कुल क्षेत्रफल का 33.33 प्रतिशत भाग वनों से आच्छादित होना चाहिए।
- बिहार मूल रूप से मैदानी राज्य है, इसलिए राष्ट्रीय वन नीति के अनुसार बिहार के कुल क्षेत्रफल के 22 प्रतिशत भाग पर वन होना पर्यावरण की सुरक्षा के लिए अनिवार्य है।
- बिहार के कुल भौगोलिक क्षेत्रफल का केवल 7.84 प्रतिशत भाग वन है। इस दृष्टि से बिहार पूरी तरह से पर्यावरण असंतुलन की स्थिति में है। इसलिए वन विस्तार के उद्देश्य को ध्यान में रखते हुए सरकार द्वारा अनेक कार्य किए जा रहे हैं।

वानिकी कार्यक्रम के उद्देश्य

- बंजर भूमि पर वन विकास के लिए 1000 वर्ग किलोमीटर भूमि चिन्हित की गई है।

- कुल परती भूमि के एक तिहाई भाग पर वन विकास किया जाना है।
- सरकारी एवं निजी संस्थाओं की खाली पड़ी भूमि पर वृक्षारोपण किया जाना है।
- सार्वजनिक स्थानों, सड़कों आदि के किनारे वृक्षारोपण किया जाना है।
- सामाजिक वानिकी पर जोर दिया जाना है।

हरियाली मिशन के उद्देश्य

- हरियाली मिशन कृषि विकास योजना का एक अंग है। इसका उद्देश्य 2017 ईस्वी तक राज्य के वनावरण को 7.21 प्रतिशत से बढ़ाकर 15 प्रतिशत करना है, अर्थात 2012-17 ईस्वी के बीच 4.60 लाख हेक्टेयर भूमि पर वृक्षारोपण करना है।
- वर्षा जल संचयन विकास के अन्तर्गत 2000 वर्ग किलोमीटर वन क्षेत्र में मृदा एवं नमी संरक्षण कार्य, जिसमें 1000 वर्ग किलोमीटर निम्नीकृत वन क्षेत्र में वृक्षारोपण कर पुनर्वास कार्य किया जाना है।
- कृषि वानिकी के माध्यम से किसानों की आय बढ़ाना है।
- गरीबी रेखा से नीचे जीवन यापन करने वाले परिवारों को रोपित वृक्षों का पट्टा देकर जीविकोपार्जन का साधन उपलब्ध कराना एवं गरीबी उन्मूलन में सहयोग करना है।
- राज्य में वन उत्पादों की उपलब्धता में वृद्धि कर घरेलू आवश्यकता को पूरा करने में सहायता प्रदान की जानी है।
- कच्चे माल की आपूर्ति को मजबूत कर वनोपज आधारित उद्योगों का विस्तार करना है और राज्य के औद्योगीकरण को बढ़ावा देना है।
- राज्य में पारिस्थितिक संतुलन स्थापित करके जलवायु परिवर्तन के नकारात्मक प्रभाव को कम करना है।
- वृक्षारोपण विशेष रूप से तटबंधों, नहरों और सड़कों के किनारे तथा कृषि के अनुपयोगी भूमि पर किया जाना चाहिए।

कृषि (अन्य प्रजाति) वानिकी योजना

- हरियाली मिशन को सफल बनाने के लिए किसानों के सहयोग से कृषि वानिकी कार्यक्रम चलाया जा रहा है।
- इसके तहत अगले 5 साल में 3.6 करोड़ पॉप्लर और अन्य प्रजातियों के 2.4 करोड़ पेड़ यानी कुल 6 करोड़ पेड़ लगाने का लक्ष्य रखा गया है।
- इस योजना में शामिल किसानों को बरसात के मौसम में मुफ्त पौधे प्रदान किए जाते हैं।
- पौधों की देखभाल के लिए किसानों को प्रोत्साहन राशि भी दी जाती है। किसानों को प्रोत्साहन के रूप में प्रथम वर्ष में 15 रुपये प्रति पेड़, दूसरे वर्ष में 10 रुपये प्रति पेड़ और तीसरे वर्ष में 10 रुपये प्रति पेड़ दिया जाता है।
- इस योजना में 2 मीटर × 2 मीटर या 3 मीटर × 3 मीटर की दूरी पर वृक्षारोपण किया जाता है।

कृषि (पॉप्लर ई.टी.पी.) वानिकी योजना

- हरियाली मिशन, पर्यावरण एवं वन विभाग, बिहार द्वारा 'कृषि वानिकी योजना' (पॉप्लर ई.टी.पी.) उद्यमियों/किसानों/भू-स्वामियों द्वारा अपनी भूमि पर पॉप्लर के पौधे लगाने के लिए है।
- इसका उद्देश्य किसानों के खेतों में चिनार की खेती को बढ़ावा देना, रोजगार के अवसर प्रदान करना, राज्य के किसानों का आर्थिक सशक्तिकरण और वनोपज आधारित उद्योगों को कच्चा माल उपलब्ध कराकर औद्योगीकरण को बढ़ावा देना है।
- इस योजना में भाग लेने वाले उद्यमियों/किसानों/लाभार्थियों को पर्यावरण एवं वन विभाग की स्थानीय पौधशालाओं से पॉप्लर के पौधे निःशुल्क उपलब्ध कराये जाते हैं।
- पॉप्लर रोपण के लिए न्यूनतम 10 फीट ऊंचाई और 2.5 इंच गोलाई के पौधे रोपण के लिए उपलब्ध कराए जाते हैं।
- पॉप्लर ई.टी.पी. के लाभार्थी को पौधरोपण व देखभाल की तकनीकी जानकारी और प्रशिक्षण दिया जाता है।

मुख्यमंत्री निजी पौधशाला योजनान्तर्गत पॉप्लर नर्सरी' योजना

- मुख्यमंत्री निजी पौधशाला योजनान्तर्गत हरियाली मिशन द्वारा उद्यमियों/किसानों/भूमि स्वामियों द्वारा अपनी भूमि पर पॉप्लर पौधशाला स्थापना योजना संचालित की जा रही है।
- योजना में भाग लेने वाले लाभार्थियों/किसानों को पॉप्लर की यह कटिंग निःशुल्क प्रदान की जाती है। हितग्राहियों को प्रति एकड़ 10000 (दस हजार) कटिंग प्रदान की जाती है।
- इससे पॉप्लर के पौधों का उत्पादन होता है, जिसे विभाग द्वारा पूर्व निर्धारित दर पर वापस खरीद लिया जाता है।
- इस योजना का उद्देश्य कम समय में अधिक से अधिक पौधे तैयार करना, किसानों के खेतों में पॉप्लर रोपण को बढ़ावा देना, ग्रामीणों को रोजगार के अवसर प्रदान करना है।
- हरियाली मिशन के अंतर्गत पौधों के जीवित रहने के आधार पर कुल 3 किस्तों में निर्धारित राशि दी जाती है। 20 प्रतिशत की पहली किस्त मार्च माह में दी जाती है। 30 प्रतिशत की दूसरी किस्त अक्टूबर माह में दी जाती है। 50 प्रतिशत की तीसरी किस्त दिसंबर माह में दी जाती है।
- कृषि वानिकी योजना के तहत अगले 5 वर्षों में कुल 360.9 लाख पॉप्लर के पौधे रोपे जाएंगे।

मुख्यमंत्री निजी पौधशाला (अन्य प्रजातियों के लिए) योजना

- इस योजना का उद्देश्य अधिक से अधिक वृक्षारोपण के लिए उच्च गुणवत्ता वाले पौधे तैयार करना और ग्रामीणों को रोजगार के अवसर प्रदान करना है।
- नर्सरी की स्थापना के लिए किसानों को आवश्यक सहायता दी जाती है। इसमें विभिन्न प्रजातियों के पौधे तैयार किए जाते हैं।

वृक्ष संरक्षण योजना

- इस योजना के तहत गरीबी रेखा से नीचे के परिवारों को पौधरोपण स्थल के समीप ग्रामीणों से 20 पेड़ आवंटित करने का निर्णय लिया गया है।
- यह योजना ग्रामीण क्षेत्रों में अधिसूचित वन भूमि के अतिरिक्त वर्ष 2005-06 में किये गये सभी वृक्षारोपण तथा उसके बाद सड़क किनारे, नदी तट, नदी तटबंध सहित शासकीय भूमि पर लागू है।
- वृक्षपाल (चयनित हितग्राहियों) को सामान्यतः 20 वृक्षों की एक इकाई 30 वर्ष की अवधि के लिये दी जायेगी, परन्तु निर्धारित संख्या के इच्छुक पात्र आवेदन नहीं होने पर एक से अधिक (अधिकतम 4) इकाई आवंटित की जायेगी।
- 30 वर्ष की अवधि की समाप्ति पर वृक्षों के शोषण के पश्चात् प्राप्त लकड़ी पर वृक्षपाल का पूर्ण अधिकार होगा।
- समय पर फसल कटने के उपरान्त उसी भूमि पर वृक्षपाल द्वारा पुनः पौधरोपण किया जायेगा तथा सामान्य परिस्थितियों में उसी हितग्राही को अगले 30 वर्षों तक इकाई आवंटित की जायेगी।

मुख्यमंत्री छात्र वृक्षारोपण योजना

- विद्यालयों में पर्यावरण संरक्षण कार्यक्रम को लोकप्रिय बनाने के उद्देश्य से प्रदेश के सभी मान्यता प्राप्त सरकारी एवं अशासकीय विद्यालयों में कक्षा 6 में पढ़ने वाले विद्यार्थियों को इस योजना में शामिल किया गया है।

मृदा एवं जल संरक्षण योजना

- इस योजना के तहत पहाड़ों पर मिट्टी के कटाव को रोकने के लिए विभिन्न संरचनाएं बनाई जाती हैं और पहाड़ों की ढलानों पर पानी जमा किया जाता है।

- इस योजना में नालंदा, मुंगेर, गया, बेतिया, बांका, जमुई, कैमूर, औरंगाबाद और रोहतास वन प्रमंडलों को शामिल किया गया है।
- हरियाली मिशन के तहत राज्य में वानिकी अनुसंधान, जैसे बीज संग्रह, उपचार, अच्छे पेड़ों की पहचान, टिशू कल्चर लैब की स्थापना, प्रदर्शन प्लॉट निर्माण, मिट्टी परीक्षण, जलवायु परिवर्तन को ध्यान में रखते हुए विभिन्न कृषि जलवायु क्षेत्रों के लिए उपयुक्त वृक्ष प्रजातियों का चयन। विभागीय कार्यक्रमों एवं वनरोपण कार्यों की प्रचलित प्रक्रियाओं में परिवर्तन विषय पर शोध कार्य कराने की योजना है।
- इसके लिए राज्य सरकार(आईसीएफआरई) द्वारा पॉप्लर, रोजवुड, सैलिक्स, मेलिया, यूकेलिप्टस आदि कृषि वानिकी की प्रजातियों पर सहमति से शोध कार्य किया जा रहा है।
- पर्यावरण और वन विभाग की पहल पर भारतीय वानिकी अनुसंधान और शिक्षा परिषद (आईसीएफआरई) हल्द्वानी, पंतनगर और झांसी में निःशुल्क प्रशिक्षण देती है। किसानों को नर्सरी एवं कृषि वानिकी के अंतर्गत लगाए जाने वाले पौधों की विभिन्न प्रजातियों के मानक के संबंध में प्रशिक्षण दिया जाता है।

हर परिसर, हरा परिसर योजना

- राज्य के सभी जिलों में विभिन्न प्रकार के परिसरों जैसे स्कूल, कॉलेज, धार्मिक संस्थान, कार्यालय, क्लब, सोसायटी और अन्य सरकारी और गैर-सरकारी परिसरों को इस योजना में शामिल किया गया है।
- किसी संस्था या परिसर को न्यूनतम 50, अधिकतम 1000 पौधे निःशुल्क प्रदान किए जाते हैं।
- वितरित या रोपित किये जाने वाले पौधों पर चयनित संस्थाओं का पूर्ण अधिकार होता है।

राज्य वन विकास अभिकरण

- वन विकास एवं नियोजन के उद्देश्य से समस्त योजनाओं का क्रियान्वयन भारत सरकार द्वारा संयुक्त वन प्रबन्धन के अन्तर्गत ग्राम वन प्रबन्धन एवं सुरक्षा समिति द्वारा अपने कोष से किया जायेगा।
- सरकार ने राज्य के प्राकृतिक वनों में आम लोगों की भागीदारी से संयुक्त वन प्रबंधन प्रणाली के माध्यम से वानिकी का विकास, संरक्षण और संवर्धन करने का निर्णय लिया है। इसके लिए राज्य में सोसायटी पंजीकरण अधिनियम के तहत 10 वानिकी विकास एजेंसियों का गठन किया गया है।
- वन विकास अभिकरणों ने पर्यावरण संरक्षित क्षेत्रों के लिए ग्राम स्तरीय संयुक्त वन प्रबंधन समितियों एवं विकास समितियों का पंजीकरण किया है।
- वर्तमान में राज्य वन विकास अभिकरण के अन्तर्गत निम्नलिखित कार्यक्रम एवं योजनाएँ क्रियान्वित की जा रही हैं-

1. राष्ट्रीय वनीकरण योजना -

इस योजना के तहत, राष्ट्रीय वनीकरण और पारिस्थितिकी विकास बोर्ड, पर्यावरण, वन और जलवायु परिवर्तन मंत्रालय, भारत सरकार द्वारा 100 प्रतिशत वित्त पोषण प्रदान किया जाता है।

2. ग्रीन इंडिया मिशन-

- इस योजना में राज्य के चार चयनित क्षेत्रों के विकास के लिए बहुआयामी परिप्रेक्ष्य योजना तैयार की गई है।
- ये चार क्षेत्र हैं- अघौरा (कैमूर), धरहरा (मुंगेर), बांका (बांका) और इमामगंज (गया)।

3. तसर खाद्य वृक्षारोपण कार्यक्रम-

- तसर खाद्यान्न रोपण कार्यक्रम का संचालन बिहार सरकार के उद्योग विभाग द्वारा मुख्यमंत्री तसर विकास परियोजना के अन्तर्गत किया जा रहा है।
- इस योजना के तहत अगले 5 वर्षों में 5100 लाख रुपये के व्यय से 8030 हेक्टेयर वन क्षेत्र में तसर खाद्य पौधे का रोपण किया जाना है।
- बिहार सरकार के पर्यावरण एवं वन विभाग के प्रचार एवं जनसंपर्क विभाग द्वारा प्रतिवर्ष 11 महत्वपूर्ण वन दिवस आयोजित करने का निर्णय लिया गया है। ये वन दिवस इस प्रकार हैं-

क्रम संख्या	महत्त्वपूर्ण दिवस	तिथि
1.	विश्व आर्द्र भूमि (Wetland) दिवस	2 फरवरी
2.	विश्व वानिकी दिवस	21 मार्च
3.	विश्व प्रवासी पक्षी दिवस	द्वितीय सप्ताह (मई)
4.	विश्व जैव विविधता दिवस	22 मई
5.	विश्व पर्यावरण दिवस	5 जून
6.	वन महोत्सव	जुलाई-सितंबर
7.	बिहार पृथ्वी दिवस	9 अगस्त
8.	विश्व ओजोन दिवस	16 सितंबर
9.	वन्य प्राणी सप्ताह	02-09 अक्तूबर
10.	विश्व पशु कल्याण दिवस	4 अक्तूबर
11.	डॉल्फिन दिवस	5 अक्तूबर

वन्य जीव-जंतु एवं संरक्षण

- भारतीय वन्यजीव बोर्ड भारत में वन्यजीव संरक्षण योजनाओं के कार्यान्वयन और दिशा के लिए शीर्ष संगठन है। इसके अध्यक्ष प्रधानमंत्री होते हैं।
- वन्य जीवन (संरक्षण) अधिनियम, 1972 वन्य जीवन की सुरक्षा और लुप्तप्राय प्रजातियों की सुरक्षा के लिए दिशा-निर्देश देता है। इसके द्वारा दुर्लभ और लुप्तप्राय प्रजातियों के व्यापार पर प्रतिबंध लगा दिया गया है।
- वर्तमान में बिहार में एक राष्ट्रीय उद्यान और 12 वन्यजीव अभयारण्य हैं।
- वाल्मीकि राष्ट्रीय उद्यान, राज्य का एकमात्र राष्ट्रीय उद्यान, पश्चिम चंपारण में स्थित है, जिसे 1989 ई. में स्थापित किया गया था। इस पार्क में बाघ, काला भालू, गैंडा, जंगली कुत्ता, जंगली भैंसा, तेंदुआ, हिरण आदि संरक्षित हैं।
- विक्रमशिला गंगा डॉल्फिन अभयारण्य में डॉल्फ़िन की आबादी लगभग 240 से 500 के बीच है।
- भीमबांध वन्यजीव अभयारण्य में तेंदुआ, भालू, सांभर, जंगली सूअर, भेड़िया, बंदर, लंगूर, नीलगाय आदि संरक्षित हैं।
- राज्य सरकार ने वन्य जीवों, जल पक्षियों और पर्यावरण के संरक्षण के लिए 13 इको-सेंसिटिव जोन चिन्हित किए हैं।वन्य जीव अभ्यारण्य की सीमा से दो किमी तक के वन क्षेत्र को पर्यावरणीय संवेदनशील क्षेत्र (Eco Sensitive Zone) में शामिल किया गया है।
- गया में गौतम बुद्ध वन्य जीव अभ्यारण्य स्थित है, जिसमें तेंदुआ, हिरण, चीता, सांभर, चीतल आदि पाए जाते हैं।
- ये पर्यावरणीय संवेदनशील क्षेत्र इस प्रकार हैं-
  1. नागी बाँध पक्षी अभयारण्य, जमुई
  2. नकती बाँध पक्षी अभयारण्य, जमुई
  3. वाल्मीकि वन्यजीव अभयारण्य, पश्चिम चंपारण
  4. वाल्मीकि राष्ट्रीय उद्यान, पश्चिम चंपारण

5. वाल्मीकि टाइगर रिजर्व, पश्चिम चंपारण
6. कुशेश्वर स्थान पक्षी अभयारण्य, दरभंगा
7. गौतम बुद्ध वन्यजीव अभयारण्य, गया
8. भीमबाँध वन्यजीव अभयारण्य, मुंगेर
9. विक्रमशिला गंगा डॉल्फिन अभयारण्य, भागलपुर
10. उदयपुर वन्यजीव अभयारण्य, पश्चिम चंपारण
11. पंत वन्यजीव अभयारण्य, राजगीर, नालंदा
12. बरैला झील पक्षी अभयारण्य, वैशाली
13. कैमूर वन्यजीव अभयारण्य, कैमूर और रोहतास

बिहारके प्रमुख वन्य जीव अभ्यारण एवं जैविक उद्यान				
वन्य जीव अभ्यारण्य का नाम	स्थान	क्षेत्रफल (वर्ग किमी)	स्थापना	जीव/मुख्य तथ्य
वाल्मीकि राष्ट्रीय उद्यान	पश्चिम चंपारण	335.64	1978 ई०	यह राष्ट्रीय उद्यान बिहार का एकमात्र राष्ट्रीय उद्यान है। जीव- रॉयल बंगाल टाइगर्स, उड़ने वाली लोमड़ी, गैंडे, बाइसन आदि।
भीम बाँध वन्य जीव अभ्यारण्य	मुंगेर	682	1976 ई०	जीव- तेंदुआ, भालू, सांभर, जंगली सूअर, भेड़िया, लंगूर, बंदर, नीलगाय, मगरमच्छ , सांप, मोर आदि।
गौतम बुद्ध वन्य जीव अभ्यारण	गया	259	1976 ई०	जीव- चीता, सांभर, तेंदुआ, हिरण और चीतल आदि।
कैमूर वन्य जीव अभ्यारण्य	कैमूर, रोहतास	1505	1979 ई०	कैमूर वन्य जीव अभ्यारण बिहार का सबसे बड़ा अभ्यारण है। यह सोन नदी के किनारे स्थित है। जीव- भेड़िया, चीतल, लंगूर, ब्लैक बक, नील गाय, चिंगारा, बाघ, चीते, हाइना, जंगली सुअर, स्लॉथ बीयर आदि।
नकटी डैम वन्य जीव अभ्यारण्य	जमुई	2.07	1984 ई०	जीव- कोयल, मैना, गौरैया, गिलहरी, तोता, तेंदुए, जंगली बिल्ली, चिंकारा, चीतल आदि।
पंत (राजगीर) वन्य जीव अभ्यारण्य	नालंदा	35.84	1978 ई०	जीव- भेड़, गाय, भालू, बंदर, भारतीय अजगर इत्यादि पाए जाते हैं।
उदयपुर वन्य जीव अभ्यारण्य	पश्चिमी चंपारण	8.74	1978 ई०	जीव- चीता, सांभर, हिरन, भालू आदि।
वाल्मीकि वन्य जीव अभ्यारण्य	पश्चिमी चंपारण	898.45	1978 ई०	जीव- बाघ, स्लॉथ बीयर, भेड़िए, हिरण, सीरो, चीते, अजगर, पीफोल, चीतल, सांभर, नील गाय, चीते, हाइना, भारतीय सीवेट, जंगली बिल्लियां, हॉग डीयर, जंगली कुत्ते, बंदर, एक सींग वाले राइनोसिरोस तथा भारतीय भैंस
संजय गाँधी जैविक उद्यान	पटना	0.62	1973 ई०	यह जैविक उद्यान गेंडा प्रजनन की दृष्टि से देश में प्रथम स्थान रखता है। इस उद्यान में 11 कमरों का एक सांप घर भी है जो कि विशेष आकर्षण का केंद्र माना जाता है।
रजौली वन्य जीव अभ्यारण्य	नवादा	27.27	1985 ई०	जीव- भालू, सांभर, लकड़बग्गा आदि।
विक्रमशिला गंगा डॉल्फिन अभ्यारण	भागलपुर	60	1991 ई०	यह अभ्यारण भारत में पहला डॉल्फिन अभ्यारण है। पर्यावरण और वन मंत्रालय ने राष्ट्रीय एक्वाटिक पशु के रूप में 18 मई 2010 को गंगा नदी डॉल्फिन अधिसूचित किया।
कावर झील पक्षी विहार	बेगुसराय	67.5	1987 ई०	कावर झील पक्षी विहार में 59 प्रकार के प्रवासी पक्षी और 108 प्रकार के देशी पक्षी पाए जाते हैं। जिसमें साइबेरियन क्रेन मुख्य है।
बरैला झील सालिम अली पक्षी अभ्यारण	वैशाली	1.92	1997 ई०	इसमें 59 प्रकार के प्रवासी और 106 प्रकार के देशी पक्षी पाए जाते हैं। जीव- चीता, हिरन, भालू, सांभर, आदि।

कुशेश्वर अस्थान पक्षी वन्य जीव अभ्यारण्य	दरभंगा	29.21	1994 ई०	कुशेश्वर पक्षी अभ्यारण उत्तर भारत का सबसे बड़ा पक्षी अभ्यारण है। जाड़े के समय में साइबेरियन पक्षी यहां आते हैं।
गोगाबिल पक्षी विहार	कटिहार	217.99	1990 ई०	इस पक्षी विहार में धनुष आकार की झील है जिसका नाम गोगा बिल है। जीव- लालसिर वाले ग्रीन, पोर्टचाई स्पाटबिल, टीलकूट, बहूमणि हंस, लालसर, श्वंजन, चाहा, क्रेन, आइविस, डक, अंधिगा आदि पक्षी
बक्सर पक्षी विहार	बक्सर	25	1976 ई०	अक्टूबर माह में ' लालशर' नामक पक्षी कश्मीर से यहाँ प्रवास कर आते हैं जो मार्च में पुनः कश्मीर की वादियों में लौट जाते हैं।

कृषि

- कृषि एक ऐसी गतिविधि है जिसमें प्राकृतिक संसाधनों का उपयोग करके फसलों और पशुओं को उत्पादित करने का काम किया जाता है।
- कृषि उत्पादों में अक्सर फसल, फल, सब्जियां, अनाज, फसलों से प्राप्त होने वाले तेल, चीनी, घास आदि शामिल होते हैं।
- बिहार कृषि-प्रधान राज्य है, जहाँ 86 प्रतिशत जनसंख्या कृषि पर निर्भर है।
- समतल उपजाऊ मैदान, जलोढ़ दोमट मिट्टी, प्रचुर मात्रा में उपलब्ध जल संसाधन एवं मानव संसाधन की बहुलता ने कृषि क्षेत्र को राज्य अर्थव्यवस्था का महत्त्वपूर्ण क्षेत्र बना दिया है।
- खनिज संसाधनों की कमी होने से आधारभूत उद्योगों के विकास की संभावना सीमित है। इसके कारण भी कृषि क्षेत्र का महत्त्व बढ़ जाता है।

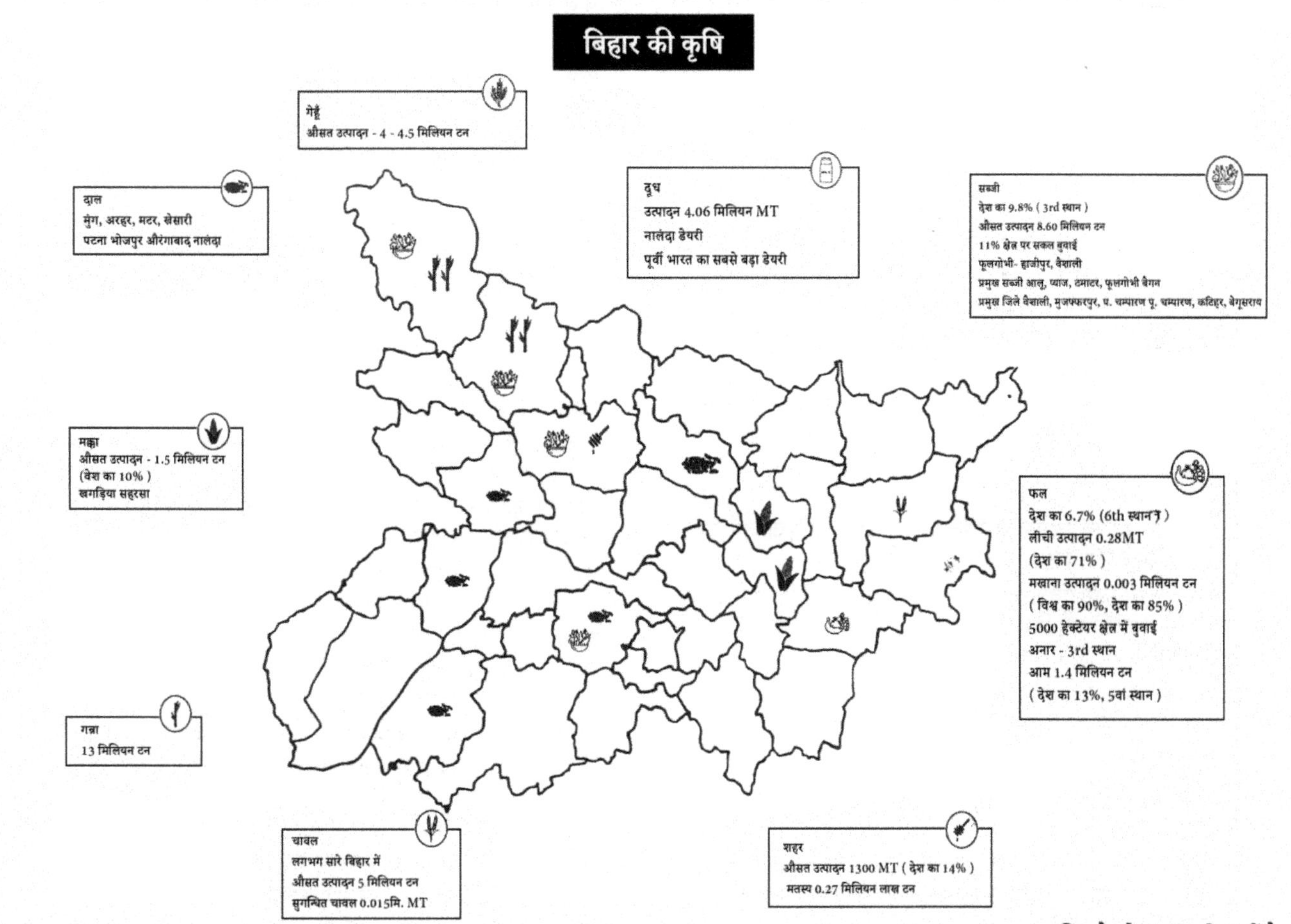

मानचित्र पैमाने पर आधारित नहीं है।

- भारत के कुल खाद्यान्न उत्पादन का 6.6 प्रतिशत उत्पादन बिहार करता है।
- राज्य के कुल सकल घरेलू उत्पादन का 24 प्रतिशत हिस्सा कृषि क्षेत्र से प्राप्त होता है।
- बिहार में कृषि उत्पादन का मुख्य ध्येय है अनाज उत्पादन, जिसमें धान, गेहूं, जौ, मक्का, अरहर दाल, मसूर दाल, उड़द दाल, मूंग दाल और चना आदि शामिल होते हैं।
- इनके अलावा, फलों और सब्जियों की खेती भी बिहार में अहम रूप से की जाती है।

भूमि उपयोग प्रतिरूप

- भूमि उपयोग प्रतिरूप का अर्थ होता है कि जमीन का उपयोग कैसे किया जाता है। यह एक महत्वपूर्ण विषय है जो कि किसी भी देश या क्षेत्र के विकास में एक महत्वपूर्ण भूमिका निभाता है।
- बिहार भूमि उपयोग प्रतिरूप के बारे में कुछ महत्वपूर्ण बिंदुओं की संक्षिप्त जानकारी निम्नलिखित है:
- बिहार भूमि उपयोग प्रतिरूप भूमि के उपयोग और विकास से संबंधित सभी नियमों, विधियों, और निर्देशों का एक संग्रह है।
- यह उन लोगों के लिए उपयोगी होता है जो अपनी भूमि को विकसित करना चाहते हैं या उन लोगों के लिए भी उपयोगी होता है।
- बिहार का अधिकांश भाग मैदानी है, जिस पर जनसंख्या का अत्यधिक दबाव है। कृषि क्षेत्र में परंपरागत साधनों का प्रयोग होता रहा है। इस कारण बिहार में जीवन निर्वाह कृषि का विकास हुआ है।

बिहार में भूमि उपयोग प्रतिरूप के विकास पर कई कारकों का प्रभाव पड़ा है, जो निम्नलिखित हैं:

1. उच्चावच
2. जलवायु
3. वर्षा
4. मानवीय क्रिया-कलाप
    - दक्षिण बिहार, विशेषकर सीमांत पठारी क्षेत्रों में पठारी, पहाड़ी, ऊबड़-खाबड़ भूमि के कारण कृषि भूमि का विस्तार कम हुआ है।
    - इन क्षेत्रों में वन एवं चरागाह भूमि अधिक है।
    - वर्षा की मात्रा कम होने से दक्षिणी भागों, विशेषकर औरंगाबाद, गया, नवादा जिले में बंजर भूमि अधिक है।
    - दक्षिण-पश्चिम बिहार में सोन नहर सिंचाई योजना के विस्तार होने से कृषि भूमि के अंतर्गत क्षेत्रफल में वृद्धि हुई है।

कृषि संयोजन प्रदेश

- कृषि या फसल संयोजन का तात्पर्य फसल के उस समूह से है, जो वर्ष विशेष में किसी क्षेत्र विशेष में उपजाया जाता है।
- कृषि या फसल संयोजन प्रदेश के निर्धारण में सांख्यिकी की विधि का प्रयोग सर्वप्रथम अमेरिकी विद्वान् विभर ने 1954 ई. में किया था। बाद में डोई ने 1959 में इसका प्रयोग किया था।
- बिहार कृषि संयोजन क्षेत्र (BACR) भारत का एक ऐसा क्षेत्र है जो अपनी कृषि उत्पादकता और क्षमता के लिए जाना जाता है।

BACR पर कुछ महत्वपूर्ण बिंदु यहां दिए गए हैं:

- स्थान: BACR भारत के पूर्वी भाग में, बिहार राज्य में स्थित है। इसका क्षेत्रफल लगभग 93,000 वर्ग किलोमीटर है।
- मिट्टी: BACR में मिट्टी अत्यधिक उपजाऊ है, जो इसे फसलों की एक विस्तृत श्रृंखला की खेती के लिए उपयुक्त बनाती है। यह क्षेत्र चावल, गेहूं, गन्ना और मक्का के उत्पादन के लिए जाना जाता है।
- सिंचाई: इस क्षेत्र में एक अच्छी तरह से विकसित सिंचाई प्रणाली है, जो कृषि उत्पादकता के लिए महत्वपूर्ण है। BACR में सिंचाई के मुख्य स्रोत नहरें, नलकूप और तालाब हैं।
- जलवायु: बीएसीआर में गर्म गर्मी और ठंडी सर्दियों के साथ एक उपोष्णकटिबंधीय जलवायु है। इस क्षेत्र में प्रति वर्ष लगभग 1200 मिमी की औसत वर्षा होती है, जो कृषि गतिविधियों के लिए पर्याप्त है।
- कृषि पद्धतियाँ: BACR में किसान विभिन्न प्रकार की कृषि पद्धतियों का उपयोग करते हैं, जिनमें इंटरक्रॉपिंग, फ़सल रोटेशन और मिश्रित खेती शामिल हैं। वे आधुनिक कृषि तकनीकों का भी उपयोग करते हैं जैसे उच्च उपज वाली किस्में, मशीनीकृत खेती और बेहतर सिंचाई तकनीक।
- चुनौतियाँ: अपनी कृषि क्षमता के बावजूद, BACR को कई चुनौतियों का सामना करना पड़ता है, जिनमें मिट्टी का क्षरण, जलभराव और कीट और बीमारियाँ शामिल हैं। इसके अलावा, यह क्षेत्र बाढ़ और सूखे जैसी प्राकृतिक आपदाओं की चपेट में है।
- महत्व: BACR भारत में एक महत्वपूर्ण कृषि क्षेत्र है, जो देश की खाद्य सुरक्षा में महत्वपूर्ण योगदान देता है। यह क्षेत्र लाखों किसानों और कृषि श्रमिकों के लिए आजीविका का एक महत्वपूर्ण स्रोत भी है।
- जनसांख्यिकी: BACR की जनसंख्या मुख्य रूप से ग्रामीण है, जिसमें कृषि मुख्य व्यवसाय है। यह क्षेत्र भोजपुरी, मगही और मैथिली लोगों सहित कई स्वदेशी समुदायों का घर है।
- पशुधन: फसल उत्पादन के अलावा, बीएसीआर में पशुधन पालन भी एक महत्वपूर्ण आर्थिक गतिविधि है। मवेशी, भैंस, बकरियां और मुर्गे इस क्षेत्र में पाले जाने वाले सामान्य प्रकार के पशुधन हैं।
- कृषि अनुसंधान: भारतीय कृषि अनुसंधान परिषद (ICAR) ने BACR में कई शोध संस्थान स्थापित किए हैं, जिनमें राजेंद्र कृषि विश्वविद्यालय और केंद्रीय चावल अनुसंधान संस्थान शामिल हैं। ये संस्थान फसल सुधार, मृदा प्रबंधन और कृषि के अन्य पहलुओं पर शोध करते हैं।

कृषि प्रदेश

- "कृषि प्रदेश" का अर्थ होता है एक ऐसा क्षेत्र जो कृषि उत्पादन के लिए विशेष रूप से उपयुक्त होता है। इसमें विभिन्न कारक शामिल होते हैं जैसे मौसम, मिट्टी, जलवायु, जैव विविधता, इत्यादि। ऐसे क्षेत्रों में खेती अधिक सफल होती है और उत्पादकों को बेहतर लाभ प्राप्त होता है।
- बिहार में फसल संयोजन प्रदेश (फसल साहचर्य) का निर्धारण 10 फसलों के आधार पर हुआ है।
- इनमें चार दलहनी फसल खेसारी, मसूर, मूँग एवं चना है। तीन खाद्यान्न फसल धान, गेहूँ तथा मक्का, दो नकदी फसल जूट एवं गन्ना तथा एक सब्जी फसल आलू है।
- बिहार में कृषि क्षेत्रों का वर्गीकरण अनुभवजन्य और सांख्यिकीय विधियों के आधार पर किया गया है।
- परमेश्वर दयाल और अयोध्या प्रसाद ने कृषि क्षेत्र का निर्धारण करने के लिए अनुभवजन्य पद्धति का उपयोग किया है।
- इसके आधार पर, दयाल ने अविभाजित बिहार को 57 कृषि क्षेत्रों में विभाजित किया था, जबकि अयोध्या प्रसाद ने बिहार को 5 कृषि क्षेत्रों में विभाजित किया है।
- प्रो. इनायत अहमद ने सांख्यिकीय पद्धति का उपयोग करते हुए 1959 में बिहार को 12 कृषि क्षेत्रों में विभाजित किया और आर.एल. सिंह ने इसे 7 कृषि क्षेत्रों में विभाजित किया।
- कृषि वैज्ञानिकों ने फसलों की विविधता के आधार पर बिहार को चार कृषि क्षेत्रों में विभाजित किया है। ये चार कृषि क्षेत्र इस प्रकार हैं:
- एक फसली कृषि प्रदेश: जिन जिलों में केवल एक फसल (धान) उगाई जाती है, उन्हें एक फसली कृषि क्षेत्र कहा जाता है। प्रदेश के मधुबनी जिले को इसी श्रेणी में रखा गया है। यद्यपि यहां दलहन और तिलहन की भी खेती

की जाती है, लेकिन जिले के एक प्रतिशत से भी कम कृषि क्षेत्र पर इनकी खेती की जाती है। जिले के अधिकांश क्षेत्र में धान की खेती होती है।

- दो फसली कृषि प्रदेश: इसमें दो प्रमुख फसलें उगाई जाती हैं। इसके अंतर्गत धान-गेहूँ, धान-मक्का, धान-जूट या गेहूँ-मक्का आदि फसल समूह उगाए जाते हैं। इन दोनों फसल कृषि क्षेत्रों में मैदानी कृषि क्षेत्र आते हैं। पूर्णिया जिले को दो फसली कृषि क्षेत्रों की श्रेणी में रखा गया है।
- तीन फसली कृषि प्रदेश: जिन कृषि क्षेत्रों में तीन प्रमुख फसलों को शामिल किया जाता है उन्हें तीन फसल कृषि क्षेत्रों की श्रेणी में रखा जाता है।
- बिहार में धान के साथ-साथ इस कृषि क्षेत्र में गेहूँ, मक्का, जूट और खेसारी दो प्रमुख फ़सलें उगाई जाती हैं। इन फसलों को मिट्टी के प्रकार और विभिन्न क्षेत्रों की जलवायु विशेषताओं के आधार पर बोया जाता है।
- पूरे भारत को 15 विभिन्न कृषि-जलवायु क्षेत्रों में विभाजित किया गया है। बिहार भारत के कृषि जलवायु क्षेत्र-4 में आता है। इस कृषि जलवायु क्षेत्र में मध्य गंगा मैदान का क्षेत्र आता है।
- चार फसली कृषि प्रदेश: इस कृषि क्षेत्र में चार फसलें बोई जाती हैं। भागलपुर के सभी क्षेत्रों में धान मुख्य फसल है, लेकिन यह मक्का, गेहूं और ज्वार से चौगुनी है। सारण में धान भी मुख्य फसल है और अन्य तीन फसलें भी क्षेत्रीय विशेषताओं के आधार पर उगाई जाती हैं।

कृषि जलवायु प्रदेश

- पूरे भारत को 15 विभिन्न कृषि-जलवायु क्षेत्रों में विभाजित किया गया है।
- बिहार भारत के कृषि जलवायु क्षेत्र-4 में आता है।
- इस कृषि जलवायु क्षेत्र में मध्य गंगा मैदान का क्षेत्र आता है।
- इसमें बिहार और पूर्वी उत्तर प्रदेश के इलाके शामिल हैं।
- पुनः कृषि-जलवायु क्षेत्र-4 को 6 उप-कृषि-जलवायु क्षेत्रों में विभाजित किया गया है।
- इसमें तीन उप कृषि जलवायु क्षेत्र बिहार में और तीन उत्तर प्रदेश में हैं।

बिहार के तीन उप-कृषि जलवायु क्षेत्र निम्न हैं –

उत्तर-पश्चिम जलोढ़ मैदान का क्षेत्र

- प्रदेश के 13 जिलों को इस जोन में शामिल किया गया है।
- यह उप-कृषि जलवायु क्षेत्र हिमालय की तलहटी में स्थित है।
- इस क्षेत्र में वार्षिक वर्षा की मात्रा 1040-1450 मिमी होती है।
- यहाँ की जलवायु शुष्क और उपजाऊ है।
- इस क्षेत्र में खादर, बलुई दोमट तथा जलोढ़ मिट्टी पाई जाती है।
- ये मिट्टी अम्लीय प्रकृति की होती हैं।
- इस राज्य की 70 प्रतिशत भूमि पर कृषि की जाती है।
- इस राज्य की 42 प्रतिशत भूमि सिंचित भूमि है।

उत्तर-पूर्व जलोढ़ मैदान का क्षेत्र

- इस जोन में 8 जिले शामिल हैं।
- यह कृषि-जलवायु क्षेत्र बाढ़ प्रवण है।
- इस क्षेत्र में वार्षिक वर्षा की मात्रा 1200-1700 मिमी है।
- इस क्षेत्र की जलवायु शुष्क उष्णकटिबंधीय है।
- इस क्षेत्र की लगभग 60 प्रतिशत भूमि कृषि के अधीन है।
- इस क्षेत्र की 44 प्रतिशत भूमि सिंचित है।

दक्षिण बिहार के जलोढ़ मैदान का क्षेत्र

- राज्य के सत्रह जिले इस क्षेत्र के अंतर्गत आते हैं।
- इस क्षेत्र में वार्षिक वर्षा की मात्रा 990-1300 मिमी है।
- इस क्षेत्र में सिंचाई सुविधा का सर्वाधिक विकास हुआ है। इस क्षेत्र की 75 प्रतिशत भूमि सिंचित भूमि है।
- यह क्षेत्र सोन नहर सिंचाई क्षेत्र में आता है।
- यह क्षेत्र दो भागों में विभाजित है, पहला दक्षिण-पूर्वी जलोढ़ मैदान और दूसरा दक्षिण-पश्चिमी जलोढ़ मैदान।

बिहार के उप-कृषि जलवायु क्षेत्र की महत्त्वपूर्ण भौगोलिक विशेषता

उप-कृषि जलवायु क्षेत्र			
	उत्तर-पश्चिमी जलोढ़ मैदान क्षेत्र	**उत्तर-पूर्वी जलोढ़ मैदान क्षेत्र**	**दक्षिण बिहार जलोढ़ मैदान क्षेत्र**
जिला	पश्चिमी चंपारण, पूर्वी चंपारण, सीवान, सारण, सीतामढ़ी, शिवहर, मुजफ्फरपुर, वैशाली, मधुबनी, दरभंगा, समस्तीपुर, गोपालगंज, बेगूसराय	पूर्णिया, कटिहार, सहरसा, सुपौल, मधेपुरा, खगड़िया, अररिया, किशनगंज	शेखपुरा, मुंगेर, जमुई, लखीसराय, भागलपुर, बांका, रोहतास, भोजपुर, बक्सर, भभुआ, अरवल, पटना, नालंदा, नवादा, जहानाबाद, औरंगाबाद, गया
मिट्टी	बलुई दोमट	बलुई दोमट	दोमट, बलुई दोमट, क्ले
पीएच मान	6.5-8.4	6.5-7.8	6.8-8.0
कार्बनिक पदार्थ (प्रतिशत में)	0.2-1.0	0.2-1.0	0.5-1.0
नाइट्रोजन (किग्रा. प्रति हेक्टेयर)	150-350	150-350	200-400
फॉस्फोरस (किग्रा. प्रति हेक्टेयर)	5-50	10-35	10-100
पोटाश (किग्रा. प्रति हेक्टेयर)	100-300	150-250	150-350
वर्षा (मिलीमीटर में)	1040-1450	1200-1700	990-1300
अधिकतम ताप (डि.सें.)	36.6	33.8	37.1
न्यूनतम ताप (डि.सें.)	7.7	8.8	7.8

प्रमुख फसलें

- समतल उपजाऊ जलोढ़ मैदान पर्याप्त जल संसाधन एवं कृषि के अनुकूल जलवायविक दशा के कारण बिहार कृषि के लिए उपयुक्त क्षेत्र है।
- राज्य में खाद्य फसलों जैसे अनाज और दालों के अलावा तिलहन, रेशे वाली फसलें, गन्ना, फल सब्जियां आदि का भी उत्पादन किया जाता है।
- राज्य के विभाजन के बाद, खनिज संसाधनों और उस पर आधारित उद्योगों को झारखंड में स्थानांतरित करने के कारण, बिहार की आजीविका का मुख्य स्रोत कृषि उत्पाद और पशुपालन है।
- उत्तरी बिहार के मैदान और गंगा के दक्षिणी मैदान कृषि के अनुकूल हैं।
- बिहार गहन कृषि का क्षेत्र है और जनसंख्या के दबाव के कारण कृषि आजीविका का मुख्य आधार है।

राज्य में मोटे तौर पर 3 प्रकार की फसलें उगाई जाती हैं:

1. खरीफ
2. रबी
3. जायद
    - खरीफ: खरीफ फसल के अंतर्गत मुख्य रूप से दो प्रकार की फसलें- भदाई और अघानी उगाई जाती हैं।
    - प्रमुख खरीफ फसलें धान, मक्का, ज्वार, बाजरा और दलहनी फसलें, अरहर, मूंग आदि हैं।
    - खरीफ की फसल जून-जुलाई में बोई जाती है और अक्टूबर-नवम्बर में काटी जाती है। खरीफ फसल के अंतर्गत कुछ वार्षिक फसलें भी उगाई जाती हैं, जैसे- गन्ना, जूट आदि।
    - रबी: रबी के तहत प्रमुख फसलें गेहूं, जौ, चना, मटर, सरसों, आलू आदि हैं। रबी की फसलें अक्टूबर-नवंबर में बोई जाती हैं और मार्च-अप्रैल में काटी जाती हैं। इसके अंतर्गत तम्बाकू, फल, सब्जियां जैसी नकदी फसलें भी उगाई जाती हैं।
    - जायद: जायद की फसल नियमित सिंचाई वाले क्षेत्रों में मार्च-जून के बीच उगाई जाती है। इसमें मक्का, ज्वार, हरा चारा, धान आदि उगाए जाते हैं।

खाद्यान्न फसल (अनाज)

- धान: सर्वाधिक क्षेत्रफल में धान बोया जाता है।
- धान उष्ण एवं आर्द्र जलवायु की फसल है।

बिहार में धान की सभी आवश्यक भौगोलिक स्थितियाँ उपलब्ध हैं जो निम्नलिखित है:

- न्यूनतम तापमान 160 सेंटीग्रेड
- अधिकतम 270 सेंटीग्रेड
- औसत तापमान 240 सेल्सियस
- औसत वर्षा 100 सेमी से 200 सेमी
- जलोढ़ और दोमट मिट्टी
- अधिक मात्रा में श्रम की उपलब्धता

- बिहार के उत्तर-पश्चिमी भाग में चावल की दो फ़सलें और पूर्वी भाग में तीन फसलें उगाई जाती हैं।
- अगहनी धान 80 प्रतिशत से अधिक क्षेत्र में बोया जाता है, जबकि गरमा धान लगभग 3 प्रतिशत क्षेत्र में उगाया जाता है।
- गेहूँ: यह बिहार की दूसरी प्रमुख खाद्यान्न फसल है।
- बिहार में शीतकालीन गेहूं का उत्पादन होता है।
- बिहार में सर्दी शुष्क होती है, इसलिए इसे सिंचाई की आवश्यकता होती है।

गेहूँ के लिए उपयुक्त भौगोलिक दशाएँ इस प्रकार हैं-

- जलोढ़ दोमट मिट्टी
- तापमान 140 सेंटीग्रेड से 180 सेंटीग्रेड
- वर्षा 50 सेमी से 100 सेमी

- गेहूं रबी की फसल है, जो नवंबर-दिसंबर में बोई जाती है और मार्च-अप्रैल में काटी जाती है।
- मक्का: मक्के की खेती बिहार में खरीफ, रबी एवं गरमी सभी मौसमों में की जाती है।

मक्का के लिए उपयुक्त भौगोलिक परिस्थितियाँ इस प्रकार हैं-

- तापमान 180 सेल्सियस से 270 सेल्सियस
- वर्षा की मात्रा 60 सेंटीमीटर से 110 सेंटीमीटर
- भारी दोमट एवं बलुई दोमट मिट्टी
- इसकी बुआई जून-जुलाई में की जाती है तथा सितंबर- अक्टूबर में काटा जाता है।
- जौ: जौ एक रबी फसल है, जो मुख्यतः असिंचित क्षेत्रों में उगाई जाती है।
- जौ की खेती कम वर्षा वाले तथा गर्म जलवायु वाले क्षेत्रों में की जाती है।
- जौ की खेती गेहूं, चना, सरसों आदि के साथ मिश्रित फसल के रूप में की जाती है।
- मडुआ (रागी): यह शुष्क जलवायु वाली फसल है।
- मडुआ (रागी), ज्वार और बाजरा जैसे मोटे अनाज की श्रेणी में आता है।
- कोसी के बाढ़ प्रभावित क्षेत्रों में यह फसल बलुई मिट्टी में उगाई जाती है।
- सबसे बड़ा उत्पादक जिला दरभंगा है।
- इसके अलावा सुपौल, सारण, सहरसा, सीवान, मधेपुरा व गोपालगंज जिलों में उत्पादन होता है।

खाद्यान्न फसल (दलहन)

- चना: चना बिहार की प्रमुख दलहनी रबी फसल है।
- इसके लिए केवाल एवं जलोढ़ मिट्टी उपयुक्त होती है।
- चने का उत्पादन पटना, औरंगाबाद, नालंदा, भोजपुर, गया, लखीसराय, भागलपुर, रोहतास, जहानाबाद आदि जिलों में किया जाता है।
- चने की प्रमुख किस्में राजेंद्र चना, पूसा 256, आर.ए.यू. 52, बी.आर.72 आदि हैं।
- अरहर: अरहर, जिसे बिहार में तुअर के नाम से भी जाना जाता है।
- इसे खरीफ की फसल के साथ बोया जाता है, लेकिन रबी की फसल के साथ काटा जाता है।
- यह बिहार की प्रमुख दलहनी फसल है।
- इसका सर्वाधिक उत्पादन करने वाला जिला क्रमश: गया, औरंगाबाद और भभुआ है।
- खेसारी: यह बिहार में बोई जाने वाली मुख्य रबी दलहनी फसल है, लेकिन यह निम्न श्रेणी की दलहनी फसल है।
- सबसे बड़े उत्पादक जिले क्रमशः पटना, औरंगाबाद और जहानाबाद हैं।
- खेसारी के अंतर्गत सबसे अधिक क्षेत्र औरंगाबाद, पटना और जहानाबाद में है।
- इसके उत्पादन के लिए केवाल तथा दोमट मिट्टी अधिक उपयुक्त होती है
- मसूर: मसूर बिहार की प्रमुख दलहनी रबी फसल है।
- इसके सर्वाधिक उत्पादक जिले क्रमश: पटना, भभुआ आदि हैं।
- इसके अलावा गया, जहानाबाद में भी इसकी खेती होती है।
- मूंग: मूंग दलहनी फसल है, जिसे गेहूं की कटाई के बाद बोया जाता है।
- राज्य के कई हिस्सों में खरीफ की फसल के समय जून-जुलाई में भी बोया जाता है।
- इसके प्रमुख उत्पादक जिले मुजफ्फरपुर, सहरसा, दरभंगा, सुपौल, कटिहार, किशनगंज आदि हैं।

तिलहन

- सरसों एवं राई: सरसो और राई बिहार की प्रमुख तिलहनी फसलें हैं।
- इसका तेल मुख्य रूप से खाने में प्रयोग किया जाता है।
- यह बिहार के मैदानी इलाकों में उगाया जाता है।
- सरसों का अधिकतम क्षेत्रफल वाले जिले क्रमशः समस्तीपुर, बेगूसराय, पश्चिमी चंपारण हैं।
- सर्वाधिक उत्पादन करने वाले जिले बेगूसराय, पश्चिमी चंपारण, पटना, समस्तीपुर, मुजफ्फरपुर, खगड़िया आदि हैं।
- तिल: काले और सफेद तिल का उत्पादन बिहार में होता है।
- तिल के तेल का उपयोग भोजन में, सौंदर्य प्रसाधनों में और औषधि के रूप में किया जाता है।
- सुपौल तिल का सबसे बड़ा उत्पादक जिला है और सुपौल में सर्वाधिक क्षेत्रफल पर तिल की खेती भी की जाती है।
- अरंडी: यह एक तिलहनी फसल है, लेकिन इसके तेल का उपयोग भोजन के रूप में नहीं किया जाता है।
- इसका उपयोग आग जलाने, साबुन उद्योग और स्नेहन के लिए किया जाता है।
- राज्य के सभी जिलों में इसका उत्पादन होता है।
- इसके पौधे मुख्य फसल वाले खेतों के किनारे लगाए जाते हैं।
- इसके लिए किसी भी प्रकार की समतल या ऊँची-नीची भूमि उपयुक्त होती है।

नकदी फसल

- गन्ना: यह राज्य की प्रमुख नकदी फसल है।
- गन्ना बिहार के प्रमुख चीनी उद्योग का आधार है।
- गन्ना मुख्य रूप से उत्तर बिहार के मैदानी इलाकों में पैदा होता है।
- गन्ने का उत्पादन उच्च वर्षा और सिंचाई वाले क्षेत्रों में होता है।

राज्य में गन्ना उत्पादन के लिए आदर्श भौगोलिक परिस्थितियाँ उपलब्ध हैं, जो इस प्रकार हैं-

  - चूना युक्त दोमट मिट्टी
  - औसत तापमान 260 सेंटीग्रेड
  - औसत वर्षा 140 सेमी

- जूट: जूट का उत्पादन उच्च वर्षा, उच्च तापमान और उपजाऊ जलोढ़ मिट्टी वाले क्षेत्रों में होता है।
- इसकी खेती उत्तर-पूर्वी बाढ़ के मैदानों में की जाती है।
- इसे काटने के बाद कुछ देर तक पानी में रखा जाता है।
- इसके बाद छाल को तने से निकाल दिया जाता है, जो बाद में रेशे का रूप ले लेती है।
- जूट का उपयोग पैकिंग उद्योग, कपड़ा, जूट के थैले, रस्सी आदि के निर्माण में किया जाता है।
- तंबाकू: बिहार में तंबाकू का उत्पादन मुख्य रूप से गंडक नदी की घाटी में किया जाता है।
- मिर्च: यह राज्य की प्रमुख नकदी फसल है, जो अगहनी फसल की श्रेणी में आती है।
- यद्यपि यह सभी मौसम में उगाई जाती है।
- इसके उत्पादन के लिए जलोढ़ मिट्टी सबसे उपयुक्त मिट्टी है।
- चाय: उत्तर-पूर्वी बिहार के किशनगंज और पूर्णिया में चाय का उत्पादन होता है।
- इस क्षेत्र में सर्वाधिक वर्षा एवं ढालू भूमि होने के कारण भौगोलिक स्थिति चाय उत्पादन के लिए उपयुक्त है।
- मेस्ता: यह रेशे वाली फसल भी जूट के समान होती है।
- यह फसल बिहार के मैदानी इलाकों में पैदा होती है।
- अधिक वर्षा वाले क्षेत्र इसकी खेती के लिए उपयुक्त होते हैं।

बिहार की प्रमुख फसलें तथा उत्पादन क्षेत्र

फसल	उत्पादन क्षेत्र
चावल	रोहतास, पश्चिमी चंपारण, पूर्वी चंपारण, अरवल, बक्सर
गेहूँ	रोहतास, गया, दरभंगा
मक्का	सारण, मुजफ्फरपुर, खगड़िया, बेगूसराय, मुंगेर
जौ	पश्चिमी चंपारण, सहरसा, पूर्णिया
मडुआ/रागी	सहरसा, मुजफ्फरपुर, सारण
बाजरा	पटना, मुंगेर, गया
तीसी	पटना, भोजपुर, गया
राई, सरसों	पटना, मुजफ्फरपुर, दरभंगा
तिल	पश्चिमी चंपारण, शाहाबाद
अरहर	दरभंगा, मुजफ्फरपुर, मुंगेर
चना	भोजपुर, बक्सर
मसूर	पटना, चंपारण, गया
खेसारी	पटना, गया, भोजपुर
गन्ना	चंपारण, सारण, मुजफ्फरपुर
जूट	पूर्णिया, कटिहार
तंबाकू	रभंगा, मुजफ्फरपुर, मुंगेर, समस्तीपुर, सहरसा
आलू	पटना, नालंदा, सारण, समस्तीपुर

फसल उत्पादन में बिहार का भारत में स्थान

फसल	स्थान	फसल	स्थान
धान	छठा	आम	चौथा
गेहूँ	छठा	जौ	दूसरा
तंबाकू	छठा	शहद	प्रथम
जूट	दूसरा	मखाना	प्रथम
तिलहन	सातवाँ	मक्का	पांचवां
लीची	प्रथम		

पशुपालन एवं मत्स्यपालन

- कृषि के अंतर्गत फसल उत्पादन के साथ-साथ पशुपालन, मत्स्यपालन, फल एवं पुष्पोत्पादन को भी शामिल किया जाता है।
- पशुपालन के अंतर्गत पशु, भेड़, मुर्गी, सूअर, बकरी आदि का पालन बिहार

में किया जाता है।

- पशुपालन राज्य में ग्रामीण आबादी की आय तथा रोजगार का प्रमुख साधन है।
- यह क्षेत्र कुल ग्रामीण आय में लगभग पाँचवें हिस्से का योगदान करता है। सीमांत कृषक, श्रमिकों तथा महिलाओं को बड़े पैमाने पर रोजगार का अवसर उपलब्ध कराता है।

बिहार में पशुपालन

- पशुधन विकास बिहार की अर्थव्यवस्था का अभिन्न अंग है। यह ग्रामीण क्षेत्रों में जीविका का पूरक स्त्रोत उपलब्ध कराता है। इसके सहवर्ती क्षेत्र ग्रामीणों को लाभप्रद रोजगार भी उपलब्ध कराते हैं। फसल नहीं होने की स्थिति में जोखिम में कमी भी लाते हैं।
- बिहार के प्रमुख पशुधन में गाय, बैल, भैंस, बकरी, भेड़, घोड़ा, खच्चर, कुक्कुट (मुर्गा-मुर्गी-बत्तख आदि) सम्मिलित हैं।
- बिहार में प्रति 30 व्यक्ति पर एक पशु है, जबकि भारत में औसतन प्रति 20 व्यक्ति पर एक पशु है।
- बिहार के ग्रामीण क्षेत्रों में प्रति 5 व्यक्तियों पर औसतन एक गाय-बैल है।
- व्यवसायिक दृष्टि से भैंस गाय से अधिक महत्वपूर्ण है। बिहार में 60 प्रतिशत दूध भैंस से प्राप्त होता है।

बिहार में पशुधन सेवाएं (2015-16 से 2019-20)

वर्ष	उपचारित पशु (लाख)	प्रतिरक्षण (लाख)	कृत्रिम गर्भाधान (लाख)
2015-16	38.26	163.31	26.31
2016-17	41.03	296.45	26.20
2017-18	44.67	526.72	28.23
2018-19	44.08	555.66	31.01
2019-20	45.47	615.77	36.76
वार्षिक चक्रवृद्धि दर (%)	4.26	38.86	8.74

दूध का उत्पादन

- दुग्ध उत्पादन ऐतिहासिक रूप से बिहार में एक महत्वपूर्ण कृषि उद्यम रहा है, जो लोगों, विशेष रूप से भूमिहीन मजदूरों और छोटे किसानों को अतिरिक्त रोजगार और आय के अवसर प्रदान करता है।
- बिहार में परंपरागत रूप से पशुपालन को मुख्य रूप से दूध की घरेलू आवश्यकता को पूरा करने के साधन के रूप में लिया जाता रहा है।
- 2019-20 में बिहार में दूध उत्पादन 104.83 लाख टन था। 2018-19 में राज्य में सर्वाधिक दुग्ध उत्पादन पटना में 501.73 हजार टन हुआ था। सबसे कम 52.92 हजार टन शिवहर जिले में रहा।
- बिहार के प्रमुख दुग्ध उत्पादक जिले हैं- समस्तीपुर, नालंदा, गया, बेगूसराय, भागलपुर, सुपौल।
- दूध उत्पादन को बढ़ावा देने के लिए 1983 में राज्य सहकारी दुग्ध उत्पादक संघ (COMFED) की स्थापना की गई थी। कॉम्फेड द्वारा 'सुधा' ब्रांड नाम के तहत बेचा जाता है।

बिहार में मछली पालन

- बिहार में कुल भौगोलिक क्षेत्र का 3.76 प्रतिशत हिस्सा (352.37 हजार हेक्टेयर) जल संसाधनों का है।
- बिहार में नदियों के विस्तार के कारण ग्रामीण क्षेत्रों में मछली मारने की संस्कृति है। इसके कारण ग्रामीण परिवारों को लाभप्रद रोजगार भी उपलब्ध हो जाते हैं।
- राज्य से होकर गुजरने वाली प्रमुख नदियाँ-गंगा, कोसी, सोन, बागमती, गंडक और पुनपुन हैं, जो प्रगहण मस्तिसकी की संभावनाओं के स्त्रोत हैं।

मछली उत्पादन (हजार टन में)

2017-18	2018-19	2019-20
587.85	602.13	641.06

- 2019-20 में बिहार में सर्वाधिक मछली उत्पादन 75.85 हजार टन मधुबनी में हुई थी।
- वर्ष 2019-20 में जहानाबाद और अरवल में सबसे कम मछली का उत्पादन हुआ। मछली उत्पादन के प्रमुख जिले हैं- पूर्व चंपारण 60.1 हजार टन, कटिहार 37.45 हजार टन, प. चंपारण 25.85 हजार टन, खगड़िया 26.28 हजार टन, दरभंगा 58.82 हजार टन।
- बिहार में फिशरमैन को-आपरेटिव स्थापित है।
- राज्य के प्रमुख मछलियों में - रोहू, कतला, भाखुर तथा मांगुर हैं। इनके अतिरिक्त टेंगरा, सौराठी, बोआरी, झींगा, [illegible], लोन, [illegible], सिल्वर कार्व, सींगी, कबई, गरई आदि मछलियाँ भी लोकप्रिय हैं।
- राज्य में प्रति व्यक्ति मछली की खपत 0.08 से 0.13 किग्रा. वार्षिक है, जो राष्ट्रीय औसत खपत 3.5 किग्रा. वार्षिक से बहुत कम है।

जल संसाधनों का विवरण

जल संसाधनों के प्रकार	क्षेत्र (हेक्टेयर)
तालाब	66,336
गोखुर झील	9,930
चौर	45,978
कृत्रिम झील	16,113

पशुपालन संबंधी संवैधानिक व्यवस्था

- भारत के संविधान के भाग IV के अनुच्छेद 48 में कहा गया है- 'राज्य आधुनिक और वैज्ञानिक तरीकों के तहत कृषि और पशुपालन को व्यवस्थित करने का प्रयास करेगा, और विशेष रूप से, गायों और बछड़ों की नस्लों, भारवाही और बोझ ढोने वाले पशुओं और उनके झुंडों को संरक्षित और बेहतर बनाने के लिए कदम उठाएगा'।
- ग्यारहवीं अनुसूची (अनुच्छेद 243 छ)- पशुपालन, डेरी उद्योग और कुक्कुट-पालन, मत्सय उद्योग।
- बारहवी अनुसूची (अनुच्छेद 243 ब) - कांजी हाउज, पशुओं के प्रति क्रूरता का निवारण। वद्यशालाओं और चर्मशोधनशालाओं का विनियमन।
- सूची-2 (राज्य सूची) - पशुधन का परिक्षण, संरक्षण और सुधार। कांजी हाउस और पशु अतिचार का निवारण।
- सूची-3 (समवर्ती सूची) - पशुओं के प्रति क्रूरता का निवारण।

भूमि सुधार

- बिहार भूमि सुधार कानून बनाने वाला देश का पहला राज्य है।
- राज्य में भूमि वितरण में असमानता बिहार में कृषि की एक प्रमुख समस्या है। बिहार में 80 प्रतिशत से अधिक जोत इकाइयाँ 1 हेक्टेयर से कम की हैं।

- बिहार में भूमि सुधार कार्यक्रम का इतिहास बहुत पुराना है। लॉर्ड कार्नवालिस ने 1793 ई. में स्थायी बंदोबस्त के तहत बिहार-बंगाल क्षेत्र में जमींदारी प्रथा की शुरुआत की।
- कॉर्नवालिस द्वारा लागू की गई प्रणाली ने अस्थायी भूमि प्रबंधन की स्थापना की और कुछ भूमि पर पूर्ण सरकारी नियंत्रण स्थापित किया, जिन्हें ख़ासमहल भी कहा जाता था।
- 1938 में बिहार में कृषि आयकर अधिनियम लागू किया गया।
- बिहार के भूमि सुधार कार्य पर 1885 ई. के बिहार काश्तकारी अधिनियम के बटाईदारी व्यवस्था का भी प्रभाव पड़ा है।
- 1885 ई. में यह व्यवस्था की गई थी कि अगर कोई बटाईदार किसी जमीन को 12 साल से लगातार जोत रहा है, तब उस जमीन पर बटाईदार का अधिभोगाधिकार होगा।
- 2006 ई. में डी. बंद्योपाध्याय की अध्यक्षता में राज्य सरकार द्वारा भूमि सुधार आयोग का गठन किया गया, जिसका कार्य भूमि सीमा का निर्धारण करना तथा ग्रामीण क्षेत्रों में बंदोबस्त प्रणाली के कार्यान्वयन पर चर्चा करना था।
- इस आयोग ने 2006-07 में भूदान से संबंधित अपनी रिपोर्ट सरकार को सौंपी। भूमि अभिलेखों का अपडेशन न होना भी राज्य में एक बड़ी समस्या है, हालांकि मुजफ्फरपुर जिले के मुसहरी अंचल में भूमि अभिलेखों के डिजिटलीकरण के लिए एक पायलट परियोजना शुरू की गई है।

अपवाह प्रणाली

नदियाँ

- अपवाह तंत्र से अभिप्राय ऐसी नदी प्रणाली से है, जो किसी विशेष ढाल पर चलकर सतही जलधाराओं, नदियों, झीलों आदि से बनती है।
- बिहार के धरातलीय स्वरूप का लगभग 90 प्रतिशत भाग नदियों के आह्वान से विकसित हुआ है।
- बिहार में औसत वार्षिक वर्षा 1009 मिलीमीटर (109 सेंटीमीटर) होती है, जिसके कारण राज्य में साल भर बहने वाली नदियों का जाल है।
- प्रवाह प्रणाली एवं उद्गम के आधार पर बिहार की नदियों को दो भागों में बाँटा गया है-

1. गंगा में उत्तर/हिमालय प्रदेश से आकर मिलने वाली नदियाँ - सरयू, अजय, किऊल, गंडक, बूढ़ी गंडक, कमला, बलान, बागमती, कोसी तथा महानन्दा हैं।
2. गंगा में पठारी या प्रायद्वीपीय भाग से आकर मिलने वाली नदियाँ - सोन, उत्तरी कोयल, पुनपुन, चानन, फल्गु, सकरी, पंचाने तथा कर्मनाशा हैं।
   - भौगोलिक दृष्टिकोण से राज्य को सात नदी क्षेत्र में विभक्त किया गया है- (1) घाघरा-गंडक, (2) गंडक-बागमती, (3) बागमती-कोसी, (4) कोसी-महानंदा, (5) कर्मनासा-सोन, (6) सोन-पुनपुन और (7) पुनपुन-सकरी।

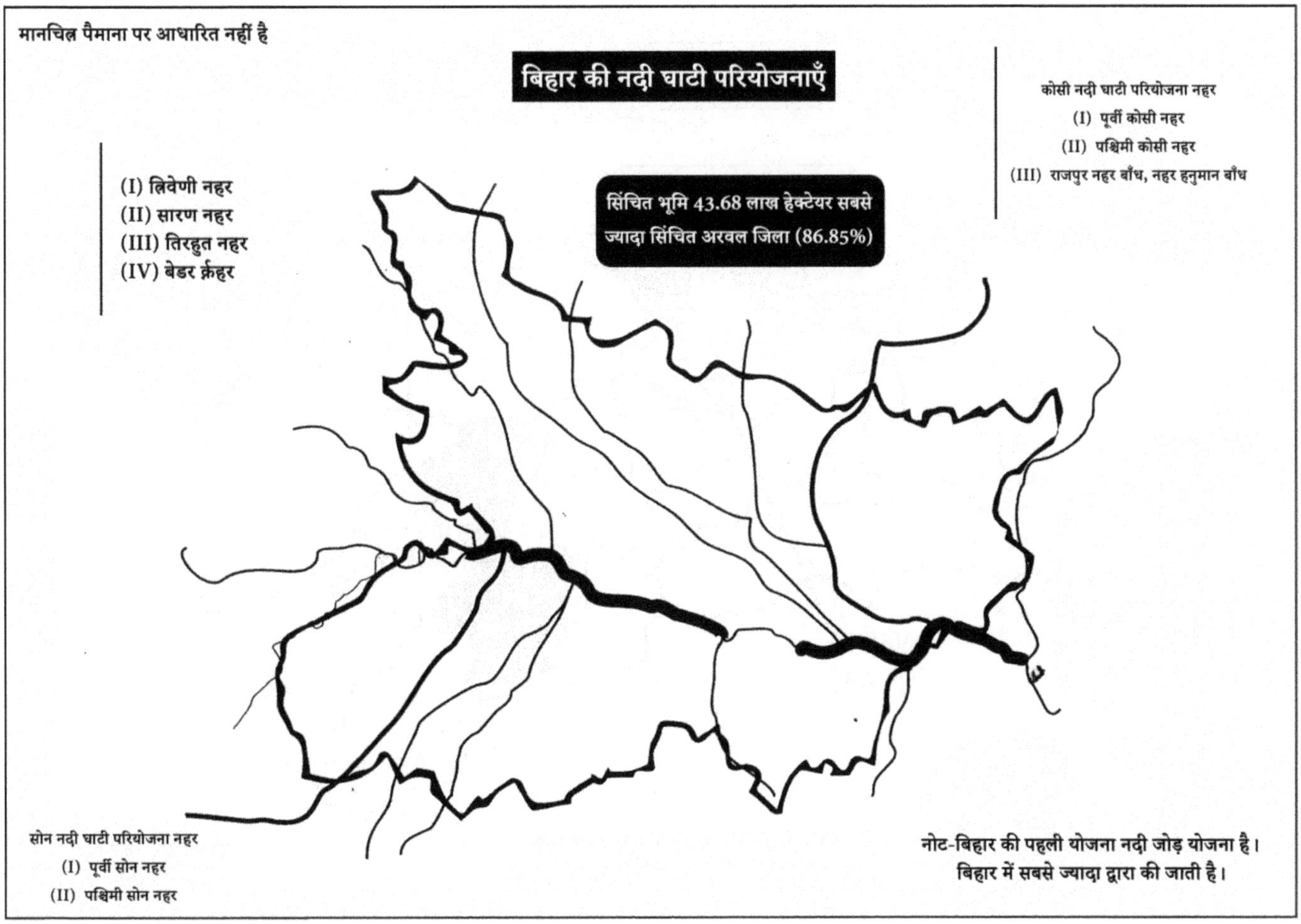

बिहार में प्रवाहित होने वाली प्रमुख नदियाँ निम्नलिखित हैं-						
नदी	कुल लंबाई (किमी.)	बिहार में लंबाई (किमी.)	बिहार मे जलग्रहण क्षेत्र (वर्ग किमी.)	उद्गम स्थल	संगम/ मुहाना	बिहार में प्रवेश
गंगा	2525	445	15,165	गंगोत्तरी हिमनद का गोमुख (उत्तराखंड)	बंगाल की खाड़ी	बक्सर जिला के चौसा
गंडक	630	260	4,188	अन्नपूर्णा श्रेणी के मानंगमोट और कुतांग के मध्य से	गंगा नदी (पटना के पास)	वाल्मीकि नगर पश्चिमी चंपारण
घाघरा (सरयू)	1080	83	2,995	गुरला मंधाता चोटी के पास नां फा (नेपाल)	गंगा नदी (छपरा के पास)	सारण
बूढ़ी गंडक	320	320	9,601	सोमेश्वर श्रेणी के विशंभंरपुर के पास चऊतरवा चौर	गंगा नदी (खगड़िया के पास)	बिहार से ही उत्पन्न
बागमती	597	394	6500	महाभारत श्रेणी (नेपाल)	बूढ़ी गंडक	डेंग,सीतामढ़ी
कमला	328	120	4,488	महाभारत श्रेणी (नेपाल)	कोसी	जयनगर, मधुबनी
कोसी	720	260	11,410	गोसाई स्थान (सप्तकौशिकी, नेपाल)	गंगा नदी (कुरसेला के पास)	भीम नगर, सुपौल
महानंदा	360	–	–	महाभारत श्रेणी (नेपाल)	गंगा नदी (मनिहारी, कटिहार के पास)	किशनगंज
सोन	780	202	15,820	अमरकंटक चोटी (मध्य प्रदेश)	गंगा नदी (दानापुर एवं मनेर के बीच)	रोहतास
कर्मनाशा	192	–	–	सारोदाग (कैमूर)	गंगा नदी	बिहार से ही उत्पन्न
फल्गु	235	–	–	उत्तरी छोटानागपुर पठार (हजारीबाग)	टाल क्षेत्र	बिहार से ही उत्पन्न
अजय	288	–	–	बटबाड़ (जमुई)	गंगा (पश्चिम बंगाल)	बिहार से ही उत्पन्न
पुनपुन	200	–	–	छोटानागपुर पठार (पलामू)	गंगा नदी (फतुहा के पास)	गया
क्यूल	111	–	–	हजारीबाग का पठार	सूर्यगढ़ा के निकट	जमुई जिले में सतपहाड़ी के निकट

गंगा

- गंगा नदी देश की सर्वाधिक महत्वपूर्ण एवं पवित्र नदी है। यह गंगा नदी बिहार के मध्य भाग में पश्चिम से पूर्व की ओर बहती है।
- इस क्षेत्र में बिहार और उत्तर प्रदेश की सीमा पर गंगा, गंडक, सरयू (घाघरा) और कर्मनाशा नदियाँ मिलकर निर्धारित करती हैं।
- गंगा नदी की प्रमुख सहायक नदियाँ बिहार में घाघरा, गंडक, बूढ़ी गंडक, सोनपुर, पुनपुन, महानंदा और कर्मनाशा आदि हैं।
- उत्तर बिहार का मैदान उत्तर से गंगा और उसकी सहायक नदियों की बाढ़ से सबसे अधिक प्रभावित होता है। बिहार में गंगा नदी का ढाल धीमा होने के कारण वर्षा के दिनों में बाढ़ की समस्या उत्पन्न हो जाती है।
- इस नदी की गहराई 100 फीट (31 मीटर) से भी ज्यादा है।
- गंगा अपनी यात्रा में बक्सर, भोजपुर, होती सारण,, वैशाली, अलीपुर, बेगूसराय, खगड़िया, मुंगेर, भागलपुर, कटिहार आदि क्षेत्रों में फैली हुई है।

घाघरा (सरयू नदी)

- घागरा उत्तरी बिहार की प्रमुख नदी है। इस नदी को उत्तर प्रदेश में सरयू नदी के नाम से जाना जाता हैं।
- अयोध्या सरयू नदी के किनारे स्थित एक प्रमुख धार्मिक स्थल है।
- यह उत्तर प्रदेश और बिहार की सीमा को निर्धारित करती है।
- यह नदी सारण जिले के छपरा में पहुंचकर गंगा में मिल जाती है।
- इसके ऊपरी भाग को लखनदेई और करनाली भी कहते हैं।

गंडक नदी

- गंडक नदी सात धाराओं के मिल कर बनी है।
- इस नदी को सप्तगंडकी, कालीगंडक, नारायणी, शालिग्रामी, सदानीरा आदि कई नामों से भी जाना जाता है।
- यह नदी नेपाल में अन्नपूर्णा पर्वतमाला को काट कर एक गार्ज बनाती है।
- गंडक नदी सोनपुर और हाजीपुर के बीच से गुजरती है और सारण और मुजफ्फरपुर की सीमाओं को चिह्नित करते हुए पटना के सामने गंगा में मिलती है।
- इस संगम पर हर साल हरिहर क्षेत्र मेला (सोनपुर पशु मेला) आयोजित किया जाता है।
- इस नदी को नेपाल में गंडक नारायणी या गंडकी नाम से जाना जाता है।

बूढ़ी गंडक नदी

- यह नदी गंडक के समानांतर उसके पूर्वी भाग में प्रवाहित होती है।
- बूढ़ी गंडक नदी उत्तरी बिहार के मैदान को 2 भागों में बाँटती है।
- यह हिमालय से निकलकर उत्तर बिहार में प्रवाहित होने वाली उत्तर बिहार

की सबसे लंबी नदी है।

- यह उत्तर बिहार की सबसे तेज जलधारावाली नदी है, जिसका बहाव उत्तर-पश्चिम से दक्षिण-पूर्व की ओर है।
- इस नदी के तट पर मुजफ्फरपुर, समस्तीपुर, खगड़िया आदि नगर स्थित हैं।
- इस नदी की कुछ सहायक नदियाँ हैं जैसे डंडा, पंडई, मसान, कोहरा, बालोर, सिकटा, तिऊर, तिलावे, धनउती, अंजानकोटे आदि।

बागमती नदी

- बूढ़ी गंडक की प्रमुख सहायक नदी बागमती नदी है।
- यह नदी दरभंगा, मुजफ्फरपुर और मधुबनी जिले में प्रवाहित होती है।
- बागमती की प्रमुख सहायक नदियों में लाल वकैया, मुरेंगी, लखनदेई, अधबारा, सिपरीधार, कोला और छोटी बागमती आदि हैं।

कमला नदी

- यह नदी मिथिला क्षेत्र में गंगा नदी के समान पवित्र मानी जाती है।
- कमला नदी की प्रमुख सहायक नदियों में सोनी, ढोरी, और भूतही बलान शामिल हैं।
- कमला नदी बिहार में 120 किलोमीटर की लंबाई से प्रवाहित होती हुई कई धाराओं में विभक्त हो जाती है। इनमें से अनेक का नाम कमला ही है।

कोसी नदी

- इस नदी का उल्लेख ऋग्वेद में कौशिकी नाम से किया गया है।
- कोसी नदी को नेपाल में सप्तकोशी नाम से जाना जाता है क्यूंकि यह नदी सात धाराओं के मिलने से बनी है। इन धाराओं के नाम इंद्रावती, सनकोसी, ताम्रकोसी, लिच्छूकोसी, दूधकोसी, अरुणकोसी और तामूरकोसी हैं। त्रिवेणी के निकट ये सभी धाराएँ मिलकर कोसी कहलाती हैं।
- कोसी नदी सुपौल, सहरसा, मधेपुरा, पूर्णिया आदि बिहार के शहरों से होकर बहती है।
- कोसी नदी को बाढ़ के कारण हुई तबाही के कारण 'बिहार का शोक' कहा जाता है।
- कोसी नदी मार्ग परिवर्तन के लिए मशहूर है। पिछले 200 सालों में कोसी नदी 150 किलोमीटर पूर्व से पश्चिम की ओर खिसक गई है।
- कोसी नदी कुर्सैला के पास गंगा में मिलने से पहले एक डेल्टा का निर्माण करती है।

महानंदा नदी

- महानंदा नदी उत्तरी बिहार मैदान की सबसे पूर्वी नदी है, जो हिमालय से निकलती है और पूर्णिया और कटिहार जिलों में गंगा में मिल जाती है।
- यह कुछ स्थानों पर बिहार और बंगाल के बीच की सीमा रेखा को चिन्हित करती है।

सोन नदी

- सोन नदी दक्षिण बिहार की सबसे प्रमुख बारहमासी नदी है, जिसे सोन-हिरण्यवाह तथा सोनभद्र के नाम से भी जाना जाता है।
- यह नदी मध्य प्रदेश, उत्तर प्रदेश और झारखंड से होकर बहती है और बिहार के रोहतास जिले में प्रवेश करती है।
- यह नदी भ्रंश घाटी से बहती है।
- यह दक्षिण बिहार में बहने वाली गंगा की सबसे लंबी सहायक नदी है।
- सोन नदी की मुख्य सहायक नदियाँ गोपद, रिहंद, कनहर और उत्तरी कोयल हैं।
- दक्षिण-पश्चिम बिहार की सबसे महत्वपूर्ण सिंचाई योजना सोन नदी पर निर्मित है। इस नदी पर पहला बांध डेहरी में 1873-74 में बनाया गया था। बाद में इस नदी पर इंद्रपुरी बैराज का निर्माण 1968 ई. में किया गया।
- सोन नदी पर 1862 ईस्वी में आरा के पास कोईलवर में 1440 मीटर लंबा रेल-सह-सड़क पुल बनाया गया था, जिसे वर्तमान में अब्दुल बारी पुल के नाम से जाना जाता है।
- यह भारत का सबसे लंबा रेल ब्रिज है। 1900 ई. में डेहरी के पास इस नदी पर नेहरू रेल ब्रिज का निर्माण किया गया था।

फल्गु नदी

- इसकी मुख्य धारा निरंजना कहलाती है। बोधगया के निकट मोहने नामक नदी इसमें मिलती है।
- मोहने से मिलने के बाद ही इसे फल्गु नदी के नाम से जाना जाता है। ये सभी नदियाँ मौसमी नदियाँ हैं।
- गौतम बुद्ध ने निरंजना नदी के तट पर ज्ञान प्राप्त किया था।
- गया में इस नदी के तट पर पितृ पक्ष का मेला लगता है जिसमें पूर्वजों के पिंड दान किए जाते हैं।
- फल्गु नदी कई शाखाओं में विभाजित हो जाती है - भूतही, कररूआ, लोकायन, महत्तवाइन आदि।

पुनपुन नदी

- पुनपुन नदी एक मौसमी नदी है, जिसे कीकट और बमागधी के नाम से भी जाना जाता है।
- यह नदी बिहार के औरंगाबाद, अरवल और पटना जिलों में गंगा के समानांतर बहती है और फतुहा के पास गंगा में मिलती है।
- दरधा, यमुना, मदार, बिलारो, रामरेखा, आद्री, धोबा और मोरहर, पुनपुन की प्रमुख सहायक नदियाँ हैं।

अजय नदी

- इसे अजयवती या अजमती के नाम से भी जाना जाता है।
- पूर्व और दक्षिण की ओर बहने वाली यह नदी बंगाल में प्रवेश कर गंगा नदी में मिल जाती है।

सकरी नदी

- सकरी नदी का स्रोत झारखंड में छोटानागपुर पठार (हजारीबाग पठार) का उत्तरी भाग है।
- यह नदी बिहार के गया, पटना, नवादा और मुंगेर जिले में प्रवाहित होती हुई गंगा नदी में मिल जाती है।
- इस नदी को सुमागधी भी कहते हैं।

कर्मनाशा नदी

- हिन्दू धार्मिक मान्यता के अनुसार यह नदी अपवित्र या अशुभ मानी जाती है।
- कर्मनाशा का अर्थ होता है-कर्म का नाश करनेवाला।

चानन नदी

- इस नदी को पंचाने भी कहा जाता है। इसका मूल नाम पंचानन है, जो अपभ्रंशित होकर चानन कहलाने लगा। यह नदी पाँच धाराओं के मिलने से विकसित हुई है, इसलिए इसे पंचानन कहा जाता हैं।
- इस नदी की मुख्य धाराएँ - पैमर, तिलैया, धरांजे, महाने आदि छोटानागपुर पठार से निकलती हैं। ये सभी धाराएँ राजगीर पहाड़ी के अवरोध के कारण नालंदा जिले के गिरियक के पास एक साथ बहती हैं।

क्यूल नदी

- इसकी प्रमुख सहायक नदियाँ बर्नर, अंजन, हरोहर (हलाहल) आदि हैं।

गर्म जलकुंड

- जिस प्राकृतिक स्थान पर जमीन से पानी अपने आप निकल जाता है उसे कुंड कहते हैं। यह भूगर्भिक गर्म पानी है, जो पृथ्वी की भूपर्पटी से निकलता हैं।
- बिहार के गया, नालंदा और मुंगेर क्षेत्रों में कई गर्म जलकुण्ड हैं। इसके गर्म होने का कारण लवणों और गंधक की अधिक मात्रा होना है।
- राज्य में गर्म जलकुण्ड के लिए प्रसिद्ध स्थल राजगीर है। इनमें सर्वाधिक गर्म जल ब्रह्मकुंड का है, जिसका तापमान लगभग 870 सेंटीग्रेड है, जबकि अन्य जलकुंड का तापमान लगभग 300 सेंटीग्रेड से 700 सेंटीग्रेड रहता है।
- बिहार में गर्म जलकुण्ड का दूसरा प्रमुख स्थान मुंगेर है। जिसकी प्रमुख विशेषता है की इसका तापमान सालोंभर एकसमान रहता है। मुंगेर में स्थित गरम जलकुंड मूलतः खड़गपुर की पहाड़ियों में स्थित है। इनमे सर्वाधिक गर्म जलकुंड, लक्ष्मणकुंड है जिसके जल का तापमान लगभग 620 सेंटीग्रेड है।

बिहार के प्रमुख गर्म जलकुंड निम्नलिखित हैं:		
क्र.स	नाम	ब्रह्मकुंड
1.	ब्रह्मकुंड	राजगीर (बिहार का सबसे गरम जलकुंड)
2.	सप्तधारा/ सतधरवा	राजगीर
3.	सूर्यकुंड	राजगीर
4.	मखदूमकुंड	राजगीर
5.	नानककुंड	राजगीर
6.	गोमुखकुंड	राजगीर
7.	लक्ष्मणकुंड	मुंगेर
8.	सीताकुंड	मुंगेर
9.	रामेश्वरकुंड	मुंगेर
10.	ऋषिकुंड	मुंगेर
11.	जन्मकुंड	मुंगेर
12.	भीमबाँध	मुंगेर
13.	श्रृंगार ऋषिकुंड	मुंगेर
14.	भरारी कुंड	मुंगेर
15.	पंचतर कुंड	मुंगेर
16.	अग्निकुंड	गया

जल प्रपात

- जलप्रपात वैसी भौगोलिक स्थिति को कहते हैं, जहाँ नदी पर्वतीय अथवा पठारी क्षेत्र में तीव्र ढाल के सहारे नीचे उतरती है।
- बिहार के प्रमुख जलप्रपात मूल रूप से रोहतास, कैमूर, गया, नवादा आदि जिलों के सीमांत पठारी क्षेत्रों में पाए जाते हैं।
- ककोलत जलप्रपात बिहार का सबसे प्रसिद्ध जलप्रपात है। यह जलप्रपात नवादा से 16 किमी दक्षिण में स्थित है, और इसकी ऊंचाई 47 मीटर (160 फीट) है, लेकिन मुख्य जलप्रपात की ऊंचाई 24 मीटर (80 फीट) है। कोडरमा पठार से निकली 7 धाराओं के संगम से काकोलत जलप्रपात का निर्माण हुआ है।
- दुर्गावती जलप्रपात की ऊंचाई 90 मीटर (300 फीट) है।

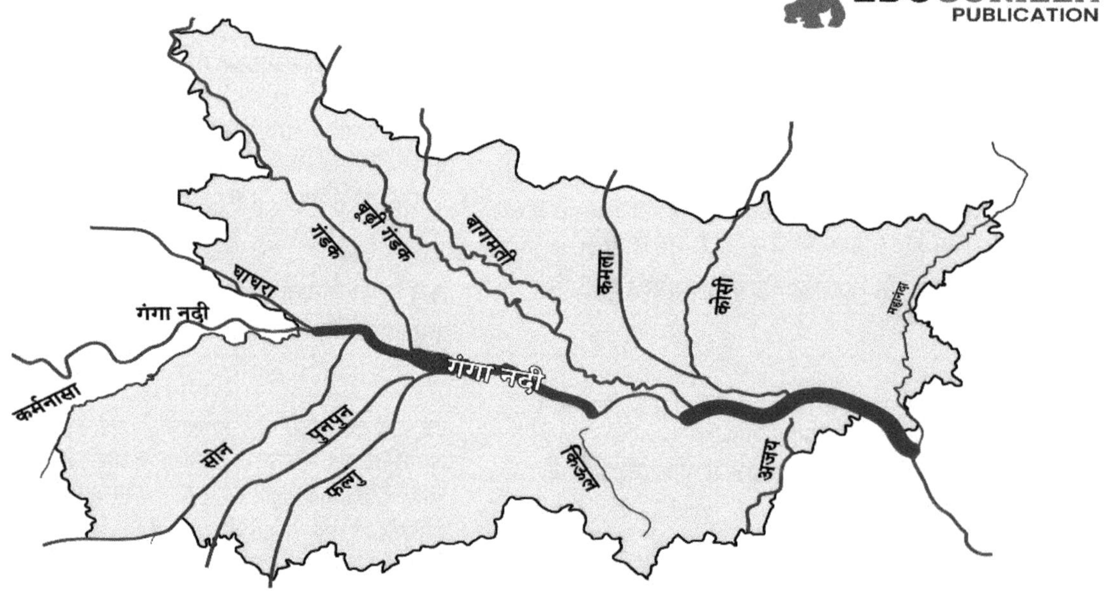

बिहार की प्रमुख नदियाँ

क्र.स.	जलप्रपात का नाम	नदी	स्थान/जिला
1.	ककोलत	कोडरमा पठार से उतरने वाली धारा	ककोलत (नवादा)
2.	सुखलदरी	कनहर	रोहतास
3.	धुआँकुंड	काव, धोबा	ताराचंडी (रोहतास)
4.	दुर्गावती (खादर कोह)	दुर्गावती	छानपापर (रोहतास)
5.	जिआरखुंड	फुलवरिया	जिआरखुंड (भोजपुर)
6.	खुआरी दाह	असाने	रोहतास
7.	राकिम कुंड	गायघाट	रोहतास
8.	ओखारीन कुंड	गोपथ	रोहतास
9.	सुआरा	पूर्वी सुआर	रोहतास
10.	देवदारी	कर्मनाशा	रोहतास पठार
11.	तेलहरकुंड	पश्चिम सुआरा	रोहतास पठार

(तालिका शीर्षक: बिहार के प्रमुख जलप्रपात निम्नलिखित हैं:)

बिहार के प्रमुख जलप्रपात निम्नलिखित हैं:

झील

- एक झील पानी का वह स्थिर पिंड है जो चारों तरफ से भू-भाग से घिरा होता है। झीलों का जल प्रायः स्थिर रहता है।
- बिहार की प्रमुख झीलें निम्नलिखित हैं:

काँवर झील

- काँवर झील बिहार राज्य के बेगूसराय जिले के मंझौल गांव में स्थित है।
- झील को 1984 में बिहार सरकार द्वारा 16 वर्ग किलोमीटर के क्षेत्र का
- प्रतिनिधित्व करते हुए बिहार का दर्जा दिया गया है।
- काँवर झील को भारत का 39वां रामसर स्थल घोषित किया गया है। जो कि बिहार का प्रथम रामसर है।
- यह झील एशिया में सबसे बड़ी गोखुर झील है।
- यह झील बूंदी गंडक नदी द्वारा निर्मित है।
- इस झील में पाई जाने वाली प्रमुख वनस्पतियाँ हैं लेरिसिलाटा, हाइड्रा, पोटोमोगेंटन, वेल्सनेरिया, निंफसा, मिंफोलोड्स, वेटल्वेरिया और सरपस।
- काँवर झील में सर्दियों के दिनों में साइबेरिया के प्रवासी पक्षी आते हैं। यहां पर शोधकर्ताओं के लिए एक बर्ड बैंडिंग स्टेशन की स्थापना की गई है तथा इसे संरक्षित क्षेत्र घोषित किया गया है।

कुशेश्वर स्थान झील

- कुशेश्वरस्थान झील बिहार के दरभंगा के कुशेश्वरस्थान प्रखंड में स्थित है।
- झील को 1972 ईस्वी में एक पक्षी अभयारण्य घोषित किया गया था।
- यह झील सर्दियों के दौरान पेलिकन, डेलमेटियन और साइबेरियन क्रेन जैसे प्रवासी पक्षियों का घर है।
- कुशेश्वर स्थान झील का क्षेत्रफल शीतकाल में 20 किमी तथा वर्षाकाल में 100 किमी हो जाता है।
- वर्षा ऋतु में कमला और करेह आदि नदियों के जल एकत्रित होने के कारण इसका विस्तार हो जाता है।
- कुशेश्वरस्थान झील जैव विविधता का दुर्लभ उदाहरण होने के साथ एक प्रसिद्ध धार्मिक स्थल और यह मछली पालन एवं व्यापार का एक बड़ा केंद्र भी है।

गोगाबिल झील

- यह झील बिहार राज्य के कटिहार जिले के मनिहारी में स्थित है। इसका कुल क्षेत्रफल लगभग 5 वर्ग किलोमीटर में फैला है।
- गोगाबिल झील को घोघा चाप या घोघा झील भी कहते हैं।
- यह झील बिहार का 15वां आरक्षित क्षेत्र और प्रथम सामुदायिक अभ्यारण्य भी है।
- इस झील को मानसून की बारिश के साथ-साथ महानंदा नदी से भी पानी मिलता है।
- गोगाबिल झील प्रवासी पक्षियों के लिए भी प्रसिद्ध है, लगभग 300 प्रजातियों के पक्षियों के प्रवास के लिए हर साल कैस्पियन सागर और साइबेरियाई क्षेत्र से हजारों पक्षी यहां आते हैं।

सिमरी-बख्तियारपुर

- सिमरी बख्तियारपुर झील बिहार राज्य के सहरसा से 25 किमी की दूरी पर सिमरी बख्तियारपुर ब्लॉक में स्थित है।
- इसका निर्माण सरदिया, जमुनिया, कुमिबी और गोबरा झीलों के मिलने से हुआ है।
- सिमरिया बख्तियारपुर झील का आकार घोड़े की नाल के समान है।
- इस झील के उत्तर-पश्चिम में कुशेश्वर स्थान तथा दक्षिण-पश्चिम में काँवर झील झील है।

जगतपुर झील

- जगतपुर झील राज्य के भागलपुर जिले में स्थित है इसका क्षेत्रफल 400 हेक्टेयर में है जो गर्मी के मौसम में सूख कर 50 हेक्टेयर तक रह जाता है।
- जगतपुर झील में स्थानीय लोगों एवं सरकार की सहायता से देशी और
- विदेशी प्रजातियों के पक्षियों का संरक्षण किया जा रहा है।

आर्द्रभूमि क्षेत्र

- आर्द्रभूमियों से संबंधित अंतर्राष्ट्रीय रामसर (ईरान) सम्मलेन के अनुसार, जो 1971 ई. में आयोजित किया गया था, आर्द्रभूमि वह क्षेत्र है जो प्राकृतिक या कृत्रिम, स्थायी या अस्थायी, दलदली, दलदली भूमि, वनस्पति सामग्री से आच्छादित है।
- बिहार के उत्तरी भाग में आर्द्रभूमि मुख्यतः मीठे जल के स्रोत के रूप में झील, मन, चौर, दियर आदि के रूप में पाई जाती है।
- राष्ट्रीय आर्द्र भूमि संरक्षण कार्यक्रम (NWCP) के तहत भारत में 115 आर्द्रभूमि क्षेत्रों को चिह्नित किया गया है।
- इन आर्द्रभूमि स्थलों में से 3 बिहार में स्थित हैं: काँवर(बेगूसराय), बारिला(वैशाली) और कुशेश्वर स्थान(दरभंगा)।
- बिहार सिंचाई आयोग द्वारा वर्ष 1971 में राज्य की 3 लाख हेक्टेयर से भी अधिक भूमि को आर्द्रभूमि के रूप में चिह्नित किया गया है।
- बिहार में कुल आर्द्रभूमि का 21% निजी स्वामित्व तथा 79% सरकारी स्वामित्व के अंतर्गत है।

बिहार के प्रमुख आर्द्रभूमि क्षेत्र निम्नलिखित हैं:			
क्र.स.	जल निमग्न (आर्द्रभूमि)	स्थिति	स्थान/जिला
1.	काँवर झील	मँझौल	बेगूसराय
2.	कुशेश्वर स्थान झील	कुशेश्वर स्थान	दरभंगा
3.	घोघा चाप झील	मनिहारी	कटिहार
4.	सिमरी बख्तियारपुर झील	सिमरी बख्तियारपुर	सहरसा
5.	उदयपुर झील	उदयपुर	पश्चिमी चंपारण
6.	भुसारा मन	भुसारा	मुजफ्फरपुर
7.	ब्रह्मपुरा मन	मुजफ्फरपुर	मुजफ्फरपुर
8.	केसरिया चौर (खेतर)	मोतिहारी	पूर्वी चंपारण
9.	चैता चौर	पिपरी पकरी	पश्चिमी चंपारण
10.	मानसी चौर	फुलिया खार	खगड़िया
11.	भरथुआ चौर	भरथुआ	मुजफ्फरपुर
12.	भग्वा चौर	बलुआ बाजार	सहरसा
13.	बोरा चौर	खरकता ताल	सहरसा
14.	परबा मुरली चौर	कुमार गेज	सहरसा
15	मुरादपुर चौर	मुरादपुर	सहरसा
16.	हरिया चौर	अकीलपुर	सारण
17.	राघोपुर	माजीपुर/मैनालिया /पैतिया	वैशाली

सिंचाई के साधन

- बिहार की कृषि मानसून आधारित कृषि है। मानसून वर्षा की मुख्य विशेषता इसकी अप्रत्याशितता और असमान वितरण है।
- राज्य में औसत वार्षिक वर्षा 1009 मिमी है, लेकिन इस वर्षा का अधिकांश भाग (लगभग 85 प्रतिशत) जून और सितंबर के बीच दक्षिण-पश्चिम मानसून से प्राप्त होता है।
- राज्य में वर्षा की मात्रा 990-1220 मिमी. के बीच होता है इसके परिणामस्वरूप राज्य में लंबे समय तक शुष्क मौसम रहता है।
- शुष्क मौसम के कारण फसलों और अन्य कृषि गतिविधियों के लिए सिंचाई की आवश्यकता होती है।
- वर्षा की मात्रा और वितरण में भिन्नता के कारण राज्य के कुछ हिस्सों में बाढ़ आती है और अन्य में सूखा पड़ता है। जल संसाधनों की पर्याप्त उपलब्धता के बावजूद सिंचाई कार्य के लिए जल का समुचित उपयोग संभव नहीं हो पाता है।
- बिहार में कुल अनुमानित सिंचाई क्षमता 117.54 लाख हेक्टेयर है। इसमें वृहत एवं मध्यम सिंचाई क्षमता 53.53 लाख हेक्टेयर, जबकि लघु सिंचाई क्षमता 64.01 लाख हेक्टेयर है।
- वर्तमान में केवल 67.46 लाख हेक्टेयर सिंचाई क्षमता का विकास हुआ है, जो कुल अनुमानित क्षमता 117.54 लाख हेक्टेयर का केवल 57.4 प्रतिशत है।
- इसमें भी कुल सृजित क्षमता 67.46 लाख हेक्टेयर में से केवल 57.63 लाख हेक्टेयर का ही उपयोग हो रहा है, जो कुल अनुमानित सिंचाई क्षमता का 49.0 प्रतिशत ही है।

बिहार में सिंचाई के प्रमुख साधन

बिहार में सिंचाई के चार प्रमुख साधन हैं:

1. नहर 2. कुआँ 3. नलकूप 4. तालाब

- इसके अलावा, सिंचाई के अन्य साधन हैं, विशेषकर दक्षिण बिहार के मैदानी इलाकों में, आहर एवं पइन, जो सहभागी सिंचाई प्रबंधन के प्रमुख साधन हैं।
- स्वतंत्रता के समय कुओं, तालाबों, नहरों, नलकूपों एवं अन्य साधनों से सिंचाई क्रमशः 14.65 प्रतिशत, 11.05 प्रतिशत, 40 प्रतिशत, 19.58 प्रतिशत एवं 14.72 प्रतिशत थी, परन्तु धीरे-धीरे इस प्रवृत्ति में परिवर्तन आया है।
- 2009-10 में नहर द्वारा सिंचित क्षेत्र 28.41 प्रतिशत तथा नलकूप से 53.46 प्रतिशत सिंचित क्षेत्र था।

बिहार में सिंचाई के मुख्य साधनों के बारे में विस्तृत जानकारी:

- नहर: नहर के जरिए जल का अधिक मात्रा में वितरण किया जाता है। यह कृषि एवं प्रदूषण नियंत्रण के लिए भी उपयोगी होती है।
- कुआँ: इनके माध्यम से भूमि के अंदर से पानी निकाला जाता है जो खेतों में सिंचाई के लिए उपयोग किया जाता है।
- नलकूप: नलकूपों से मशीन चालित पंप लगाकर पानी निकाला जाता है और इसका उपयोग पीने या सिंचाई के लिए किया जाता है।
- तालाब: ये निर्मित किए जाते हैं ताकि जल को संचय किया जा सके और उसे बारिश के दिनों में उपयोग किया जा सके। इनके जरिए पानी का संचय करने से पानी की कमी से भी बचा जा सकता है।
- आहर: जल को घेरने के लिए ढाल के तीनों ओर बने ढांचे को 'आहर' कहते हैं। यह आवश्यकतानुसार एक-दो या अधिक किलोमीटर लंबी हो सकती है। इन्हें जल संचय के लिए निर्मित किया जाता है जो बाढ़ से लड़ने में मदद करते हैं। ये उत्तर-पूर्व बिहार में अधिक प्रचलित हैं।
- पईन: 'पाइन' नहरों की तरह है जो आहर में पानी लाती है और नहरों के माध्यम से पानी खेतों तक पहुँचाया जाता है।

सिंचाई का साधन	सिंचित क्षेत्र का प्रतिशत	सर्वाधिक सिंचित जिला
नलकूप	53.46	पटना, किशनगंज
नहर	28.41	रोहतास, पश्चिमी चम्पारण, औरंगाबाद
तालाब	3.22	मधुबनी, गोपालगंज
कुआँ	0.54	सारण, सिवान, गोपालगंज
अन्य	14.37	

- राज्य में सर्वाधिक सिंचित जिलों में क्रमश: अरवल, रोहतास, जमुई, बक्सर, भोजपुर, गोपालगंज, सीवान आदि हैं।
- मध्यम श्रेणी के सिंचित जिले पटना, कैमूर, गया, औरंगाबाद, बाँका, मुंगेर, लखीसराय, बेगूसराय, शिवहर आदि हैं।
- जबकि 50 प्रतिशत से कम सिंचित जिला सुपौल, सहरसा, अररिया, कटिहार, किशनगंज, पूर्णिया, समस्तीपुर, मधुबनी आदि हैं।

सर्वाधिक सिंचित जिले का क्षेत्रफल (प्रतिशत में)	
जिले	सिंचित क्षेत्र (%)
अरवल	86.85
जमई	75.09
भोजपुर	74.14
सिवान	70.87
रोहतास	83.07
बक्सर	74.44
गोपालगंज	71.65

कोसी परियोजना

- 1954 में भारत सरकार और नेपाल सरकार के संयुक्त समझौते के तहत कोसी परियोजना शुरू की गई थी, जो भारत और नेपाल की संयुक्त परियोजना है।
- इसका निर्माण कार्य 1955 में शुरू किया गया था और 1963 में पूरा हुआ था।
- इस परियोजना के निर्माण का मुख्य उद्देश्य बाढ़ नियंत्रण, सिंचाई, जल विद्युत उत्पादन, मलेरिया उन्मूलन, भूमि संरक्षण आदि है।
- कोसी नदी चतरा कण्ठ के निकट पर्वत को काटकर मैदान में प्रवेश करती है।
- इस नदी पर अनेक बाँध एवं तटबन्ध बनाये गये हैं, जिनमें से अनेक नहरें निकाली गयी हैं।
- बिहार की सीमा पर स्थित हनुमान नगर (नेपाल) में कंक्रीट का बांध बनाया गया है। इस बांध की लंबाई 1140 मीटर है।
- कोसी परियोजना में दो प्रमुख नहर प्रणाली विकसित की गई है -
  1. पूर्वी कोसी नहर प्रणाली
  2. पश्चिमी कोसी नहर प्रणाली
- पूर्वी कोसी नहर प्रणाली में मुख्य नहर की लंबाई 44 किलोमीटर है। इसकी 4 शाखाएँ हैं -
  1. मुरलीगंज नहर, लंबाई - 64 किलोमीटर
  2. जानकीनगर नहर, लंबाई - 82 किलोमीटर
  3. पूर्णिया (बनमंखी) नहर, लंबाई - 64 किलोमीटर
  4. अररिया नहर, लंबाई - 52 किलोमीटर
- **पूर्वी कोसी नहर प्रणाली:** इन शाखाओं के माध्यम से नेपाल और बिहार के मधेपुरा, सहरसा, पूर्णिया, कटिहार आदि जिलों में सिंचाई की जाती है।
- पूर्वी कोसी नहर पर कटैया में 20 मेगावाट क्षमता का विद्युत उत्पादन केंद्र स्थापित है।
- पूर्वी नहर प्रणाली से 5 लाख हेक्टेयर भूमि की सिंचाई होती है।
- **पश्चिमी कोसी नहर प्रणाली:** इस नहर की लंबाई 115 किलोमीटर है।
- इस नहर से मधुबनी, दरभंगा, मुजफ्फरपुर आदि जिलों की सिंचाई होती है।

गंडक परियोजना

- भारत सरकार के सहयोग से बिहार तथा उत्तर प्रदेश की संयुक्त परियोजना गंडक नदी परियोजना का निर्माण किया गया है।
- 1959 ई. के समझौते के आधार पर नेपाल को भी इसका लाभ दिया जा रहा है।
- इस परियोजना के अंतर्गत वाल्मीकि नगर (बिहार) में त्रिवेणी घाट नामक स्थान पर बाँध का निर्माण 1969-70 ई. में किया गया।
- बाँध का आधा भाग बिहार में तथा आधा भाग नेपाल में है, इसलिए इसे त्रिवेणी नहर प्रणाली भी कहते हैं।
- इस परियोजना के अंतर्गत दो मुख्य नहर का निर्माण किया गया है -
  1. पूर्वी त्रिवेणी नहर
  2. पश्चिमी त्रिवेणी नहर
- **पूर्वी त्रिवेणी नहर** को तिरहुत नहर के नाम से भी जाना जाता है, इसकी लंबाई 293 किमी है।
- इस प्रणाली से 6.6 लाख हेक्टेयर भूमि की सिंचाई होती है।
- इस नहर से पूर्वी चंपारण, पश्चिमी चंपारण, मुजफ्फरपुर, वैशाली, समस्तीपुर आदि जिलों की सिंचाई होती है।
- पश्चिमी चंपारण ऐसा जिला है जिसे पूर्वी त्रिवेणी नहर से सर्वाधिक लाभ मिलता है।
- **पश्चिमी त्रिवेणी नहर** की कुल लंबाई 200 किमी है, जिसमें से 19 किमी नेपाल में, 112 किमी उत्तर प्रदेश में और 69 किमी बिहार में है।
- इस नहर को सारण नहर भी कहा जाता है, क्योंकि इससे सिंचित जिले सारण प्रमंडल के गोपालगंज, सारण, सीवान हैं।
- इस नहर प्रणाली से 4.84 लाख हेक्टेयर में सिंचाई होती है।
- गंडक परियोजना के तहत दो और नहरें पूर्वी नेपाल नहर और पश्चिमी नेपाल नहर हैं, दोनों नेपाल में ही स्थित हैं।
- पश्चिम नेपाल नहर पर ही नेपाल के सूरजपुरा में पनबिजली स्टेशन स्थापित है, जबकि पूर्वी नहर पर वाल्मीकि नगर में पनबिजली स्टेशन स्थापित है।
- इन दो पनबिजली स्टेशनों की उत्पादन क्षमता 15 मेगावाट प्रत्येक है।

सोन परियोजना

- यह परियोजना बिहार की पहली और सबसे पुरानी नदी घाटी परियोजना है, इसे ब्रिटिश सरकार ने 1874 में सिंचाई के लिए विकसित किया था।
- बिहार की पहली बड़ी सिंचाई परियोजना सोन परियोजना का निर्माण 1874 ई. में डेहरी के पास बरुण नामक स्थान पर बाँध बनाकर किया गया था।
- इस बांध की लंबाई 3801 मीटर और ऊंचाई 2.44 मीटर है।
- यह सिंचाई परियोजना बिहार के सर्वाधिक सूखाग्रस्त क्षेत्र दक्षिण-पश्चिमी बिहार की सिंचाई के लिए बनाई गई थी, जिसका लाभ भी मिला है।
- वर्तमान में यह क्षेत्र बिहार का अन्न भंडार बन गया है।
- 1968 ई. में इन्द्रपुरी में 14010 मीटर लम्बा बैराज बनाया गया है।
- डेहरी के पास से सोन नदी से दो नहर निकाली गई हैं -
  1. पूर्वी सोन नहर
  2. पश्चिमी सोन नहर
- पूर्वी सोन नहर, जिसकी कुल लंबाई 130 किमी है, बरुण से निकलती है और पटना तक जाती है।
- इस नहर से लगभग ढाई लाख हेक्टेयर भूमि सिंचित होती है।
- इस नहर से औरंगाबाद, गया, जहानाबाद, अरवल और पटना जिलों की सिंचाई होती है।
- पश्चिमी सोन नहर डेहरी के पास से निकलती है। इस नहर से रोहतास, कैमूर, बक्सर, भोजपुर आदि जिलों की सिंचाई होती है।

- पश्चिमी नहर से 3 लाख हेक्टेयर से अधिक भूमि सिंचित होती है।
- सोन नहर प्रणाली पर 2 पनबिजली केंद्र स्थापित किए गए हैं-
  1. डेहरी हाइड्रो इलेक्ट्रिक स्टेशन - 6.6 मेगावाट
  2. बरुन हाइड्रो इलेक्ट्रिक स्टेशन - 3.3 मेगावाट

बाणसागर जल विवाद समझौता

- बाणसागर जल विवाद बिहार और उत्तर प्रदेश के बीच है। रबी सीजन में सोन नहर सिंचाई पर निर्भर जिलों- कैमूर, रोहतास, बक्सर, भोजपुर,
- अरवल, औरंगाबाद और गया में पानी की कमी रहती है।
- इन जिलों को 6000-8000 क्यूसेक पानी की आवश्यकता होती है, जबकि उत्तर प्रदेश द्वारा सोन नदी में केवल 3000-4000 क्यूसेक पानी छोड़ा जाता है।
- उत्तर प्रदेश द्वारा सोन की सहायक नदी रिहंद नदी पर बाँध बनाए जाने के बाद यह समस्या उत्पन्न हुई।
- इस समस्या के समाधान के लिए 1973 ई. में सोन नदी के सम्बन्ध में मध्य प्रदेश, बिहार एवं उत्तर प्रदेश के बीच जल बंटवारे का समझौता किया गया। मध्य प्रदेश के शहडोल जिले में सोन नदी पर बांध बनाकर बाणसागर जलाशय का निर्माण किया गया है।
- बाणसागर जलाशय की क्षमता 40 लाख एकड़ फीट की है, जिससे मध्य प्रदेश, बिहार और उत्तर प्रदेश को 2: 1: 1 के अनुपात में जल आवंटित किया जाएगा तथा इसके निर्माण की लागत भी इसी अनुपात में बाँटी गई थी।
- इस परियोजना से बिहार में 940 वर्ग किलोमीटर क्षेत्रफल पर सिंचाई होती है।
- इस परियोजना के तहत 425 मेगावाट बिजली का उत्पादन होता है, जिसका उपयोग मध्य प्रदेश करता है।

बिहार की प्रमुख सिंचाई परियोजनाएँ

क्र.	योजना का प्रकार	योजना का नाम	नदी	जिला/राज्य
1.	बहुउद्देशीय योजना	1. सोन घाटी परियोजना	सोन	रोहतास, बिहार
		2. गंडक घाटी परियोजना	गंडक	बिहार, उत्तर प्रदेश
		3. कोसी घाटी परियोजना	कोसी	बिहार, नेपाल
2.	सिंचाई परियोजना	1. दुर्गावती जलाशय योजना	दुर्गावती	कैमूर एवं रोहतास
		2. ऊपरी किऊल जलाशय योजना	किऊल	लखीसराय एवं मुंगेर
		3. बागमती परियोजना	बागमती	सीतामढ़ी
		4. बरनार जलाशय परियोजना	बरनाल	जमुई
		5. तेउर नहर योजना	तेउर	पूर्वी चंपारण
		6. कमला नहर योजना	कमला	दरभंगा, मधुबनी
		7. सकरी नहर योजना	सकरी	गया, मुंगेर
		8. चंदन जलाशय योजना	चंदन	भागलपुर
		9. बटुआ जलाशय	बटुआ	भागलपुर
3.	लघु सिंचाई की योजनाएं	1. जमनिया पंप नहर योजना	-	-
		2. सम्मत बिगहा मोरहर योजना	मोरहर	जहानाबाद
		3. कचनामा वीयर योजना	-	जहानाबाद
		4. मोर वीयर योजना	-	-
		5. सोलहंडा वीयर योजना	यमुना	जहानाबाद
		6. सुगरवे वीयर योजना	-	-
		7. लवाइच रामपुर बैराज	दरधा	-
		8. नवागढ़ योजना	-	जहानाबाद
		9. सेसंबा वीयर योजना	-	जहानाबाद
		10. इसरत्रे चेक डैम	-	गया
		11. भैटौरा डैम	-	गया
		12. कदहर वीयर योजना	-	गया
		12. कदहर वीयर योजना	-	गया
		13. बछराजा वीयर योजना	-	मधुबनी

बिहार में नदी अन्तर्सम्बन्धित योजना

नदियों का नाम	लाभ प्राप्त करनेवाले जिले	उपलब्धि
बूढ़ी गंडक-नून-वाया-गंगा	समस्तीपुर, बेगूसराय, खगड़िया	1.26 लाख हेक्टेयर सिंचाई क्षमता का सृजन
सकरी-नाटा नदी	नवादा, नालंदा, शेखपुरा	68 हजार हेक्टेयर सिंचाई क्षमता का सृजन
कोसी-मेची	अररिया, सहरसा, सुपौल, किशनगंज, पूर्णिया	2.11 लाख हेक्टेयर सिंचाई क्षमता का सृजन

- राज्य में सिंचाई कार्यक्रम के अंतर्गत कमाण्ड क्षेत्र विकास एवं जल प्रबंधन कार्यक्रम (CADWM) के अंतर्गत 9 योजनाएँ हैं।
- जल नियामक प्राधिकरण की स्थापना जल संसाधन विभाग द्वारा बिहार राज्य जल नीति, 2015 के तहत की गई थी।

त्वरित सिंचाई लाभ कार्यक्रम (AIBP)

- त्वरित सिंचाई लाभ कार्यक्रम (AIBP) 1996 में एक केंद्रीय सहायता कार्यक्रम के रूप में शुरू किया गया था।
- त्वरित सिंचाई लाभ कार्यक्रम के तहत केंद्र सरकार बिहार को दो तरह से सहायता प्रदान करती है।
- उत्तर बिहार की योजनाओं के लिए 90 प्रतिशत और शेष राज्य की योजनाओं के लिए 75 प्रतिशत केंद्रीय सहायता प्रदान की जाती है।
- इस कार्यक्रम के अंतर्गत आने वाली योजनाओं में पश्चिम कोसी नहर योजना, कोसी बैराज योजना, दुर्गावती जलाशय योजना, पुनपुन बैराज योजना आदि की मरम्मत और पुनर्वास शामिल हैं।
- इस कार्यक्रम के तहत जल संरचनाओं के निर्माण के साथ-साथ संचालन और रखरखाव के लिए आवश्यक तकनीकी सहायता भी प्रदान की जाती है।
- इस कार्यक्रम का मुख्य उद्देश्य भारत के किसानों को सिंचाई सुविधाओं के लाभ से जोड़ना है। यह कार्यक्रम संभवतः भारत की एक सबसे बड़ी जल संपदा परियोजना है। यह भारत के कुल सिंचाई क्षेत्र को बढ़ाने के लिए निर्मित किया गया है।
- इस कार्यक्रम में कई अनुप्रयोग शामिल हैं जो समुदायों के साथ संगठित काम करते हुए नल-जल संरचनाएं बनाने और नल से पानी पहुंचाने में मदद करते हैं।

इन्द्रधनुषी क्रांति

- बिहार में कृषि विकास के लिए कृषि रोड मैप के तहत इंद्रधनुषी क्रांति की शुरुआत की गई है।
- इसके लिए समर्पित कृषि फीडरों के माध्यम से कृषि उपयोग के लिए बिजली की आपूर्ति की जा रही है।
- बिहार में बिजली की अनुपलब्धता सभी क्षेत्रों में बिजली की खपत से कम उत्पादन के कारण है।
- ग्रामीण क्षेत्रों में घरेलू उपयोग, वाणिज्यिक उपयोग और कृषि सिंचाई के लिए बिजली की आवश्यकता होती है।
- वर्तमान में, कुल ऊर्जा खपत का केवल 5.83 प्रतिशत कृषि सिंचाई के लिए उपयोग किया जाता है, जो कि सबसे अधिक उपयोग किए जाने वाले राज्य हरियाणा के 38 प्रतिशत से बहुत कम है।
- राष्ट्रीय औसत भी 20.3 फीसदी है, जो बिहार से काफी ज्यादा है। बिहार में प्रति व्यक्ति बिजली की खपत 122.11 यूनिट है, जो राष्ट्रीय औसत 778.71 यूनिट से काफी पीछे है।
- उपरोक्त परिस्थितियों को ध्यान में रखते हुए कृषि एवं अकृषि फीडरों को पृथक करने का कार्य किया जा रहा है, जिसका मुख्य उद्देश्य समर्पित कृषि फीडर द्वारा निर्धारित अवधि में कृषि उपयोग हेतु सुनिश्चित विद्युत उपलब्ध कराना है।
- ग्रामीण क्षेत्रों में कृषि के अलावा अन्य कार्यों के लिए बिजली उपलब्ध कराई जानी है।

योजना की मुख्य विशेषताएं

- योजना के तीन मुख्य घटक हैं -
  1. फीडरों का पृथक्करण।
  2. सिंचाई पम्प सेटों के निकट उपयुक्त क्षमता के वितरण ट्रांसफार्मरों की स्थापना।

3. एसेट मैपिंग, संबंधित जीपीएस एकीकृत सुधार और सर्वेक्षण और वितरण नेटवर्क को मजबूत करना।

- डेडिकेटेड एग्रीकल्चरल फीडर प्रोग्राम के तहत, बिहार सरकार की वित्तीय वर्ष 2021-22 तक 55,925 किलोमीटर लाइन में 968 (11Kv) नए फीडर बनाने और 19,29,000 पंप सेटों को बिजली आपूर्ति करने के लिए 1,46,269 वितरण ट्रांसफार्मर स्थापित करने की योजना है।

  इस योजना के प्रमुख लाभ निम्नलिखित हैं -
- समर्पित कृषि फीडरों के माध्यम से कृषि क्षेत्र को निर्बाध विद्युत आपूर्ति की जाएगी।
- ग्रामीण अर्थव्यवस्था के समग्र विकास के साथ, लोगों के जीवन स्तर और सामाजिक-आर्थिक स्थिति में सुधार होगा।
- ऊर्जा खरीद लागत में कमी आएगी।
- कृषि खपत के लिए ऊर्जा का बेहतर लेखा-जोखा संभव हो सकेगा।
- वितरण उप-व्यवस्था को सुदृढ़ किया जायेगा।
- अधोसंरचना का विकास कर व्यवस्था एवं सुदृढ़ीकरण किया जायेगा।
- ग्रामीण उपभोक्ताओं के लिए वोल्टेज प्रोफाइल बेहतर होगा।
- अवैध बिजली कनेक्शन और बिजली चोरी की संभावना में कमी आएगी।

पूर्वी क्षेत्र के लिए आई.सी.ए.आर. अनुसंधान परिसर, पटना

- पूर्वी क्षेत्र के लिए भारतीय कृषि अनुसंधान अनुसंधान परिषद परिसर (ICAR-RCER) की स्थापना 22 फरवरी, 2001 को 11वीं पंचवर्षीय योजना में पटना में की गई है।
- दरभंगा और रांची में इसके दो शोध केंद्र स्थापित हैं।
- दरभंगा में मखाना अनुसंधान केंद्र भी इसके अंतर्गत कार्य करता है।
- भारत का पूर्वी क्षेत्र कृषि अनुकूल जल और मिट्टी संसाधनों जैसे प्राकृतिक संसाधनों से समृद्ध है, लेकिन गरीबी उन्मूलन, विकास, जीवन स्तर को ऊपर उठाने आदि में यह क्षमता विकसित नहीं हो पाई है।
- अतः इस परिसर की स्थापना पूर्वी क्षेत्र के कृषि विकास हेतु, भूमि एवं जल संसाधनों के प्रबंधन, फसल, उद्यानिकी, जलीय फसलों, मतस्यपालन, पशु एवं कुक्कुटपालन, कृषि प्रसंस्करण की स्थापना आदि से संबंधित शोध-कार्यों के लिए की गई है।

खनिज एवं उद्योग

- खनिज पदार्थ नैसर्गिक रूप से प्राप्त होने वाले पदार्थ होते हैं, जो अपनी विशेषताओं और रासायनिक गुणों के कारण बहुत महत्वपूर्ण होते हैं।
- इन पदार्थों को दो भागों में विभाजित किया जा सकता है- धात्विक और अधात्विक।
- बिहार में अधात्विक खनिजों की संभावना बनी हुई है, जबकि धात्विक खनिजों का अभाव है।
- बिहार में भी मिट्टी, बालू और चूना पत्थर जैसे- गौण खनिज होते हैं, लेकिन खनिजों की मात्रा बहुत कम होती है।

खनिज सम्पदा

- धात्विक खनिज वे खनिज होते हैं, जो खदानों से निकाले जाते हैं, और परिशोधित करके उसे शुद्ध बनाया जाता है। जैसे- सोना, चाँदी, ताँबा, जस्ता, शीशा और लोहा इस श्रेणी के उदाहरण हैं।
- अधात्विक खनिज वे खनिज होते हैं, जिन्हें परिशोधित नहीं किया जा सकता। इन्हें काटकर या खुरचकर विभिन्न आकृतियों में परिवर्तित किया जाता है। जैसे- कोयला, चूना-पत्थर, गंधक, जिप्सम, नमक और खनिज तेल इस श्रेणी के उदाहरण हैं।
- बिहार में प्रमुख रूप से अधात्विक खनिज पाये जाते हैं। चूना-पत्थर

(रोहतास), पायराइट (रोहतास), अभ्रक (जमुई), चीनी-मिट्टी (भागलपुर-बांका), क्वार्टज (जमुई, गया और नवादा), स्लेट (मुंगेर), शोरा (बेगुसराय, समस्तीपुर, मुजफ्फरपुर, सारण और पूर्वी चंपारण) में पाए जाते हैं।

- बिहार के मध्य और दक्षिण-पूर्वी क्षेत्र में आर्कियन युग के शैल गया, नवादा, नालंदा, मुंगेर, ज़मुई, भागलपुर और बांका जिलों में पाए जाते हैं। बिहार के दक्षिणी-पश्चिमी भागों में विन्ध्यन शैल समूह भी पाया गया है।
- भौगोलिक परिस्थितियों के कारण इन जिलों में विभिन्न प्रकार के खनिज पाए जाते हैं, जो भूमि के गर्भ में उपस्थित होते हैं।
- बिहार में लाइमस्टोन और पायराइट दो मुख्य खनिज पाए जाते हैं। इसके अतिरिक्त, बॉक्साइट, क्वार्ट्जाइट, फेल्सपार, मैग्नेटाइट आदि भी बहुत कम मात्रा में पाए जाते हैं।

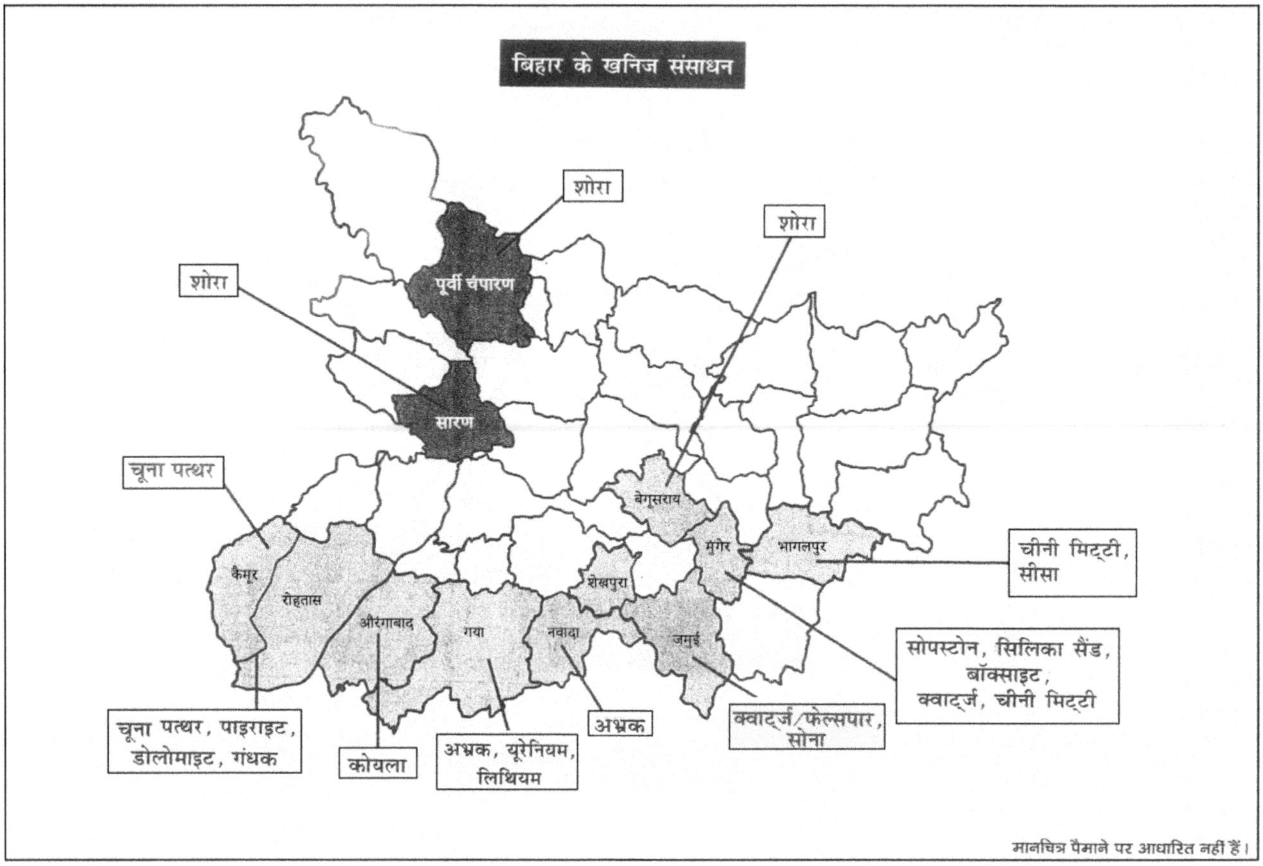

धात्विक खनिज की उपलब्धता

सोना

- जमुई जिले के सोनो प्रखंड के करमटिया, रानीपहाड़ी, बदमारीया, मरही पहाड़ी, दबचारी और राजगीर के कबूतरा और नाकिया पहाड़ में सोने के खनिज उपलब्ध हैं।
- यहाँ प्रति टन सोने के अयस्क में सोने की मात्रा 0.1 से 0.6 ग्राम होती है।
- भारतीय भूवैज्ञानिक सर्वेक्षण (जीएसआई) के अनुसार- जमुई जिले में लगभग 222.88 मिलियन टन सोने के भंडार हैं, जिसमें 37.6 टन खनिजयुक्त अयस्क शामिल हैं।
- केंद्रीय खनन मंत्री प्रहलाद जोशी ने बताया था कि- भारत के सोने के भंडारों में सबसे बड़ा भंडार बिहार में है।
- बिहार में 222.885 मिलियन टन सोने की धातु है, जो भारत के कुल सोने के भंडार का 44% है।
- बिहार में सोने की खानों में उच्च मात्रा में सल्फाइड मिला होता है, जो सोने को और अधिक शुद्ध बनाता है।
- बिहार सरकार ने बिहार के सोने को बेचने के लिए एक विशेष विकास निगम का गठन किया है।
- बिहार में सोने के उत्पादन के लिए कुछ छोटे-छोटे खनिज भी निकाले जाते हैं, जैसे- चांदी, तांबा, लोहा आदि।

बॉक्साइट

- यह मुंगेर जिले के खगड़पुर की पहाड़ियों में उपलब्ध है।
- भूतात्विक अन्वेषण से पता चला है, कि- इस क्षेत्र में लगभग 1.5 मिलियन टन बॉक्साइट का भण्डार है।
- इसके अतिरिक्त गया, जमुई, बांका और रोहतास के कुछ क्षेत्रों में भी बॉक्साइट उपलब्ध है।
- बॉक्साइट बिहार में मुख्य रूप से रोहतास जिले में पाया जाता है।
- बॉक्साइट एक मुख्य खनिज होता है, जो बैकेलाइट और एल्युमीनियम उत्पादन में उपयोग किया जाता है।

अधात्विक खनिज की उपलब्धता :

पायराइट

- इस खनिज का उत्पादन रोहतास और कैमूर जिलों में होता है।
- इसके खदान मुख्यतः कुटियारी और सोन घाटी में स्थित है। वर्तमान में इसका भण्डार 98.790 टन आंका गया है।

- यहाँ पायराइट फॉस्फेट और केमिकल कंपनी के द्वारा उर्वरक उत्पादित किया जाता है।
- बिहार में पायराइट का एकमात्र उत्पादन क्षेत्र रोहतास जिला है।
- पायराइट के खनिजों का समूह फॉस्फेट होता है, जो उर्वरक बनाने में उपयोगी होता है।
- बिहार सरकार ने पायराइट के उत्पादन को बढ़ावा देने के लिए कई नीतियां बनाई हैं।
- पायराइट के उत्पादन से रोजगार का मौका भी मिलता है, जो राज्य के विकास में मददगार साबित होता है।
- पायराइट के उत्पादन में प्रदूषण की समस्या उत्पन्न होती है, जो संभवतः स्थानीय पर्यावरण के लिए नुकसानदायक हो सकती है।
- बिहार में पायराइट के उत्पादन के लिए अनुमति पत्र विभिन्न विभागों द्वारा दिया जाता है।

चूना-पत्थर

- चूना-पत्थर, बिहार राज्य में एक महत्वपूर्ण खनिज है।
- चूना-पत्थर का उपयोग ज्यादातर सिविल निर्माण कामों में किया जाता है, जैसे- इमारतों, सड़कों, पुलों, और नालों के निर्माण में।
- बिहार राज्य के भिन्न-भिन्न जिलों से चूना-पत्थर का उत्पादन किया जाता है।
- बिहार में सीमेंट के उत्पादन के लिए चूना-पत्थर उपयोग किया जाता है।
- बिहार के भीतरी जिलों में चूना-पत्थर की बहुत सी खानें हैं। इन खानों से अनुमानित 75% से अधिक चूना-पत्थर का उत्पादन होता है।
- बिहार के अमझोर, रोहतास और कैमूर जिलों में चूना-पत्थर के उत्पादन के लिए खाने होती हैं।
- बिहार में चूना-पत्थर की खानों से उत्पादित उत्पादों की गुणवत्ता अधिक नहीं होती है, इसलिए वे मुख्य रूप से स्थानीय प्रयोग के लिए ही उपयोग में आती है।

चीनी मिट्टी

- भागलपुर, बांका और मुंगेर में इस सामग्री के बड़े भंडार हैं।
- मुंगेर में समुखिया, लेतवा, बारन और कटोरिया इस सामग्री के प्रमुख क्षेत्र हैं।
- वर्तमान में इस सामग्री का भंडार 2.02 मिलियन टन है। फायरक्ले उच्च कोटी की चीनी-मिट्टी है, जो कालोंग-गाँव के नदरामपुर क्षेत्र में पाई जाती है।
- चीनी मिट्टी एक विशेष प्रकार की मिट्टी है।
- इस मिट्टी का उपयोग खेती में खाद के रूप में भी किया जाता है।
- चीनी मिट्टी में अधिक मात्रा में फास्फोरस, पोटेशियम और नाइट्रोजन होता है।

अभ्रक

- बिहार में अभ्रक से सम्बंधित खनिज पदार्थों का उत्पादन होता हैं।
- बिहार में अभ्रक के उत्पादन के लिए जमुई जिले में कई खदान हैं।
- अभ्रक खनिज को खनिज तेल के साथ मिश्रित करके उत्पादित कच्चा माल पेट्रोलियम जेली के रूप में इस्तेमाल किया जाता है।
- अभ्रक का उपयोग धातु-आधातु संयोजन के उत्पादों, ग्लास और सीमेंट इत्यादि के निर्माण में किया जाता है।
- बिहार में अभ्रक के अतिरिक्त बॉक्साइट, लिग्नाइट, आयरन- अयस्क आदि भी खनिज संसाधन हैं।
- अभ्रक का उपयोग विभिन्न क्षेत्रों में होता है, जैसे- कंडेंसर, कम्प्यूटेटर, टेलीफोन, डायनेमो आदि के काम में होता है।
- पारदर्शक तथा तापरोधक होने के कारण यह लैंप की चिमनी, स्टोव, भट्टियों आदि में प्रयुक्त होता है।

क्वार्ट्ज

- बिहार में क्वार्ट्ज एक महत्वपूर्ण खनिज है, जो सुनहरे, सफेद और गहरे रंगों में पाया जाता है।
- यह खनिज उद्योग में उपयोग होता है जैसे कि रॉक वूल, कंक्रीट, ग्लास, सोडा, साबुन, रंग, धातु, आभूषण, चाय कप और दांत साफ़ करने वाले पाउडर में।
- बिहार के जमुई, नालंदा, गया, और नवादा जिलों में क्वार्ट्ज के खदान हैं।
- बिहार का मुख्य क्वार्ट्ज उत्पादन क्षेत्र नवादा जिला है।
- बिहार में क्वार्ट्ज का उत्पादन सरकार द्वारा विभिन्न कंपनियों को लाइसेंस देकर किया जाता है। बिहार में क्वार्ट्ज उत्पादन में स्थानीय उद्यमियों की भूमिका अहम है।
- नवादा जिले में स्थित संगमरमर खदानों में क्वार्ट्ज का भी उत्पादन किया जाता है।
- बिहार के अतिरिक्त, देश में गुजरात, मध्य प्रदेश, तमिलनाडु आदि राज्यों में भी क्वार्ट्ज उत्पादन होता है।
- क्वार्ट्ज से बनी चीजें जैसे- घड़ी, दीवार का सामान, सिक्के, रिसाव, गोले आदि में उपयोग किया जाता है।
- क्वार्ट्ज का उपयोग चीनी मिट्टी के उत्पादन में बढ़ता हुआ देखा जा रहा है।
- क्वार्ट्ज का उत्पादन औद्योगिक विकास में एक महत्वपूर्ण भूमिका निभाता है।

फेल्सपॉर

- बिहार राज्य फेल्सपॉर खनिज के उत्पादन का मुख्य केंद्र है।
- फेल्सपॉर एक महत्वपूर्ण खनिज है, जो सीमेंट और आइरन उत्पादों के निर्माण में उपयोग किया जाता है।
- फेल्सपॉर खनिज बिहार में उत्पादन होने वाले पांच मुख्य खनिजों में से एक है।
- फेल्सपॉर खनिज बिहार के रोहतास जिले में मिलता है।
- फेल्सपॉर खनिज की खोज और उत्पादन बिहार सरकार द्वारा संचालित बिहार फेल्सपॉर निगम लिमिटेड द्वारा किया जाता है।
- फेल्सपॉर खनिज का उत्पादन बिहार सरकार के लिए मुख्य आय स्रोतों में से एक है।
- फेल्सपॉर खनिज के उत्पादन के लिए बिहार सरकार ने विशेष रूप से खनिज विकास के नीतियों में बदलाव किया है।
- फेल्सपॉर खनिज के उत्पादन के लिए बिहार सरकार ने कई नई पहल शुरू की हैं, जैसे- नए खदानों का खोलना और खनिज विकास के लिए नए तकनीकों का उपयोग करना।

क्वार्टजाइट

- बिहार, भारत का एकमात्र राज्य है, जहां क्वार्टजाइट खनिज पाया जाता है।
- बिहार के रोहतास जिले में क्वार्टजाइट का मुख्य उत्पादन होता है।
- क्वार्टजाइट खनिज को पायराइट से अलग किया जाता है, यह सफेद या पीले रंग का होता है।
- बिहार के रोहतास जिले में क्वार्टजाइट खनिज के अतिरिक्त अन्य राज्यों में भी पाया जाता है।

स्लेट एवं फिलाइट

- बिहार में स्लेट एवं फिलाइट खनिजों के उत्पादन में देश का दूसरा सबसे बड़ा स्थान है।
- बिहार में स्लेट खनिजों का उत्पादन मुख्य रूप से गया, मुंगेर, रोहतास, कैमूर, शेखपुरा एवं नालंदा जिलों में होता है।
- बिहार में फिलाइट खनिजों का उत्पादन मुख्य रूप से जमुई, भागलपुर, मुंगेर, रोहतास एवं नालंदा जिलों में होता है
- फिलाइट खनिज बिहार में स्टील उद्योग, सीमेंट उद्योग और फर्टिलाइजर उद्योग, रेलवे बॉलास्ट, रोड निर्माण और जलवायु उत्पादो जैसे- उद्योगों के लिए महत्वपूर्ण होता है।

- बिहार में स्लेट खनिजों का उत्पादन स्लेट टाइल्स, स्लेट ब्लॉक्स, स्लेट लंच टेबल्स और स्लेट वॉश बेसिन जैसे- वस्तुओं के निर्माण में उपयोग किया जाता है।

सैंड स्टोन

- यह खनिज प्राकृतिक रूप से पाया जाता है और इसका उपयोग निर्माण के लिए किया जाता है।
- बिहार में सैंड स्टोन का उत्पादन मुख्य रूप से भागलपुर, पटना, और गया जैसे- जिलों में होता है।
- बिहार में सैंड स्टोन की खानों में खनिज उत्पादन को विभिन्न स्तरों पर विनियमित किया जाता है।

सोप स्टोन

- सोप स्टोन का रंग सफेद होता है
- सोप स्टोन का उपयोग विभिन्न उद्योग में होता है, जैसे- इलेक्ट्रॉनिक्स, टेलीकॉम उद्योग, इत्यादि।
- सोप स्टोन बिहार में नालंदा, गया, और जमुई जैसे- जिलों में पाया जाता है।
- सोप स्टोन की खानों के अतिरिक्त, यह खनिज बिहार में बैलगाड़ी चालित स्टोन क्रशरों द्वारा प्रसंस्कृत होता है।
- बिहार में सोप स्टोन की खानों की कमी विभिन्न प्रकार की मशीनों के उपयोग से कम हो रही है।
- सोप स्टोन की उत्पादन में बिहार सबसे अग्रणी राज्यों में से है।

गैलिना

- गैलिना खनिज सल्फाइड का एक प्रकार है।
- गैलिना का रंग भूरा होता है, और यह चमकदार होता है।
- इस खनिज का उपयोग चारकोल बनाने में, उर्जा उत्पादन में और बैटरी बनाने में किया जाता है।
- बिहार में गैलिना का मुख्य उत्पादक स्थान बोधगया जिला है।
- बिहार में गैलिना के उत्पादन में अभी भी विस्तार का बहुत ही कम हिस्सा खोजा गया है।
- भारत में गैलिना का उत्पादन मुख्य रूप से बिहार और राजस्थान में किया जाता है।
- गैलिना का उत्पादन बिहार में करीब 1000 मीट्रिक टन प्रति वर्ष होता है।
- बिहार सरकार गैलिना के उत्पादन को बढ़ाने के लिए कई योजनाएं लागू की है।

शोरा

- बिहार राज्य में शोरा खनिज के बहुत से भंडार हैं। यह खनिज संगमरमर के समान होता है।
- शोरा खनिज को निकालने के लिए स्थानीय लोग खदान खोलते हैं, और अधिकतर खनिज एक साथ निकाले जाते हैं।
- शोरा खनिज का उपयोग विभिन्न वस्तुओं की तैयारी में किया जाता है। इसमें आभूषण, मूर्तियां, संगमरमर का काम शामिल होता है।

सजावटी ग्रेनाइट

- सजावटी ग्रेनाइट की एक विशेषता यह है, कि- इसमें काला रंग एवं रंगीनता दोनों होती है।
- यह ग्रेनाइट भागलपुर, बांका तथा नवादा जिलों में पाया जाता है।
- इस ग्रेनाइट का उपयोग सजावटी वस्तुओं के निर्माण में किया जाता है।
- इस ग्रेनाइट की खुदाई एवं प्रसंस्करण का काम खनिज विभाग द्वारा किया जाता है।
- बिहार में सजावटी ग्रेनाइट का कुल अनुमानित भण्डार 0.59 हजार मीट्रिक टन है।

खनिज तेल एवं गैस

- भूतात्विक अन्वेषण द्वारा पूर्णिया और कटिहार जिलों में खनिज तेल और गैस की खोज जारी है।
- इस क्षेत्र में खनिज तेल एवं गैस की बहुत सारी भंडार हो सकती हैं। इस क्षेत्र में विभिन्न विदेशी कंपनियों का भी ध्यान है, जो खनिज खोज और उत्पादन का विस्तृत अन्वेषण कर रहे है।

मैंगनीज

- यह मुंगेर और गया में पाया जाता है।
- मैंगनीज ऑक्साइड का उपयोग विभिन्न कार्यों में किया जाता है, जैसे- ऑक्सीकरण एजेंट, रबड़ संयोजक, कांच बनाने के लिए, उर्वरक और सिरेमिक खाद आदि।
- मैंगनीज सल्फेट को कवकनाशी के रूप में उपयोग किया जा सकता है।

मिट्टी के खनिज

- मिट्टी के खनिज पृथ्वी के सतह का विशिष्ट खनिज हैं।
- वे मिट्टी और तलछट में तथा चट्टानों के क्षरण और जलतापीय परिवर्तन से बनते हैं।
- मिट्टी के खनिज निर्माण के लिए पानी आवश्यक होता है।

टंगस्टन

- टंगस्टन वुल्फ्रामाइट अयस्क से प्राप्त किया जाता है।
- यह मुख्य रूप से ग्रेनाइट और पेग्माटाइट चट्टानों के साथ पाया जाता है।
- यह एक अत्यधिक महत्वपूर्ण खनिज है।
- इसका उपयोग बिजली के बल्ब बनाने, स्टील को मजबूत करने, धातु काटने के उपकरण और सामरिक महत्व के हथियार बनाने में किया जाता है।
- इसके अतिरिक्त एक्स-रे, रेडियो और टेलीविजन उपकरणों और छपाई उद्योगों में इसका उपयोग किया जाता है।

ग्रेफाइट

- ग्रेफाइट एक कार्बनिक खनिज है, जो उच्च तापमान और उच्च धातु विरोधी गुणों के लिए जाना जाता है।
- बिहार में ग्रेफाइट खनन के लिए दो विभिन्न प्रकार के खदान होते हैं - खुले खदान और भूमिगत खदान।
- बिहार में ग्रेफाइट खनिज के उत्पादन में लगभग 50 प्रतिशत भूमिगत खदानों से होता है।

साल्ट

- साल्ट का उत्पादन बिहार के गया, पटना, नालंदा, वैशाली, मुजफ्फरपुर जैसे- कई जिलों में किया जाता है।
- साल्ट उत्पादन का मुख्य केंद्र गया जिले का सीतामढ़ी क्षेत्र है, जहां साल्ट की खानें स्थित हैं।
- साल्ट को उत्पादित करने के लिए बिहार सरकार ने खनिज विकास निगम की स्थापना की है।
- साल्ट खानों के करीब 4 लाख लोगों का अधिकतम रोजगार सृजित किया जाता है।

सीसा और जस्ता

- ये खनिज बांका और रोहतास जिले में पाए जाते हैं।
- सीसा, लोहा और इस्पात उद्योग में भी प्रयोग किया जाता है, और यह बिजली का कुचालक है।
- सीसा मुख्य रूप से टूल स्टील बनाने के लिए प्रयोग किया जाता है।

बेरेलियम

- यह गया जिले में आग्नेय चट्टानों में पाया जाता है।
- यह मुख्य रूप से परमाणु ऊर्जा उत्पादन के लिए परमाणु रिएक्टर में एक मॉडरेटर के रूप में, फ्लोरोसेंट लैंप, जहाजों के कार्बेरिटर, साइक्लोट्रॉन आदि बनाने में उपयोग किया जाता है।

एस्बेस्टोस

- यह एक रेशेदार खनिज है, जिसमें मैग्नीशियम, सिलिका और पानी होता है।
- क्रायसोटाइल और एम्फीबोलाइट इसके प्रमुख प्रकार हैं।
- यह भी गया जिले के आग्नेय चट्टानों में पाया जाता है।
- यह मुख्य रूप से परमाणु ऊर्जा उत्पादन के लिए परमाणु रिएक्टर में एक मॉडरेटर के रूप में, फ्लोरोसेंट लैंप, जहाजों के कार्बेरिटर, साइक्लोट्रॉन आदि बनाने में उपयोग किया जाता है।
- यह मुख्य रूप से बिहार के मुंगेर जिले में पाया जाता है।
- यह आग और बिजली के लिए प्रतिरोध का कार्य करती है, इस प्रकार, इसका उपयोग अग्नि एवं विद्यतु रोधी उत्पादों में किया जाता है।
- इसका उपयोग हवाई जहाज और रेलवे कोच में किया जाता है।
- फायर प्रूफ सूट, जो अग्निशामकों द्वारा उपयोग किए जाते हैं, एस्बेस्टस से बनाए जाते हैं।

अग्नि मिट्टी

- यह कोयले के निक्षेपों के नीचे तलछटी चट्टानों में पाया जाता है।
- यह एक दुर्लभ्य मिट्टी है, जिसमें पोटाश और सोडा कम मात्रा में पाया जाता है।

मैग्नेटाइट

- यह मुख्य रूप से बिहार के पर्वतीय पत्थर जिलों में मिलता है।
- बिहार में इसका कुल अनुमानित भण्डार 0.59 हजार मीट्रिक टन है।

यूरेनियम

- यह धातु खनिज आग्नेय चट्टानों से प्राप्त किया जाता है, और पैग्माटाइट, पिचब्लेंड और यूरेनियम के संयुक्त रूप में पाया जाता है।
- यूरेनियम के इस प्रकार के खनिज अबरक पहाड़ियों के खदानों और नवादा जिले के पैग्माटाइट रंध्रों में पाया जाता है।

रेह

- यह शोरा उत्पादक क्षेत्रों में पायी जाती है।
- उत्तरी-पश्चिमी बिहार के अतिरिक्त यह पटना, गया, मुंगेर में भी पायी जाती है।

मोनाजाइट

- यह थोरियम, सीरियम, यूरेनियम, लैथेलक का मिश्रण है, जो पैग्मेटाइट शैलों में पाया जाता है।
- पैग्मेटाइट शैल गया और मुंगेर जिलों में मिलती है।

डोलोमाइट : यह रोहतास में पाया जाता है।
सिलीमैनाइट : यह गया में पाया जाता है।
लिथियम : यह गया में पाया जाता है।
बैरीलियम : यह गया और नवादा क्षेत्र में पाया जाता है।
कोयला : औरंगाबाद में पाया जाता है।
फायरक्ले : मुंगेर और भागलपुर में पाया जाता है।

उद्योग-धंधे

- उद्योग उस कार्यक्रम को कहते हैं, जिसमें कच्चे पदार्थों को उपयोगी बनाने के लिए परिवर्तित किया जाता है।
- उद्योग अर्थव्यवस्था का दूसरा क्षेत्र होता है।
- बिहार में उद्योग का विकास बहुत धीमा होता है, क्योंकि खनिज संसाधन की कमी होती है।
- उद्योग की स्थापना के लिए कच्चे माल, कुशल श्रम, पूँजी, तकनीक, परिवहन साधन और बाजार की जरूरत होती है। परन्तु बिहार में इन कारकों की कमी होती है।
- बिहार में औद्योगिक संरचना की कमी है।
- (रोहतास), पायराइट (रोहतास), अभ्रक (जमुई), चीनी-मिट्टी (भागलपुर-बांका), क्वार्टज (जमुई, गया और नवादा), स्लेट (मुंगेर), शोरा (बेगुसराय, समस्तीपुर, मुजफ्फरपुर, सारण और पूर्वी चंपारण) में पाए जाते हैं।
- बिहार के मध्य और दक्षिण-पूर्वी क्षेत्र में आर्कियन युग के शैल गया, नवादा, नालंदा, मुंगेर, ज़मुई, भागलपुर और बांका जिलों में पाए जाते हैं। बिहार के दक्षिणी-पश्चिमी भागों में विन्ध्यन शैल समूह भी पाया गया है।
- भौगोलिक परिस्थितियों के कारण इन जिलों में विभिन्न प्रकार के खनिज पाए जाते हैं, जो भूमि के गर्भ में उपस्थित होते हैं।
- बिहार में लाइमस्टोन और पायराइट दो मुख्य खनिज पाए जाते हैं। इसके अतिरिक्त, बॉक्साइट, क्वार्ट्जाइट, फेल्सपार, मैग्नेटाइट आदि भी बहुत कम मात्रा में पाए जाते हैं।

बिहार के प्रमुख उद्योग एवं सम्बंधित क्षेत्र	
चीनी उद्योग	मोतिहारी, सुगौली, मझौलिया, चनपटिया, बिहटा, गया, नरकटियागंज, मंडोर, पंचरुखी, सासामुसा, गोपालगंज, हथुआ, मोतीपुर, सहारा, पूर्वी शाहाबाद, हसनपुर, हरिनगर, डालमियानगर, बन्ना, वारसलीगंज एवं मीरगंज
सूती वस्त्र उद्योग	गया, फुलवारीशरीफ, डुमराव, मोकामा, पटना, मुंगेर, भागलपुर, मधुबनी एवं मुजफ्फरपुर उद्योग
प्लाईवुड उद्योग	हाजीपुर
कागज़ उद्योग	समस्तीपुर, चंपारण, दरभंगा, पटना, बरौनी, एवं डालमियानगर
जूट उद्योग	मिलान कटिहार, दरभंगा, सहरसा
हथकरघा उद्योग	मधुबनी, भागलपुर, बिहारशरीफ, गया, पटना, मुंगेर
बर्तन उद्योग	सिवान, बिहटा
कंबल उद्योग	गया, पूर्णिया, औरंगाबाद, मोतिहारी

बिहार में ऊर्जा संसाधन

- बिहार, भारत के पूर्वी क्षेत्र में स्थित है और इसके पास विभिन्न प्रकार के ऊर्जा संसाधन हैं।
- बिहार के ऊर्जा संसाधनों में बिजली, पेट्रोलियम उत्पादों, गैस, खनिज और

बायोमास शामिल हैं।

- बिहार में बिजली उत्पादन के लिए विभिन्न स्रोत हैं, जिसमें थर्मल, हाइड्रो और कोयला आदि शामिल है।
- बिहार में बिजली उत्पादन के लिए प्रमुख स्थानों में बाढ़ सुपर थर्मल पावर स्टेशन, कहलगांव थर्मल पावर स्टेशन, कहलगांव हाइड्रो पावर स्टेशन आदि शामिल हैं।
- बिहार में पेट्रोलियम उत्पादों के लिए तेल रिफाइनरी और गैस संयंत्र भी हैं।
- बिहार में पेट्रोलियम उत्पादों के लिए, बरौनी रिफाइनरी संयंत्र प्रसिद्ध हैं।

बिहार की प्रमुख थर्मल पावर स्टेशन

कहलगांव सुपर थर्मल पावर स्टेशन

- कहलगांव सुपर थर्मल पावर स्टेशन भागलपुर जिले में स्थित एक एनटीपीसी नियंत्रित थर्मल पावर जनरेशन यूनिट है।
- यह 1992 में स्थापित किया गया था।
- इस पावर स्टेशन को कोयले की आपूर्ति ईस्टर्न कोल फील्ड्स लिमिटेड की राजमहल कोयला खदान से होती है और पानी की आपूर्ति का स्रोत गंगा नदी है।

बरौनी थर्मल पावर स्टेशन

- यह परियोजना/योजना बिहार में बेगूसराय जिले के बरौनी में स्थापित की गई थी।
- यह थर्मल पावर प्लांट रूसी सहयोग से स्थापित किया गया था, और वर्ष 1962 में परिचालन में आया।
- बरौनी तेल रिफाइनरी से इसे अपना कच्चा माल और ईंधन के लिए डीजल मिलता है।
- यह कोयला आधारित थर्मल पावर स्टेशन है।
- पहले इसकी 7 अलग-अलग इकाइयाँ थीं, लेकिन उनमें से 5 अब काम नहीं कर रही हैं।
- 17 अप्रैल, 2018 को बिहार कैबिनेट ने बरौनी थर्मल पावर स्टेशन को राष्ट्रीय थर्मल पावर कॉरपोरेशन (NTPC) को सौंपने की मंजूरी दे दी।
- 15 मई, 2018 को बिहार सरकार ने इस थर्मल पावर स्टेशन को एनटीपीसी को सौंपने के लिए एक समझौता ज्ञापन पर हस्ताक्षर किया।

बाढ़ सुपर थर्मल पावर स्टेशन

- यह पटना जिले के बाढ़ में स्थित है।
- इसका निर्माण वर्ष 1999 में शुरू हुआ, और उत्पादन वर्ष 2013 से शुरू हुआ।
- यह राष्ट्रीय थर्मल पावर कॉरपोरेशन के नियंत्रण में है।
- बाढ़ सुपर थर्मल पावर स्टेशन का पहला चरण रूसी कंपनी Technopromexport (TPE) द्वारा बनाया गया था, और दूसरा चरण भारत हेवी इलेक्ट्रिकल्स लिमिटेड (BHEL) द्वारा बनाया गया था।

बिहार में जलविद्युत परियोजनाएं

कोसी जलविद्युत स्टेशन

- यह सुपौल जिले के बीरपुर में स्थित है।
- इसे 1970-78 ई. के दौरान कमीशन किया गया था।

सोन वेस्टर्न लिंक नहर जलविद्युत परियोजना

- यह रोहतास जिले के डेहरी-ऑन-सोन में स्थित है।
- इसकी स्थापना वर्ष 1991-92 ई. में की गई थी।

पूर्वी गंडक नहर जलविद्युत परियोजना

- यह पश्चिम चंपारण के वाल्मीकि नगर में स्थित है।
- इसे 1996-97 ई. में कमीशन किया गया था।

सोन ईस्टर्न लिंक नहर जलविद्युत परियोजना

- यह औरंगाबाद जिले के बारुन में स्थित है।
- इसकी स्थापना वर्ष 1996-97 ई. में की गई थी।

अग्रूर जलविद्युत परियोजना

- यह अरवल जिले में स्थित है।
- इसे 2004-05 ई. के दौरान कमीशन किया गया था।

ढेलाबाग जलविद्युत परियोजना

- यह रोहतास जिले में स्थित है।
- इसे 2006-07 ई. में कमीशन किया गया था।

त्रिवेणी लिंक नहर जलविद्युत परियोजना

- यह पश्चिम चंपारण में स्थित है।
- इसे 2007-08 ई. के दौरान कमीशन किया गया था।

नसीरगंज जलविद्युत परियोजना

- यह रोहतास जिले में स्थित है।
- इसे 2007-08 ई. के दौरान कमीशन किया गया था।

जयनगर लघु जलविद्युत परियोजना

- यह रोहतास जिले में स्थित है।
- इसे 2007-08 ई. के दौरान कमीशन किया गया था।

उद्योगों का वर्गीकरण

आकार के आधार पर

- आकार के आधार पर उद्योगों को बड़े पैमाने के उद्योगों और सूक्ष्म, लघु और मध्यम उद्योगों में बांटा गया है।

बड़े पैमाने के उद्योग

- बिहार के पुनर्गठन के बाद बड़े पैमाने के अधिकांश उद्योग नव निर्मित झारखंड में चले गए।
- बुनियादी औद्योगिक संरचनाओं के अभाव में बिहार में बड़े पैमाने की इकाइयों का विकास धीमी गति से रहा।
- बड़े पैमाने के उद्योगों में चीनी, जूट, सीमेंट उद्योग आदि शामिल हैं।

सूक्ष्म, लघु और मध्यम उद्योग

- राज्य में इन उद्योगों की अपार संभावनाएं हैं। ये श्रम गहन इकाइयाँ हैं, जबकि- बड़े पैमाने के उद्योग, पूँजी गहन इकाइयाँ हैं।
- राज्य में लघु उद्योगों की स्थापना के उद्देश्य से जिला औद्योगिक केन्द्रों की स्थापना की गई है।
- इन औद्योगिक इकाइयों में आभूषण, प्लाईवुड, अगरबत्ती उद्योग, चमड़ा, कालीन और धातु के काम के उद्योग शामिल हैं।

कच्चे माल के आधार पर

- बिहार में कच्चे माल के आधार पर उद्योगों को चार समूहों में वर्गीकृत किया गया है। जैसे:
  - कृषि आधारित उद्योग
  - खनिज आधारित उद्योग

- वन आधारित उद्योग
- खाद्य प्रसंस्करण उद्योग

कृषि आधारित उद्योग

- विभिन्न कृषि-जलवायु परिस्थितियों के कारण, बिहार में कृषक विभिन्न प्रकार की फसलों जैसे- तिलहन, फल, सब्जियां, गन्ना, चाय, तम्बाकू आदि का उत्पादन करते हैं।
- इस प्रकार, राज्य में कृषि आधारित उद्योग के लिए अपार संभावनाएं हैं।

महत्वपूर्ण कृषि आधारित उद्योग

चीनी उद्योग

- बिहार में चीनी और संबद्ध उद्योगों के लिए काफी संभावनाएं हैं। चीनी के उत्पादन के लिए पहला चीनी निर्माण उद्योग 1840-41 ई. में बिहार के लौरिया में डचों द्वारा स्थापित किया गया था, लेकिन यह असफल रहा।
- पहली सफल चीनी मिल अंग्रेजों द्वारा 1903 ई. में बिहार के सारण जिले के मढ़ौरा शहर में स्थापित की गई थी।
- बिहार में 2018-19 में गन्ने का रकबा 3.04 लाख हेक्टेयर है, और उस अवधि में चीनी का उत्पादन 8.40 लाख मीट्रिक टन था।
- 2018-19 के आर्थिक सर्वेक्षण के अनुसार- बिहार में 11 चीनी मिलें हैं। ये चीनी मिलें बगहा, हरिनगर, नरकटियागंज, मझौलिया, सासामुसा, गोपालगंज, सिधवलिया, रीगा, हसनपुर, लौरिया और सुगौली में हैं।
- स्वतंत्रता के समय, बिहार देश में उत्तर प्रदेश के बाद चीनी का दूसरा सबसे बड़ा उत्पादक था। राज्य ने उस समय भारत का लगभग 22.7% चीनी का उत्पादन किया। उस समय, भारत में 66 चीनी मिलें थीं, जिनमें से बिहार में 33 चीनी मिलें थीं, परन्तु वर्तमान में देश का केवल 2% चीनी का उत्पादन बिहार राज्य द्वारा किया जाता है।
- हरिनगर चीनी मिल (पश्चिम चंपारण) राज्य में चीनी का सर्वाधिक उत्पादन करता है।
- राज्य में चीनी मिलों की संख्या कम होने का मुख्य कारण खराब किस्म के गन्ने का उत्पादन, पुरानी चीनी मिलें, पूंजी निवेश की कमी, अपर्याप्त सरकारी नीतियां इत्यादि हैं।
- राज्य में चीनी मिलों को बढ़ावा देने के लिए राज्य सरकार ने 1974 ई. में बिहार राज्य चीनी निगम (बीएसएससी) की स्थापना की।
- चीनी मिलों की संख्या के मामले में बिहार का, उत्तर प्रदेश और महाराष्ट्र के बाद देश में तीसरा स्थान है।
- चीनी की उत्पादकता एवं रिकवरी प्रतिशत में वृद्धि हेतु वित्तीय वर्ष 2017-18 के लिए मुख्यमंत्री गन्ना विकास योजना के अन्तर्गत कार्यक्रम क्रियान्वित किया गया है।

जूट उद्योग

- जूट उद्योग का संकेन्द्रण बिहार के उत्तर-पूर्व में पाया जाता है।
- पूर्वी बिहार के चार जिले पूर्णिया, अररिया, किशनगंज और कटिहार जिले जूट के महत्वपूर्ण उत्पादक हैं।
- जूट के उत्पाद जूट के थैलों से लेकर घर की साज-सज्जा तक विविध हैं।
- फर्श की चटाई, कालीन, फोल्ड पर्स आदि निर्मित मुख्य वस्तुएँ हैं।
- जूट का उत्पादन बढ़ाने के लिए 1980 ई. में राष्ट्रीय जूट विनिर्माता निगम लिमिटेड (एनजेएमसी) की स्थापना की गई। इसका मुख्यालय कटिहार में स्थित है।
- पश्चिम बंगाल के बाद देश में जूट के उत्पादन में बिहार का दूसरा स्थान है।

सूती-कपड़ा उद्योग

- कपास-कपड़ा उद्योग का सबसे बड़ा विकास बिहार के गया और भागलपुर जिलों में देखा जाता है।
- गया जिले का मानपुर क्षेत्र सूती-वस्त्र उद्योग का प्रमुख केन्द्र है। यहां करीब
- एक हजार पावरलूम स्थापित किए गए हैं।
- भागलपुर एवं दरभंगा जिलों में हथकरघा उद्योग के रूप में सूती वस्त्र उद्योग की स्थापना की गई है।
- बिहार राज्य वस्त्र निगम लिमिटेड की स्थापना वर्ष 1970 ई. में हुई थी।
- पटना, मधुबनी, मुंगेर और भागलपुर में होजरी के 40 से अधिक कारखाने हैं।
- सूती वस्त्र औद्योगिक इकाइयाँ कानपुर और अहमदाबाद से कपास का आयात करती हैं।
- भागलपुर के लुंगी, औरंगाबाद के ओबरा और दाउदनगर के कालीन देश भर में प्रसिद्ध हैं, और इनकी बहुत मांग है। अन्य महत्वपूर्ण सूती वस्त्र केंद्र फुलवारीशरीफ, डुमरांव, मुंगेर, मधुबनी और मुजफ्फरपुर में स्थित है।

रेशम उद्योग

- इसे भागलपुर, गया और वैशाली जिलों में विकसित किया गया है।
- भागलपुर को सिल्क सिटी के नाम से जाना जाता है।
- बिहार रेशम और वस्त्र संस्थान की स्थापना 1922 ई. में हुई थी।
- बिहार में तीन प्रकार के रेशम का उत्पादन होता है, जैसे- शहतूत, तसर और एरी।
- राज्य में रेशम उद्योग को बढ़ावा देने के लिए भागलपुर, मुजफ्फरपुर, गया और दरभंगा जिलों में 4 क्षेत्रीय कार्यालय स्थापित किए गए हैं।
- ग्रामीण क्षेत्रों में तसर क्षेत्र को बढ़ावा देने एवं रोजगार सृजन हेतु बिहार में वर्ष 2012-13 में 'मुख्यमंत्री तसर विकास परियोजना' प्रारंभ की गई।
- इस योजना का उद्देश्य उत्तर बिहार के बांका, मुंगेर, नवादा, कैमूर, जमुई और रोहतास जिलों और कुछ जल भराव क्षेत्रों में अर्जुन और आसन के पेड़ लगाना है।
- एरी रेशम पालन बेगूसराय जिले तक ही सीमित है।
- रेशम उत्पादन के लिए अर्जुन और आसन के पेड़ बहुत महत्वपूर्ण हैं।
- मुख्यमंत्री कोसी शहतूत योजना वर्ष 2016-17 में शुरू की गई थी।
- इस योजना के तहत उत्पादित रेशम के धागों को "कौशिकी" ब्रांड नाम दिया गया है।
- इस योजना के तहत कोसी क्षेत्र के सात जिलों सहरसा, सुपौल, मधेपुरा, अररिया, किशनगंज, कटिहार और पूर्णिया को शहतूत उत्पादन को बढ़ावा देने के लिए चुना गया है।

खादी और ग्रामोद्योग

- खादी और ग्रामोद्योग आयोग (KVIC) के पास ग्रामीण उद्योगों को बढ़ावा देने की जिम्मेदारी है।
- बिहार में 84 खादी संगठन हैं, जिनमें से 65 वर्तमान में कार्य कर रहे हैं।
- खादी संगठनों को बढ़ावा देने के लिए आरा, राजगीर, मुजफ्फरपुर और भागलपुर में खादी मेले का आयोजन किया गया।

तंबाकू उद्योग

- दरभंगा, बेगूसराय, मुजफ्फरपुर, सारण, वैशाली, समस्तीपुर, पटना, भागलपुर, मुंगेर और पूर्णिया जिलों में तंबाकू का उत्पादन होता है।
- मुंगेर के दिलावरपुर में 1905 ई. में राज इंटरप्राइजेज द्वारा सबसे पुरानी तंबाकू निर्माण इकाई की स्थापना की गई थी।
- इसके बाद में भारतीय तंबाकू कंपनी (ITC) की स्थापना की गई।
- जर्दा तंबाकू का एक रूप है, जो मुजफ्फरपुर में पैदा होता है।
- मुंगेर, पटना, झाझा, लखीसराय, जमुई, बिहारशरीफ, मानपुर, आरा,

बक्सर, महनार, दलसिंहसराय, साहपुर (भोजपुर) और अयोध्यागंज (कटिहार) महत्वपूर्ण सिगरेट औद्योगिक केंद्र हैं।
- बिहार में 14,000 हेक्टेयर भूमि पर तंबाकू की खेती की जाती है।
- देश में तम्बाकू उत्पादन में आंध्र प्रदेश और असम के बाद बिहार का तीसरा स्थान है।

चाय उद्योग

- बिहार में चाय उद्योग 1990 ई. के दशक में शुरू हुआ था।
- यह ज्यादातर किशनगंज जिले में उगाया जाता है, जो राज्य का सबसे बड़ा चाय उत्पादक जिला है, और यहां 50,000 एकड़ से अधिक भूमि पर चाय के बागान हैं।
- बिहार में हर साल 4,000 टन से ज्यादा चाय उगाई जाती है।
- किशनगंज में 7 चाय प्रसंस्करण संयंत्र हैं, जिनका वार्षिक उत्पादन 2,300 टन से अधिक है।
- किशनगंज में अभी भी 50 नए चाय प्रसंस्करण संयंत्रों की गुंजाइश है, जिससे चाय की खेती करने वालों को पड़ोसी उत्तर बंगाल से चाय की पत्तियों का परिवहन की जरूरत नहीं पड़ेगी।
- राज्य सरकार ने नए चाय प्रसंस्करण संयंत्रों के लिए सब्सिडी और प्रोत्साहन पैकेज की घोषणा की है।

खनिज आधारित उद्योग

महत्वपूर्ण खनिज आधारित उद्योग इस प्रकार हैं-

सीमेंट उद्योग

- सीमेंट उद्योग के महत्वपूर्ण केंद्र रोहतास जिले के बंजारी और डालमियानगर हैं।
- कल्याणपुर सीमेंट लिमिटेड, बंजारी की स्थापना 1937 ई. में हुई थी, और श्री सीमेंट प्लांट औरंगाबाद में स्थापित किया गया था।
- सरकार ने औरंगाबाद (2014-15) और भभुआ (कैमूर) (2013-14) में बड़े पैमाने पर सीमेंट की इकाई प्रस्तावित की है।

तेल रिफाइनरी और रासायनिक उद्योग

- बरौनी तेल रिफाइनरी की स्थापना सोवियत संघ (अब रूस) और रोमानिया के सहयोग से जुलाई 1964 ई. में बरौनी (बेगूसराय) में की गई थी। यह 1,159 किमी लंबी पाइपलाइन के माध्यम से असम के नाहरकटिया तेल क्षेत्र से जुड़ा हुआ है।
- इसके अतिरिक्त, इसे अल्जीरिया, इराक और मलेशिया से कच्चा तेल मिलता है।
- यह हल्दिया और पारादीप बंदरगाहों से भी जुड़ा हुआ है।
- बरौनी में तेल रिफाइनरी के अतिरिक्त, थर्मल पावर प्लांट, एक उर्वरक निर्माण इकाई और कई छोटे औद्योगिक केंद्र हैं।
- हिन्दुस्तान फर्टिलाइजर कार्पोरेशन का एक कारखाना बरौनी में स्थित है, जो नाइट्रोजन खाद पर आधारित है।
- नेफ्था और जिप्सम का उपयोग अमोनियम सल्फेट और सुपर फास्फेट उर्वरकों के उत्पादन के लिए कच्चे माल के रूप में किया जाता है।
- यह बिहार का सबसे बड़ा नाइट्रोजन आधारित संयंत्र है, जिसे 1976 ई. में स्थापित किया गया था।
- पायराइट्स फॉस्फेट एंड केमिकल्स लिमिटेड (पी.पी.सी.एल) रोहतास जिले के अमझोर में स्थित है, जो पाइराइट्स खनिजों पर आधारित है।
- यह सल्फर और फॉस्फेट उर्वरकों का उत्पादन करने के लिए पाइराइट्स का उपयोग करता है।

क्रशर उद्योग

- क्रशर उद्योग में पत्थरों या बड़ी चट्टानों को 'क्रशर' नामक मशीन द्वारा छोटी चट्टानों, बजरी या चट्टान की धूल में बदल दिया जाता है।
- बिहार के दक्षिणी पहाड़ी क्षेत्रों में ग्रेनाइट और नीस चट्टानें हैं। इस प्रकार मुंगेर, जमुई, गया, नवादा, औरंगाबाद, रोहतास तथा कैमूर जिलों में इस उद्योग का विकास हुआ है।

कांच उद्योग

- बिहार में कांच उद्योग के महत्वपूर्ण केंद्र पटना, दरभंगा और भागलपुर हैं।
- रेत, सिलिका रेत, चूना पत्थर, सोडियम सल्फेट, पोटेशियम कार्बोनेट और बेरियम ऑक्साइड इस उद्योग के कच्चे माल हैं।
- ये कच्चा माल बिहार के दक्षिणी भागों में पाया जाता है।
- यह उद्योग अनेक उपयोगी वस्तुओं जैसे- चूड़ियाँ, बोतल आदि का उत्पादन करता है।

वन आधारित उद्योग

न्यूनतम वन संसाधन होने के बावजूद बिहार में अभी भी कुछ वन आधारित उद्योग हैं। ये इस प्रकार हैं-

कागज और लुगदी उद्योग

- प्रमुख कागज कारखाने डालमियानगर (जिला रोहतास) और जितवारपुर (समस्तीपुर) में स्थित हैं, लेकिन अब ये बीमार उद्योग बन गए हैं।
- छोटे पेपर मिल बरौनी, पटना और दरभंगा में स्थित हैं।
- रोहतास जिले में डालमियानगर पेपर फैक्ट्री उच्च गुणवत्ता वाले कागज, टिशू पेपर, प्रिंटिंग पेपर, टिकट बोर्ड, पल्प बोर्ड और सिम्पलेक्स बोर्ड आदि के उत्पादन के लिए प्रसिद्ध है।
- कागज के निर्माण के लिए कच्चा माल बांस, सबई घास, मुलायम लकड़ी, गन्ने की खोई, चावल की भूसी आदि से प्राप्त किया जाता है।
- दरभंगा में 'अशोक पेपर मिल्स लिमिटेड' और समस्तीपुर में 'ठाकुर पेपर मिल्स लिमिटेड' 1990 ई. के दशक से पहले राज्य में महत्वपूर्ण कागज उद्योग थे, लेकिन अब ये औद्योगिक इकाइयां अस्तित्व में नहीं हैं।

लाख उद्योग

- इसे गया और पूर्णिया जिलों में विकसित किया गया है।
- नवादा, गया, बांका, मुंगेर, शेखपुरा और पूर्णिया जिलों में भारतीय बेर के पेड़ (बेर) और बुटिया मोनोस्पर्मा (पलाश) के पेड़ पर लाख कीट पाले जाते हैं।

लकड़ी उद्योग

- उत्तर बिहार के तराई क्षेत्र जैसे- पूर्वी चंपारण, पश्चिमी चंपारण, अररिया, किशनगंज और भागलपुर तथा दक्षिण बिहार के गया, नवादा और रोहतास जैसे- क्षेत्रों में लकड़ी उद्योग का विकास हुआ है। इस प्रकार, उत्तर बिहार में अधिकतम लकड़ी उद्योग हैं।
- एशियाई प्लाईवुड उद्योग एक बड़े पैमाने का उद्योग है, जो हाजीपुर में स्थित है।
- अन्य महत्वपूर्ण क्षेत्र नरकटियागंज, समस्तीपुर, गोपालगंज, जोगबनी, कटिहार और मुजफ्फरपुर हैं।

बांस और बेंत आधारित उद्योग

- गया जिले के उत्तरी भागों और तराई क्षेत्रों से सटे उत्तरी बिहार क्षेत्रों में बांस का उत्पादन होता है, जबकि उत्तर-पश्चिम चंपारण जिले के जंगलों में बेंत पाया जाता है।
- बिहार में लघु और कुटीर उद्योगों में बांस और बेंत के सामान का उत्पादन होता है।
- निर्माण कार्य में बांस का व्यापक रूप से उपयोग किया जाता है। इसकी कम लागत, स्थायित्व और कई उपयोगों के कारण बांस को गरीब आदमी की इमारती लकड़ी के रूप में जाना जाता है।

खाद्य प्रसंस्करण उद्योग

डेयरी उद्योग

- बिहार राज्य दुग्ध सहकारी संघ की स्थापना 1983 ई. में हुई थी, जिसने बिहार में डेयरी उद्योग के विकास में महत्वपूर्ण भूमिका निभाई है।
- यह दुग्ध उत्पादक परिवारों को कई सेवाएं प्रदान करता है, जैसे- कृत्रिम गर्भाधान, दूध देने वाले मवेशियों का प्रजनन तथा देखभाल, दूध की खरीद और इसकी विभिन्न डेरी उत्पादों के रूप में प्रोसेसिंग आदि कार्य सम्मिलित हैं।
- बिहार में कुछ दुग्ध सहकारी समितियाँ इस प्रकार हैं:
    - वैशाली पाटलिपुत्र दुग्ध संघ, पटना
    - देशरत्न डॉ. राजेन्द्र प्रसाद दुग्ध संघ, बरौनी
    - तिरहुत दुग्ध संघ, मुजफ्फरपुर
    - मिथिला दुग्ध संघ, समस्तीपुर
    - विक्रमशिला दुग्ध संघ, भागलपुर
    - शाहबाद दुग्ध संघ, आरा

अनाज प्रसंस्करण

- राज्य में व्यावसायिक स्तर पर मखाने की खेती, उत्तरी बिहार के दरभंगा, मधुबनी, सीतामढ़ी आदि जिलों में आर्द्र भूमि (जलमग्न क्षेत्र) में की जाती है।
- मखाना प्रोटीन एवं कार्बोहाइड्रेट का महत्त्वपूर्ण स्रोत है।
- दरभंगा में मखाना शोध संस्थान स्थापित किया गया है।
- बिहार राज्य के मुजफ्फरपुर एवं वैशाली में लीची-आधारित, वैशाली में केला-आधारित, दरभंगा एवं भागलपुर में आम-आधारित, रोहतास एवं कैमूर में अमरूद-आधारित खाद्य प्रसंस्करण उद्योग के विकास की असीम संभावना है।

राज्य के खाद्य प्रसंस्करण निदेशालय द्वारा चलाई जा रही योजनाएँ निम्न हैं-

- समेकित विकास परियोजना- इस परियोजना के द्वारा 40 प्रतिशत तक सब्सिडी सरकार द्वारा दी जाती है।
- फूड पार्क योजना- इसके तहत 30 प्रतिशत तक सब्सिडी प्रदान की जाती है, जिसकी अधिकतम सीमा 50 करोड़ रुपए तक निर्धारित है।
- बक्सर में एक फूड पार्क स्थापित किया जा रहा है।
- चावल मिलों के लिए आधुनिकीकरण योजना- भारत सरकार राष्ट्रीय खाद्य प्रसंस्करण मिशन के अंतर्गत स्थापित चावल मिलों के आधुनिकीकरण के लिए 25 प्रतिशत सब्सिडी देती है।
- शीतगृह योजना- इस योजना के तहत 5-10 हजार टन क्षमतावाले शीतगृहों को 30 प्रतिशत सब्सिडी तथा 10 हजार टन से अधिक क्षमतावाले शीतगृहों को 35 प्रतिशत सब्सिडी दी जाती है। सब्सिडी राशि 5 करोड़ रुपए तक निर्धारित है।

बिहार में अन्य महत्वपूर्ण उद्योग

बिहार में अन्य महत्वपूर्ण उद्योग इस प्रकार हैं:

रेल कोच फैक्ट्री

- राज्य के पटना जिले के मोकामा में 'भारत वैगन एंड इंजीनियरिंग कंपनी' नाम से रेल कोच फैक्ट्री है। यह केंद्र सरकार का एक सार्वजनिक क्षेत्र का उपक्रम (PSU) है, जो रेलवे वैगनों का उत्पादन करता है।
- इसे वर्ष 1978 ई. में स्थापित किया गया था, जो आर्थर बटलर कंपनी लिमिटेड (मुजफ्फरपुर) और ब्रिटानिया इंजीनियरिंग कंपनी लिमिटेड (मोकामा) नामक दो निजी कंपनियों के विलय से अस्तित्व में आई थी।
- पहले यह भारी उद्योग और सार्वजनिक उद्यम विभाग के अधीन था, लेकिन
- 13 अगस्त, 2018 से यह रेल मंत्रालय के अधीन कर दिया गया।

जमालपुर लोकोमोटिव वर्कशॉप

- जमालपुर लोकोमोटिव वर्कशॉप, मुंगेर जिले में स्थित है, जो रेलवे का सामान बनाती है।
- यह भारत में पहली पूर्ण विकसित रेलवे वर्कशॉप सुविधा थी, जिसे ईस्ट इंडिया रेलवे द्वारा 8 जनवरी, 1862 ई. को स्थापित किया गया था। यह एशिया का प्रथम रेल इंजन कारखाना है।
- कैरिज रिपेयर वर्कशॉप- इसकी स्थापना नालंदा जिले के हरनौत में जून 2003 में की गई थी।

रेल व्हील प्लांट

- रेल व्हील प्लांट सारण जिले के दरियापुर ब्लॉक के बेला में वर्ष 2014 में स्थापित किया गया था।
- इसका मुख्यालय नई दिल्ली में स्थित है।

डीजल इलेक्ट्रिक लोकोमोटिव फैक्ट्री

- द डीजल इलेक्ट्रिक लोकोमोटिव फैक्ट्री, मधेपुरा भारतीय रेलवे के साथ फ्रांस के एल्सटॉम एसए कंपनी का एक संयुक्त उद्यम है, जो बिहार के मधेपुरा जिले में स्थित है।
- इस कारखाने का लक्ष्य 11 वर्षों की अवधि में 800 उच्च शक्ति लोकोमोटिव का निर्माण करना है।
- बिहार के सारण जिले में एक डीजल लोकोमोटिव फैक्ट्री, मढ़ौरा ने वर्ष 2018 से लोकोमोटिव का निर्माण शुरू किया।

चमड़ा उद्योग

- बिहार में चमड़ा उद्योग के विकास की अपार संभावनाएं हैं, क्योंकि यहां देश की अच्छी-खासी पशु आबादी है।
- बिहार में चमड़ा के 7 बाजार पटना, आरा, औरंगाबाद, मुंगेर, मुजफ्फरपुर, कटिहार और पूर्णिया हैं।
- मुजफ्फरपुर, बरौनी और पूर्वी चंपारण में चमड़ा शोधन उद्योग हैं।

हथकरघा उद्योग

- हथकरघा उद्योग बिहार के औद्योगिक परिदृश्य में एक महत्वपूर्ण स्थान रखता है।
- बिहार राज्य हथकरघा सहकारी संघ (पटना) और बिहार राज्य ऊन और भेड़ संघ (पटना) नामक 2 शीर्ष स्तर के विपणन संगठन हैं।
- इनके अतिरिक्त, नालंदा, सीतामढ़ी, सीवान, मधुबनी, पूर्णिया और भागलपुर में 6 और क्षेत्रीय संघ स्थित हैं।
- राज्य सरकार बिहार के बुनकरों को बुनाई का आधुनिक कौशल प्रदान करने में अत्यधिक रुचि ले रही है।
- इस उद्देश्य से 8 सरकारी उद्योग चल रहे हैं, जो चाकंद (गया), ओबरा (औरंगाबाद), काको (जहानाबाद), अंबाबाग (भागलपुर), अमरपुर (बांका), नेपुरा (नालंदा), राजेंद्र नगर (पटना) और बरारी में स्थित हैं।

कत्था उद्योग

- शिवालिक पर्वतीय क्षेत्र में खैर का पेड़ (बबूल, कत्था) बहुतायत में पाया जाता है।
- खैर के पेड़ की लकड़ी से कत्था निकाला जाता है।
- बिहार राज्य के बेतिया और गया में कत्था निर्माण उद्योग हैं।

आयुध निर्माणी

- आयुध फैक्ट्री, राजगीर (नालंदा में) को केंद्र सरकार द्वारा वर्ष 2001 में मंजूरी दी गई थी।
- यह बायो-मॉड्यूलर प्रोपेलेंट के प्रणोदक निर्माण के क्षेत्र में आधुनिक तकनीक स्थापित करने वाली एशिया की पहली इकाई है।

उद्योग मित्र

- इसे औद्योगिक डाटा बैंक और सिंगल विंडो सिस्टम के विलय के बाद सोसायटी अधिनियम 1860 के तहत वर्ष 2004 में बनाया गया था।
- यह उद्योग विभाग के तत्वावधान में उद्योगों की स्थापना में भावी उद्यमियों की मदद करने के लिए बनाया गया था।
- यह जिला उद्योग केंद्र, (DIC) द्वारा कार्यान्वित की जा रही योजनाओं की निगरानी रिपोर्ट तैयार करने से भी जुड़ा है।
- भारत सरकार की क्लस्टर विकास योजना के तहत उद्योग मित्र द्वारा 13 क्लस्टरों के विकास का कार्य किया जा रहा है।
- यह राष्ट्रीय खाद्य प्रसंस्करण मिशन (NMFP) के लिए कार्यान्वयन एजेंसी भी है।
- उद्यमियों को वित्तीय संरचना विकास में सहायता देना।
- इसकी सहायता उद्यमी प्रौद्योगिकी और मानव संसाधनों का उपयोग करके अपने उत्पादों की गुणवत्ता को सुनिश्चित कर पाएगे।
- इसके द्वारा बड़े, छोटे और अतिसूक्ष्म उद्योगों के बीच संबंधों को मजबूत बनाना भी है ।
- उद्यमियों को स्वयं से उत्पादन और विपणन करने के लिए उन्हें प्रेरित करना।
- बैंकों और अन्य वित्तीय संस्थाओं से वित्त प्राप्त करने में उद्यमियों की सहायता करना।

बिहार मुख्यमंत्री उद्यमी योजना 2023

- सम्बंधित प्रक्षेत्र के युवा-युवतियों को कुल परियोजना लागत का 50 प्रतिशत या अधिकतम पाँच लाख रूपया ब्याज मुक्त ऋण, जिसे 7 वर्षों (84 समान क्रिस्तों) में अदा करना होगा।
- चयन के उपरांत लाभकों के प्रशिक्षण के लिए रुपया 25,000 प्रति इकाई की व्यवस्था की गयी है।
- इस योजना के अंतर्गत केवल नए उद्योगों की स्थापना के लिए लाभ दिया जायेगा।
- बिहार मुख्यमंत्री उद्यमी योजना 2023 के लाभार्थियों को बिहार औद्योगिक निवेश प्रोत्साहन नीति 2016 का लाभ भी दिया जायेगा।

बिहार औद्योगिक क्षेत्र विकास प्राधिकरण (BIADA)

- बिहार राज्य में औद्योगीकरण को बढ़ावा देने के लिए बिहार औद्योगिक क्षेत्र विकास अधिनियम 1974 के वैधानिक प्रावधानों के तहत BIADA बनाया गया था।
- BIADA के महत्वपूर्ण कार्य इस प्रकार हैं:
    - औद्योगिक इकाइयों की स्थापना हेतु निवेशकों को आवंटित की जाने वाली भूमि का अधिग्रहण करना।
    - यह सड़क, बिजली और पानी के कनेक्शन आदि जैसे- औद्योगिक विकास के लिए आवश्यक बुनियादी ढांचे का विकास करता है।
    - (BIADA) के 4 क्षेत्रीय कार्यालय दरभंगा, पटना, भागलपुर और मुजफ्फरपुर में स्थित हैं।
    - आर्थिक सर्वेक्षण 2018-19 के अनुसार- बियाडा ने अक्टूबर 2018 तक 5,185.24 एकड़ भूमि का अधिग्रहण किया है, जिसका उपयोग बुनियादी ढांचे, प्रशासनिक ब्लॉक और औद्योगिक इकाइयों के लिए किया जायेगा।

बिहार के औद्योगिक प्रदेश

- जब कई विनिर्माण उद्योग एक विशेष क्षेत्र में केंद्रित होते हैं, तो वह क्षेत्र एक औद्योगिक क्षेत्र बन जाता है।
- ऐसे स्थानों पर उद्योगों की सघनता कुछ अनुकूल कारकों पर निर्भर करती है, जैसे- कच्चे माल की उपलब्धता, अनुकूल जलवायु, परिवहन सुविधाएँ और मानव संसाधन (कुशल और अर्ध-कुशल श्रमिक), जो औद्योगिक क्षेत्र के विकास में मदद करते हैं।
- बिहार लगभग खनिजों से रहित है, इसलिए कृषि उत्पादों, वन संसाधनों, चूना पत्थर आदि के आधार पर कुछ औद्योगिक क्षेत्रों को दूरस्थ स्थानों पर विकसित किया गया है।

बिहार के महत्वपूर्ण औद्योगिक क्षेत्र

सोन घाटी औद्योगिक क्षेत्र

- यह औद्योगिक क्षेत्र सोन घाटी और कैमूर पठार क्षेत्र में स्थित है।
- यह क्षेत्र अपने चूना पत्थर, बलुआ पत्थर और वन संसाधनों के लिए समृद्ध है।
- यह बिहार का सबसे समृद्ध औद्योगिक क्षेत्र है, जिसमें कई आधुनिक उद्योग हैं। उदाहरण के लिए डालमियानगर (रोहतास) में सीमेंट, कागज, चीनी, रसायन, वनस्पति तेल और लकड़ी बनाने की कई औद्योगिक इकाइयाँ हैं।

गया-गुरारू औद्योगिक क्षेत्र

- यह कृषि आधारित औद्योगिक क्षेत्र है, जहाँ गया में सूती वस्त्र उद्योग स्थापित किया गया है, तथा गुरारू क्षेत्र में चीनी मिल स्थित है। गुरारू की चीनी मिल बंद हो गई है।
- गया का मानपुर हथकरघा उद्योग का एक महत्वपूर्ण केंद्र है। निकटवर्ती पर्वतों के कारण गया जिले में स्टोन क्रशिंग उद्योग भी स्थापित हो गया है।
- इस क्षेत्र में तिलकुट निर्माण और तंबाकू उद्योग भी विकसित हुए हैं।

दक्षिण-पूर्वी बिहार मैदानी औद्योगिक क्षेत्र

- यह औद्योगिक क्षेत्र दक्षिण बिहार मैदान के पूर्वी भाग में स्थित है, जो बिहार के लखीसराय, मुंगेर और भागलपुर जिले को कवर करता है।
- इसमें मुंगेर के बंदूक और सिगरेट कारखाने, जमालपुर (मुंगेर) में रेलवे कार्यशाला, नाथनगर (भागलपुर) के रेशम और तसर कारखाने जैसे- महत्वपूर्ण औद्योगिक केंद्र शामिल हैं।
- इनके अतिरिक्त , इसमें चावल और आटा मिलें, फर्नीचर बनाने और स्टोन क्रशिंग गतिविधियां भी हैं।

दक्षिण-पश्चिमी बिहार मैदानी औद्योगिक क्षेत्र

- यह औद्योगिक क्षेत्र दक्षिण बिहार के मैदानी भाग के पश्चिमी भाग में स्थित है, और पटना, बक्सर और भोजपुर जिलों को कवर करता है।
- इस क्षेत्र के मोकामा में चमड़े के कारखाने, रेल बोगी बनाने, लोहे की चादरें और लोहे की छड़ बनाने के उद्योग स्थित हैं।
- बिहटा में चीनी उद्योग, दीघा में चमड़ा उद्योग/कारखाना और बक्सर और फुलवारीशरीफ में सूती वस्त्र केंद्र हैं।
- पटना शहर में कांच उद्योग, बेकरी और लुगदी निर्माण इकाइयां हैं।

बरौनी औद्योगिक क्षेत्र

- यह बिहार का सबसे समृद्ध औद्योगिक क्षेत्र है, जहां कई आधुनिक उद्योग स्थापित हैं।
- बरौनी में तेल रिफाइनरी, रासायनिक उर्वरक और थर्मल पावर बॉडी स्थापित हैं।
- तेल रिफाइनरी के लिए कच्चा माल असम के तेल क्षेत्र से प्राप्त किया जाता है।
- कच्चा तेल हल्दिया बंदरगाह और असम के तेल क्षेत्रों से एक पाइपलाइन द्वारा आता है।
- तेल रिफाइनरी के उप-उत्पाद नाफ्था पर आधारित एक रासायनिक उर्वरक कारखाना यहां स्थापित है। इसके अतिरिक्त बरौनी में पेट्रोकेमिकल्स और डेयरी उद्योग स्थापित हैं।

गंगा के मैदानों का उत्तर-पश्चिमी चीनी औद्योगिक क्षेत्र

- यह गंगा के मैदानी क्षेत्र में बिहार के उत्तर-पश्चिमी भाग में स्थित है।
- इस क्षेत्र में गन्ना उत्पादन के लिए अनुकूल भौगोलिक परिस्थितियाँ हैं, इस प्रकार यह चीनी उद्योग के लिए एक प्रमुख क्षेत्र है।
- इस क्षेत्र में पूर्वी और पश्चिमी चंपारण, सीवान, गोपालगंज और सारण जिले शामिल हैं, जिनमें मढ़ौरा, चनपटिया, महाराजगंज, गोपालगंज, पचरुखी, हथुआ, नरकटियागंज और चकिया जैसी कई चीनी मिलें हैं।

तराई बेल्ट का चावल औद्योगिक क्षेत्र

- बिहार के उत्तरी सीमावर्ती क्षेत्रों के तराई क्षेत्र में बड़े पैमाने पर चावल मिलों का विकास हुआ है।
- इस औद्योगिक क्षेत्र के महत्वपूर्ण चावल मिल केंद्र नरकटियागंज, रक्सौल, बेरगनिया, सीतामढ़ी, जनकपुर रोड, जयनगर, झंझारपुर, जोगबनी और फोर्ब्सगंज आदि हैं।

आपदा प्रबंधन

आपदा, प्राकृतिक या मानव निर्मित कारणों का परिणाम है, यह एक समाज के कामकाज में गंभीर व्यवधान को उत्पन्न करती है, जिससे मानव, भौतिक या पर्यावरणीय व्यापक हानि होती है। बिहार में कई प्रकार की आपदाएं पाई जाती हैं। बिहार में विभिन्न प्रकार की आपदाओं का मुख्य कारण भौगोलिक स्थलाकृति और मानवीय गतिविधियाँ हैं। 60 प्रतिशत से अधिक क्षेत्र बाढ़ से प्रभावित है, जबकि 30 प्रतिशत से अधिक भूमि सूखे से प्रभावित है। आग और चक्रवात की समस्या भी राज्य के कई हिस्सों को प्रभावित करती है। मजबूत संचार, कुशल डेटाबेस, दस्तावेज और अभ्यास के साथ एक प्रभावी जिला आपदा प्रबंधन योजना सबसे कम संभव समय में सक्रिय होने के लिए महत्वपूर्ण है। प्रभावी आपदा प्रबंधन में सरकार, गैर-सरकारी संगठनों, समुदायों और व्यक्तियों सहित विभिन्न हितधारकों के समन्वित प्रयास शामिल हैं।

आपदाओं का वर्गीकरण:

उत्पत्ति के अनुसार निम्न प्रकार की प्राकृतिक आपदाएं देखी जा सकती हैं:

- जलवायु संबंधी आपदाएं - बाढ़, सूखा, चक्रवात, बादल फटना, गर्म और ठंडी हवाएँ, तूफान आना और बिजली गिरना आदि।
- भूगर्भीय आपदाएं - भूकंप, भूस्खलन, बांध टूटना, खदान में आग लगना आदि।
- आकस्मिक आपदाएँ - आग, बम विस्फोट, वायु, सड़क और रेल दुर्घटनाएँ, प्रमुख इमारतों का गिरना आदि।
- जैविक आपदाएं - महामारी, टिड्डियों का आक्रमण, पशु महामारी आदि।

बाढ़

- बाढ़ एक प्राकृतिक प्रक्रिया है, जिसमें जल निकायों जैसे नदी, झील आदि के जल स्तर में वृद्धि होती है।
- भारी बारिश, भूस्खलन के कारण जल प्रवाह में रुकावट, अनियोजित बांधों का निर्माण, चक्रवात प्रभावित क्षेत्र और नदी की सतह पर रेत या मिट्टी का जमाव बाढ़ के मुख्य कारण हैं।
- बिहार भारत का सबसे अधिक बाढ़-प्रवण राज्य है, राज्य की कुल जनसंख्या का 76 प्रतिशत भाग बाढ़-प्रवण क्षेत्रों में रहता है।
- इसके कुल भौगोलिक क्षेत्र का 73% भाग अर्थात लगभग 68,800 वर्ग किमी बाढ़ प्रभावित क्षेत्र के अंतर्गत आता है।
- नेपाल से सटे बिहार का मैदानी क्षेत्र कोसी, गंडक, बूढ़ी गंडक, महानंदा नदी, कमला बलान, बागमती आदि अनेक नदियों का क्षेत्र है।
- इन नदियों का का उद्गम स्थल नेपाल है, और वे उन क्षेत्रों से बड़ी मात्रा में तलछट लाती हैं और उन्हें बिहार के मैदानी इलाकों में जमा करती हैं, जिससे जल प्रवाह में रुकावट होती है।
- 2017 बिहार बाढ़ से उत्तर बिहार के 19 जिले- किशनगंज, अररिया, पूर्णिया, कटिहार, पूर्वी चंपारण, पश्चिमी चंपारण, दरभंगा, मधुबनी, मुजफ्फरपुर, सीतामढ़ी, शिवहर, समस्तीपुर, गोपालगंज, सारण, सिवान, सुपौल, मधेपुरा, सहरसा एवं खगड़िया प्रभावित हुए थे।
- नेपाल और फरक्का बैराज से अत्यधिक मात्रा में छोड़ा गया पानी भी कोसी नदी क्षेत्र में बाढ़ की स्थिति पैदा करता है।
- वर्ष 2004 में, बाढ़ के कारण 885 मानव जीवन और 3272 पशुओं की मृत्यु हुई।
- 18 अगस्त 2008 को नेपाल के कुशहा गांव के पास कोसी नदी का तटबंध टूटने से आई बाढ़ ने भयानक रूप धारण कर लिया था।
- इस बाढ़ से 35 ब्लॉक, 412 पंचायत, 993 गाँव जो मधेपुरा, सुपौल, अररिया, सहरसा और पूर्णिया जिलों में स्थित है, पूर्णतः प्रभावित हुए थे।
- वर्ष 2013 की बाढ़ ने राज्य के 20 जिलों के 3,768 गांवों में 5.9 मिलियन से अधिक लोगों को प्रभावित किया।
- वर्ष 2017 की बाढ़ ने उत्तर बिहार के 19 जिलों को प्रभावित किया जिसमें 514 लोग मारे गए।
- वर्ष 2020-21 में प्राकृतिक आपदाओं में बाढ़ के कारण 19 जिलों को क्षति पहुंची जिससे फसल उत्पादन को 727.88 करोड़ का और सार्वजनिक संपत्ति को 3218.87 करोड़ का नुकसान हुआ।
- राष्ट्रीय बाढ़ आयोग 2006 के अनुसार, भारत में 400 मिलियन हेक्टेयर भूमि बाढ़ प्रभावित है, जिसमें से 16.5 % बिहार में है।
- बाढ़ की समस्या से निपटने के लिए विभिन्न राज्यों द्वारा राज्य आपदा प्रबंधन प्राधिकरण बनाये गए है जिनमें बाढ़ के समय प्रभावित लोगों को उचित राहत सामग्री उपलब्ध कराना, उन्हें आपदा प्रभावित क्षेत्र से निकालकर पूर्व नियोजित तरीके से सुरक्षित स्थानों पर पहुँचाना शामिल होता है।
- बिहार में बाढ़ को रोकने के लिए कई तटबंधों का निर्माण किया गया है, जिनमें से कुछ महत्वपूर्ण तटबंध इस प्रकार हैं:
  (i) गंगा के तट पर कोइलवर-बक्सर तटबंध,
  (ii) खगड़िया जिले में बदलाघाट-नगरपारा तटबंध,
  (iii) कोसी नदी पर तिनमुहानी-कुरसेला-खगड़िया तटबंध,
  (iv) दरभंगा जिले का भुतही-बलान तटबंध,
  (v) वैशाली जिले में हाजीपुर-बाजीपुर तटबंध।

बिहार में विभिन्न वर्षों में आयी हुई बाढ़ का विवरण नीचे तालिका में दिया गया है:

वर्ष	प्रभावित जिले	मृतक मनुष्यों की संख्या	मृतक पशुओं की संख्या
2000	33	336	2568
2001	22	231	565

2002	25	489	1450
2003	24	251	108
2004	20	885	3272
2007	19	1287	126
2008	16	434	845
2013	20	201	140
2016	31	254	5383
2017	19	514	192
2019	13	130	80

उपाय और सुझाव:

बिहार में बाढ़ नियंत्रण कार्यक्रमों को नई दिशा देने के लिए महत्वपूर्ण सुझाव निम्नलिखित हैं:

- पेड़-पौधों का नष्ट होना बाढ़ का मुख्य कारण है। नदियों के जलग्रहण क्षेत्रों में वृक्षारोपण और वनों की कटाई को रोकने की आवश्यकता है।
- दक्षिण बिहार के पठारी असमान भूमि और शिवालिक क्षेत्र में समोच्च खेती की आवश्यकता है। यह बारिश के पानी के रुक-रुक कर रिसने की अनुमति देगा, जिससे बाढ़ नियंत्रण में मदद मिलेगी।
- छोटे बांधों और नहरों से गाद निकालने का कार्यक्रम शुरू किया जाए, इससे नहरों में अचानक आने वाली बाढ़ पर काबू पाया जा सकेगा।
- प्रभावी सूचना प्रणाली से बाढ़ से होने वाली जान-माल की हानि को कम किया जा सकता है।
- बाढ़ की स्थिति के अनुसार धान की नई किस्म की खेती करनी चाहिए, जिसमें बाढ़ को सहन करने की क्षमता अधिक हो।
- बाढ़ के समय यातायात के साधन प्रभावित न हो इसके लिए खुले पुल और पुलिया का निर्माण किया जाना चाहिए।

सूखा

- जब मानसून के महीनों में जून से मध्य अक्टूबर के बीच लगातार 4 सप्ताह तक 5 सेमी या उससे कम वर्षा होती है, तो ऐसी स्थिति को सूखा कहा जाता है।
- भौगोलिक रूप से बिहार सूखाग्रस्त क्षेत्र नहीं है, क्योंकि भूगोलवेत्ताओं के अनुसार 50 सेंटीमीटर से कम वर्षा वाला क्षेत्र सूखे की निश्चित संभावना वाला क्षेत्र है।
- बिहार में प्रत्येक क्षेत्र की वर्षा इससे अधिक होती है, परन्तु 50-150 सेमी
- वार्षिक वर्षा वाले क्षेत्र में भी सूखे की सम्भावना रहती है।
- बिहार के पश्चिमी मध्य भाग सीवान, गोपालगंज में 150 सेमी से अधिक वर्षा होती है, लेकिन सूखे की भी संभावना है।
- एक अध्ययन के अनुसार, बिहार 4 वर्षों में से 1 वर्ष में सूखे का अनुभव करता है।
- 1987 ई. में उत्तर बिहार में बाढ़ की स्थिति थी और दक्षिण बिहार सूखे की चपेट में था।
- 1966-67 में पूरा बिहार अकाल प्रभावित क्षेत्र था। 2013 में राज्य के 38 में से 33 जिलों को अनियमित एवं कम वर्षा के कारण सूखाग्रस्त घोषित किया गया था।
- बिहार सरकार के आपदा प्रबंधन विभाग के अनुसार राज्य के 38 जिलों में से 13 जिले सूखा प्रभावित हैं, जिसमें 5 जिले अतिसूखा प्रभावित, 3 जिले सूखा प्रभावित और 5 जिले आंशिक रूप से सूखा प्रभावित हैं।

बिहार राज्य के सूखा प्रभावित जिलों को नीचे तालिका में दर्शाया गया है:	
अति प्रभावित जिला	गया, नवादा, जमुई, नालंदा, लखीसराय
मध्यम प्रभावित जिला	जहानाबाद, अरवल, औरंगाबाद
आंशिक प्रभावित जिला	कैमूर, भोजपुर, बक्सर, रोहतास, बाँका

बिहार में सूखे के प्रमुख कारण:

- बिहार में सूखे के दो मुख्य कारण हैं, पहला, समुद्र से बढ़ती दूरी के कारण, जलवायु पर महाद्वीपीय प्रभाव के कारण कम वर्षा होती है। दूसरा, मानसून अपने आप में अनिश्चित है। अलनीनो के प्रभाव से भी मानसूनी सूखे की समस्या उत्पन्न होती है।
- वनों का विनाश अन्य कारणों में प्रमुख है। बिहार में वन क्षेत्र केवल 7.21 प्रतिशत है, जबकि पर्यावरण की दृष्टि से यह 33 प्रतिशत होना चाहिए।
- वनों की कमी के कारण बड़े पैमाने पर मिट्टी का क्षरण सतह की चट्टान को ज़्यादा गरम करने का कारण बनता है, जिससे निचले वातावरण में सापेक्षिक आर्द्रता में कमी आती है। इन सभी कारकों के परिणामस्वरूप बिहार का 20 प्रतिशत क्षेत्र सूखे से प्रभावित है।
- सूखे से प्रभावित जिले कैमूर, रोहतास, औरंगाबाद, गया, नवादा, लखीसराय, मुंगेर, जमुई, शेखपुरा, भागलपुर, पटना, नालंदा, जहानाबाद आदि हैं।
- सूखे से मुख्य रूप से खाद्य संकट, पशुओं के चारे की समस्या और पीने के पानी की समस्या होती है, जिससे राज्य की अर्थव्यवस्था पर प्रतिकूल प्रभाव पड़ता है।

सूखे से निपटने हेतु किये गए उपाय:

बिहार सरकार ने राज्य के विभिन्न क्षेत्रों में प्राकृतिक आपदाओं से बचाने के लिए जल प्रबंधन के क्षेत्र में अनेक कदम उठाए गए हैं:

- बिहार की सबसे प्राचीन परियोजना सोन कमांड एरिया प्रोजेक्ट है, जिसे सन 1874 में आरम्भ किया गया था।
- वर्तमान में वर्षा-आधारित कृषि के अंतर्गत जल प्रबंधन कार्यक्रम भी चलाए जा रहे हैं। इसके अंतर्गत क्षेत्रीय जल उपलब्धता के अनुरूप ही फसल उपजाई जाती है।
- सूखा प्रभावित क्षेत्र विकास कार्यक्रम और वाटर सेट प्रबंध कार्यक्रम के अंतर्गत गैर-सरकारी संगठनों की भी सहायता ली जाती है। इस
- कार्यक्रम में 25 प्रतिशत राशि इन गैर-सरकारी संगठनों के माध्यम से व्यय की जाती है।
- कोसी नदी के पूर्वी और पश्चिमी तटबंधों का सुदृढीकरण का काम किया जा रहा है। बिहार में कोसी बाढ़ मुक्ति परियोजना (कोसी-I) के तहत कुछ धाराओं का सुदृढीकरण किया गया है।
- बिहार में कोसी बेसिन विकास परियोजना (कोसी-II) के अंतर्गत 8 किलोमीटर लंबी सड़क का निर्माण किया गया है।
- बागमती बाढ़ प्रबंधन के दूसरे चरण में 57 किलोमीटर लंबे नए तटबंधों का निर्माण किया गया है। इसके तहत 105 किलोमीटर और 50 किलोमीटर लंबे दो खंडों को और ऊँचा और सुदृढ किया गया है।

भूकम्प

- भूकम्प एक प्राकृतिक घटना है, जिसमें पृथ्वी के अंदर से ऊर्जा निकलने के कारण तरंगें उत्पन्न होती हैं जो सभी दिशाओं में फैलती हैं और पृथ्वी को कंपित करती हैं। इन्हें 'सीस्मोग्राफ' से मापा जाता है।
- भूकंप विभिन्न प्रकार से आते हैं, जिन्हें विवर्तनिक भूकंप (पृथ्वी की आंतरिक प्लेटों में टकराव द्वारा), ज्वालामुखीय भूकंप (ज्वालामुखीय विस्फोट द्वारा), मानव प्रेरित भूकंप (मानव निर्मित गतिविधियों द्वारा), के रूप में देखा जाता है।
- बिहार की स्थिति दो भू-प्लेटों, भारतीय प्लेट और चीनी प्लेट, के बीच होने के कारण भूकंप की संभावना बनी रहती है।
- बिहार सरकार के आपदा प्रबंधन विभाग के अनुसार राज्य का 15.2 प्रतिशत हिस्सा जोन-V में, 63.7 प्रतिशत जोन-IV में तथा 21 प्रतिशत हिस्सा जोन-III के अंतर्गत आता है।
- जोन-V भूकंप की दृष्टि से अति उच्च संवेदनशील क्षेत्र है, जबकि जोन-IV उच्च भूकंप प्रभावित और जोन-III सामान्य भूकंप प्रभावित क्षेत्र की श्रेणी में आता है।

बिहार के भूकम्प प्रभावित जोन के अंतर्गत सम्मिलित जिले:

जोन	भूकंप की तीव्रता(मरकली तीव्रता पैमाने के अनुसार)	प्रभावित होने वाले जिले के नाम
जोन-V	I(यांत्रिक)	पूर्णिया, अररिया, किशनगंज, सीतामढ़ी, दरभंगा, सहरसा, मधेपुरा, सुपौल, मधुबनी, शिवहर
जोन-IV	IV(साधारण)	पश्चिमी चंपारण, पूर्वी चंपारण, गोपालगंज, सीवान, सारण, मुजफ्फरपुर, वैशाली, समस्तीपुर, बेगूसराय, खगड़िया, मुंगेर, शेखपुरा, लखीसराय, भागलपुर, कटिहार, पटना, नालंदा
जोन-III	VII(अति प्रबल)	गया, औरंगाबाद, रोहतास, कैमूर, बक्सर, भोजपुर, जहानाबाद, अरवल, नवादा तथा जमुई और बाँका का दक्षिणी भाग

बिहार में आए कुछ प्रमुख भूकंप को नीचे की तालिका में दर्शाया गया है:

क्र.सं	भूकंप का स्थान	दिनांक	तीव्रता
1.	बिहार - बंगाल सीमा	4 जून 1764	6.0
2.	बिहार - नेपाल सीमा	23 अगस्त 1833	7.7
3.	बिहार - नेपाल सीमा	23 मई 1866	7.0
4.	बिहार-झारखण्ड सीमा	23 मई 1866	5.5
5.	हजारीबाग	30 सितम्बर 1868	5.7
6.	बिहार - उत्तर प्रदेश सीमा	7 अक्टूबर 1920	5.5
7.	बिहार - नेपाल सीमा	15 जनवरी 1934	8.4
8.	बिहार - नेपाल सीमा	11 जनवरी 1962	6.0
9.	बिहार - नेपाल सीमा	21 अगस्त 1988	6.7
10.	सिक्किम - नेपाल सीमा	18 सितम्बर 2011	5.7
11.	बिहार - नेपाल सीमा	25 अप्रैल 2015	7.8
12.	बिहार - नेपाल सीमा	12 मई 2015	7.3

चक्रवात

- एक ऐसी संरचना, जो गर्म हवा के चारों ओर कम वायुमंडलीय दाब के साथ उत्पन्न होती है और एक गोलाकार आंधी का आकार लेने लगती है इसे ही चक्रवात कहते हैं।
- मुख्य रूप से बिहार का उत्तर-पूर्वी भाग और दक्षिण-पश्चिमी भाग का कुछ भाग उष्णकटिबंधीय चक्रवात से प्रभावित हैं।
- पूर्णिया और किशनगंज चक्रवात से प्रभावित मुख्य जिले हैं।
- उष्णकटिबंधीय चक्रवात मई-जून और अक्टूबर-नवंबर के महीनों में बंगाल की खाड़ी में तूफान के रूप में उत्पन्न होते हैं।
- अक्टूबर-नवंबर के महीनों में चक्रवात का सर्वाधिक प्रभाव धान की फसल पर पड़ता है और हजारों एकड़ की फसल नष्ट हो जाती है, जिससे आपदा की स्थिति उत्पन्न हो जाती है।
- मई 2016 में उत्तर-पूर्वी बिहार में आए चक्रवात ने राज्य के 18 जिलों को प्रभावित किया, जिसमें मधुबनी, किशनगंज, सीतामढ़ी, पूर्णिया, दरभंगा, भागलपुर जिले सबसे अधिक प्रभावित हुए।
- बिहार राज्य में इस चक्रवात से 42 लोगों की मौत हो गई, जबकि 100 से ज्यादा लोग घायल हो गए।

अन्य आपदाएँ

- अन्य आपदाओं में ओलावृष्टि, सुनामी, बिजली गिरना, शीत लहर और मानव निर्मित दुर्घटनाएँ शामिल हैं।
- बिहार में दिसंबर और जनवरी के महीनों में शीत लहर का प्रकोप होता है, जिससे हर साल कई लोगों की ठंड से मौत हो जाती है और रबी की फसल को भी काफी नुकसान होता है।
- बिहार में त्योहारों और मेलों के दौरान भारी भीड़ के कारण अक्सर भगदड़ और नाव दुर्घटनाओं के कारण जीवन और संपत्ति का नुकसान होता है।
- वर्ष 2020 में बाढ़ के साथ-साथ कोविड महामारी का भी सामना बिहार को करना पड़ा लेकिन सरकार द्वारा संसाधनों के कुशलतापूर्वक प्रबंधन एवं वैक्सीन द्वारा कोविड महामारी पर काफी हद तक नियंत्रण पा लिया गया है।

आपदा प्रबंधन संबंधित कार्य

- आपदा प्रबंधन प्राकृतिक या मानव निर्मित आपदाओं के दौरान जीवन और
- संपत्ति की रक्षा करने और आपदा के प्रभाव को कम करने के लिए विशेष तैयारी की प्रक्रिया है।
- इसके अंतर्गत रोकथाम, तैयारी, न्यूनीकरण, प्रतिक्रिया, पुनर्निर्माण और पुनर्वास की सतत और एकीकृत प्रक्रिया को शामिल किया जाता है, जो इस प्रकार है:
- किसी आपदा के खतरे अथवा संभावना की रोकथाम करना।
- अनुसंधान और ज्ञान प्रबंधन सहित क्षमता निर्माण करना।
- आपदा के जोखिम, तीव्रता और परिणामों को कम करना।
- किसी भी खतरनाक आपदा की स्थिति में त्वरित कार्रवाई करना।

- किसी आपदा या उसके प्रभावों की तीव्रता का आकलन करना।
- फंसे हुए लोगों की निकासी, बचाव, पुनर्वास और पुनर्निर्माण हेतु कार्य करना।
- आपदा प्रबंधन के तीन मुख्य अवस्थाएँ हैं:
  - पूर्व-आपदा अवस्था: इस अवस्था में आपदा तैयारी, आपदा निवारण सम्मिलित होते हैं।
  - आपदा के समय अवस्था: आपदा के समय बचाव कार्य, आपदा प्रभावित क्षेत्र से लोगों को सुरक्षित स्थानों एवं राहत शिविरों तक पहुँचाना तथा भोजन, पानी, दवा आदि की समुचित आपूर्ति करना शामिल है।
  - आपदा के बाद की अवस्था: इस अवस्था में राहत कार्य, पुनर्वास, आपदा पुनर्निर्माण और सामान्य जीवन बहाली शामिल है।

राष्ट्रीय आपदा प्रबंधन अधिनियम, 2005

- राष्ट्रीय आपदा प्रबंधन अधिनियम 2005 के अंतर्गत एक संस्थागत ढाँचा विकसित किया गया है। इसके तहत राष्ट्रीय स्तर पर राष्ट्रीय आपदा प्रबंधन प्राधिकरण, राज्य स्तर पर राज्य आपदा प्रबंधन प्राधिकरण, जिला स्तर पर जिला आपदा प्रबंधन प्राधिकरण का गठन किया गया है।
- इस अधिनियम को 23 दिसंबर, 2005 को राष्ट्रपति की स्वीकृति प्राप्त हुई। इस अधिनियम में 11 अध्याय और 79 धारा हैं।
- यह अधिनियम आपदाओं के प्रभावी प्रबंधन और उनसे जुड़े या उनके प्रासंगिक मामलों के लिए प्रावधान करता है।
- इस अधिनियम का मुख्य उद्देश्य आपदा से प्रभावित लोगों को उनकी जान बचाना और उनकी मदद करना है।

बिहार राज्य आपदा प्रबंधन प्राधिकरण

- बिहार राज्य आपदा प्रबंधन प्राधिकरण की स्थापना 6 नवंबर 2007 को संसद द्वारा पारित आपदा प्रबंधन अधिनियम, 2005 की धारा 14(1) के तहत की गई थी।
- राष्ट्रीय आपदा प्रबंधन अधिनियम, 2005 के प्रावधानों के अनुसार, राज्य स्तर पर बिहार राज्य आपदा प्रबंधन प्राधिकरण बनाया गया है, जिसकी अध्यक्षता बिहार के माननीय मुख्यमंत्री, पूर्णकालिक उपाध्यक्ष (कैबिनेट मंत्री रैंक वाले) और कुछ विशेषज्ञ (राज्य मंत्री रैंक वाले) इसके सदस्य के रूप में करते हैं।
- वर्ष 2020-21 में आपदा प्रबंधन के कारण बिहार सरकार पर 3227.79 करोड़ रुपए का वित्तीय बोझ नकद सहायता, कृषि लागत सामग्रियों हेतु सब्सिडी आदि के रूप में पड़ा।

बिहार राज्य आपदा प्रबंधन प्राधिकरण की भूमिका और जिम्मेदारी:

बिहार राज्य आपदा प्रबंधन प्राधिकरण की भूमिकाएं और जिम्मेदारियां नीचे दी गई हैं:

- आपदा प्रबंधन पर नीतियां निर्धारित करना।
- राज्य सरकार के विभागों द्वारा राज्य योजना के अनुसार तैयार की गई योजनाओं का अनुमोदन करना।
- जिला योजना तैयार करने में जिला प्राधिकारियों द्वारा पालन किए जाने वाले दिशा-निर्देश निर्धारित करना।
- अपनी विकास योजनाओं और परियोजनाओं में आपदा की रोकथाम या इसके प्रभावों के शमन के लिए उपायों को एकीकृत करने के उद्देश्य से विभिन्न राज्य विभागों द्वारा पालन किए जाने वाले दिशानिर्देशों को निर्धारित करना।
- आपदा प्रबंधन की नीति और योजना के प्रवर्तन और कार्यान्वयन में समन्वय करना
- न्यूनीकरण के उद्देश्य से निधियों के प्रावधान की अनुशंसा करना।
- आपदा प्रबंधन के राज्य संस्थान के कामकाज के लिए व्यापक नीतियां और दिशानिर्देश निर्धारित करना।

बिहार आपदा जोखिम न्यूनीकरण रोडमैप, 2015-30

- बिहार सरकार ने प्राकृतिक आपदाओं के जोखिम को कम करने के लिए बिहार आपदा जोखिम न्यूनीकरण रोडमैप, 2015-30 तैयार किया है।
- आपदा जोखिम न्यूनीकरण पर तीसरा विश्व सम्मेलन 14-18 मार्च, 2015 को जापान के सेंडई शहर में आयोजित किया गया जिसमें 190 देशों ने भाग लिया था।
- इस सम्मेलन में वर्ष 2015 से 2030 तक आपदा जोखिम न्यूनीकरण के लिए चार प्राथमिकताएं और सात लक्ष्य निर्धारित किए गए थे।
- इसके लिए सरकार के विभिन्न विभागों, आपदा न्यूनीकरण के भागीदारों, विशेषज्ञों और प्राकृतिक समाज के सहयोग से मई, 2015 में प्रथम बिहार आपदा जोखिम न्यूनीकरण सम्मेलन का आयोजन किया गया।
- इस सम्मेलन के समापन सत्र में पटना घोषणा - 2015 के माध्यम से बिहार आपदा जोखिम न्यूनीकरण ढांचा अपनाया गया है और बिहार आपदा जोखिम न्यूनीकरण रोडमैप, 2015-30 तैयार किया गया है।
- इसके तहत आपदा जोखिम की समझ विकसित करना, जोखिम प्रबंधन के लिए संस्थानों को मजबूत करना, उनमें निवेश करना, प्रभावी प्रतिक्रिया और बेहतर पुनर्वास, पुन:स्थापन और पुनर्निर्माण के लिए शीघ्र तैयारी करने की प्राथमिकताएं तय की गई हैं।

बिहार आपदा जोखिम न्यूनीकरण रोडमैप, 2015-30 की प्रमुख बातें निम्नलिखित हैं:

- रोडमैप, 2015-30 में चार लक्ष्य रखे गए हैं, जो निम्नलिखित हैं:
  - वर्ष 2030 तक प्राकृतिक आपदाओं से मानक क्षति को मूल आधार आँकड़ों की तुलना में 75 प्रतिशत कम करना।
  - वर्ष 2030 तक परिवहन संबंधी आपदाओं में मूल आधार आँकड़ों की तुलना में पर्याप्त कमी करना।
  - वर्ष 2030 तक आपदाओं से प्रभावित व्यक्तियों की संख्या में मूल आधार आँकड़ों की तुलना में 50 प्रतिशत की कमी करना।
  - वर्ष 2030 तक बिहार राज्य में आपदाओं से होने वाली क्षति में मूल आधार आँकड़ों की तुलना में 50 प्रतिशत की कमी।
- रोडमैप 2015-30 के लक्ष्य को प्राप्त करने में शामिल उपायों को 5 भागों में सुरक्षित ग्राम, सुरक्षित शहर, सुरक्षित आजीविका, सुरक्षित बुनियादी सेवाएं और सुरक्षित आवश्यक बुनियादी ढांचे में विभाजित किया गया है।
- सुरक्षित ग्राम का अर्थ ग्राम योजनाओं में आपदा जोखिम न्यूनीकरण की अवधारणा का समावेश, ग्रामों में सामुदायिक संगठनों का क्षमता निर्माण एवं उनके माध्यम से ग्रामवासियों में आपदा जोखिम का विश्लेषण, संचार योजना का ज्ञान विकसित करना है।
- इन गतिविधियों के माध्यम से ग्रामीण स्तर पर छोटी आपदाओं (प्राथमिक स्तर की) से निपटने के लिए ग्रामीणों की क्षमता विकसित करना है।
- सुरक्षित शहर का तात्पर्य शहर की योजनाओं में आपदा जोखिम में कमी करना, शहरी सामुदायिक संस्थानों की क्षमता निर्माण और उनके माध्यम से शहरों में आपदा जोखिम का विश्लेषण, पूर्व चेतावनी और आपातकालीन सेवाओं तक पहुंच सुनिश्चित करना है।
- सुरक्षित बुनियादी सेवाओं में इन आपदाओं के दौरान स्वास्थ्य, शिक्षा, आवास, पेयजल आपूर्ति, स्वच्छता आदि से संबंधित सेवाओं की निर्बाध

पहुंच सुनिश्चित करने के लिए सभी आवश्यक उपाय करना शामिल है।

बिहार सरकार द्वारा आपदा जोखिम नियंत्रण हेतु किए गए प्रयास:

- बिहार आपदाओं के दौरान विभिन्न कार्यों के संचालन के लिए राज्य आपदा प्रतिक्रिया बल की पूर्णकालिक बटालियन स्थापित करने वाला पहला राज्य था और राज्य ने इस बटालियन के लिए बिहटा, पटना में 75 एकड़ भूमि प्रदान की।
- उत्तर बिहार में प्रभावी खोज एवं बचाव अभियान को मजबूत करने के लिए सुपौल जिले में राष्ट्रीय आपदा अनुक्रिया बल की एक नियमित कंपनी गठित करने की प्रक्रिया आरंभ की गयी।
- 2018 में बिहार प्रशासनिक सेवा के सभी स्तरों के अधिकारियों को आपदा प्रबंधन के आयामों के बारे में पूर्ण जानकारी देने हेतु आपदा प्रबंधन एवं जोखिम न्यूनीकरण एवं प्रबंधन पर व्यावसायिक प्रशिक्षण कार्यक्रम का आयोजन किया गया।
- बाढ़ और सूखा जैसी स्थितियों से निपटने हेतु जल संरक्षण के उपायों को सक्षम बनाने के लिए उत्तर बिहार में तालाबों और जलाशयों तथा दक्षिण बिहार में आहर और पईन को पुनर्जीवित करने हेतु पहल की जा रही है।
- बिहार सरकार द्वारा बाढ़ से प्रभावित लोगों को सहायता पहुंचाने के लिए बिहार बाढ़ सहायता योजना शुरू की गई है जिसके तहत बाढ़ से प्रभावित लोगों की 6000 रुपये प्रति हेक्टेयर की धनराशि सीधा उनके बैंक अकाउंट में प्रत्यक्ष लाभ हस्तांतरण के माध्यम से ट्रांसफर की जाती है।
- बिहार सरकार प्रदेश के 12 जिलों में स्थित 26 जलाशयों /तालों के हेल्थ कार्ड बनाये जा रहे हैं। इसमें जलाशयों के जल की स्थिति से लेकर उसके प्राकृतिक स्वरूप और पर्यावरणीय संतुलन में उसकी क्षमता का भी आकलन किया जायेगा।
- जिन बच्चों ने कोरोना काल में अपने माता-पिता या उनमें से किसी को खो दिया है, ऐसे बच्चों को बिहार सरकार द्वारा 18 वर्ष की आयु तक हर महीने 1500 रुपये प्रदान किए जाते हैं।
- राज्य आपदा अनुक्रिया बल को मोटरबोट, लाइफ जैकेट, गोताखोरी, खोज, राहत और बचाव के अत्याधुनिक उपकरण उपलब्ध कराए गए हैं।
- इस प्रकार आपदा प्रबंधन को सर्वोच्च प्राथमिकता देते हुए बिहार सरकार द्वारा विभिन्न आपदाओं से निपटने के लिए कई प्रयास किये गए हैं।

आधारभूत संरचना

परिवहन

- परिवहन को अर्थव्यवस्था की धमनी कहा जाता है।
- किसी भी अर्थव्यवस्था के तीव्र विकास के लिए आधारभूत संरचना का विकास अनिवार्य है।
- बुनियादी ढांचे के 3 प्रमुख घटक हैं: परिवहन, संचार और ऊर्जा।
- बिहार में सड़क, रेलवे, नागरिक उड्डयन, डाक सुविधा, ऊर्जा क्षेत्र आदि बुनियादी ढांचे के प्रमुख तत्वों के विकास की गति धीमी रही है।

सड़क परिवहन

- आजादी के समय बिहार में पक्की सड़कों की कुल लंबाई 2104 किमी. थी।
- चौड़ाई के आधार पर राज्य में 4 प्रकार के राजमार्ग विकसित हुए हैं-
  - एक लेन वाली सड़क - चौड़ाई 3.75 मी
  - मध्यवर्ती-लेन सड़क - चौड़ाई 5.50 मी
  - दो लेन की सड़क - चौड़ाई 7 मी
  - दो लेन से अधिक सड़कें - 7 मी से अधिक चौड़ी
- बिहार में राष्ट्रीय राज्य राजमार्गों, जिला राजमार्गों और ग्रामीण राजमार्गों का विस्तारीकरण किया गया है।

राष्ट्रीय राजमार्ग

- सड़क नेटवर्क के माध्यम से महत्वपूर्ण शहरों, राष्ट्रीय राजधानी, राज्यों की राजधानियों, बंदरगाहों आदि को जोड़ने के मामले में राष्ट्रीय राजमार्ग महत्वपूर्ण हैं।
- राष्ट्रीय राजमार्गों के निर्माण और रखरखाव की जिम्मेदारी भारतीय राष्ट्रीय राजमार्ग प्राधिकरण (NHAI) की है।
- मार्च 2019 तक, राज्य के भीतर कुल लंबाई के 5358 किमी-लंबाई वाले 49 राष्ट्रीय राजमार्ग हैं। इनमें से 41.3 प्रतिशत राष्ट्रीय राजमार्ग की लंबाई दो लेन से अधिक है, इसके बाद 38.5 प्रतिशत दो लेन और 22.2 प्रतिशत सिंगल या मध्यवर्ती लेन है।
- बिहार में राष्ट्रीय राजमार्गों की लंबाई का हिस्सा 2005 में 5.4 प्रतिशत से घटकर 2020 में 4.0 प्रतिशत हो गया है। लेकिन राष्ट्रीय राजमार्गों का घनत्व प्रति 1000 वर्ग किमी रहा जो कि- 2005 में 3.8 किमी से बढ़कर 2019 में 5.7 किमी हो गई है।
- महाराष्ट्र, उत्तर प्रदेश और राजस्थान राज्यों का देश के कुल राष्ट्रीय राजमार्गों में 30 प्रतिशत हिस्सा है।
- इसी समय (वर्ष 2020) में हरियाणा, पंजाब और महाराष्ट्र प्रति 1000 किमी क्षेत्र में राष्ट्रीय राजमार्गों की लंबाई के मामले में अग्रणी राज्यों के रूप में थे।
- सितंबर, 2020 में राष्ट्रीय राजमार्गों की लंबाई के मामले में बिहार के शीर्ष तीन जिले पटना (440 किमी), मधुबनी (322 किमी) और मुजफ्फरपुर (295 किमी) हैं। दूसरी ओर, सबसे कम लंबाई वाले जिले शिवहर (22 किमी), शेखपुरा (46 किमी) और लखीसराय (51 किमी) हैं।
- बिहार का सबसे लम्बा राष्ट्रीय राजमार्ग NH 31 है, तथा सबसे छोटा राष्ट्रीय राजमार्ग NH 727 A है।

भारतमाला परियोजना

- परियोजना का पहला चरण 2017-18 से 2021-22 तक पांच साल की अवधि के लिए चालू होगा।
- बिहार को तीन श्रेणियों - इंटर कॉरिडोर और फीडर रूट (305 किमी), नेशनल कॉरिडोर एफिशिएंसी इम्प्रूवमेंट (70 किमी) और बॉर्डर और अंतरराष्ट्रीय कनेक्टिविटी (50 किमी) के तहत लाभ होगा।
- भारतमाला फेज-1 के तहत बिहार में कुल 425 किलोमीटर सड़क की लंबाई अखिल भारतीय सड़कों की लंबाई का 1.71 प्रतिशत है।

राज्य राजमार्ग

- राज्य राजमार्ग यात्रियों और सामानों की आवाजाही के लिए और राज्य की राजधानी, महत्वपूर्ण शहरों की अंतरराज्यीय सीमाओं, राष्ट्रीय राजमार्गों आदि को जोड़ने के लिए विभिन्न जिलों को कनेक्टिविटी प्रदान करते हैं।
- सितंबर 2020 में, बिहार राज्य में राज्य राजमार्ग की लंबाई 3713 किमी थी, जिसमें से 60 प्रतिशत में दो लेन शामिल हैं, और लगभग 23 प्रतिशत में एक या मध्यवर्ती लेन शामिल है, जबकि 9 प्रतिशत में दो से अधिक लेन शामिल हैं।
- राज्य राजमार्गों की लंबाई के मामले में शीर्ष तीन जिले पटना (219 किलोमीटर), गया (210 किलोमीटर) और दरभंगा (209 किमी) हैं।
- एशियाई विकास बैंक गंगा नदी पर 9.8 किमी लंबाई के छह लेन सड़क पुल के निर्माण में सहायता कर रहा है। यह पुल उत्तर और दक्षिण बिहार के बीच

परिवहन संपर्क में सुधार करेगा।

मुख्य जिला सड़क नेटवर्क

- मुख्य जिला सड़कें जिलों के भीतर महत्वपूर्ण सड़कें हैं, जो कम विकसित क्षेत्रों को जिला मुख्यालयों निकटतम राज्य राजमार्गों, राष्ट्रीय राजमार्गों, रेलवे और शहरों से जोड़ती हैं।
- ये सड़कें, सड़क वर्गीकरण प्रणाली के निम्नतम स्तर पर ग्रामीण सड़कों से यातायात को जोड़ती हैं।
- सितंबर 2020 तक, राज्य में प्रमुख जिला सड़कों की कुल लंबाई 14,886 किमी थी।
- 2015 से 2020 तक पांच वर्षों के दौरान मुख्य जिला सड़क में अधिकतम विस्तार पाने वाले तीन जिले हैं: पटना (434 किमी), दरभंगा (410 किमी), और जमुई (344 किमी) हैं। वहीं, सबसे कम लाभार्थी वाले जिले भोजपुर (4 किमी), जहानाबाद (7 किमी), और खगड़िया (13 किमी) हैं।

ग्रामीण सड़क नेटवर्क

- ग्रामीण सड़क संपर्क ग्रामीण क्षेत्रों के अस्तित्व को बेहतर बनाने का एक प्राकृतिक तरीका है।
- ग्रामीण सड़कें गांवों और कस्बों के सामाजिक-आर्थिक विकास को सक्षम बनाने में महत्वपूर्ण योगदान देती हैं।
- सितंबर, 2020 के अंत तक, ग्रामीण सड़कों की लंबाई 96,833 किमी थी।
- ग्रामीण सड़क नेटवर्क के मामले में शीर्ष तीन जिले मधुबनी (6360 किमी), मुजफ्फरपुर (5797 किमी), और पूर्वी चंपारण (5795 किमी) हैं।

भारत-नेपाल सीमा सड़क परियोजना

- केंद्र सरकार ने ₹3853.00 करोड़ की अनुमानित लागत पर सीमा सड़क प्रबंधन-5 के तहत भारत-नेपाल सीमा पर 1377 किमी सड़कों के निर्माण और उन्नयन को मंजूरी दी है। इस परियोजना से बिहार, उत्तर प्रदेश और उत्तराखंड राज्य लाभान्वित होंगे।
- नेपाल की सीमा के समानांतर गुजरने वाली सड़क का हिस्सा उत्तर प्रदेश के मदनपुर से पश्चिम बंगाल के गलगलिया तक जाएगा और बिहार के 7 जिलों - पश्चिम चंपारण, पूर्वी चंपारण, सीतामढ़ी, मधुबनी, सुपौल, अररिया और किशनगंज से होकर गुजरेगा।

सड़क परिवहन

- बिहार जैसे- विकासशील राज्य में परिवहन के अन्य साधनों की तुलना में सड़क परिवहन अधिक उपयोगी माध्यम है।
- बिहार राज्य सड़क परिवहन निगम की स्थापना वर्ष 1959 में राज्य में पर्याप्त बस सुविधा प्रदान करने के लिए की गई थी।
- इस निगम द्वारा अपनी वित्तीय स्थिति को मजबूत करने के लिए वर्ष 2009-10 से पब्लिक-प्राइवेट पार्टनरशिप (पीपीपी मोड) योजना शुरू की गई थी।

रेल परिवहन

- बिहार का अधिकांश भूमि क्षेत्र मैदानी है। इसलिए यह रेल परिवहन के विकास के लिए अनुकूल है।
- बिहार के सभी प्रमुख शहर रेल से जुड़े हुए हैं।
- मार्च, 2020 तक बिहार में रेलवे-ट्रैक की कुल लंबाई 3714 किमी थी, जबकि भारत में रेलवे लाइन की कुल लंबाई 68,400 किमी है।
- देश के कुल रेल मार्ग में बिहार का हिस्सा लगभग 5.5 प्रतिशत पर स्थिर है, जिसमें 2005 से 2019 के बीच केवल 340 किमी लम्बाई ही बढ़ी है।
- 2005 और 2019 के बीच झारखंड में रेल मार्गों की अधिकतम लंबाई 630 किमी बढ़ी है, इसके बाद कर्नाटक में 558 किमी और पश्चिम बंगाल में 374 किमी है। इस अवधि के दौरान, देश ने अतिरिक्त रेल मार्गों में 3950 किमी की कुल वृद्धि देखी।
- 2022-23 के आर्थिक सर्वेक्षण के अनुसार- बिहार में राष्ट्रीय स्तर पर 5.2 किमी की तुलना में प्रति लाख जनसंख्या पर केवल 3.2 किमी रेल मार्ग उपलब्ध था।
- पूरे भारत को प्रशासनिक दृष्टि से 18 रेलवे जोन में बांटा गया है।
- बिहार का एकमात्र रेलवे जोन हाजीपुर, मध्य पूर्व रेलवे का मुख्यालय है।
- इस जोन का निर्माण 2002 में हुआ था। इसके अतिरिक्त बिहार में चार रेल मंडल हैं।

बिहार में स्थित रेल मंडल निम्नलिखित हैं-

- सोनपुर मंडल, मध्य-पूर्व रेलवे, हाजीपुर,
- दानापुर मंडल, मध्य-पूर्व रेलवे, हाजीपुर,
- समस्तीपुर मंडल, मध्य-पूर्व रेलवे, हाजीपुर,
- कटिहार मंडल, उत्तर-पूर्व सीमांत रेलवे, गौहाटी।
    - इसके अतिरिक्त पूर्वोत्तर रेलवे कलकत्ता के मालदा डिवीजन के अंतर्गत बिहार का भागलपुर, जमालपुर का क्षेत्र आता है।
    - उत्तरी-पूर्वी रेलवे गोरखपुर के अंतर्गत वाराणसी रेल मंडल में बिहार का छपरा, सीवान, गोपालगंज आदि क्षेत्र सम्मिलित हैं।
    - सोनपुर रेल मंडल का गठन पूर्व-मध्य रेलवे के अधीन 5 नवंबर, 1951 को हुआ था।
    - 8 सितंबर, 1996 से सोनपुर रेल मंडल मंडल का कार्य हाजीपुर के अधीन हो रहा है, तथा मुजफ्फरपुर, हाजीपुर, बरौनी, खगड़िया आदि प्रमुख रेलवे स्टेशन इस मंडल के अंतर्गत आते हैं।
    - दानापुर रेलवे मंडल का गठन 1925 ई. में हुआ था। 1952 से 2002 ई. तक यह पूर्व रेलवे कलकत्ता के अधीन था। 1 अक्टूबर, 2002 के बाद यह हाजीपुर के अधीन कार्यरत हो गया।
    - दानापुर मंडल के अंतर्गत पटना, बक्सर, आरा, मोकामा, जमुई, झाझा आदि प्रमुख रेलवे स्टेशन शामिल हैं।
    - समस्तीपुर मंडल का गठन 1969 ई. में हुआ था। इस मंडल का कार्य पूर्व-मध्य रेलवे के अंतर्गत होता है। दरभंगा, समस्तीपुर, सगौली, बापू धाम मोतिहारी, मधुबनी, नरकटियागंज, सीतामढ़ी, सहरसा आदि प्रमुख रेलवे स्टेशन इस मंडल के अंतर्गत हैं। इसके अंतर्गत प्रमुख रेलवे स्टेशन न्यू जलपाईगुड़ी (प. बंगाल) जोगबनी, कटिहार, किशनगंज, पूर्णिया आदि स्थित हैं।
    - बिहार से गुजरनेवाला कलकत्ता-मुगलसराय रेलमार्ग, जिसका निर्माण 1860-62 ई. में हुआ था, पटना होते हुए जाता है। यह बिहार की प्रथम रेल लाइन है।

बिहार की रेलवे लाइन चार जोन में स्थित हैं-

- मध्य-पूर्व रेलवे, हाजीपुर।
- उत्तर-पूर्व सीमांत रेलवे, गुवाहाटी।
- पूर्वोत्तर रेलवे, कलकत्ता।
- उत्तरी-पूर्वी रेलवे, गोरखपुर।
    - उत्तर-पूर्व सीमांत रेलवे में पूर्णिया क्षेत्र, पूर्वोत्तर रेलवे के अंतर्गत भागलपुर का क्षेत्र, उत्तरी-पूर्वी रेलवे के अंतर्गत छपरा क्षेत्र स्थित है, जबकि बिहार की अधिकांश रेल लाइन की लंबाई मध्य-पूर्व रेलवे, हाजीपुर के अंतर्गत आती है।
    - 2022-23 के आर्थिक सर्वेक्षण के अनुसार- रेलमार्ग के मामले में बिहार का, भारत में तीसरा स्थान है।

वायु परिवहन

- देश के अन्य राज्यों की तुलना में बिहार में हवाई परिवहन का विकास कम रहा है।
- पिछड़ेपन का कारण आर्थिक पिछड़ापन, औद्योगीकरण और शहरीकरण

का अल्पविकास आदि है, हालांकि राज्य में राष्ट्रीय स्तर के हवाई अड्डे पटना और गया में स्थापित हैं।

- राज्य की राजधानी पटना से काठमांडू, कोलकाता, मुंबई, अहमदाबाद, लखनऊ, रांची और दिल्ली के लिए हवाई सेवाएं उपलब्ध हैं।
- पटना के एयरपोर्ट का नाम जयप्रकाश नारायण एयरपोर्ट रखा गया है।
- मुजफ्फरपुर, जोगबनी, रक्सौल, भागलपुर और बिहटा में भी हवाई अड्डे बनाए गए हैं।
- 12 नवंबर, 2002 को बिहार के गया और कोलंबो (श्रीलंका) के बीच विमान सेवा शुरू होने के साथ ही बिहार स्थित हवाई अड्डे से अंतरराष्ट्रीय विमानन सेवा आरंभ हो गया था।
- वर्तमान में बिहार में सेवाएं प्रदान करने वाली प्रमुख एयरलाइनों में जेट एयरवेज, एयर एशिया और एयर इंडिया है, परन्तु सबसे अधिक उड़ानें इंडिगो की हैं।

बिहार में स्थित प्रमुख हवाई अड्डे निम्नलिखित हैं –			
क्रम सं.	नाम	स्थान	प्रकार
1	जयप्रकाश नारायण अंतरराष्ट्रीय हवाई अड्डा	पटना	अंतरराष्ट्रीय
2.	गया अंतरराष्ट्रीय हवाई अड्डा	गया	अंतरराष्ट्रीय
3	भागलपुर हवाई अड्डा	भागलपुर	अंतर्राज्यीय
4	दरभंगा हवाई अड्डा	दरभंगा	रक्षा
5	जोगबनी हवाई अड्डा	जोगबनी	अंतर्राज्यीय
6	चूनापुर हवाई अड्डा	पूर्णिया	रक्षा

जल परिवहन

- जल परिवहन, परिवहन का सबसे सस्ता और प्रदूषण रहित साधन है।
- भारी माल के परिवहन के लिए यह सबसे उपयुक्त साधन है।
- बिहार में जल परिवहन के लिए गंगा, घाघरा, गंडक, बूढ़ी गंडक, बागमती, कोसी, सोन आदि नदियाँ उपलब्ध हैं।
- गंगा नदी पर राष्ट्रीय जलमार्ग परिवहन संख्या-1, जो इलाहाबाद से हल्दिया तक है, बिहार से होकर गुजरती है।
- राष्ट्रीय जलमार्ग परिवहन संख्या-1, की स्थापना अक्टूबर 1986 में हुई थी। इसकी लंबाई 1620 किलोमीटर है, पटना में एक स्थायी टर्मिनल भी स्थापित किया गया है, जबकि फ्लोटिंग टर्मिनल भागलपुर में है।
- गंगा नदी पर पटना के गायघाट में क्षेत्रीय कार्यालय स्थापित है।
- भारतीय अंतर्देशीय जलमार्ग परिवहन की स्थापना 27 अक्टूबर, 1986 को हुई थी, जिसका मुख्यालय नोएडा, उत्तर प्रदेश में है।
- यह जलमार्ग और भूतल परिवहन मंत्रालय, भारत सरकार के अधीन काम करता है। इसके क्षेत्रीय कार्यालय पटना, कलकत्ता, गुवाहाटी और कोच्चि में स्थित हैं।
- कोसी, गंडक और सोन नदियों से लायी जाने वाली नहरों को नौगम्य बना दिया गया है।
- बक्सर नहर और आरा नहर भी नौगम्य हैं, बिहार के घाघरा में लगभग 100 किमी, कोसी में 200 किमी, गंडक में 240 किमी, और सोन में 195 किमी तक बोटिंग की जाती है।

रोपवे

- बिहार में केवल राजगीर में रोपवे का निर्माण किया गया है।
- यह एक बौद्ध पर्यटन स्थल है, जहां शांति स्तूप के दर्शन के लिए इसका निर्माण किया गया है।

संचार व्यवस्था

- राज्य में संचार के प्रमुख साधन दूरसंचार और डाक प्रणाली हैं।
- दूरसंचार के क्षेत्र में चीन के बाद भारत दुनिया का दूसरा सबसे बड़ा देश है।
- वर्ष 2017 तक बिहार में टेलीफोन कनेक्शन की संख्या बढ़कर 849 लाख हो गई है।
- बिहार में लगभग 96 प्रतिशत टेलीफोन कनेक्शन निजी क्षेत्र की कंपनियों द्वारा संचालित हैं।
- बिहार में संचार के क्षेत्र में कई कंपनियां मोबाइल सेवाएं प्रदान करती हैं, जिनमें बी.एस. एन. एल, टेलीनॉर, रिलायंस जियो, भारती एयरटेल, रिलायंस, वोडाफोन, टाटा इंडिकॉम, आइडिया, एयरसेल आदि।

डाक व्यवस्था

- डाक संचार प्रणाली भारत में सबसे शक्तिशाली संचार प्रणाली है।
- भारत में दुनिया का सबसे बड़ा डाक नेटवर्क है।
- भारत में डाकघरों की कुल संख्या 1.57 लाख है, जिनमें से 90.0 प्रतिशत (1.41 लाख) डाकघर ग्रामीण क्षेत्रों में स्थित हैं।
- मार्च, 2019 तक, बिहार सर्कल में 9084 डाकघर थे, जिनमें से 8610 (94.8 प्रतिशत) ग्रामीण क्षेत्रों में स्थित थे, और 474 (5.2 प्रतिशत) शहरी क्षेत्रों में थे।

ऊर्जा

- अर्थव्यवस्था के विकास के लिए ऊर्जा क्षेत्र का विकास आवश्यक है।
- बिहार में ऊर्जा क्षेत्र आर्थिक विकास को गति देने, रोजगार बढ़ाने, गरीबी दूर करने और अर्थव्यवस्था की गति तेज करने में बाधक रहा है।
- 2016-17 में बिहार में बिजली की खपत प्रति व्यक्ति 280 किलोवाट थी।
- राज्य सरकार ने अपने सात फैसलों में से एक 'हर घर बिजली' के तहत 2018-19 तक सभी ग्रामीण और शहरी परिवारों को 24 घंटे बिजली देने का विजन तैयार किया है।
- बिहार में निर्बाध बिजली आपूर्ति और उपभोक्ताओं की शिकायतों के निवारण के लिए '24x7 फ्यूल कॉल सेंटर' स्थापित किया गया है।
- 2020-21 के आर्थिक सर्वेक्षण के अनुसार- 2012-13 में बिहार में बिजली की सबसे अधिक मांग 2650 मेगावाट थी, जबकि 2019-20 में बिजली की मांग बढ़कर 5900 मेगावाट हो गई।
- वर्ष 2019-20 में बिजली की खपत के मामले में शीर्ष तीन जिले पटना (549.5 करोड़ यूनिट), गया (170.7 करोड़ यूनिट) और मुजफ्फरनगर (137.0 करोड़ यूनिट) थे। दूसरी ओर, शिवहर (10.4 करोड़ यूनिट), अरवल (17.8 करोड़ यूनिट) और शेखपुरा (21.1 करोड़ यूनिट) में सबसे कम बिजली की खपत वाले जिले है।

विद्युत क्षेत्र में बिहार का संस्थागत ढांचा

- बिहार राज्य विद्युत बोर्ड का गठन अप्रैल 1958 ई. में बिजली (आपूर्ति) अधिनियम, 1948 के अनुच्छेद 5 के तहत बिजली उत्पादन, पारेषण, वितरण और प्रबंधन के लिए किया गया था।
  - बिहार राज्य विद्युत (होल्डिंग) कंपनी लिमिटेड (BSPHCL)
  - बिहार राज्य विद्युत उत्पादन कंपनी लिमिटेड (BSPGL)
  - बिहार राज्य विद्युत ट्रांसमिशन कंपनी लिमिटेड (BSPTCL)

- दक्षिण बिहार विद्युत वितरण कंपनी लिमिटेड (NBPDCL)
- उत्तर बिहार विद्युत वितरण कंपनी लिमिटेड (SBPDCL)

- BSPGL को अन्य 4 कंपनियों के शेयरों की जिम्मेदारी सौंपी गई है, और पूर्व बिहार राज्य विद्युत बोर्ड की संपत्ति का स्वामित्व दिया गया है।
- BSPGL बिजली उत्पादन में लगी सहायक कंपनियों के बीच समन्वय करता है।
- इस कार्य में समन्वय और सुझाव की भूमिकाओं में उत्पादन केंद्रों और संबंधित सुविधाओं के निर्माण, संचालन और रखरखाव से संबंधित सभी मामले शामिल हैं।
- BSPTCL कंपनी विद्युत पारेषण के लिए जिम्मेदार है और उसे पूर्ववर्ती बिहार राज्य विद्युत बोर्ड की पारेषण संपत्तियों का स्वामित्व दिया गया है।
- NBPDCL और SBPDCL दोनों ही सभी उपभोक्ताओं को बिजली वितरित करते हैं, और राजीव गांधी ग्रामीण विद्युतीकरण योजना, विशेष पिछड़ा क्षेत्र अनुदान निधि, पुनर्गठित त्वरित बिजली विकास और सुधार कार्यक्रम राज्य योजना और एशियाई विकास बैंक द्वारा वित्त पोषित योजनाओं के तहत ग्रामीण विद्युतीकरण योजनाओं को लागू करते हैं।

राज्य में विद्युतीकरण कार्यक्रम

- केंद्र सरकार राज्य में बिजली वितरण और आपूर्ति बढ़ाने के लिए 3 महत्वपूर्ण योजनाएँ चला रही है-
  - एकीकृत विद्युत विकास योजना
  - दीनदयाल उपाध्याय ग्राम ज्योति योजना
  - विशेष योजना (पिछड़ा क्षेत्र अनुदान निधि)
- 'एकीकृत विद्युत विकास योजना' दिसंबर 2014 में शुरू की गई थी। इसे 12वीं पंचवर्षीय योजना में शुरू किया गया था। इसमें पुनर्गठित त्वरित विद्युत विकास और सुधार कार्यक्रम शामिल था।
- 'दीनदयाल उपाध्याय ग्राम ज्योति योजना' की शुरुआत केंद्र सरकार ने दिसंबर 2014 में की थी।
- राजीव गांधी ग्रामीण विद्युतीकरण योजना, जो पहले से चल रही थी, को भी दीनदयाल उपाध्याय ग्राम ज्योति योजना में शामिल किया गया।
- दीनदयाल उपाध्याय ग्राम ज्योति योजना के तहत राज्य के सभी 38 जिलों में विद्युतीकरण किया जा रहा है।
- राज्य में बिजली उत्पादन और वितरण में सुधार के लिए '24 घंटे बिजली फॉर ऑल' नामक एक दस्तावेज जारी किया गया है।
- मार्च 2021 तक राज्य में कुल विद्युत उत्पादन क्षमता 6422 मेगावाट की थी। यह 21 प्रतिशत बढ़कर मार्च 2022 में 7785 मेगावाट हो गई।
- मार्च 2022 में सर्वाधिक 87 प्रतिशत हिस्सा केंद्रीय क्षेत्र का, 12 प्रतिशत निजी क्षेत्र/ स्वतंत्र विद्युत उत्पादकों का और 1 प्रतिशत राजकीय क्षेत्र का था।
- बिहार में सार्वजनिक और निजी दोनों क्षेत्रों में बिजली उत्पादन किया जाता है।

बिहार में ऊर्जा उत्पादन केंद्र

कहलगांव सुपर थर्मल विद्युत स्टेशन

- कहलगांव सुपर थर्मल विद्युत स्टेशन भागलपुर जिले में स्थित एक राष्ट्रीय ताप विद्युत निगम नियंत्रित थर्मल विद्युत जनरेशन यूनिट है। इसे 1992 ई. में स्थापित किया गया था।
- इसकी कुल स्थापित उत्पादन क्षमता 4x 210 मेगावाट और 3×500 मेगावाट, यानी 2,340 मेगावाट है।
- इस विद्युत स्टेशन को कोयले की आपूर्ति ईस्टर्न कोल फील्ड्स लिमिटेड की राजमहल कोयला खदान से होती है, और पानी की आपूर्ति का स्रोत गंगा नदी है।

बाढ़ सुपर थर्मल विद्युत स्टेशन

- यह पटना जिले के बाढ़ नामक स्थान पर स्थित है।
- इसका निर्माण 1999 ई. में शुरू हुआ, और उत्पादन वर्ष 2013 से शुरू हुआ।
- इसकी कुल स्थापित क्षमता 3,300 मेगावाट, यानी 5×660 मेगावाट है। यह राष्ट्रीय ताप विद्युत निगम के नियंत्रण में है।
- बाढ़ सुपर थर्मल विद्युत स्टेशन का पहला चरण (3×660 मेगावाट) रूसी कंपनी टेक्नोप्रोमेक्सपोर्ट (TPE) द्वारा बनाया गया था, और दूसरा चरण (2×660 मेगावाट) भारत हेवी इलेक्ट्रिकल्स लिमिटेड (BHEL) द्वारा बनाया गया था।
- बिहार को पहले चरण में अपने कुल उत्पादन का 26 प्रतिशत (1183 मेगावाट) और दूसरे चरण में कुल उत्पादन का 50 प्रतिशत प्राप्त होता है।
- सिक्किम और पश्चिम बंगाल को भी इसमें हिस्सेदारी दी गई है।

बरौनी थर्मल विद्युत स्टेशन

- बरौनी थर्मल विद्युत स्टेशन 1962 में चालू किया गया था।
- यह बिहार के बेगूसराय जिले में स्थित है।
- रूसी सहयोग से बरौनी थर्मल विद्युत स्टेशन की स्थापना की गई थी।
- वर्ष 2017-18 में बरौनी थर्मल विद्युत स्टेशन में 250 मेगावाट का उत्पादन कमिशन किया गया है।
- बरौनी थर्मल विद्युत स्टेशन में पहले 7 अलग-अलग इकाइयाँ थीं, जिनमें से अब 1 से 5 तक की इकाइयाँ अपने कामकाजी जीवन को समाप्त कर चुकी हैं, और उत्पादन के लिए उपलब्ध नहीं हैं।
- जीर्णोद्धार कार्य के बाद 110 मेगावाट की सातवीं इकाई में उत्पादन शुरू हो गया है।
- वहीं, 110 मेगावाट की छठी इकाई के जीर्णोद्धार का कार्य प्रगति पर है। इसके अतिरिक्त, 250-250 मेगावाट की दो नई इकाइयों पर भी काम चल रहा है।
- राष्ट्रीय तापविद्युत निगम लिमिटेड द्वारा आठवीं इकाई के वाणिज्यिक संचालन तिथि की घोषणा की गई है।
- इन इकाइयों द्वारा उत्पादित बिजली की लागत को कम करने के लिए राज्य सरकार ने थर्मल विद्युत कॉरपोरेशन की विशेषज्ञता के साथ बरौनी थर्मल विद्युत स्टेशन का स्वामित्व राष्ट्रीय थर्मल विद्युत कॉरपोरेशन को हस्तांतरित कर दिया है।

कांटी बिजली उत्पादन निगम लिमिटेड

- मुजफ्फरपुर में स्थित, यह राष्ट्रीय तापविद्युत निगम लिमिटेड और बिहार राज्य विद्युत जनरेशन कंपनी लिमिटेड का एक संयुक्त उद्यम है। इसकी शेयर में दोनों पक्षों की हिस्सेदारी 65:35 के अनुपात में है।
- राज्य सरकार के निर्णय के अनुसार- इसका 100% शेयर राष्ट्रीय तापविद्युत निगम लिमिटेड को हस्तांतरित कर दिया गया है।

कोसी जलविद्युत केंद्र

- कोसी जलविद्युत स्टेशन (कटैया), बीरपुर में 1970-78 के बीच 4.8 मेगावाट की लगभग 4 इकाइयों का निर्माण किया गया था।
- वर्ष 2003 में, इस परियोजना को बिहार राज्य जलविद्युत निगम के तहत शामिल किया गया था।

नबीनगर संयंत्र

- यह परियोजना बिहार के औरंगाबाद जिले में स्थित है।
- नबीनगर विद्युत जनरेशन कंपनी प्रा. लिमिटेड (एनपीजीसीएल) राष्ट्रीय तापविद्युत निगम लिमिटेड और बिहार राज्य इलेक्ट्रिसिटी जनरेशन कंपनी लिमिटेड के बीच एक संयुक्त उद्यम है, जिसकी शेयर में 50:50 हिस्सेदारी है। बाद में राज्य सरकार के एक निर्णय के अनुसार- इसकी 100 प्रतिशत शेयर राष्ट्रीय तापविद्युत निगम को हस्तांतरित कर दी गई है।
- व्यावसायिक उत्पादन 660 मेगावाट की इकाई सं. 1 के लिए सितंबर 2019

में और 660 मेगावाट की इकाई सं. 2 के लिए जुलाई 2021 में थी।

- 660 मेगावाट की तीसरी इकाई में जून 2022 से उत्पादन शुरू हो गया है।

बक्सर ताप विद्युत संयंत्र परियोजना

- चौसा में 660 मेगावाट की ग्रीनफील्ड विद्युत परियोजना की 2 इकाइयों के निर्माण के लिए सतलज जल विद्युत निगम-एसजेवीएन थर्मल प्राइवेट लिमिटेड (एसटीपीएल) के साथ एक समझौता ज्ञापन पर हस्ताक्षर किए हैं।
- इसकी विस्तृत परियोजना रिपोर्ट जनवरी 2018 में अद्यतन की गई थी।
- सतलज जल विद्युत निगम थर्मल प्राइवेट लिमिटेड, एसजेवीएन लिमिटेड केंद्रीय सार्वजनिक क्षेत्र के मिनी रत्न प्रतिष्ठान हैं, जिनके प्रशासनिक नियंत्रण में भारत सरकार के विद्युत मंत्रालय का एक सहायक कंपनी है, जिसकी 100 प्रतिशत पूर्ण स्वामित्व है।
- परियोजना की कुल अनुमानित लागत 12,172.74 करोड़ रुपये है। इस परियोजना के लिए ऋण की आवश्यकता है जो 8520.92 करोड़ रुपये है।
- समझौता ज्ञापन के अनुसार- ऋण के लिए आवश्यक धन आरईसी और पीएफसी द्वारा वित्तपोषित किया जाएगा।

अल्ट्रा मेगा विद्युत प्रोजेक्ट

- बांका में करीब 4000 मेगावाट की बिजली परियोजना लगाने का प्रस्ताव तैयार किया गया है, जिसके लिए 2500 एकड़ जमीन चिन्हित कर ली गई है।
- परियोजना को दो विशेष प्रयोजन वाहन (एसपीवी) संरचना के माध्यम से क्रियान्वित किया जाएगा, जिसे विद्युत फाइनेंस कॉरपोरेशन द्वारा शामिल किया गया है।
- केन्द्रीय विद्युत मंत्रालय ने इस परियोजना के लिए बाराहाट (पीरपैंती) कोयला ब्लॉक आवंटन को मंजूरी दे दी है।
- इस परियोजना से बिहार को 2000 मेगावाट बिजली प्राप्त होगी।

बिहार अक्षय ऊर्जा विकास एजेंसी

- दूरस्थ ग्राम विद्युतीकरण कार्यक्रम को संचालित करने के लिए इसे नोडल एजेंसी के रूप में नामित किया गया है।
- यह कुल उत्पादन का महज 2.3 फीसदी है। इसलिए, ताप विद्युत उत्पादन के अनुपात को कम करने और नवीकरणीय ऊर्जा उत्पादन को बढ़ाने के लिए, बिहार सरकार ने ब्रेडा का गठन किया है, जो राज्य में बिजली उत्पादन के लिए गैर-पारंपरिक स्रोतों के विकास और उपयोग के लिए जिम्मेदार है।

बिहार राज्य जलविद्युत निगम लिमिटेड

- थर्मल विद्युत के अतिरिक्त, बिहार में जल संसाधनों से भी जलविद्युत उत्पन्न होता है, और वर्तमान में कई जलविद्युत परियोजनाओं के माध्यम से इसका दोहन किया जा रहा है।
- बिहार राज्य जलविद्युत निगम लिमिटेड की स्थापना राज्य में जलविद्युत परियोजनाओं के विस्तार की देखरेख के लिए की गई थी।
- दसवीं पंचवर्षीय योजना के दौरान, निगम ने छोटी जलविद्युत परियोजनाओं के लिए अपने पहले के अधिदेश के अतिरिक्त, बड़ी जलविद्युत परियोजनाओं की संभावनाओं का पता लगाना भी शुरू किया।
- वर्तमान में राज्य में 54.3 मेगावाट की कुल स्थापित क्षमता के साथ 13 छोटी जलविद्युत परियोजनाएं चालू हैं।

पूर्वी गंडक नहर जलविद्युत परियोजना

- पश्चिमी चंपारण के वाल्मीकिनगर में पूर्वी गंडक नहर जलविद्युत परियोजना 1996-97 ई. में शुरू की गई थी।
- इसमें 5 मेगावाट की 3 इकाइयाँ हैं।

बिहार नवीन और नवीकरणीय ऊर्जा स्रोतों की संवर्द्धन नीति, 2017

- ऊर्जा की निरंतर बढ़ती आवश्यकता एवं पारंपरिक ऊर्जा के सीमित स्रोत को ध्यान में रखते हुए गैर-पारंपरिक एवं नवीकरणीय ऊर्जा स्रोतों का विकास अनिवार्य हो गया है।
- बिहार सरकार ने 'गैर-पारंपरिक ऊर्जा स्रोतों के विकास में विद्युत उत्पादन एवं आपूर्ति में निजी क्षेत्र की भागीदारी हेतु मार्गदर्शक सिद्धांत-2003' लागू करके गैर-पारंपरिक एवं नवीकरणीय ऊर्जा स्रोतों से विद्युत उत्पादन के संवर्द्धन को बढ़ावा दिया था। यह 2008 तक प्रभावी था।
- बिहार में नवीकरणीय ऊर्जा स्रोतों की असीम संभावना को देखते हुए एक नई, नवीन और नवीकरणीय ऊर्जा के विभिन्न स्रोतों से विद्युत उत्पादन के संवर्द्धन हेतु नीति का निर्माण किया गया। यह नीति 'बिहार नवीन और नवीकरणीय ऊर्जा स्रोतों की संवर्द्धन नीति, 2017' के नाम से लागू किया गया।
- यह नीति 5 वर्षों के लिए अर्थात् 2022 तक के लिए प्रभावी रहेगी।
- इस अवधि में पर्यावरण दृष्टि से अनुकूल और सतत ढंग से बढ़ती मांग के अनुसार- बिजली उत्पादन करना लक्ष्य होगा।
- इस नीति के तहत पाँच वर्ष में 2969 मेगावाट सौर ऊर्जा, 244 मेगावाट जैव ईंधन और 220 मेगावाट जलविद्युत उत्पन्न करने का लक्ष्य है।

जनसंख्या एवं अधिवास

जनसंख्या

- एक देश की वास्तविक पूंजी उस देश में रहने वाले लोगों से होती है, क्योंकि वे देश के संसाधनों का उपयोग करते हैं, और देश की नीतियों को निर्धारित करते हैं।
- मानवों को जनसंख्या के रूप में वर्गीकृत किया जाता है। देश की जनसंख्या के स्थानीय अध्ययन के लिए मानव भूगोल में जनसंख्या के वितरण, घनत्व, लिंग अनुपात के अलावा जन्म दर, मृत्यु दर, साक्षरता, नगरीय-ग्रामीण जनसंख्या और कार्यशील जनसंख्या जैसे मुद्दे शामिल होते हैं।
- बिहार, भारत का तीसरा सर्वाधिक जनसंख्या वाला राज्य है, जिसका क्षेत्रफल 94,163 वर्ग किलोमीटर है, जो भारत के कुल क्षेत्रफल का 2.86 प्रतिशत है।
- यह राज्य कम क्षेत्रफल पर जनसंख्या के अधिक दबाव वाला एक राज्य है।
- बिहार में वर्तमान में 38 जिले हैं, जिसमे सर्वाधिक जनसंख्या वाला जिला पटना है, जिसकी जनसंख्या 58,38,465 है।
- न्यूनतम जनसंख्या वाला जिला शेखपुरा है, जिसकी जनसंख्या 6,36,342 है।
- 2011 की जनगणना के अनुसार- बिहार का जनसंख्या घनत्व 1,106 प्रति वर्ग किमी है, जो राष्ट्रीय औसत जनसंख्या घनत्व 382 व्यक्ति प्रति वर्ग किमी से बहुत अधिक है।
- राज्य में सर्वाधिक जनसंख्या घनत्व वाला जिला शिवहर है, जिसका घनत्व 1880 व्यक्ति प्रति वर्ग किलोमीटर है, जबकि न्यूनतम जनसंख्या घनत्व वाला जिला कैमूर का 848 प्रति वर्ग किलोमीटर है।
- राज्य में सर्वाधिक लिंगानुपात वाला जिला गोपालगंज है, जिसमें लिंगानुपात 1021 है, जबकि न्यूनतम लिंगानुपात वाला जिला मुंगेर है, जिसमें लिंगानुपात 876 है।
- साक्षरता के दृष्टिकोण से रोहतास जिला सर्वाधिक साक्षर है, जहाँ साक्षरता दर 73.37 है, वहीं न्यूनतम साक्षर जिला पूर्णिया है, जिसमें साक्षरता दर

51.08 प्रतिशत है।

जनसंख्या वृद्धि

- 1872 ई. में लॉर्ड मेयो के काल में जनगणना की शुरुआत हुई थी, लेकिन 1881 ई. में लॉर्ड रिपन के समय में एक दसवर्षीय और व्यवस्थित जनगणना की शुरुआत हुई
- बिहार की जनगणना 1911 ई. तक बिहार-बंगाल-उड़ीसा संयुक्त प्रान्त के अंतर्गत होती रही थी।
- 1911 की जनगणना के अनुसार- उत्तर बिहार के सारण, सीवान, गोपालगंज, प० चम्पारण, पूर्वी चम्पारण, पूर्णियाँ, कटिहार, अररिया और किशनगंज जिलों की जनसंख्या में बढ़ोतरी हुई थी।
- 1 अप्रैल, 1912 को बिहार प्रांत का (उड़ीसा सहित) गठन किया गया।
- स्वतंत्रता के बाद, 1948 ई. में जनगणना अधिनियम लागू किया गया था, जिसके अनुसार- जनगणना संबंधी अधिकार रजिस्ट्रार जनरल के पास थे।
- 1921 से 1951 ई. के बीच, जनसंख्या दर में वृद्धि हुई, जिसके कारण जन्म दर की तुलना में मृत्यु दर पर नियंत्रण स्थापित हुआ।
- 1901 से 1921 ई. के बीच जनसंख्या वृद्धि धीमी गति से हुई थी।
- 1911 से 1921 ई. के दशक में महामारियों और अकाल के कारण जनसंख्या वृद्धि दर नकारात्मक (-0.97 प्रतिशत) थी।
- 1941 से 1951 ई. के बीच वृद्धि दर 10.58 प्रतिशत थी।
- 1951 ई. के बाद से जनसंख्या वृद्धि दर में तेजी से वृद्धि हुई है और 1991 से 2001 ई. के बीच वृद्धि दर सबसे तेज (28.62 प्रतिशत) रही है।
- 1991 ई. तक बिहार एवं झारखंड एक साथ रहे परंतु 15 नवम्बर, 2000 को बिहार के दक्षिणी भाग के 46 प्रतिशत भू-भाग को अलग कर झारखंड राज्य का गठन किया गया।
- 2001 में बिहार तथा झारखंड की अलग-अलग जनगणना हुई।
- 2001 से 2011 ई. के बीच जनसंख्या वृद्धि दर में कमी की प्रवृत्ति रही है, तथा दशकीय वृद्धि दर 25.07 प्रतिशत रही है।
- इस वृद्धि का मुख्य कारण स्वास्थ्य सेवाओं में सुधार होने से मृत्यु दर कम होना है। जबकि आर्थिक पिछड़ेपन एवं शिक्षा में सुधार नहीं होने के कारण जन्म दर पर नियंत्रण स्थापित नहीं हो सका।
- 15 फरवरी, 2000 को नयी जनसंख्या नीति की घोषणा हुई।
- जनसंख्या नीति को तेजी से क्रियान्वित करने के लिए 16 प्रोत्साहन मूलक उपायों की भी घोषणा हुई।
- 2011 की जनगणना का क्रम 15 वाँ है, तथा स्वतंत्रता प्राप्ति के पश्चात सातवीं। वहीं 21 वीं शताब्दी और तीसरी सहस्त्राब्दी की यह दूसरी जनगणना है।
- जनगणना 2011 के अंतिम आंकड़ों के अनुसार- बिहार की कुल जनसंख्या 104099452 है, जिसमें पुरूष 54278157 तथा महिला 49821295 है।
- बिहार की जनसंख्या देश की कुल जनसंख्या की 8.60 प्रतिशत है। जबकि बिहार राज्य का क्षेत्रफल 94163 वर्ग कि.मी. है जो देश के कुल क्षेत्रफल का 2.86 प्रतिशत है।
- जनसंख्या के आधार पर बिहार देश का तीसरा बड़ा राज्य है। इसके ऊपर उत्तर प्रदेश (199812341) और महाराष्ट्र (112374333) है।
- शिशु (0-6) आयु जनसंख्या 19133964 है।
- सर्वाधिक शिशु लिंगानुपात वाला ज़िला -किशनगंज (971) है।
- न्यूनतम शिशु लिंगानुपात वाला ज़िला -वैशाली (904) है।
- विगत दशक (2001-2011) में बिहार की जनसंख्या की दशकीय वृद्धि-दर 25.4 प्रतिशत रही है।
- कुल साक्षरता-दर 61.8 प्रतिशत (महिला 54.5 प्रतिशत, पुरूष 71.2 प्रतिशत) है।
- अनुसूचित जाति की जनसंख्या 16567325 (पुरूष 8606253. महिला 7961072) है, जो बिहार की कुल जनसंख्या की 15.9 प्रतिशत है।
- अनुसूचित जाति की जनसंख्या के संदर्भ में बिहार का स्थान तीसरा है। जबकि अनुसूचित जाति प्रतिशतता की दृष्टि से यह 15 वें स्थान पर है।
- अनुसूचित जनजाति की जनसंख्या 1336573 (पुरूष- 682516 , महिला - 654057) है, जो राज्य की कुल जनसंख्या की 1.3 प्रतिशत है।
- अनुसुचित जनजाति की जनसंख्या की दृष्टि से बिहार का 15 वां स्थान तथा अनुसूचित जनजाति प्रतिशतता की दृष्टि से 28 वाँ स्थान है।
- ग्रामीण जनसंख्या 92341436 (राज्य की कुल जनसंख्या की 88.7 प्रतिशत) तथा नगरीय जनसंख्या 11758016 (राज्य की कुल जनसंख्या की 11.3 प्रतिशत) है।
- नगरीय जनसंख्या के संदर्भ में देश के 35 राज्यों/संघीय क्षेत्रों के अवरोही क्रम में बिहार 12 वें स्थान पर है जबकि नगरीय जनसंख्या प्रतिशता की दृष्टि से इसका नीचे से दूसरा (34 वाँ) स्थान है।

बिहार एवं भारत में जनसंख्या वृद्धि की प्रवृत्ति की तुलना (दशकीय वृद्धि दर प्रतिशत में)		
वर्ष	(बिहार की वृद्धि दर)	भारत की वृद्धि दर
1901-1911	1.52	5.75
1911-1921	-0.97	-0.31
1921-1931	9.74	11.00
1931-1941	12.22	14.22
1941-1951	10.58	13.31
1951-1961	19.79	21.64
1961-1971	20.91	24.80
1971-1981	24.16	24.66
1981-1991	23.38	23.87
1991-2001	28.62	21.54
2001-2011	25.07	17.7

जनसंख्या घनत्व एवं वितरण

- जनसंख्या घनत्व प्रतिवर्ग किमी. क्षेत्रफल में निवास कर रहे व्यक्तियों की संख्या को प्रदर्शित करता है। दूसरे शब्दों में, जनसंख्या घनत्व मानव-भूमि का एक अनुपात है।
- अतः किसी प्रदेश के क्षेत्रफल तथा जनसंख्या में जो पारस्परिक अनुपात होता है, उसे जनसंख्या घनत्व कहा जाता है।
- किसी प्रदेश का जनसंख्या घनत्व इस तथ्य को प्रदर्शित करता है, कि- उस प्रदेश में उपलब्ध संसाधनों का उपभोग कितने व्यक्तियों द्वारा किया जा

रहा है, अर्थात् व्यक्तियों की संख्या प्रदेश के संसाधनों के उपभोग का स्तर निर्धारित करती है।

- इसी उपभोग स्तर से उस प्रदेश के व्यक्तियों के आर्थिक विकास का स्तर

$$\text{जनसंख्या घनत्व} = \frac{\text{प्रदेश की कुल जनसंख्या}}{\text{प्रदेश का कुल क्षेत्रफल}}$$

(प्रति व्यक्ति आय तथा जीवन-स्तर) निर्धारित होता है।

- इस जनसंख्या घनत्व को निम्नलिखित सूत्र द्वारा ज्ञात किया जाता है-
- बिहार में जनसंख्या घनत्व असमान होने का कारण प्राकृतिक एवं आर्थिक कारक हैं।
- बिहार में जनसंख्या घनत्व 1106 व्यक्ति प्रतिवर्ग किलोमीटर है, जो भारत के जनघनत्व 382 व्यक्ति प्रतिवर्ग किलोमीटर से काफी अधिक है।
- बिहार, भारत में जनसंख्या घनत्व की दृष्टि से प्रथम स्थान पर है। इसलिए इसे जनसंख्या घनत्व के आधार पर तीन भागों में विभाजित किया जा सकता है।

सर्वाधिक जनघनत्व वाले जिले

- बिहार में सर्वाधिक जनसंख्या वाले जिलों में शिवहर, पटना, दरभंगा, वैशाली, बेगूसराय, मुजफ्फरपुर, सीवान, सीतामढ़ी, सारण, समस्तीपुर, पूर्वी चंपारण, मधुबनी, गोपालगंज, नालंदा, जहानाबाद, भागलपुर, भोजपुर, सहरसा, मधेपुरा और खगड़िया शामिल हैं।
- ये जिले, बिहार के औसत जनघनत्व से अधिक जनघनत्व वाले हैं।
- शिवहर जिला सर्वाधिक जनघनत्व वाला जिला है, जहाँ प्रति वर्ग किमी 1180 व्यक्ति रहते हैं।
- उपजाऊ जलोढ़ मैदान और पर्याप्त मात्रा में जल की सुविधा उपलब्ध होना, इन जिलों में अधिक घनत्व का मूल कारण है, जो कृषि के लिए बहुत उपयुक्त है।

मध्यम जनघनत्व वाले जिले

- इसके अंतर्गत अरवल, पूर्णिया, कटिहार, बक्सर, अररिया, मुंगेर, शेखपुरा, सुपौल, किशनगंज, नवादा, गया, लखीसराय आदि बीस जिले सम्मिलित हैं। इन जिलों का घनत्व 800 प्रति वर्ग किमी से 1100 प्रति वर्ग किमी के बीच है।

कम जनघनत्व वाले जिले

- इनमें से छह जिलों का घनत्व 800 प्रति वर्ग किमी से कम होता है, जिनमें रोहतास, औरंगाबाद, पश्चिमी चंपारण, बाँका, जमुई और कैमूर शामिल हैं।
- कैमूर जिले का जनसंख्या घनत्व न्यूनतम है जो 488 व्यक्ति प्रति वर्ग किलोमीटर है।

साक्षरता दर

- भारत सरकार के जनगणना विभाग के अनुसार- जो व्यक्ति 7 वर्ष से अधिक आयु का है, और एक भाषा को पढ़ने, लिखने और समझने में सक्षम है, उसे साक्षर माना जाता है।
- 1971 की जनगणना से पहले, यह आयु चार वर्ष थी, जिसे सात वर्ष कर दिया गया।
- 2011 की जनगणना के अनुसार, बिहार में साक्षरता दर 63.82 प्रतिशत है, जो कि राष्ट्रीय औसत साक्षरता दर (74.04 प्रतिशत) से कम है।
- बिहार में पुरुषों की साक्षरता दर 73.39 प्रतिशत है जबकि महिलाओं की साक्षरता दर 53.33 प्रतिशत है।
- बिहार में सबसे अधिक साक्षरता दर वाला जिला रोहतास (62.97 प्रतिशत) है, जबकि सबसे कम साक्षरता दर वाला जिला पूर्णियाँ (41.68 प्रतिशत) है।
- ग्रामीण क्षेत्र में साक्षरता दर 61.83 प्रतिशत है, जबकि नगरीय क्षेत्र में साक्षरता दर 78.75 प्रतिशत है।

जनसंख्या नीति

- जनसंख्या वृद्धि एक गंभीर समस्या है, जो भारत के साथ-साथ बिहार के लिए भी चुनौतीपूर्ण है।
- जनसंख्या नियंत्रण के लिए कई आयोग, कार्यक्रम और नीतियों का गठन किया गया है।
- केंद्र सरकार ने इस मुश्किल से निपटने के लिए विभिन्न आयोगों की स्थापना की है, जो जनसंख्या नियंत्रण के लिए कार्यक्रमों एवं नीतियों को लागू करते हैं।
- 1948 में परिवार नियोजन कार्यक्रम को केंद्र सरकार द्वारा शुरू किया गया था, जिससे जनसंख्या नियंत्रण की शुरुआत हुई थी।
- वर्ष 1976 में भारत सरकार ने देश की पहली जनसंख्या नीति की घोषणा की, जिसमें 1981 में महत्वपूर्ण संशोधन किए गए। इस नीति के तहत जन्म दर तथा जनसंख्या वृद्धि में कमी लाने, विवाह की न्यूनतम आयु में वृद्धि करने, परिवार नियोजन को प्रोत्साहित करने और महिला शिक्षा पर विशेष जोर देने का उद्देश्य रखा गया था।
- इन नीतियों एवं कार्यक्रमों के माध्यम से सरकार ने जनसंख्या को नियंत्रित करने का प्रयास किया था। इसी दिशा में, 1999 में राष्ट्रीय जनसंख्या नीति की घोषणा की गई थी।
- भारत सरकार ने देश की जनसंख्या वृद्धि को सन् 2045 तक स्थिर करने का दूरगामी लक्ष्य निर्धारित किया है। तदनुसार सन् 2000 में 'राष्ट्रीय जनसंख्या नीति, 2000 की भी घोषणा की गई है। इसी परिप्रेक्ष्य में बिहार राज्य के लिए बिहार की 'जनसंख्या नीति' भी निर्धारित की है।
- वर्ष 2045 तक बिहार में जनसंख्या को स्थिर करने के लिए कुछ नए कार्यक्रम शुरू किए जाएंगे।
- उनमें स्वास्थ्य एवं परिवार कल्याण कार्यक्रमों की गुणवत्ता में सुधार, महिलाओं की अधिक से अधिक भागीदारी सुनिश्चित करना और जनसंख्या नियंत्रण के लिए उपाय शामिल होंगे।
- बिहार में जनसंख्या को नियंत्रित करने के लिए राष्ट्रीय जनसंख्या नीति के अनुसार- कई कार्य किए जा रहे हैं।
- इनमें से एक है कि 2045 तक कुल प्रजनन दर (TFR) को 2.1 के स्तर पर स्थिर किया जाना है।
- अतिरिक्त उपायों में परिवार नियोजन कार्यक्रम, जैसे- बंध्याकरण और गर्भनिरोधक साधनों की आपूर्ति और प्रचार, आर्थिक सहायता, ग्रामीण स्वास्थ्य सेवाओं को अधिक प्रभावशाली बनाने जैसे- उपायों को विशेष महत्व दिया जाता है।
- इस नीति के तहत, संबंधित संस्थाओं को जनसंख्या नियंत्रण के उपक्रमों को आधार बनाकर काम करने के लिए प्रोत्साहन दिया जाता है।

ग्रामीण एवं नगरीय अधिवास

- मानव बस्तियों का इतिहास प्राकृतिक इतिहास से प्रारंभ हुआ, जब नवपाषाण युग की शुरुआत हुई और कृषि कार्य शुरु हुए।
- बिहार में नवपाषाणकालीन बस्तियों के अवशेष सारण जिले से प्राप्त हुए हैं।
- बिहार के चिरांद से प्राप्त हुए नवपाषाणकालीन बस्तियों के प्रमाण के आधार पर, बताया गया है कि बिहार में मानव बस्तियों का इतिहास बहुत पुराना है।
- बिहार का अधिकांश क्षेत्र गंगा घाटी के उपजाऊ मैदान में स्थित है, जिससे कृषि-आधारित अर्थव्यवस्था का विकास हुआ।
- कृषि-प्रधान क्षेत्र होने के कारण बिहार में ग्रामीण जनसंख्या की प्रधानता है।
- बिहार की कुल जनसंख्या 10,40,99,452 है। 2011 की जनगणना के अनुसार- इस जनसंख्या का 88.70 प्रतिशत व्यक्ति गांवों में रहते हैं।
- बिहार का कुल क्षेत्रफल 94,163 वर्ग किलोमीटर है, और इसमें 92,358.40 वर्ग किलोमीटर ग्रामीण बस्तियों में फैले हुए हैं। शेष 1804.60 वर्ग किलोमीटर में नगरीय बस्तियाँ हैं।
- मानवीय बस्तियों का विकास मनुष्य की बसाव के आधार पर निर्भर करता है और यह एक आर्थिक क्रिया-कलाप है। इसके आधार पर, दो प्रकार की बस्तियों का विकास हुआ है:
- ग्रामीण बस्तियाँ
- नगरीय बस्तियाँ
- भारतीय जनगणना विभाग के अनुसार, बस्तियों को निम्नलिखित आधारों पर विभाजित किया जाता है:

1. जनसंख्या - बस्तियों को जनसंख्या के आधार पर ग्रामीण या नगरीय बस्ती कहा जाता है। यदि जनसंख्या 5000 से कम होती है, तो बस्ती को ग्रामीण बस्ती कहा जाता है और यदि जनसंख्या 5000 से अधिक होती है, तो बस्ती को नगरीय बस्ती कहा जाता है।
2. कार्यकारी जनसंख्या - बस्तियों को कार्यकारी जनसंख्या के आधार पर ग्रामीण या नगरीय बस्ती कहा जाता है। यदि 75 प्रतिशत से अधिक कार्यकारी जनसंख्या गैर-कृषि कार्य में संलग्न होती है, तो बस्ती को नगरीय बस्ती कहा जाता है, और यदि 75 प्रतिशत से कम कार्यकारी जनसंख्या कृषि कार्य में संलग्न होती है, तो बस्ती को ग्रामीण बस्ती कहा जाता है।
3. घनत्व - 400 व्यक्ति प्रति वर्ग किलोमीटर से अधिक आबादी वाले मानवीय बस्तियों को नगरीय बस्तियां कहा जाता है, जबकि 400 व्यक्ति प्रति वर्ग किलोमीटर से कम आबादी वाली मानवीय बस्तियों को ग्रामीण बस्तिया कहा जाता है।

नगरीय अधिवास

- बिहार में नगरीय विकास दर इतनी कम थी, क्योंकि 1911 से 1921 के बीच अकाल और महामारी के आने के कारण विकास में धीमी गति रही।
- 1921 के बाद नगरीय विकास दर तेज हो गई, और 1921-1931 के दशक में 22 प्रतिशत थी।
- स्वतंत्रता के बाद 1951से 1961 तक विकास दर 49.03 प्रतिशत तक पहुँच गई।
- सबसे तेज विकास दर 1971 से 1981 तक थी, जो 53.63प्रतिशत थी।
- 1981 में, बिहार की नगरीय जनसंख्या का अनुपात 12.72 था और बिहार में ग्रामीण-नगरीय जनसंख्या में नगरीय जनसंख्या का अनुपात सर्वाधिक था।
- 1981 के बाद से नगरीय विकास दर में भी वृद्धि दर काफी तेज हो गई है
- बिहार की 2011 की जनगणना के अनुसार, केवल 11.30 प्रतिशत जनसंख्या शहरों में रहती है।
- नगरीकरण की स्तर कम होने का मुख्य कारण भू-भाग का मैदानी होना है, जिसके कारण अधिकांश जनसंख्या कृषि पर आश्रित है।
- शिक्षा के स्तर कम होने और खनिज संसाधनों की कमी भी नगरीकरण को धीमा करती है।
- बिहार में खनिज संसाधनों की कमी के कारण उद्योगों की कमी होती है।
- 1901 में बिहार में केवल 4.70 प्रतिशत नगरीय जनसंख्या थी, जो 2011 में बढ़कर11.30 प्रतिशत हो गई है।

बिहार में नगरीकरण की प्रकृति (1951-2011):

वर्ष	प्रतिशत में	दशकीय वृद्धि दर
1951	6.80	38.14
1961	8.40	49.03
1971	10.00	43.44
1981	12.72	53.63
1991	13.17	30.69
2001	10.47	22.49
2011	11.30	35.11

पर्यटन एवं पर्यटन स्थल

पर्यटन एक सामाजिक, सांस्कृतिक और आर्थिक गतिविधि है जिसका उद्देश्य मनोरंजन, स्वास्थ्य लाभ, शिक्षा, धर्म आदि के साथ आनंद की अनुभूति करना है। यह अर्थव्यवस्थाओं और विकासशील देशों के लिए उत्कृष्ट अवसर प्रदान करता है। यह स्थानीय अर्थव्यवस्था को मजबूत करता है, क्षेत्रीय बुनियादी ढांचे के विकास में योगदान देता है और प्राकृतिक पर्यावरण के संरक्षण में मदद कर सकता है।

बिहार में पर्यटन:

- पर्यटन उद्योग की दृष्टि से बिहार एक उपयुक्त राज्य है।
- बिहार पर्यटन स्थलों, ऐतिहासिक धरोहरों, धर्म, आध्यात्म और संस्कृति का केंद्र रहा है।
- यहां की परंपराएं, संस्कृति, रीति-रिवाज और रहन-सहन, मेले, त्योहार हमेशा से पर्यटकों को अपनी ओर आकर्षित करते रहे हैं।
- अंतरराष्ट्रीय स्तर के पर्यटन स्थल में वैशाली, बोधगया, पटना, राजगीर, नालंदा और विक्रमशिला आदि स्थान शामिल हैं।
- राष्ट्रीय स्तर के पर्यटन स्थलों में रोहतास, मुंगेर, सीतामढ़ी, पावापुरी, बक्सर, सासाराम, मधुबनी, हाजीपुर और सुल्तानगंज आदि स्थान शामिल हैं।
- स्थानीय स्तर के पर्यटन स्थलों में पिकनिक स्थल, प्राकृतिक झील-झरने तथा धार्मिक स्थल आदि शामिल हैं।

बिहार की पर्यटन नीति:

- बिहार सरकार ने पर्यटन क्षेत्र को बढ़ावा देने के लिए बिहार पर्यटन नीति का निर्माण किया है।

- इस नीति के तहत गाइड, यात्रा आयोजन, होटल प्रबंधन, भोजन प्रबंधन आदि पर विशेष बल दिया गया है।
- पर्यटन को सुरक्षित एवं सहज बनाने के लिए पर्यटन सुरक्षा बल का गठन किया गया है।
- पुरातात्त्विक एवं ऐतिहासिक महत्त्व के स्थलों को पर्यटन केंद्र के रूप में विकसित करने के उद्देश्य से बिहार सरकार ने भारतीय पुरातत्त्व सर्वेक्षण विभाग के साथ एक समझौता किया है, जिसमें केसरिया, मनेर और शेरशाह के मकबरे को प्रथम चरण में विकसित किया जाएगा।
- बिहार में पर्यटकों को आकर्षित करने के लिए दिल्ली-कलकत्ता राजमार्ग के निकट औरंगाबाद और डोभी में पर्यटक निवास विकसित किये गए है।
- बिहार पर्यटन के लोगो और टैगलाइन का निर्माण किया गया है। यह टैगलाइन 'ब्लिसफुल-बिहार' के नाम से जारी की गई है।
- बिहार पर्यटन के विभिन्न स्थलों एवं सुविधाओं को जानने के उद्देश्य से www.bihartourism.gov.in नाम की बेवसाइट तैयार की गई है।
- बिहार सरकार के पर्यटन विभाग ने 8 पर्यटक सर्किट; बुद्ध सर्किट, सूफी सर्किट, जैन सर्किट, सिख सर्किट, शिव-शक्ति सर्किट, रामायण सर्किट, गांधी सर्किट, इको सर्किट को चिह्नित किया है।
- बिहार के सभी पर्यटन स्थलों और पर्यटकों को सुरक्षा प्रदान करने के लिए व्यापक व्यवस्था की गई है।
- इन पर्यटन स्थलों को सरल व सहज परिवहन से जोड़ने के लिए फोर लेन सड़कों का निर्माण किया जा रहा है।
- राष्ट्रीय शिक्षा नीति, 2020 के तहत 'एक भारत श्रेष्ठ भारत' के भाव को मज़बूत करने के उद्देश्य से गतिविधि शिक्षा के अंतर्गत शैक्षणिक पर्यटन को शामिल किया गया है, जिसके तहत बिहार से 5 स्थलों- सासाराम, राजगीर, बोधगया, नालंदा एवं वैशाली को चिह्नित किया गया है।
- वर्ष 2002 में बोधगया में महाबोधि मंदिर परिसर को और वर्ष 2016 में नालंदा महाविहार को यूनेस्को की विश्व विरासत सूची में शामिल किया गया है।
- बिहार सरकार के पर्यटन विभाग ने प्रमुख पर्यटन स्थलों को 8 पर्यटक सर्किट के रूप में चिह्नित किया है, जो इस प्रकार हैं:

सर्किट के नाम	प्रसिद्ध स्थल
बुद्ध सर्किट	**बोधगया**- महाबोधि मंदिर, बोधि वृक्ष, रतनगढ़, सुजाता कुटी।
	पटना- गोलघर, पत्थर की मस्जिद, शेरशाह सूरी मस्जिद, महात्मा गांधी सेतु, पादरी की हवेली, पटना चिड़ियाघर।
	नालंदा- पावापुरी, बिहारशरीफ, नव नालंदा महाविहार, नालंदा पुरातत्व संग्रहालय आदि।
	वैशाली- अशोक स्तंभ, अभिषेक पुष्करणी, बावन पोखर मंदिर, विश्व शांति स्तूप, केसरिया स्तूप, चौमुखी महादेव।
	राजगीर- घोराकटोरा झील, अजातशत्रु किला, वेणु वन, करंडा टैंक, गृद्धकूट पर्वत आदि।
जैन सर्किट	**पावापुरी**- जल मंदिर, सोमशरण मंदिर।
	राजगीर- वीरायतन, जैन मंदिर, सोनभंडार गुफाएं, पिप्पला गुफा, मनियार मठ, जरासंध का अखाड़ा।
	अन्य जैन स्थान- लछुआर जैन मंदिर (जमुई), कुंडलपुर- (नालंदा)।
सूफी सर्किट	**पटना**- मनेर शरीफ, फुलवारी शरीफ, मंगल तालाब, मित्तन घाट।
रामायण सर्किट	**बक्सर**- अहिरौली, राम रेखा घाट
	सीतामढ़ी- हलेश्वर स्थान, पंथ पाकर, पुनौरा धाम
	पश्चिमी चंपारण- वाल्मीकि नगर, चौकी गढ़
	अन्य स्थान- अहिल्या स्थान (दरभंगा), सीता कुंड (मुंगेर), फुलहर (मधुबनी), सिंघेश्वर स्थान (मधेपुरा), काको (जहानाबाद), प्रेतशिला हिल्स (गया)
सिख सर्किट	**पटना**- तख्त श्री हरिमंदिर पटना साहिब, बाललीला साहिब, गुरुद्वारा गुरु का बाग, गुरुद्वारा गाय घाट, गुरुद्वारा हांडी साहिब।
	राजगीर- गुरु नानक कुंड।
	मुंगेर- गुरुद्वारा पक्की संगत।
शिव-शक्ति सर्किट	मुंडेश्वरी धाम (कैमूर), बाबा कोटेश्वरनाथ मंदिर (गया), अशोक धाम, अजगैबीनाथ मंदिर (भागलपुर), सिंहेश्वर स्थान (मधेपुरा), अमी मंदिर (सारण), थावे मंदिर (गोपालगंज), चंडी स्थान (मुंगेर), मत्स्यगंधा रक्तकाली मंदिर(सहरसा)।

बिहार के कुछ प्रमुख पर्यटन स्थल

- राजगीर हिन्दू, जैन और बौद्ध मतावलंबियों का प्रमुख तीर्थस्थल है। यहीं पर प्रथम विश्व बौद्ध संगीति का आयोजन हुआ था।
- बोधगया में स्थित महाबोधि मंदिर परिसर भगवान बुद्ध के जीवन और विशेष रूप से ज्ञान प्राप्ति से संबंधित स्थलों में से एक है।
- नालंदा जिले में स्थित पावापुरी में ही जैन धर्म के प्रवर्तक महावीर जी ने निर्वाण प्राप्त किया था।
- शेरशाह सूरी मस्जिद पटना शहर की सबसे बड़ी मस्जिद होने के साथ एक प्रमुख ऐतिहासिक स्थल भी है, जो भारत-इस्लामी वास्तुकला का एक शानदार नमूना माना जाता है।

- हाजीपुर से 5 किलोमीटर की दूरी पर स्थित सोनपुर में कार्तिक महीने में एशिया का सबसे बड़ा पशु मेला लगता है, जिसे 'हरिहर क्षेत्र मेला' के नाम से भी जाना जाता है।
- विक्रमशिला भागलपुर जिले में गंगा के तट पर स्थित एक विश्व प्रसिद्ध विश्वविद्यालय है। इसके ऐतिहासिक अवशेष आज भी यहां स्थित हैं, जिन्हें देखने दूर-दूर से विदेशी पर्यटक आते हैं।
- तख्त श्री हरिमंदिर पटना साहिब सिखों के दसवें और अंतिम गुरु गोविन्द सिंह की जन्मस्थली है। यह स्थल सिख समुदाय की आस्था का प्रतीक माना जाता है।
- बिहार का प्राचीन शहर मधुबनी, मधुबनी कला, संस्कृति और शानदार चित्रकारी के लिए प्रसिद्ध है।
- वैशाली बिहार का एक प्रसिद्ध तीर्थस्थल है। महात्मा बुद्ध ने यहीं पर अपना अंतिम उपदेश दिया था।
- बिहार की 'सिल्क सिटी' के नाम से प्रसिद्ध भागलपुर अपने रेशम के उद्योग के लिए प्रसिद्ध है। यहीं पर ही विक्रमशिला गंगा डॉल्फिन अभ्यारण्य भी है, जो सभी पर्यटकों को अपनी ओर आकर्षित करता हैं।
- वाल्मीकि राष्ट्रीय उद्यान बिहार का एकमात्र राष्ट्रीय उद्यान है, जो हिमालय पर्वत से आने वाली गंडक नदी तथा उत्तर में नेपाल के चितवन राष्ट्रीय उद्यान से चारों ओर से घिरा हुआ है।
- बिहारशरीफ में एक विशाल बौद्ध ज्ञान प्रतिष्ठान ओदंतपुरी है, जिसके नाम पर बिहार का नाम रखा गया है।
- बिहार राज्य के मधुबनी जिले में नवलखा महल स्थित है, जिसकी खासियत यह है कि इसे 9 लाख चांदी के सिक्कों से बनाया गया था।
- पटना में स्थित सदाकत आश्रम की स्थापना मौलाना मजरुल हक ने असहयोग आंदोलन के दौरान की थी। यह एक राष्ट्रीय केंद्र और राष्ट्रीय
- आंदोलन में बिहार का मुख्यालय था।
- सुल्तानगंज हिन्दू तीर्थ के अलावा बौद्ध पुरावशेषों के लिये भी विख्यात है। सन 1853 ई. में यहाँ से मिली बुद्ध की लगभग 3 टन वजनी ताम्र प्रतिमा आज भी बर्मिंघम म्यूजियम में रखी है।
- राजगीर स्थित वैभव पर्वत की सीढ़ियों पर मंदिरों के बीच में कई झरने हैं जहां सप्तपर्णी गुफाओं से गर्म पानी आता है। इन झरनों के पानी में कई औषधीय गुणों के प्रमाण मिले हैं।
- राजगीर स्थित गृद्धकूट पर्वत पर महात्मा बुद्ध आकर उपदेश देते थे। जापान के बुद्ध संघ ने इसकी चोटी पर एक विशाल "शान्ति स्तूप" का निर्माण करवाया है जो आजकल पर्यटकों के आकर्षण का प्रमुख केन्द्र है।
- नालंदा में स्थित कैमूर वन्यजीव अभयारण्य बिहार का सबसे बड़ा वन्यजीव अभयारण्य है। यह ब्लैक बक और ऐतिहासिक टेराकोटा पेंटिंग्स, गुफाओं आदि के लिए प्रसिद्ध है।
- गांधी मैदान बिहार की राजधानी पटना में स्थित एक प्रसिद्ध और ऐतिहासिक मैदान है। यहां महात्मा गांधी की दुनिया की सबसे ऊंची प्रतिमा स्थापित है।
- बिहार के सहरसा में मत्स्यगंधा रक्तकाली मंदिर की भीतरी दीवारों पर उकेरी गई 64 देवताओं (64 योगिनियों के रूप में जानी जाती हैं) की आकृतियों वाले रक्त काली मंदिर को देखने के लिए पर्यटक दूर-दूर से आते हैं।
- बिहार में फल्गु नदी के पश्चिमी तट पर विष्णुपद मंदिर के गर्भगृह में भगवान विष्णु के 40 सेंटीमीटर लंबे पदचिह्न हैं। पितृपक्ष के मौके पर यहां श्रद्धालुओं की भारी भीड़ उमड़ती है।
- बिहार के बेगूसराय जिले में स्थित कांवर झील पक्षी अभ्यारण्य है, जो हजारों पक्षियों का घर है। यहाँ की कांवर झील को भारत का 39वां रामसर साइट घोषित किया गया है, जो बिहार का पहला रामसर साइट है।
- गोगाबिल पक्षी अभ्यारण्य की आर्द्रभूमि विभिन्न प्रकार के जलीय जीवों और वनस्पतियों से समृद्ध है और सर्दियों के दौरान प्रवासी पक्षी जैसे ग्रीन पोर्ट चाई स्पॉट बिल, क्रेन, आइबिस, आदि देश भर से आते हैं, जो इस अभ्यारण्य का मुख्य केंद्र बिंदु है।इस प्रकार बिहार पर्यटन उद्योग की दृष्टि से उपयुक्त राज्य है। पर्यटन को बढ़ावा देने से बिहार में विकास की गति भी बढ़ेगी।

बिहार की राजव्यवस्था

बिहार:विधानसभा और विधान परिषद

राजनीतिक व्यवस्था से अभिप्राय

- राजनीतिक' और 'व्यवस्था' इन दो शब्दों से मिलकर ही 'राजनीतिक व्यवस्था' की उत्पत्ति हुई हैं।
- 'व्यवस्था' का अर्थ स्पष्ट है, व्यवस्था शब्द अंत: क्रियाओं का समूह है।
- एक व्यवस्था सामूहिक एवं संगठित होनी चाहियें और उसके प्रत्येक भाग आपस में सम्बद्ध होने चाहिए।
- 'राजनीतिक' का अर्थ समस्त राजनीतिक क्रियाओं का नाम है। राजनीतिक क्रियाओं के अंतर्गत सभी क्रियाएं आती हैं जिसमें कम या अधिक मात्रा में शक्ति, प्रभाव, सत्ता उपस्थित होती है।

बिहार की राजनीतिक स्थिति

समयावधि के आधार पर बिहार की राजनीतिक स्थिति को निम्न रूप में बांटा जा सकता है:

प्राचीन काल में बिहार की राजनीतिक स्थिति

- वैशाली को विश्व के प्रथम गणराज्य के रूप में जाना जाता था। वैशाली से लेकर वर्तमान की बिहार विधान सभा तक एक लम्बा सफर रहा है।
- वर्तमान बिहार भारत का एक राज्य है, लेकिन प्राचीन काल में कंधार से लेकर कन्याकुमारी तक का स्वामित्व बिहार के अंतर्गत था।
- प्राचीन काल में मगध, अंग, विदेह, वज्जीसंघ, अंगुत्तराप, कौशकी आदि के रूप में चिन्हित भौगोलिक क्षेत्र को ही आज बिहार के रूप में जाना जाता है।

स्वतंत्रता पूर्व बिहार की राजनीतिक स्थिति

- बिहार की स्वतंत्रता में भारत के स्वतंत्रता संग्राम का एक महत्वपूर्ण योगदान है।
- राजकुमार शुक्ल नामक एक स्थानीय नेता ने राज्य के चंपारण जिले में 'चंपारण सत्याग्रह' की शुरुआत की, जिसके बाद महात्मा गांधी आंदोलन के नेता बने।
- उन्हें राजेंद्र प्रसाद, अनुग्रह नारायण सिन्हा और ब्रजकिशोर प्रसाद ने भी समर्थन दिया था।

1946 से 1975 में बिहार की राजनीतिक स्थिति

- 1946 में बिहार की पहली सरकार का नेतृत्व दो प्रतिष्ठित नेताओं, श्री बाबू (श्रीकृष्ण सिंह) और अनुग्रह बाबू (अनुग्रह नारायण सिंह), ने किया था।
- उपरोक्त दोनों क्रमशः बिहार के प्रथम मुख्यमंत्री और प्रथम उप-मुख्यमंत्री बने थे।
- उस समय दो दशकों तक कांग्रेस ने राज्य पर शासन किया। उस समय सत्येंद्र नारायण सिंह जनता पार्टी के साथ थे, किन्तु कांग्रेस के साथ अपने मतभेदों के कारण कांग्रेस पार्टी छोड़ दी एवं जनता पार्टी में शामिल हो गए थे।

1975 से 1990 में बिहार की राजनीतिक स्थिति

- आजादी के बाद भी, जब भारत इंदिरा गांधी शासन के दौरान एक निरंकुश शासन में था, आंदोलन का मुख्य जोर बिहार से आए चुनाव को रोकना था जो जयप्रकाश नारायण के नेतृत्व में थे।
- 1974 में, जयप्रकाश नारायण ने बिहार राज्य में छात्र आंदोलन का नेतृत्व किया जो धीरे-धीरे एक लोकप्रिय जन आंदोलन बन गया, जिसे 'बिहार आंदोलन' के रूप में जाना जाता है।
- इस आंदोलन के दौरान, नारायण ने वी एम टरकुंडे के साथ मिलकर शांतिपूर्ण सम्पूर्ण क्रांति के आह्वान को बढ़ावा दिया।
- उन्होंने 1974 में सिटीजन फॉर डेमोक्रेसी और 1976 में पीपुल्स यूनियन फॉर सिविल लिबर्टीज जैसे गैर-सरकारी संगठनों की स्थापना की।
- 23 जनवरी 1977 को, इंदिरा गांधी ने मार्च के लिए नए चुनावों का आयोजन करने के लिए निर्णय लिया और सभी राजनीतिक कैदियों को रिहा कर दिया।
- जब 23 मार्च 1977 को आपातकाल अधिकारिक रूप से समाप्त हुआ था तो उस समय कांग्रेस पार्टी, बहुत से छोटे दलों से बने जनता पार्टी गठबंधन के द्वारा हारी थी। उस समय ही गठबंधन सत्ता में आया था।
- इस गठबंधन का नेतृत्व मोरारजी देसाई ने किया। वह भारत के पहले गैर-कांग्रेसी प्रधानमंत्री बने।
- बिहार में नारायण की सलाह पर जनता पार्टी ने 1977 के आम चुनावों में सभी 24 लोकसभा सीटों को जीता और बिहार विधानसभा में भी सत्ता हासिल की।
- 1977 में गठबंधन ने कांग्रेस पार्टी को हराया और फिर 1989 में जनता दल भ्रष्टाचार विरोधी लहर के कारण सत्ता में आया।
- बिहार में कम्युनिस्ट पार्टी का गठन 1939 में हुआ था। इसी पार्टी के द्वारा 1960 से 1980 के दशक के बीच बिहार में कम्युनिस्ट आंदोलन एक जबरदस्त शक्ति के रूप में उभरा था और बिहार में सबसे प्रबुद्ध वर्ग का प्रतिनिधित्व करता था।
- बिहार में इस आंदोलन का नेतृत्व सुनील मुखर्जी, राहुल सांकृत्यायन, पंडित कार्यानंद शर्मा, इंद्रदीप सिन्हा, जगदीश महतो, रामेश्वर अहीर, जगन्नाथ सरकार, और चंद्रशेखर सिंह जैसे कम्युनिस्ट नेताओं ने किया था।
- कम्युनिस्ट पार्टी ने जयप्रकाश नारायण के नेतृत्व में सम्पूर्ण क्रांति लड़ी, क्योंकि आंदोलन का मूल लोकतांत्रिक था और भारतीय लोकतंत्र के लिए यह बहुत ही महत्वपूर्ण चुनौती थी।
- जैसा कि क्षेत्रीय पहचान कम होती जा रही थी, इसलिए इसका स्थान जाति-आधारित राजनीति ने ले लिया। सत्ता शुरू में ब्राह्मण, भूमिहार और राजपूतों के हाथों में थी परन्तु 1980 में पिछड़ी जातियों जैसे यादव, कोइरी और कुर्मियों ने राजनीति में सवर्ण जातियों, ब्राह्मण भूमिहार और राजपूत का स्थान ले लिया।
- 1980 के दशक में बिहार की राजनीतिक स्थिति में भारी परिवर्तन आया।
- उस समय में पिछड़ी जाति के विधायकों की संख्या में वृद्धि हुई और यह

वृद्धि पिछले दिनों की तुलना में सबसे प्रभावशाली थी।

- बाद में, जनता दल ने कांग्रेस के प्रभुत्व के खिलाफ उभरकर एक दुर्जेय शक्ति के रूप में अपनी जगह बनाई।
- उस समय, बिहार में दो बड़े दल सामने आये - राष्ट्रीय जनता दल और समता पार्टी।

बिहार के शोषित समाज दल की राजनीति स्थिति

- 1970 के दशक में बिहार में पिछड़ी जातियां राजनीतिक सत्ता के लिए उभर आईं।
- तीन मध्यवर्ती कृषि जातियों कोइरी, कुर्मी और यादव ने नेतृत्व लिया।
- राजनीतिक दल "शोषित समाज दल" ने बिहार के राजनीतिक मंच पर अपना प्रदर्शन किया, जो बाद में कांग्रेस के समर्थन से थोड़े समय के लिए सत्ता में आई।

बिहार की राजनीति में जाति की भूमिका

- बिहार की राजनीति में हमेशा से जातिगत मुद्दा एक महत्वपूर्ण विषय रहा है।
- श्रीकृष्ण सिंह के कार्यकाल में भूमिहारों और राजपूतों के बीच जातिगत संघर्ष देखा गया, क्योंकि दोनों ही जातियां राजनीतिक रूप से सबसे प्रमुख थीं।
- उस समय पिछड़े वर्गों की उपेक्षा की गई थी और किसी भी दल द्वारा उन्हें निर्वाचित होने और चुनावी राजनीति में महत्वपूर्ण भूमिका निभाने के लिए योग्य नहीं समझा।
- प्रारंभ में सवर्ण जाति के लोग सत्ता पक्ष और विपक्ष दोनों का प्रतिनिधित्व करते थे, और मतदाता स्वतंत्रता आंदोलन के साथ समकालीन उच्च जाति के नेताओं की संबद्धता के कारण, उन्हें गांधी और नेहरू के समान देखा जाता था।
- आजादी से पहले ही, पिछड़ी जातियों ने अपने राजनीतिक अधिकारों के लिए लड़ाई लड़ी थी।
- 1930 के दशक में, यदुनंदन प्रसाद मेहता, जगदेव सिंह यादव और शिवपूजन सिंह ने "त्रिवेणी संघ" की स्थापना की, जो उच्च पिछड़ी जातियों में जागरूकता के संकेत के रूप में था।
- कांग्रेस के अच्छे संगठन ढांचे और स्वतंत्रता सेनानियों के प्रभाव के कारण, "त्रिवेणी संघ" कांग्रेस के खिलाफ नाकाम हुआ था।
- बिहार आंदोलन से पहले के दशक में कृषि जातियों में मुख्य रूप से कोइरी और यादव जाति के बीच राजनीतिक उग्रवाद का उदय हुआ था।
- बिहार की राजनीति में महत्वपूर्ण भूमिका निभाने के लिए नेता जगदेव प्रसाद आये थे। उन्हें पिछड़ों के बीच सर्वोच्च नेता के रूप में पहचाना जाता था।
- दूसरे और तीसरे विधानसभा चुनावों के बीच, राजनीतिक सत्ता के लिए उच्च जाति और पिछड़ी जाति के बीच एक तनाव देखा गया।

बिहार की राजनीतिक व्यवस्था से संबंधित अन्य तथ्य

- 22 मार्च, 1912 को बिहार और ओडिशा के नाम से एक नए राज्य का गठन किया गया।
- भारत सरकार अधिनियम, 1919 के अनुसार, बिहार और ओडिशा को 29 दिसंबर, 1920 को राज्यपाल के प्रांत के रूप में घोषित किया गया था।
- सत्येंद्र प्रसन्न सिन्हा बिहार के पहले राज्यपाल बने। विधान परिषद में सदस्यों की संख्या 43 से बढ़ाकर 103 कर दी गई, जिसमें 76 निर्वाचित सदस्य, 27 मनोनीत सदस्य और 2 विषय विशेषज्ञ थे।
- भारत सरकार अधिनियम, 1935 के तहत,1 अप्रैल 1936 को बिहार और ओडिशा को अलग कर दिया गया और एक नया प्रांत बनाया गया और विधान सभा को द्विसदनीय बनाया गया।
- 1935 के अधिनियम के तहत बिहार विधान सभा एवं विधान परिषद के लिए क्रमशः 152 तथा 30 सीटों की व्यवस्था की गयी।
- प्रथम विधान सभा के लिए चुनाव 1937 ई. में हुए।
- विधान सभा के 152 सीटों में 70 सामान्य नागरिको,15 अनुसूचित जातियों, 7 अनुसूचित जनजातियों, 39 मुस्लिमों, 4 महिलाओं तथा 2 एंग्लो इंडियन समुदाय के लिए सुरक्षित थी।
- इस चुनाव में कांग्रेस ने 98 सीटें तथा मुस्मिल लीग ने 20 सीटें प्राप्त की एवं श्री कृष्ण सिंह कांग्रेस के नेता चुने गए।
- बिहार मे पूर्व से कार्यरत परिषद का नामाकरण बिहार विधान सभा के रूप में किया गया एवं एक अलग उच्च एवं समीक्षात्मक सदन के रूप में बिहार विधान परिषद का गठन किया गया।
- इस प्रकार बिहार विधान परिषद अस्तित्व में आया। 30 सदस्यों वाली नई विधान परिषद की पहली बैठक श्री राजीव रंजन प्रसाद की अध्यक्षता में 22 जुलाई, 1936 को बिहार विधान सभा कक्ष के उत्तर उसी भवन में निर्मित नये सदन-कक्ष में सम्पन्न हुई, और आज भी विधान परिषद की बैठकें उसी कक्ष में होती आ रही हैं।
- इस द्विसदनीय व्यवस्था में बिहार विधान सभा के सदस्यों की संख्या 152 कर दी गई। इस आधार पर जनवरी, 1937 में बिहार विधान सभा के गठन हेतु चुनाव सम्पन्न हुए एवं 20 जुलाई, 1937 को डॉ० श्रीकृष्ण सिंह के नेतृत्व में विधिवत प्रथम सरकार गठित हुई। 22 जुलाई, 1937 को बिहार विधानमंडल के दोनों सदनों का प्रथम संयुक्त अधिवेशन हुआ।
- 25 जुलाई, 1937 को श्री रामदयालु सिंह बिहार विधान सभा के अध्यक्ष तथा प्रोफेसर श्री अब्दुल बारी को उपाध्यक्ष चुना।
- 21 मार्च, 1938 को बिहार विधान सभा का सत्र एक नवनिर्मित भवन में आयोजित किया गया था। 1 अप्रैल, 1950 को बिहार विधान सभा सचिवालय को अलग कर दिया गया।
- सन् 1950 में भारतीय संविधान के लागू हो जाने के पश्चात् इसके प्रावधानों के अनुरूप सन् 1952 एवं 1957 में क्रमशः पहले एवं दूसरे आम चुनाव सम्पन्न हुये। 1952 के चुनाव में 330 सदस्यों का प्रत्यक्ष निर्वाचन हुआ तथा एक सदस्य को अलग से मनोनीत किया गया।
- 1956 में राज्य पुनर्गठन आयोग की अनुशंसाओं के आधार पर बिहार की सीमा में परिवर्तन हुआ जिससे विधान सभा के सदस्यों की संख्या 330 से घटकर 318 हो गई।
- 1977 में जनसंख्या वृद्धि के अनुपात में बिहार विधान सभा के कुल निर्वाचित सदस्यों की संख्या 318 से बढ़कर 314 हो गई।
- नवंबर 2000 में भारतीय संसद द्वारा 'बिहार पुनर्गठन विधेयक' पारित होने के बाद बिहार से अलग होकर झारखंड एक पृथक राज्य के रूप में अस्तित्व में आया।
- इसके फलस्वरूप, बिहार विधान सभा के लिए निर्वाचित कुल 314 सदस्यों में से 81 सदस्य और 01 मनोनीत सदस्य झारखंड विधान सभा के सदस्य बने।
- इस प्रकार बिहार विधान सभा में कुल 243 सदस्य ही शेष रहे गए। इसके फलस्वरूप बिहार विधान सभा के लिये निर्वाचित कुल 324 सदस्यों में से 81 सदस्य एवं 01 मनोनीत सदस्य अर्थात् कुल 82 सदस्य दिनांक 15 नवम्बर, 2000 के बाद झारखंड विधान सभा के सदस्य हो गये।
- इस प्रकार बिहार विधान सभा में कुल 243 सदस्य ही शेष रहे गये जो अब तक इसी स्वरूप में है। ठीक उसी तरह 1937 में बिहार विधान परिषद में सदस्यों की संख्या 30 थी।
- संविधान लागू होने के बाद बिहार में लोक सभा में सदस्यों की कुल संख्या 40, राज्य सभा के लिए 16, बिहार विधान सभा के कुल सदस्यों की संख्या 243 एवं सन 2000 में झारखंड के गठन के बाद बिहार विधान परिषद की संख्या घटकर 75 हो गई, जो अभी भी इसी स्वरूप में है।

वर्तमान में बिहार के कुछ महत्वपूर्ण राजनीतिक दल

- जनता दल (यूनाइटेड)
- राष्ट्रीय जनता दल

- समता पार्टी
- भारतीय जनता पार्टी
- भारतीय राष्ट्रीय कांग्रेस

राज्य विधानमंडल

- भारतीय संविधान के अनुच्छेद-168 के अनुसार प्रत्येक राज्य का एक विधानमंडल होगा, जिसमें राज्यपाल, विधान सभा एवं विधान परिषद (विधान परिषद होने की स्थिति में) होगी।
- अनुच्छेद-169 के अनुसार भारतीय संसद किसी भी राज्य के लिए विधान परिषद की स्थापना या उसकी समाप्ति के लिए नियम बना सकती है, लेकिन इसके लिए संबंधित राज्य की विधान सभा द्वारा उक्त प्रस्ताव के लिए दो-तिहाई बहुमत से प्रस्ताव पारित होना चाहिए।
- वर्तमान में छः राज्यों में विधान परिषद की व्यवस्था है।
- बिहार विधानमंडल राज्य का सर्वोच्च विधायी निकाय है जो बिहार के राज्यपाल और दो सदनों बिहार विधान परिषद और बिहार विधान सभा से बनी एक द्विसदनीय विधायिका है।
- बिहार विधानमंडल में दो सदन विधान सभा (निम्न सदन) एवं विधान परिषद (उच्च सदन) शामिल हैं।

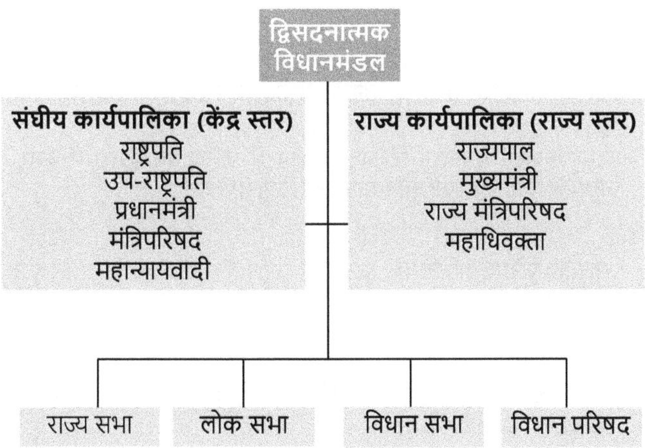

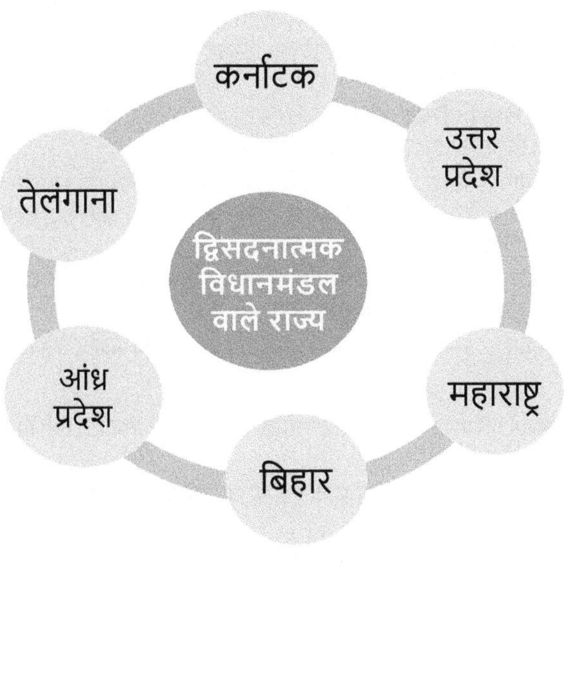

विधान सभा (Legislative Assembly)

- विधान सभा अथवा वैधानिक सभा जिसे भारत के भिन्न-भिन्न राज्यों में निचला सदन (जहाँ द्विसदनीय व्यवस्था हो) या सोल हाउस (जहाँ एकसदनीय व्यवस्था हो) भी कहा जाता है।
- भारतीय संविधान के अनुच्छेद-170 के अनुसार, राज्य विधान सभा के सदस्यों का चयन उनके प्रादेशिक निर्वाचन क्षेत्र से सीधे मताधिकार के द्वारा होता है।
- किसी भी राज्य की विधान सभा में सदस्यों की संख्या 60 से कम या 500 से अधिक नहीं हो सकती।
- संविधान के अनुच्छेद-178 के अनुसार विधान सभा द्वारा दो सदस्यों का चयन अध्यक्ष और उपाध्यक्ष के पदों के लिए किया जाता है।
- विधि निर्माण के क्षेत्र में विधान सभा बहुत शक्तिशाली होती है। यह राज्य सूची के विषयों पर कानून बनाने का पूर्ण अधिकार रखता है।
- अगर कोई विधेयक विधान सभा और विधान परिषद में विवाद उत्पन्न करता है तो दोनों सदनों के संयुक्त बैठक का प्रावधान नहीं है। ऐसे मामलों में विधान सभा का निर्णय अंतिम निर्णय होता है।
- विधान सभा राज्य के वित्त को नियंत्रित करती है और धन-विधेयक विधान सभा में पेश किया जाता है।
- राज्य की मंत्रिपरिषद विधान सभा के प्रति सामूहिक रूप से उत्तरदायी होती है।
- विधान सभा की अवधि पहले अधिवेशन की शुरुआत तिथि से लेकर पांच वर्षों तक रहती है।
- राज्यपाल आपातकाल में विधान सभा को पांच वर्ष से पहले भी समाप्त कर सकते हैं।

बिहार विधानसभा

- बिहार विधान सभा भारत के बिहार राज्य की द्विसदनीय विधायिका का निम्न सदन है।
- बिहार में 243 विधान सभा निर्वाचन क्षेत्र हैं, जिसमें 203 सामान्य वर्ग के लिए आरक्षित हैं, 38 अनुसूचित जाति के लिए और 2 अनुसूचित जनजाति के लिए आरक्षित हैं।
- बिहार विधान सभा में 1952 में पहला चुनाव हुआ था।
- राम दयालू सिंह को बिहार विधान सभा के प्रथम अध्यक्ष के रूप में नियक्त किया था।
- वर्तमान समय (अप्रैल 2023) में बिहार में 17 वीं विधान सभा चल रही है जिसके सदस्यों की संख्या 243 है।
- 26 अगस्त, 2022 को राष्ट्रीय जनता दल (राजद) के वरिष्ठ नेता अवध बिहारी चौधरी को सर्वसम्मति से बिहार विधान सभा का अध्यक्ष चुना गया था।

विधान सभा के सदस्यों की कार्यकाल एवं योग्यता

विधान सभा के सदस्यों का कार्यकाल 5 वर्षों का होता है किंतु विशेष परिस्थितियों में राज्यपाल को यह अधिकार है कि वह इससे पूर्व भी उसको विघटित कर सकता है।

विधान सभा के सदस्य बनने के लिए आवश्यक है कि व्यक्ति:

- भारत का नागरिक हो।
- उसकी न्यूनतम आयु सीमा 25 वर्ष हो।
- उसका नाम राज्य विधान सभा की मतदाता सूची में शामिल होना चाहिए।
- वह किसी लाभप्रद पद पर नहीं होना चाहिए।
- पागल या दिवालिया न हो।

विधान सभा के अध्यक्ष एवं उनकी भूमिका

- विधान सभा के अध्यक्ष सदन की बैठकों की कार्यवाही की अध्यक्षता करता

है और संचालन करता है।

- विधान सभा के अध्यक्ष और उपाध्यक्ष का चयन विधान सभा के सदस्यों द्वारा विधान सभा के सदस्यों के बीच में किया जाता है और उनका कार्यकाल विधान सभा के सदस्यों के कार्यकाल के बराबर होता है।
- विधान सभा का अध्यक्ष सदन में मतदान नहीं करता है, लेकिन यदि सदन में मत बराबर हो जाए तो वह निर्णायक मत देने के लिए जिम्मेदार होता है।
- अध्यक्ष को उसके पद से हटाने का प्रस्ताव विचाराधीन होने पर वह सदन की बैठकों की अध्यक्षता नहीं करता है।
- किसी विधेयक को धन विधेयक मानने का निर्णय विधान सभा अध्यक्ष का ही होता है।

विधान सभा के कार्य एवं शक्तियां

1. विधायी शक्तियां

- विधान सभा को राज्य सूची के विषयों पर कानून बनाने का पूर्ण अधिकार होता है।
- वह संविधान में संशोधन करने का भी अधिकार रखती है जो कि विधान परिषद के साथ मिलकर किया जा सकता है।
- राज्य सूची के विषय पर जहां द्विसदनीय व्यवस्था हो वहां विधान सभा + विधान परिषद + राज्य की सम्मिलित अनुमति अनिवार्य है।
- विभिन्न विषयों पर समवर्ती सूची के बारे में राज्य विधानमंडल भी संसद की तरह विधि निर्माण कर सकता है, लेकिन यदि दोनों द्वारा समर्पित विधियों में संसदीय विधि के विरोध होता है तो संसद ही विधि निर्माण करेगी।
- इसके अलावा विधानसभाएँ, परिषद द्वारा किसी कानून में किये गए सुझावों अथवा संशोधनों को रद्द करने की शक्ति रखती हैं।

2. वित्तीय विषयों पर शक्तियां

- राज्य विधान सभा को राज्य बजट पारित करने की शक्ति होती है।
- यदि वार्षिक बजट में कटौती प्रस्ताव पेश किया जाता है तो सरकार उसे बदलने और कम करने के लिए आदेश दे सकती है।
- कोई धन विधेयक प्रारंभ में विधान परिषद में प्रस्तुत नहीं किया जा सकता जब विधान सभा किसी धन विधेयक को पारित कर देती है तब वह विधान परिषद के पास भेजा जाता है, तथा विधान परिषद को 14 दिनों के भीतर विधान सभा को वापस सौंपना होता है।
- विधान परिषद उस विधेयक के संबंध में संस्तुतिया अथवा सिफ़ारिश तो दे सकती है, किंतु वह इसे न तो अस्वीकार कर सकती है और न उसमें संशोधन कर सकती है।

3. कार्यपालिका नियंत्रण शक्तियां

- विधान सभा राज्य सरकार पर विभिन्न माध्यमों से नियंत्रण रखती है।
- वह 'काम रोको प्रस्ताव', 'ध्यानकर्षण प्रस्ताव' 'वाद विवाद', 'प्रश्नकाल' और अंतिम शास्त्र के रूप में 'अविश्वास प्रस्ताव' पारित कर राज्य सरकार को सत्ता से हटा सकती है।
- मंत्रिपरिषद सामूहिक रूप से विधान सभा के प्रति उत्तरदायी होती है जब कभी मंत्रिपरिषद के विरोध में अविश्वास प्रस्ताव पेश किया जाता है तो पूर्व मंत्रिपरिषद को त्यागपत्र देना पड़ता है।

4. निर्वाचन संबंधी शक्तियां

- राष्ट्रपति के निर्वाचन में जितना मताधिकार संसद के दोनों सदनों के सदस्यों को प्राप्त है उतना ही राज्य में विधान सभा के निर्वाचित सदस्यों को प्राप्त है।

विवरण	राज्य
सबसे कम विधान सभा सीट वाला राज्य	सिक्किम (32)
सबसे अधिक विधान सभा सीट वाला राज्य	उत्तर प्रदेश (403)
सबसे कम विधान सभा सीट वाला संघीय राज्य	पुदुचेरी (30)
सबसे अधिक विधान सभा सीट वाला संघीय राज्य	दिल्ली (70)

विधान परिषद (Legislative Council)

- भारत में विधायिका द्विसदनीय प्रणाली के रूप में स्थापित है। द्विसदनीय प्रणाली में संसद के दो सदनों की तरह, संविधान के अनुच्छेद-169 के अनुसार राज्यों में विधानसभा के साथ-साथ विधान परिषद भी होती है।
- विधान परिषद की स्थापना के लिए विधानसभा में एक विधेयक पेश करना होता है और उसके बाद राज्यपाल की मंज़ूरी की आवश्यकता होती है।
- वर्तान में छह राज्यों में विधान परिषद स्थापित हैं: कर्नाटक, आंध्र प्रदेश, तेलंगाना, उत्तर प्रदेश, बिहार और महाराष्ट्र।
- 2021 में मई महीने में पश्चिम बंगाल सरकार ने राज्य में विधान परिषद की स्थापना का फैसला लिया था।
- वर्ष 2020 में आंध्र प्रदेश की विधानसभा ने विधान परिषद को समाप्त करने का प्रस्ताव पारित किया था, लेकिन अभी तक संसद की मंजूरी नही प्राप्त हुई है।
- जम्मू-कश्मीर पुनर्गठन विधेयक, 2019 के जरिए वर्ष 2019 में जम्मू-कश्मीर विधान परिषद को समाप्त कर दिया गया था।

बिहार विधान परिषद का इतिहास

- भारतीय परिषद अधिनियम, 1861 एवं 1909 में संशोधन से भारत सरकार अधिनियम, 1912 द्वारा बिहार विधान परिषद का गठन किया गया था जिसमें 3 पदेन सदस्य, 21 निर्वाचित सदस्य एवं 19 मनोनीत सदस्य शामिल किये गए थे।
- 20 जनवरी, 1913 को पटना कॉलेज (बांकीपुर) के सभागार में विधान परिषद की प्रथम बैठक हुई।
- 22 नवम्बर, 1921 ई. को बिहार विधान परिषद में महिलाओं को मताधिकार प्राप्त हुआ था।
- 26 जनवरी, 1950 को भारतीय संविधान लागू होने के बाद, अनुच्छेद-171 में वर्णित उपबन्धों के अनुसार विधान परिषद के कुल सदस्यों की संख्या 72 निर्धारित की गई।
- पुन: विधान परिषद अधिनियम, 1957 द्वारा 1958 ई. के द्वारा परिषद के सदस्यों की संख्या 72 से 96 कर दी गई।
- वर्तमान में बिहार विधान परिषद में 27 सदस्य बिहार विधान सभा निर्वाचन क्षेत्र से, 6 शिक्षक निर्वाचन क्षेत्र से, 6 स्नातक निर्वाचन क्षेत्र से, 24 स्थानीय प्राधिकार से तथा 12 मनोनीत सदस्य हैं।
- राजीव रंजन प्रसाद ने बिहार विधान परिषद के पहले सभापति के रूप में 23 जुलाई, 1937 से कार्य शुरू किया था।
- देवेश चंद्र ठाकुर वर्तमान बिहार विधान परिषद के सभापति हैं।

विधान परिषद की भूमिका

- विधान परिषद एक स्थायी सदन होता है, जिसे कभी विघटित नहीं किया जा सकता।
- इसके एक तिहाई सदस्य प्रत्येक दूसरे वर्ष की समाप्ति पर सेवानिवृत्त हो जाते हैं।
- विधान परिषद राज्य के विधानमंडल का द्वितीय एवं उच्च सदन है, यह एक

स्थायी सदन है तथा इसके सदस्यों का कार्यकाल (निर्वाचन) 6 वर्षों के लिए होता है।

- संविधान के अनुसार विधान परिषद में कम से कम 40 और अधिक से अधिक राज्य की विधान सभा की कुल सदस्य संख्या के एक तिहाई सदस्य हो सकते हैं।
- भारतीय संविधान में यह उपबन्ध है कि विधान परिषद के कुछ सदस्य निर्वाचित तथा कुछ मनोनीत होंगे।
- सदस्यों का चुनाव अप्रत्यक्ष रूप से आनुपातिक प्रतिनिधित्व की एकल संक्रमणीय मतप्रणाली से होता है।
- विधान परिषद के कुल सदस्यों में से 5/6 सदस्य निर्वाचित एवं 1/6 सदस्य राज्यपाल द्वारा मनोनीत होते हैं।
- चुने हुए सदस्यों में विधान परिषद के कुल सदस्यों के 1/12 सदस्य उस राज्य के स्नातकों से मिलकर बनने वाले निर्वाचक मंडल द्वारा निर्वाचित होते हैं।
- 1/12 सदस्य राज्य की माध्यमिक पाठशाला एवं उच्च शिक्षा संस्थानों में तीन वर्ष से अधिक समय तक अध्यापन करने वाले अध्यापकों से मिलकर बने निर्वाचन मंडल से, 1/3 सदस्य नगरपालिकाओं जिला परिषदों तथा स्थानीय निकायों से, 1/3 विधान सभा सदस्यों द्वारा निर्वाचित तथा शेष 1/6 सदस्यों को राज्यपाल साहित्य, कला, विज्ञान समाजसेवा सहकारिता आंदोलन आदि विविध क्षेत्रों के प्रमुख व्यक्तियों को मनोनीत करता है।

विधान परिषद की संरचना	
चुनाव क्षेत्र	**चुने जाने वाले सदस्यों की संख्या**
स्नातक द्वारा	एक-बारहवां भाग (1/12वां)
अध्यापक द्वारा	एक-बारहवां भाग (1/12वां)
स्थानीय अधिकारी द्वारा	एक-तिहाई (1/3)
विधानसभा सदस्य द्वारा	एक-तिहाई (1/3)
राज्यपाल के नामांकन द्वारा	बचे हुए सदस्य

- बिहार विधान परिषद में कुल 75 सदस्य हैं, जिसमें से में 27 सदस्य बिहार विधान सभा निर्वाचन क्षेत्र से, 6 शिक्षक निर्वाचन क्षेत्र से, 6 स्नातक निर्वाचन क्षेत्र से, 24 स्थानीय प्राधिकार से तथा 12 मनोनीत सदस्य हैं।

सबसे अधिक विधान परिषद सीट वाला राज्य- उत्तर प्रदेश (100)
सबसे कम विधान परिषद सीट वाला राज्य- तेलंगाना (40)

विधान परिषद सदस्य बनने की योग्यताएँ

- वह भारत का नागरिक हो एवं कम-से-कम 30 वर्ष की उम्र का हो।
- जिस क्षेत्र से वह चुनाव लड़ रहा हो वहाँ की मतदाता सूची में उसका नाम होना चाहिए।
- वह भारत या राज्य सरकार के किसी लाभ का पद धारण नहीं किए हुए हो।
- वह पागल या दिवालिया न हो।
- चुनाव संबंधी किसी अपराध के कारण उसे विधान परिषद सदस्य चुने जाने के अधिकार से वंचित न कर दिया गया हो।

विधान परिषद के कार्य एवं अधिकार

1. वित्तीय अधिकार

- धन विधेयक विधान सभा में पास होने के बाद विधान परिषद में पेश किया जाता है।
- विधान परिषद इस विधेयक को 14 दिनों तक रोक सकती है। यदि 14 दिनों की अवधि तक विधान परिषद संबंधित विधेयक पर कोई कार्यवाही न करे या कोई संशोधन की सिफारिश करे तो संबंधित विधान सभा को यह अधिकार है कि उस संशोधन को माने या न माने एवं विधेयक दोनों सदन से पारित समझा जाता है।

2. विधायी कार्य

- विधान परिषद में साधारण विधेयकों को पेश किया जा सकता है, लेकिन विधेयक को राज्यपाल के पास भेजे जाने से पहले आवश्यक है कि उसे विधान सभा से पारित किया जाए।
- अगर कोई विधेयक विधान सभा से पारित किया जा चुका हो, परन्तु विधान परिषद में उस पर कोई गतिरोध हो तो विधान परिषद उस विधेयक को नामंजूर कर सकती है, बदल सकती है या तीन महीने तक रोक कर रख सकती है।
- इसके बाद यदि विधान सभा इस विधेयक को विधान परिषद के किए गए संशोधन के साथ या उसके बिना अगर पारित कर देती है, तो विधेयक पुनः विधान परिषद के पास भेजा जाता है।
- इस बार यदि विधान परिषद विधेयक को पुनः मंजूरी न दे या ज्यादा-से-ज्यादा एक महीने तक रोक कर रखे, तब भी यह विधेयक दोनों सदनों से पारित समझा जाएगा।
- यह विधानसभा द्वारा शीघ्रता से लिए गए निर्णयों पर ध्यान केंद्रित करती है।

3. संवैधानिक अधिकार

- भारत के संविधान का कोई संशोधन विधेयक यदि संबंधित राज्य के पास स्वीकृति के लिए भेजा जाता है तो विधान परिषद विधान सभा के साथ मिलकर भाग लेती है।
- राज्य का मंत्रिमंडल केवल विधान सभा के प्रति उत्तरदायी होता है। विधान परिषद मंत्रिमंडल को अविश्वास प्रस्ताव द्वारा नहीं हटा सकती है।

विधानमंडल संबंधित कुछ प्रमुख अनुच्छेद	
अनुच्छेद	**विवरण**
168	राज्यों के विधान-मंडलों का गठन
169	राज्यों में विधान परिषदों का उत्सादन या सृजन
170	विधान सभाओं की संरचना
171	विधान परिषदों की संरचना
172	राज्यों के विधान-मंडलों की अवधि
173	राज्य के विधान-मंडल की सदस्यता के लिए अर्हता
174	राज्य के विधान-मंडल के सत्र, सत्रावहसान और विघटन

कुछ प्रमुख विधायी सदस्य बनने की न्यूनतम आयु
विधान परिषद -30 वर्ष
विधान सभा -25 वर्ष
लोकसभा -25 वर्ष
राज्यसभा -30 वर्ष
मुख्यमंत्री -25 वर्ष
राज्यपाल -35 वर्ष
राष्ट्रपति -35 वर्ष

विधान सभा और विधान परिषद के बीच अंतर		
मानदंड	**विधान सभा**	**विधान परिषद**
सदस्यों की संख्या	न्यूनतम: 60 सदस्य और अधिकतम: 500 सदस्य	न्यूनतम: 40 सदस्य और अधिकतम: कोई ऊपरी सीमा निर्धारित नहीं
विघटन	यह हर 5 साल में विघटित हो जाता है।	इसे विघटित नहीं किया जा सकता क्योंकि यह स्थायी है।
संरचना	यह भारतीय संविधान के अनुच्छेद-170 के अनुसार है।	यह भारतीय संविधान के अनुच्छेद-171 के अनुसार है।
सदन	यह राज्य विधानमंडल का निचला सदन है।	यह राज्य विधानमंडल का उच्च सदन है।
चुनाव	सदस्य सीधे सार्वभौमिक मताधिकार और गुप्त मतदान के माध्यम से चुने जाते हैं।	सदस्य अप्रत्यक्ष रूप से आनुपातिक प्रतिनिधित्व (प्रोपोर्शनल रिप्रेजेंटेशन) और राज्यपाल द्वारा नामांकन के माध्यम से चुने जाते हैं।
पीठासीन अधिकारी	अध्यक्ष (स्पीकर) पीठासीन अधिकारी होता है।	अध्यक्ष (चेयरमैन) पीठासीन अधिकारी होता है।
उपस्थिति	प्रत्येक भारतीय राज्य और केंद्र शासित प्रदेश (सीधे केंद्र सरकार द्वारा शासित को छोड़कर) में एक विधान सभा होती है।	केवल छह भारतीय राज्यों में विधान परिषद है- बिहार, महाराष्ट्र, कर्नाटक, उत्तर प्रदेश, आंध्र प्रदेश और तेलंगाना।
कार्यकाल	विधायक 5 साल की अवधि के लिए पद धारण करते हैं।	MLCs (विधान परिषद के सदस्य) ६ साल की अवधि के लिए पद धारण करते हैं।

राज्य सभा की विधान परिषद से तुलना करने पर हम निम्न बिंदुओं को प्राप्त करते है:

1. विधान परिषदों की विधायी शक्तियां सीमित होती है। जबकि राज्यसभा को गैर-वित्तीय विधान को आकार देने की पर्याप्त शक्ति प्राप्त हैं, विधान परिषदों के पास ऐसे कृत्यों के लिये संवैधानिक जनादेश नहीं है।
2. विधान परिषद, MLCs, राष्ट्रपति और उपराष्ट्रपति के चुनाव में मतदान नहीं कर सकते।
3. जैसा कि हमें ज्ञात है, उपराष्ट्रपति राज्यसभा का सभापति होता है जबकि विधान परिषद के अध्यक्ष के रूप में परिषद के ही किसी एक सदस्य को चुना जाता है।

राज्य मंत्रिपरिषद एवं मुख्यमंत्री

संविधान के अनुच्छेद 163(1) के अनुसार उन कार्यों को छोड़कर जिनमें राज्यपाल अपने विवेक का प्रयोग करता है, राज्यपाल को परामर्श देने के लिए एक मंत्रिपरिषद होगी जिसका नेतृत्व मुख्यमंत्री करेगा। मंत्रिपरिषद सिर्फ परामर्शदात्री संस्था ही नहीं अपितु राज्य की वास्तविक कार्यपालिका भी है।

मंत्रिपरिषद का गठन

- अनुच्छेद-164 के अनुसार, मंत्रिपरिषद के प्रधान की नियुक्ति राज्यपाल द्वारा की जाती है।
- राज्यपाल द्वारा मुख्यमंत्री की सलाह पर मंत्रिपरिषद के शेष सदस्यों की नियुक्ति की जाती है।
- यदि मंत्रिपरिषद का कोई सदस्य राज्य विधानमंडल के किसी सदन का सदस्य नहीं होता है तो उसे अगले छः माह के अन्दर विधानमंडल के किसी भी सदन की सदस्यता प्राप्त करना अनिवार्य होता है ताकि वह मंत्री बना रह सके।
- 91वें संविधान संशोधन अधिनियम 2003 से राज्य में मंत्रियों की कुल संख्या (मुख्यमंत्री सहित) विधान सभा सदस्यों की कुल संख्या का 15 प्रतिशत से अधिक नहीं हो सकती, लेकिन इसकी न्यूनतम संख्या 12 होनी चाहिए।
- मंत्रिपरिषद राज्य की विधान सभा के प्रति सामूहिक और राज्यपाल के प्रति व्यक्तिगत रूप से उत्तरदायी रखती है।
- मंत्रियों का मासिक वेतन और भत्ता विधानमंडल द्वारा समय-समय पर निर्धारित किए जाते हैं। प्रत्येक मंत्री पद ग्रहण करने से पहले राज्यपाल के समक्ष पद एवं गोपनीयता की शपथ लेता है।
- कार्यकाल
- अनुच्छेद-164 (1) के अनुसार, संविधान के मंत्रिपरिषद का कार्यकाल 5 वर्ष का होता है और सभी सदस्य राज्यपाल के प्रसादपर्यंत अपने पद पर बने रहते हैं।
- एक मंत्री को मंत्रिपरिषद से हटाने के लिए, राज्यपाल को मुख्यमंत्री की सलाह के आधार पर काम करना होता है।
- सामान्य रूप से, जब तक सरकार को विधान सभा में बहुमत प्राप्त रहता है, मंत्रिमंडल बना रहता है।
- यदि मुख्यमंत्री अपने पद से इस्तीफा दे देता है तो मंत्रिपरिषद स्वतः भंग हो जाती है।
- अगर किसी राज्य में संवैधानिक व्यवस्था विफल हो जाती है तो अनुच्छेद-356 का प्रयोग करके केन्द्र सरकार द्वारा राज्य मंत्रिपरिषद को समाप्त किया जा सकता है।
- विधान सभा का कार्यकाल समाप्त होते ही राज्य मंत्रिपरिषद का कार्यकाल भी स्वतः समाप्त हो जाता है।

मंत्रिपरिषद का कार्य

- राज्य मंत्रिपरिषद भिन्न-भिन्न प्रशासनिक, विधायी और वित्तीय कार्यों का संचालन करती है जैसा कि संघ की मंत्रिपरिषद करती है।
- यह राज्य प्रशासन का केंद्र होती है और विधानमंडल की दिशा-निर्देशक होती है।
- मंत्रिपरिषद कार्यपालिका और व्यवस्थापिका के बीच एक कड़ी है।
- विधान सभा के हर अधिवेशन के आरंभ पर, मंत्रिपरिषद द्वारा संबंधित सभी कार्यक्रमों की व्यवस्था की जाती है।
- विधेयकों का विधान सभा में प्रस्तुति के संदर्भ में कोई भी निर्णय इसी द्वारा लिया जाता है।
- मंत्रिपरिषद के सभी सदस्य विधानमंडल की बैठकों में भाग लेते हैं क्योंकि वे विधानमंडल के सदस्य होते हैं।
- विधानमंडल के सत्र के दौरान विधायकों द्वारा पूछे गए प्रश्नों का उत्तर संबंधित विभाग के मंत्री को देना पड़ता है।
- मंत्रिपरिषद बजट को स्वीकृत करने से पहले विधान सभा में बजट प्रस्तुत करती है।
- विभिन्न मदों में व्यय की जाने वाली राशि का निर्धारण, राज्य की जनता पर किसी भी प्रकार के कर का आरोपण, स्थानीय संस्थाओं को दी जाने वाली

अनुदान की राशि का निर्धारण आदि मंत्रिपरिषद के महत्वपूर्ण कार्य हैं।

- राज्य मंत्रिपरिषद का दायित्व होता है कि राज्य में विधानमंडल द्वारा बनाया गया कोई कानून लागू किया जाए।

मंत्रिपरिषद के अंतर्गत मंत्री

1. मंत्रिमंडल स्तर के मंत्री - ये अपने विभाग के प्रधान होते हैं। अपने कार्य-कलापों के मामलों में स्वतंत्र होते है। मुख्यमंत्री इनके विभाग से संबंधित मामलों में परामर्श लेते है।
2. राज्य स्तर के मंत्री (स्वतंत्र प्रभार) - मंत्रिपरिषद में ये दूसरे स्तर के मंत्री होते हैं।
3. राज्यमंत्री - राज्यमंत्री मुख्य रूप से मंत्रिमंडल स्तर के मंत्री के सहायक की भूमिका निभाते हैं।
4. उपमंत्री - ये चौथे स्तर के मंत्री होते हैं। ये कैबिनेट मंत्रियों के सहयोगी के रूप में कार्य करते हैं।

मंत्रिमंडल एवं मंत्रिपरिषद में अंतर

मंत्रिमंडल (Cabinet)	मंत्रिपरिषद (Coucil of Ministers)
मंत्रिमंडल एक लघु भाग होता है जिसमें 15 से 20 मंत्री होते है।	मंत्रिपरिषद एक बड़ा भाग है जिसमें 60 से 70 मंत्री होते हैं।
मंत्रिमंडल में केवल कैबिनेट मंत्री शामिल होते है। क्योंकि यह मंत्रिपरिषद का ही एक भाग है।	मंत्रिपरिषद में मंत्रियों की तीनों श्रेणियां – कैबिनेट मंत्री, राज्य मंत्री व उपमंत्री शामिल होता है।
मंत्रिमंडल समान्यतः हफ्ते में एक बार बैठक करती है एवं इसके कार्यकलाप सामूहिक होते है।	मंत्रिपरिषद सरकारी कार्यों हेतु एक साथ बैठक नहीं करती है और इसका कार्य सामूहिक नहीं होता हैं।
मंत्रिमंडल को 44वें संविधान संशोधन अधिनियम द्वारा शामिल किया गया था। यह संविधान के मूल स्वरूप में शामिल नहीं था।	मंत्रिपरिषद एक संवैधानिक निकाय है। इसका विस्तृत वर्णन संविधान के अनुच्छेद 74 तथा 75 में किया गया है।

मंत्रिपरिषद से संबंधित संविधान के कुछ प्रमुख अनुच्छेद

अनुच्छेद	संबंधित विषय
162	राज्य की कार्यपालिका शक्ति का विस्तार
163	राज्यपाल को सहायता और सलाह देने के लिए मंत्रिपरिषद
164	मंत्रियों के बारे में अन्य उपबंध
166	राज्य की सरकार के कार्य का संचालन (समस्त कार्यपालिका कार्यवाही राज्यपाल के नाम से)
167	राज्यपाल को जानकारी देने आदि के संबंध में मुख्यमंत्री के कर्तव्य

मुख्यमंत्री

- मुख्यमंत्री सरकार का प्रधान, राज्यपाल का प्रमुख परामर्शदाता एवं विधान सभा का नेता होता है।
- प्रत्येक राज्य के विधान सभा में बहुमत वाले दल या गठबंधन के नेता को मुख्यमंत्री बनाया जाता है, परन्तु यदि विधान सभा में किसी दल या गठबंधन को स्पष्ट बहुमत नहीं प्राप्त होता है तो राज्यपाल स्वयं मुख्यमंत्री की नियुक्ति कर सकते हैं।
- अगर बहुमत वाला दल ऐसा चुनाव करता है कि वह विधायक नहीं है, तो मुख्यमंत्री बनाने के बाद अगले छह महीने के भीतर उसे किसी विधानमंडल का सदस्य बनना अनिवार्य होता है।
- राज्यपाल आमतौर पर सरकार बनाने के लिए राज्य विधान सभा में बहुमत वाले राजनीतिक दल के नेता को आमंत्रित करता है।
- मुख्यमंत्री तभी तक अपने पद पर रह सकते हैं जब तक उसे विधान सभा का बहुमत प्राप्त है।
- मुख्यमंत्री और उनकी मंत्रिपरिषद के सभी सदस्यों को गोपनीयता की शपथ लेनी होती है।

मुख्यमंत्री की शक्तियाँ एवं कार्य

- मुख्यमंत्री के परामर्श से राज्यपाल अन्य मंत्रियों की नियुक्ति करता है और उनके विभागों का वितरण करता है।
- मंत्रियों के बीच विभागों का बंटवारा एवं परिवर्तन होने पर मंत्रिमंडल से उनके निष्काषन जैसे अधिकार मुख्यमंत्री में समाहित होते हैं।
- मुख्यमंत्री मंत्रिपरिषद के बैठकों की अध्यक्षता करता है और उसके निर्णय को प्रभावित करने की शक्ति रखता है।
- मुख्यमंत्री का निर्णय ही सामान्यतः मंत्रिपरिषद का निर्णय होता है।
- विधान सभा प्रस्तावों की रचना मुख्यमंत्री की सलाह के आधार पर की जाती है।
- मुख्यमंत्री सदन में विचार-विमर्श और बहस में निर्णायक भूमिका प्रस्तुत करता है।
- वह सदन में सभी नीति संबंधी घोषणाएँ करता है और शासन-नीतियों को सुरक्षा प्रदान करता है।
- मुख्यमंत्री विधानमंडल के कार्यकाल के समाप्त होने के पूर्व ही राज्यपाल इसे भंग करने की सलाह दे सकता है।
- मुख्यमंत्री को एक वर्ष के लिए संबंधित क्षेत्रीय परिषद के उपाध्यक्ष के रूप में कार्य करना होता है।
- वह अंतरराज्यीय परिषद और राष्ट्रीय विकास परिषद का सदस्य होता है एवं इन दोनों परिषदों की अध्यक्षता प्रधानमंत्री द्वारा की जाती है।
- वह राज्य के नेता होने के नाते जनता के विभिन्न वर्गों से मिलता है और उनसे उनकी समस्याओं आदि के संबंध में जानकारी प्राप्त करता है।
- इस तरह मुख्यमंत्री राज्य प्रशासन में बहुत महत्वपूर्ण एवं अहम भूमिका निभाता है। हालांकि राज्यपाल अपने विवेकाधिकार का इस्तेमाल करके राज्य प्रशासन में मुख्यमंत्री की कुछ शक्तियों, प्राधिकार, प्रतिष्ठा आदि में कटौती कर सकता है।

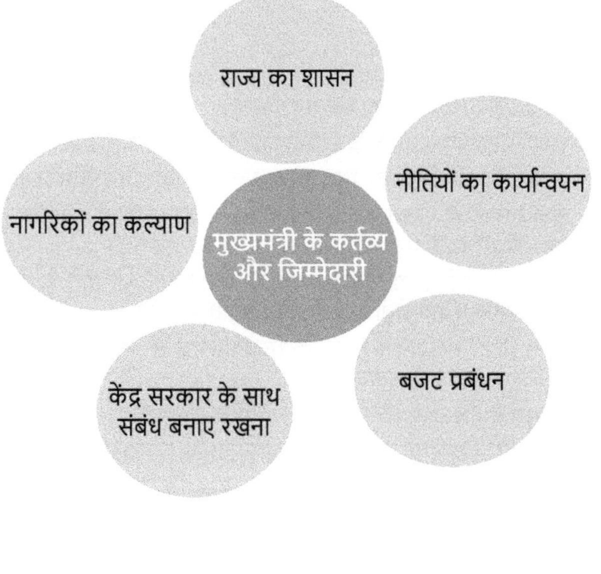

बिहार के वर्तमान मुख्यमंत्री: नीतीश कुमार (24वें)

- नीतीश कुमार भारतीय राजनीतिज्ञ हैं जो बिहार के वर्तमान मुख्यमंत्री (अप्रैल 2023) हैं।
- वे 2005 से 2014 तक बिहार के मुख्यमंत्री रहे है। तदुपरांत 2015 से 2017 तक मुख्यमंत्री के रूप में कार्य किया।
- नीतीश ने 2022 में अपने आठवें कार्यकाल के रूप में बिहार के मुख्यमंत्री पद की शपथ ली थी।
- वे बिहार के सबसे लंबे समय तक रहने वाले मुख्यमंत्री हैं और जनता दल (यूनाइटेड) राजनीतिक दल के प्रमुख नेताओं में से एक हैं।

बिहार के मुख्यमंत्री

क्रम	नाम	कब से कब तक कार्यकाल
1	श्रीकृष्ण सिंह	26 जनवरी 1950 से 31 जनवरी 1961
2	दीप नारायण सिंह	1 फ़रवरी 1961 से 18 फ़रवरी 1961
3	बिनोदानंद झा	18 फ़रवरी 1961 से 2 अक्टूबर 1963
4	कृष्ण वल्लभ सहाय	2 अक्टूबर 1963 से 5 मार्च 1967
5	महामाया प्रसाद सिन्हा	5 मार्च 1967 से 28 जनवरी 1968
6	सतीश प्रसाद सिंह	28 जनवरी 1968 से 1 फ़रवरी 1968
7	बिन्देश्वरी प्रसाद मंडल	1 फ़रवरी 1968 से 22 मार्च 1968
8	भोला पासवान शास्त्री	22 मार्च 1968 से 29 जून 1968 22 जून 1969 से 4 जुलाई 1969
9	हरिहर सिंह	26 फ़रवरी 1969 से 22 जून 1969
10	दरोगा प्रसाद राय	16 फ़रवरी 1970 से 22 दिसम्बर 1970
11	कर्पूरी ठाकुर	22 दिसम्बर 1970 से 2 जून 1971 24 जून 1977 से 21 अप्रैल 1979
12	केदार पांडे	19 मार्च 1972 से 2 जुलाई 1973
13	अब्दुल गफ़ूर	2 जुलाई 1973 से 11 अप्रैल 1975
14	जगन्नाथ मिश्र	11 अप्रैल 1975 से 30 अप्रैल 1977 8 जून 1980 से 14 अगस्त 1983 6 दिसम्बर 1989 से 10 मार्च 1990
15	रामसुंदर दास	21 अप्रैल 1979 से 17 फ़रवरी 1980
16	चंद्रशेखर सिंह	14 अगस्त 1983 से 12 मार्च 1985
17	बिंदेश्वरी दुबे	12 मार्च 1985 से 13 फ़रवरी 1988
18	भागवत झा आजाद	14 फ़रवरी 1988 से 10 मार्च 1989
19	सत्येन्द्र नारायण सिन्हा	11 मार्च 1989 से 6 दिसम्बर 1989
20	लालू प्रसाद यादव	10 मार्च 1990 से 28 मार्च 1995 4 अप्रैल 1995 से 25 जुलाई 1997
21	राबड़ी देवी	25 जुलाई 1997 से 11 फ़रवरी 1999 9 मार्च 1999 से 2 मार्च 2000 11 मार्च 2000 से 6 मार्च 2005
22	नीतीश कुमार	3 मार्च 2000 से 10 मार्च 2000 24 नवम्बर 2005 से 26 नवम्बर 2010 22 फ़रवरी 2015 से 20 नवम्बर 2015 20 नवम्बर 2015 से 16 नवम्बर 2020 16 नवम्बर 2020 से पदधारी
23	जीतन राम मांझी	20 मई 2014 से 22 फ़रवरी 2015

मुख्यमंत्री तथा मंत्रिपरिषद का समन्वय

- मुख्यमंत्री राज्यपाल एवं मंत्रिपरिषद के बीच समन्वय सूत्र का काम करता है।
- मुख्यमंत्री प्रशासन के संबंध में लिए गए सभी निर्णयों एवं व्यवस्थापिका संबंधी प्रस्तावों से राज्यपाल को अवगत कराता है।
- संविधान द्वारा मुख्य नियुक्तियों के संबंध में जो अधिकार राज्यपाल में समाहित है, व्यवहारिक दृष्टि से उनका अनुप्रयोग मुख्यमंत्री द्वारा ही होता है।
- मंत्री बनने के लिए विधानमंडल का सदस्य होना अनिवार्य है।
- मुख्यमंत्री राज्य की वास्तविक कार्यपालिका होती है।
- मंत्रिपरिषद सामूहिक रूप से विधान सभा के प्रति उत्तरदायी होते हैं।
- मुख्यमंत्री के परामर्श पर राज्यपाल किसी भी मंत्री को हटा सकता है तथा राज्यपाल मंत्रिपरिषद में बड़ा बदलाव भी कर सकता है।

राज्यपाल

राज्यपाल की भूमिका

- राज्यपाल किसी भी राज्य का एक ऐसा संवैधानिक पद है, जिसके द्वारा कार्यपालिका के कार्यों का संचालन होता है।
- राज्यों में राज्यपाल एवं केन्द्र शासित प्रदेशों में उपराज्यपाल होते हैं।
- राज्य की कार्यपालिका के प्रमुख को राज्यपाल अथवा गवर्नर कहा जाता है।
- कुछ मामलों में, राज्यपाल को विवेकाधिकार दिया जाता है, जिसके तहत वह मंत्रिपरिषद के परामर्श के बिना भी कार्य कर सकते हैं।
- राज्यपाल सभी राज्य विश्वविद्यालयों के कुलाधिपति भी होते हैं, उनकी स्थिति राज्य में वही होती है जो केंद्र में राष्ट्रपति की होती है।
- 1956 के 7वें संशोधन के तहत एक राज्यपाल एक से अधिक राज्यों के लिए भी नियुक्त किया जा सकता है।
- मुख्यमंत्री और राज्य मंत्रिपरिषद की नियुक्ति राज्यपाल द्वारा की जाती है।
- राज्य की मंत्रिपरिषद राज्यपाल को सहायता और परामर्श देती है।

राज्यपाल की योग्यता

- वह भारत का नागरिक हो तथा उसने 35 वर्ष की आयु पूरी कर ली हो।
- वह राज्य सरकार या केंद्र सरकार या इन राज्यों के नियंत्रण के अधीन किसी सार्वजनिक उपक्रम के लाभ के पद पर न हो।
- वह राज्य विधानसभा के सदस्य चुने जाने के लिए योग्य हो।
- वह पागल या दिवालिया घोषित नहीं किया जा चुका हो।
- वह संसद या किसी भी विधानमंडल का सदस्य न हो, यदि ऐसा होता है तो राज्यपाल की शपथ से पहले उन्हें अपनी इस सदस्यता से त्यागपत्र देना पड़ेगा।

राज्यपाल की नियुक्ति तथा शपथ

- राज्यपाल की नियुक्ति राष्ट्रपति द्वारा प्रधानमंत्री की सलाह से की जाती है।
- राज्यपाल उच्च न्यायालय के मुख्य न्यायाधीश के समक्ष शपथ लेता है।
- राज्यपाल की नियुक्ति के सम्बंध में दो प्रकार के नियम भी हैं:

1. किसी भी व्यक्ति को उसके निवासी राज्य का राज्यपाल नियुक्त नहीं किया जा सकता है।
2. राज्यपाल की नियुक्ति से पहले, उस राज्य के मुख्यमंत्री से सलाह लेना अनिवार्य होता है। परन्तु, 1967 के बाद से राज्यपाल की नियुक्ति मुख्यमंत्री की सलाह-विचार के बिना की जाने लगी है।

राज्यपाल की कार्य अवधि

- राज्यपाल प्रत्येक राज्य में केन्द्र का प्रतिनिधि होता है तथा वह राष्ट्रपति के प्रसादपर्यंत पद धारण करता है।
- राज्यपाल का कार्यकाल उसके पद ग्रहण की तिथि से पांच वर्ष तक होती है, लेकिन इस अवधि के समाप्ति के बाद भी वह अपने पद पर बना रहता है, जब तक उसका उत्तराधिकारी पद नहीं ले लेता है।
- यदि अपने कार्यकाल के समाप्त होने के बाद भी राज्यपाल अपने पद पर बना है तो वह प्रतिदिन के वेतन का हक़दार होता है।

राज्यपाल की शक्तियां एवं कार्य

- संविधान के अनुसार आपातकालीन, कूटनीतिक तथा सैन्य अधिकारों को छोड़कर राज्यपाल अपने सभी कार्यों का संपादन विधानसभा के प्रति उत्तरदायी 'मंत्रिपरिषद' की सहायता से करेगा, किन्तु भारतीय संविधान, राज्यपाल को स्वविवेक की शक्तियां भी प्रदान करता है। राज्यपाल की शक्तियों को निम्न रूप में श्रेणीबद्ध किया जा सकता है:-

1. कार्यकारी शक्तियां

- राज्यपाल की शक्तियां राज्य सूची के विषयों तक सीमित होती है।
- कार्यपालिका के सभी काम राज्यपाल के नाम से किये जाते है।
- राज्यपाल को अपनी सरकार से राज्य के विषय में समस्त जानकारी प्राप्त करने का अधिकार है।
- राज्यपाल को मंत्रिपरिषद के निर्णयों से अवगत कराना मुख्यमंत्री का कर्तव्य होता है।
- अनुच्छेद 356 के तहत राज्य में जब राष्ट्रपति शासन लगाया जाता है, तब राज्यपाल संघ के एक अभिकर्ता के रूप में कार्य करता है, जिसे 'राज्यपाल की आपातकालीन शक्ति' कहा जाता है।
- राष्ट्रपति शासन की सामान्य अवधि छह महीने होती है। लेकिन इस अवधि को संसद की पूर्व स्वीकृति से अधिकतम 3 वर्ष तक बढ़ाया जा सकता है।

क्रम	बिहार में राष्ट्रपति शासन (अब तक कुल आठ बार)
1.	जून 1968 से फरवरी 1969
2.	जुलाई 1969 से फरवरी 1970
3.	जनवरी 1972 से मार्च 1972
4.	अप्रैल 1977 से जून 1977
5.	फरवरी 1980 से जून 1980
6.	मार्च 1995 से अप्रैल 1995
7.	फरवरी 1999 से मार्च 1999
8.	मार्च 2005 से नवंबर 2005

- राज्यपाल राज्य के महाधिवक्ता और राज्य लोक सेवा आयोग के अध्यक्ष और सदस्यों की नियुक्ति करता है, लेकिन उन्हें पद से नहीं हटा सकता है।
- विश्वविद्यालयों के कुलपति का पद राज्यपाल को सौंपा जाता है। उन्हें उपकुलपतियों की नियुक्ति करके विश्वविद्यालयों का प्रबंधन करना होता है।
- राज्यपाल की सलाह पर राष्ट्रपति उच्च न्यायालय के न्यायाधीशों को नियुक्त करता है।
- राज्यपाल प्रशासन से संबंधित महत्वपूर्ण नियम, विनियमों और अधिनियमों को जारी करते हैं और लोकायुक्त की नियुक्ति करता है।
- ऐसे व्यक्तियों को, जिनको साहित्य, विज्ञान, कला एवं सामाजिक सेवा सहकारिता आंदोलन के संबंध में विशेष ज्ञान है, विधान परिषद में कुल सदस्यों की 1/6 सदस्यों का नाम मनोनयन करता है।
- राज्यपाल विधानमंडल का अभिन्न अंग है जो इसका अधिवेशन बुलाते हैं और सत्रावसान भी करते हैं।

2. विधायी शक्तियां

- जैसे राष्ट्रपति संसद का अभिन्न हैं, उसी प्रकार राज्यपाल भी अपने राज्य के विधानमंडल का अंग होते है।
- राष्ट्रपति की तरह, राज्यपाल भी विधानमंडल में भाषण दे सकते हैं, अपने सन्देश भेज सकते हैं, विधानमंडल की बैठक बुला सकते हैं, उसे स्थगित और भंग भी कर सकते हैं।
- राज्यपाल के लिए यह आवश्यक होता है कि प्रत्येक महानिर्वाचन के बाद और प्रत्येक वर्ष के प्रथम अधिवेशन में वह विधानसभा को संबोधित करे और यदि उस राज्य में द्विसदनात्मक विधानमंडल हो, तो संयुक्त अधिवेशन को संबोधित करे।
- राज्य के विधानमंडल द्वारा पारित किया गया कोई भी विधेयक राज्यपाल के पास अनुमति और अनुमोदित के लिए भेजा जाता है।
- राज्यपाल को विधेयक पर अपनी मंजूरी देने या उसे रोकने का विकल्प होता है और वह राष्ट्रपति के विचारों को भी महत्व देते हुए उसे रक्षित रख सकता है तथा वह धन विधेयकों को पुनः विचार के लिए विधानमंडल के पास भी भेज सकता है।
- लेकिन यदि विधानमंडल उस विधेयक को संशोधन के बिना पास कर देता है, तो उस पर राज्यपाल को अपनी मंजूरी देनी होगी।
- विधानमंडल के विश्राम काल के दौरान राज्यपाल को अध्यादेश निकालने की शक्ति प्राप्त है।

3. वित्तीय शक्तियां

- धन विधेयकों और वित्तीय विधेयकों के संबंध में राज्यपाल के वही शक्तियां और उत्तरदायित्व होते हैं, जो उक्त संबंध में केंद्र सरकार में राष्ट्रपति को प्राप्त होते हैं।
- विधानसभा में कोई भी धन विधेयक राज्यपाल की अनुमति के बिना पेश नहीं किया जा सकता है।
- प्रत्येक वित्तीय वर्ष की शुरुआत में, राज्यपाल राज्य के विधानमंडल के समक्ष मंत्रियों द्वारा वार्षिक बजट पेश करता है।
- राज्यपाल की अनुमति के बिना कोई भी अनुदान मांग नहीं की जा सकती है।

4. न्यायिक शक्तियां

- जिन बातों के संबंध में राज्य की कार्यपालिका को अधिकार प्राप्त है, उनके कानूनों के विरुद्ध अपराध करने वाले व्यक्तियों के दण्ड को राज्यपाल कम कर सकता है, स्थगित कर सकता है, बदल सकता है तथा क्षमा भी कर सकता है।

5. विवेकाधिकार

- राज्य विधान सभा में किसी भी दल को स्पष्ट बहुमत नहीं मिलने पर राज्यपाल अपने विवेक के आधार पर किसी भी दल के नेता को सरकार बनाने के लिए निमंत्रित करते हैं।
- उन्हें राष्ट्रपति को भेजे जाने वाले संदेश में अपने स्वविवेक का उपयोग करना पड़ता है।

6. अन्य अधिकार

- राज्यपाल राज्य के लोक सेवा आयोग की वार्षिक रिपोर्ट पास करने के पश्चात् उसकी समीक्षा के लिए मंत्रिपरिषद के पास भेजता है, वह दोनों प्रलेखों को विधानसभा के अध्यक्ष के पास भेज देता है।
- अध्यक्ष उन्हें विधानमंडल के सम्मुख रखता है।
- राज्य के आय-व्यय के बारे में महालेखा परीक्षक के प्रतिवेदन को भी राज्यपाल इसी प्रकार निपटाता है।

बिहार के वर्तमान राज्यपाल

- राजेंद्र अर्लेकर एक भारतीय राजनेता हैं जो बिहार के वर्तमान राज्यपाल (अप्रैल 2023 की जानकारी के अनुसार) हैं।
- उन्होंने 17 फरवरी 2023 को बिहार के राज्यपाल के रूप में कार्यभार ग्रहण किया।
- उन्होंने पहले हिमाचल प्रदेश के 21वें राज्यपाल के रूप में कार्य किया, गोवा और हिमाचल प्रदेश के राज्यपाल के रूप में सेवा करने वाले पहले व्यक्ति है।
- वह गोवा सरकार में कैबिनेट मंत्री और गोवा विधान सभा के पूर्व अध्यक्ष है।
- वह भारतीय जनता पार्टी के नेता हैं।

राज्यपाल से संबंधित भारतीय संविधान के महत्वपूर्ण अनुच्छेद

अनुच्छेद	विषय
153	प्रत्येक राज्य के लिए एक राज्यपाल
155	राज्यपाल की नियुक्ति
156	राज्यपाल की पदावधि
157	राज्यपाल नियुक्त होने के लिए अर्हताएं
158	राज्यपाल के पद के लिए शर्ते
159	राज्यपाल द्वारा शपथ या प्रतिज्ञान
160	कुछ आकस्मिकताओं में राज्यपाल के कृत्यों का निर्वहन
163	राज्यपाल की सहायता और सलाह देने के लिए मंत्रिपरिषद
167	राज्यपाल को जानकारी देने आदि के संबंध में मुख्यमंत्री के कर्त्तव्य
176	राज्यपाल का विशेष अभिभाषण
361	राष्ट्रपति और राज्यपालों और राजप्रमुखों का संरक्षण
213	राज्यपाल को राष्ट्रपति के समान प्राप्त अधिकार और राज्यपाल के अध्यादेश

बिहार में राज्यपाल का इतिहास

स्वतंत्रता से पूर्व बिहार के गवर्नर	कब से कब तक (कार्यकाल)
सर जेम्स सिफ्टन	1 अप्रैल 1936 से 10 मार्च 1937
सर मौरिस गार्नियर हैलेट	1 मार्च 1937 से 5 अगस्त 1939
सर थॉमस अलेक्जेंडर स्टीवर्ट	5 अगस्त 1939 से 9 जनवरी 1943
सर थॉमस जॉर्ज रदरफोर्ड	9 जनवरी 1943 से मार्च 1943
सर ह्यूग डॉव	13 मई 1946 से 15 अगस्त 1947
स्वतंत्रता से बाद बिहार के गवर्नर	**कब से कब तक (कार्यकाल)**
जयरामदास दौलताराम	15 अगस्त 1947 से 11 जनवरी 1948
माधव श्री हरी अणे	12 जनवरी 1948 से 14 जून 1952
रंगनाथ रामचंद्र दिवाकर	15 जून 1952 से 5 जुलाई 1957
डॉ जाकिर हुसैन	6 जुलाई 1957 से 11 मई 1962
एम ए अयंगार	12 मई 1962 से 6 दिसम्बर 1967
नित्यानंद कानूनगो	7 दिसंबर 1967 से 20 जनवरी 1971
डीके बरुआ	1 फरवरी 1971 से 4 फरवरी 1973
रामचंद्र धोंडीबा भंडारे	4 फरवरी 1973 से 15 जून 1976
जगन्नाथ कौशल	16 जून 1976 से 27 मई 1978 26 जून, 1978 से 31 जनवरी, 1979
ए आर किदवई	10 सितम्बर, 1979 से 14 मार्च, 1985
पेंडेकंती वेंकट सुब्बैया	15 मार्च 1985 से 25 फरवरी 1988
गोविन्द नारायण सिंह	26 फरवरी 1988 से 24 जनवरी 1989
जगन्नाथ पहाड़िया	3 मार्च 1989 से 21 सितम्बर 1989
गंगाधर गणेश सोहानी	2 फरवरी 1990 से 16 फरवरी 1990
मोहम्मद यूनुस सलीम	16 फरवरी से 27 जून 1990 13 जुलाई 1990 से 8 जनवरी 1991 24 जनवरी से 19 मार्च 1991
बी सत्यनारायण रेड्डी	27 जून से 13 जुलाई 1990 8 जनवरी से 24 जनवरी 1991
मुहम्मद शफी अब्बासी कुरैशी	19 मार्च 1991 तक 13 अगस्त 1993
ए आर किदवई	14 अगस्त 1993 से 26 अप्रैल 1998
सुंदर सिंह भंडारी	27 अप्रैल 1998 से 14 मार्च 1999
विनोद चंद्र पांडेय	23 नवंबर 1999 से 14 जून 2003
एम रमा जोइस	15 जून 2003 से 30 अक्टूबर 2004
बूटा सिंह	5 नवंबर 2004 से 26 जनवरी 2006
गोपालकृष्ण गाँधी	31 जनवरी 2006 से 22 जून 2006
आर एस गवाई	22 जून 2006 से 9 जुलाई 2008
आर एल भाटिया	10 जुलाई 2008 से 28 जून 2009

देवानंद कोंवर	29 जून 2009 से 21 मार्च 2013
दन्यांडो यसवंतरो पाटिल	12 मार्च 2013 से 26 नवंबर 2014
केसरी नाथ त्रिपाठी	27 नवंबर 2014 से 15 अगस्त 2015 27 जून 2017 से 3 सितम्बर 2017
राम नाथ कोविंद	16 अगस्त 2015 से 21 जून 2017
सत्य पाल मलिक	4 सितम्बर 2017 से 22 अगस्त 2018
लालजी टंडन	23 अगस्त 2018 से 28 जुलाई 2019
फागू चौहान	29 जुलाई 2019 से 16 फरवरी 2023

महत्वपूर्ण नियुक्ति

- राज्यपाल की नियुक्ति राष्ट्रपति द्वारा
- मुख्यमंत्री की नियुक्ति राज्यपाल द्वारा
- मंत्रिपरिषद का गठन राज्यपाल (मुख्यमंत्री की सलाह से) द्वारा

महाधिवक्ता

- भारत के संविधान के भाग VI में अध्याय 2 के अनुच्छेद 165 में राज्यों के लिए महाधिवक्ता के पद का विवरण दिया गया है।
- अनुच्छेद 177 सदनों के सम्मान में मंत्रियों और महाधिवक्ता को प्राप्त अधिकारों के संबंधों को बताता है।
- प्रत्येक राज्य में एक महाधिवक्ता नियुक्त होता है जो भारत के महान्यायवादी के अनुपूरक होते है।
- वह राज्य का सर्वोच्च कानूनी अधिकारी होता है, जो सभी कानूनी मामलों में राज्य सरकार के साथ सहयोग करता है और राज्य सरकार के हितों की रक्षा और संरक्षण करता है।
- भारत के अटॉर्नी जनरल के कार्यालय के समान राज्य के महाधिवक्ता का कार्यालय होता है।

नियुक्ति और कार्यालय की अवधि

- महाधिवक्ता की नियुक्ति राज्यपाल द्वारा होती है।
- उस व्यक्ति में उच्च न्यायालय का न्यायाधीश बनने की योग्यता होनी चाहिए यानि उसे भारत का नागरिक होना चाहिए, उसे दस वर्ष तक न्यायिक अधिकारी का या उच्च न्यायालय में दस वर्षों तक वकालत करने का अनुभव अवश्य होना चाहिए।
- संविधान द्वारा महाधिवक्ता के कार्यकाल की अवधि निश्चित नहीं की गई है और उसे हटाने के लिए भी कोई विधानीय प्रक्रिया उल्लेख नहीं की गई है।
- वह अपने पद पर राज्यपाल के प्रसादपर्यन्त कार्य करता है, जिससे यह स्पष्ट होता है कि उसे कभी भी राज्यपाल द्वारा हटाया जा सकता है।
- वह अपने पद से त्यागपत्र भी दे सकता है। सामान्यतः वह त्यागपत्र तब देता है जब सरकार (मंत्रिपरिषद) त्यागपत्र देती है या पुनर्स्थापित होती है क्योंकि उसकी नियुक्ति सरकार की सलाह पर होती है। उसे हटाने के लिए संविधान में कोई भी प्रक्रिया या आधार नहीं है।
- महाधिवक्ता वही पारिश्रमिक प्राप्त करता है जो राज्यपाल निर्धारित करता है।

महाधिवक्ता के कर्तव्य व अधिकार

- महाधिवक्ता का मुख्य कार्य राज्य सरकार को विधि संबंधी विषयो पर सलाह देना है।
- विधिक प्रकृति के कर्तव्य को करना जो राज्यपाल द्वारा आवंटित किये गए हो।
- संविधान या किसी अन्य कानून के अंतर्गत प्रदत्त कृत्यों का निर्वहन करना।
- उसे राज्य के दोनों सदनों (विधानसभा तथा विधान परिषद) की कार्यवाही में अपनी बात रखने या भाग लेने का अधिकार हैं।
- उसे विधानमंडल के किसी भी कार्यवाही में मतदान करने का अधिकार नहीं होता है।
- राज्य में, सरकारी कर्तव्यों का निष्पादन करने के लिए, उसे किसी भी अदालत में सुनवाई का अधिकार होता है।
- महाधिवक्ता उच्च न्यायालय और उच्चतम न्यायालय के सामने राज्य सरकार का बचाव कर सकता है।
- वह राज्य विधानसभा के किसी सदस्य के लिए उपलब्ध सभी विशेषाधिकारों और प्रतिरक्षाओं का उपयोग कर सकता है।

बिहार के वर्तमान महाधिवक्ता

- बिहार सरकार ने बिहार के पूर्व मंत्री और पटना उच्च न्यायालय के वरिष्ठ अधिवक्ता प्रशांत कुमार शाही को राज्य के नए महाधिवक्ता के रूप में नियुक्त किया है।
- उन्हें बिहार सरकार ने 14 जनवरी 2023 को महाधिवक्ता के पद पर नियुक्त किया है।
- प्रशांत कुमार शाही 2005 से 2010 तक महाधिवक्ता के रूप में भी कार्यरत रहे थे।
- इनसे पहले इस पद पर ललित किशोर नियुक्त थे। ललित किशोर पटना हाईकोर्ट में 21वें महाधिवक्ता के रूप में जुलाई, 2017 से जनवरी 2023 तक कार्यान्वित रहें थे।
- राम बालक महतो 1980 में बिहार के महाधिवक्ता बने थे।

महाधिवक्ता से संबंधित भारतीय संविधान के महत्वपूर्ण अनुच्छेद

अनुच्छेद	प्रावधान
165	राज्य में एक महाधिवक्ता होगा।
177	यह अनुच्छेद राज्य विधानमंडल और उसकी समिति के सदनों में महाधिवक्ता को कौन से अधिकार प्राप्त होते हैं यह बताता है।
194	यह अनुच्छेद महाधिवक्ता की शक्तियों, विशेषाधिकारों और उन्मुक्तियों को निर्दिष्ट करता है।

लोकायुक्त

परिचय

- भारत में लोकायुक्त पद का गठन भ्रष्टाचार उन्मूलन के उद्देश्य से राज्यों द्वारा किया गया है।
- इसका गठन स्कैंडिनेविया देशों में प्रचलित ओंबड्समैन की तर्ज पर किया गया था।
- यह संस्थान बिना किसी संवैधानिक स्थिति के वैधानिक निकाय हैं।

- लोकायुक्त पद धारित व्यक्ति मंत्रियों, विधायकों, प्रशासकों और लोक सेवकों द्वारा सत्ता के दुरुपयोग, कुशासन और भ्रष्टाचार के बारे में जनता की शिकायतों को दूर करने के लिए बनाया गया एक उच्च-स्तरीय कानूनी अधिकारी है।
- लोकपाल और लोकायुक्त अधिनियम, 2013 को 16 जनवरी 2014 को संसद में पारित किया गया था, और प्रत्येक राज्य को एक वर्ष के भीतर अपने-अपने राज्य में लोकायुक्त नियुक्त करने की निर्देश प्राप्त हुए थे।
- लोकायुक्त पीठ में न्यायिक और गैर-न्यायिक सदस्य होने चाहिए।
- एक उप-लोकायुक्त लोकायुक्त के डिप्टी के रूप में कार्य करता है और उनके काम में सहायता करता है, और रिक्ति की स्थिति में, कार्यवाहक लोकायुक्त के रूप में कार्य करता है।

लोकपाल और लोकायुक्त

- 2013 के लोकपाल और लोकायुक्त अधिनियम ने संघ (केंद्र) के लिए लोकपाल तथा राज्यों के लिए लोकायुक्त संस्था की व्यवस्था की। ये संस्थाएँ बिना किसी संवैधानिक दर्जे वाले न्यायिक निकाय हैं।
- 2013 का अधिनियम में यह भी प्रावधान है कि सभी राज्य सरकारें इस अधिनियम के लागू होने के एक साल के अंदर लोकायुक्त का पद स्थापित करेंगी।
- लोकपाल के क्षेत्राधिकार में प्रधानमंत्री, मंत्री, संसद सदस्य, समूह ए, बी, सी और डी अधिकारी तथा केंद्र सरकार के अधिकारी शामिल होते हैं।

लोकायुक्त की नियुक्ति

राज्य के राज्यपाल, उसके मुख्यमंत्री (राज्य उच्च न्यायालय के मुख्य न्यायाधीश, विधान सभा और विधान परिषद में विपक्ष के नेताओं, विधान सभा के अध्यक्ष और विधानसभा के सभापति के साथ आम सहमति से) द्वारा नामांकन के माध्यम से।

- राज्य के मुख्यमंत्री, विधान सभा के अध्यक्ष, विपक्ष के नेता, विधान परिषद के सभापति और विधान परिषद में विपक्ष के नेता से परामर्श करने के बाद, राज्य के राज्यपाल राज्य के लिए लोकायुक्त नियुक्त करते हैं।
- भारत के राष्ट्रपति के द्वारा लोकपाल एवं लोकायुक्त विधेयक, 2013 पर 1 जनवरी, 2014 को हस्ताक्षर किए गए।
- लोकायुक्त को उनके कार्यों के प्रदर्शन पर वार्षिक समेकित रिपोर्ट राज्यपाल के समक्ष प्रस्तुत करनी होती है।
- मुख्यमंत्री, मंत्री, विधानसभा या विधानपरिषद सदस्य एवं राज्य सरकार के अधिकारी के खिलाफ जाँच करने से पूर्व राज्य सरकार से अनुमति आवश्यक है।
- लोकायुक्त की आयु 25 वर्ष से अधिक होनी चाहिए।
- वह दूसरे कार्यकाल के लिये पुनर्नियुक्ति का पात्र नहीं है।
- लोकायुक्त को संविधान के अनुच्छेद 311 के अनुसार उसके व्यवहार क्षमता के आधार पर राज्यपाल द्वारा उसे उसके पद से हटाया जा सकता है।

बिहार लोकायुक्त

- बिहार **लोकायुक्त** बिहार राज्य के लिए संसदीय लोकपाल है।
- यह पहली बार बिहार लोकायुक्त और उप-लोकायुक्त अधिनियम के तहत स्थापित किया गया था और 22 दिसंबर 2011 में भारत के राष्ट्रपति द्वारा अनुमोदित किया गया था।
- बिहार में सर्वप्रथम लोकायुक्त न्यायमूर्ति श्रीधर वासुदेवा सोहनी बने थे, जिनका कार्यकाल 28 मई, 1971 से 27 मई, 1978 तक रहा था।
- लोकायुक्त संस्था निम्नलिखित को मिलाकर होगी- (i) एक अध्यक्ष; और (ii) दो सदस्य, परंतु अध्यक्ष एवं दो सदस्यों में से कम-से-कम दो व्यक्ति न्यायिक सदस्य होंगे।

कोई व्यक्ति निम्नलिखित रूप में अध्यक्ष नियुक्त होने का पात्र होगा:

- यदि वह निर्दोष, सत्यनिष्ठा, उत्कृष्ट योग्यता और प्रतिष्ठा वाला ऐसा व्यक्ति हो जिसके पास पच्चीस वर्षों से अन्यून अवधि का लोक कार्य, प्रशासनिक विधि एवं नीति, शैक्षणिक, विधि, वित्त अथवा प्रबंधन से संबंधित मामलों में विशेष ज्ञान एवं व्यावसायिक अनुभव हो और 50 वर्ष से कम आयु का हो।
- यदि वह किसी उच्च न्यायालय का मुख्य न्यायाधीश या कोई न्यायाधीश हो या रहा हो या किसी उच्च न्यायालय के न्यायाधीश के रूप में नियुक्त होने हेतु अर्हित हो और 50 वर्ष से कम आयु का हो।
- अध्यक्ष या सदस्य ऐसा व्यक्ति होगा, जो संसद का सदस्य या किसी राज्य या संघ क्षेत्र के विधानमंडल का सदस्य न हो/ना पूर्व में रहा हो और न्यास या लाभ का कोई पद (अध्यक्ष या कोई सदस्य के रूप में उसके पद से भिन्न) धारण नहीं करेगा या किसी राजनीतिक दल से संबद्ध नहीं होगा।
- अध्यक्ष और प्रत्येक सदस्य, अपना पद ग्रहण करने से पूर्व राज्यपाल के समक्ष इस अधिनियम के प्रथम अनुसूची में उपवर्णित प्रपत्र में शपथ लेंगे या प्रतिज्ञान करेंगे।

अध्यक्ष और सदस्यों की पदावधि

- अध्यक्ष और प्रत्येक सदस्य, चयन समिति की अनुशंसाओं के आधार पर, राज्यपाल द्वारा उनके हस्ताक्षर द्वारा नियुक्त किये जाएंगे और उस तारीख से, जब वे अपना पद ग्रहण करेंगे, 5 वर्षों से अनधिक अवधि तक या 70 वर्ष की आयु प्राप्त करने तक, जो भी पूर्वत्तर हो, अपना पद धारण करेंगे। परन्तु -
- (क) वे राज्यपाल को संबोधित करके अपने हस्ताक्षर सहित लेख द्वारा अपना पद-त्याग कर सकते है।
- (ख) उन्हें धारा-7 में उपबंधित रीति से उनके पद से हटाया जा सकेगा।

अध्यक्ष एवं सदस्यों का वेतन, भत्ते एवं सेवा की अन्य शर्त्ते

- अध्यक्ष का वेतन, भत्ते और सेवा की अन्य शर्ते वही होंगी जो पटना उच्च न्यायालय के मुख्य न्यायाधीश की हैं तथा अन्य सदस्यों का वेतन, भत्ते और सेवा की अन्य शत्तें वही होंगी जो उच्च न्यायालय के किसी न्यायाधीश की हैं।
- हालांकि, यदि अध्यक्ष या कोई सदस्य उच्चतम न्यायालय या किसी उच्च न्यायालय के मुख्य न्यायाधीश या भारत सरकार या राज्य सरकार के अधीन किसी न्यायाधीश के रूप में किसी पिछली सेवा के लिए पेंशन (विकलांगता पेंशन के अलावा) प्राप्त कर रहा है। उनकी नियुक्ति के समय, तब, जैसा लागू हो, उस पेंशन की राशि अध्यक्ष या सदस्य के वेतन से उनकी सेवा के संबंध में काट ली जाएगी।

लोकायुक्त के अध्यक्ष और अन्य सदस्य का हटाया जाना

- अध्यक्ष एवं सदस्यों को राज्यपाल द्वारा दुर्व्यवहार अथवा अक्षमता के आधार पर उनके पद से सेवा मुक्त किया जा सकेगा और किसी अन्य आधार पर नहीं।
- परन्तु ऐसी सेवा मुक्ति से पूर्व की जाने वाली अपेक्षित जाँच, पटना उच्च न्यायालय के मुख्य न्यायाधीश द्वारा नामांकित होने वाले उच्च न्यायालय के पीठासीन न्यायाधीश द्वारा की जायगी।
- नियुक्त व्यक्ति तीन माह के भीतर राज्यपाल को प्रतिवेदन हस्तांतरित करेंगे जो, यथाशीघ्र, उसे राज्य विधानमंडल के प्रत्येक सदन के समक्ष रखवायेंगे।
- यदि यह प्रतिवेदन राज्य विधानमंडल के प्रत्येक सदन की कुल सदस्यता के बहुमत और उस सदन में उपस्थित एवं मतदान करने वाले सदस्यों के दो-तिहाई से कम सदस्यों द्वारा समर्थित हो, तो अध्यक्ष एवं सदस्यों को सेवा मुक्त नहीं किया जायगा।

लोकायुक्त के प्रमुख कार्य एवं शक्तियाँ

- बिहार लोकायुक्त अधिनियम के अनुसार, यह लोकायुक्त को प्राप्त शिकायत पर एक विशेष अदालत में मामला दायर करने और शिकायतकर्ता के खिलाफ सक्षम प्राधिकारी को अनुशासनात्मक कार्यवाही के लिए अपने निष्कर्षों और सिफारिश के साथ रिपोर्ट भेजने का अधिकार देता है।
- एक बार भ्रष्टाचार, अधिकार के गलत इस्तेमाल और किसी सार्वजनिक पदाधिकारी, जिसमें मुख्यमंत्री, उनके अधीन मंत्री और विधान सभा के सदस्य शामिल हो सकते हैं, के आरोपों की शिकायत प्राप्त होने पर, लोकायुक्त के पास आवश्यक अधिकारियों को जांच की सिफारिश करने और मुकदमा चलाने की शक्ति होती है।
- प्रारंभिक जाँच साधारणतया शिकायत की प्राप्ति की तारीख से 30 दिनों की अवधि के भीतर और लिखित रूप में अभिलिखित किये जाने वाले कारणों से, तीन माह की अवधि के भीतर पूरा किया जायेगा।
- यदि, लोकायुक्त द्वारा प्रारंभिक जांच पर, यह निर्धारित किया जाता है कि एक पट्टा, लाइसेंस, परमिट, अनुबंध, या समझौता किसी भ्रष्ट स्रोत से प्राप्त किया गया था, जिसमें रिश्वतखोरी, धोखे या जबरदस्ती शामिल है, तो लोकायुक्त इसे रद्द करने या काली सूची में शामिल करने की सिफारिश भी कर सकता है।
- लोकायुक्त की ओर से प्रारम्भ किये गये मामलों के लिये, भ्रष्टाचार निवारण अधिनियम, 1988 के अधीन और बिहार विशेष न्यायालय अधिनियम, 2009 के अधीन या इस अधिनियम के अधीन अभियोजक और वरिष्ठ अधिवक्ता की नियुक्ति करना।
- समुचित अन्वेषण के लिये आवश्यक आधुनिक उपकरणों के बारे में जानकारी लेना।
- लोकायुक्त के किसी अधिकारी या कर्मचारी के विरुद्ध शिकायतों को प्राप्त करना।
- अपने पदाधिकारियों/कर्मचारियों की सत्यनिष्ठा को सुनिश्चित करना और बर्खास्तगी, सेवामुक्ति एवं पदावनति का दण्ड अधिरोपित करना।

लोकायुक्त के प्रमुख कार्य

- **भ्रष्टाचार विरोधी एजेंसियों, अधिकारियों और प्रस्तावों की जांच का निरीक्षण करना।**
- **सरकारी कर्मचारी के खिलाफ पद का दुरुपयोग, भ्रष्टाचार या ईमानदारी में कमी के आरोपों की जाँच करना।**
- **न्याय और परेशानी से संबंधित नागरिकों की शिकायतों की जाँच करना।**
- **राज्यपाल की इच्छा के अनुसार किसी कार्यवाही की जांच करना।**

पूर्व में नियुक्त लोकायुक्त

क्रम	नाम	कब से कब तक
1.	माननीय श्री श्रीधर वासुदेव सोहोनी, आई.सी.एस. (सेवानिवृत्त)	28-05-1973 से 27-05-1978
2.	न्यायमूर्ति (सेवानिवृत्त), माननीय श्री श्याम नंदन प्रसाद सिंह	08-06-1978 से 07-06-1983
3.	न्यायमूर्ति (सेवानिवृत्त), श्री त्रिवेणी सहाय मिश्रा	18-01-1986 से 17-01-1991
4.	न्यायमूर्ति (सेवानिवृत्त), माननीय श्री न्यायमूर्ति सैयद सरवर अली	07-02-1991 से 06-02-1996
5.	न्यायमूर्ति (सेवानिवृत्त), माननीय श्री नरबदेश्वर पांडे	08-06-2001 से 07-06-2006
6.	न्यायमूर्ति (सेवानिवृत्त), माननीय श्री राम नंदन प्रसाद	25-08-2006 से 24-08-2011
7.	न्यायमूर्ति (सेवानिवृत्त), माननीय श्री सीएम प्रसाद	25-08-2011 से 24-08-2016
8.	न्यायमूर्ति (सेवानिवृत्त), माननीय श्री मिहिर कुमार झा (न्यायिक सदस्य)	18-05-2016 से 17-05-2021
9.	आई.ए.एस. (सेवानिवृत्त) माननीय श्री कीर्ति चंद्र साहा (सदस्य)	18-05-2016 से 17-05-2021
10.	न्यायमूर्ति माननीय श्री श्याम किशोर शर्मा (अध्यक्ष)	14-02-2017 से 13-02-2022

प्रमुख आयोग

बिहार लोक सेवा आयोग (BPSC)

- बिहार लोक सेवा आयोग एक संस्था है जो भारत के संविधान द्वारा बनाई गई है। यह आवेदकों की योग्यता के आधार पर बिहार में सिविल सेवाओं के लिए योग्य उम्मीदवार का चयन करता है।
- यह आयोग बिहार प्रशासनिक सेवा, बिहार पुलिस सेवा, बिहार वित्त सेवा और कई अन्य पदों के लिए परीक्षा आयोजित करता है।
- प्रतियोगी परीक्षा आयोजित करने की अवधारणा पर वर्ष 1853 में विचार किया गया था और इसे स्वरूप देने के लिए वर्ष 1854 में लॉर्ड मैकाले की अध्यक्षता में एक समिति का गठन किया गया था।
- भारत सरकार अधिनियम, 1935 की धारा 261 की उप-धारा (1) के अनुसार, बिहार लोक सेवा आयोग 1 अप्रैल1949 को स्थापित हुआ।
- इसकी संवैधानिक स्थिति 26 जनवरी, 1950 को भारत के संविधान की घोषणा के साथ घोषित की गई थी।

- आयोग का वर्णन संविधान के अनुच्छेद 315 में है।
- बिहार लोक सेवा आयोग का सर्वप्रथम मुख्यालय रांची में था। बाद में राज्य सरकार ने आयोग का मुख्यालय 1 मार्च 1951 को पटना स्थानांतरित कर दिया।
- इसके सदस्यों का कार्यकाल 6 वर्ष या अधिकतम 62 वर्ष की आयु (जो पहले हो) होता है।
- आयोग के अध्यक्ष एवं सदस्यों की नियुक्ति मंत्रिपरिषद की सलाह पर राज्यपाल द्वारा की जाती है।
- बिहार लोक सेवा आयोग के प्रथम अध्यक्ष श्री राजनधारी सिन्हा थे तथा श्री राधा कृष्ण चौधरी आयोग के प्रथम सचिव थे।
- वर्तमान में (अप्रैल 2023 तक की जानकारी के अनुसार) बिहार लोक सेवा आयोग के अध्यक्ष श्री अतुल प्रसाद हैं।

लोक सेवा आयोग से संबंधित संवैधानिक उपबंध

अनुच्छेद	विषय
315	संघ और राज्यों के लिए लोक सेवा आयोग
316	सदस्यों की नियुक्ति और पदावधि
317	लोक सेवा आयोग के किसी सदस्य का हटाया जाना और निलंबित किया जाना
318	आयोग के सदस्यों और कर्मचारिवृंद की सेवा की शर्तों के बारे में विनियम बनाने की शक्ति
319	आयोग के सदस्यों द्वारा ऐसे सदस्य न रहने पर पद धारण करने के संबंध में प्रतिषेध
320	लोक सेवा आयोगों के कृत्य
321	लोक सेवा आयोगों के कृत्यों का विस्तार करने की शक्ति
322	लोक सेवा आयोगों के व्यय
323	राज्य लोक सेवा आयोग द्वारा किए गए कार्यों की वार्षिक रिपोर्ट राज्य के राज्यपाल को प्रस्तुत करने का प्रावधान

बिहार कर्मचारी चयन आयोग (BSSC)

- बिहार सरकार द्वारा अधिनियम संख्या - 7/2002 के तहत, वर्ग-3 के अराजपत्रित पदों पर नियुक्ति के लिए बिहार कर्मचारी चयन आयोग की स्थापना की गई है।
- इस आयोग का पूर्व नाम 'अधीनस्थ सेवा आयोग' (Subordinate Services Commission) था। पुन: इसका नामकरण 1977 में 'कर्मचारी चयन आयोग' (Staff Selection Commission) के रूप में हुआ।
- यह आयोग प्रशासनिक स्तर पर एक सचिव और एक संयुक्त सचिव तथा दो सदस्यों से मिलकर बनता है।
- इसके अलावा, न्यायिक मामलों को सुनने और विचार करने के लिए एक विधि पदाधिकारी भी होता है, जिसे सरकार द्वारा नियुक्त किया जाता है।
- 1986 बैच के प्रशासनिक अधिकारी संजीव कुमार सिन्हा को बिहार कर्मचारी चयन आयोग का अध्यक्ष (अप्रैल 2023 तक की जानकारी के अनुसार) नियुक्त किया गया है। वह बिहार मानवाधिकार आयोग के सचिव भी रह चुके है।

बिहार मानवाधिकार आयोग (BHRC)

- बिहार मानवाधिकार आयोग एक सरकारी संगठन है जो मानवाधिकार संरक्षण अधिनियम, 1993 के तहत स्थापित किया गया है।
- बिहार राज्य में मानवाधिकार आयोग की स्थापना वर्ष 2000 में की गयी परंतु इसका औपचारिक गठन वर्ष 2008 को किया गया।
- इसकी स्थापना बिहार राज्य में मानवाधिकारों को बढ़ावा देने और उनकी रक्षा करने के उद्देश्य से की गई थी।
- आयोग में एक अध्यक्ष और अन्य सदस्य होते हैं, जिन्हें सरकार द्वारा नियुक्त किया जाता है।
- BHRC मानवाधिकारों के उल्लंघन की शिकायतों की जांच करता है और ऐसे उल्लंघनों को रोकने के उपाय करता है।
- यह राज्य एजेंसियों के कामकाज की निगरानी भी करता है और मानवाधिकारों का उल्लंघन करने वालों के खिलाफ कार्रवाई करता है।
- आयोग के पास गवाहों को बुलाने, शपथ के तहत उनकी जांच करने और किसी भी मामले से संबंधित रिकॉर्ड मांगने की शक्ति है।
- यह आयोग राज्य में मानवाधिकारों को बढ़ावा देने और उनकी रक्षा करने के लिए अन्य सरकारी एजेंसियों और गैर-सरकारी संगठनों के साथ मिलकर काम करता है।
- आयोग मानव अधिकारों के उल्लंघन के पीड़ितों को कानूनी सहायता प्रदान करता है, और उनके लिए मुआवजे और पुनर्वास उपायों की सिफारिश करता है।
- जम्मू कश्मीर उच्च न्यायालय एवं राजस्थान उच्च न्यायालय के पूर्व न्यायाधीश श्री एस.एन झा बिहार मानवाधिकार आयोग के प्रथम अध्यक्ष नियुक्त किये गए थे।
- बिहार मानवाधिकार आयोग वर्तमान अध्यक्ष पटना हाईकोर्ट के पूर्व न्यायाधीश श्री विनोद कुमार सिन्हा हैं।

बिहार राज्य महिला आयोग (BSWC)

- बिहार राज्य महिला आयोग का गठन 1993 में बिहार राज्य महिला आयोग अधिनियम, 1993 के अंतर्गत समाज में महिलाओं की स्थिति में सुधार लाने

और उन्हें जीवन के सभी क्षेत्रों में समान अवसर प्रदान करने के उद्देश्य से की गई थी।

- इस आयोग में राज्य की महिलाओं के अधिकारों की रक्षा और बढ़ावा देने के लिए बिहार सरकार द्वारा स्थापित वैधानिक प्रावधान है।
- इस आयोग में एक अध्यक्ष के अतिरिक्त सात गैर - सरकारी महिलाओं का मनोनयन उनकी उनकी योग्यता के अनुसार राज्य सरकार द्वारा किया जाता है।
- इस आयोग के अध्यक्ष और सदस्यों को सिविल कोर्ट के न्यायाधीश के समान दर्जा प्राप्त है और उन्हें नोटिस जारी करने, उपस्थिति लागू करने और शपथ पर गवाहों की जांच करने का अधिकार है।
- इस आयोग के सदस्यों का कार्यकाल 3 वर्ष अथवा राज्य सरकार द्वारा निर्धारित होता है।
- आयोग के पास महिलाओं के अधिकारों के उल्लंघन के मामलों में स्वतः संज्ञान लेकर कार्रवाई शुरू करने की भी शक्ति है।
- यह आयोग शिक्षा, रोजगार, स्वास्थ्य और सामाजिक कल्याण सहित जीवन के सभी क्षेत्रों में महिलाओं के विकास को बढ़ावा देने के लिए जिम्मेदार है।
- यह आयोग, महिलाओं के बीच उनके कानूनी अधिकारों के बारे में जागरूकता पैदा करता है और उन्हें कानूनी सहायता प्रदान करता है।
- लैंगिक समानता और महिला सशक्तिकरण को बढ़ावा देने के लिए यह आयोग अन्य संगठनों के साथ मिलकर भी काम करता है।
- इस आयोग के पास नीतियों और कार्यक्रमों के निर्माण सहित महिलाओं के कल्याण के लिए सरकारी उपायों की सिफारिश करने की शक्ति है।
- इस आयोग की वर्तमान अध्यक्ष श्रीमती दिलमणी मिश्रा हैं।

राज्य निर्वाचन आयोग (SEC)

- 73 वें संविधान संशोधन के तहत अनुच्छेद 243(K) पंचायती राज संस्थाओं हेतु तथा अनुच्छेद 243(ZA) शहरी स्थानीय स्वशासन संस्थाओं के चुनाव का सफल संचालन कराने हेतु एक संवैधानिक संस्था है।
- राज्यपाल द्वारा राज्य निर्वाचन आयुक्त की नियुक्ति होती है।
- इसके सदस्यों का कार्यकाल कार्यग्रहण की तिथि से 5 वर्ष या 65 वर्ष की आयु (जो भी पहले हो) होता है।
- पंचायतो के निर्वाचन हेतु निर्वाचक नामावली तैयार कराना, चुनाव का सफल संचालन, निर्देशन एवं नियंत्रण का अधिकार राज्य निर्वाचन आयोग को प्राप्त है।
- राज्य निर्वाचन आयुक्त को उच्च न्यायालय के न्यायाधीश की तरह अपने पद से हटाया जा सकता है।
- बिहार के वर्तमान मुख्य निर्वाचन अधिकारी एचआर श्रीनिवास है।

बिहार राज्य अल्पसंख्यक आयोग (SMC)

- बिहार राज्य अल्पसंख्यक आयोग 2017 में बिहार सरकार द्वारा स्थापित एक वैधानिक निकाय है।
- आयोग का मुख्यालय पटना में अवस्थित है।
- आयोग में एक अध्यक्ष, दो उपाध्यक्ष और अधिकतम आठ सदस्य होंगे जो राज्य सरकार द्वारा मनोनीत किये जाते है।
- आयोग का अध्यक्ष, उपाध्यक्ष या कोई सदस्य स्वहस्ताक्षरित लिखित रूप में सरकार को सम्बोधित करके अपना पदत्याग कर सकता है।
- आयोग को बिहार राज्य में धार्मिक और भाषाई अल्पसंख्यकों के अधिकारों और हितों की रक्षा करने का काम सौंपा गया है।
- आयोग अल्पसंख्यक समुदायों के लिए समान अवसर, विकास और सुरक्षा सुनिश्चित करने की दिशा में काम करता है।
- आयोग का उद्देश्य बिहार में विभिन्न धार्मिक और भाषाई समूहों के बीच सांप्रदायिक सद्भाव और शांतिपूर्ण सह-अस्तित्व को बढ़ावा देना है।
- आयोग अल्पसंख्यक समुदायों के खिलाफ भेदभाव और अत्याचार की शिकायतों की जांच करता है और उचित कार्रवाई करता है।
- बिहार में, आयोग अल्पसंख्यक समुदायों की सामाजिक-आर्थिक और शैक्षिक स्थिति का अध्ययन और शोध करता है।
- आयोग अल्पसंख्यक समुदायों के विकास के लिए नीतियों और कार्यक्रमों पर सरकार को सलाह देता है।
- आयोग बिहार में सांस्कृतिक और भाषाई विविधता को बढ़ावा देने में भी मदद करता है।
- प्रो. यूनुस हुसैन हकीम दिनांक 08-03-2019 से 07-03-2022 तक आयोग के अध्यक्ष रहे है।

बिहार की प्रशासनिक व्यवस्था

- बिहार राज्य का उदय 1912 ई. में हुआ था। उसके बाद से राज्य में स्वतंत्र प्रशासन व्यवस्था स्थापित की गई।
- 1936 में उड़ीसा और 2000 में झारखंड के विभाजन के बाद वर्तमान बिहार की प्रशासनिक रूपरेखा नई तरह से स्थापित हुई।
- वर्तमान में बिहार सचिवालय में 44 विभाग हैं।
- सभी विभागों का कार्य राज्यपाल द्वारा संचालित किया जाता है।
- मंत्री अपने विभाग का प्रधान होता है।
- मंत्री के लिए एक सरकारी और एक गैर-सरकारी सचिव रखे जाते हैं। मंत्री के अन्य सहायकों में निजी सहायक और टाइपिस्ट शामिल होते हैं।
- सचिव के अलावा, उसके सहायकों में विशेष सचिव, अतिरिक्त सचिव, संयुक्त सचिव, उप-सचिव, अपर सचिव और निबंधक होते हैं।
- विभागों में पद वृद्धि वित्त विभाग की सहमति से होती है।
- राज्य में सभी विभागों के कार्यों का अध्ययन और निरीक्षण के लिए मुख्यमंत्री सचिवालय होता है।
- सचिवालय में भारतीय प्रशासनिक सेवा के वरिष्ठ पदाधिकारी को प्रमुख बनाया जाता है। सचिवालय के अधीनस्थ सहायक उप सचिव, अपर सचिव और अन्य सचिव होते हैं।
- मुख्य सचिव को लोक सेवाओं का अध्यक्ष कहा जाता है।
- मुख्य सचिव सभी विभागों के बीच सहयोग और समन्वय सुनिश्चित करने का केंद्रबिंदु होता है।
- मंत्रिपरिषद् का मुख्य सलाहकार होने के साथ-साथ मुख्य सचिव सरकारी तंत्र का भी प्रधान होता है।
- मुख्य सचिव अन्य विभागों के सचिवों की संलेख सूचियाँ मुख्यमंत्री को पेश करता है।
- जनसंपर्क अधिकारी की प्रमुख भूमिका में मुख्य सचिव, केंद्र व अन्य राज्यों की सरकारों के साथ अपने राज्य की सरकार की वार्ता का सेतु बनता है।
- बिहार में वर्तमान में कुल 38 जिले हैं और हर जिले में जिलाधिकारी प्रशासन का प्रमुख होता है।
- जिलाधिकारी की जिम्मेदारी कई पदरूपों में होती है, जैसे- वह जिले के विकास के लिए योजनाएं बनाते हैं, और संचार, शिक्षा, स्वास्थ्य और जलसंरचना जैसे- क्षेत्रों में कार्य को नियंत्रित करते हैं।
- राज्य में सरकारी नीतियों, नियमों और कार्यक्रमों का क्रियान्वयन करने के लिए प्रशासन को पांच स्तरों पर वर्गीकृत किया गया है।
- पांच स्तरों पर वर्गीकृत प्रशासनिक व्यवस्था में प्रमंडलीय प्रशासन, जिला प्रशासन, अनुमंडल प्रशासन, प्रखंड स्तरीय प्रशासन और ग्राम पंचायत स्तरीय प्रशासन शामिल हैं।
- प्रमंडलीय प्रशासन सबसे ऊपरी स्तर होता है, जो कुछ जिलों को एक साथ शामिल करता है।
- जिला प्रशासन द्वारा एक जिले को संचालित किया जाता है और जिलाधिकारी इसका प्रमुख होता है।
- अनुमंडल प्रशासन एक छोटा एवं प्रभावशाली प्रशासन होता है, जिसका प्रमुख अनुमंडल पदाधिकारी (एस.डी.एम.) होता है।

सचिवालय के मुख्य कार्य

- मुख्यमंत्री और मंत्रिपरिषद् को सचिवीय सहायता देना।
- वांछित सूचनाओं को राज्यपाल और मुख्यमंत्री से प्राप्त कर, उन्हें अधिकृत रूप से अग्रसारित करना।
- विभागीय नीतियों के प्रस्ताव और क्रियान्वयन में परामर्श देना।
- अत्यंत आवश्यक अध्यादेशों का प्रारूप तैयार करना।
- राज्यपाल के संदेशों और अभिभाषणों को तैयार करना।
- विभागीय मंत्रियों के प्रस्तावों पर निर्णय संबंधी कार्रवाई करना।
- वित्त विभाग के परामर्श से विभागीय बजट तैयार करना।
- वित्त संकट के समय आनेवाले सुझावों एवं समाधानों पर परामर्श देना।
- वेतन, नियुक्ति और पदोन्नति के नियम बनाना।
- स्थानांतरण एवं पदस्थापन आदि के बारे में कार्रवाई करना।
- विभागीय क्रिया-कलापों की वार्षिक रिपोर्ट बनाना आदि।

मुख्य सचिव

- मुख्य सचिव सचिवालय का अध्यक्ष होता है, और सभी विभागों को नियंत्रित करता है।
- मुख्य सचिव प्रशासन व्यवस्था का नेतृत्व करता है।
- मुख्य सचिव मुख्यमंत्री का प्रमुख सलाहकार होता है।
- मुख्य सचिव मंत्रिमंडल का सदस्य भी होता है। वह मंत्रिमंडल की बैठकों के लिए तैयारी करता है, उन्हें संचालित करता है, और इनकी सभी गतिविधियों का रिकॉर्ड रखता है।
- मुख्य सचिव समस्त विभागों की जांच और नियंत्रण की जिम्मेदारी उठाता है।
- राज्य की सभी प्रशासनिक इकाइयों पर मुख्य सचिव का नियंत्रण होता है।

मुख्य सचिव के प्रमुख कार्य

- वह मुख्यमंत्री के प्रमुख सलाहकार होते हैं, जो उनके द्वारा पेश किए गए प्रस्तावों पर विस्तृत प्रशासनिक टिप्पणियाँ तैयार करते हैं, और उन्हें एक सुगठित कार्य योजना में समन्वित करते हैं।
- मुख्य सचिव मंत्रिमंडल के सचिव होते हैं, इसलिए वह मंत्रिमंडल की बैठकों की कार्यसूची तैयार करते हैं।
- वह बैठकों का आयोजन करता हैं, बैठकों का रिकॉर्ड रखता हैं, मंत्रिमंडल के निर्णयों को लागू करता हैं, और मंत्रिमंडलीय समितियों की मदद करता हैं।
- मुख्य सचिव राज्य सिविल सेवाओं का अध्यक्ष होते हुए लोक सेवकों के तबादलों और तैनाती का निर्णय लेते हैं।
- मुख्य सचिव राज्य सचिवालय विभागों का मुख्य समन्वयकर्ता होते हुए, विभिन्न विभागों के बीच सहयोग तथा समन्वय स्थापित करने के लिए उपाय करते हैं।
- मुख्य सचिव समितियों की अध्यक्षता करते हैं, और अन्य समितियों के सदस्य होते हुए सभी मामलों की देखरेख करते हैं, जो अन्य सचिवों के अधिकार क्षेत्र में नहीं आते।

प्रमंडलीय प्रशासन

- राज्य में नौ प्रमंडल हैं, जिनके अध्यक्ष प्रमंडलीय आयुक्त होते हैं।
- प्रमंडलीय आयुक्त भारतीय प्रशासनिक सेवा के अनुभवी अधिकारी होते हैं।
- आयुक्त की जिम्मेदारियों में जिलाधिकारियों के विधि-विकास कार्यों की पर्यवेक्षा, न्यायालयों के कार्य आदि शामिल होते हैं।

- आयुक्त के सहायक अधिकारी अपर जिला दंडाधिकारी, एक उप-निदेशक (खाद्य), एक उप-निदेशक (पंचायती राज) और अपर जिला दंडाधिकारी (फ्लाइंग स्कॉड) होते हैं।
- बिहार में नौ प्रमंडल हैं- 1. मगध 2. पटना 3. मुंगेर 4. भागलपुर 5. सारण 6. पूर्णिया 7. तिरहुत 8. कोशी 9. दरभंगा।

जिला प्रशासन

- जिले में जिलाधिकारी प्रशासन का प्रमुख होता हैं, और वह विभिन्न पदों में कार्यभार संभालता हैं।
- जिलाधिकारी के प्रमुख कार्यों में भू-राजस्व वसूली, कैनाल और अन्य शुल्कों की वसूली, राजकीय ऋणों की वसूली और राष्ट्रीय विपदाओं का मूल्यांकन और सहायता कार्य शामिल होते हैं।
- जिलाधिकारी का कार्य स्टांप एक्ट के प्रभावी क्रियान्वयन, सामान्य और विशेष भूमि अर्जन, जमींदारी बॉण्ड्स के भुगतान, भू-अभिलेखों का संचित रखरखाव, भूमि पंजीकरण का कार्य और सांख्यिकी संबंधी रिकॉर्ड रखना भी उनके प्रमुख कार्य में शामिल हैं।

जिलाधिकारी के रूप में प्रमुख कार्य

- राज्य सरकार के आदेशों का क्रियान्वयन करना
- जिला कोषागार का प्रबंध करना
- प्रशासनिक पदाधिकारियों को प्रशिक्षण देना
- चरित्र प्रमाण-पत्र एवं नागरिकता संबंधी प्रमाण-पत्र निर्गत करना
- अनुसूचित जाति, जनजाति, पिछड़े वर्गों, सैनिकों और भूमिहीनों के लिए भूमि-बंदोबस्त संबंधी कार्य करना
- जिला समाहरणालय में दंडाधिकारियों की प्रतिनियुक्ति करना
- कर्मचारियों एवं पदाधिकारियों के पेंशन संबंधी मामलों का निष्पादन करना
- जिला स्तरीय समितियों की अध्यक्षता और नियमित बैठकों का आयोजन करना
- केंद्र अथवा राज्य के मंत्रियों के जिले में आगमन पर सुरक्षा प्रबंध करना
- जिला स्तर के सभी अधिकारियों पर बजट नियंत्रण रखना
- राष्ट्रपति, प्रधानमंत्री, उपराष्ट्रपति के जिला भ्रमण दौरों पर सुरक्षा प्रबंध करना
- सामान्य नागरिकों की शिकायतों को सुनकर उन पर आवश्यक कार्रवाई करना, जिले में शिक्षा की गुणवत्ता को बनाए रखने के लिए शिक्षा पदाधिकारियों का निरीक्षण करना, जिले में मूलभूत सुविधाओं की आपूर्ति के संबंध में निगरानी करना, ये सभी अनुमंडल / प्रखंड / ग्रामीण स्तर के मुख्य कार्य हैं।

जिलाधिकारी का दंडाधिकारी के रूप में प्रमुख कार्य

- पर्व, त्योहार और विशेष व्यक्ति की सुरक्षा में दंडाधिकारी की तैनाती करना
- अनुसूचित जाति, जनजाति, पिछड़े वर्ग के लोगो को प्रमाण-पत्र देना
- अशांति, हिंसा और दंगों की स्थिति में सेना का प्रभावित क्षेत्र में फ्लैग मार्च कराना
- बिगड़ती न्याय-व्यवस्था के नियंत्रण के लिए आवश्यक कदम उठाना, कर्फ्यू लगाना आदि
- अधीनस्थ कार्यपालक दंडाधिकारियों की प्रतिनियुक्ति करना
- जेलों का औचक अथवा पूर्व निरीक्षण करना
- बंदियों को व्यवहार के आधार पर श्रेणी देना अथवा पेरोल पर छोड़ना
- अपराधों की वार्षिक रिपोर्ट राज्य सरकारों को सौंपना
- जिलो के अंतर्गत सभी थानों का वार्षिक निरीक्षण करना
- आपदा, दुर्घटना, उग्रवादी गतिविधियों में पीड़ितों को मुआवजा देना
- जिला स्तर के विभिन्न चुनावों को शांतिपूर्वक संपन्न कराना
- जनगणना संबंधी कार्य पूर्ण कराना आदि
- जिलाधिकारी का प्रमुख दायित्व है कि- वह पुलिस विभाग के पुलिस अधीक्षक, वन विभाग के वन पदाधिकारी, शिक्षा विभाग के जिला शिक्षा पदाधिकारी, सहकारी विभाग के सहायक निबंधक, कृषि विभाग के जिला कृषि पदाधिकारी, खनन विभाग के सहायक खनन पदाधिकारी, चिकित्सा विभाग के सिविल सर्जन, निबंधन विभाग के सहायक निबंधक, उद्योग विभाग के जिला उद्योग पदाधिकारी, उत्पाद विभाग के अधीक्षक और आपूर्ति विभाग के जिला आपूर्ति पदाधिकारी से समन्वय करे।
- जिलाधिकारी जिले का प्रमुख होता है, जो अपनी पूर्ण क्षमता और अधिकारों के साथ जिले के नागरिकों और राज्य सरकार के बीच संवाद का कार्य करता है, तथा सुविधा-सेतु उपलब्ध कराने का भी जिम्मा उठाता है।
- बिहार में 38 जिले हैं- 1. गया 2. औरंगाबाद 3 नवादा 4. जहानाबाद 5. अरवल 6. पटना 7. नवादा 8. भोजपुर 9. बक्सर 10. रोहतास 11. कैमूर 12. मुंगेर 13. बेगुसराय 14. शेखपुरा 15. लखीसराय 16. जमुई 17. खगड़िया 18. भागलपुर 19. बांका 20. सारण 21. सीवान 22. गोपालगंज 23. पूर्णिया 24. अररिया 25. किशनगंज 26. कटिहार 27. मुजफ्फरपुर 28. सीतामढ़ी 29. शिवहर 30. वैशाली 31. पूर्वी चम्पारण 32. पश्चिमी चम्पारण 33. सहरसा 34. सुपौल 35. मधेपुरा 36. दरभंगा 37. मधुबनी 38. समस्तीपुर।

अनुमंडल प्रशासन

- बिहार में 101 अनुमंडल है, जिनके अंतर्गत क्षेत्रीय प्रशासन आता है।
- अनुमंडल प्रशासन का प्रमुख पदाधिकारी अनुमंडल अधिकारी (एस.डी.एम.) होता है।
- यह पद भारतीय प्रशासनिक सेवा या राज्य प्रशासनिक सेवा के पदाधिकारी को सौंपा जाता है।
- बिहार के अनुमंडल प्रशासन में दोनों प्रकार के पदाधिकारी हैं। ये पदाधिकारी भी अपने क्षेत्र में जिलाधिकारी की भाँति ही कई भूमिकाओं का निर्वाह करते हैं।
- इनकी मुख्य भूमिका राजस्व, कानून और न्याय से संबंधित कार्यों में होती है। वे विकास से संबंधित योजनाओं के निगरानी और क्रियान्वयन का भी काम करते हैं।
- ये पदाधिकारी कृषि और भूमि से संबंधित राजस्व वसूलने के लिए जिम्मेदार होते हैं और अंचलाधिकारियों के आदेशों के खिलाफ अपील सुनने का काम भी करते हैं।
- पुलिस क्षेत्र में कानून व्यवस्था को बनाए रखने के लिए नियंत्रण और आदेश जारी करता है।
- क्षेत्र में शस्त्र आवेदनों पर सलाह देते हुए शस्त्रों का वार्षिक निरीक्षण किया जाता है, साथ ही क्षेत्र में आने वाले जिला/राज्य/केंद्र के विशेष व्यक्तियों की सुरक्षा की व्यवस्था भी की जाती है।

प्रखंड प्रशासन

- वर्तमान में बिहार में 534 प्रखंड हैं।
- जिला प्रशासन के बाद प्रखंड प्रशासन होता है, जिसमें अंचलाधिकारी, प्रखंड विकास अधिकारी, प्रखंड कृषि पदाधिकारी, पशुपालन पदाधिकारी, प्रखंड आपूर्ति पदाधिकारी, प्रखंड कल्याण पदाधिकारी इत्यादि पदनामित पदाधिकारी होते हैं।
- अंचलाधिकारी और प्रखंड विकास अधिकारी प्रखंड प्रशासन में प्रमुख कार्य संबंधी पद होते है।

अंचलाधिकारी एवं उसके कार्य

- अंचलाधिकारी का पद राज्य प्रशासनिक सेवा या अन्य सेवाओं से प्रमोट हुए पदाधिकारी को दिया जाता है।
- इसके अंतर्गत भू-राजस्व, भू-अभिलेख, विधि व्यवस्था का संचालन, चुनाव, जनगणना, कृषि सांख्यिकी, आय प्रमाण-पत्र, जाति प्रमाण-पत्र, आवासीय प्रमाण-पत्र जारी करना, पर्व-त्योहारों में शांति-व्यवस्था, सौहार्द बनाने और विशिष्ट व्यक्तियों की सुरक्षा का प्रबंधन करना, राज्य में आदिवासियों के भूमि-संबंधी अधिकारों की सुरक्षा करना, समाज कल्याण के सभी कार्यों का संचालन करना, आपदा, दुर्घटना, दंगा-पीड़ित लोगों के मुआवजे का आकलन और मुआवजा देने का कार्य आदि अंचलाधिकारी के ग्रामीण क्षेत्रों में अंतिम लक्ष्यों में शामिल हैं।

प्रखंड विकास अधिकारी एवं उसके कार्य

- प्रखंड के विकास के लिए राज्य प्रशासनिक सेवा के पदाधिकारी अथवा राज्य कृषि सेवा के अधिकारियों को सौंपा जाने वाला पद है।
- यह अधिकारी प्रखंड के सभी विभागों के अधिकारियों के बीच सहयोगी और समन्वयक की भूमिका निभाता है।
- भारत सरकार की योजनाओं को ग्रामीण क्षेत्रों में लागू करना, स्वरोजगार से संबंधित आवेदनों का समीक्षण करना और ग्रामीण क्षेत्रों में विकास योजनाओं को लागू करना इस का मुख्य कार्य है।

बिहार के प्रमंडल, जिले एवं अनुमंडल

क्र. स.	प्रमंडल	जिला
1.	पटना	पटना
		नालंदा
		रोहतास
		भभुआ (कैमूर)
		भोजपुर (आरा)
		बक्सर
2.	मगध	गया
		जहानाबाद
		अरवल
		नवादा
		औरंगाबाद
3.	सारण (छपरा)	सारण (छपरा)
		सीवान
		गोपालगंज
4.	मुजफ्फरपुर	मुजफ्फरपुर
		सीतामढ़ी
		शिवहर
		प. चंपारण (बेतिया)
		पू. चंपारण
		वैशाली
5.	दरभंगा	दरभंगा
		मधुबनी
		समस्तीपुर
6.	कोसी (सहरसा)	सहरसा
		सुपौल
		मधेपुरा
7.	पूर्णिया	पूर्णिया
		अररिया
		किशनगंज
		कटिहार
8.	भागलपुर	भागलपुर
		बाँका
9.	मुंगेर	मुंगेर
		लखीसराय
		जमुई
		खगड़िया
		शेखपुरा
		बेगूसराय

जिलों का विवरण

पटना

- जनगणना 2011 के अनुसार पटना जिले की आबादी 58,38,465 है, जिसमें पुरुषों की संख्या 30,78,512 है, और महिलाओं की संख्या 27,59,953 है।
- इसकी साक्षरता दर 68% है, जिसमे पुरुष साक्षरता दर 78.48% और महिला साक्षरता दर 61.96% है।
- इस जिले में कुल 23 प्रखंड हैं।
- पटना जिले का राज्य की कुल आबादी में 5.6 प्रतिशत हिस्सा है।
- बिहार राज्य के पटना में सर्वाधिक 43.1 शहरीकरण है।
- चीनी उद्योग, जूता उद्योग और बिस्कुट उद्योग का विकास इस जिले में प्रमुखता से हुआ है।
- जिले की प्रमुख फसलों में धान, गेहूं, चना, मसूर, सरसों, मटर, आलू, प्याज और सब्जियां शामिल हैं।

बक्सर

- बक्सर जिले की आबादी 17,06,352 है।
- यहाँ का जनसंख्या घनत्व 1003 है , और इस जिले का लिंगनुपात 992 है।
- इस जिले में कुल साक्षरता दर 70.14 प्रतिशत है, जिसमें पुरुषों की साक्षरता दर 80.72 प्रतिशत तथा महिलाओं की साक्षरता दर 58.63 प्रतिशत है।

- इस जिले में कुल 11 प्रखंड हैं।
- बक्सर जिले की सीमा भोजपुर, रोहतास और कैमूर जिलों से लगती है।
- यहाँ पर धान, गेहूं, मक्का और गन्ने की खेती बहुतायत से की जाती है।
- इस जिले में सोन, गंगा और कर्मनाशा नदियों का प्रवाह होता है।
- यहाँ पर वस्त्र, दरी और कंबल उद्योग आदि प्रमुख उद्योग हैं।
- 1539 ई. में, मुगल साम्राज्य के दौरान, चौसा की लड़ाई में हुमायूँ और शेरशाह सूरी के बीच एक महत्वपूर्ण युद्ध हुआ था।
- गंगा नदी, बक्सर के पास एक गाँव चौसा में बिहार की सीमा में प्रवेश करती है।

नालंदा

- पटना प्रमंडल का एक प्रमुख जिला है, जिसका मुख्यालय बिहार शरीफ में है। इस जिले का गठन 1972 ई. में किया गया।
- इस जिले में प्रखंडों की कुल संख्या 19 है।
- जिले की कुल जनसंख्या 23,68,327 है, जिसमें पुरुषों की जनसंख्या 12,36,467 एवं महिलाओं की जनसंख्या 11,31,860 है।
- इस जिले का जनसंख्या घनत्व 1006 व्यक्ति प्रति वर्ग किलोमीटर है।
- इस जिले का लिंगानुपात 1000 पुरुषों पर 921 महिलाएं हैं।
- इस जिले में फल्गु और मोहनी नदी बहती हैं। कृषि उत्पादन में धान, आलू, प्याज आदि प्रमुख हैं। उद्योगों में हथकरघा बुनाई उद्योग प्रमुख है।
- नालंदा पुरातात्विक स्थल को 9 जनवरी, 2009 को विश्व विरासत की अस्थायी सूची में शामिल किया गया था। जनवरी 2015 में विश्व विरासत समिति में शामिल किया गया और वर्ष 2016 में इसके शिलालेख के उद्देश्य से प्रस्तुत किया गया था।
- भारत के बिहार में ही दुनिया का पहला आवासीय विश्वविद्यालय खुला था, जिसे हम नालंदा विश्वविद्यालय के नाम से जानते हैं। इस विश्वविद्यालय की स्थापना 450 ई. में हुई थी। नालंदा विश्वविद्यालय प्राचीन भारत में उच्च शिक्षा का सर्वाधिक महत्वपूर्ण और विख्यात केंद्र था।
- ऋषिकेश के लक्ष्मण झूला पुल के बाद देश का दूसरा कांच का पुल बिहार के नालंदा बनाया गया है।यह पूरी तरह से कांच और स्टील से बना है। इसकी ऊंचाई लगभग 250 फीट है।
- सिलाव नामक स्थान बिहार में राजगीर और नालंदा के बीच स्थित है। इस स्थान पर खाजा की मिठाई बेहद प्रसिद्ध है, इसलिए इस मिठाई को सिलाव खाजा के नाम से जाना जाता है।जिसे हाल ही में जीआई टैग दिया गया है।

रोहतास

- इसका मुख्यालय सासाराम है। इस जिले का गठन 1972 ई. में किया गया।
- रोहतास जिले का सीमावर्ती जिला बक्सर, भोजपुर, अरवल, कैमूर, औरंगाबाद हैं।
- इस जिले के तीन अनुमंडल सासाराम, विक्रमगंज और डेहरी हैं।
- इसका जिला मुख्यालय सासाराम है। जिसमे 19 प्रखंड हैं।
- इस जिले की कुल आबादी 29,62,593 है। इसमें 15,47,856 पुरुष और 14,14,737 महिलाएँ हैं।
- जिले का जनसंख्या घनत्व 763 व्यक्ति प्रतिवर्ग किलोमीटर है।
- इस जिले का लिंगानुपात 1000 पुरुषों पर 914 महिलाएं हैं।
- रोहतास बिहार का सर्वाधिक साक्षरता दर वाला जिला है। यहाँ की साक्षरता दर 75.59 प्रतिशत है।
- यहाँ की साक्षरता दर 75.59 प्रतिशत है।
- धान और गेहूँ के उत्पादन में राज्य में इस जिले का प्रमुख स्थान है।

भभुआ (कैमूर)

- पटना प्रमंडल में अवस्थित यह जिला एक पठारी जिला है। इस जिले का गठन 1991 ई. में किया गया।
- रोहतास और बक्सर जिलों की सीमा से उत्तर प्रदेश राज्य भी जुड़ा है।
- इस जिले में दो अनुमंडल भभुआ (कैमूर) और मोहनिया हैं, और इसमें 11 प्रखंड है।
- इस जिले की कुल जनसंख्या 16,26,384 है, जिसमें 8,47,006 पुरुष और 7,79,378 महिलाएँ हैं।
- इस जिले का जनसंख्या घनत्व 488 व्यक्ति प्रति वर्ग किलोमीटर है।
- यहाँ का लैंगिक अनुपात 919 महिलाएँ प्रति 1000 पुरुष हैं। यहाँ की साक्षरता दर 69.34 प्रतिशत है।
- पठारों से निकली कर्मनाशा और दुर्गावती नदियों से सिंचित इस जिले के क्षेत्रों में धान, मक्का, गेहूँ और गन्ने की फसल की खेती की जाती हैं।

भोजपुर (आरा)

- यह जिला 1992 ई० में गठित किया गया था। इसका मुख्यालय आरा में स्थित है।
- इस जिले की जनसंख्या 27,20,155 है, और जनसंख्या घनत्व 1136 है।
- इस जिले का लिंगानुपात 1000 पुरुषों पर 900 महिलाएं हैं।
- इस जिले की साक्षरता दर 72.79 प्रतिशत है, जिसमें पुरुषों की साक्षरता दर 81.74 प्रतिशत है, और महिलाओं की साक्षरता दर 58.03 प्रतिशत है।
- पटना, अरवल, रोहतास, बक्सर और सारण इस जिले के पड़ोसी जिले हैं।

गया

- यह जिला 1865 ई. में बनाया गया था और इसमें बौद्ध तीर्थ स्थलों और हिंदू आस्था स्थलों का समावेश है।
- जिले की कुल जनसंख्या 43,79,383 है। इसके संग्रहीत जिले नवादा, नालंदा, जहानाबाद और औरंगाबाद हैं, और इसमें कुल 26 प्रखंड हैं।
- इस जिले में जनसंख्या का घनत्व 880 है, और प्रति 1000 पुरुष पर 936 महिलाएं हैं।
- इस जिले की साक्षरता दर 66.35 प्रतिशत है, पुरुषों की साक्षरता दर 80.11 प्रतिशत है, और महिलाओं की साक्षरता दर 59.71 प्रतिशत है।
- यहाँ फल्गु नदी के प्रवाहित होने के कारण धान, गेहूं, आलू और मसूर फसल का उत्पादन बहुतायत होता हैं।
- इस जिले में चीनी उद्योग प्रमुख उद्योग है।
- गया जिले के बोधगया में महाबोधि मंदिर यूनेस्को की विश्व धरोहर स्थल के अंतर्गत है।
- विष्णु पद मंदिर यह का प्रसिद्ध मंदिर है।

अरवल

- अरवल जिला 1999 में गठित हुआ था, और उसकी जनसंख्या 6,99,563 है।
- जिले का घनत्व 1099 है और लिंगानुपात 927 है।
- पुरुषों की साक्षरता दर 79.06% है जबकि महिलाओं की साक्षरता दर 54.86% है।
- इस जिले के सीमावर्ती जिले जहानाबाद, गया, नवादा और पटना हैं।
- इस जिले में कुल 5 प्रखंड हैं।
- यहाँ की प्रमुख फसलें धान, गेहूँ, दलहन, तिलहन और मक्का हैं।

नवादा

- नवादा जिले का क्षेत्रफल 2494 वर्ग किलोमीटर एवं इसकी कुल जनसंख्या 22,16,653 है।
- इसमें पुरुष जनसंख्या 11,45,123 एवं महिला जनसंख्या 10,71,530 है।
- यहाँ का जनसंख्या घनत्व 889 है। यहाँ का लिंगानुपात 921 महिलाएँ प्रति

1000 पुरुष है।

- इस जिले की कुल साक्षरता दर 61.63 प्रतिशत, जिसमें पुरुष साक्षरता दर 69.98 प्रतिशत एवं महिला साक्षरता दर 48.86 प्रतिशत है।
- गया, नालंदा, शेखपुरा एवं जमुई इसके सीमावर्ती जिले हैं।
- इस जिले में सकरी नदी प्रवाहित होती है।
- धान, गेहूँ, आलू, मसूर यहाँ की प्रमुख फसल हैं।
- बीड़ी उद्योग यहाँ का प्रमुख उद्योग है।

औरंगाबाद

- औरंगाबाद जिला 1973 ई. में मगध प्रमंडल में गठित हुआ था।
- यहाँ का कुल क्षेत्रफल 3305 वर्ग किलोमीटर है और कुल जनसंख्या 25,11,243 है, जिसमें पुरुषों की संख्या 13,10,867 और महिलाओं की संख्या 12,00,376 है।
- यहाँ की जनसंख्या घनत्व 760 है और इस जिले का लिंगानुपात 916 है।
- साक्षरता दर 77 प्रतिशत है, जिसमें पुरुषों की साक्षरता दर 80.11 प्रतिशत और महिलाओं की साक्षरता दर 59.71 प्रतिशत है।
- यहाँ के सीमावर्ती जिले गया, जहानाबाद, अरवल और रोहतास हैं।
- इस जिले में कुल 11 प्रखंड हैं।
- यहाँ की प्रमुख फसलें धान, गेहूं और मसूर हैं। चटाई और कम्बल उद्योग इस जिले का प्रमुख उद्योग है। इस जिले से औरंगा नदी और मोरहर नदियाँ बहती हैं।

जहानाबाद

- इस जिले का गठन 1986 ई. में हुआ था, और यह मगध प्रमंडल का हिस्सा है।
- इस जिले में कुल जनसंख्या 11,24,176 है, और जनसंख्या घनत्व 1206 है।
- इस जिले की लिंगानुपात 918 महिला प्रति 1000 पुरुष है।
- इस जिले की साक्षरता दर 68.27 प्रतिशत है, जिसमें पुरुषों की साक्षरता दर 77.60 प्रतिशत है, जबकि महिलाओं की साक्षरता दर 55.01 प्रतिशत है।
- इस जिले के पड़ोसी जिले पटना, नालंदा, रोहतास और भोजपुर हैं।
- धान, गेहूं, दलहन, तिलहन, गन्ना, और मक्का यहाँ की प्रमुख फसलें हैं। फल्गु और दरधा नदियाँ इस जिले से प्रवाहित होती हैं।

सारण (छपरा)

- सारण जिले को छपरा नाम से भी जाना जाता है।
- यहाँ के समूह का मुख्यालय इसी जिले में है। इस जिले की कुल आबादी 39,43,098 है।
- इसमें पुरुषों की कुल आबादी 20,23,476 है, और महिलाओं की कुल आबादी 19,19,622 है।
- यहाँ का घनत्व 1493 है। इस जिले का लिंगानुपात 949 महिलाओं प्रति 1000 पुरुष है।
- साक्षरता दर 68.57 प्रतिशत है, जिसमें पुरुष साक्षरता दर 77.03 प्रतिशत है और महिला साक्षरता दर 54.42 प्रतिशत है।
- इस जिले की सीमा मुजफ्फरपुर, वैशाली, पटना, भोजपुर, सीवान, गोपालगंज और पूर्वी चंपारण जिलों से मिलती है।
- यहाँ के 20 प्रखंड हैं। धान, गेहूं और गन्ना यहाँ की प्रमुख फसलें हैं।
- गंगा, घाघरा और गंडक इस जिले से होकर प्रवाहित होती हैं।

सीवान

- सीवान प्रमंडल, जो 1972 में गठित हुआ था, की कुल जनसंख्या 33,30,464 है।
- इसमें पुरुषों की कुल आबादी 16,75,090 है, और महिलाओं की कुल आबादी 16,55,374 है।
- यहाँ का जनसंख्या घनत्व 1495 है, और लिंगानुपात 984 महिलाएं प्रति 1000 पुरुष है।
- इस जिले का लिंगानुपात 984 महिलाएं प्रति 1000 पुरुष है। गोपालगंज के बाद यह दूसरे स्थान पर है।
- सारण एवं गोपालगंज इस जिले के सीमावर्ती जिले हैं और इस जिले में कुल 19 प्रखंड हैं।
- यहाँ की कुल साक्षरता दर 71.59 प्रतिशत है, जिसमें पुरुष साक्षरता दर 80.23 प्रतिशत एवं महिला साक्षरता दर 58.66 प्रतिशत है।
- यहाँ का अर्थव्यवस्था का मुख्य उद्योग चीनी मिल, पीतल एवं हथकरघा है।
- इस जिले की दो प्रमुख नदियाँ हैं दाहा एवं झरही और धान, गेहूँ एवं गन्ना इस जिले की प्रमुख फसलें हैं।

गोपालगंज

- सारण प्रमंडल में गोपालगंज जिले का गठन 1973 ईस्वी में किया गया था।
- पहले यह सारण जिला का एक छोटा शहर हुआ करता था, जो कि 1975 में अनुमंडल बना। जिला मुख्यालय गोपालगंज शहर में अवस्थित है।
- यहां की कुल जनसंख्या 25,58,037 है। पुरुष जनसंख्या 12,69,677 है, जबकि महिला जनसंख्या 12,88,307 है।
- इस जिले का लिंगानुपात सर्वाधिक है, यहाँ 1015 महिलाएं प्रति 1000 पुरुष है।
- इस जिले का लैंगिक अनुपात 1015 महिलाएं प्रति 1000 पुरुष है। यहाँ का जनसंख्या घनत्व 1298 है।
- यहाँ के पड़ोसी जिले सीवान, सारण, पूर्वी चंपारण और पश्चिम चंपारण हैं।
- गोपालगंज जिले में कुल 14 प्रखंड हैं। धान, गेहूँ, मक्का यहाँ की प्रमुख फसल हैं।
- खाद्य, तेल मिल और चीनी मिल यहाँ के प्रमुख उद्योग हैं।
- यहाँ की कुल साक्षरता दर 67.04 प्रतिशत है, जिसमें पुरुषों की साक्षरता दर 76.51 प्रतिशत है, और महिलाओं की साक्षरता दर 54.81 प्रतिशत है।

मुजफ्फरपुर

- मुजफ्फरपुर जिले का गठन 1875 ई. में किया गया।
- इस जिले का कुल क्षेत्रफल 3172 वर्ग किलोमीटर एवं कुल जनसंख्या 48,01,062 है।
- पुरुष जनसंख्या 25,27,497 है जबकि महिला जनसंख्या 22,73,565 है।
- यहाँ का जनसंख्या घनत्व 1506 एवं लिंगानुपात 898 महिलाएँ प्रति 1000 पुरुष है।
- सीतामढ़ी, दरभंगा, समस्तीपुर, वैशाली, सारण एवं पूर्वी चंपारण इसके सीमावर्ती जिले हैं।
- यहाँ पर प्रखंडों की कुल संख्या 16 है। धान, गेहूँ, मक्का, लीची, आम यहाँ की मुख्य कृषि फसलें हैं।
- इस जिले की साक्षरता दर 65.68 प्रतिशत है, जिनमें पुरुष साक्षरता दर 71.28 प्रतिशत तथा महिला साक्षरता दर 54.67 प्रतिशत है।
- चीनी मिल, थर्मल पावर स्टेशन, दवा उद्योग, वैगन फैक्टरी के उद्योग-धंधे इस जिले में अवस्थित हैं।
- बागमती, बूढ़ी गंडक इस जिले से प्रवाहित होनेवाली प्रमुख नदियाँ हैं।

सीतामढ़ी

- सीता की जन्मस्थली सीतामढ़ी धार्मिक दृष्टि से बिहार में श्रद्धा और आस्था का प्रमुख स्थान रखनेवाला एक जिला है।
- यहाँ का कुल जनसंख्या 34,23,574 है। यहाँ का जनसंख्या घनत्व 1491 एवं लिंगनुपात 899 महिलाएँ प्रति 1,000 पुरुष है।

- शिवहर, पू. चंपारण, मुजफ्फरपुर, दरभंगा, मधुबनी इसके सीमावर्ती जिले हैं।
- धान, गेहूँ, तिलहन, ईख और तंबाकू यहाँ की प्रमुख फसलें हैं।
- इस जिले की साक्षरता दर 52.05 प्रतिशत, जिसमें पुरुष साक्षरता दर 53.53 प्रतिशत एवं महिला साक्षरता दर 42.41 प्रतिशत है।
- चीनी मिल एवं चावल एवं तेल मिल के उद्योग इस जिले में अवस्थित हैं।

पश्चिमी चंपारण

- बिहार का सबसे विस्तृत जिला पश्चिमी चंपारण है, जिसकी कुल जनसंख्या 39,35,042 है।
- इस जिले का मुख्यालय बेतिया है और यहाँ का जनसंख्या घनत्व 753 है। इस जिले के सीमावर्ती जिले गोपालगंज और पूर्वी चंपारण हैं।
- यहाँ की मुख्य कृषि फसलें धान, गेहूं, गन्ना हैं। इस जिले से गंडक नदी बहती है।
- इस जिले की साक्षरता दर 55.70% है, जिसमें पुरुषों की साक्षरता दर 65.59% तथा महिलाओं की साक्षरता दर 44.69% है।
- इस जिले का लिंगानुपात 906 महिलाएँ प्रति 1000 पुरुष हैं।
- वाल्मीकि टाइगर रिज़र्व भारत में हिमालय के तराई के जंगलों की सबसे पूर्वी सीमा बनाता है, और यह बिहार का एकमात्र टाइगर रिज़र्व है।

शिवहर

- शिवहर जिला 1994 ई में गठित हुआ था, और कुल जनसंख्या 6,56,246 है।
- जनसंख्या का घनत्व 1880 है और लिंगानुपात 890 महिलाएं प्रति 1000 पुरुष है।
- सीतामढ़ी, मुजफ्फरपुर और पूर्वी चंपारण इस जिले के सीमांचली जिले हैं। इस जिले में 5 प्रखंड हैं, और धान, गेहूं और गन्ना इसकी मुख्य फसलें हैं।
- इस जिले की साक्षरता दर 56.00 प्रतिशत है, जिसमें पुरुषों की साक्षरता दर 61.31 प्रतिशत है, और महिलाओं की साक्षरता दर 45.26 प्रतिशत है।

पूर्वी चंपारण

- पूर्वी चंपारण का कुल क्षेत्रफल 3968 वर्ग किलोमीटर तथा यह क्षेत्रफल की दृष्टि से सबसे बड़ा राज्य है, एवं कुल जनसंख्या 50,99371 है।
- पुरुष जनसंख्या 26,81,209 है जबकि महिला जनसंख्या 24,18,162 है।
- यहाँ का जनसंख्या घनत्व 1281 है। गोपालगंज, पश्चिमी चंपारण, सारण, मुजफ्फरपुर, शिवहर एवं सीतामढ़ी इसके सीमावर्ती जिले हैं।
- धान, जूट, गन्ना यहाँ की मुख्य कृषि फसलें हैं। इस जिले से होकर गंडक एवं शिकरहना नदी प्रवाहित होती हैं।
- यहाँ पर चीनी मिल एवं बटन उद्योग के कारखाने स्थित हैं। इस जिले की साक्षरता दर 55.79% प्रतिशत है, जिनमें पुरुष साक्षरता दर 65.34 प्रतिशत तथा महिला साक्षरता दर 45.12 प्रतिशत है।
- इस जिले का लिंगानुपात 902 महिलाएँ प्रति 1000 पुरुष हैं।

वैशाली

- वैशाली जिले का गठन 1972 ई. में किया गया। इसका मुख्यालय हाजीपुर है।
- वैशाली जिले की कुल जनसंख्या 34,95,249 है।
- यहाँ का जनसंख्या घनत्व 1717 है। पटना, समस्तीपुर, सारण एवं मुजफ्फरपुर इसके सीमावर्ती जिले हैं।
- इस जिले में प्रखंडों की कुल संख्या 16 है। धान, मक्का, मसूर, गेहूँ, केला यहाँ की मुख्य कृषि फसले हैं।
- इस जिले से होकर गंगा और गंडक नदी प्रवाहित होती हैं। यहाँ पर चीनी मिल, गुल एवं जर्दा उद्योग के कारखाने स्थित हैं।
- इस जिले की साक्षरता दर 68.56 प्रतिशत है, जिनमें पुरुष साक्षरता दर 75.41 प्रतिशत तथा महिला साक्षरता दर 56.73 प्रतिशत है।
- इस जिले का लिंगानुपात 892 महिलाएँ प्रति 1000 पुरुष है।
- वैशाली को गणराज्य के रूप में 6 वीं शताब्दी ई.पू. तक गौतम बुद्ध के जन्म से पहले 563 में स्थापित किया गया था, जिससे यह विश्व का पहला गणतंत्र बना।
- बौद्ध धर्म के संस्थापक गौतम बुद्ध ने अपना आखिरी उपदेश दिया और इस पवित्र भूमि पर अपनी पारिनीवणा (ज्ञान की प्राप्ति) की घोषणा की।

दरभंगा

- दरंभगा जिले का गठन 1875 ई. में किया गया।
- इसका मुख्यालय दरभंगा है।
- इस जिले की कुल जनसंख्या 39,21,971 है।
- यहाँ का जनसंख्या घनत्व 1721 है। सीतामढ़ी, समस्तीपुर, खगड़िया, सहरसा, मधुबनी एवं मुजफ्फरपुर इसके सीमावर्ती जिले हैं।
- इस जिले में प्रखंडों की कुल संख्या 18 है। धान, मखाना यहाँ की मुख्य कृषि फसलें हैं।
- इस जिले से होकर कमला और बलान नदी प्रवाहित होती हैं।
- यहाँ पर चीनी मिल, कागज मिल, हथकरघा उद्योग, जूट एवं बीड़ी उद्योग के कारखाने स्थित हैं।
- इस जिले की साक्षरता दर 58.26 प्रतिशत है, जिनमें पुरुष साक्षरता दर 66.83 प्रतिशत तथा महिला साक्षरता दर 45.24 प्रतिशत है।
- इस जिले का लिंगानुपात 910 महिलाएँ प्रति 1000 पुरुष है।

मधुबनी

- मधुबनी जिले की कुल आबादी 44,87,389 है।
- इसमें पुरुषों की संख्या 23,29,313 है, जबकि महिलाओं की संख्या 21,58,066 है।
- जनसंख्या घनत्व यहाँ 1279 है। सीतामढ़ी, दरभंगा, सहरसा और सुपौल इस जिले के पड़ोसी जिले हैं।
- धान और मखाना यहाँ की प्रमुख फसलें हैं। इस जिले से कमला, भूतही और बलान नदियाँ बहती हैं।
- यहाँ पर चीनी मिल, कागज उद्योग, जूट, हथकरघा उत्पाद बनाने एवं मिथिला पेंटिंग के लिए प्रसिद्ध है।
- इस जिले की साक्षरता दर 60.90 प्रतिशत है, जिसमें पुरुष साक्षरता दर 70.14 प्रतिशत है और महिला साक्षरता दर 46.16 प्रतिशत है।
- इस जिले का लिंगानुपात 925 महिलाओं पर 1000 पुरुष है।
- मधुबनी चित्रकला, मिथिलांचल क्षेत्र जैसे बिहार के दरभंगा, मधुबनी एवं नेपाल के क्षेत्रों की प्रमुख चित्रकला है।
- बिहार पशु व मत्स्य संसाधन विभाग के अनुसार- मछली उत्पादन में मधुबनी सबसे अधिक 88.96 हज़ार टन उत्पादन किया है।

समस्तीपुर

- समस्तीपुर की कुल जनसंख्या 42,54,782 है। इसमें पुरुषों की संख्या 22,30,003 है जबकि महिलाओं की संख्या 20,31,563 है।
- यहाँ का जनसंख्या घनत्व 1465 है।
- पटना, वैशाली, मुजफ्फरपुर, दरभंगा, खगड़िया एवं बेगूसराय इसके सीमावर्ती जिले हैं।
- धान, मक्का, मिर्च एवं तंबाकू यहाँ की मुख्य कृषि फसलें हैं। इस जिले से बूढ़ी गंडक, कोसी और बलान नदी प्रवाहित होती हैं।
- यहाँ पर चीनी मिल, कागज उद्योग, जूट, सूत, हथकरघा उद्योग एवं मिथिला पेंटिंग के कारखाने स्थित हैं।

- इस जिले की साक्षरता दर 61.86 प्रतिशत है, जिनमें पुरुष साक्षरता दर 71.25 प्रतिशत तथा महिला साक्षरता दर 51.51 प्रतिशत है।
- इस जिले का लिंगानुपात 911 महिलाएँ प्रति 1000 पुरुष है।

सहरसा

- सहरसा जिले का गठन 1954 ई. में किया गया।
- कोसी प्रमंडल का मुख्यालय सहरसा जिले में स्थित है।
- इस जिले की कुल जनसंख्या 18,97,102 है।
- यहाँ का जनसंख्या घनत्व 1125 है। मधेपुरा, सुपौल, मधुबनी, दरभंगा एवं खगड़िया इसके सीमावर्ती जिले हैं।
- धान, मक्का, जूट एवं मखाना यहाँ की मुख्य कृषि फसलें हैं। इस जिले से कोरी नदी प्रवाहित होती है।
- यहाँ पर जूट एवं बीड़ी के कारखाने स्थित हैं।
- इस जिले की साक्षरता दर 54.57 प्रतिशत है, जिनमें पुरुष साक्षरता दर 63.56 प्रतिशत तथा महिला साक्षरता दर 41.68 प्रतिशत है।
- इस जिले का लिंगानुपात 906 महिलाएँ प्रति 1000 पुरुष है।

सुपौल

- सुपौल जिला 1991 ई. में गठित हुआ था और इसका कुल जनसंख्या 22,29,076 है।
- यहाँ का जनसंख्या घनत्व 898 है।
- इस जिले के समग्र पड़ोस में मधुबनी, सहरसा, मधेपुरा और अररिया जिले हैं।
- धान, मक्का, गेहूं और केला इस जिले की मुख्य फसलें हैं। इस जिले से होकर कोसी नदी बहती है।
- इस जिले की साक्षरता दर 59.65 प्रतिशत है, जिसमें पुरुष साक्षरता दर 69.62 प्रतिशत तथा महिला साक्षरता दर 44.74 प्रतिशत है।
- इस जिले का लिंगानुपात 925 महिलाएं प्रति 1000 पुरुष है।

मधेपुरा

- मधेपुरा जिला सुपौल जिले में 1981 ई. में गठित हुआ था, और इसकी कुल जनसंख्या 19,94,618 है।
- यहाँ की जनसंख्या घनत्व 1116 है। इसमें पुरुषों की संख्या 1,29,272 है जबकि महिलाओं की संख्या 1,16,575 है।
- यह सुपौल, सहरसा, पूर्णिया, अररिया के समीपवर्ती जिलों से सम्बद्ध है।
- धान और जूट इस जिले की मुख्य फसलें हैं। इस जिले से कोसी और कोरनी नदियाँ बहती हैं।
- इस जिले की साक्षरता दर 53.76 प्रतिशत है जिसमें पुरुष साक्षरता दर 61.77 प्रतिशत है और महिला साक्षरता दर 41.74 प्रतिशत है।
- इस जिले का लिंगानुपात 914 महिलाएं प्रति 1000 पुरुष है।
- शिवहर जिले में अनुसूचित जाति का सबसे कम अनुपात (0.01%) है|
- शिवहर जिला तिरहुत प्रमंडल का सबसे छोटा जिला है|

पूर्णिया

- इस जिले की कुल जनसंख्या 32,64,619 है। जिसमें पुरुषों की संख्या 16,99,370 है जबकि महिलाओं की संख्या 15,65,249 है।
- इसका घनत्व 1014 है, और यहाँ के पड़ोसी जिले भागलपुर, कटिहार, किशनगंज, सुपौल, मधेपुरा और अररिया हैं।
- धान, गेहूं और जूट यहाँ की मुख्य फसलें हैं, और जूट उद्योग का एक कारखाना भी यहाँ स्थित है।
- कोसी और महानंदा नदियाँ इस जिले से गुजरती हैं। इस जिले की साक्षरता दर 52.49 प्रतिशत है, जिसमें पुरुषों की साक्षरता दर 59.6 प्रतिशत और महिलाओं की साक्षरता दर 42.34 प्रतिशत है।
- इस जिले में 6 प्रखंड हैं और लिंगानुपात 920 महिलाओं पर प्रति 1000 पुरुष है।

अररिया

- अररिया जिला 1990 ईसवी में गठित हुआ था।
- इस जिले की कुल जनसंख्या 28,11,569 है और इसका जनसंख्या घनत्व 993 है।
- जिले में पुरुषों की संख्या 14,63,333 है, जबकि महिलाओं की संख्या 13,48,236 है।
- यहां की मुख्य कृषि फसलें धान, मक्का और जूट हैं। जूट उद्योग का कारखाना इस जिले में स्थित है।
- इस जिले से होकर कोसी, सुलरा, काली और कोली नदियाँ प्रवाहित होती हैं।
- जिले की साक्षरता दर 53.53 प्रतिशत है, जिसमें पुरुषों की साक्षरता दर 62.30 प्रतिशत है, और महिलाओं की साक्षरता दर 43.93 प्रतिशत है।
- इस जिले में 9 प्रखंड हैं और इसका लिंगानुपात 921 महिलाएं प्रति 1000 पुरुष है।

किशनगंज

- किशनगंज जिला 1990 ई. में बनाया गया था, और यहाँ की कुल जनसंख्या 16,90,948 है।
- यहाँ का जनसंख्या घनत्व 897 है। यह पूर्णिया, अररिया और कटिहार से संबंधित है।
- यहाँ धान, गेहूँ, मक्का और जूट कृषि फसल हैं। जूट उद्योग के लिए एक कारखाना भी यहाँ स्थित है।
- महानंदा नदी इस जिले से हो कर प्रवाहित होती है। इस जिले में साक्षरता दर 57.04 प्रतिशत है, जिसमें पुरुषों की साक्षरता दर 65.56 प्रतिशत है जबकि महिलाओं की साक्षरता दर 47.98 प्रतिशत है।
- इस जिले में 7 प्रखंड हैं। इस जिले में लिंगानुपात 946 महिलाएँ प्रति 1000 पुरुष हैं।

कटिहार

- कटिहार जिला 1973 ईसवी में गठित हुआ था और इसकी कुल जनसंख्या 30,71,029 है।
- इस जिले में जनसंख्या घनत्व 1004 है। किशनगंज, पूर्णिया और भागलपुर इसके पड़ोसी जिले हैं।
- कटिहार जिले में 3 अनुमंडल है।
- यहाँ धान और जूट मुख्य फसलें हैं। इस जिले में कागज के मिल और जूट उद्योग के कारखाने हैं।
- गंगा और महानंदा नदियाँ इस जिले से बहती हैं। इस जिले की साक्षरता दर 52.24% है, जिसमें पुरुष साक्षरता दर 59.36% और महिला साक्षरता दर 44.39% है।
- इस जिले में 16 प्रखंड हैं। इस जिले का लिंगानुपात 916 महिलाएँ प्रति 1000 पुरुष है।
- कटिहार जिले में अनुसूचित जाति का उच्चतम अनुपात (5.9%) है।

भागलपुर

- इस जिले की कुल जनसंख्या 30,37,766 है, जिसमें पुरुषों की संख्या 16,15,663 है और महिलाओं की संख्या 14,22,103 है।
- इसका घनत्व 1182 है। इस जिले की सीमाएं बाँका, मुंगेर, खगड़िया, मधेपुरा, पूर्णिया और कटिहार से मिलती हैं।
- यहाँ की मुख्य कृषि फसलें धान, गेहूँ और मसूर हैं।

- यहाँ रेशम, थर्मल पावर, चीनी उद्योग, शराब उद्योग और सूती वस्त्र उद्योग के कारखाने हैं।
- इस जिले से गंगा और कोसी नदियाँ बहती हैं। इस जिले में साक्षरता दर 64.96 प्रतिशत है, जिसमें पुरुष साक्षरता दर 70.30 प्रतिशत है और महिला साक्षरता दर 54.89 प्रतिशत है।
- इस जिले में 16 प्रखंड हैं। इस जिले का लिंगानुपात 879 महिलाओं पर 1000 पुरुष है।
- विक्रमशिला गंगा डॉल्फिन अभ्यारण्य भारत में अपनी तरह का पहला डॉल्फिन अभ्यारण्य है।

मुंगेर

- मुंगेर जिला 1832 ई. में गठित हुआ था। इस जिले की कुल जनसंख्या 13,67,765 है।
- यहां का जनसंख्या घनत्व 964 है। खगड़िया, बेगूसराय, लखीसराय, जमुई, बाँका और भागलपुर इसके समग्र पांच जिले हैं।
- धान, गेहूं, मसूर जैसी फसलों की यहां मुख्य रूप से खेती होती है। इस जिले में एक बंदूक उद्योग का कारखाना है।
- इस जिले से गंगा, मोहनी, हरोहर और कीऊल नदियां प्रवाहित होती हैं।
- इस जिले की साक्षरता दर 76.87 प्रतिशत है, जिसमें पुरुष साक्षरता दर 77.74 प्रतिशत और महिला साक्षरता दर 62.08 प्रतिशत है।
- इस जिले में 09 प्रखंड हैं। इस जिले में लिंगानुपात 879 महिलाएं प्रति 1000 पुरुष हैं।

बेगूसराय

- बेगूसराय जिला 1972 ई. में गठित हुआ था। इस जिले की कुल जनसंख्या 29,70,541 है और इसका जनसंख्या घनत्व 1540 है।
- यह पटना, समस्तीपुर, खगड़िया, मुंगेर और लखीसराय के सीमांत जिलों में से एक है।
- इस जिले में गेहूं, मक्का, मिर्च, अरहर और मसूर जैसी मुख्य कृषि फसलें होती हैं।
- इस जिले में तेलशोधक, ताप विद्युत और खाद के कारखाने होते हैं।
- इस जिले से गंगा और गंडक नदियाँ बहती हैं।
- इस जिले में साक्षरता दर 59.13 प्रतिशत है, जिसमें पुरुष साक्षरता दर 71.58 प्रतिशत होती है और महिला साक्षरता दर 55.21 प्रतिशत होती है।
- इस जिले में 18 प्रखंड होते हैं और इसका लिंगानुपात 894 महिलाओं पर 1000 पुरुष है।

लखीसराय

- लखीसराय जिला 1994 ई. में गठित हुआ था।
- इस जिले की कुल जनसंख्या 10,00,912 है और जनसंख्या का घनत्व 815 है। लिंगानुपात 902 महिलाएं प्रति 1000 पुरुष हैं।
- यहाँ पटना, बेगूसराय, मुंगेर, जमुई, शेखपुरा और नालंदा जैसे सीमावर्ती जिले हैं।
- इस जिले में धान, गेहूं और मसूर जैसी मुख्य कृषि फसलें उगती हैं।
- इस जिले में बड़े पैमाने पर बालू उत्खनन करते हुए देखे जा सकते हैं।
- इस जिले से गंगा और किऊल नदी भी बहती हैं।
- जिले की साक्षरता दर 62.42% है, जिसमें पुरुष साक्षरता दर 71.26% है और महिला साक्षरता दर 52.57% है।
- इस जिले का लिंगानुपात 900 महिलाएं प्रति 1000 पुरुष है।

बाँका

- 1991 ई. में बाँका जिले की स्थापना हुई थी।
- इस जिले की कुल जनसंख्या 20,34,763 है और जनसंख्या घनत्व 670 है।
- भागलपुर, मुंगेर एवं जमुई इसके सीमावर्ती जिले हैं। गन्ना, धान और गेहूं इस जिले की मुख्य फसलें हैं।
- चीनी उद्योग का एक कारखाना इस जिले में स्थित है।
- इस जिले में साक्षरता दर 58.17 प्रतिशत है, जिसमें पुरुष साक्षरता दर 67.62 प्रतिशत तथा महिला साक्षरता दर 47.66 प्रतिशत है।
- इस जिले में 11 प्रखंड हैं। इस जिले का लिंगानुपात 907 महिलाओं पर 1000 पुरुष है।

जमुई

- जमुई जिला 1991 में गठित हुआ था और इसकी कुल जनसंख्या 17,60,405 है।
- इसमें पुरुषों की संख्या 9,16,064 है और महिलाओं की संख्या 8,44,341 है।
- इस जिले का जनसंख्या घनत्व 567 है।
- यहाँ के सीमावर्ती जिले नवादा, शेखपुरा, लखीसराय और मुंगेर हैं।
- धान, गेहूं और मसूर इस जिले की मुख्य फसलें हैं। अजय नदी इस जिले से होकर प्रवाहित होती है।
- इस जिले की साक्षरता दर 62.16 प्रतिशत है, जिसमें पुरुष साक्षरता दर 71.24 प्रतिशत और महिला साक्षरता दर 47.28 प्रतिशत है।
- इस जिले का लिंगानुपात 921 महिलाएँ प्रति 1000 पुरुष है।
- नागी और नगदी बांध को पक्षी अभयारण्य घोषित किया गया है।
- बिहार के जमुई जिले में 'देश के सबसे बड़े' स्वर्ण भंडार के अन्वेषण हुआ है।

खगड़िया

- खगड़िया जिला 1980 ई. में गठित हुआ था। इस जिले की कुल जनसंख्या 16,66,886 है।
- यहां पुरुषों की संख्या 8,83,786 है और महिलाओं की संख्या 7,83,100 है। इस जिले का जनसंख्या घनत्व 1115 है।
- समस्तीपुर, बेगूसराय, मुंगेर, भागलपुर, मधेपुरा, सहरसा और दरभंगा इसके सीमांत जिले हैं। धान, गेहूं, मक्का, जूट इस जिले की मुख्य फसलें हैं।
- इस जिले से गंगा, कोसी, गंडक और बागमती नदियां बहती हैं।
- इस जिले की साक्षरता दर 60.87 प्रतिशत है, जिसमें पुरुषों की साक्षरता दर 65.25 प्रतिशत है और महिलाओं की साक्षरता दर 49.56 प्रतिशत है।
- इस जिले में 07 प्रखंड हैं। इस जिले का लिंगानुपात 883 महिलाओं पर 1000 पुरुष है।

शेखपुरा

- शेखपुरा जिला 1994 ई. में गठित किया गया था और इसकी कुल जनसंख्या 1,11,407 है।
- इस जिले का घनत्व 922 है। इसके सीमावर्ती जिले लखीसराय, जमुई, नालंदा और नवादा हैं।
- यहाँ धान, गेहूं, मसूर जैसी मुख्य कृषि फसलों की खेती की जाती है।
- इस जिले की साक्षरता दर 65.96 प्रतिशत है, जिसमें पुरुष साक्षरता दर 73.56 प्रतिशत होती है, और महिला साक्षरता दर 53.40 प्रतिशत है।
- इस जिले का लिंगानुपात 926 महिलाएं प्रति 1000 पुरुष हैं।

बिहार की न्यायपालिका

न्यायपालिका

- भारत का संविधान एकल एकीकृत न्यायिक प्रणाली प्रदान करता है।
- भारत में न्यायपालिका की संरचना - उच्चतम न्यायालय, उच्च न्यायालय एवं जिला और अधीनस्थ न्यायालय।
- निचली अदालतें उच्च न्यायालयों के प्रत्यक्ष पर्यवेक्षण के तहत काम करती हैं।

भारत का उच्चतम न्यायालय:

- भारत का उच्चतम न्यायालय न्यायिक समीक्षा की शक्ति के साथ देश का शीर्ष न्यायालय है।
- यह किसी भी अदालत से मामलों को अपने पास स्थानांतरित कर सकता है।
- भारत का उच्चतम न्यायालय, भारतीय संविधान द्वारा स्थापित अपील के लिए अंतिम न्यायालय है।

उच्च न्यायालय:

- भारत के संविधान के अधिनियम 214 के अनुरूप राज्य में एक उच्च न्यायालय की व्यवस्था की गयी है।
- दो या दो से अधिक राज्यों के लिए एक ही उच्च न्यायालय, या एक बड़ी जनसंख्या वाले किसी राज्य के लिए एक से ज्यादा उच्च न्यायालय की व्यवस्था करना भारतीय संसद् का विशेषाधिकार है।
- सभी उच्च न्यायालयों में एक मुख्य न्यायाधीश और कुछ अतिरिक्त न्यायाधीश होते हैं।
- संसद कानून द्वारा भारत के सभी राज्यों के उच्च न्यायालयों के न्यायाधीशों की संख्या सुनिश्चित की जाती है।
- वर्तमान में भारत में 28 राज्यों और 8 केंद्र शासित प्रदेशों के लिए 25 उच्च न्यायालय हैं।
- जब उच्च न्यायालय का कोई न्यायाधीश उपस्थित न होने के कारण अपने कर्तव्यों का वहन करने में असमर्थ होता है, तो उच्च न्यायालय का मुख्य न्यायाधीश राष्ट्रपति की पूर्व सहमति से एक कार्यवाहक (अभिरक्षक) न्यायाधीश की नियुक्ति तब तक ही कर सकता है, जब तक कि स्थायी न्यायाधीश ने अपने कर्तव्यों को स्वीकार नहीं कर लिया हो। (अनुच्छेद 224)
- यदि उच्च न्यायालय का कार्यभार अस्थायी रूप से बढ़ जाता है, तो अस्थायी उपाय के रूप में अतिरिक्त न्यायाधीशों को दो साल की अवधि के लिए नियुक्त किया जाता है (अनुच्छेद 224) ।
- उच्च न्यायालय का मुख्य न्यायाधीश राष्ट्रपति की पूर्व सहमति से उच्च न्यायालय के सेवानिवृत्त न्यायाधीश से उच्च न्यायालय के न्यायाधीश के रूप में बैठने और कार्य करने का अनुरोध कर सकता है (अनुच्छेद 224A) ।
- राज्यपाल के समक्ष उच्च न्यायालय के न्यायाधीश गोपनीयता एवं पद की शपथ लेते हैं।
- उच्च न्यायालयों के न्यायाधीशों के वेतन, भत्ता आदि उच्च न्यायालय के न्यायाधीश, अधिनियम 1954 (वेतन और सेवा की शर्तें) द्वारा निर्धारित होते हैं।
- भारत में न्यायाधीशों की कुल संख्या के अनुसार सबसे अधिक न्यायाधीशों की संख्या वाला न्यायालय, इलाहाबाद उच्च न्यायालय (कुल संख्या 160) है।
- वर्तमान में बिहार में उच्च न्यायालय में न्यायाधीशों की संख्या मुख्य न्यायाधीश सहित 32 है।
- पटना में उच्च न्यायालय का अधिष्ठापन 3 फरवरी, 1916 में हुआ था, स्थापना के समय इसका कार्यक्षेत्र बिहार और उड़ीसा था।
- पटना के वर्तमान निरीक्षण न्यायाधीश "माननीय श्री न्यायमूर्ति राजीव रंजन प्रसाद" हैं और "श्री राजीव रंजन" पटना के वर्तमान जिला एवं सत्र

न्यायाधीशों की नियुक्ति (अनुच्छेद 217):

- उच्च न्यायालय के प्रत्येक न्यायाधीश की नियुक्ति राष्ट्रपति द्वारा की जाती है। नियुक्ति निम्नलिखित से परामर्श के बाद की जाती है:
  - भारत के मुख्य न्यायाधीश
  - राज्य के राज्यपाल, और
  - उच्च न्यायालय के मुख्य न्यायाधीश, (मुख्य न्यायाधीश के अतिरक्त अन्य न्यायाधीश की नियुक्ति के केस में) ।
- उच्च न्यायालय में न्यायाधीशों के चयन के लिए निम्न योग्यतायें निर्धारित की गयी हैं:
  - वह भारत का नागरिक हो।
  - वह भारत में कम से कम दस वर्षों तक न्यायिक पद पर रह चुका हो।
  - एक से अधिक राज्यों के उच्च न्यायालय में या किसी राज्य के उच्च न्यायालय में कम से कम दस वर्ष तक अधिवक्ता के रूप में काम कर चुका हो।
- उच्च न्यायालय के न्यायाधीश 62 वर्ष की उम्र तक अपने पद पर बने रहते हैं।

न्यायाधीशों का पदच्युत, स्थानांतरण एवं रिक्तियां

- उच्च न्यायालयों के मुख्य न्यायाधीश तथा अन्य न्यायधीशों को कदाचार अथवा असमर्थता के आरोप पर संविधान के अनुच्छेद 124 (4) के तहत महाभियोग प्रस्ताव संसद के किसी भी सदन में शुरू हो सकता है। जिसके लिए : (i) लोकसभा के कम से कम 100 सदस्य स्पीकर को हस्ताक्षरित नोटिस दे सकते हैं, या (ii) राज्यसभा के कम से कम 50 सदस्य सभापति को हस्ताक्षरित नोटिस दे सकते हैं।
- संसद के दोनों सदन में एवं उसे दोनों सदनों में उपस्थित सदस्यों के दो-तिहाई बहुमत से और कुल सदस्यों के बहुमत से पारित करने पर महाभियोग की प्रक्रिया द्वारा न्यायाधीश सेवा से पदच्युत किये जा सकते हैं।
- राष्ट्रपति द्वारा किसी अन्य राज्य के उच्च न्यायालय में स्थानांतरण किए जाने पर, उच्चतम न्यायालय में न्यायाधीश के रूप में नियुक्ति होने पर एवं स्वयं द्वारा त्यागपत्र देने पर उच्च न्यायालय के न्यायाधीश का पद रिक्त रह सकता है।

न्यायाधीशों का स्थानांतरण (अनुच्छेद 222):

- एक उच्च न्यायालय के न्यायाधीश को किसी अन्य उच्च न्यायालय में स्थानांतरित किया जा सकता है।
- एक न्यायाधीश को स्थानांतरित करने से पहले, राष्ट्रपति भारत के मुख्य न्यायाधीश से परामर्श करने के लिए बाध्य है।

राजस्व न्यायालय:

- राजस्व न्यायालय केवल राज्य के भीतर भू-राजस्व से संबंधित मामलों से निपटते हैं।
- राजस्व मंडल किसी भी जिले का सर्वोच्च राजस्व न्यायालय होता है।
- राजस्व मंडल अपने अधीन सभी निचली राजस्व अदालतों के खिलाफ अंतिम अपीलों की सुनवाई करता है।
- राजस्व बोर्ड के अधीन हैं:
  - आयुक्तों की अदालतें
  - कलेक्टर
  - तहसीलदार
  - नायब या सहायक तहसीलदार

लोक अदालत:

- यह भारत में विकसित वैकल्पिक विवाद समाधान की एक प्रणाली है।
- लोक अदालत का मूल उद्देश्य समाज के कमजोर वर्गों को त्वरित और आर्थिक न्याय प्रदान करना है।
- विधिक सेवा प्राधिकरण अधिनियम, 1987 के तहत लोक अदालतों को एक वैधानिक दर्जा प्रदान किया गया है।
- अधिनियम केंद्रीय, राज्य और जिला स्तरों पर लोक अदालतों के आयोजन का प्रावधान करता है।
- लोक अदालतों के अधिकार और क्षेत्राधिकार उन्हें राज्य या जिला निकायों द्वारा प्रदान किए जाते हैं।
- लोक अदालतों की अध्यक्षता आमतौर पर सेवानिवृत्त न्यायाधीशों, सामाजिक कार्यकर्ताओं या कानूनी पेशे के अन्य सदस्यों द्वारा की जाती है।
- वे सभी सिविल मामलों, वैवाहिक विवाद, संपत्ति/विभाजन विवाद, भूमि विवाद आदि से निपट सकते हैं।
- पहली लोक अदालत 14 मार्च 1982 को गुजरात में आयोजित की गई थी।

जनहित याचिका (पीआईएल):

- जनहित याचिका वह याचिका है, जो कि जन (लोगों) के सामूहिक हितों के लिए न्यायालय में दायर की जाती है।
- जनहित याचिका निम्नलिखित न्यायालयों के समक्ष दायर की जा सकती है: -
  - भारतीय संविधान के अनुच्छेद 32 के अन्तर्गत उच्चतम न्यायालय के समक्ष।
  - भारतीय संविधान के अनुच्छेद 226 के अन्तर्गत उच्च न्यायालय के समक्ष।
- कोई भी व्यक्ति निम्न श्रेणियों के अंतर्गत जनहित याचिका दायर कर सकता है -
  - जन हित में या सार्वजनिक महत्व के किसी मामले के विरूद्ध, जिसमें किसी वर्ग या समुदाय के हित या उनके मौलिक अधिकार प्रभावित हुए हों।
  - मौलिक अधिकारों का हनन होने पर।

बिहार न्यायिक अकादमी:

- बिहार न्यायिक अकादमी पटना उच्च न्यायालय के माननीय न्यायाधीशों से मिलकर बने बोर्ड ऑफ गवर्नर्स के आधीन काम करती है।
- अध्यक्ष - वरिष्ठ उच्च न्यायालय के न्यायाधीश, संरक्षक-इन-चीफ - पटना उच्च न्यायालय के माननीय मुख्य न्यायाधीश, निदेशक - वरिष्ठ जिला न्यायाधीश के रैंक के एक अधिकारी।
- इसका उद्देश्य माननीय उच्च न्यायालय और माननीय उच्चतम न्यायालय द्वारा निर्धारित कानूनों सहित कानूनों के आवेदन में एकरूपता लाना है।
- अपने उद्देश्यों को प्राप्त करने के लिए बिहार न्यायिक अकादमी निम्नलिखित कार्य करने की परिकल्पना करती है:
  - बिहार राज्य के न्यायिक अधिकारियों के लिए व्यापक प्रशिक्षण और सीखने की सुविधा प्रदान करना।
  - बिहार राज्य के नवनियुक्त सिविल न्यायाधीशों और अन्य नवनियुक्त न्यायिक अधिकारियों के लिए अभिविन्यास पाठ्यक्रम आयोजित करना।
  - सिविल जज (जूनियर और सीनियर डिवीजन), अतिरिक्त जिला न्यायाधीश, जिला न्यायाधीश और बिहार राज्य के अन्य न्यायिक अधिकारियों के लिए पुनश्चर्या पाठ्यक्रम आयोजित करन के लिए जिला मुख्यालय या निदेशक द्वारा तय की गईं कानूनी कार्यशालाएं और सेमिनार आयोजित करना।
  - न्यायिक अधिकारियों और न्यायालय प्रबंधन, केस फ़्लो प्रबंधन और न्यायालय प्रौद्योगिकी (कंप्यूटर) के लिए प्रशिक्षण कार्यक्रम आयोजित या प्रायोजित करना।
  - राज्य के उच्च न्यायालय और सिविल न्यायालयों में सरकार के विधि अधिकारियों के लिए प्रशिक्षण कार्यक्रम आयोजित करना।
  - भारत या विदेश में प्रशिक्षण।

ई-न्यायालय:

- "भारतीय न्यायपालिका में सूचना और संचार प्रौद्योगिकी (आईसीटी) के कार्यान्वयन के लिए राष्ट्रीय नीति और कार्य योजना- 2005" के आधार पर ई-न्यायालय परियोजना की परिकल्पना की गई थी।
- भारतीय न्यायपालिका में आईसीटी के लिए राष्ट्रीय नीति और कार्य योजना ई-समिति, भारत के उच्चतम न्यायालय द्वारा प्रस्तुत की गई थी।
- इसे भारत के सर्वोच्च न्यायालय द्वारा ई-समिति के तहत भारतीय न्यायपालिका को न्यायालयों की आईसीटी सक्षमता द्वारा बदलने की दृष्टि से प्रस्तुत किया गया था।
- इसका उद्देश्य एक कुशल और उत्तरदायी न्यायिक प्रणाली का निर्माण करना है।

उच्च न्यायालय का क्षेत्राधिकार:

- किसी भी उच्च न्यायालय का क्षेत्राधिकार उस राज्य के क्षेत्र तक सीमित है जिस राज्य का वह उच्च न्यायालय है।
- प्रत्येक उच्च न्यायालयों को 2 प्रकार की शक्तियां प्राप्त होती हैं - न्याय संबंधी एवं प्रशासन संबंधी।
- इसके अतिरिक्त वह अभिलेख न्यायलय के रूप में भी कार्य करता है।

न्याय संबंधी क्षेत्राधिकार:

- भारत के संविधान के अधिनियम 226 के अनुसार मौलिक अधिकार से सम्बन्धी कोई भी केस प्रत्यक्ष रूप से उच्च न्यायालय में ला सकते हैं।
- मौलिक अधिकारों को लागू करवाने के लिए उच्च न्यायालय को निम्नलिखित पाँच प्रकार के रिट जारी करने का अधिकार हैं-
  - बंदी प्रत्यक्षीकरण रिट
  - परमादेश रिट
  - प्रतिषेध रिट
  - अधिकार पृच्छा रिट
  - उत्प्रेषण रिट
- न्यायालय के आरंभिक अधिकार क्षेत्र में वसीयत, पीने योग्य जल सम्बन्धी, तलाक, न्यायालय का अपमान, सेना विभाग, कंपनी कानून आदि से संबंधित चार्ज (अभियोग) आते हैं।
- अधीनस्थ न्यायालयों के निर्णयों के विरुद्ध दीवानी मुकदमों में उच्च न्यायालय अपील सुन सकता है, जिसमें 5000 या उससे अधिक रकम या संपत्ति का प्रश्न हो।
- अधीनस्थ न्यायालय के निर्णयों के विरूद्ध फौजदारी मुकदमों की अपील उच्च न्यायालय सुन सकता है, जिसमें अपराधी को चार वर्ष अथवा इससे अधिक समय के लिए कैद की सजा दी गई है।
- जिला एवं सेशन न्यायाधीश के द्वारा हत्या के मुकदमे में मृत्यु दंड की सजा उच्च न्यायालय की बगैर पुष्टि के मान्य नहीं होती है।
- संविधान की व्याख्या से संबंधित किसी मामले में उच्च न्यायालय में अपील की जा सकती है।
- उच्चतम न्यायालय की तरह उच्च न्यायालय को भी कानून संबंधी न्यायिक पुनरावलोकन का अधिकार प्राप्त है।
- संसद् तथा राज्य विधानमंडल द्वारा बनाए गए किसी ऐसे कानून को उच्च न्यायालय असंवैधानिक घोषित कर सकता है, जो संविधान के किसी अनुच्छेद के विरुद्ध हो, लेकिन उच्च न्यायालय के किसी ऐसे निर्णय के विरूद्ध उच्चतम न्यायालय में अपील की जा सकती है।
- उच्च न्यायालय के निर्णयों के विरुद्ध उच्चतम न्यायालय में अपील की जा सकती है, लेकिन इसके लिए संबंधित उच्च न्यायालय की आज्ञा आवश्यक है, परंतु उच्चतम न्यायालय किसी भी उच्च न्यायालय के दिए गए आदेश के विरुद्ध स्वेच्छा से अपील ले सकता है।
- उच्च न्यायालय अपने अधीनस्थ न्यायालयों की कार्रवाई का विवरण माँग सकता है।
- उच्च न्यायालय किसी अधीनस्थ न्यायालय से किसी दूसरे अधीनस्थ न्यायालय में किसी मुकदमे को स्थानांतरित कर सकता है।
- उच्च न्यायालय अपने अधीन न्यायालयों और न्यायाधिकरणों पर निगरानी रखता है।

प्रशासन संबंधी क्षेत्राधिकार:

- संविधान के अनुच्छेद 227 के अनुसार, उच्च न्यायालय को अपने राज्य में अधीनस्थ न्यायालयों और न्यायाधिकरणों पर अधीक्षण का अधिकार प्राप्त है।
- उच्च न्यायालय के परामर्श से ही राज्यपाल जिला न्यायाधीशों की नियुक्ति करता है।
- पटना उच्च न्यायालय के मुख्य न्यायाधीश की सहायता के लिए जिला एवं सेशन न्यायाधीश के दर्जे के रजिस्ट्रार, संयुक्त रजिस्ट्रार, उप-रजिस्ट्रार एवं सहायक रजिस्ट्रार शामिल हैं।
- उच्च न्यायालय को दीवानी, फौजदारी और राजस्व संबंधी अपीलीय अधिकार प्राप्त है।
- बिहार उच्च न्यायालय के सारे मुकदमों की सूची पूर्ण रूप से कम्प्यूटराईज्ड होती है इसलिए कम्प्यूटर विभाग की देखभाल के लिए एक रजिस्ट्रार और एक संयुक्त रजिस्ट्रार की विशेष व्यवस्था की गई है।
- उच्च न्यायालय अधीनस्थ न्यायालयों के कर्मचारियों के वेतन, भत्ते तथा सेवा से संबंधित नियम निर्धारित कर सकता है।
- उच्च न्यायालय अधीनस्थ न्यायालयों में कर्मचारियों की नियुक्ति कर सकता है।

> पटना उच्च न्यायालय ने पारदर्शिता को बढ़ावा देने के लिए दिसंबर 2021 से न्यायालय कार्यवाही का सीधा-प्रसारण प्रारम्भ किया है।

महाधिवक्ता:

- भारतीय संविधान के अनुच्छेद 165 के अनुसार, राज्यपाल द्वारा राज्य का महाधिवक्ता नियुक्त किया जाता है, जो उच्च न्यायालय का न्यायाधीश होने की योग्यता रखता है।
- महाधिवक्ता राज्य का उच्चतम विधि अधिकारी होता है।
- भारतीय संविधान के अनुच्छेद-165(1) के अनुसार महाधिवक्ता का मुख्य कार्य विधि संबंधी विषयों पर राज्य सरकार को सलाह देना है।
- भारतीय संविधान के अनुच्छेद-177 के अनुसार महाधिवक्ता को राज्य विधानसभा में बोलने तथा उसकी कार्यवाहियों में भाग लेने का अधिकार है, परंतु मत देने का अधिकार नहीं है।
- बिहार राज्य के वर्तमान महाधिवक्ता 'प्रशांत कुमार शाही' हैं।

राज्य लोक सेवा आयोग:

- यह एक संवैधानिक एवं सलाहकारी निकाय है।
- भारतीय संविधान के अनुच्छेद 315 के तहत बिहार लोक सेवा का गठन किया गया है।
- राज्यपाल, बिहार लोक सेवा आयोग के सदस्यों की नियुक्ति संविधान के अनुसार मुख्यमंत्री परिषद् की राय से करता है।
- इसके सदस्यों का कार्यकाल छह वर्षों का होता है।
- संविधान के अनुच्छेद 323 के अनुसार राज्य लोक सेवा आयोग प्रत्येक वर्ष अपने कार्यों का वार्षिक प्रतिवेदन राज्यपाल को प्रेषित करता है।
- संविधान के अनुच्छेद 320 के अनुसार संघ तथा राज्यों के लोकसेवा आयोग का कर्तव्य क्रमशः संघ की सेवाओं तथा राज्य की सेवाओं में नियुक्तियों के लिए परीक्षाओं का संचालन करना होता है।
- आयोग परीक्षाओं के नियम पाठ्यक्रम के विषय आदि का भी निर्धारण करता है।
- बिहार लोक सेवा आयोग राजपत्रित एवं अराजपत्रित पदों के लिए ही संयुक्त प्रतियोगिता परीक्षा की व्यवस्था करता है।

बिहार के मुख्य न्यायाधीश की सूची			
क्र.सं.	मुख्य न्यायाधीश	से	तक
1.	न्यायमूर्ति के. विनोद चंद्रन	06 फरवरी 2023	अब तक
2.	न्यायमूर्ति संजय करोल	11 नवंबर 2019	06 फरवरी 2023
3.	न्यायमूर्ति अमरेश्वर प्रताप साही	17 नवंबर 2018	10 नवंबर 2019
4.	न्यायमूर्ति मुकेश आर. शाह	12 अगस्त 2018	01 नवंबर 2018
5.	न्यायमूर्ति राजेंद्र मेनन	15 मार्च 2017	08 अगस्त 2018
6.	न्यायमूर्ति इकबाल अहमद अंसारी	29 जुलाई 2016	28 अक्टूबर 2016
7.	न्यायमूर्ति एल नरसिम्हा रेड्डी	02 जनवरी 2015	31 जुलाई 2015
8.	न्यायमूर्ति रेखा मनहरलाल दोषित	21 जून 2010	12 दिसंबर 2014
9.	न्यायमूर्ति दीपक मिश्रा	23 दिसंबर 2009	23 मई 2010
10.	न्यायमूर्ति पी.के. मिश्रा	12 अगस्त 2009	16 सितंबर 2009
11.	न्यायमूर्ति जे.बी. कोशी	16 मार्च 2009	12 मई 2009
12.	न्यायमूर्ति राजेंद्र मल लोढ़ा	13 मई 2008	16 दिसंबर 2008
13.	न्यायमूर्ति राजेश बलिया	05 जनवरी 2008	03 मार्च 2008
14.	न्यायमूर्ति डॉ. जे.एन. भट्ट	18 जुलाई 2005	16 अक्टूबर 2007
15.	न्यायमूर्ति रवि एस धवन	25 जनवरी 2000	22 जुलाई 2004
16.	न्यायमूर्ति बी.एम. लाल	09 जुलाई 1997	06 अक्टूबर 1999
17.	न्यायमूर्ति डी.पी. वाधवा	29 सितंबर 1995	21 मार्च 1997
18.	न्यायमूर्ति जी.बी. पटनायक	19 मई 1995	11 सितंबर 1995
19.	न्यायमूर्ति के. वेंकटस्वामी	19 सितंबर 1994	06 मार्च 1995
20.	न्यायमूर्ति के.एस. परिपूर्णन	24 जनवरी 1994	11 जून 1994
21	न्यायमूर्ति बिमल चंद्र बासक	18 मार्च 1991	21 अक्टूबर 1994
22.	न्यायमूर्ति गंगाधर गणेश सोहानी	24 अक्टूबर 1989	17 दिसंबर 1990
23.	न्यायमूर्ति सुशील कुमार झा	19 अक्टूबर 1989	23 अक्टूबर 1989
24.	न्यायमूर्ति दीपक कुमार सेन	01 मई 1988	01 मई 1989
25.	न्यायमूर्ति भगवती प्रसाद झा	02 जनवरी 1988	02 जनवरी 1988
26.	न्यायमूर्ति सुरजीत सिंह संधावालिया	29 नवंबर 1983	27 जुलाई 1987
27.	न्यायमूर्ति कृष्ण बल्लभ नारायण सिंह	19 जुलाई 1976	12 मार्च 1982
28.	न्यायमूर्ति श्याम नंदन प्रसाद सिंह	03 अक्टूबर 1974	01 मई 1976
29.	न्यायमूर्ति नंदलाल ऊंटवालिया	29 सितंबर 1972	03 अक्टूबर 1974
30.	न्यायमूर्ति उज्जल नारायण सिन्हा	05 सितंबर 1970	29 सितंबर 1972
31.	न्यायमूर्ति सतीश चंद्र मिश्रा	09 नवंबर 1968	05 सितंबर 1970
32.	न्यायमूर्ति रामास्वामी लक्ष्मी नरसिम्हन	04 जनवरी 1965	02 अगस्त 1968
33.	न्यायमूर्ति वैद्यनाथियर रामास्वामी	30 अप्रैल 1956	04 जनवरी 1965
34.	न्यायमूर्ति सुधांशु कुमार दास	10 जनवरी 1955	30 अप्रैल 1956
35.	न्यायमूर्ति सैयद जफर इमाम	03 सितंबर 1953	10 जनवरी 1955
36.	न्यायमूर्ति डेविड एज्रा रूबेन	01 जून 1952	02 सितंबर 1953
37.	न्यायमूर्ति पंडित लक्ष्मीकांत झा	08 अप्रैल 1950	01 जून 1952
38.	न्यायमूर्ति सर हर्बर्ट रिबन मेरेडिथ	25 जनवरी 1950	08 अप्रैल 1950
39.	न्यायमूर्ति सर क्लिफोर्ड मोनमोहन अग्रवाल	09 जनवरी 1948	24 जनवरी 1950
40.	न्यायमूर्ति सर सैयद फज़ल अली	19 जनवरी 1943	14 अक्टूबर 1946
41.	न्यायमूर्ति सर आर्थर ट्रेवर हैरी	31 मार्च 1928	06 मई 1938
42.	न्यायमूर्ति सर कर्टनी टेरेल	31 मार्च 1928	06 मई 1938
43.	न्यायमूर्ति सर थॉमस फ्रेड्रिक डावसन मिलर	31 अक्टूबर 1917	31 मार्च 1928
44.	न्यायमूर्ति सर एडवर्ड मेनर्ड चैंप्स चामियर	01 मार्च 1916	30 अक्टूबर 1917

अधीनस्थ न्यायालय

- उच्च न्यायालय के अधीन कई श्रेणी के न्यायालयों को अधीनस्थ न्यायालय की श्रेणी में रखा जाता है।
- अधीनस्थ न्यायालयों के संबंध में विभिन्न उपबंध संविधान के अनुच्छेद 233 से 237 तक उल्लिखित हैं।
- अधीनस्थ न्यायालयों में एक जिला न्यायाधीश का न्यायालय और दूसरा मुंसिफ न्यायाधीश का न्यायालय होता है।
- जिला न्यायाधीश के न्यायालय में - अतिरिक्त न्यायाधीश, संयुक्त न्यायाधीश और सहायक न्यायाधीश की अदालतें सम्मिलित होती हैं।
- अधीनस्थ न्यायालय की दूसरे श्रेणी के न्यायालय मुंसिफ न्यायालय या दीवानी न्यायालय के नाम से जाने जाते हैं, जिनकी स्थापना जिला स्तर पर की जाती है।
- जब एक न्यायाधीश दीवानी मामलों को देखता है, तो उसे जिला न्यायाधीश के रूप में जाना जाता है और जब वह आपराधिक मामलों से निपटता है, तो उसे सत्र न्यायाधीश के रूप में जाना जाता है।
- जिला न्यायाधीशों की नियुक्ति राज्य के राज्यपाल संबंधित उच्च न्यायालय के परामर्श द्वारा करते हैं।
- जिला न्यायाधीश जिले में सर्वोच्च न्यायिक प्राधिकरण है। उसके पास नागरिक और आपराधिक दोनों मामलों में मूल और अपीलीय क्षेत्राधिकार है।
- सत्र न्यायाधीश के पास आजीवन कारावास और मृत्युदंड (मौत की सजा) सहित कोई भी सजा देने की शक्ति नहीं होती है।
- कुछ राज्यों में पंचायत न्यायालय छोटे दीवानी और फौजदारी मामलों की सुनवाई करते हैं। उन्हें न्याय पंचायत, ग्राम कचहरी, पंचायत अदालत आदि के नाम से जाना जाता है।
- राज्य के प्रत्येक जिले में एक जिला अदालत होती है।
- जिला अदालत मुख्यतः अधीनस्थ न्यायालयों से आई अपील का निपटारा करती है।
- अतिरिक्त जिला अदालत, कोर्ट, मुंसिफ मजिस्ट्रेट अदालत, द्वितीय श्रेणी विशेष न्यायिक मजिस्ट्रेट अदालत, रेलवे के लिए विशेष न्यायिक मजिस्ट्रेट अदालत आदि जिला अदालत के अधीन काम करती हैं।
- जिले में तीन प्रकार के अधीनस्थ न्यायालय हैं:
  - दीवानी न्यायालय
  - फौजदारी न्यायालय
  - राजस्व न्यायालय

दीवानी न्यायालय	फौजदारी न्यायालय	राजस्व न्यायालय
↓	↓	↓
उच्च न्यायालय	उच्च न्यायालय	उच्च न्यायालय
↓	↓	↓
सिविल जज का न्यायालय	न्यायालय मजिस्ट्रेट प्रथम श्रेणी	राजस्व बोर्ड
↓	↓	↓
मुंसिफ न्यायालय	न्यायालय मजिस्ट्रेट द्वितीय श्रेणी	कमिश्नर का न्यायालय
↓	↓	↓
खफीफा न्यायालय	अवैतनिक मजिस्ट्रेट	जिलाधीश का न्यायालय
↓	↓	↓
न्याय पंचायत	न्याय पंचायत	एस. डी. एम. का न्यायालय
		↓
		तहसीलदार या नायब तहसीलदार का न्यायालय

दीवानी न्यायालय:

- संपत्ति, उत्तराधिकार, स्वामित्व और ऐसे अन्य अधिकारों से संबंधित विवाद दीवानी न्यायालयों के अधिकार क्षेत्र में आते हैं, जो इन मामलों का निपटान सिविल प्रक्रिया संहिता के अनुसार करते हैं।
- दीवानी अदालतों में न्यायाधीशों के पास आपराधिक अदालतों में न्यायाधीशों की तुलना में अलग शक्तियां होती हैं।
- एक दीवानी अदालत में एक न्यायाधीश केवल दोषी पक्ष को जुर्माना भरवा सकता है, लेकिन किसी व्यक्ति को दोषी ठहराकर जेल नहीं भेज सकता है।

फौजदारी न्यायालय:

- लोगों को न्याय देने और अपराध के आधार पर अपराधियों को सजा देने के लिए राज्य के उच्च न्यायालय के अधीन अधीनस्थ आपराधिक या फौजदारी अदालतें स्थापित की जाती हैं।
- इन मामलों में चोरी, डकैती, बलात्कार, जेबकतरा, शारीरिक हमला, हत्या आदि शामिल हैं।
- ये मामले निचली अदालत में राज्य की ओर से पुलिस द्वारा अभियुक्तों के खिलाफ दायर किए जाते हैं।
- इन मामलों का निपटान आपराधिक न्यायालयों द्वारा आपराधिक प्रक्रिया संहिता और भारतीय दंड संहिता के अनुसार किया जाता है।

बिहार का स्थानीय स्वशासन

- स्थानीय स्वशासन, स्थानीय निकायों द्वारा स्थानीय मामलों का प्रबंधन है जो स्थानीय लोगों द्वारा चुने जाते हैं।
- स्थानीय प्रशासन का तात्पर्य है - वह प्रशासन जो नगरपालिकाओं, नगर निगमों, उन्नयन न्यासों, क्षेत्रीय विकास प्राधिकरणों, छावनी बोर्डों, आवास परिषदों, नगर आयोजनों, अधिसूचित क्षेत्र समितियों आदि के रूप में नागरिक जीवन की सुविधाओं से संबंधित है।

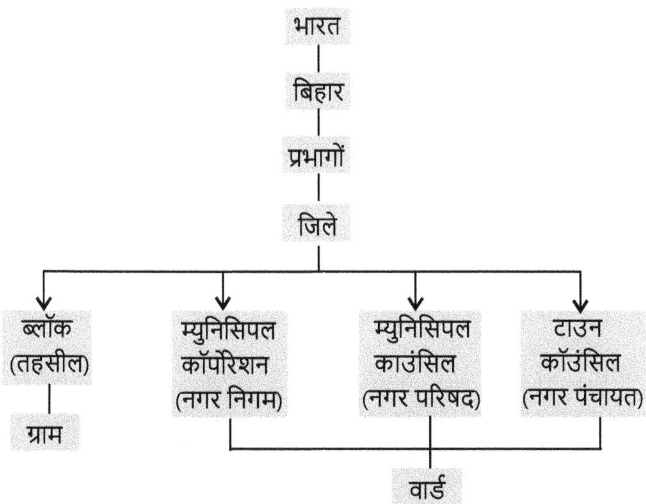

प्रशासनिक प्रभाग	
प्रमंडल	9
जिले	38
अनुमंडल	101
ग्राम पंचायत	8386
ज़िला परिषद	38
पंचायत समिति	534
नगर निगम	11
नगर परिषद	49
नगर पंचायत	80

पंचायती राज

- पंचायती राज शब्द का अर्थ ग्रामीण स्थानीय स्वशासन की व्यवस्था है।
- भारत के सभी राज्यों में जमीनी स्तर पर लोकतंत्र के निर्माण के लिए राज्य विधानमंडलों के अधिनियमों द्वारा इसकी स्थापना की गई है।
- पंचायती राज का उद्देश्य जिलों, अंचलों और गांवों में स्थानीय स्वशासन का विकास कर लोगों की समस्याओं का समाधान और विकास की आवश्यकताओं को पूरा करना है।
- संवैधानिक रूप प्राप्त होने से पहले, भारत सरकार द्वारा ग्राम स्तर पर स्वशासन के कार्यान्वयन का अध्ययन करने के लिए कई समितियाँ नियुक्त की गई थीं, जो इस प्रकार हैं:

बलवंत राय मेहता समिति	1957	• त्रिस्तरीय पंचायती राज व्यवस्था • ग्राम पंचायत - प्रत्यक्ष रूप से निर्वाचित प्रतिनिधियों के साथ गठित • पंचायत समिति और जिला परिषद - अप्रत्यक्ष रूप से निर्वाचित के साथ गठित
अशोक मेहता समिति	1977	• द्विस्तरीय व्यवस्था पंचायती राज व्यवस्था • पंचायत चुनाव के सभी स्तरों पर राजनीतिक दलों की आधिकारिक भागीदारी।
जी वी के राव समिति	1985	• जिला परिषद जिला स्तर पर विकास कार्यक्रमों के प्रबंधन के लिए प्रमुख निकाय होगी। • जिला विकास आयुक्त का एक पद सृजित किया जाए।
एल एम सिंघवी समिति	1986	• पंचायती राज प्रणालियों को संवैधानिक रूप से मान्यता • गांवों के समूह के लिए न्याय पंचायतों की स्थापना

- 2 अक्टूबर, 1959 को राजस्थान (सर्वप्रथम) के नागौर जिले में पंचायती राज त्रिस्तरीय व्यवस्था की शुरुआत हुई।
- राजस्थान के बाद आंध्र प्रदे श ने भी 1959 में इस प्रणाली को अपनाया।

73वां संशोधन अधिनियम 1992

- जुलाई 1989 में, पंचायती राज संस्थाओं को संवैधानिक बनाने और उन्हें अधिक शक्तिशाली और व्यापक बनाने के लिए लोकसभा में 64वां संविधान संशोधन विधेयक पेश किया गया था।
- लोकसभा ने अगस्त 1989 में विधेयक पारित किया, लेकिन इसे राज्य सभा द्वारा अनुमोदित नहीं किया गया।
- यह विधेयक अंतत: 73वें संविधान संशोधन अधिनियम, 1992 के रूप में उभरा और 24 अप्रैल, 1993 को लागू हुआ।
- इस अधिनियम के द्वारा भारतीय संविधान में एक नया भाग-IX जोड़ा गया और इसमें अनुच्छेद 243 से 243-O के प्रावधान शामिल हैं।
    - संशोधन द्वारा ग्राम, मध्यवर्ती और जिला स्तरों पर त्रिस्तरीय पंचायत राज व्यवस्था प्रदान की गई है।
    - ग्राम पंचायत (ग्राम स्तर पर), मंडल परिषद/पंचायत समिति/ब्लॉक समिति (ब्लॉक स्तर पर), और जिला परिषद (जिला स्तर पर), तीन स्तर हैं जिसके अनुरूप पंचायती राज का औपचारिक रूप से संचालन होता है।

- नागालैंड, मेघालय और मिजोरम को छोड़कर भारत के सभी राज्यों में, दिल्ली को छोड़कर सभी केंद्र शासित प्रदेशों में पंचायती राज व्यवस्था है।

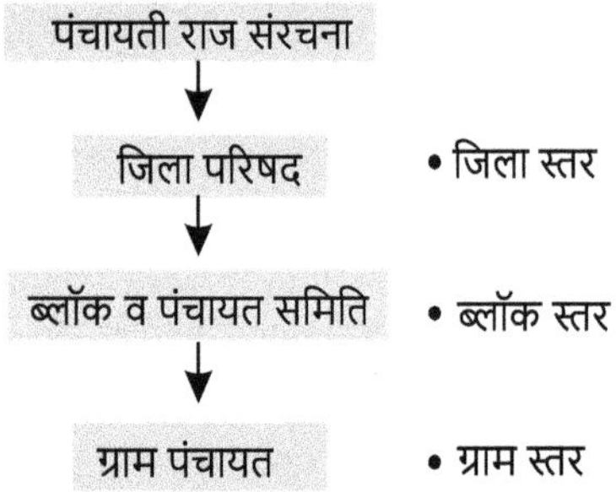

पंचायतों से संबंधित अन्य अनुच्छेद	
अनुच्छेद	**संबंधित विषय-वस्तु**
243	परिभाषाएँ
243A	ग्राम सभा
243F	सदस्यता के लिये निरर्हताएँ
243G	पंचायतों की शक्तियाँ, प्राधिकार और उत्तरदायित्व
243H	पंचायतों द्वारा कर अधिरोपित करने की शक्तियाँ और उनकी निधियाँ
243J	पंचायतों के लेखाओं की संपरीक्षा
243L	संघ राज्य क्षेत्रों को लागू होना
243M	इस भाग का कतिपय क्षेत्रों पर लागू न होना
243N	विद्यमान विधियों और पंचायतों का बने रहना
243O	निर्वाचन संबंधी मामलों में न्यायालयों के हस्तक्षेप का वर्जन

बिहार में पंचायती राज

- 73वें संविधान (संशोधन) अधिनियम, 1992 में किए गए प्रावधानों के अनुसरण में, बिहार पंचायत राज अधिनियम, 2006 को अधिनियमित किया गया।
- इस अधिनियम में ग्राम स्तर पर ग्राम पंचायत, ब्लॉक स्तर पर पंचायत समिति और जिला स्तर पर जिला परिषद की स्थापना का प्रावधान करता है।
- वर्तमान में राज्य में 8386 ग्राम पंचायतें, 534 पंचायत समितियाँ तथा 38 जिला परिषद कार्यरत हैं।
- त्रिस्तरीय पंचायतों की स्थापना के अलावा, ग्रामीण आबादी के न्याय के लिए प्रत्येक ग्राम पंचायत में एक ग्राम कचहरी स्थापित की गई है।
- त्रिस्तरीय पंचायतों एवं ग्राम कचहरी के सदस्यों एवं अध्यक्षों के पदों पर अनुसूचित जाति, अनुसूचित जनजाति एवं पिछड़ा वर्ग के सदस्यों को आरक्षण प्रदान करने के साथ ही आरक्षित एवं सामान्य दोनों श्रेणियों की महिलाओं को 50 % क्षैतिज आरक्षण प्रदान किया गया है।
- ग्राम पंचायत स्तर पर ग्राम सभा के प्रावधान के साथ जमीनी स्तर पर विकेंद्रीकरण की शुरूआत करने के लिए, वार्ड सदस्य की अध्यक्षता में प्रत्येक वार्ड स्तर पर वार्ड सभा बनाई गई है।
- वार्ड कार्यान्वयन और प्रबंधन समिति के माध्यम से वार्ड सभा, ग्राम पंचायत द्वारा वार्ड को सौंपी गई सार्वजनिक महत्व की कई महत्वपूर्ण योजनाओं को लागू करती है।
- योजनाओं के गुणात्मक कार्यान्वियन पर कड़ी नजर रखने और वार्ड/पंचायत को उचित सलाह देने के लिए प्रत्येक वार्ड स्तर पर सतर्कता समितियों का भी गठन किया गया है।
- विभिन्न स्तरों पर पंचायतों को संविधान की 11वीं अनुसूची में वर्णित 29 विषयों के संबंध में महत्वपूर्ण कार्यों और कर्तव्यों को पूरा करने की जिम्मेदारी सौंपी गई है।
- राज्य सरकार के पास अधिनियम के प्रावधानों और सरकार के निर्देशों के अनुसार काम नहीं करने वाली पंचायत को भंग करने का अधिकार है।
- सरकार किसी पंचायत के अध्यक्ष/उपाध्यक्ष को अपनी शक्तियों के दुरूपयोग के दोषी पाए जाने पर सुनवाई का उचित अवसर देकर उसके पद से हटा सकती है।
- पंचायती राज विभाग यह सुनिश्चित करता है कि पंचायतों को सौंपी गई शक्तियों का दुरुपयोग न हो और वे गांवों के समग्र विकास में भागीदार बनें।
- पंचायती राज विभाग केंद्र और राज्य सरकारों से विकास कार्यों के लिए प्राप्त धनराशि के उचित हस्तांतरण के अलावा, पंचायतों के खातों के नियमित रखरखाव और उनके ऑडिट के साथ-साथ ऑडिट आपत्तियों के निपटान पर कड़ी नजर रखता है।
- जिला स्तर पर उप विकास आयुक्त/जिला पंचायत राज पदाधिकारी एवं प्रखंड पंचायत राज पदाधिकारी/अवर अभियंता/कार्यपालक सहायक/पंचायत सचिव एवं पंचायत स्तर पर कार्यरत विभिन्न विभागों के कर्मचारी पंचायतों को आवश्यक सहायता एवं मार्गदर्शन प्रदान करते हैं, जो कि विभाग के अधीन पंचायतों के निर्देशों का पालन करते हैं।

ग्राम पंचायत

- 73वें संविधान संशोधन के अनुसार त्रिस्तरीय पंचायती राज में प्रारम्भिक स्तर की संस्था "ग्राम पंचायत" सबसे महत्वपूर्ण संस्था है।

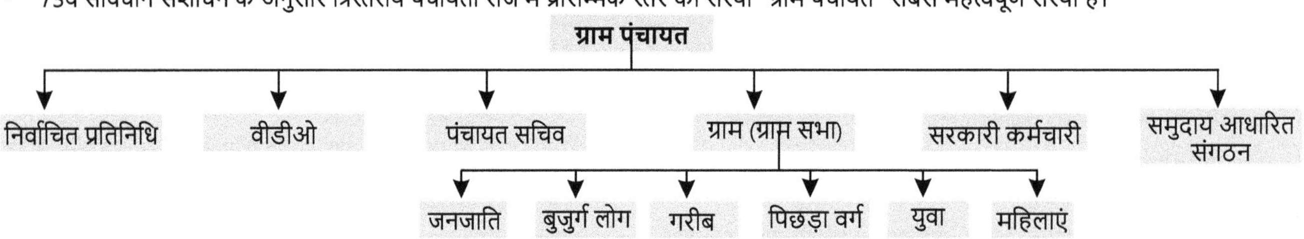

- स्वरूप:
  - ग्राम पंचायत का क्षेत्र बिहार पंचायत राज अधिनियम, 2006 के प्रावधानानुसार लगभग 7,000 की जनसंख्या पर जिला दंडाधिकारी (डी0एम0) द्वारा घोषित किया जाता है।
  - ग्राम पंचायत में एक या एक से अधिक गाँव (राजस्व गाँव) शामिल हो सकते हैं।
  - लगभग 500 की आबादी पर एक प्रादेशिक निर्वाचन क्षेत्र (वार्ड) का गठन होता है।
- ग्राम पंचायत के अंग - 1. ग्राम सभा ,2. कार्यकारिणी समिति, 3. मुखिया , 4. ग्राम सेवक , 5. ग्राम रक्षक दल, 6.ग्राम कचहरी
- संरचना:
  - ग्राम पंचायत की संरचना में निर्वाचित मुखिया, उप मुखिया एवं प्रादेशिक निर्वाचन क्षेत्र के निर्वाचित सदस्य (वार्ड सदस्य) सम्मिलित होते हैं।
- चुनाव:
  - पंचायती राज व्यवस्था के लिए चुनाव कराने की जिम्मेदारी राज्य चुनाव आयोग की है।
  - प्रत्येक वार्ड से एक ग्राम पंचायत सदस्य का चुनाव किया जाता है।
  - सभी वार्ड सदस्य अपने बीच से ही एक उप मुखिया का बहुमत से चुनाव करते है, इस मतदान में मुखिया भी भाग लेते हैं।
- कार्यकाल:
  - ग्राम पंचायत का कार्यकाल प्रथम बैठक से 5 वर्ष तक का होता है।
- बैठक:
  - ग्राम पंचायत कार्यालय में मुखिया द्वारा, ग्राम पंचायत की बैठक का दो माह में कम से कम एक बार होना अनिवार्य है।
- कोरम (गणपूर्ति):
  - ग्राम पंचायत की बैठक में कोरम हेतु कम-से-कम कुल सदस्यों की संख्या के आधे सदस्यों की उपस्थिति अनिर्वाय है।
- कार्य एवं दायित्व:
  - सरकार द्वारा समय-समय पर निर्दिष्ट की जाने वाली शर्तों के अधीन, ग्राम पंचायत निम्नलिखित निर्दिष्ट कार्य करेगी:
    - पंचायत क्षेत्र के विकास के लिए वार्षिक योजना तैयार करना
    - प्राथमिक विद्यालयों में पूर्ण नामांकन
    - प्रत्येक ग्राम पंचायत के अंतर्गत निर्धारित तरीके से नियुक्त टीम लीडर के अधीन एक ग्राम रक्षा दल का गठन, जिसमें गांव के 18 से 30 वर्ष के आयु वर्ग के सभी शारीरिक रूप से स्वस्थ व्यक्ति उक्त दल के सदस्य होंगे।
    - इस दल का उद्देश्य बांध टूटने, पुल टूटने, महामारी फैलने और चोरी या डकैती आदि जैसी समस्याओं की सामान्य सुरक्षा और निगरानी और आपात स्थिति में मदद करना है।
- स्थायी समितियां:
  - योजना, समन्वय एवं वित्त समिति
  - उत्पादन समिति
  - सामाजिक न्याय समिति
  - शिक्षा समिति
  - लोक, स्वास्थ्य, परिवार कल्याण एवं ग्रामीण स्वच्छता समिति
  - लोक निर्माण समिति
- निर्वाचन और निलंबन:
  - मुखिया एवं उप मुखिया का निर्वाचन एक ही ग्राम पंचायत की मतदाता सूची में दर्ज व्यक्तियों द्वारा सीधे चुनाव द्वारा किया जाता है।
  - मुखिया/उप मुखिया स्वयं जिला पंचायत राज अधिकारी को लिखित रूप में अपने पद से त्यागपत्र दे सकता है।
  - ग्राम पंचायत का कोई सदस्य ग्राम पंचायत के प्रमुख को व्यक्तिगत रूप से लिखित रूप में अपनी सदस्यता से इस्तीफा दे सकता है।
- मुखिया:
  - ग्राम पंचायत स्तर पर सभी पंच 'मुखिया' के नेतृत्व में होते हैं।
  - पंच/सरपंच/ मुखिया का चुनाव प्रत्यक्ष निर्वाचन के माध्यम से किया जाता है।
  - प्रत्येक ग्राम पंचायत में एक पंचायत सचिव होता है।
- ग्राम सभा :
  - ग्राम पंचायत के सभी मतदाता ग्राम सभा के सदस्य होते हैं।
  - ग्राम सभा में 200 या उससे अधिक की जनसंख्या का होना आवश्यक है।
  - बिहार पंचायत राज अधिनियम, 2006 की धारा-3 के अन्तर्गत ग्राम सभा की बैठक हर तीन महीने में एक बार होनी आवश्यक है। बैठक को प्रमुख राष्ट्रीय दिवस/अन्तर्राष्ट्रीय दिवस को आयोजित करने सुझाव है।
    - 26 जनवरी - गणतंत्र दिवस
    - 8 मार्च - अन्तर्राष्ट्रीय महिला दिवस
    - 01 मई - मजदूर दिवस
    - 15 अगस्त - स्वतंत्रता दिवस
    - 02 अक्तूबर - गांधी जयन्ती
    - 14 नवम्बर - बाल दिवस
  - ग्राम सभा की बैठकें नियमित रूप से आयोजित करने की जिम्मेदारी मुखिया की होगी।
  - ग्राम सभा की बैठक के लिए कोरम ग्राम सभा के कुल सदस्यों के एक-बीसवें हिस्से अर्थात् 5 % से होगा।
  - ग्राम सभा की प्रत्येक बैठक की अध्यक्षता संबंधित ग्राम पंचायत का मुखिया तथा उसकी अनुपस्थिति में उप मुखिया करेगा।

पंचायत समिति

- त्रिस्तरीय पंचायती राज व्यवस्था के अंतर्गत पंचायत समिति मध्यवर्ती पंचायत के रूप में महत्वपूर्ण भूमिका निभाते है।
- यह ग्राम पंचायत एवं जिला परिषद के बीच कड़ी का कार्य करते है, इसका गठन प्रखंड स्तर पर होता है।
- पंचायत समिति के सारे कार्य बिहार पंचायत राज अधिनियम, 2006 के विभिन्न धाराओं एवं नियमों के अनुकूल संचालित होते हैं।
- संरचना:
  - प्रत्येक पांच हजार की जनसंख्या पर पंचायत समिति के एक सदस्य के निर्वाचन का प्रावधान है।
  - इन सदस्यों के अलावा उप-प्रखंड के ग्राम पंचायत के मुखिया एवं

लोकसभा के सांसद पंचायत समिति के सदस्य होते हैं।

- इस समिति में जनसंख्या के अनुपात में अनुसूचित जाति, अनुसूचित जनजाति एवं पिछड़ी जातियों की लिए आरक्षण की व्यवस्था है।

- कार्यकाल:
  - पंचायत समिति की कार्यावधि पाँच वर्षों की होती है।
- निर्वाचन और निलंबन:
  - पंचायत समिति के निर्वाचित सदस्य अपने बीच से दो सदस्यों को प्रमुख और उप-प्रमुख के रूप में चुनते हैं।
  - प्रमुख अपना स्वलिखित त्याग पत्र (अनुमंडल पदाधिकारी के नाम से संबोधित) अनुमंडल पदाधिकारी को देता है।
  - उप प्रमुख अपना त्याग पत्र प्रमुख को देता है।
- बैठक:
  - पंचायत समिति की साधारण बैठक दो माह में कम से कम एक बार बुलाना आवश्यक है।
  - पंचायत समिति की प्रत्येक बैठक साधारणत: पंचायत समिति के मुख्यालय में की जाती है।
- कोरम:
  - पंचायत समिति बैठक का कोरम कुल सदस्यों की संख्या के आधे सदस्यों की उपस्थिति से पूरा किया जाता है।
- कार्य एवं दायित्व:
  - केन्द्र तथा राज्य सरकार एवं जिला परिषद द्वारा सौंपे गये कार्य करना।
  - ग्रामीण आवास योजनाओं का कार्यान्वियन तथा आवास स्थल का वितरण करना।
  - सरकार के भूमि विकास एवं भूसंरक्षण कार्यकलापों के कार्यान्वियन में सरकार और जिला परिषद की सहायता करना।
  - गरीबी उन्मूलन कार्यक्रम एवं स्कीमों का आयोजन और कार्यान्वियन करना।
  - खादी ग्राम एवं कुटीर उद्योग को प्रोत्साहित करना।
  - जन वितरण प्रणाली के अन्तर्गत आवश्यक वस्तुओं का वितरण सुनिश्चित कराना, आदि।
- कार्यपालक पदाधिकारी एवं अन्य पदाधिकारियों की शक्तियाँ एवं कार्य:
  - पंचायत समिति के सभी कार्यों एवं विकास योजनाओं के त्वरित क्रियान्वयन के लिए आवश्यक उपाय करता है।
  - पंचायत समिति और उसकी समितियों की बैठक की कार्यवाही से संबंधित सभी काग़ज़ात और दस्तावेजों को अपने पास रखता है।
- स्थायी समितियाँ:
  - सरकार पंचायत समिति के कार्यपालक पदाधिकारी के रूप में किसी पदाधिकारी को नियुक्त करेगी, जो उप-समाहर्त्ता से न्यून स्तर का नहीं होता है, संबंधित समितियां निम्न हैं -
    - सामान्य स्थायी समिति
    - वित्त अंकेक्षण तथा योजना समिति
    - उत्पादन समिति
    - सामाजिक न्याय समिति
    - शिक्षा समिति
    - लोक स्वास्थ्य परिवार कल्याण एक ग्रामीण स्वच्छता समिति
    - लोक निर्माण समिति।
- निधि:
  - केंद्र और राज्य सरकारों, जिला परिषदों और स्थानीय अधिकारियों द्वारा दिया गया योगदान या अनुदान सम्मिलित होता है।
  - केंद्र या राज्य सरकार द्वारा स्वीकृत ऋण सम्मिलित होता है।
- अविश्वास प्रस्ताव:
  - अविश्वास सम्बन्धी प्रस्ताव पर पंचायत समिति के कुल निर्वाचित सदस्यों के कम से कम एक तिहाई निर्वाचित सदस्यों के द्वारा प्रमुख को संबोधित अधियाचना (आवेदन) दी जाती है, जिसकी प्रतिलिपि पंचायत समिति के कार्यपालक पदाधिकारी को भी दी जाती है।

जिला परिषद

- बिहार पंचायती राज अधिनियम के अंतर्गत जिला स्तर पर जिला परिषद के गठन का प्रावधान है।
- पंचायती राज की सबसे ऊपरी संस्था जिला परिषद है।
- जिला परिषद ग्राम पंचायतों एवं पंचायत समितियों का मूलतः नीति निर्धारण एवं मार्गदर्शन के काम करता है।
- जिले की सभी ग्राम पंचायतों एवं पंचायत समितियों के मध्य समन्वय बनाये रखने का कार्य जिला परिषद द्वारा किया जाता है।
- संरचना:
  - जिला परिषद के निर्वाचन क्षेत्र का गठन लगभग पचास हजार (50000) की आबादी पर होता है।
  - प्रत्येक प्रादेशिक निर्वाचन क्षेत्र से जिला परिषद सदस्य पद पर एक-एक प्रतिनिधि निर्वाचित होता है। जिनकी सूची निम्न है -
    - जिले के सभी पंचायत समितियों के निर्वाचित प्रमुख
    - लोकसभा और विधानसभा के वे सदस्य जिनका पूर्ण या आंशिक निर्वाचन क्षेत्र जिले के अन्तर्गत पड़ता हो
    - राज्य सभा तथा विधान परिषद के वे सभी सदस्य जिनका नाम जिला की मतदाता सूची में दर्ज हो।
- कार्यकाल:
  - जिला परिषद का कार्यकाल प्रथम बैठक से पाँच वर्ष का होता है।
- निर्वाचन और निलंबन:
  - राज्य निर्वाचन आयोग के निर्देशानुसार जिला परिषद के निर्वाचित सदस्य यथाशीघ्र अपने में से दो सदस्यों को क्रमश: अध्यक्ष एवं उपाध्यक्ष के रूप में निर्वाचित करता है।
  - अध्यक्ष, जिला दंडाधिकारी को संबोधित स्वलिखित आवेदन द्वारा अपने पद का त्यागकर सकता है तथा उपाध्यक्ष, अध्यक्ष को संबोधित स्वलिखित आवेदन द्वारा पद त्याग कर सकता है।
- बैठक:
  - परिषद की बैठक प्रत्येक तीन माह में अनिवार्य रूप से आयोजित की जाती हैं।

- बिहार में जिला परिषद की एक वर्ष में अनिवार्य रूप से चार बैठकें की जाती हैं।
- कार्य एवं दायित्व:
  - सरकार द्वारा नियमित काल पर जिला परिषद निम्नलिखित कार्य का सम्पादन करती है:-
    - कृषि, सिंचाई, भूतल जल संसाधन एवं जल संभर विकास, सांख्यिकी, ग्रामीण विद्युतीकरण, आवश्यक वस्तुओं का वितरण, भूमि संरक्षण, विपणन, सामाजिक वानिकी, पशुपालन एवं गव्य विकास, घरेलू एवं लघु उधोग (खाद्य प्रसंस्करण सहित), ग्रामीण सड़कें एवं अन्तर्देशीय जलमार्ग, स्वास्थ्य एवं आरोग्य, ग्रामीण आवास, शिक्षा, सामाजिक कल्याण एवं कमजोर वर्गों का कल्याण, गरीबी उन्मूलन कार्यक्रम, सामाजिक सुधार कार्यकलाप, आदि।
- निधि:
  - प्रत्येक जिला परिषद के लिए जिला परिषद के नाम से एक जिला परिषद निधि का गठन किया जाता है, जिसके खाते में सरकार द्वारा दिया जाने वाला अनुदान/अंशदान, पंचायत समिति या अन्य स्थानीय प्राधिकरण द्वारा दिया गया अंशदान, सरकार द्वारा स्वीकृत ऋण, कर संग्रह होता है।
- स्थायी समितियाँ:
  - जिला परिषद् के निर्वाचित सदस्यों को लेकर सात स्थायी समितियों के गठन का प्रावधान है, जो हैं-
    - सामान्य स्थायी समिति
    - वित्त लेखापरीक्षा एवं योजना समिति
    - उत्पादन समिति
    - सामाजिक न्याय समिति
    - शिक्षा समिति
    - लोक स्वास्थ्य, परिवार कल्याण एवं ग्रामीण स्वच्छता समिति
    - लोक निर्माण समिति

ग्राम कचहरी

- प्रत्येक ग्राम पंचायत क्षेत्र में, न्यायिक कार्यों के निर्वहन के प्रयोजन के लिए एक ग्राम कचहरी स्थापित की जाती है, जिसमें ग्राम कचहरी का एक निर्वाचित सरपंच होता है।
- जिला दंडाधिकारी द्वारा समय-समय पर यथा अधिसूचित संख्या में प्रत्यक्ष रूप से निर्वाचित पंच होंगे और प्रत्येक पंच पंचायत क्षेत्र की लगभग पांच सौ की आबादी का प्रतिनिधित्व करता है।
- प्रत्येक ग्राम कचहरी, जब तक कि समय से पहले किसी कानून के तहत समय से पहले भंग नहीं किया जाता है, अपनी पहली बैठक के लिए नियत तारीख से पांच साल की अवधि के लिए जारी रहता है।
- ग्राम कचहरी का सरपंच उस ग्राम पंचायत की मतदाता सूची में नामांकित मतदाताओं के बहुमत द्वारा प्रत्यक्ष रूप से निर्वाचित किया जाता है।
- सरपंच अथवा उप-सरपंच जिला पंचायत राज पदाधिकारी को स्वलिखित आवेदन देकर अपना पद त्याग सकता है।

नगरीय स्वशासन

- केंद्रीय स्तर पर, 'शहरी स्थानीय सरकार' का विषय निम्नलिखित तीन मंत्रालयों के अधीन है:
  - आवासन और शहरी कार्य मंत्रालय
  - छावनी बोर्ड के मामले में रक्षा मंत्रालय
  - केंद्र शासित प्रदेशों के मामले में गृह मंत्रालय
- बिहार में आधुनिक स्थानीय प्रशासन की व्यवस्था नगरपालिकाओं की स्थापना के साथ प्रारंभ हुई।
- नगरपालिका के गठन का मुख्य उद्देश्य स्थानीय नागरिक सुविधाओं का निर्माण और रखरखाव करना है।
- नगरपालिकाएं भारत के वे नगर हैं जिनकी जनसंख्या 10 लाख से कम तथा 5 लाख से अधिक है।
- बिहार में स्वाधीनता के समय एक लाख से अधिक जनसंख्या वाले लगभग सभी नगरीय क्षेत्रों में नगरपालिकाओं का गठन हो चुका था।
- भारत में सर्वप्रथम 1687 में स्थानीय शासन की शुरूआत शहरी स्तर पर मद्रास में नगर निगम की स्थापना से हुई।
- 1726 में कलकत्ता और बम्बई में नगर निगम स्थापित किए गए।
- 1870 में वायसराय लॉर्ड मेयो ने स्थानीय स्वशासन के वित्तीय विकेंद्रीकरण पर एक प्रस्ताव पेश किया।
- 1882 में लॉर्ड रिपन ने स्थानीय स्वशासन पर एक घोषणा प्रस्तुत की, जिसके कारण लॉर्ड रिपन को स्थानीय सरकार के पिता के रूप में जाना जाने लगा।
- 1907 में विकेंद्रीकरण पर हॉबहाउस की अध्यक्षता में एक रॉयल आयोग का गठन किया गया था और बाद में भारत सरकार अधिनियम 1919 द्वारा स्थानीय सरकार को जिला प्रशासन से मुक्त कर दिया गया और नागरिकों की एक प्रतिनिधि सभा में परिवर्तित कर दिया गया।
- बिहार सरकार ने 1922 में बिहार और उड़ीसा नगरपालिका अधिनियम के तहत नगरपालिकाओं का गठन किया।
- भारत सरकार ने 1935 के अधिनियम द्वारा स्थानीय शासन को राज्य के अधीन बनाया जाना था।
- नगर पालिकाओं की स्थिति को मजबूत करने और उन्हें संवैधानिक दर्जा देने के लिए 74वां संविधान संशोधन अधिनियम 1992 बनाया गया, जो 1 जून 1993 से देश में प्रभावी हो गया।
- 2011 की जनगणना के अनुसार, राष्ट्रीय औसत 31.2% की तुलना में बिहार में शहरीकरण की दर केवल 11.3% है।
- राज्य में भारत की कुल जनसंख्या का 8.6% हिस्सा है, लेकिन यह देश की कुल शहरी आबादी का केवल 3.1% है।

नगरपालिका

- '74वें संविधान संशोधन' द्वारा संविधान में भाग-9क जोड़ा गया, जिसका शीर्षक है- 'नगरपालिकाएँ'।
- इसमें अनुच्छेद-243P से अनुच्छेद-243ZG तक शामिल हैं।
- इसी संशोधन द्वारा संविधान में 12 वीं अनुसूची भी जोड़ी गई, जिसमें नगरपालिकाओं के लिये निर्दिष्ट 18 विषयों की सूची दी गई है।
- अनुच्छेद-243Q के अंतर्गत नगरपालिकाओं के तीन स्तरों की चर्चा की गई है-
  - नगर पंचायतः यह संक्रमणशील क्षेत्रों में गठित की जाती है।

- नगरपालिका परिषद: इन्हें छोटे शहरों में गठित किया जाता है।
- नगर निगम: इनका गठन बड़े शहरों या महानगरों में किया जाता है।

- भारतीय संविधान के अनुच्छेद- 243 ZJ के अनुसार सहकारी समिति के निदेशकों की अधिकतम संख्या 21 हो सकती है।

नगरपालिकाओं से संबंधित अन्य अनुच्छेद	
अनुच्छेद	**संबंधित विषय-वस्तु**
243P	परिभाषाएँ
243Q	नगरपालिकाओं का गठन
243R	नगरपालिकाओं की संरचना
243S	वार्ड समितियों आदि का गठन और संरचना
243T	स्थानों का आरक्षण
243U	नगरपालिकाओं की अवधि आदि
243V	सदस्यता के लिये निर्हताएँ
243W	नगरपालिकाओं की शक्तियाँ, प्राधिकार और उत्तरदायित्व
243X	नगरपालिकाओं द्वारा कर अधिरोपित करने की शक्ति और उसकी निधियाँ
243Y	वित्त आयोग
243Z	नगरपालिकाओं के लेखाओं की संपरीक्षा
243ZA	नगरपालिकाओं के लिये निर्वाचन
243ZB	संघ राज्य क्षेत्रों को लागू होना
243ZC	इस भाग का कतिपय क्षेत्रों को लागू न होना
243ZD	ज़िला योजना के लिये समिति
243ZE	महानगर योजना के लिये समिति
243ZF	विद्यमान विधियों और नगरपालिकाओं का बना रहना
243ZG	निर्वाचन संबंधी मामलों में न्यायालयों के हस्तक्षेप का वर्जन

- यदि कोई शहरी क्षेत्र है जहां एक औद्योगिक प्रतिष्ठान द्वारा नगरपालिका सेवाएं प्रदान की जा रही हैं, तो राज्यपाल उस क्षेत्र को औद्योगिक नगर के रूप में निर्दिष्ट कर सकता है। ऐसे में नगरपालिका का गठन नहीं किया जा सकता है।
- बिहार में 11 नगर निगम, 49 नगर परिषद, 80 नगर पंचायतें हैं।
- नगर पालिका के सभी सदस्य सीधे नगरपालिका क्षेत्र के लोगों द्वारा चुने जाते हैं। इस उद्देश्य के लिए, प्रत्येक नगरपालिका क्षेत्र को प्रादेशिक निर्वाचन क्षेत्रों में विभाजित किया जाता है जिन्हें वार्ड कहते हैं।
- नगर पालिका में निर्वाचित पार्षदों की संख्या उस शहरी क्षेत्र की जनसंख्या के आधार पर निर्धारित वार्डों के अनुसार होती है।
- संसद और राज्य विधानमंडल के सदस्यों के लिए आरक्षित सीटों को छोड़कर नगर पालिकाओं की विभिन्न श्रेणियों में सभी पार्षदों का चुनाव उस नगरपालिका क्षेत्र के मतदाताओं द्वारा प्रत्यक्ष रूप से किया जाता है।
- चुनाव के बाद गठित नगरपालिका किसी कारण पहले भंग न की गई हो तो अगले पाँच वर्षों तक यह कार्यरत रहती है।
- नगर परिषद, स्थायी समिति, नगरपालिका अध्यक्ष और नगरपालिका कार्यकारी अधिकारी नगर परिषद के अंग हैं।
- नगर पंचायत में नगरपालिका अध्यक्ष, उपाध्यक्ष और तीन अन्य पार्षदों को मिलाकर एक स्थायी समिति का गठन किया जाता है।
- नगर निगम, नगर परिषद और नगर पंचायत के चुनाव के बाद होने वाली पहली बैठक में मुख्य पार्षद और उप मुख्य पार्षद का चुनाव पार्षदों द्वारा आपस में किया जाता है।
- पार्षदों की कुल संख्या के कम-से-कम एक तिहाई सदस्यों के लिखित अनुरोध पर पार्षदों की पूर्ण संख्या के बहुमत से मुख्य पार्षद एवं उप मुख्य पार्षद को पद से हटाया जा सकता है।
- नगर कार्यकारी अधिकारी, नगर वित्त अधिकारी, नगर अभियंता, नगर स्वास्थ्य अधिकारी, नगर सचिव, नगरपालिका आंतरिक लेखा परीक्षक आदि नगर परिषद और नगर पंचायत के अधिकारी होते हैं।
- नगर परिषद के मुख्य पार्षद को नगर अध्यक्ष के रूप में जाना जाता है और उप मुख्य पार्षद को शहर के उपाध्यक्ष के रूप में जाना जाता है।
- नगर कार्यकारी अधिकारी, नगर अध्यक्ष तथा नगर अध्यक्ष के मुख्य सचिव के रूप में कार्य करता है।

नगर निगम

- पटना नगर निगम अधिनियम 1951 के तहत 15 अगस्त 1952 को बिहार में सर्वप्रथम पटना नगर निगम की स्थापना हुई थी।
- निगम परिषद, निगम समितियों और मुख्य प्रशासनिक अधिकारी को मिलाकर पटना नगर निगम का गठन किया गया।
- नगर निगम में लोकतांत्रिक रूप से निर्वाचित सदस्य होते हैं, जो एक महापौर और उपमहापौर का चयन करते हैं।
- महापौर निर्वाचित सदस्यों का नेतृत्व, शहर के बुनियादी ढांचे और सार्वजनिक सेवाओं का प्रशासन करता है। यह नागरिक प्रशासनिक निकाय 109.218 वर्ग किमी के क्षेत्र का प्रशासन करता है।
- वर्तमान में नगर निगमों की कुल संख्या 12 है, जिसमें भागलपुर, दरभंगा, गया, नालंदा, मुंगेर, कटिहार, भोजपुर, बेगूसराय, मुजफ्फरपुर, पटना, पूर्णिया और छपरा नगर निगम शामिल हैं।
- लोक सभा और राज्य विधान सभा के सदस्य जो पूर्ण या आंशिक रूप से निगम क्षेत्र के अंतर्गत आने वाले निर्वाचन क्षेत्रों का प्रतिनिधित्व करते हैं, और राज्य की परिषद के सदस्य और नगर निगम क्षेत्र के भीतर निर्वाचक के रूप में पंजीकृत राज्य विधान परिषद के सदस्य भी इस निगम के सदस्य हैं।
- पटना नगर निगम के सभी 75 वार्ड छह सर्किलों के कार्यकारी नियंत्रण में हैं।
- प्रत्येक सर्कल को एक कार्यकारी अधिकारी द्वारा प्रशासित किया जाता है और एक शहर प्रबंधक द्वारा प्रबंधित किया जाता है, जिसकी नियुक्ति राज्य सरकार द्वारा होती है।
- प्रत्येक सर्किल और उनके वार्डों की संख्या निम्नलिखित है -
  - न्यू कैपिटल सर्कल - 16

- पाटलिपुत्र मंडल - 16
- कंकरबाग सर्किल - 11
- बांकीपुर सर्किल - 12
- अजीमाबाद मंडल - 12
- पटना सिटी सर्कल - 8

- निगम के उन्नयन ट्रस्ट: यह छोटे शहरों के आधुनिकीकरण, साफ-सफाई, स्वास्थ्य सौंदर्य और योजनाबद्ध निर्माण के लिए काम करता है।
- बिहार की शहरी आबादी का 44% नगर निगमों (2 लाख से अधिक आबादी वाले शहरों) में रहता है।

नगर परिषद

- एक शहरी स्थानीय निकाय जो 100,000 से कम और 20,000 से अधिक निवासियों के साथ प्रशासन करता है, उसे '"नगर परिषद" के रूप में वर्गीकृत किया जाता है।
- प्रत्येक नगर परिषद में वार्ड सदस्यों के साथ एक अध्यक्ष/महापौर की एक समिति होती है।
- बिहार में 49 नगर परिषद हैं।
- बिहार की 32% शहरी आबादी नगर परिषदों (40,000 और 2,00,000 के बीच की आबादी वाले शहरों) में रहती है।
- कार्यकाल : नगर परिषद का कार्यकाल इसकी पहली बैठक की तिथि से 5 वर्ष का है।

नगर पंचायत

- कार्य एवं दायित्व: अपने क्षेत्र में साफ-सफाई, स्वास्थ्य, जन्म-मृत्यु विवरण तैयार करना, पेयजल सुविधा की व्यवस्था, बिजली की व्यवस्था, प्राथमिक शिक्षा एवं अन्य प्रकार की नागरिक सुविधाओं की व्यवस्था एवं कल्याणकारी कार्य करता है।
- बिहार में 80 नगर पंचायत हैं।
- बिहार की शहरी आबादी का 24% नगर पंचायतों (12,000 और 40,000 के बीच आबादी वाले कस्बों) में रहता है।

छावनी बोर्ड

- छावनी क्षेत्र में नागरिक आबादी के लिए नगरपालिका प्रशासन के लिए एक छावनी बोर्ड की स्थापना की जाती है।
- यह 2006 के छावनी अधिनियम के प्रावधानों के तहत स्थापित किया गया है।
- यह केंद्र सरकार के रक्षा मंत्रालय के प्रशासनिक नियंत्रण में काम करता है।
- 2006 का छावनी अधिनियम, छावनियों के प्रशासन और उनके वित्तीय आधार में सुधार से संबंधित कानून को समेकित और संशोधित करने के लिए अधिनियमित किया गया था।
- दानापुर छावनी बोर्ड बिहार में कार्यरत है।
- एक छावनी बोर्ड में आंशिक रूप से निर्वाचित और आंशिक रूप से मनोनीत सदस्य होते हैं।
- निर्वाचित सदस्य पांच साल की अवधि के लिए पद धारण करते हैं जबकि मनोनीत सदस्य (यानी, पदेन सदस्य) तब तक बने रहते हैं जब तक वे उस स्थान पर पद धारण करते हैं।
- श्रेणी। छावनी बोर्ड में निम्नलिखित सदस्य होते हैं:
    - स्टेशन को कमांड करने वाला एक सैन्य अधिकारी
    - छावनी में एक कार्यकारी अभियंता
    - छावनी में एक स्वास्थ्य अधिकारी
    - जिला मजिस्ट्रेट द्वारा नामित एक प्रथम श्रेणी मजिस्ट्रेट
    - स्टेशन कमांडिंग अधिकारी द्वारा नामित तीन सैन्य अधिकारी
    - छावनी क्षेत्र के लोगों द्वारा चुने गए आठ सदस्य
    - छावनी बोर्ड के मुख्य कार्यकारी अधिकारी
- छावनी बोर्ड के कार्यकारी अधिकारी की नियुक्ति भारत के राष्ट्रपति द्वारा की जाती है।

क्षेत्रीय विकास प्राधिकार

- बिहार क्षेत्रीय विकास प्राधिकरण अधिनियम 25 जनवरी 1982 को अधिनियमित किया गया था।
- बिहार के कई शहर विकसित होकर बड़े शहरों का रूप ले चुके हैं।
- इसलिए पटना, मुजफ्फरपुर आदि बड़े शहरों में उन्नयन न्यास का स्थान क्षेत्रीय विकास प्राधिकरणों ने ले लिया है।
- बिहार में वर्तमान में 74 नियोजित औद्योगिक क्षेत्र हैं।

अधिसूचित क्षेत्र समिति

- नगरपालिका क्षेत्र में विकसित होने वाले नए क्षेत्र, जो नगरपालिका के गठन के लिए आवश्यक शर्तों को पूरा नहीं करते हैं। इस क्षेत्र में नागरिकों की सुविधा के लिए सरकार अधिसूचना के माध्यम से समिति गठन करती है, इन्हें अधिसूचित क्षेत्र कहते हैं।
- इन क्षेत्रों को नगर पालिका के समान अधिकार मिलते हैं।
- नियुक्ति और निलंबन:
    - समिति में सरकार द्वारा अध्यक्ष और सदस्यों को मनोनीत किया जाता है।
    - समिति का अध्यक्ष एक सरकारी अधिकारी होता है।
    - राज्य सरकार इसे भंग भी कर सकती है।
- कार्य एवं दायित्व:
    - समिति उन सभी कार्यों को पूरा करती है जो नगर पालिका द्वारा अपने क्षेत्र में किये जाते हैं।

बिहार के प्रमुख आर्थिक संकेतक

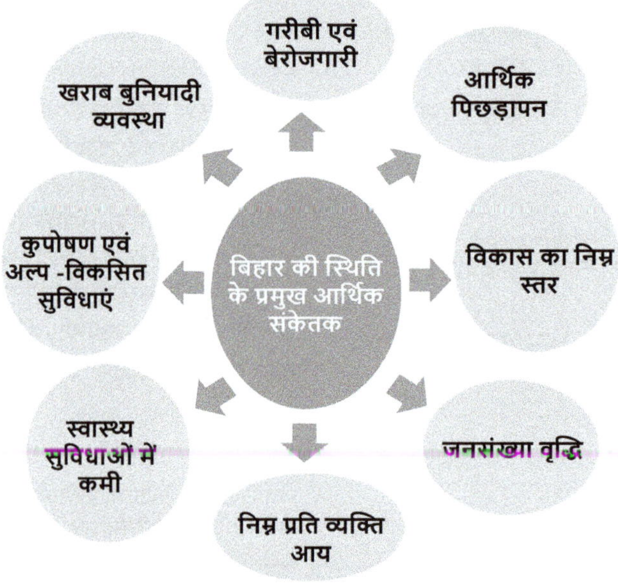

जनसांख्यिकी

- जनसांख्यिकी, जनसंख्या के आकार, वितरण, जन्म, प्रवास, वय वृद्धि और मृत्यु के आकड़ों का अध्ययन है।
- जनसांख्यिकी के लिए आवश्यक सांख्यिकीय अवधारणाओं में जन्म दर, मृत्यु दर, शिशु मृत्यु दर, प्रजनन दर, लिंगानुपात, ग्रामीण एवं नगरीकरण और जीवन प्रत्याशा शामिल हैं।
- किसी राज्य विशेष की जनसांख्यिकी का अध्ययन हेतु उस राज्य की जनसंख्या का विस्तारित अध्ययन करना अनिवार्य होता है।
- इब्न खलदून (1332-1406) को जनसंख्या, विकास एवं समूह गतिशीलता पर प्रथम वैज्ञानिक और सैद्धांतिक प्रयोग करने के कारण "जनसांख्यिकी का पिता" कहा जाता है।

बिहार में जनगणना

- भारत में जनगणना कार्य सर्वप्रथम वर्ष 1872 से एवं नियमित जनगणना का आरंभ वर्ष 1881 से हुआ। उस समय बिहार की जनसंख्या 2.66 करोड़ दर्ज की गयी थी।
- वर्ष 2011 की जनगणना बिहार की 15वीं जनगणना थी।
- 1931 तक जनगणना बिहार-उड़ीसा संयुक्त प्रांत के अंतर्गत हुई थी।
- 1 अप्रैल, 1936 को बिहार और उड़ीसा को अलग-अलग प्रांत का दर्जा दिया गया। इस तरह बिहार एक अलग प्रांत के रूप में अस्तित्व में आया।
- 1941 की जनगणना बिहार के स्वतंत्र अस्तित्व प्रांत के आधार पर हुई।
- 1951 की जनगणना जनांकिकीय संक्रमण सिंद्धात के आधार पर हुई थी।
- 1991 तक बिहार एवं झारखंड एक राज्य के रूप में थे, परंतु 15 नवम्बर, 2000 को बिहार के दक्षिणी भाग के 46 प्रतिशत भू-भाग को अलग कर झारखंड राज्य का गठन किया गया।
- इस प्रकार 2001-11 दशक के दौरान बिहार की जनसंख्या में लगभग 2 करोड़ 11 लाख की वृद्धि हुई।
- 2001-11 में भारत की जनसंख्या में वृद्धि का राष्ट्रीय औसत 17.7 प्रतिशत था, जबकि बिहार में वृद्धि की दर राष्ट्रीय औसत से बहुत अधिक (25.4 प्रतिशत) थी।

जनगणना 2011 के अनुसार बिहार की स्थिति

- जनसंख्या की दृष्टि से बिहार भारत का तीसरा सबसे बड़ा राज्य है, जो उत्तर प्रदेश और महाराष्ट्र के बाद आता है, जहाँ देश की कुल आबादी का 8.60 प्रतिशत निवास करता है।
- जनघनत्व की दृष्टि से बिहार भारत के राज्यों और केंद्रशासित प्रदेशों में (सम्मिलित रूप से) छठे स्थान पर है, किन्तु केवल राज्यों में पहले स्थान पर है।

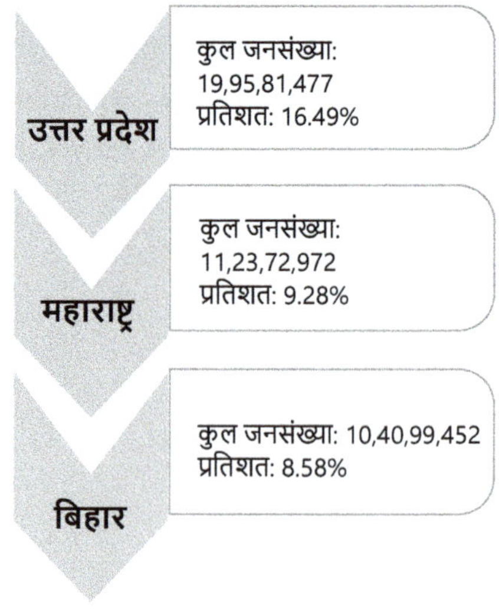

2011 की जनगणना के अनुसार बिहार की जनसंख्या	
2011 में बिहार की कुल आबादी	10,40,99,452
सबसे अधिक जनसंख्या वाला जिला	पटना
सबसे कम जनसंख्या वाला जिला	शेखपुरा
पुरुषों की जनसंख्या	5,42,78,157
महिलाओं की जनसंख्या	4,98,21,295
भारत की जनसंख्या	8.60 प्रतिशत
लिंग अनुपात	918
शिशु लिंग अनुपात	935
लिंगानुपात (ग्रामीण)	921
लिंगानुपात (नगरीय)	895
लिंगानुपात में वृद्धि (2001-2011)	1
लिंगानुपात में दशकीय परिवर्तन 2001-2011 (ग्रामीण)	5
लिंगानुपात में दशकीय परिवर्तन 2001-2011 (नगरीय)	28
घनत्व (प्रति वर्ग कि.मी.)	1,106
घनत्व (मील प्रति वर्ग)	2,863
जनघनत्व में वृद्धि (2001-2011)	225
ग्रामीण जनघनत्व	1,006
नगरीय जनघनत्व	5,058
क्षेत्रफल (प्रति वर्ग कि.मी.)	94,163
क्षेत्रफल (मील प्रति वर्ग)	36,357
बच्चों की जनसंख्या (0-6 वर्ष)	1,91,33,964
लड़कों की जनसंख्या (0-6 वर्ष)	98,87,239
लड़कियों की जनसंख्या (0-6 वर्ष)	92,46,725
साक्षरता	61.80 प्रतिशत
साक्षरता पुरुष	71.21 प्रतिशत
साक्षरता महिलाएं	51.50 प्रतिशत

बिहार जनगणना-2011 के अनुसार प्रशासनिक तथ्य:	
मंडल	9
जिले	38
अनुमंडल	101
सीडी ब्लॉक	534
पंचायत	8,406
राजस्व गांवों की संख्या	45,103
कस्बों की संख्या	199
सांविधिक नगर	139
गैर-सांविधिक नगर	60
पुलिस थाने	853
रेलवे पुलिस जिला	4

अनुसूचित जाति एवं जनजाति जनसंख्या

- 2011 जनगणना के अनुसार राज्य की कुल जनसंख्या का 15.91 प्रतिशत अनुसूचित जाति का है।
- राज्य में कुल जनसंख्या का 1.28 प्रतिशत अनुसूचित जनजाति है।
- बिहार के 14 जिले ऐसे है जहाँ जनजातियों की घनी आबादी पायी जाती हैं।
- इसके आलावा बिहार की प्रमुख जनजातियाँ संथाल, उरांव, गोंड और खरवार हैं, जिसमें से संथाल बिहार की सबसे बड़ी जनजाति है।बिहार में जनजातियों की साक्षरता दर 55.68% है।

धार्मिक जनगणना-2011

- भारत के महापंजीयन और जनगणना आयुक्त ने वर्ष 2011 के धार्मिक जनगणना के आंकड़े अगस्त 2015 को जारी किए।
- बिहार की जनसंख्या में धर्म के अनुसार, हिंदू 82.69% के साथ प्रमुख धर्म है तथा मुस्लिम का जनसंख्या प्रतिशत 16.87 है।
- 2011 की जनसंख्या के अनुसार, बिहार में हिन्दुओं की कुल संख्या 8,60,78,686 तथा मुसलमानों की कुल संख्या 1,75,57,809 है।

बिहार की आबादी - धर्म के अनुसार विवरण		
धर्म	**2011 जनसंख्या**	**प्रतिशत**
हिंदू	8,60,78,686	82.69
मुसलमान	1,75,57,809	16.87
ईसाई	1,29,247	0.12
सिख	23,779	0.02
बौद्ध	25,453	0.02

जैन	18,914	0.02
अघोषित	2,52,127	0.24
अन्य	13,437	0.01
कुल	**10,40,99,452**	**100.00**

सबसे अधिक जनसंख्या वाले ज़िले

पटना (58,38,465) | पूर्वी चंपारण (50,99,371) | मुजफ्फरपुर (48,01,062) | मधुबनी (44,87,379)

सबसे कम जनसंख्या वाले ज़िले

शेखपुरा (6,36,342) | शिवहर (6,56,246) | अरवल (7,00,843) | लखीसराय (10,00,912)

सबसे अधिक साक्षरता वाले ज़िले

रोहतास (73.37%) | पटना (70.68%) | भोजपुर (70.47%) | मुंगेर (70.46%)

सबसे कम साक्षरता वाले ज़िले

पूर्णिया (51.08%) | सीतामढ़ी (52.05%) | कटिहार (52.24%) | मधेपुरा (52.25%)

सबसे अधिक लिंग अनुपात वाले ज़िले

गोपालगंज (1,021) | सिवान (988) | सारण (954) | किशनगंज (950)

सबसे कम लिंग अनुपात वाले ज़िले

मुंगेर (876) | भागलपुर (880) | खगरिया (886) | शिवहर (893)

सर्वाधिक अनुसूचित जाति जनसंख्या वाले जिले		न्यूनतम अनुसूचित जाति जनसंख्या वाले जिले	
गया	13,34,351	शिवहर	96,655
पटना	9,20,918	किशनगंज	1,13,118
समस्तीपुर	8,03,128	शेखपुरा	1,31,115
मुजफ्फरपुर	7,51,975	अरवल	1,41,314
सर्वाधिक अनुसूचित जनजाति जनसंख्या वाले जिले		**न्यूनतम अनुसूचित जनजाति जनसंख्या वाले जिले**	
प. चम्पारण	2,50,046	शिवहर	318
कटिहार	1,79,971	अरवल	590
पूर्णिया	1,34,990	शेखपुरा	617
बांका	90,432	खगड़िया	675
सर्वाधिक नगरीय जनसंख्या वाले जिले		**सर्वाधिक ग्रामीण जनसंख्या वाले जिले**	
पटना	25,14,590	पू. चम्पारण	46,98,028
भागलपुर	6,02,532	मुजफ्फरपुर	43,27,625
गया	5,81,601	मधुबनी	43,25,884
बेगुसराय	5,69,823	समस्तीपुर	41,13,769

सर्वाधिक नगरीकरण प्रतिशत (न्यूनतम ग्रामीण प्रतिशत) वाले जिले		न्यूनतम नगरीकरण प्रतिशत (सर्वाधिक ग्रामीण प्रतिशत) वाले जिले	
पटना	43.1	समस्तीपुर	3.5
मुंगेर	27.8	बांका	3.5
भागलपुर	19.8	मधुबनी	3.6
बेगुसराय	19.2	कैमूर (भभुआ)	4.0
सर्वाधिक पुरुष साक्षरता दर वाले जिले		**न्यूनतम पुरुष साक्षरता दर वाले जिले**	
रोहतास	82.9%	पूर्णिया	59.1%
भोजपुर	81.7%	कटिहार	59.4%
बक्सर	80.7%	सीतामढ़ी	60.6%
सीवान	80.2%	औरंगाबाद	61.3%
सर्वाधिक महिला साक्षरता दर वाले जिले		**न्यूनतम महिला साक्षरता दर वाले जिले**	
रोहतास	63.0%	सहरसा	41.7%
मुंगेर	62.1%	मधेपुरा	41.7%
पटना	62.0%	पूर्णिया	42.3%
औरंगाबाद	59.7%	सीतामढ़ी	42.4%
सर्वाधिक जनघनत्व वाले जिले		**न्यूनतम जनघनत्व वाले जिले**	
शिवहर	1,880	कैमूर (भभुआ)	488
पटना	1,823	जमुई	753
दरभंगा	1,728	बांका	674
वैशाली	1,717	प० चम्पारण	753

बिहार में बोली जाने वाली भाषाएँ

- बिहार की कुल जनसंख्या में से 77% लोगों के द्वारा हिंदी व्यापक रूप से बोली जाती है।
- इसके बाद मैथिली 12.54% और उर्दू 8.4% है।
- अन्य भाषाएँ जैसे बंगाली, पंजाबी, गुजराती हैं, जो कि 1% से कम के प्रवासियों द्वारा बोले जाने वाले लोगों का प्रतिनिधित्व करती है।

बिहार में जिलेवार जनसंख्या				
क्र.सं.	जिला	2011 के अनुसार		
		जनसंख्या	लिंग अनुपात	साक्षरता
1.	अररिया	28,06,200	921	53.53%
2.	अरवल	6,99,563	927	67.43%
3.	औरंगाबाद	25,11,243	916	70.32%
4.	बांका	20,29,339	907	58.17%
5.	बेगूसराय	29,54,367	894	63.87%
6.	भागलपुर	30,32,226	879	63.14%
7.	भोजपुर	27,20,155	900	70.47%

8.	बक्सर	17,07,643	922	70.14%
9.	दरभंगा	39,21,971	910	56.56%
10.	गया	43,79,383	932	63.67%
11.	गोपालगंज	25,58,037	1,015	65.47%
12.	जमुई	17,56,078	921	59.79%
13.	जहानाबाद	11,24,176	918	66.80%
14.	कैमूर	16,26,900	919	69.34%
15.	कटिहार	30,68,149	916	52.24%
16.	खगरिया	16,57,599	883	57.92%
17.	किशनगंज	16,90,948	946	55.46%
18.	लखीसराय	10,00,717	900	62.42%
19.	मधेपुरा	10,01,618	911	52.25%
20.	मधुबनी	44,76,044	925	58.62%
21.	मुंगेर	13,59,054	879	70.46%
22.	मुजफ्फरपुर	47,78,610	898	63.43%
23.	नालंदा	28,72,523	921	64.43%
24.	नवादा	22,16,653	936	59.76%
25.	पश्चिम चंपारण	39,22,780	906	55.70%
26.	पटना	57,72,804	892	70.68%
27.	पूर्वी चंपारण	50,82,868	901	55.79%
28.	पूर्णिया	32,73,127	930	51.08%
29.	रोहतास	29,62,593	914	73.37%
30.	सहरसा	18,97,102	906	53.20%
31.	समस्तीपुर	42,54,782	909	61.86%
32.	सारण	39,43,098	949	65.96%
33.	शेखपुरा	6,34,927	926	63.86%
34.	शिवहर	6,56,916	890	53.78%
35.	सीतामढ़ी	34,19,622	899	52.05%
36.	सिवान	33,18,176	984	69.45%
37.	सुपौल	22,28,397	925	57.67%
38.	वैशाली	34,95,249	892	66.60%

मानव विकास सूचकांक

- मानव विकास सूचकांक किसी भी देश अथवा राज्य के उन्नत विकास को प्रदर्शित करता है।
- मानव विकास सूचकांक जीवन प्रत्याशा, शिक्षा और प्रति व्यक्ति आय संकेतक का एक सांख्यिकीय समग्र सूचकांक है।
- मानव विकास सूचकांक (HDI) पाकिस्तानी अर्थशास्त्री महबूब उल हक और भारतीय अर्थशास्त्री अमर्त्य सेन के सहयोग से विकसित किया गया था।
- यह जीवन प्रत्याशा, स्कूली शिक्षा के अपेक्षित वर्षों से संबंधित मानकों पर, स्कूली शिक्षा के औसत वर्ष और प्रति व्यक्ति राष्ट्रीय आय के मानकों पर आधारित है।

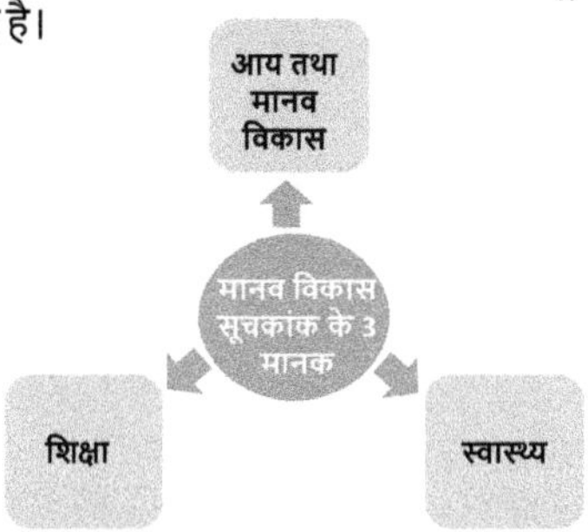

- 1990 से यह सूचकांक संयुक्त राष्ट्र विकास कार्यक्रम (UNDP) द्वारा प्रतिवर्ष जारी किया जाता है।

मानव विकास सूचकांक 2022: मुख्य बिंदु

- मानव विकास सूचकांक 2022, भारत में वर्ष 2021 से 2022 की अवधि के विकास के समाकलन को दर्शाता है।
- मानव विकास सूचकांक, 2022 की थीम "अनसर्टेन टाइम्स, अनसेटल्ड लाइव्स: शेपिंग अवर फ्यूचर इन ए ट्रांसफॉर्मिंग वर्ल्ड" है।
- लक्ष्य: इसका लक्ष्य अवसरों, विकल्पों और स्वतंत्रता के विस्तार में योगदान करना है।
- संयुक्त राष्ट्र मानव विकास सूचकांक 2022 में, भारत का स्थान 191 देशों की सूची में 132वां है।
- भारत ने 30 वर्षों में पहली बार लगातार दो वर्ष अपने स्कोर में गिरावट दर्ज की है।
- भारत का HDI मान 2022, 0.633 है, जो 2021 के HDI मान 0.645 से कम है। वर्ष 2021 के सूचकांक की तुलना में वर्ष 2022 में भारत के मानव विकास रैंक में कमी आई है।
- मानव विकास सूचकांक 2021 में भारत 191 देशों में से 131वें स्थान पर था।
- वैश्विक औसत 0.732 की तुलना में भारत का HDI मान 0.633 (मध्यम मानव विकास श्रेणी) है।
- मानव विकास सूचकांक रिपोर्ट के अनुसार लगभग 90% देशों ने 2020 या 2021 में अपने HDI मान में कमी दर्ज की है ।
- जन्म के समय भारत की जीवन प्रत्याशा 67.2 वर्ष है जबकि वैश्विक औसत 71.4 वर्ष है।
- स्कूली शिक्षा में भारत के अपेक्षित वर्ष का औसत 11.9 है जबकि वैश्विक औसत 12.8 वर्ष है तथा स्कूली शिक्षा के भारत के औसत वर्ष 6.7 है जबकि वैश्विक औसत 8.6 वर्ष है।
- भारत की सकल राष्ट्रीय आय प्रति व्यक्ति 6,590 डॉलर है जबकि वैश्विक औसत 16,752 डॉलर है।
- वैश्विक लैंगिक अंतराल सूचकांक ने 2022 में भारत को 146 देशों में से 135वें स्थान पर रखा है जबकि 2022 में भारत 140 वें स्थान पर था।

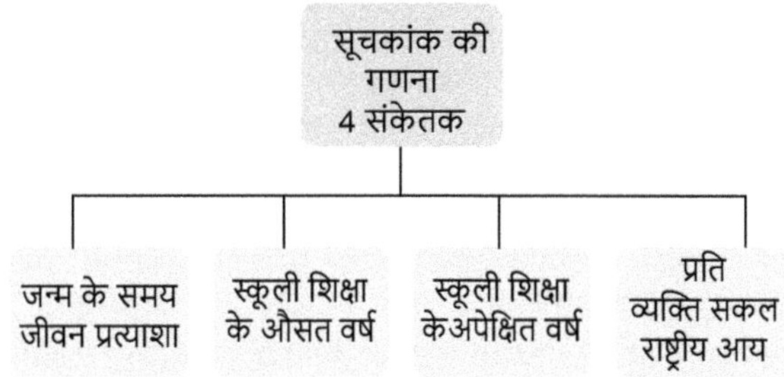

- उपरोक्त दिए हुए संकेतकों की गणना 0 और 1 के बीच की जाती है।
- संकेतक में देश जिसे एक अंक मिलता है, वह मानव विकास में उतने उच्च स्तर पर होता है। शिक्षा ज्ञान से, स्वास्थ्य, लंबे और स्वस्थ जीवन से, और आय, सभ्य जीवन स्तर से सम्बंधित होता है।

मानव विकास सूचकांक (HDI) 2021-22 में शीर्ष 5 देश	
HDI रैंक	देश
1	स्विट्ज़रलैंड
2	नॉर्वे
3	आइसलैंड
4	हांगकांग, चीन
5	ऑस्ट्रेलिया

मानव विकास का स्तर	मानव विकास सूचकांक का स्कोर
अति उच्च	0.800 से ऊपर
उच्च	0.700 से 0.799 के बीच
मध्यम	0.550 से 0.699 के बीच
निम्न	0.549 से नीचे

- मानव विकास सूचकांक के मामले में बिहार अंतिम स्थान पर है। बिहार सार्वजनिक स्वास्थ्य और शिक्षा के क्षेत्र में केंद्र से तुलनात्मक रूप से बहुत कम खर्च करता है।
- UNDP के अनुसार 2019 के लिए बिहार का मानव विकास सूचकांक मान 0.536 था, यह पाकिस्तान के मान के लगभग बराबर था।
- 2022 के अनुसार बिहार का मानव विकास सूचकांक मान 0.571 है जो लगभग कांगो गणराज्य के मान के बराबर है।
- बिहार सरकार शिक्षा पर प्रति व्यक्ति 2,267 रुपये तथा स्वास्थ्य पर प्रति व्यक्ति 520 रुपये खर्च करती है, जबकि राष्ट्रीय औसत शिक्षा के क्षेत्र में 5,970 रुपये तथा स्वास्थ्य क्षेत्र में 1,987 रुपये हैं।।
- बिहार सरकार शिक्षा के क्षेत्र में जीडीपी का 5.2% खर्च करती है, जबकि स्वास्थ के क्षेत्र में केवल 1.95% खर्च करती है।
- पटना विश्वविद्यालय से अवकाश प्राप्त प्रोफेसर एवं प्रसिद्ध अर्थशास्त्री डॉ. नवल किशोर चौधरी के अनुसार, "सार्वजनिक शिक्षा और सार्वजनिक

स्वास्थ्य पर अधिक व्यय किया जाना चाहिए, यह धारणा है कि आय का 6 प्रतिशत शिक्षा पर और 4 प्रतिशत स्वास्थ्य पर खर्च किया जाना चाहिए केन्द्र और राज्य स्तर पर भी इसे लागू किया जाना चाहिए।

- 2021 की नीति आयोग की रिपोर्ट के अनुसार, बिहार को 100 में से 52 अंक मिले हैं, जो देश के सभी राज्यों से कम है।
- नीति आयोग ने देश में वर्ष 2023 में 500 आकांक्षी प्रखंडों की घोषणा की है, जिनमें से 61 आकांक्षी प्रखंड बिहार के शामिल है। सभी प्रखंडों का चयन केंद्र के आकांक्षी प्रखंड कार्यक्रम के तहत किया गया।
- भारत के नीति आयोग के अल्प विकसित कुल 112 आकांक्षी जिलों की जनवरी 2023 के लिए चैम्पियन ऑफ चैंज डेल्टा रैंकिंग जारी की।
- देश के पांच सर्वश्रेष्ठ आकांक्षी जिलों की रैकिंग शीर्ष पांच जिलों में बिहार के दो जिले खगड़िया और शेखपुरा क्रमशः पहले और चौथे स्थान पर हैं।
- तीन अन्य जिले दामोह (मध्यप्रदेश), सोनभद्र (उत्तर प्रदेश) और चंदेल (मणिपुर) हैं।
- इन सभी जिलों में स्वास्थ्य, पोषण, शिक्षा, वित्तीय स्थिति और आधारभूत अवसंरचना जैसे प्रमुख क्षेत्रों पर ध्यान दिया जाता है।
- बिहार में 33.74% लोग गरीबी रेखा के नीचे रहते हैं और वैश्विक बहुआयामी गरीबी सूचकांक (MPI) के सन्दर्भ में यह प्रतिशत बढ़कर 52.5 हो जाता है सिर्फ 12.3% परिवार के लोग स्वास्थ्य बीमा के अंतर्गत हैं।
- 42% बच्चे (5 वर्ष के कम उम्र के) कुपोषण के शिकार हैं। 15 वर्ष से ऊपर के लोगों की साक्षरता 64.7% है।
- सूचकांक संयुक्त राष्ट्र विकास कार्यक्रम (UNDP) का कहना है कि 2021 के लिए बिहार का मानव विकास सूचकांक 0.571 है, जिसमें स्वास्थ्य, शिक्षा और प्रति व्यक्ति आय शामिल है।
- मानव विकास सूचकांक का निम्न स्तर होने का प्रमुख कारण अशिक्षा, गरीबी, ख़राब स्वास्थ्य सुविधा एवं कुपोषण अदि है।

बिहार में आर्थिक पिछड़ापन

- किसी राज्य के आर्थिक पिछड़ापन का अर्थ होता है कि उस राज्य विशेष में आर्थिक विकास के लिए उपलब्ध संसाधनों का उचित तरीके से वितरण न होने के कारण, राज्य के लोगों को आर्थिक रूप से पिछड़ा रह जाना। इससे उन्हें आर्थिक विकास के लाभों से भी वंचित रहना पड़ता है।

बिहार में आर्थिक पिछड़ेपन के निम्नलिखित कारण हैं –

निम्न प्रति व्यक्ति आय

- वर्तमान मान पर बिहार की प्रति व्यक्ति आय 2020-21 में 50,555 रु. थी जबकि भारत की 86,659 रु. थी।
- 2021-22 में बिहार की प्रति व्यक्ति आय बढ़कर 54,383 रुपये हो गई है।
- गत पांच वर्षों में (2016-17 से 2020-21 तक) बिहार में प्राथमिक क्षेत्र 2.3 प्रतिशत, द्वितीयक क्षेत्र 4.8 प्रतिशत और तृतीयक क्षेत्र सर्वाधिक 8.5 प्रतिशत की वार्षिक दर से बढ़ा।
- बिहार में प्रति व्यक्ति आय कम होने के कई कारण हो सकते हैं जैसे कि बिहार में अधिकांश लोग कृषि और ग्रामीण क्षेत्रों में रहते हैं जहां आय कम होती है। इसके अलावा, बिहार में अधिक बेरोजगारी दर होती है जो आय कम होने का एक मुख्य कारण है।

तीव्र गति से बढ़ती जनसंख्या

- बिहार में तीव्र गति से जनसंख्या में वृद्धि हो रही है।
- 2011 की जनगणना के अनुसार यहाँ की जनसंख्या 10,40,99,452 करोड़ हो गयी है।
- जनसंख्या वृद्धि बेरोजगारी का कारण बन सकती है जो आर्थिक विकास को प्रभावित करती है।

कृषि का धीमा विकास

- बिहार की अर्थव्यवस्था कृषि पर आधारित है।
- 2021-22 में राज्य की अर्थव्यवस्था में कृषि क्षेत्र की हिस्सेदारी 21.1 प्रतिशत रही है।
- बिहार में कृषि क्षेत्र का योगदान अर्थव्यवस्था में महत्वपूर्ण है परन्तु, यहाँ कृषि व्यवस्था का विकास अपेक्षाकृत धीमा है।

उद्योग धंधों का अभाव

- झारखण्ड के अलग होने से अधिकांश उद्योग - धंधे झारखंड को प्राप्त हो गए हैं, जो पिछड़ेपन के मुख्य कारणों में से एक है।
- उत्पादन के लिए श्रम, भौतिक पूंजी और मानव पूंजी की आवश्यकता होती है, परन्तु इन सभी का अभाव उत्पादन की कमी का कारण बनता है जो आर्थिक विकास को प्रभावित करता है।
- इस प्रकार उद्योग धंधों की कमी बेरोजगारी के अभाव के साथ-साथ आर्थिक विकास को नकारात्मक रूप से बढ़ाती है।

बाढ़ एवं सूखा से क्षति

- बिहार को बाढ़ एवं सूखा से हर वर्ष काफी क्षति उठानी पड़ती हैं।
- प्रत्येक वर्ष सीतामढ़ी, मुजफ्फरपुर, दरभंगा, मधुबनी, एवं सहरसा आदि जिलों में बाढ़ एवं सूखा की स्थिति देखने को मिलती है।
- बिहार में कुल सिंचित क्षेत्र 45,50,244 हेक्टेयर है, जो कुल कृषि क्षेत्र का 48.33 प्रतिशत है।
- बाढ़ के कारण फसलों का एक महत्वपूर्ण हिस्सा नष्ट हो जाता है, जिससे जीवन और संपत्ति को बहुत नुकसान होता है।
- बिहार भारत का सबसे ज्यादा बाढ़ ग्रस्त क्षेत्र है, जहाँ राज्य की कुल आबादी का 76 प्रतिशत लोग बाढ़ - आवर्ति क्षेत्र में निवास करते है।
- भौगोलिक क्षेत्र का लगभग 73% अर्थात 68,800 वर्ग किमी बाढ़ प्रभावित क्षेत्र में आता है।
- बिहार का मैदानी क्षेत्र जो कि नेपाल से जुड़ा हुआ है, वह कई नदियों जैसे - बलान, बागमती, कोसी, गंडक, बूढ़ी गंडक, कमला इत्यादि का क्षेत्र है।
- उपरोक्त नदियों का जलग्रहण क्षेत्र भूगर्भ विज्ञान की दृष्टि से नवनिर्मित हिमालय के खड़ी ढलानों में है।
- इन नदियों का उद्गम नेपाल में होता है और वे उन क्षेत्रों से, उच्च मात्रा में तलछट लाकर बिहार के मैदानी इलाकों में जमा कर देती है।

गरीबी एवं मंदी

- बिहार भारत के गरीब राज्यों में से एक है, प्रति व्यक्ति आय राष्ट्रीय औसत आय से कम है।
- मार्च 2023 तक की जानकारी के अनुसार बिहार में प्रति व्यक्ति वार्षिक आय 54,383 रुपये है।
- किशनगंज बिहार का सबसे गरीब जिला है।
- उद्योगों की कमी और शिक्षा की कमी के कारण लोगों में रोजगार न मिलने के कारण बिहार में अधिक गरीबी है।
- इस प्रकार यहाँ गरीबी का कुचक्र चलता रहता है।

औद्योगिक पिछड़ापन

- बिहार में उपलब्ध प्राकृतिक साधनों का समुचित उपयोग नहीं हो पा रहा है क्योंकि झारखण्ड के अलग हो जाने के बाद यहाँ वन एवं खनिज की कमी हो गयी है।

- बिहार में खनिज संसाधनों का अभाव होने से खनिज आधारित उद्योग का विकास बहुत कम हुआ है।
- विभिन्न अनुमानों के अनुसार, निम्नलिखित तथ्य बिहार में औद्योगीकरण या औद्योगिक पिछड़ेपन के निम्न स्तर का संकेत देते हैं:
- बिहार के कुल कार्यबल का 75-77% अभी भी कृषि गतिविधियों में लगा हुआ है, जो भारत में सबसे अधिक है।
- कुल घरेलू आय में कृषि का हिस्सा भी लगभग 25% अधिक है, जो राष्ट्रीय औसत (2011-12 में स्थिर कीमतों पर 16.38%) से अधिक है।
- 2011-12 में स्थिर कीमतों पर राज्य की कुल घरेलू आय में औद्योगिक क्षेत्र का योगदान लगभग 20% है, जो राष्ट्रीय औसत (जो 2011-12 में स्थिर कीमतों पर लगभग 29.5% है) की तुलना में काफी कम है।

बिहार के पिछड़ेपन के कुछ अन्य कारण निम्न हैं:

- बिहार में विभिन्न चुनौतियां हैं जो उद्योगों और समग्र अर्थव्यवस्था के विकास में बाधक हैं। इन चुनौतियों में महत्वपूर्ण खनिज संसाधनों जैसे कोयला, लौह अयस्क, बॉक्साइट, ग्रेफाइट आदि की कमी शामिल है।
- इसके परिणामस्वरूप, राज्य को अन्य देशों से खनिज संसाधनों के आयात पर निर्भर रहना पड़ता है, जो बिहार में बड़े उद्योगों की स्थापना में बाधा डालता है।
- राज्य में बिजली, परिवहन और शहरी केंद्रों जैसे बुनियादी ढांचे का अभाव है, जो अन्य उद्योगों जैसे आईटी, कृषि आधारित उद्योगों और लघु उद्योगों को राज्य में फलने-फूलने में मुश्किल बनाता है।
- इसके अलावा, राज्य की साक्षरता दर अपेक्षाकृत कम है, और शिक्षा की गुणवत्ता खराब है, जिसके परिणामस्वरूप आईटी जैसे सेवा-आधारित उद्योगों के लिए आवश्यक कुशल श्रम की कमी है। कुशल श्रम की यह कमी बिहार में ऐसे उद्योगों के विकास में अधिक बाधा डालती है।
- राज्य की कम बचत दर और गरीबी रेखा से नीचे रहने वाली बड़ी आबादी के परिणामस्वरूप निवेश के लिए पूंजी की कमी होती है, जिससे बिहार में औद्योगीकरण और शहरीकरण की प्रक्रिया बाधित होती है।
- भ्रष्टाचार, उच्च स्तर के अपराध, और शक्तिशाली अपराधियों द्वारा जबरन वसूली की मांग के कारण एक नकारात्मक शासन का माहौल स्थिति को और खराब कर देता है और संभावित निवेशकों को राज्य में निवेश करने से हतोत्साहित करता है।

आर्थिक पिछड़ेपन दूर करने हेतु प्रयास

जनसंख्या नियंत्रण एवं शिक्षा में विकास

- बिहार में तेजी से बढ़ती जनसंख्या को नियंत्रित करने के उपाय किए जाने चाहिए।
- परिवार नियोजन जैसे कार्यक्रमों को लागू किया जाना चाहिए।
- इस मुद्दे के बारे में जागरूकता बढ़ाने के लिए विशेष रूप से महिलाओं के लिए शिक्षा को बढ़ावा दिया जाना चाहिए।

कृषि विकास

- बिहार में कृषि जीवन की रीढ़ है। इसलिए नवीन कृषि पद्धतियों एवं आधुनिक कृषि उपकरणों के प्रयोग को बढ़ावा देना चाहिए।
- बिहार में कृषि-कार्य हेतु भी सिंचाई की व्यवस्था की अत्यंत आवश्यकता है।
- कृषि-अर्थव्यवस्था सर्वाधिक वैश्विक है और इसमें इसके खाद्य निर्यात का महत्वपूर्ण योगदान है।

बाढ़ नियंत्रण

- बाढ़ से नुकसान होने से बचाने के लिए बांधों, नहरों, तालाबों और जल संरचनाओं का निर्माण किया जा सकता है, जो बाढ़ को नियंत्रित करने के लिए उपयोगी होती हैं।
- बाढ़ के नियंत्रण के लिए जल संचयन और जल संरक्षण की भी आवश्यकता होती है।
- ज्यादा से ज्यादा वृक्षारोपण करना चाहिए, वृक्षारोपण से जमीन की नमी बनी रहती है जो बाढ़ को रोकती है।
- इसके अलावा, बांध बनाकर बाढ़ के पानी को रोका जा सकता है, बांध बनाने से पानी एक स्थान पर रुकता है जो बाढ़ को रोकता है।

अधोसंरचना विकास

- बिहार में बिजली की भारी कमी है इसलिए बिजली उत्पादन बढ़ाने के प्रयास किए जाने चाहिए।
- सड़क के बुनियादी ढांचे में सुधार किया जाना चाहिए।
- विकास प्रक्रिया का समर्थन करने और आगे बढ़ने के लिए शिक्षा और स्वास्थ्य सुविधाओं का उन्नयन किया जाना चाहिए।

औद्योगिक विकास

- औद्योगिक विकास के लिए नए उद्योगों की स्थापना को भूमि खरीद व कर में छूट दी जानी चाहिए इसके अलावा, उद्योग क्षेत्र की उम्मीदों को पूरा करने के लिए नए लैंड बैंक बनाया जाना चाहिए।
- राज्य में श्रम कानूनों को उद्योगों के अनुकूल बनाया जाना चाहिए ताकि उद्योगों को अधिक सुविधाएं मिल सकें।
- हालाँकि, हाल के वर्षों में, संघर्षरत उद्योगों को पुनर्जीवित करने के लिए देश और विदेश के विभिन्न हिस्सों से निवेश आकर्षित करने के प्रयास किए गए हैं।

बिहार में गरीबी

- नीति आयोग द्वारा जारी बहुआयामी गरीबी सूचकांक (MPI), 2021 में बिहार को देश का सबसे गरीब राज्य बताया गया है।
- रिपोर्ट के अनुसार, बिहार की 51.91% जनसंख्या गरीब है, वहीं केरल देश का न्यूनतम गरीब राज्य है, यहाँ केवल 0.71% जनसंख्या ही गरीब है।
- बिहार की 51.88% (देश में सर्वाधिक) कुपोषण की शिकार है, वहीं सिक्किम देश का सबसे कम कुपोषित राज्य है।
- इस सूचकांक में बिहार को 0.265 स्कोर प्राप्त हुआ है, जिसमें ग्रामीण क्षेत्रों का MPI स्कोर 0.286 एवं शहरी क्षेत्रों का MPI स्कोर 0.117 है, जो बताता है कि बिहार के ग्रामीण क्षेत्रों में सर्वाधिक गरीबी है।

सबसे अधिक गरीब जिलों का क्रम:

किशनगंज (64.75%) ← अररिया (64.65%) ← मधेपुरा (64.35%) ← पूर्वी चंपारण (64.13%) ← सुपौल (64.10%)

सबसे कम गरीब जिलों का क्रम:

पटना (29.20%) → भोजपुर (40.50%) → सिवान (40.55%) → रोहतास (40.74%) → मुंगेर (40.99%)

- बिहार गरीबी और असमानता के उच्च स्तर के साथ भारत के सबसे गरीब राज्यों में से एक है।
- राज्य में गरीबी रेखा से नीचे रहने वाले लोगों का उच्च प्रतिशत है, अत्यधिक गरीबी में रहने वाली आबादी का एक महत्वपूर्ण हिस्सा है।

वैश्विक बहुआयामी गरीबी सूचकांक (MPI) 2022 का परिदृश्य

- संयुक्त राष्ट्र विकास कार्यक्रम (UNDP) और 'ऑक्सफोर्ड पॉवर्टी एंड ह्यूमन डेवलपमेंट इनीशिएटिव' (OPHI) के द्वारा वैश्विक बहुआयामी गरीबी सूचकांक (MPI) 2022 भी जारी किया गया।

- इस सूचकांक के अनुसार वैश्विक स्तर पर 2 बिलियन लोग बहुआयामी गरीबी की सीमा के दायरे में आते हैं।
- विश्व में सबसे ज़्यादा 22.8 करोड़ गरीब भारत में हैं, तथा दूसरे स्थान पर नाइजीरिया में 9.6 करोड़ लोग गरीब हैं।
- अन्य राज्य भी उसी तरह से देश के शीर्ष 10 सबसे गरीब राज्यों में शामिल हैं। ये राज्य हैं, बिहार, झारखंड, मेघालय, मध्य प्रदेश, उत्तर प्रदेश, असम, ओडिशा, छत्तीसगढ़ और राजस्थान।
- उपरोक्त 2022 की रिपोर्ट के अनुसार, बिहार ने गरीबी कम करने में अद्भुत सफलता हासिल की है।
- 2005-06 में बिहार में गरीबी घटने की दर 77.40 प्रतिशत थी, लेकिन 2015-16 में यह 25 प्रतिशत घटकर 52.40 प्रतिशत हो गया तथा 2019-21 में यह 17.70% घटकर 34.70% रह गयी है।
- संयुक्त राष्ट्र की एक रिपोर्ट के अनुसार 15 वर्षों में बिहार ने गरीबी में 42.70 प्रतिशत की कमी की है।

बिहार में गरीबी के कारण

- खराब बुनियादी ढांचा, बुनियादी सुविधाओं और सीमित आर्थिक अवसर तक पहुंच में कमी बिहार की गरीबी में योगदान करते हैं।
- बिहार में विभिन्न परिप्रेक्ष्य में बुनियादी ढांचों का अभाव है। हालांकि पिछले कुछ वर्षों में आधारभूत संरचना के कई क्षेत्रों में सुधार हुआ है, फिर भी स्थिति अच्छी नहीं कही जा सकती है।
- बेहतर बुनियादी ढांचे की कमी राज्य के आर्थिक विकास में बाधक है, जिसके कारण बिहार में बेरोजगारी और गरीबी बढ़ी है।
- बिहार में आबादी के एक महत्वपूर्ण हिस्से के लिए कृषि आजीविका का मुख्य स्रोत है, लेकिन इस क्षेत्र में कम उत्पादकता और खराब बुनियादी ढांचा राज्य में गरीबी में योगदान देता है।
- बिहार में विनिर्माण, सेवा और पर्यटन जैसे अन्य क्षेत्रों का उल्लेखनीय विकास नहीं हुआ है, जिसके कारण रोजगार के अवसर सीमित हैं और वेतन कम है।
- जाति-आधारित भेदभाव और लैंगिक असमानता जैसे सामाजिक कारक भी बिहार में गरीबी में योगदान करते हैं।
- बाढ़ और सूखे जैसी प्राकृतिक आपदाएँ भी बिहार में गरीबी को बढ़ाती हैं, क्योंकि वे फसलों, बुनियादी ढांचे और घरों को हानि पहुंचाती है।
- COVID-19 महामारी का बिहार की अर्थव्यवस्था पर भी महत्वपूर्ण प्रभाव पड़ा है, जिससे कई लोगों की नौकरी छूट गई है और आय में कमी आई है, विशेष रूप से अनौपचारिक क्षेत्र के लोगों के लिए।
- गुणवत्तापूर्ण स्वास्थ्य सेवा और शिक्षा तक पहुंच की कमी भी बिहार में गरीबी में योगदान करती है, क्योंकि खराब स्वास्थ्य और निम्न शिक्षा स्तर आर्थिक अवसरों और आय की क्षमता को सीमित करते हैं।

- राज्य में बाल श्रम की उच्च दर है, जो गरीबी को और अधिक बढ़ा देती है क्योंकि बच्चों को शिक्षा प्राप्त करने के बजाय काम करने के लिए मजबूर किया जाता है।
- बिहार में गरीबों के बीच काम के लिए दूसरे राज्यों में पलायन आम है, क्योंकि वे बेहतर नौकरी के अवसर और उच्च मजदूरी चाहते हैं।

बिहार में गरीबी दूर करने के उपाय

- कृषि के क्षेत्र में निवेश और उचित तकनीक अपनाई जानी चाहिए।
- कृषि में विकास के लिए जल प्रबंधन और बाढ़ नियंत्रण को बढ़ावा देना, गुणवत्तापूर्ण बीजों का उपयोग, उर्वरकों का उचित उपयोग को अपनाना होगा।
- कृषि पर जनसंख्या के दबाव को कम करने के लिए पशुपालन, मछली पालन आदि के माध्यम से रोजगार सृजन में विस्तार की आवश्यकता है।
- रोजगार सृजन के लिए श्रम प्रधान उद्योगों, लघु एवं कुटीर उद्योगों को बढ़ावा देने की आवश्यकता है।
- वृहत, मध्यम, लघु, कुटीर एवं कृषि आधारित उद्योगों, खाद्य प्रसंस्करण उद्योगों की स्थापना को प्रोत्साहन देने की आवश्यकता है।
- रोजगार सृजन के साथ-साथ कौशल, वित्त आदि के माध्यम से लोगों को स्वरोजगार के लिए प्रोत्साहित किया जाता है।
- गरीबी उन्मूलन में स्थानीय स्वशासी संस्थाओं के माध्यम से नियोजन एवं क्रियान्वयन की आवश्यकता है।
- बढ़ती हुई जनसंख्या के दबाव को कम करने के लिए जनसंख्या नियंत्रण के उपायों को अपनाना होगा।
- संसाधनों के बेहतर उपयोग के लिए कुशल वित्तीय प्रबंधन और निवेश को बढ़ावा देना होगा।
- भ्रष्ट अधिकारियों तथा अपराधियों के समन्वय की आवश्यकता है।
- हालाँकि, इन कार्यक्रमों की प्रभावशीलता भ्रष्टाचार, नौकरशाही की अक्षमता और अपर्याप्त कार्यान्वयन जैसे मुद्दों के कारण सीमित रही है। यह भी बिहार के विकास में पूर्णतः बाधक है।

बिहार में गरीबी उन्मूलन के प्रयास

गरीबी उन्मूलन के लिए केंद्र के साथ-साथ बिहार सरकार द्वारा प्रत्यक्ष और अप्रत्यक्ष रूप से कई योजनाएँ लाई गई हैं जिनमें से प्रमुख इस प्रकार हैं:

- बिहार सरकार ने महत्वाकांक्षी योजना 'सात निश्चय' के माध्यम से स्वास्थ्य, शिक्षा, सड़क और ग्रामीण विकास जैसे प्रमुख क्षेत्रों को लक्षित करते हुए एक व्यापक सुधार कार्यक्रम शुरू किया है।
- प्रधानमंत्री आवास योजना ग्रामीण के तहत गरीब परिवारों को आवास के लिए 1.20 लाख रुपये देने का प्रावधान किया गया है। बिहार सरकार ने जमीन की खरीद के लिए 60 हजार रुपये देने की व्यवस्था की है।
- मुख्यमंत्री सतत आजीविका उपार्जन योजनान्तर्गत गरीब, वंचित परिवारों को रोजगार हेतु 60 हजार से एक लाख तक देने का प्रावधान है।
- ग्रामीण महिलाओं को सशक्त एवं स्वावलम्बी बनाने हेतु जीविका योजना का संचालन किया जा रहा है।
- बच्चों की शिक्षा और पोषण के लिए हर बच्चे को आंगनबाड़ी, मध्यान्ह भोजन योजना से जोड़ने की योजना चलाई जा रही है।
- 2015 में बिहार में गरीबी दूर करने का रोडमैप बनाने के लिए एस. गुलरेज होदा की अध्यक्षता में टास्क फोर्स का गठन किया गया।
- सरकार ने कानून व्यवस्था और निवेश के माहौल में सुधार पर ध्यान केंद्रित किया।
- बिहार के ग्रामीण गरीबों का सामाजिक और आर्थिक सशक्तिकरण विश्व

बैंक की बिहार ग्रामीण आजीविका परियोजना द्वारा किया गया।

- बिहार सरकार द्वारा अधोसंरचना सुधार के तहत सड़क, संचार, परिवहन, बिजली आदि के क्षेत्र में उल्लेखनीय कार्य किया गया है।
- राष्ट्रीय परिवार स्वास्थ्य सर्वेक्षण-4 (2015-16) के आंकड़ों के अनुसार बिहार की 39.86% जनसंख्या बिजली की पहुँच से दूर थी, जबकि राष्ट्रीय परिवार स्वास्थ्य सर्वेक्षण-5 (2019-20) के अनंतिम आंकड़ों के अनुसार बिहार की मात्र 3.7% जनसंख्या ही बिजली की पहुँच से दूर है, जो बिजली के क्षेत्र में बिहार की उल्लेखनीय प्रगति को प्रदर्शित करता है।
- राज्य सरकार ने गरीबों की आजीविका में सुधार लाने के उद्देश्य से बिहार ग्रामीण आजीविका परियोजना और मुख्यमंत्री ग्राम परिवहन योजना जैसे विभिन्न गरीबी उन्मूलन कार्यक्रमों और योजनाओं को लागू किया है।
- इसके आलावा गरीबों की आय संवर्धन के लिए समेकित ग्राम विकास योजना, ग्रामीण स्वरोजगार योजना, और महिला तथा शिशु पोषण के लिए 'ग्रामीण महिला एवं शिशु विकास कार्यक्रम' आदि भी लागू किये गए है।

बिहार में बेरोजगारी

- बिहार में बेरोजगारी एक अत्यंत ही गंभीर समस्या है।
- 1936 में प्रकाशित अपनी पुस्तक 'जनरल थ्योरी ऑफ एम्पलायमेंट, इन्टरेस्ट एण्ड मनी' में रोजगार सिद्धान्त का प्रतिपादन करने वाले अर्थशास्त्री कीन्स के अनुसार, विकसित देशों में पायी जाने वाली बेरोजगारी मांगजन्य होती है, परंतु भारत जैसे विकासशील देशों में बेरोजगारी की समस्या पूर्तिजन्य होती है।
- बेरोजगारी समस्या से तात्पर्य है कि जब किसी व्यक्ति को बाजार में उपलब्ध मजदूरी के अभाव में काम नहीं मिल पाता है।
- यदि रोजगार चाहने वाले व्यक्तियों को पर्याप्त रोजगार मिल जाए तो अर्थव्यवस्था 'पूर्ण रोजगार' की स्थिति में होती है।
- एक सामान्य वर्ष में 273 दिन और 8 घंटे प्रतिदिन काम के साथ होता है। यह स्टैंडर्ड वर्ष कहलाता है।
- इस धारणा का प्रयोग सबसे पहले छठी योजना में रोजगार की मात्रा का मापने के लिए किया गया था।
- इस धारणा के अनुसार, यदि व्यक्ति हर दिन 8 घंटे काम करता है और 273 दिनों तक रोजगार में होता है, तो उस व्यक्ति को पूर्ण रोजगार में माना जाता है।
- यदि कोई व्यक्ति एक दिन में एक घंटे से कम काम करता है, तो उसे "बेरोजगार" स्थिति में माना जाएगा। बेरोजगारी की दर श्रम शक्ति का वह प्रतिशत है, जो बिना कार्य के है। इसकी गणना निम्न सूत्र द्वारा की जाती है-

$$\text{बेरोजगारी की दर} = \frac{\text{बेरोजगार श्रमिक}}{\text{कुल श्रम शक्ति}} \times 100$$

- बिहार में अधिकतर मौसमी और प्रच्छन्न बेरोजगारी देखी जाती है:-

  1. **मौसमी बेरोजगारी:** यह बेरोजगारी प्रमुख रूप से कृषि के क्षेत्र में पाई जाती है। कृषि के क्षेत्र में खेतों की जुताई, बुआई, कटाई आदि कार्यों के समय केवल मौसम अनुकूल रोजगार प्राप्त होता है।

  2. **प्रच्छन्न बेरोजगारी:** यह बेरोजगारी प्रमुख रूप से ग्रामीण क्षेत्रों में पाई जाती है। कृषि में उत्पादन के इष्टतम स्तर तक पहुँचने के लिए जितने लोगों की आवश्यकता होती है, उससे अधिक लोग कृषि कार्य में लगे होते हैं। इस तरह के लोगों को यदि कृषि कार्य से हटा दिया जाता है, तो कृषि उत्पादन पर कोई प्रभाव नहीं पड़ता है। इसलिए, इसे प्रच्छन्न बेरोजगारी कहते है।

बेरोजगारी की माप

भगवती आयोग का गठन वर्ष 1973 में योजना आयोग ने किया था। इस आयोग ने बेरोजगारी को मापने के लिए 3 धारणाएं प्रस्तावित की थीं, जो निम्न हैं:-

1. **सामान्य स्थिति:** इसके अनुसार यदि किसी व्यक्ति को 183 दिनों तक कार्य नहीं प्राप्त होता है, तो उसे 'सामान्य स्थिति बेरोजगारी' कहा जाता है। इस बेरोजगारी दर को 'क्रानिक बेरोजगारी' दर भी कहा जाता है।
2. **चालू साप्ताहिक स्थिति :** चालू साप्ताहिक स्थिति की बेरोजगारी का अर्थ यह है कि यदि व्यक्ति को समीक्षा दिन के ठीक पूर्व के सप्ताह या 7 दिनों में किसी अन्य व्यक्ति की कार्य स्थिति प्रदर्शित करना हो तथा यदि किसी व्यक्ति ने समीक्षा सप्ताह में 1 घंटा भी कार्य न किया हो तो इसे चालू साप्ताहिक स्थिति की बेरोजगारी कहते है।
3. **चालू दैनिक स्थिति :** उन सात दिनों की समीक्षा है, जो किसी व्यक्ति के पूर्व दिनों में हुए कार्य की स्थिति बताती है।

बेरोजगारी: बिहार का परिप्रेक्ष्य

- बिहार भारत के सबसे गरीब राज्यों में से एक है और ऐतिहासिक रूप से यहाँ बेरोजगारी का स्तर उच्च रहा है।
- **आर्थिक निगरानी से सम्बंधित संस्था सेंटर फॉर मॉनिटरिंग इण्डियन इकॉनामी (CMIE)** के द्वारा मार्च 2023 के आंकड़ों के अनुसार, बिहार में बेरोजगारी के स्तर में अब कमी आयी है, यह दर अब (मार्च 2023 तक) 17.6 प्रतिशत है।
- आंकड़ों से यह भी स्पष्ट है कि बिहार में गाँवों की तुलना में शहरों में बेरोज़गारी अधिक है। ग्रमीण बेरोज़गारी घटकर जहाँ 9 प्रतिशत तक आ गई है, वहीं शहरी बेरोज़गारी अभी भी 16.9 प्रतिशत है।
- सम्पूर्ण भारत की बेरोजगारी दर 7.6% है जिसमें ग्रामीण एवं शहरी का प्रतिशत क्रमशः 8.6% एवं 7.1% है।
- अर्थशास्त्रियों के अनुसार बेरोजगारी बढ़ने का प्रमुख कारण आर्थिक गतिविधियों का शिथिल होना है। कोविड-19 महामारी और उसके बाद लॉकडाउन ने राज्य में बेरोजगारी की स्थिति को अधिक प्रबल कर दिया।
- असंख्य प्रवासी श्रमिक जो महामारी के कारण हुए लॉकडाउन के दौरान बिहार लौट आए थे, उन्हें काम और आय खोजने में कठिनाइयों का सामना करना पड़ा।
- वर्तमान में रोजगार की वृद्धि के लिए बिहार सरकार ने राज्य में युवाओं की रोजगार क्षमता बढ़ाने के लिए कई कौशल विकास कार्यक्रम शुरू किए हैं।
- वर्तमान में बिहार में प्राथमिक स्कूलों, CRPF, भवन निर्माण विभाग, बिहार सरकार द्वारा जूनियर इंजीनियर व माली, माध्यमिक शिक्षकों के लिए, अभियंत्रण कॉलेज और पॉलिटेक्निक संस्थानों में अध्यापक के लिए बहुत से पद रिक्त है जो कि बेरोजगारी को अडिग रखे हुए है।

किस क्षेत्र में कितना रोजगार	
कृषि, वानिकी और मत्स्य	44.6 प्रतिशत
निर्माण	17.1 प्रतिशत
थोक एवं खुदरा कारोबार व यान्त्रिकी	12.3 प्रतिशत
विनिर्माण	9.3 प्रतिशत
स्वरोजगार	33.9 प्रतिशत

बिहार की स्थिति

- देश के दूसरे राज्यों की तुलना में बिहार में कामकाजी आयु वर्ग की बड़ी आबादी है। बिहार की गणना श्रम अधिशेष राज्य में होती है।
- NSO के अनुसार, राज्य में केवल 12 प्रतिशत लोग नौकरी करते हैं। बिहार में कमाई का प्रमुख स्रोत स्वरोजगार ही है जिस पर 56 प्रतिशत कामकाजी

आबादी निर्भर हैं।

- जो स्वरोजगार करते हैं उनमें भी 33.9 प्रतिशत अकेले ही कोई न कोई काम करते हैं।
- कामकाज में महिलाओं की हिस्सेदारी-ग्रामीण क्षेत्रों में 3.9 प्रतिशत, शहरों में 6.4 प्रतिशत है।
- पुरुषों से अधिक (53.6 प्रतिशत) महिलाएं कृषि, वानिकी और मछली के कारोबार में रोजगार पा रही हैं। शिक्षा क्षेत्र से 25.7 प्रतिशत महिलाएं रोजगार में सक्षम है।

विश्व डेटा एटलस द्वारा जारी आंकड़े (मार्च, 2023)	
जीडीपी	**6,75,44,803 लाख रुपये**
सकल घरेलू उत्पाद प्रति व्यक्ति	**54,383 लाख रुपये**
सकल घरेलू उत्पाद की वृद्धि	**27.9 मिलियन (%)**
बेरोजगारी दर	**17.55%**
श्रम बल भागीदारी दर	**34.57%**
उपभोक्ता मूल्य सूचकांक	**173.2**

मार्च 2023 के अनुसार, सबसे ज्यादा बेरोजगारी दर वाले राज्य हरियाणा-

1. हरियाणा- 26.8 प्रतिशत
2. राजस्थान- 26.4 प्रतिशत
3. जम्मू-कश्मीर- 23 प्रतिशत
4. सिक्किम -20.7 प्रतिशत
5. बिहार -17.6 प्रतिशत
6. झारखंड - 17.5 प्रतिशत

मार्च 2023 के अनुसार, सबसे कम बेरोजगारी दर वाले राज्य

1. उत्तराखंड और छत्तीसगढ़- 0.8 प्रतिशत
2. पुदुचेरी- 1.5 प्रतिशत
3. गुजरात- 1.8 प्रतिशत
4. कर्नाटक - 2.3% प्रतिशत
5. बिहार -17.6 प्रतिशत
6. मेघालय और ओडिशा - 2.6% प्रतिशत

बेरोजगारी दूर करने के लिए सम्बंधित प्रयास

- बिहार निवेश आकर्षित करने और अधिक रोजगार के अवसर पैदा करने के लिए औद्योगिक विकास को बढ़ावा देने पर ध्यान केंद्रित कर रहा है।
- सरकार ने बेरोजगारों को नौकरी के अवसर प्रदान करने के लिए 'मुख्यमंत्री निश्चय स्वयं सहायता भत्ता योजना' और 'मुख्यमंत्री रोजगार सृजन कार्यक्रम' जैसी विभिन्न रोजगार सृजन योजनाओं को लागू किया गया है।
- बिहार मुख्य रूप से एक कृषि प्रधान राज्य है, और सरकार ग्रामीण क्षेत्रों में रहने वाले लोगों को रोजगार के अवसर प्रदान करने के लिए कृषि, सिंचाई और ग्रामीण विकास पर विशेष ध्यान दे रही है। वर्तमान में बिहार में प्रधानमंत्री कृषि सिंचाई योजना को लगभग कुल आच्छादित क्षेत्र के 0.5 प्रतिशत क्षेत्र में ही अपनाया जा रहा है।
- बिहार को युवाओं को गुणवत्तापूर्ण शिक्षा और व्यावसायिक प्रशिक्षण प्रदान करने में एक महत्वपूर्ण चुनौती का सामना करना पड़ रहा है, जो उनकी रोजगार क्षमता को प्रभावित कर सकता है।
- सरकार ने बेरोजगारों को नौकरी के अवसर प्रदान करने के लिए 'मुख्यमंत्री निश्चय स्वयं सहायता भत्ता योजना' और 'मुख्यमंत्री रोजगार सृजन कार्यक्रम' जैसी विभिन्न रोजगार सृजन योजनाओं लागू किया गया है।
- बिहार मुख्य रूप से एक कृषि प्रधान राज्य है, और सरकार ग्रामीण क्षेत्रों में रहने वाले लोगों को रोजगार के अवसर प्रदान करने के लिए कृषि, सिंचाई और ग्रामीण विकास पर विशेष ध्यान दे रही है। वर्तमान में बिहार में प्रधानमंत्री कृषि सिंचाई योजना को लगभग कुल आच्छादित क्षेत्र के 0.5 प्रतिशत क्षेत्र में ही अपनाया जा रहा है।
- बिहार को युवाओं को गुणवत्तापूर्ण शिक्षा और व्यावसायिक प्रशिक्षण प्रदान करने में एक महत्वपूर्ण चुनौती का सामना करना पड़ रहा है, जो उनकी रोजगार क्षमता को प्रभावित कर सकता है।
- एनुअल स्टेटस ऑफ एजुकेशन रिपोर्ट (ASER Report-2022) ने 2022 की वार्षिक शैक्षिक स्थिति सम्बंधित एक रिपोर्ट जारी की है, जिसके अनुसार देश में ग्रामीण स्कूलों में कक्षा 1 से 8 तक के छात्रों के पढ़ने लिखने की क्षमता में परितृप्त कमी आई है और बिहार में यह कमी काफी अधिक है।
- उद्यमशीलता और छोटे व्यवसायों के विकास के लिए अनुकूल माहौल बनाने में भी बिहार को एक चुनौती का सामना करना पड़ रहा है।'
- बिहार मुख्यमंत्री उद्यमी योजना' जैसी योजना के द्वारा इन्हें प्रोत्साहन देने का प्रयास किया जा रहा है।
- राज्य सरकार राज्य में अधिक व्यवसायों को आकर्षित करने के लिए सड़कों और बिजली जैसे बुनियादी ढांचे में सुधार की दिशा में काम कर रही है।
- बिहार में पर्यटन और हस्तशिल्प जैसे क्षेत्रों में बड़ी मात्रा में संभावनाएं हैं, जो रोजगार के अवसर पैदा कर सकते हैं।
- सरकार अधिक निवेश आकर्षित करने के लिए राज्य में व्यापार करने में आसानी में सुधार पर भी ध्यान केंद्रित कर रही है।
- नौकरी के अवसरों के सृजन सहित बिहार का समग्र विकास, राज्य के आर्थिक विकास और बिहार के लोगों को गरीबी से बाहर निकालने के लिए महत्वपूर्ण है।

विकास की संभावनाएँ

विकास की संभावनाएं अनन्य हो सकती है है परन्तु जब सन्दर्भ बिहार का होता है तो स्वास्थ्य, कुपोषण, पीने का पानी, सफाई एवं स्वच्छता, गरीबी-बेरोजगारी जैसे कुछ विशिष्ट क्षेत्रों की गिनती सर्वप्रथम की जाती है।

स्वास्थ्य

- विश्व बैंक की रिपोर्ट के अनुसार स्वास्थ्य सेवाओं के मामले में बिहार भारत में 20वें स्थान पर है। स्वास्थ्य के क्षेत्र में बिहार बहुत पिछड़ा राज्य है। राज्य में वर्तमान में 40 मेडिकल कॉलेज की आवश्यकता है परन्तु वर्तमान में कुल 9 मेडिकल कॉलेज ही उपलब्ध है।
- जिला अस्पताल की आवश्यक संख्या 38 है परन्तु क्रियान्वित 36 है। इसी प्रकार से 212 सब-डिविज़नल अस्पतालों एवं 838 कम्युनिटी हेल्थ सेंटर्स की आवश्यकता है परन्तु इनकी क्रियान्वित संख्या अभी कमशः 44 एवं शून्य है।
- बिहार में प्राथमिक स्वास्थ्य केंद्रों की संख्या 3,314 होनी चाहिए, लेकिन अभी केवल 533 केंद्र ही क्रियान्वित है।
- राज्य में एएनएम, कम्युनिटी और प्राइमरी हेल्थ सेंटरों में नर्स के ज़िला अस्पतालों में विशेषज्ञ डॉक्टर के लिए बहुत से पद रिक्त है जिनके लिए उचित नियुक्ति की आवश्यकता है।

- सरकार को सभी स्वास्थ्य संबंधी पदों को भर कर, सभी सरकारी और निजी स्वास्थ्य प्रणालियों की मौजूदा क्षमता का मूल्यांकन करना चाहिए, ताकि स्वस्थ्य सुविधाओं को बेहतर बनाया जा सके।

कुपोषण एवं अन्य मामले:

- बिहार में 5 साल से कम आयु के बच्चों में अधिक संख्या में कुपोषण की समस्या है। कुपोषण के कारण बच्चों में बौनेपन के मामले में बिहार शीर्ष पर है।
- बिहार में 5 साल से कम उम्र के जितने बच्चों की मौत होती हैं, उनमें से 72.7 प्रतिशत मौतों की वजह कुपोषण है। राष्ट्रीय स्तर पर यह प्रतिशत 69.2 है।
- राष्ट्रीय परिवार स्वास्थ्य सर्वेक्षण (NFHS-5) के अनुसार, भारत में केवल पांच राज्य हैं जो 2.1 प्रजनन क्षमता के प्रतिस्थापन स्तर से ऊपर हैं।
- ये राज्य हैं- बिहार, मेघालय, उत्तर प्रदेश, झारखंड और मणिपुर। इसमें भी बिहार सबसे ऊपर है।
- देश में बिहार और मेघालय में प्रजनन दर सबसे अधिक है, जबकि सिक्किम व अंडमान एवं निकोबार द्वीप समूह में सबसे कम है।
- बिहार के साथ पश्चिम बंगाल कम उम्र में विवाह की उच्चतम दर वाले राज्यों में से एक है।
- महिलाओं के खिलाफ घरेलू हिंसा के मामलों में बिहार, कर्नाटक (48 प्रतिशत) के बाद दूसरे स्थान पर है, जबकि लक्षद्वीप में घरेलू हिंसा सबसे कम (2.1 प्रतिशत) है।
- परिवार नियोजन में सीमित पुरुष संलग्नता बिहार में 78 प्रतिशत है।
- बिहार के इन गंभीर आकड़ों के लिए एक सुनियोजित कार्य-योजना की आवश्यकता है जिसे समावेशी, अपनी प्रतिबद्धता में दृढ़ और ठोस संसाधनों द्वारा समर्थित भी होना चाहिये।
- कुपोषण की समस्या को दूर करने के लिए केंद्र सरकार आंगनबाड़ी सेवा, पोषण अभियान, प्रधानमंत्री मातृ वंदना योजना जैसी योजनाएं चला रही हैं।

पीने का पानी, सफाई एवं स्वच्छता:

- पीने के योग्य पानी बिहार के लिए एक बड़ी चुनौती है क्योंकि यहाँ के ग्राउंडवाटर में फ़्लोराइड, आर्सेनिक, आयरन, नाइट्रेट और यूरेनियम जैसे अति हानिकारक तत्व पाए जाते है। ये तत्व शरीर के लिए अत्यधिक हानिकारक होते हैं।
- स्वच्छ पानी के लिए काम करने वाली संस्था 'इंडियन नेचुरल रिसोर्स इकोनॉमिक्स एंड मैनेजमेंट (इनरेम)' फाउंडेशन के अनुसार 'नल-जल योजना' अत्यधिक प्रभावी योजना है।
- स्वच्छता और साफ-सफाई का भी कुपोषण से सीधा संबंध है। अगर स्वच्छता और साफ-सफाई नहीं रखी जाएगी, तो इससे बच्चे बीमार पड़ेंगे और उनके शरीर में उपलब्ध पौष्टिक तत्वों की मात्रा कम हो जाएगी।
- इसके आलावा प्रदूषण सम्बन्ध में बिहार के उत्तरी हिस्से में हिमालयन फुटहिल्स है, जिस कारण प्रदूषक तत्व वायुमंडल में बहुत ऊपर नहीं जा पाते हैं।
- केंद्रीय प्रदूषण नियंत्रण बोर्ड के अनुसार, देश में सबसे ज्यादा प्रदूषण पूर्णिया में है, जिसका AQI 450 है।

बिहार के विकास की स्थिति

- 2022-22 में राज्य की विकास दर 10.97 प्रतिशत पर पहुंच गयी है, जबकि 2020-21 में नकारात्मक वृद्धि रही थी।
- विकास दर के मामले में बिहार, देश में तीसरे स्थान पर है, बिहार से आगे आंध्र प्रदेश और राजस्थान है।
- आंध्र प्रदेश की विकास दर 11.41 प्रतिशत और राजस्थान की 11 प्रतिशत है।
- वर्ष 2020 के विधानसभा के चुनाव तथा सरकार के गठन के पश्चात् "न्याय के साथ विकास" के सिद्धांत के प्रति अपनी प्रतिबद्धता कायम रखते हुए आगामी 5 वर्षों में बिहार के विकास के लिए सुशासन के कार्यक्रम, 2020-2025 के तहत अत्मनिर्भर बिहार के सात निश्चय-2 (2020-2025) कार्यक्रम को संपूर्ण राज्य में लागू किया जाएगा।

बिहार की प्रगति के सात निश्चय भाग2

युवाओं में शिक्षा तथा कौशल में वृद्धि

- 'सात निश्चय-2' के तहत बिहार में युवाओं के लिए कई कार्यक्रम शुरू किए गए हैं।
- युवाओ में शिक्षा के लिए 'सात निश्चय-2' में से एक 'आर्थिक हल, युवाओं को बल' है।
- उच्च शिक्षा के लिए बिहार स्टूडेंट क्रेडिट कार्ड योजना, युवाओं को रोजगार खोजने में मदद करने के लिए स्वयं सहायता भत्ता योजना, और कंप्यूटर, संचार और व्यवहार कौशल में प्रशिक्षण प्रदान करने के लिए कौशल युवा जैसे कार्यक्रम लागू किए गए हैं।
- ये कार्यक्रम भविष्य में भी जारी रहेंगे। साथ ही युवाओं के लिए बेहतर तकनीकी प्रशिक्षण की व्यवस्था की जाएगी ताकि उन्हें बेहतर रोजगार के अवसर मिल सकें।
- साथ ही बिहार में उद्यमिता को बढ़ावा दिया जाएगा ताकि युवा उद्यमी बन सकें और दूसरों को भी रोजगार के अवसर प्रदान कर सकें।

संस्थानों की गुणवत्ता में सुधार के लिए योजना

- गत पांच वर्षों में जिला एवं अनुमंडल स्तर पर अनेक संस्थाओं की स्थापना की गई है। आगे चलकर प्रदेश के हर आईटीआई और पॉलिटेक्निक संस्थान में प्रशिक्षण की गुणवत्ता को सुधारने के लिए उच्च स्तरीय 'सेंटर ऑफ एक्सीलेंस' स्थापित किया जाएगा।
- आई.टी.आई. और पॉलिटेक्निक संस्थानों में पढ़ने वाले बच्चों को उद्योगों की मौजूदा जरूरतों जैसे सोलर टेक्नोलॉजी, ड्रोन टेक्नोलॉजी, ऑप्टिकल फाइबर और नेटवर्किंग, ट्रांसफॉर्मर मैन्युफैक्चरिंग आदि के अनुरूप हाई-टेक और नए क्षेत्रों में प्रशिक्षित किया जाएगा।
- हर जिले में एक मेगा स्किल सेंटर की स्थापना की जाएगी, जो आई.टी.आई. या पॉलिटेक्निक में अध्ययन नहीं कर रहे युवाओं के लिए नए कौशल में

मार्गदर्शन और प्रशिक्षण प्रदान करेगा।

- प्रत्येक जिले में कम से कम एक मेगा स्किल सेंटर खोला जाएगा जहां लोकप्रिय और उपयोगी कौशल जैसे परिधान बनाना, रेफ्रिजरेशन, एयर कंडीशनिंग, सौर पैनल यांत्रिकी, सौंदर्य और कल्याण प्रशिक्षण, और बुजुर्गों और रोगियों की देखभाल कम समय में सिखाई जाएगी।
- हर क्षेत्र में टूल रूम और ट्रेनिंग सेंटर की स्थापना की जाएगी।
- टूल रूम में विभिन्न क्षेत्रों की विभिन्न नई और आधुनिक मशीनें एक ही स्थान पर उपलब्ध होंगी।
- आईटीआई और पॉलिटेक्निक से प्रशिक्षण प्राप्त कर चुके युवाओं को इन आधुनिक मशीनों पर नई तकनीक से प्रशिक्षित किया जाएगा।
- 10वीं और 12वीं पास युवाओं के लिए दीर्घकालीन प्रशिक्षण का भी प्रावधान होगा। प्रशिक्षण के बाद इन युवाओं को उच्च तकनीकी क्षेत्रों में रोजगार तलाशने की सुविधा होगी।

महिलाओं को सक्षम एवं आत्मनिर्भर

- महिलाओं में उद्यमशीलता को बढ़ावा देने के लिए 'महिला उद्यमिता योजना' शुरू करने की योजना बनाई गई है, जो परियोजना की लागत का अधिकतम 50 प्रतिशत अनुदान, 5 लाख रुपये की सीमा तक और परियोजनाओं के लिए अधिकतम 5 लाख रुपये तक का ब्याज मुक्त ऋण प्रदान करेगी।
- इंटरमीडिएट की परीक्षा पास करने वाली अविवाहित महिलाओं को 1,000 रुपये की आर्थिक सहायता प्रदान की जाएगी।
- स्नातक पास करने वाली महिलाओं को 25,000 रुपये की वित्तीय सहायता प्रदान की जाएगी।
- उच्च शिक्षा के लिए उन्हें प्रोत्साहित करने के लिए 50,000 की आर्थिक सहायता दी जाएगी।

कृषि तथा ऊर्जा क्षेत्र में विकास

- बिहार कृषि क्षेत्र की दशा को विकसित करने के लिए 'इंद्रधनुष क्रांति' का प्रयोग कर रहा है एवं औद्योगिक पिछड़ेपन को दूर करने के लिए 'बिहार औद्योगिक प्रोत्साहन नीति' का उपयोग कर रहा है।
- विकास के लिए आधारभूत संरचना पर विशेष बल दिया जा रहा है और ऊर्जा क्षेत्र में आत्मनिर्भरता प्राप्त करने के लिए निजी एवं सरकारी क्षेत्र में विभिन्न बिजली परियोजनाओं पर तेजी से काम किया जा रहा है।

कुटीर उद्योग के सुदृढ़ीकरण द्वारा

- स्थानीय संसाधनों जैसे पत्थर को तोड़ने एवं इससे संबंधित लघु और कुटीर उद्योगों की स्थापना दक्षिण बिहार के रोहतास, औरंगाबाद, गया, नवादा, जमुई जैसे जिलों में की जा सकती है।
- उत्तर बिहार में मत्स्यपालन के लिए विकसित करने योग्य बड़ी जलमग्न भूमि (आद्रभूमि) हैं।
- इससे श्रमिकों की आय में वृद्धि होगी और स्थानीय लोगों को रोजगार के अवसर भी मिलेंगे।

पर्यटन उद्योग को बढ़ावा देकर

- राज्य में पर्यटन उद्योग का विकास बेहद संभवित है, क्योंकि यहाँ विभिन्न धर्मों के ऐतिहासिक, सांस्कृतिक, धार्मिक और प्राकृतिक पर्यटन स्थल हैं।
- इन पर्यटन स्थलों को आधारभूत सुविधाओं के साथ-साथ पर्यटन सर्किट के रूप में विकसित करके, राज्य में पर्यटन को एक उद्योग के रूप में स्थापित करना आवश्यक है।
- इसके अलावा, राज्य में बौद्ध सर्किट, जैन सर्किट आदि का विकास भी किया जा रहा है।

कौशल विकास कार्यक्रम द्वारा

- बिहार में मानव संसाधन अधिक मात्रा में है। मानव कौशल को विकसित करके रोजगार के अवसरों को बढ़ाने की जरूरत है।
- इसलिए, बिहार को सर्वप्रथम शिक्षा के केंद्र रूप में विकसित करने की आवश्यकता है।
- राज्य में उच्च तकनीकी और व्यावसायिक शैक्षणिक संस्थानों को बढ़ाकर, न केवल छात्रों को अन्य राज्य में पलायन से रोका जा सकता है, बल्कि दूसरे राज्यों के छात्रों को भी शिक्षण के लिए आकर्षित किया जा सकता है।
- बिहार ने कुशल युवा प्रोग्राम 2023 योजना प्रारंभ की है इस योजना के माध्यम से सरकार द्वारा सॉफ्ट स्किल प्रशिक्षण प्रदान किया जाएगा जिसके अंतर्गत जीवन कौशल, संचार कौशल और बुनियादी कंप्यूटर साक्षरता शामिल होगी।

कृषि आधारित उद्योग की स्थापना द्वारा

- कृषि उत्पादों में अनेक ऐसे उद्योग है जिन्हें अपनाकर ग्रामीण एवं बेरोजगार लोग अपनी सामाजिक-आर्थिक स्थिति बेहतर बना सकते हैं।
- सरसो का तेल बिहार प्रदेश में सबसे महत्वपूर्ण खाद्य तेल फसल के रूप में मानी जाती है, इससे फसलों का उद्योगीकरण कर किसान अच्छा लाभ कमा सकते है।
- मक्का एवं दलहन पर आधारित अनेक उद्योग है जिन्हें सफलतापूर्वक लगाया जा सकता है। बिहार 5वां सबसे बड़ा मक्का उत्पादक राज्य है।
- तिल से सम्बन्धित अनेक खाद्य पदार्थ के उत्पादन के उद्योग लगाये जा सकते हैं। कृषि विभाग ने गया जिले में 10,000 एकड़ में तिल की सामूहिक खेती करने का लक्ष्य निर्धारित किया है।
- इसके अलावा यदि आलू के द्वारा चिप्स बनाने का उद्योग बिहार के गाँवों में शुरू किया जाये तो किसानों को कम दामों में आलू बेचना नहीं पड़ेगा।
- आज के समय में मशरूम की खेती कुछ प्रदेशों की तरह बिहार में भी एक औद्योगिक खाद्य फसल के रुप में प्रचलित हो रहा है। मशरूम का उत्पादन न्यूनतम खर्च, कम क्षेत्र तथा कम मेहनत में आसानी से किया जा सकता है।
- धान के द्वारा चूड़ा उद्योग, लाई उद्योग, भूजिया चावल उद्योग भी ग्रामीण क्षेत्र में काफी महत्व स्थान रखता है।
- मधुमक्खीपालन हेतु बिहार का मौसम अत्यन्त ही अनुकूल है, यह महत्वपूर्ण औद्योगिक स्रोत है। बिहार शहद उत्पादन में देश में चौथे स्थान पर है।
- बिहार में शहद उत्पादन औसतन 60 से 65 किलोग्राम प्रति बक्सा प्रति वर्ष है जो राष्ट्रीय औसत (20 किलोग्राम) से तिगुना है।
- बकरीपालन, मुर्गीपालन जैसे पशुओं का पालन भी बिहार के किसानों का महत्वपूर्ण औद्योगिक स्रोत है।
- फलों पर आधारित खाद्य प्रसंस्करण उद्योग की स्थापना कर उनके मूल्यवर्धन में वृद्धि की जा सकती है। जिससे ना केवल प्रति व्यक्ति आय में वृद्धि होगी बल्कि लोगों के जीवन स्तर में सुधार होगा तथा रोजगार के अवसर बढ़ेंगे।

प्राकृतिक संसाधनों का उचित उपयोग

- बिहार प्राकृतिक संसाधनों का मानव द्वारा उपयोग किये जाने की दृष्टि से धनी राज्य है।
- खनिज और वन संसाधनों की कमी के बावजूद, बिहार में जल संसाधन, मिट्टी संसाधन और मानव संसाधन की अत्यधिक उपलब्धता है, जो बिहार को देश का सबसे उत्कृष्ट राज्य बनाता है।
- बिहार में विश्व के सबसे उपजाऊ समतल गंगा के जलोढ़ मैदान स्थित हैं, जिस पर सदाबहार नदियों के जाल ने कृषि विकास के लिए सबसे उपयुक्त भौगोलिक परिस्थिति उत्पन्न की है।
- बिहार में उपलब्ध प्राकृतिक संसाधनों के उचित प्रयोग के द्वारा बिहार को विकास के पथ पर लाया जा सकता है।

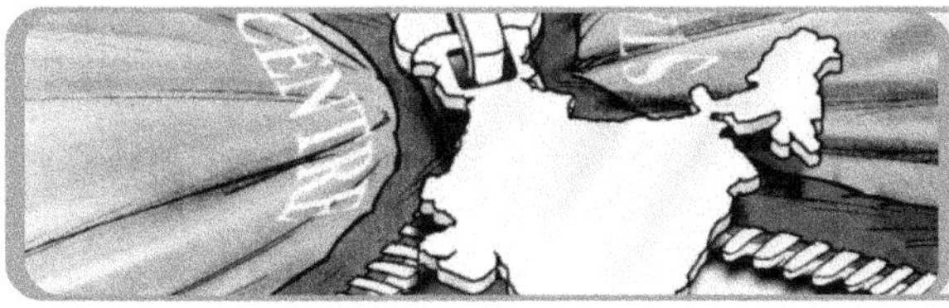

बिहार में केन्द्र एवं राज्य प्रायोजित योजनाएँ

केन्द्र प्रायोजित योजनाएँ

केंद्रीय योजनाएं केंद्र सरकार द्वारा पूर्णता और प्रत्यक्ष रूप से वित्त पोषित और निष्पादित की जाने वाली योजनाएं हैं।

अग्निपथ योजना (सितंबर 2022/ रक्षा मंत्रालय एवं शिक्षा मंत्रालय):

- इसका उद्देश्य देशभक्त और प्रेरित युवाओं को 'जोश' और 'जज़्बे' के साथ सशस्त्र बलों में शामिल होने का अवसर प्रदान करना है।
- इसके अंतर्गत सेवा के बाद स्वरोजगार या कोई व्यवसाय शुरू करने के लिए इच्छुक अग्निवीरों को वित्त मंत्रालय के सहयोग से उचित दरों पर ऋण उपलब्ध कराया जायेगा।

इथेनॉल मिश्रित पेट्रोल कार्यक्रम (E20ईंधन) (2003/पेट्रोलियम एवं प्राकृतिक गैस मंत्रालय):

- E20 पेट्रोल के साथ 20% इथेनॉल का मिश्रण है।
- सरकार का लक्ष्य 2025 तक इथेनॉल का पूर्ण 20% सम्मिश्रण प्राप्त करना है।

प्रधानमंत्री पोषण शक्ति निर्माण योजना (29 सितम्बर 2021/ महिला एवं बाल विकास मंत्रालय):

- इसका उद्देश्य प्राथमिक कक्षाओं में स्कूल में पढ़ने वाले बच्चों को पोषण युक्त भोजन उपलब्ध करवाना है।
- इसे मध्याह्न भोजन योजना (1995) से नाम से जाना जाता था जिसकी शुरुआत पी. वी. नरसिम्हा राव ने की थी।

आयुष्मान भारत योजना (19 अक्टूबर, 2020/ स्वास्थ्य एवं परिवार कल्याण मंत्रालय):

- इसका उद्देश्य आर्थिक रूप से कमजोर लोगों (बीपीएल धारक) को स्वास्थ्य बीमा उपलब्ध कराना और आने वाले प्रत्येक परिवार को 5 लाख तक का कैशरहित स्वास्थ्य बीमा उपलब्ध कराना है।

प्रधानमंत्री अन्नदाता आय संरक्षण अभियान (पीएम आशा) (सितंबर 2018/ केंद्रीय मंत्रिमंडल):

- एक छत्रक स्कीम, जिसके अनतर्गत मूल्य समर्थन स्कीम, मूल्य की कमी भुगतान योजना और निजी खरीद एवं स्टॉकिस्ट योजना शामिल हैं।
- इसका उद्देश्य किसानों को उचित औसत गुणवत्ता के तिलहन, दलहन और कोपरा का लाभकारी मूल्य सुनिश्चित करना है।

मिशन सागर (मई 2020/ रक्षा मंत्रालय):

- इसका उद्देश्य हिंद महासागर क्षेत्र में महामारी प्रभावित देशों को आवश्यक सहायता और आपूर्ति प्रदान करना है।

निर्विक योजना (निर्यात ऋण विकास योजना) (1 फरवरी 2020/ वाणिज्य एवं उद्योग मंत्रालय):

- इसका उद्देश्य छोटे पैमाने के निर्यातकों पर प्रीमियम कम करते हुए निर्यातकों के लिए उच्च बीमा कवरेज प्रदान करना है।

स्वामित्व योजना (गांवों का सर्वेक्षण एवं ग्राम क्षेत्रों में उन्नत प्रौद्योगिकी के साथ मानचित्रण) (24 अप्रैल, 2020):

- यह योजना पंचायती राज मंत्रालय, राज्यों के पंचायती राज विभाग, राज्य राजस्व विभाग और भारतीय सर्वेक्षण विभाग के सहयोग से कार्यरत है।
- इस योजना का उद्देश्य, देश के गांवों में लोगों को उनकी आवासीय जमीन का मालिकाना हक देना है।

राष्ट्रीय तकनीकी कपड़ा मिशन (26 फरवरी, 2020/ वस्त्र मंत्रालय):

- इस मिशन का उद्देश्य वर्ष 2024 तक घरेलू बाज़ार का आकार 40 बिलियन से 50 बिलियन (अमेरिकी डॉलर) पहुँचा कर तकनीकी वस्त्रों के क्षेत्र में वैश्विक लीडर के रूप में भारत को स्थापित करना है।
- यह मिशन संबंधित मशीनरी और उपकरणों के घरेलू निर्माण को बढ़ावा देने वाली 'मेक इन इंडिया' पहल का भी समर्थन करता है।

मिशन कोविड सुरक्षा (29 नवंबर, 2020/ विज्ञान एवं प्रौद्योगिकी मंत्रालय):

- आत्मनिर्भर भारत 3.0 के तहत कोविड के स्वदेशी टीकों के विकास और उत्पादन में तेजी लाने के लिए मिशन कोविड सुरक्षा की घोषणा की गई थी।
- मिशन कोविड सुरक्षा के अंतर्गत भारत के लिये स्वदेशी, सस्ती और सुलभ वैक्सीन के विकास को सक्षम बनाना है।

किशोरियों के लिए योजना (एसएजी) (2010/महिला एवं बाल विकास मंत्रालय):

- इसका उद्देश्य किशोरियों के लिए पोषण और लैंगिक नुकसान के अंतर-पीढ़ीगत जीवन-चक्र को तोड़ना और आत्म-विकास के लिए एक सहायक वातावरण प्रदान करना है।

प्रधानमंत्री जी-वन योजना (28 फरवरी, 2019 / पेट्रोलियम एवं प्राकृतिक गैस मंत्रालय):

- इस योजना के प्रावधानों के अंतर्गत वाणिज्यिक स्तर पर 12 परियोजनाओं को और प्रदर्शन स्तर पर दूसरी पीढ़ी की 10 एथेनॉल परियोजनाओं को दो चरणों में वित्तीय सहायता प्रदान की जाएगी।

ध्रुव - पीएम इनोवेटिव लर्निंग प्रोग्राम (10 अक्टूबर, 2019/ मानव संसाधन विकास मंत्रालय):

- इस योजना का उद्देश्य बच्चों को चिह्नित कर उन्हें देश भर के उत्कृष्ट केंद्रों में प्रख्यात विशेषज्ञों द्वारा परामर्श और शिक्षा प्रदान कर उनकी क्षमता का विकास करना है।

एसईआरबी-पावर योजना (29 अक्टूबर, 2020/ विज्ञान एवं प्रौद्योगिकी मंत्रालय):

- इसका उद्देश्य भारतीय शैक्षणिक संस्थानों और अनुसंधान एवं विकास प्रयोगशालाओं में विभिन्न विज्ञान एवं प्रौद्योगिकी कार्यक्रमों में लैंगिक असमानता को कम करना है।

वन नेशन वन राशन कार्ड योजना (1 अगस्त, 2019/ केंद्रीय उपभोक्ता मामले, खाद्य एवं सार्वजनिक वितरण मंत्रालय):

- इस योजना से लाभ उन राशन कार्ड धारकों को होगा जो दूसरे राज्यों में नौकरी करते हैं। राशनकार्ड धारक देश के किसी भी हिस्से की सरकारी राशन दुकान से कम कीमत पर अनाज खरीद सकेंगे।
- ओएनओआरसी योजना का पूरी तरह से उपयोग करने के लिए, केंद्र सरकार ने मई 2021 में "मेरा राशन" नामक एक मोबाइल ऐप लॉन्च की है।

सहकार मित्र योजना (12 जून, 2020/ कृषि एवं किसान कल्याण विभाग):

- देश के युवाओं को आत्मनिर्भर बनाने के लक्ष्य को ध्यान में रखते हुए 'सहकार मित्र: इंटर्नशिप कार्यक्रम पर योजना' का शुभारंभ किया गया।
- इस योजना का उद्देश्य राष्ट्रीय सहकारी विकास निगम और सहकारी समितियों के कामकाज से युवाओं को व्यावहारिक अनुभव प्राप्त कराना एवं सीखाना है।

प्रधानमंत्री वय वंदना योजना (21 जुलाई, 2017/ वित्त मंत्रालय):

- इस योजना का उद्देश्य वृद्धावस्था के दौरान सामाजिक सुरक्षा उपलब्ध कराने के साथ-साथ 60 वर्ष एवं इससे अधिक आयु के नागरिकों को अनिश्चित बाजार स्थितियों के कारण उनकी ब्याज हानि के कारण होने वाली हानि से संरक्षित करना है।

प्रधानमंत्री स्वनिधि योजना (1 जून 2020/ शहरी विकास मंत्रालय):

- इसका उद्देश्य 10,000 तक कार्यशील पूंजी ऋण की सुविधा देना, नियमित पुनर्भुगतान को प्रोत्साहित करना और डिजिटल लेनदेन को पुरस्कृत करना है।
- यह योजना केवल उन्हीं राज्यों/संघ राज्य क्षेत्रों के लाभार्थियों के लिए उपलब्ध है, जिन्होंने स्ट्रीट वेंडर्स (आजीविका का संरक्षण और स्ट्रीट वेंडिंग का विनियमन) अधिनियम, 2014 के तहत नियम और योजना अधिसूचित की है।

आत्मनिर्भर भारत अभियान (घोषणा - 12 मई 2020):

- इस अभियान के दो चरण है
  1. पहले चरण में वस्त्र, चिकित्सा, इलेक्ट्रॉनिक्स, प्लास्टिक, खिलौने जैसे क्षेत्रों को प्रोत्साहित किया जाएगा ताकि स्थानीय विनिर्माण और निर्यात को बढ़ावा दिया जा सके।
  2. दूसरे चरण में रत्न एवं आभूषण, फार्मा, स्टील जैसे क्षेत्रों को प्रोत्साहित किया जाएगा।
- आत्मनिर्भर भारत के पाँच स्तंभ है: अर्थव्यवस्था, अवसंरचना, प्रौद्योगिकी, गतिशील जनसांख्यिकी और मांग।

डीप ओशन मिशन (2021 से 2024/पृथ्वी विज्ञान मंत्रालय):

- इसका उद्देश्य गहरे समुद्र में खनन, पानी के नीचे के वाहनों और पानी के नीचे रोबोटिक्स के लिए प्रौद्योगिकियों का विकास करना है।

मुहिम कार्यक्रम (1 जनवरी 2022/शिक्षा मंत्रालय):

- यह कम उम्र के बच्चों में पढ़ने में रूचि बढाने के उद्देश्य से 100 दिवसीय पठन कार्यक्रम है।

इंस्पायर अवार्ड प्रोग्राम (इनोवेशन इन साइंस पर्सुएट फॉर इंस्पायर्ड रिसर्च):

- इस योजना का उद्देश्य स्कूली बच्चों के बीच रचनात्मकता और नवीन सोच की संस्कृति को बढ़ावा देने के लिए विज्ञान और सामाजिक अनुप्रयोगों में निहित एक मिलियन मूल विचारों/नवाचारों को लक्षित करना है।

प्रधानमंत्री मुद्रा योजना (8 अप्रैल, 2015/ वित्त मंत्रालय):

- प्रधानमंत्री मुद्रा योजना (पीएमएमवाई) गैर-कॉर्पोरेट, गैर-कृषि लघु/सूक्ष्म उद्यमों को 10 लाख तक का ऋण प्रदान करने के लिए शुरू की गई एक योजना है।
- ये ऋण वाणिज्यिक बैंकों, आरआरबी, लघु वित्त बैंकों, सहकारी बैंकों, एमएफआई और एनबीएफसी द्वारा दिए जाते हैं।
- प्रधानमंत्री मुद्रा योजना के तत्वावधान में, मुद्रा योजना ने लाभार्थी सूक्ष्म इकाई / उद्यमी के विकास / विकास और धन की जरूरतों के चरण को दर्शाने के लिए शिशु, किशोर और तरुण नामक तीन उत्पादों का निर्माण किया है।
  1. शिशु: ₹ 50,000 तक के ऋण
  2. किशोर: ₹ 50,001 से ₹ 5,00,000 तक के ऋण
  3. तरुण: ₹ 5,00,001 से ₹ 10,00,000 तक के ऋण

राष्ट्रीय वायरल हेपेटाइटिस नियंत्रण कार्यक्रम (एनवीएचसीपी) (जुलाई 2018/स्वास्थ्य एवं परिवार कल्याण मंत्रालय):

- इस कार्यक्रम का उद्देश्य हेपेटाइटिस का प्रतिरोध करना और 2030 तक देश भर में हेपेटाइटिस-सी का उन्मूलन करना है।

प्रधानमंत्री जीवन ज्योति बीमा योजना (9 मई 2015/ वित्त मंत्रालय):

- यह योजना स्वाभाविक तथा दुर्घटना मृत्यु, दोनों ही के संबंध में लागू होती है।
- इस योजना के तहत् प्राप्त राशि 2 लाख रुपये है।
- इस योजना के तहत् अंशदान 330 रुपये वार्षिक होगा तथा यह 18-50 वर्ष की आयु वर्ग के संबंध में लागू होगी।

प्रधानमंत्री सुरक्षा बीमा योजना (9 मई 2015/वित्त मंत्रालय):

- योजना के तहत दुर्घटना मृत्यु होने पर और पूर्ण विकलांगता के लिए जोखिम कवरेज 2 लाख रुपये तथा आंशिक विकलांगता पर जोखिम कवरेज 1 लाख रुपये होगा।

अटल पेंशन योजना (9 मई, 2015/ वित्त मंत्रालय):

- इस योजना का लक्ष्य निजी क्षेत्र में कार्यरत असंगठित गरीब कामगारों को सामाजिक सुरक्षा प्रदान करना है।
- इस योजना के तहत अभिदाताओं को उनके अंशदान के आधार पर 60 वर्ष की आयु पूरी होने पर 1000-5000 के बीच पेंशन का प्रावधान है।

किसान विकास पत्र (2014 /वित्त मंत्रालय):

- यह योजना एक निश्चित दर वाली छोटी बचत योजना है, जिसे आपके निवेश को तय अवधि (वर्तमान में 124 महीने की अवधि में उपलब्ध) के बाद दोगुना करने के लिए बनायी गयी है।

प्रधानमंत्री फसल बीमा योजना (18 फरवरी, 2016/कृषि एवं किसान कल्याण मंत्रालय):

- इसका उद्देश्य किसानों की फसलों के लिए पूर्व बुवाई से लेकर कटाई के बाद के सभी गैर-निवारक प्राकृतिक जोखिमों के खिलाफ व्यापक जोखिम कवर सुनिश्चित करने के लिए एक किफायती फसल बीमा उत्पाद प्रदान करके कृषि में उत्पादन का समर्थन करना है।

प्रधानमंत्री कृषि सिंचाई योजना (1 जुलाई, 2015/कृषि मंत्रालय):

- इस योजना में 'त्वरित सिंचाई लाभ कार्यक्रम', 'समेकित वाटरशेड प्रबंधन कार्यक्रम' तथा 'खेत में जल प्रबंधन' को सम्मिलित कर किया गया है।
- इस योजना का लक्ष्य उचित तकनीकों, प्रौद्योगिकियों एवं पद्धतियों के माध्यम से जल का दक्ष उपयोग एवं क्षेत्रीय स्तर पर सिंचाई में निवेश संवर्धन करना है।

दीन दयाल उपाध्याय ग्राम ज्योति योजना (25 जुलाई, 2015/ विद्युत मंत्रालय):

- इस योजना का उद्देश्य पूरे ग्रामीण भारत को निरंतर बिजली की आपूर्ति प्रदान करना है।

राष्ट्रीय गोकुल मिशन (16 दिसंबर, 2014/ कृषि एवं किसान कल्याण मंत्रालय):

- इस योजना का उद्देश्य स्वदेशी नस्लों के उच्च आनुवंशिकता योग्यता वाले

बैलों का प्रचार करना और स्वदेशी नस्ल के सर्वोत्तम प्रबंधन एवं रख-रखाव के लिए किसानों के लिए गोपाल रत्न पुरस्कार का प्रबंधन कराना है।

प्रधानमंत्री कौशल विकास योजना (2015/कौशल विकास एवं उद्यमी मंत्रालय):

- प्रधानमंत्री कौशल विकास योजना की सहायता से उन सभी की प्रशिक्षण दिया जायेगा जिन्होंने अपनी आर्थिक स्थिति खराब होने के कारण पढ़ाई बीच में ही छोड़ दी थी।

ई-संजीवनी (नवंबर 2019/स्वास्थ्य एवं परिवार कल्याण मंत्रालय):

- इसका उद्देश्य रोगियों को उनके घरों में स्वास्थ्य सेवाएं प्रदान करना है।
- इसमें डॉक्टर और मरीज के बीच एक संरचित और सुरक्षित टेली-परामर्श शामिल है।

मेक इन इंडिया (2014/ वाणिज्य एवं उद्योग मंत्रालय):

- इसका उद्देश्य घरेलू विनिर्माण क्षेत्र को बढ़ावा देना और देश में निवेश को बढ़ाना है।
- मेक इन इंडिया कार्यक्रम का समर्थन करने के लिए कई योजनाएं शुरू की गईं जिनके नाम - स्किल इंडिया, स्टार्टअप इंडिया, डिजिटल इंडिया, प्रधानमंत्री जन धन योजना (पीएमजेडीवाई), स्मार्ट सिटी, एएमआरयूटी, स्वच्छ भारत अभियान, सागरमाला, अंतर्राष्ट्रीय सौर गठबंधन (आईएसए), अग्नि हैं।

स्किल इंडिया (15 जुलाई, 2015/कौशल विकास एवं उद्यमी मंत्रालय):

- स्किल इंडिया भारत सरकार की एक पहल है जिसे देश के युवाओं को विभिन्न कौशलों के साथ सशक्त बनाने के लिए प्रारम्भ किया गया है, जिनसे वह अपने काम के माहौल में अधिक रोजगारपरक और अधिक उत्पादक बन सकते है।

स्टार्टअप इंडिया सीड फंड स्कीम (1 अप्रैल, 2021/ वाणिज्य एवं उद्योग मंत्रालय):

- इसका उद्देश्य इन्क्यूबेटरों और स्टार्टअप्स को प्रूफ ऑफ कॉन्सेप्ट, प्रोटोटाइप डेवलपमेंट, प्रोडक्ट ट्रायल, मार्केट एंट्री और व्यावसायीकरण हेतु वित्तीय सहायता के लिए आवेदन करने के लिए प्रोत्साहन प्रदान करना है।

डिजिटल इंडिया (1 जुलाई, 2015/ इलेक्ट्रॉनिक्स एवं सूचना प्रौद्योगिकी मंत्रालय):

- इसका उद्देश्य भारत को डिजिटल रूप से सशक्त समाज और ज्ञान आधारित अर्थव्यवस्था में बदलना है।
- इसमें तीन मुख्य घटक शामिल हैं: सुरक्षित और स्थिर डिजिटल बुनियादी ढांचे का विकास, सरकारी सेवाओं को डिजिटल रूप से वितरित करना और सार्वभौमिक डिजिटल साक्षरता।

प्रधानमंत्री जन धन योजना (28 अगस्त 2014 / वित्त मंत्रालय):

- इसका लक्ष्य बैंकिंग/बचत, जमा खाता, ऋण, प्रेषण बीमा, पेंशन आदि वित्त - सम्बन्धी सेवाओं को प्रभावी ढंग से सभी तक पहुँचाना है।
- यह योजना देश के लोगों को वित्तीय समावेशन, आकस्मिक और जीवन बीमा प्रदान करती है।

स्वच्छ भारत अभियान (2 अक्टूबर 2014/ आवासन एवं शहरी कार्य मंत्रालय):

- इसका उद्देश्य शहरी भारत को खुले में शौच से मुक्त करना तथा देश में 4041 सांवधिक कस्बे में नगरीय ठोस अपशिष्ट का शत-प्रतिशत वैज्ञानिक प्रबंधन सुनिश्चित करना है।

सागरमाला (31 जुलाई 2015/ पत्तन, पोत परिवहन एवं जलमार्ग मंत्रालय):

- इसका उद्देश्य भारत की 7,500 किमी लंबी तटरेखा, 14500 किमी संभावित नौवहन योग्य जलमार्गों और प्रमुख अंतरराष्ट्रीय समुद्री व्यापार मार्गों पर रणनीतिक स्थान का उपयोग करके देश में बंदरगाह आधारित विकास को बढ़ावा देना है।

अंतर्राष्ट्रीय सौर गठबंधन (30 नवंबर, 2015/नवीन एवं नवीकरणीय ऊर्जा मंत्रालय):

- यह योजना प्रधान मंत्री नरेंद्र मोदी और फ्रांस के राष्ट्रपति फ्रेंकोइस हॉलैंड द्वारा स्थापित की गयी थी।
- इसका उद्देश्य सौर वित्त, प्रौद्योगिकियों, नवाचार, अनुसंधान और विकास और क्षमता निर्माण की मांग के एकत्रीकरण के माध्यम से सौर ऊर्जा को बढ़ाना और सौर ऊर्जा उत्पादन की लागत को कम करना है।

अग्नि/AGNII (अक्सेलरेटिंग ग्रोथ ऑफ़ न्यू इंडिया इनोवेशन / नए भारत के नवाचारों का त्वरित विकास):

- इसका उद्देश्य भारत के नवाचार लक्ष्यों को चलाने वाले कई हितधारकों द्वारा की गई पहलों का समर्थन और संवर्द्धन करना है और बाजार के साथ अभिनव और नए-सीमांत समाधानों के मालिकों को जोड़ने में मदद करना है।

प्रधानमंत्री गरीब कल्याण योजना (16 दिसंबर, 2016 /वित्त मंत्रालय):

- पीएम गरीब कल्याण योजना का प्रमुख उद्देश्य अर्थव्यवस्था की अघोषित काली राशि को जन कल्याण के काम में लाना है।

प्रधानमंत्री स्वास्थ्य सुरक्षा योजना (अगस्त 2003/स्वास्थ्य एवं परिवार कल्याण मंत्रालय):

- इसकी घोषणा तृतीयक देखभाल अस्पतालों की उपलब्धता में असंतुलन को दूर करने और देश में चिकित्सा शिक्षा में सुधार के लिए की गई थी।
- प्रत्येक मेडिकल कॉलेज संस्थान के उन्नयन की परियोजना लागत केंद्र और राज्य द्वारा साझा की जाती है।

राष्ट्रीय किशोर स्वास्थ्य कार्यक्रम (7 जनवरी 2014/स्वास्थ्य और परिवार कल्याण मंत्रालय):

- इसका उद्देश्य किशोर आबादी के समग्र विकास को सुनिश्चित करना है।

नमामि गंगे (जून, 2014/ जल संसाधन मंत्रालय):

- नमामि गंगे योजना के लिए 20,000 करोड़ रुपये का बजट निर्धारित किया गया था।
- योजना के उद्देश्य हैं - प्रदूषण को कम करना और राष्ट्रीय नदी गंगा को संरक्षित रखना।

राष्ट्रीय डिजिटल स्वास्थ्य मिशन (15 अगस्त, 2020 स्वास्थ्य और परिवार कल्याण मंत्रालय):

- इसका उद्देश्य अत्याधुनिक डिजिटल स्वास्थ्य प्रणाली स्थापित करना और डिजिटल स्वास्थ्य डेटा का प्रबंधन करना है।

बेटी बचाओ बेटी पढ़ाओ कार्यक्रम (22 जनवरी 2015/महिला एवं बाल विकास मंत्रालय):

- इस योजना का उद्देश्य बालिकाओं की उपयुक्त शिक्षण व्यवस्था और उनकी साझेदारी सुनिश्चित करना है।

अमृत (अटल मिशन फॉर रिजुवेनेशन एंड अर्बन ट्रांसफॉर्मेशन) (25 जून 2015/ शहरी विकास मंत्रालय):

- यह मिशन जल आपूर्ति, सीवरेज और सेप्टेज प्रबंधन, तूफान, बाढ़ को कम करने के लिए जल निकासी, गैर-मोटर चालित शहरी परिवहन, हरित स्थान/पार्कों के निर्माण पर केंद्रित है।

अमृत 2.0 (01 अक्टूबर, 2021 - वित्तीय वर्ष 2025-26 / शहरी विकास मंत्रालय):

- अमृत 2.0 प्रत्येक शहर के लिए सिटी वाटर बैलेंस प्लान (CWBP) के विकास के माध्यम से जल की चक्रीय अर्थव्यवस्था को बढ़ावा देगा, जो उपचारित सीवेज के पुनर्चक्रण/पुन: उपयोग, जल निकायों के कायाकल्प और जल संरक्षण पर ध्यान केंद्रित करेगा।

इंदिरा गांधी मातृत्व सहयोग योजना (1 अप्रैल 2017/ महिला एवं बाल विकास मंत्रालय):

- इस योजना का उद्देश्य महिलाओं में अच्छे पोषण, सुरक्षित प्रसव और स्तनपान की स्थितियों को बढ़ावा देना है।

प्रधानमंत्री आवास योजना (25 जून 2015/ शहरी विकास मंत्रालय):

- इसका उद्देश्य शहरी प्रवासियों/औद्योगिक क्षेत्र के साथ-साथ गैर-औपचारिक शहरी अर्थव्यवस्था में गरीबों को उनके कार्यस्थल के करीब प्रतिष्ठित किफायती किराये के आवास तक पहुंच प्रदान करने में आसानी प्रदान करना है।

स्मार्ट गंगा सिटी योजना (13 अगस्त, 2016/ शहरी विकास मंत्रालय):

- यह योजना देश के 10 प्रमुख शहरों में कार्यरत है।
- ये शहर हैं – पटना, हरिद्वार, ऋषिकेश, मथुरा-वृंदावन, वाराणसी, कानपुर, इलाहाबाद, लखनऊ, साहिबगंज और बैरकपुर।
- इस योजना का उद्देश्य गंगा नदी के किनारे बसे शहरों को स्थायी और समग्र रूप से विकसित करना है।

सर्व शिक्षा अभियान (2001/राष्ट्रीय मानव संसाधन मंत्रालय):

- इस अभियान का लक्ष्य एक निश्चित समय सीमा के अन्दर सभी बच्चों का शत–प्रतिशत नामांकन, ठहराव तथा गुणवत्तता युक्त प्रारंभिक शिक्षा सुनिश्चित करना है। साथ ही सामाजिक विषमता तथा लिंग भेद को भी दूर करना है।

प्रधानमंत्री उज्ज्वला योजना: (1 मई 2016/पेट्रोलियम एवं प्राकृतिक गैस मंत्रालय):

- इसका उद्देश्य स्वच्छ खाना पकाने के ईंधन जैसे एलपीजी को ग्रामीण और वंचित परिवारों को उपलब्ध कराना है।

महिला किसान सशक्तिकरण योजना (2011/कृषि एवं किसान कल्याण मंत्रालय):

- इस योजना का उद्देश्य महिलाओं की भागीदारी और उत्पादकता बढ़ाने हेतु व्यवस्थित निवेश करके उन्हें सशक्त बनाना है।

प्रधानमंत्री आदर्श ग्राम योजना (2009-10/जनजातीय कार्य मंत्रालय):

- इस योजना के अंतर्गत ऐसे गांवो का विकास करना है जहां अनुसूचित जातियों की संख्या उस गांव की आबादी के 50 % से अधिक हो।

प्रधानमंत्री सहज बिजली हर घर योजना - सौभाग्य (25 सितंबर, 2017/विद्युत मंत्रालय):

- यह योजना देश में सार्वभौमिक घरेलू विद्युतीकरण प्राप्त करने के लिए ग्रामीण और शहरी क्षेत्रों में सभी शेष गैर-विद्युतीकृत घरों को अंतिम मील कनेक्टिविटी और बिजली कनेक्शन द्वारा सभी तक ऊर्जा पहुंच प्रदान करने के लिए है।

पीएम किसान सम्मान निधि योजना (दिसम्बर वर्ष 2018/ कृषि एवं किसान कल्याण मंत्रालय):

- प्रधानमंत्री किसान सम्मान निधि योजना के तहत ₹ 6,000 प्रति वर्ष प्रत्येक पात्र किसान को तीन किश्तों में भुगतान किया जाता है।

राष्ट्रीय माध्यमिक शिक्षा अभियान (मार्च, 2009/शिक्षा मंत्रालय):

- इसका उद्देश्य किसी भी बस्ती से उचित दूरी के भीतर एक माध्यमिक विद्यालय प्रदान करना है।

राष्ट्रीय उच्चतर शिक्षा अभियान (2013/केंद्रीय मानव संसाधन विकास मंत्रालय):

- इसका उद्देश्य मौजूदा स्वायत्त कॉलेजों के उन्नयन और कॉलेजों को क्लस्टर में परिवर्तित करके नए विश्वविद्यालय बनाना है।

मिशन इन्द्रधनुष (25 दिसंबर 2014, स्वास्थ्य एवं परिवार कल्याण मंत्रालय):

- इस योजना के तहत हर महीने की 7 तारीख को विशेष कैंपों के जरिए बच्चों को 7 बीमारियों से बचाव के लिए 7 तरह के टीके उपलब्ध कराए जाते हैं।

भारत निर्माण योजना (16 दिसंबर, 2005/ ग्रामीण विकास मंत्रालय):

- इसका उद्देश्य ग्रामीण क्षेत्रों में लोगों को बेहतर जीवन प्रदान करना है।
- सरकार ने इसमें छह प्रमुख क्षेत्रों को लागू किया है - सिंचाई, सड़क, आवास, जलापूर्ति, विद्युतीकरण और ग्रामीण संचार।

पहल (प्रत्यक्ष हस्तांतरित लाभ) (1 जून, 2013/ पेट्रोलियम एवं प्राकृतिक मंत्रालय):

- इसका उद्देश्य डायवर्जन को कम करना और डुप्लीकेट या फर्जी एलपीजी कनेक्शन को खत्म करना है।

ग्रामीण क्षेत्रों में शहरी सुविधाओं की उपलब्धता कार्यक्रम (PURA) (जनवरी 2003/ग्रामीण विकास मंत्रालय):

- इसका मुख्य लक्ष्य ग्रामीण और शहरी विभाजन को कम करना और ग्रामीण क्षेत्रों में आजीविका के अवसरों और शहरी सुविधाओं को उपलब्ध कराना था।
- वर्ष 2012 में, PURA 2.0 को एक केंद्रीय क्षेत्र योजना के रूप में शुरू किया

गया था जो संभावित विकास केंद्रों जैसे शहरी जनगणना के विकास पर केंद्रित था।

प्रधानमंत्री ग्राम सड़क योजना (पीएमजीएसवाई-II) (मई, 2013/ग्रामीण विकास मंत्रालय):

- पीएमजीएसवाई, ग्रामीण सड़कों के निर्माण में नई और हरित प्रौद्योगिकी के उपयोग को बढ़ावा देता है।

दीनदयाल अंत्योदय योजना (जून 2011/ ग्रामीण विकास मंत्रालय):

- यह योजना राष्ट्रीय आजीविका मिशन (NRLM), भारत सरकार द्वारा शुरू की गई थी जिसका उद्देश्य स्वर्ण जयंती ग्राम स्वरोजगार योजना (SGSY) के पुनर्गठित संस्करण के रूप में था।
- इस मिशन का मुख्य उद्देश्य ग्रामीण गरीबों के लिए एक प्रभावी संस्थागत मंच तैयार करना है, जो उन्हें स्थायी आजीविका वृद्धि और वित्तीय सेवाओं तक पहुंच के माध्यम से घरेलू आय में वृद्धि करने में सक्षम बनाता है।

सबला योजना (1 अप्रैल 2011/महिला एवं बाल विकास मंत्रालय):

- इस योजना का विस्तृत उद्देश्य 11 से 14 वर्ष की आयु की किशोरियों को पोषण, सामाजिक और आर्थिक स्थिति के लिए समर्थन प्रदान करना है।

कपिला कलाम अभियान (15 अक्टूबर 2020/ शिक्षा मंत्रालय):

- कपिला, कलाम प्रोग्राम फॉर आईपी (इंटेलेक्चुयल प्रॉपर्टी) लिटरेसी एंड अवेयरनेस कार्यक्रम का संक्षिप्त रूप है।
- यह कार्यक्रम कॉलेजों और संस्थानों को अधिक से अधिक छात्रों को पेटेंट दाखिल करने के लिए प्रोत्साहित करता है।

फेम योजना (FAME-फास्टर अडॉप्शन एंड मैनुफैक्चरिंग ऑफ़ हाइब्रिड एंड इलेक्ट्रिक व्हीकल्स):

- चरण I (2015 से 2019/ भारी उद्योग और सार्वजनिक उद्यम मंत्रालय): इसका उद्देश्य इलेक्ट्रिक वाहनों के विकास को बढ़ावा देना और राष्ट्रीय विद्युत गतिशीलता मिशन योजना (NEMMP) के लक्ष्यों को प्राप्त करना है।
- चरण II (2019 से 2024/ भारी उद्योग और सार्वजनिक उद्यम मंत्रालय): भारत सरकार ने 2019 में इस योजना के दूसरे चरण के लिए 10,000 करोड़ रुपये का बजट आवंटित किया था।

प्रोजेक्ट चमन (2014/ कृषि और किसान कल्याण मंत्रालय):

- प्रोजेक्ट चमन को भारतीय कृषि के बागवानी खंड की मदद करने के उद्देश्य से लॉन्च किया गया था।
- इस योजना के अंतर्गत दो चरण है।
- इनके मुख्य उद्देश्य विकसित प्रौद्योगिकियों का संचालन, नई फसलें लेना और अनुसंधान एवं विकास अध्ययन, विशेष रूप से फसल उपज मॉडलिंग हैं।

युवा योजना (यंग, अपकमिंग एंड वर्सेटाइल ऑथर योजना) (जून 2021/ शिक्षा मंत्रालय):

- युवा योजना मूल रूप से युवा लेखकों को प्रशिक्षित करने के लिए एक परामर्श कार्यक्रम है।
- इसका उद्देश्य 30 वर्ष से कम आयु के 75 लेखकों को सलाह देना है
- चरण 1 (प्रशिक्षण - 3 महीने), चरण 2 (पदोन्नति - 3 महीने)

विशिष्ट भूमि पार्सल पहचान संख्या योजना (2008/ ग्रामीण विकास मंत्रालय):

- यह प्रत्येक भूमि पार्सल के लिए एक अल्फा-न्यूमेरिक अद्वितीय आईडी है जिसमें भूखंड के आकार और अनुदैर्ध्य और अक्षांशीय विवरणों के अलावा स्वामित्व विवरण शामिल हैं।
- कार्यक्रम का उद्देश्य भूमि धोखाधड़ी की जांच करना है, विशेष रूप से भारत के ग्रामीण इलाकों में, जहां कोई स्पष्ट भूमि रिकॉर्ड नहीं है।
- विशिष्ट भूमि पार्सल पहचान संख्या, राष्ट्रीय सूचना विज्ञान केंद्र (एनआईसी) द्वारा विकसित की गयी है।

राष्ट्रीय मधुमक्खी पालन एवं शहद मिशन (2020 से 2023/ कृषि और किसान कल्याण मंत्रालय):

- इस योजना का उद्देश्य वैज्ञानिक मधुमक्खी पालन का समग्र प्रचार और विकास करना है।
- और इसका अन्य उद्देश्य मीठी क्रांति के लक्ष्य को प्राप्त करना है।

उमंग योजना (यूनीफाईड मोबाइल एप्लिकेशन फॉर न्यू ऐज गवर्नेंस) (23 नवम्बर, 2017/ इलेक्ट्रॉनिक्स एवं सूचना प्रौद्योगिकी मंत्रालय):

- यह नागरिकों को एक मंच पर कई सरकारी सेवाओं तक सुरक्षित पहुंच प्रदान करने के लिए शुरू की गई एक मोबाइल एप्लिकेशन है।

प्रधानमंत्री ग्राम सड़क योजना (दिसंबर 2000/ ग्रामीण विकास मंत्रालय):

- प्रधान मंत्री ग्राम सड़क योजना (पीएमजीएसवाई) भारत के असंबद्ध गांवों को अप्रतिबंधित बारहमासी सड़क संपर्क प्रदान करने के उद्देश्य से शुरू की गई थी।

नई रोशनी योजना (2012-13/ अल्पसंख्यक कार्य मंत्रालय):

- यह अल्पसंख्यक महिलाओं के विकास के लिए एक कल्याणकारी योजना है ताकि ज्ञान और तकनीक प्रदान करके उनमें आत्मविश्वास जगाया जा सके और उन्हें सशक्त बनाया जा सके।

पीएम एफएमई - सूक्ष्म खाद्य प्रसंस्करण उद्यम का औपचारिककरण योजना (नवंबर 2020/ खाद्य प्रसंस्करण उद्योग मंत्रालय):

- इस योजना का उद्देश्य मौजूदा सूक्ष्म खाद्य प्रसंस्करण उद्यमों को उन्नत करने के लिए वित्तीय, तकनीकी और व्यावसायिक सहायता प्रदान करना है।

राष्ट्रीय जल मिशन - जल जीवन मिशन (2011/ पेयजल और स्वच्छता मंत्रालय):

- इस योजना का उद्देश्य ग्रामीण भारत के सभी घरों में 2024 तक व्यक्तिगत घरेलू नल कनेक्शन के माध्यम से सुरक्षित और पर्याप्त पेयजल उपलब्ध कराना है।

राष्ट्रीय पोषण मिशन (2018/महिला एवं बाल विकास मंत्रालय):

- इस मिशन का मुख्य उद्देश्य कुपोषण के स्तर को कम करना और देश में बच्चों के पोषण स्तर को बढ़ाना है।

राज्य प्रायोजित योजनाएँ

ऑपरेशन ग्रीन्स योजना (2018-2019/खाद्य प्रसंस्करण उद्योग मंत्रालय):

- इसका उद्देश्य किसान उत्पादक संगठनों, कृषि-रसद, प्रसंस्करण सुविधाओं और पेशेवर प्रबंधन को बढ़ावा देना है।

बीज ग्राम योजना (वर्ष 2008-09/ कृषि विभाग):

- इसके अंतर्गत किसानों को धान एवं गेहूँ फसल हेतु 50% अनुदान पर आधार/प्रमाणित बीज तथा दलहन एवं तिलहन फसल हेतु 60% अनुदान पर आधार/प्रमाणित बीज उपलब्ध कराया जाता है।

बिहार किरासन तेल कूपन योजना (जून, 2008/ खाद्य, आपूर्ति एवं वाणिज्य विभाग):

- इस योजना के अंतर्गत उपभोक्ता राशन कार्ड एवं कूपन दुकानदार को निर्धारित दर एवं मात्रा में किरासन तेल की आपूर्ति उपलब्ध कराई जाती है।
- यह योजना राशन कूपन की तरह ही कार्य करती है।
- इस योजना के अन्तर्गत बी.पी.एल. परिवार एवं अंत्योदय अन्न योजना के लाभार्थी आते हैं।

मुख्यमंत्री महादलित रोजगार योजना (वर्ष 2012-13):

- इसका मुख्य उद्देश्य राज्य के 22 लाख महादलित परिवारों को मनरेगा के लाभ पहुँचाना है।
- नौकरी तलाश लोगों को 15 दिनों के भीतर मनरेगा के तहत रोजगार दिया जाता है।

दशरथ मांझी कौशल विकास योजना (जून 2013/ अनुसूचित जाति और अनुसूचित जनजाति कल्याण विभाग):

- बिहार महादलित विकास मिशन के तहत दशरथ मांझी कौशल विकास योजना चलाई जा रही है।
- इस योजना का उद्देश्य महादलित अनुसूचित जाति और अनुसूचित जनजाति समुदाय के छात्र एवं छात्राओं को रोजगार प्रदान करना है।
- योजना के माध्यम से उन्हें निःशुल्क प्रशिक्षण देकर उनकी आर्थिक स्थिति में सुधार लाने का प्रयास किया जाता है।

लक्ष्मी बाई सामाजिक सुरक्षा पेंशन (2007):

- यह योजना 18 वर्ष से अधिक आयु के सभी विधवाओं को नियमानुसार मासिक पेंशन प्रदान करती है, जिनकी वार्षिक परिवार की आय 60,000 रुपये से कम है।

गन्ना विकास कार्यक्रम (वर्ष 2012-13/ कृषि मंत्रालय):

- इस योजना के तहत, गन्ने की चयनित 10 प्रजातियों में प्रमाणित बीज की आपूर्ति की जाती है।
- सामान्य वर्ग के लिए प्रति क्विंटल 210 रुपये और अनुसूचित जाति/अनुसूचित जनजाति वर्ग के लिए प्रति क्विंटल 240 रुपये का अनुदान है।
- यह अनुदान अधिकतम 1 हे. (2.50 एकड़) के लिए है।

जयप्रभा जननी शिशु आरोग्य एक्सप्रेस योजना (1 मई, 2012/ लोक स्वास्थ्य एवं परिवार कल्याण विभाग):

- इसके अंतर्गत मातृ एवं शिशु मृत्यु दर में वांछित कमी लाने हेतु संस्थागत प्रसव को बढ़ावा देने के लिए, आशा को प्रोत्साहन राशि का प्रावधान है।
- स्थान जहां पर आशा का चयन नहीं किया गया है वहां पर आंगनबाड़ी सेविकाओं को यह राशि दी जाएगी।

कबीर अंत्येष्टि अनुदान योजना (2007/ समाज कल्याण विभाग):

- इसका उद्देश्य दाह संस्कार के लिए बीपीएल परिवारों को आर्थिक सहायता राशि प्रदान करना है।
- व्यक्ति के परिजनों को अंत्येष्टि हेतु 3 हजार रुपए की राशि राज्य सरकार द्वारा प्रदान की जाती है।

बाल-विवाह निषेध योजना (सर्वप्रथम सन् 1929 में पारित, सन् 1949, 1978 और 2006 में इसमें संशोधन):

- विवाह के लिए लड़की की आयु 18 वर्ष पूरी होनी चाहिए, और लड़के की आयु 21 वर्ष पूरी होनी चाहिए।
- इस अधिनियम के अंतर्गत किए गए अपराध को संज्ञेय अपराध माना गया है।

मुख्यमंत्री भिक्षावृत्ति निवारण योजना (2012/ समाज कल्याण विभाग/ स्टेट सोसाइटी फॉर अल्ट्रा पुअर एंड सोशल वेलफेयर (सक्षम)):

- इसका मुख्य उद्देश्य भिखारियों (विशेष रूप से महिला भिखारियों) के अधिकारों की रक्षा और उनकी देखभाल, संरक्षण, विकास, सामाजिक-आर्थिक और सांस्कृतिक सशक्तिकरण सुनिश्चित करना है।
- इस योजना के तहत भिक्षुको को पहचान कर उन्हें पहचान पत्र दिया जाता है, जिससे सरकारी योजनाओं का लाभ मिल सके।
- निराश्रित बच्चों को कौशल प्रशिक्षण दिया जाता है, निराश्रित योग्य भिक्षुकों को स्व- रोजगार हेतु ₹10000/- रुपए की सहायता राशि प्रदान की जाती है।
- जो वृद्ध है, पूर्णतः दिव्यांग, या जो लावारिस हालत में है उनको आवासीय सुविधा उपलब्ध कराई जाती है।

मुख्यमंत्री कन्या विवाह योजना (22 नवंबर, 2007/ समाज कल्याण विभाग):

- लोक सेवा के अधिकार अधिनियम में वर्ष 2012 में कन्या विवाह योजना को शामिल किया गया।
- इस योजना का उद्देश्य आर्थिक रूप से पिछड़े वर्ग (बीपीएल परिवार, वार्षिक आय < रु.60,000/-) की बालिकाओं को विवाह के समय आर्थिक सहायता (रु.5000/-) प्रदान करना है।

परवरिश योजना (2015/ समाज कल्याण विभाग):

- समुदाय के स्तर पर अनाथ और वंचित बच्चों (आयु < 18 वर्ष/ बीपीएल/ वार्षिक आय < रु.60,000/-) का पालन-पोषण सुनिश्चित करना।
- इस योजना में, एचआईवी एवं कुष्ठ रोग से पीड़ित बच्चों के साथ ही उनके माता-पिता के बच्चों को भी सम्मिलित किया गया है।

युक्ति योजना (23 अप्रैल, 2011/राज्य स्वास्थ्य समिति):

- इस योजना के तहत सभी गर्भवती महिलाएं, सरकारी और गैर-सरकारी संस्थाओं से मुफ्त गर्भपात संबंधी सेवाओं का लाभ उठा सकती हैं।

आओ बिहार योजना (जुलाई 2011/ उद्योग विभाग):

- इस योजना के तहत, कोई भी व्यक्ति जो 2 एकड़ या अधिक भूमि का मालिक है और उद्योगों या संस्थानों की स्थापना के लिए अपनी भूमि को बेचना चाहता है, वह संबंधित कलेक्टर/जिला मजिस्ट्रेट के पास अपनी भूमि को सूचीबद्ध कर सकता है।

थारू अनुसूचित जनजाति विकास योजना:

- थारू जाति के विकास को बढ़ावा देने के लिए इस योजना को शुरू किया गया है।
- वर्ष 2003 में थारू जाति को अनुसूचित जनजाति के रूप में बिहार में शामिल किया गया था।
- इस योजना के अंतर्गत पश्चिमी चंपारण जिले में 5 बालक और 5 बालिकाओं के लिए आवासीय उच्च विद्यालय की स्थापना को स्वीकृति दी गई है। साथ ही, पश्चिमी चंपारण (बेतिया) जिले में समेकित थरूहट विकास अभिकरण की स्थापना भी की गई है।

मुख्यमंत्री निजी पौधशाला योजना (हरियाली) (2013/पर्यावरण एवं वन विभाग):

- इस योजना का उद्देश्य उद्यमियों और कृषकों के माध्यम से पौधशाला की स्थापना करना है और उन पौधों की वृद्धि करना है, जो विभिन्न प्रजातियों के लिए उच्च गुणवत्ता वाले होते हैं।

मुख्यमंत्री क्षेत्रीय विकास योजना (वर्ष 2011-12/योजना एवं विकास विभाग):

- इसका मुख्य उद्देश्य राज्य के शहरी और ग्रामीण क्षेत्रों में संतुलित क्षेत्रीय विकास करना है।

मुख्यमंत्री सेतु निर्माण योजना (11 जून 2017/ बिहार राज्य पुल निर्माण निगम लिमिटेड):

- मुख्यमंत्री सेतु निर्माण योजना का उद्देश्य सुदूर ग्रामीण क्षेत्रों में बारहमासी सड़कों के माध्यम से संपर्क सुनिश्चित करना है।

मुख्यमंत्री तीव्र बीज योजना (बिहार राज्य बीज निगम/ कृषि विभाग):

- इस योजना का उद्देश्य जिले में गुणवक्ता वाले बीज की पहुंच सुदुर ग्रामीण क्षेत्रों में करने और उसके उपयोग को बढ़ावा देना है।

शताब्दी अन्न कलश योजना (2011):

- इस योजना के अंतर्गत, यदि कोई वयस्क व्यक्ति भूखमरी से पीड़ित है, तो उसे एक सप्ताह के लिए 10 किलो अनाज और अल्पवयस्कों के लिए 7 किलो अनाज मुफ्त में उपलब्ध कराया जाता है।

मुख्यमंत्री श्रम शक्ति योजना (2008-09/ अल्पसंख्यक कल्याण विभाग/ बिहार राज्य अल्पसंख्यक वित्त निगम):

- इस योजना के अंतर्गत 18 से 45 वर्ष के अल्पसंख्यक समुदाय के पुरुष और महिलाओं को दो साल के प्रशिक्षण के माध्यम से रोजगार के अवसर प्रदान किए जाते हैं।

बिहार राज्य ग्रामीण जीविका मिशन (वर्ष 2011/ ग्रामीण विकास विभाग):

- यह योजना बिहार के 38 जिलों के सभी 534 ब्लॉकों में लागू की गई है।
- इस योजना का उद्देश्य बिहार में ग्रामीण गरीबों के सामाजिक और आर्थिक सशक्तिकरण को बढ़ाना है।

बिहार पत्रकार सम्मान योजना (1 अप्रैल, 2019/ सूचना एवं जनसंपर्क विभाग):

- इस योजना के अंतर्गत 60 वर्ष से अधिक उम्र के पत्रकारों को प्रतिमाह 6000 रुपए दिए जाते हैं (पत्रकार या मीडिया कर्मी ने कम-से-कम 20 साल तक इस क्षेत्र में काम किया हो और पेंशनधारी न हो)।

मुख्यमंत्री कन्या उत्थान योजना/ मुख्यमंत्री बालिका (स्नातक) प्रोत्साहन योजना (महिला कल्याण विभाग):

- इस योजना के तहत इंटर पास अविवाहित लड़कियों को ₹25,000 और स्नातक पास सभी विवाहित और अविवाहित लड़कियों को ₹50,000 की राशि निःशुल्क मिलेगी।

मुख्यमंत्री बालक/ बालिका प्रोत्साहन योजना (2023/ ई-कल्याण विभाग, बिहार):

- इस योजना के तहत राज्य के दसवीं कक्षा में प्रथम स्थान (प्रथम श्रेणी) लाने वाले छात्र-छात्राओं को ₹10,000 की प्रोत्साहन राशि बिहार सरकार द्वारा दी जाएगी।
- ₹8000 की राशि केवल अनुसूचित जाति एवं अनुसूचित जनजाति के द्वितीय स्थान (द्वितीय श्रेणी) प्राप्त करने वाले छात्र-छात्राओं को आर्थिक सहायता के रूप में प्रदान की जाएगी।

मुख्यमंत्री वृद्धा पेंशन योजना (वर्ष 2019/ समाज कल्याण विभाग):

- यह योजना जरूरतमंद बुजुर्गों (60 वर्ष से अधिक) को हर महीने वित्तीय सहायता प्रदान करती है।

मुख्यमंत्री बालक/बालिका साइकिल योजना (2006/ शिक्षा विभाग):

- इस योजना के तहत राजकीय राजकीयकृत/ प्रोजेक्ट (उत्क्रमित सहित)/ अल्पसंख्यक प्रस्वीकृत मदरसा /संस्कृत एवं वित्त रहित माध्यमिक विद्यालयों में नौवी कक्षा के बालक/बालिका को प्रति छात्र 3000/- की दर से साईकिल खरीद हेतु सहायक राशी उपलब्ध कराई जाती है।

मुख्यमंत्री बालिका पोशाक योजना (2018/ महिला विकास निगम):

- योजना के अंतर्गत सरकारी विद्यालयों में पढ़ने वाली कक्षा पहली से बारहवीं तक की बालिकाओं को पोशाक हेतु आर्थिक सहयता प्रदान की जाती है।

मिशन गुणवत्ता (समझे सीखें प्रोग्राम के अंतर्गत) (5 सितम्बर, 2011/ राज्य शिक्षा शोध एवं प्रशिक्षण परिषद्):

- इसका उद्धेश राज्य के प्राथमिक शालाओं में नामांकित प्रत्येक बच्चे के द्वारा अपनी कक्षा के अनुरूप निर्धारित दक्षता की संप्राप्ति सुनिश्चित करना है।

गुणवत्ता अनुश्रवण एवं निगरानी कार्यक्रम (लोक स्वास्थ्य अभियंत्रण विभाग):

- इस कार्यक्रम का मुख्य उद्देश्य ग्राम स्तर पर जल की शुद्धता की जाँच सुविधा पहुँचाया जाना है।

- इसकी मुख्य गतिविधियाँ निम्न है:
  1. सूचना शिक्षा एवं प्रसार
  2. मानव संसाधन विकास
  3. अनुश्रवण एवं निगरानी

किलकारी बिहार बाल भवन (जुलाई 2008/ शिक्षा विभाग):

- इसका उद्देश्य बच्चों के रचनात्मक विकास के लिए अवसर और वातावरण उपलब्ध कराना है।

अनन्या प्रोग्राम (2010/ बिहार सरकार एवं बिल एंड मेलिंडा गेट्स फाउंडेशन):

- यह कार्यक्रम राज्य में प्रजनन, मातृ, नवजात शिशु और बाल स्वास्थ्य एवं पोषण में सुधार के लिए एक अत्यधिक महत्वाकांक्षी और साहसी प्रयास है।

बिहार शताब्दी असंगठित कार्यक्षेत्र कामगार एवं शिल्पकार सामाजिक सुरक्षा योजना (2011/ श्रम संसाधन विभाग):

- इसका उद्देश्य असंगठित कामगारों एवं शिल्पकारों के हितों की रक्षा करना व उन्हें सामाजिक सुरक्षा प्रदान करना है।

बिहार एड्स वेलफेयर स्कीम (2015/ स्वास्थ्य विभाग):

- योजना का उद्देश्य एड्स रोगियों को स्वस्थ जीवन शैली व्यतीत करने हेतु सामाजिक सुरक्षा प्रदान करना है।

बाग उत्थान अभियान योजना (उद्यान निदेशालय):

- इसका मुख्य उद्देश्य बिहार राज्य में बागवानी खेती को बढ़ाना है।

बुनियाद केंद्र (बिहार समेकित सामाजिक सुरक्षा सुदृढ़ीकरण परियोजना) (बिहार सरकार एवं विश्व बैंक):

- बिहार में कुल 101 "बुनियाद केंद्र" स्थापित किये गए हैं।
- इसका उद्देश्य राज्य के वृद्धजनों, विधवा और दिव्यांगों की देखभाल करना है।

संबल योजना (बिहार मुख्यमंत्री विकलांग सशक्तिकरण योजना) (2011-12/ विकलांगजन सशक्तिकरण विभाग):

- इस योजना का उद्देश्य विकलांग लोगों को शिक्षा और रोजगार के अवसर, वित्तीय लाभ और छात्रवृत्ति प्रदान करना है।

मुख्यमंत्री भिक्षावृत्ति निवारण योजना (2012-13/ सामाजिक न्याय एवं अधिकारिता मंत्रालय):

- इसका उद्देश्य भिक्षुको का आधार कार्ड बनवाना, बैंक खाता खुलवाना, आय एवं विभिन्न प्रमाण -पत्र दिलवाना तथा विभन्न योजनाओ का लाभ दिलवाना है।

बिहार दिव्यांग विवाह प्रोत्साहन योजना (2016/ समाज कल्याण विभाग):

- इस योजना का उद्देश्य विकलांग नागरिकों की शादी को संपन्न करने हेतु आर्थिक सहायता प्रदान करना है।

लिंग संसाधन केन्द्र (महिला एवं बल विकास निगम):

- इसका उद्देश्य विभिन्न नोडल विभागों के सहयोग और समन्वय के माध्यम से राज्य में चल रहे महिला सशक्तिकरण कार्यक्रमों और योजनाओं को तकनीकी सहायता प्रदान करना है।

सामाजिक पुनर्वास कोष योजना (2008/ समाज कल्याण विभाग):

- इस योजना के अन्तर्गत मानव व्यापार के पीड़ित महिलाओं एंव बच्चों के पुनर्वास के लिए पर्याप्त राशि की व्यवस्था की जाती है।

मुख्यमंत्री ग्रामीण आवास योजना (प्रधानमंत्री आवास योजना) (ग्रामीण विकास विभाग):

- इस योजना का उद्देश्य वित्त वर्ष 1996 से पहले इंदिरा आवास योजना या अन्य आवास योजनाओं के तहत नए घर आवंटित किए गए सभी लोगों को पुनर्निर्माण उद्देश्यों के लिए 1.2 लाख रुपये की वित्तीय सहायता प्रदान करना है।

मुख्यमंत्री नारी शक्ति योजना (समाज कल्याण विभाग):

- इसका उद्देश्य कमजोर परिवारों की छात्राओं को आर्थिक सहायता प्रदान करना एवं उनको शिक्षा के लिए प्रोत्साहन प्रदान करना है।

बाल कुपोषण मुक्त बिहार (2021/समाज कल्याण विभाग):

- इसका उद्देश्य कोरोना वायरस संक्रमण के कारण अनाथ हुए बच्चों को आर्थिक सहायता प्रदान करना है।

सात निश्चय योजना 1.0

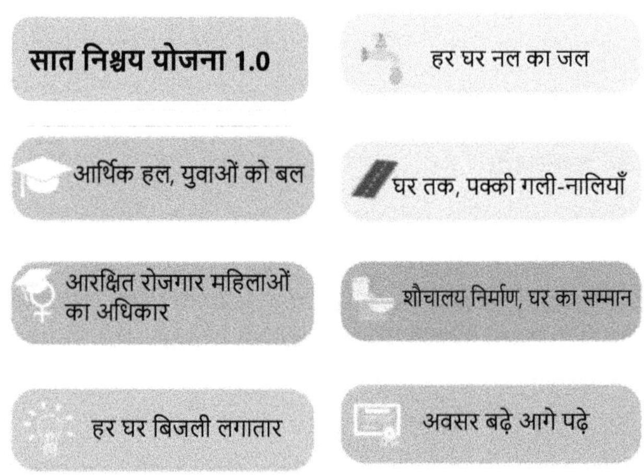

निश्चय 1: आर्थिक हल, युवाओं को बल: शिक्षा और कौशल विकास के अवसर पैदा करके बिहार के युवाओं को उनकी क्षमता में सुधार करके आत्मनिर्भर बनाना।

1. बिहार स्टूडेंट क्रेडिट कार्ड योजना (2 अक्टूबर 2016 /शिक्षा विभाग, योजना एवं विकास विभाग एवं श्रम संसाधन विभाग):
   - अपनी आर्थिक स्थिति के कारण उच्च शिक्षा प्राप्त करने में असमर्थ युवाओं को उच्च शिक्षा प्रदान करना।
   - योजना के तहत बैंकों के माध्यम से युवाओं को चार लाख तक के ऋण की सहायता मिलेगी जिसमें कोई ब्याज नहीं होगा।
2. मुख्यमंत्री निश्चय स्वयं सहायता भत्ता योजना (2 अक्टूबर 2016/ योजना और विकास विभाग):
   - इस योजना के तहत, बिहार सरकार प्रत्येक बेरोजगार (20 से 25 वर्ष) युवा को नौकरी पाने के लिए दो साल के लिए 1000 रुपये की वित्तीय सहायता प्रदान करेगी।

3. कुशल युवा कार्यक्रम (2 अक्टूबर, 2016/ श्रम संसाधन विभाग/बिहार स्किल डेवलपमेंट मिशन):
    - इस योजना के तहत प्रदेश के 15 से 28(जनरल)/31(ओबीसी)/33(एससी/एसटी, पीडब्ल्यूडी) वर्ष तक के युवाओं को कौशल प्रशिक्षण दिया जाएगा ताकि वे रोजगार पाने में समर्थ हो सकें।
4. बिहार स्टार्ट-अप नीति (2016):
    - इस नीति के तहत राज्य में उद्योगों तथा इकाईयों को स्थापित करने व उद्यमिता को बढ़ावा देने हेतु वातावरण तैयार किया जाएगा।
    - इस नीति के मुख्य अंग - वित्तीय सहायता, इन्क्यूबेशन सेंटर, फंडिंग, प्रचार प्रसार, प्रमाणीकरण आदि की व्यवस्था।
5. सभी विश्वविद्यालय एवं महाविद्यालयों में वाई-फाई के माध्यम से इन्टरनेट की निःशुल्क सुविधा की योजना

निश्चय 2: आरक्षित रोजगार महिलाओं का अधिकार (20 जनवरी 2016)

- इसका उद्देश्य राज्य में महिला सशक्तिकरण को बढ़ाना एवं राज्य सरकार नगर निकायों में और शिक्षकों की नियुक्ति में महिला उम्मीदवारों को 50% आरक्षण प्रदान करना है।
- इसके अतिरिक्त महिला थानों की स्थापना, महिला बटालियनों का गठन, पुलिस उपनिरीक्षकों एवं आरक्षकों की नियुक्ति में महिलाओं को 35% आरक्षण तथा 'जीविका' में महिला स्वयं सहायता समूहों के गठन से आत्मविश्वास और महिलाओं की आत्मनिर्भरता को बढ़ाना।

निश्चय 3: हर घर बिजली लगातार

1. मुख्यमंत्री विद्युत संबंध निश्चय योजना (15 नवम्बर 2016):
    - इस निश्चय का मुख्य उद्देश्य है कि बिहार के ग्रामीण और शहरी क्षेत्रों के हर घर में बिजली की उपलब्धता हो।
    - इस योजना के अंतर्गत, सरकार अपनी संसाधनों से सभी ग्रामीण परिवारों को मीटर के साथ बिजली की सुविधा प्रदान करेगी।

निश्चय 4: हर घर नल का जल:

1. मुख्यमंत्री ग्रामीण पेयजल निश्चय योजना (27 सितम्बर, 2016):
    - इस योजना का उद्देश्य ग्रामीण क्षेत्रों में पेयजल की आपूर्ति को सुनिश्चित करना है।
    - इसके तहत, समस्त ग्राम पंचायतों में सुरक्षित और पीने योग्य पानी की आपूर्ति प्रदान की जाएगी।
2. मुख्यमंत्री ग्रामीण पेयजल (गैर - गुणवत्ता प्रभावित क्षेत्र) निश्चय योजना (27 सितम्बर, 2016):
    - यह योजना गुणवत्ता से प्रभावित न होने वाले पंचायतों के वार्डों में लागू की जा रही है।
    - इसका उद्देश्य राज्य के 25,582 गैर-गुणवत्ता वाले प्रभावित वार्डों में शुद्ध पीने का पानी प्रदान करना है।
3. मुख्यमंत्री ग्रामीण पेयजल (गुणवत्ता प्रभावित क्षेत्र) निश्चय योजना (27 सितम्बर,2016/ लोक स्वास्थ्य अभियंत्रण विभाग):
    - यह योजना उन ग्राम पंचायतों में लागू की जा रही है जहां पानी पूरी तरह से लोहे, फ्लोराइड और आर्सेनिक से प्रभावित होता है।
    - इस योजना का उद्देश्य 3814 फ्लोराइड्स प्रभावित ग्रामीण वार्डों, 5085 आर्सेनिक प्रभावित ग्रामीण वार्डों और 21,598 आयरन प्रभावित ग्रामीण वार्डों में पीने योग्य (सुरक्षित और पीने) पानी की सुविधा प्रदान करना है।
4. मुख्यमंत्री शहरी पेयजल निश्चय योजना (27 सितंबर, 2016/ नगर विकास एवं आवास विभाग):
    - इस योजना का उद्देश्य हर नगर में स्वच्छ पेयजल की आपूर्ति सुनिश्चित करना है।
    - यह योजना कम आबादी वाले स्थानीय निकायों से शुरू होगी और फिर चरणबद्ध तरीके से सभी स्थानीय निकायों में विस्तृत होगी।

निश्चय 5: घर तक, पक्की गली-नालियाँ

1. मुख्यमंत्री ग्रामीण टोला संपर्क निश्चय योजना (28 अक्टूबर, 2016):
    - इसका उद्देश्य, केंद्रीय या राज्य सरकार के कोर नेटवर्क में मैप नहीं किया गये 100-249 के बीच आबादी वाले पात्र असंपर्क बस्तियों को बेहतर सड़क संपर्क प्रदान करना है।
    - यह कार्यक्रम आबादी के आधार पर होगा और राजस्व गांव या पंचायत के आधार पर नहीं।
2. मुख्यमंत्री ग्रामीण गली-नाली पक्कीकरण निश्चय योजना (28 अक्टूबर, 2016/ नगर विकास एवं आवास विभाग):
    - बिहार सरकार ने ग्रामीण क्षेत्रों में रहने वाले लोगों को स्वच्छ परिवेश प्रदान करने के लिए गलियों और नालियों के फुटपाथ के निर्माण का निर्णय लिया है।
    - इस योजना का उद्देश्य सामुदायिक भागीदारी के माध्यम से सभी लोगों को पक्की सड़कें और नालियां उपलब्ध कराना है।
3. मुख्यमंत्री शहरी नाली-गली पक्कीकरण निश्चय योजना (28 अक्टूबर, 2016):
    - इस योजना के तहत राज्य के ग्राम पंचायत ग्रामीण वार्डों में मौसम संपर्क एवं जल निकासी की सुविधा उपलब्ध कराई जानी है ।

निश्चय 6: शौचालय निर्माण, घर का सम्मान

1. लोहिया स्वच्छ बिहार अभियान (27 सितम्बर, 2016/ ग्रामीण विकास विभाग):
    - इस योजना का उद्देश्य "खुले में शौच मुक्त बिहार" के लक्ष्य की प्राप्ति के लिए समयबद्ध तरीके से ग्रामीण क्षेत्रों में स्वच्छता का आच्छादन है।
2. शौचालय निर्माण, घर का सम्मान निश्चय योजना (27 सितम्बर, 2016/ नगर विकास एवं आवास विभाग):
    - इस निश्चय के तहत राज्य के सभी घरों को बिना किसी भेदभाव के खुले में शौच मुक्त, स्वस्थ और स्वच्छ बिहार बनाने के लिए हर घर में शौचालय की व्यवस्था की जाएगी।

निश्चय 7: अवसर बढ़े आगे पढ़े

1. प्रत्येक जिले में जी०एन०एम० स्कूल की स्थापना।
2. प्रत्येक जिले में पैरा-मेडिकल संस्थान की स्थापना।
3. प्रत्येक जिले में पॉलिटेकनीक संस्थान की स्थापना।
4. प्रत्येक जिले में महिला औद्योगिक प्रशिक्षण संस्थान की स्थापना।
5. प्रत्येक जिले में अभियंत्रण महाविद्यालय की स्थापना।
6. सभी चिकित्सा महाविद्यालयों में नर्सिंग कॉलेज की स्थापना।

7. प्रत्येक अनुमंडल में ए०एन०एम० स्कूल की स्थापना।

8. प्रत्येक अनुमंडल में सरकारी औद्योगिक प्रशिक्षण संस्थान की स्थापना।

9. राज्य में पाँच और नये मेडिकल कॉलेज की स्थापना।

सात निश्चय योजना 2.0 (2020-2025/ सिद्धांत - "न्याय के साथ विकास")

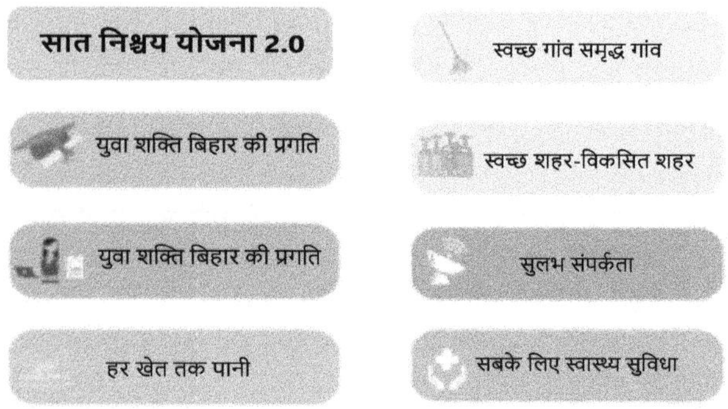

निश्चय 1: युवा शक्ति बिहार की प्रगति

- संस्थानों में गुणवत्ता बढ़ाने की योजना
  - राज्य के प्रत्येक आई.टी.आई. एवं पॉलीटेक्निक संस्थानों में प्रशिक्षण की गुणवत्ता बढ़ाने के लिए उच्चस्तरीय सेंटर ऑफ एक्सेलेंस की स्थापना।
- हर जिले में मेगा- स्किल सेंटर
  - नए कौशल के प्रशिक्षण के लिए हर जिले में कम से कम एक मेगा स्किल सेंटर निर्माण, जहाँ लोकप्रिय एवं उपयोगी स्किल्स यथा एपरल मेकिंग, रेफरीजरेटर, एयर कंडिशनिंग, सोलर पैनल मेकेनिक, व्यूटी एवं वेलनेस ट्रेनिंग, बुजुर्गों एवं मरीजों की देखभाल के लिए केयर गीभर जैसे क्षेत्रों में अल्प अवधि का रोजगारोन्मुखी प्रशिक्षण दिया जाएगा।
- टूल रूम (हर प्रमण्डल में)
  - टूल रूम में कई क्षेत्रों के नवीन एवं अत्याधुनिक मशीनों के माध्यम से आई.टी.आई. एवं पॉलीटेक्निक से प्रशिक्षण प्राप्त युवाओं को अत्याधुनिक मशीनों पर नई तकनीक की ट्रेनिंग दी जाएगी, जिसके पश्चात् युवाओं को उच्च तकनीक वाले क्षेत्रों में रोजगार मिलने में सहूलियत होगी।
- स्किल एवं उद्यमिता हेतु नया विभाग (आई.टी.आई. / पॉलीटेक्निक सहित)
  - युवाओं को अपना व्यवसाय अथवा उद्योग लगाने के लिए प्रोत्साहित किया जाएगा।
- उद्यमिता विकास हेतु अनुदान/प्रोत्साहन
  - नया उद्यम अथवा व्यवसाय के लिए परियोजना लागत का 50% अधिकतम 5 लाख रूपये तक का अनुदान दिया जाएगा तथा अधिकतम 5 लाख का ऋण मात्र 1% ब्याज पर दिया जाएगा।
  - सरकारी एवं गैर सरकारी क्षेत्र में रोजगार के 20 लाख से ज्यादा नये अवसर का सृजन।

निश्चय 2: सशक्त महिला सक्षम महिला

- महिला उद्यमिता हेतु विशेष योजना
  - महिलाओं में उद्यमिता को बढ़ावा देने के लिए उद्यमों में परियोजना लागत का 50 % अधिकतम 5 लाख रूपये तक का अनुदान तथा अधिकतम 5 लाख रूपये तक ब्याज मुक्त ऋण दिया जायेगा।
- उच्चतर शिक्षा हेतु महिलाओं को प्रोत्साहन
  - उच्चतर शिक्षा हेतु प्रेरित करने के लिये इन्टर उत्तीर्ण होने पर अविवाहित महिलाओं को रू. 25,000 तथा स्नातक उत्तीर्ण होने पर महिलाओं को रू. 50,000 की आर्थिक सहायता प्रदान करने का प्रावधान।
- क्षेत्रीय प्रशासन में आरक्षण के अनुरूप महिलाओं की भागीदारी
  - इस योजना के तहत क्षेत्रीय प्रशासन यथा पुलिस थाना, प्रखंडों, अनुमंडल एवं जिलास्तरीय कार्यालयों में आरक्षण के अनुरूप महिलाओं की भागीदारी बढ़ाई जाएगी।

निश्चय 3: हर खेत तक पानी

- इस योजना के तहत हर संभव माध्यम से हर खेत तक सिंचाई का पानी उपलब्ध कराया जाएगा।

निश्चय 4: स्वच्छ गांव समृद्ध गांव

- सभी गांवों में सोलर स्ट्रीट लाईट
  - सभी गांवों में सोलर स्ट्रीट लाईट का प्रबंध साथ ही इसके नियमित अनुरक्षण की व्यवस्था।
- ठोस एवं तरल अपशिष्ट प्रबंधन
  - गांवों में भी ठोस एवं तरल अपशिष्ट प्रबंधन एवं मल प्रबंधन की व्यवस्था।
  - वार्ड स्तर पर नालों एवं गलियों की सफाई।
- पूर्व की निश्चय योजनाओं का अनुरक्षण
  - इसके अंतर्गत 7 निश्चय के तहत पूर्व से निर्मित योजनाओं यथा हर घर नल का जल, घर तक पक्की गली- नालियां एवं हर घर शौचालय आदि की योजनाओं का पूरा रख रखाव किया जाएगा।
- पशु एवं मत्स्य संसाधनों का विकास
  - आधुनिक तकनीकों का इस्तेमाल कर दुग्ध उत्पादन एवं प्रसंस्करण, मुर्गी पालन, मछली पालन आदि को बढ़ावा दिया जाएगा।

निश्चय 5: स्वच्छ शहर-विकसित शहर

- ठोस एवं तरल अपशिष्ट प्रबंधन
  - सभी शहरों में ठोस एवं तरल अपशिष्ट प्रबंधन की व्यवस्था उपर्युक्त तकनीक के माध्यम से की जायेगी।
- वृद्धजनों हेतु आश्रय स्थल
  - इसके अंतर्गत वृद्धजनों के लिये सभी शहरों में आश्रय स्थल बनाया जाएगा तथा इनके बेहतर प्रबंधन एवं संचालन की व्यवस्था की जाएगी।
- शहरी गरीबों हेतु बहुमंजिला आवासन
  - इसके अंतर्गत शहर में रह रहे बेघर/ भूमिहीन गरीब लोगों को बहुमंजिला भवन बना कर आवासन उपलब्ध कराया जायेगा।
- सभी शहरों एवं महत्वपूर्ण नदी घाटों पर विद्युत शवदाह गृह सहित मोक्षधाम का निर्माण
  - सभी शहरों एवं महत्वपूर्ण नदी घाटों पर विद्युत शवदाह गृहों सहित मोक्षधाम का निर्माण कराया जाएगा।
- सभी शहरों में स्टॉर्म वाटर ड्रेनेज सिस्टम का विकास
  - सभी शहरों में स्टॉर्म वाटर ड्रेनेज सिस्टम को विकसित किया जाएगा जिससे जल जमाव की समस्या न हो।

निश्चय 6: सुलभ संपर्कता

- ग्रामीण पथों की संपर्कता
  - निकट के गांवों को जोड़ते हुए मुख्य पथों एवं महत्वपूर्ण स्थानों

(प्रखंड/ थाना/ अनुमंडल) अथवा महत्वपूर्ण सुविधाओं तथा बाजार, अस्पताल, राज्य उच्च पथ एवं राष्ट्रीय उच्च पथों तक सम्पर्कता हेतु नई सड़कों का निर्माण।

- शहरी क्षेत्रों में आवश्यकतानुसार बाईपास अथवा फ्लाईओवर का निर्माण
    - शहरी क्षेत्रों में जाम की समस्या से मुक्ति एवं सुचारू यातायात के संचालन हेतु आवश्यकतानुसार बाईपास अथवा फ्लाईओवर का निर्माण।

निश्चय 7: सबके लिए स्वास्थ्य सुविधा

- बेहतर पशु स्वास्थ्य प्रबंधन हेतु आधारभूत व्यवस्थाएं
    - कॉल सेन्टर एवं मोबाईल एप की मदद से डोर स्टेप सेवा की व्यवस्था
    - देशी गोवंश के संरक्षण एवं संवर्द्धन हेतु पशु विज्ञान विश्वविद्यालय के अंतर्गत गोवंश विकास संस्थान की स्थापना।
- गांव-गांव तक लोगों के लिए स्वास्थ्य सुविधाओं की बेहतर उपलब्धता

अन्य योजनाएँ

योजना	लागू वर्ष / मंत्रालय	उद्देश्य
उज्ज्वल डिस्कॉम अश्योरेंस योजना (उदय योजना)	15 नवंबर, 2015/ ऊर्जा मंत्रालय	वार्षिक टैरिफ वृद्धि, त्रैमासिक ईंधन लागत को समायोजित करना, ब्याज के बोझ को कम करना, कोयले की कीमत को युक्तिसंगत बनाना
किसान ऊर्जा सुरक्षा एवं उत्थान महाभियान या कुसुम योजना	08 मार्च 2019/ नवीन एवं नवीकरणीय ऊर्जा मंत्रालय	भारत में सौर ऊर्जा के उत्पादन को आगे बढ़ाना और किसानों को सौर खेती के लाभ देना
सेतु भारतम् परियोजना	4 मार्च 2016/ सड़क परिवहन एवं राजमार्ग मंत्रालय	पुराने पुलों के नवीनीकरण के साथ-साथ नए पुलों का निर्माण
प्रसाद योजना - तीर्थयात्रा कायाकल्प और आध्यात्मिकता संवर्धन अभियान	2014-2015/ पर्यटन मंत्रालय	संपूर्ण धार्मिक पर्यटन अनुभव प्रदान करने के लिए प्राथमिकता, नियोजित और टिकाऊ तरीके से तीर्थ स्थलों का एकीकृत विकास
निर्यात उत्पादों पर शुल्क और करों की छूट (आरओडीटीईपी)	2018/ वाणिज्य मंत्रालय	निर्यातकों को एम्बेडेड केंद्रीय, राज्य और स्थानीय कर्तव्यों और इनपुट पर भुगतान किए गए करों को वापस करना
सॉवरेन गोल्ड बॉन्ड स्कीम	नवंबर 2015/ वित्त मंत्रालय	स्वर्ण जमाकर्ताओं को एक वर्ष से तीन वर्ष की अल्पावधि जमा पर 2.25% वार्षिक ब्याज अर्जित करने की सुविधा प्रदान करना
सौर चरखा मिशन	27 जून 2018/ सूक्ष्म, लघु और मध्यम उद्यम मंत्रालय	ग्रामीण क्षेत्रों में सौर चरखा समूहों के माध्यम से लगभग एक लाख लोगों के लिए रोजगार सृजन
जीएमएस स्वर्ण मुद्रीकरण योजना	4 नवंबर 2015/ वित्त मंत्रालय	घरों और संस्थानों से सोना कार्यप्रवृत्त करना और उत्पादक उद्देश्यों में उसका उपयोग करना
राष्ट्रीय ग्रामीण स्वास्थ्य मिशन	12 अप्रैल 2005/ स्वास्थ्य एवं परिवार कल्याण मंत्रालय	ग्रामीण आबादी को सुलभ, सस्ती और गुणवत्तापूर्ण स्वास्थ्य देखभाल प्रदान करना
राष्ट्रीय शहरी स्वास्थ्य मिशन	1 मई 2013/ स्वास्थ्य एवं परिवार कल्याण मंत्रालय	शहरी आबादी को सुलभ, सस्ती और गुणवत्तापूर्ण स्वास्थ्य देखभाल प्रदान करना
यूडीआईडी (UDID) प्रोजेक्ट (यूनिक डिसेबिलिटी आइडेंटिफायर)	2016/ सामाजिक न्याय एवं अधिकारिता मंत्रालय	विकलांग व्यक्तियों के लिए एक राष्ट्रीय डेटाबेस बनाना और ऐसे व्यक्तियों को विकलांगता पहचान पत्र जारी करना
श्रमेव जयते योजना (पंडित दीनदयाल उपाध्याय श्रमेव जयते कार्यक्रम)	अक्टूबर 2014	श्रमिकों को कौशल प्रशिक्षण प्रदान करने के लिए सरकारी सहायता का विस्तार करना
आरोग्य सेतु	6 सितम्बर, 2022	कोविड-19 के मामलों को ट्रैक करने के लिए और देश के नागरिकों को सुरक्षित रहने के लिए जागरूक करना
हुनर से रोजगार योजना	2009-10/ पर्यटन मंत्रालय	उन व्यक्तियों को लक्षित करना जिनके पास अधिक साधन नहीं हैं और जिन्हें रोजगार की सुविधा के लिए कौशल प्राप्त करने की आवश्यकता है
जननी एवं बाल सुरक्षा योजना	12 अप्रैल, 2005/ महिला एवं बाल विकास मंत्रालय	गरीब गर्भवती महिलाओं के संस्थागत प्रसव को बढ़ावा देते हुए मातृ एवं नवजात मृत्यु दर को कम करना
महिला समाख्या योजना	1988/ महिला एवं बाल विकास मंत्रालय	महिलाओं की शिक्षा और सशक्तिकरण
स्वाधार गृह योजना	1 जनवरी 2016/ महिला एवं बाल विकास मंत्रालय	महिलाओं को स्वास्थ्य, वस्त्र, भोजन और आश्रय के साथ-साथ आर्थिक और सामाजिक सुरक्षा प्रदान करना
समेकित बाल विकास योजना	2 अक्टूबर, 1975/ महिला एवं बाल विकास मंत्रालय	0 - 6 वर्ष से कम आयु के बच्चों, गर्भवती और धात्री महिलाओं और प्रजनन आयु की महिलाओं (15-45 वर्ष) को लाभ प्रदान करना
मनरेगा	23 अगस्त 2005/ ग्रामीण विकास मंत्रालय	गरीब और ग्रामीण लोगों के जीवन स्तर को बढ़ाने के लिए सरकार द्वारा 100 दिनों का मजदूरी रोजगार देना
राष्ट्रीय कृषि बीमा योजना	22 जून, 1999/ कृषि एवं किसान कल्याण मंत्रालय	फसल खराब होने और प्राकृतिक आपदाओं की स्थिति में किसानों को वित्तीय सहायता प्रदान करना

गंगा कल्याण योजना	फरवरी 1997/ कृषि एवं किसान कल्याण मंत्रालय	भूजल के दोहन के माध्यम से सिंचाई प्रदान करना
निर्मल भारत योजन	1999	लोगों को स्वच्छता के महत्व के बारे में जागरूक करना
खाद्य बैंक योजना	2004/ खाद्य प्रसंस्करण उद्योग मंत्रालय	पंचायत स्तर पर एक खाद्य बैंक की स्थापना करना
संगम योजना	15 अगस्त 1996	विकलांगों को आर्थिक सहायता प्रदान करना
वाल्मीकि अम्बेडकर आवास योजना	दिसंबर 2001	**निर्मल भारत अभियान** के तहत, झुग्गीवासियों के लिए आवास इकाइयों का निर्माण करना
वरिष्ठ पेंशन बीमा योजना	2023	वरिष्ठ नागरिकों को पेंशन प्रदान करना
सम्पूर्ण ग्रामीण रोज़गार योजना	25 सितंबर 2001/ ग्रामीण विकास मंत्रालय	ग्रामीण क्षेत्रों में सामुदायिक संपत्ति के निर्माण के साथ-साथ अतिरिक्त मजदूरी रोजगार और खाद्य सुरक्षा प्रदान करना
नई मंजिल योजना	2015/ अल्पसंख्यक कार्य मंत्रालय	अल्पसंख्यक युवाओं को रोजगार योग्य कौशल से लैस करना
सांसद आदर्श ग्राम योजना	2014/ ग्रामीण विकास मंत्रालय	गाँवों के सामाजिक-आर्थिक एवं भौतिक बुनियादी ढाँचे का विकास करना
स्टैंड अप इंडिया योजना	अप्रैल 2016	आर्थिक सशक्तिकरण और रोजगार सृजन को बढ़ावा देना
आश्रय बीमा योजना	जून 2001/ वित्त मत्रांलय	काम अथवा नौकरी छूट जाने के कारण प्रभावित कर्मचारियों को सुरक्षा प्रदान करना
आम आदमी बीमा योजना	2 अक्टूबर 2007/ वित्तीय सेवा विभाग	ग्रामीण भूमिहीन परिवारों को मृत्यु एवं विकलांगता कवर प्रदान करना
अन्नपूर्णा योजना	अप्रैल 2001/ ग्रामीण विकास मंत्रालय	असहाय, अति गरीब एवं अभावग्रस्त वरिष्ठ नागरिकों को खाद्य सुरक्षा प्रदान करना
प्रधानमंत्री मत्स्य संपदा योजना	10 सितंबर, 2020/ मत्स्य विभाग	फसल कटाई के बाद के नुकसान को 20-25% से घटाकर 10% करने में मदद करना, मछुआरों और मछली किसानों की आय को दोगुना करना और अतिरिक्त 55 लाख प्रत्यक्ष और अप्रत्यक्ष रोजगार के अवसर पैदा करना
पंडित दीनदयाल उपाध्याय श्रमेव जयते योजना	16 अक्टूबर 2014/ श्रम एवं रोजगार मंत्रालय	श्रम कानूनों में सुधार लाना एवं श्रम प्रक्रिया को बेहतर बनाना
राष्ट्रीय खेल प्रतिभा खोज योजना	20 फरवरी, 2015/ खेल एवं युवा मंत्रालय	8-12 वर्ष के आयु वर्ग में प्रतिभा की पहचान करना और चिन्हित प्रतिभाशाली खिलाड़ियों को पोषण प्रदान करना
प्रधानमंत्री स्ट्रीट वेंडर की आत्मनिर्भर निधि (प्रधानमंत्री स्वनिधि)	1 जून, 2020/ आवासन एवं शहरी कार्य मंत्रालय	कोविड-19 महामारी के कारण प्रभावित स्ट्रीट वेंडर्स को माइक्रो-क्रेडिट सुविधाएं प्रदान करना
सूक्ष्म खाद्य प्रसंस्करण योजना	29 जून, 2020/खाद्य प्रसंस्करण उद्योग मंत्रालय	खाद्य प्रसंस्करण के असंगठित क्षेत्र में मौजूदा व्यक्तिगत सूक्ष्म उद्यमों की प्रतिस्पर्धात्मकता को बढ़ावा देना
स्वामित्व योजना	24 अप्रैल, 2020/ पंचायती राज मंत्रालय	ग्रामीण नागरिकों को ऋण लेने एवं अन्य वित्तीय लाभों के लिए वित्तीय संपत्ति के रूप में अपनी संपत्ति का उपयोग करने में सक्षम बनाकर वित्तीय स्थिरता प्रदान करना
राष्ट्रीय बागवानी मिशन	2005/ कृषि एवं किसान कल्याण मंत्रालय	क्षेत्र आधारित क्षेत्रीय विभेदित रणनीतियों के माध्यम से बागवानी क्षेत्र के समग्र विकास को बढ़ावा देना
ग्राम उदय से भारत उदय अभियान	14 अप्रैल, 2016	समस्त ग्रामों में पंचायती राज व्यवस्था को सुदृढ़ करके, सामाजिक सद्भाव बढ़ाने, ग्रामीण विकास को बढ़ावा देने, किसानों की प्रगति और गरीब लोगों की जीविका के लिए राष्ट्रव्यापी प्रयास करना

स्वजल धारा योजना	फरवरी 2018/ पेयजल एवं स्वच्छता मंत्रालय	ग्रामीण क्षेत्रों में लोगों को पीने के पानी की सतत पहुंच प्रदान करना
पत्रकार कल्याण निधि योजना	5 मार्च, 2019/ सूचना एवं प्रसारण मंत्रालय	पत्रकारों और उनके परिवारों को तत्काल आधार पर एकमुश्त अनुग्रह राहत प्रदान करना
महिला स्वयं सिद्धि योजना	2000-01/ महिला एवं बाल विकास मंत्रालय	महिलाओं का सामाजिक और आर्थिक विकास करना
स्मार्ट शहर मिशन योजना	जून 2015/ शहरी विकास मंत्रालय	देश भर में 100 स्मार्ट शहरों का विकास करना
सतत योजना	अक्टूबर 2018/ पेट्रोलियम एवं प्राकृतिक गैस मंत्रालय	किफायती परिवहन के लिये सतत विकल्प प्रदान करना
सर्व शिक्षा अभियान	2001/ राष्ट्रीय मानव संसाधन मंत्रालय	6 से 14 आयु वर्ग के सभी बच्चों को उपयोगी तथा कोटिपरक शिक्षा प्रदान करना
सहकार प्रज्ञा	24 नवंबर, 2020/ कृषि एवं किसान कल्याण मंत्रालय	भारत में सहकारी क्षेत्र का विकास करना
स्वदेश दर्शन	2014-15/ पर्यटन और संस्कृति मंत्रालय	रोजगार सृजन के लिए एक प्रमुख इंजन के रूप में पर्यटन क्षेत्र की स्थिति में सुधार करना
सांसद आदर्श ग्राम योजना	11 अक्टूबर 2014	गांवों में संस्थागत एवं भौतिक बुनियादी ढांचे का विकास करना
मिशन कर्मयोगी	2 सितम्बर, 2020/ दूरसंचार विभाग	सिविल सेवकों के कार्य आबंटन को पद की आवश्यकताओं के साथ उनकी क्षमताओं को जोड़ते हुए रेखांकित करना
नेहरू रोजगार योजना (NRY)	अक्टूबर, 1989	नगरीय बेरोजगारों को रोजगार देने हेतु
जवाहर रोजगार योजना (JRY)	अप्रैल, 1989	ग्रामीण क्षेत्रों के बेरोजगारों को रोजगार देने हेतु
जवाहर लाल नेहरू नेशनल अरबन नवीकरण मिशन	3 दिसंबर, 2005/आवासन एवं शहरी कार्य मंत्रालय	शहरी गरीबों को उपयोगिताएं उपलब्ध करवाने के दृष्टिकोण के साथ आश्रय, बुनयारी सेवाएं और अन्य संबंधित नागरिक सुविधाएं प्रदान करने के लिये परियोजना के जरिये झुग्गी-झोंपड़ियों का समन्वित विकास करना
जवाहर ग्राम समृद्धि योजना	1 अप्रैल, 1999	ग्रामीण क्षेत्रों में बेरोजगार गरीबों के लिए निरंतर रोजगार और पूरक रोजगार के अवसर उपलब्ध कराना
ग्रामीण विद्युतीकरण निगम	1969	कृषि एवं उद्योगों हेतु ग्रामीण क्षेत्र में विद्युत व्यवस्था
प्रथम पंचवर्षीय योजना	1951	कृषि विकास पर बल
लघु उद्योग विकास संगठन (SIDO)	1954	नए उद्योगों के विकास हेतु
गहन कृषि जिला कार्यक्रम	1960-61/ भारत सरकार	शाहाबाद (बिहार) में कृषकों को बीज, उर्वरक, औजार और ऋण उपलब्ध कराना
कमान क्षेत्र विकास कार्यक्रम	1974-75 / भारत सरकार	बड़ी एवं छोटी योजनाओं हेतु सिंचाई की व्यवस्था
बीस सूत्रीय कार्यक्रम	1975, वर्ष 1982, 1986 तथा 2006 में पुर्नसंरचना	गरीबी उन्मूलन एवं रहन-सहन उच्चीकरण
मरूभूमि विकास कार्यक्रम	1977-78	मरूभूमि विस्तार प्रक्रिया नियंत्रण एवं पर्यावरण संतुलन
काम के बदले अनाज कार्यक्रम	1977-78	विकास प्रक्रियाओं के काम हेतु खाद्यान्न देना
ग्रामीण युवाओं का स्वरोजगार हेतु प्रशिक्षण कार्यक्रम (TRYSEM)	15 अगस्त, 1979	ग्रामीण युवा वर्ग की बेरोजगारी को दूर करने हेतु प्रशिक्षण कार्यक्रम

एकीकृत ग्रामीण विकास कार्यक्रम	1978-79	ग्रामीक्षेत्रीय आर्थिक असमानता को दूर करना, ग्रामीण गरीबी और भुखमरी को समाप्त करना
राष्ट्रीय ग्राम्य रोजगार कार्यक्रम (NREP)	1980	ग्रामीण निर्धनों को लाभप्रद रोजगार उपलब्ध कराना।
ग्रामीण भूमिहीन रोजगार गारण्टी कार्यक्रम (RLEGP)	15 अगस्त, 1983	भूमिहीन कृषकों व श्रमिकों को रोजगार उपलब्ध कराने हेतु
लोक कार्यक्रम एवं ग्रामीण प्रौद्योगिकी विकास कार्यक्रम (CAPART)	1, सितंबर, 1986	ग्रामीण समृद्धि हेतु सहायता
रोजगार आश्वासन योजना	2, अक्टूबर, 1993	रोजगार उपलब्ध कराने हेतु
कस्तूरबा गांधी शिक्षा योजना	15 अगस्त, 1997	कम महिला साक्षरता वाले जिलों में बालिका विद्यालय की स्थापना
गंगा कल्याण योजना	1997-98	भूतल जल एवं भूमिगत जल की निकासी एवं रख-रखाव हेतु कृषकों को वित्तीय सहायता प्रदान करना
स्वर्ण जयंती शहरी रोजगार योजना	1, दिसंबर, 1997	शहरी क्षेत्रों में लाभप्रद रोजगार उपलब्ध कराना, शहरी गरीबी निवारण कार्य, गरीबों हेतु शहरी बेसिक सेवा
महिला स्वयं सिद्धि योजना	12 जुलाई, 2001	महिलाओं का सामाजिक आर्थिक सशक्तीकरण योजना में इंदिरा महिला योजना और महिला समृद्धि योजना का विलय
बिहार रोजगार मेला	-	राज्य के शिक्षित बेरोजगार नागरिकों को रोजगार
अनुदानित दर पर बीज वितरण	-	किसानों को सस्ती दरों पर सर्वोत्तम गुणवत्ता वाले बीज उपलब्ध कराना
टाल विकास योजना	-	फसल समस्याओं के समाधान में किसानों को आत्मनिर्भर बनाने हेतु कृषक फील्ड स्कूल संचालित किये जा रहे हैं।

बिहार की वित्तीय प्रणाली

वित्तीय संस्थाए

- एक वित्तीय संस्थान उपभोक्ताओं और पूंजी या ऋण बाजारों के बीच मध्यस्थ होता है जो बैंकिंग और निवेश सेवाएं प्रदान करता है।
- इन संस्थानों की स्थापना केंद्र और राज्य सरकारों द्वारा की जाती है।
- ये संस्थाएँ लंबी और मध्यम अवधि की आवश्यकताओं के लिए स्वामित्व वाली पूंजी और ऋण पूंजी दोनों प्रदान करती हैं और व्यावसायिक बैंकों जैसी पारंपरिक वित्तीय एजेंसियों की पूरक होती हैं।
- इन संस्थाओं का लक्ष्य देश के औद्योगिक विकास को बढ़ावा देना है, इसलिए इन्हें 'विकास बैंक' भी कहा जाता है।
- वित्तीय सहायता प्रदान करने के अलावा, ये संस्थाएँ बाज़ार सर्वेक्षण भी करती हैं और उद्यमों को चलाने वाले लोगों को तकनीकी सहायता और प्रबंधकीय सेवाएँ प्रदान करती हैं।
- भारत में, मुख्य रूप से दो प्रकार के वित्तीय संस्थान हैं: बैंक और गैर-बैंकिंग वित्तीय संस्थान (एनबीएफआई)।

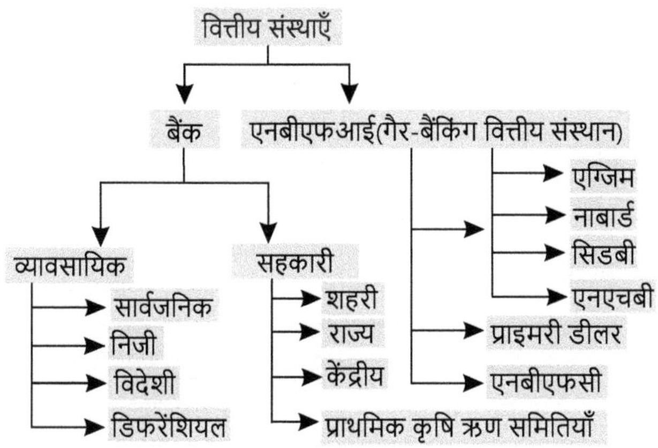

गैर-बैंकिंग वित्तीय संस्थान (एनबीएफआई)

- यह एक वित्तीय संस्थान है जिसके पास पूर्ण बैंकिंग लाइसेंस नहीं है अथवा इसका राष्ट्रीय या अंतरराष्ट्रीय बैंकिंग नियामक एजेंसी द्वारा पर्यवेक्षण नहीं किया जाता है।
- भारतीय रिजर्व बैंक एक गैर-बैंकिंग वित्तीय कंपनी को कंपनी अधिनियम, 1956 के तहत पंजीकृत के रूप में परिभाषित करता है।
- गैर-बैंकिंग वित्तीय संस्थान के प्रकार - अखिल भारतीय वित्तीय संस्थान, प्राइमरी डीलर, एनबीएफसी।
  - अखिल भारतीय वित्तीय संस्थान - अखिल भारतीय वित्तीय संस्थान नियामक निकायों का एक समूह है जो अर्थव्यवस्था को विनियमित करने में मदद करता है।
    - इन विशेष निकायों का उद्देश्य अर्थव्यवस्था के विशिष्ट क्षेत्रों की जरूरतों को पूरा करना है।
    - अखिल भारतीय वित्तीय संस्थान के प्रकार - एग्जिम, नाबार्ड, सिडबी, एनएचबी।
  - प्राइमरी डीलर - एक प्राथमिक डीलर, एक बैंक या अन्य वित्तीय संस्थान है जिसे राष्ट्रीय सरकार के साथ प्रतिभूतियों का व्यापार करने के लिए अनुमोदित किया गया है।
  - एनबीएफसी - यह एक वित्तीय संस्थान हैं जो ऋण, बीमा और संपत्ति प्रबंधन सहित विभिन्न वित्तीय सेवाएं और उत्पाद प्रदान करते हैं, लेकिन उनके पास बैंकिंग लाइसेंस नहीं है।
    - बैंकों के विपरीत, एनबीएफसी के पास जनता से जमा स्वीकार करने का अधिकार नहीं है।

अखिल भारतीय वित्तीय संस्थान- एग्जिम (एक्सपोर्ट-इम्पोर्ट बैंक ऑफ इंडिया):

- एग्जिम या एक्सपोर्ट-इम्पोर्ट बैंक ऑफ इंडिया, भारत का अग्रणी निर्यात वित्त-पोषण संस्थान है जो देश के आर्थिक विकास के साथ विदेशी व्यापार और निवेश को एकीकृत करने में संलग्न है।
- इस संगठन की स्थापना 1982 में एक्सपोर्ट-इम्पोर्ट बैंक ऑफ इंडिया एक्ट 1981 के तहत एक्सपोर्ट क्रेडिट के पुर्जे के रूप में की गई थी।
- एक्जिम बैंक पूर्ण रूप से भारत सरकार के स्वामित्व में है।

संरचना:

- यह बैंक के संचालन निदेशक मंडल द्वारा नियंत्रित होते हैं।
- निदेशक मंडल में एक अध्यक्ष, एक प्रबंध निदेशक, दो उप प्रबंध निदेशक; भारतीय रिजर्व बैंक द्वारा नामित प्रत्येक निदेशक, आईडीबीआई बैंक लिमिटेड और ईसीजीसी लिमिटेड और केंद्र सरकार द्वारा नामित निदेशक (12 से अधिक नहीं) होते हैं।

सेवाएँ:

- यह निर्यातकों और आयातकों को वित्तीय सहायता प्रदान करता है।
- यह विदेशी वित्तीय संस्थानों, क्षेत्रीय विकास बैंकों, संप्रभु सरकारों और विदेशों में अन्य संस्थाओं को लाइन ऑफ क्रेडिट (एलओसी) प्रदान करता है, ताकि उन देशों में खरीदारों को भारत से विकासात्मक और बुनियादी ढांचा परियोजनाओं, उपकरणों, वस्तुओं और सेवाओं को आस्थगित क्रेडिट शर्तों पर आयात करने में सक्षम बनाया जा सके।
- यह देश के अंतर्राष्ट्रीय व्यापार को बढ़ावा देने की दृष्टि से वस्तुओं और सेवाओं के निर्यात और आयात के वित्तपोषण में लगे संस्थानों के काम के समन्वय के लिए प्रमुख वित्तीय संस्थान के रूप में कार्य करता है।

अखिल भारतीय वित्तीय संस्थान- नाबार्ड (राष्ट्रीय कृषि और ग्रामीण विकास बैंक):

- नाबार्ड एक विकास बैंक है जो मुख्य रूप से देश के ग्रामीण क्षेत्र पर ध्यान केंद्रित करता है।
- यह कृषि और ग्रामीण विकास के लिए वित्त प्रदान करने वाली शीर्ष बैंकिंग संस्था है, जिसका उद्देश्य देश में वित्तीय समावेशन को विकसित और लागू करना है।
- यह 1982 में संसदीय अधिनियम-नेशनल बैंक फॉर एग्रीकल्चर एंड रूरल डेवलपमेंट एक्ट, 1981 के तहत स्थापित एक सांविधिक निकाय है।
- इसका मुख्यालय मुम्बई में स्थित है।
- पिछले वर्षों में नाबार्ड द्वारा की गई पहलें इस प्रकार हैं:
  - स्वयं सहायता समूह (SHG)
  - बैंक लिंकेज परियोजना (1992)
  - किसान क्रेडिट कार्ड
  - RuPay किसान कार्ड (RKCs)
  - आदिवासी विकास कार्यक्रम: स्थायी आजीविका प्रदान करने की नाबार्ड की प्राकृतिक संसाधन प्रबंधन (एनआरएम) नीति के एक

अभिन्न अंग के रूप में, नाबार्ड ने मूल तत्व के रूप में बाग स्थापना के साथ जनजातीय समुदायों के समग्र विकास के लिए सहायता प्रदान करने पर विशेष जोर दिया।
- EShakti: SHG को डिजिटाइज़ करने के लिए प्रोजेक्ट EShakti लॉन्च किया गया था।

- नाबार्ड के कार्य:
  - वित्तीय कार्य -
    - नाबार्ड लघु सिंचाई, वृक्षारोपण और बागवानी, भूमि विकास, कृषि मशीनीकरण और पशुपालन जैसी विभिन्न प्रकार की कृषि और संबद्ध गतिविधियों के लिए पुनर्वित्त के माध्यम से कृषि क्षेत्र को वित्तीय सहायता प्रदान करता है।
    - पुनर्वित्त - वाणिज्यिक बैंक, राज्य सहकारी बैंक, क्षेत्रीय ग्रामीण बैंक और राज्य भूमि विकास बैंक पुनर्वित्त के लिए पात्र हैं।
    - अल्पावधि ऋण - नाबार्ड मौसमी कृषि कार्यों, फसल विपणन और कृषि इनपुट खरीद के लिए राज्य सहकारी बैंकों और क्षेत्रीय ग्रामीण बैंकों को अल्पकालिक ऋण भी देता है।
    - नाबार्ड को स्टॉक और प्रॉमिसरी नोट्स की सुरक्षा के खिलाफ ऋण और अग्रिम देने का भी अधिकार है।
  - विकासात्मक कार्य
    - नाबार्ड ऋण योजनाओं के विकास, संस्थानों की स्थापना, और अनुसंधान और प्रौद्योगिकी को बढ़ावा देने सहित विभिन्न विकासात्मक गतिविधियों में संलग्न है।
    - यह ग्रामीण ऋण एजेंसियों का समन्वय भी करता है और कृषि और ग्रामीण मुद्दों को संबोधित करने के लिए विशेषज्ञता विकसित करता है।
    - नाबार्ड के पास अनुसंधान और प्रशिक्षण सुविधाओं के प्रावधान सहित कृषि और ग्रामीण विकास अनुसंधान में सहायता और बढ़ावा देने के लिए एक अनुसंधान और विकास निधि (आरडीएफ) है।
    - नाबार्ड के केंद्रीय बोर्ड को एक "आरक्षित निधि" या कोई अन्य कोष स्थापित करने का भी अधिकार है, जिसे वह उपयुक्त समझे।
  - पर्यवेक्षी कार्य -
    - 1949 के बैंकिंग विनियमन अधिनियम ने नाबार्ड को क्षेत्रीय ग्रामीण बैंकों और सहकारी बैंकों के संचालन का निरीक्षण करने का अधिकार दिया।

बिहार में नाबार्ड द्वारा क्षेत्र-वार निवेश ऋण पुनर्वित्तीयन (करोड़ रु.) (2017-18 से 2021-22):

बैंक	2017-18	2018-19	2019-20	2020-21	2021-22	वार्षिक चक्रवृद्धि दर
लघु सिचांई	80.0	0.1	1.2	87.1	156.0	124.5
कृषि यंत्रीकरण	429.1	499.4	70.1	682.6	1045.5	23.3
गव्य	194.4	176.3	275.0	9.2	19.3	53.1
स्वयं सहायता समूह	186.4	219.9	574.1	648.7	1000.0	55.9
कृषीतर क्षेत्र	273.3	318.0	54.9	0.0	0.0	-52.2
अन्य	927.6	302.9	126.5	996.3	1562.8	25.0
योगफल	2091.7	1516.6	1101.9	2423.9	3783	18.0

स्रोत: नाबार्ड, पटना कार्यालय

31 मार्च 2022 तक ग्रामीण अधिसंरचना विकास कोष (नाबार्ड) के तहत बिहार के लिए संचित ऋण स्वीकृति:

क्षेत्र	स्वीकृति (करोड़ रु.)	योगफल का प्रतिशत
सिंचाई	3455.6	14.4
कृषि संबंधी परियोजनाएं	2646.8	11.0
ग्रामीण पुल	7188.0	29.9
ग्रामीण पथ	7390.2	30.8
सामाजिक क्षेत्र	3324.6	13.8

स्रोत: नाबार्ड, पटना कार्यालय

अखिल भारतीय वित्तीय संस्थान- सिडबी (भारतीय लघु उद्योग विकास बैंक):

- भारतीय लघु उद्योग विकास बैंक (SIDBI), भारतीय संसद के एक अधिनियम द्वारा 2 अप्रैल, 1990 को स्थापित, सूक्ष्म, लघु और मध्यम उद्यम के प्रचार, वित्तपोषण और विकास के लिए प्राथमिक वित्तीय संस्थान के रूप में कार्य करता है।
- सिडबी एमएसएमई को अपनी नई तकनीकों और उत्पादों के विस्तार, विपणन, विकास और व्यावसायीकरण के लिए आवश्यक धन प्राप्त करने में सहायता करता है।
- सिडबी के शेयर भारत सरकार और 22 अन्य संस्थानों/सार्वजनिक क्षेत्र के बैंकों/बीमा कंपनियों के पास हैं जो केंद्र सरकार के स्वामित्व या नियंत्रण में हैं।
- सिडबी, वित्त मंत्रालय, भारत सरकार के अधिकार क्षेत्र में आता है।
- सिडबी का मुख्यालय लखनऊ में है और पूरे देश में इसके कार्यालय हैं।
- वर्तमान में, SIDBI के शेयर केंद्र सरकार और सार्वजनिक क्षेत्र के बैंकों (PSB), केंद्र सरकार के स्वामित्व वाली और नियंत्रित बीमा कंपनियों सहित 29 अन्य संस्थानों के पास हैं।
- सिडबी भारत सरकार के विभिन्न मंत्रालयों जैसे एमएसएमई मंत्रालय, कपड़ा मंत्रालय, वाणिज्य और उद्योग मंत्रालय, खाद्य प्रसंस्करण और उद्योग मंत्रालय आदि के लिए एक नोडल/कार्यान्वयन एजेंसी के रूप में भी कार्य करता है।

अखिल भारतीय वित्तीय संस्थान- एनएचबी (राष्ट्रीय आवास बैंक):

- राष्ट्रीय आवास बैंक, भारत में हाउसिंग फाइनेंस कंपनियों के समग्र विनियमन और लाइसेंसिंग के लिए सर्वोच्च नियामक निकाय है।
- राष्ट्रीय आवास बैंक एक सरकारी स्वामित्व वाला निगम है। यह वित्त मंत्रालय, भारत सरकार के अधिकार क्षेत्र में है।
- इसकी स्थापना 9 जुलाई 1988 को राष्ट्रीय आवास बैंक अधिनियम, 1987

के तहत की गई थी।

- एनएचबी की स्थापना स्थानीय और क्षेत्रीय दोनों स्तरों पर आवास वित्त संस्थानों को बढ़ावा देने के लिए एक प्रमुख एजेंसी के रूप में काम करने और ऐसे संस्थानों को वित्तीय और अन्य सहायता प्रदान करने के लिए की गई है।
- 2019 में भारतीय रिजर्व बैंक ने एनएचबी में अपनी पूरी हिस्सेदारी 1,450 करोड़ रुपये में सरकार को बेच दी, इसके बाद ये यह पूरी तरह से सरकार के अधीन है।
- एनएचबी बॉन्ड, डिबेंचर और उधार जैसे ऋण उपकरणों के माध्यम से धन एकत्र करता है।
- एनएचबी के बांड, जो भारत सरकार द्वारा गारंटीकृत हैं, बैंकिंग विनियमन अधिनियम के तहत वैधानिक तरलता आवश्यकताओं को पूरा करने के लिए वाणिज्यिक बैंकों के लिए पात्र प्रतिभूतियां हैं।

इंडिया इंफ्रास्ट्रक्चर फाइनेंस कंपनी लिमिटेड (आईआईएफसीएल):

- आईआईएफसीएल एक सरकारी स्वामित्व वाली कंपनी है जिसकी स्थापना 2006 में हुई थी।
- आईआईएफसीएल सितंबर 2013 से भारतीय रिजर्व बैंक के साथ NBFC-ND-IFC के रूप में पंजीकृत है और सभी लागू विवेकपूर्ण नियमों का पालन करता है।
- आईआईएफसीएल परिवहन, ऊर्जा, जल, स्वच्छता, संचार, सामाजिक और वाणिज्यिक बुनियादी ढांचे के व्यापक क्षेत्रों में व्यवहार्य बुनियादी ढांचा परियोजनाओं के लिए दीर्घकालिक वित्त प्रदान करता है।

भारतीय बीमा नियामक और विकास प्राधिकरण (आईआरडीए):

- बीमा नियामक विकास प्राधिकरण 1999 के बीमा नियामक विकास प्राधिकरण अधिनियम द्वारा स्थापित एक वैधानिक एजेंसी है।
- बीमा नियामक विकास प्राधिकरण की स्थापना एक स्वतंत्र निकाय के रूप में हुई थी जिसका मुख्यालय नई दिल्ली में था। 2001 में, इसका मुख्यालय हैदराबाद में स्थानांतरित कर दिया गया।
- बीमा नियामक विकास प्राधिकरण के अध्यक्ष और अन्य सदस्यों की नियुक्ति भारत सरकार द्वारा की जाती है।
- प्राधिकरण की शक्तियां और कार्य आईआरडीएआई अधिनियम, 1999 और बीमा अधिनियम, 1938 में निर्धारित किए गए हैं।
- यह भारत में पर्यवेक्षी निकाय है जो देश की सभी बीमा कंपनियों, जीवन बीमा और सामान्य बीमा कंपनियों दोनों को नियंत्रित करता है।
- पहली सामान्य बीमा कंपनी की स्थापना वर्ष 1850 में कलकत्ता में हुई थी।
- बीमा नियामक विकास प्राधिकरण अधिनियम की प्रस्तावना के अनुसार, पर्यवेक्षण का लक्ष्य "बीमा पॉलिसियों के धारकों के हितों की रक्षा करना, बीमा उद्योग के व्यवस्थित विस्तार को विनियमित करना, बढ़ावा देना और सुनिश्चित करना" है, जिसमें बीमा और पुनर्बीमा दोनों शामिल हैं।

प्राथमिक डीलर

- एक फर्म, जो सरकारी प्रतिभूतियों को दूसरों को पुनर्विक्रय करने के इरादे से सरकार से खरीदता है, तथा इस प्रकार सरकारी प्रतिभूतियों के बाजार निर्माता के रूप में कार्य करता है।

गैर-बैंकिंग वित्तीय कंपनी (एनबीएफसी)

- भारतीय रिजर्व बैंक एक गैर-बैंकिंग वित्तीय कंपनी को कंपनी अधिनियम, 1956 के तहत पंजीकृत के रूप में परिभाषित करता है।
- एक गैर-बैंकिंग वित्तीय कंपनी या गैर-बैंकिंग वित्तीय संस्थान वित्तीय सेवाएं प्रदान करता है, लेकिन इसे पूर्ण बैंकिंग लाइसेंस वाले बैंक के रूप में मान्यता प्राप्त नहीं है।
- गैर-बैंकिंग वित्तीय कंपनी (एनबीएफसी) कंपनी अधिनियम, 1956 के तहत पंजीकृत एक कंपनी है जो सरकार द्वारा जारी किए गए ऋणों और अग्रिमों, शेयरों/स्टॉकों/बांडों/डिबेंचर/प्रतिभूतियों के अधिग्रहण के कारोबार में संलग्न है।
- एनबीएफसी बैंक नहीं हैं, लेकिन उनकी गतिविधियों में ऋण देना और अन्य गतिविधियां शामिल हैं जैसे - ऋण और अग्रिम प्रदान करना, ऋण सुविधाएं, बचत और निवेश उत्पाद, मुद्रा बाजार में व्यापार, स्टॉक पोर्टफोलियो का प्रबंधन, धन हस्तांतरण।
- एनबीएफसी गतिविधियां शुरू करने से पहले एनबीएफसी पंजीकरण आवश्यक है।
- एनबीएफसी द्वारा जमा स्वीकार किए जा सकते हैं, लेकिन केवल सावधि जमा और मांग पर प्रतिदेय जमा स्वीकार नहीं किए जाते हैं।
- प्रसिद्ध एनबीएफसी के कुछ उदाहरण - कोटक महिंद्रा फाइनेंस, एसबीआई फैक्टर्स, सुंदरम फाइनेंस और आईसीआईसीआई वेंचर्स।
- एनबीएफसी बनने के लिए कंपनी का नेट ओन्ड फंड कम से कम रु. 2 करोड़ होना चाहिए।
- भारतीय रिज़र्व बैंक ने गैर-बैंकिंग वित्तीय कंपनियों के लिए एक सख्त नियामक ढांचा प्रस्तावित किया है, जिसमें नियामक तीव्रता में प्रगतिशील वृद्धि के साथ एक चार-स्तरीय संरचना की स्थापना की गई है।

बिहार में बैंकिंग अधिसंरचना

- बैंक जमाकर्ताओं (जो बैंक को पैसा उधार देते हैं) और उधारकर्ताओं (जिन्हें बैंक पैसे उधार देते हैं) के बीच मध्यस्थ एक वित्तीय संस्थान हैं।

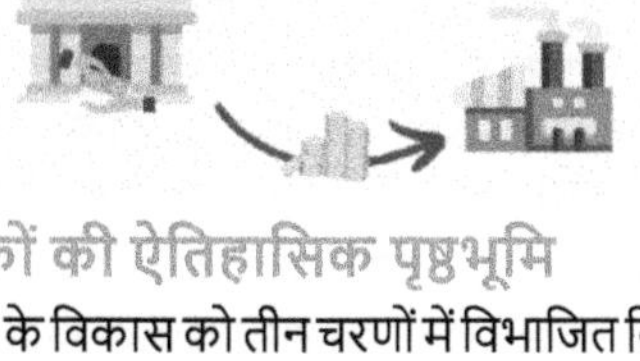

भारत में बैंकों की ऐतिहासिक पृष्ठभूमि

- बैंकिंग क्षेत्र के विकास को तीन चरणों में विभाजित किया जा सकता है:
  - चरण I - प्रारंभिक चरण (1770-1969), जिसे पूर्व स्वतंत्रता अवधि (1786-1947) और स्वतंत्रता के बाद की अवधि (1947-1969) में विभाजित किया जा सकता है।
  - चरण II - राष्ट्रीयकरण चरण (1969-1991)
  - चरण III - उदारीकरण या बैंकिंग क्षेत्र सुधार चरण (1991 - आज तक)

पूर्व स्वतंत्रता अवधि (1786-1947)

- भारत का पहला बैंक 1770 में कलकत्ता (ब्रिटिश भारत की राजधानी) में स्थापित किया गया, निष्पादन में कठिनाई के कारण इसे 1832 में बंद कर दिया गया।
- भारत में ब्रिटिश शासन के दौरान, ईस्ट इंडिया कंपनी ने तीन बैंकों की स्थापना की जिन्हें प्रेसिडेंशियल बैंक के रूप में जाना जाता है: बैंक ऑफ बंगाल, बैंक ऑफ बॉम्बे और बैंक ऑफ मद्रास।
- इन तीनों बैंकों को अंततः 1921 में सम्मलित कर दिया गया, जिसे "इंपीरियल बैंक ऑफ इंडिया" के रूप में जाना जाता था।
- इंपीरियल बैंक ऑफ इंडिया का बाद में राष्ट्रीयकरण किया गया और इसका नाम बदलकर स्टेट बैंक ऑफ इंडिया कर दिया गया, जो अब भारत

का सबसे बड़ा सार्वजनिक क्षेत्र का बैंक है।

स्वतंत्रता के बाद की अवधि (1947-1991)

- भारत की स्वतंत्रता के समय, देश के सभी प्रमुख बैंकों का नेतृत्व निजी तौर पर किया जाता था, जो चिंता का विषय था क्योंकि ग्रामीण क्षेत्रों में लोग अभी भी वित्तीय सहायता के लिए साहूकारों पर निर्भर थे।
- भारतीय रिजर्व बैंक का राष्ट्रीयकरण 1949 में किया गया था।
- 1955 में भारतीय स्टेट बैंक के गठन के बाद, 1969 और 1991 के बीच अन्य 14 बैंकों का राष्ट्रीयकरण किया गया। ये ऐसे बैंक थे जिनमें राष्ट्रीय जमा धनराशि 50 करोड़ से अधिक थी।
- 1980 में अन्य छह बैंकों का राष्ट्रीयकरण किया गया, जिससे कुल बीस बैंक स्थापित हुए।
- 20 बैंकों के अलावा, 1959 में सात एसबीआई सहायक कंपनियों का राष्ट्रीयकरण किया गया।
- 2008 में विलय किए गए स्टेट बैंक ऑफ सौराष्ट्र और 2010 में विलय किए गए स्टेट बैंक ऑफ इंदौर को छोड़कर, इन सभी बैंकों को 2017 में स्टेट बैंक ऑफ इंडिया में विलय कर लिया गया था।

उदारीकरण की अवधि (1991 से अब तक)

- भारत में आर्थिक उदारीकरण 24 जुलाई 1991 के बाद से शुरू हुआ जो जारी रखने के वित्तीय सुधारों को दर्शाता है।
- बैंकिंग सुधारों के जनक एम नरसिम्हम (1927-2021) है।
- भारत में निजी क्षेत्र के बैंकों की शुरूआत सबसे महत्वपूर्ण विकास था।
- भारतीय रिजर्व बैंक ने खुद को स्थापित करने के लिए दस निजी क्षेत्र के बैंकों को लाइसेंस प्रदान किया।

भारतीय बैंकों का वर्गीकरण

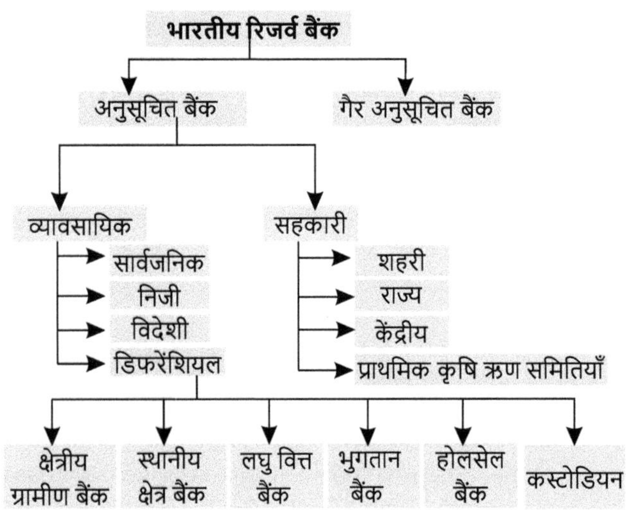

भारतीय रिजर्व बैंक

- भारतीय रिजर्व बैंक अधिनियम, 1934 के प्रावधानों के अनुसार 1 अप्रैल, 1935 को भारतीय रिजर्व बैंक की स्थापना की गई थी।
- भारतीय रिजर्व बैंक का केंद्रीय कार्यालय प्रारम्भ में कोलकाता में स्थापित था।
- केंद्रीय कार्यालय को 1937 में स्थायी रूप से मुंबई में स्थानांतरित कर दिया गया।
- 1949 में राष्ट्रीयकरण के बाद से, भारतीय रिजर्व बैंक पूरी तरह से भारत सरकार के स्वामित्व में है।
- सर चिंतामन द्वारकानाथ देशमुख भारतीय रिजर्व बैंक के पहले भारतीय गवर्नर थे।
- भारतीय रिजर्व बैंक की संरचना:
    - रिज़र्व बैंक के मामलों का संचालन एक केंद्रीय निदेशक मंडल द्वारा किया जाता है।
    - बोर्ड को भारतीय रिजर्व बैंक अधिनियम के अनुसार भारत सरकार द्वारा नियुक्त किया जाता है।
    - निदेशकों को चार वर्ष की अवधि के लिए नियुक्त/नामित किया जाता है।

भारतीय रिजर्व बैंक के कार्य:

- मौद्रिक प्राधिकरण -
    - यह मौद्रिक नीति को लागू करता है और उसकी निगरानी करता है और विकास के उद्देश्य को ध्यान में रखते हुए मूल्य स्थिरता सुनिश्चित करता है।
    - आरबीआई अधिनियम, 1934 में एक संशोधन मई 2016 में किया गया था, जो लचीले मुद्रास्फीति लक्ष्यीकरण ढांचे के कार्यान्वयन के लिए वैधानिक आधार प्रदान करता है।
    - संशोधित आरबीआई अधिनियम, 1934 की धारा 45 जेडबी, आधिकारिक राजपत्र में अधिसूचना द्वारा केंद्र सरकार द्वारा गठित छह सदस्यीय मौद्रिक नीति समिति (एमपीसी) के अधिकार का भी प्रावधान करती है।
- वित्तीय प्रणाली के नियामक और पर्यवेक्षक -
    - बैंकिंग संचालन के व्यापक मानदंड निर्धारित करता है जिसके अंतर्गत देश की बैंकिंग और वित्तीय प्रणाली कार्य करती है जैसे लाइसेंस जारी करना, शाखा विस्तार, परिसंपत्तियों की तरलता, बैंकों का समामेलन आदि।
- विदेशी मुद्रा प्रबंधक -
    - भारतीय रिज़र्व बैंक देश के विदेशी मुद्रा रिज़र्व का अभिरक्षक है और इनके निवेश-प्रबंधन के दायित्व उसमें निहित हैं।
    - विदेशी मुद्रा रिज़र्व के विनियमन संबंधी विधिक उपबंध भारतीय रिज़र्व बैंक अधिनियम, 1934 में दिये गए हैं।
- मुद्रा जारीकर्ता -
    - इसका कार्य संचलन के लिए उपयुक्त मुद्रा और सिक्कों को जारी करना और विनिमय करना या नष्ट करना है।
- विकासात्मक भूमिका -
    - यह ग्रामीण या कृषि वित्त हेतु राष्ट्रीय उद्देश्यों का समर्थन करने के लिए व्यापक प्रचार कार्य करता है।
    - भारतीय रिजर्व बैंक द्वारा समय-समय पर जारी निर्देशों (प्राथमिकता क्षेत्र ऋण) के अनुसार व्यावसायिक बैंक लघु-स्तरीय औद्योगिक इकाइयों को ऋण देते हैं।
- वित्तीय समावेशन - रिजर्व बैंक ने भारत में वित्तीय समावेशन के लिए एक बैंक के नेतृत्व वाले मॉडल का चयन किया है। आरबीआई ने कई नीतिगत उपाय किए हैं। इनमें से कुछ महत्वपूर्ण हैं: -
    - नो फ्रिल्स अकाउंट्स - शून्य या बहुत कम न्यूनतम शेष राशि के साथ-साथ शुल्क वाले खाते जो ऐसे खातों को आबादी के विशाल वर्गों के लिए सुलभ बनाते हैं।
    - प्रौद्योगिकी का उपयोग - कार्ड और बायोमेट्रिक पहचानकर्ता के माध्यम से उपयोगकर्ता खातों की पहचान करने के लिए एटीएम, हैंड हेल्ड डिवाइस जैसे उपकरण, जमा लेने वाली मशीनें और इंटरनेट बैंकिंग और मोबाइल बैंकिंग सुविधा समाज के सभी वर्गों को अधिक आसानी से बैंकिंग सेवाएं प्रदान करने के लिए।

- भारतीय रिजर्व बैंक के अन्य कार्य:
    - सरकार का बैंकर: यह केंद्र और राज्य सरकारों के लिए मर्चेंट बैंकिंग कार्य करता है।
    - बैंकों का बैंकर: यह सभी अनुसूचित बैंकों के बैंकिंग खातों का रखरखाव करता है। यह बैंकों को निधि प्रदान करके अंतिम उपाय के ऋणदाता के रूप में भी कार्य करता है।

अनुसूचित बैंक:

- यह आरबीआई अधिनियम, 1934 की दूसरी अनुसूची में सूचीबद्ध हैं।
- आरबीआई अनुसूचित बैंकों को बैंक दरों पर ऋण जारी करने की अनुमति देता है।
- इनकी प्रदत्त पूंजी रु 5 लाख या इससे अधिक है।
- इन बैंकों के कुछ विशेषाधिकार और लाभ हैं -
    - ये केंद्रीय बैंक से पुनर्वित्त सुविधा प्राप्त करने में सक्षम हैं।
    - इन बैंकों के पास करेंसी स्टोरेज की सुविधा है।
    - इनकी समाशोधन गृह में सदस्यता स्वचालित है।
- अनुसूचित बैंक दो प्रकार के होते हैं, व्यावसायिक एवं सहकारी।

व्यावसायिक बैंक:

- ये बैंक व्यापारिक बैंक लाभ कमाने के सिद्धांत पर कार्य करते हैं।
- इन बैंकों का प्राथमिक उद्देश्य उधार गतिविधियों से प्राप्त ब्याज और अन्य कानूनी माध्यमों से लाभ अर्जित करना है।
- ये बैंक ओवरड्राफ्ट (एक ऐसा ऋण है जो चालू खाते वाले ग्राहक को एक पूर्व निर्धारित सीमा तक अपने खाते से अधिक आहरण करने की अनुमति देता है) की सुविधा देते हैं।
- ये बैंक ग्राहक के एजेंट के रूप में कार्य करते हैं और एजेंसी के कार्य करने के लिए कमीशन प्राप्त करते हैं, जैसे: धन का संग्रह और हस्तांतरण, विभिन्न मदों का भुगतान, शेयरों और प्रतिभूतियों की खरीद और बिक्री, लाभांश और ब्याज का संग्रह, आदि।
- व्यापारिक बैंक के प्रकार: - 1. सार्वजनिक क्षेत्र के बैंक, 2. निजी क्षेत्र के बैंक, 3. विदेशी बैंक, 4. डिफरेंशियल बैंक

सहकारी बैंक:

- एक सहकारी बैंक एक वित्तीय इकाई है जिसका स्वामित्व और संचालन उसके सदस्यों द्वारा किया जाता है, जो उसके ग्राहक भी हैं।
- सहकारी बैंक आमतौर पर अपने सदस्यों (ऋण, जमा, बैंकिंग खाते, आदि) को बैंकिंग और वित्तीय सेवाओं की एक विस्तृत श्रृंखला प्रदान करते हैं।
- यह बैंक रहित ग्रामीण जनता के वित्तीय समावेशन में महत्वपूर्ण भूमिका निभाता है।
- सहकारी बैंकों के उदाहरण - शामराव विठ्ठल सहकारी बैंक (एसवीसी बैंक), अभ्युदय सहकारी बैंक लिमिटेड, भारत सहकारी बैंक, टीजेएसबी सहकारी बैंक, जनता सहकारी बैंक आदि।
- बिहार में सहकारी बैंकों के संख्या सितंबर 2022 में 294 हो गयी है।

	ग्रामीण	अर्ध शहरी	शहरी	योगफल
शाखाएँ	185	53	56	294

- सहकारी बैंक के प्रकार -
    - शहरी सहकारी बैंक: शहरी सहकारी बैंक (यूसीबी) शब्द औपचारिक रूप से परिभाषित नहीं है, लेकिन शहरी और अर्ध-शहरी क्षेत्रों में स्थित प्राथमिक सहकारी बैंकों को संदर्भित करता है।
    - राज्य सहकारी बैंक: यह केंद्रीय सहकारी बैंक का एक संघ है और राज्य में सहकारी बैंकिंग संरचना के प्रहरी के रूप में कार्य करता है।
    - केंद्रीय सहकारी बैंक: यह सहकारी समितियों, व्यक्तियों को ऋण प्रदान करने के उद्देश्य से स्थापित निजी बैंक है।
    - प्राथमिक कृषि साख समितियां: ग्राम स्तर की सहकारी ऋण समितियाँ, जो राज्य स्तर पर राज्य सहकारी बैंकों की अध्यक्षता वाली त्रि-स्तरीय सहकारी ऋण संरचना में अंतिम कड़ी के रूप में कार्य करती हैं।
        - एससीबी से क्रेडिट जिला केंद्रीय सहकारी बैंकों (डीसीसीबी) को हस्तांतरित किया जाता है, जो जिला स्तर पर काम करते हैं।
        - पीएसीएस विभिन्न कृषि और कृषि गतिविधियों के लिए किसानों को अल्पकालिक और मध्यम अवधि के कृषि ऋण प्रदान करते हैं।

गैर-अनुसूचित बैंक:

- गैर-अनुसूचित बैंक वे हैं जो आरबीआई अधिनियम, 1934 की दूसरी अनुसूची में सूचीबद्ध नहीं हैं और इस प्रकार उस अनुसूची में उल्लिखित आवश्यकताओं को पूरा नहीं करते हैं।
- भारतीय रिजर्व बैंक अधिनियम, 1934 की दूसरी अनुसूची में उनका उल्लेख नहीं है, और इसलिए उन्हें जमाकर्ताओं के हितों की सेवा करने और उनकी रक्षा करने में अक्षम माना जाता है।
- गैर-अनुसूचित बैंकों को भी नकद आरक्षित आवश्यकता को पूरा करना होता है, लेकिन आरक्षित बैंकों के साथ नहीं, बल्कि स्वयं के साथ।
- अपनी वित्तीय सीमाओं के कारण उनके साथ व्यवसाय करना जोखिम भरा है।
- इन बैंकों की आरक्षित पूंजी 5 लाख रुपये से कम है।
- गैर अनुसूचित बैंकों के उदाहरण: बैंगलोर सिटी को-ऑपरेटिव बैंक लिमिटेड बैंगलोर, बड़ौदा सिटी को-ऑप बैंक लिमिटेड।

बिहार में बैंकिंग सुविधाएं:

	बैंक शाखाएं	ग्राहक सेवा केंद्र	एटीएम	पॉस	इंटरनेट बैंकिंग का उपयोग (लाख में)	मोबाइल बैंकिंग का उपयोग (लाख में)	एटीएम कार्ड (लाख में)
31 मार्च, 2022 को	7713	40,482	6944	86,489	102.33	131.75	729.13
31 मार्च, 2021 को	7676	31,095	6608	58,331	72.8	62.0	650.0
प्रतिशत परिवर्तन	neg.	30.2	2.0	48.3	40.5	112.4	12.2

स्रोत: राज्यस्तरीय बैंकर समिति की रिपोर्ट

बिहार में विभिन्न बैंकों द्वारा तैनात ग्राहक सेवा केंद्रों या बैंक मित्रों की संख्या:						
बैंक	31 मार्च, 2021 को		31 मार्च, 2022 को		प्रतिशत वृद्धि	
	शाखाओं की सं.	कार्यरत ग्राहक सेवा केंद्रों की सं.	शाखाओं की सं.	कार्यरत ग्राहक सेवा केंद्रों की सं.	शाखाओं की सं.	कार्यरत ग्राहक सेवा केंद्रों की सं.
व्यावसायिक बैंक	5082	14,986	5083	25,769	neg.	72.0
सहकारी बेंक	286	0	289	0	289	1
क्षेत्रीय ग्रामीण बैंक	2110	5671	2110	5679	0.0	0.1
लघुवित्त बैंक	198	14	231	19	16.7	35.7
इंडिया पोस्ट पेमेंट बैंक	-	10, 424	-	9015	-	(-) 13.5
योगफल	7676	10,424	7713	40,482	neg.	30.2
स्रोत: राज्यस्तरीय बैंकर समिति की रिपोर्ट						

व्यावसायिक बैंक

- एक व्यावसायिक बैंक एक वित्तीय संस्थान है जो अपने ग्राहकों को ऋण, जमा प्रमाणपत्र, बचत बैंक खाते, बैंक ओवरड्राफ्ट आदि जैसी सेवाएं प्रदान करता है।
- ये संस्थाएँ व्यक्तियों को ऋण देकर और ऋण पर ब्याज अर्जित करके पैसा कमाती हैं।
- इन बैंकों में 2023 तक, सीआरआर दर 4.5% (मुद्रास्फीति दर पर निर्भर करता है) है।
- इन्हें वाणिज्यिक बैंक या व्यापारिक बैंक भी कहा जाता है।

वर्ष 2022 के अनुसार बिहार में व्यावसायिक बैंक:		
बैंक	शाखाओं की संख्या	कार्यरत ग्राहक सेवा केंद्रों की संख्या
व्यावसायिक बैंक	5083	25769
स्रोत: राज्यस्तरीय बैंकर समिति की रिपोर्ट		

बिहार में कार्यशील बैंक शाखाओं का बैंक समूह-वार वितरण (मार्च 2020 से सितंबर 2022):				
बैंक समूह	मार्च 2020	मार्च 2021	मार्च 2022	सितंबर 2023
भारतीय स्टेट बैंक और उसके सहयोगी	1023	1117	1092	1095
राष्ट्रीयकृत बैंक	3143	3123	3102	3105
विदेशी बैंक	1	1	1	1
क्षेत्रीय ग्रामीण बैंक	2137	2138	2138	2138
निजी क्षेत्र के बैंक	1047	1138	1161	1174
लघुवित्त बैंक	182	191	250	287
भुगतान बैंक	71	62	59	59
योगफल	**7604**	**7770**	**7803**	**7859**
स्रोत: अनुसूचित व्यावसायिक बैंकों के जमा और ऋण पर त्रैमासिक सांख्यिकी, भारतीय रिजर्व बैंक				

व्यावसायिक बैंक का कार्य:

- प्राथमिक कार्य:
  1. जमा स्वीकार करना
  2. ऋण और अग्रिम प्रदान करना
  3. क्रेडिट कैश उपलब्ध कराना
- माध्यमिक कार्य:
  1. एक्सचेंज के बिलों को भुनाना
  2. ओवरड्राफ्ट सुविधा
  3. प्रतिभूतियों की खरीद और बिक्री
  4. लॉकर सुविधाएं
  5. क्रेडिट का भुगतान और संग्रह

व्यावसायिक बैंक के प्रकार:	
अनुसूचित व्यावसायिक बैंक	**गैर-अनुसूचित व्यावसायिक बैंक**
ये आरबीआई अधिनियम, 1934 की द्वितीय अनुसूची में शामिल हैं।	ये 1934 के आरबीआई अधिनियम की अनुसूची के तहत शामिल नहीं हैं।
इसे आरबीआई के दिशानिर्देशों के अनुसार न्यूनतम चुकता पूंजी और अन्य मानदंडों का पालन करने की आवश्यकता होती है।	इसे आरबीआई के दिशानिर्देशों का पालन करने की आवश्यकता नहीं है।
ये आरबीआई से उधार ले सकते हैं।	ये आरबीआई से उधार नहीं ले सकते।
एसबीआई, एचडीएफसी, आईसी आईसीआई, एक्सिस बैंक इसके कुछ उदाहरण हैं।	कैपिटल लोकल एरिया बैंक लिमिटेड, सुभद्रा लोकल एरिया बैंक लिमिटेड (कोल्हापुर) इसके कुछ उदाहरण हैं।

यह भारतीय रिजर्व बैंक से बैंक दर पर ऋण/लोन प्राप्त करने के लिए पात्र है।	यह भारतीय रिजर्व बैंक से बैंक दर पर ऋण/लोन प्राप्त करने के लिए पात्र नहीं है, लेकिन आपातकालीन परिस्थितियों में भारतीय रिजर्व बैंक उन्हें ऋण प्रदान कर सकता है।

अनुसूचित व्यावसायिक बैंक:

- भारत में अनुसूचित व्यावसायिक बैंक, वह बैंक हैं जिन्हें भारतीय रिजर्व बैंक (आरबीआई) अधिनियम, 1934 की द्वितीय अनुसूची में शामिल किया गया है।
- रिजर्व बैंक इस अनुसूची में केवल उन बैंकों को ही शामिल करता है जो, उपर्युक्त अधिनियम की धारा 42(6) (क) के मानदंडों का अक्षरक्ष पालन करते हों।
- ये भारतीय रिजर्व बैंक से कम ब्याज ऋण के लिए पात्र हैं।
- ये समाशोधन गृह में भाग लेने के हकदार हैं।
- 30 जून 1999 तक भारत में कुल 300 अनुसूचित बैंक थे।
- वित्तीय वर्ष 2023 में पूरे भारत में लगभग 1,54,000 अनुसूचित व्यावसायिक बैंक कार्यालयों में से 7,584 कार्यालय राज्य में है।
- अनसूचित व्यावसायिक बैंक बिहार सहित पूरे देश में जमाराशि इकट्ठा करने में अनिवार्य भूमिका निभाते हैं।
- बिहार में अनसूचित व्यावसायिक बैंकों के बैंकिंग नेटवर्क में सार्वजनिक क्षेत्र के बैंकों का वर्चस्व है।
- सार्वजनिक क्षेत्र के बीच भारतीय स्टेट बैंक का बिहार में सबसे विस्तृत नेटवर्क है और लेन-देन में इस बैंक में अधिकतम होता है।
- बिहार राज्य में निजी क्षेत्र के बैंकों की शाखाओं में प्रतिवर्ष निरंतर वृद्धि हुई है।
- 2020-21 में इनकी 270 नई शाखाएं खुली तथा 2021-22 में 129 शाखाएं खुली।
- क्षेत्रीय ग्रामीण बैंक भी राज्य में बैंकिंग सेवाएं प्रदान करने में आवश्यक भूमिका निभाते हैं।

अनुसूचित व्यावसायिक बैंक के प्रकार:

1. निजी क्षेत्र के बैंक (Private Sector Banks)
2. सार्वजनिक क्षेत्र के बैंक (Public Sector Banks)
3. विदेशी बैंक (Foreign Banks)
4. डिफरेंशियल बैंक (Differential Banks)

निजी क्षेत्र के बैंक (Private Sector Banks):

- यह एक प्रकार का व्यावसायिक बैंक है, जहां निजी व्यक्ति और व्यवसाय अधिकांश शेयर पूंजी के मालिक होते हैं।
- निजी क्षेत्र के बैंक दो प्रकार के होते हैं - पुराने निजी क्षेत्र के बैंक और नए निजी क्षेत्र के बैंक।
- पुराने निजी क्षेत्र के बैंक वे निजी क्षेत्र के बैंक हैं जो राष्ट्रीयकरण के समय अस्तित्व में थे।
- इन बैंकों को सीमित-देयता निगमों के रूप में स्थापित किया गया है।
- निजी क्षेत्र के व्यावसायिक बैंक भारतीय रिज़र्व बैंक (RBI) द्वारा स्थापित नियमों और विनियमों के अधीन हैं।
- निजी क्षेत्र के बैंकों में PSL (सार्वजनिक क्षेत्र के ऋण) 40% होता है।
- सभी निजी बैंकों को सीमित देयता वाली कंपनियों के रूप में दर्ज किया जाता है।
- निजी क्षेत्र के बैंक - हाउसिंग डेवलपमेंट फाइनेंस कॉरपोरेशन (HDFC) बैंक, इंडस्ट्रियल क्रेडिट एंड इंवेस्टमेंट कॉरपोरेशन ऑफ इंडिया (ICICI) बैंक, एक्सिस बैंक आदि।
- भारत में 22 (2022-23) निजी क्षेत्र के व्यावसायिक बैंक हैं।

सार्वजनिक क्षेत्र के बैंक (Public Sector Banks):

- सार्वजनिक क्षेत्र का बैंक प्रारम्भ से ही राज्य या केंद्र सरकार के अधीन होता है।
- इन बैंकों में 51% से अधिक के सरकारी स्वामित्व के साथ बहुमत शेयरधारक सरकार है।
- सार्वजनिक क्षेत्र के व्यावसायिक बैंक भारतीय रिज़र्व बैंक (RBI) के नियमन के तहत काम करते हैं।
- इन बैंकों के शेयर स्टॉक एक्सचेंजों में सूचीबद्ध हैं।
- सार्वजनिक क्षेत्र के बैंक भारत में अधिकांश बैंकिंग व्यवसाय रखते हैं।
- सार्वजनिक क्षेत्र के बैंकों में PSL (सार्वजनिक क्षेत्र के ऋण) 40% होता है।
- भारत सरकार सार्वजनिक क्षेत्र के बैंक को बैंकिंग कंपनी (उपक्रमों का अधिग्रहण और हस्तांतरण) अधिनियम, 1970, बैंक राष्ट्रीयकरण अधिनियम, 1980 और भारतीय स्टेट बैंक अधिनियम, 1955 के तहत नियंत्रित करती है।
- उदाहरण - बैंक ऑफ बड़ौदा, भारतीय स्टेट बैंक (SBI), देना बैंक, कॉर्पोरेशन बैंक और पंजाब नेशनल बैंक।
- भारत में 12 (2022-23) सार्वजनिक क्षेत्र के व्यावसायिक बैंक हैं।

विदेशी बैंक (Foreign Banks):

- ऐसी वित्तीय संस्था जिनकी शाखाएं केवल भारत में है और मुख्यालय दूसरे देश में स्थित होती है। उन्हें विदेशी बैंक या विदेशी क्षेत्र के व्यापारिक बैंक भी कहा जाता है।
- यह एक प्रकार का बैंक है जिसे घर और मेजबान देश दोनों के नियमों का पालन करना आवश्यक है।
- विदेशी बैंक भी भारत में प्रतिनिधि कार्यालय खोल सकते हैं। प्रतिनिधि कार्यालयों में शाखाओं या एजेंसियों की तुलना में कम अधिकार होते हैं।
- वर्तमान में, विदेशी बैंक शाखाओं के रूप में कार्यरत 45 विदेशी बैंक और प्रतिनिधि कार्यालयों के रूप में 34 कार्यरत विदेशी बैंक हैं।
- विदेशी बैंकों का देश के कुल शाखा नेटवर्क में 1% से भी कम हिस्सा है। हालाँकि, कुल बैंकिंग क्षेत्र की संपत्ति का लगभग 7% और मुनाफे का लगभग 11% हिस्सा है।
- विदेशी बैंक को 500 करोड़ रुपये की न्यूनतम पूंजी आवश्यकता को पूरा करना होता है।
- इन बैंकों को सीआरआर न्यूनतम 10% होना चाहिए।
- यदि विदेशी बैंकों की संख्या 20 से अधिक या बराबर है, तो PSL 40% से अधिक रहता है और 20 से कम है, तो PSL 40% होता है।
- उदाहरण - अमेरिकन एक्सप्रेस बैंक, हांगकांग और शंघाई बैंकिंग कॉर्पोरेशन (HSBC), स्टैंडर्ड एंड चार्टर्ड बैंक, सिटी बैंक, और ऐसे अन्य बैंक।
- 2022-23 में भारत में पूरी तरह से 45 भारतीय अंतर्राष्ट्रीय बैंक स्थापित हैं।
- इन बैंकों की 300 शाखाएँ हैं, जो भारत के सबसे बड़े शहरों में स्थित हैं।

डिफरेंशियल बैंक (Differential Bank):

- डिफरेंशियल बैंक विशिष्ट बैंकिंग सेवाएं और उत्पाद प्रदान करने के लिए आरबीआई द्वारा लाइसेंस प्राप्त बैंकिंग संस्थान हैं।
- इन बैंकों को लाइसेंस देने का मुख्य उद्देश्य वित्तीय समावेशन और भुगतान को बढ़ावा देना है।

- ये बैंक आरबीआई के नियमों के साथ केवल चुनिंदा उत्पाद जैसे क्रेडिट, भुगतान, जमा आदि दे सकते हैं।
- डिफरेंशियल बैंक के प्रकार -
    - क्षेत्रीय ग्रामीण बैंक:
        - क्षेत्रीय ग्रामीण बैंकों (आरआरबी) की स्थापना 1975 में 26 सितंबर 1975 को जारी अध्यादेश और क्षेत्रीय ग्रामीण बैंक अधिनियम, 1976 के प्रावधानों के तहत की गई थी। ये वित्तीय संस्थान हैं जो कृषि और अन्य ग्रामीण क्षेत्रों के लिए पर्याप्त ऋण सुनिश्चित करते हैं।
        - क्षेत्रीय ग्रामीण बैंको में PSL (सार्वजनिक क्षेत्र के ऋण) 75% होता है।
        - 2022-23 में देश में 43 और बिहार में दो क्षेत्रीय ग्रामीण बैंक हैं।
    - स्थानीय क्षेत्र बैंक: स्थानीय क्षेत्र बैंक (एलएबी) छोटे निजी बैंक हैं, जिनकी कम लागत वाली संरचना के रूप में कल्पना की गई है, जो संचालन के सीमित क्षेत्र में काम कर रहे हैं, अर्थात मुख्य रूप से ग्रामीण और अर्ध-शहरी क्षेत्र, जिसमें तीन निकटवर्ती जिले शामिल हैं। ये बैंक कुशल और प्रतिस्पर्धी वित्तीय मध्यस्थता सेवाएं प्रदान करते हैं।
    - भुगतान बैंक: भुगतान बैंक प्रति ग्राहक ₹100,000 की सीमित जमा राशि स्वीकार कर सकते हैं, ये बैंक ऋण नहीं दे सकते हैं और क्रेडिट कार्ड जारी नहीं कर सकते हैं लेकिन वे नेट बैंकिंग, एटीएम कार्ड, डेबिट बैंक और मोबाइल बैंकिंग जैसी सेवाएं दे सकते हैं।
    - लघु वित्त बैंक: लघु वित्त बैंक वे वित्तीय संस्थान हैं जो देश के उन क्षेत्रों को वित्तीय सेवाएँ प्रदान करते हैं जहाँ बैंकिंग सेवाएँ उपलब्ध नहीं हैं। ये बैंक, कंपनी अधिनियम, 2013 के अंतर्गत एक सार्वजनिक लिमिटेड कंपनी के रूप में पंजीकृत हैं।
    - होलसेल बैंक: होलसेल बैंक से तात्पर्य बैंकों द्वारा बड़े ग्राहकों को दी जाने वाली बैंकिंग सेवाओं से है। इन बैंकों में मुद्रा रूपांतरण और बड़े पैमाने पर लेनदेन शामिल हैं।
    - कस्टोडियन बैंक: एक विशेष वित्तीय संस्थान है जो किसी फर्म या व्यक्ति की वित्तीय संपत्ति की सुरक्षा के लिए जिम्मेदार होता है।

पैरामीटर	लघु वित्तीय बैंक (SFB)	भुगतान बैंक
बैंक खोलने के नियम	• 200 करोड़ की पूंजी वाले भारतीय निवासी • स्थानीय क्षेत्र बैंक (एलएबी) सम्मलित गैर-बैंकिंग वित्तीय कंपनी (एनबीएफसी, माइक्रोफाइनेंस (एमएफआई) आदि।	• 100 करोड़ की पूंजी वाले भारतीय निवासी • कॉरपोरेट जैसे टेलीकॉम कंपनी
कार्य क्षेत्र	आम तौर पर जहां यूनिवर्सल बैंकों का घनत्व कम होता है।	देश में कहीं भी।
प्रमुख उद्देश्य	सूक्ष्म उद्योगों, छोटे किसानों और समाज के असंगठित क्षेत्र को ऋण और वित्तीय सहायता प्रदान करना।	कम आय वाले परिवारों, प्रवासी श्रमिकों के लिए भुगतान और वित्तीय सेवाओं का विस्तार करना।
ग्रामीण प्रवेश	बैंक रहित ग्रामीण क्षेत्रों में 25% शाखाएं	ऐसा कोई प्रतिबंध नहीं है लेकिन ग्रामीण क्षेत्रों में बीसी (व्यवसाय संवाददाता) सेवाएं होनी चाहिए
सीआरआर, एसएलआर	निजी बैंकों के समान	निजी बैंकों के समान लेकिन एसएलआर में कुछ अपवाद (75%)
जमा	हाँ, बिना किसी प्रतिबंध के	प्रति वर्ष प्रति ग्राहक से केवल 1 लाख तक की जमा की मांग
लोन	• पीएसएल मानदंड - समायोजित नेट बैंक क्रेडिट (एएनबीसी) का 75% • इसके लोन पोर्टफोलियो का 50 प्रतिशत 25 लाख रुपये तक का ऋण और अग्रिम होना चाहिए	कोई ऋण नहीं तो कोई मानदंड नहीं

बिहार और भारत में अनुसूचित व्यावसायिक बैंकों की शाखाओं का क्षेत्र-वार वितरण (मार्च 2022):

क्षेत्र	बिहार		भारत	
	शाखाओं की संख्या	प्रतिशत	शाखाओं की संख्या	प्रतिशत
ग्रामीण	3473	44.5	49917	34.0
अर्ध-शहरी	2421	31.0	39387	26.8
शहरी	1306	16.7	27542	18.8
महानगर	603	7.7	29908	20.4
योगफल	7803	1000	146754	100.0

स्रोत: अनुसूचित व्यावसायिक बैंकों के जमा और ऋण पर त्रैमासिक सांख्यिकी, भारतीय रिजर्व बैंक

बिहार में खुली अनुसूचित व्यावसायिक बैंकों की शाखाओं का क्षेत्र-वार वितरण (2020-21) और (2021-22):

वर्ष	क्षेत्र	भारतीय स्टेट बैंक	राष्ट्रीयकृत बैंक	क्षेत्रीय ग्रामीण बैंक	निजी क्षेत्र के बैंक	लघुवित्त बैंक	सभी बैंक
2020-2021	ग्रामीण	-	2	-	56	-	58
	अर्ध-शहरी	31	6	-	26	-	63
	शहरी	76	32	-	3	6	117
	महानगर	8	13	1	7	3	32
	योगफल	115	53	1	92	9	270

2021-22	ग्रामीण	-	1	-	6	12	22
	अर्ध-शहरी	3	-	-	9	31	54
	शहरी	7	-	-	5	15	41
	महानगर	1	-	-	4	1	12
	योगफल	11	-	-	24	59	129
स्रोत: अनुसूचित व्यावसायिक बैंकों के जमा और ऋण पर त्रैमासिक सांख्यिकी, भारतीय रिजर्व बैंक							

सूक्ष्मवित्त संस्थान:

- सूक्ष्म वित्त संस्थाएँ (MFI) उन कंपनियों को कहा जाता है जो निम्न आय वर्ग के लोगों को अपना व्यवसाय शुरू करने के लिये सस्ती ब्याज दरों पर कर्ज उपलब्ध कराते हैं।
- सूक्ष्म ऋण का अभिप्राय अलग-अलग देशों में भिन्न होता है। भारत में 1 लाख रुपए से कम के सभी ऋणों को माइक्रोलोन या सूक्ष्म ऋण माना जा सकता है।
- इसकी सेवाओं में सूक्ष्म ऋण, सूक्ष्म बचत और सूक्ष्म बीमा शामिल है।
- भारत में गैर-बैंकिंग वित्तीय कंपनियाँ (Non-Banking Finance Company) और MFIs का रिज़र्व बैंक के गैर-बैंकिंग वित्तीय कंपनी - माइक्रो फाइनेंस इंस्टीट्यूशंस (रिज़र्व बैंक) निर्देश, 2011 द्वारा नियमन किया जाता है।

ऋण - जमा अनुपात:

- ऋण - जमा अनुपात किसी खास क्षेत्र में बैंक द्वारा जमा रकम के प्रतिशत में उसके द्वारा दिए गए कुल ऋण को दर्शाता है।
- किसी राज्य के ऋण जमा अनुपात का उपयोग राज्य के आर्थिक विकास में बैंकों की संलग्नता के सूचक के बतौर भी होता है।
- यह अनुपात किसी राज्य की आर्थिक गतिविधि और ऋण अवशोषण क्षमता पर तथा संभावित ऋणी लोगों को ऋण देने के लिए बैंकों की तत्परता पर भी निर्भर करता है।

प्रमुख तालिकाएं:

अनुसूचित व्यावसायिक बैंकों का राज्यवार जमा और ऋण (31 मार्च 2021 और 31 मार्च 2022):

राज्य	जमा (हजार करोड़ रु.)		ऋण (हजार करोड़ रु.)		ऋण-जमा अनुपात	
बिहार	397.5(2.6)	442.4(2.6)	164.0(1.5)	195.6(1.6)	41.2	44.2
स्रोत: बेसिक स्टेटिस्टिकल रिटर्न्स ऑफ शिड्यूल्ड कॉमर्शियल बैंक्स इन इंडिया, 2021-22, भारतीय रिजर्व बैंक						

बिहार में बैंकों का समूहवार का ऋण, जमा और ऋण-जमा अनुपात (सितंबर 2022):

बैंक	जमा (करोड़ रु.)	अग्रिम (करोड़ रु.)	ऋण-जमा अनुपात (प्रतिशत)	बिहार के बाहर से ऋण (करोड़ रु.)	योगफल (करोड़ रु.)	बाहरी ऋण सहित ऋण-जमा अनुपात (प्रतिशत)
सार्वजनिक क्षेत्र के बैंक	326190	132141	40.5	40.5	136797	41.9
निजी क्षेत्र के बैंक	57322	50001	87.2	0	47216	87.2
सहकारी बैंक	4330	2982	68.9	0	2982	68.9
क्षेत्रीय ग्रामीण बैंक	39378	21834	55.5	0	21834	55.5
लघुवित्त बैंक	1595	5995	375.7	0	5995	375.7
योगफल	**428816**	**212953**	**49.7**	**4656**	**217609**	**50.8**
स्रोत: राज्यस्तरीय बैंकर समिति की रिपोर्ट						

बिहार में सार्वजनिक क्षेत्र के बैंकों के ऋण-जमा अनुपात (2017-18 से 2022-23):

बैंक	2017-18	2018-19	2019-20	2020-21	2021-22	2022-23 (सितंबर-
भारतीय स्टेट बैंक	35.2	31.6	30.5	29.0	36.1	36.3
सेंट्रल बैंक ऑफ इंडिया	35.2	31.4	26.4	31.3	37.7	40.7
पंजाब नेशनल बैंक	37.8	31.2	29.0	34.9	41.1	40.1
केनरा बैंक	49.2	49.0	46.9	60.7	64.9	64.7
यूको बैंक	43.1	57.0	44.3	44.2	50.1	41.2
बैंक ऑफ बड़ौदा	40.5	40.6	46.4	48.7	55.9	55.7
यूनियन बैंक ऑफ इंडिया	41.1	29.7	28.4	29.9	35.0	32.8
बैंक ऑफ इंडिया	40.3	35.0	28.6	29.1	36.1	35.2
बैंक ऑफ महाराष्ट्र	59.6	62.6	52.4	121.4	297.8	301.0
इंडियन बैंक	33.3	30.0	30.7	36.0	47.8	48.7
इंडियन ओवरसीज बैंक	42.4	35.5	35.5	45.8	32.5	43.0
पंजाब एंड सिंध बैंक	36.2	39.4	43.2	45.4	43.7	46.3
स्रोत: राज्यस्तरीय बैंकर समिति की रिपोर्ट						

बिहार में बैंक समूह और क्षेत्र आधारित ऋण-जमा अनुपात (2021-22):						
बैंक समूह	क्षेत्र	ऋण (हजार करोड़ रु.)	ऋण-जमा अनुपात	ऋण-जमा अनुपात	राज्य के बाहर की शाखाओं द्वारा राज्य में अग्रिम (हजार करोड रु.)	ऋण-जमा अनुपात (बाहरी अग्रिम सहित)
व्यावसायिक बैंक	ग्रामीण	78.8	38.9	49.4	-	-
	अर्ध-शहरी	99.5	39.8	39.9	–	–
	शहरी	206.9	94.2	94.2	–	–
	योगफल	385.2	172.9	44.6	7.9	46.9
क्षेत्रीय ग्रामीण बैंक	ग्रामीण	25.7	15.5	60.3	–	–
	अर्ध-शहरी	8.2	5.7	49.7	–	–
	शहरी	5.7	1.5	27.1	–	–
	योगफल	39.6	1.5	53.3	–	–
सहकारी बैंक	ग्रामीण	2.4	5.7	236.8	–	–
	अर्ध-शहरी	1.7	3.6	221.9	–	–
	शहरी	1.1	2.4	208.2	–	–
	योगफल	1.4	11.7	225.8	–	225.8
लघुवित्त बैंक	ग्रामीण	neg.	1.5	3436.6	–	–
	अर्ध-शहरी	0.2	2.2	34.36	–	–
	शहरी	1.2	1.7	939.2	–	–
	योगफल	1.4	5.4	388.1	–	–
सभी बैंक	ग्रामीण	106.9	61.6	57.6	–	–
	अर्ध-शहरी	109.6	49.7	45.3	–	–
	शहरी	214.9	99.9	46.5	–	–
	योगफल	431.4	211.1	48.9	7.9	50.8
स्रोत: राज्यस्तरीय बैंकर समिति की रिपोर्ट						

बिहार में बैंकों का क्षेत्रवार ऋण-जमा अनुपात (सितंबर 2021 और सितंबर 2022):						
क्षेत्र	जमा (हजार करोड़ रु.)		ऋण (हजार करोड़ रु.)		ऋण-जमा अनुपात (प्रतिशत)	
	सितंबर 2021	सितंबर 2022	सितंबर 2021	सितंबर 2022	सितंबर 2021	सितंबर 2022
ग्रामीण	100.2	102.2	49.8	57.8	49.7	56.6
अर्ध-शहरी	100.7	111.0	41.0	52.8	40.7	47.1
शहरी	197.3	215.6	86.2	102.8	47.1	47.7
सभी	398.2	428.8	177.0	213.0	44.5	49.7
स्रोत: राज्यस्तरीय बैंकर समिति की रिपोर्ट						

कृषि ऋण प्रवाह

- बिहार में वार्षिक ऋण योजना के तहत कृषि क्षेत्र को हुआ कुल ऋण प्रवाह 2017-18 के 42,161 करोड़ रु. से बढ़कर 2021-22 में 63,871 करोड़ रु. हो गया हैं।
- वर्ष 2014-15 से लगातार इसमें गिरावट आई है।
- 'सहकारी बैंको' की सर्वाधिक ऋण उपलब्ध कराने की उपलब्धि वर्ष 2019-20 में ऋण योजना को 130.1 प्रतिशत रखने की थी।
- वर्ष 2019-20 में 'क्षेत्रीय ग्रामीण बैंकों' की ऋण उपलब्धि 86 प्रतिशत रही थी।
- कृषि क्षेत्र में ऋण के मुख्य प्रदाता व्यावसायिक बैंक (2019-20 में ₹ 19,508 करोड़) हैं, इसके बाद क्षेत्रीय ग्रामीण बैंक (2019-20 में ₹ 16,332 करोड़) थी।
- व्यावसायिक बैंकों द्वारा कृषि क्षेत्र को दिया गया ऋण 2017-18 के 24,734 करोड़ रु. से बढ़कर 2021-22 में 32,155 करोड़ रु. हो गया है।
- क्षेत्रीय ग्रामीण बैंकों द्वारा दिया गया ऋण भी बढ़ा है और 2017-18 के 14,879 करोड़ रु. से 2021-22 में 18,093 करोड़ रु. पहुंच गया है।
- 2021-22 में कृषि क्षेत्र के लिए समग्र ऋण उपलब्ध कराने के लक्ष्य की तुलना में उपलब्धि 96.0 प्रतिशत थी।
- 2021-22 में ऋण उपलब्ध कराने का प्रतिशत व्यावसायिक बैंकों के लिए 81.8 प्रतिशत, क्षेत्रीय ग्रामीण बैंकों के लिए 95.3 प्रतिशत और लघुवित्त बैंकों के लिए 85.3 प्रतिशत था।

कृषि ऋण

- बीज, उर्वरक, कृषि उपकरण और कृषि कार्यों के लिए ऋण सहायता की आवश्यकता होती है।
- कृषि में सभी आधुनिक यन्त्र बाजार से प्राप्त किए जाते हैं, इसलिए पूंजी की आवश्यकता होती है।
- बिहार में, ऋण प्रवाह से संबंधित आंकड़ों से पता चलता है कि इसकी मांग की तुलना में ऋण आपूर्ति है।
- किसानों को तीन मुख्य स्रोतों - व्यावसायिक बैंकों, क्षेत्रीय ग्रामीण बैंकों और सहकारी बैंकों से ऋण सहायता मिलती है।
- 2017-18 में तीन बैंकों में से 'व्यावसायिक बैंकों' की 58.7%, 'क्षेत्रीय ग्रामीण बैंकों' की 35.3% और 'सहकारी बैंकों' की 6.0% हिस्सेदारी थी। इस प्रकार, 'व्यावसायिक बैंक' कृषि ऋण का प्रमुख प्रदाता हैं।
- व्यावसायिक बैंक'और 'क्षेत्रीय ग्रामीण बैंक' कृषि क्षेत्र को ऋण देने के इच्छुक नहीं होते है, क्योंकि इनसे ऋण लेने के लिए संपार्श्विक की आवश्यता होती हैं।
- 'सहकारी बैंकों' को किसानों की वित्तीय जरूरतों को पूरा करना था, लेकिन दुर्भाग्य से वे उम्मीदों पर खरे नहीं उतरे क्योंकि उनका हिस्सा कृषि ऋण देने में बहुत कम (6.0%) था।
- 'सहकारी समितियां' कृषि ऋण की आवश्यकताओं को पूरा करने में असमर्थ रहे हैं।
- बेगूसराय, मधुबनी, खगड़िया, पटना और पूर्वी चंपारण जैसे जिलों में सहकारी कृषि ऋण का स्तर अपेक्षाकृत अधिक था।
- सुपौल, सहरसा, मधेपुरा, शेखपुरा, लखीसराय, जमुई और सारण जैसे जिलों में सहकारी ऋण परिचालन या तो शून्य या नगण्य था।

बिहार में कृषिगत ऋण प्रवाह (2017-18 से 2021-22) (करोड़ रु.)

वर्ष	व्यावसायिक बैंक		क्षेत्रीय ग्रामीण बैंक		केंद्रीय सहकारी बैंक		लघुवित्त बैंक		योगफल	
	लक्ष्य	उपलब्धि	लक्ष्य	उपलब्धि	लक्ष्य	उपलब्धि	लक्ष्य	उपलब्धि	लक्ष्य	उपलब्धि
2017-18	29282	24734 (84.5)	18682	14879 (79.6)	1036	2548 (245.9)	0	0	49000	42161 (86.0)
2018-19	35975	21734 (60.4)	22045	17264 (78.3)	1980	2800 (141.9)	0	1823	60000	43621 (72.7)
2019-20	35941	19508 (54.3)	19281	16632 (86.3)	2374	3205 (135.0)	2404	2405 (100.0)	60000	41450 (69.6)
2020-21	35650	24142 (67.7)	18231	16205 (88.9)	3837	6104 (159.1)	4110	2244 (54.6)	61828	48695 (78.8)
2021-22	39311	32155 (81.8)	18977	18093 (95.3)	3936	9973 (253.4)	4276	3649 (85.3)	66500	63871 (96.0)

नोट: कोष्ठक में दिए गए आंकड़े प्रतिशत उपलब्धि है।

स्रोत : राज्यस्तरीय बैंकर समिति की रिपोर्ट

किसान क्रेडिट कार्ड (के.सी.सी.)

- किसान क्रेडिट कार्ड किसानों को ऋण प्रदान करने का एक महत्वपूर्ण साधन है।
- यह योजना वर्ष अगस्त 1998 में शुरू की गई थी।
- इस योजना का क्रियान्वयन अनुसूचित व्यावसायिक बैंकों, क्षेत्रीय ग्रामीण बैंकों, राजकीय सहकारी बैंकों, केंद्रीय सहकारी बैंकों, और प्राथमिक कृषि सहकारी समितियों (पैक्स) द्वारा किया जाता है।
- किसान आवश्यक आदानों की खरीद के लिए अधिकतम 50,000 रुपये तक का ऋण इसके जरिये प्राप्त कर सकते हैं। कुछ मामलों में संबंधित बैंकों द्वारा जरूरत के अनुसार ऋणों की उप-सीमाएं भी तय की जाती हैं।
- ऋणदाता बैंकों द्वारा ऋण सीमाओं का निर्धारण एक वर्ष के लिए किसानों के उत्पादन संबंधी खर्च की जरूरतों और फसल उत्पादन संबंधी गतिविधियों को ध्यान में रखकर किया जाता है।
- कार्ड-धारकों को ऋण चक्रानुसारी नगद ऋण सुविधा के रूप में मिलता है जिसमें निर्धारित सीमा के अंदर किसी भी शाखा में निकासी और भुगतान की स्वीकृति होती है।
- बिहार में नए कार्ड जारी करने का समग्र लक्ष्य 2017-18 में 15.00 लाख था जो 2021-22 में घटकर 8.75 लाख रह गया।
- इन लक्ष्यों के मामले में समग्र उपलब्धि दर 2017-18 के 35.3 प्रतिशत से घटकर 2021-22 में 20.5 प्रतिशत रह गई।
- वर्ष 2021-22 में बैंक समूहवार उपलब्धि दरें व्यावसायिक बैंकों के लिए 31.4 प्रतिशत, क्षेत्रीय ग्रामीण बैंकों के लिए 7.1 प्रतिशत और सहकारी बैंकों के लिए 4.8 प्रतिशत थीं। इसलिए यह सुनिश्चित करने के लिए कि कृषि कार्य बाधित न हों, के.सी.सी. के कवरेज का विस्तार करना आवश्यक है, विशेष रूप से छोटे और सीमांत किसानों के लिए।

बिहार में बैंकों द्वारा जारी नए किसान क्रेडिट कार्डों की संख्या (2017-18 से 2021-22)

वर्ष	लक्ष्य	उपलब्धि	उपलब्धि दर	लक्ष्य	उपलब्धि	उपलब्धि दर
	व्यावसायिक			क्षेत्रीय ग्रामीण बैंक		
2017-18	896357	405366	45.2	571902	119355	20.9
2018-19	599660	154825	25.8	367350	62311	17.0
2019-20	599011	133077	22.2	321351	32140	10.0

2020-21	576631	224360	38.9	294873	24990	8.5
2021-22	504599	158566	31.4	258012	18239	7.1
वर्ष	**केंद्रीय सहकारी बैंक**			**योगफल**		
2017-18	31742	4489	14.1	1500000	529210	35.3
2018-19	32990	2049	6.2	1000000	219185	21.9
2019-20	39573	1217	3.1	1000000	166434	16.6
2020-21	62066	1921	3.1	1000048	251271	25.1
2021-22	54306	2632	4.8	875084	179437	20.5
स्रोत : राज्यस्तरीय बैंकर समिति की रिपोर्ट						

क्षेत्रीय ग्रामीण बैंक

- भारत में क्षेत्रीय ग्रामीण बैंकों की स्थापना आर.जी. सरैया की अध्यक्षता में 2 अक्टूबर 1975 को गठित बैंकिंग आयोग की सिफारिश पर की गयी थी।
- क्षेत्रीय ग्रामीण बैंक "क्षेत्रीय ग्रामीण बैंक अधिनियम 1976" के तहत अस्तित्व में आए। क्षेत्रीय ग्रामीण बैंक भारत में कृषि और ग्रामीण ऋण के लिए एक बहु-अभिकरण पहुंच प्रदान करते हैं।
- बिहार में अनुसूचित व्यावसायिक बैंकों की अपेक्षाकृत क्षेत्रीय ग्रामीण बैंक, ग्रामीण क्षेत्रों में बैंकिंग सेवाएं प्रदान करने में एक आवश्यक भूमिका निभाते हैं।
- राज्य में इनका विशाल नेटवर्क मुख्य रूप से छोटे और सीमांत किसानों, कारीगरों और समाज के आर्थिक रूप से कमजोर वर्गों के लोगों को ग्रामीण क्षेत्रों में ऋण प्राप्त करने में मदद करता है।
- क्षेत्रीय ग्रामीण बैंक केंद्र सरकार, बिहार सरकार और प्रायोजक बैंक द्वारा क्रमानुसार 50, 15 और 35 प्रतिशत के अनुपात में किये गए योगदान के साथ बिहार में कृषि और ग्रामीण ऋण के लिए कार्य करता है।
- बिहार में क्षेत्रीय ग्रामीण बैंकों की 68.8 प्रतिशत शाखाएँ ग्रामीण क्षेत्रों में, 26.2 प्रतिशत अर्ध-शहरी क्षेत्रों में और 5.0 प्रतिशत शहरी क्षेत्रों में हैं।
- बिहार में दो क्षेत्रीय ग्रामीण बैंक हैं -
  - दक्षिण बिहार क्षेत्रीय ग्रामीण बैंक
  - उत्तर बिहार क्षेत्रीय ग्रामीण बैंक
- दक्षिण बिहार क्षेत्रीय ग्रामीण बैंक
  - दक्षिण बिहार ग्रामीण बैंक एक क्षेत्रीय ग्रामीण बैंक है जिसकी स्थापना 01 जनवरी 2019 को 'क्षेत्रीय ग्रामीण बैंक अधिनियम 1976' की धारा 3 के तहत की गई थी। दक्षिण बिहार क्षेत्रीय ग्रामीण बैंक, पंजाब नेशनल बैंक द्वारा प्रायोजित है।
  - बैंक का गठन बिहार के दो क्षेत्रीय ग्रामीण बैंकों "मध्य बिहार क्षेत्रीय ग्रामीण बैंक" और "बिहार क्षेत्रीय ग्रामीण बैंक" को मिलाकर किया गया था।
- उत्तर बिहार क्षेत्रीय ग्रामीण बैंक
  - 'क्षेत्रीय ग्रामीण बैंक अधिनियम' के अनुभाग 23A के अनुसार केंद्र सरकार ने बिहार के 'उत्तर बिहार क्षेत्रीय ग्रामीण बैंक' और 'कोसी क्षेत्रीय ग्रामीण बैंक' को 1 मई 2008 को एक ग्रामीण बैंक में बदल दिया, जिसे उत्तर बिहार ग्रामीण बैंक नाम दिया गया।
  - उत्तर बिहार ग्रामीण बैंक का मुख्यालय 'मुजफ्फरपुर' में है।
  - अब उत्तर बिहार ग्रामीण बैंक का कार्यक्षेत्र बिहार के 18 जिलों में हो गया है जिनके नाम - अररिया, कटिहार, किशनगंज, दरभंगा, पूर्वी चंपारण, गोपालगंज, मधेपुरा, मधुबनी, मुजफ्फरपुर, पूर्णिया, सहरसा, सारण, शिवहर, सीतामढ़ी, सीवान, सुपौल, पश्चिम चंपारण और वैशाली हैं।
  - सेंट्रल बैंक ऑफ इंडिया द्वारा प्रायोजित उत्तर बिहार ग्रामीण बैंक 'शाखा नेटवर्क, कर्मचारियों की संख्या और क्षेत्रफल' की दृष्टि से भारत का सबसे बड़ा क्षेत्रीय ग्रामीण बैंक है।
- इनमें से दक्षिण बिहार क्षेत्रीय ग्रामीण बैंक की 75.4 प्रतिशत शाखाएँ ग्रामीण क्षेत्रों में स्थित हैं जबकि, उत्तर बिहार क्षेत्रीय ग्रामीण बैंक की 61.9 प्रतिशत शाखाएँ ग्रामीण क्षेत्रों में स्थित हैं।
- बिहार के दोनों क्षेत्रीय ग्रामीण बैंकों की शाखाओं की संख्या सितंबर 2021 और सितंबर 2022 में समान रही है।
- लेकिन दोनों बैंकों द्वारा जारी किए गए एटीएम कार्डों की संख्या सितंबर 2021 में 33.1 लाख से बढ़कर सितंबर 2022 में 33.6 लाख हो गई है।
- अपने शाखा नेटवर्क के अलावा, ये बैंक नकद निकासी सहित कुछ आवश्यक बैंकिंग सेवाएं प्रदान करने के लिए ग्राहक सेवा केंद्रों के माध्यम से भी काम करते हैं। सितंबर 2022 में प्रदेश में ग्रामीण बैंकों के 5679 ग्राहक सेवा केंद्र कार्यरत थे।
- क्षेत्रीय ग्रामीण बैंकों के एक विस्तृत जाल-तंत्र की उपस्थिति राज्य के ग्रामीण क्षेत्रों को विकास के लिए अपनी पूंजी आवश्यकताओं को पूरा करने में उपयोगी है।

बिहार में क्षेत्रीय ग्रामीण बैंक शाखाओं की संख्या (सितम्बर 2022 तक)

बैंक	ग्रामीण	अर्ध शहरी	शहरी	योगफल
दक्षिण बिहार क्षेत्रीय ग्रामीण बैंक	813 (75.4)	204 (18.9)	61 (5.7)	1078
उत्तर बिहार क्षेत्रीय ग्रामीण बैंक	639 (61.9)	349 (33.8)	44 (4.3)	1032
योगफल	1452 (68.8)	553 (26.2)	105 (5.0)	2110

नोट : कोष्ठकों में दिए गए आंकड़े प्रतिशत वितरण हैं।
स्रोत : राज्यस्तरीय बैंकर समिति की रिपोर्ट

लघुवित्त बैंक (एसएफबी)

- राज्य में बड़े व्यावसायिक बैंकों के सीमित नेटवर्क को देखते हुए लघुवित्त बैंकों की भूमिका और भी महत्वपूर्ण हो जाती है।
- लघुवित्त बैंक सितंबर, 2015 से देश में काम कर रहे हैं।
- ये छोटे और सीमांत किसानों, प्रवासी मजदूरों, कारीगरों, कामकाजी परिवारों, छोटे व्यापारियों और असंगठित क्षेत्र के अन्य लोगों को बैंकिंग सेवाएं प्रदान करके वित्तीय समावेशन में मदद करते हैं।
- इन बैंकों का ऋण-जमा अनुपात राज्य के अन्य सभी बैंकिंग संस्थानों की तुलना में अधिक है।
- बिहार प्रदेश में वर्ष 2019-20 में लघुवित्त बैंकों ने 17 नए कार्यालय खोले हैं।
- यह भी ध्यान देने योग्य है कि विस्तार की यह प्रक्रिया 2018-19 में काफी तेज थी जब लघुवित्त बैंकों ने 107 नए कार्यालय खोले थे।
- साथ ही, भुगतान बैंक भी राज्य में कर्ज देने या क्रेडिट कार्ड जारी करने को छोड़कर अन्य आवश्यक बैंकिंग सेवाएं देने के लिए काम कर रहे हैं। लेकिन भुगतान बैंकों की संख्या घटी है और मार्च 2020 के 71 से सितंबर 2022 में 59 रह गई है।
- लघुवित्त बैंकों की संख्या मार्च 2020 में 182 थी जो सितंबर 2022 में बढ़कर 287 हो गई।
- बिहार में लघुवित्त बैंकों ने अपने बैंकिंग कार्य का लगातार विस्तार किया है और 2022 वित्तवर्ष में 37 नई शाखाएं शुरू की हैं।
- सितंबर 2022 तक, राज्य में लघुवित्त बैंकों के 37.7 प्रतिशत शाखाएं ग्रामीण क्षेत्रों में, 35.8 प्रतिशत अर्ध-शहरी क्षेत्रों में और 26.5 प्रतिशत शहरी क्षेत्रों में थीं।
- इन बैंकों ने राज्य में 84 एटीएम स्थापित किए हैं, जिनमें से 20.2 प्रतिशत ग्रामीण क्षेत्रों में, 23.8 प्रतिशत अर्ध-शहरी क्षेत्रों में और 56.0 प्रतिशत शहरी क्षेत्रों में हैं।
- सितंबर 2022 तक राज्य में लघुवित्त बैंकों ने कुल 77775 एटीएम कार्ड जारी किए थे।

बिहार में लघुवित्त बैंकों और भुगतान बैंकों की शाखाओं की संख्या (मार्च 2020 से सितंबर 2022)

बैंक समूह	मार्च 2020	मार्च 2021	मार्च 2022	सितंबर 2023
लघुवित्त बैंक	182	191	250	287
भुगतान बैंक	71	62	59	59

स्रोत: अनुसूचित व्यावसायिक बैंकों के जमा और ऋण पर त्रैमासिक सांख्यिकी, भारतीय रिजर्व बैंक

बिहार में लघुवित्त बैंकों की शाखाओं और एटीएम का वितरण (सितंबर 2022)

लघुवित्त बैंक	ग्रामीण	अर्ध - शहरी	शहरी	योगफल
शाखा	97 (37.7)	92 (35.8)	68 (26.5)	257
एटीएम	17 (20.2)	20 (23.8)	47 (56.0)	84
एटीएम कार्ड		______		77775

नोट : कोष्ठकों में दिए गए आंकड़े प्रतिशत वितरण हैं।
स्रोत : राज्यस्तरीय बैंकर समिति की रिपोर्ट

बिहार की नीतियाँ

बिहार औद्योगिक प्रोत्साहन नीति, 2006

- 2006 के अंतर्गत एक प्रावधान है कि राज्य में स्थापित लघु, मध्यम और बड़ी इकाइयों को वाणिज्यिक कर या वैट के संबंध में प्रोत्साहन दिया गया था।
- बिहार औद्योगिक क्षेत्र विकास प्राधिकार के अंतर्गत विभिन्न इंडस्ट्रियल क्षेत्रों, एरियों और विकास केंद्रों में स्थापित लघु, मध्यम और बड़ी इकाइयों को वैट पात्रता प्रमाण पत्र जारी करने के लिए प्रबंध निदेशक, बियाडा को अधिकार प्रदान किया था।
- राज्य में आन्तरिक और देश के बाहर से निवेशों को आकर्षित करने के साथ-साथ, राज्य में मौजूदा उद्योगों को पुनर्जीवित और विस्तार के लिए उपयुक्त माहौल और प्रोत्साहन के उद्देश्य से, औद्योगिक प्रोत्साहन नीति-2006 की समीक्षा की गई।

कार्यनीति

- उद्योग स्थापित करने के लिए राज्य में अनुकूल माहौल विकसित किया जाए ताकि निवेशकों के बीच सकारात्मक संवाद हो सके।
- बिहार सिंगल विंडो क्लीयरेंस एक्ट, 2006 राज्य के विकास एवं औद्योगिक विकास को बढ़ावा देते हुए उद्योगों की स्थापना के लिए एक त्वरित स्वीकृति प्रक्रिया है।
- बिहार इंफ्रास्ट्रक्चर डेवलपमेंट इनेबलिंग एक्ट, 2006 - निजी क्षेत्र को भौतिक और सामाजिक अधोसंरचना के विकास के लिए आकर्षित करने और व्यापक कानून उपलब्ध कराने के लिए इस एक्ट को लागू किया गया है।
- कारखानों के निरीक्षण को सरल बनाने के लिए स्व-प्रमाणन का विकल्प होगा।
- श्रम कानूनों को सरल बनाकर औद्योगिक विकास पर प्रतिकूल प्रभावों से बचाया जाएगा।
- मानव संसाधन का विकास कर उच्च कोटि के औद्योगीकरण को बढ़ावा दिया जाएगा।
- कौशल में सुधार के लिए मौजूदा संस्थानों को मजबूत किया जाएगा।
- भूमि बैंक की स्थापना प्रदेश में विभिन्न उद्योगों एवं विकास योजनाओं हेतु भूमि की आवश्यकता की पूर्ति के लिए की जाएगी।
- लघु, अति लघु, कुटीर उद्योगों, हथकरघा एवं हस्तकला के लिए विपणन व्यवस्था विकसित की जाएगी।
- विदेशी सुविधाओं के निर्माण हेतु उद्योगों में पूंजी निवेश बढ़ाना और निजी क्षेत्र को निवेश के लिए आमंत्रित करना तथा सार्वजनिक-निजी भागीदारी को प्रोत्साहित करना।
- बुनियादी ढांचे का विकास।

औद्योगिक विकास में तेजी लाने और निवेश आकर्षित करने के लिए बिहार में उद्योगों के लिए प्रोत्साहन/छूट की सुविधाएँ

- प्री-प्रोडक्शन प्रोत्साहन
- पोस्ट-प्रोडक्शन प्रोत्साहन
- औद्योगिक बीमारी
- यूनिट के विस्तार-विविधीकरण और आधुनिकीकरण के लिए सुविधाएं
- गुणवत्ता प्रमाणन पर प्रोत्साहन
- सूचना प्रौद्योगिकी मिशन
- हथकरघा क्षेत्र
- आरक्षण नीति का कार्यान्वयन
- निगरानी और समीक्षा
- प्रोत्साहन/सब्सिडी/राहत
- उद्योग निदेशक, निदेशक तकनीकी विकास

औद्योगिक इकाई/ संगठन का अर्थ निम्नलिखित श्रेणियों के अंतर्गत विनिर्माण/ प्रसंस्करण/ सेवा उद्योग में लगी या लगाई जाने वाली कोई इकाई/ संगठन है:

- उद्योग (विकास और विनियमन) अधिनियम, 1951 की पहली अनुसूची के तहत सूचीबद्ध उद्योग समय-समय पर संशोधित होते हैं।
- बोर्डों/एजेंसियों के दायरे में आने वाले उद्योग निम्नलिखित हैं:
  1. लघु उद्योग बोर्ड
  2. कॉयर बोर्ड
  3. रेशम बोर्ड
  4. अखिल भारतीय हथकरघा और हस्तशिल्प बोर्ड
  5. खादी और ग्रामोद्योग आयोग
  6. औद्योगिक विकास के लिए भारत सरकार या बिहार सरकार द्वारा गठित कोई अन्य एजेंसी

अन्य श्रेणियाँ:

1. खनन या खानों का विकास।
2. किसी भी प्रकार की मशीनरी या वाहनों या मोटर नौकाओं या ट्रैक्टरों के जहाजों या ट्रेलरों का रखरखाव, मरम्मत, निरीक्षण या सर्विसिंग।
3. किसी औद्योगिक क्षेत्र, औद्योगिक एस्टेट, एकीकृत अवसंरचना विकास, निर्यात प्रोत्साहन औद्योगिक पार्क, निर्यात प्रोत्साहन क्षेत्र या विकास केंद्र की स्थापना या विकास।
4. औद्योगिक विकास को बढ़ावा देने के लिए विशेष या तकनीकी ज्ञान या अन्य सेवाएं प्रदान करना।
5. उद्योग को इंजीनियरिंग, तकनीकी, वित्तीय, प्रबंधकीय, विपणन या अन्य सेवाएं या सुविधाएं प्रदान करना।
6. सूचना प्रौद्योगिकी, दूरसंचार या इलेक्ट्रॉनिक्स से संबंधित सेवाएं प्रदान करना जिसमें उपग्रह लिंकेज और ऑडियो या विजुअल केबल संचार शामिल है।

बिहार औद्योगिक प्रोत्साहन नीति, 2011

- बिहार में औद्योगिक विकास को सुनिश्चित करने के लिए, बिहार उद्योग संघ, बिहार चैम्बर्स ऑफ कॉमर्स, कन्फेडरेशन ऑफ इंडियन इन्डस्ट्रीज, लघु उद्योग भारती, हाजीपुर उद्योग संघ और अन्य औद्योगिक संघों ने संबंधित सरकारी विभागों के साथ मिलकर विचार-विमर्श किया है।
- उनके सुझावों को देखते हुए बिहार औद्योगिक प्रोत्साहन नीति-2011 तैयार की गई है।

कार्यनीति

- राज्य में उद्योगों की स्थापना के लिए अंतर्राष्ट्रीय स्तर पर निर्मित अधोसंरचना का विकास करना अत्यंत आवश्यक है।
- राज्य में विकास और उद्योगिक योजनाओं के लिए भूमि बैंक स्थापित करने की योजना बनाई गई है। जिससे विभिन्न उद्योगिक और विकास योजनाओं के लिए आवश्यक भूमि उपलब्ध कराई जाएगी।
- लघु, सूक्ष्म, ग्रामीण उद्योग, हस्तशिल्प, हथकरघा, खादी, रेशम आदि को विकसित करना और संचालित करना।

- राज्य सरकार द्वारा एक प्रभावी सिंगल विंडो सिस्टम की व्यवस्था की जाएगी। जिसके माध्यम से सड़क, पानी और बिजली जैसी मूलभूत सुविधाओं की उपलब्धता सुनिश्चित की जाएगी।
- उद्यमियों से संबंधित सभी प्रकार के आवंटन, अनुदान और प्रक्रियाओं में सरलीकरण और पारदर्शिता को बढ़ावा देने के लिए ऑनलाइन सुविधाओं को सुगम बनाया जाना चाहिए।
- इसके अलावा, औद्योगिक क्षेत्रों में सामान्य बहिस्राव की खोज करने के लिए व्यवस्थाएं होनी चाहिए।
- बियाडा शहर के नए उद्योगिक इकाइयों के लिए औद्योगिक पार्क के निर्माण की योजना है, जो नगरीय एवं ग्रामीण क्षेत्रों में नवीन मध्यम एवं बड़े उद्योगों की स्थापना को संभव बनाएगा।

इन क्षेत्रों में राज्य सरकार को महत्वपूर्ण भूमिका निभानी होगी:

1. खाद्य प्रसंस्करण
2. कृषि आधारित उद्योग
3. पर्यटन से संबंधित उद्योग
4. सुपर स्पेशलिटी अस्पताल
5. उच्च / तकनीकी अध्ययन संस्थान
6. सूचना प्रौद्योगिकी आधारित उद्योग
7. इलेक्ट्रॉनिक हार्डवेयर उद्योग
8. कपड़ा उद्योग
9. ऊर्जा/गैर-पारंपरिक ऊर्जा

बिहार औद्योगिक प्रोत्साहन नीति, 2016

- इस नीति के उद्देश्यों को हासिल करने के लिए मुख्य रणनीति बुनियादी ढांचे पर ध्यान केंद्रित करते हुए उन्नत प्रौद्योगिकी, कौशल विकास, सहायता के एक संशोधित संरचित पैकेज संतुलित क्षेत्रीय विकास, भविष्य के विकास के प्रमुख क्षेत्रों को प्राथमिकता देने का लक्ष्य है।
- इस नीति में, सामाजिक रूप से वंचित वर्गों के उद्धार और महिला उद्यमियों को विशेष सहायता पैकेज का प्रावधान किया गया है।
- नीति में उद्यमियों की शिकायतों के प्रभावी कार्यान्वयन, निगरानी और निवारण के लिए सुपरिभाषित प्रावधान हैं।
- इस प्रकार औद्योगिक निवेश प्रोत्साहन नीति, 2016 राज्य के औद्योगिक विकास के लिए एक एकीकृत पहल है।
- 15 प्रतिशत वार्षिक औद्योगिक विकास दर हासिल करने की आवश्यकता है।
- राष्ट्रीय उत्पादकता नीति और 'मेक इन इंडिया' पहल के तहत, हमें सभी राज्यों के उत्पादकों को बढ़ाकर घरेलू उत्पाद में 25 प्रतिशत से अधिक योगदान देने की आवश्यकता है।
- सभी आर्थिक क्षेत्रों में कुल 0.5 मिलियन लोगों के लिए प्रत्यक्ष रोजगार के अवसर सृजित करने की आवश्यकता है।
- 15 हजार करोड़ रुपये के वास्तविक निवेश को आकर्षित करने की आवश्यकता है।
- "7 निश्चय" के तहत राज्य सरकार के उद्योगों द्वारा स्थानीय लोगों के कौशल विकास को सुनिश्चित करके 1.50 करोड़ कुशल युवाओं का लक्ष्य प्राप्त करना है।
- छोटे, मध्यम और सूक्ष्म उद्यमों की प्रतिस्पर्धात्मक क्षमता को बढ़ाकर "जीरो डिफेक्ट जीरो इफेक्ट" उत्पादन पद्धति को अपनाने की आवश्यकता है।

नीति निम्न शर्तों के साथ राज्य में सभी नई इकाइयों के लिए लागू होगा :-

- इस नीति के अंतर्गत, केवल वह इकाई शामिल होगी जो वस्तु का उत्पादन करती है और जिसमें मूल्यवर्धन का अभाव नहीं होता है।
- काली सूची में शामिल व्यक्तियों, फर्मों और कंपनियों द्वारा प्रचारित इकाइयां इस नीति के लाभान्वित होने के योग्य नहीं होंगी, जो सरकार (राज्य या केंद्र) द्वारा किसी भी समय काली सूची में डाली जाएगी।
- उन व्यक्तियों, फर्मों और कंपनियों द्वारा प्रवर्तित इकाइयां जिन्हें पूर्व में किसी बैंक या वित्तीय संस्थान द्वारा ऋण प्रदान किए गए हैं और जिन्हें चूक कर्ता घोषित किया गया है, वे इस नीति के लाभान्वित नहीं हो सकते हैं।
- यदि किसी व्यक्ति, फर्म या कंपनी के विरुद्ध राज्य सरकार द्वारा कोई बकाया हो तो उन्हें इस नीति के लाभ प्राप्त करने का अधिकार नहीं होगा।
- इस नीति के तहत केवल उन्हीं निवेशों को प्रोत्साहित किया जाएगा जो राज्य में किए गए हों।
- यह नीति प्राकृतिक आपदा या व्यापारिक नुकसान के मुआवजे के रूप में दावा करने के लिए नहीं है।
- यह नीति केवल निजी निवेश या विदेशी निवेश के लिए लागू है, केंद्र या राज्य सरकारों द्वारा सार्वजनिक क्षेत्र के निवेश के लिए इसका प्रयोग नहीं किया जाएगा।

बिहार औद्योगिक प्रोत्साहन नीति, 2022

- 26 मई 2022 को मुख्यमंत्री नीतीश कुमार की अध्यक्षता में हुई राज्य मंत्रिमंडल की बैठक में बिहार औद्योगिक निवेश प्रोत्साहन नीति (कपड़ा एवं चमड़ा) 2022 को लागू करने के प्रस्ताव को मंजूरी मिल गई है।
- बिहार राज्य कैबिनेट की बैठक में आयोजित सत्र में, बिहार औद्योगिक निवेश प्रोत्साहन नीति संबंधी 18 प्रस्तावों पर निर्णय लिया गया है।
- इस नीति की मदद से बिहार वस्त्र और चमड़े के क्षेत्र में एक व्यापक हब के रूप में स्थापित किया जा सकेगा।
- राज्य सरकार उद्यमियों और ट्रांसपोर्ट व्यवसायियों को 10 करोड़ रुपये तक का पूंजीवादी अनुदान प्रदान करेगी।
- राज्य सरकार इन उद्योगों में कार्यरत श्रमिक मजदूरों के लिए प्रति महीने 3 हजार रुपये से लेकर 5 हजार रुपये तक का कामगार रोजगार वैतनिक सहयोग प्रदान करेगी।
- इस नीति के अंतर्गत, पूर्व में लागू होने वाली औद्योगिक निवेश प्रोत्साहन नीति 2016 के तहत उपलब्ध सभी लाभों के साथ-साथ संबंधित उद्योगिक इकाइयों को विद्युत शुल्क, रोजगार अनुदान, पूँजी अनुदान, गुणवत्ता संबंधी अनुदान और पेटेंट अनुदान जैसे अन्य लाभों के संबंध में भी सही व्यवस्थाएं की गई हैं।
- यह नीति नई और नवीन परियोजनाओं को प्राप्त करने का उद्देश्य रखती है, जो कपड़ा और संबंधित क्षेत्रों, कार्य और फुटवियर उद्योग के समग्र विकास के लिए काम करेंगे।
- इसमें खादी, रेशम, हस्तकरघा और विद्युत करघा के उत्पादन का मूल्यवर्धन भी शामिल है।
- इसके साथ ही, यह सूक्ष्म और लघु इकाइयों को प्रोत्साहित करेगी और "चनपटिया वस्त्र परिधान निर्माण स्टार्ट-अप केन्द्र" की तरह परिधान निर्माण हब की स्थापना करेगी।
- यह न्यूनतम विपणन विशेषताओं को प्रोत्साहित करेगी।

बिहार कृषि भूमि (गैर कृषि प्रयोजनों के लिए सम्परिवर्तन) नियमावली, 2010

- बिहार कृषि भूमि (गैर-कृषि उद्देश्यों के लिए रूपांतरण) अधिनियम, 2010 बिहार विधान सभा द्वारा कृषि भूमि के गैर-कृषि उपयोग और संबंधित मुद्दों को विनियमित करने के लिए पारित किया गया था।
- इस कानून में 15 धाराएं हैं और यह बिहार नगरपालिका अधिनियम, 2007 या उसके किसी भी हिस्से के साथ-साथ छावनियों के अंतर्गत आने वाले क्षेत्रों को छोड़कर पूरे बिहार राज्य पर लागू होता है।
- इस कानून का दायरा वही होगा जो बिहार भू-राजस्व अधिनियम 1885 में शामिल है, जिसका अर्थ है कि यह किसी भी क्षेत्र पर लागू नहीं होगा, जिसे किसी मास्टर प्लान या किसी अन्य कानून के प्रकाशन द्वारा वाणिज्यिक औद्योगिक या शहरी क्षेत्र के रूप में नामित किया गया है।
- अधिनियम के तहत सक्षम अधिकाराधिकार की पूर्वानुमति के बिना राज्य में कृषि भूमि का गैर-कृषि उपयोग नहीं किया जाएगा।
- गैर-कृषि भूमि के लोगों की कृषि भूमि के ऐसे परिवर्तन के लिए आवेदन धारा-4 के अधीन गैर-कृषि भूमि के कार्मिकों सहित विहित रूप में दिया जाएगा।

भूमि परिवर्तन के लिए निर्धारित प्राधिकरण

- अनुमंडल पदाधिकारी अपने अधिकार क्षेत्र में स्थित भूमि के संबंध में भूमि को कृषि प्रयोजन से अकृषि प्रयोजन में संपरिवर्तन का आदेश देने के लिए सक्षम होंगे।

मुक्तभूमि

निम्नलिखित भूमियों के संबंध में परिवर्तन के लिए किसी अनुमति की आवश्यकता नहीं होगी:

- भूमि बिहार सरकार के स्वामित्व में है।
- एक स्थानीय प्राधिकरण के स्वामित्व वाली संपत्ति जिसका उपयोग किसी सामुदायिक उद्देश्य के लिए किया जाता है, जब तक कि क्षेत्र का व्यावसायिक उद्देश्य के लिए उपयोग नहीं किया जाता है।
- धार्मिक, सामाजिक या धर्मार्थ उद्देश्यों के लिए उपयोग की जाने वाली भूमि जब तक भूमि का उपयोग व्यावसायिक उद्देश्य के लिए नहीं किया जाता है।
- पारंपरिक व्यवसाय से जुड़े घरेलू सूक्ष्म उद्योगों के लिए उपयोग की जाने वाली संपत्ति, एक एकड़ से अधिक नहीं।
- अधिकतम 500 वर्ग फुट के अधीन छोटी दुकानों के लिए उपयोग किया जाने वाला क्षेत्र।
- सरकार द्वारा समय-समय पर अधिसूचित ऐसे अन्य उद्देश्यों के लिए उपयोग की जाने वाली भूमि।
- बिहार काश्तकारी अधिनियम 1885 की धारा 23 (2) में निर्दिष्ट भूमि उपयोग।

निर्धारित समय - सीमा

आवेदन प्राप्त होने की तिथि से नब्बे दिनों के भीतर सक्षम प्राधिकारी द्वारा परिवर्तन अनुमति पत्र जारी या अस्वीकार कर दिया जाएगा।

रूपांतरण शुल्क

1. सरकार द्वारा समय-समय पर अधिसूचित क्षेत्रों में संपत्ति के बाजार मूल्य के 10% की दर से गैर-कृषि उद्देश्यों के लिए भूमि का उपयोग करने के लिए कृषि भूमि के प्रत्येक अधिभोगी या मालिक को रूपांतरण शुल्क का भुगतान करना होगा।
2. बाजार मूल्य का अर्थ भारतीय स्टाम्प अधिनियम, 1899 के प्रावधानों के तहत कलेक्टर द्वारा निर्धारित कृषि भूमि का मूल्य है।

परिवर्तन शुल्क से छूट

- उद्योग विभाग अथवा बिहार सरकार द्वारा अधिसूचित उद्योग से संबंधित निर्गम एवं नीति की दशा में परिवर्तन की अनुमति दी जा सकती है, परन्तु कोई परिवर्तन शुल्क देय नहीं होगा।
- इस अधिनियम में अपील एवं पुनरीक्षण का प्रावधान है।
- अनुमंडल पदाधिकारी के आदेश से व्यथित व्यक्ति 60 दिनों के अन्दर समाहर्ता के समक्ष अपील दायर कर सकता है।
- अपीलीय आदेश के विरुद्ध 30 दिनों के भीतर प्रमंडलीय आयुक्त पुनरीक्षण मामला दायर किया जा सकता है।
- सरकार समय-समय पर अधिसूचना के द्वारा इस अधिनियम के नियम बना सकती है।
- बिहार राज्य विधान मंडल द्वारा बिहार कृषि भूमि (गैर-कृषि प्रयोजनों के लिए सम्परिवर्तन) (संशोधन) अधिनियम, 2012 पारित किया गया। जिसे राज्यपाल ने अनुमति प्रदान कर अधिनियमित किया।
- इस संशोधन अधिनियम के तहत बिहार कृषि भूमि (गैर-कृषि प्रयोजनों के लिए सम्परिवर्तन) अधिनियम, 2010 की धारा-8 के खंड (छ) के बाद संशोधन कर एक नया खण्ड (ज) जोड़ा गया। जिसमें सौर ऊर्जा के लिए उपयोग की भूमि को सम्परिवर्तन की अनुमति अनपेक्षित करने का प्रावधान है।

बिहार कृषि भूमि (गैर कृषि प्रयोजनों के लिए सम्परिवर्तन) (संशोधन) विधेयक 2020

- यह अधिनियम "बिहार कृषि भूमि (गैर-कृषि प्रयोजनों के लिए सम्परिवर्तन) (संशोधन) अधिनियम, 2020" कहा जा सकेगा।
- इसका विस्तार सम्पूर्ण बिहार राज्य में होगा।
- यह राज्य सरकार द्वारा राजपपत्र में अधिसूचित किये जाने की तिथि से प्रवृत्त होगा।
- बिहार अधिनियम, 2010 की धारा-7 का प्रतिस्थापन ।-उक्त अधिनियम, 2010 की धारा-7 निम्नलिखित द्वारा प्रतिस्थापितकी जाएगी:-
- "औद्योगिक भूमि का सम्परिवर्तन, उद्योग विभाग, बिहार सरकार द्वारा अधिसूचित उद्योगों से संबंधित कृषि भूमि का गैर-कृषि भूमि में सम्परिवर्तन, समय-समय पर, सक्षम प्राधिकार की पूर्व अनुमति से स्वीकृत किया जा सकता है, परन्तु अपेक्षित फीस, जो भी हो, का भुगतान उद्योग विभाग की प्रचलित नीति के अनुरूप किया जायेगा ।"

सूचना एवं संचार प्रौद्योगिकी नीति 2011

- सूचना प्रौद्योगिकी सॉफ्टवेयर और संबंधित सेवाओं के निर्यात में विकास के साथ-साथ राज्य के बेहतर नागरिक सुविधाओं को पहुँचाने के लिए इस नीति में निम्नलिखित दृष्टिकोण अपनायी जाएगी-
  1. राज्य में ज्ञान आधारिक अर्थव्यवस्था के विकास एवं व्यापक प्रसार के लिए प्रयासरत रहना।
  2. राज्य में सूचना प्रौद्योगिकी की आधारभूत संरचना का विकास करना, जिससे कि राज्य के प्रत्येक नागरिक को सुविधा प्राप्त हो तथा ग्रामीण एवं शहरी जनसंख्या के बीच डिजिटल अन्तराल को कम किया जा सके।
  3. सूचना प्रौद्योगिकी सुविधाओं के क्षेत्र में बिहार को अग्रणी राज्य बनाना।

उद्देश्य-

1. मानव एवं बौद्धिक पूँजी संसाधन को विकसित करना:
   - विद्यालय स्तर पर कम्प्यूटर संचार को बढ़ावा देकर विद्यार्थियों को

प्रतिभावान बनाने एवं रोजगार के लिए उपयुक्त युवाओं को उचित प्रशिक्षण देकर उन्हें सूचना प्रौद्योगिकी के क्षेत्र में कुशल बनाने की आवश्यकता है।

2. रोजगार:
   - राज्य में स्थानीय युवाओं के लिए रोजगार के अवसर सूचना प्रौद्योगिकी/ सूचना प्रौद्योगिकी सहायी कंपनियों के पूंजी निवेश को आकर्षित करके बनाने की आवश्यकता है।
3. सूचना प्रौद्योगिकी आधारभूत संरचना:
   - यह उद्देश्य है कि राज्य में वैश्विक स्तर पर सूचना प्रौद्योगिकी पर आधारित संरचना का विकास किया जाए।
4. ई-शासन:
   - ई-शासन के लिए एन.ई.जी.पी. और राज्य सूचना प्रौद्योगिकी विभाग के तहत लिए गए कदमों को प्रोत्साहित करके, सरकारी विभागों और नागरिक सेवाओं को अधिक से अधिक आपस में ऑनलाइन मोड में उपलब्ध कराना है।
5. निवेश:
   सूचना प्रौद्योगिकी क्षमता को बढ़ाने के लिए राज्य में निजी उद्योगों को सूचना प्रौद्योगिकी एवं सहायक सेवाओं के लिए निवेश करने के लिए प्रोत्साहित करना आवश्यक है।
6. आर्थिक वातावरण:
   - सूचना प्रौद्योगिकी और संबद्ध सेवाओं के उद्योगों के लिए राज्य सरकार द्वारा अधिक संभावनाएं प्रदान करके उन्हें बेहतर व्यवसायी माहौल प्रदान करना।
7. कानून:
   - बेहतर प्रशासन हेतु सूचना प्रौद्योगिकी एवं सूचना प्रौद्योगिकी सहायी सेवा उद्योगों के लिए समुचित कानूनी ढांचा तैयार किया जाना चाहिए और सूचना प्रौद्योगिकी, बौद्धिक संपदा अधिकार, पेटेंट और ट्रेडमार्क के गलत इस्तेमाल को रोका जाना चाहिए।

सूचना एवं संचार प्रौद्योगिकी नीति का वर्गीकरण

तीव्र विकास एवं सरलीकरण के उद्देश्य से सूचना एवं संचार प्रौद्योगिक नीति को निम्नलिखित श्रेणियों में वर्गीकृत किया गया है-

- उद्योगों के लिए सूचना एवं संचार प्रौद्योगिकी नीति
- शिक्षा के लिए सूचना एवं संचार प्रौद्योगिकी नीति
- सरकार के लिए सूचना एवं संचार प्रौद्योगिकी नीति
- नागरिकों के लिए सूचना एवं संचार प्रौद्योगिकी नीति

उद्योगों के लिए सूचना एवं संचार प्रौद्योगिकी नीति-

- सूचना प्रौद्योगिकी से संबंधित सेवा एवं इलेक्ट्रॉनिक हार्डवेयर निर्माण इकाइयों प्रौद्योगिकी प्रोत्साहन नीति, 2011 में दिये गये प्रोत्साहन के लिये पात्र मानी जायेंगी।

उत्पादकों के लिए पूर्व सुविधाएं -

- पंजीकरण शुल्क और स्टाम्प शुल्क में छूट
  1. उन आईटी / आईटीईएस / ईएचएम इकाइयों के लिए जो उद्योग क्षेत्र / रोजगार / आईटी पार्क में स्थापित होंगे, या इनसे बाहर होंगे, उन्हें पंजीकरण शुल्क और भूमि के पट्टे / बिक्री / हस्तांतरण के समय लगने वाले स्टाम्प शुल्क में 100 प्रतिशत छूट मिलेगी।
  2. यह सुविधा केवल पहली बार में ही उपलब्ध होगी और भूमि के पट्टे / बिक्री / हस्तांतरण के बाद के लिए उपलब्ध नहीं होगी। यह सुविधा केवल नए इकाइयों के लिए वैध होगी।

उत्पादन के बाद मिलने वाली सुविधाएँ

- इस इकाई को उत्पादन शुरू होने के बाद, प्रतिपूर्ति के रूप में कुछ सुविधाएं प्रदान की जाएंगी।
- इनमें परियोजना रिपोर्ट तैयार करने के लिए प्रोत्साहन, भूमि खरीद के लिए प्रोत्साहन, तकनीकी ज्ञान के लिए वित्तीय सहायता, पूंजी सब्सिडी इत्यादि शामिल होंगी।
- इन सुविधाओं की अधिकतम सीमा 600 लाख रुपए होगी, जो उत्पादन से प्राप्त की जाने वाली विद्युत के प्रोत्साहन से अलग होगी।

तकनीकी ज्ञान प्राप्त करने के लिए वित्तीय सहायता

- यदि कोई उद्योगपति किसी राष्ट्रीय स्तर पर मान्यता प्राप्त रिसर्च केंद्र, प्रयोगशाला या संस्थान से तकनीकी ज्ञान प्राप्त करने के लिए अपनी कंपनी का विस्तार करता है, तो उसे शुल्क के खर्च का 30 प्रतिशत (जो कि 15 लाख रुपये से अधिक नहीं हो सकते) प्रतिपूर्ति के रूप में मिलेगा।

गुणवत्ता प्रमाणीकरण के लिए प्रोत्साहन

- यह इकाई गुणवत्ता प्रमाणीकरण के लिए आईएसआई (अथवा राष्ट्रीय/अंतर्राष्ट्रीय संस्था) से शुल्क वसूलती है, लेकिन परवर्ती धाराएँ के अनुसार व्यय प्रतिपूर्ति के रूप में 30 प्रतिशत तक (अधिकतम 20 लाख रुपये तक) वापस किया जाएगा।
- इस लाभ को इकाई एक बार ही उठा सकती है।

भूमि के लिए मिलने वाले प्रोत्साहन

- सभी आईटी/आईटीईएस/ईएचएम इकाईयों, बिहार औद्योगिक क्षेत्र विकास अभिकरण/ निर्यात संवर्धन औद्योगिक पार्क/फूड पार्क/कृषि निर्यात जोन/आईटी पार्क में आवंटित भूमि के मूल्य के आधार पर निम्नलिखित प्रकार से प्रोत्साहन हासिल कर सकेंगी:-

उद्योग	अनुदान
लघु/छोटे इकाई (निर्धारित वित्तीय सीमा के भीतर)	50 प्रतिशत या 15 लाख (अधिकतम)
सभी बड़े/मझौले/मेगा इकाईयों (निर्धारित वित्तीय सीमा के भीतर)	25 प्रतिशत या 30 लाख (अधिकतम)

रोजगार सृजन में अनुदान

- सूचना एवं संचार प्रौद्योगिकी नीति 2011 के क्रियान्वयन के बाद, आईटी/आईटीईएस/ईएचएम इकाइयों द्वारा 100 व्यक्तियों के नियोजन के बाद आईटी क्षेत्र में स्थापित उद्योगों को प्रोत्साहित करने वाले राशि के हकदार होंगे। प्रोत्साहन राशि नए नियोजन के ई.पी.एफ. राशि के बराबर होगी, जो एक वर्ष के लिए लागू होगी।

सिंगल विंडो प्रणाली की स्थापना

- सिंगल विंडो प्रणाली को मजबूत बनाने के लिए, उद्यमियों को एस.पी. आई. बी. अनुमोदन के पूर्व और उसके बाद की गतिविधियों में सहायता करने के लिए एस्कॉर्ट सेवा की शुरुआत की जाएगी।
- पब्लिक सेक्टर और राज्य के आपूर्तिकर्ताओं के लिए मूल्य वरीयता
- बिहार के उद्योगपतियों को प्रोत्साहित करने के लिए, सरकार ने निर्णय लिया है कि जो आईटी/आईटीईएस (सार्वजनिक क्षेत्र के उपक्रम) इकाई बिहार में स्थापित और पंजीकृत है, उन्हें अधिकतम 10 प्रतिशत की मूल्य तरजीह दी जाएगी।

साइबर अपराध एवं साइबर अधिनियम

- सरकार राज्य में स्थापित सूचना प्रौद्योगिकी एवं सूचना प्रौद्योगिकी संबद्ध सेवा कंपनियों के संचालन हेतु उच्च कोटि की सुविधा उपलब्ध कराएगी।

- यदि किसी व्यक्ति द्वारा डेटा सुरक्षा का उल्लंघन किया जाता है, दस्तावेजों की गोपनीयता का उल्लंघन होता है, या इकरारनामे घोषित नहीं किए जाते हैं, तो सरकार सख्ती से इस समस्या का सामना करेगी।
- इसके लिए, सरकार पटना में साइबर अपराधों की पहचान करने के लिए एक सेल की गठन करेगी।

अन्य प्रोत्साहन /लाभ

- सरकार आईटी/आईटीईएस/ईएचएम इकाइयों की सहायता के लिए कंप्यूटर उपकरण, स्पेयर पार्ट्स, कंप्यूटर पेरिफेरल उपकरण, अन्य कनेक्टिविटी उपकरण, नेटवर्क केबल आदि को कॉमन सेल्स एक्ट में स्थान देगी जो समान फ्लोर दर से कम होगी।
- जब उभरते आईटी/आईटीईएस/ईएचएम इकाइयां (जो बिहार में पंजीकृत हों और जिनका कारोबार 10 करोड़ रुपये से अधिक नहीं है) अंतरराष्ट्रीय इवेंट्स में शामिल होती हैं, तब सूचना प्रावैधिकी विभाग उन्हें स्टॉल के किराए के 30 प्रतिशत तक का व्यय सब्सिडी देगा।
- आईटी/आईटीईएस इकाइयों को जो 5 किलोवॉट तक की विद्युत क्षमता उपयोग करती हैं, उन्हें किसी स्थान प्रतिबंध के बिना अपनी इकाई स्थापित करने की इजाजत होगी।
- आईटी / आईटीईएस / ईएचएम इकाइयों को उनके योग्यतानुसार पर्याप्त रोजगार प्रदान करने के लिए विशेष पुरस्कार प्रदान किया जाएगा।
- आईटी / आईटीईएस / ईएचएम इकाइयां समुदाय और सामाजिक विकास के साथ जुड़ेगी और निवेश की संभावनाओं तालाशेगी
- बिहार सरकार संभावित निवेशकों को खोजेगी और उनके व्यापार के संदर्भ में बिहार के मूल्य का प्रस्ताव रखेगी।

शिक्षा हेतु सूचना एवं संचार प्रौद्योगिकी नीति

विद्यालय स्तर पर आई.सी.टी.

- सर्व शिक्षा अभियान के तहत, कक्षा 5 से 6 तक के बच्चों को कंप्यूटर की शिक्षा देने की योजना बनाई गई है। इस योजना के तहत अगले 3 से 5 वर्षों में कुल 1000 स्कूलों में इस शिक्षा को दिया जाएगा।
- बिहार सरकार द्वारा आईटी स्कूल के तत्वाधान में प्रत्येक जिले में 5 आईटी प्रशिक्षण केंद्रों की स्थापना की योजना बनाई गई है। इन केंद्रों के माध्यम से कम्प्यूटर साक्षरता की शिक्षा प्राप्त करने का अवसर उन लोगों को दिया जाएगा, जो इस सुविधा का लाभ नहीं उठा पा रहे हैं। इस योजना में पब्लिक और प्राइवेट साझेदारी के रूप में सहयोग किया जाएगा।
- राज्य सरकार द्वारा हायर सेकेंडरी विद्यालयों में से 10 प्रतिशत शिक्षकों को गहन कंप्यूटर प्रशिक्षण देने की योजना बनाई गई है। साथ ही, अन्य सभी विद्यालयों के 2-5 प्रशिक्षकों को भी कंप्यूटर प्रशिक्षित करने का प्रयास किया जाएगा।

महाविद्यालय स्तर पर आई.सी.टी.

- प्रौद्योगिकी वर्द्धक लर्निंग (NTPEL) राष्ट्रीय कार्यक्रम के अंतर्गत लगभग 400 ई-पाठ्यक्रम और आई.आई.टी. और आई.आई.एस. बैंगलोर द्वारा पाठ्यक्रम उपलब्ध कराया जाएगा। इस सामग्री को इंटरैक्टिव आभासी कक्षा के तहत व्याखयान और IGB कनेक्टिविटी के माध्यम से विश्वविद्यालय स्तर के छात्रों तक सूचना एवं संचार द्वारा पहुँचा जा सकता है।
- मानव संसाधन विकास विभाग (HRD) द्वारा 14 विश्वविद्यालय को चिन्हित किया गया है, जिन्हें अगले फेज में लिया जाएगा। बाकी शेष कॉलेजों या विश्वविद्यालयों को 2015 तक NME-ICT से जोड़ा जाएेगा।

बिहार नॉलेज सोसाइटी

- बिहार नॉलेज सोसायटी द्वारा राज्य सरकार 5 नये सूचना प्रौद्योगिक प्रशिक्षण संस्थान जिलों में खोलेगी।
- सूचना प्रौद्योगिक प्रशिक्षण संस्थान द्वारा कंप्यूटर साक्षरता और सूचना प्रौद्योगिकी के क्षेत्र में अल्पावधि पाठ्यक्रम (6 माह) का संचालन बेरोजगार युवकों को रोजगार प्रदान करने हेतु पीपीपी मोड के माध्यम से किया जायेगा।
- इन प्रशिक्षण केन्द्रों को सरकार द्वारा अनुदान/छूट दी जाऐगी।

बिहार लोक सेवाओं का अधिकार अधिनियम, 2011

- बिहार में 15 अगस्त, 2011 से लागू एक विधेयक है जो बिहार राज्य के लोगों को लोक सेवाओं के निर्देशन, प्रबंधन, विपणन और सुविधाओं के लिए एक निश्चित अधिकार प्रदान करता है।
- यह अधिनियम लोगों को अपने संबंधित सेवा के बारे में जानने, आवेदन करने, रिपोर्ट करने और प्रतिक्रिया प्राप्त करने का अधिकार देता है।
- अधिनियम में बताया गया है कि सरकारी विभागों को सेवा का स्तर बढ़ाने के लिए तकनीकी उन्नयन के लिए भी उपलब्धियों का उपयोग करना होगा।
- इसका प्रभाव पूरे बिहार राज्य में लागू होता है।

इस अधिनियम में, यदि संदर्भ से कोई अन्य व्याख्या नहीं दी गई हो, तो निम्नलिखित शब्दों का अर्थ है:

1. "अपीलीय प्राधिकरण" धारा -3 के तहत अधिसूचित स्थानीय स्वशासन और संबंधित प्राधिकरणों के साथ एक प्राधिकरण है।
2. "नामित लोक सेवक" धारा -3 के तहत सेवा प्रदान करने के लिए अधिसूचित राज्य सरकार द्वारा पूर्ण या आंशिक रूप से वित्त पोषित स्थानीय स्वशासन और संगठनों के साथ एक प्राधिकरण है।
3. "पात्र व्यक्ति" ऐसा व्यक्ति है जो अधिसूचित सेवा के लिए पात्र हो।
4. "निर्धारित" का अर्थ है जो इस अधिनियम के तहत बनाए गए नियमों द्वारा निर्धारित किया गया है।
5. "समीक्षा प्राधिकारी" का अर्थ है एक प्राधिकरण जो धारा-3 के अनुसार अधिसूचित स्थानीय स्वशासन से संबंधित प्राधिकरण सहित होता है।
6. "सार्वजनिक सेवा का अधिकार" का अर्थ है सरकार द्वारा इस अधिनियम के तहत समय-समय पर अधिसूचित सेवा प्राप्त करने का अधिकार जो धारा 4 के तहत अधिसूचित समय सीमा के भीतर होता है।
7. "सेवा" का अर्थ धारा 3 के प्रावधानों के अनुसार कोई भी अधिसूचित सेवा होती है।
8. "राज्य सरकार" का तात्पर्य बिहार सरकार से होता है।
9. "निर्धारित समय सीमा" का अर्थ होता है कि निर्दिष्ट लोक सेवक द्वारा सेवा प्रदान करने के लिए अधिकतम समय या अपीलीय प्राधिकारी द्वारा अपील का निर्णय करने के लिए अधिकतम समय तथा धारा-3 के तहत उल्लिखित समीक्षा प्राधिकारी सम्बंधित होता है।

सेवाओं, नामित लोक सेवकों, अपीलीय अधिकारियों और समीक्षा अधिकारियों की अधिसूचना और निर्धारित समय सीमा:-

- राज्य सरकार समय-समय पर राज्य के विभिन्न क्षेत्रों के लिए तत्काल सेवाओं के वितरण, नामित लोक सेवकों, अपीलीय अधिकारियों, समीक्षा अधिकारियों और सेवाओं के लिए समय सीमा अधिसूचित कर सकती है। इसके लिए अधिनियम के अनुसार आवेदन किया जा सकता है।
- नामित लोक सेवक अधिनियम की धारा-3 के अंतर्गत अधिसूचित सेवा को निर्धारित समय सीमा के भीतर प्राप्त करने का अधिकार सुविधा प्रदान करेंगे, जिससे पात्र व्यक्ति सेवा प्राप्त कर सकता है।

निर्धारित समय सीमा में सेवाएं उपलब्ध कराना :-

- किसी भी अधिसूचित सेवा के लिए जो भी आवेदन दायर किया जाता है, उसे

अधिनियम द्वारा स्वीकृति दी जाएगी।

- यदि धारा-3 के तहत अधिसूचना में समय सीमा का उल्लेख नहीं है, तो आवेदन दायर करने की तिथि से निर्धारित समय सीमा शुरू होगी।
- इस आवेदन को ध्यान में रखते हुए, नामित लोक सेवक या उसके अधीनस्थ व्यक्ति द्वारा इसकी पावती विधिवत बनाई जाएगी।
- अधिसूचित सेवा के लिए जो भी आवेदन दायर होता है, उसे नामित लोक सेवक के द्वारा निर्धारित समय सीमा के भीतर सेवा प्रदान किया जाएगा या फिर उसे अस्वीकार कर दिया जाएगा और आवेदक को उसकी अस्वीकृति के कारणों की रिकॉर्डिंग दी जाएगी।

अपील करना:-

- कोई भी व्यक्ति, जिसका आवेदन धारा-5 की उप-धारा (2) के तहत अस्वीकार कर दिया जाता हो या जिसे निर्धारित समय सीमा के भीतर सेवा नहीं प्रदान की जाती हो, वह अस्वीकृति की तारीख से तीस दिनों के भीतर अपीलीय प्राधिकारी को अपील दायर कर सकता है।
- अपील की अवधि आवेदन की अस्वीकार होने या निर्धारित समय सीमा की समाप्ति के बाद तीस दिनों की होगी।
- इस तरह की अपील को स्वीकार करने के लिए, अपीलकर्ता को हस्ताक्षरित रसीद देकर अपील दायर करनी होगी।
- अपील प्राधिकारी तीस दिनों की अवधि के बाद भी अपील को स्वीकार कर सकता है।
- वह संतुष्ट होता है कि अपीलकर्ता को समय पर अपील दायर करने से पर्याप्त कारण से रोका गया था।
- यदि किसी आवेदक के लिए धारा-3 के तहत निर्धारित समय सीमा से अधिक समय लगता है तो उसे इस अधिनियम के नियमों के अनुसार देरी के खिलाफ अपील दायर करने का अधिकार होता है।
- इसके अलावा, यदि किसी सेवा के लिए आवेदन अस्वीकृत होता है और उसके लिए कोई अन्य कानूनी उपाय उपलब्ध होते हैं, तो आवेदक को उन कानूनी उपायों का पालन करना चाहिए।

दंड:-

1. अगर अपीलीय प्राधिकारी का मत हो कि नामित लोक सेवक उचित कारणों के बिना सेवा नहीं दे रहा है तो उसे समय-समय पर जुर्माना लगा सकता है।
2. नामित लोक सेवक द्वारा सेवा प्रदान में देरी के मामले में अपीलीय प्राधिकारी निर्दिष्ट दर पर जुर्माना लगा सकते हैं। (समय-समय पर बनाए गए नियमों में निर्धारित दर पर)
3. नामित लोक सेवक को सुनवाई का उचित अवसर दिया जाना चाहिए, जब उस पर कोई जुर्माना लगाने का फैसला किया जाए।
4. समीक्षा प्राधिकारी की राय अनुसार, अपीलीय प्राधिकारी निर्धारित समय सीमा के भीतर बिना किसी उचित कारण के अपील का निर्णय नहीं दे पाने पर उसे इस अधिनियम और नियमों के अनुसार जुर्माना लगा सकता है।
5. उपरोक्त प्रावधानों के तहत लगाए गए दंड को अपीलीय प्राधिकारी या समीक्षा प्राधिकारी द्वारा तय किए गए अनुपात में नामित लोक सेवक, अधीनस्थ कर्मचारियों से लगाया जाएगा।
6. इस तरह का लगाया गया जुर्माना केवल इस अधिनियम के अलावा अन्य नियमों, विनियमों और अधिसूचनाओं में निर्धारित होगा।

गैर-अनुपालन कदाचार की राशि:-

अपीलीय प्राधिकारी के आदेशों का अनुपालन न करने पर जब तक द्वितीय अपील लंबित नहीं होती या समीक्षाकर्ता द्वारा संशोधित नहीं किया जाता, तब तक उस व्यक्ति को जिम्मेदार ठहराया जाएगा जो अनुशासनात्मक कार्रवाई के लिए निर्धारित होता है।

न्यायालयों के अधिकार क्षेत्र का बार:- कोई भी सिविल कोर्ट नहीं विचार करेगा यदि उसमें इस अधिनियम के अंतर्गत किए गए किसी आदेश के संबंध में कोई मुकदमा, आवेदन या अन्य कार्यवाही हो जाए, और इस अधिनियम के तहत निर्दिष्ट अपील के अलावा किसी अन्य आदेश पर सवाल नहीं उठाया जाएगा।

सरकार की शक्ति:-

- यदि राज्य सरकार के खिलाफ अनुपालन के आरोप के साथ कोई आवेदन प्राप्त होता है। वह सीधे अपीलीय प्राधिकारी के पास भेजा जा सकता है ताकि वे अधिनियम के अनुसार आगे की कार्रवाई कर सकें।
- सद्भावनापूर्वक की गई कार्रवाई का संरक्षण:-यदि किसी व्यक्ति के खिलाफ कोई आरोप या अन्य कानूनी कार्यवाही किए जाने के लिए उसे इस अधिनियम या उसके तहत बनाए गए नियमों के अनुसार उचित आशयित होना चाहिए।
- अधिनियम का अधिभावी प्रभाव:- इस अधिनियम से संबंधित सेवाओं और उनके उपयोग के संबंध में, इस अधिनियम के प्रावधानों का प्रभाव इस समय किसी भी अन्य कानून में या इसके अलावा किसी अन्य कानून के अधीन होने वाले किसी भी उपकरण में असंगत होने के बावजूद भी प्रभावशाली होगा।

नियम बनाने की शक्तियाँ:-

(1) राज्य सरकार राजपत्र अधिसूचना के माध्यम से, इस अधिनियम के प्रावधानों को लागू करने के लिए नियम बनाएगी।

(2) राज्य सरकार द्वारा इस अधिनियम के तहत बनाए गए प्रत्येक नियम को राज्य विधानमंडल के सामने प्रस्तुत किया जाएगा।

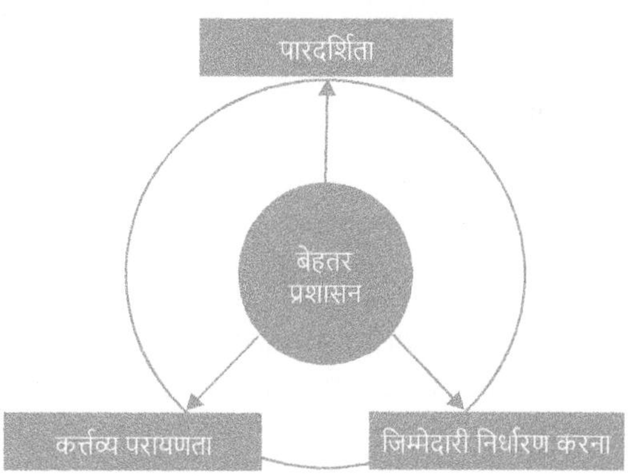

शक्ति:-

यदि इस अधिनियम के प्रावधानों के पालन में कोई कठिनाई उत्पन्न होती है, तो राज्य सरकार इस अधिनियम के प्रावधानों के विरुद्ध नहीं होने देगी और उचित आदेशों द्वारा कठिनाई को दूर करेगी।

बिहार लोक शिकायत निवारण अधिकार अधिनियम 2015

- बिहार लोक शिकायत निवारण अधिकार अधिनियम को विधि विभागीय अधिसूचना द्वारा इसे 06 जून 2015 से पूरे बिहार राज्य में लागू किया गया।

उद्देश्य: राज्य के नागरिकों को उनकी शिकायतों के समाधान का अधिकार निर्दिष्ट समय-सीमा के भीतर समय पर प्रदान करना।

- बिहार लोक शिकायत निवारण नियमावली को क्रियात्मक रूप देने के उद्देश्य से इस अधिनियम की घोषणा 22 जनवरी, 2016 को की गई थी।
- आम जनता के पास इस अधिनियम के प्रभावी होने के बाद एक निश्चित समय सीमा के भीतर किसी भी शिकायत को सुनने और उसका निवारण

करने का अवसर होगा, और उनके पास शिकायत की सुनवाई में लिए गए निर्णय या निर्णय के बारे में जानकारी प्राप्त करने का अवसर भी होगा।

- कोई भी नागरिक या नागरिकों का समूह शिकायत दर्ज करा सकता है।
- किसी भी योजना, कार्यक्रम, या के संबंध में किसी भी लाभ या राहत की मांग के लिए उसके द्वारा राज्य में लागू किसी भी कानून, नीति, सेवा, कार्यक्रम या योजना के उल्लंघन से उत्पन्न होने वाले किसी भी मामले के संबंध में शिकायत दर्ज की जा सकती है।
- शिकायतें एकीकृत शिकायत प्राप्त केंद्र या अनुमंडल या जिला लोक शिकायत निवारण अधिकारी के काउंटर पर दर्ज की जा सकती हैं।
- कोई भी व्यक्ति जो अधिनियम के तहत सुनवाई और निवारण का इच्छुक है, फॉर्म -1 या सादे कागज पर अपना नाम, पता, मोबाइल या फोन नंबर, ईमेल पता, आधार कार्ड नंबर, और विवरण के साथ एक सार्वजनिक शिकायत दर्ज कर सकता है। शिकायत ऑनलाइन या डाक से भी की जा सकती है।
- लोक सेवक के सेवा मामलों से संबंधित, चाहे वह वर्तमान में कार्यरत हो या सेवानिवृत्त हो, या किसी भी मामले में जिस पर अदालत या न्यायाधिकरण का अधिकार क्षेत्र हो, या सूचना का अधिकार अधिनियम, 2005 के अनुसार सेवाओं के संबंध में कोई शिकायत अधिसूचित, बिहार लोक सेवा अधिकार अधिनियम, 2011 के तहत इस अधिनियम के अनुसार दायर किया जा सकता है।
- शिकायतकर्ता को लोक शिकायत निवारण अधिकारी या उसके द्वारा अधिकृत किसी अन्य अधिकारी या कर्मचारी या केंद्र प्रभारी से शिकायत प्राप्त होने पर प्रपत्र-2 में शिकायत की पावती प्राप्त होगी।
- शिकायत की प्राप्ति पर (प्रपत्र-2) सुनवाई और समाधान के लिए निर्धारित प्रारंभिक तिथि अंकित होगी।
- शिकायत प्राप्त करने वाले लोक शिकायत निवारण अधिकारी को शिकायत को संबंधित लोक शिकायत निवारण अधिकारी को स्थानांतरित करना आवश्यक है और यदि शिकायतकर्ता को पता चलता है कि शिकायत की विषय वस्तु किसी अन्य लोक शिकायत निवारण अधिकारी के अधिकार क्षेत्र में आती है तो शिकायतकर्ता को स्थानांतरण की सूचना सात दिनों के भीतर देनी होगी।
- शिकायत का निर्णय करते समय लोक शिकायत निवारण अधिकारी के पास नागरिक प्रक्रिया संहिता, 1908 (केंद्रीय अधिनियम संख्या 5) के तहत सिविल कोर्ट के समान अधिकार होंगे।
- लोक शिकायत निवारण अधिकारी शिकायतकर्ता को मामले के संबंध में उसके निर्णय का विवरण देते हुए फार्म-3 उपलब्ध कराएंगे।
- यदि लोक शिकायत निवारण अधिकारी शिकायतकर्ता को सुनवाई का अवसर प्रदान करने में विफल रहता है तो कोई भी पीड़ित पक्ष सीधे प्रथम अपीलीय प्राधिकारी के पास शिकायत दर्ज कर सकता है।
- प्रथम अपील लोक शिकायत निवारण अधिकारी के निर्णय की तिथि या उस निर्णय के लिए निर्धारित समय सीमा की समाप्ति के तीस दिनों के भीतर दायर की जानी चाहिए।
- यदि प्रथम अपीलीय प्राधिकारी इस बात से संतुष्ट है कि अपीलकर्ता को पर्याप्त कारण से समय पर अपील दायर करने से रोका गया था, तो अपील पर तीस दिनों के बाद लेकिन पैंतालीस दिनों से अधिक समय तक विचार नहीं किया जा सकता है।
- लोक शिकायत निवारण अधिकारी को प्रथम अपीलीय प्राधिकारी द्वारा शिकायतकर्ता को निर्धारित समय सीमा के भीतर सुनवाई और निवारण का अवसर प्रदान करने का निर्णय दिया जा सकता है, या अपील को सुनवाई के बाद खारिज किया जा सकता है।
- किसी अन्य अधिकारी को प्रथम अपील, द्वितीय अपील और पुनरीक्षण आवेदनों को निष्पादित करते समय यदि आवश्यक हो तो उचित जांच करने के लिए प्राधिकृत किया जा सकता है। प्रासंगिक दस्तावेजों, सार्वजनिक दस्तावेजों, या उनकी प्रतियों का निरीक्षण किया जा सकता है।
- प्रथम अपीलीय प्राधिकारी, या द्वितीय अपीलीय प्राधिकारी को परिस्थितियों के आधार पर प्रथम अपील, द्वितीय अपील, या पुनरीक्षण में सुनवाई का अवसर मिल सकता है।
- द्वितीय अपीलीय प्राधिकारी प्रथम अपीलीय प्राधिकारी के निर्णय के विरुद्ध अपील की सुनवाई कर सकता है।
- जिस व्यक्ति के साथ अन्याय हुआ है वह सीधे द्वितीय अपीलीय प्राधिकारी के पास अपील कर सकता है।
- जहां द्वितीय अपीलीय प्राधिकार के विचार में यह हो कि लोक शिकायत निवारण पदाधिकारी या अन्य कोई लोक प्राधिकार या प्रथम अपीलीय प्राधिकार, बिना किसी पर्याप्त और युक्तियुक्त कारण के नियत समय-सीमा के भीतर सुनवाई एवं निवारण का अवसर प्रदान करने में विफल रहा है, वहां वह उस पर शास्ति (दण्ड) अधिरोपित कर सकेगा।
- शास्ति की राशि कम से कम पांच सौ रूपये से अधिक और अधिक से अधिक पांच हजार रूपये होगी। परन्तु ऐसी कोई शास्ति अधिरोपित करने से पूर्व, जिस पर शास्ति अधिरोपित किया जाना प्रस्तावित हो, उस व्यक्ति को सुने जाने का युक्तियुक्त अवसर प्रदान किया जायेगा।
- द्वितीय अपीलीय प्राधिकार द्वारा अधिरोपित शास्ति लोक शिकायत निवारण पदाधिकारी या अन्य किसी लोक प्राधिकार या प्रथम अपीलीय प्राधिकार के वेतन से वसूलनीय होगी।
- परिवाद, प्रथम अपील या द्वितीय अपील या पुनरीक्षण आवेदन के साथ कोई शुल्क भुगतेय नहीं है।
- लोक शिकायत निवारण पदाधिकारी द्वारा परिवाद पर विनिश्चय अथवा प्रथम अपीलीय प्राधिकार, द्वितीय अपीलीय प्राधिकार या पुनरीक्षण प्राधिकार द्वारा क्रमशः प्रथम अपील, द्वितीय अपील या पुनरीक्षण आवेदन के निष्पादन के लिए अधिकतम साठ कार्य दिवसों की समय सीमा निर्धारित की गयी है।

बिहार मद्यनिषेद्य और उत्पाद अधिनियम, 2016

- बिहार राज्य के क्षेत्र में शराब और मादक द्रव्य के पूर्ण मद्यनिषेध को लागू और प्रोत्साहित करने के लिए बिहार मद्यनिषेध और उत्पाद अधिनियम, 2016 को 2 अक्टूबर, 2016 से लागू किया गया है।
- बिहार राज्य के क्षेत्र में, शराब और मादक द्रव्य के पूर्ण मद्यनिषेध को लागू करने और उसे कार्यान्वित करने के लिए अधिनियम बनाए गए हैं। इसके अलावा, इससे संबंधित अन्य विषयों को भी अधिनियम के जरिए विनियमित किया गया है।
- बिहार राज्य में शराब और मादक द्रव्य के प्रति निषेध होने से संबंधित शुल्क के उद्ग्रहण की विधि भी अधिनियम के द्वारा तय की गई है। साथ ही, अधिनियम में बिहार राज्य में कानून के उल्लंघन के लिए दंड से संबंधित एक समान विधि का भी प्रावधान किया गया है।
- यह अधिनियम इससे संबंधित अन्य विषयों को भी संशोधित करता है जो शराब और मादक द्रव्य से संबंधित हैं।
- इस अधिनियम के अनुसार राज्य सरकार अधिसूचना द्वारा ऐसे मदो अथवा वस्तुओं अथवा रासायनिक घटक, जो अल्कोहल का प्रतिस्थानी के तौर पर प्रयुक्त हो सकता है। इसको मादक द्रव्य घोषित कर सकेगी।
- राज्य सरकार की अधिसूचना से उत्पाद आयुक्त की नियुक्ति हो सकेगी, जो इस अधिनियम के प्रबंध के लिए उत्तरदायी होगा।
- जिले का कलेक्टर अपने अधिकारिता वाले क्षेत्र में पूर्ण मद्यनिषेध और इस अधिनियम के प्रावधानों के अनुरूप पूर्ण मद्य निषेध लागू करने और इस अधिनियम के प्रबंध को सुनिश्चित करने के लिए उत्तरदायी होगा।
- कोई व्यक्ति इस मादक द्रव्य अथवा शराब का विनिर्माण, बोतल बंदी,

वितरण, वहन, संग्रह, भण्डारण, कब्जा, खरीद, बिक्री अथवा उपभोग नही करेगा।

- राज्य सरकार किसी उत्पाद शुल्क योग्य मादक द्रव्य वस्तुओं अथवा अंतिम उत्पादों को ढोने वाले वाहनों पर समुचित प्रतिबंध लगा सकेगी।
- जो कोई इस अधिनियम के उल्लंघन में किसी स्थान में शराब अथवा मादक द्रव्य का उपयोग करता है, या नशे की अवस्था में पाया जाता है, उसकों कम से कम पाँच वर्षों का कारावास जिसे बढ़ाकर सात वर्षों किया जा सकेगा और जुर्माना जो कम से कम एक लाख रुपये का होगा, जिसे बढ़ाकर 10 लाख किया जा सकेगा, से दण्डनीय होगा।

बिहार मद्यनिषेध और उत्पाद अधिनियम, 2016 की धारा-39 की उपधारा (2) को हटाया जाना: -

- बिहार मद्यनिषेध और उत्पाद अधिनियम, 2016 की धारा-39 (रसायनज्ञ की दुकान में शराब के उपभोग के लिए शास्ति) की उपधारा (2) को हटा दिया जायेगा।

बिहार मद्यनिषेध और उत्पाद अधिनियम, 2016 की धारा-55 को हटाया जाना: -

- बिहार मद्यनिषेध और उत्पाद अधिनियम, 2016 की धारा-55 (अपराधों का शमन नहीं होना) को हटा दिया जाएगा।

बिहार मद्यनिषेध और उत्पाद अधिनियम, 2016 की धारा-56 का प्रतिस्थापन: -

बिहार मद्यनिषेध और उत्पाद अधिनियम, 2016, की धारा-56 (अधिहरण की जा सकने वाली चीजे) यथा 2018 के अधिनियम, 8 द्वारा संशोधित निम्नलिखित द्वारा प्रतिस्थापित की जाएगी:-

"जब्त मदों का अधिहरण :- धारा-57ख में अन्तर्विष्ट किसी बात के होते हुए भी जब कभी इस अधिनियम के अधीन दंडनीय अपराध किया जाता है तो कलक्टर या उसके द्वारा प्राधिकृत कोई पदाधिकारी, अन्वेषक पदाधिकारी के प्रतिवेदन के आधार पर ऐसे मदों का अधिहरण कर सकेगा। ऐसे मदों में शामिल हो सकेंगे-

- कोई परिसर या उसके भाग
- कोई पशु, वाहन, बर्तन या सवारी
- कोई शराब या मादक द्रव्य
- मामले पर प्रभाव डालने वाला कोई अन्य मद

- जहाँ धारा-57 में यथाउल्लिखित वस्तुएँ नष्ट की जानेवाली हैं तो कलक्टर या उसके द्वारा प्राधिकृत किसी पदाधिकारी को उसके नष्ट होने के पूर्व उसे अधिहरण करने की आवश्यकता नहीं है।
- राज्य सरकार तलाशी, जब्ती, नष्ट करने और अधिहरण के तरीके और रीति की बाबत आवश्यक निदेश, मार्गदर्शन, विनियमन और अनुदेश जारी कर सकेगी।

बिहार मद्यनिषेध और उत्पाद अधिनियम, 2016 की धारा-57 का प्रतिस्थापन: -

- बिहार मद्यनिषेध और उत्पाद अधिनियम, 2016 की धारा-57 (अधिहरण के पूर्व वस्तुओं को विक्रय या नष्ट करने का आदेश देने की कलक्टर की शक्ति) निम्नलिखित द्वारा प्रतिस्थापित की जाएगी-

  "57-नष्ट किए जाने के भागी कुछ वस्तुएँ - कलक्टर या उसके द्वारा प्राधिकृत कोई पदाधिकारी धारा-57 क के अधीन उपबंधित रीति से कुछ मदों को जो किसी उत्पाद पदाधिकारी या पुलिस पदाधिकारी द्वारा जब्त किए गए हैं, नष्ट कर सकेगा यदि उसकी राय में ये मद दुरुपयोग किए जाने के भागी हैं या लोक सुरक्षा को खतरा पहुँचाने वाले हैं।"

  ये मद हैं: -
  - कोई मादकद्रव्य या शराब
  - ऐसे मादकद्रव्य या शराब को रखने वाली कोई वस्तु, बर्तन, उपकरण,साधित्र, पैकेज या आवरक आदि
  - तुच्छ मूल्य या जल्दी या प्राकृतिक रूप से नष्ट होने का भागी कोई अन्य मद।

बिहार मद्यनिषेध और उत्पाद अधिनियम, 2016 की धारा- 57 के पश्चात् एक नयी धारा-57क का अन्तःस्थापन: -

- बिहार मद्यनिषेध और उत्पाद अधिनियम, 2016 की धारा-57 के पश्चात् एक नयी धारा-57क निम्न रूप में अन्तःस्थापित की जाएगी: -

" 57क- जब्त वस्तुएँ विशेषकर मादक द्रव्यों को नष्ट करना-

1. दंड प्रक्रिया संहिता 1973 (अधिनियम 2,1974) की धारा-451 में अन्तर्विष्ट किसी बात के होते हुए भी कलक्टर या उसके द्वारा प्राधिकृत किसी पदाधिकारी को जब्त वस्तुओं विशेषकर मादक द्रव्यों को नष्ट करने का आदेश देने की शक्ति होगी यदि उसकी राय में जब्त वस्तु या मादक द्रव्य दुरूपयोग किए जाने के भागी हों या सार्वजनिक स्थान लेने वाले हों जिससे लोक सुरक्षा को खतरा हो।
2. कलक्टर या उसके द्वारा प्राधिकृत पदाधिकारी उन मामलों में भी नष्ट करने का आदेश दे सकेगा जहाँ धारा-58 के अधीन अधिहरण कार्यवाही या विशेष न्यायालय द्वारा विचारण पूरा नहीं हुआ हो।
3. कलक्टर या उसके द्वारा प्राधिकृत पदाधिकारी रासायनिक परीक्षा प्रतिवेदन प्राप्त करने के पश्चात् उन्हें नष्ट कराएगा।
4. कलक्टर या उसके द्वारा प्राधिकृत पदाधिकारी सुनिश्चित करेगा कि ऐसा विनष्टीकरण कार्यपालक मजिस्ट्रेट की उपस्थिति में हो और इसकी प्रक्रिया नवीनतम इलेक्ट्रॉनिक प्रौद्योगिकी जैसे मोबाइल फोन या वीडियोग्राफी का प्रयोग कर सम्यक रूप से अभिलिखित हो।
5. ऐसे विनष्टीकरण पर कलक्टर या उसके द्वारा प्राधिकृत पदाधिकारी सम्बद्ध विशेष न्यायालय में प्रतिवेदन समर्पित करेगा। जो भारतीय साक्ष्य अधिनियम 1872 (अधिनियम 1, 1872) की धारा-74 के अधीन एक सार्वजनिक दस्तावेज के रूप में ग्राह्य होगा और विचारण के प्रयोजनार्थ साक्ष्य गठित करेगा।"

बिहार मद्यनिषेध और उत्पाद अधिनियम, 2016 में नयी धारा-57ख का अन्तःस्थापन: -

बिहार मद्यनिषेध और उत्पाद अधिनियम, 2016 की धारा-57क के पश्चात् एक नयी धारा-57ख निम्न रूप में अन्तःस्थापित की जाएगी: -

"57ख- शास्ति पर वस्तुओं या परिसरों का छोड़े जाने का भागी होना"

1. इस अधिनियम के अधीन दंडनीय किसी अपराध को करने के लिए प्रयुक्त कोई पशु, वाहन, बर्तन या अन्य सवारी जिसे किसी पुलिस पदाधिकारी या उत्पाद पदाधिकारी द्वारा जब्त किया गया हो, को ऐसी शास्ति के भुगतान पर कलक्टर द्वारा छोड़ दिया जाएगा जो राज्य सरकार द्वारा अधिसूचित किया जाय।

- बिहार मद्यनिषेध और उत्पाद अधिनियम, 2016 की धारा-80 का प्रतिस्थापन :- बिहार मद्यनिषेध और उत्पाद अधिनियम, 2016 की धारा-80 (गिरफ्तार व्यक्तियों की पेशी) निम्नलिखित द्वारा प्रतिस्थापित की जाएगी:-

"80- गिरफ्तार व्यक्तियों को पेश करना"-

1. इस अधिनियम के अधीन गिरफ्तार किसी व्यक्ति को 24 घंटे के अंदर विशेष न्यायालय या नजदीकी न्यायिक मजिस्ट्रेट के समक्ष या तो व्यक्तिगत रूप से या इलेक्ट्रॉनिक वीडियो संपर्क माध्यम से पेश किया जाएगा।

स्पष्टीकरण:- यदि कोई प्रश्न उठे कि क्या अभियुक्त व्यक्ति को व्यक्तिगत रूप से या इलेक्ट्रॉनिक वीडियो सम्पर्क माध्यम से न्यायालय के समक्ष पेश किया गया था, तो अभियुक्त व्यक्ति की पेशी को यथास्थिति उसके निरोध को प्राधिकृत करनेवाले आदेश में उसके हस्ताक्षर द्वारा या कार्यवाही की वीडियो रिकार्डिंग द्वारा प्रमाणित किया जा सकेगा।

2. गिरफ्तार व्यक्ति की अभिरक्षा की माँग करते समय मजिस्ट्रेट के समक्ष सभी जब्त मदों या मादक द्रव्यों को प्रस्तुत करना आवश्यक नहीं होगा। संबद्ध उत्पाद पदाधिकारी या पुलिस पदाधिकारी ऐसी बरामदगी का इलेक्ट्रॉनिक साक्ष्य प्रस्तुत कर सकेगा।

बिहार मद्यनिषेध और उत्पाद अधिनियम, 2016 की धारा-81 का प्रतिस्थापन: -

- बिहार मद्यनिषेध और उत्पाद अधिनियम, 2016 की धारा-81 (अभिगृहीत वस्तुओं और गिरफ्तार व्यक्ति को स्वीकार करने का पुलिस का कर्तव्य) निम्नलिखित द्वारा प्रतिस्थापित की जाएगी:"

81- गिरफ्तार व्यक्तियों, जब्त वस्तुओं और रासायनिक परीक्षा की अभिरक्षा-

1. विशेष न्यायालय या न्यायिक मजिस्ट्रेट द्वारा गिरफ्तार व्यक्ति (व्यक्तियों) को न्यायिक अभिरक्षा या पुलिस अभिरक्षा में सुपुर्द करने तक गिरफ्तार व्यक्ति संबद्ध उत्पाद पदाधिकारी या पुलिस पदाधिकारी द्वारा सुरक्षित अभिरक्षा में रखा जाएगा।
2. जब्त वस्तुओं जिनमें मादक द्रव्य शामिल हैं, की दशा में संबद्ध उत्पाद पदाधिकारी या पुलिस पदाधिकारी एक जब्ती सूची बनाएगा। उक्त जब्ती सूची एक प्रदर्श के रूप में मानी जाएगी जो भारतीय साक्ष्य अधिनियम 1872 (अधिनियम 1, 1872) की धारा-74 के अधीन सार्वजनिक दस्तावेज के रूप में ग्राह्य होगा और विचारण के प्रयोजनार्थ साक्ष्य गठित करेगा। इसके ठीक पश्चात्, संबद्ध पदाधिकारी कलक्टर के समक्ष यथास्थिति विनष्टीकरण या अधिहरण के लिए एक आवेदन देगा और कलक्टर के आदेश होने तक जब्त वस्तुओं को सुरक्षित अभिरक्षा में रखेगा।
3. मादक द्रव्यों आदि को नष्ट करने की माँग करते समय संबद्ध पुलिस या उत्पाद पदाधिकारी रासायनिक परीक्षण कराएगा।

बिहार मद्यनिषेध और उत्पाद अधिनियम, 2016 की धारा-81 के पश्चात् एक नयी धारा-81क का अन्त: स्थापन: -

- बिहार मद्यनिषेध और उत्पाद अधिनियम, 2016 की धारा-81 के पश्चात् एक नयी धारा-81क निम्न रूप में अन्तःस्थापित की जाएगी:-
- "81क-जब्त वस्तु, स्थल पर कब नष्ट की जा सकेगी- जहाँ भूभाग और परिवहन की चुनौतियों के कारण जब्त वस्तुओं या मादक द्रव्यों को सुरक्षित अभिरक्षा में रखना संभव न हो या जहाँ जब्त की गयी ऐसी वस्तुओं या मादक द्रव्यों को जब्त करने के स्थान पर प्रभावी रूप से सुरक्षित नहीं किया जा सके तो संबद्ध पुलिस पदाधिकारी या उत्पाद पदाधिकारी विशेष न्यायालय या कलक्टर के आदेश के बिना एक छोटे नमूने को रखकर स्थल पर ही सारी मात्रा को नष्ट कर सकेगा।

बिहार मद्यनिषेध और उत्पाद अधिनियम, 2016 की धारा-81 का प्रतिस्थापन-

1. इस अधिनियम के अधीन विशेष न्यायालय द्वारा किसी अपराध के विचारण को किसी अन्य न्यायालय (विशेष न्यायालय नहीं हो) में अभियुक्त के विरुद्ध किसी अन्य मामले के विचारण पर अग्रता दी जाएगी और ऐसे अन्य मामले के विचारण पर अधिमान देकर इसे समाप्त किया जाएगा।
2. इस अधिनियम के प्रारंभ होने के पूर्व बिहार उत्पाद अधिनियम, 1915 (बिहार और उड़ीसा अधिनियम II, 1915) के अधीन किसी अन्य न्यायालय में लंबित सभी विचारण और कार्यवाहियाँ विशेष न्यायालयों को अंतरित हो जायेंगी।
3. आरोप पत्र समर्पित किए जाने की तिथि से एक वर्ष के अन्दर विशेष न्यायालय यथासंभव विचारण पूरा करेगा।

बिहार मद्यनिषेध और उत्पाद अधिनियम, 2016 की धारा-91 की उपधारा (3) का प्रतिस्थापन: -

- बिहार मद्यनिषेध और उत्पाद अधिनियम, 2016 की धारा-91 की उपधारा (3) (मामले के अन्वेषण के पश्चात् वह मामले के रजिस्ट्रीकरण की तारीख से साठ दिनों के भीतर प्रतिवेदन दायर करेगा) निम्नलिखित द्वारा प्रतिस्थापित की जाएगी: -
- ऐसे मामलों में जहाँ अपराध मृत्युदंड या कम से कम 10 वर्षों के कारावास से दंडनीय हैं, वह अन्वेषण के पश्चात् मामले के रजिस्ट्रीकरण की तिथि से 90 दिनों के अन्दर एक प्रतिवेदन दाखिल करेगा। अन्य सभी मामलों में वह मामले के रजिस्ट्रीकरण की तिथि से 60 दिनों के अन्दर प्रतिवेदन दाखिल करेगा।"

नई विज्ञापन नीति- 2016

- बिहार सरकार ने 12.09.2016 को नई विज्ञापन नीति लागू की गई। यह नीति बिहार कार्यपालिका नियमावली और 2008 की विज्ञापन नीति के उपबंधों और नियमों को अवक्रमित करते हुए तैयार की गई।
- विभिन्न माध्यमों के माध्यम से सरकारी नीतियों, कार्यक्रमों और उपलब्धियों का प्रचार-प्रसार किया जाता है।
- लोक संवाद को बढ़ावा देने और ब्रांड बिहार को विकसित करने संबंधी कार्यक्रम भी किए जाते हैं।
- इस नीति के मुख्य उद्देश्य हैं सोसाइटी या एजेंसी गठित कर नवीन तकनीक के माध्यम से विज्ञापनों को लक्षित वर्ग तक पहुंचाना है।
- इस नीति में प्रेस और पुस्तक अधिनियम, 1867 के अनुसार समाचार पत्रों के पंजीयक द्वारा पंजीकृत समाचार पत्र समाचार पत्र के रूप में परिभाषित हैं।
- इस नीति के तहत सरकारी विज्ञापन को समाचार-पत्र और पत्रिका आदि माध्यमों के माध्यम से वित्तीय सहायता नहीं दी जाएगी।
- अनियमितता बरतने और राष्ट्र विरोधी गतिविधियों में लिप्त रहने जैसे मामलों में विज्ञापन प्राधिकृत समिति की सलाह पर विभाग द्वारा सोसाइटी या एजेंसी को निष्कासित किया जा सकता है।
- ग्लोबल विज्ञापन के लिए सरकारी विभागों को विज्ञापन सामग्री 40 दिन पहले सुलभ करानी होगी।
- बिहार विज्ञापन नीति 2016 के अंतर्गत एक दर निर्धारण समिति की स्थापना की जाएगी, जो कि किसी भी माध्यम (जैसे प्रिंट, इलेक्ट्रॉनिक,

रेडियो और वेबसाइट आदि) के लिए अपनी विभागीय दर निर्धारित करेगी। पहले डीएवीपी की दरों के आधार पर दर निर्धारित किए जाते थे।

- इस समिति में दर निर्धारण समिति के अध्यक्ष के रूप में सूचना एवं जनसंपर्क विभाग के प्रधान सचिव या सचिव होंगे और इसमें विभागीय निदेशक के अलावा वित्त विभाग, गृह विभाग के प्रतिनिधि आदि भी शामिल होंगे।
- विज्ञापन नीति में पूर्व में निर्धारित माध्यमों को विस्तारित करते हुए उसमें समाचार पत्र-पत्रिका के अलावा स्मारिका, विज्ञान पत्रिका, खेल पत्रिका, कला, साहित्य एवं सांस्कृतिक पत्रिका और इलेक्ट्रॉनिक मीडिया में सेटेलाईट चैनल, केबल चैनल, रेडियो, वेबसाइट, सोशल मीडिया, मोबाइल एप्स, एसएमएस, रेलवे स्टेशन, बस स्टैंड, माल, एयरपोर्ट, मेट्रो स्टेशन, ट्रेन, निजी थिएटर, प्रचार वाहन, पम्फलेट, पोस्टर, मीडिया घरानों के कंकलेव और वर्कशॉप, होर्डिंग आदि शामिल हैं।
- विज्ञापन नीति में एक खाता संचालित किया जाएगा जिसमें सभी निगम, बोर्ड और सोसाइटी वर्ष की शुरुआत में एक निर्धारित राशि जमा करेंगे और जब उनके विज्ञापन पीआरडी में आएँगे, तब उन्हें उसी राशि से भुगतान किया जाएगा।

बिहार स्टार्टअप नीति 2017

- राज्य सरकार के सुशासन कार्यक्रम "विकसित बिहार के सात निश्चय" के तहत बिहार स्टार्ट-अप नीति, 2017 लागू की जा रही है।
- इस योजना की घोषणा राज्य के शिक्षित और कुशल कामकाजी युवाओं की आर्थिक स्थिति में सुधार के लिए शुरू किए गए "आर्थिक समाधान, युवा शक्ति" कार्यक्रम के तहत की गई थी।
- इस नीति में प्राथमिकता वाले क्षेत्रों में निम्नलिखित क्षेत्रों को शामिल किया गया है:

  1. खाद्य प्रसंस्करण , 2. पर्यटन, छोटी मशीन निर्माण, 3.सूचना प्रौद्योगिकी, 4. इलेक्ट्रिकल और इलेक्ट्रॉनिक हार्डवेयर, 5. प्लास्टिक और रबर, 6. चमड़ा उद्योग, 7. स्वास्थ्यसेवाएं, 8. गैर-पारंपरिक ऊर्जा, 9. सामग्री और तकनीकी शिक्षा
- यह नीति अधिसूचना जारी होने की तिथि से 5 वर्ष तक प्रभावी रहेगी। इस नीति के तहत राज्य में उद्योगों और इकाइयों की स्थापना और उद्यमशीलता को बढ़ावा देने के लिए एक वातावरण तैयार किया जाएगा।
- वित्तीय सहायता की व्यवस्था, इन्क्यूबेशन सेंटर, वित्त पोषण, प्रचार-प्रसार, प्रमाणन आदि इस नीति के प्रमुख अंग हैं।
- इस नीति के तहत वेंचर कैपिटल के लिए 500 करोड़ रुपये का प्रावधान किया गया है।

स्टार्ट-अप का लाभ प्राप्त होगा:

1. स्टार्ट-अप केवल बिहार में समावेशित और पंजीकृत होने पर
2. उसका वार्षिक लेनदेन पांच वित्तीय वर्षों में 25 करोड़ रुपये से अधिक न हो
3. प्रौद्योगिकी या बौद्धिक संपत्ति के विकास या नए उत्पादों के वाणिज्यीकरण के माध्यम अपने कार्य को नवीनीकरण कर रहा हो और कंपनी के प्रबंधन के लिए लागू होना चाहिए।

स्टार्ट-अप हेतु सुविधायें:

- राज्य सरकार द्वारा एक ढांचा तैयार किया गया है जिसके तहत निम्नलिखित सुविधाएं प्रदान की जाएगी-
  1. स्टार्ट अप को पांच वर्षों की अवधि के लिए विभिन्न राज्य अधिनियमों के अधीन प्रचालन अनुज्ञप्ति / निबंधन से छूट होगी।
  2. पांच वर्षों की अवधि के लिए सरकारी एजेंसियों द्वारा निरीक्षण से स्टार्ट-अप को तबतक छूट होगी जबतक जीवन और सुरक्षा पर खतरा का भय न हो।
  3. राज्य सरकार द्वारा विहित प्रपत्रों के अनुसार स्टार्ट-अप के अधिमानता देने हेतु राज्य सरकार के विभागों / पब्लिक सेक्टर उपक्रम को सलाह दी जाएगी।
  4. राज्य सरकार आगामी औद्योगिक पार्क एस.एम.ई. कलस्टर और हब के स्थलों में से 10 प्रतिशत, स्टार्ट-अप, इनक्यूबेटर और कॉमन आधार भूत संरचना को प्राथमिकता के आधार पर आवंटित करेगी।

स्टार्ट अप के लिए कॉमन आधारभूत संरचना:

- इसके तहत निम्नलिखित साझा आधारभूत संरचना शामिल होगी:-
  1. साथ साथ काम करने के लिए जगह।
  2. शोध एवं विकास प्रयोगशाला, धन कोष्ठिका, सभागार आदि जैसी साझा सुविधाओं को उपलब्ध करना।
  3. उच्चागति क्षमता वाला प्रिंटर, कम्प्यूटर इत्यादि जैसे साझा सॉफ्टवेयर एवं हार्डवेयर।
  4. कॉमन जांच प्रयोगशाला और औजार कक्ष।
  5. कानूनी, खाता बही, तकनीकी, पेटेंट, निवेश बैंकिंग आदि जैसी साझा सेवाएं।
  6. व्यक्तिगत उपयोग हेतु कक्ष एवं छात्रावास।
  7. इनक्यूबेशन और स्टार्ट अप के लिए सामुदायिक आयोजन एवं प्रोत्साहन समर्थन।
  8. कॉमन सुविधा केन्द्र (माल गोदाम, भंडारगृह, गुणवत्ता परीक्षण प्रयोगशाला) ।
  9. सरकार द्वारा अथवा पी.पी. मोड के माध्यम से संयुक्त आधारभूत संरचना स्थल का निर्माण किया जाएगा। यह स्टार्ट अप के तीन वर्षों की अवधि के लिए मुफ्त उपलब्ध होगी।

स्टार्ट अप का प्रमाणीकरण:

न्यास द्वारा प्राप्त संभावित स्टार्ट अप के सभी आवेदनों का निधि प्रबंधक विशेष समिति के माध्यम से मूल्यांकन करायेंगे और सूचीबद्ध मापदंड के आधार पर निधि प्रबंधक प्रमाण पत्र देंगे।

बिहार स्टार्टअप नीति 2022

- इस योजना से लाभार्थी को 10 लाख तक की आर्थिक सहायता प्रदान की जा सकती है।
- इस योजना के तहत मिलने वाली राशि पर कोई ब्याज नहीं लगेगा।
- यह राशि आपको अगले 10 सालों में दी जाएगी।
- इस योजना से मिलने वाला पैसा सीड फंड के रूप में प्रदान किया जाएगा। इसके अलावा जरूरत पड़ने पर सरकार द्वारा ट्रेनिंग और मार्केटिंग में

मदद भी प्रदान की जा सकती है।

- 'राज्य में समावेशी विकास के लिए एक अनुकूल स्टार्ट-अप पारिस्थितिकी तंत्र के माध्यम से स्थानीय युवाओं की क्षमता का लाभ उठाकर बिहार को स्टार्ट-अप और उद्यमियों के लिए सबसे पसंदीदा गंतव्य के रूप में उभरने हेतु सक्षम बनाना है।
- बिहार स्टार्ट-अप नीति, 2022अधिसूचना निर्गत की तिथि से प्रभावी होगी तथा 5 वर्षों के लिए लागू रहेगी।

उद्देश्य:

1. युवाओं और उद्यमियों के बीच उद्यमिता को बढ़ावा देने के लिए विभिन्न कार्यक्रमों के माध्यम से उद्यमिता शिक्षा और जीवनवृति को संचालित किया जाएगा।
2. सीड् फंडिंग और मैचिंग ग्रांट की सहायता से स्टार्ट-अप की व्यवहार्यता बढ़ाई जाएगी।
3. उद्यमिता विकास केन्द्रों और उद्यमिता सुविधा केन्द्रों का विकास सुगम बनाया जाएगा
4. युवाओं के मध्य उद्यमिता की जागरूकता बढ़े। विश्वविद्यालयों और स्कूलों में लर्निंग मॉड्यूल, एम.ओ.ओ.सी., इंटर्नशिप आदि के माध्यम से उद्यमिता को प्रोत्साहित किया जाएगा।
5. स्टार्ट-अप को वित्तीय सहायता, नियामक सहायता, सलाहकारों तथा प्रबंधन परामर्शकों के नेटवर्क तक पहुंच दिलाने के लिए एकल समेकित पोर्टल की सुविधा उपलब्ध कराना
6. इन्क्यूबेटरों, बुनियादी ढांचों तथा कार्य स्थलों के विकास एवं विस्तार को प्रोत्साहित करना।
7. स्टार्ट-अप्स को बाधा मुक्त बनाने और समयबद्ध वैधानिक मंजूरी प्रदान करने के लिए संस्थागत सहायता उपलब्ध कराने के साथ-साथ में मेंटरिंग, हैंड होल्डिंग, ट्रेनिंग और ओरिएंटेशन विजिट्स जैसी गतिविधियों का समर्थन।
8. इसके अलावा, राज्य में स्टार्ट-अप पारिस्थितिक तंत्र को और सक्षम बनाने के लिए कोई अन्य गतिविधि भी की जा सकती है।

युवा : स्टार्ट-अप को समर्थन देने और एक सक्षम ईको-सिस्टम बनाने के लिए कार्य योजना:

बिहार स्टार्टअप नीति को निम्नलिखित चार स्तंभों (YUVA) पर तैयार किया गया है:

- स्टार्ट-अप को हाँ : जागरूकता, नेटवर्किंग और परामर्श अभियान।
- उन्मुक्त : स्टार्ट-अप को सहायता हेतु विनियामकों से उन्मुक्त करना।
- स्पंदमान : शिक्षातंत्र में स्पंदन के माध्यम से स्टार्ट-अप को प्रोत्साहित एवं सहयोग करना।
- पहुँच : वित्तीय और इन्क्यूबेशन सहायता को सुगम बनाना।

बाहर निकलने की शर्तें:

- यदि कंपनी को धोखाधड़ी के किसी भी आरोप में दोषी पाया जाता है या यदि कंपनी को इस नीति से किसी भी लाभ का दावा करने या प्राप्त करने के लिए कोई झूठी घोषणा की गई है तो वित्तीय सहायता की वसूली के लिए कानूनी कार्रवाई शुरू की जाएगी।
- एक बार जब किसी संस्था के स्टार्ट-अप की मान्यता समाप्त हो जाती है तो सरकार या संस्था जिसके माध्यम से सरकार अपना निवेश करती है। वह स्टार्ट-अप में अपने निवेश को बाहर निकालने के लिए पात्र होगी और एस.एम.आई.सी. द्वारा स्टार्ट-अप में निवेश को चैनलाइज करने के लिए दिशा निर्देश तैयार किए जाएंगे।
- जब सरकार या उसकी प्रतिनिधि संस्था अपने निवेश को बाहर निकालती है तो उसका स्टार्ट-अप के बोर्ड में एक प्रतिनिधि निदेशक को नामित करने का अधिकार भी समाप्त हो जाता है।

बिहार आर्थिक सर्वेक्षण एवं बजट

आर्थिक सर्वेक्षण, 2022-2023

सामान्य परिचय

- आर्थिक सर्वेक्षण एक प्रमुख वार्षिक दस्तावेज है जो भारतीय अर्थव्यवस्था की स्थिति की समीक्षा करता है। बजट पेश किए जाने से एक दिन पहले यह सर्वे पेश किया जाता है।
- संविधान न केवल सरकार को आर्थिक सर्वेक्षण पेश करने के लिए बाध्य नहीं करता है, बल्कि उसे इसकी सिफारिशों के साथ जाने के लिए भी नहीं बाध्य करता है।
- सर्वेक्षण बजट तैयार करने की प्रक्रिया को प्रभावित करने वाले मुख्य इनपुट प्रदान करता है।
- 1950-51 में देश का पहला आर्थिक सर्वेक्षण पेश किया गया था।
- वर्ष 1964 में सर्वेक्षण को बजट से अलग कर दिया गया था।
- भारत के वित्त मंत्रालय के आर्थिक मामलों का विभाग, हर वर्ष केंद्रीय बजट से पहले संसद में आर्थिक सर्वेक्षण प्रस्तुत करते हैं। यह सर्वेक्षण मुख्य आर्थिक सलाहकार द्वारा वित्त मंत्रालय के मार्गदर्शन में तैयार किया जाता है।
- आर्थिक सर्वेक्षण सामन्यतः 31 जनवरी एवं केंद्रीय बजट सामान्यत: 01 फरवरी को पेश किया जाता है।
- राज्य के आर्थिक सर्वेक्षण उस राज्य के वित्तमंत्री द्वारा पेश किया जाता है।

सर्वेक्षण के प्रमुख बिंदु:

- 27 फरवरी, 2023 को बिहार विधानसभा में वित्त मंत्री विजय कुमार चौधरी ने वर्ष 2022-2023 का आर्थिक सर्वेक्षण पेश किया। यह बिहार का 17वां आर्थिक सर्वेक्षण है।
- सर्वेक्षण के अनुसार, बिहार तेजी से विकास कर रहा है और भारत में विकास इंडेक्स के मामले में बिहार तीसरे स्थान पर है तथा बिहार से आगे आने वाले दो राज्यों में आंध्र प्रदेश की विकास दर 11.43 प्रतिशत और राजस्थान की विकास दर 11.4 प्रतिशत है।
- सर्वेक्षण के अनुसार, आंध्र प्रदेश और राजस्थान से आगे बिहार विकास के पथ पर है। पिछले वित्त वर्ष में बिहार की सकल राज्य घरेलू उत्पाद (जीएसडीपी) की वृद्धि दर 10.98 प्रतिशत रही, जो देश के सभी राज्यों में तीसरी सबसे अधिक वृद्धि दर है। 2021-22 में प्रति व्यक्ति आय 6,400 बढ़ी है।
- बिहार देश का तुलनात्मक रूप से कम आय वाला राज्य है। शीघ्र अनुमान के अनुसार 2021-22 में राज्य का सकल राज्य घरेलू उत्पाद वर्तमान मूल्य पर 6,75,448 करोड़ रुपए और 2011-12 के स्थिर मूल्य पर 4,28,065 करोड़ रुपए था।
- वहीं, 2021-22 में राज्य का निवल राज्य घरेलू उत्पाद वर्तमान मूल्य पर 6,14,431 करोड़ रुपए और 2011-12 के स्थिर मूल्य पर 3,82,274 करोड़ रुपए था।
- वित्तीय वर्ष 2022 - 23 में कुल बकाया देनदारियाँ 2.88 लाख करोड़ रूपये अनुमानित है जो सकल राज्य घरेलू उत्पाद का 38.66 प्रतिशत है। बिहार में प्रति व्यक्ति घरेलू उत्पाद का वर्तमान मूल्य 54,383 रुपये और 2011-12 के स्थिर मूल्य पर 34,465 रुपये था। प्राथमिक क्षेत्र के अंदर, 'पशुधन' और 'मत्स्याखेट एवं जलकृषि' दो उप क्षेत्र हैं जिनसे सकल राज्य घरेलू उत्पाद में सबसे अधिक योगदान होता है।
- इन उप क्षेत्रों की वृद्धि दरें 2017-18 और 2021-22 के बीच क्रमशः 9.5 प्रतिशत और 6.7 प्रतिशत रही हैं। खनन और उत्खनन क्षेत्र में 90 प्रतिशत की वृद्धि होने के साथ-साथ, विद्युत, गैस, जल आपूर्ति और अन्य उपयोगी सेवाओं में वर्ष 2017-18 और 2021-22 के बीच 14.5 प्रतिशत की दर से अधिक वृद्धि हुई है।
- पटना, बेगूसराय और मुंगेर सबसे समृद्ध जिले हैं। अगर इन जिलों को प्रमुख क्षेत्रों के हिस्से के रूप में देखें तो सबसे ऊपर हमारे घरेलू उत्पाद में प्राथमिक क्षेत्र का हिस्सा है। 2021-22 में इस हिस्से में 21.4 प्रतिशत का भाग था, जो 2020-21 के मुकाबले 21.2 प्रतिशत हो गया है।
- प्रति व्यक्ति सकल राज्य घरेलू उत्पाद के लिहाज से 2020-21 में, 38 जिलों की रैंकिंग में तीन सबसे समृद्ध जिले पटना, बेगूसराय और मुंगेर थे। वहीं, तीन सबसे गरीब जिले शिवहर, अररिया और सीतामढ़ी हैं।
- बिहार में पथ के घनत्व में तेजी से वृद्धि हुई है। प्रति 1000 वर्ग किलोमीटर के क्षेत्र में, 3167 किमी सड़कों का अनुपात है, जो देश में तीसरा सर्वाधिक है।
- बिहार में पथ एवं पुलों के निर्माण में सरकार ने 2015 से 2022 के बीच की अवधि में 74,483 करोड़ रुपए खर्च किये है।
- सरकार सड़कों का निर्माण तेजी से कर रही है और स्वास्थ्य क्षेत्र में असाधारण वृद्धि हुई है।
- 16 वर्षों में स्वास्थ्य के क्षेत्र में 11 गुना खर्च बढ़ा है और शिक्षा में 8 गुना खर्च बढ़ाया गया है।
- आर्थिक सर्वेक्षण के अनुसार, बिहार के 55.4 प्रतिशत लोगों के पास मोबाइल और टेलीफोन उपलब्ध है, जबकि देश में कुल टेलीफोन ग्राहकों की संख्या 117 करोड़ है।
- वित्त वर्ष 2021-22 में राज्य सरकार का कुल व्यय 1.93 लाख करोड़ रुपये था। इसमें से लगभग 82.4% (1.59 लाख करोड़) रुपये राजस्व व्यय हुआ।
- 2017-18 से 2021-22 पांच वर्षों में कृषि एवं उससे सम्बंधित क्षेत्र में पांच प्रतिशत की बढ़ोत्तरी हुई।

प्राथमिक क्षेत्र एवं उनमें प्रतिशत वृद्धि	द्वितीयक क्षेत्र एवं उनमें प्रतिशत वृद्धि	तृतीयक क्षेत्र एवं उनमें प्रतिशत वृद्धि
• पशुधन - 9.5% • मत्स्य पालन तथा कृषि क्षेत्र - 6.7%	• बिजली, गैस, जल-आपूर्ति और अन्य उपयोगी सेवाएं - 14.5%	• वायु परिवहन - 10.5% • भंडारण - 21.3% • वित्तीय सेवाएं - 12.6% • लोक प्रशासन - 9.3%

- इस क्षेत्र की 2020-21 में सकल राज्य मूल्य-वर्धन (जीएसवीए) में 20 प्रतिशत की हिस्सेदारी है।
- राज्य सरकार फल और सब्जियां, मक्का, मखाना, सुगंधित पौधे, शहद और चाय जैसे सात उत्पादों में बिहार कृषि-निवेश प्रोत्साहन नीति को लागू कर रही है।
- वित्त वर्ष 2020-21 की 71 परियोजनाओं की तुलना में वित्त वर्ष 2021-22 में राज्य 97 परियोजनाओं को आकर्षित कर पाया।
- सूक्ष्म उद्यमों में निवेश की राशि में 135 प्रतिशत और रोजगार की राशि में 107 प्रतिशत की वृद्धि दर्ज की गई है। बड़े उद्यमों में निवेश की मात्रा में 131 प्रतिशत और रोजगार की मात्रा में 187 प्रतिशत की वृद्धि हुई है।
- बिहार में 2006 -10 में जन्म के समय जीवन प्रत्याशा (Life expectancy at birth) 65.8 वर्ष थी तथा यह 2016-20 में बढ़कर 69.5 वर्ष हो गई।
- इस तरह दस वर्षों की अवधि में 3.7 वर्ष की वृद्धि हुई है। भारत के लिए जन्म के समय जीवन प्रत्याशा में 2006-10 और 2016-20 के बीच कुल 3.9 साल की वृद्धि दर्ज की गई है।
- आर्थिक सर्वेक्षण के अनुसार, 2021-22 में बिहार में श्रम नियोजन और कौशल के क्षेत्र में पासपोर्ट आवेदनों की कुल संख्या 310.9 हजार थी। महामारी के पहले साल 2018-19 के समय से तुलना करने पर, यह समान थी। पासपोर्ट जारी करने की प्रक्रिया अब सरल है। 2016 में, पुलिस सत्यापन प्रक्रिया के लिए औसत 45 दिन लगते थे, जो 2021 में 11 दिन रह गए हैं।

बजट 2023 -24

सामान्य परिचय

- भारतीय संविधान के अनुच्छेद 112 में भारत के केन्द्रीय बजट को वार्षिक वित्तीय विवरण के रूप में वर्णित किया गया है। बजट किसी वित्तीय वर्ष में होने वाली आमदनी और खर्चों से सम्बंधित दस्तावेज है।
- केंद्रीय बजट प्रत्येक वर्ष 01 फरवरी को भारत के वित्त मंत्री द्वारा संसद में पेश किया जाता है, परन्तु राज्य बजट पेश करने की दिनांक प्रत्येक राज्य में भिन्न हो सकती है।

बजट समीक्षा के प्रमुख बिंदुः

- बिहार के वित्त मंत्री विजय चौधरी ने 28 फरवरी 2023 को वित्तीय वर्ष 2023-24 के लिए 2,61,885 करोड़ रुपये का बजट विधानमंडल के दोनों सदनों में पेश किया।
- पिछले 10 वर्षों में बिहार की अर्थव्यवस्था तीन गुना हो गई है।
- वैश्विक अर्थव्यवस्था की विकास दर 6 प्रतिशत है, भारत की विकास दर 8.7 प्रतिशत है, तथा बिहार की आर्थिक विकास वृद्धि दर 10.98 प्रतिशत है।
- बिहार की आर्थिक विकास दर भारत की विकास दर से 2.28 प्रतिशत और वैश्विक विकास दर से 4.98 प्रतिशत अधिक है।
- विकासशील बिहार को विकसित राज्यों की कतार में शामिल करने के लिए केंद्र सरकार से अतिरिक्त मदद की जरूरत है।
- बिहार में वित्तीय वर्ष 2023-24 के लिए 2,61,885 करोड़ रुपये का बजट दिया गया है। 2022-2023 के लिए बजट का आकार 2,37,691 करोड़ रुपये था।

2023-24 हेतु बजट के कुछ प्रमुख तथ्यः

बजट 2023-24 की आठ प्राथमिकताएं

1. युवा एवं रोजगार
2. अनवरत महिला सशक्तिकरण
3. अल्पसंख्यक कल्याण
4. पुलिस बल का सुदृढ़ीकरण एवं आधुनिकीकरण
5. कृषि एवं ग्रामीण विकास
6. हरित विकास
7. आधारभूत संरचना एवं औद्योगिक विकास
8. शहरी विकास

सकल राज्य घरेलू उत्पाद (जीएसडीपी) -(मौजूदा कीमतों पर)	2023-24 के लिए बिहार का सकल राज्य घरेलू उत्पाद 8.59 लाख करोड़ रुपए होने का अनुमान है जिसमें 2022-23 की तुलना में 8.9% की वृद्धि हुई है।
व्यय (ऋण चुकौती को छोड़कर)	2023-24 में व्यय 2,38,327 करोड़ रुपए अनुमानित है जो 2022-23 के संशोधित अनुमान से 12% कम है। 2022-23 में व्यय (ऋण चुकौती को छोड़कर) बजट अनुमान से 2 1 % अधिक अनुमानित है।
प्राप्तियां (उधारियों को छोड़कर)	2023-24 के लिए प्राप्तियां 2,12,759 करोड़ रुपए होने का अनुमान है जो 2022-23 के संशोधित अनुमान से 6% अधिक है। इसके साथ ही 2022-23 में प्राप्तियां (उधारियों को छोड़कर) बजट अनुमान से 2% अधिक होने का अनुमान है।
राजस्व अधिशेष	2023-24 में राजस्व अधिशेष 4,479 करोड़ रुपए होने का अनुमान है। 2022-23 में राज्य को संशोधित अनुमानों के अनुसार 28,349 करोड़ रुपए के राजस्व घाटे की अपेक्षा है। राज्य ने बजट स्तर पर 2022-23 में 4,748 करोड़ रुपए के राजस्व अधिशेष का अनुमान लगाया था।
राजकोषीय घाटा जीएसडीपी	2023-24 में राजकोषीय घाटा जीएसडीपी के 3% (25,568 करोड़ रुपए) पर लक्षित है। 2022-23 में संशोधित अनुमानों के अनुसार, राजकोषीय घाटा जीएसडीपी का 8.8% रहने की अपेक्षा है जो जीएसडीपी के 3.5% के बजट अनुमान से अधिक है।

आत्मनिर्भर बिहार के सात निश्चय-2 (वित्तीय वर्ष 2023-24)

बिहार सरकार ने "न्याय के साथ विकास" के सिद्धांत के प्रति अपनी प्रतिबद्धता कायम रखते हुए सुशासन के कार्यक्रम के तहत सात निश्चय-2 को लागू किया। वित्तीय वर्ष 2023-24 में सात निश्चय-2 अन्तर्गत कुल 5,000 करोड़ रुपये का उपबंध किया गया है।

1. युवा शक्ति- बिहार की प्रगति

- बिहार राज्य के सभी युवाओं के बीच उद्यमिता एवं स्वरोजगार को बढ़ाने के लिए, मुख्यमंत्री युवा उद्यमी योजना के अंतर्गत वर्ष 2022-23 में 2080 युवाओं, मुख्यमंत्री अनुसूचित जाति एवं अनुसूचित जनजाति उद्यमी योजना के तहत 2047 युवाओं तथा मुख्यमंत्री अति पिछड़ा वर्ग उद्यमी योजना के तहत 2020 युवाओं का चयन किया गया है। इन योजनाओ के लिए, वर्ष 2023-24 में 550 करोड़ रुपये का बजट आवंटित किया गया है।
- बिहार में खेल कूद को बढ़ावा देने के लिए, राजगीर के परिसर में एक अंतर्राष्ट्रीय क्रिकेट स्टेडियम और स्पोर्ट्स एकेडमी के साथ एक खेल विश्वविद्यालय की स्थापना हो रही है। बिहार खेल विश्वविद्यालय के सुगम संचालन के लिए, विभिन्न कोटियों के लिए 31 पदों का सृजन किया गया है।
- बिहार अभियंत्रण विश्वविद्यालय अधिनियम, 2021 द्वारा राज्य में तकनीकी शिक्षा के उन्नयन और विकास के लिए बिहार अभियंत्रण विश्वविद्यालय की स्थापना की गई है। उसके उद्देश्यों के लिए प्रारंभ में 32 पदों का सृजन किया गया है, जो पदाधिकारियों और कर्मचारियों के लिए हैं।
- चिकित्सा शिक्षा को राज्य में सुदृढ़ करने के लिए एक चिकित्सा विश्वविद्यालय की स्थापना की गई है, जिसके लिए आर्यभट्ट ज्ञान विश्वविद्यालय, पटना के परिसर में स्थान उपलब्ध कराया गया है।
- राजकीय पॉलिटेक्निक संस्थानों में नई तकनीकों में प्रशिक्षण के लिए 'सेंटर ऑफ एक्सीलेंस' की स्थापना की गई है। उनमें ड्रोन टेक्नोलॉजी, इलेक्ट्रिकल वाहन (EV), आर्टिफिशियल इंटेलिजेंस (AI), इंटरनेट ऑफ थिंग्स (IoT), 3D प्रिंटिंग, रोबोटिक्स, और इंडस्ट्रियल ऑटोमेशन शामिल हैं।
- भारतीय प्रौद्योगिकी संस्थान, पटना (IIT, पटना) को इसके लिए नॉलेज पार्टनर सहित कार्यान्वयन एजेंसी मनोनीत किया गया है।
- इसके लिए वर्ष 2023-24 में 90 करोड़ रुपये का बजट आवंटित किया गया है।
- आईटीआई औद्योगिक प्रशिक्षण संस्थानों में गुणवत्ता बढ़ाने की योजना बनाई गई है। वर्तमान में प्रशिक्षण के लिए कुल 23 पाठ्यक्रमों का चयन किया गया है और प्रशिक्षित छात्रों को रोजगार देने के लिए टाटा टेक्नोलॉजी द्वारा 20 औद्योगिक भागीदारों को चुना गया है।

- पहले चरण में, 60 संस्थानों में से 20 संस्थानों में 9 पाठ्यक्रमों का प्रशिक्षण अप्रैल 2023 से शुरू किया जाएगा।

2. सशक्त महिला, सक्षम महिला

- क्षेत्रीय प्रशासन में जैसे पुलिस थाना, प्रखंड, अनुमंडल और जिलास्तरीय कार्यालयों में महिलाओं की भागीदारी को आरक्षण के अनुसार बढ़ाने के लिए सभी विभागों द्वारा कार्यवाही की जा रही है।
- उच्चतर शिक्षा हासिल करने के लिए, अविवाहित महिलाओं को बारहवीं पास होने पर 25,000 रुपये और स्नातक पास होने पर महिलाओं को 50,000 रुपये की आर्थिक सहायता दी जाती है। आने वाले वित्तीय वर्ष में, 6 लाख महिलाओं को लाभ पहुंचाने का लक्ष्य है। वर्ष 2023-24 में, 600 करोड़ रुपये की आर्थिक राशि का निर्धारण किया गया है।
- राज्य की महिलाओं को स्वरोजगार के लिए प्रोत्साहित करने के लिए मुख्यमंत्री महिला उद्यमी योजना लागू की गई है। इस योजना के अंतर्गत वर्ष 2022-23 में 2,020 महिलाओं को चयनित किया गया है। इस योजना के लिए, वर्ष 2023-24 में 250 करोड़ रुपये का आवंटन किया गया है।

3. हर खेत तक सिंचाई का पानी

- ऊर्जा विभाग द्वारा विद्युत उपकेंद्र निर्माण (33/11 किलोवोल्ट) के अंतर्गत निर्धारित लक्ष्य 291 के लिए उपलब्धि 291 रखी गई है तथा ट्रांसफॉर्मर अधिष्ठापन (25/63 किलोवोल्ट) के तहत निर्धारित लक्ष्य 95,916 के लिए 93,420 एवं पृथक फीडर निर्माण के तहत निर्धारित लक्ष्य 1,354 के लिए 1,354 और विद्युत पंपिंग संबंधी निर्धारित लक्ष्य 2,76,332 के लिए 2,71,207 उपलब्धि निर्धारित की गई है। वर्ष 2023-24 में कुल इस क्षेत्र के लिए 300 करोड़ रुपये का बजट आवंटित किया गया है।
- कृषि विभाग द्वारा सामूहिक नलकूप योजना अंतर्गत 2021-22 से 2022-23 तक 2,043 हेक्टेयर की उपलब्धि है।
- ट्रेंचिंग योजना के अंतर्गत 2021-22 से 2022-23 तक 3,751 हेक्टेयर की उपलब्धि प्राप्त हुई है।
- सूक्ष्म सिंचाई आधारित शुष्क बागवानी योजना अंतर्गत 2021-22 से 2022-23 तक 970.21 हेक्टेयर की उपलब्धि है।
- पक्का चेकडैम योजना अंतर्गत 2021-22 से 2022-23 तक 384 की उपलब्धि है। 2023-24 में 30 करोड़ रुपये का आवंटन किया गया है।
- जल संसाधन विभाग ने वर्ष 2022-23 में कुल 156 योजनाओं को क्रियान्वयन कर 45,194 हेक्टेयर भूमि को सिंचित किया है।
- इस योजना हेतु वर्ष 2023-24 में 200 करोड़ रुपये का आवंटन किया गया है।
- लघु जल संसाधन विभाग ने वर्ष 2021-22 में 56 आहर-पईन योजनाओं को पूरा कर लिया है।
- 13 चेक डैम की योजना का कार्य शुरू किया गया था और 9 को पूरा किया गया है।
- 54 उद्वह सिंचाई योजनाओं का कार्य शुरू किया गया था और 15 को पूरा किया गया है।
- अब तक कुल 18,602 हेक्टेयर क्षेत्र को पुनर्स्थापित कर सिंचाई की गई है।
- वर्ष 2022-23 के लिए 186 आहर-पईन, 11 चेक डैम और 50 उद्वह सिंचाई योजनाओं को मंजूरी दी गई थी।
- वर्ष 2023-24 में 340 करोड़ रुपये का आवंटन किया गया है।

4. स्वच्छ गाँव-समृद्ध गाँव:

- पशु एवं मत्स्य संसाधनों के विकास के लिए, राज्य की पशुपालकों एवं मछली पालकों की आय बढ़ाने का उद्देश्य रखा गया है। इसलिए दुग्ध उत्पादन एवं प्रसंस्करण, मुर्गी पालन, मछली पालन आदि को बढ़ावा दिया जाएगा जिसके लिए आधुनिक तकनीकों का इस्तेमाल किया जाएगा। इसके लिए वित्तीय सहायता के रूप में वर्ष 2023-24 में 100 करोड़ रुपये का बजट प्रदान किया गया।
- ठोस और तरल अपशिष्ट प्रबंधन योजना के अंतर्गत, गांवों में ठोस और तरल अपशिष्ट प्रबंधन तथा मल प्रबंधन की व्यवस्था की जाएगी। वर्ष 2022-23 तक, 4,250 ग्राम पंचायतों के 57,028 वार्डों के बीच 2,428 पंचायतों के 32,145 वार्डों में कार्य प्रारंभ हो चुका है।
- सभी गांवों में सोलर स्ट्रीट लाइट्स निश्चय के तहत, प्रत्येक ग्राम पंचायत के हर वार्ड में सार्वजनिक उपयोग के लिए सोलर स्ट्रीट लाइट्स चरणबद्ध रूप से लगाए जाएंगे। वर्ष 2023-24 में, 392 करोड़ रुपये का बजट आवंटित किया गया है।

5. स्वच्छ शहर-विकसित शहर

- सभी शहरों में स्टॉर्म वाटर ड्रेनेज सिस्टम का विकास करने का निर्णय लिया गया है ताकि जल जमाव की समस्या से निजात मिल सके।
- नगर निगम क्षेत्रों में इसकी योजना का कार्यान्वयन सर्वप्रथम किया जाएगा।
- पटना शहर एवं निकटवर्ती क्षेत्रों (खगौल, दानापुर एवं फुलवारीशरीफ सहित) से जल निकासी के लिए 9 कैचमेंट एरिया में स्टॉर्म वाटर ड्रेनेज सिस्टम हेतु कुल 957.51 करोड़ रुपये की योजना स्वीकृत की गई थी जबकि वर्ष 2023-24 में 276 करोड़ रुपये का बजट निर्धारित किया गया है।
- सभी शहरी गरीबों के लिए बहुमंजिला आवास की नीति निर्धारित करने की कार्रवाई जारी है।
- इससे लोगों को वहाँ दाह संस्कार के लिए जरूरी सुविधाएँ मिलेंगी।
- 35 योजनाओं को मंजूरी दी गई है। वर्ष 2023-24 में 120 करोड़ रुपये का बजट निर्धारित किया गया है।
- शहरी गरीबों के लिए बहुमंजिला आवास की नीति निर्धारित करने की कार्रवाई जारी है।
- वर्ष 2023-24 में, 35 करोड़ रुपये का बजट आवंटित किया गया है।
- राज्य के 38 जिलों के मुख्यालयों में वृद्धों के लिए वृद्धाश्रम की स्थापना हेतु वर्ष 2023-24 में 20 करोड़ रुपये का बजट आवंटित किया गया है।
- वर्ष 2023-24 में लोहिया स्वच्छ बिहार अभियान-द्वितीय चरण के तहत 15 जिलों में एक-एक प्लास्टिक अपशिष्ट प्रसंस्करण इकाई की स्थापना की जाएगी।
- इसके अलावा वर्ष 2023-24 में 10 जिलों में गोबर्धन इकाई का निर्माण भी किया जाएगा।
- ग्रामीण क्षेत्रों में, विशेष रूप से अनुसूचित जाति/जनजाति परिवारों और भूमिहीन परिवारों के लिए शौचालय की सुलभता प्रदान करने के लिए, वर्ष 2023-24 में बचे हुए ग्राम पंचायतों में सामुदायिक स्वच्छता परिसर/कलस्टर शौचालय के निर्माण की आवश्यकता के अनुसार कार्य किया जाएगा।
- व्यक्तिगत शौचालयों को सुलभ बनाने और सामुदायिक स्वच्छता के परिसर का निर्माण करने की पहल की जा रही है।
- लोहिया स्वच्छ बिहार अभियान के द्वितीय चरण के अंतर्गत, प्रखंड स्तर पर प्लास्टिक कचरे के सही तरीके से निपटान के लिए एक प्लास्टिक कचरे के प्रसंस्करण केंद्र की स्थापना की जाएगी।
- बिहार के सभी शहरों में ठोस और तरल अपशिष्ट प्रबंधन की व्यवस्था उपयुक्त तकनीक के माध्यम से की गई है।
- ठोस और तरल अपशिष्ट प्रबंधन के लिए, राज्य के 261 नगर निकायों में से

161 में 'क्लस्टर आधारित इकाई' और 100 में 'स्टैंड अलोन आधारित इकाई' के आधार पर परियोजना को क्रियान्वित किया जाना है।

- 35 नगर निकायों में 51 मटेरियल रिकवरी सुविधाएं और 87 नगर निकायों में 181 वेस्ट टू कॉम्पोस्ट सेंटर संचालित हैं।
- तरल अपशिष्ट प्रबंधन के अंतर्गत, 1 लाख से कम आबादी वाले 231 नगर निकायों में सिटी स्वच्छता एक्शन प्लान का कार्य शुरू किया गया है। वर्ष 2023-24 में, 124 करोड़ रुपये का बजट निर्धारित किया गया है।

6. सुलभ सम्पर्कता

- इसके अंतर्गत ग्रामीण पथों की सम्पर्कता पर विशेष ध्यान दिया गया है।
- इस परियोजना के अंतर्गत कुल 1623 पथ प्रस्तावित किये गए है, इनकी कुल लम्बाई 12250.32 किमी है।
- वर्ष 2022-23 के लिए 'व्यापक प्राथमिकता सूची' की शीर्ष प्राथमिकता वाले कुल 38 पथों का चयन किया गया है, जिनकी लम्बाई 526.45 किमी है।
- वर्ष 2023-24 में 185 करोड़ रुपये का प्रावधान किया गया है।
- उपरोक्त योजना के आलावा शहरी क्षेत्रों में आवश्यकतानुसार बाईपास अथवा फ्लाई ओवर का निर्माण की व्यवस्था भी निर्धारित है।
- सुलभ सम्पर्कता के लिए 'बाईपास निर्माण योजना' के अंतर्गत वर्तमान में कुल 36 बाईपास का निर्माण होना है।
- वर्ष 2021-22 के लिए लक्षित 8 तथा वर्ष 2022-23 के लिए लक्षित 6 अर्थात कुल 14 लक्षित योजनाओं में से 7 योजनाओं के लिए कार्य प्रारम्भ कर दिया गया है।
- वर्ष 2023-24 में 200 करोड़ रुपये का प्रावधान किया गया है।

7. पशु एवं सामान्य जन्य हेतु स्वास्थ्य एवं चिकित्सा

- बिहार ने बेहतर पशु स्वास्थ्य प्रबंधन के लिए आधारभूत व्यवस्थाओं पर जोर दिया है। इसके लिए प्रत्येक 8 से 10 पंचायतों पर पशु अस्पताल की व्यवस्था के साथ-साथ पशुओं के लिए चिकित्सा सुविधा, उनके टीकाकरण, कृत्रिम गर्भाधान, कृमिनाशन आदि सेवाओं की डोर स्टेप डिलिवरी कराने की व्यवस्था की जानी है। कॉल सेन्टर में कॉल कर के या फिर मोबाईल एप के माध्यम से इन सुविधाओं को प्राप्त किया जा सकेगा। साथ ही टेली-मेडिसिन के माध्यम से भी पशु अस्पताल जुड़े रहेंगे। वर्तमान में 1137 पशु अस्पताल विभाग द्वारा संचालित है, जिसमें सभी 1137 में टीकाकरण एवं कृमिनाशन तथा 566 में कृत्रिम गर्भाधान की सुविधा उपलब्ध है।
- प्रत्येक गाँव के लोगों के लिए स्वास्थ्य सुविधाओं की बेहतर उपलब्धता कराई जाएगी।
- प्रत्येक स्वास्थ्य उपकेन्द्रों को टेलीमेडिसिन के माध्यम से प्राथमिक स्वास्थ्य केन्द्र तथा सामुदायिक स्वास्थ्य केन्द्र, अनुमंडल अस्पताल एवं जिला अस्पताल से जोड़ कर लोगों को चिकित्सीय परामर्श उपलब्ध कराया जा रहा है।
- राज्य के 1396 चिकित्सा पदाधिकारी को वर्चुअल हब (Virtual HUB) के रूप में चिह्नित कर टेलीमेडिसिन की सेवा प्रदान की जा रही है।
- कुल 13,451 स्वास्थ्य उप केन्द्र, 'हेल्थ एन्ड वेलनेस सेन्टर', आंगनबाड़ी केन्द्र 'SPOKES' के रूप में कार्याधीन हैं।
- इसके अंतर्गत अब तक 28 लाख से अधिक व्यक्तियों को परामर्श दिया गया है।
- स्वास्थ्य संस्थानों को और बेहतर एवं विस्तारित बनाया जाना 231 विधानसभा क्षेत्रों में 1-1 अतिरिक्त प्राथमिक स्वास्थ्य केन्द्र एवं 5 स्वास्थ्य उपकेन्द्र एवं 'हेल्थ एन्ड वेलनेस सेन्टर' के निर्माणाधीन है।
- बाल हृदय योजना (स्वास्थ्य विभाग) राज्य में जन्में ऐसे बच्चों के लिए है जिनके हृदय में जन्म से ही छिद्र है। इनके इलाज के लिए 01 अप्रैल 2021 से बाल हृदय योजना (नन्हें दिलों की मुस्कान) लागू है। इसके तहत 23 जनवरी, 2023 तक कुल 700 से अधिक बच्चों का शल्य चिकित्सा द्वारा सफल ईलाज (निःशुल्क) अहमदाबाद में कराया गया है।
- इस निश्चय के लिए वित्तीय वर्ष 2023-24 में कुल 460 करोड़ रुपये का प्रावधान किया गया है।

योजनाओं हेतु बिहार बजट का परिदृश्य

- वर्तमान में बिहार सरकार 25 से 30 हजार करोड़ रुपये खर्च करती है ताकि केंद्र सरकार द्वारा प्रायोजित योजनाओं को पूरा कर सके।
- नीति आयोग के अनुसार बिहार में वर्तमान में 51.9 प्रतिशत गरीबी है। इसलिए बिहार अपने कुल राजस्व की लगभग 55 प्रतिशत राशि केंद्रीय प्रायोजित योजनाओं के राज्यांश के रूप में खर्च करने के लिए बाध्य है।
- बिहार सरकार के अनुसार, केंद्र की योजना को पूरा करने में ही बिहार का अधिकतम व्यय हो रहा है और राज्य स्तर पर अपनी जरुरतों के हिसाब से योजनाएं लागू नहीं हो पा रही है।
- इसलिए योजनाओं को पूरा करने के लिए बिहार जैसे गरीब राज्य को केंद्र 90% राशि प्रदान करे अथवा केंद्रीय योजनाओं की संख्या कम होनी चाहिए।
- इसके अलावा योजनाओं के क्रियान्वयन के लिए बिहार के पास विकसित राज्यों की तरह उचित संसाधन नहीं है।

प्रमुख बिंदु

- बिहार में कृषि के लिए दलहन और तिलहन के उत्पादन पर जोर देने के लिए चौथा कृषि रोडमैप लागू किया जाएगा। इसके अलावा राज्य कृषि मण्डी प्रांगणों (यार्ड्स) की अवसंरचना का आधुनिकीकरण किया जाएगा। कुछ प्रमुख मिशन शुरू करने का प्रस्ताव है, जो कि निम्न है:

(i) बिहार मिलेट मिशन
(ii) बिहार दलहन और तिलहन विकास मिशन
(iii) फसल विविधीकरण मिशन

  - भूजल संरक्षण के लिए उत्कृष्टता केंद्र स्थापित किया जाएगा।
  - रोजगार के क्षेत्र में उपलब्धि हेतु बिहार लोक सेवा आयोग, कर्मचारी चयन आयोग और तकनीकी सेवा आयोग द्वारा कुल 63,900 पदों को भरने के लिए मांग पत्र दिया गया है। साथ ही पुलिस में 75,543 पदों के सृजन की स्वीकृति दी गई है।

बिहार में वर्तमान क्रियान्वित योजनाओं हेतु राशि आवंटन:

2023-24 में प्राप्तियां

- 2023-24 के लिए कुल राजस्व प्राप्ति का अनुमान 2,12,327 करोड़ रुपए है।

क्रमांक	स्कीम का नाम	उपबंधित राशि (करोड़) में
1.	समग्र शिक्षा / सर्व शिक्षा अभियान	16131.00
2.	प्रधानमंत्री आवास योजना (ग्रामीण)	6789.14
3.	प्रधानमंत्री ग्राम सड़क योजना	4460.29

4.	राष्ट्रीय ग्रामीण रोजगार गारंटी स्कीम (मनरेगा)	3852.00
5.	प्रधानमंत्री पोषण शक्ति निर्माण (मध्याह्न भोजन योजना)	3654.00
6.	एन०आर०एच०एम० सहित अर्बन स्वास्थ्य मिशन एवं राष्ट्रीय शहरी स्वास्थ्य मिशन	3299.55
7.	समेकित बाल संरक्षण स्कीम (आई०सी०पी०एस०)	3111.96
8.	मुख्यमंत्री ग्राम सम्पर्क योजना	2374.98
9.	स्वच्छ भारत मिशन (शहरी एवं ग्रामीण)	2333.98
10.	स्वास्थ्य तथा चिकित्सा शिक्षा में मानव संसाधन	2237.90
11.	छात्रवृति / वजीफा	2234.19
12.	राष्ट्रीय ग्रामीण आजीविका मिशन(एन०आर०एल० एम०)	2100.00
13.	ए०डी०बी० बाह्य संपोषित योजना	1623.00
14.	इंदिरा गांधी राष्ट्रीय वृद्धावस्था पेंशन योजना	1410.00
15.	पुल (नाबार्ड ऋण योजना)	1250.96
16.	सिंचाई सृजन परियोजनाएं	1199.51
17.	स्मार्ट सिटी मिशन योजना	1120.00
18.	मुख्यमंत्री वृद्धजन पेंशन योजना	1029.57
19.	त्वरित सिंचाई लाभ तथा बाढ़ प्रबंधन कार्यक्रम (ए.आई.बी.पी.) तथा जल संसाधन के अन्य कार्यक्रम	1020.62
20.	मुख्यमंत्री क्षेत्र विकास योजना	1000.00
21.	मुख्यमंत्री पेय जल निश्चय योजना	912.67
22.	ग्राम विकास की परियोजना (नाबार्ड सम्पोषित)	900.00
23.	हर खेत तक सिंचाई का पानी (सात निश्चय-2)	840.00
24.	बिहार स्टुडेंट क्रेडिट कार्ड योजना	690.00
25.	एन०एफ०एस०ए० अन्तर्गत खाद्यानों के अन्तर-राज्य हथालन एवं फेयर प्राइस शॉप डीलर मार्जिन	666.67
26.	अटल मिशन फॉर रिजुवेनेशन एण्ड अर्बन ट्रांसफॉरमेशन (अमरुत)	604.00
27.	मुख्यमंत्री प्रोत्साहन योजना-सात निश्चय-2	600.00
28.	राष्ट्रीय कृषि विकास योजना	556.40
29.	राष्ट्रीय ग्रामीण पेयजल कार्यक्रम (जल-जीवन मिशन)	533.33
30.	औद्योगिक प्रशिक्षण संस्थानों के भवनों का निर्माण	518.44
31.	मुख्यमंत्री युवा महिला उद्यमी योजना-सात निश्चय-2	500.00
32.	बिहार राज्य फसल सहायता योजना	472.08
33.	आँगनबाड़ी सेवाएँ	457.66
34.	अभियंत्रण विश्वविद्यालय- सात निश्चय-2	455.87
35.	ग्रामीण जलापूर्ति योजना	450.50
36.	केन्द्रीय सड़क निधि	450.00
37.	वृहद सड़कें (राज्य योजना सड़क प्रक्षेत्र)	450.00
38.	इन्टेंसिफायड फील्ड डेवलपमेंट एण्ड ट्रेनिंग सपोर्ट नई योजना	431.42
39.	अन्य आवास	430.00
40.	जल - जीवन - हरियाली	421.71
41.	सबके लिए आवास (शहरी)	420.00
42.	बाढ़ नियंत्रण परियोजनाएं	400.00
43.	स्वच्छ गांव - निश्चय -2 कार्यक्रम	392.00
44.	कौशल विकास योजना / मिशन	387.00
45.	प्री-प्रोडक्सन एवं पोस्ट प्रोडक्सन सुविधाओं की योजना	375.09
46.	पर्यटकीय संरचनाओं का विकास	370.00
47.	पंचायत समिति सरकार भवन	350.00
48.	सर्वेक्षण और बंदोवस्त कार्य का पुनरीक्षण	349.50
49.	साउथ बिहार पावर डिस्टीब्यूशन कम्पनी लि० की परियोजना	340.00
50.	नार्थ बिहार पावर डिस्टीब्यूशन कम्पनी लि० की परियोजना	340.00
51.	बिहार स्टेट पावर टांसमिशन कम्पनी लि० की परियोजना	336.52

52.	पुलिस भवनों का निर्माण एवं संधारण	335.63
53.	इंदिरा गांधी राष्ट्रीय विधवा पेंशन योजना	334.00
54.	महादलित विकास हेतु	317.31
55.	अनूसूचित जाति एवं जनजाति के भवन	315.00
56.	स्वास्थ्य केन्द्रों का निर्माण एवं जीर्णोद्धार - सात निश्चय - 2 (शहरी)	300.00
57.	पोस्ट मैट्रिक छात्रवृति	292.79
58.	उद्यान विकास योजना	280.25
59.	प्रौढ़ शिक्षा	278.64
60.	आपातकालीन कोशी बाढ़ पुनर्वास परियोजना	277.00
61.	स्टॉर्म वाटर ड्रेनेज सिस्टम - सात निश्चय - 2	276.00
62.	मुख्यमंत्री अनु० जाति एवं जनजाति उद्यमी योजना	267.20
63.	प्रधानमंत्री कृषि सिंचाई योजना	266.42
64.	ग्राम न्यायालय सहित न्यायपालिका हेतु अवसंरचना सुविधाओं का विकास	266.00
65.	सतत जीविकोपार्जन योजना	250.00
66.	ग्रामीण कार्य विभाग के विभिन्न कार्यालयों की स्थापना	250.00
67.	बिहार राज्य विकलांगता समाजिक सुरक्षा पेंशन योजना	245.00
68.	ग्राम कचहरीं / ग्राम पंचायतों / जिला परिषद् / पंचायत समिति के निर्वाचित प्रतिनिधियों को नियत भत्ता हेतु	226.00
69.	मुख्यमंत्री कन्या विवाह योजना	220.43
70.	अल्पसंख्यकों के लिए बहुक्षेत्रक विकास कार्यक्रम	220.00
71.	स्टेडियम एवं खेल संरचना	219.70
72.	लक्षित जनवितरण प्रणाली का पूर्ण कम्प्यूटरीकरण	216.83
73.	भवन	214.50
74.	आवासीय विद्यालय एवं छात्रावास भवनों का निर्माण एवं जीर्णोद्धार	211.35
75.	राजकीय एवं राजकीयकृत माध्यमिक विद्यालयों के भवन निर्माण	210.01
76.	लक्ष्मी बाई सामाजिक सुरक्षा पेंशन योजना	210.00
77.	गोदाम निर्माण हेतु सहकारी समितियों को अनुदान	204.35
78.	बिहार स्टेट पावर (होल्डिंग) कंपनी लि.	200.00
79.	कृषि बाजार का विकास (नाबार्ड)	200.00
80.	मुख्यमंत्री निश्चय योजना	200.00
81.	मुख्यमंत्री निश्चय स्वयं सहायक योजना	200.00
82.	सात निश्चय -2 सुलभ संपर्कता	200.00
83.	स्वास्थ्य केन्द्रों के भवनों का निर्माण	200.00
84.	डॉ० ए०पी०जे० अब्दुल कलाम साइंस सिटी	200.00
85.	विशेष सहायता (बी०आर०जी० पथ)	195.73
86.	नगर निगम हेतु नाला निर्माण सीवरेज एवं अन्य सैनिटेशन योजना	191.00
87.	हवाईअड्डे	190.50
88.	ग्रामीण टोला सम्पर्क निश्चय योजना	185.00
89.	आई०एस०एस०एन०आई०पी०	181.83
90.	सीमा क्षेत्र में नदी प्रबंधन गतिविधि एवं कार्य	181.50
91.	पशु संसाधनों का विकास एवं पशु स्वास्थ्य प्रबंधन (सात निश्चय - 2)	160.00
92.	प्रधानमंत्री स्वास्थ्य सुरक्षा योजना (पी०एम०एस० वाई०)	160.00
93.	बिहार प्रशासनिक सुधार मिशन सोसाईटी	157.97
94.	प्रधानमंत्री सूक्ष्म खाद्य उद्यम (पीएम एफएमई) उन्नयन योजना	157.89
95.	प्रारम्भिक विद्यालय भवन	150.02
96.	केन्द्रीय / मंडल / उप काराओं एवं अन्य भवनों के निर्माण हेतु	150.00
97.	पुलिस प्रशासन एवं ढांचागत सुदृढ़ीकरण एवं उन्नयन हेतु	150.00
98.	प्रारम्भिक विद्यालयों में छात्रवृति	150.00

99.	राज्य के विश्वविद्यालयों का विकास	145.00
100.	अस्पताल औषधालय तथा अन्यान्य स्थापना	144.31
101.	इन्फ्रास्ट्रक्चर मेन्टनेंस (आधारभूत संरचना)	142.00
102.	प्रधानमंत्री आयुष्मान भारत हेल्थ इन्फ्रास्ट्रक्चर मिशन (पी०एम०ए०बी०एच०आई०एम०)	140.80
103.	बिहार पशु विज्ञान एवं प्रौद्योगिकी विश्वविद्यालय	140.00
104.	खेलकूद	136.50
105.	मेडिकल कॉलेज एवं अस्पताल	135.51
106.	बिहार शताब्दी एड्स पीड़ित कल्याण योजना	134.00
107.	बीज गुणन फर्मों का विस्तार खेती पर व्यय	130.00
108.	बिहार कृषि विश्वविद्यालय, सबौर, भागलपुर	130.00
109.	प्रोमोशन ऑफ एग्रीकल्चर मेकानाईजेशन	130.00
110.	राष्ट्रीय वृद्धावस्था पेंशन योजना	130.00
111.	प्रखण्ड के भवन निर्माण	126.74
112.	कब्रिस्तानों की पक्की घेराबंदी	125.00
113.	ठोस एवं तरल अपशिष्ट प्रबंधन - सात निश्चय - 2	124.00
114.	राष्ट्रीय खाद्य सुरक्षा मिशन	122.00
115.	इंजिनियरिंग / तकनीकी महाविद्यालय और संस्थाओं के लिए भवने (विज्ञान एवं प्रावैधिकी विभाग)	120.00
116.	मोक्ष धाम का निर्माण - सात निश्चय - 2 राज्य की राजधानी	120.00
117.	मुख्यमंत्री विद्यार्थी प्रोत्साहन योजना	120.00
118.	मुख्यमंत्री ग्रामीण आवास योजना	120.00
119.	अधिप्राप्ति कार्य हेतु प्रबंधकीय अनुदान	117.18
120.	कृषि नवीनता में प्रोत्साहन	111.00
121.	सांस्कृतिक संरचना	111.00
122.	राष्ट्रीय कृषि विस्तार तथा प्रौद्योगिकी मिशन	108.00
123.	सीमा क्षेत्र विकास कार्यक्रम	105.96
124.	एकीकृत जल संभर प्रबंधन कार्यक्रम (आई०डब्ल्यू०एम०पी०)	104.15
125.	राजकीय उच्च विद्यालय के भवन	104.00
126.	राष्ट्रीय पशुधन स्वास्थ्य और रोग नियंत्रण कार्यक्रम	102.00
127.	एल० डब्लू०ई० जिलों के लिए	100.00
128.	खाद्यान्न का भंडारण हेतु गोदामों का निर्माण (नाबार्ड सम्पोषित)	100.00
129.	इको पर्यटन एवं पार्क का विकास	100.00
130.	बाढ़ सुखाड़ की आपातकालीन योजना	100.00
131.	मुख्यमंत्री बालिका पोशाक योजना	100.00
132.	मुख्यमंत्री बालक/बालिका साईकिल योजना	100.00
133.	मत्स्य संपदा (सात निश्चय - 2)	100.00
134.	बिहार राज्य अल्पसंख्यक वित्तीय निगम के हिस्सा पूँजी के रूप में	100.00
135.	शिक्षा का अधिकार अधिनियम 2009 के आलोक में प्रस्वीकृत निजी विद्यालयों को प्रतिपूर्ति की जाने वाली राशि	100.00
136.	पटना मेट्रो रेल	100.00
137.	प्राकृतिक वन क्षेत्र के बाहर वानिकी	100.00
138.	सब्जी आधारित सहकारी समितियों को प्रोत्साहन	100.00
139.	अग्निशामक उपकरणों का क्रय	100.00
140.	औद्योगिक विकास के लिए भूमि अर्जन	100.00

यह 2022-23 के संशोधित अनुमान से 6% अधिक है।

- इसमें से 56,212 करोड़ रुपए (26%) राज्य द्वारा अपने संसाधनों से जुटाए जाएंगे, जबकि 1,56,115 करोड़ रुपए (74%) केंद्र से प्राप्त होंगे।
- केंद्र से प्राप्त होने वाले संसाधन केंद्रीय करों (राजस्व प्राप्तियों का 49%) और अनुदानों (राजस्व प्राप्तियों का 25%) के रूप में राज्य को दिए जाएंगे।
- **राज्य का स्वयं कर राजस्व:** 2023-24 के लिए बिहार के कुल कर राजस्व का अनुमान 49,700 करोड़ रुपए है, जो 2022-23 के संशोधित अनुमानों से 20% अधिक है।
- स्वयं कर राजस्व के रूप में 2023-24 में जीएसडीपी के 5.8% अनुमानित है।
- राज्य ने 2022-23 के लिए इस अनुपात को 5.6% पर बजट स्तर पर

अनुमानित किया था, हालांकि संशोधित अनुमानों के अनुसार, इसकी उम्मीद कम होकर 5.2% है।

- केंद्र से हस्तांतरण: 2023-24 में राज्य की केंद्रीय करों में हिस्सेदारी का अनुमान 1,02,737 करोड़ रुपए है, जो 2022-23 के संशोधित अनुमान से 8% अधिक है।
- केंद्र से अनुदान के रूप में 2023-24 के लिए प्राप्तियों का अनुमान 53,378 करोड़ रुपए है, जो पिछले वर्ष की तुलना में 8% कम है। अनुदान कम होने का एक मुख्य कारण यह है कि जून 2022 से जीएसटी क्षतिपूर्ति अनुदान बंद हो गया है।
- 2023-24 के लिए अनुमान है कि राज्य जीएसटी स्वयं कर राजस्व का सबसे बड़ा स्रोत होगा, जो 63% होगा। एसजीएसटी राजस्व 2022-23 के संशोधित अनुमान की तुलना में 26% बढ़ने का अनुमान है।

2023-24 में व्यय

- 2023-24 के लिए राजस्व व्यय का प्रस्ताव 2,07,848 करोड़ रुपए है जो

रुपया कहाँ से आता है:

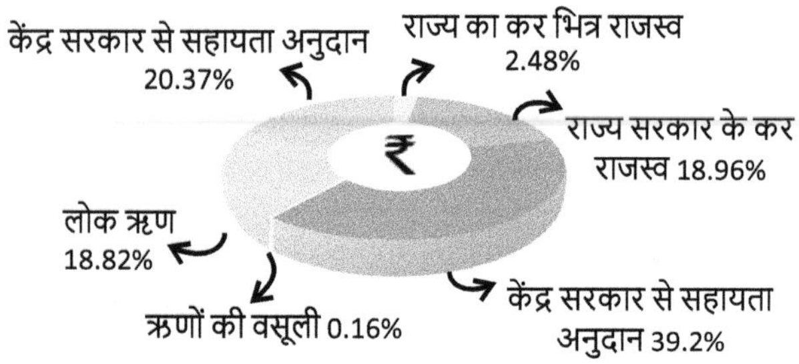

2022-23 के संशोधित अनुमान से 9% कम है।

- इसमें वेतन, पेंशन, ब्याज, अनुदान और सब्सिडी के खर्च शामिल हैं।
- 2022-23 में राजस्व व्यय की अनुमानित राशि बजट अनुमान से 19% अधिक होने की संभावना है।
- 2023-24 के लिए पूंजी परिव्यय का प्रस्ताव 29,257 करोड़ रुपए है, जो 2022-23 के संशोधित अनुमान से 26% कम है।
- पूंजी परिव्यय वह खर्च दर्शाता है, जो संपत्ति निर्माण से संबंधित होता है। 2022-23 के संशोधित अनुमानों के अनुसार, पूंजी परिव्यय बजट अनुमान से 33% अधिक होने की उम्मीद है।
- आमतौर पर प्रतिबद्ध व्यय में वेतन, पेंशन और ब्याज के भुगतान पर व्यय शामिल होते हैं।
- 2023-24 के लिए बिहार के वित्तीय वर्ष में प्रतिबद्ध व्यय के लिए 78,910 करोड़ रुपए का अनुमान है, जो इसकी राजस्व प्राप्ति का 37% है।
- इसमें वेतन (राजस्व प्राप्तियों का 15%), पेंशन (14%), और ब्याज (9%) के भुगतान शामिल हैं।
- 2022-23 में औसत तौर पर, राज्यों ने अपनी राजस्व प्राप्तियों का 54% प्रतिबद्ध व्यय मदों के लिए आबंटित किया था।
- बिहार में कम प्रतिबद्ध व्यय का मुख्य कारण वेतन पर कम खर्च है।
- 2023-24 में पेंशन और ब्याज भुगतान में पिछले वर्ष की तुलना में क्रमशः 16% और 13% की वृद्धि होने का अनुमान है, जबकि वेतन पर होने वाले खर्च में 4% की वृद्धि होने का अनुमान है।
- 2022-23 के दौरान, क्षेत्रवार व्यय बिहार के बजटीय व्यय का 66% हिस्सा विभिन्न क्षेत्रों के लिए खर्च होगा।

बजट 2023-24 के मुख्य आंकड़े (करोड़ रुपए में)

रुपया कहाँ जाता है:

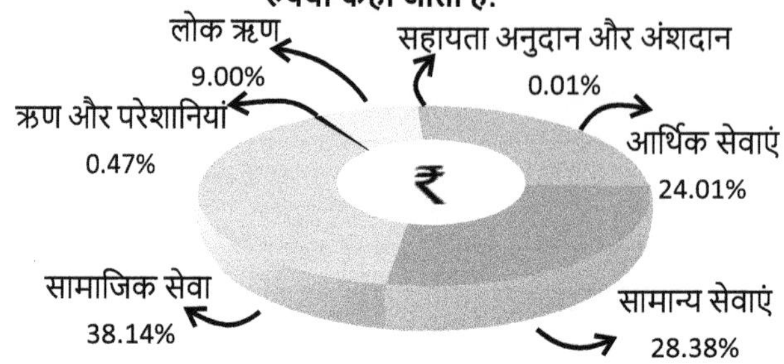

प्रत्येक विभाग के लिए आवंटित राशि		
1.	शिक्षा विभाग	40450.91 करोड़
2.	स्वास्थ्य विभाग	16966.42 करोड़
3.	पथ निर्माण	5918.87 करोड़
4.	भवन निर्माण	4721.48 करोड़
5.	ग्रामीण कार्य	11568 करोड़
6.	योजना विकास	2216 करोड़
7.	पीएचईडी	2340 करोड़
8.	श्रम संसाधन	864 करोड़
9.	ऊर्जा विभाग	11536 करोड़
10.	विज्ञान एवं प्रौद्योगिकी	803 करोड़
11.	आपदा प्रबंधन	5265 करोड़
12.	खाद्य उपभोक्ता	1242 करोड़
13.	पर्यटन	417 करोड़
14.	गृह विभाग	14266 करोड़
15.	मंत्रिमंडल सचिवालय	502 करोड़
16.	सूचना जन संपर्क	148 करोड़
17.	निर्वाचन	231 करोड़
18	संसदीय कार्य	8.63 करोड़
19.	सामान्य प्रशासन	881 करोड़
20.	कला संस्कृति एवं युवा	331 करोड़
21.	विधि	1167 करोड़
22.	निगरानी	45.95 करोड़
23.	वित्त विभाग	2547 करोड़

24.	कृषि विभाग	3639 करोड़	34.	गन्ना उद्योग	123 करोड़
25.	पशु एवं मत्स्य	1509 करोड़	35.	समाज कल्याण	8210 करोड़
26.	सहकारिता	1190 करोड़	36.	पिछड़ा अति पिछड़ा	1787 करोड़
27.	जल संसाधन	4378 करोड़	37.	अनुसूचित जाति जनजाति	1805 करोड़
28.	लघु जल संसाधन	1020 करोड़	38.	अल्पसंख्यक कल्याण	635 करोड़
29.	पंचायती राज	10419 करोड़	39.	राजस्व भूमि सुधार	1548 करोड़
30.	ग्रामीण विकास	15452 करोड़	40.	मद्य निषेध, उत्पाद निबंधन	600 करोड़
31.	नगर विकास	9709 करोड़	41.	वाणिज्य कर विभाग	177 करोड़
32.	पर्यावरण एवं वन	781 करोड़	42.	परिवहन	434 करोड़
33.	उद्योग विभाग	1648 करोड़	43.	खान भूतत्व	61.9 करोड़

मद	2021-22 वास्तविक	2022-23 बजटीय	2022-23 संशोधित	बअ 2022-23 से संअ 2022-23 में परिवर्तन का %	2023-24 बजटीय	संअ 2022-23 से बअ 2023-24 में परिवर्तन का %
कुल व्यय	1,93,123	2,37,691	2,85,519	20%	2,61,885	-8%
(-) ऋण का पुनर्भुगतान	8,746	14,670	14,670	0%	23,559	61%
शुद्ध व्यय (E)	1,84,377	2,23,021	2,70,849	21%	2,38,327	-12%
कुल प्राप्तियां	1,99,270	2,37,892	2,50,792	5%	2,62,085	5%
(-) उधारियां	40,445	40,756	49,327	21%	49,327	0%
शुद्ध प्राप्तियां (R)	1,58,825	1,97,136	2,01,465	2%	2,12,759	6%
राजकोषीय घाटा (E-R)	25,551	25,885	69,384	168%	25,568	-63%
जीएसडीपी का %	3.8%	3.5%	8.8%	–	3.0%	–
राजस्व संतुलन*	-422	4,748	-28,349	-697%	4,479	-116%
जीएसडीपी का %	-0.1%	0.6%	-3.6%	–	0.5%	–
प्राथमिक घाटा	11,729	9,580	53,079	454%	7,213	-86%
जीएसडीपी का %	1.7%	1.3%	6.7%	–	0.8%	–

बिहार बजट 2023-24 में क्षेत्रवार व्यय (करोड़ रुपए में):						
क्षेत्र	**2021-22 वास्तविक**	**2022-23 बजटीय**	**2022-23 संशोधित**	**2023-24 बजटीय**	**संअ 2022-23 से बअ 23-24 में परिवर्तन का %**	**क्षेत्र**
शिक्षा, खेल, कला एवं संस्कृति	35,530	40,828	55,111	42,381	-23%	वेतन के लिए स्कूलों को सहायता हेतु अनुदान के रूप में 17,789 करोड़ रुपये आवंटित किए गए हैं। शिक्षा विभाग के लिए वेतन और भत्तों हेतु 6,397 करोड़ रुपये आवंटित किए गए हैं।
ग्रामीण विकास	19,095	23,553	27,667	25,270	-9%	मनरेगा के लिए 3,852 करोड़ रुपये आवंटित किए गए हैं। पीएमजीएसवाई के लिए 3,610 करोड़ रुपये आवंटित किए गए हैं।
स्वास्थ्य एवं परिवार कल्याण	11,510	15,898	20,183	16,704	-17%	शहरी क्षेत्रों में स्वास्थ्य सेवाओं के प्रावधान के लिए 3,691 करोड़ रुपये आवंटित किए गए हैं। स्वास्थ्य सेवाओं पर पूंजी परिव्यय के लिए 1,830 करोड़ रुपये आवंटित किए गए हैं।
समाज कल्याण एवं पोषण	13,452	13,208	17,531	14,763	-16%	मुख्यमंत्री वृद्धजन पेंशन योजना के लिए 1,029 करोड़ रुपये आवंटित किए गए हैं।
पुलिस	8,875	11,911	12,353	11,686	-5%	जिला पुलिस के लिए 6,345 करोड़ रुपये आवंटित किए गए हैं।
ऊर्जा	10,426	11,376	16,439	11,436	-30%	सस्ती बिजली पर सब्सिडी के लिए 9,103 करोड़ रुपये आवंटित किए गए हैं।
परिवहन	8,963	9,002	12,692	9,887	-22%	सड़कों और पुलों पर पूंजी परिव्यय के लिए 3,986 करोड़ रुपये आवंटित किए गए हैं।
शहरी विकास	5,587	7,133	7,133	8,783	23%	स्मार्ट सिटी मिशन के लिए 940 करोड़ रुपये आवंटित किए गए हैं।
कृषि एवं संबद्ध गतिविधियां	3,428	7,712	9,520	7,726	-19%	कृषि विभाग की विभिन्न योजनाओं के तहत सब्सिडी के लिए 415 करोड़ रुपये आवंटित किए गए हैं। इसमें कृषि मशीनीकरण के लिए 100 करोड़ रुपये की सब्सिडी शामिल है।
आवासन	7,112	9,405	12,543	7,504	-40%	इंदिरा आवास/प्रधानमंत्री आवास योजना के लिए 6,789 करोड़ रुपये आवंटित किए गए हैं।
सभी क्षेत्रों में कुल व्यय का %	**68%**	**68%**	**71%**	**66%**	**-7%**	

(बअ) BE- बजट अनुमान; (संअ) RE- संशोधित अनुमान
बिना चिन्ह अधिशेष और नेगेटिव चिन्ह घाटा दर्शाता है।

बजट एक नजर में:

- बजट 2023-24 में 10 लाख रोजगार उपलब्ध कराने का निश्चय किया गया है।
- सरकार द्वारा नियुक्ति प्रक्रिया के अंतर्गत कुल 2,86,549 पदों की जानकारी दी गई है।
- इसमें बीएसएससी में 29,000 भर्तियां और बीटीएससी में 12,000 भर्तियां होंगी।

- पुलिस विभाग में 75,543 पदों की मंजूरी हासिल हुई है। स्कूलों में 40,506 प्रधान शिक्षकों की भर्ती होगी।
- बजट में BPSC और UPSC पास करने वाले अत्यंत पिछड़े वर्ग के अभ्यर्थियों के लिए भविष्य की तैयारी के लिए 50 हजार से एक लाख रुपये प्रदान करने के लिए राशि आवंटित की है।
- शहरी क्षेत्र में बाइपास बनाने और सौर ऊर्जा के विकास के लिए 3,323 करोड़ रुपये का बजट आवंटित किया गया है। इसके साथ ही, अपने घर में जल संचयन सिस्टम लगाने वालों को, होल्डिंग टैक्स में 5 प्रतिशत की छूट भी उपलब्ध कराई जाएगी।
- सौर ऊर्जा के उत्पादन को बढ़ावा देने के लिए कजरा (लखीसराय) और पीरपैंती (भागलपुर) में सौर ऊर्जा परियोजनाएं लगाने की भी घोषणा की गई है।
- बिहार सरकार ने इस बजट में लगभग आधी आबादी पर भी ध्यान केंद्रित किया है।
- महिला उद्यमी योजना जैसे कार्यक्रमों के लिए 250 करोड़ रुपये अलग कर दिए गए हैं। इसके अलावा, महिलाओं के नाम पर वाहन कर में शत-प्रतिशत छूट भी दी गयी है।
- बिहार सरकार ने बजट में अल्पसंख्यक वर्ग पर ध्यान केंद्रित किया है।
- तलाकशुदा या परित्यक्ता मुस्लिम महिला सहायता योजना की सहायता राशि को 10,000 रुपये से बढ़ाकर 25,000 रुपये कर दिया गया है।
- अल्पसंख्यक कल्याण छात्रावास में रहने वाले स्टूडेंट्स को 1000 रुपये अनुदान राशि और हर माह 15 किलो अनाज मुफ्त में उपलब्ध करवाया जाएगा।
- 39 करोड़ रुपये का निवेश करके मदरसों को सुदृढ़ बनाने की योजना को मंजूरी दी गई है।
- इस योजना के अंतर्गत, 4000 शिक्षकों और 2000 प्रधान मौलवियों को प्रशिक्षण दिया जाएगा ताकि मदरसों में गुणवत्तापूर्ण शिक्षा प्रदान की जा सके।
- इसके अलावा, 200 मास्टर ट्रेनर भी तैयार किए जाएंगे।
- बिहार में 243 विधानसभा क्षेत्रों में प्रत्येक क्षेत्र में एक अतिरिक्त प्राथमिक स्वास्थ केंद्र के साथ 5-5 स्वास्थ्य उपकेंद्र और 122 सामुदायिक स्वास्थ्य केंद्र सहित 1379 स्वास्थ्य संस्थानों के निर्माण की मंजूरी दी गई।
- शहरी क्षेत्र में बिहार सरकार द्वारा 'सम्राट अशोक भवन' के निर्माण की योजना बनाई गई है।
- अबतक 103 नगर निकायों ने सम्राट अशोक भवन के निर्माण के लिए स्वीकृति दे दी हैं।
- बिहार सरकार ने इस बजट में राजकीय अभियंत्रण महाविद्यालयों में स्नातक की सीटों की संख्या को 8774 से बढ़ाकर 10965 कर दिया गया है और स्नातकोत्तर में 96 से बढ़ाकर 126 कर दिया गया है।
- साथ ही पॉलिटेक्निक संस्थानों में सीटों की संख्या को 11211 से बढ़ाकर 12321 कर दिया गया है।
- बजट में बिहार के हर जिले में सरकार द्वारा एक हाई स्कूल और 12 अन्य स्कूल का चयन कर उन्हें अनुकरणीय मॉडल विद्यालय के रूप में विकसित किया जाएगा।
- साथ ही इस बजट में 50 अनुकरणीय हाई स्कूलों में मॉडल विज्ञान प्रयोगशाला बनाने का भी फैसला लिया गया है।
- एक इंजीनियरिंग कॉलेज की स्थापना की जाएगी। इस इंजीनियरिंग कॉलेज में 522 शिक्षकों की भर्ती की जाएगी।
- पटना के गांधी मैदान के पास खादी मॉल है। अब बिहार के अन्य दो जिलों में खादी मॉल की स्थापना की जाएगी। खादी को बढ़ावा देने के लिए पूर्णिया और मुजफ्फरपुर में खादी मॉल बनेगा।
- नारी सशक्तिकरण योजना के लिए बिहार सरकार ने 60 करोड़ रुपये की व्यवस्था की है।
- 10वीं पास छात्राओं के लिए 94 करोड़ रुपये का प्रावधान रखा गया है ताकि उन्हें छात्रवृत्ति दी जा सके।
- पटना मेडिकल कॉलेज के लिए 5540 करोड़ रुपये की राशि निर्धारित की गई है।

बिहार की कला एवं संस्कृति

कला

- हमारा देश भारत उत्सवधर्मी है। विविधता हमारी पहचान है। विभिन्न संस्कृतियों और विभिन्न त्योहारों के साथ-साथ विविध कलाएँ भी हमारी अनूठी पहचान हैं।
- हम अपने आस-पास के परिवेश, प्रकृति या भावों और विचारों को भाषा में व्यक्त करते हैं वैसे ही कलाओं की अपनी भाषा होती है।
- मंदिरों और महलों में विकसित होती हुई ये कलाएँ शास्त्रीय स्वरूप ग्रहण करती गई। ये कलाएँ गुप्त साम्राज्य में पराकाष्ठा पर पहुँच गई थी।
- भरत मुनि के नाट्यशास्त्र में इनका शास्त्रीय स्वरूप बना, जो कला के लिए अब तक का प्राप्त सबसे महत्वपूर्ण शास्त्र है।
- शास्त्र ने संगीत, नृत्य, अभिनय, कलाओं को एक शास्त्रीय कला का स्वरूप दिया।
- आज की कलाओं की जड़ें लोक संस्कृति से जुड़ी हुई हैं, चाहे चित्रकला हो, वास्तुकला हो या फिर नृत्यकला हो।

चित्रकला

- चित्रकारी, कला का एक रूप है जिसमें कैनवास, कागज, लकड़ी या दीवारों जैसी सतह पर रंग लगाना शामिल है।
- भारत में कला के रूप में चित्रकला का विकास सर्वप्रथम पुरापाषाण काल में हुआ था।
- इस काल की चित्रकला का उदाहरण भीमबेटका एवं आदमगढ़ की गुफाओं में मिलता है।
- चित्रकारी को विभिन्न मानदंडों के आधार पर विभिन्न प्रकारों में वर्गीकृत किया जा सकता है, जिसमें उपयोग किए गए माध्यम जैसे- तेल रंग, जल रंग, शामिल हैं।
- चित्रकारी का एक लंबा इतिहास है, जो प्रागैतिहासिक गुफा चित्रों से जुड़ा है और दुनिया के विभिन्न हिस्सों में विभिन्न कलात्मक परंपराओं के माध्यम से जारी है।
- कुछ प्रमुख कलात्मक परंपराओं में मिस्र, ग्रीक, रोमन, चीनी, जापानी, भारतीय, इस्लामी और बैरोक की आधुनिक और समकालीन कला शामिल हैं।
- बौद्ध चित्रकला मुख्यत: अजंता की गुफाओं में देखा जा सकता है। यहाँ बुद्ध का जन्म, गृहत्याग, प्रथम उपदेश आदि का अंकन मिलता है।

वास्तुकला

- कला की भाँति वास्तुकला के उद्भव एवं विकास का इतिहास भी उतना ही प्राचीन है, जितना कि मानव सभ्यता का है।
- मानव सभ्यता ने जैसे-जैसे प्रगति की, वैसे-वैसे वास्तुकला और उनके रूपों में भी परिवर्तन आता गया।
- 13वीं सदी से लेकर ब्रिटिश काल के बीच भी भारतीय वास्तुकला ने एक नई ऊँचाई ग्रहण की थी।

मौर्य कला

- मौर्य कला शैली प्राचीन भारत में मौर्य साम्राज्य के दौरान उत्पन्न हुई थी, जो लगभग 322 ईसा पूर्व से 185 ईसा पूर्व तक चली थी।
- इसे प्राचीन भारत की सबसे महत्वपूर्ण कला शैलियों में से एक माना जाता है, और यह भारत की सांस्कृतिक विरासत का एक महत्वपूर्ण हिस्सा है।
- मौर्य कला यथार्थवाद और प्रकृतिवाद पर जोर देने के लिए जानी जाती है, और इसमें लोगों, जानवरों और प्रकृति के चित्रण अत्यधिक विस्तृत और सजीव हैं।
- मौर्य काल की कला विशेष रूप से स्तंभों और रॉक-कट गुफाओं के रूप में पत्थर के उपयोग के लिए उल्लेखनीय है।
- मौर्यकालीन पत्थर की वास्तुकला का सबसे प्रसिद्ध उदाहरण अशोक स्तंभ है, जिसमें एक पॉलिश सतह और जटिल नक्काशी है।
- शीर्षाकृतियों वाले प्रस्तर स्तंभों में से कुछ स्तंभ आज भी सुरक्षित हैं जो बिहार में बसराह-बखीरा, लौरिया-नंदनगढ़, रामपुरवा, उत्तर प्रदेश में सनकिसा व सारनाथ में देखे जा सकते हैं।
- यह स्तंभ धम्म चक्र प्रवर्तन का मानक प्रतीक है और बुद्ध के जीवन की एक महान ऐतिहासिक घटना का वर्णन है।
- मौर्य काल की कला, भारतीय इतिहास के महत्व और संस्कृति के विकास में योगदान के लिए सराहनीय है और इसका अध्ययन आज भी किया जाता है।
- मौर्यकालीन कला विविध आयामों में परिपूर्ण थी तथा अपनी कल्पनाशक्ति, शिल्प, वैज्ञानिक प्रविधि एवं रचनाशीलता में भी काफी समृद्ध थी।

- हड़प्पा काल में उच्च स्तर की कला एवं वास्तुकला का अस्तित्व था।
- पूर्व-मौर्य युग में 'लकड़ी, मिट्टी और घास-फूस' का कलात्मक वस्तु के निर्माण में उपयोग होता था, जिसके कारण ये कलाएं वर्तमान में मौजूद नहीं हैं। मौर्य काल में कला के दो रूप 'राजकीय अथवा दरबारी कला' एवं 'लोककला अथवा मूर्तिकला' मिलते हैं।
- मौर्य काल में पटना के कुम्हरार में 80 स्तंभों वाले लकड़ी के स्तंभ मिले है।

राजकीय अथवा दरबारी कला

- इसका सर्वोत्तम उदाहरण मगध सम्राट् चंद्रगुप्त का पाटलिपुत्र स्थित कुम्हरार में प्राप्त राजप्रासाद है।
- यह सभा भवन अनेक खंभोंवाला एक विशाल हॉल था। इस सभा भवन में 84 पाषाण स्तंभ पाए गए हैं। यह सभा भवन 140 फीट लंबा एवं 120 फीट चौड़ा था।

- प्रसिद्ध चीनी यात्री फाहियान ने इस राजप्रासाद को 'देव निर्मित महल' कहा था।
- सम्राट् अशोक के समय की कलाकृतियों को चार भागों में बाँटा जा सकता है-

1. स्तंभ
    - अशोक स्तंभ को सम्राट् अशोक ने तीसरी शताब्दी ईसा पूर्व में बनवाया था।
    - उस समय के निर्मित स्तंभों को जानवरों, पक्षियों और पौराणिक प्राणियों की नक्काशी से भी सजाया गया था।
    - संभवतः स्तंभों की संख्या 30 से 40 थी। इनमें 15 सुरक्षित हैं।
    - ये स्तंभ दो प्रकार के पाये गए हैं-
        - धम्म लिपियों में खुदे हुए स्तंभ :
            - ये स्तंभ दिल्ली, मेरठ, टोपरा, इलाहाबाद, लौरियानंदनगढ़, अरेराज, रामपुरवा, साँची, सारनाथ, लुंबिनी आदि जगहों से प्राप्त हुए हैं।
        - सादे स्तंभ :
            - इस प्रकार के स्तंभ रामपुरवा (बैल शीर्ष), बसाढ़, कोसय आदि जगहों से प्राप्त हुए हैं।
            - ये स्तंभ नीचे से ऊपर की ओर क्रमशः पतले होते गए हैं।
            - स्तंभ के शीर्ष पर विभिन्न पशु आकृतियाँ (हंस, सिंह, हाथी, बैल आदि) मिलती हैं।
            - इन स्तंभों में सारनाथ का सिंह शीर्ष स्तंभ सर्वोत्तम है, जिसे भारत का राजकीय चिह्न घोषित किया गया।
            - ये सिंह चक्रवर्ती सम्राट् अशोक की शक्ति के प्रतीक हैं।

2. स्तूप
    - सांची स्तूप मौर्य वास्तुकला का एक उदाहरण है जो अपनी जटिल नक्काशी और धार्मिक महत्व के लिए प्रसिद्ध है।
    - ये स्तूप ईंट अथवा प्रस्तर के बने ठोस गुंबद होते थे।
    - स्तूप का निर्माण बौद्ध और जैन धर्म के लोग पवित्र स्थान के स्मारकस्वरूप करते थे।
    - परंपरा अनुसार सम्राट् अशोक ने 84 हजार स्तूप का निर्माण कराया था, जिसमें वर्तमान समय में काफी कम संख्या में बचे हैं।
    - तक्षशिला स्थित धर्मराजिका स्तूप का निर्माण भी अशोक ने ही कराया था।

3. पाषाण वेदिका
    - मौर्यकालीन स्तूप विहार वेदिकाओं से घिरे हुए होते थे।
    - बोधगया एवं सारनाथ से अशोककालीन वेदिकाओं के अवशेष प्राप्त हुए हैं।
4. गुहा विहार
    - सुंदर गुफाओं के रूप में गुहा विहार का एक समूह गया से 16 मील उत्तर दिशा में नागार्जुनी पहाड़ी में प्राप्त हुआ है।
    - यहाँ प्राप्त गुफाओं में सुदामा गुफा (दूसरा नाम "न्यग्रोध गुहा"), कर्ण चौपड़, विश्व झोपड़ी गुफा, की गुफा प्रसिद्ध हैं।
    - नागार्जुनी समूह में प्राप्त गोपिका गुफा महत्त्वपूर्ण है, जिसे दशरथ ने बनवाया था।

लोककला एवं मूर्तिकला

- मौर्यकाल में राजकीय दरबार से बाहर होने वाली कला, जनसाधारण के द्वारा की जाने वाली कला को लोककला कहा गया है।
- यक्ष-यक्षिणी प्रतिमाएँ लोककला का प्रमुख आधार थीं।
- पटना, विदिशा और मथुरा जैसे अनेक स्थलों पर यक्षों तथा यक्षिणियों की बड़ी-बड़ी मूर्तियाँ पाई गई हैं।
- पटना के दीदारगंज से प्राप्त चामरगृहिणी मूर्ति है, जिसे स्त्रीरत्न या यक्षी का नाम दिया गया है। यहाँ से एक जैन तीर्थंकर की मूर्ति भी प्राप्त हुई है।

चामरगृहिणी दीदारगंज यक्षी तीसरी शताब्दी ईसापूर्व दूसरी शताब्दी ईसापूर्व बिहार संग्रहालय, पटना

- इसके अतिरिक्त सारनाथ, मथुरा, हस्तिनापुर, बसाढ़, कौसांबी, कुम्हरार आदि अनेक स्थानों से विभिन्न पशु-पक्षियों तथा नर-नारियों की मूर्तियाँ काफी संख्या में मिली हैं।

मौर्योत्तर

- शुंग और कुषाण काल में कला का विकास होता रहा, लेकिन मौर्योत्तर कला, मौर्यकालीन कला के नमूनों से प्रकट नहीं होती थी।
- गुप्तकाल में वास्तुकला का पुन: विकास हुआ और यह सारनाथ क्षेत्र की शैली और मथुरा शैली से प्रेरित थी।
- इसके नमूने रोहतास, भोजपुर, नालंदा, राजगीर, गया, वैशाली, सुल्तानगंज, पटना आदि स्थानों से प्राप्त हुए हैं।
- गुप्त कला मथुरा शैली से प्रभावित थी और इसमें हिन्दू धर्म का प्रभाव अधिक दिखाई देता है।
- भागलपुर के सुल्तानगंज से प्राप्त भगवान बुद्ध की 7.5 फीट ऊंची ताम्र प्रतिमा गुप्त काल में बनी प्रारंभिक कृतियों में सर्वश्रेष्ठ है।
- गुप्तकाल के नारी सौन्दर्य को इन मूर्तियों के माध्यम से आसानी से अभिव्यक्त किया जा सकता है।
- इस काल में साँचों का उपयोग करके भगवान बौद्ध और पौराणिक देवताओं की मूर्तियाँ भी बनाई गईं थी।
- इसके अलावा कई गुप्तकालीन मिट्टी की मूर्तियाँ मिली हैं, जो बेहद खूबसूरत हैं।

पाल कला

- "पाल" एक संस्कृत शब्द है जिसका अर्थ "रक्षक" होता है।
- पाल-काल में जिस कला शैली का जन्म हुआ, उसे ही हम मध्यकालीन कला की पूर्व-शैली कहते है।
- पाल कला ने न केवल भारत में, बल्कि दक्षिण-पूर्वी एशिया की कला को भी प्रभावित किया था।
- पालकला का विकास 8वीं और 12वीं शताब्दी के बीच बिहार और बंगाल के क्षेत्रों में पाल शासकों और संतों द्वारा किया गया था।
- पालकला को पाल-सेन कला या पूर्वी भारतीय कला भी कहा जाता है।
- पाल कला के अधिकांश चित्र पोथियों तथा पट्ट चित्रों के रूप में प्राप्त होते हैं। ताड़पत्र, भोजपत्र आदि की पोथियाँ बनाकर इनमें चित्र उकेरे गए थे।
- सोमपुर महाविहार, जिसे महान मठ के रूप में भी जाना जाता है, 12वीं सदी तक एक प्रसिद्ध बौद्धिक केंद्र था।
- पाल शासन से संबंधित प्रमुख वास्तुकलाएँ जगदल विहार, विक्रमशिला विहार और ओदंतपुरी विहार थीं। पालकला की निम्नलिखित विशेषतायें है -

स्थापत्य कला

- पाल शासकों ने स्थापत्य कला के क्षेत्र में निर्णायक भूमिका निभाई है।
- स्थापत्य कला के क्षेत्र में पाल काल में अनेक महाविहारों, स्तूपों, चैत्यों, मंदिरों तथा दुर्गों का निर्माण हुआ।
  - ओदंतपुरी बौद्ध विहार, भारत का दूसरा सबसे पुराना बौद्ध मठ है,
  - जिसकी स्थापना पाल शासक गोपाल प्रथम ने की थी।
  - नालंदा में विभिन्न युगों में बने मंदिरों, स्तूपों और विहारों में पाल शासकों का बड़ा योगदान रहा है।
  - इसके अतिरिक्त कहलगांव का गुफा मंदिर, गया, सूरजगढ़ा, इंडपै, जयमंगलगढ़ आदि स्थित विष्णुपद मंदिर का अर्धमंडप पाल कला के ज्वलंत उदाहरण हैं।
  - इस काल की स्थापत्य कला पर बौद्ध धर्म और वैष्णव धर्म का प्रभाव स्पष्ट रूप से दिखता है।

मूर्तिकला

- पाल कला के महत्वपूर्ण विशेषताओं में मूर्तिकला का उल्लेखनीय स्थान है। विशेषकर इस समय में बने कांसे की मूर्तियों की तुलना इसी समय (पाल वंश के समकालीन) में दक्षिण भारत में चोल कांसे की मूर्तियों से की जा सकती है।
- पाल कला की मूर्तिकला का स्वरूप मुख्यतः गुप्त काल की मूर्तियों से प्रेरित है।
- पाल कला में कांसे और प्रस्तर की मूर्तियों के निर्माण की एक उन्नत शैली का विकास बिहार प्रदेश में दिखाई पड़ता है। पाल मूर्तिकला को दो भागों में बांटा गया है:
  - कांसे की मूर्तियाँ
    - कांसे की प्रतिमाओं के निर्माण की शैली का जनक धीमन और उसके पुत्र बिठपाल को माना जाता है।
    - इस काल की कांसे की प्रतिमाओं के नमूने नालंदा तथा कुर्किहार (गया के निकट) आदि स्थानों से प्राप्त हुए हैं।
    - कांसे की मूर्तियाँ निम्नलिखित धर्मों से प्रभावित हैं:
      1. बौद्ध धर्म प्रभावित 'सुल्तानगंज (भागलपुर)' से प्राप्त बुद्ध की विशाल कांसे की मूर्ति वर्तमान बर्मिंघम (इंग्लैंड) संग्रहालय में रखी हुई है। यह पाल कला के विशिष्टता का परिचायक है। यहाँ बुद्ध की सर्वाधिक प्रतिमाएँ मिली हैं।
      2. हिन्दू धर्म से प्रभावित: हिन्दू देवी-देवताओं में मुख्यतः सूर्य, विष्णु, बलराम, गणेश और उमा-महेश्वर की मूर्तियाँ मिली है।
  - प्रस्तर की मूर्तियाँ
    - ये मूर्तियाँ संथाल, परगना, मुंगेर और गया से प्राप्त काले बेसाल्ट पत्थर की बनी हुई है।
    - इन मूर्तियों में केवल शरीर के सामने वाले भाग को दिखाया गया है।
    - इन मूर्तियों में अलंकार की प्रधानता है। इन मूर्तियों में मुख्यतः देवी-देवताओं का चित्रण किया गया है।

नोट : कांसे एवं प्रस्तर की मूर्तियों के अतिरिक्त पाल मूर्ति कला से संबंधित रूपों में मृणमूर्तियों (मिट्टी की मूर्तियाँ) के भी प्रमाण मिलते हैं जिनका प्रयोग सजावट के लिए होता है।

चित्रकला

- पाल कला के तहत चित्रकला का भी विशिष्ट स्थान है। ये मुख्यतः दो प्रकार की होती हैं:
  - पाण्डुलिपि चित्रण
    - इस प्रकार के चित्रण मुख्यतः ताम्र पत्रों पर मिलते हैं।
    - इनको बनाने का उद्देश्य विषयवस्तु को विस्तार देना एवं सजाना था।
    - इन चित्रों में मुख्यतः लाल, काला, पीला, सफेद आदि रंगों का प्रयोग मिलता है।
    - इस प्रकार के चित्र लघु चित्रों के श्रेणी में माने जाते है, जिसमें प्रमुख है "अष्ट सहसरिक प्रज्ञा पारमिता" नामक चित्र जो

वर्तमान में "कैम्ब्रिज विश्वविद्यालय" लंदन के पुस्तकालय में सुरक्षित है।
    - इस चित्र पर बौद्ध तांत्रिक कला का प्रभाव माना जाता है।
- भित्तिचित्र या दीवार चित्रण
    - पाल कालीन चित्रों में भित्तिचित्र या दीवार चित्र भी उल्लेखनीय है जिनकी प्रमुख विशेषताएँ - मानव,पशु,फूल,आदि का ज्यामितीय तरीके से चित्रण है।
    - आगे चलकर इस प्रकार के चित्रण का प्रभाव मधुबनी चित्रकला के संदर्भ में भी देखा जा सकता है।
    - सरायटीला (नालंदा) से भित्तिचित्र के विशिष्ट उदाहरण मिले हैं।

बौद्ध चित्रकला

- बौद्ध चित्रकला मुख्यतः अजंता की गुफाओं में देखा जा सकता है। यहाँ बुद्ध का जन्म, गृहत्याग, प्रथम उपदेश आदि का अंकन मिलता है।
- लोमष ऋषि की गुफ़ा इस काल का एक अकेला उदाहरण है मगर परवर्ती काल में पूर्वी और पश्चिमी भारत में अनेक बौद्ध गुफाएं मिली थीं।

मृदभांडकला

- पालकला में मृदभांड के सुंदर और कलात्मक रूपों का विकास किया गया है।
- इस कला का विकास मुख्य रूप से सजावट के लिए किया गया है।
- इस कला में दीवारों पर मूर्तियां बनाई जाती हैं।
- यह कला मुख्य रूप से धार्मिक और सामान्य जीवन के दृश्यों को दर्शाती है।

पटना कलम

- पटना कलम भारतीय चित्र शैली की एक क्षेत्रीय चित्र शैली है।
- इस चित्र शैली ने अपनी विशिष्टता की वजह से वैश्विक पहचान बनाई है।
- मुगल बादशाह औरंगजेब ने कला-साहित्य संगीत की घोर उपेक्षा की। उसने कलाकारों को काफिर घोषित कर दिया था।
- राजकीय आश्रय के अभाव में चित्रकार आजीविका की तलाश में जहाँ कहीं भी आश्रय पाते थे, बस जाते थे।
- अलग-अलग जगहों पर बसने के कारण उनकी कलाकृति को अलग-अलग नामों से जाना जाता था।
- इनमें दिल्ली कलम, लखनऊ कलम, पटना कलम आदि लोकप्रिय और प्रसिद्ध हुए।
- मुग़ल दरबार से संरक्षण के अभाव में मुर्शिदाबाद के चित्रकार सर्वप्रथम मुर्शिदाबाद के बालुचक नामक स्थान पर बसे।

- परन्तु एक प्रशासनिक नगर के रूप में मुर्शिदाबाद के महत्व में कमी तथा पटना के महत्व में वृद्धि के कारण उन्होंने बालुचक (मुर्शिदाबाद) को छोड़ दिया और पटना में बसने लगे।
- कुछ चित्रकार पटना के लोदीकटरा, मालापुरा, दीवान मोहल्ला, मछरहट्टा और नित्यानंद क्षेत्र में बसे और कुछ चित्रकार आरा और दानापुर में बस गए और चित्रकला के क्षेत्रीय रूप को विकसित किया।
- इस चित्रकला शैली को ही 'पटना कलम' के नाम से जाना जाने लगा।
- ऐसा माना जाता है कि पटना कलम के जनक अकबर और जहाँगीर काल के प्रमुख चित्रकार मनोहर के वंशज थे, जो मुर्शिदाबाद में बस गए थे।

- इस शैली के अधिकांश चित्रकार पुरुष होने के कारण इसे 'पुरुष शैली' भी कहते हैं।
- पटना चित्र शैली की चित्रकला अपनी गतिशील लयबद्ध रेखाओं, रूढ़िवादी आकृतियों, आलंकारिक सौन्दर्य, चमकीले रंग, सामंजस्य आदि के कारण लोकप्रिय हुई।
- इस शैली के अधिकांश चित्रकारों ने विशेष व्यक्तियों, त्योहारों और जानवरों के चित्रण पर जोर दिया।
- बौद्ध काल से चली आ रही ब्रुश परंपरा का उपयोग पेंटिंग बनाने में किया गया है।
- चित्रों में प्रयुक्त मुख्य रंग गहरा भूरा, गहरा लाल, हल्का पीला और गहरा नीला आदि हैं।
- चित्रों में सजीवता तथा सामान्य जीवन से निकटता इस शैली की विशेषता है।
- पुरुषों की ऊँची नाक, भरी भौहें, पतला चेहरा, गहरी आँखें और धान मूंछें पटना चित्रकला शैली में दर्शायी गयी हैं।
- चित्र बनाने में पेंसिल से आकृति बनाकर रंग भरने के स्थान पर चित्र बनाने व रंगने का कार्य ब्रश से ही किया गया है।

- इस प्रकार पटना कलम कई आधारों पर मुगल शाही शैली से अलग है।
- इन चित्रों में सजीवता और आम जीवन से उनका घनिष्ठ संबंध सबसे महत्वपूर्ण है।
- इसके अलावा रंगों और छायांकन के तरीकों में भी अंतर स्पष्ट है।
- पटना कलम के चित्रकार मुख्यतः धोबी, कुली, लोहार, कसाई, दरबान आदि के चित्र बनाते थे।
- कारीगरों में- बढ़ई, सुनार, जुलाहा, कुम्हार आदि के चित्र बनाते थे।
- परिवहन के साधनो में - पालकी, डोली, तांगा आदि के चित्र बनाते थे।
- महिलाओं का सूत काटना, खाना बनाना, श्रृंगार करना भी पटना कलम का विषय बन गया।
- संतों और फकीरों को भी चित्रित किया गया था।

- अंग्रेज महिलाओं और पुरुषों के चित्र भी बनाए गए।
- अंग्रेजों ने इस शैली का बहुत बारीकी से परीक्षण किया और इसे अपनी चित्रकला शैली में शामिल किया।
- पटना कलम के चित्रकला पटना संग्रहालय, जालान संग्रहालय एवं ब्रिटिश संग्रहालय (लंदन) में सुरक्षित हैं।
- मुगल शाही शैली और ब्रिटिश कला का इस शैली पर गहरा प्रभाव पड़ा है। इसके अलावा इसमें स्थानीय विशिष्टताएं भी झलकती हैं। मुगल तत्वों, यूरोपीय तत्वों और स्थानीय तत्वों के संयोजन के कारण पटना कलम की अपनी विशिष्ट विशेषताएं हैं। पटना कलम की प्रमुख विशेषताएं निम्नलिखित हैं-

लघु चित्र

- पटना कलम के चित्र लघु चित्रों की श्रेणी में आते हैं, जो ज्यादातर कागज पर और कहीं -कहीं हाथी दांत पर बनाये जाते हैं।
- इस शैली के चित्रों की विशेषता आम आदमी के सामान्य जीवन का चित्रण है।
- इस शैली के चित्रों में लकड़ी काटने वाला बढ़ई, पालकी लिए हुए कहार, मछली बेचने वाली महिला, खेत जोतता किसान, लुहार, सुनार और साधु-संन्यासी का चित्रण किया गया है।
- इस शैली के कुछ चित्र चमड़ा, धातु और कांच पर भी उकेरे गए हैं।
- इस शैली के चित्रों में चटक रंगों का प्रयोग नगण्य होता है।

सामान्य जन-जीवन का चित्रांकन

- इस शैली के चित्रों में तत्कालीन बिहार के सामान्य जन-जीवन का चित्रण किया गया है।
- इस शैली के माध्यम से पारंपरिक भारतीय चित्र शैली को अभिव्यक्त किया गया है।
- इस शैली के चित्रों में श्रमिक वर्ग (कुली, दासी, भिश्ती, कहार, कसाई आदि), कारीगर वर्ग (बढ़ई, सुनार, रंगरेज, लोहार आदि), परिवहन के साधन (बैलगाड़ी, पालकी, एक्का, हाथी, घोड़ा आदि), बाजार के दृश्यों (मिठाई की दुकान, मछली की दुकान, ताड़ी की दुकान, आदि) को प्रमुखता से चित्रित किया गया है।

- इस शैली के चित्रों में मदरसा, स्कूल, दाह संस्कार, त्योहारों और संतों को भी चित्रित किया गया है।

बारीकी एवं अलंकरण की विशेषता

- इस शैली के चित्रकारों में विस्तार और अलंकरण की पूर्णता थी।
- इस शैली के चित्रों में पक्षियों का विस्तृत चित्रण, कलाकार के पक्षी विज्ञान के गहन ज्ञान का प्रमाण है।
- कहीं-कहीं इस शैली में अलंकरण के साथ कलाकारों की दबी हुई कल्पना सामने आई है, जैसे महादेव लाल द्वारा निर्मित रागिनी गांधारी चित्र, माधोलाल द्वारा निर्मित रागिनी तोड़ी पर आधारित महत्वपूर्ण चित्र हैं।

पृष्ठभूमि एवं लैंडस्केप का कम प्रयोग

- इस शैली के चित्रों में पृष्ठभूमि और लैंडस्केप का कम प्रयोग होता है।
- पृष्ठभूमि एवं लैंडस्केप का प्रयोग कलाकारों को महँगा पड़ता है, जिसकी पूर्ति करने वाला कोई नहीं था।
- कलाकारों ने इस शैली में कम खर्चीले प्रयोग करना अधिक उचित समझा।

रंगने की निजी शैली

- इस शैली के चित्रकार अपने तूलिका बनाने के लिए काफी परिश्रम करते थे।
- कलाकार गिलहरी की पूँछ और ऊँट, सूअर, हिरण आदि के बालों को कबूतर या चील के पंखों में बाँध कर तूलिका बनाते थे।

- इस शैली में चित्रकारी में इस्तेमाल करने के लिए फूल, फल, पत्थरों, धातुओं और मिट्टी से रंग तैयार किए जाते थे।
- इस शैली में काशगरी मिट्टी और सीप को जलाकर सफेद रंग, हरताल और रामरस से पीला रंग, लाह सिन्दूर, सिंगरफ और गेरू से लाल रंग, लाजू पत्थर से नीला रंग और चिराग की कुलियों से काला रंग तैयार किया जाता था।

मुगल शैली से भिन्न शैली

- इस शैली के चित्रों में मुगल शैली की भव्यता का अभाव है।
- सामान्य जीवन के साथ सजीवता और आत्मीयता इस शैली के चित्रों की प्रमुख विशेषता हैं।
- इस शैली में रंगों के प्रयोग तथा छायांकन की विधि भी मुगल शैली से भिन्न है।

महत्वपूर्ण चित्रकार

- इस शैली के महत्वपूर्ण चित्रकारों में सेवक राम का नाम आता है। इनका काल 1770 ई. से 1830 ई. के बीच था।
- सेवक राम के समकालीन चित्रकारों में हुलास लाल (1785 ई. से 1865 ई.) का नाम भी महत्वपूर्ण है। इनके प्रसिद्ध चित्रों में हिंदू त्योहारों होली और दिवाली के चित्र हैं।
- सेवक राम के समकालीन चित्रकारों में झुमक लाल, फकीरचंद्र, माधो लाल, जयराम दास, यमुना प्रसाद आदि थे।
- इस शैली के पारखी राधामोहन बाबू को 'चित्र निर्माण का उस्ताद' कहा जाता है। राधामोहन बाबू की मृत्यु 1997 ई. में हुई।
- इस कला को 19वीं शताब्दी में शिवलाल और शिवदयाल लाल ने आगे बढ़ाया।
- इस शैली के अन्य चित्रकारों में दक्षो बीबी, सोना बीबी, मुंशी महादेव लाल, गुरसहाय लाल आदि महत्वपूर्ण हैं।
- इस शैली के चित्रों का संग्रह खुदाबक्श पुस्तकालय और पटना संग्रहालय में है।
- इस शैली के अंतिम शीर्ष चित्रकार ईश्वरी प्रसाद वर्मा थे।

महत्वपूर्ण चित्र

- रागिनी गांधारी चित्र में नायिका के विरह के अवसाद का सूक्ष्म चित्रण प्रस्तुत किया गया और इस चित्र को महादेव लाल ने बनाया है|
- वीणा धारण किए विरहणी नायिका का चित्र माधोलाल ने बनाया है। यह चित्र रागिनी तोड़ी पर आधारित है।
- मुस्लिम निकाह का चित्र शिवदयाल लाल ने बनाया है।

- शराब पीती बेगमों का चित्र यमुना प्रसाद द्वारा बनाया गया है|
- इस शैली के अंतिम चित्रकार ईश्वरी प्रसाद का कार्यक्षेत्र कलकत्ता में था। इसी कारण रवीन्द्रनाथ टैगोर और अवनीन्द्र नाथ ठाकुर जैसे कलाकारों की शैली पर पटना शैली का स्पष्ट प्रभाव देखने को मिलता है।

मधुबनी (मिथिला) चित्रकला

- मधुबनी चित्रकला का इतिहास बहुत पुराना है।
- यह एक लोक कला है, जिसमें महिलाओं की पूरी भागीदारी होती है।
- मधुबनी जिला मिथिला संस्कृति का केंद्र रहा है।
- इस तरह की पेंटिंग को मिथिला पेंटिंग भी कहा जाता है।
- यह चित्रकला मिथिला के मधुबनी, दरभंगा, सहरसा और पूर्णिया जिलों के लोकजीवन की कला है।

- विद्यापति के समय में मिथिला की संस्कृति सबसे अधिक विकसित हुई थी।
- विद्यापति के गीतों का प्रभाव यहाँ की चित्रकला पर भी पड़ा। इनके प्रभाव से पहले यहां राम चित्रावली बनाई जाती थी। बाद में, विद्यापति के प्रभाव में, कृष्ण और शिव चित्रावली का विकास हुआ।
- वर्तमान समय में अनेक नई व पुरानी लोक मान्यताओं व अवधारणाओं के आधार पर मिथिला की चित्रकला का निर्माण किया जा रहा है।
- मधुबनी चित्रकला दो प्रकार की होती है 'भित्तिचित्र' और 'अरिपन' (भूमिचित्र)।

भित्तिचित्र

- भित्तिचित्र एक परिष्कृत अलंकरण कला है।
- इसे महिलाएं अपने घरों की पक्की सतह पर मुख्य रूप से विभिन्न त्योहारों और सामाजिक जीवन के उत्सवों के दौरान खनिज रंगों के माध्यम से बनाती हैं।

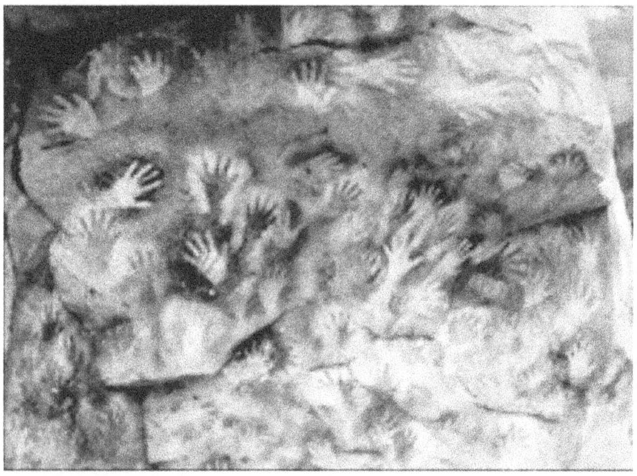

- इसमें अलंकरण के गणितीय माप के आधार पर बेलबूटे सहित ईस्ट देव एवं उनके पदचिन्ह तथा मानव आकृति का चित्रण किया गया है।
- इनमें कभी-कभी तांत्रिक प्रतीकों और कथाचित्रों की रचना भी की जाती है।
- अलग-अलग त्योहारों के दौरान इनका रूप बदलता रहता है। इसके मुख्यतः दो रूप हैं:
- गोसनी घर की सजावट-
  - इसमें धार्मिक महत्व की तस्वीरें हैं।
  - धार्मिक तस्वीरों में शिव-पार्वती, राम-सीता, विष्णु-लक्ष्मी, राधा-कृष्ण, दशावतार, दुर्गा-काली प्रमुख हैं।
  - इन चित्रों को बनाने में कायस्थ और ब्राह्मण परिवारों की महिलाएं प्रमुख भूमिका निभाती हैं।
- कोहबर घर की सजावट-
  - मिथिला की चित्रकला में कोहबर का चित्रण या यहाँ की भाषा में 'कोहबर लेखन' यहाँ के जन-जीवन के आत्मरूपों को गहरे अर्थों में समेटे हुए है।
  - यह चित्रांकन गुप्तकाल या मध्यकाल में गुफाओं में किए जाने वाले यथार्थपरक चित्रणों से भिन्न है।
  - कोहबर लेखन मिथिला की एक ज्यामितीय एवं तांत्रिक विधि की चित्रकला है, जिसमें अनेक रूपाकारों के विन्यास एवं प्रतीक चिह्नों का निरूपण किया जाता है।
  - कोहबर उस स्थान को कहा जाता है, जहाँ विवाह के समय कुलदेवता की स्थापना होती है।
  - हिंदू विवाह पद्धति में कुलदेवता के स्थापना स्थल की दीवार पर एक चतुर्भुजीय या आयताकार क्षेत्र में चित्रांकन एवं अलंकरण किए जाते हैं।
  - कोहबर लेखन शुरू करने से पहले महिलाएं अपने कुल देवता को याद करती हैं और नवविवाहित जोड़े के सुखी जीवन की कामना करते हुए चित्र बनाना शुरू करती हैं।

  - इस प्रक्रिया से पहले चूने से दीवार की सफेदी की जाती है। बाद में गेरू या हल्दी के रंगों से रेखाएँ खींची जाती हैं।
  - कोहबर में बांस, तोता, कमल का पत्ता, कछुआ, मछली आदि प्रतीकों को प्रमुखता से अंकित किया गया है।
  - इनमें 'बांस, पुरुष, लिंग, संतान' वृद्धि का प्रतीक है, तोता ज्ञान का, कमल का पत्ता स्त्री जननेंद्रिय का प्रतीक है।
  - इसी तरह कछुए से वर-वधू की लंबी आयु और मछली से पुत्र की कामना की जाती है।

अरिपन (भूमिचित्र)

- मिथिला चित्रकला में अरिपन की परंपरा बहुत प्रचलित है।
- मिथिला में अरिपन की रचना जनेऊ, मुंडन, विवाह आदि कर्मकांडों के समय की जाती है।
- मिथिला के प्राचीन ग्रंथों से पता चलता है कि यहां अरिपन की प्रथा उत्तर वैदिक काल से चली आ रही है।
- इसके बाद ब्राह्मण काल के कर्मकांडों में अरिपन की प्रधानता हुई, जिसकी परंपरा आज भी देखने को मिलती है।
- विद्यापति के समय मिथिला की कुंवारी कन्याएं अपने घर के तुलसी चौरा के पास प्रतिदिन अरिपन रचती थीं।
- मिथिला में विद्यापति के समय अरिपन में मुख्य रूप से कृष्ण लीला का चित्रण किया गया था।

- इसमें महिलाएं चौरठ (चावल का आटा), सिंदूर, गेहूं का आटा, गेरू और रामरस का विशेष प्रयोग करती हैं। इसमें मिथिला की संस्कृति झलकती है।
- यह परंपरा महिलाओं द्वारा पीढ़ी-दर-पीढ़ी एक संस्कृति के रूप में विकसित होती रही है।
- इसमें आंगन या चौखट के सामने चित्र बनाए जाते हैं, इन चित्रों को बनाने में कूटे हुए चावल के पानी में रंग मिलाकर प्रयोग किया जाता है।
- ये तस्वीरें उंगली से ही बनाई गई हैं। ये चित्र 5 प्रकार के होते हैं:
  - मनुष्य और पशु-पक्षियों को दर्शानेवाले चित्र
  - फल-फूल एवं वृक्षों के चित्र
  - तांत्रिक प्रतीकों पर आधारित चित्र
  - देवी-देवताओं के चित्र
  - स्वस्तिक, दीप आदि शुभ प्रतीकों के चित्र।
- इस शैली के विभिन्न रूप, विभिन्न अवसरों पर प्रचलित हैं, जैसे अविवाहित कन्याओं के लिए तुलसी पूजा के अवसर पर बनने वाले अरिपन में ज्यामितीय आकृतियों (त्रिकोणीय और आयताकार) का अधिक प्रयोग होता है।
- विवाह व अन्य त्योहारों के अवसर पर बनने वाले अरिपन में पत्तों का आकार अधिक होता है।

शैलीगत प्रमुख विशेषताएँ

- मधुबनी शैली में बने चित्रों में चित्रित वस्तुओं का मात्र सांकेतित रूप ही बनाया जाता है।
- इस शैली के चित्र मुख्यतः दीवारों पर बने हैं। वर्तमान काल में कपड़े और कागज पर पेंटिंग का चलन बढ़ा है।
- इस शैली में मनुष्य के चित्र में शारीरिक सौन्दर्य के स्थान पर उसके व्यवसाय, गुण और दार्शनिक पहलुओं को गहराई से चित्रित किया गया है।
- इसमें उंगलियों और बांस के ब्रश से चित्र बनाया जाता है।
- लोक कल्पना की ऊँची उड़ान, कला से गहरा भावनात्मक लगाव और उन्नत शैली के अभाव में भी सुन्दर प्राकृतिक रंगों का प्रयोग इन चित्रों की मुख्य विशेषता है।
- इस चित्रों में प्राकृतिक रंगों का उपयोग किया जाता है, लेकिन वर्तमान में व्यावसायिक रूप से कृत्रिम रंगों का भी उपयोग किया जा रहा है।
- इस कला में प्रयुक्त होने वाले रंग, पौधों से प्राप्त किए जाते हैं।
- हरा, पीला, केसरिया, नारंगी आदि रंगों का प्रयोग मुख्य रूप से किया जाता है।
- सेम के पत्तों से हरा, कुसुम के फूलों से लाल, पलास के फूलों से नारंगी, नील से नीला और काजल से काला रंग प्राप्त होता है।
- इस कला में पीला रंग पृथ्वी के लिए, सफेद रंग जल के लिए, लाल रंग अग्नि के लिए, काला रंग वायु के लिए और नीला रंग आकाश के लिए प्रयोग किया जाता है।

प्रमुख केंद्र

- इस कला के प्रमुख केंद्र मधुबनी, लहेरियासराय, भवानीपुर, सिमरी, राँची आदि हैं।

प्रमुख कलाकार

- इस कला के प्रमुख कलाकार 'पद्मश्री' सीया देवी, कौशल्या देवी, गंगा देवी, महासुंदरी देवी, जगदंबा देवी, भगवती देवी, मैना देवी, लाल बाबा एवं शशिकला देवी हैं।
- इस कला की प्रदर्शनी विदेशों में भी आयोजित की जा रही है।
- शशिकला देवी के चित्रों की प्रदर्शनी जापान में लगाई जा चुकी है।
- मिथिला कला को अंतर्राष्ट्रीय ख्याति दिलाने में एक प्रमुख जापानी व्यक्ति 'हासेगावा' का नाम उल्लेखनीय है।
- जापान के तोकामांची शहर में हासेगावा के सहयोग से 'मिथिला संग्रहालय' बनाया गया है। इस संग्रहालय में मिथिला कला के दुर्लभ चित्रों को संकलित किया गया है।
- प्रसिद्ध जर्मन शोधकर्ता 'ऐरिक स्मिथ' ने भी इस चित्रकला पर शोध-कार्य किया है।
- वर्तमान समय में इस शैली की चित्रकला को व्यापारोन्मुख एवं रोजगारपरक बनाने का प्रयास किया जा रहा है।
- इसके लिए पुरानी शैली में नवीनता को समावेशित किया जा रहा है।
- बिहार सरकार के द्वारा मिथिला चित्रकला के संरक्षण एवं विकास हेतु मिथिला चित्रकला संस्थान, सौराठ (मधुबनी) की स्थापना की गई है।
- मिथिला पेंटिंग के लिए पद्म पुरस्कार विजेता हैं:
  1. जगदंबा देवी (प्रथम) - पद्म श्री (1975)
  2. सीता देवी - पद्म श्री (1981)
  3. गंगा देवी - पद्म श्री (1984)
  4. महासुंदरी देवी - पद्म श्री (2011)
  5. गोदावरी दत्ता - पद्म श्री (2019)

मंजूषा शैली

- अंग जिले अर्थात पुराने भागलपुर प्रमंडल के सिंह नक्षत्र में सदियों से मनाया जाने वाला लोक उत्सव बिहुला पूजा, बिसहरी पूजा या मनसा पूजा के नाम से जाना जाता है।
- इस पूजा में कागज, सनई और शोला से बनी मंदिर की आकृति का उपयोग किया जाता है, इसे मंजूषा कहते हैं।
- मंजूषा का अर्थ है - वह तश्तरी जिसमें अभिनन्दन पत्र या अन्य सम्मान योग्य वस्तु रखकर भेंट किया जाता है। क्षेत्रीय भाषा में इसे मंजोसा कहते हैं।
- यह कला सदियों के संघर्ष एवं समन्वय के बीच फली-फूली लोक कला का परिणाम मानी जाती है।
- इसमें दबे-कुचले लोग अपने समाज के अस्तित्व और पहचान के लिए अपने देवी-देवताओं की प्रेरक प्रतिमाएं रचते थे।

- वर्तमान में भागलपुर के उत्सव के दौरान पूजा में इस्तेमाल होने वाले मंजूषा पर आकर्षक चित्र बनाए जाते हैं।
- लोक मान्यता के अनुसार मनसा यानी शिव की पांच मानस बेटियां हैं- मैना, भवानी, देवी, पद्मा और जया। इन्हें बिसहरी कहा जाता है।
- भागलपुर में बिहुला बिसहरी पूजा जो सर्प देवता को समर्पित है, में बांस, जूट व पेपर की मंजूषा बनाई जाती है।
- बिहुला, बिसहरी की कथाओं का चित्रण और सर्प देवता का चित्रण किया जाता है। बिसहरी का अर्थ है- 'जहर ले जाने वाला व्यक्ति'।
- मूलतः भागलपुर (अंग) क्षेत्र में सुपरिचित इस चित्रशैली में सनई की डंठल से बनी मंदिर जैसी दिखने वाली एक मंजूषा पर बिहुला- बिसहरी की गाथाओं से संबंधित चित्र कूचियों द्वारा बनाए जाते हैं।
- इस शैली में पात्रों का मात्र बायाँ भाग ही चित्रित किया जाता है।
- मालियों द्वारा विकसित इस चित्रकला शैली की एक प्रमुख कलाकार चक्रधर देवी थीं जिनका निधन 2009 में हो गया।
- चित्रकला का उदय समाज के रीति-रिवाजों पर अवस्थित है, क्योंकि वह परंपरपागत विचारों, आस्थाओं और संकेतों पर आधारित होते हैं।
- चित्रकला अपने भाव में स्वबद्ध होती है साथ ही यह जनसाधारण के व्यवहार की भी कला है।
- मंजूषा चित्रकला में इसे स्पष्ट रूप में देखा जा सकता है।
- पौराणिक कथाओं के अनुसार मंजूषा कला या अंगिका कला बिहार, झारखंड, प. बंगाल व नेपाल की तराई क्षेत्र में प्रचलित हैं।

लोक गीत

- भारत में दो प्रकार की संगीत परम्पराओं का विकास हुआ है - प्रथम को शास्त्रीय संगीत और दूसरे को लोक गीत कहा जाता है।
- दोनों प्रकार के संगीत बिहार में प्रचलित हैं। शास्त्रीय संगीत में ताल, लय, मात्रा, राग, रागिनी आदि से संबंधित जटिल नियमों का पालन करना पड़ता है।
- लोकगीतों का जनजीवन से गहरा संबंध है।
- लोकगीतों को संगीत वाद्ययंत्रों की सहायता के बिना सामूहिक रूप से या व्यक्तिगत रूप से भी गाया जा सकता है।
- बिहार में शास्त्रीय संगीत की समृद्ध परंपरा रही है। द्रुपद, धमार, खयाल और ठुमरी राज्य के सबसे लोकप्रिय शास्त्रीय संगीत हैं।
- राज्य में लोकगीतों की व्यापक परम्परा है, स्थानीय लोकगीत जैसे चैती, कजरी, होली आदि प्रचलित हैं।
- इन गीतों को लोग छोटे-छोटे समूहों में गाते हैं। चैती मूल रूप से भोजपुरी क्षेत्र की एक गायन शैली है।
- होली के अवसर पर एक विशेष प्रकार के ताल में गीत गाए जाते हैं, जिन्हें फाग कहा जाता है।
- बिहारी लोकगीतों में बारहमासा का विशेष स्थान है। बारहमासा में वर्ष के प्रत्येक मास की विशेषता का वर्णन है।
- मिथिला में विद्यापति के गीत विशेष रूप से गाने की परंपरा है। इन गीतों को नचारी भी कहा जाता है और इनका स्वरूप अर्धशास्त्रीय है।
- नचारी में भगवान शिव की स्तुति की जाती है।
- अलग-अलग अवसरों पर अलग-अलग लोक गीत गाए जाते हैं, जैसे बच्चों के जन्म के अवसर पर महिलाएं सोहर गाती हैं।
- एक नवजात शिशु के जन्म पर, पवरिया, खैलोना और बधावा गाते हुए नृत्य करते हैं। विवाह समारोह में झूमर गाया जाता है।
- जबकि बेटी की विदाई के मौके पर समदाउन गाया जाता है।
- पुरुषों में आल्हा, बिरहा और लोरीकायन को गाने और सुनने की सदियों पुरानी परंपरा रही है।
- चरवाहे बिरहा गाते हुए अपने मवेशियों को चराते हैं। आल्हा वीर रस प्रमुख लोक काव्य है। बिहार में निम्न प्रकार के लोकगीत प्रसिद्ध है -

संस्कार गीत

- संस्कार गीत लौकिक संस्कारों से संबंधित हैं। ये गीत सभी जातियों और जनजातियों में मनुष्य के जन्म से लेकर मृत्यु तक सभी प्रमुख अवसरों पर गाए जाते हैं।
- जन्म, मुंडन, विवाह, गौना, द्विरागमन जैसे अवसरों पर गाए जाने वाले ये गीत उल्लास से भरे होते हैं। विदाई गीत यहाँ के समाज में प्रचलित हैं।
- बिहार में मगही क्षेत्र के अंतर्गत कुछ मुस्लिम पवित्र गीत गाए जाते हैं।
- समस्त रस्म गीतों में विवाह गीतों की संख्या सबसे अधिक होती है। इन गीतों में शिव विवाह और राम विवाह की घटनाओं का वर्णन मिलता है।
- मिथिलांचल में सम्मरी गीत गाने की प्रथा है।
- विवाह के समय जिस घर में कुलदेवता की पूजा की जाती है और जहां शुभ कार्य किए जाते हैं, उसे कोहबर कहा जाता है और इससे संबंधित कोहबर गीत गाने की व्यापक प्रथा है।

ऋतु गीत

- इस गीत-परंपरा में फगुआ, चैता, कजरी, हिंडोला, चतुर्मासा और बारहमासा आदि गीत गाए जाते हैं।
- इन गीतों में कजरी एक महत्वपूर्ण गीत शैली है। इसकी उत्पत्ति बिहार और पूर्वी उत्तर प्रदेश में हुई थी।
- कजरी को ठुमरी शैली में, कहारवा और दादरा की ताल में गाया जाता है।
- कजरी का एक रूप मिथिला में मलार के नाम से प्रसिद्ध है। वर्षा ऋतु की लोक धुनों में सावन, झूला, हिंडोला लोकप्रिय हैं।

पर्व गीत

- बिहार राज्य में दीवाली, छठ, तीज, गोधन, निहुरा, रामनवमी आदि सभी अवसरों पर पुरुष और महिलाएं दोनों मिलकर पर्वगीत गाते हैं।
- छठ समाप्ति के बाद कार्तिक मास के शुक्ल पक्ष में मिथिलांचल क्षेत्र में स्त्री प्रधान गीत 'सामा-चकेवा' विशेष रूप से गाया जाता हैं। इन गीतों का

आयोजन मिथिला के अतिरिक्त मोतिहारी जैसे कुछ भोजपुरी-भाषी क्षेत्रों में भी होता है।

पेशा गीत

- किसी भी कार्य के सम्पादन के समय गाये जाने वाले गीत पेशागीत कहलाते हैं।
- बिहार में चक्की चलाकर आटा पीसते समय स्त्रियाँ 'लगनी' गाती हैं। इस गीत को 'जतसार' भी कहा जाता है।
- खोदा या गोदना गोदने के साथ महिलाएं गीत गाती है ,जिसे 'खोदा पड़ाने का गीत' कहा जाता है।।
- कृषक मजदूरों द्वारा खेतों में धान रोपते समय गाया जाने वाला गीत 'चोंचर' कहलाता है। कहीं- कहीं इसका नाम 'रोपनी' गीत भी है।

भजन गीत या श्रुति गीत

- इन गीतों का धार्मिक के साथ-साथ आध्यात्मिक महत्व भी है। इनमें ईश्वर के सगुण और निर्गुण दोनों रूपों का वर्णन मिलता है।
- सगुण गीत में गोसाउनि गीत, नचारी, महेशवाणी, कीर्तन, विष्णुपद, पराती, साझ, गंगा के गीत, शीतला के गीत, देवी के गीत प्रमुख हैं।
- निर्गुण गीतों की कोई अलग गीत श्रेणी नहीं है, लेकिन कुछ लोक भजनों के अंदर निर्गुण उपमानों का निर्देशन किया जाता है।

गाथा गीत

- बिहार में वीर रस के गीतों की रचना की परंपरा रही है। ये गीत भारतीय जनमानस में वीरता के सहज लगाव के कारण गाए जाते हैं।
- ये वीर नायकों की स्मृति में जोश, उत्साह और आक्रामक तेवर के साथ गाये जाने वाले गीत हैं।
- कथा के अनुसार इसमें करुण, वात्सल्य और श्रृंगार रस भी शामिल है, जो श्रोताओं को मंत्रमुग्ध कर देता है।
- नयका बंजारा, मीरायन, राजा हरिचन, लोरिकायन, दीना भदरी, नूनाचार, छतरी चौहान, धुधली-घटमा, विजयमल, सहलेस, हिरनी-बिरनी, कुँवर ब्रजभार, अमर सिंह बरिया कुछ प्रसिद्ध गाथागीत है।

विशिष्ट गीत

- बिहार की संस्कृति में लोक गायन की समृद्ध परंपरा रही है।
- इसमें पीड़िया के गीत, पानी माँगने के गीत, झूमर-झूलों के गीत, बिरहा, जोगा, साँपरानी आदि के गीत गाए जाते हैं।
- विभिन्न गीतों में झिंझिया के गीत, झरनी के गीत, स्त्री स्वतंत्रता के गीत, समाज सुधार के गीत आदि शामिल हैं।
- भोजपुर क्षेत्र के पूर्वी गीत, झूमर, विदेशिया, बढ़ोहिया, मेलों और तिरहुतियों के गीत, बटगमनी, नचारी, महेशवाणी, संदेश गीत, मंत्र मिथिलांचल के गीत, आंदोलन गीत इसी श्रेणी के गीत हैं।
- महान कवि मैथिल कोकिल विद्यापति के युग को लोकगीतों का स्वर्ण युग कहा जाता है। इनके अधिकांश गीत ऐतिहासिक परंपरा और लोक-व्यवहार के कारण लोकगीतों की श्रेणी में आ गए हैं। इसका प्रचार मिथिला के घर-घर में है।
- भरत सिंह भारती, विष्णु प्रसाद सिन्हा, शारदा सिन्हा, डॉ. शंकर प्रसाद, नंदकिशोर प्रसाद, शंभू राम, मोतीलाल मंजुल, विंध्यवासिनी देवी, ललिता झा, रेणुका सहाय, कविता चौधरी, ग्रेल कुजूर, उमाकांत कमल, अजीत कुमार, अकेला और कुमुद अलबेला आदि लोकगीतों के लिए लोकप्रिय हैं।

लोक नृत्य

- बिहार में लोक नृत्यों का बहुत महत्व है। यहां सभी प्रमुख अवसरों, जैसे अनुष्ठान, त्योहार और मनोरंजन आदि पर लोक नृत्यों का विहंगम दृश्य देखने को मिलता है। नृत्य आपसी सौहार्द और एकता की भावना जगाते हैं। बिहार में, इस अवसर पर पुरुष और महिला दोनों एक साथ भाग लेते हैं। राज्य के प्रमुख लोक नृत्यों में निम्नलिखित नृत्य उल्लेखनीय हैं-

करमा नृत्य

- यह पुरुषों और महिलाओं का सामूहिक नृत्य है। यह मुख्य रूप से राज्य के आदिवासी जनजातियों के बीच प्रचलित है।
- फसलों की कटाई और बुआई के साथ 'करम देवता' को प्रसन्न करने के लिए नृत्य के साथ गीत गाए जाते हैं।
- पुरुष और महिलाएं एक -दूसरे की कमर पर हाथ रखकर लयबद्ध तरीके से नृत्य करते हैं।

छउ नृत्य

- यह मुख्य रूप से पुरुष नर्तकों द्वारा किया जाने वाला नृत्य है, जिसका संबंध युद्ध से है। इसमें दो श्रेणियाँ हैं।
- प्रथम श्रेणी में नर्तक भाव-भंगिमाओं, ओजस्वी वाणी और लयबद्ध मंद-मंद पैरों के नृत्य से वीर रस की भावना को प्रदर्शित करता है।
- दूसरी श्रेणी में कालीभंग नृत्य होता है, जिसमें श्रृंगार रस की प्रधानता होती है।
- यह नृत्य बिहार और झारखंड दोनों क्षेत्रों में लोकप्रिय है।

झिंझिया नृत्य

- यह आमतौर पर दुर्गा पूजा के अवसर पर किया जाने वाला नृत्य है, जो महिलाओं द्वारा किया जाता है।
- इसमें महिलाएं गोल घेरे में खड़ी होकर एक-दूसरे का हाथ पकड़कर नृत्य करती हैं।
- मुख्य नर्तकी अपने सिर पर एक बर्तन रखती है, जिसके ढक्कन पर एक दीपक जल रहा होता है।
- इसमें नर्तकियों के पैरों की लयबद्धता और नृत्य से आकर्षक दृश्य प्रदर्शित करती है।
- इसमें राजा चित्रसेन और उनकी रानी की कहानी पर आधारित रचित गीत गाए जाते हैं।

विद्यापत नृत्य

- इस नृत्य में मिथिला के प्रसिद्ध कवि विद्यापति के गीत गाते हुए नर्तकों द्वारा नृत्य किया जाता है।
- यह बिहार में मिथिला और पूर्णिया में अधिक प्रचलित है।

कठघोड़वा नृत्य

- यह बिहार का बहुत ही रोचक लोक नृत्य है, जो झारखंड में भी उतना ही प्रसिद्ध है।
- इस नृत्य में नर्तक बांस की खपच्चियों से बने घोड़े के आकार के ढांचे को अपनी पीठ पर बांधता है, जिसे रंग-बिरंगे कपड़ों से सजाया जाता है।
- वादक ताल के साथ वाद्य यंत्र बजाते हैं और उसी लय में कठघोड़वा नर्तक नृत्य करता है।

धोबिया नृत्य

- यह बिहार के धोबी समुदाय का एक जातीय नृत्य है, जो उनके द्वारा उनके

शुभ अवसरों पर किया जाता है।

- यह भोजपुर जिले में सबसे अधिक प्रचलित है। इसमें नर्तक वाद्यों की ताल पर श्रृंगार रस से भरे गीत गाते हैं और आकर्षक नृत्य करते हैं।

पवड़िया नृत्य

- यह नृत्य संतान प्राप्ति के अवसर पर किया जाता है।
- यह एक विचित्र नृत्य है, जो पुरुषों द्वारा किया जाता है, लेकिन वे महिलाओं के वेश में होते हैं।
- महिलाओं की घाघरा-चोली पहनकर सज-धजकर पुरुष हाथों में ढोल-झाँझ लिए सोहर और खेलौना गीत गाते है और मनमोहक नृत्य करते हैं।

जोगीड़ा नृत्य

- यह ग्रामीण क्षेत्रों में होली के त्योहार पर किया जाने वाला नृत्य है।
- इसमें ग्रामीण लड़के-लड़कियां एक दूसरे को रंग लगाकर फाग गाते हुए नृत्य करते हैं।

झरनी नृत्य

- यह बिहार के मुस्लिम समुदाय का प्रसिद्ध लोक नृत्य है, जो मुहर्रम के अवसर पर सामूहिक रूप से किया जाता है।
- इसमें शोकगीतों के साथ नृत्य कर दु:ख व्यक्त किया जाता है।

करिया झूमर नृत्य

- यह महिलाओं द्वारा किया जाने वाला नृत्य है, जो त्योहारों और शुभ अवसरों पर सामूहिक रूप से किया जाता है।
- इसमें महिलाएं एक-दूसरे की कमर पर हाथ रखकर गोल घूमकर नृत्य करती हैं।

खीलडीन नृत्य

- यह एक आतिथ्य नृत्य है, जो अतिथि के मनोरंजन के लिए शुभ अवसरों पर किया जाता है।
- प्राय: यह नृत्य कुशल और पेशेवर महिलाओं द्वारा किया जाता है, जो अपनी आकर्षक मुद्रा से अतिथियों से पुरस्कार आदि भी प्राप्त करती हैं।

गंगिया नृत्य

- महिलाओं द्वारा जिस नृत्य के माध्यम से गंगा स्तुति की जाती है, उसे गंगिया नृत्य कहा जाता है।

माँझी नृत्य

- नदियों में नाविकों द्वारा यह नृत्य किया जाता है।

लौढ़ियारी नृत्य

- इसमें कृषक अपने घर पर पशुओं के साथ भाव-भंगिमाओं के साथ गाता और नाचता है।

धन-कटनी नृत्य

- इसमें फसल कट जाने के बाद किसान सपरिवार खुशियाँ मनाने के लिए गीत गाता और नृत्य करता है।

बोलबै नृत्य

- यह भागलपुर क्षेत्र का नृत्य है, जिसमें महिलाएँ पति के परदेश जाते समय करती हैं।

देवहर नृत्य

- इसे भगता नृत्य भी कहा जाता है।
- इसमें नृत्य करनेवाला देवी-देवताओं के प्रतिनिधि के रूप में नृत्य करता है।

कजरी नृत्य

- यह सावन महीने में गाई और खेली जानेवाली नृत्य नाटिका है।

बसंती नृत्य

- यह नृत्य बसंत ऋतु के आगमन पर प्रायः महिलाओं द्वारा किया जानेवाला नृत्य है।

लोक नाट्य

- बिहार में लोकगीतों और लोकनृत्यों के साथ-साथ लोक नाट्यों की समृद्ध संस्कृति है। लोक नाट्यों का जीवन में बहुत महत्व है। इन्हें कुशल कलाकारों द्वारा सांस्कृतिक और शुभ अवसरों पर किया जाता है। जिस प्रकार उत्तर प्रदेश में रामलीला, कृष्णलीला, स्वाँग आदि का मंचन किया जाता है, उसी प्रकार बिहार में लोक नाट्यों का मंचन किया जाता है। इन नाटकों में सरल, सहज और सरल भाषा का प्रयोग किया गया है। बिहार के लोकप्रिय लोकनाट्यों का वर्णन इस प्रकार है-

जट-जटिन

- इस लोकनाट्य में एक जट और उसकी पत्नी (जटिन) के वैवाहिक जीवन के सभी पहलुओं को बहुत ही मनोरंजक और भावपूर्ण तरीके से दर्शाया गया है।
- यह श्रावण मास से कार्तिक मास के शुक्ल पक्ष की रात में महिलाओं द्वारा किया जाता है।
- इसमें दो समूह बनते हैं। एक समूह जट की तरफ से और दूसरा समूह जटिन की तरफ से।
- जट दल की लड़कियां दूल्हे का वेश धारण करती हैं, जबकि जटिन दल की लड़कियां आकर्षक साड़ियों और कुमुदिनियों से सजती हैं।

अकुली-बंका

- इस नाट्य की प्रस्तुति अवधि श्रावण मास से कार्तिक मास तक है।
- कहीं-कहीं इसे समय-सीमा में न बंधकर शुक्ल पक्ष में प्रस्तुत किया जाता है।
- इसके मुख्य पात्र अंका, बंका और टिहुली हैं।
- इस नाट्य में कलाकारों के सहज और सजीव अभिनय से ग्रामीण परिवेश का अच्छा दृश्य देखने को मिलता है। इसमें क्षेत्रीय उपमाओं का भी प्रयोग किया जाता है।

सामा-चकेवा

- इस नाट्य का आयोजन कार्तिक मास के शुक्ल पक्ष की सप्तमी से पूर्णिमा तक किया जाता है।
- इस नाट्य में सामा और चकेवा भाई-बहन हैं।
- इसके अन्य पत्रों में सतमइया, चुगला, बनतीतर, झाँसीकुत्ता, वृंदावन मुँहटेढ़ी, ऐटला-ऐंडली, बटदेखनी, ग्वालिन और हाथी आदि प्रमुख हैं।
- यह मुख्य रूप से अविवाहित लड़कियों द्वारा ही प्रस्तुत किया जाता है।
- रंग-बिरंगे कपड़े पहनकर लड़कियां मिट्टी के बर्तनों के चारों ओर एक घेरा बनाकर राधा-कृष्ण की तरह रास रचाती हैं।

किरतनियाँ (नारदी)

- यह एक धार्मिक नाट्य है। ढोलक, झाल और हारमोनियम इसके प्रमुख वाद्य हैं।
- इस नाट्य में कलाकारों द्वारा श्रीकृष्ण की लीलाओं का मंचन किया जाता है।
- इसमें कलाकार अभिनय के साथ-साथ कीर्तन भी करते हैं।
- यह नाट्य-मंच भक्ति और ग्रामीण आस्था का स्पष्ट परिचय देता है।

डोमकच

- इसमें हास्य संवादों के साथ गीत और नृत्य शामिल हैं। इनमें जलुआ, डोमिन, दरोगा और अनारकली जैसे किरदार शामिल हैं।
- इस नाट्य का कोई निश्चित विषय नहीं है।
- इसका आयोजन पुरुषों की गैरमौजूदगी में घर और मोहल्ले की महिलाओं द्वारा किया जाता है इसलिए इस नाट्य को नितांत नारी प्रधान कहा जाता है ।
- इस आयोजन के पीछे कारण यह है कि पहले घर या मोहल्ले के सभी पुरुष बारातियों के रूप में किसी शादी में जाते थे तो चोरों का प्रकोप बढ़ जाता था।
- इसलिए महिलाओं ने एकजुट रहने और पूरी रात जागकर रहने के उद्देश्य से इस नाट्य की शुरुआत की, जो ग्रामीण क्षेत्रों में बस गया।

विदेशिया

- इस नाट्य के रचयिता बिहार के प्रसिद्ध लोक कवि भिखारी ठाकुर हैं। इन्हें बिहार में कालिदास के समान माना जाता है।
- इस नाट्य का विकास लोकनाट्य परम्परा के आधार पर हुआ है। इसमें प्रत्येक कलाकार बहुआयामी है।
- इस नाट्य में पुरुष महिलाओं की भूमिका निभाते हैं।
- दर्शकों को हंसाने के लिए एक विदूषक होता है। इसमें परबी, पावड़िया, नेटुआ, गोंड, पचड़ा, आल्हा और बारहमासा आदि शामिल हैं।
- यह नाट्य बिहार का प्रसिद्ध लोकनाट्य है, जिसका मंचन राष्ट्रीय सभागारों में भी होता है।

जनजातीय संस्कृति

- बिहार में लगभग सभी धर्मों, जातियों और जनजातियों के लोग निवास करते हैं।
- बिहार में अनुसूचित जाति और अनुसूचित जनजाति के लोगों की कुल संख्या 1,38,06,989 है।
- इनमें से अनुसूचित जाति की आबादी 1,31,48,608 है, जिनमें 68,84,676 पुरुष और 62,63,932 महिलाएं हैं।
- अधिकांश अनुसूचित जनजातियाँ वर्तमान झारखण्ड में चली गई हैं, बिहार में उनकी कुल संख्या 7,58,381 रह गई है, जिनमें 3,93,144 पुरुष और 3,65,237 महिलाएँ हैं।
- भले ही राज्य में आदिवासी समाज का वर्चस्व काफी कम हो गया हो, लेकिन फिर भी बिहार में आदिवासी संस्कृति का अपना महत्व है।

प्रमुख जनजातियाँ

- झारखण्ड बनने के बाद आधुनिक बिहार में जनजातियों की संख्या बहुत कम हो गयी है लेकिन कुछ जनजातियाँ अभी भी हैं, जो अपनी प्राचीन संस्कृति से बिहार की समृद्ध सामाजिक संस्कृति में अपना योगदान देती हैं। बिहार में पाई जाने वाली प्रमुख जनजातियाँ निम्नलिखित हैं :

गोंड

- यह जनजाति बिहार के छपरा, चंपारण और रोहतास जिलों में पाई जाती है।
- प्राय: उनकी अपनी कोई बस्ती नहीं होती, जो सामान्यतः अन्य जनजातियों में पाई जाती है।
- ये लोग गैर-आदिवासियों के साथ रहते हैं।
- इनकी भाषा मुंडारी है, लेकिन अब ये लोग स्थानीय भाषा में ही बात करते हैं।

खोंड

- यह कृषि कार्यों को करने वाली जनजाति है।
- ये शाहाबाद क्षेत्र में निवास करते है।
- इनकी भाषा स्थानीय सदानी है, लेकिन अब ये अधिकतर भोजपुरी का प्रयोग करते हैं।

बेड़िया

- इस जनजाति के लोग प्राय: अलग-अलग रहते हैं, जो अधिकांश मुंगेर जिले में रहते हैं।
- ये मुख्यत: किसान और मजदूर हैं जो स्थानीय भाषा में ही बात करते हैं।

उराँव

- प्रोटो-ऑस्ट्रेलाइड और द्रविड़ परिवार से संबंधित उराँव जनजाति के लोग मुख्य रूप से झारखंड में निवास करते हैं।
- बिहार और झारखंड के विभाजन के बाद, वे बिहार में कम संख्या में रहते हैं।
- रोहतास, बक्सर, दरभंगा, भागलपुर और चंपारण जिलों में रहने वाली यह जनजाति बोंगावाद, प्रकृतिवाद, हिंदूधर्म और ईसाईधर्म के मिश्रित सिद्धांतों का पालन करती है।

संथाल

- यह जनजाति संथाल परगना (झारखंड) की मूल जनजाति है, जो बिहार के पूर्णिया, भागलपुर, सहरसा आदि जिलों में निवास करती है।
- उन्हें प्रोटो-ऑस्ट्रेलाइड परिवार से भी संबंधित माना जाता है।
- उनकी भाषा संथाली है, जो ऑस्ट्रोएशियाटिक भाषा परिवार से संबंधित है।
- इसके अलावा ये लोग बांग्ला और हिंदी भाषा का भी इस्तेमाल करते हैं।
- सिंगबोंगा संथाल जनजाति के पूजनीय देवता हैं।

खैरवार

- मुख्य रूप से यह जनजाति झारखंड में रहने वाली है पर यह बिहार राज्य के रोहतासगढ़ क्षेत्र में भी पाई जाती है।
- इनकी परंपरा में खैरघासों की पूजा करने का विधान है। इस कारण उनका नाम खैरवार रखा गया
- इस जनजाति के लोगों की भाषा मुंगरी है, लेकिन अब ये लोग बिहार की स्थानीय भाषा का भी प्रयोग करने लगे हैं।

गोराइत

- बिहार के गया और भोजपुर जिलों में रहने वाली यह जनजाति प्रोटो-ऑस्ट्रेलाइड समूह की है।
- परिवार को उनके सामाजिक जीवन की सबसे छोटी इकाई माना जाता है।
- वे एकल परिवार प्रणाली का पालन करते हैं।
- वे भिन्न गोत्र में अपनी जाति के भीतर ही विवाह करते हैं।

- इनका मुख्य व्यवसाय कृषि और मजदूरी है।

चेरो

- ये मुख्य रूप से झारखंड के पलामू में रहते है।
- चेरो जनजाति के कुछ लोग बिहार के गया, रोहतास, भोजपुर और मुंगेर जिलों में पाए जाते हैं।
- जिद्दी, निडर और स्वतंत्रता-प्रेमी चेरो खुद को चौहान वंशीय और राजपूत मानते हैं।
- इनकी धार्मिक प्रवृत्ति हिन्दुओं से प्रभावित है।

कोरा

- कोरा जनजाति बिहार राज्य के जमुई, कटिहार और मुंगेर जिलों के हिस्सों में निवास करती है।
- इनकी भाषा मुंडारी है। ये लोग सदानी और हिंदी भी बोलते हैं।
- इस जनजाति के लोग एकांतवास के लिए पहाड़ों या मैदानों में अपना घर बनाते हैं।
- इनका सामान्य व्यवसाय कृषि है, लेकिन वे वनोपज और मजदूरी पर अधिक निर्भर हैं।

कोरवा

- कोरवा में इस अनुसूचित जनजाति के लोग रोहतास, पूर्णिया, मुंगेर और कटिहार जिलों में रहते हैं।
- इनकी सामाजिक व्यवस्था में एकल परिवार और स्वजातीय विवाह की परंपरा रही है।
- ये लोग अस्थायी और स्थानांतरित कृषि तथा शिकार से अपना जीवन यापन करते हैं।
- यह जनजाति अब भारत में कम पायी जाती है।

मुंडा

- मुंडा जनजाति के लोग बिहार के बक्सर और रोहतास जिले में निवास करते हैं।
- इनकी भाषा मुंडारी है, लेकिन अब वह सदानी भी बोलने लगे हैं।
- ये स्थानान्तरित कृषि पर भी निर्भर हैं।
- ये सिंगबोंगा को अपना परम देवता मानते हैं, जिनका संबंध पृथ्वी से है। इससे बिहार के सामाजिक जीवन में मिश्रित सामाजिक संरचना दृष्टिगोचर होती है।
- ये जनजाति आर्थिक रूप से बहुत पिछड़ी हुई हैं।
- शिक्षा और स्वास्थ्य की सभी सुविधाएं अभी तक इन लोगों तक नहीं पहुंच पाई हैं।
- निष्कर्ष : आदिवासी जनजातियाँ वास्तव में बिहार के सांस्कृतिक परिद्रश्य का एक अभिन्न अंग हैं। साहित्य और कला से उनका गहरा नाता रहा है। अब आदिवासी बिहार में पूरी तरह से स्थानीय हो गए हैं। पहाड़ों, जंगलों और अजीब रीति-रिवाजों और परंपराओं से बंधा उनका जीवन प्रकृति के साथ उनके अनुभवों का एक लंबा और गौरवशाली इतिहास समेटे हुए है। इनमें कला और संगीत में स्वतंत्रता और आनंद की भावना का समावेश होता है।

आदिवासी कला

- आदिवासियों के घरों में त्योहारों, अनुष्ठानों आदि के अवसरों पर बनाई जाने वाली विशेष कलाकृतियों से उनकी कला देखी जा सकती है।
- इनके घरों पर रंगों से बने सुंदर पेड़-पौधे, फूल और अन्य प्राकृतिक आकृतियाँ, इनके घरेलू बर्तनों पर उकेरी गई अल्पनाएँ अद्भुत हैं।
- आदिवासियों की कला प्रकृति के सुंदर और विशद चित्रण उनके आनंदपूर्ण अनुभवों का परिणाम है।
- आदिवासी महिलाओं की दक्षता ऐसी है कि ज्यामितीय रेखाचित्रों में समानान्तर रेखाएँ खींचने की क्षमता आश्चर्यजनक है।
- घर के ज्यादातर काम अविवाहित लड़कियां ही करती हैं।
- इन आदिवासी महिलाओं द्वारा नदियों में पाए जाने वाले सीपियों से बनाए गए हार दर्शनीय हैं और कला का उत्कृष्ट नमूना हैं।

आदिवासी गीत-संगीत

- आदिवासी गीत और संगीत में प्राकृतिक उल्लास का वर्णन होता है। इनके ज्यादातर गाने नृत्य पर आधारित हैं।
- पक्षियों की चहचहाहट, नदी का बहना, फूलों के चमकीले रंग और झरनों का प्रवाह उनकी प्रेरणा का स्रोत बन जाता है।
- इन आदिवासियों के अपने प्रारंभिक वाद्य यंत्र होते हैं, जिनमें मृदंग, झांझ, नगाड़ा, डमरू, डफली आदि शामिल हैं।
- इनकी लय को इनकी पारंपरिक शैली में भले ही समझा ना जा सके, लेकिन भाव पूरी तरह जीवंत हो जाता है।
- जदुर, मगे, करमा, अडंदी, गेमा आदि गीत विभिन्न अवसरों पर गाए जाते हैं।
- विवाह के शुभ अवसर पर अडंदी का नृत्य-गीत मधुर उल्लास से सराबोर कर देता है।
- वसंत के मौसम का स्वागत करते हुए, हैरो गीत, धान की रोपाई के समय आदिवासी जनजाति गीत और संगीत समृद्धि को दर्शाते हैं।

आदिवासी साहित्य

- जनजातीय साहित्य लोककथाओं, लोकोक्तियों और पारंपरिक पीढ़ियों के इतिहास से संबंधित जीवन की सभी स्थितियों का अनूठा वर्णन करता है।
- इनकी कहानियों में रहस्य, रोमांच, ईश्वर के प्रति कृतज्ञता, तंत्र कथाओं के पात्रों में गहरी आस्था और विश्वास जैसी भावनाएँ शामिल हैं।
- यह उनकी सहजता और सरलता ही है कि वे पेड़ों, पत्थरों, खेतों और खलिहानों आदि में देवताओं की उपस्थिति को मानते हैं, जो उनकी रक्षा करते हैं।
- आधुनिक समाज भले ही इसे अंधविश्वास कहे, लेकिन यह आस्था उनके जीवन का अभिन्न अंग है।
- इनके साहित्य में इस विश्वास को दृढ़ करने का प्रयास किया गया है।
- आदिवासी साहित्य की पहेलियां शोध का विषय हैं।
- बाल साहित्य इन लोगों में शुरू से ही जीवन के सभी अनुभवों से बच्चों को अवगत कराने की परंपरा रही है

प्रमुख मेले

बिहार की ग्रामीण संस्कृति की शानदार झलक इस जगह के मेलों में स्पष्ट दिखती है। कुछ मेले तो विश्व भर में प्रसिद्ध हैं। धर्म और संस्कृति से जुड़े आयोजनों में बाजार में बनी वस्तुएँ तो शामिल होती ही हैं, साथ ही साथ स्थानीय शिल्प कला का भी दर्शन होता है। क्षेत्रीय मेले, हाट और बाजार व्यापारियों के लिए ही नहीं होते, बल्कि वह क्षेत्र की सांस्कृतिक जीवन को भी दर्शाते हैं।

प्रमुख मेलों का वर्णन निम्न है:

श्रावणी मेला

- श्रावणी मेले का आयोजन बिहार के भागलपुर जिले (सुल्तानगंज) में श्रावण और भाद्रपद में होता है।

- श्रावणी मेले के दौरान शिवभक्त सुल्तानगंज से गंगा जल लेकर देवघर (झारखण्ड) तक 105 किमी का रास्ता वह पैदल ही पूरा करते हैं।
- देवघर का प्रसिद्ध रावणेश्वर वैद्यनाथ ज्योतिर्लिंग, "कामना लिंग" कहलाता है और इसे वैद्यनाथधाम या बाबाधाम के नाम से भी जाना जाता है।

पितृपक्ष मेला

- गया में होने वाले पितृपक्ष मेले का शुभारंभ शारदीय नवरात्रि से एक पखवाड़े पहले होता है।
- पितृपक्ष के दौरान, हिंदू अपने पूर्वजों को याद करते हैं और उनका श्राद्ध करते हैं।
- गया में साल भर पिंडदान होता है, लेकिन पितृपक्ष के दौरान किए गए पिंडदान का विशेष महत्त्व होता है।

बाबा ब्रह्मेश्वरनाथ का मेला

- बाबा ब्रह्मेश्वरनाथ का मेला बिहार के बक्सर जिले के ब्रह्मपुर गाँव में शिवरात्रि और वैशाख महीने की बड़ी एकादशी के दिन मनाया जाता है।
- यह मेला बड़ा पशु मेला है और यह मेला 7 दिनों तक चलता है।
- इस मेले में देश भर से गाय, बैल, भैंस, घोड़े, ऊँट आदि क्रय-विक्रय के लिए आते हैं।
- यह मेला धार्मिक, सांस्कृतिक और व्यापारिक त्रिवेणी के रूप में देश भर में प्रसिद्ध है।

ककोलत मेला

- नवादा जिले के 'ककोलत' नामक स्थान पर प्रत्येक वर्ष मेष संक्रांति के अवसर पर ककोलत मेले का आयोजन छह दिनों तक किया जाता है।
- ककोलत में एक जल-प्रपात है जिसकी ऊँचाई 160 फीट है।

वैशाली का मेला

- जैन धर्म के 24वें तीर्थंकर भगवान महावीर की जन्मस्थली वैशाली में चैत्रमास की त्रयोदशी तिथि को वैशाली का मेला आयोजित होता है।
- इस मेले में देश भर के जैन अनुयायी भाग लेते हैं।
- यहाँ जैन आचार्य बहुसिद्धांत संगोष्ठी और चिंतन समारोह आयोजित करते हैं।
- मेले में जैन धर्म से संबंधित साहित्य, चित्र और मूर्तियों के साथ-साथ अन्य वस्तुओं की भी खरीदारी की जाती है।

मलमास मेला

- राजगीर में मकर संक्रांति पर भव्य मलमास मेला लगता है।
- मान्यता है कि इस दिन सूर्य मकर राशि में प्रवेश करते हैं।
- मकर संक्रांति के दिन शरीर का त्याग करनेवालों को पुनर्जन्म नहीं लेना पड़ता है।
- मकर संक्रांति के दिन राजगीर के गरम कुंड में स्नान कर आबालवृद्ध नवजीवन प्राप्त करते हैं।

सबौर मेला

- यह मेला सबौर कृषि विश्वविद्यालय, भागलपुर जिले में कृषि क्षेत्र के विकास के लिए आयोजित किया जाता है।
- इस मेले में कृषि वैज्ञानिकों द्वारा किसानों को कृषि की नवीनतम तकनीकों और खोजों की जानकारी दी जाती है, जो राजेंद्र कृषि विश्वविद्यालय के अधीन सबौर कृषि विश्वविद्यालय में होता है।
- इस मेले में नई उन्नत विविधता के बीजों का प्रचार किया जाता है।

सौराठ मेला

- सभागाछी (मधुबनी जिला) में हर वर्ष जेठ-आषाढ़ माह में सौराठ मेला आयोजित होता है।
- इस मेले में अविवाहित वयस्क युवकों को विवाह हेतु प्रदर्शित किया जाता है और यह मेला अपने अद्भुत रूप के लिए विश्व में प्रसिद्ध है।

माघी मेला

- यह मेला 1881 ई. से आयोजित हो रहा है और पूर्व में भव्य चौतवारनी मेले के नाम से जाना जाता था।
- इस मेले में पावन गंगा नदी में संपूर्ण कोशी क्षेत्र, नेपाल, भूटान के सीमावर्ती क्षेत्र, साहेबगंज, पाकुड़, दुमका से लोग डुबकी लगाने आते हैं।
- मनिहारी की उत्तरवाहिनी गंगा का अलग ही महत्त्व है।

बेतिया मेला

- इस पशु मेले को प्रत्येक वर्ष दशहरे पर बेतिया में आयोजित किया जाता है और इसकी अवधि लगभग 15-20 दिन की होती है।
- इस मेले में राज्य के हजारों लोग पशुओं को खरीदने और बेचने के लिए यहाँ आते हैं।

कोसी मेला

- प्रत्येक वर्ष पौष पूर्णिमा पर कटिहार के निकट 'कोसी नदी' पर आयोजित इस मेले में श्रद्धालु जन पुण्य भी कमाते हैं और लकड़ी के सामान का क्रय-विक्रय भी करते हैं।

लौरिया नंदन गढ़ मेला

- प्रत्येक वर्ष दिसंबर माह में पूर्णिया जिले के 'गुलाबबाग' में इस 15 दिवसीय मेले का आयोजन किया जाता है।

सिमरिया मेला

- प्रत्येक वर्ष कार्तिक माह में इस मेले का आयोजन किया जाता है।
- इस मेले का धार्मिक दृष्टि से अधिक महत्त्व होता है।
- प्रत्येक वर्ष अक्टूबर-नवंबर में गंगा नदी के तट पर सिमरिया घाट पर सिमरिया मेला (कल्पवास मेला) होता है।
- इस मेले में भारत के अलावा नेपाल और भूटान से भी श्रद्धालु भक्त आते हैं।
- इस अवधि में भक्तजन फूस के घरों में रहते हैं और गंगा में डुबकी लगाते हैं।

पुस्तक मेला

- सेंटर फॉर रीडरशिप डेवलपमेंट (सी.आर.डी.) की ओर से आयोजित पटना पुस्तक मेला हर वर्ष 1985 ई. से लगातार प्राय: नवंबर माह के प्रथम सप्ताह में आयोजित किया जाता है।
- 15 दिवसीय मेले में देशभर के प्रमुख प्रकाशक अपनी पुस्तकों को प्रदर्शित करते हैं।

भागलपुर का पापहरणी मेला

- मकर संक्रांति के दिन मंदार पर्वत की तलहटी में स्थित पापहरणी तालाब का धार्मिक महत्त्व है और इसमें लोग स्नान करते हैं।
- लोग मानते हैं कि इस तालाब में स्नान करने से कुष्ठ रोग से मुक्ति मिलती है।
- भगवान मधुसूदन की पूजा-अर्चना की जाती है।
- इस दिन दही-चूड़ा और तिल के लड्डू विशेष रूप से खाएँ जाते हैं।

सोनपुर मेला

- विश्वविख्यात, एशिया का सबसे बड़ा पशु मेला "सोनपुर मेला" उत्तर बिहार में गंगा नदी के किनारे कार्तिक मास में आयोजित होता है।
- इसी स्थान पर हरि (विष्णु) और हर (शिव) का मंदिर है इसलिए, उस स्थान को हरिहर क्षेत्र भी कहते हैं।

- छपरा जिला प्रशासन द्वारा बिहार सरकार के सहयोग से हरिहर क्षेत्र मेले का आयोजन किया जाता है, जो एक माह तक चलता है।
- देश भर के प्रमुख पशु विक्रेता पशुओं को लेकर मेले में पहुँचते हैं।
- सोनपुर मेले में हाथियों की बिक्री अधिक संख्या में होती है।
- हालाँकि, प्रशासन द्वारा हाथियों की बिक्री पर प्रतिबंध लगा दिया गया है, लेकिन परोक्ष रूप से यह कार्य किसी-न-किसी रूप में होता है।

महोत्सव

बिहार, भारत का एक राज्य है, जो अपनी रंगीन और विविध संस्कृति, भोजन और महोत्सवों के लिए जाना जाता है। यहां कुछ प्रमुख महोत्सव हैं जो बिहार की संस्कृति, धर्म और परंपराओं को दर्शाते हैं। इसके साथ बिहार में महोत्सवों का आयोजन सरकारी एवं निजी स्तर पर किया जाता है।

प्रमुख महोत्सवों का वर्णन निम्न है:

राजगीर महोत्सव

- राजगीर महोत्सव का प्रथम बार आयोजन 1986 ई. में किया गया था।
- इस महोत्सव का आयोजन ऐतिहासिक अजातशत्रु किला मैदान में होता है।

विक्रमशिला महोत्सव

- शिक्षा जगत् में प्राचीन काल से अपनी वैश्विक पहचान रखनेवाले विक्रमशिला विश्वविद्यालय के ऐतिहासिक, सांस्कृतिक और पर्यटकीय महत्त्व को देखते हुए बिहार सरकार ने वर्ष 2007 में तीन दिवसीय विक्रमशिला महोत्सव का आयोजन शुरू किया था।
- इस महोत्सव का आयोजन पर्यटन विभाग तथा जिला प्रशासन भागलपुर के संयुक्त संरक्षण में किया जाता है।
- धर्मपाल (786 से 820 ई.) द्वारा स्थापित विक्रमशिला विश्वविद्यालय को तिब्बती ग्रंथों में श्रीमद्विक्रमशीलदेव महाविहार के नाम से जाना जाता है।
- 1203 ई. में बख्तियार खिलजी ने इस विश्वविद्यालय को किले के भ्रम में तोड़ दिया।

मंदार महोत्सव

- मंदार महोत्सव का आयोजन भागलपुर की सीमा से जुड़े बाँका जिले के मंदार पहाड़ के समीप होता है।
- यह वही क्षेत्र है, जहाँ मधु-कैटभ राक्षस का संहार कर भगवान विष्णु मधुसूदन कहलाए।
- मंदार में जैन धर्म के 12 वें तीर्थंकर वासुपूज्य ने कैवल्य प्राप्त किया था।
- यहाँ विशाल पैमाने पर मकर संक्रांति के दिन से पाँच दिवसीय मंदार महोत्सव का आयोजन होता है।

चंपारण महोत्सव

- चंपारण जिला प्राचीन काल से ही ऐतिहासिक महत्त्व रखता है।
- यहाँ बौद्ध धर्म के अनुयायी देश-विदेश से आते हैं।
- महात्मा गांधी ने अपना पहला राजनीतिक सत्याग्रह 1917 ई. में नील कृषकों की समस्या को लेकर चंपारण में प्रारंभ किया था।
- चंपारण के महत्त्व को देखते हुए प्रत्येक वर्ष तीन दिवसीय चंपारण महोत्सव का शुभारंभ होता है।
- इस अवसर पर चंपारण की संस्कृति, कला, परम्पराओं तथा ऐतिहासिक गाथाओं का आयोजन किया जाता हैं।

वाणावर महोत्सव

- जहानाबाद जिला मुख्यालय से लगभग 25 किलोमीटर दूर दक्षिण-पूर्व में स्थित वाणावर, जिसे इतिहास में 'बराबर' के नाम से भी जाना जाता है, में प्रत्येक वर्ष दो दिवसीय महोत्सव का आयोजन किया जाता है।
- वाणावर पहाड़ी समूह में प्रमुख रूप से वाणावर एवं नागार्जुनी पहाड़ियाँ सम्मिलित हैं।
- इस पहाड़ी समूह में मूर्ति शिल्प, भित्तिचित्र एवं ललित कला के आकर्षक नमूने मिलते हैं, पर इस पहाड़ी समूहों का सर्वप्रमुख आकर्षण यहाँ की गुफाएँ हैं।
- इस महोत्सव के माध्यम से ऐतिहासिक और पुरातात्विक धरोहरों को प्रसिद्धि मिली है।
- प्रसिद्ध लोमस ऋषि गुफा में उत्कीर्ण एक अभिलेख में इस पहाड़ी को गोरखागिरि भी कहा गया है।

तपोवन महोत्सव

- यह महोत्सव मकर संक्रांति (14 जनवरी) के अवसर पर आयोजित किया जाता है, जो तीन दिवसीय होता है।
- कहा जाता है कि धर्म, कामना और मोक्ष, तीनों की संगम-स्थली तपोवन है।
- यह स्थल राजगीर से लगभग 18 किमी. की दूरी पर टेटारू गाँव के पास है।
- मनोरम पहाड़ियों से आच्छादित तपोवन अंतर्राष्ट्रीय केंद्र है।
- वैज्ञानिक जगदीश चंद्र बोस, चीनी यात्री फाहियान और ह्वेनसांग ने तपोवन की महत्ता और प्राचीनता के बारे में विस्तार से वर्णन किया है।
- महाकवि भास ने अपनी प्रसिद्ध पुस्तक 'स्वप्नवासवदत्तम्' में भी तपोवन का रोचक वर्णन किया है।

वैशाली महोत्सव

- वैशाली महावीर और बुद्ध, दोनों महापुरुषों की समयुगीन संस्कृति की युगपत् अभिव्यंजना करने वाली ऐतिहासिक नगरी के रूप में प्रसिद्ध है।
- वैशाली महोत्सव का आयोजन विशेषतया जैन धर्म के प्रवर्तक महावीर पर ही पूर्णतया केंद्रित है।

मिथिला महोत्सव

- मिथिला की समृद्ध संस्कृति एवं मधुबनी की पेंटिंग को जीवंत बनाए रखने के उद्देश्य से प्रत्येक वर्ष मिथिला महोत्सव का आयोजन किया जाता है।
- मिथिला महोत्सव का आयोजन पर्यटन विभाग, कला संस्कृति एवं युवा कार्य विभाग के द्वारा किया जाता है।
- मधुबनी में मिथिला चित्रकला संस्थान की स्थापना भी की गई है, जो महोत्सव का आकर्षण केंद्र होता है।

प्रमुख मेले एवं महोत्सव

मेले / महोत्सव	स्थान	अवसर पर	माह	अवधि
हरदी मेला	मुजफ्फरपुर	शिवरात्रि	फरवरी / मार्च	15 दिन
सोमवारी मेला	पटना, मुजफ्फरपुर	श्रावण माह के प्रत्येक सोमवार को	-------	4 या 5 दिन

सिन्धेश्वर मेला	मधेपुरा	शिवरात्रि	फरवरी / मार्च	7 दिन
रामनवमी मेला	सीतामढ़ी	चैतनवमी	मार्च / अप्रैल	1 दिन
तुर्की मेला	मुजफ्फरपुर	शिवरात्रि	फरवरी/मार्च	6 दिन
बिन्देश्वर मेला	झंझारपुर	शिवरात्रि	फरवरी/मार्च	2 दिन
शिवरात्रि मेला	रक्सौल	शिवरात्रि	फरवरी / मार्च	1 दिन
गोपाष्टमी मेला	खगड़िया	गोपाष्टमी	अक्टूबर/ नवम्बर	1 दिन
फारबिसगंज मेला	अररिया	कालीपूजा	अक्टूबर/ नवम्बर	15 दिन
विवाह पंचमी मेला	सीतामढ़ी	राम-सीता विवाह दिन	नवम्बर / दिसम्बर	7 दिन
कुंवर सिंह जंयती	जगदीशपुर	कुंवर सिंह के जन्मदिन पर	अप्रैल	1 दिन
ईद-उल-फितर	पूरे बिहार में	कुरान शरीफ की रचना की	--------	1 दिन
गुरू पर्व	पटना साहेब (पटना सिटी)	सिख गुरूनानक के जन्म दिन पर	--------	1 दिन
कल्याणी मेला	कदवा प्रखण्ड (कटिहार)	कार्तिक पूर्णिमा	नवम्बर	1 दिन
काली मेला	मलयपुर जमुई	--------	अक्टूबर-नवम्बर	1 दिन 3 दिन
बौंसी मेला	बाँका	मकर संक्राति	जनवरी	5 दिन
बुद्ध पूर्णिमा	बोध गया	जन्म एवं निर्वाण दिन	मई/जून	1 दिन

अन्य मेले - पूर्णिया मेला (पूर्णिया), कात्यायनो मेला (कटिहार), सहोदरा मेला (नरकटियागंज) , सीतामढ़ी मेला (सीतामढ़ी), मुजफ्फरपुर मेला, सुह्रद संघ द्वारा आयोजित (मुजफ्फर), झांझरकुण महोत्सव (सासाराम), निर्वाण महोत्सव (पावापुरी), लिट्टी-भंटा मेला (बक्सर), कृषि मेला (ब्रह्मपुर), हराही पोखर मेला (दरभंगा), बगही मठ मेला (सीतामढ़ी), सिंहेश्वर मेला (सहरसा), मनेर शरीफ मेला (नालंदा), सुभद्रा मेला (सोनपुर, सारण) आदि।

पर्व - त्योहार

बिहार में लोक संस्कृति का महत्त्व उसके गीत, संगीत और नृत्य-नाट्यों के पर्व और त्योहारों से भी होता है। राष्ट्रीय त्योहारों के अलावा, कुछ स्थानीय पर्व भी उल्लसित होते हैं, जो यहाँ के लोगों को जोड़ते हैं। बच्चे, युवा और बूढ़े सभी इन त्योहारों में भाग लेते हैं। कुछ पर्व घर के सभी सदस्यों की उपस्थिति के लिए अनिवार्य होते हैं। बिहार में त्योहार अभी भी महत्वपूर्ण हैं, जो अन्य प्रदेशों में सिर्फ अवकाश और औपचारिकता बन गए हैं। ये त्योहार लोक संस्कृति और भारतीय संस्कृति का एक सामान्य दर्शन प्रदान करते हैं।

प्रमुख पर्व-त्योहारों का वर्णन निम्न है:

मकर संक्रांति

- यह त्योहार, जिसे बिहार में 'तिल संक्रांति' के नाम से भी जाना जाता है, 14 जनवरी को पूरे देश में मनाया जाता है।
- यह त्योहार बिहार में धान की नई फसल आने की खुशी में मनाया जाता है।
- लोग गंगा, सोन और पुनपुन जैसी पवित्र नदियों में स्नान करते हैं, सूर्य देव की पूजा करते हैं और गरीबों को दान देते हैं।
- दही-चूड़ा, तिल और गुड़ से बने 'तिल गुड़ के लड्डू' और चावल और दाल से बने 'खिचड़ी' जैसे पारंपरिक व्यंजन इस त्योहार के दौरान प्रसिद्ध हैं।

वसंत पंचमी

- बिहार में, वसंत पंचमी को 'सरस्वती पूजा' के रूप में भी जाना जाता है और यह विद्या, बुद्धि और ज्ञान की देवी सरस्वती को समर्पित है।
- माघ मास की शुक्ल पक्ष को यह त्योहार मनाया जाता है।
- इस दिन लोग पीले रंग के कपड़े पहनते हैं, जो वसंत के आगमन और सरसों के फूलों के खिलने का प्रतीक है, जो पीले रंग के होते हैं।

मधुश्रावणी

- मधुश्रावणी त्योहार नवविवाहित कन्याएं द्वारा श्रावण पक्ष की पंचमी से तृतीया तक मनाया जाता है।
- यह व्रत नवविवाहिताओं द्वारा विवाह के प्रथम वर्ष में पति की दीर्घायु के लिए रखा जाता है।
- इस त्योहार को भी करवाचौथ के समान माना जाता है।

चित्रगुप्त पूजा

- चित्रगुप्त पूजा जिसे 'दवात पूजा' के नाम से भी जाना जाता है, कायस्थ समाज का एक प्रसिद्ध त्योहार है।
- भैयादूज के अगले दिन यह पूजा की जाती है।
- इस दिन लोग अपनी कलम, दवात और लेखन सामग्री की पूजा करते हैं।

इंद्र पूजा

- भाद्रपद माह की शुक्ल पक्ष एकादशी से कृष्ण पक्ष पंचमी तक मनाया जानेवाला यह त्योहार बिहार के मुख्य पर्वों में से एक है, जो अच्छी बारिश और भरपूर फसल के लिए मनाया जाता है।
- इस पूजा की अवधि नौ दिनों की होती है।
- ऐसा माना जाता है कि इस दिन भगवान इंद्र इस पूजा से प्रसन्न होकर वर्षा करते हैं और अपने भक्तों को समृद्ध करते हैं।

कोजगरा

- यह मिथिला के ब्राह्मण समुदाय का जातिगत त्योहार है।
- इस दिन लक्ष्मी और गणेश का विधिवत् पूजन किया जाता है।

- नवविवाहित जोड़ों के लिए इस त्योहार का विशेष महत्त्व है।

तीज

- यह महिला-प्रधान त्योहार, भाद्रपद माह की शुक्ल पक्ष तृतीया को सुहागिन महिलाओं द्वारा मनाया जाता है।
- यह भी पति की दीर्घायु की कामना रखनेवाला त्योहार है, जिसमें महिलाएँ दिन भर उपवास रखती हैं और शाम को प्रथम तारे के दर्शन करने के बाद पति के चरण स्पर्श करके उनकी लंबी आयु की ईश्वर से कामना करते हुए व्रत का उद्यापन करती हैं।

बुद्ध जयंती

- भगवान बुद्ध के जन्मोत्सव पर मनाया जानेवाला, यह पर्व बौद्धों में हर्षोल्लास से मनाया जाता है।
- वैशाख माह की पूर्णिमा के अवसर पर इस पर्व में आस्था और श्रद्धा का अनूठा भाव देखने को मिलता है।
- बिहार में बौद्ध लोगों द्वारा धर्म-संदेश और मानवीय आदर्शों के प्रसार के लिए सभाएँ आयोजित की जाती हैं।

छठपूजा

- यह बिहार का महापर्व है ,जो मुख्यत: भगवान सूर्य को समर्पित हैं।
- छठ पूजा बिहार का मूल और सबसे बड़ा त्योहार है जो दीपावली के बाद उपवास, भोज और पूजा के साथ मनाया जाता है।
- इस दिन से एक दिन पहले ही व्रत का आरंभ हो जाता है, जिसे 'खरना' कहते हैं।
- यह व्रत 36 घंटे का कठिन निर्जल व्रत होता है।
- इसमें नदी या तालाब में स्थायित्व होकर अर्घ्य की वस्तुओं को टोकरी में रखकर डूबते सूर्य को अर्घ्य दिया जाता है।
- सूर्योदय के समय भी यही प्रक्रिया दोहराई जाती है।

जितिया

- आश्विन मास की कृष्णपक्षीय अष्टमी को यह व्रत पुत्रवती माताओं द्वारा अपने पुत्रों की दीर्घायु के लिए रखा जाता है।
- कहीं-कहीं यह व्रत 'अंगूठन' विधि से भी रखा जाता है।

अन्य प्रमुख पर्व-त्योहार	
• दीपावली	• मुहर्रम
• गुड फ्राइडे	• बकरीद
• शिवरात्रि	• जन्माष्टमी
• महावीर जंयती	• जीतिया
• कार्तिक पूर्णिमा	• होली
• गोवर्धन पूजा	• सामा चकेवा
• दशलक्षण	• बिहुला-बिहारी पूजा
• चौथ चंद्र	• प्रकाशोत्सव (गुरु गोविंद सिंह जयंती)
• क्रिसमस	• नागपंचमी
• विजयादशमी	• दुर्गा पूजा
• वट सावित्री	• अक्षय नवमी
• रामनवमी	• करवाचौथ
• भैयादूज	• महालया
• जूड़-सीतल	• रक्षा बंधन

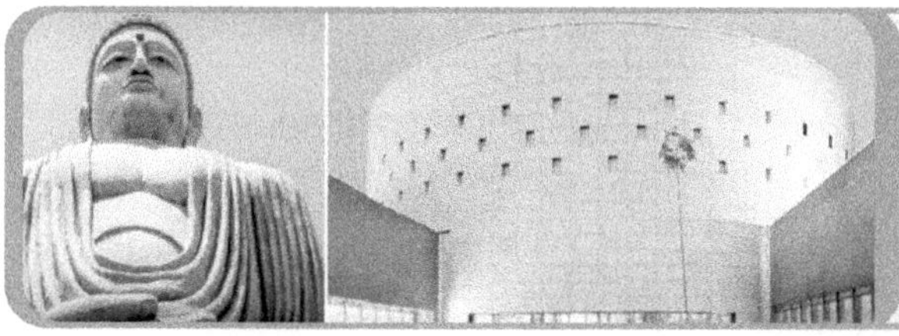

बिहार के साहित्य एवं साहित्यकार

भाषा एवं साहित्य

भाषा और साहित्य दो परस्पर संबंधित अवधारणाएँ हैं। भाषा को केवल ध्वनियों, शब्दों और वाक्यों के अध्ययन के रूप में परिभाषित किया जा सकता है, और साहित्य लिखित कार्यों जैसे उपन्यास, लघु कथाएँ, आत्मकथाएँ, निबंध और कविता आदि को संदर्भित करता है। हिंदी, उर्दू और मैथिली बिहार की आधिकारिक भाषाएँ हैं, जहाँ हिंदी भाषा अभिव्यक्ति का मुख्य माध्यम है, लेकिन हिंदी भाषा के अतिरिक्त बिहार में मगही, भोजपुरी, अंगिका, वज्जिका, संथाली आदि भाषाएं भी बोली जाती हैं। अपभ्रंश भाषा 8वीं शताब्दी में मगध क्षेत्र में प्रचलित थी, जो दोहाकोश और चार्यपदों में है। अपभ्रंश भाषा में बिहार के सिद्ध कवियों की रचनाएँ हैं, जिनके आधार पर प्रारम्भिक हिन्दी साहित्य का अध्ययन किया गया है।

भोजपुरी साहित्य और बिहार:

- भोजपुरी साहित्य का क्रमबद्ध लिखित साहित्य कम मात्रा में उपलब्ध है। लेकिन इसकी मौखिक परंपरा लोकगीत एवं लोक कथाओं के रूप में काफी मात्रा में उपलब्ध हैं।
- राहुल सांकृत्यायान ने सिद्ध साहित्य और नाथ साहित्य का अध्ययन करने के पश्चात कहा कि पुरानी हिन्दी में भोजपुरी के असंख्य भोजपुरी शब्द भरे पड़े हैं।
- भोजपुरी का साहित्य आज केवल मात्रा या संख्या में ही विपुल भण्डार प्रस्तुत नहीं करता बल्कि गुणात्मकता में भी अभिवृद्धि हुई है।
- प्रसिद्ध भाषाशास्त्री गियर्सन ने भोजपुरी भाषा साहित्य का उनके क्षेत्र के आधार पर निम्न प्रकार से वर्गीकृत किया है:

क्रम सं.	भोजपुरी भाषा स्तर	क्षेत्र
1.	मानक स्तरीय भोजपुरी	शाहाबाद, पलामू, सारण
2.	उत्तरी मानक भोजपुरी	सारण, गोरखपुर, देवरिया, पूर्वी गोरखपुर, बस्ती
3.	पश्चिमी भोजपुरी	गाजीपुर, आजमगढ़, जौनपुर, मिर्जापुर
4.	नागपुर भोजपुरी	रांची , जसपुर
5.	मधेसी भोजपुरी	चम्पारण
6.	थार भोजपुरी	आरवरी, उत्तरी चम्पारण, गोंडा

मगही साहित्य और बिहार:

- मगही भाषा का प्रचलन क्षेत्र मुख्य रूप से बिहार-झारखंड के गया, नवादा, नालन्दा, पटना, जहानाबाद, हजारीबाग, कोडरमा, गिरिडीह, मुंगेर, औरंगाबाद, अरवल, पलामू तथा चतरा जिले हैं।
- मागधी एक प्राचीन भारतीय आर्य भाषा है। मागधी अपभ्रंश से मगही भाषा का विकास हुआ और 8 वीं शताब्दी से अब तक यह मगध की लोकभाषा के रूप में प्रतिष्ठित है।
- मगही भाषा की अपनी एक समृद्ध परम्परा रही है। अपभ्रंश और खड़ी बोली हिन्दी से इसका सीधा संबंध रहा है।
- सिद्ध साहित्यों में वर्तमान भूतकालिक कृदन्त प्रत्यय- 'ल' अथवा 'इल' के प्रयोग आधुनिक मगही में अभी तक सुरक्षित है।
- मागधी अपभ्रंशों से मगही, मैथिली, भोजपुरी, बांग्ला, असमी, उड़िया, खड़ी बोली हिन्दी आदि भाषाओं का विकास हुआ।
- मगही साहित्य की विधाओं-कहानी, उपन्यास, निबंध, एकांकी, नाटक, कविता, समलोचना आदि में पुस्तकों का प्रकाशन 20 वीं शताब्दी के पहले से होता रहा है।
- मगही के प्रारंभिक लेखकों में मोहनलाल महतो 'वियोगी', पन्नालाल मैया, जगन्नाथ प्रसाद 'किंकर', श्रीधर प्रसाद शर्मा, जयनाथ पति, केशव प्रसाद वर्मा, केसरी कुमार, राम गोपाल शर्मा 'रूद्र', आदि नाम उल्लेखनीय हैं।

मैथिली साहित्य और बिहार:

- मैथिली नेपाल की उपराष्ट्रीय भाषा है। यह मुख्यतः भारत में उत्तरी बिहार एवं नेपाल के तराई के इलाकों में बोली जाती है।
- मैथिली का प्रथम प्रमाण रामायण से मिलता है। पूर्व में मिथिला नरेश राजा जनक की राजभाषा मैथिली थी।
- वर्ष 2003 में, 92 वें संविधान संशोधन अधिनियम अंतर्गत मैथिली भाषा को भारतीय संविधान की आठवीं अनुसूची में मान्यता प्राप्त भारतीय भाषा के रूप में शामिल किया गया था, जो इसे संपूर्ण भारत में शिक्षा, सरकार और अन्य आधिकारिक संदर्भों में उपयोग करने की अनुमति देता है। यह वर्ष 2004 से प्रभावी हुआ।
- वर्ष 1965 से ही भारत की साहित्य अकादमी द्वारा मैथिली को साहित्यिक भाषा का दर्जा हासिल है।
- 10वीं शताब्दी में ज्योतिरीश्वर ठाकुर ने मैथिली में 'वर्णरत्नाकर' की रचना की।
- विद्यापति मैथिली के सर्वाधिक चर्चित कवि हैं। विद्यापति के बाद गोविंद दास, चंदा झा, मनबोध, पं. सीताराम झा, जीवनाथ झा आदि मैथिली के प्रमुख साहित्यकार माने जाते हैं।
- मैथिली के मध्यकालीन प्रमुख नाटककार ब्रह्मदास गोविन्द, रामदास, लालकवि, नन्दीपति, रत्नपति, रत्नपाणि, हर्षनाथ झा, शिवदत्त, कर्णजयानन्द, श्रीकांत गणक, कान्हा रामदास आदि थे।
- मैथिली भाषा एवं साहित्य के उन्नयन, संवर्द्धन एवं विकास हेतु शिक्षा विभाग (बिहार सरकार), के द्वारा 11 मार्च, 1976 को मैथिली अकादमी का गठन किया गया है।

अंगिका साहित्य और बिहार:

- प्राचीनकाल में अंग जनपद की प्रचलित भाषा का नाम 'आंगी' था। इसका प्राचीनतम उल्लेख वामन जयादित्य द्वारा 7 वीं सदी में रचित ग्रंथ 'काशिकावृत्ति' में मिलता है।
- बिहार में मुख्यत: भागलपुर एवं मुंगेर जिले में बोली जाने वाली लोकभाषा अंगिका है।
- अंगिका भाषा साहित्य के आदिकाल का समय 13 वीं सदी तक का है। इसे सिद्धकाल भी कहा जा सकता है, क्योंकि इन कालखण्डों में उपलब्ध सभी लिखित रचनाएँ सिद्ध कवियों की है।
- राहुल सांकृत्यायन के अनुसार 84 सिद्ध कवियों मे 36 बिहार के थे, जिनमें 12 अंग जनपद से थे।
- अंगिका साहित्याकारों में 8 वीं सदी के सरहपा, शबरपा, 9वीं सदी के चर्पटीपा, धामपा, 10 वीं सदी के दीपंकर, श्रीज्ञान, 11 वीं सदी के चंपकपा,

चेलुकपा, जयानंतपा,12 वीं सदी के पुतुलिपा शामिल हैं।
- इन सिद्ध कवियों के 32 ग्रंथ उपलब्ध हैं, जो तत्कालीन अंगिका भाषा में है।
- इस कालखण्ड के प्रमुख साहित्यकार 16वीं सदी के सोनकवि व हेमकवि, 17वीं सदी के भूधर मिश्र एवं भृगुराम मिश्र, 18 वीं सदी के कृष्णकवि, लक्ष्मीनाथ परमहंस, वेदानन्द सिंह आदि हैं।

वज्जिका साहित्य और बिहार:

- वज्जिका भाषा एवं साहित्य का इतिहास जैन एवं बौद्ध धर्म के साथ जुड़ा हुआ है।
- वैशाली प्राचीन वज्जि गणतंत्र की मुख्य नगरी थी और यहाँ के लोग लिच्छवी कहलाते थे।
- वैशाली गणराज्य के शासकों के प्रयास से आचार्यों ने विभिन्न विधाओं में ग्रंथों की रचनाएँ की थीं।
- वज्जि का प्राचीन साहित्य धर्मोपदेशकों, महात्माओं, सिद्धों तथा संतों की वाणियों में प्रकाशित है।
- वज्जि गणराज्य के लोग साहित्य, कला, नाटक संगीत, गायन-वादन में विशेष रुचि रखते थे।
- 'सौदामनी' तथा 'राष्ट्रपाल' नामक नाटक का रंगमंचन होने का उल्लेख जैन ग्रंथों 'उत्तराध्यनटीका' तथा 'पिण्डनिर्युक्ति' में हुआ है।
- 7 से 12 वीं शताब्दी तक यहाँ के वामाचारी बौद्ध संतों - लूहिपा, लीलापा, विरूपा, होम्मिपा, शबरपा, सरहपा आदि के सिद्ध साहित्य का यहाँ काफी प्रभाव रहा था।
- वज्जिका लोक साहित्य का विभाजन लोकगीत, लोककथा, लोकगाथा, लोकनाट्य और लोकनृत्य, प्रकीर्ण साहित्य में किया गया है।
- डॉ. हरेन्द्र सिंह, डॉ. रामेश्वर प्रसाद, रामविलास नवल, किशोर श्रीवास्तव, निर्मल मिलिन्द, कपिल देव सिंह, ब्रजनन्दन वर्मा, इन्दिरा भारती, भावना, हरीश आदि वज्जिका के कवि हैं।
- वज्जिका का 'आधुनिक साहित्य-युग' 20 वीं शताब्दी के प्रथम चरण में ललित कुमार सिंह 'नटवर' द्वारा रचित 'दुखिया किसान की होली' नामक कविता से होता है।
- आधुनिक वज्जिका साहित्य के प्रसिद्ध हिन्दी सहित्यकार डॉ. सुरेन्द्र मोहन प्रसाद, डॉ. अवधेश्वर अरूण, डॉ. हरेन्द्र सिंह विप्लव, डॉ. रामेश्वर प्रसाद, डॉ. सीताराम दीन, डॉ. शांति सुमन आदि हैं।

उर्दू भाषा-साहित्य और बिहार:

- बिहार में उर्दू के विकास का सबसे महत्त्वपूर्ण समय 19वीं शताब्दी का उत्तरार्ध रहा है। गालिब, मोमिन और जॉक जैसे प्रसिद्ध उर्दू शायरों ने उर्दू के विकास में महत्त्वपूर्ण योगदान दिया।
- बिहार में प्रगतिशील उर्दू विचारधारा के मुख्य प्रचारक के रूप में सुहेल अजीमाबादी को जाना जाता है, जबकि उर्दू साहित्य में शोध को वैज्ञानिक आधार प्रदान करने में काजी अब्दुल वदीद को श्रेय प्राप्त है।
- उर्दू भाषा में बिहार के इतिहास पर प्रथम ग्रंथ 'नक्शे पायदार' शाद अजीमाबादी के द्वारा लिखा गया था।
- प्रो. कलीमुद्दीन अहमद उर्दू साहित्य के सबसे प्रसिद्ध आलोचक हैं।
- बिहार के उर्दू कहानीकारों में रिजवान अहमद, शौकत हयात, सफी जावेद, कवियों में जहीर सिद्दीकी, सुल्तान अख्तर, गद्य लेखकों में लुत्फुर रहमान, वहाब अशरफी आदि साहित्यकारों का उर्दू साहित्य के विकास में महान योगदान रहा है।
- बिहार में 1984 ई. में उर्दू को द्वितीय राजभाषा का दर्जा मिला। बिहार सरकार ने भी उर्दू अकादमी का गठन कर उर्दू के विकास में अपना महत्त्वपूर्ण योगदान दिया है।

बिहार के साहित्य से सम्बंधित कुछ महत्त्वपूर्ण तथ्य:

- राहुल सांकृत्यायन की पुस्तक 'हिन्दी काव्यधारा' द्वारा यह प्रमाणित हुआ है कि 8वीं शताब्दी में मगध क्षेत्र में अपभ्रंश भाषा प्रचलित थी, जिसे पुरानी हिन्दी अर्थात अपभ्रंश भाषा कहा जाता है।
- हिन्दी साहित्य का प्रारंभ बिहार के सिद्ध साहित्य के कवियों से ही हुआ है। सिद्ध कवियों की संख्या 84 है, जिनमे से अधिकांश नालंदा, उदंतपुर और विक्रमशिला विश्वविद्यालय से संबंधित थे।
- नालंदा विश्वविद्यालय के आचार्य पद पर रहे सरहपा को प्रथम सिद्धकवि माना जाता है। उन्होंने 8वीं शताब्दी में मगध क्षेत्र में प्रचलित लोकभाषा को अपनाकर उसे अपनी कविता का माध्यम बनाया था।
- 14वीं शताब्दी तक बिहार की जनभाषा में नाथपंथी साधकों की साधना-संबंधी रचनाओं की प्रमुखता रही। उनकी रचनाओं में भावुकता और रहस्यवादी मनोवृत्ति की प्रधानता थी।
- 19वीं शताब्दी के प्रारंभिक वर्षों में वास्तविक रूप में हिन्दी गद्य का सूत्रपात हुआ। इस समय तक हिन्दी साहित्य में ब्रजभाषा का ही प्राधान्य था।
- 19वीं शताब्दी के पूर्वार्द्ध में नाट्य रचना के अतिरिक्त अन्य भाषाओं से हिन्दी में अनुवाद के साथ कई महत्त्वपूर्ण टीकाओं की भी रचना हुई।
- आचार्य शिवपूजन सहाय की पुस्तक 'हिन्दी साहित्य और बिहार' के तृतीय खण्ड में 1851 से 1900 ई. के बीच के बिहारी साहित्यकारों के इतिवृत्त संग्रहीत है।
- बिहार के साहित्यकारों ने कथा-साहित्य, जीवनी, संस्मरण, भाषाशास्त्र, लोकसाहित्य आदि के साथ इतिहास, संस्कृति, दर्शन, नीति, संगीत, समाजशास्त्र, राजनीति आदि विभिन्न शास्त्रों से भी संबंधित अपनी रचनाएँ प्रस्तुत की।
- राधाकृष्ण ने हास्य लेखक जी० पी० श्रीवास्तव की परंपरा में परिवर्तन करते हुए 1929-30 के वर्ष में हिन्दी हास्य-व्यंग्य को सामाजिक सरोकार से जोड़ने संबंधी महत्वपूर्ण कार्य किया था।
- पत्रकारिता के विकास में भी इस काल के रचनाकारो का समुचित योगदान रहा है। अनुमानतः बिहार के 80 रचनाकार किसी-न-किसी रूप में हिन्दी पत्रकारिता से संबद्ध रहे थे।
- सदल मिश्र बिहार के आरा जिले के निवासी थे, इसलिए इनकी रचनाओं में पूर्वी प्रयोग मिलते हैं।
- सदल मिश्र ने मुंशी सदासुख लाल, सैय्यद इंशा अल्ला खाँ, लल्लू लाल के साथ मिलकर खड़ी बोली हिन्दी में पाठ्य-पुस्तकों का निर्धारण किया।

पत्रकारिता

पत्रकारिता आधुनिक सभ्यता का एक प्रमुख व्यवसाय है, जिसमें समाचारों का एकत्रीकरण, लिखना, जानकारी एकत्रित करके पहुँचाना, सम्पादित करना और सम्यक प्रस्तुतीकरण आदि सम्मिलित हैं। भारत में मुद्रण कला का आगमन 18 वीं सदी के अंतिम दशक में हो चुका था। मुद्रण कला के विकास के साथ ही बिहार में समाचार-पत्र का क्षेत्र भी व्यापक हुआ। बिहार में समाचार पत्र-पत्रकारिता का आरंभ उन्नीसवीं शताब्दी में हुआ। बिहार का पहला समाचार पत्र ब्रिटिश सरकार के प्रयास से प्रशासनिक उद्देश्यों के लिए प्रकाशित किया गया था।

बिहार में पत्रकारिता से संबंधित कुछ महत्वपूर्ण तथ्य:

- बिहार में, शाह कबीरुद्दीन अहमद ने वर्ष 1850 में सासाराम में एक प्रिंटिंग

प्रेस की स्थापना की। इस प्रेस से केवल उर्दू पुस्तकें प्रकाशित होती थीं।

- पटना के कमिश्नर विलियम टेलर ने सबसे पहले 3 सितंबर 1856 को एक उर्दू अखबार 'अखबार-ए-बिहार' का प्रकाशन शुरू किया था।
- विलियम टेलर के बाद एक विद्यालय उपनिरीक्षक मुंशी सूरजमल और पटना नॉर्मल स्कूल के अधीक्षक राय सोहनलाल ने 1860 ई. में 'अखबारे-अखियार' नामक अखबार प्रकाशित कराया।
- 1869 ई. में मुंशी सूरजमल तथा राय सोहनलाल ने 'चश्म-ए-इल्म' नामक समाचार पत्र का भी प्रकाशन किया।
- बिहार का पहला हिंदी समाचार पत्र 'बिहार बंधु' था, जो 1874 में पटना से प्रकाशित हुआ। इसकी स्थापना 1872 में पंडित मदनमोहन भट्ट द्वारा कोलकाता में की गई थी।
- पटना में प्रकाशन आरंभ होने के बाद पंडित केशवराम भट्ट का 'हिंदी-व्याकरण', 'विद्या की नींव' एवं दो नाटक 'सज्जाद सुम्बुल' और 'शमशाद-सौसन' 'प्रकाशित हुए।
- बिहार के पहले अंग्रेजी अखबार 'द बिहार हेराल्ड' का प्रकाशन वर्ष 1875 में गुरु प्रसाद सेन ने शुरू किया था।
- वर्ष 1881 में पटना से 'इंडियन क्रॉनिकल' नामक समाचार पत्र का प्रकाशन हुआ था।
- वर्ष 1890 में बिहार का प्रथम हिन्दी दैनिक 'सर्वहितैषी' के नाम से पटना से प्रकाशित हुआ था।
- उन्नीसवीं शताब्दी में बिहार का पहला उर्दू अखबार 'आरा' जिले से प्रकाशित हुआ, जिसका शीर्षक 'नुरुल अन्वार' था, जिसे मोहम्मद हाशिम ने प्रकाशित किया था।
- 20वीं शताब्दी के आरंभ में राष्ट्रवादियों द्वारा 'द मदरलैंड' तथा 'बिहार स्टैंडर्ड' अखबार का प्रकाशन आरंभ हुआ।
- 'द बिहारी' और 'द बिहार टाइम्स' दो ऐसे अखबार थे, जो बिहार को अलग प्रांत बनाने की मांग पेश करने में सक्रिय थे।
- 'बिहार टाइम्स' की स्थापना पटना में 1903 में साप्ताहिक के रूप में हुई और 1906 में इसे भागलपुर से प्रकाशित होने वाले 'बिहार न्यूज' के साथ जोड़कर 'द बिहारी' नाम दे दिया गया।
- वर्ष 1917 में 'द बिहारी' को दैनिक में परिवर्तित कर दिया गया और वर्ष 1917 में इसका प्रकाशन बंद कर दिया गया।
- 'द बिहारी' के स्थान पर 15 जुलाई, 1918 से 'द सर्चलाइट' का प्रकाशन होने लगा। इसके प्रथम संपादक सैयद हैदर हुसैन थे।
- 1930 में 'द सर्चलाइट' को एक दैनिक का रूप दे दिया गया, जिसने सविनय अवज्ञा आंदोलन और भारत छोड़ो आंदोलन के क्रम में राष्ट्रवादियों के प्रवक्ता के रूप में महत्त्वपूर्ण भूमिका निभाई।
- 'द इंडियन नेशन' के हिन्दी सह-प्रकाशन 'आर्यावर्त' का प्रकाशन 1941 में पटना से प्रारम्भ हुआ था।
- 1947 में 'द सर्चलाइट' का सह-प्रकाशन हिंदी भाषा में 'प्रदीप' नाम से प्रारम्भ हुआ।
- वर्ष 1985 में 'द सर्चलाइट' का प्रकाशन बंद कर दिया गया और उसके स्थान पर 'हिंदुस्तान टाइम्स' का पटना संस्करण शुरू किया गया।
- 1986 में 'नवभारत टाइम्स' के पटना संस्करण का प्रकाशन भी आरंभ हुआ लेकिन 1995 में इसे बंद कर दिया गया।
- वर्ष 1924 में, ब्रिटिश भारत के बिहार प्रांत के पहले प्रीमियर(प्रांतीय सरकार का प्रमुख पद) मोहम्मद यूनुस ने 'द पटना टाइम्स' का प्रकाशन शुरू किया, जो वर्ष 1944 तक प्रकाशित होता रहा।
- बिहार का पहला उर्दू दैनिक 1876 में 'आरा' से ही प्रकाशित हुआ।
- 1948 में दरभंगा से साहित्यिक पत्रिका 'किरण' का प्रकाशन प्रारम्भ हुआ।

बिहार से प्रकाशित कुछ प्रमुख पत्रिकाओं का विवरण नीचे तालिका में दिया गया है:

बिहार से प्रकाशित हिन्दी पत्रिकाएं

क्रम सं.	पत्रिका का नाम	प्रकाशन वर्ष	प्रकाशन स्थल
1.	क्षत्रिय पत्रिका (मासिक)	1881	पटना
2.	लक्ष्मी (मासिक)	1903	गया
3.	युवक (मासिक)	1929	पटना
4.	आरती (मासिक)	1940	पटना
5.	ज्योत्सना (मासिक)	1948	पटना
6.	चुन्नु-मुन्नु (मासिक)	1950	पटना
7.	अवन्तिका (मासिक)	1952	पटना
8.	आनंद डाइजेस्ट (मासिक)	1979	पटना
9.	अवकाश (पाक्षिक)	1979	पटना
10.	जनमत (मासिक)	1981	पटना
11.	शिक्षा डाइजेस्ट (मासिक)	1984	पटना
12.	नई शिक्षा (मासिक)	1990	पटना

बिहार से प्रकाशित संस्कृत पत्रिकाएं

क्रम सं.	पत्रिका का नाम	प्रकाशन वर्ष	प्रकाशन स्थल
1.	विद्यार्थी (मासिक)	1978	पटना
2.	धर्मनीति तत्वम् (मासिक)	1880	गया
3.	मित्रम (त्रैमासिक)	1918	पटना
4.	संस्कृत संजीवनम (त्रैमासिक)	1940	पटना
5.	देववाणी (मासिक)	1960	मुंगेर
6.	पाटलश्री (त्रैमासिक)	1966	पटना
7.	भारती (मासिक)	1988	पटना
8.	अख्यकम् (छमाही)	1988	आरा

बिहार से प्रकाशित साप्ताहिक पत्र-पत्रिकाएं

क्रम सं.	पत्रिका का नाम	प्रकाशन वर्ष	प्रकाशन स्थल
1.	बिहार बंधु (हिन्दी)	1874	पटना

2.	पीयूष प्रवाह (हिन्दी)	1886	भागलपुर
3.	देश (हिन्दी)	1919	पटना
4.	तरूण भारत (हिन्दी)	1921	पटना
5.	गोलमाल (हिन्दी)	1924	पटना
6.	महावीर (हिन्दी)	1929	पटना
7.	किशोर (हिन्दी)	1938	पटना
8.	हुंकार (हिन्दी)	1940	पटना
9.	अग्रदूत (हिन्दी)	1942	पटना
10.	लोकास्था (हिन्दी)	1974	पटना
11.	जनादेश (हिन्दी)	1990	पटना
12.	धर्मायन (हिन्दी)	1990	पटना

प्रमुख साहित्यकार

बिहार राज्य प्राचीन काल से ही ज्ञान, अध्यात्म, संस्कृति और साहित्य में समृद्ध रहा है। यहाँ की मिट्टी में कौटिल्य, मनु, याज्ञवल्क्य, मण्डन मिश्र, भारती, मैत्रेयी से लेकर बाबू कुंवर सिंह, रामधारी सिंह 'दिनकर', नागार्जुन आदि कई अन्य विद्वानों ने जन्म लेकर अपने ज्ञान व साहित्य से भारत का नाम विश्व पटल पर रोशन किया है। हिंदी साहित्य को नयी दिशा देने में बिहार का अतुलनीय योगदान रहा है। हिंदी के विशिष्ट शैलीकार राजा राधिकारमरण प्रसाद सिंह, आचार्य शिवपूजन सहाय, रामवृक्ष बेनीपुरी और फणीश्वरनाथ 'रेणु' बिहार से थे। इनकी रचनाशीलता ने पूरे देश में हिंदी का मान बढ़ाया।

बिहार के कुछ प्रमुख साहित्यकारों का विवरण नीचे तालिका में दिया गया है:

क्रम सं.	साहित्यकार	कृतियां
1.	बाणभट्ट	कादम्बरी, हर्षचरितम, चंडीशतक
2.	विष्णु शर्मा	पंचतंत्र, हितोपदेश
3.	चाणक्य	अर्थशास्त्र
4.	अश्वघोष	बुद्धचरितम् , सौन्दरानंदकाव्यम् और शारिपुत्रप्रकरणम्
5.	आर्यभट्ट	आर्यभटीय
6.	वात्स्यायन	कामसूत्रम्
7.	मंडन मिश्र	भावनाविवेक, विधिविवेक
8.	विद्यापति	पदावली, कीर्तिलता, कीर्ति पताका, गोरक्ष विजय, भू-परिक्रमा
9.	ज्योतिरीश्वर ठाकुर	वर्ण रत्नाकर, दर्शन रत्नाकर
10.	फणीश्वरनाथ 'रेणु'	मैला आंचल, जुलूस, पलटू बाबू रोड, दीर्घतपा
11.	रामधारी सिंह 'दिनकर'	प्राणभंग, उर्वशी, रेणुका, द्वन्द्वगीत, हुंकार, रसवंती, चक्रवाल, धूपछाँह, कुरुक्षेत्र, रश्मिरथी, सामधेनी, नील कुसुम, सीपी और शंख, परशुराम की प्रतिज्ञा, हारे को हरिनाम
12.	बाबा नागार्जुन	बाबा बटेश्वरनाथ, पारो, कुम्भीपाक, तुमने कहा था, वरुण के बेटे, पुरानी जूतियों का कोरस, बलचनमा
13.	देवकीनंदन खत्री	चंद्रकांता संतति, भूतनाथ, काजर की कोठरी, नौलखा-हार
14.	राहुल सांकृत्यायन	बुद्धचर्या, विनय-पिटक, धम्मपद, दर्शन-दिग्दर्शन
15.	शाद अजीमाबादी	नक्शेपायदार
16.	डॉ. राजेन्द्र प्रसाद	इंडिया डिवाइडेड, चम्पारण में सत्याग्रह, बापू के कदमों में
17.	केदारनाथ मिश्र 'प्रभात'	ज्वाला, कैकयी, ऋतम्भरा, तप्तगृह
18.	कुमार विमल	महादेवी वर्मा : एक मूल्यांकन, 'चिंतन, मनन और विवेचन', मूल्य और मीमांसा, आलोचना अनुशीलन, महादेवी का काव्य सौष्ठव
19.	रामवृक्ष बेनीपुरी	आम्रपाली, माटी की मूरतें, चिता के फूल, संघमित्रा
20.	वाचस्पति मिश्र	न्याय तत्वलोक, प्रत्यक्ष निर्णय, कृत्य चिंतामणि
21.	राजकमल चौधरी	पाथर फूल, स्वरगंधा, कविता राजकमलक
22.	राजा राधिका रमण प्रसाद सिंह	पुरुष और नारी
23.	जानकी वल्लभ शास्त्री	काकली, गाथा, मेघगीत, मन की बात, एक किरण : सौ झाइयां, दो तिनकों का घोंसला, अश्वबुद्ध, सत्यकाम, जिन्दगी, देवी, नील-झील, पाषाणी, तमसा, इरावती, राधा
24.	सदल मिश्र	नासिकेतोपाख्यान, रामचरित्र, फूलन्ह के बिछाने, सोनम के थंभ, चहुँदिसि, बाजने लगा
25.	अनिल कुमार मुखर्जी	आसाम मेल, पालकी, कठपुतली, अकेला
26.	अनूप लाल मंडल	अभियान का पथ, आवारों की दुनिया, उत्तर पुरुष, केंद्र और परिधि, तूफान और तिनके, निर्वासिता, रक्त और रंग
27.	अरुण कमल	अपनी केवल धार, कविता और समय, कथोपकथन (साक्षात्कार), मैं वो शंख महाशंख, पुतली में संसार
28.	आरसी प्रसाद सिंह	जीवन का झरना, पंचपल्लव, खोटा सिक्का

29.	काशी प्रसाद जायसवाल	मनु ऐण्ड याज्ञवल्क्य, हिन्दू पॉलिटी
30.	गोपाल सिंह नेपाली	रागिनी, पक्षी, उमंग, नीलिमा, पंचमी, नवीन, हिमालय ने पुकारा
31.	सरस्वती प्रसाद	नदी पुकारे सागर, एक थी तरू, कादंबिनी, साप्ताहिक हिंदुस्तान, मूढ़ीवाला
32.	देवेंद्र नाथ शर्मा	राष्ट्रभाषा हिंदी : समस्याएँ और समाधान (संदर्भ ग्रंथ), साहित्य की निबंधावली, ब्रजभाषा की विभूतियाँ, छायावाद और प्रगतिवाद, भक्तिकाल, अमर भारती
33.	नलिन विलोचन शर्मा	विष के दाँत, पहली घंटी, बरसाने की राधा, एक चाबुक पीछे, बिस्किट और पापड़, पड़ोस की कोयल
34.	भिखारी ठाकुर	बेटी बियोग, राधे-श्याम बहार, बिदेशिया, गंगा-स्नान, विधवा-विलाप, कलियुग प्रेम
35.	मधुकर सिंह	सोनभद्र की राधा, सबसे बड़ा छल, सीताराम नमस्कार, माइकल जैक्सन की टोपी, पूरा सन्नाटा
36.	मोहन लाल महतो 'वियोगी'	'आर्यावर्त', 'निर्माण', 'एक तारा', 'निर्माल्य और कल्पना' (सभी महाकाव्य)
37.	रघुवीर नारायण	ए टेल ऑफ बिहार, बटोहिया, भारत भवानी, रघुवीर रस रंग, रघुवीर पत्र पुष्प, निकुंज कला
38.	शिवपूजन सहाय	देहाती दुनिया, मतवाला माधुरी, हिंदी भाषा और साहित्य, वही दिन वही लोग, मेरा जीवन
39.	रश्मि प्रभा	शब्दों का रिश्ता, अनुत्तरित, अनमोल संचयन, अनुगूँज, राधा-मीरा और प्रेम

बिहार के कुछ प्रमुख साहित्यकारों से संबंधित महत्वपूर्ण तथ्य:

- प्रसिद्ध साहित्यकार महेश नारायण द्वारा सन 1881 में लिखी गई कविता 'स्वप्न', जिसका प्रकाशन पटना से प्रकाशित 'बिहार बंधु' में 13 अक्टूबर 1881 को हुआ था, खड़ी बोली हिंदी में रचित मुक्तछन्द की पहली कविता है।
- साहित्यकार अनिल कुमार मुखर्जी ने वर्ष 1961 में बिहार आर्ट थिएटर की स्थापना की।
- साहित्यकार अरुण कमल को उनकी रचनाओं के लिए साहित्य अकादमी पुरस्कार, भारत भूषण अग्रवाल पुरस्कार, सोवियत लैंड नेहरू पुरस्कार, श्रीकांत वर्मा स्मृति पुरस्कार एवं शमशेर सम्मान से सम्मानित किया गया है।
- काशी प्रसाद जायसवाल वह पहले भारतीय थे, जिन्हें मौर्य सिक्कों के विषय पर लंदन की रॉयल एशियाटिक सोसाइटी में व्याख्यान के लिए बुलाया गया था।
- बिहार राष्ट्रभाषा परिषद् में केदारनाथ मिश्र प्रभात को उनकी रचनाओं के लिए 'बिहारी ग्रंथ लेखाकार पुरस्कार' एवं 'वयोवृद्ध साहित्यकार सम्मान' से नवाजा गया है।
- बिहार के महान साहित्यकार देवकीनंदन खत्री ने बनारस में लहरी प्रेस की स्थापना की थी।
- प्रसिद्ध साहित्यकार नागार्जुन की मैथिली कविताओं के संग्रह 'पत्रहीन नग्न गाछ' को 'साहित्य अकादमी पुरस्कार' से सम्मानित किया गया था।
- 'पद्मश्री' अलंकरण से सम्मानित पोद्दार रामावतार 'अरुण' को 'मीरा सम्मान', 'कालिदास सम्मान', 'फादर बुल्के सम्मान' एवं 'विद्यासागर सम्मान' से नवाजा गया है।
- बेल्जियम देश के नागरिक फादर कामिल बुल्के ने बिहार को अपनी कर्मभूमि बनाया था। उन्हें हिंदी भाषा में उनके योगदान के लिए 'पद्मभूषण' से अलंकृत किया गया था।
- बिहार में खड्गविलास प्रेस से भारतेन्दु हरिश्चंद्र के कुल 129 ग्रंथों का प्रकाशन 'ग्रंथावली' के रूप में किया गया था।
- खड्गविलास प्रेस से वर्ष 1870-1872 के मध्य बंकिमचंद्र चटर्जी की 'दुर्गेश नंदिनी' (बँगला उपन्यास) का हिंदी रूपांतरण 'कवि वचन सुधा' में प्रकाशित हुआ था।
- भोजपुरी के विकास में सर्वप्रथम धरती दास एवं दरिया दास ने महत्त्वपूर्ण भूमिकाएँ निभाई थीं और आधुनिक काल में महेंद्र मिश्रा, भिखारी ठाकुर जैसे साहित्यकारों के कारण भोजपुरी को नई पहचान मिली है।
- कवि कलीम आजिज़ को उर्दू शायरी को नए रूप में सजाने के लिए 'पद्मश्री' सम्मान से सम्मानित किया जा चुका है।
- बिहार के प्रमुख कहानीकारों में रिजवान अहमद, शौकत हयात, सफी जावेद, कवियों में जहीर सिद्दीकी, सुल्तान अख्तर, गद्य लेखकों में लुत्फूर रहमान, आदि ने उर्दू साहित्य के विकास में महान योगदान दिया है।
- साहित्यकार आरसी प्रसाद सिंह को मैथिली साहित्य में उनके योगदान के लिए 'साहित्य अकादमी पुरस्कार' से सम्मानित किया गया था।
- डॉ चतुर्भुज सहाय द्वारा रचित कुछ पुस्तकें साधना के अनुभव, अलौकिक भक्तियोग और आध्यात्मिक विषय मीमांसा आदि हैं।
- आधुनिक समय में बिहार से सम्पादित कुछ पत्रिकाएं 'रोशनाई'(संपादक - डॉ. दीपक कुमार राय), 'निरंजना'(संपादक - नीलिमा सिंह व अरुण नारायण), और 'कथान्तर' (संपादक - राणा प्रताप) हैं।
- देवकीनंदन खत्री ने बनारस में लहरी प्रेस की स्थापना की थी और इनके द्वारा रचित 'चंद्रकांता संतति' एक ऐसा उपन्यास है, जिसके बारे में कहा जाता है कि उसे पढ़ने के लिए बहुत सारे लोगों ने हिंदी सीखी थी।
- बिहार राज्य के साहित्यकारों ने न केवल हिंदी साहित्य में अपितु उनकी रचनाओं ने भारत का नाम विश्व पटल पर भी गौरवान्वित किया है।

शिक्षा, स्वास्थ्य एवं खेलकूद

- बिहार प्राचीन काल से ही शिक्षा का प्रमुख केन्द्र रहा है।
- बिहार में तीन स्तरीय शिक्षा प्रणाली है जिसमें प्राथमिक, माध्यमिक और उच्च शिक्षा शामिल है। राज्य में सरकारी और निजी दोनों स्कूल हैं।
- नालंदा विश्वविद्यालय और विक्रमशिला विश्वविद्यालय यहाँ प्राचीन शिक्षा के प्रमुख अन्तर्राष्ट्रीय केन्द्र थे।
- वर्तमान में बिहार 2011 की जनगणना के अनुसार 61.8 प्रतिशत की कुल साक्षरता वाले राज्यों में अंतिम स्थान पर है, जिसमें पुरुष साक्षरता दर 71.2 प्रतिशत और महिला साक्षरता दर 51.5 प्रतिशत है।
- 2001 और 2011 के बीच, बिहार में साक्षरता दर में 17.9 प्रतिशत की वृद्धि हुई, जबकि पूरे देश में यह 10.9 प्रतिशत थी।
- बिहार सरकार ने राज्य में शिक्षा प्रणाली में सुधार के लिए कई पहल की हैं। इनमें से कुछ पहलों में "बिहार छात्र क्रेडिट कार्ड योजना," "बिहार मुफ्त साइकिल योजना," और "मुख्यमंत्री बालक/बालिका प्रोत्साहन योजना" शामिल हैं।

शिक्षा एवं शिक्षण संस्थान

- बिहार में कई व्यावसायिक प्रशिक्षण संस्थान हैं जो कृषि, हस्तशिल्प और पर्यटन जैसे क्षेत्रों में पाठ्यक्रम प्रदान करते हैं।
- ये संस्थान छात्रों को व्यावहारिक कौशल हासिल करने और उनकी रोजगार क्षमता में सुधार करने में मदद करते हैं।
- स्कूल के बाहर बच्चों को शिक्षा से जोड़ने के लिए मुस्लिम बच्चों के लिए तालिमी मरकज और महादलित बच्चों के लिए उत्थान केंद्र शुरू किया गया है।
- मुख्यमंत्री समग्र विद्यालय विकास योजना के तहत 40,000 कमरे और 20,000 खेल मैदान का निर्माण किया गया है।
- माध्यमिक विद्यालयों में BSEDC के सहयोग से कम्प्यूटर की व्यवस्था की गई है।
- बालिकाओं के सशक्तिकरण के लिए स्कूलों में मीना मंच का गठन किया गया है।
- NIOS के सहयोग से हुनर कार्यक्रम के तहत अल्पसंख्यक वर्ग की लड़कियों को सात ट्रेडों में व्यावसायिक प्रशिक्षण दिया जा रहा है।
- इस योजना में प्रति बालिका को टूल किट खरीदने के लिए औजार योजना प्रारंभ की गई है, जिसमें प्रति बालिका को 2500 रुपये देने का प्रावधान किया गया है।

- हर वर्ष 11 नवंबर को भारत के पहले शिक्षा मंत्री स्व. मौलाना अबुल कलाम आजाद के जन्मदिन पर बिहार में शिक्षा दिवस मनाया जाता है।
- सिमुलतला (जमुई जिला) में नेतरहाट विद्यालय की तर्ज पर आवासीय विद्यालय स्थापित किया गया है।
- चाणक्य नेशनल लॉ यूनिवर्सिटी और ऑल इंडिया काउंसिल ऑफ टेक्निकल एजुकेशन द्वारा चंद्रगुप्त इंस्टीट्यूट ऑफ मैनेजमेंट की स्थापना की गई है।
- राज्य के सभी इंजीनियरिंग कॉलेजों को आर्यभट्ट नॉलेज यूनिवर्सिटी से जोड़ा गया है।
- पटना में केंद्र सरकार द्वारा आई.आई.टी., एम्स स्थापित किया गया है।
- औपचारिक शिक्षा के विस्तार एवं विकास हेतु 1991 ई. में बिहार शिक्षा परियोजना परिषद् की स्थापना की गई है, इसमें यूनिसेफ, केंद्र सरकार एवं राज्य सरकार क्रमश: 3 : 2 : 1 के अनुपात में धन उपलब्ध कराते हैं।
- राज्य में सेकंडरी स्कूलों का परीक्षा संचालन बिहार विद्यालय परीक्षा समिति तथा इंटर स्तरीय कॉलेजों एवं स्कूलों के लिए बिहार इंटरमीडिएट शिक्षा परिषद् कर रहा है।
- प्रत्येक व्यक्ति तक शिक्षा की पहुँच हो, इसके लिए 2002 ई. में केंद्र सरकार द्वारा संविधान में 86 वाँ संशोधन कर शिक्षा को मौलिक अधिकार में शामिल किया गया है।
- यह अधिकार संविधान के अनुच्छेद-21 (A) में शामिल किया गया है जिसके अनुसार राज्य को 6 से 14 साल तक के सभी बच्चों को निःशुल्क तथा अनिवार्य शिक्षा उपलब्ध करानी होगी।
- अनुच्छेद-45 में जोड़ा गया है कि राज्य को तब तक सभी बच्चों की शुरुआती देखभाल और शिक्षा की व्यवस्था करने के लिए प्रयास करना होगा, जब तक वह 6 साल की आयु का नहीं हो जाता है।
- मौलिक अधिकार में शिक्षा को शामिल करने के साथ-साथ मौलिक कर्तव्य में भी संशोधन करते हुए अनुच्छेद-51 (A) में जोड़ा गया है कि 6 साल से 14 साल तक की आयु के बच्चे के माता-पिता या अभिभावक अथवा संरक्षक को अपने बच्चे को शिक्षा दिलाने के लिए अवसर उपलब्ध कराने का प्रावधान है।
- बिहार में साक्षरता दर बढ़ाने के लिए आजादी के पूर्व से ही प्रयास किए जा रहे हैं।
- सर्वप्रथम मौलाना मजहरुल हक ने मुफ्त और अनिवार्य प्राथमिक शिक्षा की वकालत की।
- 1937 में श्रीकृष्ण सिंह के नेतृत्व में बनी कांग्रेस सरकार द्वारा निरक्षरता उन्मूलन कार्यक्रम प्रारंभ किया गया।
- साक्षरता दर में वृद्धि करने के लिए केन्द्र सरकार द्वारा 2 अक्टूबर 1978 से राष्ट्रीय प्रौढ़ शिक्षा कार्यक्रम (एनएईपी) प्रारम्भ किया गया जिसका मुख्य उद्देश्य 15-35 आयु वर्ग के व्यक्तियों को साक्षर बनाना था।
- इस कार्यक्रम का उद्देश्य प्रौढ़ शिक्षा को बढ़ावा देना भी है।
- राज्य में साक्षरता मिशन 1988 से केन्द्र के सहयोग से प्रारंभ किया गया था।

- सबसे पहले इस कार्यक्रम की शुरुआत मुजफ्फरपुर से की गई|
- फिलहाल यह राज्य के सभी जिलों में लागू है।
- राष्ट्रीय साक्षरता मिशन के तहत एक त्रि-आयामी कार्यक्रम चलाया गया है, जिसमें कुल साक्षरता अभियान (टीएलसी), पोस्ट साक्षरता कार्यक्रम (पीएलपी) और सतत शिक्षा कार्यक्रम (सीईपी) शामिल हैं।
- संपूर्ण साक्षरता अभियान की शुरुआत 1991 में मधेपुरा से की गई थी।
- राज्य सरकार द्वारा राष्ट्रीय साक्षरता मिशन की तर्ज पर मुख्यमंत्री क्षरता कार्यक्रम (एमएसके) शुरू किया गया है, जिसका मुख्य उद्देश्य साक्षर बच्चों को तकनीकी प्रशिक्षण देना और उनके कौशल का विकास करना है।
- बिहार सरकार द्वारा पिछले 5 वर्षों में 18000 + नए प्राथमिक विद्यालय खोले गए हैं।

विश्वविद्यालय

- बिहार में कई प्रतिष्ठित विश्वविद्यालय हैं, जिनमें पटना विश्वविद्यालय, नालंदा विश्वविद्यालय और बिहार कृषि विश्वविद्यालय शामिल हैं। राज्य में कई इंजीनियरिंग और मेडिकल कॉलेज भी हैं।
- बिहार में 4 केंद्रीय विश्वविद्यालय, 8 राष्ट्रीय महत्व के संस्थान, 2 डीम्ड विश्वविद्यालय, 18 राज्य विश्वविद्यालय, 2 केंद्रीय वित्त पोषित प्रतिष्ठित संस्थान और 7 निजी विश्वविद्यालय हैं।

बिहार के विश्वविद्यालय

क्र.सं.	विश्वविद्यालय का नाम	स्थापना वर्ष
1.	पटना विश्वविद्यालय, पटना	1917 ई
2.	बी.आर. अम्बेडकर बिहार विश्वविद्यालय, मुजफ्फरपुर	1960ई.
3.	तिलकामांझी विश्वविद्यालय, भागलपुर	1960 ई.
4.	के.एस.डी.एस. संस्कृत विश्वविद्यालय, दरभंगा	1961 ई.
5.	मगध विश्वविद्यालय, बोधगया	1962 ई.
6.	राजेंद्र कृषि विश्वविद्यालय, पूसा, समस्तीपुर	1905 ई.
7.	ललित नारायण मिथिला विश्वविद्यालय, दरभंगा	1972 ई.
8.	नालंदा खुला विश्वविद्यालय, पटना	1987 ई.
9.	वीर कुंवर सिंह विश्वविद्यालय, आरा	1992 ई.
10.	भूपेंद्र नारायण मंडल विश्वविद्यालय, मधेपुरा	1992 ई.
11.	जयप्रकाश नारायण विश्वविद्यालय, छपरा	1990 ई.
12.	मौलाना मजहरुल हक अरबी-फारसी विश्वविद्यालय, पटना	1998 ई.
13.	बिहार कृषि विश्वविद्यालय, सबौर	2010 ई.
14.	केंद्रीय बिहार विश्वविद्यालय, गया	2005 ई.
15.	चाणक्य राष्ट्रीय विधि विश्वविद्यालय, पटना	2006 ई.
16.	आर्यभट्ट तकनीकी विश्वविद्यालय, पटना	2008 ई.
17.	नालंदा अंतर्राष्ट्रीय विश्वविद्यालय, नालंदा	2010 ई.

- इसके अलावा बिहार में दो डीम्ड विश्वविद्यालय नव नालंदा महाविहार, नालंदा और बिहार योगा भारती, मुंगेर भी स्थित हैं।
- नए स्थापित विश्वविद्यालय, जो अभी निर्माणाधीन हैं, में बिहार केंद्रीय विश्वविद्यालय, मोतिहारी, अलीगढ़ मुस्लिम विश्वविद्यालय की शाखा, किशनगंज शामिल हैं।

बिहार के मेडिकल कॉलेज

क्र.सं.	विश्वविद्यालय का नाम	स्थापना वर्ष
1.	पटना मेडिकल कॉलेज, पटना	1925 ई.
2.	मेडिकल कॉलेज, दरभंगा	1946 ई.
3.	ए. एन. मगध मेडिकल कॉलेज, गया	1969 ई.
4.	नालंदा मेडिकल कॉलेज, पटना	1970 ई.
5.	एस.के. मेडिकल कॉलेज, मुजफ्फरपुर	1970 ई.
6.	जवाहरलाल नेहरू मेडिकल कॉलेज, भागलपुर	1971 ई.
7.	इंदिरा गांधी आयुर्वेद संस्थान, पटना	1983 ई.
8.	जननायक कर्पूरी ठाकुर मेडिकल कॉलेज, मधेपुरा	2000 ई.
9.	राजकीय चिकित्सा महाविद्यालय, बेतिया	2008 ई.
10.	अखिल भारतीय चिकित्सा विज्ञान संस्थान, पटना	2012 ई.

- इसके अलावा बिहार में दो निजी मेडिकल कॉलेज माता गुजरी मेमोरियल मेडिकल कॉलेज, किशनगंज (स्थापना वर्ष 2003 ई.), कटिहार मेडिकल कॉलेज, कटिहार (स्थापना वर्ष 2001 ई.), बुद्धा डेंटल कॉलेज, कंकड़बाग, पटना स्थित हैं।
- बिहार में डेंटल कॉलेजों में पटना डेंटल कॉलेज, पटना (स्थापना वर्ष 1974 ई.) तथा दरभंगा डेंटल कॉलेज, दरभंगा (स्थापना वर्ष 1990 ई.) शामिल हैं।

बिहार के इंजीनियरिंग कॉलेज		
क्र.सं.	इंजीनियरिंग कॉलेज का नाम	स्थापना वर्ष
1.	इंडियन इंस्टीट्यूट ऑफ टेक्नोलॉजी, पटना	2008 ई.
2.	बिड़ला इंस्टीट्यूट ऑफ टेक्नोलॉजी, पटना	2006 ई.
3.	मुजफ्फरपुर इंस्टीट्यूट ऑफ टेक्नोलॉजी, मुजफ्फरपुर	1954ई.
4.	भागलपुर कॉलेज ऑफ इंजीनियरिंग, सबौर, भागलपुर	1960ई.
5.	लोकनायक जयप्रकाश नारायण इंस्टीट्यूट ऑफ टेक्नोलॉजी, छपरा	2012ई.
6.	नेशनल इंस्टीट्यूट ऑफ टेक्नोलॉजी, पटना	1886 ई.
7.	बिहार इंस्टीट्यूट ऑफ सिल्क एंड टेक्सटाइल्स, नाथनगर, भागलपुर	1994ई.
8.	संजय गांधी इंस्टीट्यूट ऑफ डेयरी साइंस ऐंड टेक्नोलॉजी, पटना	1982 ई.
9.	दरभंगा इंजीनियरिंग कॉलेज, दरभंगा	2008 ई.
10.	नालंदा इंजीनियरिंग कॉलेज, नालंदा	2008 ई.
11.	गया इंजीनियरिंग कॉलेज, गया	2008 ई.

प्रबंधन संस्थान		
क्र.सं.	संस्थान का नाम	स्थापना वर्ष
1.	एल.एन. मिश्रा कॉलेज ऑफ बिजनेस मैनेजमेंट, मुजफ्फरपुर	1973ई.
2.	ललित नारायण मिश्रा इंस्टीट्यूट ऑफ इकोनॉमिक डेवलपमेंट ऐंड सोशल चेंज, पटना	1973ई.
3.	इंडियन इंस्टीट्यूट ऑफ बिजनेस मैनेजमेंट, पटना	1979 ई.
4.	चंद्रगुप्त प्रबंध संस्थान, पटना	2008 ई.
5.	इंडियन इंस्टीट्यूट ऑफ मैनेजमेंट, गया	2015 ई.

विधि महाविद्यालय		
क्र.सं.	संस्थान का नाम	स्थान
1.	टी.एन.बी. कॉलेज	भागलपुर
2.	एस.के.जे. लॉ कॉलेज	मुजफ्फरपुर
3.	ए. एम. कॉलेज	गया
4.	महाराजा लॉ कॉलेज	आरा
5.	पटना लॉ कॉलेज	पटना
6.	विदेह लॉ कॉलेज	मधुबनी
7.	लॉ कॉलेज	समस्तीपुर
8.	शिवानंद मंडल कॉलेज	मधेपुरा
9.	एम.एस. कॉलेज	मोतिहारी

कृषि महाविद्यालय एवं अनुसंधान केंद्र		
क्र.सं.	संस्थान का नाम	स्थान
1.	तिरहुत कॉलेज ऑफ एग्रीकल्चर	मुजफ्फरपुर
2.	केंद्रीय आलू अनुसंधान केंद्र	पटना
3.	भारतीय कृषि अनुसंधान परिषद् (पूर्वी क्षेत्रीय मुख्यालय)	पटना
4.	लीची अनुसंधान केंद्र	मुसहरी
5.	दलहन अनुसंधान केंद्र	मोकामा
6.	मक्का अनुसंधान केंद्र	बेगूसराय
7.	जल प्रबंधन अनुसंधान केंद्र	पटना
8.	आलू अनुसंधान संस्थान	नालंदा

- इसके अलावा बिहार में कृषि यंत्रीकरण अनुसंधान केंद्र, पान अनुसंधान केंद्र और मखाना अनुसंधान केंद्र स्थापित करने का भी प्रस्ताव है।

अन्य शिक्षण संस्थाएँ		
क्र.सं.	संस्थान का नाम	स्थान
1.	गवर्नमेंट कॉलेज ऑफ आर्ट ऐंड क्राफ्ट	पटना
2.	फैकल्टी ऑफ फाइन आट्सर् ऐंड क्राफ्ट	भागलपुर
3.	नव नालंदा महाविहार	नालंदा
4.	टी.वी. डिमॉन्स्ट्रेशन ऐंड ट्रेनिंग सेंटर	पटना
5.	राजेंद्र मेमोरियल रिसर्च इंस्टीट्यूट	कदमकुआं, पटना
6.	बिहार शोध संस्थान	पटना
7.	के.पी. जायसवाल शोध संस्थान	पटना
8.	डॉ. ए. एन. सिन्हा शोध संस्थान	पटना
9.	चित्र एवं मूर्तिकला विद्यालय	पटना
10.	ए. एन. सिन्हा समाज अध्ययन संस्थान	पटना

11.	मदरसा इस्लामिक शमशुल हुदा	पटना
12.	ललित नारायण मिश्र इंस्टीट्यूट ऑफ इकोनॉमिक ग्रुप ऐंड सोशल चेंज	पटना
13.	मन्दार विद्यापीठ	भागलपुर
14.	मूक-बधिर विद्यालय	पटना
15.	संस्कृत विद्यापीठ	पटना
16.	नेत्रहीन छात्र विद्यालय	भागलपुर
17.	पटना नेत्रहीन विद्यालय	कदमकुआँ, पटना
18.	जेवियर फायर सेफ्ट अकादमी, एसकेपुरी	पटना
19.	बालिका विद्यापीठ	लखीसराय
20.	भारतीय नृत्यकला मंदिर	पटना
21.	दरभंगा रिसर्च इंस्टीट्यूट	दरभंगा
22.	कृषि अनुसंधान केंद्र	मीठापुर, पटना
23.	राजकीय संयुक्त खाद्य एवं औषधि प्रयोगशाला	पटना
24.	फल अनुसंधान संस्थान	सबौर
25.	सेंट्रल यूल रिसर्च इंस्टीट्यूट	पटना
26.	भारतीय नृत्यकला मंदिर	पटना

प्रमुख पुस्तकालय

क्र.सं.	संस्थान का नाम	स्थापना वर्ष
1.	श्रीनंदन पुस्तकालय, छपरा	1935 ई.
2.	प्रमंडलीय पुस्तकालय, सहरसा	1954 ई.
3.	भगवान पुस्तकालय, भागलपुर	1913 ई.
4.	खुदाबख्श लाइब्रेरी (द पटना ओरिएंटल पब्लिक लाइब्रेरी), पटना	1891 ई.
5.	लक्ष्मीश्वर पब्लिक लाइब्रेरी, दरभंगा	1919 ई.
6.	गोपाल नारायण पुस्तकालय, पटना	1912 ई.
7.	ग्रेट पब्लिक लाइब्रेरी, पटना	1916 ई.
8.	श्री शारदा सदन पुस्तकालय, लालगंज, वैशाली	1914 ई.
9.	महंत रामशरण दास पुस्तकालय, समस्तीपुर	1939 ई.
10.	श्री हिंदी पुस्तकालय, सोहसराय, नालंदा	1924 ई.
11.	ज्ञान निकेतन पुस्तकालय, सीतामढ़ी	1946 ई.
12.	प्रभावती पुस्तकालय, पटना	1973 ई.
13.	श्रीमती राधिका सिन्हा संस्थान व सच्चिदानंद सिन्हा लाइब्रेरी, पटना	1924 ई.

प्रमुख शैक्षणिक/शोध संस्थान

क्र.सं.	संस्थान का नाम	स्थापना वर्ष
1.	बिहार उर्दू अकादमी, पटना	1972 ई.
2.	कला भवन, पूर्णिया	1955 ई.
3.	प्राकृत जैनशास्त्र शोध संस्थान, वैशाली	1955 ई.
4.	अरेबिक ऐंड पर्शियन रिसर्च इंस्टीट्यूट, पटना	1955 ई.
5.	मिथिला संस्कृत विद्यापीठ, दरभंगा	1951 ई.
6.	काशी प्रसाद जायसवाल रिसर्च इंस्टीट्यूट, पटना	1950 ई.
7.	बिहार राष्ट्रभाषा परिषद्, पटना	1950 ई.
8.	मैथिली साहित्य परिषद्	1939 ई.
9.	बिहार हिंदी साहित्य सम्मेलन, पटना	1919 ई.
10.	बिहार रिसर्च सोसाइटी, पटना	1915 ई.
11.	रिसर्च इंस्टीट्यूट ऑफ प्राकृत जेनेलॉजी ऐंड एहिम्शा, वैशाली	1955 ई.
12.	संजय गांधी डेयरी टेक्नोलॉजी संस्थान, पटना	1980 ई.

- इसके अतिरिक्त राज्य में राजकीय पॉलिटेक्निक, बरौनी, भागलपुर, मढ़ौरा (सारण), दरभंगा, गया, गोपालगंज, मुजफ्फरपुर, पटना, पूर्णिया, सहरसा स्थित हैं।
- राजकीय महिला पॉलिटेक्निक, पटना और नवीन राजकीय पॉलिटेक्निक, पाटलिपुत्र कॉलोनी, पटना है।
- राज्य में स्थित आई.टी.आई. दीघा (पटना), भागलपुर, नवादा, मुजफ्फरपुर, सारण, मोतिहारी, दरभंगा, सुपौल, कटिहार, हाजीपुर, गया, डेहरीसन, बक्सर, सीतामढ़ी, हथुआ, बेतिया, घोघरडीहा, वीरपुर, बेगूसराय, फारबिसगंज, जबकि महिला आई.आई. टी.आई. सीवान, आरा, दरभंगा, दीघा (पटना), मुजफ्फरपुर, मोतिहारी में स्थित है।

स्वास्थ्य

- स्वास्थ्य मानव विकास का प्रमुख घटक है।
- यह सरकार की प्राथमिकता का क्षेत्र है।
- आधारभूत स्वास्थ्य सेवा के लिए इसका ग्रामीण स्तर पर विकेंद्रीकरण, अच्छे स्वास्थ्य संबंधी आधारभूत सुविधा, औषधि एवं उपकरण, कुशल एवं प्रशिक्षित चिकित्साकर्मी, देखरेख एवं रखरखाव पर ध्यान देने की जरूरत है।
- स्वास्थ्य सेवा के अंतर्गत चिकित्सा-संबंधी जरूरतों के साथ-साथ स्वच्छ पेयजल, पोषणयुक्त भोजन भी गुणवत्तापूर्ण जीवन के लिए आवश्यक है।
- स्वास्थ्य सेवा प्रणाली को दो बड़े वर्गों में बाँटते हैं-रोधात्मक एवं उपचारात्मक।
- रोधात्मक सेवा में स्वच्छ वातावरण, पोषक भोजन, स्वच्छता, शौचालय सुविधा तथा शुद्ध पेयजल को शामिल करते हैं, जबकि उपचारात्मक सेवा में सभी प्रकार की चिकित्सा संबंधी सुविधाओं को शामिल करते हैं।

एकीकृत बाल विकास योजना

- यह योजना राज्य में 2 अक्टूबर 1972 को 3 प्रखंडों से शुरू की गई थी।
- 2011 की जनगणना के अनुसार 0-6 वर्ष आयु वर्ग के बच्चों की संख्या 1.91 करोड़ है, जो राज्य की कुल जनसंख्या का 18.3 प्रतिशत है।
- यह सेवा 3-6 वर्ष की आयु के बच्चों के लिए पोषण, टीकाकरण, स्वास्थ्य जांच, रेफरल सेवा, पूर्व-विद्यालय शिक्षा और स्वास्थ्य शिक्षा पर केंद्रित है।
- इन 544 केन्द्रों के अंतर्गत राज्य में कुल 91.6 हजार आंगनवाड़ी केन्द्र कार्यरत हैं।

राजीव गांधी किशोरी सशक्तीकरण योजना

- 2011 की जनगणना के अनुसार राज्य में 11-18 वर्ष आयु वर्ग की लड़कियों की संख्या 83 लाख है, जो राज्य की कुल जनसंख्या का 16.7 प्रतिशत है।
- यह योजना नवंबर, 2010 में स्कूल न जाने वाली लड़कियों पर ध्यान देने के साथ शुरू की गई थी।
- इस योजना की मुख्य प्राथमिकता बालिकाओं के पोषण और स्वास्थ्य की स्थिति में सुधार करना, घरेलू कौशल, जीवन कौशल और व्यावसायिक कौशल को बढ़ावा देना है।
- यह एक केंद्र प्रायोजित योजना है।
- इसे देश के कुल 200 जिलों में लागू किया गया, जिनमें बिहार के 12 जिले- पटना, बक्सर, गया, औरंगाबाद, सीतामढ़ी, पश्चिमी चंपारण, वैशाली, सहरसा, किशनगंज, बांका, कटिहार और मुंगेर जिले शामिल हैं।
- इसके तहत प्रतिदिन पूरक पोषाहार (600 किलो कैलोरी) और अतिरिक्त 18-20 ग्राम प्रोटीन देने का प्रावधान है।
- इस योजना में केंद्र और राज्य सरकारों के खर्च का अनुपात 60:40 है।
- यह योजना 11-14 वर्ष की स्कूल न जाने वाली लड़कियों और 14-18 वर्ष की स्कूल जाने वाली लड़कियों के लिए वर्ष में 300 दिनों के लिए लागू की गई थी।

इंदिरा गांधी मातृत्व सहयोग योजना

- NFHS-4 के अनुसार बिहार में मातृ कुपोषण और एनीमिया प्रमुख चुनौतियां हैं।
- राज्य में गर्भवती महिलाओं में 30.4 प्रतिशत महिलाएं कम बॉडी मास इंडेक्स (BMI) से पीड़ित हैं और 60.3 प्रतिशत एनीमिया से पीड़ित हैं।
- गर्भवती और स्तनपान कराने वाली महिलाओं के लिए इंदिरा गांधी मातृत्व सहयोग योजना अक्टूबर, 2010 में पूरी तरह से केंद्र प्रायोजित योजना के रूप में शुरू की गई थी।
- इस योजना के तहत लाभार्थियों को बैंक खाते के माध्यम से 6000 रुपये प्रति दो किश्त उपलब्ध कराये जाते हैं।

पीने के पानी की आपूर्ति एवं स्वच्छता

- बिहार में स्वास्थ्य की खराब स्थिति का मुख्य कारण पेयजल की स्वच्छता जैसी बुनियादी सुविधाओं की कमी है।
- 2011 की जनगणना के अनुसार राज्य में केवल 4.4 प्रतिशत घरों में नल कनेक्शन का उपयोग किया जाता है तथा 89.6 प्रतिशत परिवार हैंडपंप/ट्यूबवेल/बोरवेल पानी पर निर्भर करते हैं।
- राज्य में कुल 76.9 प्रतिशत परिवार, शहरी क्षेत्रों में 31.1 प्रतिशत तथा ग्रामीण क्षेत्रों में 82.4 प्रतिशत परिवारों के पास घर में शौचालय का अभाव है।
- भारत सरकार के द्वारा 2 अक्तूबर, 2014 को इस समस्या से निजात हेतु स्वच्छ भारत मिशन (ग्रामीण) एवं स्वच्छ भारत मिशन (शहरी) योजना शुरू की गई थी।
- इस योजना के अनुसार वर्ष 2019 तक सभी घरों में शौचालय निर्माण का लक्ष्य रखा गया था।
- राज्य सरकार के द्वारा स्वच्छ पानी हेतु चार योजनाएँ हैं, जिनमें से तीन ग्रामीण क्षेत्रों के लिए तथा एक शहरी क्षेत्रों में शुरू की गई थी।
- स्वच्छता कार्यक्रम के तहत ग्रामीण क्षेत्रों में लोहिया स्वच्छ बिहार अभियान तथा शहरी क्षेत्रों में शौचालय निर्माण योजना की शुरुआत की गई थी।
- केंद्र सरकार के द्वारा शुरू की गई राष्ट्रीय ग्रामीण पेयजल आपूर्ति कार्यक्रम (NRDWP) के तहत 2022 तक देश के सभी घरों में 70 लीटर जल प्रति परिवार प्रतिदिन उपलब्ध कराने की योजना थी।

खेल-कूद

- 1961 में बिहार में खेलों के विकास के लिए बिहार राज्य खेल परिषद का गठन किया गया।
- बिहार राज्य खेल प्राधिकरण का गठन 31 जुलाई 1986 को हुआ था।
- क्रिकेट, कबड्डी, फुटबॉल, लॉन टेनिस, हॉकी ज्यादातर बिहार राज्य में

खेले जाते हैं।

- रणजी ट्रॉफी से बिहार में क्रिकेट लोकप्रिय हुआ।
- बिहार में फुटबॉल की शुरुआत 1897 में इंग्लिश शील्ड से हुई थी। यह शील्ड पटना एथलेटिक एसोसिएशन की है।
- इसके अलावा चीका, सूई-धागा दौड़, बर्फ का टुकड़ा, गुल्ली-डंडा, लंगड़ी, डेंगा-पानी, बोरा-दौड़ा आदि यहां के क्षेत्रीय खेल हैं।

बिहार के प्रमुख स्टेडियम

क्रम संख्या	स्टेडियम का नाम	स्थान
1	मोइनुल हक स्टेडियम (सबसे बड़ा स्टेडियम)	पटना
2	सचिवालय इंडोर स्टेडियम	पटना
3	संजय गांधी मिनी स्टेडियम	पटना
4	मिथिलेश स्टेडियम	पटना
5	जगजीवन राम स्टेडियम	पटना
6	वीर कुंवर सिंह पुलिस स्टेडियम	आरा
7	अक्षयवट राय स्टेडियम	हाजीपुर
8	राजेंद्र स्टेडियम	छपरा
9	सुब्रह्मण्यम स्टेडियम	गया
10	खुदीराम बोस स्टेडियम	मुजफ्फरपुर
11	इंदिरा गांधी स्टेडियम	पूर्णिया
12	बसावन सिंह इंडोर स्टेडियम	हाजीपुर
13	डाक-तार मनोरंजन एवं इंडोर स्टेडियम	पटना
14	पाटलिपुत्र स्पोर्ट्स कॉम्प्लेक्स	पटना
15	पोलो मैदान (नेहरू स्टेडियम)	दरभंगा

बिहार के प्रमुख कप, शील्ड एवं ट्राफी

कप, शील्ड एवं ट्रॉफी	संबंधित खेल
मोईनुल हक ट्रॉफी	फुटबॉल
प्रेसिडेंट कप	फुटबॉल
रवि नेहा ट्रॉफी	फुटबॉल
रवि मेहता ट्रॉफी	फुटबॉल
रिपब्लिक शील्ड	फुटबॉल
गवर्नर गोल्ड कप	फुटबॉल
अनुग्रह नारायण शील्ड	फुटबॉल
रणधीर वर्मा शील्ड	क्रिकेट
हेमंत ट्रॉफी	क्रिकेट
जयपाल सिंह कप	हॉकी
कजनस कप	हॉकी
रवि मेहता शील्ड	वॉलीबॉल

बिहार के प्रमुख खिलाड़ी

क्रम संख्या	खेल	संबंधित खिलाड़ियों के नाम
1	क्रिकेट	सबा करीम, कीर्ति आजाद, तिलक राज, सुब्रत बनर्जी, रमेश सक्सेना, शेखर सिन्हा, हरि किडवानी, केशव प्रसाद, अविनाश, राकेश शुक्ला, दलजीत सिंह, बलदेव गोसाई, रंधीर सिंह, बाबुल कुमार, एस गनी, मोहम्मद रहमतुल्लाह, वी रंजन, इंद्रजीत कुमार, सौरभ तिवारी, राजेश चौहान, कविता रॉय, रणधीर सिंह
2	फुटबॉल	बदरी प्रसाद, पी.के. बनर्जी, विधानचंद्र मिश्र, अवधेश कुमार सिन्हा, सुबोध काजीवाल, शत्रुघ्न राय, विजय कुमार, चंद्रशेखर आजाद, मेवालाल, श्याम सुंदर, रवि रंजन, ललन दुबे, रामेश्वर लाल, अब्दुल समद, अब्दुल लतीफ, चंदेशर प्रसाद, रामेश्वर लाल
3	हॉकी	एल.के. मिंज, जेम्स केरकेटा, हेलेन सोया, यासमनी सांगा, गोपाल मेंगरा, जयपाल सिंह, राशि दुलारी, अमला गुड़िया, अमृत लकड़ा, पुष्पा टोपनो, सुवारे सांगा, अनमोल काइड, एस. डुंगडुंग, सुशीला टोपनो, प्रियंका कुमारी, विश्वासी
4	निशानेबाजी	जगरनाथ मिश्र, जगरनाथ सिंह, के.के. झा, प्रणव सिन्हा, शेखर भगत, एस.के. राय चौधरी
5	शतरंज	अंजना झा, योगेंद्र प्रसाद श्रीवास्तव, बी.के. श्रीवास्तव, बारूगीज कोसी, विशाल शरीण, पप्पुरमाणी, दिव्येंदु बरुआ, संजीव कुमार, दोलन चंपा बोस
6	टेनिस	दिनेश मोहन, चंद्रभूषण, बीमुडे, नीशेसेन, सुरेंद्र कुमार, खोसू, एन सेन, शैल्य कुमार उपाध्याय, हरि वर्मा
7	बैडमिंटन	अली अकबर, सरोजिनी, कावेरी घोष, चितरंजन सिन्हा, बागु चटर्जी, राज कुमार मिश्र, मोहन आहूजा
8	बेस बॉल	सुनील सिंह, अजय तिवारी, सुधांशु शेखर, स्मिता पाल, एहसान अहमद
9	ताइक्वांडो	सत्यजीत शाक्त, शालिनी श्रीवास्तव
10	बिलियर्ड्स	कुमार आधानंद सिन्हा, कुमार तारानंद सिन्हा, कुमार श्यामानंद सिन्हा

11	कैरम	रश्मि कुमारी, रंजन प्रकाश
12	कराटे	नंदी प्रसाद, पिंकी श्रीवास्तव
13	एथलेटिक्स	सरोज लकड़ा, जगराज सिंह, समित्रा सवैया, शिवनाथ सिंह, जमील अंसारी, पुष्पा एक्का, अरविंद पत्रा, ओमपाल सिंह, अजमेर सिंह, इकबाल सिंह, बलविंद्र सिंह, बहादुर सिंह, मर्सी कुट्टन, अमिताभ राय, शिवनाथ सिंह
14	सॉफ्टबॉल	प्राची शर्मा
15	तीरंदाजी	राजिंदर गुइयाँ, पूर्णिमा महतो, निर्मल कुमार सिंह
16	पोलवॉल्ट	सुंदर सिंह तानवर
17	बास्केटबॉल	राजेश श्रीवास्तव, सुनील कुमार पांडा
18	भारोत्तोलन	सुधना उराँव, इंद्रजीत सिंह, रतन कुमार बसाक, सुख देव सिंह
19	टेबल टेनिस	संजीव शंकर
20	वॉलीबॉल	वेदानंद सिंह, हिमांशु शेखर झा, महेश लाल दास, सुधा सिंह

- ताहिर हुसैन, योगेंद्र पंडित, विजय कुमार सिन्हा, माणिक सेनगुप्ता ने बिहार में फुटबॉल रेफरी के रूप में काफी ख्याति प्राप्त की है।
- गोरा बोस, के.बी. राव, एस.बी. रमानी, शालील दास ने क्रिकेट अंपायर के रूप में काफी ख्याति प्राप्त की है।
- यू.के. सिन्हा, प्रेम कुमार, धर्मवीर सिंह, सुनील कुमार मुखर्जी, बद्री प्रसाद, शमीर सेनगुप्ता, विजय कुमार जमुआर ने हिंदी टीकाकारों के रूप में बहुत ख्याति प्राप्त की है।
- अंग्रेजी कमेंटेटर के रूप में जयंत चटर्जी, मोइनुल हक ने काफी ख्याति प्राप्त की है।

बिहार राज्य खेल प्राधिकरण

- बिहार में 'बिहार राज्य खेल प्राधिकरण' का गठन 31 जुलाई, 1986 ई० को किया गया।
- बिहार राज्य खेल प्राधिकरण का मुख्यालय पटना में है।
- बिहार के मुख्यमंत्री इस प्राधिकरण के पदेन अध्यक्ष होंगे।
- इसके अलावा एक उपाध्यक्ष, आयुक्त-सह-सचिव, युवा कार्यक्रम, खेल एवं संस्कृति विभाग, निदेशक, छात्र एवं युवा कल्याण विभाग पदेन सदस्य होंगे।
- इनमे राज्य सरकार द्वारा मनोनीत 5 संसद सदस्य/विधानमंडल सदस्य (जिनमें कम से कम एक जनजाति क्षेत्र के होंगे), राज्य सरकार द्वारा मनोनीत 7 खेल प्रवर्तक/खेल विकास से संबंधित मामलों की जानकारी रखनेवाले व्यक्ति (जिनमें कम से कम एक महिला होगी) होंगे।
- इसके अलावा इसमें बिहार ओलंपिक एसोसिएशन के प्रतिनिधि, राज्य सरकार द्वारा मनोनीत तीन उत्कृष्ट खिलाड़ी (जिनमें कम से कम एक महिला होगी), राज्य सरकार के द्वारा चक्रानुक्रम से एक वर्ष के लिए मनोनीत राज्य के दो विश्वविद्यालयों के छात्र कल्याण संघ का अध्यक्ष, राज्य सरकार द्वारा मनोनीत दो खेल प्रशिक्षण केंद्रों के प्राचार्य, राज्य सरकार द्वारा मनोनीत दो पत्रकार और राज्य सरकार के द्वारा चक्रानुक्रम से एक वर्ष के लिए मनोनीत सात मान्यताप्राप्त राज्यस्तरीय खेल संघ के प्रतिनिधि भी होंगे।
- बिहार राज्य खेल प्राधिकरण' के गठन का मुख्य उद्देश्य बिहार में खिलाड़ियों को प्रोत्साहित करना और खेल के स्तर को ठीक करना है।
- खेलों और खिलाडियों के विकास के लिए प्रतिबद्ध बिहार सरकार द्वारा ऐतिहासिक निर्णय लेते हुए बिहार राज्य खेल प्राधिकरण को 25 मार्च 2023 से स्वायत्त निकाय के रूप में कानूनी मान्यता प्रदान की गई है।

प्राधिकरण के लक्ष्य

1. केन्द्र सरकार एवं राज्य सरकार की नीति के आलोक में राज्य में खेलों के विकास, प्रसार एवं प्रोत्साहन हेतु योजनाएँ तैयार करना एवं क्रियान्वित करना।
2. भारत सरकार, राज्य सरकार, भारतीय खेल प्राधिकरण एवं अन्य निकायों द्वारा समय-समय पर खेलों के उन्नयन एवं खेलों के प्रोत्साहन एवं विकास के लिए सौंपी गई योजनाओं को जारी रखना एवं कार्यान्वित करना।
3. नए संस्थानों की स्थापना करना और नए और पहले से चल रहे संस्थानों को चलाना, प्रबंधित करना और संचालित करना।
4. राज्य में खेलों के विकास से संबंधित मामलों में राज्य सरकार को सलाह देना।
5. राज्य सरकार और विभिन्न राज्य स्तरीय खेल संगठनों के बीच एक माध्यम के रूप में कार्य करना।
6. खेलकूद प्रतियोगिताओं, प्रशिक्षण शिविरों, प्रदर्शनी मैचों एवं अन्य खेलकूद गतिविधियों का आयोजन, प्रायोजन एवं व्यवस्था स्वयं करना एवं अन्य संस्थाओं को ऐसे कार्यों के लिये सुविधाएं एवं वित्तीय सहायता प्रदान करना।
7. राज्य के ग्रामीण क्षेत्रों में खेल गतिविधियों को बढ़ावा देने के लिए व्यवस्था

करना, वित्तीय सहायता प्रदान करना और प्रतियोगिताओं का आयोजन करना।

8. विभिन्न खेलों में उच्च स्तर प्राप्त करने हेतु शिक्षा, प्रशिक्षण एवं सुविधाओं की व्यवस्था करना।
9. राज्य एवं अन्य सरकार में खेल अधोसंरचना, खेल सुविधाओं, सहायक भवनों, खेल मैदानों, स्टेडियमों, स्वीमिंग पूलों आदि की योजना, विकास, निर्माण, अधिग्रहण, प्रबंधन, अनुरक्षण एवं उपयोग तथा संबंधित उद्देश्य प्राप्त करने के लिए गैर-सरकारी संस्थाओं द्वारा सुविधाएं एवं वित्तीय सहायता प्रदान करना।
10. मोइनुल हक स्टेडियम, राजेंद्रनगर, पटना का नियंत्रण, विकास और अनुरक्षण करना।
11. राज्य सरकार द्वारा चलायी जा रही या प्रस्तावित खेलों के प्रोत्साहन एवं उन्नयन की योजनाओं का क्रियान्वयन उन्हें सौंपे जाने पर।
12. खेलों के विकास के लिए राज्य में सुविधाजनक स्थानों पर खेल केन्द्रों की स्थापना करना।
13. अंतर्राष्ट्रीय/राष्ट्रीय और राज्य स्तरीय प्रतियोगिताओं के आयोजन और संचालन के लिए आयोजकों को तकनीकी और अन्य सहायता प्रदान करना और खेल उपकरण, खेल सुविधाएं और विशेषज्ञों द्वारा मार्गदर्शन प्रदान करना।
14. खिलाड़ियों, खेल अधिकारियों और ऐसे अन्य व्यक्तियों के कल्याण के लिए कदम उठाना और सक्रिय या सेवानिवृत्त खिलाड़ियों और अधिकारियों (प्रशिक्षकों सहित) के लिए कल्याणकारी योजनाएं बनाना और लागू करना।
15. खेलों में विशेष प्रतिभा दिखाने वाले खिलाड़ियों को सम्मानित करना, आर्थिक सहायता एवं अन्य सुविधाएं प्रदान करना।
16. खेलकूद एवं संबंधित विषयों पर गोष्ठी/सम्मेलन आदि आयोजित करना।
17. चल और अचल संपत्तियों को खरीदने या उनका स्वामित्व लेने या पट्टे पर लेने या किराए पर लेने और ऐसी किसी भी चल या अचल संपत्ति को बेचने, गिरवी रखने, स्थानांतरित करने या निपटान करने के लिए, बशर्ते कि ऐसी अचल संपत्तियों के संबंध में प्रत्येक कार्रवाई से पहले राज्य सरकार की अनुमति प्राप्त करना आवश्यक होगा।
18. उपरोक्त उद्देश्यों या उनमें से किसी की प्राप्ति और आगे बढ़ाने के लिए प्राधिकरण द्वारा आवश्यक समझे जाने वाले सभी कार्यों और चीजों को करना।

विविध

बिहार में सूफी मतों का विकास

- सूफी मत इस्लाम में रहस्यवाद से जुड़ा हुआ है।
- रहस्यवाद मानव को प्रकृति के रहस्यों को जानने के लिए प्रेरित करता है।
- कुरान और पैगंबर मोहम्मद का जीवन इस मत के मुख्य स्रोत हैं।
- सूफी मत का विकास ईसाई धर्म के प्रभाव से हुआ।
- हिंदू और बौद्ध सिद्धांतों तथा नास्तिक मतों से भी सूफी मत प्रभावित हुआ है।
- सूफी संत ईश्वर के प्रेम में मग्न रहते थे और इस्लाम का अनुसरण करते थे।
- उन्होंने कर्मकांड के विरोधी होने का आधार रखा।
- बसरा उनका प्रमुख निवास स्थान था और वहां विभिन्न देशों के सूफी आकर रहने लगे थे।
- सूफी संतों ने गूढ़ रहस्यों की चर्चा की।

भारत में सूफीवाद

- इस्लाम के व्यापारियों ने 7वीं शताब्दी ईसवी में भारत में प्रवेश किया।
- वे भारत के पश्चिमी तटीय क्षेत्रों के साथ व्यापार करते थे।
- 8वीं शताब्दी सीईं में मुहम्मद बिन कासिम ने क्षेत्रों पर कब्जा किया था।
- इसके बाद इस्लाम धर्म ने मुल्तान और सिंध में प्रवेश किया।
- सूफीवाद ने दिल्ली सल्तनत के शासनकाल के दौरान 10वीं और 11वीं शताब्दी में प्रमुखता प्राप्त की।

भारत में सूफी सम्प्रदाय के संस्थापक

- 'आइने-अकबरी' में अबुल फजल ने 14 सूफ़ी सिलसिलों का उल्लेख किया है।
- चिश्ती, सुहरावर्दी, कादरी और नक्शबन्दी सूफ़ी सिलसिलों में प्रमुख हैं।
- सैयद मुहम्मद हाफिज के अनुसार चिश्ती सूफ़ी सिलसिला भारत का सबसे प्राचीन सूफ़ी सिलसिला है जिसके संस्थापक ख्वाजा मुइनुद्दीन चिश्ती हैं।
- महिला सूफी रूबिया और मंसूर-बिन-हलाज जैसे प्रारंभिक सूफियों ने ईश्वर और व्यक्ति के बीच प्रेम संबंध पर बल दिया।
- इबुल-अरबी सूफी जगत में महत्वपूर्ण सिद्धांत को प्रतिपादित करने वाले पहले व्यक्ति थे।
- 12 वीं शताब्दी तक सूफी 12 सिलसिलों में विभाजित हो गए।
- प्रत्येक सिलसिले का एक नेता या प्रमुख होता था।
- सूफी नेताओं के शिष्यों के साथ वे खानकाह में रहते थे।

सूफी आदेश

- भारत में, सूफीवाद ने योग मुद्रा, संगीत और नृत्य जैसी कई मूल भारतीय अवधारणाओं को अपनाया।
- सूफीवाद को मुसलमानों और हिंदुओं दोनों के बीच अनुयायी मिले। दो व्यापक सूफी आदेश थे-
  - "बा-शरा" - इस्लामी कानूनों का सख्ती से पालन करने वाले।
  - "बे-शरा" - इस्लामी कानूनों का पालन करने वाले, परन्तु उदार थे।

सूफी आंदोलन

- सूफी आंदोलन चौदहवीं से सोलहवीं शताब्दी का सामाजिक-धार्मिक आंदोलन था।
- उनका मानना था कि गायन और नृत्य ऐसे प्रमुख तरीके हैं जो लोगों को भगवान के करीब लाते हैं।
- सूफी आंदोलन के प्रारंभिक चरण में इसका आधार इस्लाम के उपदेशों में निहित था।
- इस आंदोलन में नए विचारों की उत्पत्ति तब हुई जब इस्लामी साम्राज्य के प्रसार के साथ नए विचारों तक अलग धर्मों के साथ इसका संपर्क बढ़ा।
- इस मत के लोगों के विचार और व्यवहार इस्लाम धर्म से काफी जुड़े हुए थे।
- इस सिद्धांत का उद्देश्य आध्यात्मिक आत्म-विकास के माध्यम से मानवता की सेवा करना था।
- ये लोग हिंदू-मुस्लिम एकता और सांस्कृतिक समामेलन के इच्छुक थे।
- उन्होंने ईश्वर के प्रति आस्था और भक्ति के लिए कट्टरपंथियों के प्रचार का विरोध किया।
- इस विचारधारा के लोगों ने भौतिकवादी जीवन का विरोध किया लेकिन वे पूर्ण त्याग के पक्ष में नहीं थे। यह राय कई श्रृंखलाओं में विभाजित थी।

विभिन्न सूफी सिलसिले, उसके संस्थापक और उनके आदर्शों की सूची

सिलसिला	संस्थापक	आदर्श
चिश्ती	ख्वाजा मोइनुद्दीन चिश्ती	इस सिलसिले के संत एवं अनुयायी शासक वर्ग से अलग रहते थे। इस सिलसिले के संत महबूब-ए-इलाही ने संगीत गायन की विधा "शामां" को लोकप्रिय बनाया।
सुहरावर्दी	शेख शहाबुद्दीन सुहरावर्दी	इन लोगों का शासक वर्ग से घनिष्ठ संबंध था।
कादिरी	शेख अब्दुल कादिर और उनके बेटे, शेख नियामतुल्लाह, मुखदूम मुहम्मद जिलानी एवं मियाँ मीर	ये लोग इस्लाम की बुनियादी बातों का दृढ़ता से पालन करते थे।
नक्शबन्दी	ख्वाजा बहाउद्दीन नक्शबन्दी	इस विशेष सिलसिला की विचारधारा ने इस विश्वास का प्रचार किया कि मनुष्य और ईश्वर के बीच का संबंध एक स्वामी और एक दास के समान था।

बिहार में सूफीवाद

- बिहार को भारतीय उपमहाद्वीप के पहले कुछ स्थानों के रूप में जाना जाता है जहाँ रहस्यवादी सूफियों ने निवास किया था।
- बिहार में सभी सूफी सम्प्रदायों का आगमन हुआ और उनके संतों ने यहां इस्लाम धर्म का प्रचार किया।

- सर्वप्रथम चिश्ती सिलसिले के सूफी आये, जिसमें शाह महमूद बिहारी एवं सैय्यद ताजुद्दीन प्रमुख थे।
- मखदूय सफूउद्दीन मनेरी सार्वाधिक लोकप्रिय सिलसिले सूफी सन्त हुए जो बिहार शरीफ में अहमद चिरमपोश के नाम से प्रसिद्ध हुए।
- इसके शुरुआती अनुयायी सूफीवाद के चिश्ती और सुहारवर्डिया आदेशों से संबंधित थे।
- बिहार में सूफीवाद के आगमन के कारण सूफी संतों और उपदेशकों की मस्जिदों और 'खानकाहों 'का निर्माण हुआ और इसे शिक्षा के केंद्रों के रूप में बदल दिया गया।
- अमझरशरीफ, मनेरशरीफ, बिहारशरीफ और भी मदरसे और मस्जिद सूफ़ीवाद के प्रत्यक्ष का प्रमाण है।
- वास्तव में, बिहार में सूफी संतों से जुड़े सैकड़ों पवित्र स्थान हैं जहां सूफीवाद अभी भी एक संपन्न परंपरा है।
- बिहार में सूफी-मत के प्रचार का कार्य, कादिरिया सम्प्रदाय के फकीर मखदूम शाह ने किया था।
- दारा-शिकोह भी कादिरिया सम्प्रदाय में दीक्षित था।
- सूफी मत में गुरू फिर का काफी महत्व था, शिष्य को मुरीद कहते थे।

- शिष्यता ग्रहण करते समय एक अनुष्ठान होता था जिसे 'बैयत' कहते थे,
- इसमें शिष्य अपना सिर मुड़वाते थे।
- यह भारतीय परम्परा के अनुकूल थी, इस अनुष्ठान में सूफी जमाल और हस्त की बात करते थे।
- सूफियों ने भी मोक्ष की परिकल्पना की थी।
- मनुष्य के पार्थिव अस्तित्व के अन्त को फना कहा गया है। जिसमें ईश्वर के प्रति पूर्ण समर्थक हो जाने पर मनुष्य उसमें एकाकार हो जाता था।
- जब अस्तित्व अनन्तावस्था को प्राप्त कर लेता था उसे वका कहते थे। सूफियों के मुख्यतः दो उद्देश्य थे- आध्यात्मिक उन्नति और मानवता की सेवा।
- विभिन्न सूफी सन्तों ने धार्मिक सहिष्णुता, सामाजिक सद्भाव, मानव सेवा और शान्तिपूर्ण सह-अस्तित्व का उपदेश दिया।

बिहार के प्रसिद्ध सूफ़ी संत

- पटना ने हमेशा से सूफ़ियों और संतों के लिए एक महत्वपूर्ण स्थान हासिल किया है।
- यहाँ पर बहुत से बड़े-बड़े सूफ़ियों की दरगाहें और ख़ानक़ाहें हैं जहाँ पर लोग मानवता से प्रेम करने वाले संतों के दर्शन और आशीर्वाद के लिए आते हैं।
- मख़दूम शहाबुद्दीन पीर-ए-जगजोत, मख़दूम मिन्हाजुद्दीन रास्ती, हज़रत पीर दमरिया, दीवान शाह अर्जां और मख़दूम शाह यासीन दानापूरी जैसे बड़े सूफ़ियों के नाम इस क्षेत्र में विख्यात हैं।
- इन सूफ़ियों के जीवन का उद्देश्य मानवता से प्रेम करना था।
- मख़दूम मुनइ'म-ए-पाक भी इन सूफ़ियों में से एक हैं, जिन्होंने इस क्षेत्र में अपनी अलग पहचान बनाई है।

बिहार-झारखण्ड विभाजन का प्रभाव

बिहार झारखण्ड से जुड़े कुछ महत्वपूर्ण तथ्य

- बिहार भारत के उत्तर-पूर्वी भाग में स्थित एक प्रसिद्ध ऐतिहासिक राज्य है।
- यह जनसंख्या की दृष्टि से भारत का तीसरा सबसे बड़ा प्रदेश है जबकि क्षेत्रफल की दृष्टि से बारहवां है।
- बिहार की जनसंख्या का अधिकांश भाग ग्रामीण है और केवल 19.3 प्रतिशत लोग नगरों में रहते हैं।
- विभाजन क्षेत्र के आदिवासी लोगों की लंबे समय से चली आ रही मांग थी, जिन्हें लगता था कि उनके साथ प्रमुख बिहारी समुदाय द्वारा भेदभाव किया जा रहा है।
- क्षेत्र के आदिवासी लोग 1930 के दशक से अलग झारखण्ड राज्य की मांग कर रहे थे।
- 1980 और 1990 के दशक में कई हिंसक विरोधों और आंदोलनों के साथ इस आंदोलन ने गति पकड़ी।
- बिहार पुनर्गठन अधिनियम, 2000 एक भारतीय संसदीय अधिनियम है जिसके कारण मौजूदा बिहार राज्य से बिहार और झारखण्ड के दो अलग-अलग राज्यों का निर्माण हुआ।
- गठन के समय झारखण्ड राज्य में 18 जिले थे।
- बाद में, इन जिलों को पुनर्गठित करके छह और जिले बनाए गए।

बिहार पुनर्गठन अधिनियम, 2000 (बिहार रिओर्गनिज़शन एक्ट, 2000)

- अधिनियम 2 अगस्त, 2000 को पारित किया गया था।
- विभाजन 15 नवंबर, 2000 को हुआ।
- बिहार ने अधिकांश प्रशासनिक बुनियादी ढांचे को बरकरार रखा, जबकि झारखण्ड को शून्य से शुरू करना पड़ा।
- अधिनियम ने बिहार और झारखण्ड राज्य के लिए अलग-अलग विधान सभा, मंत्रिपरिषद और राज्यपाल की स्थापना की, जो कि सांविधानिक अनुच्छेद के द्वारा किया गया था।
- निर्णायक रूप से इस अधिनियम का झारखण्ड में राजनीतिक प्रतिनिधित्व और आर्थिक विकास के संदर्भ में ज्यादा सकारात्मक प्रभाव पड़ा।
- यह अधिनियम आज भी क्षेत्र के राजनीतिक और आर्थिक परिदृश्य को आकार दे रहा है।
- बिहार विभाजन के बाद, राजस्व, जनसँख्या, उद्योग, खनिज संपदा, विद्युत, उत्पादन और वन आदि क्षेत्रों में बिहार और झारखण्ड राज्यों में स्पष्ट रूप से विभाजित हो गया।

अविभाजित बिहार राज्य	नवोदित झारखण्ड राज्य
173870 वर्ग कि.मी. में से	79,714 वर्ग कि.मी. क्षेत्र
100% जनसंख्या	25.35% जनसंख्या
100% राजस्व	63% राजस्व
100% खनिज सम्पदा	96% खनिज सम्पदा
100% वृहद उद्योग	97% वृहद उद्योग
100% विद्युत उत्पादन	65% विद्युत उत्पादन
100% वन	79.13% वन

- अविभाजित बिहार की लगभग सभी औद्योगिक नगरियाँ- जमशेदपुर, बोकारो, धनबाद, राँची आदि, नवोदित झारखण्ड राज्य में चले गए।
- अविभाजित बिहार की मुख्य खनन क्षेत्र हजीराबाग, धनबाद, लोहरदगा, कोडरमा, चाईबासा, लातेहार, पलामू आदि नवोदित झारखण्ड में चला गया।
- अविभाजित बिहार राज्य की 23, 253 वर्ग कि.मी. वन क्षेत्र नवोदित झारखण्ड में चला गया।
- अविभाजति बिहार राज्य की 96% खनिज सम्पदा नवोदित झारखण्ड में चली गई।
- अविभाजित बिहार राज्य की 65% विद्युत उत्पादन नवोदित झारखण्ड में चला गया, बिहार में सिर्फ 35% ही विद्युत संयत्र रह गए।
- अविभाजित बिहार राज्य की 97% वृहद उद्योग नवोदित झारखण्ड में चला गया। भारत के कारखानों का सिर्फ 2.2% बिहार राज्य में रह गया।
- सड़क व्यवस्था पर भी विभाजन का प्रतिकूल असर पड़ा।
- नवोदित झारखण्ड राज्य में बिहार की कुल जनसंख्या 35% है, जबकि बिहार के 1,73,877 वर्ग कि.मी. में से 79,714 वर्ग कि.मी. नवोदित झारखण्ड राज्य में चला गया।
- नवोदित झारखण्ड की कुल जनसंख्या का सिर्फ 26% जनजातियों का है।
- ये मूल आदिवासी एवं धर्मांतरित ईसाई के रूप में विभक्त हैं।
- 74% जनसंख्या गैर-जनजातियों की है।

बिहार की मूल स्थिति

- बिहार मूलतः कृषि अर्थव्यवस्था प्रधान राज्य हैं, यहाँ की 80% आबादी कृषि एवं कृषि सहवर्ती क्षेत्रों पर आधारित हैं।
- संसाधनों की कमी के कारण यह राज्य भारत के सबसे कम विकसित राज्यों की श्रेणी में है।
- बिहार राज्य में आधारभूत संरचना तथा उर्जा की कमी, परिवहन एवं संचार व्यवस्था का कम विकसित होना और निरक्षरता, गरीबी, बेरोजगारी आदि राज्य के विकास के प्रमुख बाधक तत्व हैं।
- 2000 ई. के बाद से इसका अधिकांश हिस्सा झारखण्ड क्षेत्र में चला गया, जबकि जनसंख्या का अधिकांश हिस्सा 75% बिहार में रह गया।
- बिहार में यद्यपि जल एवं भूमि संसाधन की अधिकता है लेकिन भारी वर्षा, एवं अनेक नदियों के तीव्र प्रवाह के कारण बाढ़ की स्थिति डेढ़ से दो माह तक रहती है।

बिहार और झारखण्ड के विभाजन के सकारात्मक और नकारात्मक दोनों तरह के कई प्रभाव हुए

प्रशासनिक प्रभाव

- विभाजन परिणामस्वरूप प्रशासनिक और राजनीतिक विकेंद्रीकरण हुआ, जिसमें एक के बजाय दो राज्यों के बीच शक्ति साझा की गई।
- विभाजन के परिणामस्वरूप दोनों राज्यों में नए राजनीतिक दलों का गठन हुआ, झारखण्ड मुक्ति मोर्चा झारखण्ड में एक प्रमुख खिलाड़ी के रूप में उभरा। इसलिए, क्षेत्र की प्रशासनिक संरचना पर महत्वपूर्ण प्रभाव पड़ा।

आर्थिक प्रभाव

- विभाजन का आर्थिक प्रभाव इसलिए पड़ा, क्योंकि इससे दोनों राज्यों के बीच संपत्ति और संसाधनों का विभाजन हुआ।
- बिहार जिसका क्षेत्रफल और जनसंख्या अधिक थी। बिहार को विभाजन का खामियाजा भुगतना पड़ा, क्योंकि इसने अपने खनिज संपन्न क्षेत्र का एक महत्वपूर्ण हिस्सा झारखण्ड को देना पड़ा था।

सामाजिक प्रभाव

- विभाजन का विशेष रूप से क्षेत्र के जनजातीय लोगों पर महत्वपूर्ण सामाजिक प्रभाव पड़ा।
- झारखण्ड के एक अलग राज्य के निर्माण को आदिवासी लोगों की जीत के रूप में देखा गया, जो लंबे समय से अपनी सांस्कृतिक पहचान और संसाधनों की रक्षा के लिए एक अलग राज्य की मांग कर रहे थे।
- हालाँकि, विभाजन के कारण कई लोगों का विस्थापन भी हुआ, विशेषकर वे जो सीमावर्ती क्षेत्रों में रहते थे।

राजनीतिक स्थिरता (प्रभाव)

- बिहार और झारखण्ड के विभाजन से राजनीतिक परिवर्तन हुआ।
- विभाजन से पहले, विशेष रूप से क्षेत्र के आदिवासी लोगों द्वारा कई हिंसक विरोध और आंदोलन हुए थे।
- हालाँकि, झारखण्ड के एक अलग राज्य के निर्माण से लोगों की कई पुरानी शिकायतों और मांगों का समाधान हुआ।

ढांचागत प्रभाव

- झारखण्ड में सड़कों, पुलों और बिजली संयंत्रों सहित नए बुनियादी ढांचे का निर्माण झारखण्ड के रूप में बिहार में बुनियादी ढांचे का जीर्ण होना इसके विकास में एक प्रमुख योगदानकर्ता था।
- दोनों राज्यों के बुनियादी ढांचे पर महत्वपूर्ण प्रभाव पड़ा।

औद्योगिक प्रभाव

- बिहार के दो राज्यों में विभाजन के बाद, बिहार को संपत्ति की तुलना में देनदारियों का एक बड़ा हिस्सा प्राप्त हुआ, देनदारियों का तीन-चौथाई और केवल एक-चौथाई संपत्ति को आवंटित किया गया।
- इस असमान वितरण का बिहार की अर्थव्यवस्था पर नकारात्मक प्रभाव पड़ा, जो विभाजन के बाद कमजोर हो गई।
- दक्षिणी बिहार में स्थित अधिकांश निर्माण इकाइयाँ झारखण्ड में स्थानांतरित हो गईं, जिससे बिहार को राजस्व का नुकसान हुआ।
- औद्योगिक क्षेत्र की विफलता ने स्थिति को और खराब कर दिया, जिसके परिणामस्वरूप बिहार के लिए राजस्व सृजन में कमी आई। कुल मिलाकर, बिहार और झारखण्ड के विभाजन का सकारात्मक और नकारात्मक दोनों प्रभाव पड़ा।
- इसने प्रशासनिक और राजनीतिक विकेंद्रीकरण और नए आर्थिक अवसरों का निर्माण किया, इसका सामाजिक प्रभाव भी पड़ा, विशेष रूप से क्षेत्र के आदिवासी लोगों पर। हालाँकि, विभाजन से इस क्षेत्र में राजनीतिक स्थिरता भी आई, जिसका एक सकारात्मक परिणाम रहा है।
- विभाजन से, राज्यों में विकास और विकास के नए अवसर पैदा किए हैं।

बिहार दिवस

- भारत के 28 राज्यों में से एक, पूर्वी भारत में स्थित "बिहार" राज्य है।
- बिहार को पहले मगध के नाम से जाना जाता था।
- बिहार राज्य की विशेषताओं पर गर्व करते हुए बिहार सरकार और बिहार के निवासी वर्ष में एक दिन बिहार दिवस के रूप में मनाते हैं।
- 22 अक्टूबर, 1764 को बक्सर का युद्ध हेक्टर मुनरो के नेतृत्व में ईस्ट इंडिया कंपनी की सेनाओं और बंगाल के नवाब, अवध के नवाब और मुगल

बादशाह शाह आलम की संयुक्त सेना के बीच लड़ा गया था।

- लड़ाई बक्सर में लड़ी गई थी और ईस्ट इंडिया कंपनी ने इसमें बड़ी जीत हासिल की थी।
- मुगलों और बंगाल के नवाबों की हार के कारण, बंगाल के मुगलों और नवाबों ने क्षेत्रों पर नियंत्रण खो दिया और दीवानी के अनुसार, ईस्ट इंडिया कंपनी को राजस्व एकत्र करने और प्रबंधित करने का अधिकार मिला।
- एक समय में, बंगाल प्रेसीडेंसी के क्षेत्र में पश्चिम बंगाल, बिहार, झारखंड, उड़ीसा और वर्तमान बांग्लादेश शामिल थे।
- 1911 में दिल्ली में किंग जॉर्ज पंचम की ताजपोशी हुई और दिल्ली ब्रिटिश भारत की राजधानी बन गई।
- 21 मार्च, 1912 को, थॉमस गिब्सन कारमाइकल ने बंगाल के नए राज्यपाल के रूप में कार्यभार संभाला और घोषणा की कि अगले दिन, 22 मार्च से, बंगाल प्रेसीडेंसी को बंगाल, उड़ीसा, बिहार और असम के चार सूबे में विभाजित किया जाएगा।
- 22 मार्च, 1912 को बिहार को बंगाल और उड़ीसा से अलग कर दिया गया और इसकी राजधानी पटना घोषित की गई। इसलिए, 22 मार्च को बिहार दिवस के रूप में मनाया जाने लगा। बिहार राज्य हर साल 22 मार्च को बिहार दिवस के रूप में मनाता है।
- 1912 में बंगाल के विभाजन के परिणामस्वरूप बिहार नामक राज्य का जन्म हुआ।

बिहार दिवस विशेष

- बिहार के मुख्यमंत्री नीतीश कुमार ने वर्ष 2010 में बिहार दिवस शुरुआत की थी।
- जिसके बाद बड़े पैमाने पर बिहार दिवस समारोह शुरू किया गया था।
- हर साल, बिहार सरकार 22 मार्च को बिहार दिवस के रूप में मनाए जाने वाले सार्वजनिक अवकाश की घोषणा करते हुए एक अधिसूचना जारी करती है।
- यह अवकाश बिहार में राज्य और केंद्र सरकार के अधिकार क्षेत्र के सभी कार्यालयों और कंपनियों पर लागू होता है। राज्य के अलावा देश-विदेश में रहने वाले बिहारी अपने-अपने स्थानों पर विभिन्न कार्यक्रमों और प्रतियोगिताओं का आयोजन कर इस दिन को मनाते हैं।

बिहार दिवस की थीम

- बिहार दिवस 2022 की थीम थी "जल जीवन हरियाली और नल जल योजना"।
- इस थीम पर राजधानी पटना में तीन दिवसीय कार्यक्रम आयोजित हुए, जिसका आयोजक शिक्षा विभाग था।
- कई कलाकार अपनी प्रस्तुति देने के साथ-साथ, राज्य के सभी सरकारी भवनों को नीले रंग में रोशन किया गया।
- प्रदेश भर के कारीगरों ने गांधी मैदान में अपने हस्तशिल्प और हथकरघा उत्पादों के स्टॉल लगाए, जिन्हें रोशनी और भित्ति चित्रों से सजाया गया।
- इस समारोह में राज्य शिक्षा विभाग और नेशनल बुक ट्रस्ट (एनबीटी) ने भी अपने बुक स्टॉल लगाए थे।
- वर्ष 2023 के लिए बिहार दिवस की थीम है युवा शक्ति-बिहार की प्रगति
- बिहार दिवस उत्सव 2023, 22 मार्च से 24 मार्च तक मनाया जाएगा।
- अलग-अलग विभागों की ओर से कार्यक्रम की रूपरेखा तैयार की गई है।
- समारोह सात रेसोलुशन के तहत होगा।
- शिक्षा विभाग, उद्योग विभाग, कला संस्कृति विभाग, समाज कल्याण और पर्यटन विभाग की ओर से स्टॉल्स और कार्यक्रमों का आयोजन किया जाएगा।

बिहार के महान विभूति

- बिहार ने समय-समय पर पूरे विश्व को हर क्षेत्र में मार्गदर्शन दिया है।
- यह भूमि प्राचीन काल से ही व्यक्तित्वों से समृद्ध रही है।
- प्राचीन काल के आर्यभट्ट से लेकर आधुनिक काल के आनंद तक यहां के ऋषियों ने अपने ज्ञान और अनुभव से पूरे विश्व को आलोकित किया है। यहाँ की प्रसिद्ध हस्तियाँ निम्नलिखित हैं -

चाणक्य

- चाणक्य जिसे विश्वगुरु कहा जाता है, बिहार के ग्राम पाटलिपुत्र में जन्मे थे।
- वह मौर्य साम्राज्य के प्रथम सम्राट चन्द्रगुप्त मौर्य के मंत्री थे।
- उन्होंने अपने विचारों के लिए विश्व इतिहास में एक अविस्मरणीय स्थान हासिल किया है।

जयप्रकाश नारायण

- जयप्रकाश नारायण जी बिहार के एक प्रख्यात स्वतंत्रता सेनानी थे।
- उन्होंने बिहार के कुछ भागों के स्वतंत्रता आंदोलन के नेतृत्व किया था।
- उनके साहस और वीरता के लिए उन्हें सम्मानित किया गया है।

अनुग्रह नारायण सिंह

- 1917 में गांधीजी की चंपारण यात्रा के दौरान बिहार से स्वतंत्रता संग्राम में महत्वपूर्ण भूमिका निभाने वाले अनुग्रह नारायण सिंह ने वहां किसानों के शोषण के खिलाफ गांधीजी द्वारा शुरू किए गए आंदोलन को आगे बढ़ाया।
- 1922 में गया में आयोजित राष्ट्रीय कांग्रेस अधिवेशन में उन्हें स्वागत समिति का सदस्य बनाया गया।
- 1928 में उन्हें बिहार प्रदेश कांग्रेस कमेटी का अध्यक्ष चुना गया।
- 1935 में, उन्हें अखिल भारतीय कांग्रेस कमेटी के सदस्य के रूप में नामित किया गया था।
- 1946 ई. और 1952 ई. में उन्होंने श्री कृष्ण सिंह की सरकार में वित्त, श्रम, कृषि आदि विभागों का कार्यभार संभाला।

अब्दुल कयूम अंसारी

- बिहार के स्वतंत्रता संग्राम में हिंदू-मुस्लिम एकता स्थापित कर अंग्रेजों को करारा जवाब देने वाले अब्दुल कयूम अंसारी आजादी के बाद करीब 17 साल बिहार में लोक निर्माण मंत्री, जेल मंत्री, स्वास्थ्य मंत्री और पथ निर्माण मंत्री रहे।
- 1946 ई. में वे बिहार प्रदेश कांग्रेस के अध्यक्ष बने। साहित्य में गहरी रुचि रखने वाले इस महान व्यक्तित्व ने 1934 में 'मस्कट', 1948 में सुहैल अज़ीमाबादी के सहयोग से 'साथी' और 1952 में 'तहज़ीब' का प्रकाशन किया।
- जुलाई 2005 में केंद्र सरकार ने उनकी जन्मशती पर डाक टिकट जारी किया।

आनंद कुमार

- बिहार में गरीब और प्रतिभावान बच्चों को आईआईटी में प्रवेश दिलाने के लिए उन्होंने सुपर 30 नाम का एक संस्थान बनाया।
- यहां समाज के अति निम्न वर्ग के 26वीं कक्षा के बच्चों को भी हर साल आईआईटी परीक्षा की तैयारी करायी जाती है।
- 2004 में 30 में से 22, 2005 में 26, 2006 में 28, 2007 में 30 में से 30 बच्चों ने सफलता हासिल की।
- उनकी ख्याति अब देश ही नहीं अमेरिका, जापान, चीन, जर्मनी, फ्रांस, सिंगापुर आदि देशों में भी है।

कर्पूरी ठाकुर

- बिहार की राजनीति के चाणक्य और स्वतंत्रता संग्राम के अमर सेनानी कर्पूरी ठाकुर सही मायनों में गरीबों के मसीहा थे।
- 1952 में पहली बार विधायक बने।
- 1967 ई. में इन्हें मंत्रिमंडल में उप नर एवं वित्त एवं शिक्षा विभाग का मंत्री बनाया गया।
- 1970 ई. में 22 दिसम्बर को ये पहली बार मुख्यमंत्री बनाए गए। छः महीने बाद ही इन्हें पद छोड़ना पड़ा।
- 1977 ई. में 24 जून को उन्होंने पुनः मुख्यमंत्री पद की शपथ ली।

कीर्ति आजाद

- कीर्ति आजाद को क्रिकेट के क्षेत्र में बिहार के एक सफल खिलाड़ी के रूप में जाना जाता है।
- 1983 विश्व कप के दौरान भारतीय टीम के सदस्य होने के नाते, उन्होंने अपनी उत्कृष्ट गेंदबाजी से सेमीफाइनल में इंग्लैंड पर भारत की जीत में महत्वपूर्ण भूमिका निभाई।

के.बी. सहाय

- बिहार के तीसरे मुख्यमंत्री के रूप में योगदान देने वाले श्री कृष्ण बल्लभ सहाय ने भारत के स्वतंत्रता संग्राम में बिहार की ओर से महत्वपूर्ण भूमिका निभाई।
- अंग्रेजी विषय में बिहार-उड़ीसा में प्रथम स्थान प्राप्त करने के कारण उनका चयन आई.सी.एस. में हो गया था लेकिन गांधीजी के आह्वान पर उन्होंने स्वतंत्रता आंदोलन में शामिल होने के लिए आई.सी.एस. पद को अस्वीकार कर दिया था।
- उन्हें बिहार में भूमि सुधार का जनक माना जाता है।
- 1963 ई. से 1967 ई. तक वे राज्य के मुख्यमंत्री बने।
- 1947 ई. में उन्होंने विधान सभा में जमींदारी प्रथा के उन्मूलन के लिए एक विधेयक प्रस्तुत किया।
- उनके प्रयासों से बिहार भूमि सुधार अधिनियम लागू किया गया।

चित्रगुप्त

- हिंदी फिल्म जगत में संगीत निर्देशक के रूप में प्रसिद्ध चित्रगुप्त श्रीवास्तव ने करीब तीन दर्जन फिल्मों में संगीत निर्देशन किया।
- इनके फिल्मी जीवन की शुरुआत 1957 ई. की हिंट फिल्म 'भाभी' से हुई।
- इसके बाद उनका संगीत 'बड़ा आदमी, अप्पलम-छलाम, जबक, गंगा मैया तोरे पियारी चढ़ैबो, मैं चुप रहूंगी और मैं शादी करने चला' जैसी फिल्मों में काफी मशहूर हुआ।

जगजीवन राम

- बिहार में दलितों को सम्मान दिलाने के लिए जीवन भर प्रयास करने वाले और बिहार की ओर से स्वतंत्रता संग्राम में सक्रिय रूप से भाग लेने वाले बाबू जगजीवन राम का जन्म 5 अप्रैल, 1908 को शाहाबाद जिले के चंदवा गाँव में हुआ था।
- 1929 में उन्होंने कलकत्ता (कोलकाता) में अखिल भारतीय रविदास सभा की स्थापना की।
- 1937 ई. में इन्होंने खेतीहर मजदूर सभा की स्थापना की।
- 2 सितम्बर, 1946 ई. को केन्द्रीय अंतरिम मंत्रिमंडल में इन्होंने श्रम मंत्री के रूप में शपथ ली।
- 1977 ई. में आपातकाल की घोषणा के समय उन्होंने कांग्रेस से स्वयं को दूर कर लिया।
- नई सरकार में उन्हें उपप्रधानमंत्री बनाया गया था।
- अपने जीवन के अंत में, वह एक बार फिर कांग्रेस में शामिल हो गए थे।

जगलाल चौधरी

- जगलाल चौधरी स्वतंत्रता संग्राम के अग्रणी योद्धा थे।
- पेशे से डॉक्टर होने के नाते उन्होंने खुद को पूरी तरह से स्वतंत्रता संग्राम में आत्मसात कर लिया था।
- 1932 ई. में ये नमक सत्याग्रह में शामिल हुए।
- 1937 ई. में ये बिहार के स्वास्थ्य मंत्री बनाये गये।
- मंत्री पद संभालते-ही इन्होंने मद्य निषेध लागू करने का प्रयास किया।
- 1938 ई. में शराबबंदी विधेयक पारित कराया।
- 1946 ई. में कांग्रेस मंत्रिमंडल में इन्हें स्वास्थ्य मंत्री बनाया गया।
- 1951 में राजनीतिक बंदियों को रिहा करने के निर्णय से मतभेद होने पर उन्होंने मंत्री पद से त्यागपत्र दे दिया।

मनोज वाजपेयी

- राजनीति, एल.ओ.सी. कारगिल, रोड, पिंजर, सत्या, शूल आरक्षण, गैंग्स ऑफ वासेपुर जैसी सफल फिल्मों के अभिनेता मनोज बाजपेयी बिहार के एक प्रतिभाशाली कलाकार हैं।
- सबसे पहले उन्हें दूरदर्शन के सीरियल 'स्वाभिमान' से राष्ट्रीय स्तर पर पहचान मिली।
- इसके अलावा उन्होंने 'द्रोह काल, बैंडिट क्वीन, दस्तक, जुबैदा' आदि कला प्रधान फिल्मों में भी अपना हुनर दिखाया।
- अपने बेहतरीन अभिनय के लिए उन्हें दो बार राष्ट्रीय पुरस्कार से सम्मानित किया जा चुका है।

महेश नारायण

- पृथक् बिहार प्रांत आंदोलन शुरू करने का श्रेय सच्चिदानंद सिन्हा के साथ महेश नारायण को जाता है।
- 1906 में उन्होंने सच्चिदानंद सिन्हा के साथ मिलकर 'बंगाल का विभाजन और बिहार का विभाजन' नामक पुस्तक लिखी।

- वे अपनी पत्रिका 'द बिहार टाइम्स' के माध्यम से बिहार विभाजन के लिए लेख लिखते थे।

राजेन्द्र प्रसाद

- भारत के प्रथम राष्ट्रपति देशरत्न डॉ. राजेन्द्र प्रसाद का जन्म 3 दिसम्बर, 1884 ई. को सिवान जिले के जीरादेई नामक गाँव में हुआ था।
- कलकत्ता विश्वविद्यालय से प्रथम श्रेणी में प्रथम आने वाले वे पहले बिहारी विद्यार्थी थे।
- कलकत्ता के सिटी कॉलेज एवं जी.वी. वी. कॉलेज, मुजफ्फरपुर में उन्होंने अध्यापन का कार्य भी किया।
- 1910 ई. में गोपाल कृष्ण गोखले से मिलकर वे देश सेवा की ओर उन्मुख हुए।
- 1916 ई. में पटना हाईकोर्ट की स्थापना के बाद उन्होंने वहाँ से वकालत शुरू की।
- 1917 ई. में गाँधी जी के साथ सक्रिय रूप से चंपारण सत्याग्रह में भाग लिया।
- देश के स्वंतत्रता संग्राम में कई बार जेल गये।

प्रमुख स्थल

- बिहार भारत के प्राचीनतम राज्यों में से एक है।
- बिहार को सबसे शांतिपूर्ण राज्य माना जाता था 2600 साल पहले लोग शांति पाने के लिए बोधगया और पावापुरी आते थे और आज भी भारत के कई लोग शांति पाने के लिए बिहार आते हैं।
- समुद्रगुप्त, विक्रमादित्य, सम्राट अशोक और चन्द्रगुप्त मौर्य जैसे सभी महान राजा इसी राज्य के थे।
- बिहार प्राचीन समय में देश की व्यापारिक राजधानी हुआ करता था। भोजपुरी, मगही, मासिक, उर्दू आदि भाषाओं की भरमार है। अंग्रेजी, हिंदी और मैथिली बिहार की एकमात्र आधिकारिक भाषाएं हैं।

बोधगया

- फल्गु नदी के पश्चिमी तट पर स्थित बोधगया बिहार का एक प्रसिद्ध पर्यटन स्थल है।
- बौद्ध धर्म के अनुयायियों के लिए बोधगया सबसे बड़ा तीर्थ स्थल है, क्योंकि भगवान बुद्ध ने यहां ज्ञान की प्राप्ति की थी।
- बोधगया में बौद्ध धर्म के संबंध में अनेक महत्वपूर्ण स्थल हैं जैसे महाबोधि मंदिर, बोधि वृक्ष, अनुपम खेरा, जगन्नाथ तेम्पल, तारा मंदिर, रत्नागिरी वन, महाकाल काली मंदिर आदि।

महाबोधि मंदिर

- बोधगया का सबसे प्रसिद्ध स्थान है जहाँ भगवान बुद्ध ने बोधि अर्थात जागृति प्राप्त की थी। यह मंदिर विश्व धरोहर स्थल के रूप में उल्लेखनीय है। इसके अलावा, बोधि वृक्ष जहाँ भगवान बुद्ध को बोधि मिली थी वहाँ भी घूमना चाहिए।
- इन स्थलों के अलावा, बोधगया में भी अनेक दर्शनीय स्थल हैं जैसे महावीर मंदिर, बालामा तेम्पल, दुर्गा मंदिर, विश्वशान गुफा, राजयातन वान, नालंदा विश्वविद्यालय आदि।

बोधगया के कुछ अन्य पर्यटन स्थल

1. बोधि वृक्ष
2. थाई मठ
3. महाबोधि मंदिर
4. रॉयल भूटानी मठ
5. जापानी मंदिर
6. बुद्ध की ऊंची प्रतिमा

नालंदा

- नालंदा विश्वविद्यालय 5वीं ईसा पूर्व शताब्दी में अस्तित्व में आया था।
- यह दुनिया के गिने चुने विश्वविद्यालयों में से एक था।
- पूर्व में इसमें विहार या मठ होते थे और पश्चिम में छैया या मंदिर होते थे।
- बौद्ध धर्म के अतिरिक्त यह जैन धर्म, हिंदुत्व और सूफीवाद का भी एक महत्वपूर्ण केंद्र है।
- नालन्दा विश्वविद्यालय की स्थापना के समय बौद्ध भिक्षु वहाँ निवास करते थे।
- विश्वविद्यालय के चरम पर लगभग 10,000 छात्र अध्ययन कर रहे थे।

नालंदा के कुछ अन्य पर्यटन स्थल

1. नालंदा विश्वविद्यालय के खंडहर
2. शिव मंदिर
3. ह्वेन त्सांग मेमोरियल हॉल
4. राजगीर वाइल्डलाइफ सेंचुरी
5. नालंदा पुरातत्व संग्रहालय
6. कला बुद्ध मंदिर
7. कारगिल पार्क
8. कुंडलपुर दिगंबर जैन मंदिर

वैशाली

- वैशाली का बहुत ही मजबूत इतिहास रहा है। वैशाली आम और केले के विशाल बागों और खेतों वाला एक खूबसूरत गांव है।
- वैशाली पर्यटन एक सुंदर गांव है जो अपने अद्भुत बौद्ध स्थलों के लिए जाना जाता है। वैशाली प्रारंभ से ही पर्यटकों की दृष्टि से एक विशेष स्थान और अध्याय के रूप में देखा जाता रहा है।
- अगर इसके इतिहास की बात करें तो वैशाली का जिक्र रामायण के समय से ही मिलता रहा है।
- महाभारत में भी वैशाली का जिक्र है। इस स्थान का नाम उस राजा के नाम पर पड़ा है जो विशाल के नाम से जाना जाता था।
- यह शहर भगवान महावीर के जन्म से पहले लिच्छवी साम्राज्य की राजधानी हुआ करता था।

वैशाली के कुछ अन्य पर्यटन स्थल

1. अशोक स्तम्भ साथ में राम कुंड
2. चौमुखी महादेव
3. कुण्डलपुर
4. विश्व शांति स्तूप

5. बोद्ध स्तूप
6. राजा विशाल का गढ़
7. कुटागारशाला विहार
8. बौवन पोखर मंदिर
9. अभिषेक पुष्कर्णी

हाजीपुर

- हाजीपुर शहर बिहार के वैशाली जिले का मुख्यालय है और केले के प्रचुर मात्रा में उत्पादन के लिए जाना जाता है।
- यह शहर बिहार के सर्वाधिक प्रगतिशील शहरों में से एक है।
- हाजीपुर सैलानियों के बीच काफी लोकप्रिय है। रेलवे का शहर में एक आधुनिक क्षेत्रीय कार्यालय है।
- हाजीपुर के पर्यटन को बढ़ावा देने का श्रेय हाजीपुर के दक्षिण में स्थित गंगा नदी और उसके पश्चिम में नारायणी और गंडक नदियों की उत्कर्ष को जाता है।
- यह जगह लीची और केले जैसे लजीज फलों के लिए प्रसिद्ध है। हाजीपुर की स्थापना बंगाल के प्रथम शासक हाजी इलियास शाह द्वारा की गई थी।
- मान्यता है कि प्राचीन काल में इस नगर का नाम उक्कल था।
- हाजीपुर और उसके आसपास के पर्यटक स्थल हाजीपुर में पर्यटकों को जो आकर्षित करता है वह इसका शानदार मंदिर विरासत है जिस पर हाजीपुर पर्यटन को गर्व है।
- यहां के प्रमुख आकर्षणों में रामचौरा मंदिर, कौन हारा घाट, नेपाली मंदिर, महात्मा गांधी सेतु, हेलाबाजार में श्री महाप्रभुजी के सिटिंगजी, सोनपुर मेला, वैशाली महोत्सव और कई अन्य शामिल हैं।

हाजीपुर के कुछ अन्य पर्यटन स्थल

1. पातालेश्वर मंदिर
2. वैशाली महोत्सव
3. महात्मा गांधी सेतु
4. नेपाली मंदिर
5. सोनेपुर मेला

पावापुरी

- पावापुरी नालंदा से 25 किमी दूर है। इसके अतिरिक्त पावापुरी जैन धर्म का एक प्रमुख तीर्थस्थल है।
- यह नगर पापमुक्त होने के लिए जाना जाता है और भगवान महावीर ने यहां अपना अंतिम उपदेश दिया था।
- यहां उनका महापरिनिर्वाण हुआ था और उनके अंतिम संस्कार भी यहीं किया गया था।
- इस शहर में दो मंदिर हैं - जल मंदिर और समोशरण, जो सफेद संगमरमर से बने हैं।

सीतामढ़ी

- सीतामढ़ी बिहार राज्य का एक प्रमुख जिला है।
- सीतामढ़ी बिहार राज्य की राजधानी पटना से लगभग 155 किलोमीटर की दूरी पर है। लखनदेई नदी सीतामढ़ी जिले की मुख्य नदी है।
- यह नदी सीतामढ़ी जिले के मध्य से बहती है। सीतामढ़ी जिले में बागमती नदी भी बहती है। बागमती नदी नेपाल से होकर सीतामढ़ी जिले में प्रवेश करती है।
- सीतामढ़ी जिला 1972 में एक नए जिले के रूप में मुजफ्फरपुर जिले से बना था।
- पहले यह मुजफ्फरपुर जिले का एक हिस्सा था। यह जिला नेपाल सीमा के निकट बिहार में स्थित है।
- डुमरा जिला मुख्यालय है। सीतामढ़ी जिला धार्मिक पर्यटन स्थलों के लिए प्रसिद्ध है।
- माता जानकी की जन्मभूमि सीतामढ़ी जिले का एक पवित्र धार्मिक स्थल है। माता जानकी जी का जन्म यहीं हुआ था।
- यह जगह बहुत खूबसूरत है और यहां आप मंदिर देख सकते हैं। इस स्थान को पुनौरा धाम के नाम से भी जाना जाता है।
- यह झील बहुत ही खूबसूरत है। यहां देखने के लिए प्राचीन मूर्तियां भी उपलब्ध हैं। जगह अच्छी तरह से बनी हुई है।
- छठ पूजा के दौरान यहां काफी भीड़ होती है। बहुत से लोग यहां आते हैं और सीता माता के जन्म स्थान के दर्शन करते हैं।

सीतामढ़ी के कुछ अन्य पर्यटन स्थल

1. मां जानकी जन्मस्थली
2. उर्विजा कुंड
3. बगही धाम
4. सीता कुंज नगर उद्यान
5. जानकी मंदिर
6. हलेश्वर स्थान

वाल्मीकि राष्ट्रीय उद्यान

- वाल्मीकि उद्यान चंपारण में शिवालिक रेंज के बाहरी इलाके में स्थित है।
- यह राष्ट्रीय उद्यान मुख्य रूप से चीता जैसे लुप्तप्राय जानवरों का निवास स्थान है।
- यह अभ्यारण्य पूरी तरह हरियाली से आच्छादित है।
- 900 गज में फैला वाल्मीकि राष्ट्रीय उद्यान वर्ष 1990 में स्थापित किया गया था।
- पार्क उत्तर में नेपाल के रॉयल चितवन नेशनल पार्क और पश्चिम में हिमालय पर्वत में गंडक नदी से घिरा है।
- यहाँ बाघ, सुस्त भालू, भेड़िये, हिरण, सीरो, पैंथर, अजगर, मोर, चीतल, सांभर, नीलगाय, लकड़बग्घा, भारतीय सिवेट, जंगली बिल्लियाँ, हॉग हिरण, जंगली कुत्ते, एक सींग वाले गैंडे और भारतीय भैंस यदा-कदा घूमते हैं।
- इस पार्क में चितवन से वाल्मीकि नगर तक चीतल, कृष्णमृग, मछली पकड़ने वाली बिल्ली, तेंदुआ आदि भी देखे जा सकते हैं।

मधुबनी

- मधुबनी बिहार राज्य के प्रमुख जिलों में से एक है।
- मधुबनी बिहार की राजधानी पटना से करीब 173 किलोमीटर दूर है।
- कमला नदी मधुबनी में बहती है।
- कमला नदी नेपाल देश से मधुबनी जिले में प्रवेश करती है और आगे मधुबनी जिले से होकर बहती है।
- मधुबनी जिला भारत और नेपाल की सीमा के पास बिहार में स्थित है।

- मधुबनी जिला पहले दरभंगा जिले का हिस्सा था।
- इसे 1962 में दरभंगा जिले के विभाजन से अलग कर दिया गया था।
- मिथिला पेंटिंग मधुबनी जिले में बहुत प्रसिद्ध है।
- मधुबनी जिले में मखाना की फसल भी उगाई जाती है।
- यह मधुबनी में बहुतायत में उगाया जाता है।
- बिहार के मिथिलांचल क्षेत्र के कुछ हिस्सों में मधुबनी पेंटिंग बहुत प्रसिद्ध है, मधुबनी भी उन्हीं क्षेत्रों में से एक है।

मधुबनी के कुछ अन्य पर्यटन स्थल

1. कपिलेश्वर प्लेस मधुबनी
2. एकादश रुद्र मंदिर मधुबनी
3. बूढ़ी माई मंदिर मधुबनी
4. उचैत भवानी मंदिर मधुबनी
5. शिलानाथ महादेव मंदिर मधुबनी
6. माँ काली मंदिर मधुबनी
7. सौरथ सभा मधुबनी
8. बाबा बिदेश्वर प्लेस मधुबनी
9. वनदेवी दुर्गा प्लेस मधुबनी
10. उगना महादेव मंदिर मधुबनी

प्रमुख संग्रहालय

संग्रहालय न केवल सांस्कृतिक विरासत के भंडार हैं, बल्कि मानसिक पुनर्निर्माण का कार्य भी करते हैं। ये एक ऐसे जीवंत केंद्र हैं जहां से सांस्कृतिक मार्गदर्शन प्राप्त कर उनके सही अर्थ को समझकर उन्हें अपने नए जीवन में सदुपयोग किया जा सकता है। भारत में संग्रहालयों की शुरुआत 1814 में भारतीय संग्रहालय, कलकत्ता की स्थापना के साथ हुई। बिहार में संग्रहालय का बीज 1855 ई. में गया में जिला केंद्रीय सार्वजनिक पुस्तकालय की स्थापना के साथ बोया गया था, जिसका उद्देश्य सांस्कृतिक विरासत को संरक्षित करना था। बिहार के प्रमुख संग्रहालय निम्नलिखित हैं –

पटना संग्रहालय

- पटना संग्रहालय बिहार राज्य के पटना शहर में है।
- इसे 'जादुघर' नाम से भी जाना जाता है।
- यह बिहार का पहला संग्रहालय है जो 1917 में निर्मित हुआ।
- यहां प्राचीन पटना के हिन्दू और बौद्ध धर्म के अनेक चिन्ह हैं।
- करीब 20 करोड़ साल पुराने पेड़ के तने के अवशेष भी यहां की खास धरोहर हैं।
- पटना शहर के दीदारगंज से प्राप्त 16 मीटर लंबी सूंड, भगवान बुद्ध की अस्थियां और यक्षिणी की मूर्ति के अवशेष यहां की विशेष धरोहर हैं।
- पटना का संग्रहालय ऐतिहासिक रूप से समृद्ध है।
- मूर्तियां (पत्थर और लोहे से बनी), टेराकोटा, महात्मा बुद्ध, शक, कुषाण की राख आदि पटना संग्रहालय में संरक्षित हैं।
- पटना रेलवे स्टेशन से लगभग 3 किमी की दूरी पर पटना संग्रहालय स्थित है।
- पटना संग्रहालय में प्राचीन पटना के हिंदू और बौद्ध धर्म के कई चिह्न हैं।

पुरातात्विक संग्रहालय, नालंदा

- पुरातात्विक संग्रहालय, नालंदा बिहार, भारत में स्थित है। यह संग्रहालय नालंदा में विश्वविद्यालय के कैंपस के आसपास स्थित है।
- यह संग्रहालय पुरातत्व विभाग, बिहार सरकार द्वारा संचालित होता है।
- इस संग्रहालय में बौद्ध धर्म से संबंधित विभिन्न अवशेषों, वस्तुओं, प्रतिमाओं और आभूषणों का संग्रह है।
- यहां पर बौद्ध धर्म से संबंधित अनेक महत्वपूर्ण स्थलों की चित्रणीय आकृतियां, पत्थर की प्रतिमाएं और धातु के अवशेष देखने को मिलते हैं।
- इस संग्रहालय में मौर्य और गुप्त शासनकाल से संबंधित वस्तुओं का भी संग्रह होता है।
- यहां पर भारतीय संस्कृति और ऐतिहासिक विरासत के लिए महत्वपूर्ण वस्तुएं भी देखने को मिलती हैं।
- यह संग्रहालय आधुनिक सुविधाओं से लैस होता है जो आगंतुकों को अपनी संग्रह का विस्तृत दौरा करने और इसे समझने में मदद करते हैं।

चंद्रधारी संग्रहालय

- मधुबनी के जमींदार श्री चंद्रधारी सिंह के बहुमूल्य पुरावशेषों के व्यक्तिगत संग्रह के लिए बिहार सरकार ने 1957 में दरभंगा में एक संग्रहालय की स्थापना की, जिसका नाम चंद्रधारी संग्रहालय रखा गया।
- संग्रहालय में लगभग 6,000 पुरावशेष और कला सामग्री हैं, जिनमें मिट्टी के बर्तन, सिक्के, पेंटिंग के साथ-साथ धातु, लकड़ी, मिट्टी, हाथी दांत की वस्तुएं, विभिन्न प्रकार के मनके, पांडुलिपियां, प्राचीन हथियार, फर्नीचर, कीमती पत्थर, सोने की वस्तुएं शामिल हैं।

गया संग्रहालय

- श्री बलदेव प्रसाद द्वारा व्यक्तिगत संग्रह की शुरुआत 1952 ई. में की गई थी।
- संग्रह को पुरातत्व और संग्रहालय निदेशालय, बिहार द्वारा 14 फरवरी, 1970 को अधिग्रहित किया गया था।
- संग्रहालय में लगभग 500 पुरावशेषों और कला वस्तुओं का एक महत्वपूर्ण संग्रह है।
- गया संग्रहालय पाल काल के पत्थर और कांस्य की मूर्तियों और अन्य कला सामग्री के संग्रह के लिए प्रसिद्ध है।
- गया संग्रहालय बिहार राज्य के गया शहर में स्थित है। यह संग्रहालय बिहार की संस्कृति और इतिहास को संग्रहीत करने का मुख्य केंद्र है।
- इस संग्रहालय में विभिन्न गुणवत्ता वाले विषयों के एक समृद्ध संग्रह हैं। इनमें भारतीय पुरातत्व, शिलालेख, मुद्राएं, आधुनिक कला, संगीत और नृत्य शामिल हैं। इस संग्रहालय में बिहार के विभिन्न क्षेत्रों से लिए गए आभूषण, उपकरण और वस्तुएं भी शामिल हैं।

नारद संग्रहालय, नवादा

- 1974 में नवादा के जिलाधिकारी श्री एन.पी. सिंह के अच्छे प्रयासों से नारद संग्रहालय की स्थापना हुई।
- इसे उसी वर्ष 15 अगस्त को पुरातत्व और संग्रहालय निदेशालय, बिहार द्वारा अधिग्रहित किया गया था। पाल पत्थर की कलाकृतियाँ और 18वीं-19वीं शताब्दी की पांडुलिपियाँ यहाँ संग्रहीत हैं।

बाबू कुँवर सिंह संग्रहालय, जगदीशपुर

- 1972 में बिहार सरकार द्वारा बाबू कुँवर सिंह की स्मृति में संग्रहालय की स्थापना की गई।
- इस संग्रहालय को उनके घर में ही स्थापित किया गया।
- यहां कुछ तस्वीरें, दस्तावेज और प्लास्टर की मूर्तियां रखी हुई हैं।

- हर साल 23 अप्रैल को विजयोत्सव इस संग्रहालय में राजकीय समारोह के रूप में मनाया जाता है।

भागलपुर संग्रहालय

- 1976 में, भागलपुर क्षेत्र की सांस्कृतिक संपदा को देखते हुए बिहार सरकार ने भागलपुर में एक बहुउद्देशीय संग्रहालय की स्थापना की।
- इस संग्रहालय में पत्थर के शिल्प, टेराकोटा की मूर्तियों का संग्रह है।

महाराज लक्ष्मीश्वर सिंह संग्रहालय, दरभंगा

- दरभंगा राज दरबार ने बिहार सरकार को लगभग 1600 कला वस्तुएं उपहार में दी और महाराजा लक्ष्मीश्वर सिंह के नाम पर संग्रहालय खोलने का अनुरोध किया।
- इस संग्रहालय की स्थापना बिहार सरकार द्वारा मई, 1989 में की गई थी। यहाँ छोटी-बड़ी वस्तुओं के अलावा हाथी दांत की दुर्लभ वस्तुएँ भी संग्रहित हैं।

रामचंद्र शाही संग्रहालय, मुजफ्फरपुर

- राज्य सरकार ने मुजफ्फरपुर के श्री विजय कुमार शाही की लगभग 16000 पुरावशेषों और कला सामग्रियों के संग्रह को शामिल कर उनके पिता के नाम पर रामचंद्र शाही संग्रहालय की स्थापना 1979 में की।
- यहां अनेक दुर्लभ कला सामग्रियों का संग्रह है।

मिथिला ललित संग्रहालय, सौराठ (मधुबनी)

- विश्व प्रसिद्ध मधुबनी चित्रों और पांडुलिपियों का संग्रह करते हुए इस संग्रहालय की स्थापना 1981 ई. में की गई थी।
- इस संग्रहालय की स्थापना का उद्देश्य मिथिला पेंटिंग और मिथिला संस्कृति को विश्व प्रसिद्ध करना है।
- इसके अतिरिक्त बिहार में छपरा संग्रहालय, दीप नारायण सिंह संग्रहालय, वैशाली, गाँधी स्मृति संग्रहालय, भितिहरवा, जननायक कर्पूरी ठाकुर संग्रहालय भी प्रमुख हैं।
- राज्य सरकार द्वारा स्थापित संग्रहालयों के अलावा, केंद्र सरकार के संग्रहालय भी बिहार में स्थित हैं।
- 1917 ई. में उत्खनन से प्राप्त सामग्री को संरक्षित करने के लिए पुरातत्व संग्रहालय, नालंदा की स्थापना की गई थी।
- 1956 ई. में बोधगया पुरातत्व संग्रहालय का निर्माण किया गया।
- इन सरकारी संग्रहालयों के अलावा, बिहार में कुछ गैर-सरकारी संग्रहालय भी हैं, जिन्हें राज्य सरकार का संरक्षण प्राप्त है।
- इनमें गांधी संग्रहालय, पटना, राजेंद्र स्मृति संग्रहालय, सदाकत आश्रम, पटना, स्वामी सहजानंद सरस्वती संग्रहालय, जहानाबाद, नागार्जुन संग्रहालय, जहानाबाद प्रमुख हैं।
- निजी संग्रहालयों में पटना शहर का फोर्ट हाउस, पटना का लोक कला संग्रहालय, आरा के जैन सिद्धांत भवन की आर्ट गैलरी आदि प्रमुख हैं।

सुशासन एवं सात निश्चय

- आजादी के बाद से बिहार देश के सबसे तेजी से विकास करने वाले राज्यों में से एक था।
- बिहार कृषि विकास और औद्योगिक विकास दर में अग्रणी राज्यों में से एक था।
- पहली चार पंचवर्षीय योजनाओं के दौरान बिहार में बड़े उद्योग स्थापित किए गए।
- सिंचाई के लिए एक नहर प्रणाली विकसित की गई, जिससे कृषि उत्पादकता में वृद्धि हुई।
- दक्षिण बिहार में खनिज आधारित उद्योगों की स्थापना के साथ-साथ उत्तर बिहार में मुख्य रूप से कृषि आधारित चीनी उद्योग और जूट उद्योग का विकास हुआ लेकिन 1980 के दशक के बाद से विकास की गति धीमी पड़ गई है।
- राजनीतिक इच्छाशक्ति की कमी, भ्रष्टाचार, बढ़ते अपराध, राजनीति के अपराधीकरण जैसी नकारात्मक प्रवृत्तियों के विकास ने कृषि और उद्योग के विकास को नकारात्मक रूप से प्रभावित करना शुरू कर दिया।

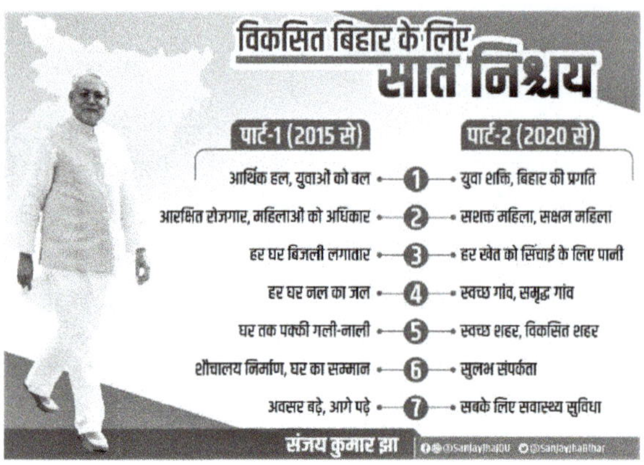

- 2005 में राज्य में अनिश्चितता की स्थिति में सरकार बदली जिसने विकास को अवरुद्ध कर दिया।
- सरकार ने राज्य को अपराध मुक्त और भ्रष्टाचार मुक्त बनाने के लिए अच्छी सरकार का नारा दिया।
- इसके लिए भ्रष्टाचार और अपराध पर नियंत्रण, नक्सलवाद और जातीय द्वेष को समाप्त करना, राजनीति को अपराधीकरण से मुक्त करना आदि आवश्यक समझा गया।
- इसके तहत राज्य की कानून व्यवस्था, स्वास्थ्य सेवा, शैक्षणिक माहौल और महिला सशक्तिकरण में सुधार पर जोर दिया गया।
- सरकार ने कई नए कानून और योजनाएं लागू की हैं, जिनमें लोक सेवा का अधिकार कानून, लोक शिकायत निवारण कानून, कृषि सुधार कार्यक्रम, निषेध कानून आदि लागू किए गए हैं।
- कानून व्यवस्था में सुधार के लिए पुलिस बल का आधुनिकीकरण किया जा रहा है।
- एसटीएफ (स्पेशल टास्क फोर्स) और एसएएफ (स्पेशल ऑक्सिलरी फोर्स) का गठन किया गया है।
- अपराधियों पर मुकदमा चलाने के दौरान त्वरित सजा सुनिश्चित करने के लिए 2000 में फास्ट ट्रैक कोर्ट की स्थापना की गई है।
- फास्ट ट्रैक कोर्ट को केंद्र सरकार द्वारा 5 साल के लिए चार्टर्ड किया गया था, जिसकी अवधि 2011 तक बढ़ा दी गई थी। लेकिन बिहार, हिमाचल प्रदेश और महाराष्ट्र जैसे राज्य अपने स्वयं के संसाधनों के आधार पर फास्ट ट्रैक कोर्ट स्थापित कर रहे हैं।
- मार्च 2015 ई. तक बिहार में 179 फास्ट ट्रैक कोर्ट संचालित हो रहे थे जो देश के किसी भी अन्य राज्य की तुलना में सर्वाधिक है।
- राजधानी पुलिस ने जनता से सीधा संपर्क स्थापित करने के लिए 'पुलिस-जन संवाद योजना' और 'डायल पावर' नामक योजना शुरू की है।

- बिहार देश का पहला ऐसा राज्य है जहां कारागार व्यवस्था को सुदृढ़ और बेहतर बनाने के लिए पूरी तरह कम्प्यूटरीकृत व्यवस्था विकसित की गई है।
- प्रदेश में बढ़ रहे साइबर क्राइम को नियंत्रित करने के उद्देश्य से साइबर क्राइम एवं सोशल मीडिया लैब का गठन किया गया है।

युवा शक्ति - बिहार प्रगति

सशक्त महिला, सक्षम महिला

हर खेत तक सिंचाई का पानी

स्वच्छ गाँव-समृद्ध गाँव

बिहार के 7 निश्चय

स्वच्छ शहर-विकसित शहर

सुलभ सम्पर्कता

सबके लिये अतिरिक्त स्वास्थ्य सुविधा

आत्मनिर्भर बिहार के सात निश्चय (2020-2025)

1. युवा शक्ति - बिहार प्रगति

- 7 निश्चय के तहत बिहार में युवाओं के लिए कई कार्यकम चलाए गए हैं।
- उच्च शिक्षा के लिए बिहार स्टूडेंट केडिट कार्ड योजना, युवाओं को रोजगार ढूंढने में मदद करने हेतु स्वयं सहायता भत्ता योजना, युवाओं को कम्प्यूटर, संवाद कौशल एवं व्यवहारं कौशल का प्रशिक्षण देने हेतु कुशल युवा जैसे कार्यकमों को चलाया गया है। ये सभी कार्यक्रम आगे भी जारी रहेंगे।
- अब इनके साथ साथ युवाओं को और बेहतर तकनीकी प्रशिक्षण की व्यवस्था की जाएगी जिससे उन्हें रोजगार के बेहतर अवसर प्राप्त हो सकें।
- साथ ही बिहार में उद्यमिता को और बढ़ावा दिया जाएगा जिससे कि युवा स्वयं उद्यमी बन सकें और अन्य लोगों को भी रोजगार के अवसर उपलब्ध करा सकें।

संस्थानों में गुणवत्ता बढ़ाने की योजना

- पिछले पाँच वर्षों में जिला एवं अनुमण्डल स्तर पर कई संस्थानों का निर्माण कराया गया है।
- इसी को आगे बढ़ाते हुए अब राज्य के प्रत्येक आई०टी०आई० एवं पॉलीटेक्निक संस्थानों में प्रशिक्षण की गुणवत्ता बढ़ाने के लिए उच्चस्तरीय सेंटर ऑफ एक्सेलेंस बनाया जाएगा।
- इनमें आई०टी०आई० एवं पॉलीटेक्निक में पढ़ रहे बच्चों को वर्तमान उद्योगों की आवश्यकता के अनुरूप उच्चस्तरीय एवं नई तकनीक वाले क्षेत्रों में, जिनकी बाजार में ज्यादा मांग है यथा सोलर, ड्रोन तकनीक, ऑप्टिकल फाइबर एवं नेटवर्किंग, ट्रांसफॉरमर मैनुफैक्चरिंग इनफॉरमेशन टेक्नोलॉजी इत्यादि जैसे कई क्षेत्रों में प्रशिक्षण दिया जाएगा।
- इन संस्थानों से प्रशिक्षण प्राप्त छात्रों की बाजार में मांग रहेगी तथा इन्हें बेहतर रोजगार के अवसर उपलब्ध होंगे।

हर जिले में मेगा-स्किल सेन्टर (मार्गदर्शन, नयी स्किल में प्रशिक्षण)

- नए कौशल का प्रशिक्षण प्राप्त करना चाहते युवाओं के लिए कम से कम एक मेगा स्किल सेंटर खोला जाएगा।
- इन सेंटर में अलग-अलग क्षेत्रों में अल्पकालिक प्रशिक्षण प्रदान किया जाएगा।
- कुछ क्षेत्र जैसे एप्रिल मेकिंग, रेफ्रिजरेशन, एयर कंडीशनिंग, सोलर पैनल मैकेनिक, ब्यूटी और वेलनेस ट्रेनिंग, केयर गीवर जैसे क्षेत्रों में बुजुर्गों और मरीजों की देखभाल के लिए होगा।
- सेंटर युवाओं को रोजगार के लिए तैयार करेगा और उन्हें उनकी पसंद के अनुसार प्रशिक्षित करेगा।

टूल रूम (हर प्रमण्डल में)

- हर क्षेत्र में एक टूल रूम और ट्रेनिंग सेंटर स्थापित किया जाएगा।
- यहाँ पर कई क्षेत्रों के नवीन और आधुनिक मशीनों को एक ही स्थान पर रखा जाएगा।
- इन मशीनों पर नई तकनीक के अभ्यास के लिए आईटीआई और पॉलिटेक्निक से शिक्षित युवाओं को प्रशिक्षण दिया जाएगा।
- इनमें 10 वीं और 12 वीं पास युवाओं के लिए लंबी अवधि के प्रशिक्षण की व्यवस्था भी होगी।
- इस प्रशिक्षण के बाद, युवाओं को उच्च तकनीक वाले क्षेत्रों में रोजगार की अधिक सुविधा होगी।

स्किलएवंउद्यमिताहेतुनयाविभाग(आई0टी०आई०/पॉलीटेक्निक सहित)

- एक अलग विभाग का गठन किया जाएगा जो स्किल डेवलपमेंट और उद्यमिता को विशेष बल देने के लिए बनाया जाएगा।
- इस विभाग में औद्योगिक प्रशिक्षण संस्थान (आईटीआई), पॉलीटेक्निक सम्मिलित होंगे।
- उद्यमिता को बच्चों के कोर्स करिकुलम का हिस्सा बनाया जाएगा ताकि राज्य में उद्यमिता संस्कृति का विकास हो सके।
- युवाओं को अपने व्यवसाय या उद्योग के लिए प्रोत्साहित किया जाएगा ताकि वे स्वयं उद्यमी बन सकें और अन्यों को भी रोजगार प्रदान कर सकें।
- केन्द्र सरकार की योजना के तहत तकनीकी शिक्षा हिन्दी में उपलब्ध कराने का प्रयास किया जाएगा।
- बिहार में चिकित्सा शिक्षा एवं अभियंत्रण शिक्षा को सुदृढ़ करने हेतु एक चिकित्सा विश्वविद्यालय एवं एक अभियंत्रण विश्वविद्यालय की स्थापना की जाएगी।
- बिहार में खेल कूद को बढ़ावा देने हेतु अंतर्राष्ट्रीय क्रिकेट स्टेडियम एवं स्पोर्ट्स एकेडमी, राजगीर के परिसर में एक खेल विश्वविद्यालय की स्थापना की जाएगी।

उद्यमिता विकास हेतु अनुदान / प्रोत्साहन

- युवाओं के लिए न सिर्फ उच्च स्तर के प्रशिक्षण की व्यवस्था की जा रही है बल्कि उनको अपना उद्यम/व्यवसाय लगाने के लिए सरकार मदद करेगी।

- नया उद्यम अथवा व्यवसाय के लिए परियोजना लागत का 50 प्रतिशत अधिकतम 5 लाख रुपये तक का अनुदान दिया जाएगा तथा अधिकतम 5 लाख का ऋण मात्र एक प्रतिशत ब्याज पर दिया जाएगा।
- सरकारी एवं गैर सरकारी क्षेत्र में रोजगार के 20 लाख से ज्यादा नये अवसर सृजित किए जाएंगे।

2. सशक्त महिला, सक्षम महिला

महिला उद्यमिता हेतु विशेष योजना

- एक विशेष योजना शुरू की जाएगी जो महिलाओं में उद्यमिता को बढ़ावा देने के लिए होगी।
- इस योजना में, महिलाओं द्वारा शुरू किए जा रहे उद्यमों के लिए परियोजना लागत का 50 प्रतिशत अधिकतम 5 लाख रुपये तक का अनुदान दिया जाएगा।
- उन्हें अधिकतम 5 लाख रुपये तक ब्याज मुक्त ऋण भी उपलब्ध होगा।

उच्चतर शिक्षा हेतु महिलाओं को प्रोत्साहन

- उच्च शिक्षा को प्रेरित करने के लिए एकल महिलाओं को इंटरमीडिएट पास करने के बाद 25,000 रुपये की वित्तीय सहायता दी जाएगी।
- स्नातक के बाद महिलाओं को 50,000 रुपये की वित्तीय सहायता दी जाएगी।
- क्षेत्रीय प्रशासन में आरक्षण के अनुरूप महिलाओं की भागीदारी

3. हर खेत तक सिंचाई का पानी

हर संभव माध्यम से हर खेत तक सिंचाई का पानी उपलब्ध कराया जाएगा।

4. स्वच्छ गाँव-समृद्ध गाँव

सभी गांवों में सोलर स्ट्रीट लाईट, सभी गांवों में सोलर स्ट्रीट लाईट लगाया जाएगा। साथ ही इसके नियमित अनुरक्षण की भी व्यवरथा की जाएगी।

ठोस एवं तरल अपशिष्ट प्रबंधन

गांवों में भी ठोस एवं तरल अपशिष्ट प्रबंधन एवं मल प्रबंधन की व्यवस्था की जाएगी। वार्ड स्तर पर नालों एवं गलियों की सफाई कराई जाएगी। प्रत्येक घर से ठोस कचरे का संग्रहण किया जायेगा तथा उनका उपयुक्त तकनीक के माध्यम से निस्तारण किया जाएगा। नालों के अंत में निकले हुए गंदे जल का उपयुक्त तकनीक के माध्यम से ट्रीटमेंट की व्यवरथा की जायेगी।

पूर्व की निश्चय योजनाओं का अनुरक्षण

इसके अंतर्गत 7 निश्चय के तहत पूर्व से निर्मित योजनाओं यथा हर घर नल का जल, घर तक पक्की गली-नालियां एवं हर घर शौचालय आदि की योजनाओं का पूरा रख रखाव किया जाएगा।

पशु एवं मत्स्य संसाधनों का विकास

1. आधुनिक तकनीकों का इस्तेमाल कर दुग्ध उत्पादन एवं प्रसंस्करण, मुर्गी पालन, मछली पालन आदि को बढ़ावा दिया जाएगा। राज्य में स्थित चौर क्षेत्रों का विकास बड़े पैमाने पर किया जाएगा।
2. अन्य क्षेत्रों में तालाबों, पोखरों एवं बड़े जलाशयों में मछली पालन को बढ़ावा दिया जाएगा।
3. आधुनिक मत्स्य पालन तकनीकों का प्रसार किया जाएगा तथा मछली पालन के पूरे उत्पादन श्रृंखला पर काम किया जाएगा।
4. मछली के उत्पादन को इतना बढ़ाया जाएगा कि बिहार की मछली अन्य राज्यों में जाएगी। इनसे राज्य के पशुपालकों एवं मछली पालकों की आय बढ़ेगी।

5. स्वच्छ शहर-विकसित शहर

I. ठोस एवं तरल अपशिष्ट प्रबंधन

बिहार के सभी शहरों में ठोस एवं तरल अपशिष्ट प्रबंधन की व्यवस्था उपयुक्त तकनीक के माध्यम से की जायेगी।

II. वृद्धजनों हेतु आश्रय स्थल

इसके अंतर्गत वृद्धजनों के लिये सभी शहरों में आश्रय स्थल बनाया जाएगा तथा इनके बेहतर प्रबंधन एवं संचालन की व्यवस्था की जाएगी।

III. शहरी गरीबों हेतु बहुमंजिला आवासन

इसके अंतर्गत शहर में रह रहे बेघर/भूमिहीन गरीब लोगों को बहुमंजिला भवन बना कर आवासन उपलब्ध कराया जायेगा।

IV. सभी शहरों एवं महत्वपूर्ण नदी घाटों पर विद्युत शवदाह गृह सहित मोक्षधाम का निर्माण

- सभी शहरों एवं महत्वपूर्ण नदी घाटों पर विद्युत शवदाह गृहों सहित मोक्षधाम का निर्माण कराया जाएगा जिससे लोगों को वहाँ पर दाह संस्कार हेतु जरूरी सुविधाएँ मिल सकें।
- सभी शहरों में स्ट्रॉर्म वाटर ड्रेनेज सिस्टम को विकसित किया जायेगा जिससे कि जल जमाव की कोई समस्या न हो।

6. सुलभ सम्पर्कता

I. ग्रामीण पथों की संपर्कता

- आस-पास के गांवों को जोड़ते हुए मुख्य पथों एवं महत्वपूर्ण स्थानों (प्रखंड/थाना/अनुमंडल) अथवा महत्वपूर्ण सुविधाओं यथा बाजार, अस्पताल, राज्य उच्च पथ एवं राष्ट्रीय उच्च पथों तक सम्पर्कता हेतु नई सड़कों का निर्माण कराया जाएगा।

II. शहरी क्षेत्रों में आवश्यकतानुसार बाईपास अथवा फ्लाईओवर का निर्माण

- शहरी क्षेत्रों में जाम की समस्या से मुक्ति एवं सुचारू यातायात के संचालन हेतु आवश्यकतानुसार बाईपास अथवा फ्लाईओवर का निर्माण कराया जाएगा।

7. सबके लिये अतिरिक्त स्वास्थ्य सुविधा

(i) बेहतर पशु स्वास्थ्य प्रबंधन हेतु आधारभूत व्यवस्थाएँ

1. प्रत्येक 8-10 पंचायतों पर पशु अस्पताल की व्यवस्था की जाएगी।
2. पशुओं के लिए चिकित्सा सुविधा, टीकाकरण, कृत्रिम गर्भाधान, कृमिनाशन जैसी सेवाओं की डोर स्टेप डिलिवरी कराने की ठोस व्यवस्था की जाएगी।
3. कॉल सेन्टर में फोन कर अथवा मोबाईल ऐप के माध्यम से इन सुविधाओं को प्राप्त कर सकेंगे। टेलिमेडिसिन के माध्यम से भी पशु अस्पताल जुड़े रहेंगे जिनसे चिकित्सा परामर्श दिया जा सकेगा और आवश्यतानुसार मोबाइल यूनिट्स के माध्यम से पशु चिकित्सक एवं अन्य कर्मियों के द्वारा लोगों के घरों में पहुँचकर पशु चिकित्सा एवं अन्य सेवाएँ दी जाएगी।
4. पशुओं की सभी प्रकार की चिकित्सा सुविधाएँ निःशुल्क रहेंगी।
5. कॉल सेन्टर एवं मोबाइल एप की मदद से डोर स्टेप सेवा की व्यवस्था
6. देशी गोवंश के संरक्षण एवं संवर्द्धन हेतु पशु विज्ञान विश्वविद्यालय के अंतर्गत गोवंश विकास संस्थान की स्थापना की जाएगी।

(ii) गांव-गांव तक लोगों के लिये स्वास्थ्य सुविधाओं की बेहतर उपल्धता

1. स्वारथ्य उपकेन्द्रों को नियमित एवं बेहतर रूप से संचालित कर स्वारथ्य सेवाएँ प्रदान की जाएंगी
2. इन्हें टेलीमेडिसीन के माध्यम से इन्हें प्राथमिक स्वास्थ्य केन्द्र / सामुदायिक स्वास्थ्य केन्द्र, अनुमण्डल अस्पताल एवं जिला अस्पताल से जोड़ा जाएगा।
3. लोगों को चिकित्सीय परामर्श की सुविधा उपलब्ध कराई जाएगी।

4. डायबिटीज, उच्च रक्तचाप तथा मोतियाबिंद आदि बीमारियों हेतु स्क्रीनिंग की जाएगी एवं गंभीर बीमारी के मामलों को रेफर किया जाएगा।
5. इसके साथ ही पैथोलॉजिकल जांच हेतु सैम्पल एकत्र कर उनकी जाँच की भी व्यवस्था की जाएगी।
6. प्राथमिक स्वास्थ्य केन्द्र, सामुदायिक स्वास्थ्य केन्द्र, अनुमण्डल अस्पताल एवं जिला अस्पताल में उपलब्ध सुविधाओं को और बेहतर एवं विस्तारित किया जाएगा।
7. हृदय में छेद के साथ जन्में बच्चों के निशुल्क उपचार की व्यवस्था की जाएगी तथा इसके लिए नई योजना 'बाल हृदय योजना' लागू की जाएगी।

प्रमुख पुरस्कार

बिहार में कुछ प्रमुख पुरस्कार हैं जो विभिन्न क्षेत्रों में उत्कृष्टता प्रदर्शित करने वाले लोगों को सम्मानित करते हैं। कुछ मुख्य पुरस्कारों के नाम निम्नलिखित हैं-

बिहार रत्न पुरस्कार

- बिहार रत्न पुरस्कार एक सम्मान है जो बिहार राज्य सरकार द्वारा दिया जाता है।
- यह पुरस्कार उन लोगों के लिए है जो बिहार के उत्कृष्ट योगदान को समझते हुए राज्य को समृद्ध, समान, विश्वसनीय और विकासशील बनाने में अपना योगदान देते हैं।
- यह पुरस्कार सालाना दिया जाता है और यह तीन श्रेणियों में बांटा जाता है।
- पहली श्रेणी में, बिहार से जुड़े विदेशी व्यक्तियों को सम्मानित किया जाता है।
- दूसरी श्रेणी में, उन व्यक्तियों को सम्मानित किया जाता है जिन्होंने बिहार में अपना योगदान दिया हो।
- तीसरी श्रेणी में, बिहार से जुड़े संस्थाओं और संस्थाओं को सम्मानित किया जाता है जो राज्य के विकास में अहम भूमिका निभाते हैं।

बिहार श्रेष्ठ युवा पुरस्कार

- बिहार श्रेष्ठ युवा पुरस्कार बिहार सरकार द्वारा प्रदान किया जाता है और यह पुरस्कार बिहार राज्य में उत्कृष्टता के क्षेत्र में काम करने वाले युवाओं को सम्मानित करने के लिए होता है।
- इस पुरस्कार को प्रत्येक वर्ष 22 जुलाई को युवा दिवस के अवसर पर दिया जाता है। पुरस्कार के अंतर्गत, वरिष्ठ नागरिकों द्वारा चुने गए युवाओं को आर्थिक रूप से सम्मानित किया जाता है।
- पुरस्कार में स्वर्ण पदक, रुपये दो लाख का नकद राशि और प्रमाण पत्र शामिल होता है।
- युवा जिन दिशाओं में उत्कृष्टता प्रदर्शित करते हैं, उनमें स्पोर्ट्स, विज्ञान और प्रौद्योगिकी, स्वास्थ्य और वैज्ञानिक अनुसंधान, सामाजिक सेवा और कला शामिल हैं।

बिहार श्रम विभूषण पुरस्कार

- बिहार श्रम विभूषण पुरस्कार एक सम्मान है जो बिहार राज्य सरकार द्वारा दिया जाता है।
- यह पुरस्कार बिहार राज्य के विभिन्न क्षेत्रों में श्रम और उद्यम के क्षेत्र में उत्कृष्टता प्रदर्शित करने वाले व्यक्तियों को सम्मानित करने के लिए दिया जाता है।
- इस पुरस्कार का आयोजन हर वर्ष बिहार दिवस के अवसर पर होता है। पुरस्कार के विजेता को एक स्वर्ण पदक, एक प्रमाणपत्र और एक नकद राशि दी जाती है।
- पुरस्कार का मुख्य उद्देश्य बिहार राज्य में श्रम और उद्यम के क्षेत्र में उत्कृष्टता को प्रोत्साहित करना है।

बिहार विश्वविद्यालय गौरव पुरस्कार

- बिहार विश्वविद्यालय गौरव पुरस्कार बिहार राज्य के अत्यंत महत्वपूर्ण शिक्षापर द्वारा प्रतिबद्धता का परिणाम है।
- यह पुरस्कार बिहार राज्य में उच्च शिक्षा के क्षेत्र में अद्वितीय योगदान देने वाले लोगों को सम्मानित करने के लिए स्थापित किया गया है।
- यह पुरस्कार बिहार राज्य में स्थित सभी विश्वविद्यालयों से छात्रों, शिक्षकों, विशेषज्ञों और अन्य शिक्षा संबंधित व्यक्तियों को सम्मानित करता है।
- यह पुरस्कार बिहार राज्य सरकार द्वारा प्रदान किया जाता है और उस व्यक्ति को समर्पित होता है जिसने विश्वविद्यालय के विकास और सफलता में अपना योगदान दिया हो।
- इस पुरस्कार के अभिजेता के लिए नामित किये जाने के लिए अधिकृत वेबसाइट या संबंधित शिक्षा संस्थानों की वेबसाइट की जांच की जा सकती है।

बिहार सम्मान पुरस्कार

- बिहार सम्मान पुरस्कार एक प्रतिष्ठित सम्मान है जो बिहार राज्य सरकार द्वारा स्थापित किया गया है।
- यह पुरस्कार वर्ष 2012 में शुरू किया गया था और इसका मुख्य उद्देश्य उन व्यक्तियों को सम्मानित करना है जो बिहार राज्य के उत्कृष्ट क्षेत्रों में अद्भुत योगदान देते हैं।
- बिहार सम्मान पुरस्कार के माध्यम से शिक्षा, साहित्य, कला, संस्कृति, विज्ञान और तकनीकी क्षेत्रों में उत्कृष्टता प्रदर्शित करने वाले व्यक्तियों को सम्मानित किया जाता है।
- इस पुरस्कार के विजेताओं को एक ट्रॉफी, प्रमाणपत्र और नकद राशि से सम्मानित किया जाता है। बिहार सम्मान पुरस्कार को राज्य स्तर पर प्रदान किया जाता है और यह राज्य के विभिन्न क्षेत्रों में अद्यतन होता रहता है।

बिहार विकास रत्न पुरस्कार

- बिहार विकास रत्न पुरस्कार बिहार राज्य सरकार द्वारा वर्ष 2012 में स्थापित किया गया था।
- इस पुरस्कार का उद्देश्य बिहार राज्य में विकास के क्षेत्र में उत्कृष्टता प्रदर्शित करने वाले व्यक्ति, संस्था और समूहों को सम्मानित करना है।
- इस पुरस्कार को विभिन्न क्षेत्रों में उत्कृष्टता के आधार पर दिया जाता है, जिसमें स्वास्थ्य, शिक्षा, ग्रामीण विकास, संस्थागत विकास और वित्तीय उत्कृष्टता शामिल हैं।
- पुरस्कार समारोह में बिहार के नामी व्यक्तित्व और संस्थाओं को सम्मानित किया जाता है।
- इस पुरस्कार के प्राप्तकों के नाम विभिन्न मीडिया प्लेटफॉर्मों और सरकारी वेबसाइटों पर जारी किए जाते हैं।
- इस पुरस्कार को प्राप्त करने वाले व्यक्ति या संस्था को राज्य सरकार के तरफ से नकद पुरस्कार, प्रमाणपत्र और एक जानकारी पत्र भेजा जाता है।

बिहार लोक संगीत सम्मान पुरस्कार

- बिहार लोक संगीत सम्मान पुरस्कार बिहार सरकार द्वारा स्थापित किया गया है।
- यह पुरस्कार बिहार के लोक संगीत विशेषज्ञों, संगीत शिक्षकों, संगीत शोधकर्ताओं और लोक संगीत कलाकारों को उनके योगदान के लिए प्रशंसा देने के लिए प्रदान किया जाता है।
- यह पुरस्कार अलग-अलग श्रेणियों में प्रदान किया जाता है, जिसमें लोक

संगीत कलाकारों को वर्ष के लिए श्रृंखला भंडारण के लिए भी योगदान देने के लिए प्रोत्साहित किया जाता है।

- इस पुरस्कार का मुख्य उद्देश्य बिहार के लोक संगीत को संरक्षित रखना, उसकी संगीत परंपरा को बढ़ावा देना और लोक संगीत कलाकारों को सम्मानित करना है।

बिहार साहित्य सम्मान पुरस्कार

- बिहार साहित्य सम्मान पुरस्कार बिहार राज्य सरकार द्वारा प्रति वर्ष सम्पन्न किया जाने वाला एक सम्मान है। इस पुरस्कार का मुख्य उद्देश्य बिहार के साहित्यिकों को प्रोत्साहित करना है।
- इस पुरस्कार के अंतर्गत बिहार राज्य में उत्कृष्ट साहित्य विद्वानों, लेखकों और कवियों को पुरस्कृत किया जाता है। इस पुरस्कार को संयोजक और सदस्यों से बनी समिति द्वारा प्रबंधित किया जाता है।
- इस पुरस्कार के विजेताओं को एक प्रशस्ति पत्र, पुरस्कार धनराशि और एक स्मारक दिया जाता है।
- बिहार साहित्य सम्मान पुरस्कार का शुभारंभ 1986 में किया गया था।

बिहार कला सम्मान पुरस्कार

- बिहार कला सम्मान पुरस्कार बिहार राज्य सरकार द्वारा प्रतिवर्ष प्रदान किए जाने वाले पुरस्कार हैं जो बिहार के कलाकारों, संस्थाओं और संस्थानों को उनके उत्कृष्ट कला कार्यों के लिए सम्मानित करने के लिए प्रदान किए जाते हैं।
- ये पुरस्कार विभिन्न कला क्षेत्रों में काम करने वाले कलाकारों को सम्मानित करते हुए उन्हें प्रोत्साहित करते हैं।
- बिहार कला सम्मान पुरस्कार कई श्रेणियों में दिए जाते हैं जिनमें संगीत, नृत्य, चित्रकला, साहित्य, फ़िल्म, थिएटर, जादूगरी आदि शामिल होती हैं।
- इन पुरस्कारों का प्रदान राज्य सरकार के सांस्कृतिक विभाग द्वारा किया जाता है। पुरस्कार विजेताओं को प्रमाण पत्र और नकद राशि से सम्मानित किया जाता है।
- बिहार कला सम्मान पुरस्कार राज्य सरकार के द्वारा कला क्षेत्र में उत्कृष्टता प्रदर्शित करने वाले कलाकारों को प्रोत्साहित करने का एक बहुत अच्छा माध्यम है।

बिहार खेल रत्न पुरस्कार

- बिहार खेल रत्न पुरस्कार बिहार सरकार द्वारा स्थापित किया गया है जो बिहार के उत्कृष्ट खिलाड़ियों को सम्मानित करता है।
- यह पुरस्कार वार्षिक रूप से दिया जाता है। इस पुरस्कार के जरिए बिहार सरकार उन खिलाड़ियों को सम्मानित करती है जो बिहार के नाम को देश और विदेश में ऊंचा करते हैं।
- इस पुरस्कार के अंतर्गत खिलाड़ियों को नकद पुरस्कार, तारकी, प्रमाणपत्र और पारितोषिक दिए जाते हैं।
- इस पुरस्कार को पहली बार 2016 में दिया गया था और इसके बाद से हर साल यह पुरस्कार दिया जाता है।
- इसके अंतर्गत बिहार के उत्कृष्ट खिलाड़ियों को क्रिकेट, हॉकी, फुटबॉल, टेनिस, बैडमिंटन, बॉक्सिंग, वजन उठाना, कबड्डी, रेसलिंग और अन्य खेलों में सम्मानित किया जाता है।

बिहार के अन्य प्रमुख पुरस्कार

बिहार के पुरस्कार एवं सम्मान

पुरस्कार	विषय
बिहार विषय ग्रंथ	भूमि, प्राकृतिक क्षेत्र, कला और दैनिक जीवन
डॉ ग्रियर्सन पुरस्कार	बिहार की लोक भाषा (मैथिली और मगधी) पर लिखी गई पुस्तकें
भिखारी ठाकुर पुरस्कार	भोजपुरी भाषा में लिखी गई पुस्तकें
लघुकथा पुरस्कार	लघु कथाएँ
डॉ. फादर कामिल बुल्के पुरस्कार	भक्ति साहित्य, नाटक, उपन्यास, शोध, मूल खंड की आलोचनात्मक प्रशंसा पर हिंदी में लिखी गई कविताएँ
विद्याकर कवि पुरस्कार	राज्य भाषा में विभिन्न पहलुओं में लिखी गई हिंदी पुस्तकें
अखिल भारतीय ग्रंथ पुरस्कार	भारतीय संस्कृति, आधुनिक भारतीय साहित्य, राष्ट्रीय एकता, भारतीय साहित्य और अन्य भारतीय भाषाओं का तुलनात्मक अध्ययन।
चाणक्य पुरस्कार	राजनीति विज्ञान
मण्डन मिश्र पुरस्कार	धर्म और दर्शन
विद्यापति पुरस्कार	लोक साहित्य हिंदी में लिखा गया है
आर्यभट्ट पुरस्कार	विज्ञान
उपेंद्र महारथी पुरस्कार	कला और मूर्तिकला
अयोध्या प्रसाद खत्री पुरस्कार	हिंदी भाषा और लिपि
काशी प्रसाद जायसवाल पुरस्कार	इतिहास और संस्कृत
राजा राधिका रमन प्रसाद सिंह पुरस्कार	उपन्यास और कहानी
शिवपूजन सहाय पुरस्कार	साहित्य, स्मरण और यात्रा
रामवृक्ष बेनीपुरी पुरस्कार	नाटक और मंच
केदार नाथ मिश्र 'प्रभात' पुरस्कार	कविता
नलिन विलोचन शर्मा	समीक्षा
गोरखनाथ सिंह पुरस्कार	अर्थशास्त्र
डॉ. सच्चिदानंद सिन्हा पुरस्कार	कानून साहित्य
अमरनाथ झा पुरस्कार	बाल साहित्य
लक्ष्मी नारायण सुधांशु पुरस्कार	हिंदी भाषा और साहित्य से संबंधित प्रकाशित शोध पत्र
गोपाल सिंह 'नेपाली' पुरस्कार	नवगीत

फणीश्वर नाथ 'रेणु' पुरस्कार	क्षेत्रीय कहानी लेखन और साहित्य
राष्ट्रीय कवि दिनकर सम्मान पुरस्कार	साहित्य
महादेवी वर्मा पुरस्कार	लोक साहित्य हिंदी में लिखा गया है
राधा मोहन पुरस्कार	समकालीन कला
कुमुद शर्मा पुरस्कार	महिला कलाकार
सीता देवी पुरस्कार	लोक कला
दिनकर कला	–
राजेंद्र शिखर सम्मान	–
मौलाना मजहरुल शिखर सम्मान	–

बिहार में साहित्यिक पुरस्कार देने वाली अकादमी की सूची

अकादमी	पुरस्कार
संगीत नाटक अकादमी	साहित्य पुरस्कार
ललित कला अकादमी	साहित्य पुरस्कार
हिंदी ग्रंथ अकादमी	साहित्य पुरस्कार
संस्कृत अकादमी	साहित्य पुरस्कार
बांग्ला अकादमी	साहित्य पुरस्कार
उर्दू अकादमी	साहित्य पुरस्कार
दक्षिण भारतीय भाषा अकादमी	साहित्य पुरस्कार
जनजातीय भाषा अकादमी	साहित्य पुरस्कार
भोजपुरी अकादमी	साहित्य पुरस्कार
मैथिली अकादमी	साहित्य पुरस्कार
मगधी अकादमी	साहित्य पुरस्कार

बिहार में महिला सशक्तीकरण

बिहार में महिला सशक्तीकरण से जुड़े कुछ महत्वपूर्ण तथ्य

- राष्ट्रीय पतिदर्श सर्वेक्षण संगठन के 68 वें दौर से पता चलता है कि बिहार में 15 वर्ष से अधिक आयु की लगभग 80% महिलाएं 2011-12 में घरेलू कार्य करती थी।
- भारत सरकार के आवधिक श्रम बल सर्वेक्षण (2017-18) ने बिहार में अर्थव्यवस्था में महिलाओं की भागीदारी में उल्लेखनीय गिरावट दिखाई है।
- ग्रामीण बिहार में महिलाओं की श्रम शक्ति भागीदारी दर 3.9% है, जबकि शहरी क्षेत्रों में यह 6.4% है।
- बिहार भारत का तीसरा सबसे अधिक आबादी वाला राज्य है, जो देश में सबसे कम महिला श्रम बल भागीदारी दर्ज करता है, श्रम बल में कामकाजी उम्र की केवल 9% महिलाओं की भागीदारी है (विश्व बैंक 2016)।
- बिहार में मनरेगा के तहत काम किए गए कुल व्यक्तियों के संबंध में महिलाओं की हिस्सेदारी में समय के साथ सुधार हुआ है, वित्त वर्ष 2013-14 में 35% से वित्त वर्ष 2017-18 में 46%, लेकिन यह पूरे भारत के औसत (वित्त वर्ष 2017-18 में 53% से कम है), और अन्य कम आय वाले राज्यों (उत्तर प्रदेश 35%, झारखंड 37%, मध्य प्रदेश 37% और ओडिशा 42% की तुलना में बेहतर है।
- राष्ट्रीय परिवार स्वास्थ्य सर्वेक्षण – 4 के तहत
    - बिहार में, 47.8 % महिलाओं ने स्कूली शिक्षा नहीं प्राप्त की है।
    - बिहार में, 57.8 % महिलाओं का स्वामित्व है घर पर (अकेले या संयुक्त रूप से),
    - बिहार में, 49.6 % महिलाओं का स्वामित्व है भूमि पर (अकेले या संयुक्त रूप से),
    - बिहार में, 40.9 % महिलाओं के पास मोबाइल फोन है जिसका वे खुद इस्तेमाल करती हैं।
    - बिहार में, 42.2 % महिलाएँ मोबाइल फ़ोन में संदेशो को पढ़ सकती है।
- बिहार में महिला सशक्तीकरण के लिए शिक्षा और स्वास्थ्य सेवा तक पहुंच भी एक महत्वपूर्ण कारक है।
- राज्य महिला विकास निगम, महिला विकास कार्यक्रमों को लागू करने के लिए नोडल एजेंसी है।
- बिहार में महिला सशक्तीकरण के लिए शिक्षा और स्वास्थ्य सेवा तक पहुंच भी एक महत्वपूर्ण कारक है। जबकि हाल के वर्षों में महत्वपूर्ण सुधार हुए हैं, फिर भी कई महिलाओं को गुणवत्तापूर्ण शिक्षा और स्वास्थ्य सेवाओं तक पहुँचने में बाधाओं का सामना करना पड़ता है।

बिहार में महिला सशक्तिकरण को बढ़ावा देने के लिए कुछ कदम

- बिहार सरकार ने 2007-08 में जेंडर बजटिंग की शुरुआत की थी और तब से इसे अपनी वार्षिक बजटीय प्रक्रिया में लागू कर रही है।
- जेंडर बजटिंग के तहत, बिहार में लिंग-संवेदनशील (जेंडर-सेंसिटिव) संकेतकों का उपयोग किया जाता है ताकि महिलाओं और लड़कियों पर सरकारी कार्यक्रमों और योजनाओं के प्रभाव का आकलन किया जा सके।
- महिला समूह, गैर सरकारी संगठन और अन्य हितधारक परामर्श और फीडबैक तंत्र के माध्यम से जेंडर बजटिंग प्रक्रिया में शामिल हैं।
- वर्ष 2020-21 में कुल राज्य बजट में महिलाओं पर व्यय का हिस्सा 16.0% था जो सकल राज्य घरेलू उत्पाद (ग्रॉस स्टेट डोमेस्टिक प्रोडक्ट) के प्रतिशत में महिलाओं के लिए कुल परिव्यय 3.7% था।

बिहार में महिला सशक्तिकरण से जुड़ी योजना

बिहार में महिला सशक्तिकरण से जुड़ी महत्वपूर्ण योजना कुछ इस प्रकार है-

मुख्यमंत्री कन्या उत्थान योजना

- वर्ष 2018 में मुख्यमंत्री कन्या उत्थान योजना की शुरुआत की गयी थी।
- मुख्यमंत्री कन्या उत्थान योजना के तहत लड़कियों को उनके जन्म से लेकर स्नातक की शिक्षा प्राप्त करने के लिए धनराशि सरकार द्वारा प्रदान की जाएगी
- बच्ची के जन्म होने पर 2000 रुपए दिए जायेंगे,
- बच्ची का एक वर्ष होने पर 1000 रुपए दिए जायेंगे,
- बच्ची का टीकाकरण होने पर 2000 रुपए दिए जायेंगे,

- बच्ची को सैनेटरी नैपकिन के लिए 300 रुपए दिए जायेंगे,
- बारहवीं क्लास पास करने पर 10000 रुपए दिए जायेंगे,
- स्नातक डिग्री हासिल करने पर 25000 रुपए दिए जायेंगे
- बिहार राज्य के छपरा जिले में मुख्यमंत्री कन्या उत्थान योजना के लाभ के बारे में लोगों को जागरूक करने के लिए जिले में विशेष कैंप शुरू किए जाएंगे।
- इन कैंपों में जिले की गर्भवती महिलाएं और कन्याएं योजना के माध्यम से पंजीकरण करवा सकेंगी।

मुख्यमंत्री कन्या विवाह योजना

- मुख्यमंत्री कन्या विवाह योजना बिहार सरकार द्वारा शुरू की गई एक योजना है जो बिहार राज्य के गरीब और आर्थिक रूप से कमजोर परिवारों की कन्याओं के विवाह में सहायता प्रदान करता है।
- इस योजना के तहत राज्य सरकार विवाह में आवश्यक वित्तीय सहायता देती है ताकि गरीब परिवारों के बच्चों की शादी में कोई अड़चन न हो।
- राशि बिहार सरकार द्वारा तय की जाती है और इस योजना का लाभ लेने के लिए निर्धारित न्यूनतम आय सीमा होती है।
- इस योजना के तहत शादी के व्ययों में सहायता भी प्रदान की जाती है।
- इस योजना के अंतर्गत बी पी एल (बिलो पावर्टी लाइन) (गरीबी रेखा से नीचे) परिवार की कन्याओं को धनराशि मिलेगी।
- बी पी एल परिवार की 18 वर्ष या उसके बाद विवाह करने वाली लड़कियों को रु. 5000 की वित्तीय सहायता दी जाएगी।
- मुख्यमंत्री कन्या विवाह योजनान्तर्गत उपयोगिता प्रमाण पत्र सहित व्यय विवरण प्राप्त होता है। यह जिला बाल संरक्षण इकाई के कार्यालय से प्राप्त किया जाता है।
- इसके बाद इसे समाज कल्याण निदेशालय के माध्यम से महालेखाकार को भेजा जाता है।
- मुख्यमंत्री कन्या विवाह योजनान्तर्गत उपयोगिता प्रमाण पत्र सहित व्यय विवरण प्राप्त होता है। यह जिला बाल संरक्षण इकाई के कार्यालय से प्राप्त किया जाता है।
- इसके बाद इसे समाज कल्याण निदेशालय के माध्यम से महालेखाकार (अकाउंटेंट जनरल) को भेजा जाता है।
- महालेखाकार (अकाउंटेंट जनरल) निर्देश अनुसार योजना से जुड़ी सारी प्रबंधन की व्यवस्था करते है।

मुख्यमंत्री नारी शक्ति योजना

- मुख्यमंत्री नारी शक्ति योजना, बिहार राज्य सरकार की योजना है।
- इस योजना का मुख्य उद्देश्य बिहार राज्य में महिलाओं के विकास से संबंधित कार्य है।
- इस योजना के माध्यम से महिलाओं की सामाजिक स्थिति में सुधार लाना है।
- इस योजना के तहत महिला हेल्प लाइन, अल्पावास गृह, रक्षा गृह, कामकाजी महिला छात्रावास, शिशुपालना गृह का संचालन किया जाता है।
- कन्याये और छात्राएं भी इस योजना का लाभ उठा सकती है।
- नारी शक्ति योजना में प्रोत्साहन राशि प्राप्त करने के लिए लाभार्थी महिला या किशोरी का बिहार राज्य का स्थायी निवासी होना अनिवार्य है।
- वह छात्राये जो संघ लोक सेवा आयोग की प्रारंभिक परीक्षा उत्तीर्ण करेंगी, उनको 1 लाख की धन राशि दी जाएगी।
- इस योजना के तहत, 150000 लाख रुपये समूहिक विवाह कार्यक्रम और घरेलू खर्चों के लिए उपलब्ध कराए जाएंगे।
- इस योजना की प्रक्रिया है कि राज्य, जिला और प्रखंड स्तर पर महिलाओं के विकास, सांस्कृतिक सशक्तिकरण, आर्थिक सशक्तिकरण और सामाजिक सशक्तिकरण के लिए विभिन्न कार्यक्रम चलाए जाते हैं। इससे महिलाओं की भागीदारी सुनिश्चित होती है।
- अनुमण्डल स्तर पर लोक शिकायत निवारण पदाधिकारी तथा जिला स्तर पर जिला लोक शिकायत निवारण पदाधिकारी का कार्यालय कार्यरत है।
- इसके अतिरिक्त इस योजना से संबंधित शिकायत जिला स्तर पर जिला पदाधिकारी तथा राज्य स्तर पर प्रबंध निदेशक, महिला विकास निगम तथा अपर मुख्य सचिव/प्रधान सचिव/सचिव, समाज कल्याण विभाग के कार्यालय में शिकायत दर्ज की जा सकती है।

बिहार लक्ष्मीबाई सामाजिक सुरक्षा योजना

- बिहार लक्ष्मी बाई सामाजिक सुरक्षा योजना बिहार सरकार की योजना है, इस योजना का उद्देश्य राज्य में महिलाओं को सामाजिक सुरक्षा प्रदान करना है।
- यह योजना 2019 में शुरू की गई थी।
- इस योजना का नाम झांसी की साहसी रानी, रानी लक्ष्मी बाई के नाम पर रखा गया है, जिन्होंने भारत की आजादी के लिए लड़ाई लड़ी थी।
- इस योजना के तहत, बिहार सरकार विधवाओं, तलाकशुदा महिलाओं और 18 वर्ष से अधिक आयु की गरीब महिलाओं को वित्तीय सहायता प्रदान करती है।
- लाभार्थियों को 400 रुपये की मासिक पेंशन मिलती है, जो सीधे उनके बैंक खाते में स्थानांतरित कर दिया जाता है।
- यह योजना लाभार्थियों को 2 लाख रुपये का जीवन बीमा कवर भी प्रदान करती है।
- लक्ष्मीबाई सामाजिक सुरक्षा योजना के तहत 18 वर्ष से 65 वर्ष की आयु की विधवा महिलाएं, जिनकी सालाना आय ₹60,000 से कम है, योजना की पात्र हैं।
- 65 वर्ष से अधिक आयु की महिलाएं इस योजना की पेंशन पाने की पात्र नहीं हैं।
- इस योजना का उद्देश्य राज्य में कमजोर महिलाओं को वित्तीय स्थिरता और सहायता प्रदान करना है, जिससे उन्हें एक सम्मानित जीवन जीने के लिए सशक्त बनाया जा सके।
- यह योजना बिहार सरकार के समाज कल्याण विभाग के माध्यम से लागू की जाती है।
- विभाग पात्र लाभार्थियों की पहचान करता है, और प्रत्यक्ष लाभ हस्तांतरण के माध्यम से पेंशन उनके बैंक खातों में स्थानांतरित कर दी जाती है।
- लाभार्थियों को लाभ प्राप्त करना जारी रखने के लिए हर साल योजना के लिए अपना पंजीकरण नवीनीकृत करना आवश्यक है।

मुख्यमंत्री महिला उद्यमी योजना

- बिहार महिला उद्यमी योजना महिला सशक्तिकरण और महिलाओं को सफल उद्यमी बनने के लिए अनुकूल वातावरण बनाने की दिशा में एक कदम है।
- इस योजना से महिला उद्यमिता को बढ़ावा देने और रोजगार के अवसर पैदा करके राज्य की अर्थव्यवस्था को बढ़ावा देने की उम्मीद है।
- यह योजना महिला उद्यमियों को उनके व्यवसाय प्रबंधन कौशल को बढ़ाने के लिए प्रशिक्षण और कौशल विकास के लिए भी प्रदान करती है।
- योजना का मुख्य उद्देश्य महिला उद्यमियों को अपना व्यवसाय उद्यम स्थापित करने के लिए वित्तीय सहायता प्रदान करना है।
- इस योजना के तहत, महिला उद्यमी रियायती ब्याज दर पर 10 लाख रुपये तक का ऋण प्राप्त कर सकती हैं।
- सरकार महिलाओं को अपना व्यवसाय शुरू करने के लिए प्रोत्साहित करने के लिए ब्याज दर पर 5% की सब्सिडी प्रदान करती है।
- इस योजना के अंतर्गत, लोन के लाभार्थी को सिर्फ एक साल के बाद 5 लाख रुपये तक की राशि को 84 आसान मासिक किस्तों में जमा करने की सुविधा दी गई है।

- महिलाओं के पास व्यावहारिक व्यवसाय योजना और एक अच्छा क्रेडिट इतिहास होना चाहिए।
- जो महिलाएं पहले से व्यवसाय चला रही हैं, वे भी अपने मौजूदा व्यवसाय का विस्तार करने के लिए इस योजना के लिए आवेदन कर सकती हैं।
- यह योजना महिला सशक्तिकरण और महिलाओं को सफल उद्यमी बनने के लिए अनुकूल वातावरण बनाने की दिशा में एक कदम है।
- इससे महिला उद्यमिता को बढ़ावा देने और रोजगार के अवसर पैदा करके राज्य की अर्थव्यवस्था को बढ़ावा मिलने की उम्मीद है।

नक्सलवाद

बिहार में नक्सलवाद कैसे आया

- "नक्सल" शब्द भारतीय राज्य पश्चिम बंगाल में नक्सलबाड़ी नामक एक गाँव के नाम से लिया गया है, जहाँ चारु मजूमदार और कानू सान्याल के नेतृत्व में किसानों के एक समूह ने 1967 में राज्य के खिलाफ सशस्त्र विद्रोह शुरू किया था। यह आंदोलन भारत के अन्य भागों में भी फैलता गया।
- 1960 के दशक के दौरान नक्सलवाद शब्द का प्रयोग भारत में उभरे विभिन्न कम्युनिस्ट समूहों की विचारधारा और गतिविधियों का वर्णन करने के लिए किया जाता है।
- बिहार में नक्सलवाद की जड़ें 1960 के दशक के उत्तरार्ध में देखी जा सकती हैं, जब नक्सलबाड़ी विद्रोह से प्रेरित होकर मार्क्सवादी-लेनिनवादी कार्यकर्ताओं के एक समूह ने राज्य में किसानों और कृषि श्रमिकों को संगठित करना शुरू किया।
- उन्होंने भारतीय कम्युनिस्ट पार्टी (मार्क्सवादी-लेनिनवादी), या सीपीआई (एमएल) नामक एक समूह का गठन किया और जमींदारों और पुलिस पर सशस्त्र हमले शुरू कर दिया।
- बिहार में भारतीय कम्युनिस्ट पार्टी (मार्क्सवादी-लेनिनवादी) के प्रमुख नेताओं में से एक जगदीश महतो मास्टर साहब नाम के व्यक्ति थे, जो भोजपुर जिले में रहते थे।
- जगदीश महतो मास्टर साहब के नेतृत्व में, पार्टी ने क्षेत्र के भूमिहीन किसानों और कृषि श्रमिकों के बीच एक महत्वपूर्ण स्थान प्राप्त किया।
- जगदीश महतो मास्टर साहब ने जमींदारों पर कई सशस्त्र हमले किए, और ग्रामीण गरीबों के लिए भूमि सुधार और अन्य अधिकारों की मांग के लिए सामूहिक रैलियों और प्रदर्शनों का भी आयोजन किया।
- बढ़ते नक्सली आंदोलन के जवाब में, बिहार सरकार ने राज्य में वामपंथी कार्यकर्ताओं और संगठनों पर कार्रवाई शुरू की।
- पुलिस ने नक्सली होने के संदेह में हजारों लोगों को गिरफ्तार किया, और सरकार ने आंदोलन को दबाने के उद्देश्य से कई प्रयास किया, पर असफल रहे।
- भारतीय कम्युनिस्ट पार्टी (कम्युनिस्ट पार्टी ऑफ़ इंडिया) के अलावा, अन्य समूह भी उभरे, जैसे कि पीपुल्स वार ग्रुप और माओवादी कम्युनिस्ट सेंटर।
- इन समूहों ने कई गतिविधियों को अंजाम दिया, जिसमें पुलिस और सरकारी अधिकारियों पर सशस्त्र हमले, जबरन वसूली और स्थानीय व्यवसायों और जमींदारों से "क्रांतिकारी कर" का संग्रह शामिल है।
- बिहार में नक्सली आंदोलन 2000 के दशक की शुरुआत में अपने चरम पर पहुंच गया, जब पीपुल्स वार ग्रुप और माओवादी कम्युनिस्ट सेंटर का विलय भारतीय कम्युनिस्ट पार्टी (माओवादी) (माओइस्ट), या सीपीआई (माओवादी) के रूप में हुआ।
- धीरे-धीरे भारतीय कम्युनिस्ट पार्टी (माओवादी) नक्सली आंदोलन में प्रमुख शक्ति बन गया, और सुरक्षा बलों और राजनेताओं पर कई बड़े-बड़े हमलों को अंजाम दिया।
- नक्सली आंदोलन मुख्य रूप से बिहार के दक्षिणी और पूर्वी क्षेत्रों में सक्रिय है, खासकर औरंगाबाद, गया, जमुई, लखीसराय, मुंगेर, बांका, बेगुसराय और रोहतास जिलों में।
- बिहार में नक्सली अपनी हिंसक रणनीति के लिए जाने जाते हैं, जिसमें पुलिस स्टेशनों, सरकारी भवनों और बुनियादी ढांचे पर हमला करना शामिल है।
- वह अपने कार्यों के वित्तपोषण के लिए जबरन वसूली और अपहरण में भी संलग्न हैं।

बिहार में नक्सलवाद द्वारा किए गए आक्रमण

- **गया लैंडमाइन ब्लास्ट (2002)**

  गया लैंडमाइन ब्लास्ट बिहार में नक्सलियों द्वारा किया गया एक बड़ा हमला था, जो 16 जुलाई, 2002 को हुआ था। इस हमले में यात्रा कर रहे एक पुलिस वाहन को निशाना बनाया गया था।
- **जहानाबाद जेल ब्रेक (2005)**

  13 नवंबर, 2005 को नक्सलियों ने बिहार की जहानाबाद जेल पर हमला किया और 300 से अधिक कैदियों को मुक्त कर दिया, जिनमें उनके कई साथी भी शामिल थे।
- **रोहतास (2007)**

  बिहार के रोहतास जिले में, नक्सलियों के एक समूह ने एक पुलिस स्टेशन और एक आउटपोस्ट पर समन्वित हमला करते हुए आक्रमण शुरू किया। इस हमले में पांच पुलिस अधिकारियों और तीन नागरिकों की मौत हो गई।
- **औरंगाबाद नरसंहार (2010)**

  औरंगाबाद नरसंहार बिहार में नक्सलियों द्वारा किया गया एक बड़ा हमला था जो 19 जुलाई, 2010 को हुआ था। इस हमले में ग्रैंड कॉर्ड लाइन के धनबाद-पटना खंड में एक पैसेंजर ट्रेन को निशाना बनाया गया था।
- **डुमरिआ (2021)**

  डुमरिआ, गया शहर के पास में तहसील है। नक्सलियों ने यहाँ पर लोगो को मारा था।

  ये हमले बिहार में नक्सली आंदोलन की निर्मम प्रकृति को प्रदर्शित करते हैं। इन हमलों से न केवल जान-माल का नुकसान हुआ है बल्कि बिहार के लोगों में भय और असुरक्षा की भावना भी पैदा हुई है।

नक्सलवाद को ख़त्म करने के लिए सरकार द्वारा उठाये गए कदम

बिहार सरकार ने नक्सली खतरे का मुकाबला करने के लिए कई कदम उठाए हैं, जो कि इस प्रकार है

- **सुरक्षा बलों की तैनाती**

  नक्सलवाद का मुकाबला करने के लिए बिहार सरकार द्वारा उठाए गए प्रमुख कदमों में से एक प्रभावित क्षेत्रों में सुरक्षा बलों की तैनाती है। राज्य सरकार ने नक्सल प्रभावित जिलों में नक्सल विरोधी अभियान चलाने के लिए केंद्रीय रिजर्व पुलिस बल और बिहार सैन्य पुलिस को तैनात किया है।
- **समर्पण और पुनर्वास नीति**

  बिहार सरकार ने सरकार के सामने आत्मसमर्पण करने वाले नक्सलियों के लिए समर्पण और पुनर्वास नीति भी बनाई है, यह नीति आत्मसमर्पण करने वाले नक्सलियों के समाज की मुख्य धारा में पुनर्वास और पुनएकीकरण का प्रावधान करती है।
- **अन्य राज्यों के साथ समन्वय**

  बिहार सरकार नक्सल खतरे का मुकाबला करने के लिए झारखंड और

छत्तीसगढ़ जैसे अन्य नक्सल प्रभावित राज्यों के साथ समन्वय कर रही है। सरकार इन राज्यों के सुरक्षा बलों के साथ खुफिया जानकारी साझा कर रही है और संयुक्त अभियान चला रही है।

- अधोसंरचना का विकास

  बिहार सरकार नक्सल प्रभावित क्षेत्रों में अधोसंरचना के विकास में निवेश करती रही है। सरकार कनेक्टिविटी में सुधार और क्षेत्र में आर्थिक विकास को बढ़ावा देने के लिए सड़कों, पुलों और अन्य बुनियादी सुविधाओं का निर्माण कर रही है।
- महिला सशक्तिकरण

  बिहार सरकार भी नक्सल प्रभावित क्षेत्रों में महिलाओं को सशक्त बनाने पर ध्यान केंद्रित कर रही है। सरकार महिलाओं को आत्मरक्षा और अन्य कौशल में प्रशिक्षण प्रदान कर रही है ताकि वे आत्मनिर्भर बन सकें और अपने समुदायों के विकास में योगदान कर सकें।
- समाज कल्याण कार्यक्रम

  बिहार सरकार भी नक्सलवाद के अंतर्निहित कारणों को दूर करने के लिए नक्सल प्रभावित क्षेत्रों में विभिन्न सामाजिक कल्याण कार्यक्रमों को लागू कर रही है। सरकार प्रभावित क्षेत्रों में लोगों को स्वास्थ्य, शिक्षा और पेयजल जैसी बुनियादी सुविधाएं प्रदान कर रही है।
- इंटेलिजेंस नेटवर्क

  बिहार सरकार नक्सलियों की गतिविधियों की जानकारी जुटाने के लिए अपने इंटेलिजेंस नेटवर्क को बेहतर बनाने पर काम कर रही है। सरकार ने नक्सल गतिविधियों पर नजर रखने और किसी भी अप्रिय घटना को रोकने के लिए जिला और राज्य स्तर पर खुफिया प्रकोष्ठों की स्थापना की है।
- अवैध गतिविधि रोकथाम अधिनियम, 1967

  अवैध गतिविधि रोकथाम अधिनियम, 1967 में संशोधन किया गया था जिसके तहत सरकार ने 2004 में सभी संबद्ध संगठनों के साथ संघ कम्युनिस्ट पार्टी ऑफ इंडिया (मार्क्सवादी-लेनिनवादी), पीपल्स वार और माओवादी कम्युनिस्ट सेंटर संगठनों को निषेधित कर दिया गया था।
- बैठक समूह

  गृह मंत्री और चुनिंदा मुख्यमंत्रियों के नेतृत्व में नक्सलवाद समस्या का विरोध करने के लिए सरकार ने 'मंत्रियों के सशक्तिकरण समूह' का गठन किया गया था। इस समूह का मुख्य कार्य नक्सलवाद से जुड़े मुद्दे को साझा करता था।
- शांतिपूर्ण बातचीत

  सरकार द्वारा नक्सलियों के साथ शांतिपूर्ण ढंग से मुद्दे को हल करने के लिए बातचीत भी किया है, लेकिन ये प्रयास काफी हद तक असफल रहे हैं। नक्सली आंदोलन बिहार में कानून और व्यवस्था की स्थिति के लिए एक महत्वपूर्ण चुनौती बना हुआ है। सरकार नक्सली खतरे का मुकाबला करने के लिए विभिन्न उपाय कर रही है।

पृथक बिहार आन्दोलन (राज्य का विभाजन, विभाजन का प्रभाव, विशेष राज्य के दर्जे की माँग, विशेष पैकेज, 2015):

बिहार और बंगाल

- ब्रिटिश शासन के अन्तरगत बिहार बंगाल प्रांत का ही भाग था।
- आधुनिक बिहार का इतिहास डॉ. सच्चिदानन्द सिन्हा से शुरू होता है क्योंकि राजनीतिक स्तर पर सबसे पहले बिहार राज्य के लिए नवजागरण का शंखनाद उन्होने ही किया था।
- डॉ. सिन्हा की इस मुहिम में महेश नारायण, अनुग्रह नारायण सिन्हा, नन्दकिशोर लाल, राय बहादुर, कृष्ण सहाय जैसे कुछ लोग ही शामिल थे।
- डॉ. सिन्हा ने 1894 ई. में अपने सहयोगियों के साथ "द बिहार टाइम्स" अंग्रेजी साप्ताहिक का प्रकाशन शुरू करके बिहार अलग राज्य के पक्ष में जनमत तैयार करने की मुहिम शुरू की। कुछ वर्षों बाद "बिहार क्रानिकल्स" भी अलग बिहार राज्य की मुहिम का समर्थन करने लगा।
- 1907 ई. में महेश नारायण की मृत्यु के बाद डॉ. सिन्हा अकेले हो गए लेकिन उन्होंने अपनी मुहिम जारी रखी।
- 1908 ई. में कांग्रेस ने अपने प्रांतीय अधिवेशन में बिहार को अलग प्रांत बनाए जाने का समर्थन किया था।
- 1908 ई. में कांग्रेस ने अलग बिहार राज्य के लिए एक कमेटी का निर्माण किया जिसके अध्यक्ष दरभंगा के महाराजा रामेश्वर सिंह और अली इमाम को उपाध्यक्ष बनाया गया था।
- 1911 ई. में सर अली इमाम से मिलकर उन्होंने केन्द्रीय विधान परिषद में बिहार के मामले का समर्थन किया।
- ब्रिटिश सरकार ने 12 दिसंबर 1911 ई. को बिहार और उड़ीसा के लिए एक लेफ्टिनेंट गवर्नर इन कौंसिल की घोषणा की।
- अंतत: 12 मार्च 1912 ई. को बिहार को अलग राज्य के रूप में स्थापित हुआ और पटना को राजधानी घोषित की गयी।

बिहार और ओडिसा

- बिहार और ओडिसा प्राचीन ब्रिटिश भारत के एक प्रांत थे।
- प्रांत के अंतर्गत बिहार, झारखंड और ओडिसा के कुछ हिस्से शामिल थे।
- 18वीं और 19वीं सदी में इस क्षेत्र पर ब्रिटिश सत्ता कब्जा कर गए थे जबकि बंगाल प्रेसिडेंसी के रूप में यह भारत का सबसे बड़ा ब्रिटिश प्रांत था।
- 1 अप्रैल 1936 ई. को बिहार और ओडिसा का विभाजन हो गया था और दोनों प्रांतों को अलग-अलग राज्य का दर्जा दिया गया था।
- 1956 ई. में भारत के पुनर्गठन के कारण 1 नवंबर 1956 को बिहार का स्वरूप फिर से बदल गया। बिहार के पुरुलिया और किशनगंज क्षेत्रों को बिहार से अलग कर बंगाल प्रांत में मिला दिया गया।
- 1956 ई. से लंबे समय तक बिहार एक प्रांत के रूप में विख्यात रहा और बिहार में चार मंडल यानी पटना तिरहुत, भागलपुर, छोटानागपुर और 17 जिले थे।
- 1972-73 ई. में बिहार राज्य का पुनर्गठन किया गया। इस पुनर्गठन के बाद बिहार में पांच मंडल और 33 जिले बन गए।
- पुन: 1977-78 ई. में बिहार राज्य का पुनर्गठन किया गया। इस पुनर्गठन के बाद बिहार में 13 मंडल और 54 जिले बने।

बिहार और झारखंड

- 1938 ई. में जयपाल सिंह जो भारतीय हॉकी खिलाड़ी थे और जिन्होंने भारतीय हॉकी टीम के कप्तान का भी दायित्व निभाया था ने पहली बार बिहार के दक्षिणी जिलों को मिलाकर एक अलग राज्य झारखंड राज्य बनाने का विचार प्रस्तुत किया था।
- 1949 ई. में जयपाल सिंह ज्वारा झारखंड पार्टी का गठन किया गया।
- 1955 ई. में झारखंड पार्टी द्वारा बिहार से अलग एक नये राज्य झारखंड राज्य के लिए राज्य पुनर्गठन आयोग को एक ज्ञापन सौंपा था।
- 1972 ई. में बिनोद बिहारी महतो, शिबू सोरेन और ए.क. रॉय द्वारा झारखंड मुक्ति मोर्चा का गठन भी बिहार के बटंवारे के लिए किया गया था।
- 1988 ई. में डॉ. बीपी केशरी द्वारा झारखंड राज्य बनाने के लिए ज्ञापन सौंपा गया था।

- 1989 ई. में बिहार विभाजन और झारखंड राज्य मामले पर एक समिति का गठन किया गया।
- 1994 ई. में झारखंड क्षेत्र स्वासत्त परिषद विधेयक को बिहार विधनसभा में पारित किया गया था।
- 1998 ई. में ऑल पार्टी सेपरेट स्टेट फॉर्मेशन कमेटी का गठन किया गया और बिहार से पृथक राज्य के लिए वार्टिंग की गयी।
- 2000 ई. में बिहार पुनर्गठन बिल के पास होने के बाद बिहार राज्य का विभाजन बिहार और झारखंड नामक दो राज्यों में की गयी थी।

बिहार राज्य के विभाजन का प्रभाव

- बिहार राज्य के विभाजन के बाद करीब 67 प्रतिशत राजस्व स्रोत झारखंड में चले गये थे जबकि बिहार में 33 प्रतिशत स्रोत ही बचे थे।
- बिहार राज्य के विभाजन के बाद करीब 65 प्रतिशत जनसंख्या बिहार में और 35 प्रतिशत जनसंख्या झारखंड में गयी।
- बिहार एक कृषि आधारित अर्थव्यवस्था बन गया और बिहार में कही बाढ़ और कहीं सूखे का प्रभाव बढ़ गया।
- विभाजन के बाद बिहार में राजस्व स्रोत सीमित हो गये।
- राजनीतिक प्रभाव: बिहार राज्य के विभाजन के महत्वपूर्ण राजनीतिक प्रभाव थे। इसने एक नए राज्य, झारखंड के गठन का नेतृत्व किया, जो अपनी खुद की विधायिका और सरकार के साथ एक नई राजनीतिक इकाई बन गया। विभाजन के कारण बिहार में सत्ता की गतिशीलता में भी बदलाव आया, क्योंकि राज्य ने अपने कुछ खनिज-समृद्ध क्षेत्रों को खो दिया, जो इसकी अर्थव्यवस्था के लिए महत्वपूर्ण थे।
- आर्थिक प्रभाव: विभाजन का बिहार की अर्थव्यवस्था पर भी महत्वपूर्ण प्रभाव पड़ा। राज्य ने अपने कुछ खनिज समृद्ध क्षेत्रों को खो दिया, जैसे कि जमशेदपुर, जो एक प्रमुख औद्योगिक केंद्र था। इससे बिहार की अर्थव्यवस्था और जीडीपी में गिरावट आई। हालाँकि, राज्य ने तब से अपने कृषि और सेवा क्षेत्रों में सुधार पर ध्यान केंद्रित किया है, जिसके कारण इसकी आर्थिक वृद्धि हुई है।
- सामाजिक प्रभाव: द्विभाजन के सामाजिक निहितार्थ भी थे। राज्य के विभाजन ने उन समुदायों को अलग कर दिया जो पीढ़ियों से एक साथ रहते थे, जैसे कि मुंडा और हो जनजाति। इसने झारखंड के गठन के शुरुआती वर्षों में कुछ सामाजिक तनाव और संघर्षों को जन्म दिया। हालांकि, समय के साथ दोनों राज्यों ने एक बेहतर समझ विकसित की है और शांतिपूर्ण संबंध बनाए रखने की दिशा में काम किया है।
- प्रशासनिक प्रभाव: द्विभाजन के कारण दो नई प्रशासनिक इकाइयों का निर्माण हुआ। इसके लिए झारखंड उच्च न्यायालय जैसे नए संस्थानों की स्थापना और एक नए प्रशासनिक ढांचे के निर्माण की आवश्यकता थी। इसके कारण कुछ प्रारंभिक चुनौतियाँ सामने आईं, जैसे कि नई प्रशासनिक संरचनाएँ और प्रणालियाँ स्थापित करने की आवश्यकता।
- संक्षेप में, बिहार राज्य के विभाजन का राज्य और इसके लोगों पर सकारात्मक और नकारात्मक दोनों प्रभाव पड़ा। हालांकि, लंबी अवधि में इसने बिहार को अपनी विकास जरूरतों पर ध्यान केंद्रित करने और अपने शासन और प्रशासन में सुधार करने की अनुमति दी है।

विशेष राज्य के दर्जे की माँग

- बिहार के लिए विशेष दर्जे की मांग इस तर्क पर आधारित है कि भारत के सबसे गरीब राज्यों में से एक बिहार को अपनी विकासात्मक जरूरतों को पूरा करने के लिए केंद्र सरकार से विशेष ध्यान और सहायता की आवश्यकता है।
- बिहार में उच्च गरीबी दर, कम साक्षरता दर और अपर्याप्त बुनियादी ढांचा है, और यह स्वास्थ्य, शिक्षा, रोजगार और कृषि जैसे क्षेत्रों में महत्वपूर्ण चुनौतियों का सामना करता है।
- निवेश और बुनियादी ढांचे के मामले में राज्य को ऐतिहासिक रूप से उपेक्षित किया गया है, और इसके कारण आर्थिक विकास और विकास में कमी आई है।
- सत्तारूढ़ जनता दल (यूनाइटेड) और विपक्षी राष्ट्रीय जनता दल सहित विभिन्न राजनीतिक दलों द्वारा बिहार के लिए विशेष दर्जे की मांग उठाई गई है। यह मांग इस तथ्य पर आधारित है कि बिहार योजना आयोग के दिशा-निर्देशों के तहत विशेष दर्जे के मानदंडों को पूरा करता है, जिसमें निम्न प्रति व्यक्ति आय, उच्च गरीबी दर, कम मानव विकास सूचकांक और अपर्याप्त बुनियादी ढांचा शामिल हैं।
- यदि विशेष दर्जा दिया जाता है, तो बिहार को केंद्र सरकार से अतिरिक्त वित्तीय सहायता और अन्य लाभ प्राप्त होंगे, जो राज्य की विकास संबंधी कुछ चुनौतियों का समाधान करने में मदद कर सकते हैं।
- विशेष दर्जा देने का निर्णय अंततः केंद्र सरकार पर निर्भर है।

विशेष पैकेज, 2015

- बिहार के लिए विशेष पैकेज की घोषणा केंद्र सरकार ने अगस्त 2015 में राज्य के आर्थिक विकास में तेजी लाने और इसके बुनियादी ढांचे की कमी को दूर करने के उद्देश्य से की थी।
- पैकेज की घोषणा भारत के प्रधान मंत्री श्री नरेंद्र मोदी ने राज्य की अपनी यात्रा के दौरान की थी।
- पैकेज रुपये 1.25003 लाख करोड़ ($20 बिलियन) का था और इसका उद्देश्य राज्य के बुनियादी ढांचे, कृषि, शिक्षा और स्वास्थ्य क्षेत्रों को बढ़ावा देना था। पैकेज की कुछ प्रमुख विशेषताओं में शामिल हैं:

क्र. सं.	मंत्रालय/विभाग का नाम	प्रधानमंत्री विशेष पैकेज बिहार 2015 की राशी प्रत्येक विभाग में
1	इलेक्ट्रॉनिक्स और सूचना प्रौद्योगिकी विभाग	449
2	मानव संसाधन विकास मंत्रालय	1000
3	पेट्रोलियम और प्राकृतिक गैस मंत्रालय	21476
4	कृषि, सहकारिता एवं किसान कल्याण विभाग	3094
5	सड़क परिवहन मंत्रालय 8 राजमार्ग	54703
6	ऊर्जा मंत्रालय	16130
7	कौशल विकास और उद्यमिता मंत्रालय	1550
8	स्वास्थ्य एवं परिवार कल्याण विभाग	1000
9	ग्रामीण विकास मंत्रालय	13820
10	रेल मंत्रालय	8870
11	नागरिक उड्डयन मंत्रालय	2700
	कुल	**125003**

- पैकेज की घोषणा को बिहार के सामने विकासात्मक चुनौतियों के समाधान की दिशा में एक महत्वपूर्ण कदम के रूप में देखा गया।
- पैकेज के कार्यान्वयन के संबंध में बहस और आलोचनाएँ हुई हैं, और कुछ राजनीतिक दलों ने तर्क दिया है कि पैकेज का प्रभावी ढंग से उपयोग नहीं किया गया है।

बिहार समसामयिकी

अप्रैल 2022

- बिहार विधान परिषद की 24 सीटों के लिए 4 अप्रैल 2022 को मतदान हुआ था।
- बिहार राज्य में सूचना आयुक्तों की नियुक्ति के लिए शपथ ग्रहण समारोह 4 अप्रैल, 2022 को हुआ, जिसमें राज्यपाल फागू चौहान ने फूल चंद्र चौधरी और त्रिपुरारी शरण को पद की शपथ दिलाई।
- नीति आयोग द्वारा प्रकाशित स्टेट एनर्जी एंड क्लाइमेट इंडेक्स राउंड-1 रिपोर्ट में बिहार ने उच्च प्रदर्शन वाले राज्यों की श्रेणी में शामिल होकर मान्यता (अचीवर) हासिल की है।
- सेंटर फॉर मॉनिटरिंग इंडियन इकोनामी (CMIE) द्वारा जारी बेरोजगारी दर रिपोर्ट 2022 के अनुसार बिहार की बेरोजगारी दर 14.4% है।
- 23 अप्रैल 2022 को बाबू कुवर सिंह की जयंती को 'विजयोत्सव' के रूप में मनाया गया।
- 21 अप्रैल 2022 को बिहार के लोहार जाति को अनुसूचित जाति से हटा दिया गया।
- 15 अप्रैल को बिहार के बेगूसराय जिले में 550 करोड़ की लागत से नवनिर्मित बॉटलिंग प्लांट का उद्घाटन हुआ है।
- 14 अप्रैल से शुरू होने वाले तीन दिवसीय वैशाली महोत्सव का उद्घाटन तार किशोर प्रसाद द्वारा किया गया।
- 13 अप्रैल को बिहार के मोहम्मद सुलेमान को आर्ट्स एक्सीलेंस अवार्ड से सम्मानित किया गया।
- 2 अप्रैल को अप्रैल को ग्लोरियस मिस इंडिया वर्ल्ड बिहार चैप्टर 2022 अवार्ड से मोनिका मेहता को सम्मानित किया गया।

मई 2022

- मुकुंद नारायण द्वारा निर्मित शॉर्ट फिल्म 'पाताल ती' ऑस्कर के लिए नॉमिनेट होने वाली है। मुकुंद नारायण बिहार के अलवर जिले से हैं।
- बोधगया में 21 मई, 2022 को खोला गया नया कोरियाई बौद्ध मंदिर बन्हवांग-सा है।
- बिहार के पर्यटन विभाग द्वारा 21-22 मई को शेरशाह सूरी महोत्सव का आयोजन किया गया था।
- इंदिरा गांधी आयुर्विज्ञान संस्थान (IGIMS) को राष्ट्रीय चिकित्सा आयोग (NMC) के क्षेत्रीय केंद्र के रूप में चिकित्सा शिक्षा प्रौद्योगिकी के लिए निर्दिष्ट किया गया है।
- केंद्र सरकार ने कृषि और अन्य सम्बंधित गतिविधियों पर जलवायु परिवर्तन के प्रभाव को कम करने के लिए बिहार में 10 जिलों का चयन किया है। यह 10 जिले दरभंगा, पूर्वी चंपारण, पश्चिमी चंपारण, सीवान, सहरसा, लखीसराय, किशनगंज, भागलपुर, नालंदा और सीतामढ़ी हैं।
- वीर कुंवर सिंह के विजयोत्सव के अवसर पर भोजपुर जिले के जगदीशपुर में 78,220 तिरंगे फहराकर विश्व रिकॉर्ड बनाया है।
- भागलपुर के आईआईआईटी और सिंगापुर स्थित शैक्षणिक संस्थान लिथॉन एडुक्लास के बीच गठजोड़ कराया जाएगा।
- बिहार सरकार ने एकीकृत स्वास्थ्य सूचना प्रणाली (IHIP) लॉन्च करके राज्य में बीमारियों की वास्तविक समय पर निगरानी करने का निर्णय लिया है। इस प्रणाली का उद्देश्य स्वास्थ्य सेवाओं को सुगम बनाना है जिससे समुचित समय पर बीमारियों का पता लगाकर उनका उपचार किया जा सके।
- बिहार का पहला कोल्ड स्टोरेज बख्तियारपुर में उद्घाटन किया गया है। इस सुविधा का उद्देश्य वैक्सीन, दवाएं और अन्य संबंधित उत्पादों को सुरक्षित रखकर लोगों को व्यापक रूप से उपलब्ध कराना है।
- चनपटिया इनोवेशन स्टार्टअप जोन, जो बिहार के बेतिया जिले में स्थित है, अब कपड़े, जूते, बांस और शिल्प उत्पादों के उत्पादन में सफलता प्राप्त करने के बाद ई-रिक्शा के रूप में एक नया आयाम जोड़ रहा है।
- बिहार सरकार ने राजगीर में स्थित 2,500 साल पुरानी 'साइक्लोपीन दीवार' को यूनेस्को की विरासत में शामिल करने के लिए नया प्रस्ताव भेजा है।
- बरौनी, बेगूसराय में औद्योगिक विकास केंद्र परिसर में उत्तर-पूर्व क्षेत्र के सबसे बड़े पेय बॉटलिंग संयंत्र का उद्घाटन माननीय मुख्यमंत्री नीतीश कुमार द्वारा किया गया।
- भागलपुर इंजीनियरिंग कॉलेज के छात्र एक विश्वसनीय सिफारिश ऐप विकसित कर रहे हैं। इस ऐप का उपयोग लोगों को चिकित्सा सेवाओं, रेस्तरां, पाठ्यक्रम और पर्यटन सम्बंधित सूचनाओं में मदद करने के लिए किया जा सकेगा।
- एक पाँच दिवसीय राष्ट्रीय कार्यशाला 'डेटा एनालिटिक्स यूजिंग पायथन' के शीर्षक से पटना में उद्घाटित की गई।
- एकीकृत स्वास्थ्य सूचना मंच (IHIP) को लॉन्च करके बिहार सरकार ने राज्य में बीमारियों की वास्तविक समय पर निगरानी करने का एक कदम उठाया है।
- बिहार शिक्षा परियोजना परिषद् के राज्य परियोजना निदेशक ने सभी को आदेश दिया है कि जिला शिक्षा अधिकारी अपनी पंचायतों में एक हाई स्कूल या प्लस टू को अधिसूचित करें, ताकि उसे कॉम्प्लेक्स रिसोर्स सेंटर बनाया जा सके।
- बिहार ने 12 मई 2022 को एक अंतरराष्ट्रीय निवेशक शिखर सम्मेलन आयोजित करके राज्य में अधिक अवसर और पूंजी लाने का निर्णय लिया है।

जून 2022

- बिहार सरकार ने 'बिहार स्वच्छ विद्यालय पुरस्कार 2021' के तहत पटना में 26 चयनित स्कूलों के प्रधानाध्यापकों को सम्मानित किया है। शेखपुरा जिले के चार सरकारी स्कूलों को 'फाइव स्टार' (उच्चतम रैंक) प्राप्त हुआ है।
- बिहार सरकार ने अब स्वीकृति और अस्वीकृति के लिए ऑड-ईवन का उपयोग करने की योजना बनाई है। इसके लिए राजस्व एवं भूमि सुधार विभाग नई व्यवस्था को लागू करने की तैयारी कर रहा है।
- बिहार के शहीदों को समर्पित, उनके गांवों में अमृत सरोवर बनाया जाएगा।
- गंभीर अपराधों में शामिल आरोपियों और शराब विक्रेताओं के खिलाफ कानूनी कार्रवाई के लिए 'ऑपरेशन प्रहार' आयोजित किया गया है। यह एक निष्ठावंत कार्रवाई है जो सभी नागरिकों के सुरक्षा के लिए अत्यंत महत्वपूर्ण है।
- पूर्वोत्तर रेलवे के मालदा मंडल में, रेलवे सुरक्षा बल द्वारा महिला सुरक्षा सुनिश्चित करने के लिए 'मेरी सहेली' और 'मतंगिनी' की महिला शाखा जल्द ही सक्रिय होगी। यह एक सकारात्मक पहल है जो महिलाओं की सुरक्षा को बढ़ावा देने के लिए किया गया है।
- मौर्य लोक कॉम्प्लेक्स और बोरिंग रोड चौराहे पर, रिवर्स वेंडिंग मशीन को स्थापित किया गया है। यह एक प्रगतिशील पहल है जो पटना शहर को स्वच्छता के प्रति जागरूक करने के लिए किया गया है।
- बिहार के विज्ञान और प्रौद्योगिकी विभाग ने सेवानिवृत्त आईटीआई शिक्षकों की मदद से पाठ्यक्रम डिजाइन, अनुसंधान, ऑनलाइन ई-सामग्री और

पठन सामग्री तैयार करने का निर्णय लिया है। इस पहल के माध्यम से, उन्होंने अपने दायित्वों को पूरा करते हुए सेवानिवृत्त शिक्षकों को भी सम्मिलित किया है।

- पटना, बिहार में देश का पहला शिल्प संग्रहालय बनाया जाएगा।
- मिताली एक्सप्रेस 1 जून से भारत और बांग्लादेश के बीच चलाई जाएगी।
- राजगीर (नीमा गांव) में फिल्म सिटी के लिए भूमि अधिग्रहण की पूर्ति हो चुकी है।
- बिहार में पटना से आरा-बक्सर-हरदोई-बलिया तक ग्रीन फील्ड कॉरिडोर बनाया जाएगा।
- सरकार ने गन्ने की खेती के तहत क्षेत्र बढ़ाने का फैसला लिया है, जो इथेनॉल उत्पादन में बढ़ती दिलचस्पी को देखते हुए किया गया है।
- बिहार के ऋतिक आनंद ने ब्राजील में चल रहे बधिर ओलंपिक में बैडमिंटन में स्वर्ण पदक जीता है।

जुलाई 2022

- कोबरा बटालियन, सीआरपीएफ द्वारा मुंगेर के खपरा पहाड़ी इलाके में ऑपरेशन शैडो के तहत एक ठिकाने का पर्दाफाश किया गया है और सीपीआई-माओवादी संगठन के हथियार बरामद किए गए हैं।
- पूर्णिया में दूसरा डोपलर रेडार के द्वारा सीमांचल क्षेत्र में मौसम परिवर्तन को लेकर भविष्यवाणी कर रहा है।
- सरकार फुलवरिया बांध (नवादा) और दुर्गावती बांध (कैमूर) में तैरते हुए सौर ऊर्जा संयंत्र स्थापित कर रही है।
- पटना के राजवंशी नगर में पुनाईचक पार्क में एक औषधीय पार्क विकसित किया जा रहा है।
- बिहार के राजगीर में पहला आईईडी मॉडल रूम बनाया गया है।
- पटना की कच्ची दरगाह से अनीसाबाद के बीच एक एलिवेटेड रोड का निर्माण होगा।
- नाबार्ड द्वारा खुरमा, तिलकुट और बालूशाही जैसी मिठाइयों के लिए जीएआई टैग प्राप्त करने की एक पहल शुरू की जाएगी।
- आपातकालीन प्रतिक्रिया सहायता प्रणाली 'डायल 112' का पटना से ट्रायल शुरू हो चुका है। इस प्रणाली में पुलिस, आग, एम्बुलेंस, दुर्घटना और यातायात से संबंधित सेवाएं प्रदान की जाएँगी।
- शराब के संदिग्ध स्थानों की निगरानी के लिए नेशनल इंस्टीट्यूट ऑफ स्मार्ट गवर्नमेंट (NASG), हैदराबाद की मदद से स्मार्ट ड्रोन कैमरे विकसित किए जा रहे हैं।
- पटना, भागलपुर, बिहारशरीफ और मुजफरपुर जैसे शहर अब स्मार्ट सिटी पुरस्कारों के लिए विचार किए जाने वाले 100 शहरों की सूची में शामिल हैं।
- बिहार में अब जन्मजात बीमारियों से पीड़ित बच्चों का पूरा इलाज आईजीआईएमएस पटना में होगा।
- बिहार सरकार ने बिहार औद्योगिक निवेश संवर्धन नीति (वस्त्र और चमड़ा)-2022 को 26 मई 2022 को मंजूरी दी गई है। इस नीति को 8 जून 2022 को लॉन्च किया गया है। सरकार कपड़ा और चमड़ा उद्योग में उद्यमियों और निवेशकों को 10 करोड़ रुपये तक का अनुदान प्रदान करेगी।
- उपमुख्यमंत्री तारकिशोर प्रसाद ने बिहार में ई-स्टोरेज के लिए वेब आधारित ऑनलाइन सॉफ्टवेयर लॉन्च किया है।
- बिहार में पश्चिम चंपारण में मेगा इंटीग्रेटेड टेक्सटाइल रीजन और एपैरल पार्क की स्थापना की जाएगी।
- केंद्रीय बिजली मंत्रालय और बिहार सरकार 25 जुलाई 2022 से 30 जुलाई 2022 तक सारे 38 जिलों में बिजली महोत्सव का आयोजन किया था।
- उद्योग मंत्री शाहनवाज हुसैन ने 29 जुलाई, 2022 को बिहार स्टार्टअप नीति-2022 के लिए एक पोर्टल लॉन्च किया। स्टार्टअप प्रोजेक्ट के लिए 10 वर्षों के लिए 10 लाख रुपये का ब्याज मुक्त बीज कोष उपलब्ध होगा।
- बड़े राज्यों में बिहार इकलौता ऐसा राज्य है जहां पिछले साल जीएसटी संग्रह में गिरावट दर्ज की गई थी। बिहार का जीएसटी संग्रह जुलाई 2022 में 1264 करोड़ रुपये की तुलना में जुलाई 2021 में 1281 करोड़ था। बिहार को 17 करोड़ या 1% का नुकसान हुआ।

अगस्त 2022

- बिहार विद्यापीठ में आयोजित एक कार्यक्रम में डॉ अजय कुमार को सम्मानित किया गया है। उनकी कंपनी 'कॉग्रोस्मेड लेबोरेटरीज प्राइवेट लिमिटेड' ने इंडिया बिजनेस समिट, मुंबई में 'स्टार्टअप ऑफ द ईयर अवार्ड' जीता।
- केंद्रीय गृह मंत्रालय के निर्देशों पर नए सिरे से एंटी नारकोटिक्स टास्क फोर्स का गठन किया गया है। यह आर्थिक अपराध इकाई (ईओयू) के एडीजी या आईजी के नेतृत्व में काम करेगा।
- बिहार को राष्ट्रीय एमएसएमई पुरस्कार 2022 में दूसरा पुरस्कार मिला जिसमें उसके मध्यम से एमएसएमई क्षेत्र में उत्कृष्ट योगदान का सम्मान किया गया।
- बिहार स्वास्थ्य विज्ञान (चिकित्सा विश्वविद्यालय) के पहले कुलपति के रूप में डॉ. सुरेंद्रनाथ सिन्हा को नियुक्त किया गया है।
- फ्लिपकार्ट ने बिहार राज्य कौशल विकास मिशन के साथ एक समझौता ज्ञापन पर हस्ताक्षर करके राज्य में परियोजनाओं की शुरुआत करने का फैसला लिया है।
- शहरी मामलों और आवास मंत्रालय (एमओएचयूए) ने सोनचिरैया ब्रांड को लॉन्च किया है, जो शहरी स्वयं सहायता समूहों (एसएचजी) द्वारा उत्पादित उत्पादों के विपणन के लिए है। इस ब्रांड के तहत उत्पाद फ्लिपकार्ट और अमेजन जैसी ई-कॉमर्स वेबसाइट्स पर उपलब्ध हैं।
- आईआईटी पटना ने अपने 'प्लाज्मा स्प्रे कोटिंग लैब' में ग्रेफाइट से ग्रेफीन निकालने के लिए नई तकनीक का विकास किया है
- स्टार्टअप्स की रैंकिंग के अनुसार बिहार का माहौल नए प्रकार के दृश्यों के लिए अनुकूल हो रहा है। रैंकिंग के अनुसार, बिहार, मिजोरम और मैसेज को 'इमर्जिंग सिलिअस इकोसिस्टम स्टेट्स' की श्रेणी में शामिल किया गया। बिहार को पूरे देश में एमएसएमई सेक्टर में दूसरा स्थान मिला है।
- मुख्यमंत्री नीतीश कुमार ने एम्बुलेंस, फायर ब्रिगेड एवं पुलिस की आपातकालीन सहायता के लिए 'डायल 112 सेवा' का उद्घाटन किया।
- एनआईटी पटना ने 'बैच लो फोटो रिएक्टर' पर शोध पूरा किया जो दवाओं और उर्वरकों के उत्पादन के लिए आवश्यक रासायनिक प्रतिक्रिया की गति को बढ़ा दिया है।
- बिहार के चीनी मिलों में महाराष्ट्र की तकनीक (महाराष्ट्र मॉडल) लागू होगा।
- इ-कॉमर्स कंपनी फ्लिपकार्ट ने राज्य में परियोजनाओं को शुरू करने के लिए बिहार राज्य कौशल विकास मिशन के साथ, समझौता ज्ञापन (मेमोरेंडम ऑफ़ अंडरस्टैंडिंग) (एमओयू) पर हस्ताक्षर किए हैं।
- बिहार स्वास्थ्य विज्ञान (चिकित्सा विश्वविद्यालय) ने डॉ. सुरेंद्रनाथ सिन्हा को पहला कुलपति नियुक्त किया गया है।

सितंबर 2022

- बिहार के निवासी बलराज अर्पित ने सौर ऊर्जा (सोलर एनर्जी) से चलने वाला स्मार्ट सीवरेज डिवाइस को बनाया है।
- बिहार के 11 जिलों में से 64 आर्द्रभूमियों की पहचान की जा रही है जिनमें से हर एक क्षेत्र का आकार 100 हेक्टेयर से भी अधिक है, जो पर्यटन स्थलों के रूप में विकसित किया जाएगा। इन आर्द्रभूमियों के स्थान इस प्रकार हैं - वैशाली, सारण, सीवान, पूर्वी चंपारण, मुजफ्फरपुर, बेगूसराय, समस्तीपुर, दरभंगा, कटिहार, भोजपुर और बक्सर।
- पटना के रहने वाले डॉ. सुदीप शेखर बायोमेडिकल सेंसर ग्लोबल शिमट

साइंस पॉलीमैथ्स 2022 पुरस्कार से सम्मानित किया गया। इस पुरस्कार को प्राप्त करने वाले डॉ. सुदीप शेखर भारतीय मूल के प्रथम कनाडाई प्रोफेसर है।

- लंगट सिंह कॉलेज, मुजफ्फरपुर खगोलीय वेधशाला यूनेस्को की सूची में शामिल किया गया है।
- बिहार में 15 उत्पाद और "लोगों" को जीआई टैग प्राप्त हैं। इनमें शाही लीची, भागलपुरी जरदालु आम, कतरनी चावल और मगही पान (बीटल लीव) शामिल हैं। मखाना भौगोलिक संकेत (जीआई) टैग से भी सम्मानित किया गया है।
- मुख्यमंत्री नीतीश कुमार ने हालि में "सोने का हाथ" पुस्तक का विमोचन किया।
- मुख्यमंत्री ने बिहार विधानसभा (बीएलसी) के स्मृति स्तंभ (स्मारक स्तंभ) का उद्घाटन किया।
- अतुल प्रसाद को बिहार लोक सेवा आयोग के नए अध्यक्ष के रूप में नियुक्त किया गया है।
- भागलपुर की विशेष सेंट्रल जेल में बंद कैदियों ने औषधीय पौधों की छोटी-छोटी क्यारियों को बगीचों के रूप में बदल दिया है।
- आदिवासियों ने बगहा बिहार में 48 घंटे का हरित लॉकडाउन लगाया।
- "बिजली महोत्सव" के ग्रैंड फिनाले में बिहार राज्य के पाँच जिलों का हिस्सा होगा। ये पाँच जिले हैं पटना, भोजपुर, नालंदा, सुपौल और मुजफ्फरपुर।
- एक योजना है कि पटना म्यूजियम और बिहार म्यूजियम को एक अंडरग्राउंड टनल से जोड़ा जाए।
- जनता दल (यूनाइटेड) (जेडीयू) अब मणिपुर में एक मान्यता प्राप्त राज्य पार्टी है, जो बिहार और अरुणाचल प्रदेश में एक मान्यता प्राप्त पार्टी के रूप में अपनी मौजूदा स्थिति को जोड़ती है।
- ग्रामीण सौर प्रकाश योजना, 15 सितंबर, 2022 ऊर्जा विभाग एवं पंचायती राज विभाग के द्वारा लांच किया गया था। इस योजना का बजट 2000 करोड़ रुपये है ।
- मखाना प्रोसेसिंग यूनिट का उद्घाटन 8 सितंबर, 2022 राजपुर (मधेपुरा) में हुआ था।
- 19 सितंबर 2022 को एनआईटी पटना में श्री रविशंकर प्रसाद (पूर्व आईटी मंत्री) द्वारा उत्कृष्टता केंद्र का उद्घाटन किया गया था।
- फाल्गु रबर बांध (गया) का उद्घाटन -8 सितंबर, 2022 को किया गया। फाल्गु रबर बांध बिहार का पहला और भारत का सबसे बड़ा रबर बांध है। इस बांध को बनाने के लिए तकनीकी सलाहकार आईआईटी रुड़की ने करी है।

अक्टूबर 2022

- बिहार विधान परिषद के बारहवे अध्यक्ष देवेश चंद्र ठाकुर है। देवेश चंद्र ठाकुर जनता दाल (यूनाइटेड) पार्टी से जुड़े हुए है।
- आउटलुक ट्रैवलर अवार्ड 2022 नई दिल्ली में आउटलुक ग्रुप द्वारा आयोजित किया गया था। आध्यात्मिक गंतव्य श्रेणी में सर्वश्रेष्ठ स्थान बोध गया को मिला है।
- बिहार के दो शिक्षकों को राष्ट्रीय शिक्षक पुरस्कार द्वारा सम्मानित किया गया है। निशि कुमारी पटना जिले से है और सौरव सुमन सुपौल से है।
- प्रीतम कुमार को डिप्टी सीएम तेजस्वी यादव के निजी सचिव नियुक्त किया गया है।
- अवध बिहारी चौधरी जो कि राष्ट्रीय जनता दल, बिहार विधान सभा के नए अध्यक्ष के रूप में नियुक्त किया गया है।
- सरस मेला का आयोजन ज्ञान भवन, पटना में किया गया है। यह मेला बिहार ग्रामीण आजीविका संवर्धन समिति, जीविका, ग्रामीण विकास विभाग द्वारा आयोजित किया गया है।
- 48 वीं राष्ट्रीय जूनियर बालिका कबड्डी चैम्पियनशिप का आयोजन पाटलिपुत्र स्पोर्ट्स कॉम्प्लेक्स, पटना में हुआ था। चैम्पियनशिप के विजेता हरियाणा राज्य है एवम उपविजेता बिहार राज्य है।
- ज्योतिर्लिंग दर्शन ट्रेन की यात्रा दरभंगा से शुरू होती है और तीर्थ यात्रियों को लेने के लिए मुज़फ्फरपुर और पाटलिपुत्रा जंक्शन पर ठहरती है। ट्रेन में ज्योतिर्लिंग स्थलों का दौरा किया जाता है, जैसे महाकालेश्वर और ओंकारेश्वर ज्योतिर्लिंग, श्री नागेश्वर ज्योतिर्लिंग और श्री द्वारकाधीश मंदिर, सोमनाथ ज्योतिर्लिंग, शिरडी, श्री त्र्यंबकेश्वर एवं शान ज्योतिर्लिंग शामिल है।
- बिहार में 6 चिकित्सा अपशिष्ट संयंत्रों स्थापित किए जायेंगे। वर्तमान में 4 संस्था है, जो कि पटना, मुजफ्फरपुर गया और भागलपुर जिले में है।
- पुलिस विभाग के भीतर स्वच्छता और नैतिक व्यवहार को बढ़ावा देने के लिए "ऑपरेशन क्लीन अप" नामक एक अभियान शुरू किया गया है।
- इस पहल के हिस्से के रूप में, संदिग्ध आचरण के इतिहास वाले अधिकारियों और कर्मियों को तेजी से नए प्रशासनिक पदों पर स्थानांतरित किया जाएगा।
- बिहार देश का पहला राज्य बन गया है जिसने गाँवों और कस्बों के मानचित्रों को ऑनलाइन ऑर्डर करने की प्रणाली को लागू किया है।
- दूसरा पूर्वी भारत शिखर सम्मेलन, होटल मौर्य, पटना में उद्योग परिसंघ (सीआईआई) में आयोजित किया गया है।
- भागलपुर जिले में नई प्रयोगशाला खोली गई, यह प्रयोगशाला तालाब के पानी की जांच के लिए नोडल लैब है।
- बिहार के पुरातत्व एटलस को केंद्रीय संस्कृति सचिव गोविंद मोहन के द्वारा प्रक्षेपण किया गया है।
- राजेश कुमार को साहित्य कला परिषद, दिल्ली के द्वारा मोहन राकेश पुरस्कार से सम्मानित किया गया है। राजेश कुमार बिहार के भागलपुर जिले के निवासी है।
- बिहार स्टेट इंस्टीट्यूट ऑफ मानसिक स्वास्थ्य एंड संबद्ध विज्ञान संस्थान का उद्घाटन बिहार के आरा जिले के कोइलवर में किया गया।
- बिहार में एक नई सेवा की शुरुआत की गई है जिसके द्वारा सरकार बिहार के लोगों को जमीन-फ्लैट के दस्तावेजों का निबंधन करवाने में मदद कर रही है। लोगों को रजिस्ट्री कार्यालय तक जाने के लिए रजिस्ट्री शटल वाहन सेवा का उपयोग करने की सुविधा है जो मधुबनी छोड़कर, सभी जिलों में उपलब्ध है।
- ई-कचरा प्रबंधन पर संगोष्ठी का आयोजन श्री अरविंद महिला कॉलेज, पटना में किया गया था।
- 13 अक्टूबर, 2022 को बिहार कैबिनेट की बैठक में मुख्यमंत्री श्री नीतीश कुमार की अध्यक्षता वाली कैबिनेट ने कुल 21 एजेंडों पर अपनी मंजूरी दे दी। इसमें से एक एजेंडा था कि बिहार के 11 जिलों को सूखाग्रस्त घोषित किया जाए। यह परिवर्तन प्रभावित क्षेत्रों के लिए जल्द से जल्द आवश्यक मदद और सहायता प्रदान करने में मददगार साबित होगा।
- 21 अक्टूबर, 2022 को बिहार में मुख्यमंत्री डिजिटल हेल्थ योजना का शुभारंभ किया गया। यह देश में इस तरह की प्रथम योजना है।
- 30 अक्टूबर, 2022 को बिहार में सामाजिक न्याय और समाज कल्याण विभाग द्वारा 'लक्ष्मीबाई सोशल सिक्योरिटी योजना' को शुरू करने का फैसला किया गया है। इस योजना के माध्यम से विधवाओं के आर्थिक संकट को कम किया जाएगा।
- माननीय मुख्यमंत्री नीतीश कुमार द्वारा रबी महाभियान 2022 का शुभारम्भ 19 अक्टूबर, 2022 को किया गया।
- बिहार सरकार ने 19 अक्टूबर, 2022 को वरिष्ठ जनता दल (यूनाइटेड) के नेता डॉ नवीन चंद्र आर्य को अति पिछड़ा वर्ग आयोग के अध्यक्ष के रूप में नामित किया। आयोग की प्राथमिक जिम्मेदारी नागरिक चुनावों में सबसे पिछड़े वर्गों के लिए आरक्षण का सुझाव देना है।

नवंबर 2022

- डिजिटल बैंकिंग इकाइयां (डीबीयू) का उद्घाटन पटना के राघोपुर (बिहटा) में किया गया। डीबीयू का पूरा नाम जन स्माल फाइनेंस बैंक है।
- सिमुलतला आवासीय विद्यालय (जमुई) ने देश के सभी सरकारी आवासीय विद्यालयों में दूसरा स्थान प्राप्त किया। यह रैंकिंग एजुकेशन वर्ल्ड द्वारा जारी किया गया।
- जय प्रकाश नारायण की 14 फ़ीट प्रतिमा का अनावरण सारण में किया गया।
- पटना की कृति राज सिंह ने 27 नवंबर, 2022 से 04 दिसंबर, 2022 तक न्यूजीलैंड में आयोजित सब जूनियर कॉमनवेल्थ पावर लिफ्टिंग प्रतियोगिता में कुल 6 स्वर्ण पदक जीते हैं।
- भारत के चुनाव आयोग ने प्रसिद्ध अभिनेता पंकज त्रिपाठी की मुख्य भूमिका वाली 'मटडेटा जंक्शन' (वेब श्रृंखला) नामक एक अनूठा कार्यक्रम शुरू करने के लिए ऑल इंडिया रेडियो (प्रसार भारती) के साथ सहयोग किया है। कार्यक्रम का प्रसारण आकाशवाणी रेडियो चैनलों पर 23 विभिन्न भाषाओं में किया जाएगा।
- प्रज्ञाल पांडेय जो कि सिवान के मूल निवासी हैं। में ब्रिटेन के भारतीय मूल के नवनिर्वाचित प्रधानमंत्री ऋषि सुनक ने उन्हें अपनी कैंपेनिंग टीम में शामिल किया हैं।
- बिहार राज्य के मुख्यमंत्री श्री नीतीश कुमार द्वारा अध्यक्षता में हुई कैबिनेट की बैठक में कुल 21 प्रस्तावों को राज्य सरकार द्वारा मंजूरी दी गई थी। इसमें उद्योग विभाग के अंतर्गत बिहार औद्योगिक निवेश प्रोत्साहन नीति, 2016 (संशोधित 2020) को भी स्वीकृति दी गई।
- विश्व वायु गुणवत्ता सूचकांक (एक्यूआई) की रिपोर्ट जारी की गई है जिसके अनुसार एशिया के 10 सबसे प्रदूषित शहरों की सूची में 8 भारत के हैं और उन 8 शहरों में 3 शहर बिहार के शामिल हैं। ये तीन शहर मुजफ्फरपुर, छपरा और आनंदपुर हैं।
- प्रधानमंत्री गति शक्ति योजना के तहत माल ढुलाई के लिए सुविधाओं को अखंडता के रूप में संचालित करने के लिए सोनपुर रेल मंडल में दो गुड्स (कार्गो) टर्मिनल का उद्घाटन किया जा रहा है। इस सुविधा को खोलने के मुख्य उद्देश्य सम्बंधित उपक्रमों के प्रासंगिक अभिलेखों का संचालन और व्यावसायिक अनुपालन को बेहतर बनाना है। सोनपुर एक उपमंडल है जो बिहार राज्य के सारण जिले में स्थित है।
- अमेरिका की स्टैनफोर्ड यूनिवर्सिटी ने विश्व भर में शीर्ष दो प्रतिशत वैज्ञानिकों की सूची जारी की है। इस सूची में आईआईटी पटना के निदेशक और 12 प्रोफेसर शामिल हैं। इसमें से 11 प्रोफेसर पिछले वर्ष भी दुनिया के शीर्ष दो प्रतिशत वैज्ञानिकों की सूची में शामिल थे।
- इंदौर में सम्पन्न हुई दूसरी राष्ट्रीय पिकलबॉल चैंपियनशिप में बिहार ने कुल 6 पदक जीते। इन 6 पदकों में 2 स्वर्ण, 2 रजत और 2 कांस्य पदक थे।
- अंतरराष्ट्रीय संगठन नाइट फ्रेंक इंडिया ने 'इंडिया वेयरहाउसिंग मार्केट रिपोर्ट 2022' जारी की है। इस रिपोर्ट के अनुसार, वित्तीय वर्ष 2022 में प्रदेश की राजधानी पटना ने इस क्षेत्र में 309 प्रतिशत की विकास दर हासिल की है।
- बिलासपुर, छत्तीसगढ़ में चल रही दूसरी ओपन अंडर-23 एथलेटिक्स चैंपियनशिप में बिहार की अंजनी कुमारी ने जैबलिन थ्रो प्रतियोगिता में रजत पदक जीता है।
- मुख्यमंत्री ने राज्य में सात निश्रय योजना-2 के अंतर्गत प्रत्येक 8 से 10 पंचायतों के लिए एक पशु अस्पताल बनाने का निर्णय लिया है। इससे पशुओं को स्वस्थ रखने में मदद मिलेगी और किसी भी स्वास्थ्य संबंधी समस्या से बचाया जा सकेगा। इससे आम लोगों के साथ-साथ पशुओं के स्वास्थ्य पर भी ध्यान दिया जाए।
- गुवाहाटी में 12 से 15 नवंबर, 2022 तक आयोजित 37 वीं राष्ट्रीय जूनियर एथलेटिक्स प्रतियोगिता - 2022 में असम के राज्य के एथलीटों ने कुल 8 पदक जीते हैं। इस राष्ट्रीय प्रतियोगिता में बिहार को 8 पदकों में से 4 पदक रोहतास के एथलीटों ने जीते हैं।
- बिहार के भागलपुर जिले में स्थित एनटीपीसी लिमिटेड के कहलगांव बिजली संयंत्र को "स्वर्ण शक्ति अवार्ड" कार्यक्रम के दौरान सुरक्षा श्रेणी (ओ एंड एम) में रखा गया है। यह कार्यक्रम "स्वर्ण शक्ति" सम्मान से पुरस्कृत हुआ है क्योंकि इसने उत्कृष्ट कार्य किया है।
- रामायण रिसर्च काउंसिल के निर्देशन में, माता सीता का जन्मस्थान बिहार के सीतामढ़ी में है और वहां उनकी 251 फीट ऊंची प्रतिमा स्थापित की जाएगी।
- भारतीय अंतर्राष्ट्रीय व्यापार मेले का 41वां संस्करण विगत 27 नवंबर, 2022 को समाप्त हो गया। इस साल, बिहार को रजत पदक मिला, जबकि केरल को स्वर्ण, मध्य प्रदेश को कांस्य और ओडिशा को विशेष संवेदना पुरस्कार मिला। सभी राज्यों और केंद्र शासित प्रदेशों ने इस मेले में भाग लिया था।
- लक्ष्मी झा, बिहार की पहली महिला बनने का गौरव प्राप्त किया है, जो केवल 9 दिनों के अति अल्प समय में नेपाल में स्थित माउंट एवरेस्ट बेस कैंप तक पहुंची हैं। लक्ष्मी झाबिहार के सहरसा जिले से हैं।
- लंगट सिंह कॉलेज में स्थित तारामंडल खगोलीय वेधशाला, जिसको यूनेस्को (UNESCO) द्वारा महत्वपूर्ण लुप्तप्राय वेधशालाओं की विरासत सूची में शामिल किया गया है। यह विश्व धरोहर की सूची में शामिल होने का गौरव प्राप्त करने वाली प्रथम वेधशाला है, जो बिहार के मुजफ्फरपुर जिले में स्थित है।
- बिहार के गया जिले में 6 नवंबर, 2022 को बोधगया में बाल रक्षक प्रतिष्ठान द्वारा राज्यस्तरीय शैक्षिक सह सम्मान समारोह का आयोजन महाराष्ट्र में किया गया था। इस समारोह में देश के विभिन्न राज्यों से चयनित 100 शिक्षकों को सरस्वती सम्मान-2022 से सम्मानित किया गया था, जो उत्कृष्ट और नवाचारी शिक्षा के क्षेत्र में कार्यरत थे।

दिसंबर 2022

- श्री अभिषेक कुमार, कल्याण बिगहा इंडोर शूटिंग रेंज के एक खिलाड़ी ने तिरूवनंतपुरम में चल रहे 65वें राष्ट्रीय शूटिंग चैंपियनशिप में पुरूष वर्ग की 50 मीटर प्रोन (जमीन पर लेटकर निशाना लगाना) प्रतियोगिता में स्वर्ण पदक जीता है। अभिषेक कुमार बिहार के पटना जिले के निवासी हैं।
- राजविंदर सिंह भट्टी ने बिहार के नए डीजीपी के रूप में नियुक्ति पाई हैं। वे भारतीय पुलिस सेवा (आईपीएस) के 1990 बैच के पुलिस अधिकारी हैं।
- मध्य प्रदेश के मऊ में विगत 10 से 20 दिसंबर, 2022 के दौरान संपन्न हुई 10 दिवसीय पैरा शूटिंग नेशनल चैंपियनशिप में, बिना किसी कोच के मार्गदर्शन के, उन्होंने देश में आठवां और राज्य में प्रथम स्थान हासिल किया।
- बिहार की प्रसिद्ध लोक गायिका मैथिली ठाकुर को बिहार राज्य खादी ग्रामोद्योग बोर्ड ने बिहार खादी और हस्तकला उद्योग के लिए ब्रांड एंबेसडर नामित किया है। इस संदर्भ में, बिहार खादी बोर्ड के वर्तमान सीईओ दिलीप कुमार ने एक कार्यक्रम में मैथिली ठाकुर को ब्रांड एंबेसडर नामित करने की घोषणा की है।
- ऑक्सफेम इंडिया ने 'इंडिया इनइकेलिटी रिपोर्ट 2022, डिजिटल डिवाइड' नामक शीर्षक से एक रिपोर्ट जारी की है, जिसमें डिजिटल प्रौद्योगिकियों की पहुंच को विभिन्न राज्यों में व्यापक रूप से पुरुषों, शहरी, उच्च जाति तथा उच्च वर्गीय परिवारों एवं लोगों तक ही सीमित बताया गया है।
- मधुबनी के श्री अजीत आजाद और भोजपुर के श्री बद्री नारायण को साहित्य अकादमी पुरस्कार-2022 से सम्मानित किया गया है। इस पुरस्कार का वितरण नई दिल्ली के कमानी सभागार में आगामी मार्च, 2023 को किया जाएगा।
- बिहार ने 17वें जूनियर अटल नेशनल सॉफ्ट टेनिस चैंपियनशिप के फाइनल में चंडीगढ़ को 3-1 से हराकर स्वर्ण पदक जीता है। यह चैंपियनशिप 6 से 13 दिसंबर, 2022 तक उत्तर प्रदेश के लखनऊ के विजयंत खंड स्टेडियम में आयोजित हुआ था।
- बैंगलोर में आयोजित 60वीं नेशनल रोलर स्केटिंग चैंपियनशिप में बिहार की सान्वी ने स्वर्ण पदक जीता है।

- टीम इंडिया के विकेटकीपर बल्लेबाज ईशान किशन ने बांग्लादेश के विरुद्ध चल रहे वनडे (एक दिवसीय) क्रिकेट में दोहरा शतक बनाकर एक कीर्तिमान स्थापित किया है। ईशान किशन वनडे में दोहरा शतक जड़ने वाले भारत के चौथे और दुनिया के सातवें बल्लेबाज बन गए हैं।
- 30 दिसंबर, 2022 को झारखण्ड राज्य के बोकारो जिले में संपन्न 32वीं सब जूनियर नेशनल कबड्डी चैंपियनशिप के बालक वर्ग में बिहार ने फाइनल में हरियाणा को 49-47 अंकों से हराकर, इस चैंपियनशिप का विजेता बन गया है।
- साहित्य अकादमी ने 29 दिसंबर, 2022 को हिंदी, मैथिली और कोंकणी भाषाओं में वर्ष 2022 के साहित्य अकादमी अनुवाद पुरस्कार की घोषणा की है। इस साल, डॉ. रत्नेश्वर मिश्र, बिहार को मैथिली भाषा का पुरस्कार प्रदान किया जाएगा जिन्होंने चमन नाहल के अंग्रेजी उपन्यास 'आजादी' का मैथिली अनुवाद किया है।
- बिहार राज्य में ग्रीन ग्रिड नामक पहला अभिनव प्रयोग बनने वाला है जिसमें ग्रिड भवन को पूरी तरह से ग्रीन बिल्डिंग के रूप में तैयार किया जाएगा। इस ग्रीन ग्रिड या हरित ग्रिड के निर्माण में मूल रूप से जर्मनी तकनीक का उपयोग किया जा रहा है, जिसमें गैस इंसुलेटेड सिस्टम (जीआईएस) शामिल है।
- आईसीसीआर के साथ बिहार का समझौता हस्ताक्षर किये है, इस समझौता हस्ताक्षर का मुख्य उद्देश्य बिहार की कलाकृतियों और हस्तशिल्प को अंतरराष्ट्रीय पहचान दिलाना है।
- गोवा में आयोजित 53वें आईएफएफआई में पहली बार बिहार पवेलियन का उद्‌घाटन किया गया।
- 7 नवंबर को सासाराम के पायलट बाबा धाम में भगवान शिव की 111 फीट ऊंची प्रतिमा का उद्‌घाटन किया गया।
- 101वीं इंडियन बिल्डिंग कांग्रेस (आईबीसी) का उद्‌घाटन माननीय मुख्यमंत्री नीतीश कुमार ने ज्ञान भवन, पटना में किया था।
- देश में टेलीघनत्व के मामले में बिहार सबसे कम टेलीघनत्व दर के साथ 53.69% पर है। बिहार में केवल 20.6% महिलाएं इंटरनेट का उपयोग करती हैं जबकि 51.4% महिलाएं मोबाइल का उपयोग करती हैं।
- बिहार में 75,424 स्कूलों में राष्ट्रीय आविष्कार अभियान के तहत विज्ञान और गणित क्लब शुरू किए जाने की योजना बनाई गई है। इसमें कक्षा 6 से 12 तक के स्कूल शामिल होंगे।
- माननीय मुख्यमंत्री नीतीश कुमार द्वारा 15वां राज्य आपदा प्रबंधन प्राधिकरण (एसडीएमए) का उद्‌घाटन किया गया है। बिहार में 2007 में आपदा प्रबंधन प्राधिकरण की स्थापना की गई थी।
- बिहार ईज़ी स्कूल ट्रैकिंग सिस्टम प्लस (बेस्ट) ऐप को लांच किया गया। बेस्ट ऐप के माध्यम से स्कूल खुलने का समय, शिक्षकों और बच्चों की उपस्थिति या अनुपस्थि का तुरंत पता लगाया जा सकता है।
- प्रो. मेनेजर पांडेय का 81 वर्ष की आयु में निधन हो गया। प्रो. मेनेजर पांडेय बिहार राज्य से हिंदी साहित्य के समीक्षक थे। प्रो मेनेजर पांडेय का जन्म बिहार राज्य में 23 सितम्बर 1941 गोपालगंज में हुआ था।
- श्रीलाल शुक्ल इफको साहित्य पुरस्कार, जयनंदन को सम्मानित किया गया। जयनंदन बिहार के नवादा जिले के निवासी हैं। जयनंदन की प्रमुख पुस्तक श्रम एव जयते, रहमत की बारिश, आदि है।
- सांसदों का सम्मेलन काहिरा, (मिस्र) में आयोजित हुआ था। इस सम्मेलन में भारत से डॉ संजय जायसवाल ने सम्मेलन में भाग लिया। डॉ संजय जायसवाल बिहार राज्य से लोक सदस्य है।
- 13वीं राष्ट्रीय तक्षशिला लंबी दूरी की तैराकी प्रतियोगिता बिहार स्विमिंग एसोसिएशन द्वारा आयोजित किया गया था। इस प्रतियोगिता में लड़को में गौरव कावेरी प्रथम स्थान पर थे, एवं लड़कियों में पृथा देवनाथ प्रथम स्थान पर थी।
- आइपीएस, सीमा धुंडिया को सीआरपीएफ के बिहार सेक्टर का आईजी के रूप में नियुक्त किया गया है।

जनवरी 2023

- बिहार की महिला टीम ने मदुरई, तमिलनाडु में 01 जनवरी, 2023 से 03 जनवरी, 2023 तक आयोजित तीन दिवसीय फेडरेशन कप कबड्डी चैंपियनशिप में प्रतिस्पर्धी टीमों में से महाराष्ट्र, तमिलनाडु और चंडीगढ़ को हराकर तृतीय स्थान प्राप्त किया। यह विश्वसनीय उपलब्धियां हैं जो उन्होंने अपने कठोर प्रयासों से हासिल की हैं।
- बिहार की महिला टीम ने मदुरई, तमिलनाडु में 01 जनवरी, 2023 से 03 जनवरी, 2023 तक आयोजित तीन दिवसीय फेडरेशन कप कबड्डी चैंपियनशिप में प्रतिस्पर्धी टीमों में से महाराष्ट्र, तमिलनाडु और चंडीगढ़ को हराकर तृतीय स्थान प्राप्त किया। यह विश्वसनीय उपलब्धियां हैं जो उन्होंने अपने कठोर प्रयासों से हासिल की हैं।
- श्री नीतीश कुमार जी, बिहार के मुख्यमंत्री ने ग्रामीण क्षेत्रों में विकास कार्यों का निरीक्षण करने और समस्याओं के समाधान के लिए अपनी यात्रा को पश्चिम चंपारण के वाल्मीकि नगर के दरुआबारी गांव से 05 जनवरी, 2023 से आरंभ किया है।
- बिहार राज्य में 7 जनवरी, 2023 से जातीय जनगणना का पहला चरण शुरू हो चुका है। इस चरण में मकानों की गिनती की जा रही है और मकानों पर संख्या अंकित करने के साथ साथ वार्ड स्तर पर नजरी नक्शा भी तैयार किया जा रहा है। इसके बाद, आगामी 1 फरवरी से आर्थिक स्थिति का भी आकलन किया जाएगा। यह जनगणना बिहार की जनसंख्या के बारे में महत्वपूर्ण जानकारी उपलब्ध कराएगी।
- महाराष्ट्र के नासिक में 07 जनवरी से 10 जनवरी, 2023 तक आयोजित हुए 27 वें राष्ट्रीय सड़क साइकिलिंग चैंपियनशिप के सब जूनियर मास्टर्स बालिका वर्ग की 30 किलोमीटर श्रेणी में बिहार राज्य की सारण जिले की सुहानी कुमारी ने स्वर्ण पदक जीता है।
- 11 जनवरी, 2023 को बिहार के मुख्यमंत्री श्री नीतीश कुमार ने मधुबनी जिले के अररिया संग्राम में मिथिला संस्कृति से जुड़ी "मिथिला अर्बन हाट" का लोकार्पण किया। यह बिहार में दिल्ली हाट की तर्ज पर बनाई गई पहली हाट है।
- बेला गार्डेन, दरभंगा में स्थित एक अत्यंत आधुनिक तरीके से निर्मित तारामंडल का उद्‌घाटन 12 जनवरी, 2023 को बिहार के मुख्यमंत्री द्वारा किया गया। यह तारामंडल अपनी विशेषता में अनूठा है, क्योंकि यह पूरी तरह सौर ऊर्जा से संचालित होगा।
- 19 जनवरी, 2023 को नीति आयोग ने देश के 112 अल्प विकसित जिलों के लिए नवंबर 2022 के चैम्पियन ऑफ चेंज डेल्टा रैंकिंग जारी की है। इस रैंकिंग में शेखपुरा जिला ने फिर से शिक्षा व्यवस्था में प्रथम स्थान हासिल किया है।
- मुख्यमंत्री नीतीश कुमार ने ग्रामीण क्षेत्रों में प्रीपेड स्मार्ट मीटर लगाने के कार्य का उद्‌घाटन ऊर्जा सभागार में किया। ऊर्जा सभागार के मुख्य उद्देश्य है 2025 तक हर घर में स्मार्ट मीटर पहुंचाना।
- कृति राज सिंह बिहार राज्य के पटना जिले के निवासी हैं, उन्होंने सब जूनियर कॉमनवेल्थ चैंपियनशिप 2022 के वेटलिफ्टिंग इवेंट में 57 किलोग्राम वर्ग 6 में गोल्ड मेडल जीता है।
- केंद्रीय मंत्री आर के सिंह ने 'डॉक्टर आपके द्वार' मोबाइल हेल्थ क्लिनिक का शुभारंभ किया है। इस मोबाइल हेल्थ क्लिनिक को बिहार के भोजपुर जिले के सदर अस्पताल, आरा में लॉन्च किया गया है।
- बिहार की राजधानी पटना में 1 जनवरी 2023 को भारतीय रेलवे और डाक विभाग (बिहार सर्किल) के अधिकारियों और व्यापारियों के बीच एक बैठक हुई बैठक के दौरान, यह घोषणा की गई कि पटना के व्यवसायियों को अब देश के किसी भी हिस्से में ट्रेन से पार्सल (सामान) भेजने और प्राप्त करने के लिए रेलवे स्टेशन की यात्रा नहीं करनी होगी। इसे सुगम बनाने के लिए डाक विभाग और भारतीय रेल संयुक्त रूप से घर-घर पार्सल पहुंचाने की योजना शुरू कर रहे हैं।
- रेल मंत्रालय ने देश भर के रेलवे स्टेशनों के आधुनिकीकरण के लिए 'अमृत भारत स्टेशन योजना' नाम से एक नई नीति तैयार की है। इस योजना के तहत सोनपुर मंडल द्वारा आधुनिकीकरण के लिए चुने गए 15 स्टेशनों में से

बिहार के बेगूसराय के दो स्टेशनों को चुना गया हैं।

- नया 3डी डोम स्क्रीन प्लैनेटेरियम, जो जर्मनी से आयात किया गया है, 11 जनवरी, 2023 को पटना पहुंचा। यह विकास पटना के लोगों को तारामंडल के भीतर एक 3डी स्क्रीन पर ब्रह्मांड और इसके सितारों को देखने और समझने का अवसर प्रदान करेगा।
- रिलायंस जियो ने 14 जनवरी, 2023 को बिहार की राजधानी पटना और मुजफ्फरपुर शहर में अपनी True 5G सेवाओं की शुरुआत की।
- बिहार राज्य सरकार ने पाटलिपुत्र के प्राचीन शहर के खंडहरों की खोज के लिए ग्राउंड पेनेट्रेटिंग रडार का उपयोग करते हुए एक सर्वेक्षण शुरू किया है। सर्वेक्षण के प्रारंभिक परिणाम बताते हैं कि उक्त प्राचीन नगर के अवशेष मिलने के संकेत मिले हैं।
- बिहार सरकार ने राज्य के पूर्व मंत्री और पटना उच्च न्यायालय के वरिष्ठ अधिवक्ता प्रशांत कुमार शाही को 13 जनवरी, 2023 को राज्य का नया महाधिवक्ता नियुक्त किया है।
- बिहार राज्य सरकार ने 14 जनवरी, 2023 को पूर्व पुलिस महानिदेशक, एसके सिंघल को केंद्रीय चयन परिषद का नया अध्यक्ष नियुक्त किया है।
- केंद्रीय खनन और कोयला मंत्रालय ने बिहार राज्य सरकार को बिहार के भीतर सात आवंटित ब्लॉकों में खनन कार्यों के माध्यम से ग्लूकोनाइट (पोटाश), क्रोमियम, निकेल (प्लैटिनम समूह के तत्वों सहित), मैग्नेटाइट (लौह), बॉक्साइट और दुर्लभ पृथ्वी धातुओं को निकालने का अधिकार प्रदान किया है।
- 18 जनवरी, 2023 को जारी एनुअल स्टेटस ऑफ एजुकेशन रिपोर्ट 2022 बताती है कि बिहार के स्कूलों में नामांकित छात्रों की अंग्रेजी और गणित की दक्षता में सुधार हुआ है। इसके अतिरिक्त, रिपोर्ट निजी कोचिंग में छात्रों की रुचि में वृद्धि पर प्रकाश डालती है।
- 19 जनवरी, 2023 को, राष्ट्रीय चिकित्सा आयोग ने बिहार के सभी मेडिकल कॉलेजों को अधिसूचित किया कि स्नातकोत्तर मेडिकल छात्र मातृत्व अवकाश के बाद अपनी पढ़ाई पूरी करने की अवधि के दौरान छात्रवृत्ति के लिए पात्र होंगे।
- पटना विश्वविद्यालय के छात्र जाबिर अंसारी ने 22 जनवरी, 2023 को बिलासपुर, छत्तीसगढ़ में अटल बिहारी वाजपेयी विश्वविद्यालय द्वारा आयोजित अखिल भारतीय अंतर विश्वविद्यालय कराटे प्रतियोगिता में 75 किलोग्राम भार वर्ग में स्वर्ण पदक जीतकर इतिहास रच दिया।
- 23 जनवरी, 2022 को बिहार के मुख्य सचिव अमीर सुभानी ने बिहार जाति आधारित सर्वेक्षण पोर्टल लॉन्च किया। पोर्टल जातीय सर्वेक्षण कार्य के सभी पहलुओं में डिजिटल प्रबंधन के लिए उपयोगी होगा।
- 27 जनवरी 2022 को, बिहार उद्योग विभाग के प्रधान सचिव, संदीप पौंडरिक ने घोषणा की कि बिहार ने 'सूक्ष्म खाद्य प्रसंस्करण उद्यम योजना के प्रधान मंत्री निर्माण' के कार्यान्वयन के लिए देश में शीर्ष स्थान हासिल किया है, जो महत्वाकांक्षी योजनाओं में से एक है।
- पद्म श्री पुरस्कार बिहार के तीन व्यक्तियों को उनके संबंधित क्षेत्रों में उनके असाधारण योगदान के लिए प्रदान किया गया है। सुभद्रा देवी और कपिल देव प्रसाद को कला के क्षेत्र में उनकी विशिष्ट सेवा के लिए मान्यता दी गई है, जबकि आनंद कुमार को साहित्य और शिक्षा के क्षेत्र में उनकी विशिष्ट सेवा के लिए सम्मानित किया गया है।
- नेशनल रिमोट सेंसिंग सेंटर द्वारा जारी एक रिपोर्ट के अनुसार, इसरो के नाइट-टाइम लाइट एटलस में बिहार शीर्ष प्रदर्शन करने वाले राज्य के रूप में उभरा है।
- बिहार के स्वास्थ्य विभाग द्वारा 30 जनवरी, 2023 को की गई जानकारी के अनुसार, राज्य के चार सरकारी सुपर स्पेशियलिटी अस्पतालों को इंदिरा गांधी आयुर्विज्ञान संस्थान के समान स्वायत्तता प्रदान की जाएगी। इन चार संस्थानों में इंदिरा गांधी हृदय रोग संस्थान, राजेंद्र नगर नेत्र विज्ञान अस्पताल, न्यू गार्डिनर रोड अस्पताल और लोक नायक जय प्रकाश नारायण आर्थोपेडिक अस्पताल शामिल हैं।
- बिहार के भागलपुर में डिजिटल कोर्ट की स्थापना की गई है।
- बिहार पुलिस के दो जवानों को राष्ट्रपति का विशिष्ट सेवा मेडल दो अधिकारी, गया जिले के नीमचक बथानी के एसडीपीओ विनय कुमार शर्मा और आर्थिक अपराध इकाई के इंस्पेक्टर विनय कृष्ण को दिया गया हैं।
- केंद्र सरकार ने एस्पिरेशनल ब्लॉक प्रोग्राम लॉन्च किया है, जो सफल एस्पिरेशनल डिस्ट्रिक्ट प्रोग्राम पर आधारित है। इस पहल के तहत, बिहार में 61 ब्लॉकों सहित देश भर में 500 अविकसित ब्लॉकों की पहचान की गई है। इस कार्यक्रम का उद्देश्य इन पिछड़े क्षेत्रों के समग्र विकास पर ध्यान केंद्रित करना है।

फरवरी 2023

- 10 फरवरी, 2023 को बिहार के कला संस्कृति एवं युवा विभाग की सचिव बंदना प्रेयशी ने घोषणा की कि दक्षिण एशियाई महिला फिल्म महोत्सव 2 से 9 फरवरी तक पटना में आयोजित किया जाएगा। यह महोत्सव बिहार राज्य फिल्म विकास एवं वित्त निगम और दक्षिण एशिया ट्रस्ट द्वारा संयुक्त रूप से आयोजित किया जाएगा।
- राजेंद्र विश्वनाथ अर्लेकर ने अपने पूर्ववर्ती राज्यपाल फागू चौहान के प्रस्थान के बाद 17 फरवरी, 2023 को बिहार के 41वें राज्यपाल के रूप में पद की शपथ ली।
- 26 फरवरी, 2023 को मुख्यमंत्री नीतीश कुमार ने पूरे बिहार के 500 पुलिस स्टेशनों में महिला हेल्प डेस्क की शुरुआत की।
- 26 फरवरी 2023 को मुख्यमंत्री नीतीश कुमार ने बिहार पुलिस की नई और बेहतर वेबसाइट और सोशल मीडिया सेंटर का उद्घाटन किया। इस पहल का उद्देश्य पुलिस बल की डिजिटल क्षमताओं को बढ़ाना और जनता के साथ बेहतर संचार और जुड़ाव की सुविधा प्रदान करना है।
- सेवाग्राम, वर्धा में 25-26 फरवरी को आयोजित सम्मेलन के 74वें राष्ट्रीय अधिवेशन में यह घोषणा की गई कि 2024 में प्रयाग हिन्दी साहित्य सम्मेलन बिहार में होगा।
- 26 फरवरी, 2023 को कृषि प्रौद्योगिकी प्रबंधन एजेंसी के उप परियोजना निदेशक प्रभात कुमार सिंह ने घोषणा की कि भागलपुर में पांच किसान उत्पादक संगठनों को केंद्र सरकार द्वारा निर्यात लाइसेंस प्रदान किए गए हैं।
- बिहार के मधुबनी जिले के रहने वाले मोहम्मद शम्स आलम शेख को पैरा स्विमिंग चैंपियनशिप में भाग लेने के लिए चुना गया है।
- 19 फरवरी, 2023 को पटना में आयोजित एक समीक्षा बैठक के दौरान, बिहार के उपमुख्यमंत्री तेजस्वी यादव ने घोषणा की कि राज्य सरकार पटना में गंगा नदी के किनारे स्थित मरीन ड्राइव को अंतरराष्ट्रीय स्तर पर विकसित करने की योजना बना रही है।
- पटना, बिहार के रहने वाले प्रदीप जैन को 23 फरवरी, 2023 को प्रतिष्ठित प्रतिष्ठित डाक टिकट संग्रह पुरस्कार आरडीपी से सम्मानित किया गया। यह पुरस्कार डाक टिकट संग्रह के क्षेत्र में श्री जैन के महत्वपूर्ण योगदान और विशेषज्ञता की मान्यता है।
- बिहार के युवाओं को फिल्म प्रशिक्षण प्रदान करने के प्रयास में अप्रैल में आर्यभट्ट विश्वविद्यालय, बिहार फिल्म विकास निगम और पुणे स्थित फिल्म एंड टेलीविजन इंस्टीट्यूट ऑफ इंडिया के बीच एक समझौते पर हस्ताक्षर होने की उम्मीद है। इस समझौते के तहत फिल्म एंड टेलीविजन इंस्टीट्यूट ऑफ इंडिया फिल्म प्रशिक्षण से संबंधित प्रशिक्षण पाठ्यक्रम चलाएगा।
- बिहार आर्थिक सर्वेक्षण 2022-23 अनुसार वित्त वर्ष 2021-22 में बिहार का सकल सिंचित क्षेत्र 55 लाख हेक्टेयर है।
- एमवी गंगा विहार, जिसे फ़्लोटिंग रेस्तरां के रूप में भी जाना जाता है, पटना में स्थित बिहार राज्य की पहली डबल डेकर क्रूज नाव है। इसकी शुरुआत उपमुख्यमंत्री तेजस्वी प्रसाद यादव ने की।
- समाधान यात्रा बिहार सरकार द्वारा सार्वजनिक शिकायतों को दूर करने और यह सुनिश्चित करने के लिए शुरू किया गया एक सार्वजनिक आउटरीच कार्यक्रम है कि ग्रामीण क्षेत्रों में नागरिकों को प्रभावी ढंग से

सरकारी सेवाएं प्रदान की जाती हैं।

- बिहार को वित्तीय वर्ष 2023-24 के दौरान केंद्र सरकार से 8,000 करोड़ रुपये की ब्याज मुक्त ऋण सहायता प्राप्त होने वाली है।
- राजेंद्रनगर, पटना में प्रेमचंद रंगशाला ने एक रंगीन सांस्कृतिक कार्यक्रम, ऑक्टेव-2023 की मेजबानी की, जिसमें भारत के पूर्वोत्तर क्षेत्र के आठ राज्यों के पारंपरिक लोक नृत्यों का प्रदर्शन किया गया। यह कार्यक्रम 24 से 26 फरवरी तक तीन दिनों की अवधि में आयोजित किया गया था।
- बिहार के नवादा में स्थित नारद संग्रहालय को राज्य के कला, संस्कृति और युवा विभाग द्वारा 28 संग्रहालयों की सूची में जोड़ा गया है।
- भागलपुर जिले के सुल्तानगंज स्थित मुरली पहाड़ के पश्चिमी भाग में तीन विशाल शिलाखंडों पर सनातन धर्म के देवी-देवताओं की मूर्तियाँ और चित्र मिले हैं।
- बिहार सरकार द्वारा शहीद दिवस 15 फरवरी को मनाया जाता है।
- बिहार के पूर्वी चंपारण जिले को पूर्वी क्षेत्र में सर्वश्रेष्ठ जिले की श्रेणी में प्रतिष्ठित 'राष्ट्रीय जल पुरस्कार' मिला है।
- बिहार के भोजपुर में 28 फरवरी से 1 मार्च तक बाजरा महोत्सव का आयोजन किया गया। इस कार्यक्रम का उद्घाटन केंद्रीय खाद्य प्रसंस्करण उद्योग मंत्री पशुपति कुमार पारस ने किया।

मार्च 2023

- 29 मार्च को पटना में विनोद चंद्रन ने पटना उच्च न्यायालय के नए मुख्य न्यायाधीश के रूप में शपथ ली।
- बिहार साइक्लिंग एसोसिएशन ने बिहार राज्य खेल प्राधिकरण के सहयोग से खेलो इंडिया महिला रोड साइक्लिंग लीग का आयोजन किया, जिसमें बिहार ओवरऑल चैंपियन बनकर उभरा।
- सहरसा की पर्वतारोही लक्ष्मी झा ने अंतरराष्ट्रीय महिला दिवस पर अफ्रीका की सबसे ऊंची चोटी माउंट किलिमंजारो पर चढ़कर महज 36 घंटे में 19341 फीट की ऊंचाई पर पहुंचकर नया कीर्तिमान स्थापित किया।
- हर साल 22 मार्च को बिहार दिवस मनाया जाता है, जो बिहार के स्थापना दिवस को चिह्नित करता है। 2023 में राज्य ने अपना 111वां स्थापना दिवस मनाया है। सात निश्चय भाग 2 के तहत वर्ष 2023 के लिए बिहार दिवस की थीम "युवा शक्ति बिहार की प्रगति" निर्धारित की गई है।
- 21 मार्च, 2023 को विश्व प्रसिद्ध शहनाई वादक उस्ताद बिस्मिल्लाह खान की 107वीं जयंती मनाई गई। 21 मार्च, 1916 को बिहार में जन्मे, उस्ताद बिस्मिल्लाह खान को 1956 में संगीत नाटक अकादमी पुरस्कार, 1961 में पद्म श्री, 1968 में पद्म भूषण, 1980 में पद्म विभूषण और 2001 में भारत रत्न सहित कई पुरस्कारों से सम्मानित किया गया था।
- पटना के गंगा पथ पर 18 मार्च से 19 मार्च 2023 तक आयोजित ईस्ट जोन महिला रोड साइकिलिंग लीग में बिहार की बेटियों ने सर्वाधिक अंक प्राप्त कर प्रथम स्थान प्राप्त किया है। 40 किलोमीटर वर्ग में बिहार की मंजू कुमारी ने स्वर्ण पदक जीता है। बेबी ने रजत पदक जीता और पश्चिम बंगाल की रिया विश्वास ने कांस्य पदक जीता है।
- प्रसिद्ध फोटोग्राफर रघु राय और उषा राय द्वारा लिखित एवं भवन निर्माण विभाग के तत्वावधान में तैयार कॉफ़ी टेबल बुक "BIHAR Then & Now" "बिहार थेन एंड नाउ" का विमोचन माननीय मुख्यमंत्री नीतीश कुमार ने किया था। इस कॉफ़ी टेबल बुक के लेखक रघु राय और उषा राय है।
- 17 मार्च,2023 को बक्सर जिला अपना 32वाँ स्थापना दिवस मनाया।
- प्रत्येक वर्ष विश्व गौरैया दिवस 20 मार्च को मनाया जाता है। प्रह दिवस लोगों में गौरिया के प्रति जागरूकता बढ़ाने और उसके संरक्षण के लिए मनाया जाता है। पहली बार विश्व गौरैया दिवस वर्ष 2010 में मनाया गया था। गौरैया बिहार राज्य का राजकीय पक्षी है।
- इंदौर, मध्यप्रदेश में आयोजित राष्ट्रीय सीनियर पैरा टेबल टेनिस प्रतियोगिता 2023 में बिहार की बेटी विद्या कुमारी ने रजत पदक हासिल किया है। प्रथम बार बिहार के किसी खिलाड़ी ने पैरा टेबल टेनिस में पदक जीता।
- वित्तीय वर्ष 2022-23 के तीसरे तिमाही के अंत में बिहार में बैंकों का साख-जमा अनुपात (सीडी रेशियो) 54.25 रहा था।
- बबीता गुप्ता को बिहार से 'स्वच्छ सुजल शक्ति सम्मान 2023' से सम्मानित किया गया है। बबीता गुप्ता, मुजफ्फरपुर जिले की निवासी है।
- नीति आयोग द्वारा जनवरी 2023 के आकांक्षी जिलों की चैम्पियन ऑफ चैंज डेल्टा रैंकिंग में बिहार के खगड़िया जिले ने भारत में प्रथम स्थान हासिल किया है। यह सूचना मार्च 2023 मे प्रदान करी गई।
- 20 मार्च, 2023 को मीडिया सूत्रों की नवीनतम रिपोर्ट के अनुसार, केंद्र सरकार ने "मीठी क्रांति" पहल को बढ़ावा देने के लिए बिहार में 17 जिलों को चुना है, जिसका उद्देश्य शहद उत्पादन को बढ़ावा देना है। चयनित जिलों में औरंगाबाद, भागलपुर, भोजपुर, दरभंगा, पूर्वी चंपारण, पश्चिमी चंपारण, जमुई, किशनगंज, मधुबनी, मुजफ्फरपुर, पटना, पूर्णिया, रोहतास, समस्तीपुर, सारण, सीतामढ़ी और वैशाली शामिल हैं।
- जापान ने रुपये का आधिकारिक विकास सहायता ऋण देने का वादा किया है। पटना मेट्रो रेल सहित तीन प्रमुख बुनियादी ढांचा परियोजनाओं के वित्त पोषण के लिए भारत को 7,084.53 करोड़ रुपये। घोषणा 28 मार्च, 2023 को की गई थी, जो दोनों देशों के बीच चल रही साझेदारी में एक महत्वपूर्ण कदम है।
- बिहार के गया जिले में तैनात 205 कमांडो बटालियन फॉर रिजॉल्यूट एक्शन को "भारत में सर्वश्रेष्ठ बटालियन" के प्रतिष्ठित खिताब से सम्मानित किया गया है। यह पुरस्कार भारत के गृह मंत्री अमित शाह द्वारा दिया गया।
- बिहार विद्युत नियामक आयोग ने वित्तीय वर्ष 2023-24 के लिए विद्युत दर (ऊर्जा शुल्क) में 24% की वृद्धि की है।
- बिहार (पटना) के रहने वाले पीयूष राज ने 18वीं राष्ट्रीय युवा एथलेटिक्स चैम्पियनशिप में रजत पदक जीतकर जीत हासिल की है।
- बिहार की महिला टीम ने अपने असाधारण कौशल और खेल कौशल का प्रदर्शन करते हुए 34वीं फेडरेशन कप राष्ट्रीय हैंडबॉल प्रतियोगिता में उल्लेखनीय कांस्य पदक जीता है।
- बिहार के 100 ब्लॉकों में सामुदायिक पुस्तकालय सह कैरियर विकास केंद्र स्थापित करने का निर्णय लिया गया है।
- बिहार में उद्योग विभाग ने सिकंदरपुर, बिहटा, पटना में एक कपड़ा पार्क स्थापित करने के लिए बिहार औद्योगिक क्षेत्र विकास प्राधिकरण के साथ सफलतापूर्वक सहयोग किया है। दिशानिर्देशों के अनुसार, इस विशेष पार्क में केवल कपड़ा निर्माण उद्योगों को अपना संचालन स्थापित करने की अनुमति होगी।
- 5 मार्च, 2023 को, बिहार सरकार ने राष्ट्रीय और अंतर्राष्ट्रीय खेल प्रतियोगिताओं में उत्कृष्ट प्रदर्शन करने वाले राज्य के एथलीटों और प्रशिक्षकों को पहचानने और पुरस्कृत करने के लिए एक राज्य खेल पुरस्कार और सम्मान कार्यक्रम शुरू किया।
- 9 मार्च, 2023 को मीडिया रिपोर्टों के अनुसार, यह घोषणा की गई है कि खेलों को प्रोत्साहित करने और बढ़ावा देने के लिए बिहार के 33 जिलों में खेलो इंडिया प्रशिक्षण केंद्र स्थापित किए जाएंगे।
- पटना, बिहार में विद्यापति भवन में लेट्स इंस्पायर बिहार-गार्गी चैप्टर के तहत 5 मार्च, 2023 को अंतर्राष्ट्रीय महिला दिवस मनाने के लिए एक उत्कृष्टता पुरस्कार समारोह-2023 का आयोजन किया गया। समारोह में विभिन्न क्षेत्रों की 150 महिलाओं को सम्मानित किया गया।
- 3 मार्च, 2023 को केंद्रीय सिंचाई और बिजली बोर्ड (CBIP) द्वारा दिल्ली में एक विशेष कार्यक्रम आयोजित किया गया था। आयोजन के दौरान गंगा जल आपूर्ति योजना और गयाजी बांध, को केंद्रीय मंत्री राज कुमार सिंह द्वारा राष्ट्रीय सीबीआईपी पुरस्कार 2022 से सम्मानित किया गया।
- केंद्रीय चिड़ियाघर प्राधिकरण (सेंट्रल ज़ू अथॉरिटी) 10 मार्च, 2023 को राज्य में दूसरे चिड़ियाघर के निर्माण का प्रस्ताव प्राप्त करेगा। चिड़ियाघर के लिए प्रस्तावित स्थान बिहार में अररिया जिले का रानीगंज ब्लॉक है।

परिशिष्ट

भौगोलिक संकेतक	
बिहार का कुल क्षेत्रफल	94,163 वर्ग किलोमीटर
बिहार का कुल क्षेत्रफल प्रतिशत में	2.86 प्रतिशत
लम्बाई (उत्तर से दक्षिण)	345 किलोमीटर
चौड़ाई (पूरब से पश्चिम)	243 किलोमीटर
अन्य राज्य से सीमा साझा करना	पश्चिम में उत्तर प्रदेश, दक्षिण में झारखंड, पूर्व में पश्चिम बंगाल और उत्तर में नेपाल के साथ अपनी सीमाएँ साझा करता है।
स्थिति	बिहार भारत के पूर्वी भाग में स्थित है,
समुद्र ताल से औसत ऊचाइ	173 फ़ीट (53 मीटर)
अक्षांशीय विस्तार	24°20'10" उत्तर से 27°31'15" उत्तर
देशांतरीय विस्तार	83°19'50" पूरब से 88°17'40" पूरब
जलवायु	उष्ण मानसूनी
औसत वार्षिक वर्षा	112 सेंटीमीटर
सबसे ज्यादा वर्षा वाला जिला	किशनगंज
सबसे कम वर्षा वाला जिला	औरंगाबाद
अंतर्राष्ट्रीय सीमा	नेपाल
अंतर्राष्ट्रीय सीमा की लम्बाई	726 किलोमीटर
स्थलाकृति	बिहार की स्थलाकृति एक उपजाऊ मैदान की विशेषता है।
औसत तापमान (गर्मियों में)	35°C से 40°C
औसत तापमान (सर्दियों में)	10°C से 20°C
स्थलाकृति	गंगा और उसकी सहायक नदियों के किनारे उपजाऊ मैदानों के साथ अधिकतर समतल। स्थलाकृति में झारखंड के पास दक्षिणी क्षेत्र के कुछ पहाड़ी क्षेत्र भी शामिल हैं।
प्राकृतिक संसाधन	उपजाऊ मिट्टी, खनिज (जैसे चूना पत्थर, कोयला और बॉक्साइट), वन और वन्य जीवन

सीमाएँ	
राज्य की सीमा से लगे राज्य	पश्चिम बंगाल (पूर्व)
राज्य की सीमा से लगे राज्य	उत्तर प्रदेश (पश्चिम)
राज्य की सीमा से लगे राज्य	झारखंड (दक्षिण)
राज्य की सीमा से लगा देश	नेपाल (उत्तर)

राजकीय प्रतीक	
राजकीय चिन्ह	बोधि वृक्ष
राजकीय फूल (पुष्प)	गेंदा फूल (पुष्प)
राजकीय पेड़ (वृक्ष)	पीपल का पेड़ (वृक्ष)
राजकीय पशु	बैल
राजकीय पक्षी	गौरैया
राजकीय मछली	मांगुर
राजकीय भाषा	हिंदी
द्वितयी राजकीय भाषा	उर्दू

जिला सम्बन्धी जानकारी

क्रम संख्या	जिला सम्बन्धी तथ्य	व्याख्या
1.	जिलों की संख्या	38
2.	सबसे बड़ा जिला	पश्चिम चम्पारण
3.	सबसे छोटा जिला	शिवहर
4.	बिहार के जिले नेपाल के साथ सीमा साझा करते हैं	7 (पश्चिमी चंपारण, पूर्वी चंपारण, सीतामढ़ी, मधुबनी, सुपौल, अररिया और किशनगंज)

लोकसत्ता संबंधी तथ्य

लोकसत्ता संबंधी तथ्य	व्याख्या
लोकसभा सदस्य	40
राज्यसभा के सदस्य	16
विधान मण्डल	द्विसदनात्मक (विधानसभा एवं विधानपरिषद)
अनुसूचित जाति के लिए आरक्षित विधान सभा निर्वाचन क्षेत्र	38
अनुसूचित जनजाति के लिए आरक्षित विधान सभा निर्वाचन क्षेत्र	2 (कटोरिया एवं मनिहारी)
विधान परिषद के सदस्य	75
पंचायती राज में महिलाओं के लिए आरक्षण	50 प्रतिशत
नगर निगमों की संख्या	13 (पटना, गया, आरा, मुजफ्फरपुर, पूर्णिया, कटिहार, मुंगेर, बिहारशरीफ, भागलपुर, बेगुसराय, दरभंगा, छपरा एवं सासाराम)
नगर परिषदों की संख्या	46
नगर पंचायतों की संख्या	84

बिहार में मंडल और उनके मुख्यालय			
क्रम संख्या	मंडल	मुख्यालय	ज़िला
1.	पटना	पटना	पटना, नालंदा, बक्सर, कैमूर (भभुआ), रोहतास, भोजपुर
2.	मगध	गया	औरंगाबाद, गया, जहानाबाद, नवादा, अरवल
3.	सरन	छपरा	गोपालगंज, सारण, सीवान
4.	तिरहुत	मुजफ्फरपुर	मुजफ्फरपुर, सीतामढ़ी, शिवहर, वैशाली, पश्चिमी चंपारण, पूर्वी चंपारण
5.	दरभंगा	दरभंगा	दरभंगा, मधुबनी, समस्तीपुर
6.	कोशी	सहरसा	सहरसा, सुपौल, मधेपुरा
7.	पूर्णिया	पूर्णिया	पूर्णिया, अररिया, किशनगंज, कटिहार
8.	भागलपुर	भागलपुर	भागलपुर, बांका
9.	मुंगेर	मुंगेर	मुंगेर, लखीसराय, शेखपुरा, जमुई, खगड़िया, बेगूसराय

राष्ट्रीय मार्ग जो बिहार से होकर गुजरते है		
राष्ट्रीय राजमार्ग संख्या	मार्ग	राष्ट्रीय राजमार्ग की लम्बाई (किलोमीटर में)
31	यह मार्ग उत्तर प्रदेश के उन्नाओ से शुरू होकर बिहार के रास्ते होकर, बंगाल में खत्म होता है। बिहार राज्य में यह राष्ट्रीय मार्ग छपरा, हाजीपुर, पटना, बख्तियारपुर, नवादा, मोकामा, बाढ़, बेगूसराय, खगड़िया, बिहपुर, कोरा और कटिहार से होकर गुजरता है।	404 किलोमीटर
28	यह राजमार्ग उत्तर प्रदेश के लखनऊ को बिहार के बरौनी से जोड़ता है। बिहार राज्य में यह राष्ट्रीय मार्ग बेगूसराय, समस्तीपुर, मुजफ्फरपुर, पूर्वी चंपारण और गोपालगंज से होकर गुजरता है।	267.3 किलोमीटर
57	यह राजमार्ग बिहार राज्य के मुजफ्फरपुर को पूर्णिया से जोड़ता है। बिहार राज्य में यह राष्ट्रीय मार्ग मुजफ्फरपुर, दरभंगा, मुरिया, सुपौल, नरहिया, नरपतगंज, फोर्ब्सगंज, अररिया, झंझारपुर और पूर्णिया से होकर गुजरता है।	310 किलोमीटर
2	बिहार राज्य में यह राष्ट्रीय मोहनिया, औरंगाबाद और डोभी से होकर गुजरता है।	206 किलोमीटर
30	बिहार राज्य में यह राष्ट्रीय मोहिना को बख्तियारपुर से जोड़ता है।	125 किलोमीटर
82	बिहार राज्य में बिहारशरीफ के निकट राष्ट्रीय राजमार्ग-20 के साथ अपने जंक्शन से प्रारंभ होकर नालंदा, राजगीर, हिसुआ, गया, दाउदनगर, नसरीगंज, काराकाट, दावत, नवानगर को जोड़ते हुए डुमरांव के निकट राष्ट्रीय राजमार्ग-922 पर समाप्त होने वाला राजमार्ग।	244 किलोमीटर
103	बिहार राज्य में हाजीपुर के पास राष्ट्रीय राजमार्ग -22 के साथ अपने जंक्शन से शुरू होकर मुशरीघरारी, समस्तीपुर, दरभंगा को जोड़ने वाला और बेला नवादा के पास राष्ट्रीय राजमार्ग -27 के साथ अपने जंक्शन पर समाप्त होने वाला राजमार्ग है।	114 किलोमीटर
727 A	राष्ट्रीय राजमार्ग-727 A भारत में बिहार और उत्तर प्रदेश राज्यों से होकर गुजरता है। यह राजमार्ग उत्तर प्रदेश और बिहार की सीमा पर मौजूद है।	4.5 किलोमीटर

बिहार राज्य के स्टेट हाईवे (राज्य राजमार्ग)		
राज्य राजमार्ग संख्या	मार्ग	लंबाई (किमी में)
5	बिहारशरीफ-परवलपुर-एकंगरसराय-तेलहरा रोड	89.77 किलोमीटर
12	आरा-सासाराम रोड	48.4 किलोमीटर
47	सीवान-मैरवा-गुठनी रोड	17.25 किलोमीटर
69	डुमरिया-इमामगंज-शेरघाटी-करमेन-मथुरापुर-गुरारू-अहियापुर-टेकरी-मऊ-कुरथा-किंजर-पालीगंज-रानी तालाब	183.7 किलोमीटर

77	भारत-नेपाल सीमा के पास हाजीपुर से सोनबरसा	142 किलोमीटर	78	नौबतपुर-निजामपुर-बिहटा क्षेत्र	84.75 किलोमीटर

बिहार में महत्वपूर्ण रेल और सड़क पुल

क्रम संख्या	पुल	नदी	जिला (जगह)	रेलवे / सड़क मार्ग
1.	महात्मा गांधी सेतु	गंगा नदी	पटना जिला	सड़क मार्ग
2.	राजेंद्र सेतु	गंगा नदी	मोकामा	रेल और सड़क मार्ग
3.	नेहरू सेतु	सोन नदी	डेहरी	रेल और सड़क मार्ग
4.	अब्दुल बारी ब्रिज	सोन नदी	कोइलवर और भोजपुर	रेल और सड़क मार्ग
5.	विक्रमशिला सेतु	गंगा नदी	भागलपुर	सड़क मार्ग
6.	गंगा रेल-सड़क पुल	गंगा नदी	पटना और सोनपुर	रेल और सड़क मार्ग

बिहार में प्रमुख उद्योग और उनकी अवस्थिति

क्रम संख्या	प्रमुख उद्योग	अवस्थिति
1.	बिहार स्टेट स्कूटर लिमिटेड	फतुहा, पटना
2.	बिहार सिल्क एंड टेक्सटाइल इंस्टीट्यूट	भागलपुर
3.	ऑयल रिफाइनरी	बरौनी (बेगूसराय)
4.	भारत वैगन एंड इंजीनियरिंग कंपनी	मोकामा, मुजफ्फरपुर
5.	चमड़ा उद्योग	मोकामा, बेगूसराय, गया, मुजफ्फरपुर
6.	कागज उद्योग	मुंगेर
7.	रेल इंजन मरम्मत	समस्तीपुर, दरभंगा और जमालपुर
8.	कांच उद्योग	पटना
9.	चीनी उद्योग	बिहटा
10.	प्लाईवुड उद्योग	हाजीपुर
11.	सिंदूर उद्योग (वर्मिलिओन)	पटना, लखीसराय
12.	जूट उद्योग	कटिहार
13.	माचिस की तीली का उद्योग	कटिहार
14.	डायमंड पॉलिश उद्योग	पटना
15.	बर्तन उद्योग	सीवान, बिहटा
16.	सीमेंट उद्योग	बंजारी, डालमियानगर
17.	रेल इंजन कारखाना	मधेपुरा
18.	तसर सिल्क (रेशम)	भागलपुर
19.	लीची क्लस्टर	मुजफ्फरपुर
20.	मखाना क्लस्टर	दरभंगा
21.	खुदाई (माइनिंग)	औरंगाबाद
22.	ऊष्मा विद्युत	कांटी
23.	लाख उद्योग	गया, पूर्णिया
24.	दवा उद्योग	नारायणपुर
25.	रेल कोच फैक्ट्री	हरनौट (नालंदा)

बिहार में महत्वपूर्ण क्लस्टर

क्रम संख्या	क्लस्टर	स्थान
1.	पीतल और जर्मन चांदी के बर्तनों का समूह (क्लस्टर)	कसेरा, पश्चिम चंपारण (बेतिया)
2.	चावल विक्रेता संयंत्र निर्माण क्लस्टर	शीतलपुर, पूर्वी चंपारण मोतिहारी)
3.	शेल बटन क्लस्टर	मेनमेहशी और बथना (पूर्वी चंपारण)
4.	सिंघारा क्लस्टर	रामराय
5.	तांबे और कांसे के बर्तनों का समूह	महुआ, वैशाली
6.	कंबल निर्माण क्लस्टर शकुंद	जागरिया, भागलपुर
7.	खाजा स्वीट मैन्युफैक्चरिंग क्लस्टर	सिलाव, नालंदा

बिहार के महत्वपूर्ण स्मारक

क्रम संख्या	बिहार में स्मारक	ज़िला
1.	समशेर खान का मकबरा	औरंगाबाद
2.	विक्रमशिला विश्वविद्यालय का प्राचीन स्थल	भागलपुर
3.	पातालपुरी गुफा	भागलपुर
4.	बटेश्वर गुफा	भागलपुर
5.	नंदनगढ़ में किले की प्राचीर और स्तूप	पश्चिमी चंपारण
6.	नंदनगढ़ में बर्बाद किले	पश्चिमी चंपारण
7.	वैदिक समाधि स्थल	पश्चिमी चंपारण
8.	ध्वस्त किले, चंकीगढ़	पश्चिमी चंपारण
9.	कौवाडोल पहाड़ी की कुछ चट्टानों और शिलाखंडों के दक्षिणी और पूर्वी चेहरों पर उकेरी गई विभिन्न हिंदू देवी-देवताओं की मूर्तियां	गया

10.	प्राचीन भग्नावशेष जिस पर बुद्ध की एक विशाल मूर्ति, कुछ कमजोर मूर्तियां और तेरह बलुआ पत्थर के स्तंभ हैं	गया
11.	घाटी में प्राचीन टीले "हसरा कोल" के नाम से जाने जाते हैं	गया
12.	'शोभनाथ' के नाम से विख्यात पहाड़ी में प्राचीन टीले	गया
13.	शिव मंदिर	गया
14.	प्राचीन स्तूप और अन्य अवशेषों को स्थानीय रूप से सुजातागढ़ के नाम से जाना जाता है	गया
15.	गोपी गुफा	बराबर और नागार्जुनी पहाड़ियाँ, जहानाबाद
16.	करण चौपड़ गुफा	बराबर और नागार्जुनी पहाड़ियाँ, जहानाबाद
17.	लोमस ऋषि गुफा	बराबर और नागार्जुनी पहाड़ियाँ, जहानाबाद
18.	सुदामा गुफा	बराबर और नागार्जुनी पहाड़ियाँ, जहानाबाद
19.	वदथिका गुफा	बराबर और नागार्जुनी पहाड़ियाँ, जहानाबाद
20.	वापियाका गुफा	बराबर और नागार्जुनी पहाड़ियाँ, जहानाबाद
21.	विश्व झोपड़ी गुफा	बराबर और नागार्जुनी पहाड़ियाँ, जहानाबाद
22.	प्राचीन अखंड स्तंभ जिसे लट के नाम से जाना जाता है	लट, जहानाबाद
23.	प्राचीर और टीले के अवशेष जिन्हें आमतौर पर किला में 'रानी के महल' के रूप में जाना जाता है	नालंदा
24.	मलिक इब्राहिम बायु का मकबरा	नालंदा
25.	ग्रोव "बुलंदीबाग" के रूप में जाना जाता है	पटना
26.	टीला या स्तूप जिसे "छोटी पहाड़ी" के नाम से जाना जाता है	पटना
27.	लकड़ी की नींव और प्राचीन मौर्यकालीन दीवारों के अवशेष	पटना
28.	टीले को पांच स्तूप या "पंच पहाड़ी" के रूप में जाना जाता है	पटना
29.	शाह मखदूम दौलत मनेरी और इब्राहिम खान का मकबरा	पटना
30.	हसन शाह सूरी का मकबरा	रोहतास
31.	शेर शाह सूरी का मकबरा	रोहतास
32.	रोहतासगढ़ किला	रोहतास
33.	मुंडेश्वरी देवी का मंदिर	कैमूर
34.	बख्तियार खान का मकबरा	कैमूर
35.	तीन शिलालेख (तारा चंडी मंदिर के निकट)	रोहतास
36.	भारत के प्रथम राष्ट्रपति डॉ. राजेंद्र प्रसाद का पैतृक घर	सिवान
37.	जामी मस्जिद	वैशाली
38.	राजा विशाल का गढ़	वैशाली

बिहार के प्रमुख जलप्रपात

जलप्रपात	शहर	नदी
ककोलत जलप्रपात	नवादा	कर्मनासा
दुर्गावती जलप्रपात	रोहतास	दुर्गावती
सुखलदरी जलप्रपात	रोहतास	कनहर
खुरी दाह जलप्रपात	रोहतास	आसन
जीरखंड जलप्रपात	भोजपुर	फुलवरिया
धुआकुण्ड जलप्रपात	सासाराम	काओ

बिहार के मुख्यमंत्री (स्वतंत्रता के पहले)

क्रम संख्या	मुख्यमंत्री का नाम	कब से	कब तक
1.	मोहम्मद यूनुस	01 अप्रैल 1937	19 जुलाई 1937
2.	श्री कृष्ण सिंह	20 जुलाई 1937	31 अक्टूबर 1939
3.	श्री कृष्ण सिंह	02 अप्रैल 1946	28 अप्रैल 1952

बिहार के मुख्यमंत्री (स्वतंत्रता के बाद)

क्रम संख्या	मुख्यमंत्री का नाम	कब से	कब तक	पार्टी का नाम
1.	श्री कृष्ण सिंह	02 अप्रैल 1946	31 जनवरी 1961	भारतीय राष्ट्रीय कांग्रेस
2.	दीप नारायण सिंह	01 फरवरी 1961	18 फरवरी 1961	भारतीय राष्ट्रीय कांग्रेस

3.	बिनोदानंद झा	18 फरवरी 1961	02 अक्टूबर 1963	भारतीय राष्ट्रीय कांग्रेस
4.	के. बी. सहाय	02 अक्टूबर 1963	05 मार्च 1967	भारतीय राष्ट्रीय कांग्रेस
5.	महामाया प्रसाद सिन्हा	05 मार्च 1967	28 जनवरी 1968	जन क्रांति दल
6.	सतीश प्रसाद सिंह	28 जनवरी 1968	01 फरवरी 1968	भारतीय राष्ट्रीय कांग्रेस
7.	बी.पी. मंडल	01 फरवरी 1968	02 मार्च 1968	भारतीय राष्ट्रीय कांग्रेस
8.	भोला पासवान शास्त्री	22 मार्च 1968	29 जून 1968	भारतीय राष्ट्रीय कांग्रेस
9.	**राष्ट्रपति शासन**	**29 जून 1968**	**26 फरवरी 1969**	**–**
10.	हरिहर सिंह	26 फरवरी 1969	22 जून 1969	भारतीय राष्ट्रीय कांग्रेस
11.	भोला पासवान शास्त्री	22 जून 1969	04 जुलाई 1969	भारतीय राष्ट्रीय कांग्रेस
12.	**राष्ट्रपति शासन**	**04 जुलाई 1969**	**16 फरवरी 1970**	**–**
13.	दरोगा प्रसाद राय	16 फरवरी 1970	22 दिसंबर 1970	भारतीय राष्ट्रीय कांग्रेस
14.	कर्पूरी ठाकुर	22 दिसंबर 1970	02 जून 1971	सोशलिस्ट पार्टी
15.	भोला पासवान शास्त्री	02 जून 1971	09 जनवरी 1972	भारतीय राष्ट्रीय कांग्रेस
16.	राष्ट्रपति शासन	09 जनवरी 1972	19 मार्च 1972	–
17.	केदार पांडे	19 मार्च 1972	02 जुलाई 1973	भारतीय राष्ट्रीय कांग्रेस
18.	अब्दुल गफूर	02 जुलाई 1973	11 अप्रैल 1975	भारतीय राष्ट्रीय कांग्रेस
19.	जगन्नाथ मिश्रा	11 अप्रैल 1975	30 अप्रैल 1977	भारतीय राष्ट्रीय कांग्रेस
20.	**राष्ट्रपति शासन**	**30 अप्रैल 1977**	**24 जून 1977**	**–**
21.	कर्पूरी ठाकुर	24 जून 1977	21 अप्रैल 1979	जनता पार्टी
22.	राम सुंदर दास	21 अप्रैल 1979	17 फरवरी 1980	जनता पार्टी
23.	**राष्ट्रपति शासन**	**17 फरवरी 1980**	**08 जून 1980**	**–**
24.	जगन्नाथ मिश्रा	08 जून 1980	14 अगस्त 1983	भारतीय राष्ट्रीय कांग्रेस
25.	चंद्रशेखर सिंह	14 अगस्त 1983	12 मार्च 1985	भारतीय राष्ट्रीय कांग्रेस
26.	बिंदेश्वरी दुबे	12 मार्च 1985	13 फरवरी 1988	भारतीय राष्ट्रीय कांग्रेस
27.	भागवत झा आजाद	14 फरवरी 1988	10 मार्च 1989	भारतीय राष्ट्रीय कांग्रेस
28.	सत्येंद्र नारायण सिन्हा	11 मार्च 1989	06 दिसंबर 1989	भारतीय राष्ट्रीय कांग्रेस
29.	जगन्नाथ मिश्रा	06 दिसंबर 1989	10 मार्च 1990	भारतीय राष्ट्रीय कांग्रेस
30.	लालू प्रसाद यादव	10 मार्च 1990	28 मार्च 1995	जनता दल
31.	**राष्ट्रपति शासन**	**28 मार्च 1995**	**04 अप्रैल 1995**	**–**
32.	लालू प्रसाद यादव	04 अप्रैल 1995	25 जुलाई 1997	जनता दल, राष्ट्रीय जनता दल
33.	राबड़ी देवी	25 जुलाई 1997	11 फरवरी 1999	राष्ट्रीय जनता दल
34.	**राष्ट्रपति शासन**	**11 फरवरी 1999**	**09 मार्च 1999**	**–**
35.	राबड़ी देवी	09 मार्च 1999	02 मार्च 2000	राष्ट्रीय जनता दल
36.	नीतीश कुमार	03 मार्च 2000	10 मार्च 2000	समता पार्टी

37.	राबड़ी देवी	11 मार्च 2000	06 मार्च 2005	राष्ट्रीय जनता दल
38.	**राष्ट्रपति शासन**	**07 मार्च 2005**	**24 नवंबर 2005**	**-**
39.	नीतीश कुमार	24 नवंबर 2005	26 नवंबर 2010	जनता दल (यूनाइटेड)
40.	नीतीश कुमार	26 नवंबर 2010	20 मई 2014	जनता दल (यूनाइटेड)
41.	जीतन राम मांझी	20 मई 2014	22 फरवरी 2015	जनता दल (यूनाइटेड)
42.	नीतीश कुमार	22 फरवरी 2015	20 नवंबर 2015	जनता दल (यूनाइटेड)
43.	नीतीश कुमार	20 नवंबर 2015	16 नवंबर 2020	जनता दल (यूनाइटेड)
44.	नीतीश कुमार	16 नवंबर 2020	09 अगस्त 2022	जनता दल (यूनाइटेड)
45.	नीतीश कुमार	10 अगस्त 2022	वर्तमान	जनता दल (यूनाइटेड)

बिहार के राज्यपाल

क्रम संख्या	राज्यपाल का नाम	कब से	कब तक
1.	श्री जयरामदास दौलतराम	15 अगस्त 1947	11 जनवरी 1948
2.	श्री माधव श्रीहरि अणे	12 जनवरी 1948	14 जून 1952
3.	श्री रंगनाथ रामचंद्र दिवाकर	15 जून 1952	05 जुलाई 1957
4.	डॉ जाकिर हुसैन	06 जुलाई 1957	11 मई 1962
5.	श्री मदभुषी अनंतशयनम आयंगर	12 मई 1962	06 दिसंबर 1967
6.	श्री नित्यानंद कानूनगो	07 दिसंबर 1967	20 जनवरी 1971
7.	श्री न्यायमूर्ति उज्जल नारायण सिन्हा	21 जनवरी 1971	31 जनवरी 1971
8.	श्री देवकांत बरुआ	01 फरवरी 1971	04 फरवरी 1973
9.	श्री रामचंद्र धोंडीबा भंडारे	04 फरवरी 1973	15 जून 1976
10.	श्री जगन्नाथ कौशल	16 जून 1976	31 जनवरी 1979
11.	श्री न्यायमूर्ति कृष्ण बल्लभ नारायण सिंह	31 जनवरी 1979	19 सितंबर 1979
12.	डॉ अख़लाक़-उर-रहमान किदवई	20 सितंबर 1979	15 मार्च 1985
13.	श्री पेंडेकांति वेंकटसुब्बैया	15 मार्च 1985	25 फरवरी 1988
14.	श्री गोविंद नारायण सिंह	26 फरवरी 1988	24 जनवरी 1989
15.	श्री न्यायमूर्ति दीपक कुमार सेन	24 जनवरी 1989	28 जनवरी 1989
16.	श्री रामचन्द्र दत्तात्रेय प्रधान	29 जनवरी 1989	02 मार्च 1989
17.	श्री जगन्नाथ पहाड़िया	03 मार्च 1989	02 फरवरी 1990
18.	श्री न्यायमूर्ति जी.जी. सोहोनी	02 फरवरी 1990	16 फरवरी 1990
19.	श्री मोहम्मद यूनुस सलीम	16 फरवरी 1990	13 फरवरी 1991
20.	श्री बी. सत्यनारायण रेड्डी	14 फरवरी 1991	18 मार्च 1991
21.	श्री मो. शफी कुरैशी	19 मार्च 1991	13 अगस्त 1993
22.	डॉ अख़लाक़-उर-रहमान किदवई	14 अगस्त 1993	26 अप्रैल 1998
23.	श्री सुंदर सिंह भंडारी	27 अप्रैल 1998	15 मार्च 1999
24.	श्री न्यायमूर्ति बृज मोहन लाल	15 मार्च 1999	05 अक्टूबर 1999
25.	श्री सूरज भान	06 अक्टूबर 1999	22 नवंबर 1999

26.	श्री विनोद चन्द्र पाण्डे	23 नवंबर 1999	12 जून 2003
27.	श्री न्यायमूर्ति मंदगड्डे राम जोइस (सेवानिवृत्त)	12 जून 2003	31 अक्टूबर 2004
28.	श्री वेद प्रकाश मारवाह	01 नवंबर 2004	04 नवंबर 2004
29.	श्री बूटा सिंह	05 नवंबर 2004	30 जनवरी 2006
30.	श्री गोपालकृष्ण गांधी	31 जनवरी 2006	21 जून 2006
31.	श्री आर.एस. गवई	22 जून 2006	10 जुलाई 2008
32.	श्री आर एल भाटिया	10 जुलाई 2008	28 जून 2009
33.	श्री देवानंद कुंवर	29 जून 2009	21 मार्च 2013
34.	डॉ डी वाई पाटिल	22 मार्च 2013	26 नवंबर 2014
35.	श्री केशरी नाथ त्रिपाठी	27 नवंबर 2014	15 अगस्त 2015
36.	श्री राम नाथ कोविंद	16 अगस्त 2015	21 जून 2017
37.	श्री केशरी नाथ त्रिपाठी	22 जून 2017	03 अक्टूबर 2017
38.	श्री सत्य पाल मलिक	04 अक्टूबर 2017	22 अगस्त 2018
39.	श्री लाल जी टंडन	23 अगस्त 2018	28 जुलाई 2019
40.	श्री फागू चौहान	29 जुलाई 2019	16 फरवरी 2023
41.	राजेंद्र विश्वनाथ अर्लेकर	17 फरवरी 2023	अभी तक

बिहार राज्य के प्रमुख समाचार पत्र (हिंदी दैनिक)

समाचार पत्र का नाम	स्थापना वर्ष	प्रकाशित स्थल
बिहार बन्धु	1874	पटना
सर्व हितैषी	1880	पटना
आर्यावर्त	1941	दरभंगा
प्रदीप	1947	पटना
नवीन भारत	1948	पटना
विश्वामित्र	1948	पटना
जनशक्ति	1960	पटना
आत्मकथा	1970	पटना
आज	1979	पटना
बेगूसराय टाइम्स	1981	बेगूसराय
पाटलिपुत्र टाइम्स	1985	पटना
नवभारत टाइम्स	1986	पटना
हिन्दुस्तान	1986	पटना
अमृत वर्षा	1987	पटना
मौर्य बिहार (संध्या)	1988	पटना
संध्या प्रहरी	1992	पटना
दैनिक जागरण	2000	पटना
दैनिक भास्कर	2013	पटना
प्रभात खबर	1984	पटना

बिहार राज्य के प्रमुख समाचार पत्र (अंग्रेजी दैनिक)

समाचार पत्र का नाम	स्थापना वर्ष	प्रकाशित स्थल
द बिहार हेराल्ड	1875	पटना
सर्चलाइट	1918	पटना

बिहार राज्य की प्रमुख मासिक पत्रिका

मासिक पत्रिका का नाम	स्थापना वर्ष	प्रकाशित स्थल
आरती	1940	पटना
परिजात	1946	पटना
ज्योत्सना	1948	पटना
अवन्तिका	1952	पटना
पाटल	1952	पटना
जनमत	1981	पटना
शिक्षा	1984	पटना
अवकाश	1979	पटना
बालक	1926	पटना
क्षत्रिय पत्रिका	1881	पटना
लक्ष्मी	1903	पटना
युवक	1926	पटना
भूखे	1933	पटना

बिहार के प्रबंधन संस्थान			
क्रम संख्या	संस्थान के नाम	स्थापित स्थान	स्थापित वर्ष
1.	एल. एन. मिश्रा कॉलेज ऑफ बिजनेस मैनेजमेंट	मुजफ्फरपुर	1973
2.	ललित नारायण मिश्रा इंस्टीट्यूट ऑफ इकोनॉमिक डेवलपमेंट एण्ड सोशल चेंज	पटना	1973
3.	इंडियन इंस्टीट्यूट ऑफ बिजनेस मैनेजमेंट	पटना	1980
4.	चन्द्रगुप्त प्रबंध संस्थान	पटना	2008
5.	इंडियन इंस्टीट्यूट ऑफ मैनेजमेंट	गया	2015

बिहार राज्य के प्रमुख चिकित्सा महाविद्यालय			
क्रम संख्या	चिकित्सा महाविद्यालय (मेडिकल कॉलेज) के नाम	स्थापित स्थान	स्थापित वर्ष
1.	पटना मेडिकल कॉलेज	पटना	1925
2.	मेडिकल कॉलेज	दरभंगा	1947
3.	अनुग्रह नारायण मगध मेडिकल कॉलेज	गया	1969
4.	नालन्दा मेडिकल कॉलेज	पटना	1969
5.	एस.के. मेडिकल कॉलेज	मुजफ्फरपुर	1971
6.	जवाहर लाल नेहरु मेडिकल कॉलेज	भागलपुर	1971
7.	इन्दिरा गाँधी आयुर्वेद संस्थान	पटना	1983
8.	जननायक कर्पूरी ठाकुर मेडिकल कॉलेज	मधेपुरा	2000
9.	राजकीय चिकित्सा महाविद्यालय	बेतिया	2009
10.	अखिल भारतीय चिकित्सा विज्ञान संस्थान	पटना	2012

बिहार राज्य के प्रमुख विधि महाविद्यालय		
क्रम संख्या	विधि महाविद्यालय के नाम	स्थापित स्थान
1.	टी. एन. बी. कॉलेज	भागलपुर
2.	एस.के.जे. लॉ कॉलेज	मुजफ्फरपुर
3.	ए.एम. कॉलेज	गया
4.	महाराजा लॉ कॉलेज	आरा
5.	पटना लॉ कॉलेज	पटना
6.	विदेह लॉ कॉलेज	मधुबनी
7.	लॉ कॉलेज	समस्तीपुर
8.	शिवानन्द मंडल कॉलेज	मधेपुरा
9.	एम.एस. कॉलेज	मोतिहारी

बिहार के प्रमुख इंजीनियरिंग कॉलेज			
क्रम संख्या	इंजीनियरिंग कॉलेज के नाम	स्थापित स्थान	स्थापित वर्ष
1.	बिहार कॉलेज ऑफ इंजीनियरिंग (नेशनल इंस्टीट्यूट ऑफ टेक्नोलॉजी, 2004)	पटना	1886
2.	गया इंजीनियरिंग कॉलेज	गया	2008
3.	बिहार इंस्टीट्यूट ऑफ सिल्क एण्ड टेक्सटाइल	भागलपुर	1994

4.	दरभंगा इंजीनियरिंग कॉलेज	दरभंगा	2008
5.	नालंदा इंजीनियरिंग कॉलेज	नालंदा	2008
6.	फैकल्टी ऑफ एग्रीकल्वर इंजीनियरिंग	पूसा	1902
7.	इंडियन इंस्टीट्यूट ऑफ टेक्नोलॉजी	पटना	2008
8.	बिड़ला इस्टीट्यूट ऑफ टेक्नोलॉजी (एक्सटेंशन ऑफ़ बिड़ला इस्टीट्यूट ऑफ टेक्नोलॉजी, मेसरा)	पटना	2006
9.	मुजफ्फरपुर इंस्टोट्यूट ऑफ टेक्नोलॉजी	मुजफ्फरपुर	1954
10.	भागलपुर कॉलेज ऑफ इंजीनियरिंग	भागलपुर	1960
11.	लोकनायक जयप्रकाश नारायण इंस्टोट्यूटऑफ टेक्नोलॉजी	छपरा	2012

कृषि महाविद्यालय एवं अनुसंधान केन्द्र

क्रम संख्या	कृषि महाविद्यालय एवं अनुसंधान केन्द्र के नाम	स्थापित स्थान
1.	तिरहुत कॉलेज ऑफ एग्रीकल्चर	मुजफ्फरपुर
2.	मक्का अनुसंधान केन्द्र	बेगूसराय
3.	लीची अनुसंधान केन्द्र	मुजफ्फरपुर
4.	केन्द्रीय आलू अनुसंधान केन्द्र	पटना
5.	भारतीय कृषि अनुसंधान परिषद्	पटना
6.	जल प्रबंधन अनुसंधान केंद्र	पटना
7.	आलू अनुसंधान संस्थान	नालंदा

बिहार राज्य के अन्य शैक्षणिक संस्थान

क्रम संख्या	शैक्षणिक संस्थान	स्थापित स्थान
1.	गवर्नमेंट कॉलेज ऑफ आर्ट एण्ड क्राफ्ट	पटना
2.	फैकल्टी ऑफ फाइन आर्ट्स एण्ड क्राफ्ट	भागलपुर
3.	नव नालंदा महाविहार	नालंदा
4.	टी.वी. डिमोन्ट्रेशन एण्ड ट्रेनिंग सेन्टर	पटना
5.	राजेन्द्र मेमोरियल रिसर्च इंस्टीट्यूट	पटना
6.	बिहार शोध संस्थान	पटना
7.	के.पी. जायसवाल शोध संस्थान	पटना
8.	डॉ. ए. एन. सिन्हा शोध संस्थान	पटना
9.	चित्र एवं मूर्तिकला विद्यालय	पटना
10.	ए. एन. सिन्हा समाज अध्ययन संस्थान	पटना
11.	मदरसा इस्लामिक शमशुल हुदा	पटना
12.	ललित नारायण मिश्र इंस्टीट्यूट ऑफ इकोनॉमिक ग्रप एण्ड सोशल चेंज	पटना
13.	मन्दार विद्यापीठ	भागलपुर
14.	मूकबधिर विद्यालय	पटना
15.	संस्कृत विद्यापीठ	पटना
16.	नेत्रहीन छात्र विद्यालय	भागलपुर
17.	पटना नेत्रहीन विद्यालय	पटना
18.	जेवियर्स फायर सेफ्टी अकादमी	पटना
19.	बालिका विद्यापीठ	लखीसराय
20.	भारतीय नृत्यकला मंदिर	पटना
21.	दरभंगा रिसर्च इंस्टीट्यूट	दरभंगा
22.	कृषि अनुसंधान केन्द्र	पटना
23.	फल अनुसंधान संस्थान	सबौर
24.	सेन्ट्रल फ्यूल रिसर्च इंस्टीट्यूट	पटना
25.	भारतीय नृत्यकला मंदिर	पटना
26.	राजकीय संयुक्त खाद्य एवं औषधि प्रयोगशाला	पटना
27.	बिहार उर्दू अकादमी	पटना
28.	कला भवन	पूर्णिया
29.	प्राकृत जैन शास्त्र शोध संस्थान	वैशाली
30.	अरेबिक एण्ड पर्शियन रिसर्च इंस्टीट्यूट	पटना
31.	मिथिला संस्कृत विद्यापीठ	दरभंगा
32.	बिहार राष्ट्रभाषा परिषद्	पटना
33.	मैथिली साहित्य परिषद्	–
34.	बिहार हिन्दी साहित्य सम्मेलन	पटना
35.	रिसर्च इंस्टीट्यूट ऑफ प्राकृत जैनोलॉजी एण्ड अहिम्शा	वैशाली
36.	संजय गाँधी डेयरी टेक्नोलॉजी संस्थान	पटना

बिहार राज्य के प्रमुख लोकायुक्त			
क्रम संख्या	लोकायुक्त का नाम	कब से	कब तक
1.	माननीय श्री श्रीधर वासुदेव सोहोनी	28-05-1973	27-05-1978
2.	माननीय श्री न्यायमूर्ति श्याम नंदन प्रसाद सिंह	08-06-1978	07-06-1983
3.	माननीय श्री न्यायमूर्ति त्रिवेणी सहाय मिश्रा	18-01-1986	17-01-1991
4.	माननीय श्री न्यायमूर्ति सैयद सरवर अली	07-02-1991	06-02-1996
5.	माननीय श्री न्यायमूर्ति नरबदेश्वर पाण्डेय	08-06-2001	07-06-2006
6.	माननीय श्री न्यायमूर्ति राम नंदन प्रसाद	25-08-2006	24-08-2011
7.	माननीय श्री न्यायमूर्ति सी. एम. प्रसाद	25-08-2011	24-08-2016
8.	माननीय न्यायमूर्ति श्याम किशोर शर्मा	14-02-2017	13-02-2022

बिहार राज्य से राज्य सभा सदस्यों के नाम		
क्रम संख्या	सदस्य का नाम	दल का नाम (पार्टी का नाम)
1.	श्री अहमद अशफाक करीम	राष्ट्रीय जनता दल
2.	श्री प्रेमचंद गुप्ता	राष्ट्रीय जनता दल
3.	श्री रामनाथ ठाकुर	जनता दल (यूनाइटेड)
4.	प्रो. मनोज कुमार झा	राष्ट्रीय जनता दल
5.	श्री विवेक ठाकुर	जनता दल (यूनाइटेड)
6.	श्री सुशील कुमार मोदी	भारतीय जनता पार्टी
7.	श्री अखिलेश प्रसाद सिंह	भारतीय राष्ट्रीय कांग्रेस
8.	श्रीमती मीशा भारती	राष्ट्रीय जनता दल
9.	डॉ. महेन्द्र प्रसाद	जनता दल (यूनाइटेड)
10.	श्री ए. डी. सिंह	राष्ट्रीय जनता दल
11.	श्री सतीश चन्द्र दुबे	भारतीय जनता पार्टी
12.	श्री गोपाल नारायण सिंह	भारतीय जनता पार्टी
13.	श्री वशिष्ठ नारायण सिंह	जनता दल (यूनाइटेड)
14.	श्री रामचन्द्र प्रसाद सिंह	जनता दल (यूनाइटेड)
15.	श्री हरिवंश	जनता दल (यूनाइटेड)

बिहार विधान सभा के अध्यक्षों की सूची			
क्रम संख्या	अध्यक्षों का नाम	कब से	कब तक
1.	श्री रामदयालु सिंह	23-07-1937	11-11-1944
2.	श्री बिन्धयेश्वरी प्रसाद वर्मा	25-04-1946	14-03-1962
3.	डॉ लक्ष्मी नारायण सुधांशु	15-03-1962	15-03-1967
4.	श्री धनिकलाल मंडल	16-03-1967	10-03-1969
5.	श्री राम नारायण मंडल	11-03-1969	20-03-1972
6.	श्री हरिनाथ मिश्र	21-03-1972	26-06-1977
7.	श्री त्रिपुरारी प्रसाद सिंह	28-06-1977	22-06-1980
8.	श्री राधानन्दन झा	24-06-1980	01-04-1985
9.	श्री शिवचन्द्र झा	04-04-1985	23-01-1989
10.	श्री मोहम्मद हिदायुतल्ला खाँ	27-03-1989	19-03-1990
11.	श्री गुलाम सरवर	20-03-1990	09-04-1995
12.	श्री देव नारायण यादव	12-04-1995	06-03-2000
13.	श्री सदानन्द सिंह	09.03 .2000	28.06 .2005
14.	श्री उदय नारायण चौधरी	30.11 .2005	29.11 .2010
15.	श्री उदय नारायण चौधरी	02.12 .2010	28.11 .2015

16.	श्री विजय कुमार चौधरी	02.12 .2015	15.11 .2020
17.	श्री विजय कुमार सिन्हा	25.11 .2020	24.08 .2022
18.	श्री अवध विहारी चौधरी	24.08 .2022	अब तक

बिहार विधान परिषद् के सभापति

क्रम संख्या	अध्यक्षों का नाम	कब से	कब तक
1.	माननीय राजाव रजन प्रसाद	23 ज़ुलाई 1937	6 सितंबर 1948
2.	माननीय श्यामा प्रसाद सिंह	7 सितम्बर, 1948	11 मई 1952
3.	माननीय नईमा खातून हैदर	12 मई 1952	15 मई 1952
4.	माननीय श्यामा प्रसाद सिंह	15 मई 1952	6 मई 1958
5.	माननीय रामेश्वर प्रसाद सिंह	4 अप्रैल 1959	7 अप्रैल 1959
6.	माननीय राय ब्रज राज कृष्णा	7 अप्रैल 1959	6 मई 1962
7.	माननीय राथा गोविन्द प्रसाद	7 मई 1962	10 सितम्बर 1962
8.	माननीय रावणेश्वर मिश्र	11 सितम्बर 1962	6 मई 1964
9.	माननीय कुमार गंगा नन्द सिंह	7 मई 1964	24 सितम्बर 1964
10.	माननीय थियोडोर बोदरा	24 सितम्बर 1964	30 अगस्त 1965
11.	माननीय देवशरण सिंह	30 अगस्त 1965	6 मई 1968
12.	माननीय थियोडोर बोदरा	7 मई 1968	16 मई 1972
13.	माननीय अनिल कुमार सेन	7 मई 1972	5 जून 1972
14.	माननीय अब्दुल गफूर	5 जून 1972	2 जुलाई 1973
15.	माननीय डा. राम गोविन्द सिंह	2 जुलाई 1973	5 जनवरी 1975
16.	माननीय महेन्द्र प्रसाद	5 जनवरी 1975	18 मार्च 1975
17.	माननीय कृष्णकान्त सिंह	18 मार्च 1975	19 मार्च 1975
18.	माननीय डा. राम गोविन्द सिंह	19 मार्च 1975	6 मई 1976
19.	माननीय सुश्री राजेश्वरी सरोज दास	7 मई 1976	6 मई 1980
20.	माननीय शामू चरण तुविद	14 जून 1980	24 जुलाई 1980
21.	माननीय पृथ्वी चन्द किस्कू	25 ज़ुलाई 1980	12 जनवरी 1985
22.	माननीय राजेश्वरी सरोज दास	18 जनवरी, 1985	29 जनवरी 1985
23.	माननीय अरुण कुमार	5 जुलाई 1985	3 अक्तूबर 1986
24.	माननीय डा. उमेश्वर प्रसाद वर्मा	4 अक्तूबर 1986	18 जनवरी 1990
25.	माननीय डा. उमेश्वर प्रसाद वर्मा	19 जनवरी 1990	6 मई 1994
26.	माननीय डा. रघुवंश प्रसाद सिंह	7 मई 1994	5 अप्रैल 1995
27.	माननीय प्रो. जाबिर हुसेन	6 अप्रैल 1995	25 जुलाई 1996
28.	माननीय प्रो. जाबिर हुसेन	26 जुलाई 1996	6 मई 2000
29.	माननीय प्रो. जाबिर हुसेन	7 मई 2000	29 जून 2000
30.	माननीय प्रो. जाबिर हुसेन	30 जून 2000	15 अप्रैल 2006

31.	माननीय प्रो. अरुण कुमार	16 अप्रैल 2006	4 अगस्त 2009
32.	माननीय ताराकान्त झा	4 अगस्त 2009	6 मई 2012
33.	माननीय अवधेश नारायण सिंह	8 अगस्त 2012	8 मई 2017
34.	रिक्त	9 मई 2017	23 अगस्त 2022
35.	देवेश चंद्र ठाकुर	24 अगस्त 2022	अब तक

बिहार राज्य के मुख्य न्यायाधीश			
क्रम संख्या	**मुख्य न्यायाधीश**	**कब से**	**कब तक**
1.	माननीय सर एडवर्ड मेनर्ड चैम्प्स चेमियर	01 मार्च 1916	30 अक्तूबर 1917
2.	माननीय सर थॉमस फ्रेडरिक डावसन मिलर	31 अक्तूबर 1917	31 मार्च 1928
3.	माननीय सर कर्टनी टेरेल	31 मार्च 1928	06 मई 1938
4.	माननीय सर आर्थर ट्रेवर हैरी	10 अक्तूबर 1938	19 जनवरी 1943
5.	माननीय सर सैयद फ़ज़ल अली	19 जनवरी 1943	14 अक्तूबर 1946
6.	माननीय सर क्लिफर्ड मनमोहन अग्रवाल	09 जनवरी 1948	24 जनवरी 1950
7.	माननीय सर हर्बर्ट रिबन मेरिडिथ	25 जनवरी 1950	08 अप्रैल 1950
8.	माननीय पंडित लक्ष्मी कांत झा	08 अप्रैल 1950	01 जून 1952
9.	माननीय श्री डेविड एज्रा रेउबेन	01 जून 1952	02 सितंबर 1953
10.	माननीय श्री सैयद जाफ़र इमाम	03 सितंबर 1953	10 जनवरी 1955
11.	माननीय श्री सुधांशु कुमार दास	10 जनवरी 1955	30 अप्रैल 1956
12.	माननीय श्री वैद्यनाथियर रामास्वामी	30 अप्रैल 1956	04 जनवरी 1965
13.	माननीय श्री रामास्वामी लक्ष्मी नरसिम्हन	04 जनवरी 1965	2 अगस्त 1968
14.	माननीय श्री सतीश चंद्र मिश्रा	09 नवंबर 1968	05 सितंबर1970
15.	माननीय श्री उज्जल नारायण सिन्हा	05 सितंबर 1970	29 सितंबर 1972
16.	माननीय श्री नंद लाल ऊंटवालिया	29-सितंबर 1972	03 अक्टूबर 1974
17.	माननीय श्री श्याम नंदन प्रसाद सिंह	03 अक्टूबर 1974	01 मई 1976
18.	माननीय श्री कृष्ण बल्लभ नारायण सिंह	9 जुलाई 1976	12 मार्च 1982
19.	माननीय श्री सुरीत सिंह संधवालिया	29 नवंबर 1983	27 जुलाई 1987
20.	माननीय श्री भगवती प्रसाद झा	02 जनवरी 1988	30 अप्रैल 1988
21.	माननीय श्री दीपक कुमार सेन	01 मई 1988	01 मई 1989
22.	माननीय श्री सुशील कुमार झा	19 अक्टूबर 1989	23 अक्तूबर 1989
23.	माननीय श्री गंगाधर गणेश सोहानी	24 अक्टूबर 1989	17 दिसंबर 1990
24.	माननीय श्री बिमल चंद्र बासक	18 मार्च 1991	21 अक्तूबर 1994
25.	माननीय श्री के.एस. परिपूर्णन	24 जनवरी 1994	11 जून 1994
26.	माननीय श्री के. वेंकटस्वामी	19 सितंबर1994	06 मार्च 1995
27.	माननीय श्री जी.बी. पटनायक	19 मई 1995	11 सितंबर 1995
28.	माननीय श्री डी.पी. वाधवा	29 सितंबर 1995	21 मार्च 1997

29.	माननीय श्री बी.एम. एलएएल	09 जुलाई 1997	06 अक्टूबर1999
30.	माननीय श्री रवि एस धवन	25 जनवरी 2000	22 जुलाई 2004
31.	माननीय डॉ. जे.एन. भट्ट	18 जुलाई 2005	16 अक्टूबर 2007
32.	माननीय श्री राजेश बलिया	05 जनवरी 2008	03 मार्च 2008
33.	माननीय श्री न्यायमूर्ति राजेंद्र मल लोढ़ा	13 मई 2008	16 दिसंबर 2008
34.	माननीय श्री जे. बी. कौशी	16 मार्च 2009	12 मई 2009
35.	माननीय श्री पी. के. मिश्रा	12 अगस्त 2009	16 सितम्बर 2009
36.	माननीय श्री न्यायमूर्ति दीपक मिश्रा	23 दिसंबर 2009	23 मई 2010
37.	माननीय सुश्री न्यायमूर्ति रेखा मनहरलाल दोषित	21 जून 2010	12 दिसंबर 2014
38.	माननीय श्री न्यायमूर्ति एल नरसिम्हा रेड्डी	02 जनवरी 2015	31 जुलाई 2015
39.	माननीय श्री न्यायमूर्ति इकबाल अहमद अंसारी	29 जुलाई 2016	28 अक्तूबर 2016
40.	माननीय श्री न्यायमूर्ति राजेन्द्र मेनन	15 मार्च 2017	08 अगस्त 2018
41.	माननीय श्री मुकेश आर शाह	12 अगस्त 2018	01 नवंबर 2018
42.	माननीय श्री अमरेश्वर प्रताप साही	17 नवंबर 2018	10 नवंबर 2019
43.	माननीय श्री संजय करोल	11 नवंबर 2019	05 फरवरी 2023
44.	माननीय श्री के विनोद चंद्रन	06 फरवरी 2023	अब तक

बिहार राज्य के मुख्य संग्रहालय

संग्रहालय	स्थान	वर्ष
पटना संग्रहालय	पटना	1917
पुरातात्विक संग्रहालय	पटना	1917
पुरातात्विक संग्रहालय	वैशाली	1945
पुरातात्विक संग्रहालय	बोधगया	1956
चन्द्रधारी संग्रहालय	दरभंगा	1957
राजेन्द्र स्मारक संग्रहालय	पटना	1963
गाँधी संग्रहालय	पटना	1967
नवादा संग्रहालय	नवादा	1974
गया संग्रहालय	गया	1970
महाराजा लक्ष्मीश्वर सिंह संग्रहालय	दरभंगा	1979
बाबू कुंवर सिंह स्मारक संग्रहालय	जगदीशपुर	–
मुजफ्फरपुर संग्रहालय	मुजफ्फरपुर	–
बेगुसराय संग्रहालय	बेगुसराय	–
बक्सर संग्रहालय	बक्सर	–
बिहारशरीफ संग्रहालय	बिहारशरीफ	–
पुरातात्विक संग्रहालय	नालंदा	1917
श्रीकृष्ण विज्ञान केंद्र	पटना	1981
जालान संग्रहालय	पटना	1954
भागलपुर संग्रहालय	भागलपुर	–
जमुई संग्रहालय	जमुई	–
विज्ञान संग्रहालय	पटना	1981

बिहार के प्रख्यात व्यक्तित्व

नाम	उपलब्धिया
राजा जरासंध	महाभारत में प्रसिद्ध पौराणिक चरित्र
महावीर	चौबीसवें तीर्थंकर
बुद्धा	तपस्वी और धार्मिक गुरु
आर्यभट्ट	गणित और खगोल विज्ञान पर कई ग्रंथ के लेखक
महान अशोक	मौर्य साम्राज्य की सेना के कई हिस्सों पर नियंत्रण
समुद्रगुप्त	गुप्त वंश का दूसरा महत्वपूर्ण शासक
सूफी संत हज़रत मनेरी	13वीं शताब्दी के एक भारतीय सूफी संत
शेर शाह सूरी	अफगान शासक
वाचस्पति मिश्रा	स्मृति विद्वान और मिथिला के तर्कशास्त्री
गुरु गोविंद सिंह	सिख धर्म के दसवें और अंतिम गुरु
बाबू कुँवर सिंह	जगदीशपुर के जमींदार
स्वामी सहजानंद सरस्वती	बिहार में किसान वर्ग के सबसे प्रमुख नेता
राज कुमार शुक्ला	चंपारण के नील के किसान

श्रीकृष्ण सिन्हा	बिहार केसरी के नाम से प्रसिद्ध
अनुग्रह नारायण सिन्हा	बिहार विभूति के रूप में जाने जाते हैं
ठाकुर जुगल किशोर सिन्हा	भारतीय राजनेता
ब्रजकिशोर प्रसाद	सज्जनबिहारी
बैकुण्ठ शुक्ल	भारतीय राष्ट्रवादी और क्रांतिकारी
कार्यानंद शर्मा	प्रख्यात राष्ट्रवादी
सत्येंद्र नारायण सिंह	भारतीय स्वतंत्रता आंदोलन में भाग लेने वाले एक भारतीय राजनीतिज्ञ
यमुना कर्जी	भारतीय स्वतंत्रता सेनानी
योगेंद्र शुक्ला	भारतीय राष्ट्रवादी बिहार में पैदा हुए
मौलाना मजहरुल हक	बिहार में होमरूल आंदोलन को संगठित किया
यदुनंदन शर्मा	एक भारतीय किसान नेता और राष्ट्रीय स्वतंत्रता
श्री श्यामा प्रसाद सिंह	जमुई के स्वतंत्रता सेनानी
रामबृक्ष बेनीपुरी	हिंदी लेखक
गंगा शरण सिंह	प्रख्यात राष्ट्रवादी, स्वतंत्रता सेनानी और साहित्यकार
डॉ. वशिष्ठ नारायण सिंह	विश्व प्रसिद्ध गणितज्ञ और नासा के पूर्व वैज्ञानिक थे
विद्यापति	मैथिली और संस्कृत पोलीमैथ कवि-संत
देवकी नंदन खत्री	हिंदी में रहस्यमयी उपन्यासों के प्रथम लेखक

गंगानाथ झा	संस्कृत के प्रख्यात विद्वान
नागार्जुन	हिन्दी साहित्य के प्रसिद्ध लेखक
बिस्मिल्लाह खान	प्रसिद्ध शहनाई वादक
रामधारी सिंह दिनकर	भारतीय हिंदी कवि, निबंधकार और अकादमिक
चंदेश्वर प्रसाद नारायण सिंह	मुजफ्फरपुर जिला परिषद का अध्यक्ष
जानकी वल्लभ शास्त्री	भारतीय हिंदी कवि, लेखक और आलोचक
शरद सिन्हा	बिहार के लोक गायक और संगीत शिक्षक
भिखारी ठाकुर	बीसवीं सदी के थिएटर फॉर्म बिदेसिया के निर्माण
खुदाबख्श खान	पांडुलिपियों के प्रसिद्ध संग्रहकर्ता
फणीश्वर नाथ रेणु	मैला आंचल रेणु का क्षेत्रीय उपन्यास
डॉ. राजेंद्र प्रसाद	भारत के प्रथम राष्ट्रपति
प्रकाश झा	भारतीय फिल्म निर्माता-निर्देशक और पटकथा लेखक
पंडित नलिन विलोचन शर्मा	पटना विश्वविद्यालय में हिंदी साहित्य
बसावन सिंह	बिहार में कांग्रेस समाजवादी पार्टी के संस्थापक सदस्य
भागवत झा आजाद	राज्य के शिक्षा मंत्री

अन्य विविध तथ्य

क्रम संख्या	विविध तथ्य	व्याख्या
1.	प्रमुख नदियाँ	गंगा, पुनपुन, फल्गु, सोन, कर्मनासा, दुर्गावती, गंडक, बुढ़ी गंडक, बागमती, कमला, कोसी, सरयू, महानन्दा, सकरी, पंचाने आदि
2.	गंगा नदी का बिहार में प्रवेश	भोजपुर जिला से
3.	गर्म जल के झरने व कुण्ड	सप्तधारा या सतधरवा झरना, बह्मकुण्ड, सूर्यकुण्ड, मकदुमकुण्ड, लक्ष्मणकुण्ड, रामेश्वर कुण्ड, सीताकुण्ड, ऋषिकुण्ड आदि।
4.	मुख्य दोआब	घाघरा-गण्डक दोआब, गण्डक- कोसी दोआब, कोसी-महानन्दा दोआब।
5.	प्रमुख ताप विद्युत परियोजनाएँ	मजफ्फरपुर ताप विद्युत, कहलगाँव ताप विद्युत, बाढ़ ताप विद्युत परियोजना (प्रस्तावित), बरौनी ताप विद्युत।
6.	प्रमुख सिंचाई परियोजनाएँ	गण्डक परियोजना, कोसी परियोजना।
7.	प्रमुख पहाड़ियाँ	राजगीर और गिरियक की पहाड़ी, वीर पहाड़ी, बराबर, शिवालिक, रामनगर दूनकी पहाड़ी, सोमेश्वर पहाड़ी, रामशिला, प्रेतशिला, गिरहिण्डा, पार्वती, जमालपुर, खड़गपुर पहाड़ी, आदि।
8.	प्रमुख लोकनृत्य	खोलड़िन, झरनी, करिया, झूमर, कठफोड़वा, विद्यापति, धोबिया, जोगिड़ा, पवड़िया, झिझिया, आदि।
9.	प्रमुख लोकगीत	निर्गुवा, मटियाली, बिहुलन, सोहर, लोड़किन, पर्व, संस्कार, बिरहा, सोमानिका, चैता, कजरी, कोहबर, चतुरमासा, झूमर, ऋतु, मंत्र, लीला, हिडोला, महेशवाणी, वटमनी, जतसार, समदऊन, आदि।
10.	प्रमुख जनजातियाँ	थारू, संथाल, खोण्ड, बेदिया, मुण्डा, गोण्ड।
11.	प्रमुख जैविक उद्यान	संजय गाँधी जैविक उद्यान, हरियाबारा हिरण पार्क।
12.	राष्ट्रीय पार्क	1 (वाल्मिकीनगर राष्ट्रीय उधान)
13.	प्रमुख अभ्यारण्य	राजगीर, भीमबांध, विक्रमशीला, गंगा-डाल्फिन, गौतमबुद्ध, परमान डाल्फिन, कैमू और उदयपुर।

14.	प्रमुख राग	फाग, चैंता, नचारी, लगनी, आदि।
15.	प्रमुख पक्षी विहार	गोगाबिल, कांवरझील, नकटी, सरैयामन, सुहियाना, कुशेश्वरस्थान, बक्सर पक्षी विहार, आदि।
16.	प्रमुख चित्रकला शैली	पटना कलम, मंजूषा, थंका सांझी, मधुबनी, आदि।
17.	महापर्व	छठ
18.	राजकीय मेघा दिवस	03 दिसम्बर
19.	डाल्फिन दिवस	5 अक्टूबर
20.	सर्वोच्च शिखर	सोमेश्वर (874 मीटर)
21.	बिहार की शोक नदी	कोसी नदी
22.	प्रमुख धार्मिक स्थान	बोधगया, पावापुरी, पटना साहेब, वैशाली, राजगीर, मनेरशरीफ, फुलवारी शरीफ आदि।
23.	समुद्र तट से बिहार की दूरी	200 किमी.
24.	समुद्र तट से बिहार की औसत ऊँचाई	53 मीटर (173 फीट)
25.	राज्य से होकर गुजरने वाला राष्ट्रीय राजमार्ग की संख्या	40
26.	मुख्य फसल	धान, गेहूं, चना, मक्का, ईख आदि।
27.	भाषाएँ	हिन्दी, मगही, भोजपुरी, मैथिली, वज्जिका, उर्दू तथा अंगिका

बिहार: जाति आधारित जनगणना

हाल ही में बिहार सरकार ने घोषणा की है कि 7 जनवरी,2023 से जाति जनगणना कराए जाने का निर्णय लिया गया है। 7 जनवरी से जनगणना का प्रथम चरण आरम्भ होगा , जो 21 जनवरी तक चलेगा, जबकि द्वितीय चरण में मई तक जनगणना कराई जाएगी।

जाति गणना की प्रासंगिकता और आवश्यकता

- समानता की ओर एक कदम: एक जातिगत जनगणना हमें उन जातियों को इंगित करने में मदद करेगी, जिनका इस देश की संस्थाओं में प्रतिनिधित्व नहीं है, ताकि समानता की ओर कदम बढ़ाए जा सकें। यह विभिन्न समुदायों के लिए आरक्षण के विस्तार को भी उचित ठहराएगा। इसका उद्देश्य यह है कि समाज का हर वर्ग अच्छे से विकास कर सके।
- सरकार के पास अंतिम जाति डेटा: अंतिम जाति जनगणना वर्ष 1931 में हुई थी और सरकार वर्तमान में इसका उपयोग जनसांख्यिकी और विभिन्न जाति समूहों के अनुमान के आधार के रूप में करती है। 1951 से 2011 तक की प्रत्येक जनगणना में अनुसूचित जातियों और अनुसूचित जनजातियो से सम्बंधित डाटा तो प्रकाशित किए जा रहे है, किन्तु अन्य जातियों से सम्बंधित डाटा को शामिल नही किया जाता है।
- डेटा की अनुपलब्धता: अन्य पिछड़ा वर्ग (ओबीसी) के तहत वर्गीकृत विभिन्न समुदायों पर डेटा की अनुपलब्धता के कारण रोहिणी आयोग को भी कठिनाइयों का सामना करना पड़ा। ओबीसी के उप-वर्गीकरण के मुद्दे की जांच के लिए आयोग की स्थापना की गई थी।
- प्रभावी सेवा वितरण: लक्षित कल्याण के अधिक प्रभावी वितरण को सुनिश्चित करने के लिए जनसंख्या का एक नया अनुमान आवश्यक है।
- जातिगत डेटा संग्रह पर राज्य की कार्रवाई: कर्नाटक, ओडिशा और तेलंगाना ने "सामाजिक-आर्थिक सर्वेक्षण " के आधार पर जाति जनगणना की थी।

ऐतिहासिक पृष्ठभूमि

- वर्ष 1872 में तत्कालीन वायसराय लार्ड मेयो के द्वारा शरुआत किया गया था। किन्तु ,1881 से प्रत्येक दस वर्षो के अन्तराल पर गणना की जाती है।
- 65 पन्नों की जनगणना में विभिन्न प्रान्तों में ब्राह्मणों, क्षत्रियों और राजपूतों सहित विभिन्न जातियों की जनसंख्या की जनगणना की गई है।
- जाति की जनसंख्या विशेष रूप से उस समय उनके पारम्परिक व्यवसायों के आधार पर गिना जाता था।
- अंतिम बार जाति पर व्यापक डेटा वर्ष 1931 की जनगणना में एकत्र किया गया था।
- स्वतंत्र भारत की सातवीं जनगणना (2011) है, जबकि स्वतंत्रता पूर्व भारत की पन्द्रहवी जनगणना है।
- इसे प्रत्येक दस वर्षो में आयोजित किया जाता है।
- भारत में जनगणना आयोजित करने का प्राथमिक दायित्व गृह मंत्रालय के तहत 'महापंजीयक और जनगणना आयुक्त कार्यालय ' को दिया गया था।
- जनगणना अधिनियम' 1948 के प्रावधानों के तहत किया जाता है।
- भारतीय संविधान के अनुच्छेद-246 के तहत जनसंख्या जनगणना एक संघ का विषय है।

एसईसीसी (SECC) 2011 क्या है?

- वर्ष 2011 की "सामाजिक-आर्थिक जाति जनगणना"(Socio Economic and Caste Census) विभिन्न समुदायों की सामाजिक-आर्थिक स्थिति के बारे में डेटा प्राप्त करने का एक प्रमुख पहल था। इसके दो घटक थे: ग्रामीण और शहरी परिवारों का सर्वेक्षण और पूर्व निर्धारित मापदन्डो के आधार पर इन परिवारों की श्रेणी (रैंकिंग) और जाति जनगणना।
- हालांकि , केवल ग्रामीण और शहरी परिवारों में लोगों की आर्थिक स्थिति का विवरण जारी किया गया था। जाति के आंकड़े अब तक जारी नहीं किए गए हैं।
- 24.9 करोड़ घरेलू भारतीयों में 17.9 करोड़ गॉवो में निवास करते थे ,जो की 73.3% है। इसको ग्रामीण विकास मंत्रालय द्वारा
- SECC-2011, के अनुसार 35% शहरी जनसंख्या गरीबी रेखा के अंतर्गत था। तेंदुलकर समिति के अनुसार 13.7% तथा रंगराजन समिति के अनुसार 26.4% से काफी अधिक है।
- यह स्वतंत्र भारत की पहली जाति आधारित जनगणना थी।

मानचित्र

बिहार का भौगोलिक परिचय

22 मार्च
बिहार दिवस
एवं
बिहार स्थापना दिवस

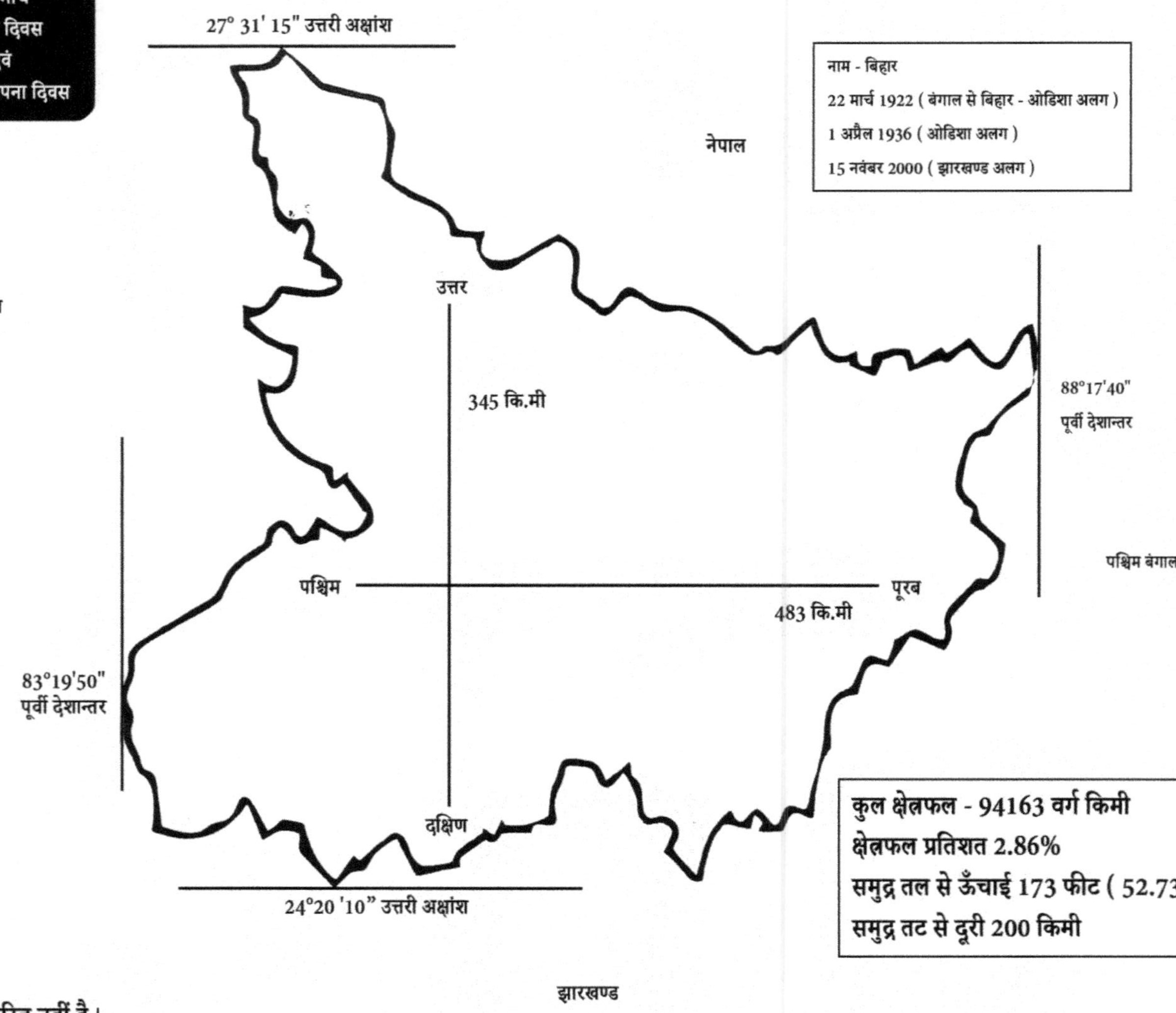

कुल क्षेत्रफल - 94163 वर्ग किमी
क्षेत्रफल प्रतिशत 2.86%
समुद्र तल से ऊँचाई 173 फीट (52.73 मी)
समुद्र तट से दूरी 200 किमी

मानचित्र पैमाने पर आधारित नहीं है।

बिहार के जलवायु क्षेत्र

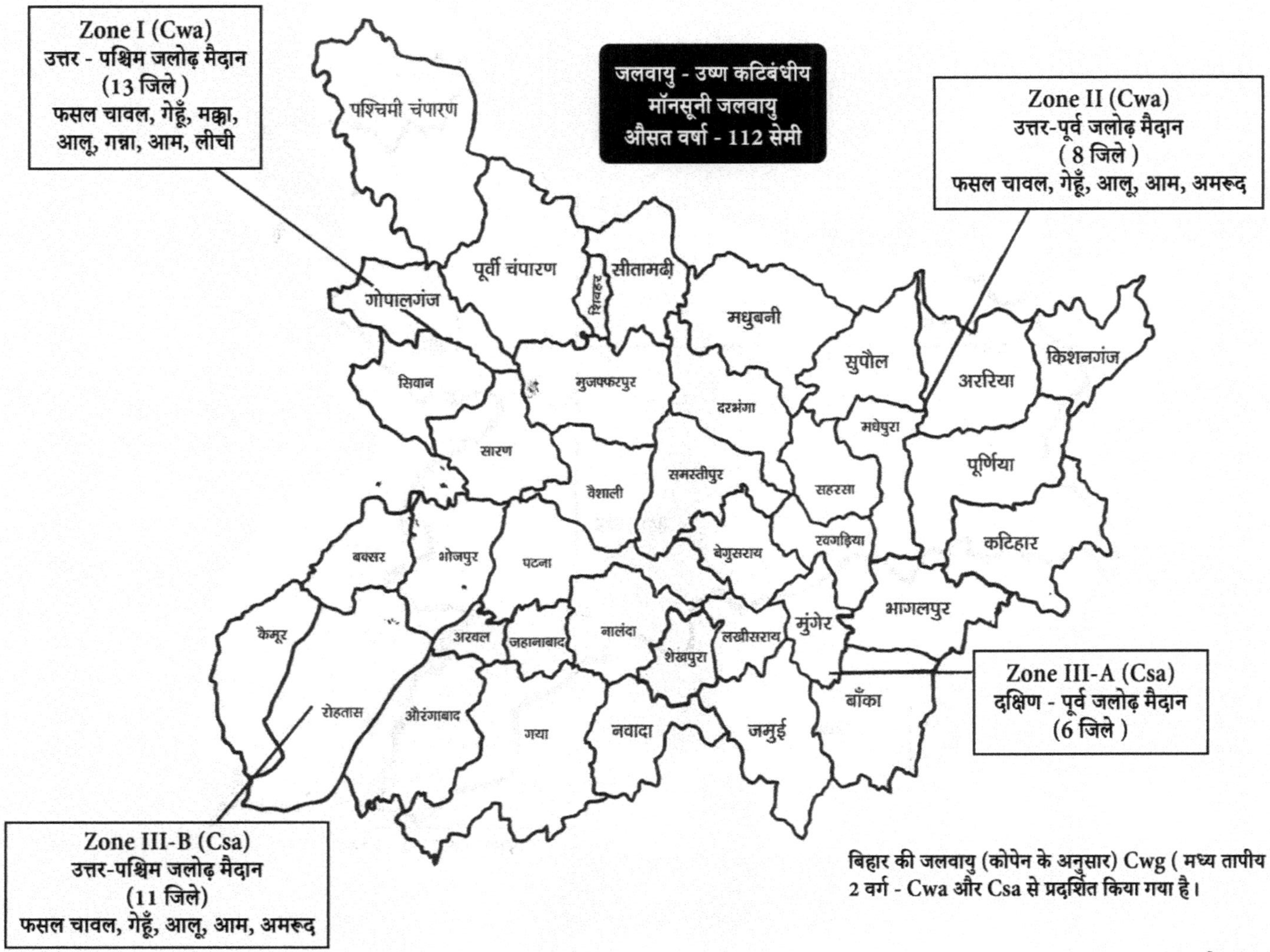

बिहार की जलवायु (कोपेन के अनुसार) Cwg (मध्य तापीय / गंगा तुल्य),
2 वर्ग - Cwa और Csa से प्रदर्शित किया गया है।

मानचित्र पैमाने पर आधारित नहीं है।

बिहार के वन

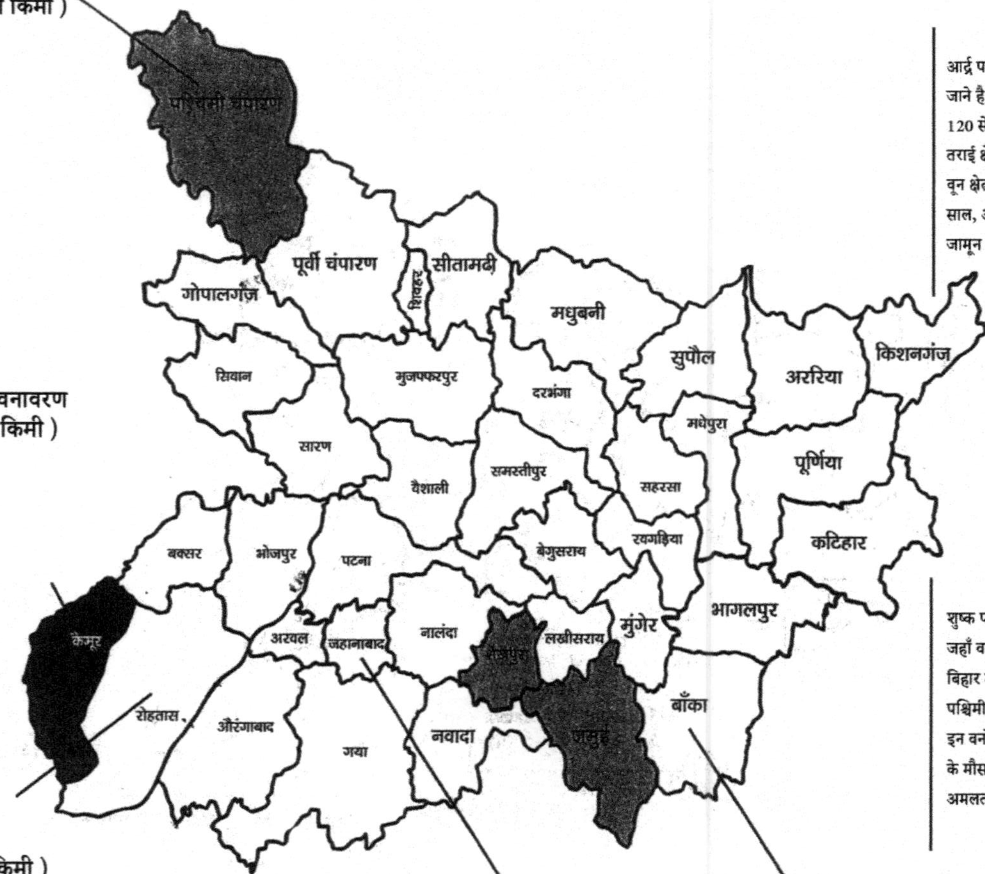

आर्द्र पर्णपाती वन ऐसे स्थानों पर पाए जाने है जहाँ वार्षिक वर्षा 120 सेमी. से अधिक होती है बिहार में तराई क्षेत्र व सोमेश्वर और दून क्षेत्र में इस प्रकार के वन पाए जाते हैं साल, अशोक, केन, आम, जामून आदि इन वनों के प्रमुख वृक्ष हैं।

शुष्क पर्णपाती वन ऐसे स्थानों पर पाए जाते हैं जहाँ वार्षिक वर्षा 120 सेमी. से कम होती है बिहार में पूर्वी मध्यवर्ती क्षेत्र व दक्षिण पठार के पश्चिमी क्षेत्र में इस प्रकार के वन पाए जाते हैं इन वनों में पाए जाने वाले वृक्षों की पत्तियां पतझड़ के मौसम में गिर जाती है साल, बांस, खैर, अमलतास, महुआ आदि इन वनों के प्रमुख वृक्ष हैं।

मानचित्र पैमाने पर आधारित नहीं है।

बिहार की कृषि

गेहूँ
औसत उत्पादन - 4 - 4.5 मिलियन टन

दाल
मुंग, अरहर, मटर, खेसारी
पटना भोजपुर औरंगाबाद नालंदा

दूध
उत्पादन 4.06 मिलियन MT
नालंदा डेयरी
पूर्वी भारत का सबसे बड़ा डेयरी

सब्जी
देश का 9.8% (3rd स्थान)
औसत उत्पादन 8.60 मिलियन टन
11% क्षेत्र पर सकल बुवाई
फूलगोभी- हाजीपुर, वैशाली
प्रमुख सब्जी आलु, प्याज, टमाटर, फूलगोभी बैगन
प्रमुख जिले वैशाली, मुजफ्फरपुर, प. चम्पारण पू. चम्पारण, कटिहार, बेगूसराय

मक्का
औसत उत्पादन - 1.5 मिलियन टन
(देश का 10%)
खगड़िया सहरसा

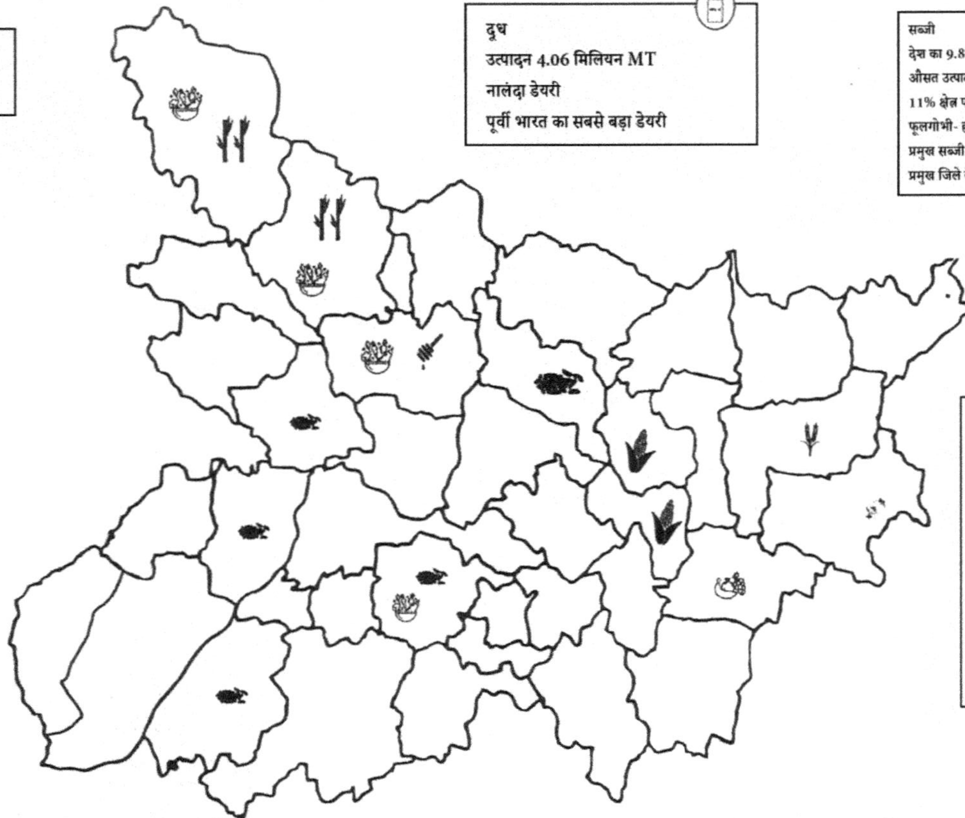

फल
देश का 6.7% (6th स्थान)
लीची उत्पादन 0.28MT
(देश का 71%)
मखाना उत्पादन 0.003 मिलियन टन
(विश्व का 90%, देश का 85%)
5000 हेक्टेयर क्षेत्र में बुवाई
अनार - 3rd स्थान
आम 1.4 मिलियन टन
(देश का 13%, 5वां स्थान)

गन्ना
13 मिलियन टन

चावल
लगभग सारे बिहार में
औसत उत्पादन 5 मिलियन टन
सुगन्धित चावल 0.015मि. MT

शहद
औसत उत्पादन 1300 MT (देश का 14%)
मतस्य 0.27 मिलियन लाख टन

मानचित्र पैमाने पर आधारित नहीं है।

बिहार की नदियाँ

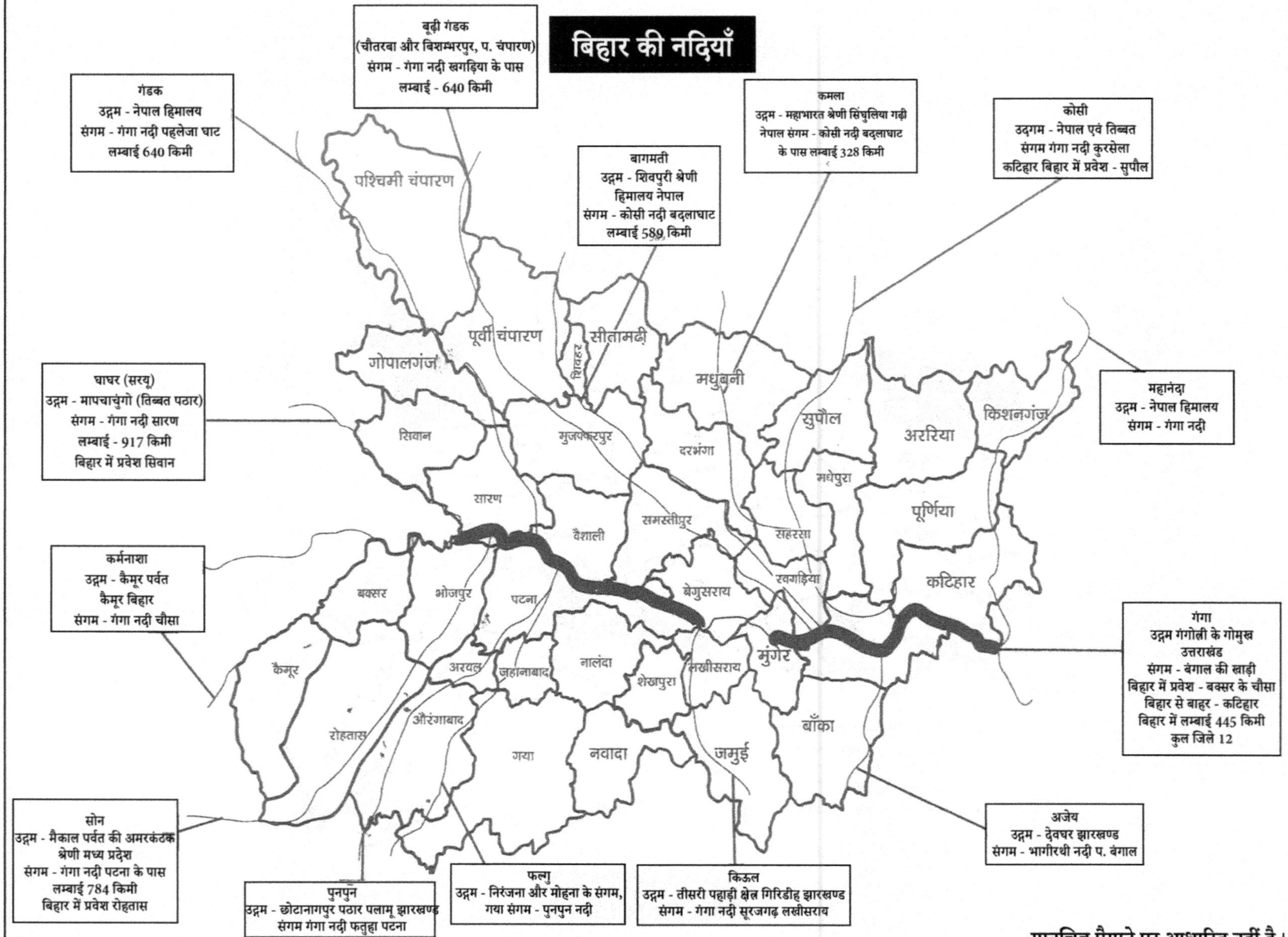

मानचित्र पैमाने पर आधारित नहीं है।

बिहार के जलप्रपात एवं झील

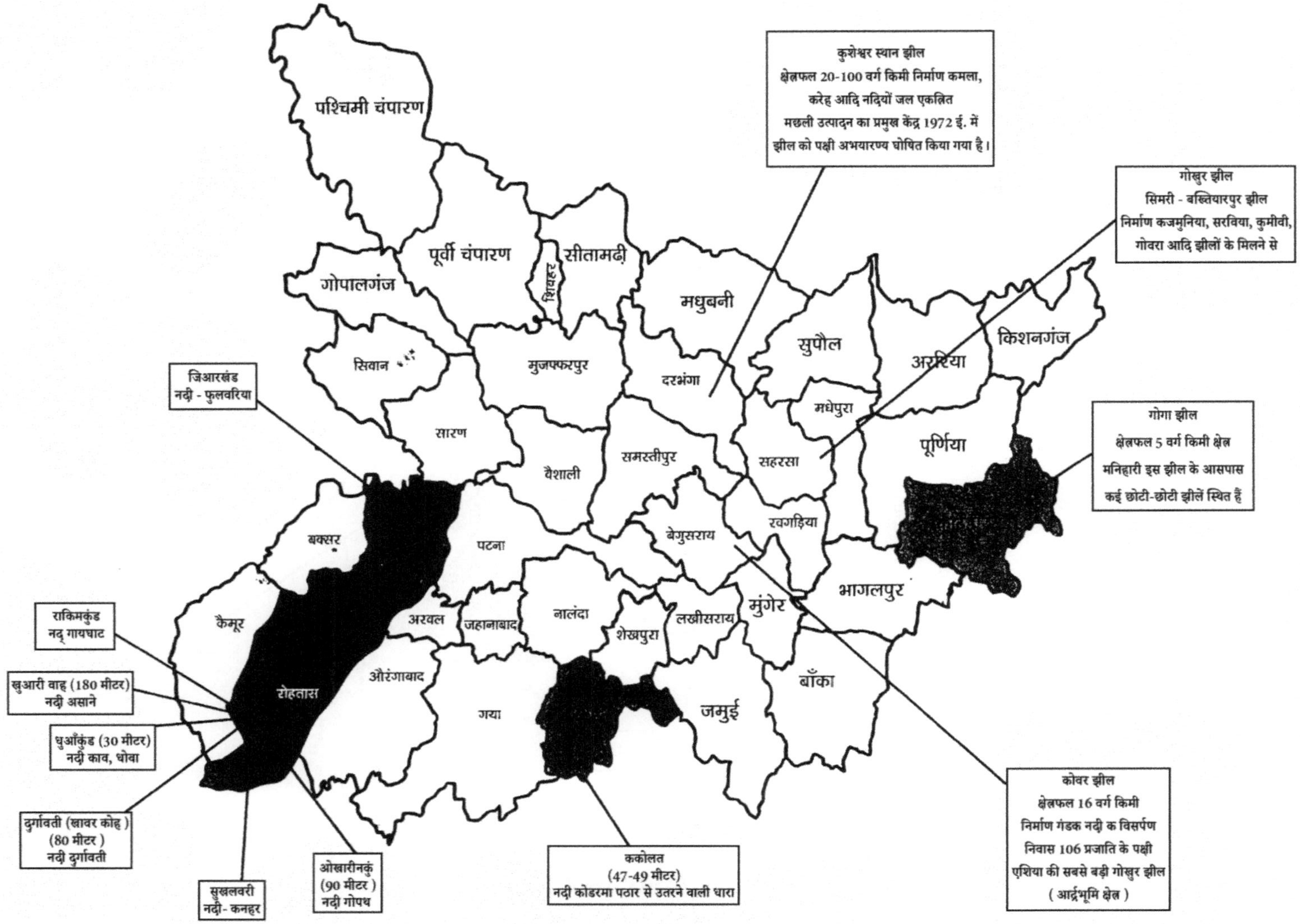

मानचित्र पैमाने पर आधारित नहीं है।

बिहार के खनिज संसाधन

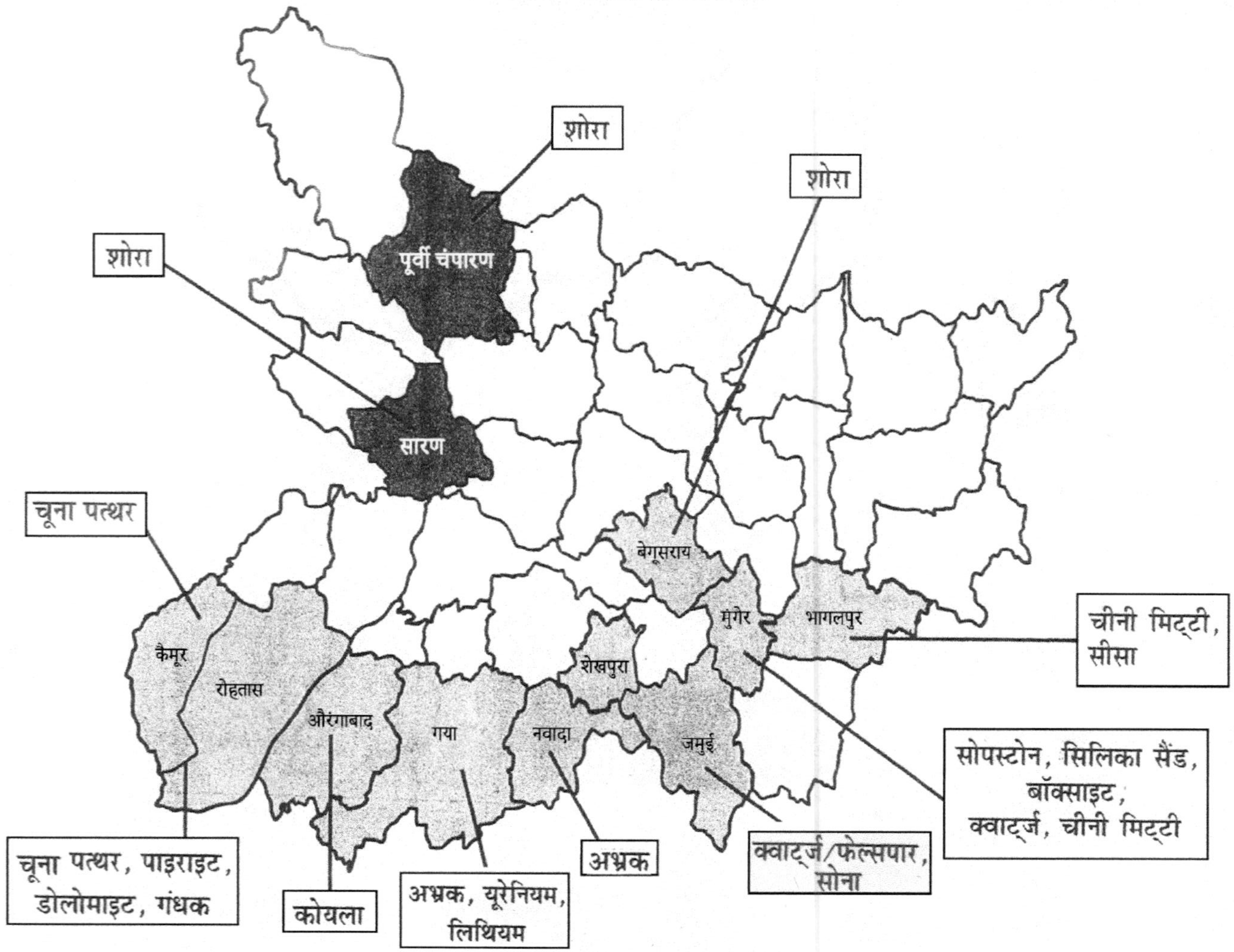

मानचित्र पैमाने पर आधारित नहीं हैं।

www.ingramcontent.com/pod-product-compliance
Ingram Content Group UK Ltd.
Pitfield, Milton Keynes, MK11 3LW, UK
UKHW051454290926
15471UKWH00008B/1197

9 789355 566157